国家出版基金项目
国家"十三五"重点图书出版规划·重大出版工程项目

国家社会科学基金重点项目
"新中国文学传媒史料综合研究与分类编纂"最终成果

山东大学"双一流"建设暨学科高峰计划专项资助项目

总主编

黄发有

编委会
（按姓氏笔画排序）

丁　帆	丁晓原	马　兵	王　尧	王秀涛
王彬彬	王德威	方卫平	史建国	朱晓进
仲呈祥	刘大先	刘洪涛	李　玲	李　点
李晓峰	杨　扬	吴　俊	吴义勤	何　平
何言宏	宋炳辉	张　春	张涛甫	陈思和
陈晓明	邵燕君	周根红	赵普光	胡星亮
施战军	袁勇麟	徐　蕾	黄万华	黄发有
彭耀春	谢玉娥	颜　敏		

国家"十三五"重点图书出版规划项目
国家重大出版工程项目
国家社会科学基金重点项目

新中国儿童文学史料与研究

方卫平 主编

卷一

新中国文学史料与研究丛书

南京师范大学出版社

图书在版编目(CIP)数据

新中国儿童文学史料与研究. 卷一 / 方卫平主编.
— 南京：南京师范大学出版社，2024.12
（新中国文学史料与研究丛书／黄发有总主编）
ISBN 978-7-5651-5779-0

Ⅰ.①新… Ⅱ.①方… Ⅲ.①儿童文学-文学史研究-中国-当代 Ⅳ.①I207.8

中国国家版本馆 CIP 数据核字（2023）第 091465 号

丛 书 名	新中国文学史料与研究丛书
总 主 编	黄发有
书 名	新中国儿童文学史料与研究·卷一
主 编	方卫平
策划编辑	张 春
责任编辑	王礼祥
出版发行	南京师范大学出版社
地 址	江苏省南京市玄武区后宰门西村 9 号（邮编：210016）
电 话	（025）83598919（总编办） 83598319（营销部） 83598332（读者服务部）
网 址	http://press.njnu.edu.cn
电子信箱	nspzbb@njnu.edu.cn
照 排	南京开卷文化传媒有限公司
印 刷	南京爱德印刷有限公司
开 本	710 毫米×1000 毫米 1/16
印 张	74.75
字 数	1342 千
版 次	2024 年 12 月第 1 版
印 次	2024 年 12 月第 1 次印刷
书 号	ISBN 978-7-5651-5779-0
定 价	280.00 元（全二卷）
出 版 人	张 鹏

南京师大版图书若有印装问题请与销售商调换
版权所有 侵权必究

总　序

黄发有

新中国文学已经走过70余年的光辉历程,新中国文学的历史化与经典化成为学术界普遍关注的一个焦点问题。史料的发掘、整理与研究工作是实现历史化与经典化目标的基础。在中国史学研究领域,贵古贱今观念根深蒂固,今人写今史的可信度常常遭到质疑。当代人记录当代史确实有明显的局限,作者可能因个人利益或个人好恶而失之公允,无原则溢美或刻意贬抑现象一直存在,难以避免。但当代人作为所处时代的见证者,又有得天独厚的优势。当代人对当代史的言说与评判,因为身处其中,所以可以在场地接触原始材料,使得这些材料得以保存并流传。正如梁启超所言:"此时作,虽不免杂点偏见,然多少尚有真实资料可凭。此时不作,往后连这一点资料都没有了。"[1] 当代研究遵循的基本原则是详今略远,也就是说尽量记载或使用研究者熟悉的信息,但并不意味着只做跟踪性的观察与记录,还应当思考所处时代与前代的历史关联,以及所在地域与周边区域的空间互动模式。正因如此,史料的多元化对于建构当代史有不可忽略的学术价值。呈现当代文学的真实图景,应当从多角度、多层面进行考察和还原,利用多重证据来建构连续的逻辑链条,对于历史和史料中的难点、疑点,都必须对材料进行考证,去伪存真。章太炎在《中国通史略例》中主张治史者应当扩大史料来源,博采古今中外各种资料,以弥补古史的不足。因此,文学史研究首先要尽量全面地占有史料,在此基础上去芜存精、择善而从,避免断章取义、先入为主。当代研究并不急于下结论,而是应当以开放性的视野,一方面为同时代文学留下鲜活的记载,在经过初步筛选的基础上,对历史进程进行描述和判断;另一方面为后人研究今史提供尽可能丰富的历史依据。

当代文学研究与现实生活保持密切的关联,"当代性"是其魅力所在,也是

---

[1] 梁启超:《中国历史研究法》,上海人民出版社2014年版,第168页。

其活力之源。当代文学研究不能自外于大时代,不能切断文学与现实对话的通道。基于此,一些学者和评论家认为当代文学的历史化是画地为牢,自断生机。必须指出的是,保持当代文学研究的思想锋芒与艺术敏感,不应以牺牲规范性为代价。如果没有必要的学术限度与理论边界,放弃自己的学术本位,将文学研究作为直接评判社会与介入现实的工具,其针对性与有效性都难以保证,很容易沦落为夸夸其谈、无的放矢的空论。当代研究的主体与研究对象过于贴近,往往有千丝万缕的利益关联或者重重顾虑,容易受到外部的干扰。当代研究的一个突出问题是史料意识较为薄弱。一些学者认为当代研究不必在史料的钩沉辑佚上浪费功夫,甚至不存在史料问题,因为当代的材料随处可见,不仅纸面材料俯拾皆是,还有形态各异的活材料环绕四周。事实上,中国当代文学研究并不单纯是当下文学研究,像"十七年"已经是半个世纪以前的历史,大量资料在"文革"中散佚,不少公开出版物也已难觅其踪。与此同时,近年推行无纸化办公,在这一潮流的裹挟下,早年的许多纸质材料被大宗销毁。因此,当代文学史料的保存、发掘与整理显得十分迫切,对不同类型史料的旁推互证与综合运用,在当代文学历史化的进程中更是具有方法论意义。

一、常规史料与稀见史料

当代史料漫无边际,在信息不断膨胀的语境中,当代人往往会忽略对同时代史料的保存与挖掘。而当代史料的剔除与散佚,也大多在同时代发生。对于当代研究者而言,搜集同时代的公开史料并不困难。但是,要系统搜集印数极少的内部出版物(内部报刊和内部图书)、民间出版物(民间报刊和自印文集)、会议简报、油印讲稿等,却有极高的难度。至于独此一份的手稿、日记、书信、档案资料、手抄本、检讨材料,以及稿签、审稿意见、稿费单等原始书证,更是可遇不可求。而且这些纸质材料的材质较为脆弱,同时代人不搜集的话,就会彻底消失。在电子媒体迅速崛起、印刷媒介走向衰落的语境中,纸质史料的保存与流传会变得更加困难。正如梁启超所言:"时代愈远,则史料遗失愈多而可征信者愈少,此常识所同认也。虽然,不能谓近代便多史料,不能谓愈近代之史料即愈近真。"[①]

就内部刊物而言,像中国作家协会的会员刊物《作家通讯》、中国文联的

---

① 梁启超:《中国历史研究法》,上海人民出版社2014年版,第39页。

内部刊物《文艺界通讯》经常会刊发中国作家协会、中国文联的工作动态、工作计划、领导讲话、会员来信等并不常见的材料,具有较高的史料价值。《文艺报》主办的内部刊物《文艺情况》是了解新时期初期文坛乍暖还寒的精神气候的一个窗口,其信息来源广,信息量大,转发了不少内部刊物的重要资讯。20世纪五六十年代的《作家通讯》尤其珍贵,刊物明确规定"会员刊物,不得外传",印量有限。各地作家协会和文联也大都创办了内部刊物,譬如中南作协的《中南作家通讯》、山东作协的《创作与学习》和《山东作家》、黑龙江作协的《创作通讯》、北京作协的《北京作协通讯》、河南作协的《河南作家通讯》等等,这些内部刊物发表的文稿较为芜杂,但要了解这些地方的作家协会的发展轨迹、运行情况以及当地文学状况,其中的材料具有独特价值。至于民刊,在20世纪80年代以来的中国诗歌发展史上发挥了重要作用,像《今天》《非非》《他们》等民刊为朦胧诗、新生代诗歌的生长与成熟提供了不可轻视的精神滋养。"文革"之前和"文革"时期为了"反帝反修",曾经出版过一批"黄皮书"和"灰皮书",这些内部出版物作为反面教材,当时仅供批判之用。这些出版物不是当代文学的直接研究对象,但不少知青作家和朦胧诗人在追忆自己的阅读史时经常会提到这些图书,朱学勤甚至认为它们是"80年代点燃新启蒙思想运动的火种"①。而"文革"后期广泛流传的手抄本,则是中国当代文学版本发展过程中的一种特殊现象。我个人收藏了一份油墨印刷的材料——1985年《雨花》杂志和江苏双沟酒厂联合举办"文学与酒"笔会的讲话记录稿,还附有"双沟散文奖"启事,时任《雨花》主编的叶至诚、双沟酒厂厂长兼党委书记陈森辉和作家茹志鹃、刘心武、陈登科、田流、顾尔镡都有发言,这为研究20世纪80年代文坛遍地开花的笔会、文学与企业的联姻提供了生动的佐证。还有一些史料,譬如检讨材料,以前没有引起文学研究者的重视,近年开始有年轻学人关注"检讨"这一特殊年代的精神现象,并以此为窗口,观察文学环境的变化与作家人格的变异。《郭小川全集》收录的作家个人的检讨材料,还引发了知识界与出版界关于全集编纂中文献收录范围的讨论。在近年出版的陈平原编选的《王瑶与现代中国学术》一书中,收录了王瑶在"文革"期间的检讨文章。这些变化表明,研究界对于特殊类型的稀见材料,存在一个逐渐接纳的过程,其文献价值也日益受到重视。

当代文学史上的稀见史料能够弥补公开史料的不足,但稀见史料往往显得零散、破碎,发挥的往往是局部性的补遗、去蔽作用,罕有那种能够影响总体性

---

① 朱学勤:《书斋里的革命:朱学勤文选》,长春出版社1999年版,第59页。

判断的重大发现。不应忽略的是,研究者对一些重要史料的发掘和运用,很可能打开新的角度,扩大学术视野,提升一个研究领域的水平。比如在考察当代文学史上的历次文代会时,往往除了会议文集和当事人的日记、书信、回忆材料,研究者很难详细了解会议进程与讨论情况。而根据一些代表的回忆文字中的线索,搜集当时的会刊、会议简报和会议通知等原始材料,如第一次文代会的会刊(《文艺报》试刊)和第三次文代会、第四次文代会、中国作协第四次会员代表大会(以下简称"作协四大")的会议简报,可以发现,这些材料不仅有补充作用,而且是还原当时历史场景的关键材料,能够帮助研究者了解文艺会议的丰富性和复杂性。由于第一次文代会、第四次文代会、"作协四大"等重要会议被不少文学史家视为划分文学史分期的标志性事件,因此这些会议的原始材料是考察当代文学的制度模式和运行机制的重要史料。第一次文代会、第四次文代会不仅建立制度规范、规划未来,还对以往的文学发展进行历史总结。因此,同步介绍会议进展的会刊和简报是把握当代文学重要的历史节点及其逻辑关系的依据。形成系列的稀见史料的发现、整理和考察,能够为开辟新的研究领域带来新的可能性。譬如中国当代文学版权研究一直是一个备受冷落的领域,一方面文学版权研究要求研究者对当代文学史和知识产权都有较为深入的了解,另一方面研究者必须掌握充分的原始材料。足够数量的原始稿费单据和相关文件的发现与公开,必将推动当代文学版权制度研究的开展与深入。陈明远的《文化人的经济生活》《知识分子与人民币时代》以深入浅出的方式,考察稿酬、版权制度的变化对作家的文学生产、生活模式的影响。不无遗憾的是,他的著作中引用的绝大多数是二手材料。

  借鉴人类学、社会学的田野调查方法,保留重要的当事人的口述史料,这是发掘当代文学稀见史料的又一重要途径。"当前中国史学的发展有两大趋势:一是田野调查引起史学研究者的关注;二是口述史的兴起。这两者标志当代史学研究的视野从单纯的文献求证转向社会、民间资料的发掘,这是历史学进入21世纪的重要倾向。"[①] 我在访问《当代》原主编何启治时,他想起秦兆阳曾经复印了一份关于《九月寓言》的十条意见给他,将近三个月后,他在书房的角落里找到了这份意见,又复制了一份给我。当然,口述史料也有其局限性,一是当事人的记忆不尽准确,二是当事人可能会因为某些主观意愿而有所避讳、粉饰乃至歪曲。因此,在运用缺乏旁证的口述史料时,要特别慎重。

---

① 刘志琴:《口述史与中国历史学的发展》,《光明日报》2005年2月22日。

综上,当代文学史料研究应当将公开史料的深度研究与稀见史料的发掘整理有机地结合起来。文学史料是文学史研究的依据,新史料往往会修正旧结论,别开生面。但稀见史料毕竟有限,人文学者的看家本领应该是从常见史料中发现新问题,得出新观点。正如严耕望所言:"新的稀有难得的史料当然极可贵,但基本功夫仍在精研普通史料。新发现的史料极其难得,如果有得用,当然要尽量利用,因为新的史料大家还未使用过,你能接近它,最是幸运,运用新的史料可以很容易得到新的结论,新的成果,自是事半功倍。""真正高明的研究者,是要能从人人能看得到、人人已阅读过的旧的普通史料中研究出新的成果,这就不是人人所能做得到了。不过我所谓'说人人所未说过的话',决不是标新立异,务以新奇取胜,更非必欲推翻前人旧说,别立新说。最主要的是把前人未明白述说记载的重要历史事实用平实的方法表明出来,意在钩沉,非必标新立异!至于旧说不当,必须另提新的看法,尤当谨慎从事,因为破旧立新,极易流于偏激,可能愈新异,离开事实愈遥远。这是一个谨严的史学家要特别警戒的!"[①]

二、全局性史料与局部性史料

面对浩如烟海的文学作品和纷繁复杂的文学事件,当代文学史研究的主要任务是删繁就简。研究主体面对中心与边缘、主流与支流、内部与外围的多元互动,往往会重点关注文学的中心、主流与内部,抓主要矛盾,追逐焦点话题。在这种观念的影响之下,当代文学史料研究领域同样看重中心的、主流的、内部的史料,而边缘的、支流的、外围的史料却受到冷落和遮蔽。在当代文学史研究中,为了逻辑线索的清晰,研究者难免会为了凸显观念而剪裁史料,对史料进行一种主题先行的阐释与解读,甚至扭曲真相,篡改史料。

有鉴于此,当代文学史料的全局性与局部性的关系,应包括三个方面:一是关键史料与边缘史料的关系,二是整体性史料与地方性史料的关系,三是外围史料与学科内部史料的关系。在中国当代文学史料研究中,局部性的文学史料经常被忽略,这使得文学史研究偏重归纳疏于分析,对文学发展的丰富性和复杂性的揭示也有明显不足。不少研究当代文学总体走向的论著,往往只选择若干代表性作家或代表性作品为典型案例,以此为据得出普遍性结论。这种研究思路必然带来严重的缺失:首先是以偏概全,其次是高度同质化,以主要的历史线索

---

① 严耕望:《治史三书》,上海人民出版社2011年版,第21—22页。

串联若干核心作家和核心作品,结论大同小异,了无新意。比较阅读多种当代文学史论著,不难发现大多数研究者习惯采用抽样分析的方法,观察文学主潮,解读具有全国性影响的作家作品,关注中央级的文学机构与文学媒介,漠视地方性的文学现象和边缘性的作家作品。当然,一个研究者毕竟精力有限,有所放弃才能有所追求,抓大放小、主次分明是一种普遍性的学术选择。可是,对于一个成熟的学科而言,如果没有人去关注地方性、边缘性、局部性的话题与现象,学术版图不仅不完整,而且容易形成一种固化的学术盲区。地方性、边缘性、局部性的文学问题是文学史研究的基础,基础不牢固必然导致结论的不可靠。缺乏扎实的史料支撑的全局性判断,很容易留下逻辑漏洞,不仅在逻辑上不严谨,而且会动摇立论的基础。

在文学实践和文学研究中对于局部性问题的忽略乃至盲视,可谓根深蒂固。但是,如果这一现象得不到改善,乃至变本加厉,则很容易加剧文学发展的畸轻畸重和文学生态的失衡,伤害文学的多样性和丰富性。在文学的地域分布方面,北京、上海等中心区域的文学声音被无限放大,而边缘区域的文学景观往往被弱化乃至遮蔽。在文体关系上,文学创作界和文学研究界的关注焦点都聚集于小说领域,尤其是长篇小说创作。很多以"中国当代文学""新时期文学""新世纪文学"为考察对象的论文,在列举代表性案例时,往往只提到个别重要小说家的代表性作品,在对一些影响较大的长篇小说进行简约评述后,就草率地得出结论,至于诗歌、散文、戏剧等文体居然一字不提。在文学制度方面,中央与地方的关系是核心问题,因为在"十七年"时期奠基的文学体制中,从上到下的垂直管理是其鲜明特色,如中国文联、全国文协(中国作协)在各地设立下属的分支机构,进行业务指导,发挥基层组织的辐射带动作用,落实文艺政策。洪子诚认为:"从50年代初开始,逐步建立了严密而有效的文学管理干预体制。在这一体制下,作家的文学活动,包括作家的存在方式、写作方式,作品的出版、流通、评价等被高度组织化。这种'外部力量'所施行的调节、控制,在实施过程中,又逐渐转化为大多数文学从业者(作家、文学活动的组织者、编辑和出版人)和读者的心理意识,而转化为自我调节和自我控制。"① 值得注意的是,当代文学的研究一直重视中央层面的制度调整和政策变更,却忽略了中央与地方的互动模式,而不同省市之间各方面的差异基本上被忽略不计。

就局部与全局的文学关系而言,区域性文学研究一直是当代文学研究的

---

① 洪子诚:《当代的文学制度问题》,《中国现代文学研究丛刊》2015年第2期。

薄弱环节。当代文学史编纂在处理地方性史料时，也往往会有明显的偏向，譬如会重点关注京津沪等直辖市以及山东、江苏、浙江、陕西、湖南等文学大省的史料，对一些边缘省份的史料基本上忽略不计。区域性文学史往往以所在区域为中心，譬如一些省市的文学史将所在区域切割出来，却忽略了所在区域与周边区域的关联，更为重要的是很少涉及所在区域与中心区域或国家文艺环境、文艺政策的互动，使之成为不受辖制的一块"飞地"。区域文学史则往往不作区分地罗列居留者和长期外迁的本籍作家的文学成就，这就使得区域性文学史成为以所在区域为中心的文学光荣榜，并不涉及所在区域文学的发展过程、生产模式和文学环境。

当代文学研究还存在一个薄弱环节，即文学史研究和文学评论缺乏有机的融合。一方面，文学史家更注重整体性把握，将总体走势的判断和逻辑框架的建构作为主要目标，突出大事、大家、名著的文学史意义。由于当代文学史著作绝大多数采用集体编写的方式，一些主事者不仅对于边缘性、地方性、局部性问题缺乏深入了解，而且对于一些大事、大家、名著一知半解。这样，先入为主的总体逻辑和丰富的文学世界之间就难免产生龃龉之处。不少当代文学史对作家的评判，也习惯用单一标准来衡量复杂的文学存在，排座次的做法较为盛行。另一方面，文学评论家热衷于追逐当代文学的动态进程，以文本解读为主要方法的作家作品研究在文学评论中占据主导地位。当代文学评论不乏具有真知灼见的文字，以智慧的光芒和灵悟的穿透力，引领我们进入文字艺术奇妙的世界。必须指出的是，这样的文学评论毕竟是少数，更为常见的是粗疏的作品梗概和流水账式的读后感，根本与综合评判的文学史视野无涉。在文学表扬盛行的批评生态中，只见树木不见森林是一种常态，一些评论者为了凸显评论对象的不凡，还会刻意以树木取代森林。个案研究和宏观把握的脱节，使得全局性问题与局部性问题难以沟通，文学史家在吸取文学评论的学术成果时必须进行必要的过滤与清理。另一个值得注意的现象是，不少专注于文本解读或个案研究的学者，在对局部问题进行挖掘时，沉浸于琐细之中，被细枝末节所淹没，缺乏一种全局性的眼光。也就是说，在整体性视野的观照之下，即使局部性问题也有可能具备窥斑见豹的价值。否则，对一个作家、一部作品的评判就可能脱离具体的文学史语境，产生偏差。

相对于整体的历史语境而言，政治、社会、文化史料是全局性史料，文学史料成了局部性史料。纯文学的观念在当代文学研究中一直占据重要地位，有不少文学史家在编纂当代文学史时，也把纯文学摆在最为重要的位置。文学史研究不仅应该关注文学艺术的发展历史,还应该关注文学外部环境的变化,即政治、社会、文化的发展过程和基本状况。譬如新时期初期,科技界、教育界、思想界的拨乱反正,与文学界的拨乱反正相互呼应,形成联动效应。1977年的全国出版工作会议和1978年的全国科学大会、全国教育工作会议,在议题设置上就和1978年中国文联第三届全国委员会第三次扩大会议、1979年第四次文代会一脉相承。当然,文学史的外部考察并非脱离文学的空泛分析,离弦说箭确实会导致研究的不及物现象,言不及义,但文学的艺术世界并不是封闭的、稳定的,它跟其他文化场域会发生错综复杂的关系,而且会在变化的时空中形成开放的、动态的结构。外部现实的刺激是推动文学艺术调整、革新的动力,而文学的回应一方面会塑造文学与现实的关系,另一方面会影响其艺术选择。在"纯文学"标准的过滤之下,那些通俗的、草根的、跨界的写作者及其文字就难以进入研究视野,很多这方面的史料自然被屏蔽在门外。将文学文本与人、社会隔绝开来,容易造成研究视角的狭窄,研究内容显得琐细、重复,缺少开阔的人文情怀。在宏观把握中国当代文学的总体发展趋势时,政治对文学的影响是无法忽略的维度。在文学一体化的格局中,文学进程与政治进程高度重合。因此,中共党史史料具有重要的参考价值。延安文艺座谈会、党的十一届三中全会等重要会议都对当代文学史走向产生了重大影响,在讨论当代文学史的分期时,党史的分期是重要的参照系。党政领导人在党政会议和历届文代会上的讲话,对当代文艺政策和当代文学制度建设具有指导性作用,当代文学史著作在牵涉这些问题时大都套用党史的评判,缺乏更为深入和细致的研究。

总之,全局性史料与局部性史料的相互参证,其学术目标是使得全局性研究落到实处,而不是凌空蹈虚、大而无当,同时拓展局部性研究的格局,在微观分析中寄寓大胸怀,避免坐井观天。只有摆脱割裂思维,强化系统思维,才能对当代文学相互关联的各个方面及其功能、结构进行系统把握。

三、纸面史料与电子史料

随着媒介技术的飞速发展,电子史料在人文学科研究中的地位蒸蒸日上。在近年国家和省部级重大科研项目中,专题史料的数据库建设成为重点支持的方向。电子史料确实为学术研究带来极大便利,一方面可以汇集海量信息,另一方面可以快捷、精准地检索。

这些年,"大数据"的概念成为学术界频繁使用的热词,似乎做史料整理与研究的不和大数据沾点边就严重落伍了。尽管这些年我个人一直在当代文学传媒研究中探索量化方法与定性研究的有机结合,但也清醒地意识到,人文学科和自然科学、社会科学都有明显的差异,不能不加区别地照搬自然科学的数据处理技术与方法。在人文科学研究中,研究者掌握的文献应当是经过打磨的、有温度的材料,我们了解其来龙去脉,熟知其适用范围与局限性。如果忽视纸面材料,把电子史料和大数据作为学术利器,这些冷冰冰的材料就很难有机地融入整体的逻辑框架,而且很可能犯常识性错误,贻笑大方。

随着中国知网、龙源期刊网、维普网、万方数据知识服务平台等数据库的建立,当代"过刊"的利用率日益降低。各类图书馆为了解决馆舍紧张的矛盾,降低运行成本,大量剔除复本,将这些刊物转入不对外开放的保留书库,或者干脆把它们封存在偏远区域的书库里。事实上,对于认真的期刊研究者而言,仅仅依靠电子文献,根本无法了解期刊的全貌。这些数据库在收录期刊文献时,往往只收录正文文本,撇除了目录、广告、按语、插页等副文本,增刊、专刊、子刊的信息更是整体缺失。至于超星、读秀等主要收录图书信息的数据库,同样存在类似问题。一方面,作为综合性数据库,文学方面的信息不全,缺乏专业眼光;另一方面,这些数据库在收录一种图书时,大多数只收录一种版本。对于研究版本流传的学者而言,这些数据库的利用价值极为有限。当纸质文献转换成电子文献时,由于技术方面的限制,也会产生一些错讹乃至乱码。

21世纪以来网络文学的崛起,使得电子史料在当代文学研究中扮演日益重要的角色。值得注意的是,大多数汉语网络文学草创期的网站、网页已经消失得无影无踪,现在学术界在研究早期的网络文学创作时,依据的往往是转化成纸质出版物的网络文学史料。不应忽略的是,大多数网络文学作品的网络版本和纸质版本都有较为明显的差异。由于网络小说的篇幅过长,网络语言风格和纸媒的语言文字规范也有明显差异,网络文学的纸质版本大都经过大幅度的压缩和改写。遗憾的是,现在已很少有研究者愿意花力气去追根溯源,不少以网络文学为研究对象的研究生学位论文经常会引用十多年前的网络文献,事实上这些页面早就不存在了。近几年,欧阳友权、邵燕君及其团队通过与文学网站的合作,有意识地复制并保留部分珍贵的早期网络文学文献,这种工作难能可贵。但是,相对于海量的信息总量而言,能够保存下来的毕竟是少数。网络文学文献规模庞大、内容驳杂,更新速度惊人,因此,单纯依靠网络文献显然不可靠。

因此,在媒介格局急剧转换的背景下,当代文学研究既要充分利用电子史料的技术优势与整合性数据,又不能过度依赖电子资源。一方面,尽管随着网络文化的发展,电子文献在当代文学史料中的份额一定会逐渐增多,但只要印刷媒介依然存续,其价值就无法被完全替代,同时手稿一类的史料也具有唯一性;另一方面,新的文献形式也有其潜在的弱点与局限性。达恩顿在《阅读的未来》一书中说:"我们今天要解决的问题远远不止莎士比亚的文本的问题,它们还出现在各种形式的传播工具中,其中就包括互联网,在这个领域,电子文本脱离了印刷品的支持,电子邮件留下的痕迹可以被轻易抹去。""由于代码依附的媒介被废弃,数字空间里的文档也许会丢失。硬件和软件更新换代的速度令人苦恼。除非解决这个阻碍数字存储的拦路虎,否则'孕育数字化'的文本无法保证其安全性。"①

尽管纸质文献一再被预言注定会遭受被抛弃的命运,但纸张的耐久性和印刷文明的生命力超越了许多质疑者的设想。图书馆是稳定的城堡,网络是开放的信息空间,它们之间的关系应该是相互补充,而不是替代性的覆盖。拓展新媒介的空间,不必以废弃旧媒介作为代价。

四、创作史料与接受史料

当代文学史料研究一直以作家史料为核心,而各种文学组织、期刊、出版机构、文学社团的史料只是起到补充作用,没有受到足够的重视。以作家、作品为核心的研究对象,这是文学史研究在长期实践中形成的学术传统。重视研究文学的创作与生产,却忽略了文学的传播接受;重视研究作家的创作活动,却忽略了作家的非创作活动对其审美趣味和人格结构的影响,忽略了普通读者和文学史家、文学评论家、编辑家、翻译家等专业读者对文学环境的塑造。艾布拉姆斯在《镜与灯》一书中认为,文学活动由世界、艺术家、作品和读者四个相关要素构成,但在文学研究中,读者尤其是普通读者的声音长期被忽略和漠视。德国的姚斯在20世纪60年代提出接受美学的构想时,重点突出在文学研究中被长期忽略的读者的价值与意义,目标是建构以读者为本位的文学史框架。姚斯认为:"一种过去文学的复归,仅仅取决于新的接受是否恢复其现实性,取决于一种变化了的审美态度是否愿意转回去对过去作品再予欣赏,或者文学演变的一个新阶段出乎意料地把一束光投到被遗忘的文学上,使人们从过去没有留心的文学中找到某些东西。"② 也就是说,文学接受不仅对同时代的文学创作产生影响,

---

① [美]罗伯特·达恩顿:《阅读的未来》,熊祥译,中信出版社2011年版,第148、38页。
② [德]H. R. 姚斯等:《接受美学与接受理论》,周宁、金元浦译,辽宁人民出版社1987年版,第44页。

接受风尚会牵引创作的审美趣味与市场定位,而且受众的选择还是文学传统赓续与翻新的推力,以时代的光束重新照亮旧时代晦暗的文学角落。

在近年的学术发展中,涌现了一些研究当代文学的审美接受的论著,但细细梳理,不难发现其引述的绝大多数是作家、评论家等专业读者的评述,普通读者的表达仅限于部分报刊摘录的"读者来信"。由于受到史料的限制,所谓的"审美接受"基本是文学圈内部的循环,普通读者寂寥的声响也已经被多重筛选和过滤,其结论的可信度和学术价值自然大打折扣。编辑家研究也是当代文学研究的一个薄弱环节,编辑家身居幕后,其贡献本来就容易被忽略。在当代文学的发展进程中,巴金、靳以、赵家璧、丁玲、秦兆阳、韦君宜、丁景唐、何其芳、李清泉、张光年、范用、崔道怡、龙世辉、章仲锷、张守仁、何启治、范汉生、李小林、李子云、周介人、徐兆淮、何锐、李敬泽、程永新、宗仁发、林建法等编者都留下了各自的历史印痕,但学术界对他们的编辑实践的研究极为有限,对文学编辑史料的搜集与整理更是少人问津。文学编辑是文学史上习惯性的失踪者,对文学编辑的研究除了表示对这种职业和文学角色的尊重,更为重要的是把编辑研究作为一种视野和方法,梳理作家与读者、作品与社会、文学与市场、艺术与政治等错综复杂的文化关联。编辑作为"守门人",是作用于文学身上的各种力量的交汇点,他们既可能是推动文学传承与创新的"播火者",也可能是执行权力和商业指令的"居间人"。20世纪80年代中期以来,从先锋文学、新写实小说、新现实主义、新体验小说、新状态文学、新市民小说,到"60年代出生作家""70后""80后""90后",其命名与策划都活跃着编辑的身影。对编辑与文学之间关系的深入考察,能够将创作研究与接受研究有机地融合起来,进而揭示当代文学生产与消费的深层机制。

当代文学传媒与当代文学传播研究是近年新兴的学术热点。值得注意的是,不少研究者在选取文学期刊、文学图书、报纸文学副刊、文学网站作为研究对象之后,其研究思维和研究方法并没有作出相应的调整与转换,往往沿袭学术惯性,对选定范围的作家作品进行一番解读和分析之后,草率地下结论。这样的研究依然以创作研究为焦点,与传播、接受缺乏深入的关联。文学研究以文学为核心的研究对象,但在研究者的视野中,不能只看见作家作品。就文学媒介而言,它们以文学为主要的传播内容,但不应忽略的是,文学媒介还有媒介的特性,譬如其技术特征、传播途径和商业倾向,这些特性并不是可有可无的,它们以其内在的力量改塑文学的价值取向、文体形式和语言风格。报刊的崛起是五四文学现代转型的重要推动力量,网络的快速普及已经在悄然改变21世纪中国文学的基本格局。随着不同媒介之间的频繁互动,传播内容的专属性日渐弱化,通用性被不断强化,以印刷媒介为主阵地的文学发展不断地调整自身的形式结构与审美特性,力争在跨媒体传播中有更加广泛的适应性。

近年来,当代文学研究的史料来源发生了明显的变化,以网络为大本营的电子史料影响日隆,原来被高度倚重的报刊史料的重要性正在下降,尤其是报纸史料逐渐淡出不少研究者的视线。在现当代文学研究领域,近现代报纸副刊在文学转型中曾经呼风唤雨,五四时期的四大副刊一度成为研究热点,但当代的报纸文学副刊研究一直是一个相对生僻的研究领域。一方面,当代具有代表性的报纸副刊存续时间较长,像《人民日报》《光明日报》《文汇报》《解放日报》《羊城晚报》《天津日报》《今晚报》《北京晚报》等报纸的文学副刊都在当代文学史上刻下了深深的印痕。由于原始报纸史料的搜集和查阅费时费力,研究者要从庞杂的史料中发现问题、厘清线索就有一定难度。另一方面,网络媒介的崛起正在改变媒体格局,报纸的地位和影响都在被边缘化。报纸文学副刊作为一种衰落的媒体形式,对研究者的吸引力也在下降。在这样的大背景下,报纸史料在当代文学研究中的出现频率急剧降低。编年史和年谱研究的兴盛是 21 世纪以来当代文学研究的新现象。值得注意的是,在已经出版的编年史和各类年谱中,报纸史料没有引起研究者的足够重视。与图书、期刊相比,报纸的出版频率最高,以最快的速度报道时事变化。大多数的文学图书和文学期刊,其主体内容是文学作品,较少反映文学环境、文学事件的起伏与新变。因此,编年史和年谱要真实地还原文学创作和文学发展的历史进程,报纸史料是不能忽略的重要凭据。譬如一些文学活动发生的具体日期,在不少论著中都有出入,甚至在同一篇文章或同一部著作中前后不一致,自相矛盾。之所以会出现这些问题,主观原因是研究者照录材料,缺乏必要的比照和考证。在文献来源方面,报纸史料的缺失使得当代文学的编年研究不够细致,在细节上显得粗疏。对报纸史料的深入开掘,不仅是深化、细化编年研究的重要途径,而且是推动当代文学历史化的基础工程。

从传播接受角度来看,当代文学还有多重空间可以持续开掘,比如当代文学史上的文学评奖、文学教育、文学的跨媒体传播、文学的跨语言跨文化传播等问题都还没有得到充分而深入的研究,较为常见的是印象式文字和重点问题、重要个案的研究成果,而且这些方面的史料也没有引起足够的重视。文学评奖是文学评价的重要一环,对文学作品的传播接受和文学的经典化都会产生重要影响。在当代文学评奖研究中,诺贝尔文学奖、茅盾文学奖、鲁迅文学奖和新时期初期的全国性文学评奖都受到重点关注,但总体上显得浮泛,大多流于过程描述和现象分析,而行业性和地方性文学评奖、媒体机构主办的文学奖、民间文学奖则饱受冷落。由于一些奖项的评奖过程并不透明,评说者依据的多为媒体报道、评委和当事人的回忆文字,一些材料说法不一,夹杂着猜测和传闻的成分,结论也就不够结实。文学教育是文学流传的关键平台,当代文学教育研究牵涉到文学史的定位和作家作品的地位,牵涉到教师、学生对当代文学的理解方式,牵涉到与当代文学有关的课程设置与教材编选。遗憾的是,这些方面的研究亟待拓展与深入。相对而言,现代文学教育的研究先行一步,研究成果也渐入佳境,譬如民国大学与新文学的关系、民国校园文学刊物与文学社团研究,都在史料积累的基础上开展了扎实的学理分析。当代文学教育研究的浮泛与薄弱,与文学教育史料发掘与研究工作的停滞状态密切相关。至于文学的跨媒体传播,随着媒体格局的迅速改变,覆盖的媒体越来越多,从报纸文学副刊、期刊、图书到影视、网络、手机,从图画书、影视作品到网络游戏、动漫,问题日益复杂化。应当反思的是,这方面的研究依然聚焦于文学改编,不少研究者还在纠缠改编作品是否忠实于原著。在跨媒体风尚的影响下,文学创作、接受的方式和文学作品的特性都被注入新的元素,文学在社会、文化中的角色位移也已悄然发生。也就是说,面对新问题的不断涌现,研究者应当优化知识结构,注意搜集并解读越来越多的新材料。所谓的新材料,既指时新的材料,也包括新介质、新形式的材料。当代文学的跨语言跨文化传播也是近年来受到学界重视的一个领域。在当代文学的对外传播过程中,海外汉学家是重要的文化桥梁,夏志清、竹内好、普实克、葛浩文、马悦然、王德威等汉学家都是学术界重点关注的研究对象。当代文学的海外传播涉及的语言、国家众多,具有较高的学术难度和挑战性。目前开展较好的是当代文学在英语世界和东亚汉字文化圈的传播接受研究,其他方面相对滞后。尽管中外学术文化的交流日益密切,但史料问题依然是一大困扰,使得这一领域的研究难以深入。一方面,海外原始史料的获取殊为不易;另一方面,由于语境不同或者研究者的外语水平有限,对于史料和研究对象的误读也较为多见。

五、史料多元化与当代文学研究相互参证的方法与意义

当代文学研究一直包含两个方面:一方面是致力于还原历史、总结历史的当代文学史研究,另一方面是跟踪当代文学进程、及时评判新人新作新现象的当代文学评论。专注于文学评论,可以攻其一点不及其余,可以埋头于文本细读,但是,从事当代文学史研究应当有相对开阔的视野。梁启超在《清代学术概论》中

认为顾炎武"所以能当一代开派宗师之名者","在其能建设研究之方法而已","约举有三":一曰贵创;二曰博证;三曰致用;在"博证"中说:"论一事必举证,尤不以孤证自足,必取之甚博,证备然后自表其所信。"[1] 对文学评论成果的整理、甄别与反思是当代文学入史的基础工作。文学评论成果鲜活、丰富,其不足是随意、庞杂,不仅不同评论家对同一个作家或同一部作品的评判会有差异,同一个评论家在不同场合、不同时期对同一个作家或同一部作品的评价也会有所变化。由于政治、社会、文化环境的变化,像《组织部新来的青年人》《改选》《草木篇》《红豆》《美丽》等曾经遭受冷遇乃至批判的作品,在1979年成为"重放的鲜花";而一度炙手可热的《金光大道》《大刀记》《桐柏英雄》《海岛女民兵》《李自成》等作品逐渐淡出读者的视线。正因为以跟踪、观察为己任的文学评论容易受到主观性的干扰,被时代潮流所裹挟,文学史研究在把文学评论转化成历史评价时,一方面应当还原当时的历史现场;另一方面应当保存那些姿态各异、观念悬殊的材料,在辨析考证的基础上进行独立判断。

史料的多元化并不是简单追求史料在数量上的增长,而是将史料作为一种视野与方法,通过史料的多元化,扩大史料来源,拓宽当代文学的研究视野,挖掘当代文学的丰富性和复杂性。相互参证,一方面是指不同类型、不同来源史料的相互比对和相互补充,另一方面是指不同研究视角、研究方法的相互碰撞和交叉互动。陈寅恪对于王国维的"二重证据法"有极高评价,他这样评价王国维的学术成就及其方法论意义:"一曰取地下之实物与纸上之遗文互相释证","二曰取异族之故书与吾国之旧籍互相补正","三曰取外来之观念与固有之材料互相参证","皆足以转移一时之风气,而示来者以轨则"。[2]

史料的多元化是学科综合化、研究方法多样化的基础。20世纪90年代以来,文化研究在当代文学研究中日渐盛行。文化研究突破了狭隘的学科壁垒,通过文学材料考察与文学相关的社会、政治、文化问题,使文学研究突破了象牙塔的限制,更为广阔地介入现实。人文精神讨论产生了广泛影响,正是以文学研究者为主体的一次学术转向。但当代文学领域的文化研究也有明显的局限性,那就是信马由缰、大而无当,以虚构的材料进行实证分析,以主观臆想取代调查分析。深入的文化研究需要宏阔的学术视野,研究主体应综合运用社会学、历史学、哲学、经济学、新闻传播学、政治学等相关学科的知识和方法,以跨学科的

---

[1] 梁启超:《清代学术概论》,东方出版社1996年版,第12页。
[2] 陈寅恪:《王静安先生遗书序》,《王国维遗书》,上海古籍书店1983年印行,第1—2页。

互动认知进行立体交叉的多元透视。必须指出的是,如果研究者仅仅在论著中嵌入一些不同学科的知识碎片和新潮概念,在分析和论证中依然是轻车熟路地解读个别作家和个别作品,这样的文化研究显然是花哨而肤浅的。文化研究要有广度,更为重要的是要有深度。而广度和深度的重要支撑就是多元互证的史料。也就是说,研究者不能对相关学科一知半解,对其理论和方法的借鉴,不是简单的知识搬运,而是对其史料也有深入的了解。不同来源史料的互补互证是不同学科的理论方法有机融合的坚实基础。

史料的多元化是学术创新的坚实基础。学术研究要有创见,研究者要有新思维与新方法,这样才不至于陷入重复劳动和低水平运转的怪圈,才能避免学术研究的同质化。以作家研究为例,讨论莫言的小说叙事必然提及其儿童视角,源于马尔克斯与福克纳的外来影响更是烂熟的话题;研究晚年的郭沫若,他与陈明远的通信尽管充满争议,甚至被视为"伪史料",但在不少论著中仍然是支撑论证的核心证据;余华、苏童、格非等作家总是被套在"先锋"的框架中进行阐释,而他们的个性只是"先锋"的一个侧面;铁凝、王安忆、迟子建等作家创作的独特性,往往被笼统地归结为"女性意识";"60后""70后""80后""90后"作为代际研究的主流话语,已经逐渐沦落为一种万能的标签……因此,史料的多元化也是对研究主体自身的约束,使得研究者无法随意地下判断。相对而言,以作家作品为对象的文学评论,所依据的研究材料比较单纯,材料的有限性导致视野的局限。而且,面对同一部文学作品的评价,不同评论家的观点可能会有较为明显的分歧,这一方面是批评主体审美趣味的差异所致,另一方面是批评标准不够客观所致。应当注意的是,批评主体与批评对象过分贴近也容易带来偏见与盲区,譬如批评家与作家的私人关系,批评家隐秘的功利目的,都可能对艺术评价带来不同程度的干扰。在对文学史上一些充满争议的作家进行定位时,文学史家面对互相矛盾的声音,就必须对代表性材料进行筛选、比照,并在独立、科学的史识烛照之下,作出相对客观的判断。

六、丛书编选说明

史料的发掘、整理与研究是一个开放性的过程,前辈学者已经作了许多卓有成效的努力,后来者必须站在他们的肩膀上向上攀登。鉴于此,我们组织国内知名专家、学者编撰了这部四十五卷本重大出版工程《新中国文学史料与研究丛书》。丛书注重对原始史料的整理、校勘、辑佚与考辨,力图在史料多元化与当代文学研究的相互参证中,系统呈现新中国文学70年的历史发展与研究面貌,以期进一步继承和发扬优秀文艺传统,繁荣、发展新时代社会主义文艺事业。

丛书共分为23个专题,分别为文学史、文艺会议、文学思潮、小说、诗歌、散文、戏剧、报告文学、文学评论、文学期刊、文学出版、文学副刊、文学的影视传播、网络文学、女性文学、民族文学、儿童文学、文学评奖、文学翻译、台湾文学、港澳文学、文学的海外传播以及稀见史料。各专题主要通过导论、关键词、专题史料与研究、编年简史,部分专题还选编了目录索引等,对新中国文学史料进行深入的历史发掘与学术建构。

丛书编选的首要目标是对史料的溯源性呈现。入选文献选取的版本为初版本或定稿本;关键词、编年简史和文章题解类似于路标,提供基本信息,为寻找史料者引路,并不作倾向性过于明显的阐释,让研究者在阅读原始文献后作出自己的独立判断。

丛书注重对文学史料的综合展示与分类编纂。不同的作家、学者在面对同一篇文献时,考察的角度和获取的信息都可能有所不同,见仁见智。譬如一位作家可能发表过小说、诗歌、散文、儿童文学等不同文体、文类的作品,也可能跨越了多个代表性的文学潮流,面对这样的作家,我们无法把他归纳到单一的框架中,但研究者可以从不同的窗口观察他。从逻辑层面来说,单一体系的分类最为明晰,但文学本身具有丰富性和复杂性,统一标准的分类必然削足适履。基于此,本套丛书的分类有多条线索,譬如时序、思潮、制度、区域、文体、文类、媒介等等。在编选过程中,我们对于每一篇文献都进行过充分考量,但每一篇文献的信息并非只有一个面向,不少文献有多义性特征。分类当然有标准,但我们不愿意强化类别之间的界限意识,我们尊重史料的本来面貌。限于体例与篇幅,丛书的编选工作不免有遗珠之憾,对此我们会在今后的修订中不断加以完善。

"百花齐放,百家争鸣"是推动新中国文学发展与繁荣的长期性方针,新中国文学遍地开花,在新的媒介格局中新中国文学史料的形态也日益多样化。本套丛书让史料说话,用史实发言,多角度、多层面地展示新中国文学的伟大成就。

出版说明

为全面呈现新中国成立以来各个历史阶段文学史料与研究的状貌,从文学史料的角度观照历史、总结经典,我们组织国内现当代文学界的知名学者,编纂了这部体现新中国70年文学发展历程与光辉成就的《新中国文学史料与研究丛书》。

本丛书的编选标准与范围、编纂体例、编辑原则如下。

一、按文学史、文学思潮、文学传播形式、文体和文类研究的体系,共分23个专题45卷,对新中国70年的文学史料进行发掘、搜集、整理和研究,力求为当代文学研究和文学史编纂提供全面、系统、权威的史料文献,有利于促进文学评论和文学研究的学术提升,推动当代文艺的健康发展。

二、搜集整理对新中国70年(1949—2019)文学发生、发展、变革产生较大影响的代表性史料文献,注重对原始史料的注释、校勘、辑佚和辨伪,将史料研究与理论研究相结合,立体考察和剖析多元化的文学史料与文学发展之间的深层关联。

三、选收史料范围包括有关文学问题的重要文件、政策法规,党和国家领导人以及文艺界知名人士的重要报告、讲话,有关文学评论、文学论争、文学研究的著作和文章,各类有典型意义的编者说明、书评序跋、书信日记,以及稀见文学报刊资料、文艺会议简报与其他第一手文献等,反映当代文学发展和研究的全景,促使新中国文学史料与研究变得更为丰富和完善。

四、编纂体例包括导论、关键词、专题史料与研究、编年简史、目录索引、编后记。各专题的"导论"重在阐述新中国70年文学发展的总体状貌与史料编选的原则、方法。"关键词"主要解释代表性的文学概念、文艺组织、社团流派、文学作品、媒体机构等。"专题史料与研究"分辑编选,各辑"导语"概述所选文献史料的特点,每篇附"题解"交代选文出处、版本流变、内容特点与文献价值等。"编年简史"着重记录文学发展的重要事件和文学现象,以编年史的形式还原文学现场。部分专题编选了"目录索引"。"编后记"对编选情况进行了简要说明。

五、"专题史料与研究"原则上按辑分类,各辑主要依文章的发表、出版时间为序,少数专辑的目次按照文学史发展线索分类后再按时间先后排列。

六、所选篇目除稀见史料外,原则上按最初发表和出版的版本排印,少量重要政策文献及领导人讲话选收公开出版的修订本。各版本作者按初次发表时的姓名照录,若涉及笔名,一般在相应文章"题解"中说明。选录文章,个别有删节者,或在篇题中加注"节录"二字,或在"题解"中予以说明。

七、为尊重文献史料原貌,收录时除将繁体改为简体、竖排改为横排,对明显的字词、标点讹误予以规范外,一般原文照录,不作改动。对于脱落或辨识不清的文字,用"□"在文中标明。对于原文少数典实存疑或需考辨说明的,以页末"编者注"的形式呈现。

八、对于一些具有特定时代风格的字词用法、表述方式等,一般遵从原文。如年代、数字、称谓、译名,以及汉语演变过程中曾一度出现的"的、地、底、得","象"与"像"、"作"与"做"、"份"与"分"、"那"与"哪"、"甚"与"什"、"采"与"彩","其它"(其他)、"刻划"(刻画)等。对21世纪以后的选篇,则酌参现行出版规范加以校订。对选篇中的文献著录,按编辑规范与篇内统一原则,酌情进行了技术性处理。

本丛书是国家社科基金重点项目最终成果,先后入选国家"十三五"重点图书出版规划重大出版工程项目、国家出版基金项目。丛书的发掘整理、文字考订、编辑出版等工作汇聚了国内外诸多现当代文学研究者的智慧与心力,得到了很多专家、学者的指导、支持与帮助,在此我们一并致以衷心的感谢!

本丛书所选录的史料文献主要用于教学与研究工作,因所录史料涉及面广,虽经多方查找,尚有少量作品未能与作者取得联系,敬请相关作者或著作权继承者与我们联系,以便及时奉寄稿酬并致谢忱!

我们期待这套丛书能够充分展示新中国70年波澜壮阔的文学创造与发展历程,但由于新中国文学70年史料宏富广博,其中难免有疏漏之处,诚请有关专家与广大读者批评指正。

南京师范大学出版社
2020年12月

导 论

方卫平

《新中国文学史料与研究丛书》中的儿童文学卷共分为两卷。按照丛书的体例要求,我们通过导论、关键词、专题史料与研究、编年简史等板块的呈现,试图为新中国70年儿童文学曲折绵长、波澜壮阔的发展历程,留下一份比较翔实、准确,富有独特历史特点、意味和价值的文献史料集。

一

当代儿童文学文献史料,无疑是当代中国儿童文学发展的一份历史沉淀和索引。

中国当代儿童文学,作为中国当代文学发展历史的一个组成部分,既与整个当代文学发展之间存在着深刻而内在的历史联系,又呈现出许多自身的文学特质和发展轨迹。

首先,当代儿童文学与整个当代文学发展一样,必然要受到它所依托的社会生活和意识形态氛围的影响,并被打上鲜明的时代烙印。

20世纪50年代,从一片废墟上昂然站立起来的新中国把一种全新的社会生活内容交给了人们,人们的精神世界和审美心理也普遍发生了巨大的变化。在这种新的时代氛围里,儿童文学活动在许多方面也开始发生着深刻的变化。这些变化主要表现为,当代儿童文学从诞生之日起就是正在着手建设的整个新社会精神文化系统的一个组成部分,它必须改变自己的许多传统形态以适应新的时代要求——其中更多的和主要的要求往往来自文学以外的其他方面。在这种情况下,一方面是发展变化了的儿童文学迫切寻求新的现实支撑和理论解释,另一方面则是从事儿童文学创作和理论研究的人们力求按照新的时代要求去重新认识和把握儿童文学。

与五四时期中国现代儿童文学的早期起步不同,当代儿童文学发展从一开始就没有那种"一张白纸、徒手起家"的艰难和窘迫。现代儿童文学历经数十载的艰难拓展和苦心经营，无疑为当代儿童文学创作和理论建设提供了自己的文学传统，虽然这个传统算不上深厚，并且还夹杂着这样那样的历史谬误。因此实际上，当代儿童文学最初的建设者们是携带着或在不同程度上接受了现代儿童文学的历史成果而投入到新的文学营建工程之中去的。

同时，我们也知道，中国当代儿童文学发展尽管与现代儿童文学传统有着千丝万缕的历史联系，但它并不是以传统继承者的面目出现的，毋宁说，它扮演的是一个传统批判者的角色。当然，夸大这种批判的意义也是不恰当的。准确的说法应该是，中国现代、当代儿童文学发展具有不同的时代色彩和社会内容，同时又保持着许多深刻的内在联系。

其次，直接为中国当代儿童文学起步提供文学资源和参照的，是苏联儿童文学。

新中国的成立，使苏联儿童文学及其理论几乎成为整个20世纪50年代中国当代儿童文学初建时期寻求外来借鉴时唯一可供选择的对象。人们热情地翻译、介绍和宣传苏联的儿童文学及其理论，其中包括《马雅可夫斯基儿童诗选》《楚科夫斯基儿童诗》《马尔夏克儿童诗选》《给孩子的诗》《十二个月》《学校》《铁木尔和他的队伍》《古丽雅的道路》等作品，还有各种理论专著、论文集和相当数量的单篇论文。据笔者不完全统计，当时公开出版的儿童文学理论书籍有27种，其中苏联儿童文学理论专著和论文集不下15种。特别是50年代前期我国出版的儿童文学理论专著和论文集，几乎都是从苏联翻译过来的。此外还有一些作为内部交流之用的书籍，如北京师范大学1956年出版的两集《儿童文学参考资料》（穆木天等编），也收入了不少苏联儿童文学理论文章。这些翻译的理论著作在当时整个儿童文学界都有着广泛的影响：它们直接参与了当代中国儿童文学的艺术建设，并在很大程度上规定着当时中国儿童文学创作和理论的基本观念和框架，如伊林的《论儿童的科学读物》（中国青年出版社1953年版）、凯洛夫和杜伯罗维娜的《论苏联儿童文学的教育意义》（人民教育出版社1954年版）、杜伯罗维娜的《从儿童共产主义教育的任务看苏维埃儿童文学》（中国青年出版社1954年版）、柯恩的《苏联儿童文学论文集（第1集）》（中国青年出版社1954年版）、格列奇什尼科娃的《苏联儿童文学》（中国青年出版社1956年版）、密德魏杰娃编的《高尔基论儿童文学》（中国青年出版社1956年版）等，都是当时很有分量和影响的儿童文学理论书籍。这些书籍和大量论文所阐述的关于儿童文学的理论见解被广泛地介绍、传播和接受。

因此,就中国当代儿童文学的艺术和观念建设而言,一方面,正像成人文学曾经移植苏联文学理论体系一样,我国当代儿童文学的观念和艺术体系一开始也几乎是从苏联的模子里浇铸出来的。这种影响不只是某个观点的输入,或某几本书的翻译介绍,而且是艺术尤其是理论体系的全盘移植。虽然苏联的理论模式在今天看来带有许多消极因素和历史局限,但它曾经对中国当代儿童文学建设起过促进的作用,这一历史事实是不能否定的。另一方面,苏联儿童文学理论自身某种程度上的非学术化倾向和教条主义倾向,即使在当时也曾经产生过一些消极的影响。随着时间的推移,50年代苏联理论模式与中国当代儿童文学实践之间的脱节和错位现象,便逐渐突显出来。不过,从创作实践和理论上对儿童文学作出新的思考和认识的尝试,却是到了80年代之后,中国儿童文学界才有可能逐步进行。

如前所述,儿童文学史料作为一定时期儿童文学发展的历史记载和沉淀物,为我们保留、传递着儿童文学发展的历史进程、节奏和诸多信息。以新中国成立之初儿童文学理论建设发展过程为例,前期以译介苏联儿童文学理论著述、呼吁全社会关心重视少年儿童文学创作、阐明新时代儿童文学的性质、地位和作用等为主,如收入本书的1955年9月16日《人民日报》社论《大量创作、出版、发行少年儿童读物》,1955年11月18日发布的《中国作家协会关于发展少年儿童文学的指示》,1955年第18号《文艺报》发表的专论《多多地为少年儿童们写作》,严文井的《1954—1955儿童文学选·序言》,冰心的《1959—1961儿童文学选·序言》,贺宜的《儿童文学创作问题漫谈》,茅盾《六〇年少年儿童文学漫谈》等。而涉及具体作家作品和具体理论问题的研究文章相对较少。对此,收入本书的袁鹰1956年在全国青年文学创作者会议上所作的题为《关于少年儿童文学创作的一些问题》的发言中提到:"在我们的儿童文学的领域里,批评是不够旺盛的,简直少得可怜。这种情况,也影响我们的事业的积极发展。""难道我们的儿童文学创作已经没有什么可以批评的吗?当然不是;难道我们的新的儿童文学的理论已经建立起来了吗?当然更不是。我们的事业还年轻得很、幼稚得很,年轻、幼稚的事业,不仅需要鼓励、支持,也同样需要批评、监督。作品一篇一篇写出来了,书一本一本出版了,然而如石沉大海,一点回响没有,那却是最悲哀的事。"他认为,为了促进儿童文学事业,除了向作协儿童文学组呼吁,向那些专业的评论家呼吁之外,还要依靠作家们自己动手来写评论文章。从50年代中后期开始,儿童文学理论和评论在广度和深度方面都有所加强,具体表现在:以作家作品的评论渐趋活跃为先导,儿童文学的基本理论和儿童文学史的研究也开始引起人们的重视；不仅数量上显著超过以往的理论和评论文章，而且出现了一些理论文集和专著，如金近的《童话创作及其它》(1957)，陈伯吹的《儿童文学简论》(1956)、《在学习苏联儿童文学的道路上》(1958)等。

当代儿童文学理论学科的建设应该包括儿童文学史、儿童文学作家作品论和儿童文学基本理论这样三个既有不同又密切联系的部分。这几部分的研究工作在50年代都陆续起步。例如，儿童文学史研究由于首先要求占有大量的史料而需要更充分的准备，但人们仍然利用有限的条件一边收集史料，一边开展初步的研究工作。除翻译了马克·索利亚诺的《儿童文学史话》、格列奇什尼科娃的《苏联儿童文学》等外国儿童文学发展史方面的专文、专著以为借鉴外，也发表了一些儿童文学史研究方面的专文，如宋成志的《略论儿童文学的成长与发展》、李长之的《蒲松龄和儿童文学》等。在作家作品研究方面，一些作品如拓林设计、詹同绘画的连环画《老鼠的一家》、欧阳山的童话《慧眼》等，还在评论界引起了热烈的讨论，活跃了儿童文学评论界的气氛。在基本理论研究方面，一些研究者力图联系创作实际，探讨儿童文学的基本理论课题，如欧外鸥的《论儿童文学的创作方法问题》、陈子君的《谈少年儿童文学作品的趣味问题》、宋成志的《试论儿童文学和教育科学的关系》、贺宜的《儿童文学创作的一个关键问题——儿童化》等，都是当时儿童文学基本理论建设方面的收获。体裁论的研究则引起更多的注意。陈伯吹、贺宜、严文井、金近、陈汝惠、李岳南、刘守华等人在儿童文学各类体裁的研究方面都撰写了有一定学术价值的文章。

综观本时期的儿童文学发展，应当说，经过艰苦努力，人们还是在儿童文学研究方面取得了一些成绩，例如对儿童文学基本特征的一些富有理论意义的探讨、对儿童文学各类体裁的分门别类的研究、对一些中外优秀儿童文学作家作品的评论介绍、对部分儿童文学史料的发掘和整理等等。这一切作为那个时期获得的研究成果，在今天看来仍然是有积极意义的。收入本书的于贞一的《儿童文学的特点》、关于《老鼠的一家》《慧眼》的争鸣文章、鲁兵的《我国儿童文学遗产的范围》、贺宜的《小百花园丁杂说》等，都反映了当时人们努力探索、思考儿童文学问题的历史身影。

但是还应该看到，儿童文学创作和理论建设虽然是一个相对独立的领域，但却要受到它所依附的特定社会历史条件的制约，受到它所处的那个时代整体文化思潮的影响。20世纪50年代中国儿童文学的发展也是这样。50年代中期以后，正常的创作实践和理论探讨常常被一种非文学性的批判所取代，一种以批判而不是以建设为目的的文学心态逐渐形成,并在一个相当长的时期里困扰着整个儿童文学创作和研究领域。

我们可以从当时《儿童文学研究》编者们的两次前后矛盾的告白中,窥见这种心态的形成及其影响。1957年1月《儿童文学研究》作为内部刊物创刊时,编者在"发刊词"中曾经充满信心地写道:

> ……开辟这样一个角落,正希望全国各地关心儿童文学的同志们来此呐喊,既可以各抒己见,也可以互相争辩。只要有裨于儿童文学的成长、发展,评花选种,固所欢迎,嬉笑怒骂,也无不可,只要持之有故,言之成理,虽一得之见,也可发表,即大块文章,也尽量容纳。总之,我们是殷切地期望着儿童文学园地也能热闹起来。

这本来是学术刊物编者十分正常而合理的期望和告白,可是,在1958年10月出版的第6期刊物上,《儿童文学研究》以编委会名义发表了题为《坚决肃清毒素,高举红旗,为发展社会主义的儿童文学理论而斗争!》的文章。这篇文章对于当时"编委会同志文艺思想上没有政治挂帅","甚至迷失方向",进行了自我批判,并针对上面所引述的"发刊词"中的那段话,反思说这是"……向各种非无产阶级文艺思想招手,让它们在这儿公开宣传发表的告白"。

就在发表编委会文章的当期《儿童文学研究》上,11篇各类文章全是各种批判文字;而理论应有的学术品格,则几乎失落殆尽。

笔者在这里举出上述事实,是想借此说明,无视儿童文学自身特征的创作思潮从它萌发之时起就给整个当代儿童文学事业带来了一种不可忽视的影响,其直接的历史结果是,当代儿童文学在50年代末期就逐渐陷入了"建设不足、破坏有余"的困境;尽管人们仍然不乏热情,然而要在真正的意义上不断取得有价值的儿童文学成果,却已经是十分困难的事情了。

二

当代儿童文学理论建设从酝酿到着手铺开建设,曾经有过一段顺利的日子。1956年"百花齐放,百家争鸣"方针的提出,为儿童文学创作发展提供了良好的文学环境。但1960年出现的对"童心论"的批判,集中地反映了这一时期儿童文学界存在的问题。直到1966年,当代儿童文学发展更陷入了挫折。

如果说，始于1956年的关于《老鼠的一家》《慧眼》的"争鸣"，大体上还属于一种比较正常的学术讨论的话，那么，此后对所谓"古人动物满天飞，可怜寂寞工农兵"现象和"亲切论""趣味性"以及"童心论"的批判从一开始就属于一种非文学的批评。值得一提的是，一些文学家和儿童文学工作者在那样的状况下，还是表现出相当的克制力和独立思考的能力。其中茅盾便是突出的一位。1960年，儿童文学理论界掀起了一场批判"儿童文学特殊论"的运动。这场批判不仅对儿童文学研究来说是一个挫折，而且也给儿童文学创作带来了极为不利的影响。面对当时盛行的概念化、模式化的作品，茅盾收集了北京和上海两个少年儿童出版社1960年全年和1961年5月以前出版的儿童文学作品和读物共189册，还有29种文艺杂志上刊登的大量儿童诗歌、童话、儿童小说、儿童剧本等作品，再用自己的眼光和头脑考察，分析1960年少儿文学创作情况后，撰写了长篇评论文章《六〇年少年儿童文学漫谈》。他指出："1960年是少年儿童文学理论斗争最热烈的一年"，然而，"也是少年儿童文学创作歉收的一年"。他在对所收集的作品作了认真的统计、分析之后，认为当时存在的主要问题是：第一，内容几乎全是描写少年儿童怎样支援工业、农业，参加各种具有思想教育作用的活动，脱离儿童，尤其是低幼儿童的实际接受能力，"这样的'拔苗助长'，后果未必良好"；第二，给人的"印象是五花八门，而且思想性（政治性）都很强，但仔细一分析，可又觉得，表面上五花八门，实质上大同小异；看起来政治挂帅，思想性强，实际上却是说教过多，文采不足，是'填鸭'式的灌输，而不是循循善诱、举一反三的启发"；第三，在体现儿童文学特殊性方面，"不能不说去年的产品不及前数年的，这也许是反'童心论'的副作用。最糟糕的是小主人公（其年龄从五、六岁到十七、八岁）的面目是一般化的，都象个小干部，而作为年龄大小的标帜的，不是别的而是政治上成熟程度的高低。这样一来，'童心论'固无遗臭，然而从作家主观的哈哈镜上反映出来的小主人公们的形象不免令人啼笑皆非"。茅盾还用"政治挂了帅，艺术脱了班，故事公式化，人物概念化，文字干巴巴"这五句话来概括当时儿童文学作品中存在的问题。虽然在评论"童心论""儿童情趣"等理论问题时，茅盾也曾不适当地把它们简单地划归为资产阶级的儿童文学理论，但是通篇看来，这的确是一篇充满理论胆识和科学精神的批评文章。即使是"童心论"等课题，茅盾也仍然认为："我们要反对资产阶级儿童文学理论家的虚伪的（因为他们自己也根本不相信）儿童超阶级论，可是我们也应当吸收他们的工作经验——按照儿童、少年的智力发展的不同阶段该喂奶的时候就喂奶，该搭点细粮就搭点细粮,而不能不管三七二十一,一开头就硬塞高粱饼子。"在当时的状况影响下,茅盾独具慧眼的批评不啻是一副令人警醒的"清醒剂"!现在,我们把这篇文章收入本书,也是为那个时期的儿童文学历史,留下一份珍贵的史料和记载。

1961年,中共中央制定了"调整、巩固、充实、提高"的"八字"方针,并于1962年初召开了有7000人参加的扩大的中央工作会议。在此前后,文艺界也开始着手纠正"左"的错误。1961年6月,全国文联在北京新侨饭店召开了全国文艺工作座谈会和故事片创作会议,即"新侨会议"。1962年2月17日,周恩来召集在京的100多位话剧、歌剧、儿童剧作家座谈。在两次会议上,周恩来都批评了当时文艺工作中存在的"左"的思潮,并就如何发扬艺术民主、尊重艺术规律以及当时文艺创作和理论研究中的一些重要问题发表了讲话。1962年3月2日,国务院、文化部和全国剧协在广州召开了全国话剧、歌剧、儿童剧创作座谈会。陈毅在会上作了长篇讲话。他在谈到儿童文学的创作问题时说:"现在儿童看小人书,这是可以的,但是有些小人书有个很大的缺点,净是些生硬的政治概念,把儿童的脑筋搞得简单化,将来我们的儿童——下一代,恐怕也难免犯粗暴之病。儿童应该有很多幻想、很多美丽的故事、神仙的故事、很多童话故事——好像《天方夜谭》那样的故事。儿童的幻想多,智慧就开阔,眼界就扩大。不能净是一些政治名词、斗争故事,还要写一些有趣的。这一方面的任务,义不容辞,值得我们有些作家作为终身事业。多上演这样的剧本,多创作这样的剧本,现在我们纸张很紧张,恐怕不行,过几年我们纸张不紧张了,多印这么一些东西。这是个冷门,把它搞成个热门。"这番话无疑是对当时片面强调政治挂帅而实际上无视儿童文学艺术特点的文艺观念的有力反驳。

此后,在儿童文学方面,忽视艺术性的庸俗教育学观念也有所纠正。人们开始意识到,"由于有些儿童文学工作者对党的'百家争鸣,百花齐放'的文艺方针学习不够,对儿童文学的教育作用理解得过分狭隘,因而在儿童文学的创作和出版工作中产生了一些明显的缺点。其中最突出的是仅强调了写重大题材,而忽视了其他方面,因而题材狭窄,没有从多方面表现我们的伟大时代;不少作品相当粗糙,缺少儿童文学特点"。理论批评方面的降温,使人们能够稍微冷静一些地思考某些儿童文学创作和研究中遇到的课题,并促使批评本身在创作实践和理论研究之间逐渐恢复其应有的良性调节功能。

1961年至1963年间,少年儿童出版社在儿童文学研究资料的收集、整理和基本理论建设方面作了不少有益的工作。首先是推出了一套儿童文学研究资料丛书,包括《鲁迅论儿童教育和儿童文学》《1911—1960儿童文学论文目录索引》《1913—1949儿童文学论文选集》《中国古代儿歌资料》。这些资料性书籍的出版,为儿童文学研究提供了有利条件。1962年,少年儿童出版社又连续推出了鲁兵的《教育儿童的文学》、任大霖的《儿童小说的构思和人物形象》、李楚城的《给少年写的特写》、贺宜的《童话的特征、要素及其他》、王国忠的《谈儿童科学文艺》等儿童文学理论书籍。这些变化反映了调整后儿童文学理论建设方面的一种回升势头。

三

1966年5月至1976年10月,中国人民经历了十年"文化大革命"的历史挫折。在儿童文学领域,中外优秀的儿童文学遗产和作品遭到排斥,儿童文学园地与整个文艺园地一样一片凋零。60年代后期,正常的儿童文学发展留下了一段历史的"真空"时期。直至进入70年代,儿童文学创作和出版才逐渐有所恢复。从1972年开始,报刊上陆续出现了《儿童文学与儿童特点》《要重视少年儿童文艺的创作》《紧紧掌握时代的脉搏》《歌颂小英雄 表现大主题》等倡导儿童文学创作、评论儿童文学作品的理论批评文章。从局部观点看,这一时期的某些理论阐述不无某些合理性乃至正确性。例如,路遥的《儿童文学与儿童特点》一文中说:

> 儿童文学要有自己的特点,这个特点,是根据它的读者对象所决定的。由于孩子的生活经验、思想水平、知识水平和理解能力同成年人不一样,所以在反映生活的深度和广度,艺术手法和语言方面,也就与写给成人看的文学作品有所不同。决不是康藏高原上的运输兵不能成为儿童文学的描写对象,也不是与非洲人民并肩战斗的援外工人不能写;而只是比写给成人看的需要更深入浅出,易于为孩子所理解就是了。现在有少数儿童文学作品,虽然写的是孩子,但孩子并不好理解,也不喜欢看。其原因之一,就在于这些作品没有充分考虑到儿童读者的特点,成了给大人看的写孩子的作品,语言成人化,孩子的形象也成人化。

强调儿童文学要有自己的特点,强调儿童文学创作要顾及儿童的生活经验、思想水平、知识水平和理解能力,这似乎并没有什么错误。但是,我们应该联系当时的整个文艺批评环境来看待那些具体的理论观点,因为具体的观点总是属于一定的理论结构整体的。那么,当时的儿童文学理论批评的整体观念又有哪些基本内容呢?首先,当时所谓"儿童文学要有自己的特点"的观点,其目的和具体内容不过是为了让儿童从小"就懂得阶级和阶级斗争",以便"能经受住任何阶级斗争的风浪"。其次,受"题材决定论""主题先行论"等文艺观念的影响,片面强调所谓"反映重大题材,表现重大主题"。这时候,所谓"儿童特点"也就变得无足轻重了。为了表现重大主题,儿童文学就"要紧跟形势,触及时事,配合中心工作"。再次,受"根本任务论"的影响,要求儿童文学也要按"三突出"创作原则塑造人物形象,儿童文学也应和成人文学一样,需要努力塑造无产阶级的英雄典型。[①]

本书收入的《儿童文学与儿童特点》《歌颂小英雄　表现大主题》等文章,为那一时期的中国儿童文学留下了一抹历史的履痕。

四

1976年10月,"四人帮"政治集团被粉碎。不久以后,延续了十年的"文化大革命"被宣布结束。历史由此进入了一个被称为"新时期"的阶段。

"文化大革命"的结束,对于当时的中国人来说,意味着一种新的生活可能性的开启,包括政治的、经济的、文化的等等,当然,也包括整个儿童文学局面的重新开启。

与当时的整个中国文坛一样,一批长期搁笔的老作家和中年作家们的名字,又陆续出现在北京、上海等地的儿童文学报刊上。叶圣陶、冰心、严文井、叶君健、贺宜、金近、包蕾、郭风、鲁兵、圣野、黎焕颐、柯岩、何公超、任大星、任大霖、刘厚明、任德耀、洪汛涛、萧平、葛翠琳、呆向真、孙幼军、金波、田地、刘猛、邱勋、张继楼、赵燕翼、胡景芳、叶永烈、郑文光、童恩正等等,这些从20世纪20年代至50年代陆续进入儿童文学创作领域的作家们,有的已经年逾八旬,有的还不到40岁。他们与这个国家的人们一起,一脚踏进了一个充满希望的"新时期"。

然而,在度过了最初的欢欣鼓舞、意气风发的日子以后,人们很快就意识到,

---

① 参见方卫平:《中国儿童文学理论批评史》,江苏少年儿童出版社1993年版。

历史的"沉疴"并非轻易可以疗愈。"文化大革命"给儿童文学留下的伤害和遗产不仅是表面的、数量上的,也是内在的、观念上的。

对于"文革"留下的扭曲和伤害,中共中央提出了"拨乱反正"的政治目标。配合这一历史要求,1979年1月复刊、由上海的少年儿童出版社主办的不定期理论丛刊《儿童文学研究》第一辑发表了多篇文章,批判"文革"时期在极左文艺路线影响下出现的儿童文学作品,像短篇小说《小伟造反》、中篇小说《金色的朝晖》、长篇小说《钟声》等等。同时,人们也在努力为"文革"前发表、出版,后来却以不同方式被否定、批判的一些作品进行辩护、平反。这些作品包括贺宜的童话《鸡毛小不点儿》、萧平的短篇小说《三月雪》、郭风的散文诗《蒲公英和虹》等。在理论批评领域,则是"童心论"等观点得到了重新讨论和审视。

"拨乱反正"的最终目的,是促进"新时期"儿童文学的发展。显而易见的是,紧锣密鼓的"拨乱反正",提供了必要的历史清算,也有利于逐渐恢复业界对于儿童文学常识的了解和尊重。但是,如何为儿童文学的发展进程提供更强有力、更加组织化的机制和力量,1978年在庐山牯岭江西礼堂召开的"全国少年儿童读物出版工作座谈会",也许在某种程度上回答了这个问题。

这个史称"庐山会议"的座谈会的召开背景,是从民间到官方,对于当时儿童读物出版现状普遍感到焦虑和不满。1978年10月中下旬,来自各地的200余位儿童文学作家、翻译家及出版、理论、组织工作者和政府官员云集于此。会议由国家出版局、教育部、文化部、共青团中央、中国妇联、中国文联、中国科协联合主办。可以说,它是整个儿童文学界在"文革"之后一次重要的会师,也是儿童文学发展出现历史转折的契机和标志。

庐山会议结束不久,国家出版局等7家单位根据会议的成果,联合向国务院提交了《关于加强少年儿童读物出版工作的报告》。这份报告对当时严重存在的少年儿童读物的书荒现象作了充分的评估,认为急需动员各有关方面的力量,下大决心,花大力气,迅速改变当时的严重落后状况。人们注意到,这份报告就"新时期"少儿读物出版工作提出了五条原则性意见。除了第一条强调少年儿童读物出版工作必须为党在新时期的总任务服务,为提高整个中华民族科学文化水平贡献力量之外,其余四条都与少儿读物写作、出版的特征、规律有关,即少儿读物应该具有少年儿童的特点、应该富有知识性、应该富有趣味性、要提倡题材和体裁的多样化。在经历了一个荒诞、扭曲的时代之后,这些重返儿童世界、重新认识少儿读物特征、重新回归儿童文化的普遍常识和观点的论述,无疑是意味深长的。同年12月21日,国务院批转了这份报告,并且加了重要的按语,要求各省、市、自治区,国务院各部委和有关部门,都要关心和重视少儿读物出版工作,尽快地促进这项工作。本书收入的《尽快地把少儿读物出版工作促上去——国务院批转〈关于加强少年儿童读物出版工作的报告〉》、1978 年 11 月 18 日《人民日报》社论《努力做好少年儿童读物的创作和出版工作》以及关于"童心论"的部分讨论文章,为我们保留了那个历史转折时期的激情与思考。

对于"新时期"少儿读物和儿童文学的复兴来说,庐山会议的重要性是不言而喻的。在那样一个历史节点上,庐山会议使重视少儿读物创作与出版成为一种政府和业界的意志与共识,而且很快成为一种普遍的社会行动。后来发生的一切,都证明了这一点。

专业会议对于业界发展的促进和推动,是中国当代儿童文学发展历史上一个十分重要、有趣而又耐人寻味的现象。这些会议或者来自官方的主导,或者来自业界的推动。例如,1981 年国家出版局在山东泰安再次召开的全国儿童读物出版工作会议,1985 年文化部在昆明召开的全国儿童文学理论规划会议,1986 年文化部、中国作家协会在山东烟台召开的全国儿童文学创作会议,1986 年江西少年儿童出版社(现二十一世纪出版社)在庐山召开的中青年作家座谈会,1990 年上海的少年儿童出版社举办的"'90 上海儿童文学研讨会"……曾有专家认为,"新时期"的中国儿童文学史,从一定意义上说,是由一个又一个著名的会议连接而成的。从会议对中国当代儿童文学历史进程的影响上说,这样的说法是有道理的。本书专设"儿童文学会议"文献专栏,收入相关的致辞、讲话和综述,也是为了更好地呈现这一历史特征和脉络。

1980 年岁末,鉴于当时儿童文学创作日趋活跃,各地儿童文学报刊不断增加的现实,知名儿童文学作家任大霖向出版社领导提议创办一份名为《儿童文学选刊》的新刊物,同时建议由周晓担任责任编辑并负责筹备工作。正在家里专心读书写作的周晓立即结束了进修假,十分乐意地接受了这项工作。他依稀感到,这将是一份在儿童文学界大有发挥余地的刊物。而《儿童文学选刊》创办之前所拟定的办刊原则对于后来发生的事情显然是深有影响的。据介绍,在听取了各种意见之后,又经过充分研究,《儿童文学选刊》终于制定了下述原则:在为读者提供集中阅读的便利的前提下,《儿童文学选刊》应该及时反映"新时期"儿童文学发展的面貌;主要供儿童文学工作者、习作者、爱好者阅读,同时兼顾少年读者的需要。

这样的办刊定位和编选姿态无疑是意味深长的。它使这份刊物的编者们从一开始就脱掉了厚重的传统之靴,轻捷地登上了"新时期"儿童文学的艺术瞭望台,并以自己独特的眼光搜寻、监测、报告着儿童文学界每一次新的艺术动向。因此,在整个20世纪80年代,《儿童文学选刊》以自己的方式成为传统儿童文学阵营的艺术策反者,成为80年代各种儿童文学艺术话语得以进一步传递、扩张、流布的权威媒体和场所——艺术革命的烽火也因为有了它的接力和传递而向整个儿童文学界蔓延,多样化的艺术探索以不可遏制的态势遍及整个儿童文学领域。从这个意义上说,正是因为这份刊物的存在和经营,20世纪80年代中国儿童文学界旷日持久的突围表演,才变得更加有声有色、底气十足。

《儿童文学选刊》这一突出的个案,十分典型地体现了媒体及其传播对于中国儿童文学发展的重要影响和推动作用。因此,本书以"儿童文学媒介与传播"专辑,反映新中国成立,尤其是新时期、新世纪以来,报刊、出版社、网络、阅读推广等对当代儿童文学发展的持续影响和特殊意义。

20世纪70年代末到80年代初,曾经饱受创伤的中国当代文学,在民族精神、理智的恢复和重建过程中,成为社会生活、时代要求最灵敏的感应者和最坦率的表达者,在整个社会精神复苏和思想解放的进程中风光无限。事实上,"新时期"中国儿童文学最初的艺术解冻和艺术创新,也是在整个"新时期"文学的启发和带动下实现的。对于当时的中国儿童文学来说,"太阳"确实每天都是新的。新的观念、新的作者,一不留神就会撞到你的眼皮子底下。一个个题材禁区、观念禁区的突破,一个个新的文学手法、技巧的尝试和运用,儿童文学界跟整个中国当代文学界一样,被"创新"这根魔棒指挥得团团打转、热闹非凡。可以说,在整个20世纪的中国儿童文学史上,没有哪个时期像那时一样,有那么多年轻的作家,拥有如此强烈的艺术变革的欲望与共识。

大体说来,这一解冻和变革方面的探寻、实验,是在"写什么"和"怎么写"这两个层面上进行的。

三十多年前,"写什么"曾经是一个令中国儿童文学作家感到困扰的难题。受传统艺术思维定式的影响,人们在心理上存在着许多写作禁忌和表达障碍,许多题材不能涉足,许多主题被理所当然地放逐了。例如,社会阴暗面、悲剧、早恋等题材不能涉足。而在新的时代氛围的影响下,作家们,尤其是年轻一代的儿童文学作家们,已经不愿意再受这些清规戒律的束缚。就在王安忆的《谁是未来的中队长》、丁阿虎的《祭蛇》等儿童小说引起关注的前后不久,《弓》《我要我的雕刻刀》《独船》《今夜月儿明》《柳眉儿落了》等短篇小说接连问世,并先后引起了许多讨论——中国当代儿童文学一点一点顽强地拓展了自己的文学视野和写作疆域。

在社会生活的"外宇宙"受到全面审视的同时,儿童文学的艺术视野也在更深入地向着人物心理的"内宇宙"延伸。这方面最为典型的表现是怎样正视、把握和艺术地再现少男少女们伴随着身心进一步发育成熟而产生的青春期意识和所谓的朦胧爱情。身为教师的作者丁阿虎的《今夜月儿明》和少年作者龙新华的《柳眉儿落了》的先后发表犹如投石击水,激起了强烈的连锁反响。发表作品的报刊编辑部和作者本人收到的读者来信均达数百件之多;《儿童文学选刊》和上海的《文学报》还分别就两篇小说组织了讨论。诚如《儿童文学选刊》编者在发起《今夜月儿明》的讨论时所写到的:"一篇作品激起如此广泛、激烈而又褒贬迥异的反应,在我国儿童文学创作史上是罕见的。"

与人们的审美视觉早已习惯的儿童文学色彩相比,上述作品所呈现的色彩无疑要丰富得多,也凝重得多。

"写什么"的追问在实践中不断推进的同时,对于儿童文学单一、贫乏的传统写作手法的质疑和不满,也很快引发了人们对于儿童文学应该"怎么写"的思考和实验。程玮的《白色的塔》、班马的《鱼幻》、梅子涵的《双人茶座》、张之路的《空箱子》等儿童小说,郑渊洁的《"哭鼻子"比赛》、周锐的《勇敢理发店》、冰波的《那神奇的颜色》、金逸铭的《长河—少年》等童话的陆续发表,为20世纪80年代的中国儿童文学界带来了持续不断的实验热情和十分密集的讨论话题。这些气象万千的短篇作品从语言、情节、结构、艺术手法、艺术风格等不同角度切入,几乎是以毫不犹豫、毫不讲理的方式,撑破、搅乱了传统儿童文学单一、局促的艺术格局和面貌。

20世纪80年代中国儿童文学激情四射的艺术实验和创新活动,在一次会议、一套丛书那里,留下了那个时期最后一幅珍贵的历史剪影。

1986年10月,江西少年儿童出版社在庐山组织召开了一次有20多位中青年作家参加的座谈会。会议内容涉及儿童文学现状、发展趋向和前景。会议决定编辑出版一套以"新潮儿童文学丛书"为名的系列丛书。从1987年至1989年,这套"丛书"共出版9种,包括《八十年代诗选》《八十年代童话选》《八十年代乡村小说集》《八十年代小说选》《探索作品集》《一百个中国孩子的梦》《中国少女心理小说集》《中国少年探险小说集》《中国少年诗人诗选》。

在"新潮儿童文学丛书"前,有一篇题为《回归艺术的正道》的总序。这篇总序署名为丛书编委会。"总序"的开头写道:"'新潮儿童文学丛书'是从'新时期'洋洋大观的儿童文学作品中精选出来的部分作品的汇集。它们从各个侧面反映着中国儿童文学的新动机和新趋势。人们可以从这些作品的深部,获悉从痛苦中崛起的儿童文学所热烈追求的新的艺术价值体系","'新潮'不具有迎合时髦之含义。所谓'新潮',只是指文学要从艺术的歧路回归艺术的正道。'新潮'也不具有年龄的含义,我们只按艺术的标准进行选择,年龄概念在这里没有意义"。这篇总序,可以看成是贯穿20世纪80年代中国儿童文学试图彻底摆脱庸俗政治学的摆布、回归文学自身的一篇迟到的宣言。而"新潮儿童文学丛书"也以文本荟萃的方式,保留了20世纪80年代中国儿童文学在文学实验、艺术想象方面的激情、灵感和创作成果。它们与当时的《儿童文学选刊》一起,成为那个时代儿童文学发展面貌的一份珍贵的历史记录和档案。

因此,本书的"新潮儿童文学"专辑,收入了"新潮儿童文学丛书"编委会的《回归艺术的正道——"新潮儿童文学丛书"总序》、班马的《你们正悄悄的超越——新潮儿童文学丛书〈探索作品集〉总论》等重要文献。当然,新时期以降儿童文学创作潮涌、观念更新的历史节奏和脉动,我们还可以从"儿童文学研究的历史与现状""儿童观与儿童文学观""儿童文学创作现状"等专辑的文章中发现并感受到。

在很长的一段时期里,中国的社会生活特别是政治生活,成为影响和操控大众文学生活的主要力量。20世纪80年代至90年代,一种新的影响文学生活的无形力量已经悄然形成,这就是当代中国日趋活跃的经济生活及其背后那只无形的手。

1992年,中国共产党第十四次全国代表大会明确确立了市场经济在中国当代经济体制和经济生活中的位置。这意味着,当代中国儿童文学所赖以生存的社会生活环境又发生了新的深刻变化,其主要表现是,市场经济和商业化时代的到来,使以市场、商业价值取向为主导的生活发展力量,在一定程度上开始影响、挤压纯粹的文学写作及其生存空间。中国儿童文学逐渐进入一个艺术与市场、作家与读者、文学价值与商品价值相互交锋、碰撞、包容、妥协的时代。

回顾历史我们发现,早在20世纪50年代至60年代,一部儿童文学作品一次印刷几十万册,是一件十分平常的事情,而到了20世纪90年代,一部纯儿童文学作品一次印刷一两千册的情况则屡见不鲜、见怪不怪,甚至成了一种出版常态。例如,1996年5月揭晓的中国作家协会第三届全国优秀儿童文学奖,19部获奖作品中,笔者曾根据当时版权页上的印刷数作了统计,印数在8000册以下的有11种,其中印数2000册的为4种。试想一下,一部被认为是优秀的儿童文学作品只印了2000册,对于中国庞大的儿童读者群来说,意味着什么呢?而根据1990年中国第四次人口普查的数据统计,当年中国14岁及以下的儿童人口数量约为 3.139 亿人。

　　事情似乎还不仅仅只限于此。20 世纪 80 年代曾达到几十万册、上百万册发行量的纯儿童文学期刊,如今已普遍降至十几万册甚至数万册。而 20 世纪 80 年代激情四射、一呼百应的先锋作家群体,那种攻城拔寨、所向披靡的创作态势,似乎也已经成了明日黄花。

　　造成这种情况的原因当然很多。从外部环境来看,首先,在市场经济大潮的裹挟之下,商业话语权以不容置辩的强势姿态,挤压着儿童文学的纯艺术话语权。其次,各种迅速发展的大众传播媒介和新兴文艺消费类型的出现,也在蚕食着儿童文学的生存空间。再次,"应试教育"重负下的少年儿童读者,被迫与儿童文学保持某种距离,等等。

　　而商业化时代的降临,无疑是影响 20 世纪 90 年代中国儿童文学生存命运和发展走向的最大因素。精英式的写作自信和姿态,严肃的文学理念和理想,都意外遭遇了来自商业领域及其规则的挑战,遇到了快餐式童年消费的某种冷遇和远离。对于中国儿童文学来说,这究竟是一次无情的陷落,还是一次可能的生机呢?

五

　　进入 21 世纪,中国儿童文学出版、发行、传播的市场环境进一步形成。如果说 20 世纪 90 年代的中国儿童文学还只是在市场经济的环境里小试身手的话,那么,近年来市场对于儿童文学发展的影响和左右,已经成为一个必须应对的巨大的生存现实。

　　首先,这源于国家对于文化事业与体制市场化改革的强力推动。2002 年,中国共产党第十六次全国代表大会报告中,把"文化建设和文化体制改革"列为专门的一章。2003 年,中共十六届三中全会通过了《完善社会主义市场经济体制若干问题的决定》,首次明确提出文化体制改革要形成一批大型文化企业集团。出版业作为实体文化的主要组成部分,于 2003 年开始了体制改革的总体启动阶段。截至 2010 年底,包括地方出版社、高校出版社、中央各部门各单位出版社在内的中国所有经营性出版社,已经全部由事业单位转为企业,成为市场主体。

　　其次,在中国,出版一部作品必须通过相关的出版社,而出版社的经营必须符合国家的意志和大众的需求。出版社成为企业,意味着绝大部分的出版行为,都将同时是一种市场行为,只有一部分被认为具有文化积累、创新价值,或者体现国家意图的出版项目,才有机会获得政府出版补助。在这样的背景下,传统儿童文学出版的习惯与空间,都发生了新的变化。最初的茫然和恐慌无疑是存在的。20世纪90年代的市场化尝试,人们还只是朦胧地预感到了市场化的前景和压力。而进入21世纪后,中国出版体制全面的市场化改革,无疑把那些曾经还在犹豫、观望或心存侥幸的出版社和作家,统统都赶进了市场经济的无边的丛林里。

除了市场经济这只"狼"以外,中国儿童文学还同样面临着一些来自其他方面的困扰和压迫。例如,以数字电视、互联网等为代表的新媒介的大规模普及,使相当一部分少儿读者的阅读时间被剥夺。中国中小学普遍存在的应试教育,也常常使许多孩子疲于应付各类繁重的作业和考试,一部分目光短浅的老师和父母固执地认为,只有作业和分数,才是童年时代的正事,才能保障孩子们的未来,而儿童文学不过是无关紧要、可读可不读的闲书而已。在这样的现实之下,儿童文学的发展处境似乎不容乐观。

出人意料的是,在经过了若干年的犹疑、惶恐和摸索、努力之后,21世纪中国儿童文学的创作、出版、发行却进入了一个十分风光的时期。许多报道都宣称,在近年来中国图书市场整体增长缓慢的情势下,童书包括儿童文学的出版、发行却逆势上扬。据北京开卷信息技术有限公司(以下简称"开卷公司")提供的统计数据,2006年至2016年,中国少儿图书的年增长幅度,均高于整体市场的增幅。

一些堪称现象级的出版个案也进一步证实了这一出版趋向。秦文君的《男生贾里》(后增写为《男生贾里全传》)、曹文轩的《草房子》、沈石溪的动物小说《狼王梦》等20世纪90年代出版的作品,在进入新世纪后,其新增发行量都远远超过了20世纪90年代的发行量。《男生贾里》1993年第一版首次印数仅为2000册,而进入21世纪以来,它的发行量达到了近200万册。而曹文轩影响巨大的长篇小说《草房子》《青铜葵花》在江苏少年儿童出版社的发行量均达数百万册。沈石溪的长篇小说《狼王梦》初版于1990年11月,但是这部作品的大红大紫却是在进入新世纪以后。2016年1月北京图书订货会前夕,浙江少年儿童出版社在北京举办了"这个时代的阅读奇迹"庆祝会,庆祝如今已有"动物小说大王"之称的沈石溪的《狼王梦》浙少版6年间发行400万册。这些超级畅销书的出现,在20世纪80年代、90年代是人们无法想象的。四川作家杨红樱的"淘气包马小跳"系列、"笑猫日记"系列等,都是新世纪中国儿童文学界出现的超级畅销书。其中由明天出版社出版的《笑猫日记》系列26种,自2006年5月至2019年10月,累计出版发行7272万册。(以上作品发行数字或来自媒体报道,或由出版社直接向笔者提供。)

因此,对于新世纪中国儿童文学发展来说至为重要的一个现象,是随着国内儿童图书消费量的急剧攀升,儿童文学类童书在整个中国图书出版界经济地位不断提升。尽管早在20世纪90年代,人们就开始意识到了市场经济下儿童文学出版所暗藏的巨大消费潜力,但进入新世纪以来的十余年间,针对这一消费潜力的出版发掘与利润争夺,几乎成了席卷中国出版界的一个醒目现象,不但一批老牌的少儿出版社加大了各类儿童文学出版项目的策划、宣传与施行,而且有一批原本并不专门涉足少儿图书的出版机构,也纷纷设立专门的少儿出版分支,加入到这一文化担责和利润分羹的队列中。这些现象,使得人们对于原创儿童文学的关注和青睐日益凸显,同时也使得原创儿童文学在20世纪后期所累积起来的那份艺术底气,在新世纪十余年间得到了淋漓尽致的发挥和释放。

与此相应的是,从第一代独生子女的出生开始发生的中国家庭结构的逐渐改换与家庭关系的逐渐调整所带来的儿童观与儿童教育观的不断演进,随着第一代独生子女的成年与新的代际繁育的延续,在20世纪末期的儿童文学内部催生出了一种更具当代性的对于童年及其美学的理解。总体上看,这是一种既坚持传统的儿童保护原则,又愿意充分尊重童年自由精神的童年理解倾向,与此相应的儿童文学写作总是试图在这两者之间寻找到一种恰到好处的平衡。在新世纪十余年间的儿童文学作品中,对于这一平衡的追寻越来越成了原创优秀儿童文学作品所秉持的基本的童年精神向度,进而也越来越参与塑造着新世纪儿童文学的总体艺术面貌。

那么,这里还有一个问题就是,中国儿童文学作家何以能在市场经济的竞争法则下,取得我们所看到的收获?

第一,从整个社会背景来看,中国经济的发展,带来了家庭经济和消费能力的明显提升。加上独生子女家庭的普遍化,使儿童对家庭消费的控制力、影响力以及儿童的自主消费能力都得到了显著加强。在此过程中,儿童文学书籍也成了儿童消费的重要内容。

第二,从中国教育的现实和发展来看,越来越多新一代的父母和教师开始重视阅读,尤其是开始重视儿童文学阅读在儿童教育和发展中的作用和价值。与此同时,近年来各地通用的由官方支持的小学语文教材进行了多次修订,其中儿童文学作品在新教材中所占的比例和地位不断提高。这一切,从教育体制的角度,保障了儿童文学的阅读和传播。

第三,进入新世纪以来,中国的教育界、文学界、出版界等,对于面向儿童的阅读推广活动,都给予了极大的重视,投入了持续的热情。许多校园里都出现过一些著名儿童文学作家、评论家、编辑、阅读推广人的身影。推广儿童阅读,建设书香社会,已经成为近年来中国社会文明发展进程中的一项重要的文化运动、一道独特的文化风景。

第四,一百多年来,中国儿童文学的现代发展历史,是与外国儿童文学作品、理论等的大量译介、引进分不开的。而进入新世纪以来,中国儿童文学界对于了解、翻译、引进世界优秀儿童文学作品的渴望和行动,已经到达了一个前所未有的高点。儿童文学先进国家的各类优秀作品,尤其是各类获奖作品,几乎都被译介、引进到了中国。短短几年间,在博洛尼亚、法兰克福、伦敦、阿布扎比等世界各地的童书展上,来自中国的数量庞大的出版人、书商、童书作家等,摩肩接踵。2013年11月,第一届中国上海国际童书展在上海创办;2018年起,这一童书展由上海新华发行集团有限公司与博洛尼亚展览集团共同投资成立的合资公司负责全面运营与管理。这一切,为新世纪的中国儿童读者提供了更加丰富的阅读和选择机会,同时也为中国儿童文学的发展开拓了视野和空间。

此外,我们不会忘记,新世纪的中国儿童文学,是在20世纪80年代和90年代提供的历史经验和艺术积淀的基础上发展起来的。20世纪80年代,班马、曹文轩、张之路、秦文君、梅子涵、郑渊洁、周锐、冰波、常新港、程玮、丁阿虎们的激情探索和创新,已经作为一种艺术血液,融入了新世纪中国儿童文学发展的艺术躯体,而新世纪更加开放、自由的社会生活的发展、变迁,也给中国儿童文学的艺术发展带来了更为广阔的空间。20世纪90年代,市场经济大幕的拉开,则为后来中国儿童文学的生存、发展提供了最初的市场和舞台。因此,新世纪的中国儿童文学,是在历史与现实共同筑就的舞台上出演的。

本书专设"儿童文学畅销书"文献专辑,也是为新世纪市场化时代儿童文学的发展留下一份历史记录。

2006年9月,在澳门特别行政区召开的国际儿童读物联盟(IBBY)第三十届世界大会上,笔者做过一个报告,题目是《图画书在中国大陆的兴起》。

进入新世纪之前,在中国的出版界和儿童文学界,图画书还没有成为一种受人关注的出版类型和创作热点。尽管人们通过各种途径,或多或少地了解了一些国外图画书创作、出版、阅读的繁盛状况,但是,在中国,对图画书创作、出版和推广的自觉关注与实践,无疑是近年来才逐渐兴起并越来越引人注目的。

笔者在上述报告中曾经认为,图画书在中国的兴起,有着多方面的原因。

首先,近三十年来中国经济的迅速发展,中产阶层的逐步形成,城乡居民收入的普遍增长,使相对处于印刷读物消费高端的图画书市场拥有了较大的具有一定购买力的潜在消费群体。

其次,随着中国图书出版和印刷业等的逐渐发育和成熟,人们也在不断寻找新的印刷品种和图书市场。在2001年"六一"国际儿童节前夕,一些报刊在谈论中国出版业的前景时,就曾用了类似的标题——"图画书:中国出版业的最后一块蛋糕","图画书:出版业的新宠"。

再次,"读图时代"降临的社会共识的形成和阅读心理支撑。据说,1998年,广州花城出版社的一位编辑在推广其策划出版的一套漫画丛书时,第一个提出了"读图时代"的概念。"令策划人自己都未想到的是,这一次并不成功的商业运作却促成了一次成功的'概念推广'。"[①] 图画书的兴盛,无疑是图形、图像成为这个时代阅读的主体内容之后,发展出的一个合乎逻辑的创作、出版和阅读结果。

最后,从中国儿童文学界内部看,图画书概念及其创作的整体性缺失,在新的文学视野和创作背景下,也已经到了必须面对和补救的时候了,何况图画书本身还拥有独特的美学魅力和巨大的艺术空间。

从中国图画书兴起的内部原因看,近年来,中外童书出版界的不断沟通和交流,特别是有越来越多的中国少儿出版界人士出国参加各种儿童书展、进行版权交易,还有中国海峡两岸儿童文学界的频繁交流,都使中国大陆的少儿创作者、出版人、发行人等对图画书的艺术特性和商业潜质有了日渐清晰和深刻的认识。近年来,越来越多的中国出版社,将国外图画书的翻译和出版作为自己的出版重心之一。这一出版策略的确定和实施,使中国台湾及外国的不少优秀图画书作品在数年间以十分密集的方式在中国大陆得以出版。

作为一种创作和出版门类,图画书或准图画书的创作与出版在中国儿童文学的历史上并非始于最近这些年。但是,作为一种自觉的、成规模的创作和出版行为,作为一种受到读者普遍关注的文学现象,原创图画书的兴起显然是世纪之交的一道新的创作和出版风景。在"读图时代"社会文化氛围的诱惑和国外图

---

① 孙晓燕:《解读"读图时代"》,《编辑学刊》2004年第3期。

画书作品的启发下,中国的创作者和出版者们对图画书的艺术领地充满了跃跃欲试的好奇和冲动,于是,一批原创的图画书作品,也以前所未有的密集度进入了人们的阅读视野。

近十几年来陆续出版的余丽琼著、朱成梁绘图的《团圆》(明天出版社),周翔编绘的《一园青菜成了精》(明天出版社),姚佳著绘的《迟到的理由》(明天出版社),于虹呈著绘的《盘中餐》(中国少年儿童新闻出版总社),谢华著、黄丽绘图的《外婆家的马》(海燕出版社)等成为中国原创图画书的代表性作品,其中《团圆》《盘中餐》《外婆家的马》,分别获得第一届(2009)、第五届(2017)、第六届(2019)"丰子恺儿童图画书奖"大奖。从这些图画书作品中,我们可以感受到一种相对成熟的图画书创作理念和创作手法,甚至能够体察到一种能够体现现代图画书设计、装帧和印制观念的图画书文本形态正在中国逐渐形成和日益明晰。

毋庸讳言,中国原创图画书在创作、出版、推广等各个环节上,都取得了很大的发展,同时还存在着一些不能令人满意的地方。例如,在图画书创作的题材、创意等方面,平平之作还不少;由于缺乏兼具文学和绘画才能的创作人才,原创图画书在图文结合,尤其是在实现图画的叙事功能方面,还有许多有待提升的地方。

原创图画书的活跃和推广,是新世纪以来中国儿童文学的重要现象之一。本书收入的《华文原创图画书中"乡土中国"的再现——以"丰子恺儿童图画书奖"获奖作品为例》《关于图画书的不完全定义》等文章,是这一现象的一份记载。

2016年4月4日,意大利当地时间14时50分许,第五十三届博洛尼亚书展新闻发布会现场,国际安徒生奖评委会主席帕齐·亚当娜宣布,中国作家曹文轩和德国插画家苏珊·贝尔纳分别获得2016年国际安徒生奖作家奖和插画家奖。

对于中国儿童文学界来说,那是一个难忘的夜晚。

众所周知,中国儿童文学的现代自觉,是在1919年发生的五四新文化运动前后启动的。伴随着这一自觉进程的,是中国儿童文学界渴望看见和认识世界儿童文学的实践与努力。从20世纪初对欧美儿童文学的译介,到20世纪50年代对以苏联为主的社会主义国家儿童文学的引进,直到"文革"结束后改革开放40年来对世界儿童文学的大规模、全方位的翻译、研究、出版和推广,可以说,一部中国儿童文学百年发展史,也是一部试图与世界儿童文学对话、交流的历史。

从这个意义上说，曹文轩在 2016 年春天的获奖，不仅是一段历史发展的结果，也可能是一个关乎未来的明亮的预言。

本书的"比较儿童文学与儿童文学国际化"专辑，收入了曹文轩创作的数篇文章以及其他学者的相关探讨，可以为我们了解中国儿童文学发展与外国儿童文学之联系这一维度，提供一些线索和参考。

改定于 2023 年 3 月 2 日

目 录

总　序 ·· 黄发有　001

出版说明 ··　017

导　论 ·· 方卫平　019

关键词

一、基本概念

儿童文学 ··························· 003
儿童故事 ··························· 003
少年文学 ··························· 004
动物小说 ··························· 004
幻想文学 ··························· 005
图画书 ······························ 005
游戏精神 ··························· 006
儿童文化产业 ···················· 007

童年史 ······························ 007
童心论 ······························ 008
婴幼儿文学 ························ 008
童话 ·································· 009
畅销童书 ··························· 009
儿童反儿童化 ···················· 010
儿童观 ······························ 011
热闹派与抒情派 ················· 011

二、代表作品

（一）文学创作

《海滨的孩子》 ·················· 012
《神笔马良》 ······················ 012

《小马过河》 ······················ 013
《乌鸦兄弟》 ······················ 013
《野葡萄》 ·························· 014
《"小兵"的故事》 ·············· 014

《宝葫芦的秘密》……………… 015
《童年时代的朋友》…………… 015
《"下次开船"港》 …………… 015
《小蝌蚪找妈妈》……………… 016
《微山湖上》…………………… 016
《小布头奇遇记》……………… 017
《小兵张嘎》…………………… 017
《猪八戒新传》………………… 017
《长长的流水》………………… 018
《狐狸打猎人》………………… 018
《闪闪的红星》………………… 018
《小灵通漫游未来》…………… 019
《三个铜板豆腐》……………… 019
《给巨人的书》………………… 020
《哦,香雪》 …………………… 020
《黑猫警长》…………………… 020
《我要我的雕刻刀》…………… 021
《骆驼寻宝记》………………… 021
《阿诚的龟》…………………… 021
《舒克贝塔历险记》…………… 021
《独船》………………………… 022
《拿苍蝇拍的红桃王子》……… 022
《山野寻趣》…………………… 023
《一百个中国孩子的梦》……… 023
《16岁的思索》 ……………… 023
《我喜欢你,狐狸》 …………… 024
《第三军团》…………………… 024
《孙悟空在我们村里》………… 024
《小巴掌童话》………………… 025
《男生贾里》…………………… 025
《大头儿子和小头爸爸》……… 026
《赤色小子》…………………… 026

《花季・雨季》………………… 026
《女儿的故事》………………… 027
《我要做好孩子》……………… 027
《草房子》……………………… 027
《为一片绿叶而歌》…………… 028
《我的妈妈是精灵》…………… 028
《我们去看海》………………… 028
《笨狼的故事》………………… 029
《书本里的蚂蚁》……………… 029
《笛王的故事》………………… 030
《你是我的妹》………………… 030
《冰碗小店》…………………… 031
《天使的花房》………………… 031
《骑扁马的扁人》……………… 031
《蓝调江南》…………………… 032
《斑羚飞渡》…………………… 032
《巨人的城堡》………………… 033
《黑焰》………………………… 033
《窗下的树皮小屋》…………… 033
《团圆》………………………… 034
《地下室里的猫》……………… 034
《少年的荣耀》………………… 034
《寻找鱼王》…………………… 035
《盘中餐》……………………… 035
《有鸽子的夏天》……………… 035

(二)理论研究

《儿童文学简论》……………… 035
《教育儿童的文学》…………… 036
《中国现代儿童文学史》……… 036
《中国儿童文学理论批评与构想》
　　………………………… 036

《中国儿童文学理论批评史》
　　　…………………… 037
《现代儿童文学本体论》……… 037
《儿童文学的三大母题》……… 037
《现代中国儿童文学主潮》…… 037
《中国儿童文学与现代化进程》
　　　…………………… 038
《图画书：阅读与经典》……… 038
《20世纪中国儿童文学的文化
　　阐释》………………… 038
《大众文化视域中的中国儿童
　　文学》………………… 038
《近代来华传教士与儿童文学的
　　译介》………………… 039

三、儿童文学丛书

《新中国儿童文库》…………… 039
《十万个为什么》……………… 040
《新潮儿童文学丛书》………… 040
《中国儿童文学大系》………… 040
《中华当代少年小说丛书》…… 041
《儿童文学新论丛书》………… 041
《中华当代儿童文学理论丛书》
　　　…………………… 042
《中国幽默儿童文学创作丛书》
　　　…………………… 042
《大幻想文学》………………… 042
《世界奇幻文学大师精品系列》
　　　…………………… 043
《国际大奖小说》……………… 043
《信谊世界精选图画书》……… 043
《百年百部中国儿童文学经典
　　书系》………………… 043
《彩乌鸦系列》………………… 044
《全球儿童文学典藏书系》…… 044
《风信子儿童文学理论译丛》
　　　…………………… 045
《启发精选美国凯迪克大奖绘本》
　　　…………………… 045
《当代西方儿童文学新论译丛》
　　　…………………… 045
《国际安徒生奖大奖书系》…… 046

四、报　刊

《小朋友》……………………… 046
《中国儿童报》………………… 047
《少年文艺》（上海）………… 047
《儿童文学研究》/《中国儿童文学》
　　　…………………… 047
《儿童文学》…………………… 048
《少年报》……………………… 048
《少年文艺》（江苏）………… 048
《少年科学》…………………… 049
《幼儿园》……………………… 049
《朝花》………………………… 049
《儿童文学选刊》……………… 050

《巨人》……………………… 050
《未来》……………………… 050
《东方少年》………………… 051
《幼儿画报》………………… 051
《故事大王》………………… 051
《童话大王》………………… 052
《童话报》…………………… 052
《中国校园文学》…………… 052
《东方娃娃》………………… 053
《中国儿童文学》…………… 053
《中国儿童文化》…………… 054

五、出版机构

中国少年儿童新闻出版总社
　………………………………… 054
少年儿童出版社 …………… 055
浙江少年儿童出版社 ………… 055
明天出版社 ………………… 056
安徽少年儿童出版社 ………… 056
江苏凤凰少年儿童出版社 …… 056
二十一世纪出版社 ………… 057
接力出版社 ………………… 057
蒲蒲兰绘本馆 ……………… 057
蒲公英童书馆 ……………… 058
魔法象童书馆 ……………… 058

六、奖　项

第一次全国儿童文艺创作评奖
　………………………………… 058
第二次全国少年儿童文艺创作
　评奖 ………………………… 059
陈伯吹国际儿童文学奖 ……… 059
全国优秀儿童文学奖 ………… 060
宋庆龄儿童文学奖 …………… 060
信谊图画书奖 ……………… 061
冰心儿童文学奖 …………… 061
丰子恺儿童图画书奖 ………… 061

七、研究团体和机构

中国儿童文学研究会
　………………………………… 062
全国师范院校儿童文学研究会
　………………………………… 062
浙江师范大学儿童文学研究所
　………………………………… 063
北京师范大学中国儿童文学研究
　中心 ………………………… 063

八、会　议

全国少年儿童读物出版工作座谈会 …………………………… 064

全国儿童文学创作会议 …… 064

儿童文学创作会议 ………… 065

'90 上海儿童文学研讨会 …… 065

亚洲儿童文学大会 ………… 066

红楼儿童文学新作系列研讨会 …………………………… 066

全国儿童文学创作出版座谈会 …………………………… 067

专题史料与研究

第一辑　有关儿童文学的文件、社论、决议

大量创作、出版、发行少年儿童读物 ………《人民日报》社论 072
多多地为少年儿童们写作 …………………………《文艺报》专论 075
中国作家协会关于发展少年儿童文学的指示 …………………… 079
努力做好少年儿童读物的创作和出版工作 …《人民日报》社论 081
尽快地把少儿读物出版工作促上去
　　——国务院批转《关于加强少年儿童读物出版工作的报告》………… 084
中国作家协会关于改进和加强少年儿童文学工作的决议 …………… 088
中国作家协会关于进一步加强儿童文学工作的决议 ……………… 090

第二辑　儿童文学研究的历史与现状

儿童文学理论工作现状和我们的紧迫任务 ……………… 陈子君 094
我国儿童文学研究现状的初步考察 ……………………… 方卫平 100
略说我国儿童文学理论的发展及其它 …………………… 浦漫汀 110
20 世纪八九十年代中国儿童文学系统工程的建设 ……… 王泉根 125
论"分化期"的中国儿童文学及其学科发展 …………… 朱自强 144
儿童文学批评价值体系建构的问题意识与方法路径 …… 李利芳 151

第三辑　儿童观与儿童文学观

儿童文学的特点	于贞一	162
小百花园丁杂说	贺　宜	174
儿童文学与儿童特点	路　遥	199
试谈关于儿童文学特点的几个问题（节录）	陈子君	201
导思·染情·益智·添趣		
——试谈儿童文学的功能	刘厚明	213
儿童文学观念的更新	曹文轩	219
当代儿童文学观念几题	班　马	225
对儿童文学整体结构的美学思考	班　马	230
对一种传统的儿童文学观的批评	刘绪源	252
中国当代儿童文学观的两次重要转变	孙建江	258
"解放儿童的文学"		
——新世纪的儿童文学观	朱自强	261
为人类提供良好的人性基础	曹文轩	272
论现代性视野中儿童本位的文学话语	杜传坤	278
童年写作的厚度与重量		
——当代儿童文学的文化问题	方卫平	288
中国当代儿童观与儿童文学观	陈　晖	300
我的儿童文学观念史	曹文轩	308
儿童文学：尽可能地接近儿童本然的生命状态	陈思和	315

第四辑　儿童文学创作现状

新的儿童文学的诞生	杜　高	322
《1954—1955儿童文学选》序言	严文井	328
关于少年儿童文学创作的一些问题		
——在全国青年文学创作者会议上的发言	袁　鹰	336
儿童文学创作问题漫谈	贺　宜	346
六〇年少年儿童文学漫谈	茅　盾	359

《1959—1961儿童文学选》序言 …………………………… 冰　心　379
歌颂小英雄　表现大主题
　　——谈谈儿童文学创作中的两个问题 …………… 谢佐殿烈　386
儿童文学的报春燕
　　——1980年以来儿童短篇小说创作管窥 ………… 周　晓　391
酒神的困惑
　　——近年儿童文学速写之一 ………………………… 汤　锐　402
新景观　大趋势
　　——世纪之交中国儿童文学扫描 …………………… 束沛德　406
凄美的深潭："低龄化写作"对传统儿童文学的颠覆 …… 徐　妍　417
从口水吐向安徒生到哈利·波特热
　　——新世纪中国儿童文学的点滴思考 ……………… 蒋　风　425
论青年作家的写作 …………………………………………… 梅子涵　432
民族性地域性的独特书写
　　——近期少数民族儿童文学的发展状况 …………… 张锦贻　435
华文原创图画书中"乡土中国"的再现
　　——以"丰子恺儿童图画书奖"获奖作品为例 ……… 陈恩黎　444

第五辑　儿童文学文体

漫谈儿童诗 …………………………………………………… 柯　岩　452
儿童小说实际上是少年小说 ………………………………… 梅子涵　462
"热闹型"童话漫议 …………………………………………… 吴其南　466
关于儿歌创作的几个问题 …………………………………… 金　波　472
儿童文学文体分类的历史性和新基点 ……………………… 周晓波　477
论童话及其当代价值 ………………………………………… 方卫平　487
见证1999—2007：图画书在中国 …………………………… 阿　甲　494
科幻文学的中国阐释 ………………………………………… 吴　岩　503
关于图画书的不完全定义 …………………………………… 彭　懿　509

第六辑　儿童文学史研究

我国儿童文学遗产的范围 ………………………………… 鲁　兵　518
繁星掇拾
　　——晚清小说中儿童文学作品巡礼 ………………… 胡从经　522
"儿童文学"源流琐谈 ……………………………………… 盛巽昌　543
略论文学研究会的"儿童文学运动" ……………………… 王泉根　549
20世纪中国文学中的儿童形象 …………………………… 吴其南　560
都市文化的早期图像记忆：1935年的三毛漫画
　　——兼谈中国现代儿童文学未完成的探索 ………… 陈恩黎　572
"十七年"童话：在政治与传统之间的艺术新变 ………… 钱淑英　581
《妇女杂志》与中国现代儿童文学 ………………………… 胡丽娜　592
上海儿童文学"中生代"：地域性创作群体40年的文学风貌
　　………………………………………………………… 李学斌　603

第七辑　新潮儿童文学

回归艺术的正道
　　——"新潮儿童文学丛书"总序 ………… "新潮儿童文学丛书"编委会　610
你们正悄悄的超越
　　——新潮儿童文学丛书《探索作品集》总论 ……… 班　马　613
新时期少年小说的误区 …………………………………… 朱自强　629
他们开辟了少儿文学的新边疆
　　——"探索性"少儿文学之探索 ……………………… 吴其南　643

关键词

一、基本概念

儿童文学

在不同的语境中,儿童文学(Children's Literature)这个概念通常具有不同的内涵和外延。因此,严格地说,并不存在一种单一的、确定的或普适性的关于儿童文学的定义。尽管如此,当代儿童文学仍旧发展出若干能够被广泛接受、理解的假设和理念。首先,儿童文学的逻辑起点是"儿童观";其次,儿童文学的实际受众往往并不仅限于儿童;第三,儿童文学具有独立的美学价值,并不是教育的附属工具。目前通行的分类标准主要是两种:一是根据目标读者的年龄差异,把儿童文学分为婴幼儿文学(0—6岁)、儿童文学(6—12岁)、少年文学(12—18岁);二是根据文体的差异和特点,把儿童文学主要分为儿歌、儿童诗、图画书、童话、儿童小说等。需要指出的是,无论是以年龄差异为标准,还是以文体差异为标准,类别之间的界限并不总是清晰或固化,而是常常呈现含混或跨界的现象。在英语世界里,儿童文学现代自觉发生在18世纪40年代左右。1744年,英国书商约翰·纽伯瑞(John Newbery)出版了《小小袖珍书》(A Little Pretty Pocket Book)并获得很大成功。这一出版事件现在通常被视为现代儿童文学发展史上的里程碑。中国儿童文学的现代自觉则发生在20世纪初的五四新文化运动时期。

儿童故事

在现代文学理论中,故事(story)与叙事(narrative)常常可以互为指代。"一次叙事就是一个故事,不论这个故事是以散文还是诗歌的形式被讲述出来。它包含了事件、人物以及人物的言行。"(M. H.艾布拉姆斯,1999)故此,广义而言,叙事类的儿童文学作品都可以被称为儿童故事。不过,作为一种与儿童小说、儿童诗歌等相区别的文类,儿童故事通常指向其狭隘意义上的内涵,即由作者个体所创作,具有较强故事情节、结构清晰单纯、主题明确的叙事作品。儿童故事有以下几种常见的类型:动物故事、生活故事、历史故事、侦探故事等。需要指出的是,以上分类并没有完全统一或固定的标准,类与类之间的交错、重叠往往难以避免。日本作家古田足日的《一年级大个子和二年级小个子》（1970）、法国作家勒内·戈西尼（René Goscinny）和漫画家让-雅克·桑贝（Jean-Jacques Sempé）合作的《小淘气尼古拉的故事》（Le Petit Nicolas，1954）等均是具有世界影响力的儿童故事。在当代中国，郑春华的"大头儿子和小头爸爸"系列、任溶溶的"土土的故事"系列、谢华的"老提的故事"系列等都是比较优秀的作品。

少年文学

在现代英语儿童文学界，少年文学（Young Adult Literature）又被称为"Teenage Novels"或"Adolescent Fiction"。它作为一个相对独立的分支出现在图书市场上大致从20世纪中叶开始。20世纪50年代，两部成人小说《麦田里的守望者》（The Catcher in the Rye，1951）和《蝇王》（Lord of the Flies，1954）吸引了很多少年读者的注意力。这两部小说也在某种程度上影响了后世少年文学的写作。根据目前通行的标准，少年文学目标读者的年龄范围限定在12岁到18岁之间。其主要宗旨是为渐渐长大的未成年人提供迈向成人社会的必要精神援助，构建自我身份认同；同时，也为他们阅读更具挑战性的经典著作奠定基础。友谊、家庭生活、初恋、身份困惑、性的萌动与探索等是少年文学较多涉及的主题。在中国儿童文学界，20世纪80年代中后期的"探索潮"便是从少年文学发端的。班马的《鱼幻》、金逸铭的《长河——少年》、韦伶的《出门》、梅子涵的《蓝鸟》等均是在当时引发广泛讨论的作品。吴其南的《转型期少儿文学思潮史》（1997）则是当时比较重要的一部理论专著。

动物小说

动物小说在儿童文学中具有重要而独特的地位。在中国学界，目前通常把以真实动物的生存故事为基本素材的儿童小说视为动物小说。根据叙事角度的不同，动物小说常常呈现动物叙事角度和人类叙事角度两种主要叙述类型。前者的拟人化程度较高，能给予作者更大的表达空间，营造出传奇性的文本效果；后者更讲究真实的自然性，在受限的视角中既聚焦动物的原生态也凸显人文精神内蕴。金曾豪、沈石溪、格日勒其木格·黑鹤等都是当代具有代表性的动物小说作家。而在英语儿童文学界，则把所有关于动物的文学作品统称为"动物故事（Animal Stories）"。它既可以出现在婴幼儿阶段的各种启蒙读物中，也可以是适合少年时期读者阅读的长篇著述。动物故事又被分为拟人化和自然化两大类。前者通常以童话的形式加以表现,如毕翠克丝·波特(Beatrix Potter)的图画书;后者则常以小说的形式加以表现,如欧内斯特·汤普森·西顿(Ernest Thompson Seton)的《我所知道的野生动物》(*Wild Animals I Have Known*, 1898)。

总而言之,不管采用何种分类方法,动物小说(或动物故事)往往不可避免地兼有幻想、拟人和写实的成分,呈现深刻的模糊性。无论采用何种叙事艺术形式,关于动物的文学作品都包含了其根本性的创作意图:借助动物世界的投射,表达对人类社会的各种看法和情感。

幻想文学

作为一种文类,幻想文学(Fantasy)的发生、形成与19世纪欧洲浪漫主义思潮的兴起有着重要的关联。浪漫主义诗人、作家对口传民间童话的采集与改写促使了小说(Novel)与童话(Fairy Tales)之间的相互影响、融合。在儿童文学语境内,幻想文学通常指这样一类作品:由写作者个体所创作,具有小说的形式架构与长度,包含超自然或其他非现实元素的故事。

在英语世界里,弗兰西斯·爱德华·佩吉特(F.E. Paget)的《卡兹科普弗斯一家的希望》(*The Hope of The Katzekopfs*, 1844)和约翰·拉斯金(John Ruskin)的《金河王》(*The King of The Golden River*, 1851)被认为是幻想文学的开篇之作。幻想文学写作的繁荣时期大致出现在20世纪两次世界大战前后,托尔金(J.R.R. Tolkien)的《霍比特人》(*The Hobbit*, 1937)和刘易斯(C.S. Lewis)的"纳尼亚传奇"系列(*Narnia*, 1950)是其中具有世界影响力的代表作。

在中国儿童文学界,对幻想文学的引进、研究和创作实践大致开始于20世纪90年代。彭懿的《西方现代幻想文学论》(1997)是较早出现的一部理论专著,陈丹燕的《我的妈妈是精灵》(1998)则是受到较多关注与好评的一部幻想文学作品。

图画书

虽然绝大部分的儿童图书都配有插图,但并不是所有配有插图的书都可以被称作图画书。在儿童读物中,图画书(Picture Books)是一种独特的类型。简要地说,它是一种借助图像与文字两种媒介之间的互动进行叙述的文类。这种互动关系在不同的图画书、不同的语境中包含了复杂的情形,如互补、对抗、平行等。

按照当代图画书的制作标准,一本图画书由以下几个基本部分构成:封面、环衬、扉页、正文、版权页、封底。

它们既传递出视觉审美性，也具有隐秘而重要的叙述功能。目前国际儿童图书市场上比较常见的图画书有以下几种类型：童谣书（Mother Goose Books）、玩具书（Toy Books）、字母书（Alphabet Books）、数数书（Counting Books）、概念书（Concept Books）、无字书（Wordless Picture Books）、易读书（Easy-To-Read Books）和图画故事书（Picture Story Books）。

在英语世界范围内，现代意义上的图画书可以追溯到19世纪。华特·克伦（Walter Crane）、伦道夫·凯迪克（Randolph Caldecott）、凯特·格林纳威（Kate Greenaway）这三位艺术家的创作极大地提升了图画书的审美品质。进入20世纪后，毕翠克丝·波特（Beatrix Potter）、莫里斯·桑达克（Maurice Sendak）、阿诺德·洛贝尔（Arnold Lobel）、约翰·伯明翰（John Burningham）等众多艺术家从各个层面探索了图画书极为丰富的艺术表达可能性。

中国当代儿童文学界对图画书重要性的自觉认识始于20世纪90年代末。近20余年里，引进、出版了大量世界经典图画书和本土原创图画书。其中，彭懿的《图画书：阅读与经典》（2006）是比较重要的一本理论专著；周翔根据北方童谣创作的《一园青菜成了精》（2008）、余丽琼（文）和朱成梁（图）合作的《团圆》（2008）、林秀穗（文）和廖健宏（图）合作的《进城》（2010）等则是受到较多关注的原创作品。

游戏精神

近现代以来，"游戏"一词渐渐进入欧洲哲学家们的视野。康德、席勒、斯宾塞、维特根斯坦等都从不同角度阐发了对游戏的思考。1944年，荷兰学者约翰·赫伊津哈（Johan Huizinga）《游戏的人》（*Homo Ludens*）一书出版，使得"作为一种文化现象的游戏的本质和意义"这个议题引发更多探索。贡布里希（E. H. Gombrich）则以"高度严肃性"（1972）来评价游戏在人类文明建构中的意义。基于对上述西方学术思想的吸收，20世纪80年代以来，中国儿童文学研究者们表现出对"游戏"的高度重视与肯定。较早提出"游戏精神"这一概念的是班马。他认为："游戏形态，游戏精神，无疑应当获得儿童美学研究的最大关注。"（《前艺术思想》，1996）方卫平在其著述中进一步阐释了"游戏精神"的内涵："指儿童文学在与童年的游戏和游戏冲动发生关联的过程中，其文本所体现出来的一种特殊的审美精神。"这种审美精神常常包含以下三个层面："自由的精神""欢乐的精神"和"严肃的精神"（《儿童文学教程》，2015）。

儿童文化产业

文化产业（Cultural Industry）又被称为"文化工业"，这一术语产生于20世纪初。较早由法兰克福学派的马克斯·霍克海默（Max Horkheimer）与西奥多·阿多诺（Theodor W. Adorno）在其合著的《启蒙辩证法》（Dialectic of Enlightenment，1947）一书中正式提出。根据目前联合国教科文组织（UNESCO）的定义，文化产业指的是具有文化性质的商品和服务的创造、生产、传播和消费等一系列活动。它既是一种特殊的文化形态，也是一种特殊的经济形态。

儿童文化产业（Children's Cultural Industry）是文化产业的一个分支，依托各种儿童文化资源而运作，如教育产业、图书产业、玩具产业、动漫影视产业、游戏产业等。在这个产业链中，儿童文学占有基础性的特殊位置。它提供了不可或缺的文本基础，是儿童文学产业走向良性循环的重要力量之一。与此同时，进入此循环的儿童文学本身也不可避免地成为一种跨媒体的文化产业。

中国儿童文化产业的早期实践可以追溯到20世纪初。商务印书馆出版的《最新初等小学国文教科书》（1904）创造了一个商业与启蒙共赢的案例。"一个出版公司通过集体努力，成功地完成了其自定的'启蒙'任务，而且他们的努力也帮助了共和政府的民族建构。"（李欧梵、毛尖，2001）

童年史

自法国历史学家菲利普·阿利埃斯（Philippe Ariès）出版《儿童的世纪——旧制度下的儿童和家庭生活》（Centuries of Childhood: A Social History of Family Life，1962）一书以来，童年史渐成社会历史学领域中一个引人关注的议题。尽管学界对阿利埃斯的研究至今仍持有多种争议，但"童年是一种历史文化建构物"这一观念已成共识，并不断启发后世学者从历时性与共时性角度探索童年这一概念的形成与演变。简而言之，童年史（History of Childhood）这一概念为社会学、历史学、文学、教育学和传播学等多个学科的研究提供了新的视角与参照。

近年来，在中国出版的比较有影响的理论著述有意大利学者艾格勒·贝奇（Egle Becchi）和法国学者多米尼克·朱利亚（Dominique Julia）合作主编的《西方儿童史》（Histoire de L'enfance en Occident，1998），美国媒体文化研究者尼尔·波兹曼（Neil Postman）的《童年的消逝》（The Disappearance of Childhood，1982）和熊秉真的《童年忆往——中国孩子的历史》（2008）等。这些研究从不同侧面向我们呈现了童年这一概念的多样性和流动性,并且与儿童文学中的童年描述、童年想象构成了富有生机的互文性。

简而言之,童年史、儿童观、儿童文学这三者之间的联结是非常紧密的。童年史研究将促使儿童文学不断自觉反思其自身的价值倾向或精神气质,也促使儿童文学走向更为开放的艺术世界。

童心论

这个概念在中国儿童文学领域内的出现,源于20世纪60年代初对陈伯吹儿童文学观的一场批判。

陈伯吹曾在《谈儿童文学创作上的几个问题》(《文艺月报》1956年6月号)和《谈儿童文学工作中的几个问题》(《儿童文学研究》1958年第2期)两篇文章中分别这样论述道:"一个有成就的作家,愿意和儿童站在一起,善于从儿童的角度出发,以儿童的耳朵去听,以儿童的眼睛去看,特别以儿童的心灵去体会,就必然会写出儿童能看得懂、喜欢看的作品来。""如果审读儿童文学作品不从'儿童观点'出发,不在'儿童情趣'上体会,不怀着一颗'童心'去欣赏鉴别,一定会有'沧海遗珠'的遗憾;被发表和被出版的作品,很可能得到成年人的同声赞美,而真正的小读者未必感到有兴趣。"简而言之,陈伯吹提出了儿童文学创作中要尊重儿童特殊的年龄心理以及审美特征这一基本命题。

在当时激进的意识形态"一体化"语境下,陈伯吹上述文章中的言论被冠以资产阶级"童心论"而遭到猛烈批判。《"儿童本位论"的实质》(宋爽,1960)、《驳陈伯吹的"童心论"》(杨如能,1960)、《坚持儿童文学的共产主义方向》(左林,1960)、《坚持儿童文学的党性原则——兼驳陈伯吹"童心论"、"主要写儿童论"》(贺宜,1960)等,都是当时具有代表性的批判文章。1979年以后,随着极左思潮的退却,围绕着"童心论",儿童文学理论界再次展开比较大规模的讨论。经过此次讨论,陈伯吹的"童心"理念成为基本常识而得以在中国儿童文学界内确立。

婴幼儿文学

婴幼儿文学是儿童文学的一个分支。"它含有多种文学形式,为儿童观察世界服务,传递一种简单的、直线型的信息,反映幼儿时期的一种文化和一种群体关系,表达了孩子乐观的、充满希望的、令人兴奋的视点。"(Finazzo,1997)作为把目标读者设定为0—6岁幼童的文学类型,婴幼儿文学自有其特殊性、受限性和复杂性。特殊性主要在于它与原始艺术在内在气质上有着某种共通性,呈现出极为拙朴的形态;受限性主要在于它所承担的教化功能常常要多于审美功能,作者能够动用的文学资源相对有限;复杂性主要在于0—6岁的学前期幼儿包含了跨度极大的身心变化过程,需要制定细密的分级标准。中国目前多是以一年为跨度,把婴幼儿分为0—1岁、1—2岁、3—4岁、5—6岁四个阶段。

常见的婴幼儿文学种类有儿歌、童话、字母书以及图画书等。黄云生的《人之初文学解析》(1997)是中国新时期以来比较具有体系性的婴幼儿文学理论专著。

童话

虽然童话(Fairy Tales)是儿童文学中的核心文类,但要对它进行精准定义则是件困难的事。在不同的语境中,无论是中文的"童话",还是英语的"Fairy Tales",都可能指向不同的内涵或外延。

就中文的"童话"这一语词而言,它的出现大致发生在五四新文化运动时期。孙毓修主编的《童话》丛书(1909)通常被认为是"童话"作为概念最初得以确立的开始。不过,人们一般认为,"童话"一词来自日文,原意是指专供少年儿童阅读的作品,包括小说、神话、寓言、故事、儿歌、谜语等。孙毓修主编的《童话》丛书,取意与此大致相符。后经周作人在《童话研究》《童话释义》等文章中进一步厘清,"童话"渐渐有了"民间童话"和"文学童话"之分。而"文学童话"的兴起与中国儿童文学的现代自觉有着直接的关联。现在,当我们使用"童话"一词时,通常指的就是"文学童话"。不过,民间童话仍以其母题、原型等结构元素影响着文学童话的创作。

1949年以后,中国童话走向"教育童话",即引导儿童成为爱学习、爱劳动的社会主义接班人。张天翼的《宝葫芦的秘密》(1958)、严文井的《"下次开船"港》(1958)等是其中的代表作。而贺宜的"一个根本三要素"则是"十七年"期间重要的童话理论,即"童话用幻想反映生活的特征是通过它的夸张性、象征性、逻辑性等三要素来实现的"。

进入新时期以后,中国童话的艺术面貌有了很大改变。"热闹派"与"抒情派"之争突破了原先单一、僵化的艺术格局。随着时间的推移,中国童话越来越走向艺术与文化的开放性,新的童话作家也不断涌现。

畅销童书

畅销书,在英语世界中被称为"bestsellers"。这一术语大致出现在

20世纪初,随着图书产业化的趋势而兴起。它指的是在某一比较短的时段里(一周、一月、一季度或一年)市场销售量在前几位的图书。

虽然人们通常认为畅销书就是那种"阅后即扔"的书,无法与经典作品相提并论。但事实上,仍有一些书从当时的畅销书行列进入经典的行列。如《杀死一只知更鸟》《了不起的盖茨比》等。需要进一步指出的是,作为一种图书销售现象,畅销图书并不仅仅属于现代社会。《巨人传》《少年维特之烦恼》《坎特伯雷故事集》等都曾是当时的畅销书。而从文化的视角看,畅销书可以说是"一个为其时代服务的文学实验",从中我们可以发现不同的"时代精神"(《英美畅销小说简史》,2009)。

畅销童书在畅销书中常常占有不可小觑的比重。如J. K. 罗琳(J. K. Rowling)的"哈利·波特"系列、罗纳尔德·达尔(Roald Dahl)的作品等。在中国当代,比较典型的畅销童书有郑渊洁的"皮皮鲁总动员"系列、杨红樱的"马小跳"系列等。与成人畅销书相比,这些畅销童书占据销售排名榜前几位的时间往往比较长一些。

儿童反儿童化

20世纪80年代伊始,随着改革开放大潮的兴起和新生代作家、理论研究者的崛起,中国儿童文学的艺术疆界和理论视野也在不断拓宽。在此背景下,班马在1984年6月举行的"首次全国儿童文学理论座谈会"上正式提出"儿童反儿童化"这一概念,试图修正那种"以小为美""自我封闭""单向给予式"的儿童文学观。

班马认为,首先,"儿童反儿童化"有其比较明确的年龄设定,大致涵盖范围为9岁至12岁左右的儿童群体。其次,"儿童反儿童化"并不等同于"成人化"。后者的主体和视角是成人,而前者的主体或视角仍旧是儿童。明确地说,"儿童反儿童化"指的是因为儿童的"生长状态"与其掌握语言的"初级状态"之间的张力,某一年龄阶段的儿童具有从儿童视角出发试图摆脱其儿童状态的一种精神倾向或特征。这一精神倾向与游戏精神有着内在的关联。

在现实生活层面,"儿童反儿童化"比较典型的表现行为是儿童自发、自然的游戏活动;在审美层面,"儿童反儿童化"比较典型的表现行为是儿童自发、主动的阅读行为,从而实现了从身体的扮演到精神的扮演的迁移,出现了真正意义上的"儿童读者"。而在儿童的阅读生活中,"儿童反儿童化"又常常表现为儿童读者比较倾向于选择那些游戏性或游戏精神较明显的作品,如《西游记》《鲁滨逊漂流记》《汤姆·索亚历险记》等,这些作品显然并不属于现代意义上的儿童文学范畴。

儿童观

简要而言,儿童观就是成人对儿童的观念或看法。不同的时代、社会与文化,不同的阶层或个体都可能存在不同的儿童观。

在欧洲的儿童观演变史中,让-雅克·卢梭(Jean-Jacques Rousseau)的《爱弥儿》(Émile, ou De l'éducation, 1762)具有里程碑式的意义,开启了现代儿童观的先河。在这部作品里,卢梭确立了儿童自然天性的不可替代性以及儿童作为儿童的主体性地位。随后的浪漫主义思潮进一步强化、传播了这一儿童观。威廉姆·华兹华斯(William Wordsworth)甚而提出"儿童是成人之父"这一论断。

中国儿童观的现代启蒙大致发生在"五四"新文化运动时期。周作人的《儿童的文学》(1920)、鲁迅的《我们现在怎样做父亲》(1919)都是当时重要的文章。在以后的几十年间,由于特殊的时代语境,中国儿童观的现代启蒙之路经历了种种曲折。进入20世纪80年代以后,"五四"新文化运动所开启的儿童观现代化进程再度得以接续。《当代儿童文学观念几题》(班马,1987)、《论中国当代儿童文学的儿童观》(朱自强,1988)、《童年:儿童文学理论的逻辑起点》(方卫平,1990)等都是新时期以来比较重要的理论文章。

儿童观是儿童文学的逻辑起点。可以这么认为,儿童观在根本意义上决定了儿童文学的基本精神走向和艺术走向。正是随着现代儿童观的确立,儿童文学才有了现代的精神与艺术气质。

热闹派与抒情派

无论是"热闹派"还是"抒情派"都很难说是严格意义上的学术概念,但这两个语词在中国当代儿童文学史上具有重要意义。随着"伤痕文学""反思文学""寻根文学"等各种文学浪潮在20世纪80年代中国文坛的兴起,儿童文学界也开始了革新的尝试与探索。

1983年,湖南少年儿童出版社出版了任溶溶翻译的《长袜子皮皮》。这一童话人物的"狂野的想象"(任溶溶语)以及随后任溶溶提出的创作"热闹派"童话的主张,对当时中国的儿童文学界构成了很大的冲击。中国儿童文学自现代启蒙以来,一直比较倾向于"文以载道"的教育、教化功能,忽略了游戏精神的重要价值。因此,任溶溶的这一主张受到了很多年轻作家的拥护。郑渊洁、周锐、彭懿、葛冰等都是当时"热闹派"童话创作的中坚力量。与此同时,这一新的童话创作浪潮也遇到了不少反对的声音。反对者们坚持认为,童话创作要注重诗性、尊重逻辑性与幻想性的统一,凸显哲理性。于是,"抒情派"童话应运而生。浙江童话作家冰波通常被认为是"抒情派"童话的代表人物。他的《秋千,秋千……》《神秘的眼睛》《蓝鲸的眼睛》等童话都着意融合幻想与感觉,呈现出一种特殊的艺术气息。

总而言之,"热闹派"童话与"抒情派"童话的出现与彼此的艺术理念之争在很大程度上打破了长久以来中国童话单一、凝固的创作格局,迎来了一个众声喧哗的童话艺术时代。

(本部分由陈恩黎撰写)

二、代表作品

(一) 文学创作

《海滨的孩子》

短篇小说,作者萧平,原载《人民文学》1954年第8期。《海滨的孩子》是萧平的处女作,也是其代表作之一。男孩二锁到海边的姥姥家度假,海边的生活时时刻刻充满了惊喜和发现。一天退潮时分,小表哥大虎偷偷带着他来到大海深处挖蛤。兴奋不已的二锁只顾埋头挖蛤,居然忘记观测潮水的上涨。等他猛地想起,才发现海水已淹没了来时的通道。危急时刻,大虎用裤子扎成一个临时救生圈,拼死把不会游水的二锁带过海渠。他们在一望无际的海滩上奔跑,身后是呼呼而来的潮水。终于,他们脱险了。回头望去,已是一片白茫茫。二锁打心眼里感谢大虎,而大虎却看着两人狼狈不堪的衣裤犯了愁:如何回家向大人交代?这部作品虽历经岁月洗涤,却依旧明艳如初。蓬勃的童年生命在字里行间向我们迎面奔来。

(陈恩黎)

《神笔马良》

短篇童话,作者洪汛涛,原载《新观察》1955年第3期。《神笔马良》讲述一个带有"传奇性"的少年英雄怀揣梦想,扶危助困,惩恶扬善的故事。体现了以"得宝—夺宝—护宝—失宝—寻宝"为核心的"英雄历险"故事模式,具备喜剧的完整形式:开端——悲苦的出身,阴霾密布的现实生活处境;发展——天赐神笔,天空陡然乍现光明,命运似乎峰回路转;高潮——少年英雄被迫离乡背井,一路闪转腾挪,与邪恶势力周旋抗争;结局——敌对势力机关算尽,却自掘坟墓,少年英雄和神笔安然无恙,全面胜利。童话里,"马良"不是不食人间烟火的超人,他除了天赐"神笔"之外,并没有超人之处。特异的,仅是他的人格——没有私欲,百折不挠,正义凛然;没有狭隘,富贵不淫,威武不屈。这种超出"常态"的"高、大、全"的理想人格,在故事中,显然带有某种"神话"色彩。而作者也正是通过笔的神性和马良人性的结合,写出了善与恶、正与邪、美与丑、是与非既截然对立,又相互融合的世间万象。

（李学斌）

《小马过河》

寓言,作者彭文席,原载1955年11月《新少年报》。1955年11月,《新少年报》刊登《小马过河》,并开展关于该作品的"读后感"全国小学生征文比赛。1957年该作选入北京市小学语文课本,继而为各地教材选用,并成为中国当代小学语文教材的保留篇目,成为寓言创作和儿童文学创作中的经典名篇。该作在第二次全国少儿文艺创作评奖中获一等奖,同时也被译为十几种外文出版,并被大量改编为各种插画本、音乐剧、动画片等等。《小马过河》语言优美简洁,含义深刻,既是寓言又是童话,是不可多得的精品。其结构起承转合,一气呵成;语言干净利落,读来音韵优美;且情境温馨,充满生活气息;从艺术形象上看,小马、老马、松鼠、老牛,无一不生动贴切,尤其是小马,言语行动,均稚态可掬;而主题则包含了哲学意义上对于经验的个体性差异的思考,又包含少儿初长成时期的主体性生成问题。整体读来,既传达了少儿生命韵律,又令成人莞尔并深思,所以能成为妇孺皆知的成语和典故。

（李红叶）

《乌鸦兄弟》

寓言集,作者金江,少年儿童出版社1956年出版。1957年被教育部推荐为优秀儿童读物,在全国第二次少年儿童文艺创作评奖中获三等奖。其中的多篇寓言入选中小学语文教材。《金江寓言选》被译为英文、法文出版。2006年由湖北少年儿童出版社推出的"百年百部中国儿童文学经典书系"中,金江的《乌鸦兄弟》是唯一入选的一本寓言集。《乌鸦兄弟》的最初版本包含 20 则寓言,是作家前期寓言创作的代表性作品,亦奠定了他后期的创作,这些寓言形象生动,注重构思有趣的故事,且语言清新活泼,深得儿童喜爱;同时寓意深刻,"明晰而不浅淡"(吴秋林语),体现了作家对于社会、对于人性的理性打量和洞见,亦体现了作家强烈的社会责任感。作为"中国当代寓言的开篇人",金江创作的重要贡献在于,他既继承传统又反映时代风貌,善于总结日常生活经验,讽刺人类的性格缺陷,具有较强的普遍意义。

(李红叶)

《野葡萄》

童话集,作者葛翠琳,北京大众出版社 1956 年出版,人民文学出版社 1980 年出版增订本。这是一部颇具民间文学色彩的童话集。其中代表作《野葡萄》中纯洁、善良的小姑娘白鹅女年仅 10 岁,父母双亡,她和凶狠的婶娘生活在一起。婶娘生了一个瞎眼的女儿,出于嫉恨,借故弄瞎了白鹅女的双眼。为了医好自己的眼睛,白鹅女遵照妈妈的话,历尽千辛万苦,最终找到了野葡萄。可是,等到自己的眼睛刚刚复明,她就摘了满满一篮野葡萄,为沿途和村子里的盲人、磨房的老爷爷等贫苦人治疗眼病。不仅如此,她还以德报怨、不计前嫌,医治好了婶娘女儿的眼睛。为了能把野葡萄带给世间更多的盲人,白鹅女毅然拒绝了锦衣玉食、荣华富贵的诱惑,最终在山神的帮助下,离开荒山,把光明播向人间。作品格调清新朴实,情节生动曲折,人物形象鲜明,情感深挚动人,表现了童话艺术和内涵意蕴的完满结合。不仅如此,这部作品的情节构思也展示了作家对民间文学的吸收、改造,以及属于个人的文学才情与艺术创造。总之,这是一部既洋溢着浓郁的民族文化气息,又融合了当代童年审美追求的经典童话作品。

(李学斌)

《"小兵"的故事》

儿童诗集,作者柯岩,天津人民出版社 1957 年出版。《"小兵"的故事》是柯岩写于 20 世纪 50 年代的作品。其时新中国刚刚建立不久,人们对未来充满信心,整个社会有一种蓬勃向上的精神气氛,这种精神气氛和儿童的精神特征正好同构。柯岩收在《"小兵"的故事》中的各篇如《"小兵"的故事》《看球记》《眼镜惹出了什么事情》等准确地把握了这种特点,在儿童心理和时代精神的统一中塑造最能反映那一代儿童精神面貌的"小兵"形象。这些作品偏重叙事,偏重写儿童美好的心灵和他们幼稚的思维、幼稚的行为方式之间的不和谐,两者互相映衬,双方都得到衬托,以充满情趣的方式将儿童美好的情感、愿望生动地表现出来。《"小兵"的故事》《看球记》等是新中国最优秀的儿童诗,影响了几代儿童的成长。

(吴其南)

《宝葫芦的秘密》

长篇童话,作者张天翼,中国少年儿童出版社1958年出版。《宝葫芦的秘密》讲述了一个叫王葆的小学生,幻想过上不劳而获的生活。这时一只有求必应的宝葫芦进入了他的生活。可是王葆非但没有过上好日子,反而噩梦连连。这部作品以梦为结构,来布局现实和幻想两个世界。开篇梦境的进入模糊而含混,结尾处清晰明确地告诉读者,王葆的奇幻经历只是一个梦,其结构上与《爱丽丝梦游仙境》不谋而合。这使得该作品在文体上突破了传统童话的桎梏,带上了幻想小说的色彩。该作曾两次被搬上大银幕,1963年由杨小仲拍成黑白儿童剧情片,2007年被迪士尼改编成真人3D动画电影,足见该作品的影响力已超出了中国儿童文学的范围。

(王晶)

《童年时代的朋友》

儿童散文集,作者任大霖,长江文艺出版社1958年出版。《童年时代的朋友》所呈现的,是别样时代里的别样童年。透过这些故事,我们看到了特定时代的苦难——饥饿、贫穷、疾病、战争,乃至愚昧和压迫,这些苦难使我们觉察到时代已经产生巨大的变化。然而,交织着乡村生命力的童年情态与特定时代的苦难所构成的张力,使这本书产生了超越时代的艺术感染力。作家淳朴深挚的乡村感情、充满生活气息的童年经历以及对于一切美好事物的敏感,使得他笔下的"童年事件"一律具有"向生命的美好向度敞开"的启悟意义。作品文字洗练,描写细致生动,且童心慧眼,充满内心观察。同时,农业时代生活方式在作品中的真实呈现,对当代读者而言,具有惊奇与怀想的双重意义,使人读之亦"终身不愿忘记"(任大霖语)。

(李红叶)

《"下次开船"港》

长篇童话,作者严文井,少年儿童出版社1958年出版。《"下次开船"港》描绘了唐小西总是把功课推到下一次,气跑了时间小人。灰老鼠乘机把他引入到"下次开船"港。唐小西想要救受迫害的布娃娃离开此处,却因为船非得"下次"才开而没有成功。唐小西终于意识到时间的重要性,时间重返死港。他们终于坐上"这次"开的船,逃离了此处。该作品直抵孩子的内心深处,用近乎寓言般洗练深刻的笔法,教育孩子珍惜时间,热爱生命。作品的特色正如严文井先生在《童话漫谈》说的,"童话要适合于孩子们听和看,因此比一般的文学作品要更富于幻想,浪漫色彩要更浓厚,天上地下都可以写到,还必须通过一种拟人的手法来达到它的教育目的"。又因为严文井既是著名的儿童文学作家也是成人文学作家,因此他的创作既有强烈的游戏精神,又包含严肃的文学趣味,真正达到了寓教于乐的效果。　　　　　　（王晶）

《小蝌蚪找妈妈》

　　科学童话,作者方惠珍、盛璐德,中国少年儿童出版社1959年出版。作者为上海的幼儿教育工作者。这是一篇富有趣味的科学童话。一群天真活泼的小蝌蚪在寻找妈妈的过程中,不知不觉地认识了身边的世界,认识了自我,最终获得了成长,变成了小青蛙,开始了全新的生活。作品以科学童话的形式,形象地呈现了青蛙成长的整个过程,不仅有生物知识的科学性、童话故事的趣味性、感人至深的情感性,而且还蕴涵了对幼儿学会独立生活,勤于探索的生命勇气的倡示。作品自诞生以来,一直被当作对少年儿童,尤其是幼儿进行亲情体认、情感教育、生物知识、观察训练的良好教育素材,成为新中国成立后影响几代儿童成长的经典科学童话作品。此后,《小蝌蚪找妈妈》又从科学童话衍生出动画片、电影、舞台剧等多种复合产品,获得更加广泛而深远的影响。

（李学斌）

《微山湖上》

　　中篇小说,作者邱勋,少年儿童出版社1961年出版。《微山湖上》是邱勋早期代表作,也是20世纪60年代中国儿童文学的一部重要作品,先后被译成朝鲜文、英文、越南文和法文出版。微山湖,这个铁道游击队的故乡,迎来了一群性格各异的孩子。他们要在这微山湖安营扎寨放牧村里的几十头牛。一望无际的湖面、丛丛芦苇、群群野鸭与游鱼……孩子们陡然间觉得自己终于可以像英勇的游击队员们那样一显身手了。虽然微山湖上已没有敌人的枪弹,但和平年代的生活照样需要勇气、力量、智慧和爱。划船、捕鱼、在大水中寻找走失的牛犊……对孩子们来说,这些看似平常的事都充满了意想不到的惊险和考验。而正是通过这些考验,他们一步步走向自己英勇的父辈,体验着成长的自豪与自信。

（陈恩黎）

《小布头奇遇记》

长篇童话,作者孙幼军,中国少年儿童出版社1961年出版。故事描述了一个叫"小布头"的小布娃娃的奇异经历。要过新年了,玩具们纷纷被小朋友领回家。小布头被分给了女孩苹苹。苹苹很喜欢小布头。小布头自然也很开心。可是,好景不长,一天晚饭时,为了表现"勇敢",小布头故意从酱油瓶子上跳下来,结果将苹苹的饭碗打翻,弄得米粒到处都是。苹苹很生气,严厉地批评了小布头。任性的小布头很不服气,就赌气离开了苹苹。乘火车到了乡下后,小布头经历了许许多多奇怪的事情,也结交了很多新朋友。而且,在与老鼠兄弟的较量中,它逐渐明白了什么是真正的勇敢,认识到粮食的珍贵……作为新中国第一部长篇低幼童话,《小布头奇遇记》诞生于1961年。如今半个多世纪过去了,生活的面貌和童年的状态早已经物是人非,可是小布头的经历和命运却依然让一代代孩子浮想联翩、魂牵梦萦。这足见它艺术生命力的悠扬。正如叶圣陶先生所评价的,《小布头奇遇记》好就好在"简洁、活泼、有情趣"。或许,这就是它能够穿越时间的帷幕,至今熠熠生辉的原因所在。

(李学斌)

《小兵张嘎》

中篇小说,作者徐光耀,中国少年儿童出版社1962年出版。《小兵张嘎》创作于20世纪50年代末;小说在1961年年底发表,次年发行单行本。从此,在中国儿童文学的人物长廊中,"小兵张嘎"成为其中永远闪耀的恒星。1963年,随着同名电影的问世,嘎子走进中国的千家万户,走进无数中国孩子的童年。一直到今天,《小兵张嘎》的各种影视衍生品依旧在不断诞生并且拥有大批的忠实观众。如20集电视连续剧《小兵张嘎》、动画电影《小兵张嘎》等。嘎子之所以能走过半个世纪的风雨始终散发出强烈的艺术魅力,其关键原因就在于:这是一个既充满了最真实的烂漫童心的孩子,又是一个带着纯粹理想走向我们的无畏的战士。

(陈恩黎)

《猪八戒新传》

童话集,作者包蕾,少年儿童出版社1962年出版。这是一个令人过目难忘的经典故事。故事里的猪八戒偷奸耍滑、好吃懒做,却也不失憨直可爱、愚笨拙朴的本色。炎炎烈日下,面对美味的西瓜,它虽有心顾念师父、师兄弟之情,无奈抵不住自私嘴馋、夯笨偏狭的本性,最终将四份西瓜如数独吞,招致了大师兄孙悟空的戏弄、惩罚,由此上演了一幕可气、可笑、可鄙、可叹的生活喜剧。通观整个故事,除却情节的趣味以及人物之间的反差对比,故事里的猪八戒完全是一副贪嘴孩童的形象。作家忠实于古典名著《西游记》原作的人物逻辑,没有将猪八戒这个在民间家喻户晓的反面形象简单化、脸谱化,而是通过一系列情节和细节的合乎逻辑的推演,赋予猪八戒更加丰富的个性内涵。同时运用合理的想象改造,强化并发展了原作的游戏精神,从而让这个愚不可及而又憨态可掬的人物形象迸发出更加夺目的艺术光辉。这充分体现了老一辈儿童文学作家深厚的文学功力,以及他们对儿童文学事业的责任感与虔敬之心。

(李学斌)

《长长的流水》

短篇小说,作者刘真,首次发表于《人民文学》1962年第10期。这篇以20世纪40年代初整风运动时期为背景的小说最令今天的读者感到印象深刻之处,在于它在真诚地遵循当时的战争和革命话语系统的同时,把一个在战争环境下成长起来的孩子天真的爱恨情感,把存活在战争缝隙里的人间生活的温暖,真实而又生动地表现出来。小说中"我"与李云风大姐之间那份几经"波折"建立起来的情谊,今天读来依然令我们感动。作品的语言有一种孩童式的简洁和稚趣,既符合叙述者的身份,读来也别有滋味。

(赵霞)

《狐狸打猎人》

短篇童话,作者金近,《儿童文学》杂志1963年创刊号初次发表。故事的核心是那个关于狼的可怕谣言。一个不知名的好事者在一块岩石上画了一只狐狸,第一个人看到了,就说:"哈!这上面画的根本不像是狐狸,倒像是一只狼。"很寻常的一句话,竟然长上翅膀,从像"狼"变成"狼",接着就"三只眼""四耳朵""五条腿"愈来愈离奇。最终成了让人瞠目结舌的弥天大谎!竟然硬生生将一句戏言变成了人人自危的恐怖深渊。它遮蔽的也不仅是事实,还有判断是非曲直的能力。一旦谣言开始迷雾一样横亘于人们视线之中,阴谋、狡诈、无耻、贪婪就开始蠢蠢欲动。当然,尽管谣言危害巨大,但还是有致命伤,那就是欺软怕硬的本性,它往往只叮"有缝的蛋",选择弱者下手。而一遇到火眼金睛的强手,立马在金箍棒下原形毕露,土崩瓦解。 (李学斌)

《闪闪的红星》

中篇儿童小说,作者李心田,人民文学出版社1972年出版。这是一部以开国中将鲍先志将军的儿子鲍声苏为原型创作的感人故事。小说讲述了潘冬子儿童与青少年时期,经历了丧母之痛和颠沛流离的生活之后,最终在长辈的帮助和生活的锻炼、考验下成长为一名优秀战士的过程。作者表示《闪闪的红星》是"倾注我全部心血的,那里有我生活的积累,有感情的凝结,有艺术的追求,有我对少年和少年儿童文学的寄托"。作者用真实的笔触,书写了动荡的年代中国儿童的苦难与成长,使得该作品突破了特殊年代的文化桎梏,饱含真挚情感与儿童趣味,被誉为影响几代中国儿童的红色经典。1974年被拍摄成同名儿童故事片,影响很大。　　（王晶）

《小灵通漫游未来》

儿童科幻小说,作者叶永烈,少年儿童出版社1978年出版。这是一部创作于1961年的科幻小说,由于该书所写的未来生活与当时中国的状况格格不入,因而直到1978年才由少年儿童出版社出版,在第二次"全国少年儿童文艺创作奖（1954—1979）"评奖活动中荣获一等奖。小说讲述了小记者"小灵通"在未来市的所见所闻。他在未来市的三天时间里,看到奇怪的船（气垫船）、会讲话的小盒子（手机）、电视手表、水滴一样的飘行汽车、铁蛋（机器人）,还有人体器官移植、人工改变天气,还看了巨大的环幕立体电影。作家在小说结尾处提出了"用劳动创造未来"的理念,一直激励着阅读本书的孩子们。科幻作家、记者韩松认为《小灵通漫游未来》是把"乌托邦"的美好理想发展到极致的乐观主义写作思潮中更具备中国特色的代表。在书中的大部分科学幻想变成事实以后,叶永烈再度为孩子们续写了《小灵通再游未来》（1984）和《小灵通三游未来》（2000）。　　（王晶）

《三个铜板豆腐》

短篇儿童小说,作者任大星,《儿童文学》1979年第7期首次发表。《三个铜板豆腐》是作者的代表作之一。丰收时节,山里孩子大毛和小毛跟随母亲到外婆家小住。外婆倾其所有款待第一次见面的外孙:霉苋菜梗、霉白菜根、霉干菜……还有一块三个铜板买来的豆腐。这是两个孩子从未吃过的美食。对外婆家的盼望和对豆腐的回味从此贯穿了他们的童年。二十多年后,长大成人的他们回到外婆家。已风瘫的老人掏出积攒多年的三枚铜板想请他们再吃一次豆腐。却不知,那时的豆腐已经涨到五万元。小说以朴素、细致的笔触,借助童年视角从一块豆腐中开掘出人性与时代的富矿,再现了20世纪初年中国江南农村的艰辛生活,散发出经典恒久的魅力。　　（陈恩黎）

《给巨人的书》

儿童诗集,作者任溶溶,少年儿童出版社1980年出版。这里的巨人指的是儿童,寓意对儿童的赞美。任溶溶1947年由翻译开始踏上儿童文学的旅程,许多世界经典儿童文学作品经由任溶溶之手进入中国。正是在大量翻译的过程中,激起了他创作的热情。站在世界儿童文学经典的大背景下,他的儿童诗创作深谙儿童心理,充满飞扬的儿童情趣。本诗集里收录了很多脍炙人口的作品,比如《爸爸的老师》《我牙、牙、牙疼》等,语言幽默风趣,浅显易懂,真正把童诗写成了浅语的艺术。

(王晶)

《哦,香雪》

短篇小说,作者铁凝,《青年文学》1982年第5期首次发表。一段闪亮的铁轨把城市生活的新鲜气息带到了一群单纯、活泼、善良、俏丽的山里姑娘身边。在火车停靠在台儿沟的短暂的一分钟里,说不清是现代文明点缀了台儿沟姑娘们的生活,还是这些身披泥土和清泉芬芳的姑娘们为它点亮了诗意。小说满溢着浪漫和怀旧的乡野气息,却也同时温柔地接纳了现代文明;而把这两者融汇在一起的,乃是对于那完整、美好、共通的人性的信任与赞美。小说中为了用一篮鸡蛋换回一个铅笔盒而误坐上火车的香雪,还有她身后那一群可爱的女伴们,既是当代文学史上令人难以忘却的形象,也使这则作品成了一篇以特定时代为背景的可堪寻味的青少年小说。20世纪80年代初,在当代文学正着迷于表现"伤痕"和"反思"的时候,这篇有着纯净、浪漫气质的短篇小说,一发表就引起了人们的关注。小说获得当年的全国优秀短篇小说奖,也让作者铁凝的名字开始被写入当代文学的历史。

(赵霞)

《黑猫警长》

系列童话,作者诸志祥,福建少年儿童出版社1982年出版。1983年至1987年间,上海美术电影制片厂拍摄了戴铁郎导演的同名动画电影前五集,一经播出,便引起轰动。前五集动画以森林卫士们在黑猫警长带领下追踪"一只耳"为故事主线,分集讲述了痛歼搬仓鼠、擒拿食猴鹰、抓捕吃红土的小偷、恢复螳螂姑娘的名誉和大战吃猫鼠娘舅的故事。黑猫警长骑的气垫摩托、会拐弯的追踪子弹等科学元素放到现在来看也不过时,也给观众带来了新颖的观影体验。集知识、科普和侦破为一身的黑猫警长,成为印刻在中国儿童记忆中的经典形象。该作品曾获第一届全国优秀儿童文学奖。
（王晶）

《我要我的雕刻刀》

短篇儿童小说，作者刘健屏，《儿童文学》1983年第1期首次发表。该作品以一位教师和父子两代学生之间所发生的故事对"十七年"教育进行了深刻的反思。它所蕴含的勇气与阳刚代表了新时期中国儿童文学启蒙精神的觉醒。"你曾经也像一把锉刀，在我们可塑性最大的时候，锉平了我思想的棱角，你要我们听话、听话、听话，听到后来连我的耳朵都没有了……"这是长大成人后的父亲对自己恩师的批评。"……一个雕塑家所追求的是他刀下的人物都栩栩如生、各具个性，而最忌讳的是千人一面……"这是正在成长的儿子所要追求的艺术与人生理想。两代人的命运和性格就这样交织并形成鲜明对照。
（陈恩黎）

《骆驼寻宝记》

中篇童话，作者陈伯吹，北京出版社1983年出版。该作品是陈伯吹的名篇，作家以象征手法塑造了一个具有丰富精神内涵的"骆驼"形象。在"寻宝"途中，唯有骆驼心无旁骛，矢志不渝，不畏艰险，并心系他人幸福，这就与其他动物谋一己之利、遇艰难而败退构成了鲜明、强烈的对比。作家以大量笔墨描写其他动物形象，意在以庸常对比崇高，以混乱、喧嚣对比坚定、从容，"骆驼精神"因此得以凸显并具有艺术概括力，亦是作家本人执着于儿童文学事业的精神写照。
（李红叶）

《阿诚的龟》

短篇儿童小说，作者刘厚明，《北京文学》1983年第11期首次发表。作品通过讲述一个孩子和一只龟的故事敏锐捕捉到了20世纪80年代初期拜金主义在中国民间的萌生迹象，以及它将带来的毁灭性后果。男孩阿诚偶然抓到一只漂亮的小乌龟——灵岩八板龟，并与小龟结下了深厚情谊。贫寒的家境似乎时刻在考验着阿诚和他的家人。龟胶的高价使得人们疯狂捕捉这种珍贵的动物。"阿诚的龟"终于在一个月明之夜携六个同伴投奔阿诚家寻求庇护。一边是急需用钱的家，一边是乌龟的信任，在金钱与良心之间阿诚和他的姐姐将何去何从？令人欣慰的是，小说最终让我们看到了挣扎过后人性美丽地绽放。
（陈恩黎）

《舒克贝塔历险记》

长篇童话，作者郑渊洁，1984年开始陆续发表，人民美术出版社

1985年出版。舒克是一只小老鼠,他出生在名声不好的家庭里。舒克觉得非常委屈,决定以实际行动自食其力。打定主意之后,他勇敢地驾驶着电动直升机离家。在谋生的过程中,舒克尽自己最大的努力为伙伴们做好事,通过劳动,它不仅"吃上了有生以来最香的一顿饭",而且结交了贝塔、皮皮鲁、鲁西西等许多朋友,赢得了他(它)们的信任和赞扬……郑渊洁的童话以其丰富大胆的想象、别具一格的构思,曾在20世纪七八十年代的中国掀起了一股童话热,创造了中国童话史上的奇迹。《舒克和贝塔历险记》是他最负盛名的代表作。故事中,两只小老鼠的形象闪烁着人性的光芒。舒克的聪颖知性、贝塔的朴实挚诚,都让人过目难忘。　　(李学斌)

《独船》

短篇儿童小说,作者常新港,《少年文艺》1984年第11期首次发表。1983年和1984年两个年度,构成了中国当代儿童小说发展史上最富于争鸣和探索意义的时段之一。这篇常新港的短篇小说《独船》,正是1984年儿童文学界的主要争鸣和探讨对象之一。小说主角是一位名叫石牙的少年,作者把他置放在一个充满矛盾和冲突的环境中:固执的父亲与村人的矛盾直接导致了石牙与同龄伙伴的矛盾,而这一矛盾又反过来激化了石牙与父亲之间的矛盾。在矛盾和冲突的高潮,石牙付出了年少的生命,但换来了矛盾的解决。作品发表后,评论界围绕着作品的悲剧性及其对于少年儿童读者的适宜性问题展开了激烈的探讨。这一场探讨反映了人们对于当时儿童文学创作题材与美学范畴拓展现实的敏感与关注。对于今天的读者来说,《独船》的独特价值需要放到它所产生的那个历史语境中,才能得到最好的理解。该作品获第一届全国优秀儿童文学奖。　　(赵霞)

《拿苍蝇拍的红桃王子》

短篇童话集,作者周锐,安徽少年儿童出版社1986年出版。作为中国当代最负盛名的童话作家之一,周锐的作品一向以机智、幽默著称。他的童话常常能于别人司空见惯、听惯的地方生发出来。《拿苍蝇拍的红桃王子》就充分体现了这一点。一副扑克牌里的红桃王子不甘寂寞地将手中的斧子换成了苍蝇拍子,而且获得了"灭蝇"奇效。一时间,所有的国王、王后、王子们纷纷将手中的宝剑、权杖、鲜花换为苍蝇拍子。这还不算,更有智慧人士惊觉这一变革的价值,立马申请专利,推出"灭蝇扑克"……当然,事实证明,最终这不过是一场悖逆生活逻辑的闹剧而已。故事有几分荒诞。红桃王子的异想天开固然可笑，但投机家"张罗"的所作所为更是愚不可及。从这个人物身上，可以清晰地品味出作家于夸张、调侃的笔调背后所蕴含的讽刺意味。这个故事虽然是虚拟的，但是我们却又分明从中分辨出现实生活的影子。这也正是这部童话的成功之处——寓庄于谐，寓理于情。

（李学斌）

《山野寻趣》

儿童散文集，作者刘先平，安徽少年儿童出版社1987年出版。作家孩提时即酷爱冒险，20世纪70年代中期以来，他常常参加野生动物考察或独自在山野跋涉。这是他致力于大自然文学创作的生活基础。《山野寻趣》是一组大自然探险纪实散文。作家的实地考察和亲身体验使得大自然动植物界的神奇景观得到真实近身的描绘，读之使人感同身受，惊心动魄。在一个逐渐远离自然、生态失衡、缺少实地探险经验的时代，这些作品满足了读者尤其是少年读者的审美期待，作家的探索精神和人格魅力亦透过文字产生了深远影响。

（李红叶）

《一百个中国孩子的梦》

系列短篇小说集，作者董宏猷，江西少年儿童出版社（现二十一世纪出版社）1989年出版。作品规模宏大，构思独特，充满孩童关怀。作家追想并摹写了一百个孩子的梦境，以梦幻体的书写方式试图深入到孩童的意识和无意识深处，以期以最形象可触的方式再现孩童主体生成阶段的惶惑、焦虑、惊奇、欣喜以及对于爱和一切美好事物的渴求和向往。这些孩子从四岁到十岁，其不同的遭际和背景为梦境延展的方向和模式提供线索。文本表面看来是孩子们的"梦境实录"，实则是作家想象力、心灵领悟力的结果，包含了作家对于孩子的现实境况和精神渴求的深刻理解，亦流露出作家对于孩童的大爱。该作品获第四届全国优秀儿童文学奖。

（李红叶）

《16岁的思索》

儿童报告文学集，作者孙云晓，少年儿童出版社1990年出版。作品刻画了呐喊的"邪门大队长"，不屈的山村女孩，出绝招的"差生"，中学"第三世界"的女生等新时代少年儿童的群像，描写他们对美好生活的渴望以及自强不息的意识。孙云晓的报告文学能够跳出少年儿童的狭小圈子，转而从社会、教育、人生的高度，分析儿童的命运与他们的处境。该作品获第二届全国优秀儿童文学奖。2006年该书入选"百年百部中国儿童文学

经典书系",并将发表于1993年并引发持久热烈的教育大讨论的《夏令营中的较量》也收录进来。（王晶）

《我喜欢你，狐狸》

儿童诗集，作者高洪波，湖北少年儿童出版社1990年出版。高洪波印行的数十种儿童诗集中，本书是饶富特色的一本。书中作品，有《袋鼠》《蝈蝈》《热》《小》等抒写独生子女独特心态的，有《我患了感冒》《爷爷丢了》等表达当下儿童对现实生活的关注和思考的，也有《懒的辩护》《十八寸的哥哥》等极富童真意趣意韵的。由于高洪波视角独特，思考不循旧规，凡经他奇想过滤的事物，必带有一种奇气。正是这种奇气，使其儿童诗独具魅力。例如他的《我喜欢你，狐狸》一诗，源于一则古老的伊索寓言，但诗人一反寓言原本的寓意，对原作中的两个角色的"正反"意象进行了位置对换，原来的反面"人物"狐狸，成了深情赞美的对象。狐狸一直都是狡猾、欺诈的形象代表，但在这首诗里，狐狸却是聪明、机智的化身。（王晶）

《第三军团》

长篇儿童小说，作者张之路，中国少年儿童出版社1991年出版。这部在当时看来题材和风格都十分特别的少年小说，虽然写的是现实生活和社会问题，骨子里却透着一种浪漫的"侠气"和"玄机"。小说写的是由五个高中少年暗地里组成的"第三军团"与身边法律所不及的种种社会不平展开斗勇斗智的交锋。"第三军团"打抱不平的事迹与校长、老师试图破获"军团"成员秘密的线索交织在一起，既构成了扣人心弦的悬念和延宕，又流畅地推动着故事序列不断向前。《第三军团》整个叙事所透露的作者的情感和价值取向，都有别于一般的少年小说。尤其是它的结尾，当不遗余力追查"第三军团"来历的校长以一种同样近于"侠义"的行为，来表达他对于这些可爱可敬的孩子们的理解时，小说也把我们和作者一道推入了社会道义判断的两难境地中。作品开放式的结局，带给我们许多丰富的解读可能。该作品获第二届全国优秀儿童文学奖。2006年，《第三军团》入选"百年百部中国儿童文学经典书系"。

（赵霞）

《孙悟空在我们村里》

儿童散文集，作者郭风，福建少年儿童出版社1991年出版。在这部散文集里，郭风笔法浅近、清新，注重童话氛围的营造，充分考虑到少年儿童的思维特点和趣味。他通过拟人手法赋予自然万物以儿童的动作、语言和心灵,或直接让经典作品中的童话人物走入作家所设定的儿童生活场景之中,让儿童读者时刻置身于"我"与万物"打招呼"的童话场景之中。这样,儿童的情感就自然成为他的散文的主体性情感。正如冰心所言,他"是以小孩子的身份,来写他周围的山水和人物的"。而"取景入画"则使他的散文获得诗的特点。郭风大多数的散文都源起于自然界花草树木、鸟兽虫鱼、风雨星辰的激发,每见到一处自然景象,作家便以童心来激发他的想象,并将这一景象拟人化、动作化、场景化,这一景象便成为童话世界,成为孩子世界,成为诗。

（李红叶）

《小巴掌童话》

童话集,作者张秋生,少年儿童出版社1991年出版。在当代儿童文学盛产长篇、系列的氛围里,张秋生的《小巴掌童话》似乎有些不合时宜。但恰恰是这种不随俗让"小巴掌"的声音和姿态显得尤为珍贵。张秋生的童话体现了精粹的艺术,是诗和童话的有机融合。隽永、优美、诗意、精致是小巴掌的格调,沉静、温润、优雅、恬淡是小巴掌的气息。小巴掌的世界,如同一幅悠远的水墨画。没有色彩浓烈的场景、人物,但云淡风轻里,始终让人悠然向往;也如同一座温馨的花园,曲径通幽处,水流潺潺,满眼都是悄然绽放的花朵;还仿佛一条绵延不绝的溪流,鸟语花香里,每行一步,水中游鱼、细石,无不历历可见……总之,《小巴掌童话》是诗和童话的艺术,是快乐生命的艺术。小巴掌拍起来,每一声都是童年深处的回响和歌唱。

（李红叶）

《男生贾里》

长篇儿童小说,作者秦文君,1991年首次发表于《巨人》丛刊,少年儿童出版社1993年出版。这部带有系列故事性质的小说出版后,很快受到小读者们的青睐,并被改编成同名电视剧和电影。小说围绕着初中生贾里的家庭和校园生活,展开了一系列富于当代都市少年生活气息,同时又充满喜剧色彩的小故事。这些故事所塑造的童年角色身上洋溢着当代少年特有的创造力和活泼精神,其叙述语言也显示出一种轻扬的蓬勃。《男生贾里》是新时期幽默风格少年小说的一部重要代表作品。它所展示的那种飞扬灵动的童年幽默和新的童年精神,指向传统儿童形象在中国当代少年小说群落里发生着的某种蜕变。尤为可贵的是,在发掘轻松的童年喜剧内容的同时,作者的目光始终关切地落在童年严肃的成长命题上。以贾里为代表的少年们是在裹挟着生命能量的

自由冲撞中,慢慢领悟着成长深刻的意味和意义,体味着童年每一个向前的脚印的丰富内涵。　　（赵霞）

《大头儿子和小头爸爸》

幼儿故事集,作者郑春华,沈苑苑绘画,新蕾出版社 1994 年出版。《大头儿子和小头爸爸》是幼儿文学系列故事的代表,讲述了大头儿子和小头爸爸、围裙妈妈温馨有趣的家庭生活,塑造了一对快乐、幽默的父子形象。故事内容贴近儿童的现实生活,在温馨感人、幽默风趣的成长故事中展现了平等的亲子关系,营造了和谐幸福的家庭氛围,传递出先进的教育理念。该书的影视改编作品受到广大儿童观众的欢迎,大头儿子和小头爸爸也成为国产动画中的经典形象。　（胡丽娜）

《赤色小子》

中短篇小说集,作者张品成,少年儿童出版社 1995 年出版。作品以第二次国内革命战争时期的斗争生活为题材,以"围剿"与反"围剿"时苏军与"白军"的殊死战斗为背景,刻画了一群红军小战士的感人形象。出生于 1957 年的张品成,是出于内心的自觉渴望走上革命历史题材小说的创作道路的。受 20 世纪 80 年代"寻根热"的影响,作家回到童年时代生活过的赣南山村,通过亲身走访,用文字再现那段历史中曾被人忽视的另一种真实,希望让那些可歌可泣的"红小鬼"再生,使他们站立成一组挺拔有力的群像,活在今天同龄人的阅读当中。在张品成的笔下,人性的渴望成为生命的制高点,作者通过一个又一个的悲剧性戏剧冲突,表现红军少年们面对艰难抉择时的心理抗争以及最终战胜自我的勇气,彰显出他们在绝处逢生的人生转折点上喷涌而出的精神光彩。这些作品不仅"好看",而且"有味",在英雄精神的主旋律下变奏出更为真切细腻的小调,为新时期中国儿童文学革命历史题材日渐荒芜的园地增添了异彩。　　（钱淑英）

《花季·雨季》

长篇少年小说,作者郁秀,海天出版社 1996 年出版。小说极为鲜活地描述了一群深圳中学生的生活:为升学而日夜奋战、小心渡过青春情感萌动的旋涡、假期到工厂的流水线上做工、为父母婚姻的破裂而烦恼……透过这些全息式的图景,我们不但深入了在特区开放环境中成长起来的一代青少年的精神世界,而且还意外地获得了一个再次审视这个中国经济改革的前沿城市的契机。多年以后,曾经属于深圳的很多新鲜事物已经在中国遍地开花,但曾经给那群花季少年增添烦恼、压力和困惑的现象依旧值得今天的中国深思。作品曾被改编成同名电影、电视剧、广播剧、连环画,并获中宣部全国"五个一工程"奖、第四届全国优秀儿童文学奖等。
(陈恩黎)

《女儿的故事》

长篇儿童小说,作者梅子涵,少年儿童出版社1996年出版。这部讲述女儿成长喜悦和苦恼的小说,以幽默的笔调串起一个个生动鲜活的片段和场景,充满着趣味,读来令人忍俊不禁。小说同时呈现了人到中年的作者面对儿女成长时的真实心态,他既想保持童话的心情,不让孩子过早地与童年告别,又无法摆脱现实的规则,用成年人的目光去规约孩子的天性。于是,在洋溢着欢笑的文字里,我们读到了辛酸,那是一个父亲在理想和现实的矛盾中透露出的无奈。泪与笑交织出文学的分量。该作品获第四届全国优秀儿童文学奖,《小说月报》也选载过它。
(钱淑英)

《我要做好孩子》

长篇小说,作者黄蓓佳,江苏少年儿童出版社1996年出版。作品是作者阔别儿童文学创作多年后的一部力作。小说中的胖女孩金铃是个善良、开朗的女孩子,很有人缘和文学才华,却不是老师心目中的"好孩子"。因不擅长数学,导致其在班级里只能做个中等生。围绕这个中等生的日常生活,小说以一系列富有张力的小故事淋漓尽致地描写出当下应试教育机制对许多孩子童年的戕害:"多年来不被看重、不被称赞的平淡无奇的生活,其实是深深刺伤了孩子的心灵。"与此同时,小说通过金铃班级上那些老师心目中的"好孩子"的行为尖锐地指出:仅有知识没有品性的孩子是对未来社会的潜在威胁。该作品曾获第四届全国优秀儿童文学奖。
(陈恩黎)

《草房子》

长篇小说,作者曹文轩,江苏少年儿童出版社1997年出版。《草房子》是作家曹文轩最负盛名的代表作之一。小说中的油麻地是一方既富于历史的真实感,同时又充满想象诗意的小小土地。小说的叙事锁定在这一方小而又小的水乡土地上,借助于不同人物故事线索的编结与交织,为读者呈现了一幅开阔、浪漫又不乏坚实生活基底的童年生存图景和一种永恒的童年精神。作者的少年小说创作都得自其童年回忆水脉的滋养。童年时代的水乡生活记忆给了他无穷的创作灵感和源泉。从这个意义上说,曹文轩的少年小说创作是一种"向前"的追忆和"向内"的审视。也正因为如此,他的少年小说虽常以贫苦的乡间生活为描写对象,却盛满了精致的诗意。1998年,根据小说改编的同名电影在国内上映。作品曾获第四届全国优秀儿童文学奖等。

（赵霞）

《为一片绿叶而歌》

儿童诗集,作者薛卫民,湖北少年儿童出版社1997年出版。自然和童年这两个意象在作者的儿童诗里占据了极为重要的位置,同时它们不再是两个泛化了的抽象概念,而是浓浓地沾染了诗人自己的文学情怀和文字个性。《太阳是大家的》《为一片绿叶而歌》《淘气包子的悄悄话》《会走路的花朵》等作品,都体现了诗人的艺术个性。诗人写自然和童年,但在他的笔下不是单纯的描绘,而常常是一种趣味盎然的"发现"。作者尤其擅长在诗歌的节奏形式与情感氛围之间实现恰到好处的调谐。他要一首诗动起来,于是它的句子就活泼地跳跃、游动和相互追赶起来;他要一首诗"静"下来,于是它的音步就平缓起来、轻收轻放起来;他要一首诗踏着舞步行进,于是它的节奏就优雅地回旋起来;他要它像散步一样悠然地走,于是所有的语词们就松开手,轻轻松松地步行起来。这部诗集1999年获中国作家协会第四届全国优秀儿童文学奖。

（赵霞）

《我的妈妈是精灵》

幻想小说,作者陈丹燕,春风文艺出版社1998年出版。陈淼淼是一个上小学五年级的女孩,有一天,她发现自己的妈妈原来是一个会飞的蓝色精灵。妈妈因为爱的胶水的黏结在人间驻足,可是当外科医生的爸爸,却再也无法接受一个精灵做妻子而要和妈妈离婚,面对这突来的家庭变故,陈淼淼感到不知所措。孩子的努力终究是徒劳的,带着无奈的酸楚以及美好的祝愿,陈淼淼目送妈妈回到精灵世界。这是一个幻想故事,作者却把它放在真实的环境里去写,情感显得普遍而深切。写这本书的时候,陈丹燕38岁,熟稔于少女题材创作的她,把目光聚焦于家庭生活,讨论由此折射出的诸多现实问题,有关父母离异,有关一个女人如何做母亲,有关今天孩子成长的艰辛。无论对于孩子还是成年人,这都是一本令人感动、安慰和思索的书,足以在心灵深处留下痕迹。

（钱淑英）

《我们去看海》

儿童十四行诗集,作者金波,浙江少年儿童出版社1998年出版。十四行诗是一种从西方引进的艺术形式,从某方面说,有些像中国古典诗歌中的律诗,不仅每首诗14行有严格限定,音韵格律也有严格限定:一般是ABAB,CDCD,EFEF,GG。这自然为它们在汉语儿童诗中的运用产生了困难。儿童诗文字浅近,不多的词放在严格限定的诗行里,还要合辙押韵,有意境有意蕴,这可不是一件容易的事情。但金波做到了。收在《我们去看海》中的各篇,如《我们去看海》《月光里的树》《听海》《望海》《梦海》《山泉》等,格律整饬谨严,诗意浓郁,把儿童面对自然、社会、人生的遐想表现得十分生动。虽是戴着镣铐跳舞,但却从容优雅,这对向来不太重视格律和意境的儿童诗,应是一种很好的启发。这自然得益于作者深厚的文学素养。金波长期从事儿童诗创作,经验丰富,是中国最受读者欢迎的儿童诗作家之一。

(吴其南)

《笨狼的故事》

长篇童话,作者汤素兰,浙江少年儿童出版社1998年出版。猪送给笨狼一张漂亮的小板凳,但是,凳子太矮,笨狼的腿伸不直。于是,笨狼把凳子搬上了沙发,自己跟着往沙发上爬,可腿还是伸不直;于是,笨狼只好把凳子搬到餐桌上,可腿还是伸不直;最后,笨狼只好把凳子搬到屋顶上,但是这个问题依然存在。还是聪明的兔子帮他解决了难题。只是,笨狼自己心里的疑惑却更重了……以上仅是这部长篇系列童话的一个小小章节。在汤素兰笔下,33个前后呼应而又卓然独立的趣味故事共同营构了一个善良、天真、拙朴、稚气的小狼世界。这个世界里,现实和幻想唇齿相依,人性和物性水天一色,生活的气息、生命的质感水乳交融地叠合在一起。而那个憨态可掬的小笨狼则一路蹒跚走来,不经意间就颠覆了民间故事和日常经验里关于狼凶残、狡诈、贪婪的理性箴言,呈现出源自幼儿认知特征和情感方式的浑然天成的幽默氛围与喜剧效果。这让这部幼儿童话笼上了一种质朴、明朗、智慧、幽默的气质,俏立于当代儿童文学童话格局中,姿容不凡。

(李学斌)

《书本里的蚂蚁》

短篇童话,作者王一梅,原载《幼儿故事大王》1999年第3期。一朵孤独的小花,一只黑黑的小蚂蚁,一本被人遗忘的旧书,组合成了一个奇妙的场景。故事里,书的生活本来是平淡无奇的,甚至是孤独落寞的,可是因为小蚂蚁的加入,而变得生动起来。其实,小蚂蚁也并没有做什么惊天动地的事情,就是简单跳跳舞、串串门、翻个跟头,却无意间改变了一切。这对小蚂蚁来说虽然是很自然的行为,可对一直安安静静的字和书来说,就完全不同了。这让他们看到了生活的另一种面貌,看到了寂寞之外的无边无际的快乐。童话里,小蚂蚁是旧书生活的闯入者,但是它却完全改变了书的命运。可见,常态的生活是需要被打破的。有时候,快乐和新奇都是一闪念间的,需要灵感的激发和点燃。小蚂蚁就是一个小小的鼓动家和播火者。整个故事构思非常精巧,故事在物性的逻辑中渐次展开。小蚂蚁和字身份的转化创造了欢乐,也让故事有了不同的面貌和精彩,这是很富有哲理的蕴涵。但是,读者在故事层面体味到的却首先是浓淡相宜的趣味和诗意想象的奇妙。

(李学斌)

《笛王的故事》

儿童诗集,作者王宜振,陕西人民教育出版社1999年出版。本书中的不少篇什曾入选中小学语文课本,流布甚广,影响广泛。《秋风娃娃》是他早期的代表作之一:诗人眼中的秋天,由于奇特想象元素的注入,使之闪烁着绮丽的童话光泽,"它把那金币儿摇落一地,/然后又轻轻地把它抛起;/瞧,满天飞起了金色的蝴蝶,/一只一只,多么美丽!"诗里跃动的形象,色彩纷呈,读来满目生辉。本书中有一首写植树的诗,可谓别出机杼,有别于所有写植树、写绿化、写环保的诗。诗人将小池塘比作大地妈妈的一只眼睛,将池塘边植下的小树比作眼睛的睫毛;在诗人想象中,有着美丽眼睛的大地妈妈,因为有了这"长长的睫毛",眼睛可以合上,就"可以做一个甜甜的梦了"。多么别致的想象和奇特的艺术构思,多么美好、浓郁的诗的意境!这样优美的诗作,在本书中可谓俯拾皆是。这本诗集还选收了诗人的一些语言清浅、朗朗上口、脍炙人口的儿歌精品,诸如《开窗》《大脚和小脚》《小贝壳》《小河的花》等。

(樊发稼)

《你是我的妹》

长篇儿童小说,作者彭学军,四川少年儿童出版社1999年出版。作者是一位吸收湘西山水之灵气的儿童文学作家。童年时代的湘西生活回忆和湘西文化濡染,为她的创作提供了重要的题材和灵感来源,而作家本人也执着于这种回忆的追寻与书写。小说透过随母亲下放湘西的"我"的目光,写湘西的风土人情,写土生土长的阿桃一家,也写"我"、阿桃和故事中其他女孩的成长体验。小说的情感和语言质地是诗意的、深情缱绻的,情节却并不因此散漫,而是紧紧围绕"我"和阿桃两家女孩的成长线索,细针密线地向前推进。小说语言呈现出清丽的诗情和精致的华美。作品也是一部十分典型的少女小说。这部小说写了少女的成长,也写了她们在成长过程中彼此释放的关怀和温暖。这种女性之间深切的相互理解、温暖和关爱的实现，使这部小说具有了另一种更为深刻的意义。彭学军对女孩始终怀着一种眷顾的温情，她的许多少女小说作品，都述说着这份深切的女性关怀。该作品获第六届宋庆龄儿童文学奖大奖。

（赵霞）

《冰碗小店》

少年武侠小说集，作者葛冰，中国少年儿童出版社1999年出版。当葛冰的几个短篇少年武侠小说于20世纪90年代初在上海《少年文艺》杂志上发表时，曾引来一片争议。不少家长在给编辑部的信中流露出难以抑制的愤然，表示不希望孩子看到武侠小说之类"不纯净"的作品；但与此同时，也有许多孩子纷纷写信向编辑部表达他们在读到这些小说时的惊喜和快乐。今天，葛冰的少年武侠小说已经成为儿童文学界一个十分独特的文学存在。《冰碗小店》就是作家多年来短篇武侠小说作品的一个选集。这些小说保留了传统武侠小说对于"武"和"侠"的想象设计模式，同时又自然剔除了武侠小说中不适宜少年儿童阅读的各种内容。故事既充满关于"武"的离奇诡谲的想象，又时时扣紧与"侠"有关的人间正义和人生哲理，同时也很注意叙述的幽默效果营造，从而使小说十分富于可读性。葛冰的短篇少年武侠小说在结构叙事上总是显出一种特别的干净和利落；与此同时，在好读的故事下，还潜藏着作家深沉的人间关怀。

（赵霞）

《天使的花房》

儿童散文集，作者吴然，云南教育出版社2000年出版。大自然养育着吴然的性情和笔墨，其性情也真，其笔墨也纯，童心与诗情交织，情感丰沛细致，正合于表达云南边疆的美丽、丰富和神奇。《天使的花房》充分展示了文本与作家性情及书写对象三者之间契合呼应而生成的动人美感。作家心系儿童，采用第一人称和第二人称相结合的叙说方式，适时辅以设问句，读来犹似与少年读者相对语，且语流通畅，亲切感人，不觉间为作家所引领，领略自然之惊奇，人情之美丽，以及作家人格之真纯。同时，作品笔调欢快明丽，意境优美，文字于朴素自然中见周正讲究，具有歌唱般的韵律感，每一篇都可大声诵读，因而其作品常能入选语文教材，亦为孩童所珍爱。

（李红叶）

《骑扁马的扁人》

儿童诗集，作者王立春，辽宁少年儿童出版社2002年出版。该诗集分为《乡间童谣》《冬天的声音》《公主和她的七个小矮人》等五辑,书名《骑扁马的扁人》是集中一首诗的题名,这首诗写的是一个孩子关于母亲一幅剪纸的想象。剪纸是一个骑在马上的骑士。可在晚上,这个纸上的形象却在孩子的想象中复活了。他从后山走来,走过孩子的窗前,然后踏着月光远去,孩子们的心也跟着这个神奇的骑士一起走向远方。这首诗其实也是这部诗集中作品的一个代表。作者一般不直接写现实的儿童和儿童生活,而是模仿儿童思维,写儿童想象中的世界。受互渗律的影响,儿童以己度人,以己度物,使万物皆着我之色彩,想象中的世界变成了一个瑰丽的童话世界。

(吴其南)

《蓝调江南》

儿童散文集,作者金曾豪,严效州插图,古吴轩出版社2003年出版。《蓝调江南》是一部体现了文字功夫和散文境界的散文集。这功夫这境界体现在他对江南地域文化和童年生活的细致观察与深刻体悟中,字里行间流露民族格调、个人情怀与智慧,亦充分显示了"回想"的"丰富诗意"。《树德堂》是散文里的上品。其余写茶馆、写听书、写剃头店、写种种从前水乡生活,无不"有接触,有色彩,有声音,有气味,有一种老派的亲切"(金曾豪语),江南

情调扑面而来。将这样的书放置在童书书架上,是对快餐阅读的拒绝,文字本身的涵养将把少年读者带到"严肃庄重"的氛围里去,读者的静心"品味"姿态与文本的"熏陶""滋养"功能相互完成。而少年"我"作为主体叙述声音之外的另一种声音不断出现,与隐含的少年读者对话,实现了认知与审美上同化与顺应的双重效应。 (李红叶)

《斑羚飞渡》

短篇动物小说集,作者沈石溪,湖北少年儿童出版社2003年出版。作品在总体上代表了沈石溪动物小说创作的一个重要理念和艺术模式。小说中,人与动物的世界既相隔离,又相交织;有时对立,有时又合而为一。小说以"人"为叙述者,且多采取第一人称视角展开叙述,但有趣的是,在这个为"人"的普通欲望所填满的视角下,还藏着深深的自嘲和发人深省的触动与反思。这种自嘲和反思属于故事里外的叙述者和作者个体,但细细品味,它也应当属于整个人类。小说的故事叙述很少走入动物的心理世界中去,而是通过人的观看与行动,来呈现俗世"人"眼中的动物世界及其与"人"的世界的十分真实的交往。这种主观视角下的客观呈现,使人与动物的这一交会既不乏奇异神秘的色彩,又充满生活的真实质感,也使故事的

结局每每有一种震撼人的力量。这一组短篇作品较为充分地展示了沈石溪在短篇动物小说创作领域所达到的艺术高度。　　　　（赵霞）

《巨人的城堡》

系列儿童小说集"淘气包马小跳"之一，作者杨红樱，接力出版社2005年出版。《巨人的城堡》，是杨红樱"淘气包马小跳"系列的第14本。小说讲述了马小跳和他的伙伴们走进一位自闭的高个子"巨人"的生活，帮助他敞开心扉、接纳社会和他人的故事。这部作品承续了整个马小跳系列基本的故事和艺术风格：富于童趣的角色性格表现，人物行动与对话的利落推进，幽默喜剧效果的制造以及在活泼多动的画面下始终存放着的柔软温情。不论其叙述显得多么"娱乐"，马小跳系列故事始终保持着对于现实问题的关怀，比如《巨人的城堡》的创作正是起于作家对于"高个子"这一特殊人群现实困境的关注。从2006年底起，这部作品被改编成舞台剧，在全国范围内巡演。　　　　（赵霞）

《黑焰》

长篇动物小说，作者格日勒其木格·黑鹤，接力出版社2006年出版。小说描述了一头叫格桑的藏獒的成长历程：从一头失去母亲的孤独的幼獒到一头高原牧羊犬、超市保安犬，从广漠的高原到陌生的城市，从自由的奔跑到被带上沉重的项圈……在这传奇的历险中，总有人类的影子在介入格桑的命运，而格桑的眼睛同时也映照出人类现代文明的另一幅图景。令人称道的是，在跌宕起伏的情节叙述中，小说始终贯穿着客观而又认真的科学精神，并且把生命的激情引向智慧之谷的宁静。就像《黑焰》中的动物、人类均保持了其生命的尊严那样，黑鹤的动物小说也保持了一种文学的尊严。该作品获第七届全国优秀儿童文学奖。　　　　（陈恩黎）

《窗下的树皮小屋》

童话集，作者冰波，新蕾出版社2008年出版。作为新时期以来童话领域的标志性作家之一，冰波在这部童话集里展示了作为童话家故事构思和艺术想象的深度、广度。其中短篇童话《窗下的树皮小屋》写一个心地善良的小姑娘与蟋蟀吉铃及其小伙伴萤火虫、小蚂蚱之间奇妙的情感交流与碰撞。情节弥散着希望和快慰，也交织了隐隐的凄凉与忧伤……温馨、诗意、委婉动人的语言风格和情节设置充分体现了冰波早期童话抒情、细腻、优美、恬淡，追求气氛和意境的营造，并带有淡淡的忧郁、伤感的诗性风格。于早期惯写的纯情、至爱、童心、雅趣之外，他的后期作品，更多扩展了幻想的空间和结构，糅合了情节的节奏与力量，这让他后期的童话境界更加阔大，形象更加丰富，情感也越加浓烈。当然，在这些长短不一的篇幅里，冰波写人与自然的亲近、融合，写小生命之间的惺惺相惜，写荒野里孤独生命的挣扎与哭泣，写生活中物种间的血脉相依……他的想象既小桥流水，也金戈铁马，让人不仅看到了童话的诗意美丽，更体味到想象的雄奇奔放。

（李学斌）

《团圆》

图画书，余丽琼文，朱成梁绘，明天出版社2008年出版。《团圆》从当代中国社会生活取材，文字作者余丽琼以个人的童年生活为基础，描绘了一个融汇中国风俗与关于父女、家人过年团圆的故事。常年在外工作的父亲只有过年时才能回家几天，在这几天之中主人公毛毛对父亲从生疏到亲近、再到不舍的细腻心理变化，通过画家朱成梁精准捕捉的画面和细节一一呈现，父女之间浓浓的羁绊凝聚在了一枚小小的硬币上，其所传达的情感真挚而富有人情味。这本图画书获得了第一届"丰子恺儿童图画书"奖首奖，英文版入选2011年度纽约时报"最佳儿童图画书"。

（胡丽娜）

《地下室里的猫》

短篇儿童小说集，作者张玉清，河北少年儿童出版社2012年出版。该小说集收入的短篇作品，不论表现当下还是历史的生活，均提供了审视童年的另一种视角。透过作家不无冷峻的叙述，我们看到童年不再是天真、单纯、浪漫的简单代名词，而同时包含着引人沉思的阴影与深渊。在这里，童年既是一个重要的叙述视角，也是一个重要的批判视角。通过审视童年，我们审视的其实是社会、文化、历史、人性中的某些深刻问题。

（赵霞）

《少年的荣耀》

长篇儿童小说，作者李东华，希望出版社2014年出版，21世纪以来中国战争题材儿童小说的代表作之一。小说讲述了抗日战争年代一群普通孩子的遭际与命运。战争的到来迫使十二岁的少年沙良告别曾经无忧无虑的生活，与堂弟沙吉一起前往乡下避难。在那里，他们享受了短暂的和平时光，但战火很快烧到了这座小村。在特殊的年代，孩子们不得不过早地告别童年，直面并走向生活的艰难。小说表现了战争年代普通孩子的情感与命运，也在一定程度上写出了孩子眼中战争的复杂性。

（赵霞）

《寻找鱼王》

长篇儿童小说，作者张炜，明天出版社2015年出版。这是新世纪以来兴起的成人文学作家介入儿童文学写作潮流中的代表性作品之一。小说采用第一人称叙述视角，透过一个八岁男孩的感觉、见闻、经历与思索，带引读者一步步走向和解开"鱼王"的传奇。最终，男孩见识了真正的"鱼王"，也获得了成长的顿悟。从捕猎、杀戮到理解、守护，从人对自然的欲望占有到人与自然的和谐相守，"鱼王"既是传奇与悬念，也是哲学与伦理。小说透过儿童视角的叙述，展示了一则儿童故事可能的精神深度。

（赵霞）

《盘中餐》

图画书，著绘者于虹呈，中国少年儿童出版社2016年出版。《盘中餐》以被列入世界文化遗产名录的云南省元阳梯田为背景，以二十四节气为叙述线索，将中国最传统的水稻种植和加工方式等农耕文化，通过纯朴真实的画面及构图呈现出来。作者着重描绘了农民种植水稻的几个主要阶段，从春耕、夏作、秋收、冬藏的自然时序更迭，到哈尼族"长街宴"的风俗人情，以及前后环衬精心设计的农具介绍与农耕知识，无不浸润着作者对"锄禾日当午，汗滴禾下土"的古朴情怀的致敬。这本图画书获得了2016年博洛尼亚国际插画展优秀作品奖及第五届丰子恺儿童图画书奖首奖。

（胡丽娜）

《有鸽子的夏天》

长篇儿童小说，作者刘海栖，山东教育出版社2019年出版。一群活泼顽皮的孩子：海子、二米、鸭子、二老扁……一个个属于童年的生活故事：养鸽子、玩杏核、抽陀螺、抢菜……那样的推推搡搡、吵吵嚷嚷，却也是那样的欢欢喜喜、热热闹闹。在这部小说中，鸽子事件既构成了故事的核心悬念，也关系着小主人公的精神命运，后者使这部作品带上了些许"成长小说"的意味。作品的语言一如作者笔下的童年世界，朴素而鲜活，清亮而生动，趣味与幽默都酝酿得恰到好处。小说写得简朴平淡，读来却令人心生暗潮汹涌的澎湃。作品最终带读者走出善恶二元对立的故事与观念模式，走向了现实人生和日常人性的更为丰繁、复杂、微妙的境况与滋味。

（赵霞）

（二）理论研究

《儿童文学简论》

论文集，陈伯吹著，长江文艺出版社1956年出版，收入文章5篇；1957年

10月出版增订版,收入文章11篇;1959年4月出版第二次增订版,收入文章21篇;1982年4月出版的新版,收入文章21篇,增加了前言、附录和后记。

《儿童文学简论》是陈伯吹儿童文学思想和理论观念的集中体现。该论文集汇集了陈伯吹对儿童文学工作、创作、题材等宏观问题的理论思考,并大致以文体为类进行编排,就寓言、童话、儿童诗、小说、儿童戏剧、神话、传说等具体文类进行了讨论,整体上展现了陈伯吹以"童心论"为基点的儿童文学理论体系。

《教育儿童的文学》

论文集,鲁兵著,少年儿童出版社1982年出版。《教育儿童的文学》本是鲁兵于1962年发表的同名演讲,于1982年第一次增补为论文集,收入论文、评论25篇;1992年再次增补,收入作者多年来有关儿童文学的论文50篇、随笔(断想篇29篇,随想篇22篇)等,内容涉及儿童文学基本理论、幼儿文学、童话、科学文艺、儿童文学遗产等。其中《教育儿童的文学》一文比较系统地论述了儿童文学的教育性问题,提出了"文学是本体,儿童是对象,教育是功能"的见解,一度对儿童文学创作和发展产生影响,是中国儿童文学理论界围绕教育性问题的讨论中出现的较有影响的"一家之言"。

《中国现代儿童文学史》

理论专著,蒋风主编,河北少年儿童出版社1987年出版。该书将文学史的梳理与社会学分析相结合,以时间顺序展现了1917—1949年间的中国儿童文学面貌,从分期创作特点、文艺思想斗争、重要作家作品等方面进行观照,既体现了中国现代儿童文学与中国现代文学在历史进程中同步发展的趋向,也呈现出儿童文学作为一个独立的文学门类,在新文学潮流的影响下其自身发展变化的内在规律。

《中国儿童文学理论批评与构想》

理论专著,班马著,湖北少年儿童出版社1990年出版。该书是20世纪90年代的一部创造性的理论著作,经历了80年代的艺术争锋与探索,班马提出了一系列兼具反思性与前瞻性的观点。本书包括走出自我封闭的儿童文学观念、儿童反儿童化、传递、现代儿童文学艺术的美学意味四章内容。作者旨在以发生论观点统一起儿童文学与教育的共同功能,让中国当代儿童文学以自己的艺术手段和活力面向今日的实践,本书所提出的"儿童反儿童化""形式挪前""游戏精神"等观点,至今仍在学界有重要影响。

《中国儿童文学理论批评史》

理论专著,方卫平著,江苏少年儿童出版社1993年出版。《中国儿童文学理论批评史》是国内外第一部系统论述中国儿童文学理论批评发展历史的学术著作。作者在大量收集和深入研究第一手历史资料的基础上,对自古以来,特别是近代以来中国儿童文学理论批评从自在走向自觉并不断推演发展的历史进程作了清晰、具体的历史描述和理论阐述,内容包括各个时期儿童文学研究的社会文化背景、理论思潮、学术特征、理论代表等,并以历史和当代的双重理论眼光,对中国儿童文学理论学科未来发展进程中的一系列问题作了有益的探讨。

《现代儿童文学本体论》

理论专著,汤锐著,江苏少年儿童出版社1995年出版。这是一部有关现代儿童文学的本质、功能、美学特征、创作机制等基本问题的理论专著。作者试图突破以往仅以儿童(读者)为单一逻辑支点的封闭式的儿童文学理论框架,努力以"成人—儿童"双逻辑支点为基础,建构现代儿童文学理论体系的双向结构。

《儿童文学的三大母题》

理论专著,刘绪源著,少年儿童出版社1995年出版。《儿童文学的三大母题》以全新的方法对儿童文学作类型研究,打破了体裁、题材、风格、流派、地域、年代等通常分类方式,把儿童文学作品划分为"爱的母题"(内分"母爱型"与"父爱型")、"顽童的母题"和"自然的母题"三大主题,结合中外大量儿童文学经典文本,深入阐述这三类"元主题"的美学特征,尝试建构一种言说儿童文学的新格局,在一定程度上勾勒了儿童文学的整体面貌。

《现代中国儿童文学主潮》

理论专著,王泉根著,重庆出版社2000年出版。本书是一部系统研究现代中国儿童文学发展思潮与创作现象的专著,包括发展思潮论、个案研究论、观念本体论和二十世纪中国儿童文学论点透视四编内容。作者力图以"史、论、评"三者结合、宏观研究与微观透视互为补充、多视角、多层面的复合研究法,审视中国儿童文学从传统向现代转换的内在机制、历史轨迹以及整个世纪的儿童文学在现代化进程中的生动气象和美学嬗变。

《中国儿童文学与现代化进程》

理论专著,朱自强著,浙江少年儿童出版社2000年出版。本书着重阐述了中国儿童文学与社会现代化进程的互动关系及中国儿童文学自身的现代化发展。作者认为儿童文学是一个历史概念,提出中国儿童文学只有"现代",而没有"古代";提出中国儿童文学的两个"现代"说,揭示了中国儿童文学现代化进程中的矛盾性和复杂性;阐述了周作人"五四"时期的"儿童本位"理论的现代性、超前性和当代意义。此外,该书还分析了周作人、鲁迅在中国儿童文学的现代化形成中的作用及彼此的影响,并提出中国儿童文学现代价值的五个坐标。该书是对中国儿童文学现代化问题的深入阐释,也是对中国儿童文学的性质、发生发展规律以及走势的理论探寻。

《图画书:阅读与经典》

理论专著,彭懿编著,二十一世纪出版社2006年出版。这是一本专门且系统介绍图画书的专著。上篇结合图画书艺术特征,以123本图画书为实例,从开本、图画与文字的关系等诸多方面深入浅出地探讨图画书的各种形态和表现,向读者呈现如何从头至尾地阅读一本图画书。下篇介绍和解读自第一本图画故事书《比得兔的故事》问世百余年来,出版的具有重要影响的64本世界经典图画书。全书透过生动易读的30多万文字、风格多样的近200种图画书实例和清晰精美的800多幅插图,引领读者走进图画书的世界,了解图画书的表现形式,发现图画书的奥妙和趣味。

《20世纪中国儿童文学的文化阐释》

理论专著,吴其南著,中国社会科学出版社2012年出版。本书在分析20世纪初导致中国儿童文学走向自觉的诸原因后,逐一讨论了"复演说"、"儿童本位论"、红色文化、启蒙文化、身体叙事等对儿童文学的影响,并努力揭示包含在这些文化思潮里的现代性因素。而由于社会、文化的变化及其自身包含的局限,到20世纪末,这种现代性又面临着后现代文化的解构。作者就中国现当代儿童文学史上的重要思潮、创作观念、艺术现象等提出了独到的立论与阐说。

《大众文化视域中的中国儿童文学》

理论专著,陈恩黎著,浙江大学出版社2013年出版。该书以大众文化理论为思考基点,把中国儿童文学纳入儿童文化与大众文化的框架内重新进行审视,在大众文化视域中着重考察中国儿童文学的现代发生、中国儿童文学大众化实践、先锋实验与大众狂欢以及教科书这一中国儿童文化产业的试验场等重要问题,由此连接起儿童文学研究与文化研究的诸多逻辑点,发现了中国儿童文学研究新的生长点,并以开放的理论视野与批评话语方式,建立起儿童文学研究与其他学科的多元交互格局。

《近代来华传教士与儿童文学的译介》

理论专著,宋莉华著,上海古籍出版社 2015 年出版。本书从儿童福音故事、基督教成长小说、作为儿童读物的文学经典、寓言、民间故事、动物小说中一些特定的代表作品出发,通过精微而深入的文本内部和外部的分析,对传教士儿童文学翻译进行了儿童的、文学的、历史的、翻译的、宗教的多重维度的考察,呈现了 19 世纪中后期到 20 世纪初期西方来华传教士怀着特定的文化意图参与中国近代儿童文学发展的历史过程。该书对中西人士不同的儿童观、文学观、翻译策略的探讨,呈现了传教士翻译儿童文学的历史脉络,彰显彼时中国儿童文学的时代性和民族性及其逐渐融入世界儿童文学的过程。

(理论研究部分由胡丽娜撰写)

三、儿童文学丛书

《新中国儿童文库》

由北京生活·读书·新知三联书店编辑,自 1950 年开始出版的儿童文学丛书,主要作品有管桦的《小英雄雨来》(小说),金近的《顽皮的轮子》(童话)、《小河唱歌》(儿童诗)、《伟大的陶行知》(人物传记)等,也有苏联比安基的《猎人的故事》,班台莱耶夫的《妈妈不在家的时候》,伏郎柯娃著、克诺陵格绘图的《大晴天》等译作。该丛书是中华人民共和国成立以来第一套大型丛书,是儿童文学出版的重要展现。此外,1948 年,香港的智源书局也出版过同名丛书,由司马文森主编,收入《大笨象旅行记》(童话,黄谷柳著)、《俄罗斯童话》(童话,黄药眠著)、《蜘蛛国王》

（三幕儿童剧，亚历山大·布鲁斯坦、挪德辛拉·阿比茨高斯著，蒋宛译）等图书，是香港现代儿童文学出版的重要见证与收获。

《十万个为什么》

少年儿童出版社出版的大型儿童科普读物，从1959年开始筹备策划，1961年4月开始陆续出版，第一版分为物理、化学、天文气象、农业和生理卫生五个分册。该读物对问题的设置，既有源于日常生活经验的、引发读者观察和思考的条目，又有对宇宙星空等问题的关注。条目撰写科学、严谨而实用，力求用通俗易懂的文字将有关科学知识的基本定律和原理作生动形象的说明。1962年，该丛书增编了地质矿物、动物和数学分册，一共8册，收录问题1484个，总计100万字，主要撰写者为叶永烈等人。

作为一套大型儿童科普丛书，该丛书不断修订和再版。1964—1965年，出版了第二版，李四光、竺可桢、华罗庚等科学家参与了审稿。1970年，该丛书出版了第三版，发行多达3700万册。新时期之初，该丛书出版了第四版。至今，该丛书已经出版发行6个版本，累计印数超过亿册，是家喻户晓的百科全书式科普读物，亦是国内科学启蒙教育的重要品牌读物。

《新潮儿童文学丛书》

江西少年儿童出版社自1987年起推出的一套儿童文学丛书，由曹文轩主编，有《八十年代童话选》（汤锐选编）、《中国少女心理小说集》（秦文君选编）、《八十年代小说选》（曹文轩选编）、《八十年代诗选》（高洪波选编）、《探索作品集》（金逸铭选编）等作品集，也有董宏猷的《一百个中国孩子的梦》等单部作品。丛书以《回归艺术的正道》为总序，鲜明宣告编选的立场与原则：赞成文学要有"爱"的意识，推崇遵循文学内部规律的真正艺术品，尊重艺术个性，赞同文学变法。丛书所编选的各文类作品见证了新时期以来儿童文学逐步走出"教育工具论"，回归艺术正道，走向开放、多元格局的历史进程，是儿童文学凸显时代感和当代感，真实反映少年儿童的心灵世界，提倡写人性和人生，强化作品的审美意识，倡导作品内容和形式的创新，坚持艺术探索，昭示了新时期以来儿童文学复兴和发展的新动机和趋势，被誉为"新时期儿童文学的编年史"。

《中国儿童文学大系》

希望出版社在1988—1990年间组织出版的史料性儿童文学丛书，由叶至善、叶永烈、孙敬修、浦漫汀、任大霖、蒋风、任德耀等14位儿童文学作家、理论家担任编委,叶圣陶、冰心、高士其等7人为顾问,以分类编年的方式,收录1919年"五四"新文化运动以来至1988年各种题材和风格的代表性儿童文学作品和理论文章,分理论、小说、童话、散文、诗歌、儿童剧和科学文艺七大卷,共15册,每一卷均有导言,介绍、评价该类别儿童文学的发展历史、特色与成就,是反映中国现当代儿童文学发展的史料性文献资料图书,曾获国家图书奖提名奖。2009年,该丛书增补了由方卫平主编的1988—2008年间重要理论和文学作品共计10卷,出版了新版25卷本,更为全面、客观地呈现了中国儿童文学的百年发展历程。

《中华当代少年小说丛书》

江苏少年儿童出版社从1989年开始陆续推出的大型原创儿童文学丛书,至1995年共出版18种。该丛书由刘健屏策划,有《十四岁的森林》(董宏猷)、《坎坷学校》(张之路)、《少女的红发卡》(程玮)、《孤女俱乐部》(秦文君)、《山羊不吃天堂草》(曹文轩)、《夏天的受难》(常新港)等长篇少年小说。该丛书聚集了当时最为优秀的一批中青年作家,作品从不同角度聚焦少年丰富的内心世界,深刻反映当代少年们的生活与情感,在艺术上显示了探索精神和创新意识,是20世纪90年代少年长篇小说的重要收获。

《儿童文学新论丛书》

湖北少年儿童出版社自1990年陆续出版的儿童文学理论丛书。第一辑由陈深主编,有《中国儿童文学理论批评与构想》(班马,1990)、《童话艺术空间论》(孙建江,1990)、《比较儿童文学初探》(汤锐,1990)、《儿童文学的审美指令》(王泉根,1991)、《异彩纷呈的多元格局》(彭斯远,1993)、《儿童小说叙事式论》(梅子涵,1993)、《儿童文学接受之维》(方卫平,1995)。第二辑由梅子涵主编,有《第四度空间的细节》(唐池子,2003)、《儿童文学中的女性主义声音》(唐兵,2003)、《文字和图画中的叙事者》(谢芳群,2003)、《卡通叙事学》(杨鹏,2003)等。丛书论著中有对新时期儿童文学思潮的历史性透视,有对中外儿童文学的比较、分析,有对儿童文学的审美功能的观照,还有运用叙事学、接受美学、女性主义等理论对儿童文学的新阐释,是新时期以来儿童文学理论建设和探索的见证,对推动儿童文学理论研究有一定作用。

《中华当代儿童文学理论丛书》

江苏少年儿童出版社 1991 年开始出版的儿童文学理论丛书。有《外国童话史》(韦苇,1991)、《中国童话史》(金燕玉,1992)、《中国儿童文学理论批评史》(方卫平,1993)、《现代儿童文学本体论》(汤锐,1995)、《二十世纪中国儿童文学导论》(孙建江,1995)。这些论著中有对中外童话文体萌生、形成、成熟、繁荣的发展历程的深细描述,有对中国儿童文学理论批评发展历史的翔实阐述,有对 20 世纪中国儿童文学发展的整体观照,还有对以"成人—儿童"双逻辑支点为基础的现代儿童文学理论体系的建构。该丛书视野开阔、史论结合,体现了中国当代儿童文学理论发展的新水平,在儿童文学理论发展史上具有重要的地位。

《中国幽默儿童文学创作丛书》

浙江少年儿童出版社自 1993 年开始出版的大型儿童文学创作丛书,由孙建江策划,首批推出张之路的《有老鼠牌铅笔吗》、周锐的《天吃星下凡》、庄大伟的《塌鼻子警察》等 5 部作品,涉及小说、童话等体裁。1998 年,该丛书推出了第二辑,有任溶溶、孙幼军、高洪波、梅子涵等作家的 12 部原创新作,覆盖了小说、童话、诗歌等体裁。2003 年起,在对作家资源进行深度挖掘以及对其作品进行系列开发的基础上,出版了任溶溶系列、秦文君系列等。该丛书已持续出版 20 多年,推出作品 60 余种,是当代持续出版时间最长、持续影响较大、市场认可度较高的一套原创儿童文学丛书,亦是展现儿童文学幽默品质的集大成者。丛书中相关作品曾获得全国优秀儿童文学奖、全国优秀少儿图书奖、冰心儿童图书奖、宋庆龄儿童文学奖等奖项。

《大幻想文学》

二十一世纪出版社 1998 年开始推出的原创儿童文学丛书,是继"大幻想文学·日本小说"丛书如《晴天,有时下猪》《苹果地里的特别列车》等作品引进,以及"跨世纪中国少年小说创作研讨会"提出"幻想文学"概念之后的原创文学实践。该丛书由彭懿和班马担任总策划,张秋林主编,第一辑推出了班马、彭懿、秦文君、彭学军、韦伶、薛涛、张洁等作家的《巫师的沉船》《妖湖传说》《终不断的琴声》《废墟居民》等作品,第二辑有张之路、彭懿、左泓、张品成、牧铃、殷健灵等八位作家的《神奇邮路》等作品。这些幻想文学作品的结集出版是中国儿童文学界第一次自觉且有组织、有规模地对原创幻想小说的艺术尝试,对于打破传统单一的现实主义格局、探索儿童文学系的走向,产生了积极的意义。

《世界奇幻文学大师精品系列》

明天出版社2000年开始出版的奇幻文学作品集。主要有英国罗尔德·达尔系列的《女巫》《玛蒂尔达》《了不起的狐狸爸爸》《查理和巧克力工厂》等12册作品,芬兰的托芙·扬松系列的《十一月的木民谷》《木民爸爸的回忆录》等8册作品,英国帕·林·特拉芙斯系列的《随风而来的玛丽阿姨》《玛丽阿姨的神怪故事》等5册作品。该系列是对世界奇幻文学大师作品进行的有规模的、系统的翻译和引进。

《国际大奖小说》

新蕾出版社出版的大型儿童文学译丛。自2003年开始,《蓝色的海豚岛》《马提与祖父》《光草》等80余部获得国际儿童文学知名奖项的作品被陆续翻译出版。该丛书囊括了斩获国际安徒生作家奖、纽伯瑞儿童文学奖、卡内基文学奖、波士顿全球号角书奖金奖、法国圣·埃克苏佩里奖、德国青少年文学奖、法国龚古尔文学奖、奥地利国家儿童与青少年文学奖等域外重要儿童文学奖项的优秀作家作品。这些作品体裁广泛、内容丰富,展现了域外儿童文学在童话、小说等文类的艺术探索和美学价值,为中国当代儿童文学的发展与创作提供了重要的艺术借鉴。

《信谊世界精选图画书》

台湾信谊基金会和大陆的少年儿童出版社、明天出版社等出版机构合作出版的图画书丛书,2004年起开始出版。该系列精选美国凯迪克大奖、英国凯特·格林纳威大奖、意大利波隆那国际儿童图书展图画书奖中的优秀作品,已经出版的有《猜猜我有多爱你》《母鸡萝丝去散步》《要是你给老鼠吃饼干》《子儿,吐吐》《逃家小兔》等优秀图画书。在译介引进域外优秀图画书的同时,信谊基金会注重对本土原创图画书的扶植和培育,推出了《团圆》《躲猫猫大王》《一园青菜成了精》《宝儿》等优秀图画书。2010年开始举办"信谊图画书奖",分设图画书创作奖和图画书文字创作奖,陆续出版了《门》《进城》《棉婆婆睡不着》等获奖作品。信谊世界精选图画书系列对国内的图画书阅读推广和本土创作作出了积极贡献。

《百年百部中国儿童文学经典书系》

湖北少儿出版社2006年出版的大型儿童文学丛书。由束沛德、金波、樊发稼、张之路、王泉根、高洪波和曹文轩担任编选委员会委员。丛书精选了20世纪初叶至今100多年间100位中国儿童文学作家的100部优秀原创儿童文学作品，其中作家有叶圣陶、冰心、张天翼、陈伯吹、严文井、金波、孙幼军、曹文轩、秦文君、张之路、林良（子敏）、桂文亚等，作品有《稻草人》《寄小读者》《宝葫芦的秘密》《一只想飞的猫》《"下次开船"港》《小布头奇遇记》《草房子》《男生贾里》《第三军团》等。该书系共分为四辑，涉及童话、小说、散文、诗歌、科学文艺等文体，作品有作家手迹和各个时期的照片，并附有作家主要著作目录、作品评论文章选载和获奖记录等。该书系是对百年来原创儿童文学的回顾、梳理和总结的全景式呈现，是中国原创儿童文学作品的集大成式的出版工程，亦是对中国原创儿童文学出版品牌的影响力进行探索的积极尝试。

《彩乌鸦系列》

二十一世纪出版社2006年引进出版的儿童文学丛书。该丛书收录的《弗朗兹的故事》《本爱安娜》《我和小姐姐克拉拉》等16部作品由德国青少年文学大奖权威评审机构——德国青少年文学院遴选和推荐，是德语国家当代优秀儿童文学作品在中国的首次规模性汇集。2009年，二十一世纪出版社又推出了"彩乌鸦中文原创系列"，该系列汇集了张之路、汤素兰、格日勒其木格·黑鹤、王淑芬、张秋生、沈石溪、彭学军、班马、常新港、金波、曹文轩等国内优秀作家，围绕生命、爱、成长、人与自然等主题进行书写，有《我是白痴》《你是我的妹》《弯弯》等优秀作品。

《全球儿童文学典藏书系》

湖南少年儿童出版社2008年开始推出的大型儿童文学译丛。该书系邀请了玛丽亚·尼古拉耶娃、约翰·斯蒂芬斯、李在彻等国际儿童读物联盟、国际儿童文学研究会、国际安徒生奖评委会、亚洲儿童文学学会等组织的负责人组成全球顾问委员会对世界文学精品进行鉴别、选择、推荐，邀约李之义、柳鸣九、任溶溶、杨静远等权威翻译家组成翻译专家委员会进行翻译、鉴赏。该书系收录了获得过国际安徒生奖、纽伯瑞奖、卡内基奖等国际儿童文学大奖的作品，具有时代性、先锋性、可读性的"现代经典"以及历久弥新的传统经典，囊括了小说、童话、诗歌、散文、幻想文学等诸多体裁，展现了世界儿童文学的格局和多元成就。

《风信子儿童文学理论译丛》

少年儿童出版社自2008年开始陆续推出的儿童文学理论译丛,由方卫平主编,包括《儿童文学的乐趣》(佩里·诺德曼、梅维丝·雷默著,陈中美译)、《作为神话的童话/作为童话的神话》(杰克·齐普斯著,赵霞译)、《你只年轻两回——儿童文学与电影》(蒂姆·莫里斯著,张浩月译)、《理解儿童文学》(彼得·亨特主编,郭建玲、周惠玲、代冬梅译)。该丛书以新的理论范畴和方法论开启了儿童文学理论研究,是新时期以来对西方儿童文学学术资源的一次自觉引进。该丛书汇聚的这些外来理论资源,对丰富当代儿童文学理论视角和理论范式,激发国内儿童文学理论研究的创新具有积极的启示意义。

《启发精选美国凯迪克大奖绘本》

该书系由北京启发世纪图书有限公司精选,河北教育出版社2009年起出版的大型开放性图画书译丛。该书系以美国设立于1938年的凯迪克奖为依托,旨在将"以最杰出的艺术表现及图像诠释完成的图画书"引进国内,目前已经出版的有《大卫,不可以》《海底的秘密》《疯狂星期二》《天空在脚下》《阿文的小毯子》《奥莉薇拯救马戏团》《菲菲生气了》《雪花人》《让路给小鸭子》《玛德琳》《晴朗的一天》等历年来的获奖作品,主要译者有柯倩华、阿甲等,集中展示了美国图画书的发展历程和艺术成就,为国内原创图画书的发展提供了重要的艺术借鉴。

《当代西方儿童文学新论译丛》

安徽少年儿童出版社2010年出版的外国儿童文学理论译丛,由北京师范大学王泉根、澳大利亚麦考利大学约翰·史蒂芬斯主编。首辑共六种,分别为《镜子与永无岛:拉康、欲望及儿童文学中的主体》([美]凯伦·科茨著,赵萍译)、《青少年小说中的身份认同观念:对话主义构建主体性》([澳]罗宾·麦考伦著,李英译)、《儿童文学中的人物修辞》([瑞典]玛丽亚·尼古拉耶娃著,刘洊波、杨春丽译)、《唤醒睡美人:儿童小说中的女性主义声音》([美]罗伯塔·塞林格·特瑞兹著,李丽译)、《冲破魔法符咒:探索民间故事和童话故事的激进理论》([美]杰克·齐普斯著,舒伟主译)、《儿童小说中的语言与意识形态》([澳]约翰·史蒂芬斯著,张公善、黄惠玲译)。

该丛书收录的均为近十余年来西方儿童文学学术前沿的代表性论著,涉及文化学、修辞学、传播学、女性主义、精神分析、拉康的主体理论以及巴赫金的主体性、语言和叙事理论等，以新锐的研究方法和理论资源观照、审视儿童文学，以鲜明的问题意识建构儿童文学理论话语，是一套兼具学术品质和理论价值，对国内儿童文学理论研究有积极启发意义的理论译丛。

《国际安徒生奖大奖书系》

方卫平主编，安徽少年儿童出版社出版，是目前国内获得国际儿童读物联盟（IBBY）唯一授权的世界儿童文学精品丛书。该书系包括了自1956年国际安徒生作家奖和插画家奖（1965年）设立以来，斩获奖项的依列娜·法吉恩、勒内·吉约、贾尼·罗大里、克里斯蒂娜·涅斯特林格等作家、插画家的经典作品，由任溶溶、马爱农等担任翻译。自2014年至2018年，已出版3辑共计86册，包含理论和资料书系列、文学作品系列、图画书系列三大板块，是国内较大规模的、系统的对国际安徒生奖获奖作家作品的引进和出版，是国际安徒生奖在中国译介和传播的重要平台和载体。

（本部分由胡丽娜撰写）

四、报　刊

《小朋友》

综合性幼儿文学半月刊。1922年创刊，1966年停刊，1978年复刊。上海中华书局创办，1953年改为少年儿童出版社（上海）出版。读者对象为低幼儿童。《小朋友》注重民族特色和民间文学的熏陶，主要刊登童话、小说、儿歌、故事、寓言、漫画、剧本、歌曲、游记等文学作品，以及动物、植物、天文、地理、历史、美术等各种科学文化知识。常年举办"《小朋友》好作品奖"的评选活动，部分作品曾荣获上海"儿童文学园丁奖"。曾出版内部理论资料——《小朋友·笔谈会》。由周刊改为半月刊后的《小朋友》，上半月为"聪明学堂"版，辟有"拼音故事""童话诗歌""语文游戏""写作指导"等栏目，适合小学低年级儿童阅读。下半月为"快乐手工"版，设有

"创意手工""亲子厨房""彩泥折纸""魔术剧场"等栏目,适合幼儿园至小学低年级儿童阅读。

《中国儿童报》

全国少年先锋队队报,周刊。1946年创刊,原名为《新少年报》,1986年在北京举行创刊40周年纪念会议上更名为《中国儿童报》。由中国共产主义青年团中央委员会主管,中国儿童报社出版。读者对象为小学中、低年级儿童。《中国儿童报》以帮助少年儿童学习科学文化知识为宗旨,主要栏目有新闻版,主要报道团中央对少先队工作的要求、指示,国内外重大新闻,全国少先队活动,优秀少先队员事迹报道等;知识版,主要刊登各种科学知识内容;文学版,主要刊登各类儿童文学作品。

《少年文艺》(上海)

综合性儿童文学月刊。少年儿童出版社(上海)出版。1953年创刊,1966年停刊,1973年复刊易名《上海少年》,1977年恢复原名。读者对象为小学高年级、初中少年。创刊号由宋庆龄题写刊名,并写了《让鲜花开遍这块园地》的发刊词。该刊除发表小说、散文、诗歌、报告文学、童话、寓言、翻译作品等外,还辟有"红地毯佳作""新芽""新星烁"等专栏,其中"红地毯佳作"专栏附有由儿童文学编辑、儿童文学作家以及语文教师组成的金牌点评团的评论。1983年为纪念创刊30周年,该刊编选一套"三十年优秀作品选",分为小说、散文、童话、诗歌共4册。2013年,该刊推出《少年文艺》60年金品典藏书系,此书系集结历届全国儿童文学短篇小说大赛全部获奖作品,荟萃当代前沿儿童文学作家原创短篇新作。此外,该刊常年承办"周庄杯"全国儿童文学短篇小说大赛,并推出"少年文艺典藏书坊:全国儿童文学短篇小说大赛金品典藏"系列图书。

《儿童文学研究》/《中国儿童文学》

儿童文学研究刊物,由少年儿童出版社(上海)不定期出版。1957年内部发行共7期。1959年正式创刊,1963年停刊,1979年复刊,2000年与《儿童文学选刊》合并为《中国儿童文学》。读者对象为儿童文学研究者和爱好者、教师、家长,以及少年儿童。刊物内容涵盖儿童文学理论、创作谈(包括各种体裁的专论)、作家作品评论、全国性儿童读物出版和儿童文学创作会议论文稿、儿童文学史料、外国儿童文学等。该刊长期以来对于推进我国儿童文学理论研究事业作出过重要贡献。

《儿童文学》

综合性儿童文学月刊。中国共产主义青年团中央委员会主管,中国少年儿童新闻出版总社出版。1963年创刊,1967年停刊,1977年复刊。在以丛刊形式出版10期以后,1980年改为双月刊,1981年改为月刊,2006年改为半月刊,2010年改为旬刊。读者对象为广大儿童文学爱好者,以小学高年级和初中学生为主。辟有小说、童话、散文、诗歌、报告文学、外国文学及"文学新苗"等栏目。该刊常年举办优秀作品评奖、青年作者讲习会、专题创作座谈会、儿童文学讲习班等活动,曾不定期出版内部理论资料——《儿童文学通讯》。1983年为纪念创刊20周年,特编选《〈儿童文学〉二十年优秀作品选》出版。从2003年以来,每年举办"《儿童文学》擂台赛",先后举办了"中青年儿童文学作家小说擂台赛""男作家女作家对擂大赛""中篇小说擂台赛""全国省区儿童文学擂台赛""写实小说与幻想小说擂台赛"等,其发表赛事作品的栏目已经成为《儿童文学》的品牌栏目,也成为新世纪中国儿童文学作家交流对话的文学平台。2013年《儿童文学》推出创刊50周年纪念文集《时光传奇》。2014年,全新改版后的《儿童文学》由一本原创性的《儿童文学》(经典)和一本文摘性的《儿童文学》(选萃)构成"少年双本套"。另外,由一本原创性的《儿童文学》(时尚)和一本文摘性的《儿童文学》(美绘)构成"童年双本套"。

《少年报》

综合性少年报纸。1967年创刊,原名《红小兵报》,1978年改为《少年报》。上海教育局主办,少年报社编辑出版。读者对象为小学中、高年级。该报以配合学校教育和教学工作,帮助少年儿童学习科学文化知识为宗旨。辟有"我们的队活动""环球瞭望""小博士卫星转播站"等特色栏目。此外,常年对发表的儿童文学作品进行一次"小百花奖"评奖活动。

《少年文艺》(江苏)

综合性儿童文学月刊。江苏凤凰少年儿童出版社有限公司出版。1976年创刊。读者对象为小学高年级、初中少年。该刊以"文学少年的知音,作文入门的向导,未来作家的摇篮,少年心灵的家园"为办刊宗旨,注重文学性,旨在加强少年们的文学修养,扩大他们的知识领域,提高他们的写作水平,亦注重知识性、趣味性与文学性的结合。除开辟小说、散文、报告文学、诗歌、童话、翻译等文学栏目外,还特设"微幽默""浅语时光""锐一代"等专栏。此外，该刊常年举办优秀作品评奖、创作笔谈会等活动。2013年起陆续推出"Since1976少年文艺典藏精品系列丛书"。

《少年科学》

综合性少年科普月刊。1976年创刊。《少年科学》杂志社编辑出版。《少年科学》以"新、奇、趣"为办刊特色，内容多样、图文并茂、形式新颖，让读者在"看""想""做"中学到科学知识，并注重引导读者体验科学之美，锻炼科学思维，培养创新能力。《少年科学》和法国巴亚出版社的 Images Doc 杂志合作，于2002年推出了崭新的中法合作版。主要栏目有科幻小说、军事博览、动物、历史、科学、体育等，还辟有"我的动物朋友""恐龙热线""走进大自然"等特色栏目。杂志社举办了一系列科普活动和竞赛，如"科学创意百校行"与"科普讲座百校行"等。

《幼儿园》

综合性幼儿文学半月刊。1979年创刊。明天出版社主办，《幼儿园》编辑部编辑出版。读者对象为3—6岁幼儿、幼儿家长及教师。初为双月刊，1985年改为月刊，2003年起改为半月刊，分为《故事刊》和《智能刊》。《故事刊》辟有"心灵花园""金波爷爷童话诗园""晚安故事"等栏目。《智能刊》辟有"小牙游世界""萌科学""安全365"等栏目。改版以后的《幼儿园》杂志更加遵从孩子的成长节奏，选择了从"早期阅读"和"多元智能"这两个角度关注孩子成长，倡导"从阅读中发现美，发现智慧，发现爱"。该刊全刊发声，视听一体，随刊赠送"幼儿教育缤纷手册"与《小斑马英语》。

《朝花》

综合性儿童文学季刊。人民文学出版社出版。1980年创刊，出版8期后，1983年改为季刊，同年底终刊。读者对象为少年儿童。严文井在发刊辞中所言："希望《朝花》能成为培养儿童文学新人的沃土。"其宗旨在于繁荣儿童文学创作，活跃儿童文学研究。《朝花》主要刊登中长篇小说、散文、诗歌、童话、科幻、外国儿童文学以及儿童文学评论等。刊物注重文学性，努力坚持对少年儿童进行文学熏陶。该刊中有不少我们耳熟能详的名字，如冰心、葛翠琳、黄庆云、杲向真、王路遥、郭大森、阎纯德等，翻译家有傅惟慈、粟周熊、叶君健等。

《儿童文学选刊》

选编性儿童文学月刊。1981年创刊。少年儿童出版社(上海)出版。读者对象为儿童文学研究者和爱好者、教师、家长以及少年儿童。其编选方针是:"本刊将坚持百花齐放的方针,选载各地报刊近期内发表的各种体裁儿童文学中较优秀的作品,着重选刊开拓题材新领域,主题思想有新意,风格、手法独特,有儿童特点的作品。在选刊具有较高思想艺术质量的作品同时,对一些虽还不够成熟但有某种艺术特色的作品,我们也将适当选载。"《儿童文学选刊》选载作品来源十分丰富,包括《儿童文学》《东方少年》《少年科学》《幼儿画报》等,以及成人文学刊物,如《人民文学》《北京文学》《上海文学》等核心期刊。《儿童文学选刊》陆续推出了"特别推荐""陈年佳酿""读者专栏""笔谈会""儿童文学沙龙""新人新作选评""本期佳作选评""儿童文学信息""年度创作论评"以及"探索与争鸣"等特色栏目,供儿童文学研究者评论与交流选载作品。创刊之初三年,该刊为季刊,1984年改为双月刊。2000年,《儿童文学选刊》曾与《儿童文学研究》两刊合并为《中国儿童文学》,之后《儿童文学选刊》于2010年重新复刊,并以月刊形式独立出版发行。

《巨人》

综合性儿童文学丛刊。1981年创刊,每年不定期出版3—4辑,1985年底出至15期,因故停刊,1987年出版第16期,后因故停刊,1991年复刊,2002年底再度停刊,2006年以年刊的方式再度复刊。《巨人》儿童文学创作丛刊编辑会编辑,少年儿童出版社(上海)出版。读者对象为儿童文学研究者和爱好者、教师、家长以及少年儿童。《巨人》在发刊词中说:"我们创办这个大型的儿童文学创作丛刊,就是想在繁荣创作和发展作者队伍两个方面,作出我们的努力。"该刊坚持文学性、时代性、可读性的编辑方针,以发表中篇为主,兼顾短篇和长篇,辟有童话、小说、诗歌、散文、翻译作品及低幼文学等栏目。1993年,少年儿童出版社推出"巨人丛书",成为我国规模较大的儿童文学原创系列丛书之一。

《未来》

综合性儿童文学刊物,1981年创刊,江苏少年儿童出版社不定期出版。该刊力求新鲜活泼、生动有趣,注重文学性、艺术性,以发表中、长篇小说为主,亦兼顾中、短篇童话,报告文学,外国儿童文学等内容。此外,也刊登国际儿童文学交流与儿童文学评论及研究文章,以繁荣儿童文学创作，促进儿童文学评论的发展。目前已停刊。

《东方少年》

综合性儿童文学旬刊。北京市文联主办，东方少年杂志社编辑出版，于1982年创刊。读者对象为少年儿童。叶圣陶撰写代发刊词《给少年儿童写东西》。《东方少年》目前分为《东方少年·快乐文学》《东方少年·阅读与作文》《东方少年·布老虎画刊》。《东方少年·快乐文学》，适合8—16岁学生阅读，除开辟小说、童话、诗歌、散文、报告文学、外国文学作品等栏目，还辟有"佳作苑""欢乐小武侠""慢阅读""最幻想""金牌小作家"等特色栏目。《东方少年·阅读与作文》适合3—6年级作文辅助教学，辟有"作文1+1""作文12课""我的文学梦""少年文苑""精品回顾"等栏目。《东方少年·布老虎画刊》是一本全拼音读物，适合3—9岁儿童阅读，辟有"传统童谣""快乐故事会""快乐手工""迷宫游戏""科学实验"等栏目，同时面向学龄前和中小学生举办书法绘画作品征集活动。

《幼儿画报》

综合性幼儿文学旬刊。1982年创刊。中国少年儿童新闻出版总社出版。读者对象为3—7岁幼儿及其老师、家长。《幼儿画报》以教育部颁布的《幼儿园教育指导纲要（试行）》为指导，集中名家资源，以著名儿童文学作家、儿童画画家、幼教专家三方面的权威人物构成刊物的作者队伍。其辟有"红袋鼠的自我保护故事""好习惯儿歌""唐诗小童话""好习惯故事""宝宝唱成语故事""艺术剧场""幼儿学英语"等特色栏目，塑造了读者喜爱的一系列刊物形象如红袋鼠、火帽子、跳跳蛙、呼噜猪、叮当狗等。在《幼儿画报》30周年华诞之际，中国少年儿童新闻出版总社策划推出了《幼儿画报30年精品故事书》。此外，《幼儿画报》随刊附赠绘本刊、《时尚好妈咪》、动画光盘等，以及提供《幼儿画报》图画书微课堂与阅读评测系统服务等。

《故事大王》

综合性儿童文学月刊。1983年创刊。少年儿童出版社（上海）主办。读者对象为小学中高年级，兼及初中一、二年级学生。该刊根据孩子们爱看故事、爱讲故事的特点，确立了"能讲能读，有益有趣"的办刊宗旨。1984年《故事大王》和团中央、全国妇联、少工委、中央电视台和中央电台等单位联合举办了首届全国"故事大王"选拔邀请赛。第九届大赛还开设了

"故事论坛",邀请作家、艺术家和学者从理论高度探讨故事艺术的内涵及其发展。《故事大王》的故事内容、体裁样式多变,辟有儿童生活故事、中外民间故事、童话寓言故事以及"动物大王""漫画幽默大王""大王连载"等富有特色的栏目。

《童话大王》

童话类半月刊。1985年创刊。山西青年教科文中心主办,《童话大王》杂志社编辑出版。读者对象为广大童话爱好者。该刊专门刊登郑渊洁一个人的作品,主要为童话作品,同时发表他的一些随笔,如《郑渊洁的100个第一次》等,同时开设"皮皮鲁信箱"、郑渊洁托名皮皮鲁的《郑渊洁与皮皮鲁对话录》,以及以舒克和贝塔为辩护者辩论社会热门话题的《舒克舌战贝塔》等。从2002年起,《童话大王》不再刊登郑渊洁的新作品,改为重新刊登旧作品。自2004年起,《童话大王》重新刊登郑渊洁新作。2005年,《童话大王》创刊20周年,杂志社为此特别发行了《郑渊洁一个人写〈童话大王〉月刊20年纪念册》,包括画册与光盘。1985年至1990年是双月刊,从1991年开始改为月刊。2005年,《童话大王》改半月刊,上半月《童话大王》为文字版,下半月《皮皮鲁》为漫画版,后来改为作文版。

《童话报》

童话类半月刊报纸。1985年创刊,1999年终刊。上海市教育局(后改为上海市教育委员会)和中国作家协会上海分会(后改为上海市作家协会)主办,少年报社编辑出版。读者对象为中、小学校的师生,以及广大童话爱好者。《童话报》的创办宗旨是:"繁荣我国的童话创作,开发少年儿童的创造力,丰富他们的想象力,满足广大读者的阅读需要。"该报开创有中短篇创作童话、系列连载童话、科学童话、惊险侦破童话、外国童话、童话诗、童话剧、民间童话等栏目。此外,还设有别具一格的"假如博士信箱""未来大童话家""港台童话作家与作品"等生动有趣、富有特色的专栏。该报设立"宝葫芦奖",每年评选一次,对该刊发表的优秀作品予以奖励。该报常年举办由读者参加的活动,如写童话比赛、讲故事比赛和"画配诗""诗配画"比赛,吸引了成千上万的小学生参加。

《中国校园文学》

综合性儿童文学旬刊。1989年创刊。中国作家协会主管,作家出版社主办。读者对象为广大中小学生。该刊接轨"大语文"教学改革,引领校园阅读和写作,每月推出青年号、青春号、少年号各一期。该刊以"文学是我们的纽带,服务校园是我们的宗旨,我们将组织更多更好更丰富的校园活动,让我们的中国校园文学更红火,让我们的校园文学社有更多展示的机会"为办刊宗旨。创刊伊始便得到冰心等文艺界名家的关注和题词,先后推出曹文轩、高洪波、金波、沈石溪、秦文君等在校园内有广泛影响力的儿童文学名家作品。主要栏目有"原创风尚志""名家快线""文学新势力""校园新秀汇""斑斓诗章""手抄诗贴""中高考必读新解""讲台有星光""课堂大语文"等。

《东方娃娃》

综合性幼儿文学旬刊。1999年创刊。凤凰出版传媒集团主管,江苏凤凰少年儿童出版社和南京师范大学出版社联合主办。读者对象为不同年龄段儿童,以及家长和幼儿园教师。该刊包括智力刊、绘本刊、美术刊、科学刊、卜卜刊、宝宝刊、英语刊、保教刊等多个版本刊物。《东方娃娃》创刊初期为月刊,每期由一本正刊、一本副刊《亲子》、大手工三个部分组成。2000年创办第一本发行至海外的幼儿杂志——东方娃娃港澳版《大板牙》。2002年创办亲子刊《东方宝宝》。2005年《东方娃娃》引进全球优秀图画书,推出中国首本"绘本杂志"。2006年,《东方娃娃》引进英国著名杂志《ART CRAZY》,推出《艺术创想》即《东方娃娃》美术版。2009年《东方娃娃》杂志用原创的《创意美术》代替了引进英国的《ART CRAZY》。2010年推出不同内容定位和年龄定位的《绘本英语》和《保育与教育》。2011年创办全国第一本幼儿游戏类杂志《游戏大王》(2014年更名为《智力游戏》)。2012年推出《幼儿园绘本课程》,创办《小学绘本月刊》。2014年创办东方娃娃绘本馆,推出《幼儿绘本戏剧课程》。2012年起,《东方娃娃》连续举办6届"华语地区绘本教育"论坛。2019年,《东方娃娃》启动首届"东方娃娃原创绘本奖",并同步设立中国首家绘本美术馆"心绘美术馆",推动原创绘本发展。

《中国儿童文学》

选编性儿童文学月刊。2000年在合并《儿童文学选刊》《儿童文学研究》的基础上开始出刊,2010年起分为《儿童文学选刊》与《中国儿童文学》(理论评论版),其中《中国儿童文学》(理论评论版)至2013年"春季号"出版后终刊。中国作家协会儿童文学委员会、少年儿童出版社(上海)联合主办,少年儿童出版社(上海)出版。读者对象为儿童文学研究者和爱好者、教师、家长以及少年儿童。

该刊辟有"新作选粹""经典文丛""理论新视窗""自由谈""童心文苑""港台之页""世界之窗""作家相册""思想者""序跋欣赏""争鸣与探索""批评与鉴赏""网络点击"等特色栏目,以及收录"沈石溪动物小说研讨会纪要""上海儿童文学新十家创作研讨会纪要""《腰门》研讨会纪要"等重要研讨会纪要。

《中国儿童文化》

儿童文化研究学术丛刊。2004年创刊,至2015年共推出九辑。方卫平主编,浙江少年儿童出版社出版。该刊旨在通过不同学科领域的交叉、融合与对话,进一步开拓儿童文化研究的空间,丰富儿童文化研究的内涵,提升儿童文化研究的层次,推动儿童文化的学术发展和学科建设。《中国儿童文化》辑录了儿童文化研究各领域的论文,涵盖儿童文化基础理论、儿童教育、儿童文学、儿童艺术、儿童影视、儿童文化产业、儿童哲学、儿童媒介等多个研究领域,辟有"第十届亚洲儿童文学大会专栏""国际儿童读物联盟第三十届世界大会特辑""浙江新生代儿童文学作家群研讨会专辑"等特色专辑,并开设"出版广角""儿童阅读与儿童图书馆建设""学校练习本研究专题""博士学位论文摘登""海外视域""批评与争鸣"等特色栏目。

(本部分由洪妍娜撰写)

五、出版机构

中国少年儿童新闻出版总社

由中国少年报社(1951年创刊)和中国少年儿童出版社(1956年成立)于2000年合并组建而成。编辑出版有《中国少年报》《中国儿童报》《中国中学生报》《中国儿童画报》《中国少年英语报》5种报纸和《中学生》《我们爱科学》《儿童文学》《中国少年儿童》《幼儿画报》《婴儿画报》《中国少年文摘》《中国卡通》《知心姐姐》《嘟嘟熊画报》《智力课堂》《辅导员》《少先队小干部》等13种期刊,每年出版1500多种图书,推出多款数字出版物、视频、游戏产品，拥有中少在线、知心姐姐教育服务产品和少儿主题书店——青少年阅读体验大世界。出版有"《儿童文学》珍品典藏 1963—1966""《儿童文学》金牌作家书系"、《罗大里儿童文学全集》等作品，以及《盘中餐》《羽毛》等图画书。多种书刊多次荣获全国百强报刊、中国出版政府奖图书奖、中国好书等奖项。

（洪妍娜）

少年儿童出版社

1952年12月成立于上海，是中华人民共和国成立以来最早建立的以少年儿童为读者对象的出版机构，"文化大革命"期间业务曾中断，一度并入上海人民出版社，1978年1月复社，现隶属于上海世纪出版股份有限公司。该社创办有《小朋友》、《少年文艺》、《娃娃画报》、《巨人》（已停刊）、《儿童文学选刊》、《儿童文学研究》（已停刊，曾一度与《儿童文学选刊》合并为《中国儿童文学》）等刊物。出版图书品种有中国文学、外国文学、社会科学知识和自然科学知识读物，还有美术读物、低幼读物、影像读物以及各种文化科学辅导读物、家长用书等。该社汇聚了郭沫若、茅盾、巴金、叶圣陶、冰心、张天翼、严文井、齐白石、贺天健、张乐平、黄永玉等文学艺术大师、专家，以及陈伯吹、任大霖、任溶溶、秦文君、陈丹燕、常新港、梅子涵、彭懿、沈石溪、殷健灵等丰富的儿童文学作家资源。该社的优秀出版物有儿童文学作家鲁兵主编的"365夜系列""十万个为什么系列"，历史学家林汉达、曹余章编写的"五千年系列"，漫画家张乐平的"三毛系列"，汇集儿童文学发展珍贵史料的《文学大师与儿童文学丛书》等。多种书刊多次获得国家图书奖、国家图书奖提名奖、国家科技进步奖、中国出版政府奖等重要奖项。

（胡丽娜）

浙江少年儿童出版社

1983年成立，系浙江出版联合集团子公司，是一家以少年儿童为主要读者对象的专业出版社。主要出版适合少年儿童阅读的低幼启蒙读物、儿童文学作品、文教助学读物、绘画本、科普百科读物、游戏益智读物、家庭教育读物等，创办有《幼儿智力世界》《幼儿故事大王》两种期刊。该社在原创儿童文学、科普百科知识、学前低幼启蒙等领域打造了许多品牌书系，如"童话名著连环画"系列、"半小时妈妈"系列、"绘画本通史"系列、"中国幽默儿童文学创作丛书"系列、"儿童诵读三百首"系列、"少年儿童百科"系列、《冒险小虎队》系列、动物小说大王沈石溪"品藏书系"、中国原创绘本精品系列等，首创并引领了国内

冒险主题阅读、带工具互动式阅读、幽默特质阅读等阅读潮流。（胡丽娜）

明天出版社

1984年成立于济南，主要编辑出版教育读物、文学读物、低幼读物和知识读物，创办有《幼儿园》刊物。在原创儿童文学领域成绩突出，集中了杨红樱、曹文轩、伍美珍、郁雨君、沈石溪、汤素兰、梅子涵、彭懿等优秀作家，出版了《笑猫日记》《那个黑色的下午》《美丽的西沙群岛》等优秀作品，曾获得中国出版政府奖图书奖、中华优秀出版物奖图书奖、"五个一工程"图书奖等重要奖项等。在外国儿童文学引进出版方面，出版有《漂流瓶丛书》、世界奇幻文学大师精品系列之罗尔德·达尔系列、世界插画大师英诺森提作品等。与台湾信谊出版社结成战略合作伙伴，出版了《好饿的毛毛虫》《猜猜我有多爱你》等一系列极具影响力的图画书。该社也致力于本土原创图画书的出版与创作工作，出版有"曹文轩纯美绘本"系列等。（胡丽娜）

安徽少年儿童出版社

1984年成立于合肥，前身为安徽人民出版社少儿读物编辑室（部）。秉承"心存孩子，面向未来"的出版理念，出版了《好乖乖》等低幼类图书、《虹猫蓝兔七侠传》等动漫图书，以及安徒生大奖书系等一批思想性、知识性、趣味性俱佳的高品位优秀少儿读物，其中《高士其全集》《秦文君文集》《鸽子树的传说》《青春风景创作丛书》和"小橘灯·美文系列"等近80册图书荣获国家图书奖、中宣部"五个一工程"图书奖以及中国图书奖等荣誉。该社还创办有《童话选刊》（已停刊）、《娃娃乐园》以及《课外生活》等期刊。

（胡丽娜）

江苏凤凰少年儿童出版社

1984年成立于南京，是一家以15岁以下少年儿童为读者对象的专业出版社，出版文学、低幼、动漫、知识、教育等各类少儿读物，以及《东方宝宝》《东方娃娃》《儿童故事画报》《少年文艺》《我爱学》《幼儿100》《凤凰动漫》《七彩语文》等少儿期刊。出版有"爱我中华"丛书、"趣味自然百科"系列、"1000个谜"系列等畅销童书。该社注重原创儿童文学的扶植与原创精品的培育，囊括了曹文轩、黄蓓佳、程玮等一批优秀作家，曾推出"中华当代童话新作丛书""中华当代科幻小说丛书""中华当代儿童文学理论丛书""中华当代少年小说丛书""'我喜欢你'金波儿童文学精品系列"等原创儿童文学精品和理论丛书。《我要做好孩子》

《草房子》《芝麻开门》等作品荣获中宣部"五个一工程"奖、国家图书奖、中国图书奖等。

（胡丽娜）

二十一世纪出版社

1985年2月成立于南昌，前身为江西少年儿童出版社，主要出版青少年图书、杂志及相关音像电子产品，尤以出版儿童文学、青春文学、卡通动漫和图画书见长。创设有《大灰狼》画报、《小星星》、《作文100分》、《映色》、《悦读MOOK》等刊物。该社创立了"皮皮鲁总动员""彩乌鸦""魔法小仙子""大幻想文学""神奇巧手""悦读阅美"等图书品牌。《今日出门昨夜归》《图画书：阅读与经典》等多种图书荣获"五个一工程"图书奖、中国出版政府奖图书奖等奖项。引进出版有《我的第一本科学漫画书》《毛毛》《鬼魔坊》《月亮的味道》《神奇宝贝》等优秀图书。

（胡丽娜）

接力出版社

1990年在广西人民出版社少儿读物编辑室的基础上建立，是一家专业从事青少年读物出版的机构。创办有《中外少年》《小聪仔》两种期刊，主要图书产品有婴幼启蒙、少儿文学、青春文学、生活百科四大板块。曾出版《中国传统儿歌选》、曹文轩"大王书"系列、黑鹤动物文学、"彩虹鸟少数民族儿童文学书系"等原创儿童文学，摄影图画书《驯鹿人的孩子》、"娃娃龙原创图画书"品牌系列之《乌龟一家去看海》等图书，以及注重经典文化传诵的"少儿经典万有文库"等图书。引进图书方面有"巴巴爸爸"系列、"蓝精灵"系列、"鼹鼠的故事"系列、"第一次发现丛书"、"14只老鼠"系列、"鸡皮疙瘩"系列等常销童书。所出版的图书曾获得中宣部"五个一工程"图书奖、中国出版政府奖图书奖、国家图书奖、中国图书奖、全国优秀畅销书奖等各种奖项。

（胡丽娜）

蒲蒲兰绘本馆

由日本规模最大的儿童专业出版社白杨社（Poplar Publishing Co., Ltd.）于2004年在北京成立的中国子公司，是以儿童文化和绘本文化的创造和发展为目标的儿童文化企业，主要致力于儿童绘本的推广和普及。出版了《萌》绘本月刊，有"小熊宝宝系列"、宫西达也的"恐龙系列"以及《点点点》《小鸡鸡的故事》等畅销童书，同时注重对原创图画书的培育和扶植，出版有《荷花镇的早市》《老鼠娶新娘》《火焰》《妖怪山》等多种图画书。

（胡丽娜）

蒲公英童书馆

由贵州人民出版社北京图书中心创立,是专门出版少儿图书的专业童书出版机构,诞生于2007年初,主编为颜小鹏。蒲公英童书馆按照出版内容分为文学馆、图画书馆、科学馆和认知馆等。曾出版"蒲公英童书馆国际大奖小说系列"、《斯凯瑞金色童书》、《神奇校车》、《小熊和最好的爸爸》、《地图(人文版)》等优秀的引进图书。同时,该机构注重对中国原创儿童文学的整理与培育,在对20世纪60年代到90年代之间中国原创优秀图画书进行整理的基础上推出了《中国优秀图画书典藏系列》,有詹同、陈永镇、何艳荣、黄毅民等插画家系列,约70余本图画书。此外,还有《百岁童谣》《任溶溶童诗绘本》等原创儿童文学图书。相关出版物曾名列国家新闻出版署向全国青少年推荐的百种优秀读物,获得全国畅销书奖、年度最优秀儿童文学奖、年度优秀创意图书奖、冰心优秀图书奖等,多本书被选入"中国小学生阅读基础书目"。(胡丽娜)

魔法象童书馆

广西师范大学出版社于2015年初成立的童书出版机构,以"为你朗读,让爱成为魔法"为理念,致力于域外优秀童书的引进和国内原创童书的出版。已引进出版了包括美国凯迪克奖、英国凯特·格林纳威奖、博洛尼亚国际童书展最佳童书奖等奖项的获奖作品,以及众多优秀童话、小说和理论著作,其图书产品由"图画书王国""故事森林""阅读学园"组成,期待构建一个连接书、儿童与成人的魔法王国。在图书出版之外,魔法象也进行文创产品的开发和亲子阅读等文化活动的组织。(胡丽娜)

六、奖　项

第一次全国儿童文艺创作评奖

1954年,中国人民保卫儿童全国委员会举办四年来(1949年10月至1953年12月)全国儿童文艺创作评奖,有46篇文学、美术、音乐创作获奖。在儿童文学方面,获一等奖的有张天翼的《罗文应的故事》、高士其的《我们的土壤妈妈》、冯雪峰的《鲁迅和他少年时候的朋友》、秦兆阳的《小燕子万里飞行记》、郭墟的《杨司令的少年队》；二等奖有严文井的《蚯蚓和蜜蜂的故事》、袁鹰的《寄到汤姆斯河去的诗》、李伯宁的《铁娃娃》、颜香的《毛主席开的甜水井》、乔羽的《果园姐妹》；三等奖有江山野的《桌椅委员》、赵镇南的《同桌》、金近的《小鸭子学游水》、季康的《荞子和格丽黄》、刘真的《好大娘》、白桦的《鹿走的路》、鲁风的《金斧头》、寇德璋的《五个杏子》、贺宜的《陈林和我》、兵煊的《小米霞》、陈新的《黑头顶》、王海的《一滴水珠的游记》。

评奖结束后，中国人民保卫儿童全国委员会发布的公告指出，"好的儿童文艺创作是为儿童所喜爱并为儿童所易于理解的，是适合于儿童心理发展的，是具有思想性和艺术性的"。

第二次全国少年儿童文艺创作评奖

1979年，中国人民保卫儿童全国委员会、共青团中央、中国作家协会、全国科协、教育部、文化部、国家出版局联合发起第二次全国少年儿童文艺创作评奖，评奖范围为1954年1月至1979年12月出版和发表的少年儿童文艺作品，包括小说、散文、诗歌、童话、剧本、民间故事、科学文艺、歌曲、美术等。此次评奖中，获最高奖即荣誉奖的有：叶圣陶（《稻草人和其他童话》（选集））、冰心（《小桔灯》（选集）等）、高士其（《你们知道我是谁》（选集）等）、张天翼（《给孩子们》（选集）等）、严文井（《小溪流的歌》（选集））、叶君健（译作《安徒生童话选》等）、陈伯吹（《飞虎队与野猪队》（选集）等）、贺宜（《贺宜作品选》等）、包蕾（《火萤与金鱼》（选集）等）、金近（《春风吹来的童话》（选集）等）、张乐平（《三毛流浪记》等）、万籁鸣（美术影片《大闹天宫》编导之一）、孙敬修（数十年为少年儿童讲故事）。有44部作品获一等奖，61部作品获二等奖，107部作品获三等奖。中国儿童艺术剧院、中国福利会儿童艺术剧院、中国木偶剧团、上海木偶剧团、上海美术电影制片厂获集体荣誉奖。

陈伯吹国际儿童文学奖

1981年，陈伯吹捐献自己积蓄的稿费，设立儿童文学园丁奖，每年一届。1982年，该奖首次颁奖，吴梦起《老鼠看下棋》获童话奖，邱勋《No！No！No！》获小说奖，其余12部作品被评为优秀作品。1988年，该奖更名为陈伯吹儿童文学奖。2014年，陈伯吹儿童文学基金专业委员会、上海市新闻出版局、上海市宝山区人民政府共同决定将陈伯吹儿童文学奖更名为陈伯吹国际儿童文学奖,并列为中国上海国际童书展的活动之一。更名为陈伯吹国际儿童文学奖后,征奖范围有所扩大,针对上一年公开出版、发表的新创作的儿童文学作品,对作者和出版机构地域不再作限制。2014年11月,首届陈伯吹国际儿童文学奖颁奖,巴西插画家、2014年国际安徒生奖插画家大奖获得者罗杰·米罗,中国儿童文学作家金波获得年度作家奖,加拿大出版人、国际安徒生奖评委会主席帕奇·亚当娜,中国出版人海飞获年度特殊贡献奖,13部作品获年度作品奖。

全国优秀儿童文学奖

1986年6月,中国作家协会主席团第四次会议通过《中国作家协会关于改进和加强少年儿童文学工作的决议》,决议指出:"设立中国作家协会儿童文学奖,以鼓励优秀创作,奖掖文学新人。"1986年,中国作家协会设立全国优秀儿童文学奖。1987年,首届(1980—1985)全国优秀儿童文学奖开始评奖。1988年,获奖篇目揭晓,共有4部长篇小说、2篇中篇小说、13篇短篇小说、3篇中篇童话、6篇短篇童话、5首诗歌、4篇散文、1篇寓言、2篇报告文学、1篇科幻小说获奖。至2019年,全国优秀儿童文学奖已颁出首届(1980—1985,1988年颁发)、第二届(1986—1991,1993年颁发)、第三届(1992—1994,1996年颁发)、第四届(1995—1997,1999年颁发)、第五届(1998—2000,2002年颁发)、第六届(2001—2003,2004年颁发)、第七届(2004—2006,2007年颁发)、第八届(2007—2009,2010年颁发)、第九届(2010—2012,2013年颁发)、第十届(2013—2016,2017年颁发),共计10届。

宋庆龄儿童文学奖

宋庆龄儿童文学奖由宋庆龄基金会等机构主办,1986年设立,每两至三年评选一届。1987年12月,该奖首次颁发,参评作品为1982年后的儿童电视剧剧本,一等奖空缺,《寻找回来的世界》(编剧:楚雪、战楠)、《一群小好汉》(1—4集,编剧:戚君)获二等奖,《好爸爸、坏爸爸》(编剧:诸葛怡)、《心灵的答卷》(编剧:张弘)、《彗星》(编剧:孙卓、郑凯南、易介南)获三等奖。宋庆龄儿童文学奖颁发了第二届(科学读物与科幻作品,1990)、第三届(中长篇小说,1993)、第四届(童话,1995)、第五届(综合,2000)、第六届(综合,2003),共计6届,此后停办。宋庆龄儿童文学奖的参评范围不限中国大陆,包括海峡两岸。第六届宋庆龄儿童文学奖首设特殊贡献奖,任溶溶、束沛德、蒋风、浦漫汀四位年龄在 70 岁以上的儿童文学前辈获奖。

信谊图画书奖

1977 年,中国台湾信谊基金会成立。1987 年,中国台湾信谊基金会设立信谊幼儿文学奖。2005 年,南京信谊儿童文化发展有限公司依托台湾信谊基金会而成立。2009 年,面向中国大陆的第一届信谊图画书奖开始征奖。应征作品需未发表,图画书创作奖要求作品符合图画书编排形式,为原创或重新诠释既有素材如民间故事等。图画书文字创作奖要求是适用于图画书形式的故事、童话、寓言等,但儿歌除外。2010 年,信谊图画书奖首次颁奖。《葡萄》(邓正祺)、《爸爸去上班》(吕江)、《进城》(文:林秀穗,图:廖健宏)、《门》(陶菊香)获图画书创作佳作奖,魏捷《那只深蓝色的鸟是我爸爸》获图画书文字创作首奖,张玉敏《将军》获图画书文字创作佳作奖。该奖每年一届,至 2019 年已经连续颁发 9 届。

冰心儿童文学奖

1990 年,葛翠琳等人征得冰心同意,并由英籍华人作家韩素音提供支持,创立冰心儿童图书奖。1992 年开始,浙江少年儿童出版社开始参与奖项运作,增设冰心儿童文学图书新作奖,并于当年首次颁奖。2001 年,该奖更名为冰心儿童文学新作奖。2006 年,增设的冰心作文奖首次颁奖。冰心儿童文学奖现包含冰心儿童图书奖、冰心儿童文学新作奖、冰心作文奖,每年一届,在 10 月 5 日,即冰心生日前后颁奖。其中,冰心儿童图书奖奖励已经出版的儿童图书。冰心儿童文学新作奖的参评范围为海内外作者的华文原创儿童文学文稿,要求未曾发表、出版,同时为了不断扩大获奖作者队伍,获新作奖的作者,需隔两年后第三年方可再次获奖。冰心作文奖分小学、初中、高中三个组别,面向全国中小学生征稿,要求未曾发表、出版。

丰子恺儿童图画书奖

由香港陈一心家族基金会在 2008 年创立,陈范俪瀞女士、书伴我行(香港)基金会协办,以鼓励、表彰、促进全球范围内的华文优质原创儿童图画书的创作、出版、阅读为宗旨,征集范围为已出版的华文原创图画书作品,不限出版的地域范围。第一届评奖工作于 2008 年 7 月启动,评奖时限从 2004 年至 2008 年。2009 年 7 月,首届丰子恺儿童图画书奖颁奖,图画书《团圆》获最佳儿童图书首奖,《一园青菜成了精》获图画创作奖,《躲猫猫大王》获文字创作奖。该奖项每两年一届,迄今颁发了第一届（2009）、第二届（2011）、第三届（2013）、第四届（2015）、第五届（2017）、第六届（2019）、第七届（2021）共七届。2008年,该奖组委会开始举办儿童图画书国际论坛,截至2019年,已举办第二届（2010）、第三届（2012）、第四届（2013）、第五届（2015）、第六届（2017）、第七届（2019）华文图画书论坛。

（本部分由齐童巍撰写）

七、研究团体和机构

中国儿童文学研究会

中国儿童文学研究会是经民政部登记批准,现由文化与旅游部主管的社会组织。1980年6月成立于北京。中国儿童文学研究会成员包括儿童文学作家、理论家、出版家、教育家等,目标是促进中国儿童文学事业的繁荣发展,努力培养文学新人,开展儿童文学理论批评和研究,做好广大少年儿童文学的创作、推广工作。历任会长为陈子君、贺嘉、宗介华、石雅娟、庄正华。成立以来,该研究会曾组织出版《儿童文学评论》辑刊、全国少年儿童文化艺术委员会理论丛书等,亦曾组织儿童文学理论座谈会、全国儿童文学理论评奖、新世纪儿童文学创作新趋向研讨会、中国儿童文学创作研究现状及未来发展趋势学术研讨会、中国儿童文学第五代学者论坛等学术活动。

全国师范院校儿童文学研究会

1984年10月成立于金华,原名全国幼师普师儿童文学教学研究会。在三级师范向两级师范过渡的历史背景下,2001年8月起,全国幼师普师儿童文学教学研究会更名为全国师范院校儿童文学研究会。研究会成员主要为全国师范院校儿童文学教师,与师范院校儿童文学教育教学有紧密联系的全国中小学、幼儿园部分教师,有志于儿童文学事业的工作者等。成立以来,研究会曾举办浙江金华（1984）、陕西西安（1986）、天津（1988）、贵州贵阳（1993）、四川成都（1995）、内蒙古包头

(1997)、重庆(1999)、江苏苏州(2001)、山东青岛(2003)、广西南宁(2005)、河北白洋淀(2007)、湖北武汉(2009)、吉林长春(2011)、安徽合肥(2013)、甘肃兰州(2015)、湖南长沙(2017)、四川重庆(2019)十七届年会。此外,还曾举办海峡两岸儿童文化教育与研究高端论坛等学术活动。

浙江师范大学儿童文学研究所

1979年,浙江师范学院成立儿童文学研究室,同年开始招收儿童文学方向的硕士研究生。1988年,升格为浙江师范大学儿童文学研究所。历任所长(主任)为蒋风(任期为1979—1996)、黄云生(任期为1996—2001)、方卫平(任期为2001—2018)。2005年,儿童文学研究所作为组成机构,浙江师范大学成立儿童文化研究院。浙江师范大学儿童文学研究所先后汇聚了蒋风、韦苇、黄云生、方卫平、吴其南、周晓波、楼飞甫、彭懿、钱淑英、胡丽娜、赵霞等学者、作家、翻译家。新世纪以来,陆续主编出版了学术丛刊《中国儿童文化》(2004—2015年间,共出版9辑)、《中国儿童文化研究年度报告》(2007—2014年,每年一册)、"红楼书系"等。2011年,儿童文学成为中国语言文学一级学科下自设的硕士二级学科。2015年,开始招收儿童文学方向的博士研究生,浙江师范大学儿童研究院成为浙江省哲学社会科学重点培育基地。曾主办中国加拿大儿童文学论坛(2007)、中日儿童文学论坛(2007)、媒介与儿童文化国际高峰论坛(2008)、第十届亚洲儿童文学大会(2010)、中德儿童文学交流会(2019)等。

北京师范大学中国儿童文学研究中心

北京师范大学于20世纪50年代创建儿童文学教研室,穆木天任首任主任,陈伯吹任教授,陆续编辑并内部出版《儿童文学参考资料》(1956)、《儿童文学教学研究资料》(1979)等。北京师范大学1984年开始招收儿童文学方向的硕士研究生,2001年开始招收儿童文学方向的博士研究生,2003年开始招收科幻文学方向的硕士研究生,2015年开始招收科幻文学方向的博士研究生。2004年,北京师范大学成立中国儿童文学研究中心,并举行中心成立仪式。王泉根任中心主任,高洪波、束沛德、樊发稼、金波、曹文轩、汤锐、孙云晓等被聘为中心兼职研究员,陆续组织出版了当代西方儿童文学新论译丛、科幻文学理论和学科体系建设、科幻新概念理论丛书等。

(本部分由齐童巍撰写)

八、会 议

全国少年儿童读物出版工作座谈会

1978年10月11日至21日,在"文革"后人们普遍认为少年儿童读物领域出现严重"书荒"的背景下,"全国少年儿童读物出版工作座谈会"在庐山牯岭江西礼堂召开。这次会议由国家出版局、教育部、文化部、共青团中央、中国妇联、中国文联、中国科协联合主办。200余位儿童文学作家、翻译家,出版、理论、组织工作者及政府官员参加会议,包括陈伯吹、严文井、叶君健、贺宜、金近、包蕾、任溶溶、鲁兵、圣野、张乐平、柯岩、韩作黎、屠岸、金波、张继楼、崔坪、李群、贺嘉、蒋风、吴凤岗等。叶圣陶、冰心、张天翼、高士其四位前辈因年龄、健康等原因未能到会,但都给会议写来了书面发言。10余天的会议既有全体大会,也穿插了关于儿童诗创作、儿童文学理论建设等方面的分组会议。与会代表在诸多话题上达成共识,例如,要做好少年儿童读物出版工作,必须从儿童的实际出发,作品才能使小读者喜闻乐见;同时要突破一定的创作"禁区",使少年儿童读物题材广泛、形式多样。此外,他们围绕"母爱""童心""趣味性"等问题展开热烈讨论,认为少年儿童读物应当百家争鸣、百花齐放;与此同时,加强儿童文学的理论建设势在必行。这次会议是整个儿童文学界在"文革"之后一次重要的会师,也是儿童文学发展出现历史转折的契机和标志,它重建了新时期人们对待儿童文学的观念与信心,揭开了我国儿童文学的新篇章。

全国儿童文学创作会议

1986年5月,文化部、中国作家协会在山东省烟台市召开了"全国儿童文学创作会议",200余位老、中、青儿童文学作家、评论家、编辑、出版工作者与会,包括束沛德、王蒙、叶君健、陈伯吹、刘厚明、胡景芳、任大霖、洪汛涛、陈子君、罗英、曹文轩、梅子涵等。全国政协副主席、全国妇联主席康克清、儿童文学老前辈叶圣陶、冰心及著名作家严文井等均为会议写来贺词,表达他们对儿童文学事业的关心与期待。会议旨在进一步落实中央关于把少年儿童工作提到战略地位的号召,更好地发挥儿童文学在加强社会主义精神文明建设、培育一代"四有新人"

中的作用,增强作家的社会责任感,努力提高儿童文学创作的思想、艺术水平,为广大少年儿童提供丰富优质的精神食粮等。围绕该大会主旨,束沛德发表了以《为创造更多的儿童文学精品开拓前进》为题的开幕词,王蒙也在开幕式上发表了语言生动、观点鲜明的讲话。这是新中国成立以来第一次由文化部、中国作家协会联合召开的全国性的儿童文学创作会议,对此后中国儿童文学的创作与出版产生了一定的影响。

儿童文学创作会议

1986年9月27日,江西少年儿童出版社(二十一世纪出版社前身)在庐山组织召开了"儿童文学创作会议",该会议亦称"新潮儿童文学创作研讨会"。这虽然是一个由地方出版社主办的会议,到会的作家也仅有20余位,但却在20世纪80年代中国儿童文学的艺术探索进程中产生了较大的影响。会议邀请了曹文轩、张之路、高洪波、董宏猷、郑渊洁、陈丹燕、白冰等中青年作家,提出了"让儿童文学回归艺术的正道、高扬人道主义的旗帜,提倡写人情、写人性"的文学主张,会后组织推出了一套"新潮儿童文学丛书",收录了许多颇具探索意味的儿童文学作品,反映了当时儿童文学创作的艺术特色和探索精神。

'90上海儿童文学研讨会

1990年11月12日至16日,100余位国内外儿童文学专家在上海教育国际交流中心参加了"'90上海儿童文学研讨会"。这次会议由少年儿童出版社和中日儿童文学交流上海中心联合召开,其主题为:"为了孩子的健康成长,为了儿童文学的进步繁荣。"来自全国22个省、市、自治区的代表有儿童文学作家、理论家、出版家和编辑等,如陈伯吹、任溶溶、束沛德、孙幼军、周晓、任大霖、任大星、陈子君、蒋风、鲁兵、张之路、梅子涵、秦文君、沈石溪、班马、黄云生、刘绪源、方卫平、王泉根、汤锐、郑春华、陈丹燕、金燕玉、吴然、董天柚等。会议同时邀请了德国、日本、捷克斯洛伐克等国的12位儿童文学专家。研讨会以大会发言为主,共收到国内外论文70余篇,其中,30多位代表进行了发言。这些发言从幼儿文学到少年文学,从继承传统到探索创新,从校园生活到社会现实,从幻想、探险到自然保护,论题覆盖面较广,且具有一定的学术水平。其发言的主要特点为:一是强调对儿童文学艺术性的研究;二是鼓励对"探索性儿童小说"展开畅所欲言的争鸣讨论;三是在"儿童文学与教育的关系"等"老"话题上推陈出新;四是从"儿童文学与自然""儿童文学中的民族问题""儿童文学中的性别意识"等新视角探讨儿童文学。新中国成立以来,在上海举办如此规模的国际性儿童文学研讨活动尚属首次,被称为"一次四世同堂的盛会、儿童文学界的大会师",它对世纪之交我国儿童文学的繁荣发展与国际交流具有一定的影响。其会议成果集结为《眼中有孩子 心中有未来——'90上海儿童文学研讨会论文集》,1991年6月由少年儿童出版社出版。

亚洲儿童文学大会

亚洲儿童文学大会是亚洲范围内(主要是东亚)规格最高的儿童文学会议,1990年在韩国李在彻教授倡议下,首届亚洲儿童文学大会在汉城(现首尔)召开。此后,该会议每两至三年由中、日、韩轮流举办,至2018年,已先后在宗像、上海、台北、大连、名古屋、首尔、台东、金华、东京、昌原、长沙等城市举行。已经举办的14届大会的主题分别为:"21世纪儿童读物的展望""从亚洲视点看儿童文学的新风貌""经济腾飞给儿童文学带来什么?""世界儿童文学之现在与未来""回顾亚洲儿童文学的第一个世纪""和平发展与新世纪儿童文学""探讨亚洲儿童读物的未来,为了共生时代的孩子们""向往和平的儿童文学""生态、全球化和主体性""世界儿童文学视野下的亚洲儿童文学""面向亚洲儿童文学的未来""文学——为儿童种梦""亚洲的儿童与童年的想象""亚洲儿童文学的境遇及走向"。该大会不仅为亚洲儿童文学作家、画家、研究者和出版人打开了国际视野,同时也搭建了一个加深彼此交流、拓展共同认知领域的平台。

红楼儿童文学新作系列研讨会

红楼儿童文学新作系列研讨会由浙江师范大学儿童文学研究院与相关单位联合主办。在方卫平教授的积极组织与推动下,在浙江师范大学儿童文学专业学术平台和学科积淀的依托下,研讨会始终倡导一种独立、严谨、坦诚、纯粹的批评精神,致力于营造一种尊重、开放、自由、包容的批评氛围。自2008年至2018年,红楼系列研讨会先后举办了彭学军、张之路、沈石溪、林芳萍、张炜、周锐、赵丽宏、刘绪源、汤素兰、刘海栖、黄蓓佳、冰波等30位当代作家的儿童文学新作研讨,研讨作品涵盖小说、诗歌、童话、散文、图画书、儿童文学理论等多种体裁。除浙江师范大学儿童文学学科师生参与外,会议同时邀请被研讨作家本人及来自儿童文学创作、批评、出版领域的相关作家、评论家和出版人参与其中。多重批评视角既丰富了研讨会的批评格局，也使每次研讨会具备更多思想交汇与碰撞的可能。因其客观、坦诚的学术研讨态度，该系列研讨会获得了儿童文学领域的普遍关注与好评。在一定程度上，它也见证和推动了中国当代儿童文学创作及理论批评的发展。研讨会纪要每十场一辑，分别由明天出版社、广西师大出版社、福建少年儿童出版社出版。

全国儿童文学创作出版座谈会

2015年7月9日至10日，中宣部、中国作家协会联合召开的全国儿童文学创作出版座谈会在北京京西宾馆举行。会议开幕式由中国作家协会党组书记、副主席钱小芊主持，中国作家协会主席铁凝，中宣部副部长庹震，国家新闻出版广电总局党组成员、副局长吴尚之等出席会议并发表讲话，中国作家协会副主席李敬泽对会议进行总结发言。共青团中央、教育部、国家新闻出版广电总局等有关部门负责同志、29家专业少儿出版单位主要负责人和百余位儿童文学作家、评论家参加了该会议。金波、张秋林、方卫平、汤素兰分别代表老作家、出版人、评论家和中青年作家进行大会发言。此外，与会的儿童文学作家和出版工作者分为四组，围绕儿童文学创作的成绩与问题、儿童文学理论评论、儿童文学的出版和市场化等主题展开讨论，为繁荣儿童文学创作建言献策。与会代表深入分析了儿童文学所面临的新形势、新课题和新任务，认真探讨了新历史条件下儿童文学创作与出版的新常态、新问题，讨论深入并形成广泛共识。其中，四位小组召集人张之路、李学谦、白冰、刘海栖分别代表各小组作了总结发言。会议指出，儿童文学的创作与出版要将描绘中国式童年放在重要位置；同时要牢固树立精品意识，坚持以人民为中心的创作导向，始终把社会效益放在首位，精益求精、潜心创造，着力打造儿童文学的时代精品，培育优秀的儿童文学品牌；此外要高度重视和进一步加强儿童文学创作生产的评论工作，发挥好引导创作、多出精品、提高审美、引领风尚的重要作用等。

（本部分由黄晨屿撰写）

专题史料与研究

第一辑
有关儿童文学的文件、社论、决议

导语

本辑选录自1949年中华人民共和国成立以来由国家层面所发布的与儿童文学有关的重要文件、社论与决议。在过去的70年间,有关儿童文学的文件、社论与决议等主要集中在以下几个历史时段:1955年、1978年、1986年和2001年。上述时段正与整个共和国历史进程中的重要节点相叠合,从而证明了儿童文学从来都不是独立于社会文化的"童年泡泡"或"童年乌托邦",而是与国家主流意识形态有着紧密联系的一种文学样式和存在。从这些文献中,可以比较清晰地看到1949—2019年间所发生的中国儿童文学的观念演化过程:从强调儿童文学是"对少年儿童进行共产主义教育的工具"、强调儿童文学的政治性,到逐渐重视儿童文学的审美特征、重视少年儿童的兴趣爱好与阅读能力特征。

大量创作、出版、发行少年儿童读物

《人民日报》社论

优良的少年儿童读物是向少年儿童进行共产主义教育的有力工具。近两年来,我国少年儿童读物的出版工作发生了很大变化,国营和公私合营出版社所出版的少年儿童读物已占绝对优势,基本上完成了对私营儿童读物出版商的社会主义改造,因而少年儿童读物的质量有了提高,粗制滥造的状况大大改变。但是,少年儿童读物的出版工作至今还存在不少问题,最严重的是少年儿童读物奇缺,种类、数量、质量都远远不能满足少年儿童的需要。解决这些问题就是目前少年儿童教育事业中的一项极其重要的任务。

应该看看少年儿童读物缺乏的现状:一九五四年全国少年儿童读物的印数共一千三百六十九万多册。全国六岁到十五岁的少年儿童约近一亿二千万人,其中识字的约有七千万人,平均五个人才有一册。旅大市就学儿童共十八万人,全市儿童图书馆和文化馆的少年儿童书籍,却只有四万多册,平均四、五个人才有一本。农村的少年儿童读物更是缺乏,据河北省统计,平均一千一百多个儿童才有一本。少年儿童没有必要的读物,便阅读一些不适合自己水平的书籍。这不只不能促进他们的智力的正常发展,而且会因为这些书籍难懂,破坏了少年儿童爱好读书的优良习惯。更严重的是许多少年儿童至今还在互相传看反动、淫秽、荒诞的图书,身心健康都遭受毒害。

少年儿童读物所以十分缺乏,是因为创作、出版和发行部门不关心少年儿童,不了解保证少年儿童读物的供应是关系一代新人的教育的重大问题,因而没有重视这件事情,没有把它摆在自己的工作计划之内,或没有给它一定的位置。

题解 本文原载《人民日报》1955年9月16日。文章明确指出:"优良的少年儿童读物是向少年儿童进行共产主义教育的有力工具。"社论给中国作家协会下达了具体任务目标:"拟定繁荣少年儿童创作的计划,加强对少年儿童文学创作的领导。要在作家当中提倡为少年儿童写作的风气,克服轻视少年儿童文学的思想,组织一批具有一定水平的作家深入生活,为少年儿童创作。并要求作家们在一定时间内为少年儿童写一定数量的东西。"这篇社论标志着中国儿童文学进入了一个新的历史时期,正式被纳入国家意识形态建构中。

中国作家协会很少认真研究发展少年儿童文学创作的问题,各地文联大多没有关于少年儿童文学创作的计划,有些作家存在轻视少年儿童文学创作的错误思想,专业的少年儿童读物出版社的出版编辑力量很薄弱,而各省市的人民出版社又忽视这一工作,有的甚至从来没有出版过少年儿童读物,工作计划里也根本没有这一条。书店供应发行工作也作得很差,不少书店工作人员有片面的看法,以为只要"作好工农兵的发行工作就行了,儿童读物管不管没有关系"。有些书店工作人员还存在资本主义经营观点。只愿推销价高利大的厚本书,对本薄、价低、利小的少年儿童书物没有兴趣、不愿进货。

我们有必要向作家们、编辑们、出版发行工作者们提出要求:更多地注意少年儿童读物的创作、出版和发行工作吧!因为少年儿童是未来的建设事业的担当者。现在的一亿二千万少年儿童,将是第二个五年计划或第三个五年计划的执行者。他们的体格、文化教养和品质对于我们国家的未来,有着最直接的影响。我们必须把他们培养成为社会主义的新人,把他们培养成为体质健壮,具有共产主义道德品质、唯物主义世界观、科学知识、生产基础知识及文化教养的新人,一旦他们长大成人,将可以继承长辈的事业,把艰巨的社会主义共产主义建设任务担当起来。所以少年儿童教育真正是关系我们国家和社会未来的一项根本事业,真正是我们国家的百年大计。少年儿童虽然主要的是在学校的课堂中受到教育,但他们也要在校外和课外受到教育,阅读文艺的和科学的读物。同时,过去的两三年和今后的若干年内,每年还有一批不能升学的高小毕业生,或者从事生产,或者参加自学,他们也需要巩固在学校里面得到的知识,并不断吸取新的知识,这主要依靠阅读少年儿童读物和其他读物。所以不论在校少年儿童和校外少年儿童,都迫切需要有大量的儿童读物。

根据广大少年儿童的需要和目前儿童读物奇缺的情况,我们的方针应当是大量创作、出版、发行少年儿童读物,以努力保证少年儿童读物的源源供应。为此,首先须要由中国作家协会拟定繁荣少年儿童文学创作的计划,加强对少年儿童文学创作的领导。要在作家当中提倡为少年儿童写作的风气,克服轻视少年儿童文学的思想,组织一批具有一定水平的作家深入生活,为少年儿童创作。并要求作家们在一定时间内为少年儿童写一定数量的东西。为了不断加强少年儿童文学创作工作,一方面要建立一支专业的少年儿童文学作家的队伍,这支队伍不必很大,目的在于起骨干示范作用,以提高少年儿童读物的写作水平。一方面要大量培养新作家。目前在青年团干部、教师、辅导员、国家工作人员当中,有不少喜爱写作少年儿童读物并有发展前途的初学写作者。中国作家协会和各地文联应当给他们以热情的关怀和指导,帮助他们成长起来,而不应任其自生自灭。另外,中国作家协会还应当配合中华全国科学技术普及协会,组织一些科学家和作家,用合作的方法,逐年为少年儿童创作一些优美的科学文艺读物,以克服目前少年儿童科学读物枯燥乏味的现象。

必须扩大现有的少年儿童读物出版机构的编辑部门,并增设专业的少年儿童读物出版社;在各省市有条件的人民出版社设立儿童读物编辑室,负责出版一部分当地需要的儿童读物。出版社应当努力改进业务,加强群众工作,真正把读者和作者密切地联系起来。给作家以切实的帮助,同时应当降低少年儿童读物的价格,提高少年儿童读物的印刷质量。政府有关部门对少年儿童读物的出版工作应给予种种必要和可能的优待。这样,在两三年内每年都可以印刷四千万到六千万册少年儿童读物。新华书店总店和若干省市分店应当设立专门管理少年儿童读物发行工作的机构,并逐步建立一套发行制度。加强对书店工作人员的社会主义思想教育,克服某些资本主义经营思想。鼓励他们积极为少年儿童服务,面向少年儿童,同学校建立密切联系,主动地向学校、家长、少年儿童推荐新书。

目前应当着重解决儿童读物的数量问题,这是正确的;但不能因此忽视质量。粗制滥造也是不对的。应当说,不论在内容方面,形式方面,儿童读物都还有不少缺点。一九五四年中国青年出版社和少年儿童出版社出版的一百八十七种少年儿童读物,能够赶上一九五三年评奖作品水平的极少,这是很值得注意的问题。因此,不断提高少年儿童读物的质量,仍然是一项重要的任务。

克服少年儿童读物奇缺的严重现象,是一件重要的事情。各有关部门应当认真对待这件事情,确定改进少年儿童读物创作、出版、发行工作的计划,争取在最短的时间内,基本上改变这种状况,使孩子们有更多的书读。

多多地为少年儿童们写作

《文艺报》专论

从时间上说，现在不是"六一"儿童节前后。但是，本刊最近突然比较注意了儿童文艺的问题，这一期更有着关于这方面的较多的表示。这种现象，也许会使人感到奇怪吧！

人们是应当奇怪的，因为我们对少年儿童文艺问题的确一向太不关心了。我们大多只是在每年"六一"儿童节前后，在刊物上和其它工作中，聊备一格地表示一下态度，点缀少许儿童文艺方面的内容；"六一"一过，似乎就胜利完成任务，并且毫不为怪，习以为常。本刊过去的态度，就是如此。作家协会的其它刊物，也和本刊差不太多，很少发表少年儿童文艺创作，很少登载有关少年儿童文艺的研究介绍文章。去年年底召开的苏联第二次作家代表大会上所有的报告和副报告，我国文艺刊物几乎大都分别发表了；但大会上的第一个副报告"苏联的少年儿童文学"，竟遭到了包括本刊在内的所有文艺刊物的冷遇——谁也没有发表：这难道可以说是偶然的现象么？就拿目前的事实来说吧！如果不是《人民日报》在《大量创作、出版、发行少年儿童读物》的社论和郭沫若的《请为少年儿童写作》等文章中向我们提出了严厉的批评和紧急的号召，如果不是青、少年儿童报刊和广大的少年儿童向我们发出了警钟一样的呼声，那末，应该坦率地诚恳地说：我们大概还不会在目前提起少年儿童文艺的问题。

但严重的情况还并不只是这些。正如《人民日报》社论所指出："中国作家协会很少认真研究发展少年儿童文学创作的问题，各地文联大多没有关于少年儿童文学创作的计划，有些作家存在轻视少年儿童文学创作的错误思想。"作协和各地文联以及文艺报刊，对于读者提出的有关少年儿童文艺的问题，从来就

题解 本文原载《文艺报》1955 年第 18 号。文章是对《人民日报》社论以及中国作家协会指示的进一步阐发。文章指出，各级文艺部门和机构必须立即终止对于少年儿童文艺的冷淡态度，促进少年儿童文艺的繁荣，高度发挥文学艺术的党性。号召广大作家投入到为少年儿童创作艺术作品的事业中去，把定期地为少年儿童写作一些东西作为自己终身、长远的任务之一。

很少加以认真处理；而且也没有一个部门掌管和研究这方面的资料，会议上更是很少讨论这方面的工作。最近一年来，作家协会对少年儿童文艺比较注意一些，主席团在今年春天曾经进行了讨论并且发了号召，本刊和其它刊物也发表了若干向文学艺术界呼吁的文章；然而，这些号召和呼吁，对于一般作家和艺术家，似乎并未被引起应有的注意。他们有着各式各样的创作计划，他们有的竟吝啬到从来不肯为少年儿童写一篇文章或谱一支曲。有的初学作者写了一两篇儿童故事，但却似乎只把这种作法当成进入"文坛"的"敲门砖"；儿童故事发表了，作者马上就"改了行"，写开了别的东西，俨然把少年儿童文艺的创作看作是比一般的艺术品低一等的雕虫小技。于是，从作家协会来说，少年儿童文学很自然地被看作只是少年儿童文学组的事情。而少年儿童文学组组员不过十多人，其中还有对少年儿童文学并不闻问的人，力量十分薄弱，队伍更是极难扩充。文艺界的同志们！你们看，这难道不是十分严重的情况么？

我们决不是说，少年儿童文艺就丝毫没有成绩。目前我国少年儿童文艺的情况，与旧的中国有着本质的不同。这是任何人都不能加以否认的事实。但从《人民日报》社论所指出的情形来看，我国识字的儿童，在文化较为普及的城市，平均四、五个人才有一本书，在农村甚至一千一百多个儿童才有一本。许多少年儿童节省下买玩具和糖果的钱，走进书店却买不到新书。在北京市图书馆儿童分馆，有一回一个小孩去借书，服务员给他的书刚拿到手，他就还了；他说："这本书我看过五遍了。没有新书吗？"但即使这样，孩子们每天还是要到这个图书馆去排队等着看书，有时甚至等上几个钟头都不肯走。就是我们的许多作家和艺术家，也常常要为自己的子女没有新书看和歌子唱而发愁；常常因为带着高高兴兴的孩子走进电影院或戏院，但孩子接受不了银幕上和舞台上演出的内容竟悄悄地睡着了，而不能不感到难过。在这样的情形下，有些少年儿童不得不去阅读和观看一些不适合自己水平的书籍和戏剧，甚至不得不去阅读一些反动、淫秽、荒诞的图书。目前正是我国国庆六周年，有些和我们的国家一同生长起来的五六岁的儿童，甚至也不得不看一些旧中国遗留的含有毒素的图片。想起这些孩子智力的发展和身心的健康将可能遭到一定的阻碍和毒害，一切稍有责任感的作家和艺术家，能够不深自感到惭愧么？

少年儿童是我们未来的希望，是我们未来建设事业的担当者。我们建设社会主义，也可以说就是为了少年儿童。我们文学艺术的任务是以共产主义思想教育人民，因而帮助我们新的一代形成他们共产主义的意识、性格和理想，这正是我们最幸福最光荣的责任，这也是我们文学艺术的党性的表现。我们知道鲁迅很关心连环图画,并且写过一些描述儿童生活的优美的文章。我们也知道高尔基和马雅可夫斯基以及其它许多伟大的作家和艺术家,曾经是怎样特别地关怀少年儿童文艺。为了国家的社会主义建设,为了祖国美好的未来,现在是必须立即终止对于少年儿童文艺的冷淡态度,争取少年儿童文艺的创作的繁荣和整个文艺事业的繁荣,高度发挥我们文学艺术的党性的时候了。

目前中国作家协会和作协少年儿童文学组正在讨论最近时期发展少年儿童文学的计划。关于加强这方面工作的组织领导,关于组织创作和研究,以及关于扩大少年儿童文学的创作队伍和培养新生力量,作家协会都将订出具体的方针和切实的办法。此外,就我们所知,目前已有部分作家从思想上认真地重视了少年儿童文学的创作问题。但是,把这一工作提到一个新的应有的重要高度,无疑地在目前还仅仅只是一个开始;或者说,在全国广大的文学艺术工作者当中,对这一工作还没有普遍开始注意。因而文艺界的同志有必要严肃认真地考虑《人民日报》社论向我们提出的要求,深切认识关心少年儿童文艺的创作就是自己最大的荣誉和党性的表现;必须肃清一切违反文学艺术的党性原则的个人打算,从行动上而不是从口头上重视少年儿童文学,尽可能地为少年儿童多写一些东西。

在我们文艺工作者当中存在的一些对少年儿童文艺创作的错误的看法,也亟有必要加以澄清和批判。比如认为给孩子们写作是比较简单的事,认为少年儿童读物是比其它的艺术作品低一等的玩意儿,等等。其实,教育儿童不仅不是一件简单的事,而且,按照加里宁的说法,倒是一件"再困难不过的事情"。少年儿童读物所担负的是帮助培养新人的任务,是极为细致的灵魂工程师的任务。为少年儿童们写作,不仅要具有进步的世界观和丰富的生活知识,而且要具有对于未来、对于少年儿童的强烈的爱,要具有纯洁无疵的想像、智慧和美感,要深刻理解少年儿童的生活兴趣。而优秀的少年儿童文艺创作也不仅不会比任何艺术作品低下,倒反而会比其它艺术作品赢得更高的荣誉,它们的艺术力量将会长远地教育无数代最为广大的少年儿童和成年人。我们今年纪念过的安徒生,他的作品深入到了地球的各个角落,而且还在继续深入下去。最优秀的艺术品《钢铁是怎样炼成的》和《青年近卫军》,它们在少年和成年人身上的影响,恐怕是任何数字都难以说明的。这里且不用说盖达尔和马尔夏克,就以我国去年得奖的一批少年儿童文艺创作来说,也都是早被公认的艺术品。认为少年儿童文艺创作是简单的低下的一类看法,只能说明抱有这种看法的人本身并不高尚。当然,文艺工作者当中也还有另外一些看法,认为自己不熟悉儿童的生活和语言,不懂得儿童心理,因而满有理由地把为少年儿童写作当作无法负担的任务——这显然也只是一种毫无道理的藉口。因为这些同志决不会根本忘记自己的儿童时代,决不会根本看不见祖国的未来和自己的儿女,也决不会不了解,不熟、不懂是完全可以经过自己的努力,达到熟悉和懂得的。

目前我们的国家和近一亿二千万少年儿童向我们提出了迫切的正当的要求。这个要求本来是我们文艺工作者早就应该自觉地完成的,但我们没有作到。现在我们就必须作到,我们所有的作家和艺术家都有必要定期地为少年儿童写作一些东西,并有必要把这个工作作为自己长远的、终身的任务之一。自然,我们还需要一支能起骨干示范作用的少年儿童文艺的队伍,以便通过这支队伍经常产生一些作品,经常研究和评论一些问题,并且不断地、有效地帮助和培养新生力量。这支队伍应由作家协会和其它各个协会以及各地文联认真地组织和领导,但我们全体文艺工作者和广大的业余作者并不能因此降低自己的责任,而应成为这一支骨干队伍的战友。最后,关于大量创作和出版少年儿童读物,主要地当然是依靠我们文艺界能够经常产生新的作品;但少年儿童需要的是全面的知识,我们不能把创作的范围限制得太狭。只要是适合少年儿童阅读的作品,比如古典作品、外国作品和我国现代一些流行的作品,加以必要的整理、改写、编译,也是可以出版的。这里决不是提倡草率和凑数;内容的有益,以至于插图、封面、广告的美观和引人入胜等等,也都是必须切实注意的。

多多地为少年儿童们写作吧!争取在最短的时间内,让孩子们能够读到一批批的新书,能够不断有新的歌子唱,新的电影和戏看吧!这是我们每一个文艺工作者对于社会主义事业的最光荣的责任。

中国作家协会关于发展少年儿童文学的指示

各分会：

作家协会第十四次理事会主席团会议（扩大）讨论了发展少年儿童文学创作的问题。主席团会议（扩大）认为，少年儿童文学是培养年轻一代成为优秀的社会主义事业接班人的强有力的工具；发展少年儿童文学创作，是关系着一亿两千万少年儿童的精神食粮的极其迫切的任务。但长期以来，作家协会对少年儿童文学不够重视：很少研究儿童文学创作的情况和问题，没有采取有效的措施组织作家为少年儿童写作，各机关刊物也很少发表有关少年儿童文学的稿件。为了使少年儿童文学真正担负起对年轻一代进行共产主义教育的庄严任务，必须坚决地有计划地改变目前少年儿童文学读物十分缺乏的令人不满的状况。各地分会应该把发展少年儿童文学的问题列入自己经常的工作日程，积极组织少年儿童文学创作，纠正许多作家轻视少年儿童文学的错误思想，组织并扩大少年儿童文学队伍，培养少年儿童文学的新生力量，并加强对少年儿童文学创作的思想指导。

少年儿童文学作品的内容应当是以共产主义精神教育少年儿童，培养他们新的品德，但题材应当是多方面的，只要所描写的内容、所表现的思想感情能为少年儿童理解、体会和喜爱，并且是能够启发少年儿童的想像和智慧的，或者是能够丰富少年儿童历史和生活知识的，都应当欢迎。尤其应当注意培养少年儿童丰富的想像力，坚定的意志和勇敢的精神，不要把孩子们教育成呆头呆脑和谨小慎微。

应当提倡作家和科学家合作，为少年儿童写作一些生动有趣的科学文艺

题解 本文件原载《文艺报》1955年第22号，发布于1955年11月18日，是对同年9月16日《人民日报》社论发出号召的响应与执行。在文件中，作协检讨了过往工作中对儿童文学的忽视，表达了今后要加强儿童文学工作的决心。文件在强调"少年儿童文学作品的内容应当是以共产主义精神教育少年儿童"的基础上，同时也补充强调要顾及儿童文学的艺术性，文件指出："提高少年儿童文学作品的思想性和政治性自然是完全必要的，但是文学作品的思想性和政治性是通过活生生的艺术形象表现出来的。不要在作品中千篇一律地对孩子进行说教、训诫，不要生硬地在作品里附加政治口号……"

读物。提倡作家和历史研究者合作，为少年儿童写作名人传记——中国的和世界的伟大人物、发明家、探险家等等的传记；这些传记不是要求全面介绍某一伟大人物、发明家或探险家，也不是论定这些历史人物，而是要求通过这些传记来培养少年儿童的热爱祖国、爱真理、爱科学的品德，同时也培养少年儿童的不畏困难、目光远大、勇于创造的性格。

提高少年儿童文学作品的思想性和政治性自然是完全必要的，但是文学作品的思想性和政治性是通过活生生的艺术形象表现出来的。不要在作品中千篇一律地对孩子进行说教、训诫，不要生硬地在作品里附加政治口号，或者把一般动物和植物的生活与人类现实生活作不伦不类的比拟。

作品的形式和体裁应该丰富多样。不仅要有小说、故事、诗歌、剧本，也要有童话故事、民间传说、科学幻想读物；并且应该特别注意发展为广大少年儿童喜爱而目前又十分缺乏的童话、惊险小说、科学幻想读物、儿童游记和儿童剧本。

童话、科学幻想小说也必须以生活的真实作基础，它应当是从现实概括出来的，所描写的人物与故事应当是入情入理的。那种认为创作少年儿童文学作品，可以不顾生活的真实的看法，是不对的。

为着改变少年儿童文学创作的落后状况，理事会主席团讨论通过了一个从现在起到 1956 年底这一时期的发展少年儿童文学创作的计划，现发给你们作参考，希望结合你们的实际情况进行研究，订出适当的计划，并望将你们组织领导少年儿童文学创作的经验和问题告诉我们。

1955 年 11 月 18 日

努力做好少年儿童读物的创作和出版工作

《人民日报》社论

最近召开的全国少年儿童读物出版工作座谈会，呼吁各级文化部门的领导和文艺界、出版界、科技界、教育界的同志们都来关心少年儿童读物的出版工作。这件事关系到我国两亿少年儿童的健康成长，希望大家都来重视这项工作。

华主席在全国科学大会的讲话中指出："提高整个中华民族的科学文化水平，还有一个十分重要的、应当特别予以重视的方面，这就是青少年的培养。青少年是我们无产阶级革命事业的接班人。青少年要从小健全地发育身体，培养共产主义的情操、风格和集体英雄主义的气概，还要从小养成爱科学、学科学、用科学的优良风尚。"邓副主席指出："革命的理想，共产主义的品德，要从小开始培养。"华主席和邓副主席的指示，深刻地阐明了加强少年儿童教育工作的重要意义。目前，我国有两亿少年儿童，占人口的四分之一。一二十年之后，他们是我国社会主义革命和社会主义建设的主力军，是实现四个现代化的主要力量。我们只有在青少年时期，从德、智、体诸方面抓紧对他们的教育培养，我们的革命事业才能后继有人，才真正有灿烂辉煌的前景。在少年儿童培养教育的工作中，少年儿童读物所起的作用是十分巨大的。那种认为少年儿童读物是"小儿科"、"下脚料"的思想是极其错误的。我们要大造舆论，使人们充分认识到为两亿少年儿童创作和出版图书，是一项十分重要而光荣的任务。

新中国成立以来，在毛主席、周总理和许多老一辈无产阶级革命家的亲切关怀下，我国少年儿童读物的创作和出版工作取得了很大的成绩，对我国年青一代

题解 本社论原载《人民日报》1978年11月18日。文章彻底否定了"文革"时期中国儿童文学的创作与出版，强调少年儿童读物的特殊性，提出要进一步解放思想，"敢于冲破林彪、'四人帮'设的禁区，打破他们设的条条框框，在符合六条政治标准的前提下，提倡题材、体裁和风格多样化，真正做到'百花齐放'"。此社论是进入新时期以后党和国家在儿童文学领域内进行"拨乱反正"和"正本清源"过程中的重要文献。

的成长起了很大的作用。但是,"文化大革命"以来,由于林彪、"四人帮"的干扰和破坏,少年儿童读物的创作和出版工作受到严重摧残。在"四害"横行时期,少年儿童读物的数量之少,质量之差达到了惊人的地步。除了一些按照"四人帮"的意图炮制的毒汁四溢的"读物"之外,千千万万少年儿童没有书看,知识严重贫乏,精神生活空虚。粉碎"四人帮"以来,这方面的工作虽在积极地恢复、整顿和开展,但由于"内伤"很深,少年儿童读物奇缺的情况至今还没有很好解决。去年全国出版的少年儿童读物只有一百九十二种,印数二千六百五十三万册,仅占当年图书出版总数的百分之一点五,总册数的百分之零点八。以我国有阅读能力的两亿小读者计算,每十三个孩子一年才能有一本书。面对这样严重的局面,一切关心后一代成长、重视祖国未来的革命同志都不应等闲视之!为了促进孩子们德、智、体的全面发展,培养共产主义的情操,我们不仅要出版政治、历史、地理等读物,还要出版更多的科技、文学、艺术的读物,以满足两亿小读者越来越广泛的需要。

  要加速发展少年儿童读物创作出版事业,必须进一步解放思想。长期以来,林彪、"四人帮"在少年儿童读物创作和出版的领域里,划了许多禁区,下了好多禁令,例如不准提少年儿童读物的特点,不准提知识性,不准提趣味性,不准提题材、体裁多样化,等等,严重地束缚了人们的思想。直到现在,这种流毒还远远没有肃清,使有些同志仍然心有余悸。对于林彪、"四人帮"的假左真右的一套谬论,以及他们规定的各种条条框框,必须进行彻底批判,拨乱反正,正本清源,划清路线是非,少年儿童读物的创作才有可能出现繁荣的局面。什么不能讲少年儿童的特点,什么不准提知识性、趣味性,通通都是林彪、"四人帮"假左真右的谬论。毛主席一贯教导我们,写文章作演说,都要看对象,做到"有的放矢","说话要有趣味"。鲁迅也要求这样的作品必须是既要"有益",又要"有趣"。要写得生动、活泼、形象、幽默、浅显易懂、引人入胜,这样作虽然要费力气,却是搞好少年儿童读物创作、出版工作的基本要求。我们搞少年儿童读物创作和出版工作的同志,必须"思想再解放一点,胆子再大一点",敢于冲破林彪、"四人帮"设的禁区,打破他们设的条条框框,在符合六条政治标准的前提下,提倡题材、体裁和风格多样化,真正做到"百花齐放"。

  为了做好少年儿童读物的创作和出版工作,各级党委必须加强对这项工作的组织和领导。各级党委宣传部门要抓紧这项工作,要把出版、文联、教育、科协、共青团、妇联等等各方面力量组织起来,扎扎实实地建设好少年儿童读物的创作和编辑队伍。要认真开展少年儿童读物的创作、出版、评价、阅读等活动。

要对优秀的少年儿童读物建立评奖制度。我们要大造为孩子们创作光荣的舆论,调动一切积极因素,组织老作家积极为孩子们写作,并热情地帮助青年作者提高写作水平。我们也希望广大有丰富实践经验的中小学教师、科学技术工作者、少年儿童工作者、各行各业的同志们,都能拿起笔来,为我们的两亿小读者写作,并给予大力支持。我们相信经过一个时期的努力,少年儿童读物园地百花竞开、欣欣向荣的局面一定会到来的。

尽快地把少儿读物出版工作促上去

——国务院批转《关于加强少年儿童读物出版工作的报告》

去年十二月二十一日,国务院以国发〔1978〕266号文批转了国家出版局、教育部、文化部、共青团中央、全国妇联、全国文联、全国科协《关于加强少年儿童读物出版工作的报告》,并且加了重要的批语,要求各省、市、自治区,国务院各部委和有关部门,都要关心和重视少儿读物出版工作,尽快地把这方面的工作促上去。

国家出版局等部门《关于加强少年儿童读物出版工作的报告》首先指出:少年儿童是革命的未来,祖国的希望。对他们的培养教育,是改造中国、改造社会伟大工作的一部分,为少年儿童出版更多更好的读物,则是一个十分重要而又十分迫切的任务。《报告》在肯定了建国以来少儿读物出版工作的成绩和分析了遭到林彪、"四人帮"干扰破坏造成的严重后果后指出,粉碎"四人帮"之后,这方面的工作虽然已在积极恢复、整顿和开展,但由于"四人帮"造成的创伤很深,少年儿童书荒现象至今还严重存在。急需动员各有关方面的力量,下大决心,花大气力,迅速改变目前的严重落后状况。

《报告》针对被林彪、"四人帮"长期搞乱了的是非界限,就怎样肃清流毒、消除余悸,做好少儿读物出版工作,提出五条意见:

(一)少年儿童读物出版工作,必须为党在新时期的总任务服务,为提高整个中华民族的科学文化水平贡献力量。要通过各种读物,用马列主义、毛泽东思想教育少年儿童,用现代科学文化知识武装少年儿童,引导他们好好学习,天天

题解 本文原载《出版工作》1979年第2期,是对国发〔1978〕266号文件国务院批转《关于加强少年儿童读物出版工作的报告》的具体阐说。文件指出:"少年儿童是革命的未来,祖国的希望。""少年儿童读物出版工作,必须为党在新时期的总任务服务,为提高整个中华民族的科学文化水平贡献力量。"在此总原则下,文件进一步提出关于少儿读物出版的以下几个要求:具有儿童特点、富有知识性、富有趣味性、提倡题材与体裁多样化、加强理论研究和评论工作。具体的措施有:加强出版机构,扩大编辑出版队伍;发展壮大作者队伍;加强印刷力量;办好少儿报刊。这份文件标志着中国当代儿童文学进入"文革"结束后的"新时期"。

向上,使他们从小健全地发育身体,培养共产主义的情操、风格和集体英雄主义的气概,从小养成爱科学、学科学、用科学的优良风尚,逐步成长为德智体全面发展的共产主义接班人。

(二)少年儿童读物应该具有少年儿童的特点。孩子们年龄幼小,有不同于成人的生活、兴趣爱好和欣赏习惯,有自己观察事物的角度,有自己需要理解的问题。正如鲁迅所说的,孩子们有自己的"孩子世界"。我们一定要了解儿童,熟悉儿童,才能够创作出版为他们所需要、所喜爱的读物。不仅要区别少年儿童读物和成人读物的不同要求,还要注意不同年龄,高年级和低年级,入学后和学龄前儿童的不同需要。毛主席一贯教导我们,要从实际出发,实事求是,有的放矢,写文章和演说都要看对象。我们强调少年儿童特点,就是要求给孩子们出版的读物,从选题、内容、语言、表现形式或阐述方法,以至装帧插图、开本、印刷等方面,都照顾到孩子们的年龄和心理特征,考虑到孩子们的阅读能力、理解水平。不顾这些特点,主观地把成年人才能理解和感兴趣的东西,硬塞给孩子们,是错误的。

(三)少年儿童读物应该富有知识性。孩子们正处于长身体、长知识的时期,求知欲特别强,最富于幻想,最容易接受新鲜事物。在幼小的心灵里,总是渴望认识生活、认识周围世界,几乎什么都要问一个"是什么"、"为什么"。为他们编写的读物,应该是知识的宝库,要从各方面启发孩子们的求知欲,助长孩子们对知识的浓厚兴趣和爱好,引导他们立志探索大自然的秘密、向科学高峰攀登,树立建设现代化社会主义祖国的远大理想。

(四)少年儿童读物还应该富有趣味性。一切图书、一切宣传文字,都应该力求写得有趣,能吸引人,感染人,给孩子们看的书,更应努力做到这一点。毛主席一向提倡"说话要有趣味"。鲁迅也强调,给孩子们的读物,既要"有益",又要"有趣"。我们提倡趣味性,就是要求写得生动、活泼、形象、幽默,有吸引力,能够启发儿童的阅读兴趣,吸引孩子们的注意力和好奇心,并且要留下一些问题让孩子们自己去思索。把纷繁复杂的现象和艰深难懂的事物,用生动活泼的语言、趣味盎然的笔调,深入浅出地讲给孩子们听,不只是简单地告诉他们现成的结论,而且能启发他们开动脑筋去进一步探索问题,这是一种艺术,一种本领。当前,这样的作品还很少,要大力提倡。

(五)要提倡题材、体裁多样化。少儿读物在图书的百花园里,应该是特别灿烂夺目、丰富多彩的。比起成人读物来,花色品种更应该多样。要坚决贯彻"百花齐放、百家争鸣"的方针,敢于创新,努力克服题材狭窄、样式单调的缺点。

要大力开阔少儿读物的写作领域,只要符合新时期总任务的精神,有利于少年儿童德智体的全面发展,什么题材都可以写。少儿读物的各个品种,小说、童话、寓言、诗歌、散文、故事、游记、传记、书信、歌曲、图画、戏剧、曲艺、猜谜、科技制作、自制玩具等,都要发展,并要在实践中不断创造更多的丰富多彩的新形式,对孩子们进行多方面的教育。科学文艺是少年儿童喜闻乐见的品种,要大力提倡和扶植。

要加强少年儿童读物的理论研究和评论工作。要提倡民主讨论的空气。艺术上的不同见解,学术上的不同观点,应该通过实践、争鸣的方法去解决。要提倡批评,也允许反批评。坚决废除"四人帮"搞的那一套乱抓辫子、乱扣帽子、乱打棍子的恶劣做法。

《报告》还就制订全面规划,扩大作者队伍和编辑队伍,大力发展创作,尽快改进印刷条件等方面,提出了一些具体意见。《报告》提出,到一九七九年"六一"国际儿童节前后,全国要有一千个品种的少儿读物在新华书店供应。主要措施如下:

(一)加强少年儿童读物出版机构,扩大编辑出版队伍。要充实和加强中国少年儿童出版社和上海少年儿童出版社,逐步增加编辑人员。其他省、市、自治区出版社也要充实和加强少儿读物的编辑力量,还没有少儿读物编辑室的,要尽快建立编辑室。已调走的有专长的少儿读物编辑人员,应尽快归队。少数民族聚居的省、自治区还应建立民族文字的少儿读物编辑室。天津、沈阳、广州、成都、西安等地,要积极创造条件成立少年儿童出版社,使每个大的地区都有一家专门出版少儿读物的出版社。

各级出版部门,要积极创造条件,采取多种形式,组织编辑人员的学习和进修。

要加强中央和地方出版社之间的经验交流,组织全国和地区性的分工协作。

(二)发展壮大作者队伍,大力繁荣少儿读物的创作。建议全国文联各协会、中国科普创作协会及其在各地的分会建立相应的组织,负责研究、指导、组织少儿读物的创作,并尽快地组织一批作家深入生活,争取在一、两年内每人都能拿出作品。要积极组织老一辈的革命家和科学、教育、文学、美术、音乐、戏剧工作者,为少年儿童写作。要充分发挥专业作家的作用,同时积极发展业余创作,大力发现和培养新作者。各出版社、少年儿童报刊,要互相协作,制订规划,努力在培养新人方面作出成绩。

对积极从事少儿读物写作的业余作者,希望所在单位给予热情支持。已有比较成熟的创作计划者,要给予一定的写作时间和写作条件。

为了培养创作和理论研究方面的新生力量,建议在有条件的大学和师范学院的中文系,恢复或建立儿童文学专业,并招收儿童文学研究生;有条件的美术院校,开设儿童画课。

为鼓励创作,恢复少儿读物评奖制度,每隔一、二年评选一次,对优秀作品给予奖励。明年,在国庆三十周年前后,要表彰一批长期为少年儿童写作有成就、有贡献的作者。

(三)加强少年儿童读物的印刷力量,进一步做好发行工作。建议上海建立一家主要印刷少儿读物的印刷厂;扩建青年出版社印刷厂,充实职工,增加现代化设备,使之适应印刷少儿读物的需要。其他省、市、自治区也要尽快改变目前印刷品种单一的状况,逐步做到能印多种规格的少儿读物,并努力缩短印刷周期,提高印装质量。

发行部门要努力把少儿读物尽快地送到小读者手中。要注意加强农村和边远地区的发行工作。各大城市新华书店要恢复少儿读物门市部,其他书店要开辟专柜。同时,要加强和扩大向国外特别是港澳出口的工作。

要充分发挥现有图书的作用。各大城市要办好儿童图书馆和阅览室。共青团、少先队要开展各种切实可行的读书活动。

(四)要办好少年儿童报刊,努力提高质量。共青团中央除已恢复《中国少年报》外,拟创办一个《少年科技报》。面向全国的儿童刊物,包括《儿童文学》、《我们爱科学》、《儿童时代》、《少年文艺》、《少年科学》、《小朋友》等,从明年起争取能增加印数。

各省、市、自治区的少儿刊物,要加强领导,提高质量,努力办出自己的特色。

最后,《报告》着重指出,培养教育少年儿童的工作,是全党的事业。要把少儿读物出版工作搞好,需要各方面、各部门的支持与合作,而关键在于加强各级党委的领导。建议省、市、自治区党委宣传部,每年抓一、二次少儿读物的创作和出版工作,切实帮助解决实际困难。报刊、广播电台要加强宣传,造成强大的社会舆论,以引起各个方面对少年儿童读物的重视。出版部门和教育部门、文化部门、共青团、妇联、文联各协会、科协和科普创作协会,要密切配合,共同做好少儿读物的创作和出版工作。

中国作家协会关于改进和加强少年儿童文学工作的决议

(1986年6月14日中国作协第四届主席团第四次会议通过)

中国作家协会主席团听取了书记处关于最近在山东烟台同文化部联合召开的全国儿童文学创作会议情况的汇报。主席团一致认为,少年儿童文学在加强社会主义精神文明建设,培养一代有理想、有道德、有文化、有纪律的社会主义新人,提高中华民族的精神素质方面,担负着崇高的、重要的职责。新时期以来,少年儿童文学取得了明显的、令人可喜的进展和成绩,儿童文学园地呈现创作活跃、新人辈出的兴旺景象;但是,也应当看到,儿童文学作品的思想、艺术质量仍不能满足三亿多儿童少年的精神需求。儿童文学在创作和理论方面有不少新的、重要的问题,如:如何进一步开拓、更新儿童文学观念,摆脱陈旧的创作思想、模式的束缚,在思想、艺术上创新的问题;如何更好地紧扣时代脉搏,反映少年儿童心声,塑造更多闪耀时代光彩的少年儿童形象问题;如何按照当代少年儿童的心理特点、审美趣味、欣赏水平,创造出为小读者所喜闻乐见的作品等问题,都需要认真讨论和探索。中国作家协会过去在这方面做的工作很不够。为了促进少年儿童文学的进一步发展和繁荣,主席团认为,作家协会应当采取以下措施来改进和加强自己的工作:

一、作家协会及各地分会应当进一步学习领会、贯彻落实党中央关于全党全社会都来关心少年儿童的健康成长、把少年儿童工作提到战略地位的号召,真正把少年儿童文学工作列入自己重要的工作日程。主席团或书记处每年认真讨论一两次。作家协会创作研究室应加强对少年儿童文学创作现状的研究,定期

题解 本文原载《文艺报》1986年第28期,是1986年6月14日中国作协第四届主席团第四次会议通过的决议。决议发出了如下号召:要进一步开拓、更新儿童文学观念,摆脱陈旧的创作思想、模式的束缚,在思想、艺术上创新的问题;更好地紧扣时代脉搏,反映少年儿童心声,塑造更多闪耀时代光彩的少年儿童形象;按照当代少儿的心理特点、审美趣味、欣赏水平,创造出为小读者所喜闻乐见的作品。该决议同时还恢复了作家协会儿童文学委员会,把它作为主席团的参谋、咨询机构。这是一份影响20世纪80年代中国儿童文学总体新走向的纲领性文件。在该文件发布之后,被称为"新潮儿童文学"的艺术探索潮流成为一种令人注目的现象。

向主席团、书记处提出创作情况汇报。

二、在现有的创作委员会儿童文学组的基础上,经过充分酝酿后,恢复作家协会儿童文学委员会,作为主席团的参谋、咨询机构,并协助组织有关儿童文学创作、评论、评奖等活动。各地分会尚未设立相应机构的,希望在今年内建立。

三、鼓励、组织更多的作家、业余作者为少年儿童写作。作家协会及各地分会会员在制订自己的创作计划时,应根据自己的实际情况,力争在一定时间内为少年儿童写出质量较高的作品。作家协会主席团要求作协总会会员及各地分会会员,首先是理事会和主席团的成员,从现在起到明年年底这一年半内,每人为少年儿童写作或翻译一篇作品或评论文章,体裁、形式、字数不拘。作家协会及分会有关部门要了解会员完成这项写作计划的情况。

四、希望各文学创作、评论刊物经常选发一定数量的儿童文学作品及有关儿童文学的评论文章。作家协会主办的《文艺报》、《人民文学》、《中国作家》、《中国》、《民族文学》、《诗刊》、《小说选刊》等刊物及各地分会主办的刊物在这方面应起带头作用。

五、设立中国作家协会儿童文学奖,以鼓励优秀创作,奖掖文学新人,暂定每两年评奖一次;每次评奖结束后编辑出版获奖作品集。

六、进一步加强儿童文学的理论研究和作品评论工作。作家协会及有关刊物、出版社要积极组织有关儿童文学作品和创作、理论问题的讨论、争鸣,文学评论家要更多地关注儿童文学的发展,帮助作家总结创作经验,促进创作质量的提高。

七、作家协会及各地分会应把加强儿童文学队伍建设,提高儿童文学作者的思想、业务素质作为自己的一项重要工作,有计划地组织他们深入生活;作家协会鲁迅文学院及各地分会举办的文学讲习班要注意吸收儿童文学作者参加。

八、作家协会及各地分会要积极加强同儿童少年工作协调委员会、共青团、妇联、文联、科协和政府文化、教育、出版等部门的联系,取得他们的帮助和支持,密切合作,共同为繁荣少年儿童文学多做切实有益的工作。

中国作家协会关于进一步加强儿童文学工作的决议

(2001年1月13日中国作协第五届主席团第八次会议通过)

自1986年6月通过《中国作家协会关于改进和加强少年儿童文学工作的决议》以来,特别是90年代贯彻落实江泽民总书记关于繁荣少儿文艺的指示精神以来,我国的儿童文学呈现平稳从容而又生气勃勃的发展态势,在创作、评论、出版等方面都取得了新的、可喜的进展和成果。但是,与新时代赋予儿童文学的历史任务相比,与当代少年儿童丰富多样的审美需求相比,我国儿童文学创作的思想、艺术质量,作家队伍的思想、业务素质,理论批评的力度、风气,都还有待进一步改进、加强和提高。

主席团认为,21世纪是实现中华民族伟大复兴的新世纪。建设四化、振兴中华的历史责任落在跨世纪的一代少年儿童身上。跨世纪的一代新人应当具有综合素质,努力做到德、智、体、美全面发展。而文学艺术在素质教育、德育、美育中具有独特的、无可替代的作用。为了促进新世纪儿童文学的发展、繁荣,更好地发挥它在培育一代"四有"新人中的独特作用,中国作家协会应当采取切实、有力的举措来进一步加强儿童文学工作。

一、坚持儿童文学创作的正确方向,树立精品意识,力求产生相当数量、思想性与艺术性完美统一、为广大少年儿童喜闻乐见的优秀作品。中国作家协会拟每五年召开一次全国儿童文学创作会议,探讨儿童文学的发展趋势、前景,总结提高儿童文学创作质量的经验。与有关出版社合作,编辑出版优秀儿童文学作品和年度佳作选。

二、改进和完善儿童文学的评奖工作,保证评奖的导向性、权威性、公正性。

题解 本文原载《文艺报》2001年4月3日,是2001年1月13日中国作家协会第五届主席团第八次会议通过的决议。该决议根据时代文化的变化,突出了以下几个工作要点:坚持儿童文学创作的正确方向,树立精品意识;改进和完善儿童文学的评奖工作;加强对儿童文学的理论研究和作品评论工作;加强儿童文学队伍建设;加强儿童文学作家与小读者和校园文学社团的联系;加强与中国科协的合作,促进科学文艺创作的发展;加强与各种现代传播媒体的合作;在现代文学馆内成立一个儿童文学研究中心、信息中心等。此决议标志着中国当代儿童文学正不断提升专业化、学科化水准。

除继续奖励各种体裁、样式的文学创作外,还要适时增设儿童文学理论批评奖、新人奖和对儿童文学事业有特殊贡献的荣誉奖等奖项。

三、加强对儿童文学的理论研究和作品评论工作。巩固、扩大儿童文学评论队伍,提倡和发扬说理的、实事求是、与人为善的理论批评风气。继续办好《文艺报·儿童文学评论》;作协儿童文学委员会要与少年儿童出版社合作,办好《中国儿童文学》丛刊。各有关报刊,首先是中国作家协会和各地作协主办的报刊,要经常选登一些儿童文学作品、评论文章。

四、加强儿童文学队伍建设,大力培养儿童文学新人。鼓励、吸引更多的作家、业余作者为少年儿童写作。通过组织儿童文学作家学习理论、学习业务和鼓励、帮助他们深入生活、深入少年儿童等途径,努力提高队伍的思想、业务素质。作协儿童文学委员会、鲁迅文学院要与有关单位合作,不定期地举办讲习班、函授班、创作研讨班,给年轻的儿童文学作者提供学习进修的机会。

五、加强儿童文学作家与小读者和校园文学社团的联系。与有关部门通力合作,开展少年儿童读书活动,把优秀的儿童文学作品推广到小读者中去。举办夏令营、诗歌朗诵会、签名售书等活动,组织儿童文学作家与小读者见面。儿童文学评奖要听取小读者的意见。

六、与中国科协密切合作,做好文学家与科学家优势互补的联姻工作,共同促进科学文艺创作的发展。

七、加强儿童文学与影视、网络等现代传播媒体的联姻,推荐介绍优秀儿童文学作品改编成影视、卡通作品或上网,使它们迅速普及到广大小读者中去。

八、增进同台、港、澳地区和海外同胞中儿童文学作家的联系、交流和友谊;努力创造条件,加强、扩大中外儿童文学的交流。

九、现代文学馆要在广泛征集现当代儿童文学资料的基础上,创造条件争取及早建立儿童文学文库,并使之逐步成为我国儿童文学的一个研究中心、信息中心。

十、中国作协及各地作协要把儿童文学工作列入自己的工作日程,常抓不懈。各地作协中尚未建立儿童文学委员会或相应组织的,应创造条件及早建立。作协应继续加强与政府文化、教育、新闻出版、广播影视部门和文联、科协、共青团、关心下一代委员会、宋庆龄基金会的联系与合作,共同为繁荣儿童文学多办实事。

第二辑
儿童文学研究的历史与现状

导语

中国儿童文学理论研究与批评自进入共和国时期以后，由于种种原因一直处于比较沉寂和薄弱的状态。随着"新时期"的到来，这一状态逐渐得以改变：首先，老一辈的儿童文学从业者直面所面临的问题与困境；其次，新一代学术力量在不断开放的文化环境中茁壮成长，儿童文学理论研究视野不断拓展，批评方法不断创新。本辑所收录的文献呈现了改革开放四十年来中国儿童文学理论研究宏观视野的变化与调整的轨迹。这些轨迹既是对中国儿童文学理论研究传统的继承与延续，也是对传统的不断反思与超越；既是中国儿童文学理论研究不断进行内部细化与精准化的过程，也是中国儿童文学理论研究不断吸取其他学科的相关成果并试图构建跨学科学术生态的过程。

儿童文学理论工作现状和我们的紧迫任务

陈子君

文学评论与文学创作,是文学事业的双翼,二者相辅相成,缺一不可。这是我们党一再强调的精神,也是文艺界大多数人早已明白的道理。因此,儿童文学理论批评工作需要大大加强,一直是广大儿童文学工作者普遍关注和强烈要求加以解决的问题。特别是,党的十二大以后,儿童文学也和整个文学战线一样,面临着一个开创新局面的重大任务,解决理论问题就显得更加重要和突出。

应当肯定,我们的儿童文学理论批评工作还是取得了很大成绩的。和建国初期原来的基础相比,可以说已经有了长足的进步。特别是党的十一届三中全会以后,儿童文学理论批评在拨乱反正、批判"左"的思想影响,阐述艺术特点和艺术规律,促进儿童文学创作走上健康轨道方面,是起了相当重要的作用的。我们的队伍已经显著扩大了,水平也显著提高了。在人们所说的我国儿童文学发展的"第一个黄金时代",即五十年代,儿童文学理论批评工作者不过少数几个人。其中出过个人理论文集的只有陈伯吹、贺宜两位老作家。而现在,经常在报刊上发表儿童文学理论和评论文章的作者已经发展到五六十人,并且已经有了若干比较成熟的骨干,其中出过个人理论文集的已有六七人,还有若干个人理论文集正在陆续出版。此外,还出版了一些综合性的儿童文学论文选,作家作品论和座谈会、讨论会的发言集,等等。我国第一个专门性的儿童文学理论丛刊《儿童文学研究》自一九七九年复刊以来,已出到第十二期。几家大型的儿童文学刊物也以一定的篇幅经常发表若干儿童文学理论和评论文章。我国第一部儿童文学概论已于一九八二年出版。与此同时还应指出,我们儿童文学的理论和

题解 本文选自《儿童文学研究》总第14辑,少年儿童出版社1983年版。文章认为,尽管与"文革"时期相比,其时的儿童文学理论工作有了初步成绩,但仍没有摆脱落后于时代和创作的状况。存在的问题主要表现在以下几个方面:理论和评论文章数量少、不及时,总体水平不够高,真正很有分量的文章不多;对许多重大的、关键性的问题还缺乏比较系统和充分的研究;对"童心论"的讨论还未从为受害者平反的基础上推进到对儿童和儿童文学特点的探索;还没有意识到儿童特点的"社会属性",从而导致对20世纪80年代少年儿童的特点把握不够,也导致作品缺乏时代感。

评论工作不仅是在报刊上公开进行的,各种座谈会、讨论会、讲习班,已成为探讨理论问题的重要场所。粉碎"四人帮"以来,由中国少年儿童出版社、少年儿童出版社和其他若干省、市的出版社、作协分会等在北京、上海、成都、沈阳、杭州、长沙等地分别召开的儿童文学创作座谈会已有七八次。一九八二年还在辽宁省召开了我国第一次儿童文学理论工作座谈会。特别是,文化部少儿司和四川、辽宁两省在成都和沈阳联合举办的有东北、华北、西南、西北十七个省、市、自治区的学员参加的儿童文学讲习班,差不多对儿童文学创作中碰到的大多数问题都进行了探讨,既全面系统,又重点突出,无论从广度或深度上说都又比过去有了新的进步。这一切都表明,我们的儿童文学理论和评论工作,开始步入一个比较活跃、比较系统和逐步提高水平的新阶段。我们的前途是大有希望的。

  但是也不能不承认,我们的工作还是做得很不够的。我们的理论和评论文章不仅数量太少,又不及时,而且往往缺乏必要的计划,不能很好地抓住要害,因而一般来说,水平也是不够高的,远远不能满足客观形势的需要。比如,我们虽然已经讨论过"童心论"、"儿童文学特点"、"儿童文学和政治的关系"、"儿童文学的功能"、"儿童文学的艺术规律"、"儿童文学如何真实地反映现实生活",以及"童话的幻想和现实如何统一协调"等等一系列问题,但是真正很有分量的文章还是不多。我们对许多重大的、关键性的问题还缺乏比较系统和比较充分的研究,还写不出真正很有科学根据的、高水平的研究成果。甚至于一年过去了,连一篇对这一年的创作情况、经验教训进行比较全面的分析的文章也没有。不仅高水平的没有,低水平的也没有。许多作者曾不止一次地发出抱怨,说他们的作品发表之后往往如石沉大海,几乎不能引起什么反应,甚至诚心诚意地想挨点骂也不可得。一些作者在创作上是已经进行了一定的探索并有所收获的,但却很少有人去认真总结他们成功的经验和失败的教训。不少人对创作上存在的问题也是有一些想法的,但是又很难找到合适的场合去参加讨论。所有这一切同时又表明,我们的儿童文学理论和评论工作,仍然是远远不能适应形势发展的需要。这可以说是我们的一个"老、大、难"问题了。这种状况必须迅速而切实地加以改变。

  如果我们联系目前儿童文学的创作实际来考察,就可以更加感到加强儿童文学理论工作的迫切性。现在多数同志对我们儿童文学创作现状的估价是,从总体看已经有了很大的进步,出现了不少较好的作品。特别是从数量上看,已经基本上解决了广大少年儿童读者精神上的饥渴问题。但从作品的质量上看,仍然是不能令人满意的。这种状况概括成为几句话就是:可读的不少,优秀的不多,冒尖的甚微,引起儿童文学界震动的没有。大家都感到,提高作品质量已经成为儿童文学创作上的一个十分突出的问题。一个时期以来,我们的儿童文学创作似乎处在一种胶着状态,要继续发展,突破口在哪里? 主攻方向是什么? 许多同志都在为此而苦恼着。但是,我们的儿童文学理论却未能对此作出必要和正确的回答。这就是我们的工作落后和水平不高的一个主要标志。

我们的工作做得不够和水平不高的另一个表现是,我们虽然已经讨论了不少问题,但是深度却不足,对这些问题仍然弄得不够清楚。比如,粉碎"四人帮"以后,《儿童文学研究》共组织了二十多篇文章来讨论"童心论"的问题。这可以说是建国以来儿童文学界发表文章最多和讨论最集中的一个问题。应该说,上海的同志们对此是非常认真和非常努力的。我们应当对他们表示衷心的感谢。但是,这次讨论的效果看起来却并不理想。到目前为止,人们对这个问题仍然抱着三种不同的看法:第一种是,认为这个问题的讨论才刚刚开始,还大大地有待于进一步深入;第二种是,认为这个问题根本没有进行讨论的必要;第三种是,认为儿童文学作家要有一颗"童心",这种愿望是好的,但实际上又是不可能的,等等。看起来,到目前为止对这个问题的讨论实际上主要的是起到了一种为过去的批判运动中的受害者平反和恢复名誉的作用,这当然是非常必要的。但仅止于此也就不够了。我想,这恐怕是由于这次讨论对问题的实质和核心深入不够的缘故。

那么,这个问题的实质和核心到底是什么呢? 我以为,这恐怕就是一个儿童和儿童文学特点问题。其中包括儿童心理问题、儿童教育问题。集中起来,最根本的就是一个如何了解和掌握儿童的思想感情和心理特点问题。按照陈伯吹同志的说法,这个问题已经谈了几十年,但一直没有谈清楚。我想,关于"童心论"的讨论如果在为受害者平反和恢复名誉的基础上接着深入下去,组织一次集中的关于儿童和儿童文学特点的讨论,那效果恐怕就要比现在好得多。

迄今为止,我们的儿童心理学所研究的对象,主要的还限于婴儿和幼儿,对于小学生、高年级和初中一、二年级的少年儿童的研究,却是很不够的。而就我国目前的情况看,这一年龄阶段的少年儿童又恰恰是我们儿童文学描写的主要对象。这就差不多无形中形成了一个不应有的空白,对于我们发展儿童文学创作非常不利。而且,我们通常谈论所谓"儿童特点",往往主要是谈它的"自然属性",或者叫做"生理属性",而从它的社会属性的角度去谈的,实在是太少和太不够了。这实际上就是把"儿童特点"搞成了一种脱离现实世界的抽象的概念,既说不清楚,又缺乏实际意义,对加强儿童教育和发展儿童文学创作并没有多大的好处。事实上,少年儿童并不是生活在真空世界,他们的思想感情、情操和心理特点,都必然要受到家庭、学校和社会的影响,随着社会生活、社会矛盾和社会意识的变化而变化。从这个意义上说,所谓"儿童特点"并不是一种固定不变的东西,而是随着时代的发展而发展的。这正是我们从事儿童文学创作、研究以至所有的少年儿童工作者所需要了解的东西,也是对我们来说最重要的东西。近几年来,一些同志不断地在呼吁儿童文学作者要努力熟悉和掌握八十年代少年儿童的特点,认为只有这样才能创造出代表我们时代的典型形象,也才能够使我们的作者具备鲜明的时代特色。但到目前为止,我们对这个问题的探讨却并没有多大的进展。生活在远比五十年代要复杂得多的今天的社会条件下,少年儿童的思想状况和性格特点是什么?仍然是没有一个人能够说得清楚,甚至可以说,还没有人去比较系统地研究过。我们的许多儿童文学作品,说起来好像是在描写今天的生活、今天的孩子,但实际上却似乎总也脱离不掉五十年代的影子,或者说,放在什么时代和什么条件下似乎都可以,而缺乏明显的时代感。这也就是我们的不少儿童文学作品不能令人满足的根本原因之一。

  儿童文学创作中的许多问题,固然都存在着各自的相对的独立性,有着各自的相当丰富的值得研究的内容,但这些问题又几乎都与如何理解儿童特点这个问题有着一定的联系。比如,儿童文学要不要接触社会矛盾和要不要真实地反映现实生活问题,如何认识和运用正反两个方面的教育的问题,什么是新人和怎样写新人的问题,儿童文学的功能问题,童话的幻想和现实的统一协调问题,等等。这些问题的解决,对促进儿童文学创作质量的提高,使我们的儿童文学在已经取得的成绩的基础上得到新的发展,都是非常重要的。但是我们又不能不承认,对于这些问题,目前我们仍然是既缺乏创作实践上的大胆探索,又缺乏理论上的认真和深入的研究。而且,从某种意义上说,目前我们对这些问题的看法仍然是各持己见,思想是比较混乱的。我们已经有了一本儿童文学概论,这比起过去是一个很大的进步。但这本书的局限性却也不小,看起来似乎主要的是起了一种普及儿童文学基础知识的作用,而"论"的内容却很不够。特别是对于当前众所关心的一些儿童文学创作上的重要问题,讲的都不够清楚。这里当然不是要去苛责这本书的作者和编者。对于他们所作的努力,我们都应当表示敬意。这里只是要说,包括这本书在内的我们的许多文章,虽然也接触了不少问题,但都探讨不深,没有说清楚。这是客观事实。我想,这一方面反映了我们目前儿童文学理论仍然只具备一种较低的水平,需要以加倍的努力去提高,同时,也反映了我们在组织工作方面的缺点。我们非常需要改变目前儿童文学理论工作队伍中各自为战、互不联系和零敲碎打的状况,集中优势兵力,有组织、有计划、有重点地进行攻关,力求在较短的时间内,就某些主要问题取得突破性的进展。如果这样,我们的情况就一定会比现在好得多。但是,这项工作我们长期没有做,也不知道究竟应当由谁来做。

我们的儿童文学理论工作为什么落后?这固然是由于我们原来的基础过于薄弱,我们的队伍本来太小,又不能够较快地扩大和提高。这是我们的致命之处。但要进一步问一个"为什么",这就比较复杂了,一时也说不清楚。单知道,在成人文学要办一件事情似乎很容易,在儿童文学要办一件事就非常之难,儿童文学理论要办一件事就更难。"蜀道之难难于上青天"这句话,用来描述儿童文学理论工作的现状我想倒是非常贴切的。比如,多年以来上海的同志们就想搞一个专业的"儿童文学研究室",但是几年过去了,仍然进展不大。好像是有了一个牌子,但实际没有编制,或者是有了编制实际没有人,或者是有了人但实际不能真正进行研究工作。人们一直期望《儿童文学研究》要办得活跃一些,出得及时一些,成为一个指导全国儿童文学创作和理论研究的权威性刊物。这个期望既是合理的,又是比较现实和顺理成章的。但这个刊物却至今人力不足,刊期过长,从内容上看,在指导创作方面也没有发挥它应有的作用。和《儿童文学研究》差不多,几家每期发几十万字作品和一定数量理论文章的大型儿童文学丛刊,也大都只有一两个或两三个编辑。据我了解,这些同志差不多都是在夜以继日地工作,连星期天都要搭上的。我们还能够对他们怎样苛求呢?情况常常是这样:在成年人的某些文化事业单位,编制可以膨胀又膨胀,人员可以增加又增加,人浮于事,有多大的浪费也不在乎,但一碰到儿童文学方面的事,就卡得很死。总是不顾实际需要,要求精而又精,减而又减。许多同志为了事业,长期累死累活,有谁关心?有谁同情?身体搞垮了这且不说,又怎么能够比较从容地开展业务活动,研究问题和提高工作水平呢?这实在是太不公平了。像这样下去,儿童文学还怎样开创新局面?少儿文化艺术工作又怎样能够体现出它应有的战略地位呢?

儿童文学界并不是没有人才,也不是没有人愿意终生为儿童文学事业多作贡献的。但这批人却往往不能充分发挥出他们的潜力。形成这种状态的原因,既有社会上对儿童文学特别是对儿童文学理论的关注不够,又有我们工作体制上的种种弊端。似乎存在着一种无形的绳索,捆绑住了大家的手脚,有时几乎达到了难以动弹的程度。儿童文学工作者常常需要承受种种额外的压力,经历更多的复杂矛盾,自讨苦吃,自寻烦恼。常常会出现这样的情况:许多事情有权的人不想干,不准干,而想干的人又说了不算数,不知如何是好。这也许就是许多问题长期解决不了的一个根本原因。

  由此可见，我们儿童文学理论和评论工作所处的环境是多么困难！在五十年代那个人们所说的"第一个黄金时代"，不少成人文学刊物都曾经常发表一点儿童文学评论文章，至少是每年"六一"前后要搞一点，以表示对广大少年儿童及其文学的关心和重视。但不知什么缘故，当党中央已经进一步把少年儿童工作提到战略性重要地位的今天，绝大多数成人文学刊物却似乎都把这项工作从自己的任务中完全勾销。连"六一"前后点缀一下，应应景的愿望也没有了。我国第一家也是唯一的一家专业性儿童文学理论丛刊《儿童文学研究》，自粉碎"四人帮"以后复刊以来，在五六年中只共出了十二期，所发表的评论文章大小不过二百来篇。其余两三家大型的儿童文学刊物虽然也发一点儿童文学理论和评论文章，为数就更是非常有限的了。人们长期以来一直期望有一份全国性的少儿文艺报纸或期刊，以便能够比较及时地交流情况，交流经验，讨论问题，指导工作，但至今迟迟未能实现。在这种情况下，许多有志于从事儿童文学理论工作的同志，都感到自己连个练兵场地都很难找到。或者说，这个练兵场地是太窄，太小了。这就极大地限制了儿童文学理论队伍的扩大和提高，当然也就要对儿童文学创作的发展造成不利影响。这是我们在开创儿童文学新局面的工作中所必须加以解决的问题。

  以上谈的，大都是我们儿童文学理论工作不能很好地跟上时代、跟上形势的客观上的原因。这些原因当然都是非常重要的。但作为我们儿童文学理论工作者自己，则应当努力学习，刻苦工作，争取写出一些能够实事求是地进行思想和艺术分析的、较有分量和较有创见的文章，以此来取得社会的承认和重视。特别要进一步清除多年"左"的指导思想造成的影响，端正文风，和儿童文学作者建立平等和亲密合作的关系，互相学习，互相帮助，互相促进。对待不同的意见，一定要保持冷静的态度，心平气和地进行讨论，不意气用事，不抱个人成见，取长补短，把大家的智慧和力量集中起来，为了一个共同的目标去努力奋斗。这样，我们就一定能够较快地改变我们的落后状态，为我国儿童文学事业的发展作出应有的贡献。

我国儿童文学研究现状的初步考察

方卫平

一

对儿童文学研究现状的议论和抱怨早已不是什么私下里的秘密了。可是,当我们试图对我国儿童文学研究现状进行一番考察以便更准确地理解和把握它们的时候,我们面临的困难是显而易见的:贴近现象本身使我们难以取得一个宏观的视野,考察结果的可靠性预先就被打上了问号。然而尽管如此,对历史的透视将为准确地理解和把握现实提供某种可能性。我们十分明白,任何事物都处于不断的变化过程中,现实不过是这一动态过程因果链中的一环,它诉说着过去,也昭示着未来。于是在我们看来,现实并不应当成为阻止我们把视线投向历史的屏障,至少在主观上,我们对现实的考察应该力求保持一种历史的纵深感。

那么,当"诗言志"说唱出了中国古典文论的第一个音符以后,当一千四百多年前刘勰创制出光照千秋的煌煌巨著《文心雕龙》的时候,人们可曾对儿童文学发表过什么高明的见解?如果带着这样的疑问去翻阅四大卷的《中国历代文论选》,或者上、下两册的《中国美学史资料选编》,我们将会感到失望:不必说取精用弘、闳中肆外的巨制,即便是零星的片言只语,也难以寻觅。李卓吾的"童心说"令我们感到眼熟耳热,却并非直接论述儿童文学。李氏说得很明白:"夫童心者,真心也。"他是针对当时华而不实、虚假失真的创作倾向乃发此说的。

当然,在浩如烟海的古代文论中,我们也能够发现关于童谣起源的"荧惑

题解 本文原载《文艺评论》1986 年第 6 期。这篇文章在历史的纵深度中建立现实参照系,并指出其时中国儿童文学研究中存在的几大问题:基本理论和文学史的研究异常薄弱、理论视野狭窄、国际交流匮乏以及研究模式和方法僵化单一。20 世纪 80 年代以后,随着文化语境的变化和新一代研究者的成长,中国儿童文学研究的新格局逐渐形成:学术视野走向开阔,学术思辨逐渐细密与严谨,理论的自省意识也不断加强。本文则是这一新格局正在形成的重要文献之一。

星"（即金星）之说，也能够找到类似吕得胜的《小儿语序》那样的文字，但这些东西或流于荒诞谬误，或失之粗浅简陋，远远未能构成一种完整系统的儿童文学理论形态。

毫无疑问，任何理论形态的形成都不能离开现实为之提供的客观材料，换句话说，一旦某种现实要求和呼唤人们从理论上予以概括和说明时，理论的诞生就具备了客观的现实前提。而在我国古代，儿童文学理论却从未获得过这种前提。这首先是因为封建时代囿于封建专制主义精神桎梏的冰冷严酷的"儿童观"扼杀了儿童的独立人格，于是，儿童文学在儿童精神生活中应有的位置被取消了。我们并不否认，古代不幸的儿童们曾经通过各种渠道获得过补偿性的儿童文学的滋养。但是仅此而已，儿童文学并没有成为一种自觉的文学。皮之不存，毛将焉附？作品不旺，遑论研究！结果，我们在古代儿童文学理论的沙滩上，终于难以拾到美丽耀眼的贝壳。

十九世纪后半叶，绵延数千年的我国封建社会专制保守的精神文化系统受到猛烈冲击，中国文化意识的封建根基开始松动，依附于这种封建文化意识的无视儿童独立人格的儿童观逐渐解体。显然，儿童观的变更在促成我国儿童文学走向自觉的历史进程中的巨大作用是难以估量的。一代文人学士为儿童文学奔走呼吁，创作身体力行；梁启超、黄遵宪、吴趼人、周桂笙、曾志忞、林纾、李叔同、沈心工等人，都曾为儿童文学事业立下了筚路蓝缕的草创之功。[①] 在倡导和创作儿童文学作品的同时，理论思维的羽翼展开了，被认为是最早从事近代儿童文学理论建设的梁启超以及徐念慈等人，为近代儿童文学理论建设贡献了第一批砖瓦。梁启超在《饮冰室诗话》、《译印政治小说序》等著述中，谈论了儿童诗歌、儿童小说、儿童戏剧（当时称为"学校剧"）等体裁的教育功能、艺术特征等问题，并且热情评介有关作品。徐念慈则在《余之小说观》的"小说今后之改良"方案中提出："今谓今后著译家，所当留意，宜专出一种小说，足备学生之观摩。其形式，则华而近朴，冠以木刻套印之花面，面积较寻常者稍小。其体裁，则若笔记或短篇小说。或记一事，或兼数事。其文字，则用浅近之官话，倘有难字，则加音释。全体不逾万字，辅之以木刻之图画。其旨趣，则取积极的，毋取消极的，以足鼓舞儿童之兴趣，启发儿童之智识，培养儿童之德性为主。其价值，则极廉，数不逾角。如是则足辅教育之不及……"[②] 这里不仅明确倡导要为"高等小学以下"

---

① 参见胡从经：《晚清儿童文学钩沉·小引》，少年儿童出版社1982年版。
② 胡从经：《晚清儿童文学钩沉·小引》，少年儿童出版社1982年版，第77页。

的学生"专出一种小说",而且还具体论述了这种小说在形式、体裁、文字、插图、旨趣、价值等方面的特殊要求。从史的角度看,这些论述无疑是具有重要历史价值的。

但是,晚清有关儿童文学的论述仍然属于理论形态的准备阶段,并未形成多么气势磅礴的宏大音响,它们只是象沉沉黑夜中的一声呐喊。当然,也正是作为一声呐喊,十九世纪的先声在二十世纪得到了有力的回响。

我们看到,一踏进新世纪的门槛,儿童文学就加快了它走向自觉的历史进程。正如许多人都承认的那样,真正现代意义上的儿童文学作品在我国是五四前后才大量涌现的。伴随着这一进程,儿童文学理论也在时代的襁褓中迅速成长起来。周作人、鲁迅、茅盾、郑振铎、赵景深、顾均正、严既澄等人在儿童文学理论园地奋力开拓,功勋卓著,他们的有关著述几乎涉及了儿童文学理论研究的各个方面。举凡儿童文学的地位、教育作用和社会功能,儿童文学的特征和艺术规律,儿童文学的作家论,体裁论,儿童文学的批评和阅读指导,儿童文学的传统遗产等等,都进入了现代儿童文学研究的视野。大批儿童文学理论著述问世。据笔者根据有关资料统计,五四以后出版的现代儿童文学理论专著和论文集有三十余种,其中光是以《儿童文学概论》为书名的专著即不下有五种,单篇的论文就更多了。这些著述已经形成比较完整系统的理论框架。以最早出现的专著——魏寿镛、周侯予编著的《儿童文学概论》(商务印书馆1923年初版,1924年二版,1930年三版)为例,该书凡六章,标题分别是:"一、什么叫做儿童文学";"二、儿童有没有文学的需要";"三、儿童文学的要素";"四、儿童文学的来源";"五、儿童文学的分类";"六、儿童文学的教学法"(据第三版)。尽管该书论述简略,但人们不难从这些标题中发现作者构筑初具规模的儿童文学理论体系的意图。因此我们可以说,中国现代儿童文学理论已经进入了常规科学阶段。

如果再深究一步,我们就会发现我国现代儿童文学理论实际上存在着两种树状模式:一种是以儿童本位心理为主干的树状理论模式,其理论枝桠都生长在儿童本位心理这一主干上,我们姑且称之为单茎形树状理论模式;一种是以儿童心理和儿童教育为主干的树状理论模式,其理论枝桠都生长在儿童心理和儿童教育这两大主干上,我们姑且称之为双茎形树状理论模式。这两种理论模式都包含着合理的因素,但前者由于忽视了儿童心理和儿童文学的社会性因素而暴露了致命的缺陷,另一方面,它仍然以其具有合理性的理论内核给后者以有力的支持和补充。

二

纵观历史能够使我们获得一个考察现实的参照系,当然特别重要的还是对现实本身的观察。

建国初期,沐浴着共和国早晨的阳光,新时代儿童文学的幼苗迅速成长。现代儿童文学理论模式已经不适应文学实践的发展要求,建设我国儿童文学理论新体系的要求历史地摆到了人们面前。这也许可以说是儿童文学理论的第一次科学危机。

结果,我们又逐渐有了当代儿童文学的树状理论模式。这里用了"逐渐"一词,是因为这一模式的基本构架早在五十年代就已经奠定,而直到八十年代初才以"概论"的形式得以最后完成。这一树状理论模式的两大主干是强调儿童文学的共产主义教育方向性和儿童年龄特征对儿童文学的特殊要求。我们隐约感觉到,它与现代双茎形树状理论模式似乎存在着某种联系。

但是实际上,与其说我国当代儿童文学的理论模式是纵向继承现代儿童文学模式的产物,还不如说它是横向移植苏联儿童文学理论体系的结果更恰当些(现代儿童文学理论当然也受到过苏联的一些影响,这里暂且不论)。五十年代,我们曾经翻译、出版了大量苏联儿童文学理论书籍和论文,其中专著和论文集就不下二十五种。特别是五十年代前期我国出版的儿童文学理论专著和集子,几乎都是从苏联翻译的。如伊林的《论儿童的科学读物》(中国青年出版社1953年版),《苏联儿童文学论文集》第一集(中国青年出版社1954年版)、格列奇什尼科娃的《苏联儿童文学》(中国青年出版社1956年版),密德魏杰娃编的《高尔基论儿童文学》(中国青年出版社1956年版)等,都是当时很有份量和影响的儿童文学理论书籍。因此,正象成人文学理论曾经全盘接受了苏联文学理论体系一样,我国儿童文学理论也几乎是从苏联的模子里浇铸出来的。例如作为我国儿童文学理论两大主干的"共产主义教育方向性说"和"儿童年龄特征说",便是照搬了苏联的理论。特·考尔聂奇克在《论儿童文学的特殊性》一文中就说过:"儿童文学的特殊性是在于它具有教育的方向性,在于照顾少年读者的年龄特点,照顾少年儿童心理机能的特殊性,在于要求用艺术的方法根据马列主义关于青年共产主义教育的目的和内容的学说来培育(丰富)并指导青年一代。"①

---

① [苏]特·考尔聂奇克:《论儿童文学的待殊性》,载《中苏友好》杂志三卷九期;收入《儿童文学参考资料》(第二集),北京师范大学1956年版。

事实上,这些论述几十年来一直是我们的不容置疑的理论信条,规定着当代儿童文学的基本观念和理论框架。

然而文学实践决不会因为理论的权威性而改变自己生动活泼的性格,恰恰相反,文学现象总是以其瞬息万变的面貌不断向试图"以不变应万变"的凝固的理论模式发出挑战。人们发现,就在当代儿童文学理论为自己的结构框架终于形成而庆幸的时候,它与活跃的儿童文学现象之间的断层也同时形成了。儿童文学理论的新的常规科学刚一建立,新的科学危机就跟踪而至,人们甚至得不到喘息的机会!

的确,儿童文学正要求理论作出机敏的反应和深刻的思辨,然而理论却未能报以有效的感应。理论自身的凝聚力维护着现有的体系,使人们难以冲出它的规范;当理论与现实之间形成错位时,人们便陷入"理论痛苦"的磨难之中。当代有责任心的儿童文学理论工作者正在承受着这种痛苦的折磨。那么,摆在人们面前的,究竟是怎样一种现实?且让我们抛弃"说忧先报喜"的常见程序,直接面对当前我国儿童文学研究中存在的问题。

1. 畸形的研究格局

儿童文学研究理应由儿童文学基本理论、儿童文学史、儿童文学评论三部分组成。研究儿童文学史开展儿童文学评论,对于建立儿童文学理论体系是必不可少的重要环节,而科学的儿童文学理论,又能够为史的研究、评论的展开提供正确的理论指导。正如韦勒克、沃伦说的那样:"文学理论如果不植根于具体文学作品的研究是不可能的。文学的准则、范畴和技巧都不能'凭空'产生。可是,反过来说,没有一套课题、一系列概念、一些可资参考的论点和一些抽象的概括,文学批评和文学史的编写也是无法进行的。"① 因此,这三个部分应该互相促进,协调发展,以构成正常合理的研究格局。

然而我国儿童文学研究的实际状况却并非如此。多年以来,我们对儿童文学基本理论的研究很不重视,研究力量极为薄弱。有的同志以反对学院式研究为理由,轻视甚至蔑视基本理论建设,满足于随感而发、零敲碎打,致使我们儿童文学研究的理论感极为贫弱,缺乏应有的思辨色彩;而作为儿童文学研究另一分支的儿童文学史,更是没有很好地得到系统的研究,其标志之一便是我们至今仍然没有一部自己编写的儿童文学史——无论是中国的,还是外国的,不管是通史,或是断代史。结果,儿童文学史上的一些基本课题至今仍是悬案。例如,

---

① [美]韦勒克、沃伦:《文学理论》,生活·读书·新知三联书店1984年版,第32页。

中国古代究竟有没有儿童文学？如果有，又有哪些遗产？由于没有开展深入细致的研究工作，缺乏一部（更不必说多部）有史有识、史论结合的儿童文学史专著，人们对此一直缺乏明晰的认识，这就影响了我们对我国儿童文学历史及其发展规律的科学认识。另一方面，儿童文学评论工作似乎稍为景气，但实际上也存在着内部比例失调的问题。例如，正象有些同志指出的那样，我们十分缺乏胸襟开阔、立意不凡而又扎扎实实的着眼于宏观研究的评论文章，而书评式的、就事论事的评论文字却唾手可得，随处可见。这种畸形的研究格局，使儿童文学研究的三大组成部分难以彼此支持、和谐发展。与成人文学研究相对平衡的研究格局比较起来，儿童文学研究就更显出它的不协调了。

2. 缺乏独特的理论发现和研究个性

人们经常对儿童文学研究缺乏独特的理论发现和研究个性表示不满，认为儿童文学理论不过是成人文学理论的不算高明的"翻版"。这种抱怨听起来十分刺耳，却多少表现了正视事实的勇气。的确，我们的儿童文学研究缺乏自己的理论发现和建树，又很少有自己的理论用语，我们的研究个性也终于消失在成人文学理论的神圣的折光中了。

所以会如此，一个重要的原因是我们没有开辟出自己的研究天地。例如，儿童文学的创作心理应该是我们驰骋的研究天地。从心理的动态因素来看，儿童文学的接受者——儿童的心理结构正处于从较低阶段向较高阶段不断发展的过程中，与成人的心理结构存在着巨大的"时间差"。当作为儿童文学作家的成人（当然也有儿童自己创作儿童文学作品的情况，但这属于极小概率，可以忽略不计）进入创作过程时，这种时间差必然要通过心理时间的调整得到缩短，以使作家的创作心境逼近儿童的心灵。这是一种奇妙的、不同于成人文学创作的心理转换与组合，也正是需要我们加以研究的现象。但是，我们却从过去的成人文学理论那里搬来了"思想+生活+技巧"的呆板公式，除了再发一些诸如"要熟悉儿童心理"（这当然不错）之类的议论外，我们竟没有进行更多一些的理论探索！留下了一片理论研究的处女地，同时也失去了理论发现的机会，失去了自己的研究个性。

3. 静止、凝固的理论模式

缺乏自己的理论发现，缺乏创造和发展，结果，我国当代的儿童文学理论模式一直处于静止的凝固的状态。回顾历史我们发现，当代儿童文学理论的总体构架和基本观念存在着五十年代到八十年代的"一贯制"，它甚至没有比现代儿童文学理论向前迈出应该迈出的步伐。我们不妨仍以魏寿镛、周侯予编著的《儿童文学概论》为例来说明这一点。该书在第二章谈儿童对文学的需要时，曾列表如下：

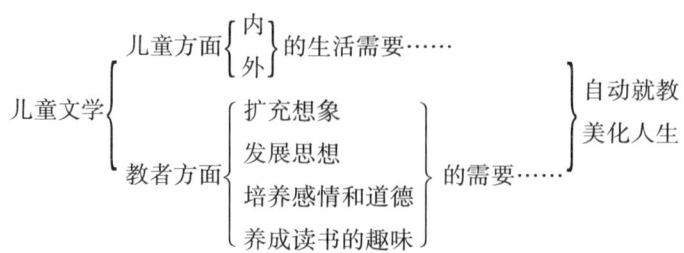

除剔去了"自动就教"的说法（这一剔除的合理性令人怀疑），明确提出"共产主义教育作用"以外，我们对这个问题就几乎没有什么理论发展了——无论从深度还是广度来说都是如此。

理论模式的稳定性本身也许不是一桩坏事。问题在于，这种稳定性应该是随着现实的不断流动，通过变异和发展，从平衡到不平衡，再到建立新的平衡来获得的，而决不能借助保守、盲从的意识或得过且过的心理来维护。当代儿童文学理论模式的"稳定性"便是如此：它对儿童文学现象的感应极为迟钝粗糙，既缺乏对现象的跟踪和评断，更缺乏对未来的想象和预言，如前所述，评论往往只是运用既有理论模式和陈旧观念的就事论事。理论一旦与创作实践脱节，不能回答创作中提出的问题，不能给创作以切实有效的指导，它本身就只能是一堆毫无生气、毫无益处的僵死教条。

更为严重的是，静止、凝固的理论模式给人们的思维带来了巨大的惰性。很显然，传统的理论模式已经在我们的大脑中形成了一种思维定势。这种思维定势几乎与变异绝缘，带有强烈的保守性。

4. 狭窄的理论视野与单一的研究方法

今天，科学研究已经越来越倾向于把对象看成是一个复杂的系统，爱因斯坦心爱的简单性思想在整个科学体系中突出地位已经日趋下降①。这正如著名学者普里高津指出的那样："科学今天所经历着的变化导致一种全新的局面。科学的兴趣正从简单性向着复杂性转变。"② 同时，不同学科之间的彼此渗透和科学成果的相互利用也已成为科学研究中司空见惯的现象，固守一隅的单打一的方式越来越同时代的要求相抵格。在文学研究领域，人们也逐渐认识到文学是一个复杂的系统，因而力求开拓理论视野，丰富研究方法。苏联美学家莫·萨·卡冈就认为："不管怎样，现在已经可以完全确切地断言，艺术活动是复杂的多

---

① 参见朱亚宗：《爱因斯坦简单性思想述评》，载《哲学研究》1985年第7期。
② 湛垦华等编：《普里高津与耗散结构理论》，陕西科技出版社1982年版，第203页。

层次的系统,因此对它的研究不仅允许、而且无可争议地要求一系列科学的努力。"① 然而我们的儿童文学研究领域,人们似乎是不屑(或者是无暇？无力？)顾及井外发生的一切,理论视野十分狭窄。我们很少从诸如心理学、美学、社会学、伦理学、教育学这样的学科中去汲取新鲜的理论滋养,更不曾向其它自然科学伸过手,而宁愿盯着眼前的那一小块天地自我陶醉、厮守度日。殊不知这更加剧了儿童文学理论的"贫血症"。研究方法的单一化也是如此。特别是当整个当代文学研究领域掀起更新思维方法和研究方法的巨大浪潮的时候,儿童文学研究领域仍如一个"平静的港湾"的现状,就更加令人触目惊心和不能忍受了。

凝固的理论模式使我们形成了保守的思维定势;狭窄的理论视野与单一的研究方法则使我们更习惯于封闭型思维,而不善于进行扩散型思维。于是,我们的思维触角难以向广阔的思维空间延伸,而终年在以既定观念为半径所划定的理论圆周内蠕动。

5. 缺乏国际间的学术交流

五十年代,由于建立新的儿童文学理论模式的迫切需要,我们翻译了许多苏联儿童文学理论书籍。虽然苏联模式在今天看来带有许多消极因素,但它曾对我国儿童文学理论的建设起过积极的作用,这种历史作用是不能否定的。另一方面,与五十年代相比,今天我们对外国当代儿童文学理论的译介工作反而不那么重视了。在这一点上不能不说历史呈现了某种倒退的趋势。一个明显的事实是,从一九七八年秋第一次全国少年儿童读物出版工作座谈会召开到现在,我们只翻译出版了一部当代外国儿童文学书籍,即日本的上笙一郎所著的《儿童文学引论》(四川少儿出版社 1983 年版)。另外还出过一部《俄苏作家论儿童文学》(河南少儿出版社 1983 年版)。这与五十年代的翻译盛况是一鲜明的对比。实际上,当前国家安定团结的政治生活空气和文化界日趋活跃的气氛,为我们开展国际间的儿童文学研究学术交流创造了十分有利的客观条件,而我们却没能很好地开展这项工作。这与同一时期成人文学理论界积极译介外国文学理论著作的活跃景象,也形成了鲜明的对照。

总之,三十多年"一贯制"并不是我国儿童文学研究的幸事。当代儿童文学理论并不是一个"睡美人","而是一觉醒来之后,发现自己已变成一个深中魔法之毒,步履蹒跚、老态龙钟、口齿不便的李柏·凡·恩格尔了"。②

---

① [苏]莫·萨·卡冈:《美学和系统方法》,中国文联出版公司 1985 年版,第 72 页。
② 贺宜:《上海儿童文学选(1949—1979)》,少年儿童出版社 1979 年版,序言第 4 页。

三

造成我国当代儿童文学研究落后状态的原因是多方面的,而以下几点无疑又是最主要的原因。

首先是历史的原因。正如上文已经指出的那样,我国儿童文学直至五四前后才成为一种自觉的文学,儿童文学理论研究的起步也特别晚,真正的研究工作是五四前后随着现代儿童文学的崛起才逐渐展开的。因此,我国儿童文学研究的底子薄、基础差;建国以后,又长期受到"左"的思潮的影响。每当成人文学理论领域舞起"左"的大棒时,儿童文学研究领域也总是难于幸免。同时,儿童文学研究领域还有自己的"左"的"小灶",对"童心论"的挞伐就是一例。多年的折腾,使本来就不那么兴旺的儿童文学研究事业更加气息奄奄了。

其次是社会的原因。我们的儿童文学研究事业尚未得到整个社会的充分重视和支持,要办成一件事往往十分困难。我们既缺乏自己的阵地,又难于得到成人文学报刊的支持。我们现在很少有在全国有影响的或知名的成人文学作家、理论家关注儿童文学理论建设。而在现代儿童文学史上,鲁迅、郭沫若、茅盾、郑振铎、叶圣陶、周作人乃至胡适等著名文学家都曾关注过儿童文学研究,并为之做出贡献。同样在苏联,由于以高尔基为代表的一大批优秀作家热心儿童文学创作和理论建设,极大地提高了儿童文学创作和研究事业的社会地位,所以苏联儿童文学理论队伍人才济济,事业兴旺。反观我们的现状,不能不令人感到心寒。

最后一个重要的原因,是我国儿童文学研究队伍自身建设中存在的问题。我们这支队伍人数少,力量单薄,其中不少同志还是以创作为主,兼及理论研究的。这些同志多年来不求闻达,在儿童文学研究园地默默耕耘,辛勤劳作,为当代儿童文学研究事业做出了自己的贡献。但是必须承认,我们这支人数稀少的队伍还存在着自身理论素养差、知识结构单一和知识老化的致命弱点,这是我们难以在力所能及的范围内卓有成效地开展研究工作的最主要原因,而在当今知识激增、观念不断更新的时代,如果我们不加紧自身素质的培养和提高,不加快知识的更新和知识结构的调整,那么我们儿童文学理论的研究意识就会日益拉大与整个当代文学意识之间的距离。

当代文学研究领域气象万千的局面加剧了儿童文学研究的危机感。结束这场危机以开创儿童文学研究的新局面,是我国儿童文学理论界面临的艰巨而又富于时代光彩的任务。为了推动我国儿童文学研究尽快赶上整个发展中的当代意识,儿童文学理论的发展不应表现为累进性的演变,而应该是一场革命性的演变。批判传统、更新观念是这场演变的"显性性状",而继承传统则是它的"隐性性状"。创造是艰难的,但我们将十分乐观。"面包会有的,粮食也会有的",我国儿童文学研究事业的前程是远大的。

略说我国儿童文学理论的发展及其它

浦漫汀

一

我国儿童文学理论基础虽不够丰厚,但却有其历史传统。远在清末,资产阶级改良主义者为宣传其政治主张,在倡导为儿童写作的同时,便对理论问题进行过一定的探讨。有代表性的人士乃启蒙思想家梁启超。在《饮冰室诗话》等著作中,他都曾论及儿童文学的重要性和儿童诗、小说、学校剧在儿童教育中的意义及某些创作要领。梁启超等的观点、论述,虽为人所鲜知,但却是客观存在。

辛亥革命后的 1913 年,文学巨匠鲁迅倡议成立"国民文术研究会,以理各地歌谣、俚谚、传说、童话",实际是把这些为儿童喜爱的民间体裁列入了"研究事业",以通过理论上的探讨"详其意谊,辨其特性",使之"发扬光大,并以辅翼教育"。[①] 次年,在《儿童艺术展览会旨趣书》中,鲁迅又直接对儿童艺术的功能作了明白的阐述,指出它可使孩子们"观察渐密,见解渐确,知识渐进,美感渐高"。在鲁迅的影响下,周作人于此前后积极投入了理论研究工作,连续发表了《童话研究》、《童话略论》、《儿歌之研究》等数篇论文。

五四初期,随着现代儿童文学诞生,理论的研究也逐渐得到了重视。较早地正面回答什么是儿童文学的,是郭沫若的《儿童文学之管见》。文章具体阐述了

题解 本文选自《儿童文学研究》总第 27 辑,少年儿童出版社 1988 年版。文章梳理了自近代以来中国儿童文学理论的发生与发展脉络,是 1949 年以后较早出现的一篇对中国儿童文学理论史进行全面描述的文献。文章指出,"儿童文学理论的发展,从来不是孤立的。它与创作及整个文学理论的发展都有密切联系,同时更不能脱离时代思潮和儿童观、教育观的影响"。同时,文章还侧重分析了其时儿童文学理论工作中所存在的局限:整理、研究前人的理论建树的工作还没有展开,导致在研究工作中难免心中无数,轻己重人,舍近求远;对相近基础学科尤其是儿童心理学和美学的学习与研究不够;对国外儿童文学的研究方法和理论,吸收得不够广泛与及时;还没有从静态研究走向动态研究。

① 鲁迅:《拟传布美术意见书》。

儿童文学的性质、教育功能及意义。特别强调对儿童文学,"一切文化运动家都应当别具只眼以相看待"。力主在创作上,作者"必须熟悉儿童心理",具有赤子之心;"就鉴赏方面而言,必使儿童感识之之时,如出自自家心坎,于不识不知之间而与之起浑然化一的作用"。

党的有关指示对儿童文学理论的形成也起了促进作用。1923年党在《儿童共产主义组织运动决议案》中指出的"儿童读物必须过细编辑,务使其成为有普通性的共产主义劳动儿童的读物",以用之"在儿童纯洁稚嫩的脑子里栽下共产主义的种子",把孩子"培养成未来的同志"等等,不仅规定了儿童读物(包括儿童文学)的共产主义的教育原则和任务,也使理论研究有了思想上的依根。

五四文学革命及随之而勃兴的儿童文学运动的深入,对理论的发展更有直接的影响。早期儿童文学创业者除鲁迅、郭沫若等外,茅盾、叶圣陶等等都曾发表有关理论见解,就整体而论,本时期探讨最多的是儿歌、童话等的理论问题。褚东郊《中国儿歌的研究》、冯国华的《儿歌底研究》等对儿歌在儿童文学中的地位,儿歌的实质、形式和创作要求都作了具体分析。研究童话的文章更多,而且也较为系统。这方面应特别提及的是赵景深。他1927年出版的《童话论集》便囊括了论述童话、民间故事和评介外国童话家的论文16篇。同年他还编译了包括童话的意义、转变、来源、研究派别等六个部分的《童话概要》。1929年又编译了从民俗学的角度研究民间童话故事的《童话学ABC》。这些著述有长处也有不足,正反映了萌发阶段的现代儿童文学的理论水平。

左联时期儿童文学理论有所发展。鲁迅的一系列创见多是在这个时期提出或补充、发展的。如果说前一段鲁迅强调论述的儿童文学的思想教育意义及其与儿童心理的关系等问题已为儿童文学理论的开创做出了筚路蓝缕的贡献,那么,本时期的许多补充和新的论述则为理论的建设奠定了不可撼动的基础。继已往的一贯主张:对于孩子当以"养成适应时代之思想为第一谊"[①],1935年在《表·译者的话》中,鲁迅借槙本楠郎的话,进一步提出在创作中必须引导孩子"以新的眼睛和新的耳朵,来观察动物、植物和人类的世界","使他向着变化不停的新世界,不断的发荣滋长"。也正由于鲁迅一贯认为孩子们有自己的世界,他们的爱幻想,"不愿'诈'作"等的心理特点都十分鲜明,所以在同一篇文章中,才特别指出:儿童文学作品必须"有益"又"有味"。鲁迅从儿童特点和美学规律出发把"有益"和"有味"加以并列强调,实际是要求把新的、辩证唯物的思想寓寄于奇

---

① 鲁迅:《致许寿裳》,1919年1月16日。

而又美的艺术形象之中，潜移默化地培养起小读者高尚美好的情操与品格。

鲁迅所强调的思想教育意义和心理特征乃构成儿童文学特殊性的两个重要因素，是儿童文学理论中的一个核心问题。此外，鲁迅对语言、题材、体裁等问题的阐述也都有重要意义的。尤其通过对《稻草人》的评价，更为儿童文学指出了现实主义的方向。

鲁迅参与领导的左联更给儿童文学及其理论以热情的关注。该组织成立之初，便结合怎样办好《大众文艺》的《少年大众》专栏召开会议，探讨了有关儿童文学建设的许多重要问题。认为革命儿童文学的任务，主要是培养少年儿童的阶级观点，以"新的，有益的东西"使他们的爱好转向革命事物。其题材应容纳讽刺、暴露、鼓动、教育等几种。"在表现方法上，要注意少年读者的心理和接受能力"及"兴味"。无论创作或翻译都应大众化、少年化，"第一先要使他们懂，其次要使他们爱"，诸如此类的马克思主义见解，对澄清五四以来某些认识上的混乱、发展革命的儿童文学的创作和理论都是有意义的。

那一时期以神话为研究重点的茅盾，也转向对儿童文学理论的直接探讨。1923—1936年就发表了《论儿童读物》、《关于"儿童文学"》、《儿童文学在苏联》等十一篇评论与杂文。其中有对作品、对史的简评，对创作要求的论述，还有对社会主义国家儿童文学的评介。论述范围较广，且观点鲜明，体现了时代特征。

此外，陈伯吹出版了《儿童故事研究》，严既澄、白兮（钟望阳）、罗荪、郑振铎、何公超、史巴克（刘御）等许多作家、理论工作者也都各有侧重地写了有关评论。这中间，有不少都体现了左翼文学运动的要求和特点。如史巴克的《谈谈儿童文学与〈表〉及其他》，简要地对比了已往的和左联时期的儿童文学创作，论述了《表》在选材和表现上的成功之处。论点明晰、论述具体，富于启发性。这类有质量的文章在当时是有代表性的。

在体裁研究中，人们的兴奋中心仍集中于童话上。儿童教育社曾组织关于"鸟言兽语"的讨论。魏冰心、朱文印、陈伯吹分别撰写了《童话教材的商榷》、《童话作者的研究》和《童话研究》等文。

由于许多师范学校开设了儿童文学课，所以从教学研究与教材编写的角度也发表、出版不少文章与论著。周侯予、朱鼎元等都写过《儿童文学概论》。据初步统计，二、三十年代出版理论书籍约三十余本。

这个时期还曾引进苏联儿童文学理论。如高尔基的《儿童文学的主题论》等等。这些先进的理论也直接冲击了前段流行"儿童本位主义"等观点，对我国的创作与理论的健康发展都有一定的作用。

"七七"事变后,儿童文学受到了严重影响。但理论研究与创作一样并未完全消沉。冯沅君的《关于儿童读物》、肖三的《略论儿童文学》、陈伯吹的《论儿童寓言与儿童文学》等论文以及联抗的《中国的童话——〈野水鬼〉》、胡铭树的《读〈小面人求仙记〉》等作品评论都是此间问世的,随着抗日儿童剧团的大量涌现,儿童剧的创作与戏剧评论也相应地多起来。张之秋、傅承模(陈模)的《两年来的孩子剧团》、许幸之的《论抗战中的儿童戏剧》、戈宝权的《写在孩子剧团公演之前》等等,虽都未能着重于理论阐述,但因密切结合了实际而对创作与演出都起到了鼓舞与指导作用。

解放战争时期,我们的儿童文学冲破国民党的种种束缚,逐渐恢复起来,理论研究的范围比抗战时期有所扩展。综合性论述为数不少:仇重等出版了《儿童读物研究》,陈伯吹发表了《谈儿童读物》、《儿童读物的检讨与展望》等诸篇论文。包蕾、王云波、陶蔚文等则就儿童剧表述了各自看法。而多数人热衷的却是关于写作问题的探讨。范泉的《如何写作儿童文学,作家要有真切感情》,金近的《儿童文学作品里面切忌命运论的思想》、陆静山的《写儿童读物的三条途径》、陈鹤琴的《钻进儿童圈子里去才能写出好的作品》等等,都写了这方面的内容。

本时期在理论研究上作用较大的是中国儿童读物作者联谊会。这个进步的群众团体,从1946年成立到上海解放的四年中,举行了三次大型座谈会,分别讨论了"儿童文学的用语与用字问题"、"儿童戏剧与儿童教育问题"和"儿童读物应否暴露黑暗面"等问题。会议记录与讨论者的文章不仅集中刊印于《中华教育界》上,并散见于《文汇报》、《大公报》等报刊上。

结合形势,面向创作实践和为"明天的新儿童文学"作理论储备,这是本时期理论研究的明显倾向。

我国现代儿童文学是在斗争中产生发展的。由于社会现实和文学现象的复杂多变,以及经验之不足,我们的理论不会百分之百的正确,瑜瑕互见,深浅同在,真理与谬误并存的现象都是随处可见的。当然,各个时期存在的问题也不可能全然相同。五四初期的理论中,儿童本位主义思想较为严重。稍后,既有这种思想的痕迹,又带有从教育、教学出发而研究的倾向——侧重于教育功能的探讨,较忽视文学性质、规律的研究,在教材式的著作中更为明显。正如陈伯吹所言:这类书册"证明了对儿童文学的理论研究,发轫在中、小学的教育园地里,而不是在文学界美丽的文坛上,后者只能说是个客串"[①]。普罗文学运动兴起后,

---

① 陈伯吹:《儿童文学概论·序》,四川少年儿童出版社1982年版。

儿童文学理论强调了革命的特点,旗帜比较鲜明,但有些提法给人以生硬之感。抗日战争与解放战争时期理论专著所出无几,其散见的论文,多以结合民族、民主斗争为重,而少追求系统性与理论含量。这不同时期,各有普遍性的缺点,体现了历史的、时代的局限性。

然而,由于党的领导(通过多种渠道)的不断深入,毛泽东文艺思想的影响(在国统区通过进步作家的传播与实践等)越来越深远,以及儿童文学的发展与理论工作者的不懈努力,正确的儿童文学理论也越来越占优势。因而,从整体上说,解放前的儿童文学理论尽管不够丰富、完善,但却是我们当代儿童文学理论发展的不可少有的基础。像列宁说的,"把任何一个社会现象看做处于发展过程中的现象时,在它中间随时都可以看见过去的遗迹,现在的基础和将来的萌芽"。没有现代的传统,当代的理论也难以达到今天的水平。

二

新中国的诞生为儿童文学开辟了新的纪元。社会主义制度的优越性、党的有力领导都为当代的理论发展提供了保证。党中央的有关会议、文件的指示精神,中央领导同志的有关讲话,党的文艺政策教育方针以及党报的有关社论等等,都为理论的深入研究明确了方向,奠定了坚定的思想基础。正是在党的直接领导、关怀下,老一代作家、理论工作者带头开展了以马列主义为指导的研究工作。陈伯吹出版了《作家与儿童文学》等五本论文集(1956—1959年);金近、贺宜、高士其分别出版了《童话创作及其他》(1957年)、《散论儿童文学》(1960年)、《自然科学通俗化问题》(1956年)等论文集;冰心、严文井等结合为作品选作序,表述了各自的独到见解;叶圣陶、于贞一(何公超)等都有论文问世。当时的中、青年理论工作者、诗人、作家陈子君、蒋风、袁鹰、刘厚明、郑文光、杲向真、任大霖等等也都写了研究文章和创作体会。

经党的双百方针的指引、鼓舞,研究领域大大开阔。解放前被侧重探讨的童话理论,仍为研究的中心,专门性讨论就有三、四次。这些讨论虽都未得出统一结论,但真理越辩越明,是非曲直人们心中自有衡量。这类公开的论战、争鸣对童话的理论知识起到一定的普及作用。解放前研究者涉笔极少的一些体裁的理论问题,在五、六十年代基本上也都有了新的探讨,而且,无论在基本理论或儿童诗、散文、特写、回忆录、儿童小说、戏剧、电影、科学文艺等的研究中,都有见地较深的文章出现。其中许多见解基于历史传统,但又有发展与提高,既体现了新的时代的特点，又表明了"青出于蓝而胜于蓝"的必然规律。

　　这种情况，可以说是比较普遍的。就连早有造诣的老作家陈伯吹的理论，都较他已往的见解更全面、深刻了。面对更新换代的伟大现实，陈伯吹意识到创作必须有新的突破，理论更要有新的开拓，所以，他着意论述的是"在繁荣创作的同时，必须要并肩齐进地建设理论"。认为二者"是儿童文学事业的具有内在联系的两个方面"，是互为作用的。他本身这两方面的实践也正是"并肩齐进"的。

　　五、六十年代初，许多高等院校和中、幼师开设的儿童文学课程，在培养队伍、研究理论方面起了应有的作用。陈伯吹的《师范学校儿童文学讲授提纲》就是为适应教学需要而编写的。方纪生的《儿童文学试论》、蒋风的《中国儿童文学讲话》、华中师院的《中国儿童文学》等等，都是在教学的基础上编写出来的。

　　创办于1957年的《儿童文学研究》为评论与科研成果提供了发表园地，在组织讨论、经验交流方面尤有成绩。

　　为解决新形势下的急需，我们大量引进了苏联儿童文学理论。五十年代出版的五、六十本理论和资料性的书籍中，苏联的占一半以上。

　　斯大林时代的苏联儿童文学理论反映了社会主义制度下儿童文学发展的规律，有许多论述对我们是适宜的。但苏联作为第一个社会主义国家，在无产阶级文学建设上尚缺乏经验，对有些问题的理解难免带有"左"的倾向。我们在学习上，又很少客观分析，多是全面照搬。因此，既吸收了精华，使自己充实起来，同时也搬来了"工具论"等框框，一定程度地束缚了我们理论的发展。

　　可我们毕竟吸收了一些合理的东西，特别是有自己的传统及新的研究成果，所以建国头些年理论的发展是较为迅速的。二、三十年代的儿童本位主义的影响基本消除。那时没有搞透分清的童话与小说的界限、儿童文学与儿童读物的区别，我们分清了。各种体裁基本上都有了准确概念。对它们的特点及创作法则也都有了一定的研究。左联以来的儿童文学理论的革命性得到了恰当的发展。抗战以来理论研究中缺乏系统性、论理性的弱点得到了一定的弥补。

　　理论的发展，促进了创作的繁荣，使我们当代儿童文学有了个金色的童年。

　　五十年代末、六十年代初，随着极左思潮的日渐严重，文艺界的批判不断增多。儿童文学在每次批判中都不得幸免，且有自己特殊的批判任务。1960年的批"童心论"便是一例。批来批去，经精心探讨而摸索到的一些规律，儿童文学的特点以及儿童情趣等等都被视作了资产阶级货色。母爱、人情更成了超阶级的人性论。得到推广的只是如何配合政治和中心任务等等。这就势必造成认识上的混乱,使发展中的创作与理论受到严重挫折。像茅盾所指出的,"少年儿童文学理论斗争最热烈"的1960年,"也是少年儿童文学创作歉收的一年"。因为"我们的办法真有点像一句欧洲的俗谚:泼掉盆中的脏水却连孩子都扔了"①。其结果作用于创作上,只能使其内容单调,质量降低。最吸引小观众的儿童剧"净是政治概念,和斗争故事"(陈毅语),其它体裁的作品也同样是"政治挂了帅,艺术脱了班;故事公式化,人物概念化,文字干巴巴"②。

1961—1962年间,周恩来等老一代革命家针对缺乏艺术民主、不尊重艺术规律等问题提出指示、批评以后,文艺界情况方有所好转。儿童文学创作与理论研究也都出现了复苏局面。可当它们刚有起色,急待发展的时候,"文化大革命"开始了。"四害"横行的十年中,是非混淆,黑白颠倒。儿童文学只能遭受践踏、歪曲,谈何理论的开拓与发展!

1976年"四人帮"被粉碎,三中全会以来人们的思想得到进一步解放。经过拨乱反正,对许多问题的认识越来越清楚。浩劫中被砸烂、停职的有关部门和人员恢复了工作。所有这些都为理论的发展提供了条件。尤其党对儿童教育、儿童文学的重视,更为理论的发展拓展了道路。据初步统计,从1978到1985的上半年中,我们出版的儿童文学理论书籍及资料集达80余本,为建国十七年的40左右本的倍数。散见于报刊的文章为数更多。这些书籍和文章,或在全集、全文中,或在某些章节里,都有可取的见解。陈伯吹再次增订的《儿童文学简论》、贺宜的《小百花园丁杂说》以及中少社、湖南少儿社分别出版的《儿童文学创作漫谈》、《作家谈儿童文学》等集,都论及了许多根本性问题,影响颇深。陈子君的《儿童文学在探索中前进》,论述了儿童文学的特点、功能及其与政治的关系等等,其中有些看法比较新颖。陕西少儿出版的《儿童文学十八讲》对不少体裁和作家作品都有深入的探讨。北京师大、华中师院等五院校合著的《儿童文学概论》对基本理论和中外儿童文学及作家作品都有较概括的论述与评析。蒋风的《儿童文学概论》对体裁特点的分析更为翔实。洪汛涛的《儿童·文学·作家》论述了儿童文学的意义、童话的重要性及创作要领等等,简赅明了,不乏独到之见。鲁兵的囊括25篇论文的《教育儿童的文学》中,有许多看法是值得称道的。任大星的《漫谈儿童小说创作》、圣野的《诗的散步》不仅分别论述了儿童小说、儿童诗的特点、创作要求,更表达了自身

---

①② 茅盾:《六〇年少年儿童文学漫谈》。

的创作体会,对初学写作者当有更直接的指导意义。

新时期理论的发展、提高,不只表现在论著之中,还表现在有待文字记载的人们的观念、认识的变化上。"左"的影响的消除,对广大理论工作者不无教益。童心问题的讨论,更澄清了不少错误认识。中少社等单位召开的儿童文学创作座谈会,文化部少儿司与四川、辽宁等省联合举办的讲习班,北京师大举办的高校儿童文学教师进修班以及浙江师院举办的中、幼师教师培训班等,对广大学员来说,都是理论的学习与提高的过程。特别是文化部少儿司召开的全国儿童文学理论座谈会和全国儿童文学理论研究规划会议,更有效地促进了理论研究工作的开展。前者集中讨论了儿童文学的特点及其与文学一般规律的关系;儿童文学与教育的关系;八十年代少年儿童的特点和儿童小说如何塑造新的人物形象以及童话的时代特色等问题。与会者或得到认识上的提高,或受到思想上的启迪、触动,总之都是有收获的。后者,决定了三、五年内出版一套规模可观的儿童文学理论丛书,制定了理论研究的近期规划与长远规划,这次会议是儿童文学理论界首次在全国范围内开始有组织有计划地开展工作的标志,在推进理论建设上的意义是十分重大的。

几年来,我们的理论工作有普及,有提高,有个人钻研,也有集体探讨,这就不会不出现喜人的成果。目前,否认儿童文学的特点和趣味性、抒情性、回避谈论美与爱、满足于以概念代替艺术、执意坚持"工具论"等等的观点、做法已不复存在。大家共同关心、协力探讨的倒是如何解决文艺和生活的关系问题,如何使思想和艺术达到高度的统一;如何使创作接触社会矛盾、体现变革精神;如何塑造出八十年代的少儿典型形象;如何把握时代了解新情况,提出新见解,使我国的儿童文学既是民族化的,又是现代化的等等。这些情况在我们近些年出的理论书籍、文章中都有具体反映。

理论的提高,迎来的是儿童文学的一个新的春天,仅1983年我们出版的儿童读物就已达到三千九百多种,约七亿二千万册,比1978年增加十倍有余。所以,无论从理论或创作的实际情况来看,今天提出建立具有中国特色的社会主义儿童文学理论体系都是有一定基础的。

三

从历史的回顾和现状的简析中,可以看出,儿童文学理论的发展,从来不是孤立的。它与创作及整个文学理论的发展都有密切联系,同时更不能脱离时代思潮和儿童观、教育观的影响。

五四前之少有儿童文学理论,是与封建社会视儿童为成人的附属品有直接关系。五四以来,人们的儿童观、教育观有了变化,承认孩子的独立人格及其对文学的要求,这才使儿童文学创作和理论逐渐发展起来。

今天,儿童在我们的心目中,乃人类的希望,共产主义事业的接班人,未来中国形象的塑造者,所以我们重视理论,并把如何通过艺术形象更好地贯彻共产主义教育方向性当作研究的重点之一。这是我们党一贯的革命的儿童观、儿童教育观的体现。当前,我们正在向四化进军。整个世界已进入人才竞争的时代,第三次浪潮将冲击每个角落。祖国的事业和世界发展趋势都催促着我们去奋力拼搏,突飞猛进。为儿童服务的儿童文学要帮助孩子们成长为开拓型、进攻型的新一代,搞好创作无疑是十分重要的。而创作又同理论息息相关:先进、完善的理论可对创作起到推动、指导的作用;陈旧、落后的理论也会起到相反的作用。所以,建立有中国自己特色的社会主义儿童文学理论体系,是广大作家、理论工作者的意愿,也是时代的要求。但建立这样的体系,绝非轻而易举的事。它需要我们多方面努力,下列几项工作更需及早完成。

首先是整理、研究前人、老一辈的理论建树。

历史留给我们的理论财富尽管不多,但并非空白。我们的责任在于发掘传统宝库中的零金碎玉,拭去积尘,显露其固有光华。胡从经的《晚清儿童文学钩沉》论及了晚清儿童文学理论的一些情况,在这方面起了一定的带头作用。可在我们的历史长河中,需要"钩沉"的又何止于此呢?

即使舍远就近,只谈谈现当代的情况,我们也会感到有许多工作急待有识、有志的理论工作者去努力完成。展读鲁迅全集,以及郭沫若、茅盾文集,都会受到许多卓识远见;叶圣陶、冰心、张天翼、郑振铎等著述中,也不乏高超见地;赵景深、陈伯吹、贺宜等理论著作,内容更为丰富。可我们对老一代的理论建树缺乏整理和深入研究,很难把它学好并使之发扬光大。近几年虽分别出版了叶圣陶、冰心、张天翼论创作(包括儿童文学)和《高士其谈科普创作》、《鲁迅论儿童读物》、《茅盾和儿童文学》、《郑振铎和儿童文学》以及《周作人与儿童文学》等专集,可详读的人又有多少呢?通过研读而写的详介之事更寥若麟角了。叶圣陶作为我国现代儿童文学奠基人之一,有着许多实践经验。仅在1921年所发表的四十则《文艺谈》中就有不少有关论述,可这也仅在近些年才被人重视。赵景深二、三十年代便出版了《童话论集》等六、七部(包括著作、编译和编辑的)理论集。但对他的评介除1930年《现代文学》第一卷发表的《读赵景深的童话论文》

一文之外,未见其它。陈伯吹长期坚持理论工作,他的著述在国外有评论[1],可在国内却只看到《儿童文学概论》陈伯吹专章中的简要评述。贺宜涉笔范围很广,只《小百花园丁杂说》一书就论及了方方面面——"凡与儿童文学有关,罔不涉猎"[2]。但专门评介贺宜理论的文章也只有《儿童文学研究》第十六辑上的《评贺宜的儿童文学理论》而已。

由于对前人、老一辈已有的建树不够熟悉,所以在研究工作中,难免心中无数,以至出现轻己重人、舍近求远的现象。近几年国内颇为流行的比较文学,在我们一些同志眼里,似乎是个新事物,其实,这种方法二、三十年代就已经被运用到我们这个领域里来了。赵景深同周作人讨论童话时就是把安徒生与王尔德作比较研究的。赵景深的论文《中西童话的比较》[3]则将中外民间童话进行了比较研究。可以断言,如果我们肯于努力,编出像《俄苏作家论儿童文学》一类专集是完全可能的。若真这样做,既积累了资料,又可为理论的发展、继承理出一定的头绪。

其次,继续深入地开展对儿童文学理论的全面探讨和研究。

所说儿童文学理论,它包括基本原理、体裁论和文艺批评及发展史三个部分。这三个部分既有内在联系,又都是各自独立的学科。要建立理论体系,对三者的研究都不可偏废。

比较而言,我们对一种学科的研究,无论解放前或建国后所投的精力都是最多的。然而,这一研究儿童文学反映现实规律的学科,它不止于总结、探讨儿童文学与现实的关系,及其本质、特征,也不止于研究各体裁特点及其创作过程和方法,而且还要研究儿童文学与成人文学、美学以及教育学、儿童心理等学科的关系。从这个意义说,我们的研究还是不够全面、深入的。

第二种学科,也还有一定的基础。鲁迅很早就提倡了,并通过杂文表述了评论意见。茅盾亦身体力行,且于三十年代提出三条标准:"一、作品应具有教育内容,要剔除那些'很糟'或'实在是一堆垃圾'的东西;二、儿童读物的文艺性在于'教训应当包含在艺术的形象'中,反对'故事化的格言或劝善文',要避免平淡的"讲义式"的叙述';三、……要吸引儿童的眼光和想象,朝着'将来'。"[4] 四

---

[1] 如日本新村彻:《三〇年代"童心论"の一つ流れ——陈伯吹「儿童故事研究」》,见《中国儿童文学》1986年第7号。
[2] 贺宜:《小百花园丁杂说·小引》。
[3] 《文学周报》第5卷第13期。
[4] 引自《茅盾和儿童文学》,第553页。

十年代评论渐少,但人们并未忘记这项工作。严冰儿(鲁兵)就曾写过《儿童文学需要建立批评》等文。

解放后,评论文章比以前多了些。如对张天翼的儿童文学创作评论,过去为数甚少,可1952—1959几年间便出现24篇。近些年评论面又有所扩展,还出版了《儿童文学作家作品论》、《童话欣赏》、《儿童小说欣赏》、《儿童诗欣赏》、《槐花集》、《高士其及其作品选介》等评论集。周晓的《儿童小说探索录》、汪习麟的《儿童诗散论》也都是以作家作品评论为主要内容的。

然而,与创作实绩相比,评论工作还是远远不够的。我们许多作家都在实践中积累了经验,形成了风格。可我们对老一代作家的研究尚且刚刚走向深入,对中年作家的研究远未铺开,对青年作家就更少问津了。正由于对作家作品未能了如指掌,所以许多好的经验不能充分推广。西方现代派童话的双线结构,近年很受我国重视,实际上叶圣陶的《稻草人》就是双线结构的。即使不够典型,但也不失为这种结构的雏型,按理说,早就应该认真地研究了。同样因对创作不够了解,所以我们当前创作中的一些有倾向性的缺点,也很少得到及时地批评、指正。对自家的经验与教训都不去系统地总结、仔细地研究,我们的理论怎能充实发展和深刻地体现出中国自己的特点呢?

对第三种学科的研究,从五四至今都较为薄弱。解放前,只见到了茅盾的《关于"儿童文学"》、陈伯吹的《儿童读物编年史图说》对现代儿童文学与儿童读物的发展情况作了一定的勾勒。此外尚未发现详细的史论。解放后,教材式的著作中谈到些现、当代儿童文学的情况;江苏出版的三本《中国现代儿童文学选》里的附文简述了现代儿童小说等的发展概况;《儿童文学研究》发表过某些零散的史料;胡从经的《晚清儿童文学钩沉》则集中对晚清的儿童文学史料作了整理、评介。此外,还有些同志正搜集资料,准备编写完整的现、当代儿童文学史。这说明史的研究已进入日程。但仅仅部分同志从事这个工作是不够的。只有动员更多的人力,才能写得快,搞出质量来。除此之外,儿童科学文艺等各体裁的发展史似亦应及早组织力量进行编写了。

从这三门学科的研究概况中,可清楚地看出,我们的理论探讨是有成绩的,认为我们"没有什么理论可谈"的看法是错误的,然而我们的研究与八十年代的要求相比,缺憾也是比较严重的。目前,我们虽有多方面的发展,但并没使建国以来的基本状况发生重大的改变,也未能按时代的节拍开拓出更新的研究领域。事实表明,只有尽快地弥补这些缺憾才能使理论体系的构筑既有坚实、系列的支架,又有深刻丰满而又崭新的具体内容。

第三,要学习、研究相近的基础学科,尤其是儿童心理学和美学。

我们的理论并非毫无体系,只是现行的体系较为陈旧,不够完整,缺乏自己的特点而已。

这与整个文学理论的发展水平是分不开的。儿童文学的本质特性都是和成人文学相一致的。成人文学的基本原理一般规律,对儿童文学同样具有指导意义。可成人文学理论体系本身就未充分显示出我国自己的特点。它在较大程度上是季莫非耶夫的文学的本质与特征论、文学作品的构成与分类论、文学的发生与发展论、文学的创作过程论和文学欣赏与文学批评这"五论"的沿袭。这种理论体系的内容较侧重于文学一般规律的探讨,而不重视文学特殊规律的研究。它的基础主要是哲学。因而,重政治、社会学,而忽视美学与心理学。

儿童文学理论体系也有与之类似的情形。不同的是,因着读者对象的特征,而更重视教育学,强调贯彻教育方向性。这点,就儿童文学本身来说是正确的。问题出在我们对教育性和如何体现教育性的理解,都不无偏颇之处。偏颇的形成,与苏联"工具论"的影响有关,但也有我们自身的原因。

我们这个民族,在世界观、教育观上多是注重和谐,而不注重对立和冲突的。对待第二代的态度,自古以来,就十分强调教化作用。当然,不同阶级的教化内容及其结果都是不一样的。封建儿童读物《神童诗》、《女儿经》等等,无不向孩子灌输三纲五常等封建观念,实际是用成人的伦理、道德规范,压抑束缚儿童的个性,引导他们成为未来顺民,封建阶级的驯服工具。反帝反封建的五四运动爆发后,要科学、要个性解放的浪潮日益高涨,这才出现了叶圣陶的《拜菩萨》以及后来的张天翼的《奇怪的地方》等作品,其中的教育性恰恰与封建的背道而驰。这种新的教育性,在革命的儿童文学中始终居于重要地位。我们当代儿童文学则更明确地贯彻了共产主义教育方向性。这是我们革命的性质和任务所决定的,同时,也是民族的"重和谐"的特点在新的历史条件下的健康、正确的发展。五十年代末、六十年代初,我们明显地"左"起来,只一味强调教育,而置艺术规律于不顾。此刻的教育基本上是说教。这就把革命儿童文学传统的优点变成了缺点,以至导致比成人文学更为严重的忽视心理学和美学研究的现象的出现。

由于儿童心理学与教育学关系密切,所以,我们对它比对美学还稍看重些。但研究得并不令人满意。一是局限性较大——多注重于婴幼儿的心理分析,对学龄初、中期的较为忽视;二是探索不够深入,多满足于一般化的了解。这就很难确切地掌握不同年龄阶段的孩子的心理差别。婴儿的心理与学龄儿童少年心理绝不能等同。而学龄期的孩子又是我们的直接的读者对象,对他们的心理缺乏研究、体验,作品便难以写到他们心里去,理论更难以切合实际。更重要的是,儿童心理年龄特征不仅有其稳定性,还有其可变性。前者多出于儿童心理年龄特征的自然性成分,后者则多与社会性成分有关。人们所熟悉的主要在稳定性的一面,所以在创作中才出现环境与人物不相称的情况,亦即大家都看到了的生活背景是八十年代的,儿童形象却是五十年代的。这些儿童形象无论五岁、八岁或十一、二岁的,的确都有所属阶段的稳定性的特点,但却未能显示出大变革中的社会的、教育的影响。因而,时代感不强。由于理论界对心理学研究的不够全面,深入,所以,对这类毛病的存在,只能知其然,而不能指出其所以然。也有些作品人物刻划得很成功,一举一动都有其自身的心理依据,可也因评论者心理学水平的限制,不能恰当地予以肯定,而使这类好经验难得推广。

当前,一个心理学热正在掀起,各行各业都要学习心理学。我们理论工作者更应迎头赶上,以使我们的研究出现突跃性的进展。

对美学的忽视,多半出于认识上的原因。

以人对现实的审美关系为研究对象的美学,不仅研究客观现实美,也研究艺术美。而且,因着文学艺术是社会审美意识的集中表现,它比现实美更充实、凝缩、完备,所以美学又常以艺术美为研究重点。它不单是向文学艺术索取经验和材料,更为文学艺术提供理论的方法。包括儿童文学在内的整个文学艺术都宜借助美学对美和美感的一般规律的哲学概括,去深入探讨自己各种体裁、门类的美学特征。

在成人文学中,美学已得到一定的重视。现已有了小说美学、电影美学、诗歌美学、戏剧美学等等。而在我们领域竟连个总的儿童文学美学也没有,别说童话美学、儿童影剧等美学了。唯其对美学研究不足,所以,有些作品十分直露、浅薄,概念化,但人们也很少能够从理论的高度指出形成这些毛病的原因。对于好的作品,理论界的赞扬,也多习惯性地从社会学的角度着意肯定其思想教育意义,不去深入研究它的艺术价值,和是否给人以美感、美的享受。如此这般的做法,怎能加深人们对艺术规律的认识和理解,又怎能有助于提高创作和欣赏能力,从而促进儿童文学的发展呢?

可见,儿童文学理论不该脱离美学,无视儿童的审美规律。扩而言之,美学应该成为儿童文学理论体系的基础之一。

第四,学习、借鉴国外的创作经验、理论成果和研究方法。

要在研究工作中,"采取外国的良规"(鲁迅语),似宜做到三点:一是研究作家作品;二是引进先进理论;三是吸收方法。在头两点上我们起步较早。对外国作家作品的评介,辛亥革命前后即已开始。最初评的是英国王尔德和丹麦安徒生的童话。三十年代在评介范围和数量上都达到了高潮。法国、德国、日本、意大利、波兰、挪威、美国、苏联、印度等几十个国家的作品都有所翻译。五十年代又是一个高涨,但主要译介的是苏联的作品。对外国作家作品评论最多的是安徒生及其童话。从1913—1985年评论他的文章已达270余篇。七、八十年代以来,又出了三本论文集和专著,而对其它世界著名作家的研究则不够系统了。

关于理论的引进,我们主要着眼于苏联。三十年代译介了高尔基、伊林等的论文。五十年代从史到论进行了较全面的译介,仅翻译的专集就有25本。近几年又出版了《俄苏作家论儿童文学》和《科学与文学》等集。对其它国家的理论间或也引进一些,尤其是日本,如1930年和1935年出版的芦谷重常的《世界童话研究》和村松武雄的《童话与儿童的研究》以及1983年出版的上笙一朗的《儿童文学引论》等等。

外国作家作品与理论的译介、研究,既给我们带来了启发、借鉴,又使我们有了大量的间接经验和丰富的材料。这对充实、验证我们的观点,建立、完善我们的理论体系都是深有裨益的。

对国外的研究方法,我们的吸收是不够广泛、及时的。当前世界上流行的信息论、控制论、系统论和接受美学等研究方法,我们都应大胆尝试。所谓方法,也就是看问题的角度,即从哪个角度进行研究的问题。统观西方各流派的研究方法,不难发现它们的共同点就是侧重于对欣赏者的研究。这表明西方又比我们抢先了一步。

十八世纪西方研究的重点是作家,十九世纪转为作品,今天又发展到以读者为重点,也就是把对作家、作品与欣赏者的研究紧密结合起来。这就更有了可取之处。比如信息论,它把社会看成储备库,把作家、理论家看成输出者,把作品、论著看成载体,而读者既是接受者又是储备者。在研究中力主三者的统一。认为只研究前两者,不去顾及读者的储备量和接受能力,或者只研究作品、文章的自然质而不考虑其功能质,所总结出来的经验、抽取的理论都是不全面的、缺乏深度和指导意义的。事实也正是这样,所以这种方法是科学的、值得吸取的。再如接受美学,在它看来,作品的意义,即美学价值等于作品加读者。所以它侧重研究作品在欣赏者中的运动,如读者在审美欣赏中的审美再创造及其间的宏观与微观的种种差异等等。通过动态研究积累力量的欣赏资料,从中探讨、把握不同读者层以及不同历史阶段的、时代的审美倾向。

我们的儿童文学理论界不仅喜欢从社会学角度研究,而且更多的是静态研究。虽然近年少数编辑部已注意了向小读者作调查,请他们参加作品评奖活动,但大多数人还不甚注意和相信孩子们的主动性和再创造的能力的。这种旧观念和狭隘的研究方法既易于把文学与政治混为一谈,又易于束缚小读者的理解与想象,是不符合审美规律的。

学习、吸收外国研究方法的合理内核是为了"洋为中用",博采外长,促进我们深入地研究孩子,密切结合创作实际,以便更好地从儿童文学特殊性的角度和小读者的审美兴趣、审美特点出发,建立起自己的理论体系来。

20世纪八九十年代中国儿童文学系统工程的建设

王泉根

对中国新时期儿童文学进行宏观考察,理所当然,应对它的"外部因素"作一番扫描。这不仅因为"流传极广、盛行各处的种种文学研究的方法都关系到文学的背景、文学的环境、文学的外因。这些对文学外在因素的研究方法,并不限用于研究过去的文学,同样也可用于研究今天的文学"(雷·韦勒克《文学理论》);而且因为基本事实是:新时期儿童文学的发展得益于改革开放的时代背景、知识界气氛或舆论"环境",得益于整个大文化、大文学、大语境的哺育与催化。

一、政府职能部门的重视

以1978年10月国家出版局、教育部、文化部、全国文联、全国科协等在江西庐山联合召开的"全国少年儿童读物出版工作会议"(庐山会议)为转折点,宣告了"文化大革命"带给中国儿童文学荒芜凋零的灾难性局面的结束,预示着一个生机勃勃的新局面的到来。1979年12月中国作家协会举行主席团会议,决定成立儿童文学委员会,推选严文井担任委员会主任委员。1980年"六一"前夕,由中国人民保卫儿童全国委员会、中国作家协会、文化部、教育部、国家出版局等联合举办的第二次(1954—1979)"全国少年儿童文艺创作评奖"在北京举行。这次评奖是对1954年第一次评奖后25年间儿童文学艺术创作实绩的大检阅,

---

题解 本文选自王泉根主编的《中国新时期儿童文学研究》,河北少年儿童出版社2004年版。文章对20世纪新时期以来中国儿童文学的外部建设进行了一次总结性的描述与梳理,并以"系统工程"一词加以命名。文章认为1978年10月在江西庐山召开的"全国少年儿童读物出版工作会议"是中国当代儿童文学发展的转折点。在此之后,中国当代儿童文学开始步入发展轨道。简要而言,系统工程主要涵盖以下几个方面:来自政府职能部门的重视与投入,各级体制性机构的建立;各级"儿童文学创作学习会"或"讲习班"的开设;传统出版媒介的发展;各级评奖体系的恢复与重建;高等学校儿童文学教学研究体系的形成与提升;等等。

获奖作品大都是"文革"前的优秀之作,包括儿童文学、儿童戏剧、电影、音乐、美术创作等。这对于当时儿童文学艺术界的拨乱反正、鼓励创作、振奋精神起了巨大的推动作用。同年10月,文化部宣布成立"文化部少年儿童文化艺术委员会"。1981年5月,"全国少年儿童文化艺术委员会"成立;同年6月,文化部专门设立了少年儿童文化艺术司,作为这个委员会的办事机构。同年,国家出版局再次在山东泰安召开"全国少年儿童出版工作会议"(泰安会议),根据庐山会议提出的要求,具体部署落实出版工作规划。几乎与此同时,各省、市、自治区也先后在本地区组建了相应的地区性"少年儿童文化艺术委员会",并在文化厅(局)内设立了"少年儿童文化艺术处(科)"等办事机构。中国作家协会在各地的分会,则成立了分会的儿童文学委员会。这样从中央到地方,从政府机关到作家群众团体,开始形成一个专门负责主管、协调少年儿童文化艺术工作(儿童文学显然是其中的重头戏)的职能部门,在思想认识、行政组织方面初步理顺了少年儿童文化艺术的体制问题。

80年代初期的这些重要举措,无疑是中国社会、中国文化、中国文学迈向现代化的一个全新的推展,它标志着儿童精神食粮问题再度受到全社会的重视。这一次的"发现"与五四新文化运动时期的"发现"有着完全不同的文化背景与内涵。"五四"时期的"发现"基于民主与科学的目标,把儿童从封建桎梏的压制下解放出来,使之享有作为一个正当的"人"的权利;新时期的"发现"则是从改革开放、振兴中华的目标出发,塑造中华民族未来一代崭新的精神性格,培养造就千百万"有理想、有道德、有文化、有纪律"(邓小平语)的一代"四有"新人。儿童与儿童文学的再发现,无论从何种角度考察,都是儿童文学发展史上的重大事件,是中国当代儿童文学的生态环境得以改善与儿童文学系统工程建设得以顺利进行的根本保证。

进入90年代,特别是1992年以后,中国社会由奉行了数十年的计划经济转变为市场经济。社会主义市场经济体制的建立,深刻影响着中国社会的方方面面、各行各业,包括文化与文学事业。由于突如其来的市场经济的冲击与电子音响、电脑网络、游戏机,加之外国卡通、通俗文学等多元传媒的挑战,90年代前期的文学及儿童文学,一度跌入了低谷,过去初版即可印行上万、数万册的童话读物,锐减到数千甚至千余册,大量安徒生童话的小书迷转而成了痴迷外国卡通与游戏机的卡通迷、小机迷。针对市场经济与多元传媒影响下的文学现状,1994年底,共和国第三代领导人江泽民主席作出了繁荣长篇小说、儿童文学、影视文学"三大件"的重要指示,以后又作了"创作出我们自己的、为少年儿童所喜闻乐见的、富有艺术魅力的儿童文艺作品"的重要讲话。儿童文学又一次被作为精神文明建设的重头戏列入了政府有关职能部门特别是文学主管部门的重要工作日程。中国作家协会为此采取了一系列卓有成效的举措。首先重新组建了新一届儿童文学委员会,由束沛德担任委员会主任委员。委员会自1997年起每年举行全委会会议,讨论、指导、开展了一系列具有全局性影响的儿童文学的活动。其次,作为中国具有最高荣誉的中国作家文学五大奖之一的"全国优秀儿童文学奖"进入规范化的操作,每三年评奖一次。1996、1999年成功举办了第三届、第四届的评奖工作,评出各类优秀儿童文学作品37部(篇)。再次,中国作家协会儿童文学委员会、鲁迅文学院与《儿童文学》杂志社联合,分别于1997、1998年在北京、北戴河举办了两期"全国儿童文学青年作家班",以培养、造就90年代涌现出来的中国最年轻的一代儿童文学作家,全国各地有50余位青年作家接受培养。

卡通(即动画连环画)在中国少儿图书市场成为"热点"始于90年代初。为抵制国外(尤其是日本)引进版卡通对我国少年儿童的不良影响及对图书市场的冲击,有关职能部门(新闻出版署和中宣部)于1996年起开始实施名为"5155"的中国儿童动画图书出版工程。经过数年努力,"5155"工程已达到预期目标,发展前景喜人。一是先后建立了京津、上海、广西、四川、辽宁等5个卡通出版基地;二是《神脑聪仔卡通系列》(100种)、《中国少年奇才》彩色卡通连环画、《地球保卫战》(10集)、《中华五千年历史故事》(250集)等15套重点大型系列卡通图书陆续出版;三是创办了5家卡通杂志,分别是:北京出版社的《北京卡通》,人民美术出版总社的《少年漫画》、《漫画大王》,中国少年儿童出版社的《中国卡通》,少年儿童出版社的《卡通先锋》。

儿童文学作为一种需要由主宰社会运行的成年人特别关注与扶持的弱势文学,政府职能部门的有效投入与采取相应的举措,无疑是新时期儿童文学发展繁荣的根本前提,也是儿童文学系统工程建设得以"可持续发展"的根本保障。

二、作家队伍的建设

作家队伍的建设是文学系统工程建设的重中之重。作家是文学作品的直接生产者,没有作家创作就没有作品,也就没有文学系统工程的其他诸多活动。社会对作家及其劳动的肯定包括三方面:一,肯定作家是我们社会群体中的一员;二,肯定他们和我们广大的社会财富生产者有共同的预定的目标;三,肯定作家们生产劳动的特殊性及其一般性。有了这三方面的肯定,社会还应对作家有正确的对待,这就是对他们的关心和培养。作家需要天赋,但更需要社会的培养。作家不是超人,但也不是工匠,他们需要社会的理解和关照。

新时期儿童文学系统工程的建设,一直把作家队伍的培养作为重要工作。1978年12月1—20日,中国少年儿童出版社《儿童文学》杂志与《中国少年报》社在北京联合举办了"文革"结束后的第一次全国"儿童文学创作学习会"。茅盾、冰心、张天翼、严文井、冯牧等19位作家向来自全国23个省、市、自治区的47位青年作者作了有关儿童文学与文学的系列讲座与讲话。茅盾发表了《中国儿童文学是大有希望的》讲话,提出"繁荣儿童文学之道,首先还是解放思想,这才能使儿童文学园地来个百花齐放"。1978年12月,国务院批转《关于加强少年儿童读物出版工作的报告》,该报告强调指出:"发展壮大作者队伍,大力繁荣少儿读物的创作",全国文联各协会及各地分会都应"建立相应的组织,负责研究、指导、组织少年儿童读物的创作";"要大力发挥专业作家的作用,同时积极发展业余创作,大力发现和培养新作者"。这项大规模培养儿童文学新人的活动,在70年代末、80年代初迅速开展,除各省市文联、作协、出版社的相关培训活动外,全国性的培训主要由文化部少儿司承担。

80年代初,文化部少儿司与有关省、市联合举办了多次儿童文学讲习班,每次半个月或一个月不等。计有"东北、华北地区儿童文学讲习班"(1982.6,沈阳)、"西南、西北地区儿童文学讲习班"(1982.6,成都)、"全国低幼文学讲习班"(1983.7,西安)、"广东、广西、湖南儿童文学讲习班"(1983.6,广州;1983.7,南宁;1983.7,长沙)等。讲习班邀请国内一些著名儿童文学家前往讲课,与学员共聚一堂,交流创作经验,探讨理论课题,对培养儿童文学新人起了重要作用。如"沈阳班"先后有陈子君、陈伯吹、陈模、萧平、刘厚明、胡景芳、蒋风、郭风、任溶溶、郑文光、黄庆云、洪汛涛、葛翠琳、浦漫汀等讲课。参加讲习班学习的各地学员,以后很多都成为儿童文学创作的重要骨干力量。

各地作家协会为培养本地区的儿童文学新人,开展了形式多样的活动。如北京作家协会儿童文学委员会举办了多期"北京市中小幼教儿童文学作家班",学员达150余人。重庆作家协会儿童文学委员会从80年代初开始,一直坚持每年"六一"前后举办全市性的"巴蜀(后改巴渝)儿童诗会"征文活动,帮助作者改稿、荐稿,从中发现和培养了一批儿童诗新人,如钟代华、杜虹、谭小乔等。中国作家协会鲁迅文学院举办的青年作家班,也注意吸收儿童文学新人参加学习。1997、1998年,中国作家协会儿童文学委员会、鲁迅文学院等还联合举办两期"全国儿童文学青年作家班"。

新时期儿童文学拥有一支老中青结合、五代同堂的儿童文学作家队伍。既有如叶圣陶、冰心等"五四"时期成名的先驱者,也有三四十年代就献身儿童文学事业的老一辈作家,如张天翼、陈伯吹、高士其、严文井、叶君健、贺宜、何公超、金近、包蕾、郭风、韩作黎、方轶群、黄衣青、鲁兵、圣野、田地等;还有五六十年代成长起来而后成为儿童文学主力军的一批作家,如袁鹰、任溶溶、秦牧、任大星、任大霖、郑文光、葛翠琳、洪汛涛、刘真、刘厚明、柯岩、胡奇、萧平、邱勋、徐光耀、吴梦起、杲向真、颜一烟、黄庆云、任德耀、管桦、胡景芳、刘饶民、金波、孙幼军、王一地、尹世霖、张秋生、金江、沈虎根、谢璞、张继楼、杨啸、赵燕翼、文牧、张有德、梁泊、叶永烈、童恩正、刘兴诗、李少白、倪树根、邬朝祝、于之、宗璞、谷斯涌、路展、崔坪、鄂华、肖建亨等。尤其是进入80年代,大批经历过"文革"的年轻作家迅速崛起,他们对当代中国社会有特殊体验与生活积累,成为八九十年代儿童文学创作的中坚力量,如曹文轩、秦文君、沈石溪、董宏猷、高洪波、张之路、班马、郑渊洁、周锐、刘健屏、陈丹燕、梅子涵、冰波、白冰、孙云晓、郑春华、黄蓓佳、张成新、关夕芝、金曾豪、邱易东、薛卫民、张品成、车培晶、郑允钦、程玮、彭懿、董天柚、谢华、刘海栖、刘丙钧、刘保法、庄大伟、常新港、王慧骐、杨楠、张明照、朱效文、武玉桂、陆弘、周基亭、李国伟、金逸铭、范锡林、朱新望、李子玉、东达、宁珍志、董恒波、任哥舒、夏辇生、袁丽娟、王业伦、韦伶、黄一辉、王晓晴、方圆、黎云秀等。80年代还有一批出生于三四十年代,其经历虽不同于前者但同样也有着坚执的人生追求与文学追求的作家,他们与前者一起组成了新时期最为重要的儿童文学作家方阵,如樊发稼、夏有志、罗辰生、刘先平、陈丽、常瑞、王路遥、佟希仁、孙幼忱、宗介华、赵惠中、关登瀛、乔传藻、吴然、庄之明、李建树、李凤杰、何群英、葛冰、谷应、詹岱尔、丁阿虎、郭明志、康复昆、饶远、韩辉光、张微、余通化、蒲华清、郑开慧、马光复、孙海浪、聪聪、尤异、金振林、尤凤伟、姚业涌、野军、陈秋影、赵立中、卢振中、王宜振等。90年代一批更年轻的既不同于五六十年代、也与80年代作家有着不同特色的儿童文学新生代作家开始成长起来,并逐渐引起文坛关注,他们是:祁智、彭学军、汤素兰、庞敏、肖显志、杨鹏、钟代华、殷健灵、张洁、谢倩霓、邓湘子、萧萍、牟坚、牧玲、章红、玉清、薛涛、星河、保冬妮、老臣、郁秀、葛亮、肖铁等。据统计,2001年中国作家协会有6442位会员,其中有500多位儿童文学会员作家,加上各省、市、自治区作家协会中的儿童文学会员作家,已经达到3000余人,其中骨干作家有1000余人。这是新时期儿童文学的强大创作力量,也是促进跨世纪儿童文学发展繁荣的根本智力资源。

三、传播媒介的发展

作为文学大系统中的一个独立组成部分的儿童文学,从由作家的创作转化为广大小读者的接受,需要经过的流程是:作家→作品→出版等部门的传播→读者。具体地说,它包括:作家到作品的创作过程;作品问世的扩散与传播过程;读者的接受过程,以及由读者的反馈到文学作品再生产的过程。在这整个传递过程中,出版的传播扩散是诸环节中非常重要的中介层次,没有出版的传播扩散,一切文学作品的社会功用与美学价值就无从谈起。司马迁的《史记》,也要"得其人而后传"。"文化大革命"造成中国文学的灾难性浩劫,其突出现象就是出版的停顿与报刊的锐减。据1977年的统计,当时全国2亿多小读者只有20个有影响的儿童文学作家,200个儿童读物编辑,每年仅出200种读物。书荒的严重正是传播媒介急剧衰退的结果。新时期儿童文学系统工程的建设,顺理成章地把出版等传播手段置于重要地位。这项建设包括出版机构与报章杂志两个方面。

从1978年"庐山会议"以后,我国的少年儿童读物出版社得到迅速发展,除老资格的中国少年儿童出版社(北京)与少年儿童出版社(上海)外,各地先后成立的专业性少儿读物出版机构有(以成立时间先后为序):新蕾出版社(1979.9)、四川少年儿童出版社(1980.10)、湖南少年儿童出版社(1981.12)、内蒙古少年儿童出版社(1982.7)、海燕出版社(1982.11,曾名河南少年儿童出版社)、辽宁少年儿童出版社(1982)、湖北少年儿童出版社(1982.12)、浙江少年儿童出版社(1983.3)、未来出版社(1983.5,曾名陕西少年儿童出版社)、江苏少年儿童出版社(1983)、北京少年儿童出版社(1983)、北方妇女儿童出版社(1984)、福建少年儿童出版社(1984.8)、安徽少年儿童出版社(1984.9)、黑龙江少年儿童出版社(1984)、中国和平出版社(1985)、河北少年儿童出版社(1985.1)、希望出版社(1985.2)、明天出版社(1985,曾名山东少年儿童出版社)、晨光出版社(1985.6,曾名云南少年儿童出版社)、新世纪出版社(1985)、二十一世纪出版社(1985,曾名江西少年儿童出版社)、甘肃少年儿童出版社(1985)、新疆青少年出版社(1985,曾名新疆青年出版社)、接力出版社(1989.7)、宁夏少年儿童出版社、北京童趣出版公司、海豚出版社、朝花少年儿童出版社(1999)等。这31家专业性少年儿童读物出版机构,遍布全国各地,其中东部沿海地区从北到南每个省(市、自治区)都有一家。据统计,到90年代末,全国除31家专业少儿读物出版社外,另有130多家出版社(如重庆出版社、青岛出版社、海天出版社)尤其是各地的教育出版社,都设有少儿读物编辑室或出版少儿图书。我国出版的少儿图书年产量已从1977年的200种发展到2000年的7004种,年出版16800万册以上,已成为少儿读物出版大国。正是依托于出版事业的大发展,我们的儿童文学作家才有了广阔的耕耘园地,亿万小读者每年才有成千上万种源源不断的新读物到手。

少年儿童报刊的发展是新时期儿童文学传播媒介建设的又一重要方面。据不完全统计,90年代全国共有综合性或专业性少儿报纸70余种,少儿期刊100余种,其主办单位分属作家协会、出版社、教育部门、共青团四大系统。其中最有影响的以发表儿童文学作品为主的报刊有(部分报刊现已停办):

《儿童文学》(北京)、《少年文艺》(上海)、《少年文艺》(南京)、《少年小说》(天津)、《东方少年》(北京)、《少男少女》(广州)、《中外少年》(南宁)、《少年人生》(贵阳)、《世界儿童》(重庆)、《少年世界》(武汉)、《小溪流》(长沙)、《文学少年》(沈阳)、《小朋友》(上海)、《幼儿文学报》(上海)、《小蜜蜂》(长沙)、《童话报》(上海)、《少年报》(上海)、《少年儿童故事报》(杭州)、《当代少年》(杭州)、《童话王国》(天津)、《童话大王》(太原)、《故事大王》(上海)、《幼儿故事大王》(杭州)等。先后发行过的大型儿童文学刊物有《朝花》(北京)、《巨人》(上海)、《未来》(南京)、《明天》(济南)等。集中发表精选之作的有《儿童文学选刊》(上海)。这些报刊已组成了少年文学—童年文学—幼年文学的一条龙系列载体,这是中国儿童文学史上前所未有的景观。

四、文学评奖的设立

文学评奖是文艺界总结实绩、标榜突破、扶掖新秀、发布新说的重要举措。每一次评奖活动总要推出一批文学新人,奖励一批优秀新作,这对于鼓舞士气、振奋精神、引导创作倾向、吸引社会对文学的关注具有重要意义。80年代以来的儿童文学评奖,除了各地作家协会、有关出版单位或报刊不定期举办的地区性、年度性、单项性等的评奖(如《儿童文学》、《少年文艺》、《东方少年》的评奖)外,属于全国性、常设性、综合性的重大评奖活动,有下列数项:

第二次全国少年儿童文艺创作评奖(1954—1979) 1980年"六一"前夕在北京举行,此见前述。

全国优秀儿童文学奖 中国作家协会主办。系中国具有最高荣誉的中国作家文学五大奖之一。首届评奖范围为1980—1985年间的作品,获奖作品篇目于

1988年公布,分列长篇儿童小说、中篇儿童小说、短篇儿童小说、中篇童话、短篇童话、诗歌、散文、寓言、报告文学和科幻小说等多种文体奖。这次评奖集中反映了新时期前期儿童文学创作的优秀成果,坚持时代性、文学性、可读性,热情鼓励艺术探索与创新。推出了曹文轩、关夕芝、刘健屏、常新港、沈石溪、陈丹燕、罗辰生、方国荣、郑渊洁、高洪波、程玮、郑春华、董宏猷等一批80年代崭露头角的青年作家的新锐之作,同时也表彰了严阵、颜一烟、柯岩、邱勋、刘心武、葛翠琳、孙幼军、吴梦起、洪汛涛、田地、金波、樊发稼、胡景芳、蔺瑾、张岐等中年作家的优秀作品。中国作家协会首届"全国优秀儿童文学奖"的颁布,标志着我国儿童文学评奖开始走向科学化、民主化和经常化,在儿童文学界产生了广泛影响。第二届评奖范围为1986—1991年,于1992年公布评奖结果,有《今年你七岁》(刘健屏)、《一只猎雕的遭遇》(沈石溪)、《少女罗薇》(秦文君)、《第三军团》(张之路)、《小巴掌童话》(张秋生)、《扣子老三》(周锐)、《怪老头儿》(孙幼军)等二十九部作品获奖。从本届起,只评已出版的作品集子,不再评单篇作品。第三届(1992—1994)、第四届(1995—1997)评奖先后于1996、1999年揭晓,共有37部作品获奖。四届评奖中荣获"三连冠"殊荣的作家有:孙幼军、沈石溪、金波、曹文轩、秦文君、董宏猷、张之路、金曾豪、郑春华;荣获"双连冠"的作家有:高洪波、刘健屏、罗辰生、张秋生、周锐、葛翠琳、程玮、邱勋、冰波、常新港、关登瀛、薛卫民、郑允钦。

宋庆龄儿童文学奖 中国宋庆龄基金会会同文化部、教育部、国家广播电影电视总局、共青团中央、全国妇联、中国作家协会、中国科学技术协会等于1986年6月设立,从1987年起开始颁奖。奖金由冰心、巴金、丁玲等著名作家和社会各界捐助提供。进入1987、1990、1992年三届评奖范围的有儿童电视剧本、儿童戏剧剧本、科学文艺、中长篇儿童小说、童话等。该奖重在扶助、鼓励儿童文学创作中急需但又比较薄弱的艺术门类。1999年举办的第五届宋庆龄儿童文学奖将作品评奖范围扩大为1994—1998年间发表的中长篇儿童小说、童话、科学文艺与幼儿文学,并首次增设了"新人奖"。曹文轩的《草房子》、班马的《绿人》、葛冰的《梅花鹿的角树》分别获小说、童话、幼儿文学类大奖,沈石溪的《混血豺王》、秦文君的《男生贾里全传》等几部作品获提名奖,向民胜、张洁、杨鹏、薛涛、郁秀五人获新人奖。2000年5月29日在北京举办第五届"宋庆龄儿童文学奖"和中国作家协会第四届"全国优秀儿童文学奖"联合颁奖大会。

冰心儿童图书奖 由儿童文学作家葛翠琳发起,于1990年在北京设立,以冰心老人的名字命名,成立以著名英籍华裔女作家韩素音为名誉主席、老舍夫人胡絮青为副主席的评奖委员会。该奖注重奖励鼓舞边远地区、少数民族地区儿童文学与儿童读物的新人佳作。每届获奖作品结集为《冰心儿童文学新作奖获奖作品集》，由浙江少年儿童出版社出版。

陈伯吹儿童文学奖（1988年以前名为"儿童文学园丁奖"） 这是目前中国唯一的一项儿童文学年度奖，由著名儿童文学泰斗陈伯吹老人倡议并捐款，于1981年5月在上海创设。评奖范围是上一年度在上海地区公开发表、出版的各类儿童文学作品，每届获奖作品均由评奖委员会编成《陈伯吹儿童文学奖获奖作品集》由少年儿童出版社出版。该奖的创设为推进新时期儿童文学尤其是作为中国儿童文学"大本营"之一的上海地区儿童文学创作的繁荣，作出了独特的贡献。

新时期优秀少年儿童文艺读物评奖（1979—1988） 全国少年儿童文化艺术委员会举办。该奖于1989年5月在北京颁发，评奖范围是由全国20家少年儿童出版社和部分综合性出版社推荐的近200种儿童文艺读物，有17种获一等奖，43种获二等奖。这次评奖通过鼓励、奖掖新时期以来的优秀作品，再一次向文坛推出了一批富于创新精神的新人新作。

首届全国儿童文学理论评奖 中国儿童文学研究会举办。该奖于1989年1月颁发，有20部专著与38篇论文获奖，这是中国儿童文学史上第一次全国性的理论评奖。

五、学会、笔会、研讨会的活动

进入80年代以来，儿童文学界的横向交流活动空前活跃，学会的组建，笔会、研讨会、作品讨论会、评奖会等的不断举办，使儿童文学界进行理论探讨、信息交流、佳作观摩、平等对话的机会越来越多，作家与评论家、作家与编辑、作家与读者、老中青作家之间的沟通与联系，越来越趋于密切、和谐。

目前国内已有4个全国性的从事儿童文学研究的民间团体。它们是：中国儿童文学研究会（1980年6月成立于北京），全国儿童文学教学研究会（1982年6月成立于北京），中国出版工作者协会幼儿读物研究会（1986年3月成立于石家庄），全国幼师、普师儿童文学教学研究会（1984年10月成立于金华）。这些民间学术团体不定期举行全国性的研讨会，交流研究成果，活跃学术空气，已先后召开过多次会议。

中国儿童文学研究会联合有关省的文联、作协、出版社等单位召开过"当代儿童文学新趋向讨论会"(1986.10,贵州黄果树)、"90年代中国儿童文学展望研讨会"(1990.5,云南昆明)、"全国儿童文学创作分析会"(1991.7,河北承德)。全国儿童文学教学研究会结合高等师范、中等师范的儿童文学课教学实践,先后在吉林省吉林市(1983.8)、甘肃兰州(1984.8)、辽宁大连(1985.8)召开过三届年会。中国出版工作者协会幼儿读物研究会自1986年3月召开成立大会后,坚持年年开展活动。该学会侧重于幼儿读物文学、美术的编辑研究与经验交流,先后召开过"第一次全国幼儿读物美术研讨会"(1986.11,云南昆明)、"第一次幼儿期刊研讨会"(1987.10,山东烟台)、"第二次幼儿读物美术研讨会"(1987.11,四川金堂)、"第一次幼儿文学研讨会"(1988.10,湖南长沙)、"全国第一次少数民族文字幼儿读物研讨会"(1989.8,新疆乌鲁木齐)、"幼儿读物研究会第二次代表大会"(1990.10,广西桂林)、"第二次幼儿文学研讨会"(1992.4,江苏扬州)、"第四次全国幼儿读物美术研讨会"(1992.9,山东烟台)、"全国第二次少数民族文字幼儿读物研讨会"(1993.9,吉林延边)、"全国婴儿读物研讨会"(1993.10,湖北宜昌)、"幼儿读物研究会第三次代表大会"(1995.9,北京)、"'96幼儿文学研讨会"(1996.5,陕西西安)、"'98幼儿读物展暨幼儿读物研讨会"(1998.5,广东深圳);此外还在1987年5月、1990年3月,举办过两次"全国幼儿图书奖"的评选工作,1991年5月与上海出版协会在上海联合举办了"幼儿读物编辑培训班",1991年7月与国际儿童读物联盟中国分会和日本分会在北京联合举办"幼儿图书研讨班",并出版有会刊《幼儿读物研究》(1986年11月创刊,至1998年已出版24期)。全国幼师、普师儿童文学教学研究会曾先后在西安(1986.7)、天津(1990)、贵阳(1993.7)、成都(1995.8)、内蒙古包头(1997.8)、重庆(1999.8)等地召开过七届年会暨幼儿文学教学研讨会,组织力量编写出版了《幼儿文学教学大纲》、《幼儿文学选萃点评》、《当代儿童文学教学论文集》等,并进行幼儿文学教材、论文的评奖,有力地促进了幼儿文学教学。

　　上述4个民间学术团体均由清一色的儿童文学、儿童读物工作者组成。此外,国内还有一个以成人文学工作者为主体的"中国寓言文学研究会"。该学会于1984年7月在吉林长春成立,成员大多是从事古典寓言、外国寓言研究的大学教师与学者,也有樊发稼、韶华、金江、凝溪等当代儿童文学寓言作家,已举办过数次全国性的学术讨论会,出版过《寓言辞典》(1988)、《中国寓言文学史》(凝溪)、《世界寓言史》(吴秋林)等。

　　新时期以来的全国性重大儿童文学活动与会议主要是由文化部、中国作家协会、全国少年儿童文化艺术工作委员会与文化部少年儿童文化艺术司(以下简称少儿司,以后改为社会文化司少儿处)等举办的。由文化部召开的"全国儿童文学理论座谈会"(1984.6,石家庄)、"全国儿童文学理论规划会议"(1985.7,昆明),由中国作家协会召开的"全国儿童文学创作会议"(1986.5,烟台)、"儿童文学发展新趋势讨论会"(1988.10,烟台),由全国少年儿童文化艺术工作委员会委托四川外语学院召开的"外国儿童文学座谈会"(1986.11,重庆)等,是80年代最重要的五次全国性儿童文学会议。这五次会议紧密结合当时儿童文学的创作现状、理论热点、文学思潮、发展趋向等,就儿童文学的本质特征与价值功能问题、如何繁荣儿童文学创作与理论研究、怎样正确评估新时期儿童文学的发展趋向、怎样推进中外儿童文学翻译交流等重大问题,展开了热烈讨论,并制定了一些切实的措施。这几次会议对于引导新时期儿童文学的创作走向、理论兴趣,对于儿童文学界贯彻"百花齐放、百家争鸣"的方针,对于推动儿童文学创作、理论、翻译的繁荣,产生了广泛的影响。束沛德(中国作家协会)、罗英、陈子君(文化部、全国少年儿童文化艺术委员会)等是这些会议的主要策划者与组织者。

新时期儿童文学的研讨会、笔会、评奖会等之所以搞得有声有色,还有另一个重要因素,即各地作家协会普遍举办过有关儿童文学的活动,尤以80年代初较为频繁。其中浙江省作家协会自1980年起,坚持每年暑假召开全省性的儿童文学创作会议,这是浙江儿童文学创作一直搞得比较活跃的重要原因。湖南省作家协会、四川省作家协会、江苏省作家协会、辽宁省作家协会、云南省作家协会,也是举办儿童文学活动比较多的,如湖南省作家协会曾于1990年5月承办过"首届世界华文儿童文学笔会"。作为儿童文学作家人才济济的上海市作家协会、北京市作家协会,活动就更普遍、频繁了。上海除了常年性的"陈伯吹儿童文学奖"评奖活动、创作笔会外,还热衷于展开对外交流,曾举办过"首届沪港儿童文学交流会"(1987.7)、"中日儿童文学研讨会"(1989.12)及上海、台湾儿童文学作家交流活动(1989.8)等。

我们必须提及全国31家少儿读物专业出版社举办儿童文学活动的积极性。各少年儿童出版社举办的笔会、研讨会、评奖会、作品大奖赛、作品讨论会之类,大都有着明确的选题组稿与联系、扶持作者的目的,因之,在培养文学新人、发现人才、奖掖新秀方面,具有特别重要的作用。不少儿童文学新人,正是经由各出版社的扶持脱颖而出的;同时,一些具有探索性、前瞻性的作品也往往需要有眼光、有气魄的出版家的大胆支持(包括经济上的支持),才有可能与读者见面。在这方面,湖北少年儿童出版社通过"神农架笔会"(1987.10)组稿出版的《儿童文学新论丛书》(7种),二十一世纪出版社通过"庐山笔会"(1987)组稿出版的

《新潮儿童文学丛书》(10种),是两个成功的范例。这两套丛书分别代表了新时期儿童文学理论探索与创作探索的最新成果,没有这两家出版社敏锐的目光与出版家的气度,那就难以问世。此外,湖南少年儿童出版社通过"张家界笔会"(1992.8)组稿出版的《世界儿童文学研究丛书》(9种),少年儿童出版社通过"上海会议"(1995.8)组稿出版的《跨世纪儿童文学论丛》(已出6种)也取得了成功。这两套丛书拓宽了90年代儿童文学研究的理论空间与学术视野。

我们还要以敬佩的心情介绍少年儿童出版社1990年11月召开的"'90上海儿童文学研讨会"。参加这次会议的有来自全国22个省市的130余位卓有建树的儿童文学作家、理论家,会议还邀请了12位来自德国、日本、捷克斯洛伐克的儿童文学专家。这次研讨会是一次四世同堂的盛会,被誉为是继1986年中国作家协会在烟台召开的"全国儿童文学创作会议"之后新时期中国儿童文学界的第二次大会师。会议出版的论文集《眼中有孩子,心中有未来》,收录了72篇论文,涉及儿童文学的主旋律、创作艺术、探索性儿童小说、儿童文学与环境保护等多种论题,反映了90年代初的儿童文学理论探讨的新特点与新热点。

六、高等学校儿童文学教学的提升

关于儿童文学教学事业的重要性,陈伯吹先生早在1947年撰写的《儿童读物的编著与供应》一文中发表了很好的意见,他认为:"编著儿童读物是一种专门的工作,所以需要专门的人才……人才的培养,已经到了急不可待的时候。我个人以为高中师范,专科师范,大学教育学院,师范大学,亟应添设'儿童文学'或'儿童读物'一学程,并且规定为'必修科目',这样,数十年后,也许会人才辈出,而优秀的儿童读物,也琳琅满目,美不胜收了。"从二三十年代开始,我国的师范院校(如上海、江苏等地)已逐渐设立了"儿童文学"或"青少年读物"的课程。最早的一批儿童文学论著,如1923年商务印书馆版《儿童文学概论》(魏寿镛、周侯予著)、1924年中华书局版《儿童文学概论》(朱鼎元著)、1928年商务印书馆版《儿童文学研究》(张圣瑜著)等,都是作为师范学校儿童文学课的教材而编写出版的。50年代,各地师范学院、师范大学的中文系、教育系,曾普遍开设过"儿童文学",并作为学生的必修课。其中北京师范大学、华东师范学院(今华东师范大学)、东北师范大学、西南师范学院(今西南师范大学)、浙江师范学院(今浙江师范大学)等校,都有相当的师资力量,儿童文学的教学研究搞得有声有色。曾兼任过北京师范大学儿童文学教授的陈伯吹,还公开出版过《师范学校儿童文学讲授提纲》(1957)。北京师范大学编印过两卷本《儿童文学参考资料》(穆木天、张中义等编,1956),主办过一期儿童文学进修班。东北师范大学的锡金教授曾招收过儿童文学研究生。上海、吉林等地也分别编印过作为普通师范学校儿童文学教材的《儿童文学》(1956,上海)与《儿童文学课本》(1957,吉林)。但从50年代末开始,因为"学制要缩短,教育要革命",儿童文学课程便被不明不白地取消了。这一大段空白,一直要等到20年后,才得以填补。

1978年,教育部在武汉召开教材工作会议后,北京师范大学因钟敬文先生等的倡议率先恢复了儿童文学专业,并在中文系单独成立儿童文学教研室。1982年,该校受教育部委托,举办了"全国高校儿童文学教师进修班",有27名教师参加了为期半年的学习。这批教师以后大多成为各地高校儿童文学课的骨干教学力量。几乎与此同时,南方的浙江师范大学也闻风而动,积极推展儿童文学教学。1979年,该校中文系成立了儿童文学研究室,招收了第一届儿童文学研究方向的硕士研究生,并创建了专业资料室。从1982年开始,还为全国幼儿师范学校、普通师范学校举办了3期儿童文学师资进修班,共计学员130人。自此,我国形成北京师范大学与浙江师范大学南北两个儿童文学教学中心。

进入80年代以后,随着儿童文学事业的发展与教学改革的深入,儿童文学学科的重要性已在高等师范系统形成一种共识,儿童文学教学逐步走上了正规,并出现了新的突破。这表现在:

1. 各地有师资条件的师范院校,以及部分综合性大学,普遍在中文系、教育系恢复了儿童文学课程,或作为必修课,或作为选修课。有的大学(如北京师大)还在全校范围内开设了跨系儿童文学选修课。其中华北地区的北京(北京师大、首都师大),东北地区的吉林、辽宁、黑龙江(东北师大、沈阳师院、吉林师院、哈尔滨师大),华东、华中地区的浙江、上海、江苏、湖南(浙江师大、杭州师院、上海师大、南京师大、湖南师大),西南地区的重庆、四川、云南(西南师大、重庆师院、四川师大、云南师大),西北地区的甘肃、新疆(西北师大、新疆师大)等地的高校,开课比较正常,开展的活动也较多。

2. 儿童文学的教材建设有了突破。1982年5月,北京师大、华中师院(今华中师大)、河南师大(今河南大学)、杭州大学、浙江师院(今浙江师大)等五院校合作的《儿童文学概论》由四川少年儿童出版社出版,这是新时期第一部有较大影响的儿童文学基础教程。几乎与此同时,浙江师大的蒋风教授也公开出版了一部个人著作的《儿童文学概论》(1982.5 湖南少年儿童出版社)。1991 年 5 月，北京师大浦漫汀教授主编、该校四位教师合著的《儿童文学教程》以及与之配套的《中国儿童文学作品选》、《外国儿童文学作品选》，由山东文艺出版社出版。这套教材被列入国家教委"七五"规划的高等学校文科教材之中。此外，由广州师院陈子典主编的《儿童文学大全》(广西人民出版社 1988 年 11 月版)、新疆师范大学冉红著的《儿童文学写作概说》(福建少年儿童出版社 1989 年 5 月版)、南京师范大学郁炳隆等主编的《儿童文学理论基础》(南京大学出版社 1990 年版)、杭州师范学院李标晶著的《儿童文学原理》(希望出版社 1991 年 1 月版)、浙江师大蒋风主编的《儿童文学教程》(希望出版社 1993 年 6 月版)、首都师范大学吴继路著的《少年文学论稿》(首都师范大学出版社 1994 年 4 月版)、浙江师大黄云生主编的《儿童文学教程》(杭州大学出版社 1995 年版)、蒋风主编的《儿童文学原理》(安徽教育出版社 1998 年 4 月版)等，都是新时期高校儿童文学教材建设的重要收获。值得一提的是，幼儿师范的儿童文学教材也有了新的起色，这方面的成果有：成都幼儿师范学校郑光中编著的《幼儿文学 ABC》(四川少年儿童出版社 1988 年 6 月版)、华东七省市与四川省幼儿园教师进修教材协作编写委员会主编的《幼儿文学》(上海教育出版社 1987 年 6 月版)、杭州师范学院章红、李标晶等合著的《幼儿文学教程》(浙江少年儿童出版社 1991 年 9 月版)、浙江师大黄云生著的《幼儿文学原理》(江苏教育出版社 1995 年版)、北京师范大学张美妮等合著的《幼儿文学概论》(重庆出版社 1996 年版)、四川省教委师范处策划、郑光中主编的《幼儿文学教程》(四川民族出版社 1998 年 8 月版)等。

3. 研究生教学的起步。研究生教学是培养科学研究人员、高等学校师资或其他高级专门人才的重要途径。我国儿童文学学科的研究生培养，在 80 年代出现了新的突破。1979 年，浙江师范大学儿童文学研究室率先招收中国现代文学专业儿童文学研究方向的硕士研究生；1984 年 12 月，吴其南、汤锐、王泉根三人通过杭州大学硕士学位论文答辩，成为我国第一批获得文学硕士学位的儿童文学研究方向硕士毕业生。从 1986 年起，北京师范大学中文系儿童文学教研室也开始招收硕士研究生。以后陆续招收研究生的有华中师范大学、东北师范大学、南京师范大学、西南师范大学、上海师范大学、重庆师范学院、沈阳师范学院等。从 2000 年起，北京师范大学开始招收儿童文学方向的博士研究生。北京师范大学还招收了日本、新加坡等国的儿童文学研究生与留学生。目前，国内已有 40 多名研究生毕业，他们大多成为高校儿童文学专业教师或少年儿童出版社文学编辑,为儿童文学的教学与理论研究增添了一支生机勃勃的力量。

1985年,四川外语学院(重庆)成立了我国第一个儿童文学研究机构——外国儿童文学研究所(以下简称四川所),并创办了专业理论刊物《外国儿童文学研究》。1988年,浙江师范大学中文系儿童文学研究室扩大建制,改为儿童文学研究所(以下简称浙江所)。1987年12月,广州师范学院中文系也组建了儿童文学研究室(以下简称广州室)。这三个研究机构各具特色,各有所重。四川所重点研究外国儿童文学,浙江所偏重于基础理论与文学史,广州室则以台港海外华文儿童文学为主要研究对象,并均推出了一批研究成果,其中尤以浙江所成绩最为显著,已出版有《世界儿童文学事典》、《中国现代儿童文学史》、《中国当代儿童文学史》、《世界儿童文学史概述》等。由于多种原因,进入90年代,四川所已不复存在。所幸重庆师范学院中文系已于1998年成立了西部儿童文学研究所,弥补了四川所停办的遗憾。

七、儿童文学丛书"出版热"

丛书是一种集多种单独的著作成为一套冠以总书名的出版物,有综合性与专门性之分。有的一次性出齐,有的则逐册连续多年出版。由于丛书集中了同一类型题材的多种单本读物,具有系统性、整体性、连续性、大分量等特点,故对于图书市场、读者兴趣具有很大的影响作用;甚至左右正在发生、运作着的读者阅读兴趣与作者创作走向。丛书的编著出版,既是文化积累的重要手段,也是检验文化发达与否的一个重要尺度。我国儿童文学丛书的编著出版,早在"五四"以前就已开始起步,如《童话》丛书102种(商务印书馆1909—1921年版)、《少年丛书》30种(商务印书馆1908年开始出版)、儿童《小小说》100种(中华书局版)等。二三十年代丛书出版就更多了,据不完全统计,先后出版的丛书有:《儿童基本文库》(大东书局版)、《儿童万有文库》(中华书局1930年版)、《小朋友丛书》(北新书局1930年版)、《世界少年文库》(世界书局1931年版)、《中华儿童丛书》(儿童书局1933年版)、《儿童文学创作丛书》(北新书局1933年版)、《幼童文库》(商务印书馆1934年版)、《小朋友文库》(中华书局1936年版)等。这些读物大多是综合性的,如由王云五和徐应昶主编的商务版《小学生文库》,内容涉及政治、史地、文艺、科学常识等,共计500种;文艺部分又分童话、神话、小说、诗歌、故事、戏剧等,小说、童话还包括《列那狐的故事》、《豪夫童话》、

《安徒生童话》、《最后一课》等，此外还有经过改写的古典名著少儿版《岳飞传》、《水浒传》、《西游记》等。

出版儿童文学丛书、儿童读物丛书，一直是我国少儿图书出版事业的热门。新时期更出现了一个持续不衰的"丛书热"，不少出版社都把丛书作为"拳头产品"与"传统项目"。少年儿童出版社先后推出的《少年文库》(300种图书)、《童年文库》、《彩色世界名著100集》、《十万个为什么》系列丛书、《365夜》系列丛书，中国少年儿童出版社的《少年百科丛书》、《世界名著少年文库》、《中学生丛书》、《中华人物故事大全》，新蕾出版社的《童年文库》、《世界童话名著文库》、《世界儿童小说名著文库》、《故事大王画库》、《童话丛刊》，四川少年儿童出版社的《小图书馆丛书》、《小作家丛书》等，都是80年代很有影响的少儿读物丛书，其中多数属于综合性。新时期以来，影响较大的纯儿童文学丛书主要有下列数种：

《中国儿童文学大系》，希望出版社1988年版，收录20世纪中国儿童文学的重要作品，分为理论、童话、小说、散文、诗歌、儿童剧等10卷。

《中国幼儿文学集成》，重庆出版社1991年版，收录1919—1989年70年间中国幼儿文学的重要作品，分为理论、童话、儿歌、儿童诗、故事、散文、戏剧等10卷。

《新潮儿童文学丛书》，江西少年儿童出版社(今二十一世纪出版社)1987—1989年版，荟萃新时期以来反映中国儿童文学新的发展思潮、新的美学追求、新的创作手法的代表性作品，绝大多数出自青年作家之手。分为小说、童话、诗歌三种类型，包括《八十年代小说选》、《八十年代童话选》、《八十年代诗选》、《探索作品集》、《中国少女心理小说集》、《中国少年探险小说集》、《一百个中国孩子的梦》、《八十年代乡村小说集》、《中国少年诗人诗选》等。

《中国著名作家儿童文学作品选》丛书，中国少年儿童出版社自1979年起陆续出版。该丛书以作品选的形式，集中介绍现当代著名中国作家的儿童文学佳作，已出(以出版时间先后为序)鲁迅、严文井、贺宜、金近、胡奇、叶君健、张天翼、冰心、柯岩、袁鹰、郭风、孙幼军、管桦、叶圣陶、陈伯吹、秦牧、任大星等20余种作品选。

《全国少年儿童文化艺术委员会儿童文学理论丛书》。这套丛书是根据1985年7月昆明"全国儿童文学理论规划会议"制定的选题。已出版《中国当代儿童文学史》(陈子君主编，明天出版社1991年2月版)、《中国现代儿童文学文论选》(王泉根评选，广西人民出版社1988年8月版)、《论当代中国儿童文学》

（陈子君等编,湖南少年儿童出版社1989年10月版)、《论儿童诗》(陈子君等编,广西人民出版社1988年12月版)、《论童话寓言》(陈子君等编,新蕾出版社1989年1月版)、《论儿童小说》(陈子君等编,江苏少年儿童出版社1993年12月版)等。

《儿童文学新论丛书》,湖北少年儿童出版社自1989年起陆续出版。该丛书以专题研究的形式,集中推出一批80年代成长起来的年轻理论工作者的最新研究成果,富于当代意识与探索精神。已出版《中国儿童文学理论批评与构想》(班马)、《比较儿童文学初探》(汤锐)、《童话艺术空间论》(孙建江)、《儿童文学的审美指令》(王泉根)、《异彩纷呈的多元格局》(彭斯远)、《儿童文学接受之维》(方卫平)、《儿童小说叙事式论》(梅子涵)等。

《文学大师和儿童文学丛书》,少年儿童出版社自1983年起陆续出版。集中反映现代著名文学家、教育家关心、从事儿童文学的实践,收集、整理他们与儿童文学有关的全部作品和文论。已出版《茅盾和儿童文学》、《郭沫若和儿童文学》、《冰心和儿童文学》、《郑振铎和儿童文学》、《叶圣陶和儿童文学》、《巴金和儿童文学》、《陶行知和儿童文学》、《黎锦晖和儿童文学》等。

《中国儿童文学艺术丛书》,海燕出版社1989年7月出版,分为11种,系统介绍了当代中国儿童文学艺术领域110位有较大成就的儿童文学作家、艺术家。因每种介绍十家,故又称《十家丛书》,分为儿童小说、科幻小说、儿童诗、童话、科学童话、散文、寓言、儿童剧、民间故事、儿童画、连环画等。

《世界儿童文学研究丛书》,湖南少年儿童出版社自1992年起陆续出版,至1999年出齐,共9种:《中国儿童文学现象研究》(王泉根)、《日本儿童文学面面观》(朱自强、张锡昌)、《俄罗斯儿童文学论谭》(韦苇)、《美国儿童文学初探》(金燕玉)、《德国儿童文学纵横》(吴其南)、《英国儿童文学概略》(张美妮)、《法国儿童文学导论》(方卫平)、《意大利儿童文学概述》(孙建江)、《北欧儿童文学述略》(汤锐)。这是中国学者第一套全方位研究世界儿童文学的专著,对于中外儿童文学交流、中国儿童文学理论走向世界都有积极意义。

新时期儿童文学的丛书"出版热",除了注重文化积累与理论、文献的研究、整理外,在对原创作品生产方面投入了特别的关注与精力,尤其是进入90年代,这方面的成绩更为明显,不少出版社在抓原创读物的生产方面舍得花时间、花精力、花成本,既推出了一大批新作,又培养造就了一大批新人。

少年儿童出版社从90年代初就开始调整出版部署,下大力气抓原创作品。该社的《巨人丛书》专门用来扶持中长篇少儿小说、童话、科幻,现已出至第五辑。其中第三至五辑 26 种作品中,秦文君的《男生贾里》、梅子涵的《女儿的故事》、张品成的《赤色小子》等荣获中国作家协会"全国优秀儿童文学奖"。江苏、浙江、湖北三省的少年儿童出版社在抓原创作品方面也业绩不凡。江苏少年儿童出版社已出版《少年小说精品丛书》5 种,《中华少年文学创作丛书》20 种,《中华当代童话新作丛书》10 种,《中华当代科幻小说丛书》6 种,其中曹文轩的《草房子》、黄蓓佳的《我要做好孩子》等 7 种获"全国优秀儿童文学奖"。浙江少年儿童出版社已出版《中国幽默儿童文学创作丛书》16 种,《红帆船儿童诗丛》6 种,《寄小读者散文丛书》8 种;湖北少年儿童出版社推出了《鸽子树长篇儿童小说丛书》7 种,《红蜻蜓少年随笔丛书》15 种,《中国当代儿童诗丛》8 种,《少儿教育纪实文学丛书》3 种。这两家出版社也分别有原创作品获"全国优秀儿童文学奖"。

90 年代后期,各地出版社纷纷亮出自己的原创力作,而且均以丛书形式面世,以求更大的出版效应,主要有:二十一世纪出版社的《大幻想文学·中国小说丛书》7 种;北京少年儿童出版社的《自画青春丛书》9 种;新蕾出版社的《金狮王动物小说丛书》6 种、《郑春华大头儿子幼儿文学系列》4 种;福建少年儿童出版社的《花季小说丛书》8 种;明天出版社的《金犀牛丛书》6 种、《猎豹丛书》8 种;湖南少年儿童出版社的《中国最新动物小说丛书》8 种、《红辣椒长篇儿童文学创作丛书》9 种;甘肃少年儿童出版社的《少年绝境自救故事丛书》10 种;安徽少年儿童出版社的《青春口哨文学丛书》4 种;沈阳出版社的《棒槌鸟儿童文学丛书》6 种;重庆出版社的《蒲公英儿童文学丛书重庆作家专辑》4 种;中国青年出版社的《刘先平大自然探险系列》5 种;辽宁春风文艺出版社的《小布老虎丛书》4 种;云南晨光出版社的《蓝宝石少儿长篇小说丛书》6 种。

以上 26 套丛书共 224 种原创作品,基本上代表了 90 年代后期我国儿童文学创作的最新成果与总体水平,成为跨世纪儿童文学的重要艺术积累。它们既是研究中国儿童文学现象的参考资料,也是研究新时期儿童文学发展思潮、美学追求、读者心理的重要依据;当然,它们更是为丰富广大少年儿童的精神食粮、提升他们的文学修养作出了重要贡献。这是新时期儿童文学系统工程建设的重点项目之一,理应大书一笔。

儿童文学系统工程的建设,是促进儿童文学发展的重要条件与基本保证,是与儿童文学的生态环境、社会重视、文化语境、经济投入等诸种外在因素密切相关的。没有新时期以来改革开放的社会文化大背景,就没有一系列儿童文学良性循环的运作,也不可能会有以上这些系统工程的卓有成效的建设。世纪之交的中国,正在由计划经济向市场经济转轨。社会主义市场经济体制的逐步建立与完善,必将影响整个中国社会生活——从物质生活到精神生活的方方面面,市场经济对文学事业包括儿童文学系统工程的建设必将产生越来越深广的影响。21世纪的中国儿童文学,将在市场经济的全新外部文学环境中开展其系统工程的全新建设。

论"分化期"的中国儿童文学及其学科发展

朱自强

中国儿童文学正处于史无前例的"分化期"

文学史的开展是否存在规律？文学的历史中发生的诸多现象是偶然的，还是必然的？是偶然中有着必然性，还是必然中有着偶然性，或者是两者兼而有之？文学史中的现象之间是彼此孤立的，还是彼此相关联的？在试图描述十余年间的中国儿童文学的展开过程时，这些问题一直在我的脑海中环绕不去。

我想起了郑敏论述过的解构主义文学史观。她认为："文学史的客观存在是一团由文学作品（包括各种文种与批评）所集合成的开放的无定形的银河样的星云，不断地在活动，这些星云是由踪迹（trace）所汇集而成，踪迹本身是恒变的，它们所留下的痕迹（trace-track）之间有着内在的联系。修史者的研究对象就是那隐藏着踪迹间的内在联系，他必须用科学分析和创造性的想象去揭示它们。"[1]（重点号为引者所加，下同）在郑敏看来，"我们所修的史只是对历史的客观存在的一种阐释，而不能等同于历史客观存在的本身"[2]。

"现在"一进入我们的言说，就已经成为"历史"。历史并不仅仅是陈年旧事，历史也在我们眼前。如果意识到这一点，面对改革开放三十年这一记忆犹新的不久前的"现在"——历史，我们将更愿意"用科学分析和创造性的想象"进行富于学术个性的阐释。

题解　本文原载《南方文坛》2009年第4期。作者借用了生物学上的"分化"概念，试图对进入21世纪的中国儿童文学及其学科发展进行宏观述评。文章探讨了出现"分化"的原因，并认为出现"分化"是中国儿童文学走向成熟的重要标志。同时，文章也指出了处于"分化期"的中国儿童文学需要破解的一些重要课题。如建立通俗儿童文学理论、进行儿童文学的文化产业研究、建立儿童文学的"儿童阅读理论"、开展"语文教育的儿童文学"研究和建构图画书理论，从而在未来建构起跨学科的"儿童文学共同体"。

[1][2]　郑敏：《结构——解构视角：语言·文化·评论》，清华大学出版社1998年版，第52、51页。

十年前,我在《中国儿童文学与现代化进程》一书中曾经说:"从总体来看,新时期儿童文学的向文学性回归是与向儿童性回归同步进行的,因此,新时期儿童文学的总趋势实在只有一个——向'儿童的文学'回归。我将向文学性回归与向儿童性回归分别进行论述,实在是理性分析面对感性化文学这一对象的没有办法的办法。不过,比较而言,八十年代显示出更多的向文学回归势头,而在九十年代,向儿童性回归则成为普遍的主意识。"① 我注意到,与我有同样感受,并作过相似阐述的研究者不止一两个人。

2006年,我开始思考新世纪里中国儿童文学的发展走向这一问题。在一篇文章中,我提出了"分化"一词,以此来描述新旧世纪交替以来的一些儿童文学重要动向的"内在关联"或曰"共通的特征"。当时,我指出了四种"分化"现象:幻想小说从童话中分化出来,作为一种独立的文学体裁正在约定俗成,逐渐确立;图画书从幼儿文学概念中分化出来,成为一种特有的儿童文学体裁;在与语文教育融合、互动的过程中,儿童文学正在分化为"小学校里的儿童文学"即语文教育的儿童文学;在市场经济的推动下,儿童文学分化出通俗(大众)儿童文学这一艺术类型②。

时隔两年的今天,在持续关注儿童文学的发展状态之后,我确信,以新旧世纪交替的几年间为分水岭,中国儿童文学步入了史无前例的"分化期"。

我所使用的"分化"借用的是生物学上的一个概念。所谓分化(differentiation)是指在某一正在发育的个体细胞中发生的形态的、功能的特异性变化并建立起其他细胞所没有的特征这一过程称之为分化。分化形成形态功能不同的细胞,其结果是在空间上细胞之间出现差异,在时间上同一细胞和它以前的状态有所不同。对个体发育而言,细胞分化得越多,说明个体成熟度越高。

"分化"对于儿童文学特别是中国儿童文学是一个非常重要的概念。与自然界发展的规律一样,分化也是儿童文学产生、发展、变化的动力。

分化使儿童文学由单一结构变成多元、复合的结构,由执行单一功能,变成执行多元功能(分化出的新形态的儿童文学分枝,执行各自的功能),是儿童文学发展的必然规律。因此,目前中国儿童文学发生的分化,是一种多元的、丰富的、均衡的发展状态,是走向发展、成熟所应该经历的一个过程。从这一认识出发,的确可以说,中国的儿童文学的发展是进入了最好的时期。

---

① 朱自强:《中国儿童文学与现代化进程》,浙江少年儿童出版社2000年版,第367—368页。
② 朱自强:《新世纪中国儿童文学的发展走向》,见《文艺报》2006年10月17日。

中国儿童文学为什么会在近年出现"分化"?

刘勰在《文心雕龙》中说:"文变染乎世情,兴废系乎时序。"一个时代有一个时代的文学。中国儿童文学在新世纪交替之间开始出现较为广泛的分化现象完全是拜改革开放的这个时代所赐。我们不能想象这样广泛活跃的分化能够出现于此前的任何时代。

简而言之,中国儿童文学在近年出现分化的原因有三:首先,是儿童文学的基因作用的结果。儿童文学的胚胎里,本身就有这样丰富多元的发展蓝图,之前之所以没有出现多元的分化,是因为环境尚未提供催化的条件。其次,是社会发展提供了必要的条件基础。再次,是整个儿童文学界的执著努力。

在上述三个分化原因中,恐怕社会发展提供的条件发挥了更大的整合、活化的作用。下面结合两个具体的分化现象作一说明。

儿童文学与教育具有天然的血缘关系。儿童文学产生的一个重要原因是儿童教育的需要。从儿童文学与语文教育的关系来看,自清末开始,西方的现代教育思想和制度传入中国,到了民初,新式学校取代了旧式私塾,五四时期,儿童文学的传入给小学语文教材带来了根本性革命,儿童文学成了语文教材的重要组成部分。但是,目前小学语文教材和教法的儿童文学化的程度依然不够。

自1949年至近年以前,中国的儿童文学研究与小学语文教育是疏离的,五四时期的儿童文学是"小学校里的文学"这一理念被搁置了起来,这是儿童文学画地为牢的自我束缚,是对自己本该担当的责任的放弃。近年来,素质教育国策和语文教育改革为儿童文学分化为"小学校里的儿童文学"提供了契机。2001年颁布新的小学《语文课程标准》(实验稿)体现了对儿童文学的重视,明确提出小学语文教材要多采用童话、寓言、故事、童诗等儿童文学文体,建议小学阶段的课外阅读量不少于145万字。在这一背景下,各种课外语文读本如雨后春笋涌现出来。其中王尚文、曹文轩、方卫平主编的《新语文读本》(小学·12卷),朱自强编著的《快乐语文读本》(小学·12卷)是儿童文学研究者取得的语文教育的重要成果。在儿童文学走入语文教育的实践展开的同时,也出现了"语文教育的儿童文学"的学术成果,比如有儿童文学视角的语文教育研究著作《小学语文文学教育》(朱自强),有语文教育视角的儿童文学研究著作《通向儿童文学之路》(陈晖)。

最近,我出版了一本谈论小学语文教育和儿童教育的讲演集。出版这样一本书,对我个人来讲,是在意料之外,但是对儿童文学与语文教育、儿童教育的学科关系而言,又属情理之中。我在该书的自序中就坦言:这本讲演文集能够面世,不是因为我有多么深入的研究,而是因为中国的小学语文教育、儿童教育越来越需要儿童文学,需要儿童文学的资源和方法。

从通俗儿童文学的分化中,更可以见出社会发展进程的巨大影响。

以一般的通论,儿童文学的出版起源于十八世纪的英国,约翰·纽伯利是其创始人。纽伯利是一个商人,他一开始就是把图书出版作为一桩生意经营,而且图书出版只不过是他众多生意中的一笔。在西方,儿童文学的出版、传播,一开始也是一种商业行为,儿童文学书籍在一开始就同时具有商业属性。

在中国,由于经济的落后,教育的不发达,特别是1949年以后计划经济体制的制约,儿童文学的出版一直缺乏商业运作。非商业化的出版模式,使儿童文学的写作缺乏明确的读者意识和市场指向。1984年10月,中国共产党十二届三中全会通过了《中共中央关于经济体制改革的决定》,决定中说:"社会主义计划经济必须自觉依据和运用价值规律,是在公有制基础上的有计划的商品经济。"1992年初,邓小平"南方谈话"为确立社会主义市场经济的改革目标铺平了道路。1992年10月召开的中国共产党第十四次全国代表大会正式宣布"我国经济体制改革的目标是建立社会主义市场经济体制"。正是由于社会主义市场经济体制的运行,中国的儿童文学的出版也变成了真正的商业行为,儿童文学书籍也真正成为了商品。

由于儿童文学面向的儿童读者的阅读兴趣和品味还没有出现明显的分化,因此儿童文学在总体上具有通俗性、大众性倾向。但是,在儿童文学内部,相比较而言,依然存在着较为通俗和较为艺术的两种作品类型。不管人们对通俗文学是褒是贬,都会承认它的最基本的特征是"流行性",而"畅销"则是一部通俗文学成功的必要条件。中国的儿童文学出版一经"商业化",通俗儿童文学的写作就有了巨大的市场需求。此前,散布于儿童文学(艺术儿童文学)创作中的一些通俗文学元素,在商业出版的召唤下,渐渐凝聚到了一些思路活泛、追逐流行的作家们的笔下,通俗儿童文学由此分化出来。

可以断言,改革开放的社会发展形态如果持续下去,中国儿童文学已经出现的分化会进一步发展乃至实现成熟,新的分化也还将出现。

分化期：儿童文学学科建设和发展的关键期

分化期既是中国儿童文学发展的最好时期，同时也是儿童文学学科建设的关键时期。

在分化期，儿童文学创作和研究中出现了很多纷繁复杂、混沌多元的现象，提出了许多未曾遭逢的新的课题，如何清醒、理性地把握这些现象，研究和解决这些课题，是儿童文学理论研究和学科建设的题中之义，不能回避，不能掉以轻心。

分化期的有些重要课题如果破解得不好、不及时，儿童文学就会出现相当范围里的迷失、混乱和停顿。我认为，以下几个领域的问题应该是儿童文学理论在分化期里需要用力解决的。

1. 关于建立通俗儿童文学理论的问题。毋庸回避，面对通俗儿童文学的创作和出版中呈现出的一些现象，评论界是发生过很大争议的。比如，以对杨红樱的"淘气包马小跳"系列作品为中心的讨论，就出现了很多观点、立场不同的文章。其间的是非曲直另当别论，我感到的一个有意味的重要问题是，有的评论张冠李戴，移花接木，硬把艺术儿童文学的思想和艺术的向度，套在某些通俗儿童文学作品上，比如将其与安徒生、亚米契斯相提并论，从而抬高其艺术品位的身价。这种艺术标准错位的评价方式具有双重危害性：一方面，被这样拔高的通俗儿童文学作家可能被冲昏头脑，看不到自己的作品离那须正干、山中恒等通俗文学作家的水准尚远；另一方面，一旦舆论和公众真的接受了这种对通俗儿童文学作家作品的风马牛不相及的误判，将严重伤害到艺术儿童文学作家们的自尊和努力，其中的缺乏艺术定力者还会对通俗写作趋之若鹜，果真如此，将会使本来就有待提升的艺术儿童文学的创作受到打压。

目前，虽然通俗儿童文学的相关批评还是有一些的，但是，我们期待的是更具理论体系的通俗儿童文学评论和研究通俗儿童文学理论的专著尽早出现。如果儿童文学分化出了比较成熟的通俗文学理论，建立起了一套通俗文学的评价标准，可能就会避免批评标准的错位和张冠李戴的现象出现，可能面对某些作为通俗儿童文学其实是劣质产品的作品，就不至于看走眼。

2. 关于儿童文学的文化产业研究。儿童文学的文化产业问题既与上述通俗儿童文学，也与后现代问题有着密切的联系。我认为在儿童文学文化产业的诸多问题中，较为迫切地需要研究的是儿童文学文化产业是否需要建立双重尺度这一问题。

文化是否也有负面因素？我认为一定有。因为文化是人制造出来的，凡是人制造出来的东西都可能出错，文化也不例外。

法兰克福学派的批判质疑到文化产业本身的存在合理性。虽然在当前，即使是后发国家，文化产业也是方兴未艾，愈演愈烈，但是，还不能证明当年法兰克福学派对文化产业可能导致的人类文化前景的担忧是多余的。对文化产业的合理批判、矫正，正是文化产业健康发展的必要动力。

文化产业生产的商品是"文化"，消费者消费的也是"文化"。文化产业的效用应该用人文精神和市场经济规律这两个向度来衡量，评估文化产业应该建立双重尺度。因此，人文立场的批判意识是文化产业研究的题中之义。这一批判意识不是简单否定文化产业本身，而是对文化产业的商品"内容"保持一种审视的目光。在文化产业的运作中是否有一种倾向，就是过度地强调了文化产业的经济学属性，将利润最大化作为文化产业的追求目标。这种倾向是否是过于关注文化产业的"产业"二字，而对文化产业的"文化"有所忽略所造成的呢？

强调文化产业的"利润"不应该只是经济数字所体现的金钱，是不是也应该包括所生产和消费的人文精神这一文化的价值？这是不是文化产业这一特殊产业的特有的"经济学"问题？

3. 建立儿童文学的"儿童阅读"理论。2008年，新蕾出版社推出了《中国儿童阅读6人谈》。我在该书的"代序"中说：与《中国儿童文学5人谈》"时隔七年，虽然，中国的读书社会还远远没有到来，但是，从我们的这种标志性的对谈，从'儿童文学'到'儿童阅读'，一词之差却昭示出中国社会在阅读方面的发展和变化。如果编写一部2000年至今的《时代用语词典》的话，我想'亲子阅读'、'儿童阅读推广'、'儿童阅读推广人'这些新词语是应该收入其中的。在中国，儿童阅读推广正渐成气候，蔓延开来"。

儿童文学要获得社会尊重的地位，一定要强化自己在影响社会发展方面的功能。阅读可以改变社会，这是历史的经验，因此，儿童文学理论应该担当起建设儿童阅读理论的责任。"中国儿童阅读6人谈"只是儿童阅读研究的一次上路，真正的儿童阅读理论还在等待儿童文学界用学理化的建构行动来呼唤。

4. 进一步开展"语文教育的儿童文学"研究。近年来，儿童文学走入小学语文教育，其语文教育的功能和价值已经进入很多人的认识之中，所提出的小学语文教育需要儿童文学化这一主张，也正在得到一些有识之士的认同，下一步的任务就是要探讨如何儿童文学化，这才是语文学科、也是儿童文学学科的最关键一步。完成这一课题,需要儿童文学理论深入地融入语言学、教育学、语文教学论,整合出有自身功能和特色的儿童文学教学论。从目前的情势来看,走向这一目标显然是任重而道远的。

5. 进一步建构图画书理论。图画书作为重要的儿童图书而存在,这已经是不争的事实。图画书的分化,使幼年文学显示出与童年文学、少年文学的不同形态和功能,凸显了幼儿文学的视觉文化的特性。儿童文学研究者对这一文体越来越重视。彭懿的《图画书:阅读与经典》一书是图画书研究的厚重成果,具有开拓性的理论意义。儿童文学概论式著作,比如方卫平、王昆建主编的《儿童文学教程》(高等教育出版社,2004年5月)和朱自强撰写的《儿童文学概论》(高等教育出版社,2009年3月)在文体论部分,都将图画书列为专章来彰显它在儿童文学中的地位。

在今后的图画书研究中,有很多重要问题需要讨论,比如,图画书是否是儿童文学的问题,从幼儿文学作家到"图画书作家"的问题,文学与美术的关系问题,图画书的视觉思维问题等等。

结语:建构跨学科的"儿童文学共同体"

中国儿童文学的已经露出端倪的分化还在进行,今后一定还会出现新的分化,比如,可能会分化出儿童教育的儿童文学、中国现代文学的儿童文学(儿童文学进入中国现代文学史研究)、网络儿童文学等等。"分化"有助于儿童文学成为具有结构性、辐射性、多元功能性的一个学科,从而使自己不是作为一个孤立的存在,而是成为"社会性"的存在。

同时也要意识到,儿童文学的分化是对儿童文学现有学科能力的一种严峻考验。面对分化,既成的儿童文学研究者需要进入新领域、新学科的再学习,甚至可能需要学术上的转型;年轻的学人一方面需要获得儿童文学的整体性学养,一方面要在某一两个领域深扎根须,凝神聚力,成为专才;最为重要的是,儿童文学整体需要打破与其他学科的壁垒,一方面主动融入相关学科,另一方面以开放的姿态,接纳相关学科的研究力量,结成跨学科的"儿童文学共同体",把学科做大做强。

总之,中国儿童文学理论研究应该抓住"分化"这一宝贵机遇,积极应对、处理"分化期"中国儿童文学出现的纷繁复杂、混沌多元的诸多现象,通过这一处理过程,使中国儿童文学学科真正获得跨学科的性质,进一步走向成熟,一方面为学术积累作出贡献,另一方面使儿童文学与社会发展实现互动,更多地贡献于社会。

儿童文学批评价值体系建构的问题意识与方法路径

李利芳

"儿童文学批评价值体系"研究"儿童文学批评"的价值评价属性,研究批评主体与批评客体价值关系的建立,以及对这一关系起关键影响作用的儿童文学价值观念、价值标准以及伴随的批评理论方法等,它是一整套和价值评价行为相关的理论范畴和意义系统。这一研究提出的背景主要基于当前我国儿童文学创作出版事业繁荣发展与理论批评滞后、评价标准模糊之间的失衡,是文学实践发展推动学科观念进步、解决时代课题的一个具体体现。

一

儿童文学的价值判断与生俱来,可以说,儿童文学的产生就是价值判断的结果。人类社会对"儿童"特性给予价值肯定,认为其足够特别而需要他们自己的文学,因此这类文学自自觉发生起,便因其特殊价值而自足存在。儿童文学是人类对于"儿童主体性"价值选择的结果。儿童文学虽以满足儿童的精神需求这一根本目标而自在,但由于儿童是正在成长中的"社会人"这一基本事实,儿童文学便与社会议题紧密关联,其文化实践与意识形态属性不言自明,价值评判也便必不可少。受哲学、美学、社会思潮影响,价值判断研究属儿童文学领域的难点问题。正如儿童文学学者 John Stephens(1995)指出的,在价值判断问题的研究上,当代理论似乎对儿童文学研究无所作为,我们除去对价值与品质做冒险判

题解 本文原载《西南民族大学学报》(人文社会科学版)2018年第6期。文章提出了儿童文学批评价值体系建构这一命题,并对这一命题构建了如下研究框架:儿童文学艺术价值形成及价值实现机制研究,主要研究"儿童"与"文学"的价值关系建立以及双向互动的复杂关联;儿童文学价值观念研究,主要研究儿童文学价值观念的主体的复杂构成;儿童文学批评价值体系之内的批评理论研究,主要研究中国儿童文学自现代发生以来理论的自我建构历程;儿童文学批评"评价标准"研究,主要研究如何建立在主导价值观引导下的评价标准;基于儿童文学批评价值体系理论的批评实践研究,主要研究价值评价标准的可行性与科学性。

断外别无选择,因为儿童文学是如此彻底地被各种社会立场、意识形态所卷裹,同时也或隐或显地密切联系着儿童的文化适应与社会同化,批评者和评论者不能不负社会责任地逃避判断,我们能做的,是对于我们的判断基石持开放和自省的态度。① 联系当前我国具体社会语境看,儿童文学已经历黄金十年的发展,并正在进入第二个黄金十年的事实,使得多元社会力量介入、干预儿童文学价值评判会更加凸显。立场、利益、目标的多样化既能有力丰富、活跃儿童文学生态系统,解放其审美生产力,同时也会极大扩容价值选择,刺激多元价值观念的形成,加大价值判断的难度与争议性。充分的文学实践迫切地呼求理论研究的观念转型,有关"儿童文学是什么"这样的事实认知研究会更加转向基于现实的、可靠的社会语境的"价值认知"。也就是儿童文学学者 Peter Hunt(1991)指出的,过去二三十年来理论批评界转向,认为"品质"或"价值"不再被作为文本的一个本质属性,而是被接受语境所决定。② John Stephens(1995)承接他的观点具体解释,实际上"品质"就依赖于在特别的历史时刻中的社会文化价值观、理想抱负、意识形态、读者意愿、日常生活观念、社会群体被授权的对图书的判断等这些更复杂的内涵的结合。③ Peter Hunt 对西方儿童文学学术界的走向考察,现在看来正吻合我国现阶段儿童文学学术界面临的转型趋势。因为稳定的、静态的儿童文学观念体系已经被打破,我们前所未有地被置于现时代的儿童文学生产、发行、消费、接受的特定的文学场域中,被置于其中勾连有更多复杂权力关系的社会关系网中。因此,抽象的、想象视阈中的儿童文学观念对此无力应对。"价值认知"更强调对实践文学活动场域的关注,它以价值思维为导向,重视网状权力结构中各类价值生成的复杂机制,透视儿童文学活动中多重价值关系建立的时代性与社会性特征。它以更为开放、系统、前瞻的儿童文学价值意识,去对发展中的、可以被儿童致以价值确认、典型的"占位"文本作出学理性的价值分析,给予其更为客观的价值判断。"价值认知"追求多元整体的价值视点考察路径,对儿童文学活动中的价值主体作多向度多层次内涵分析,以更全面深刻理解儿童文学作为独特文类的审美价值和应用价值。"价值认知"重点自然是对儿童文学文本具有的共性的价值属性或价值要素作理论发现与概括,此是回答"儿童文学何以有价值"或"儿童文学何以对儿童发生价值"的根本思想素材。在廓清儿童文学多重价值功能的基础上,"价值认知"的重任可能更在于明晰价值体系

---

①③ John Stephens. "Children's Literature, Value, and Ideology". Australian Library Review. 12, 3, 1995:255 – 265.

② Hunt, Peter. Criticism, Theory and Children's Literature. Oxford: Basil Blackwell, 1991.

中的"核心"部分,即那些构造为"儿童文学之于儿童终极影响力的部分",也即儿童"价值观"的建构。"价值认知"研究理路直指儿童文学的文化实践属性,关注其在落实目标读者社会化进程中价值实现的合理性、有效性。"价值认知"的最终目标是建构起科学实用的儿童文学评价标准,这一标准属于儿童文学批评价值体系中的"硬核"部分。这一标准显示在文学范畴内,使儿童文学更呈现其纯粹的经典的文类特质,但其精神使命是使儿童走上健康的社会化道路,它与使儿童社会化的价值标准具有同一性。

二

西方儿童文学批评价值问题的研究一直与成人文学领域关联紧密,受各类哲学美学思潮影响深刻,其中儿童文学的文化实践特质属于被重点关注的对象,例如有关青少年主体性形成(McCallum, Robyn. *Ideologies of Identity in Adolescent Fiction.* New York: Garland Publishing, 1999)、文本意识形态与读者主体性(Stephens, John. *Language and Ideology in Children's Fiction.* London and NewYork: Longman, 1992)、隐藏的成人与影子文本(Nodelman, Perry. *The Hidden Adult: Defining Children's Literature.* Baltimore: Johns Hopkins UP, 2008)等方面的研究,究其实质均深度关联于儿童文学的价值意义与社会价值标准。近年来,儿童文学学者 Roberta Trites(2014)利用认知语言学、认知文学理论等方法研究青少年文学中"成长"的文学概念化问题,指出青少年文学所关注的主要是成长的叙述及其隐喻,而与此相伴随的文学批评也就主要关注于各种成长的隐喻(Roberta Trites. *Literary conceptualizations of Growth: Metaphors and Cognition in Adolescent Literature.* Amsterdam: John Benjamins B.V., 2014)。主体性的个人主义价值取向加强了这二者的联合,1960 年代以来英语儿童文学的成长叙事模型偏好——第一人称叙事以及单一故事主人公所主导的叙事焦点均深刻凸显出对社会价值进行评判的主人公,显示出小说(尤其是给青少年的小说)和批评都推崇年轻人在发展自律性、崇尚自我价值以及自己的身份时对于成人权威的对抗。西方儿童文学批评对价值问题的关注及所内含演绎的价值标准,是我们建设中国本土儿童文学批评价值体系时必须了解掌握的学术趋势。

现代中国儿童文学萌生于近现代以来的社会变革与思想启蒙运动,从诞生起便属于社会文化实践的有机组成部分。它是西方现代儿童观、儿童科学研究普遍影响的直接产物。中国"儿童文学"是"儿童问题"觉醒时表现最敏锐、最活跃的部分,它直抵对于儿童天性的发现与尊重,直抵从健全童年走向良好人性发展,进而革新国民性、民族性格的光明道路,因此被"新文化"运动的倡导者与推动者们全力引荐与建设。现代中国儿童文学发生时的价值起点很高,"从社会史方面说,儿童文学的发现已被认作中国进入现代社会的一个因素与标志"①。儿童文学是"现代性"的一个症候,也是结果。学者 Mary Ann Farquhar 研究中国儿童文学的著述被纳入"现代中国研究"系列丛书之一,足见西方社会看取现代中国的独特价值视角选择。Mary Ann Farquhar 在《中国儿童文学:从鲁迅到毛泽东》的引言开篇即指出:"从 20 世纪早期开始,现代中国儿童文学就被置为一种意识形态的工具来重塑中国。围绕童年、教育、语言的观念引发了深刻的争论。而争论的核心就是儿童文学在中国走向现代化过程中的作用。"② 由此可见西方学者对现代中国儿童文学的价值判断基座。

作为一种积极的价值选择,儿童文学在"五四"时期被先进的文化人士致以非常丰富的价值内涵解读,鲁迅、周作人、郭沫若、郑振铎、叶圣陶等一批学人,围绕"父与子"的关系、"儿童本位"、"儿童世界"等关键词,联系其时知识分子的精神处境及文化追求,与儿童文学及其内含的深刻的童年精神生态建立起了非常紧密的价值关系。这种关系的意义由"儿童问题"上升至"中国问题",在民族国家想象维度释放其巨大的思想解放力。但其具体落实支点却在"童年"与"文学"各自的价值发现及其内在的精神生命关联上。"新文化"思想启蒙使"文学"与"人"建立起了新的关系,作为"人之初"的儿童,他们开始拥有自己的文学,这种新的文学形态专为儿童所创作,与新的儿童互为一个整体。"文学"与"儿童"以自觉的思想观念创立起了"生动"的关系,这种关系是日常性的,是儿童愿意并能够接受的。它改变了儿童的生活方式及其内容,其接受效果又直接关乎社会"让儿童成为什么样的人"这样的宏大命题,因此现代儿童文学的发生其意义是划时代的,因为它在日常性中找到了"儿童"与中国现代化关联的有效通道。

在 20 世纪早期,中国儿童文学即已建构起多元价值观念形态。③"现代儿童文学"的观念是从西方引进的,但具体落地、建设与发展却是本土化的,属于中国自己的文化传统、社会语境、政治形势、教育基础等综合因素影响使然,儿童文学一直紧随社会发展进程,探索调整着自己的价值方向。特别是二十世纪

---

① 王泉根:《现代中国儿童文学主潮》,重庆出版社 2000 年版,第 13 页。
② Farquhar, Mary Ann. Children's Literature in China: from Lu Xun to Mao Zedong. New York: M.E. Sharpe, 1999:1.
③ 李利芳:《论中国现代儿童文学价值观念》,《江汉论坛》2017 年第 2 期。

三四十年代左翼文艺运动为中国儿童文学的发展注入新鲜的血液,为其赋予了更高的社会价值地位,张天翼、严文井等在革命与文学之间对儿童文学展开美学实践,从现实出发,有力地回答了中国儿童文学"应该如何"方面的问题。

当代儿童文学在五六十年代曾经一度在教育论的观念上走向极端,呈现出儿童文学在主体性的探求问题上的曲折与艰难。新时期以来儿童文学实现了向"儿童"与向"文学"的双重价值回归,围绕这两大价值支点,儿童文学重启价值内涵建设,尤其在儿童主体性的认识上有重大突破。刘健屏写于1982年的《我要我的雕刻刀》被文学史视为标志性作品,因为作品正如题目所灌注的强烈情感指向一样,出现了敢于向成人权威挑战、敢于对社会价值进行评判的儿童主人公。此后,范锡林的《一个与众不同的学生》、庄之明的《新星女队一号》、李建树的《蓝军越过防线》、铁凝的《没有纽扣的红衬衫》等都延伸了新儿童形象的理念认同,共同汇聚出儿童主体性解放的时代气象。在童话领域"热闹派"童话主打"游戏精神",以对儿童生命能量、生命展现形式的极大尊重,迅速打破儿童文学界沉闷已久的道学气,带来了久违的活跃的属于儿童文学特有的文类审美特质,代表作家郑渊洁随之也成为知名度极高的儿童文学作家。新时期儿童主体性问题属于当代文学主体性思潮的有机组成部分,是对社会进步、时代发展之于"人"的主体性建设的价值呼唤的积极应答。与创作呼应,80年代儿童文学理论在观念上也很有创新突破,有两个观点一直以来影响深远。班马于1984年提出"儿童反儿童化",曹文轩于1984年提出"儿童文学作家是未来民族性格的塑造者"①,这两个观点有力呼应,正好互补指向儿童文学中的"成人"与"儿童"两大主体,明确了各自的价值目标。我们把两个观点联系起来作整体看,更有建设意义,正好说明儿童文学中多重价值主体性共在的复杂情形。

新时期以来儿童文学四十年的发展历程,也就是不断革新价值观念、迎接多重价值关系挑战、逐步丰富价值追求的过程。1990年代以后的儿童文学,开始面临市场经济与多媒体电子语境的大环境变化,儿童文学突然被置于前所未有的另一个开放的空间格局中。特别是新世纪以后,商品化形态直接刺激了儿童文学的创作、生产、传播、销售,快速对接到现实中的数亿计儿童,各类阅读指导与阅读推广活动也应运而生。伴随教育观念进步与教育改革的推进,以及社会

---

① 班马《视角研究——中高年级儿童文学的审美特点》,曹文轩《儿童文学家必须有强烈的民族意识》,1984年6月"全国儿童文学理论座谈会"论文。收入陈子君编选:《儿童文学探讨》,河北少年儿童出版社1991年12月版,第396—417页,第335—374页。

经济发展与家庭收入的提高,儿童文学在更广泛层面上被作为丰富的教育素材使用。原创儿童文学生产力被极大解放,童书出版成为国内出版链条中最活跃的板块,这一现象一直在持续推进。

充分的儿童文学实践带来了价值评判的难度。孙建江早在上个世纪90年代即提出了艺术的儿童文学与大众的儿童文学的区别[1],指出了分类指导发展的思路。进入新世纪以来,朱自强用"中国儿童文学正处于史无前例的'分化期'"[2]这一判断来把握这一时代。在面对消费文化对儿童文学的巨大冲击时,方卫平提出儿童文学在顺应消费文化的同时,要致力于通过培养儿童读者的文化批判意识来推动当代童年文化与未来社会文化的积极建构[3]。

在多元共生的儿童文学黄金发展时期,对儿童文学的经典品质或其终极价值使命的坚守,一直是一些儿童文学学者力主倡导的。曹文轩在1984年提出的"儿童文学作家是未来民族性格的塑造者"的基础上,于1997年在《草房子》的后记中,提出了"追随永恒"的儿童文学美学价值思想,之后将其发展为儿童文学"为人类提供良好的人性基础"[4]。从"人类"与"人性基础"层面立论儿童文学的价值功能,显然其艺术使命意识更强,文化意义更为深远,深刻映现出中国儿童文学作家宽广的人文胸怀与深邃高远的价值追求。此一价值立足点契合我们国家目前在世界范围内所倡导与推动的"人类命运共同体构建"的理念,在以童年为起步走向"民心相通"的大道上,中国儿童文学的重要性无与伦比。2016年曹文轩获得国际安徒生奖,有力地证明其所坚守的价值观念获得了国际认同。此一观念是我们建构儿童文学批评价值体系时着重要纳入的思想资源。

三

"儿童文学批评价值体系研究"主要以20世纪初以来中国儿童文学的批评理论与批评实践为考察对象,分析和阐发不同历史时期中国儿童文学批评中的

---

[1] 1997年8月4—9日,孙建江应邀出席在韩国汉城召开的"世界儿童文学大会",在会上他发表了题为"艺术的儿童文学与大众的儿童文学"的大会主题演讲。
[2] 2006年,朱自强基于对新世纪儿童文学发展走向的深入思考,提出了"分化"一词来试图厘清一些儿童文学重要动向的"内在关联",后来他成文系统表达了"分化期"的具体表现,特别提出了要建立通俗儿童文学理论的问题,实际是建立不同评价标准的问题,见朱自强:《论"分化期"的中国儿童文学及其学科发展》,《南方文坛》2009年第4期。
[3] 方卫平、赵霞:《论消费文化背景下的儿童文学创作与出版》,《南方文坛》2011年第4期。
[4] 曹文轩:《为人类提供良好的人性基础——关于文学的意义》,《曹文轩论儿童文学》,海豚出版社2014年版,第207—232页。

不同"价值评价"问题,在学术史梳理的基础上,基于中国当代社会价值转型和价值重塑对人的特殊性要求,研究中国儿童文学批评活动的价值评价属性,批评主体与批评客体价值关系的建立,以及对这一关系起关键影响作用的儿童文学价值观念、价值标准以及伴随的批评理论方法等。这一体系建构的学术创新主要在引入世界儿童文学价值问题研究的学术视野,积极呼应当下我国儿童文学批评价值标准模糊、价值评价混乱的现状,以培育和践行社会主义核心价值观为目标,追求"儿童文学批评价值体系"理论建设的主体性与原创性,开拓出儿童文学新的研究空间。

具体方法路径将立足中国儿童文学历时与共时的文学语境,以体现继承性与民族性为首要出发点,以价值思维为导向清理与概括学科既有发展成就中有关"价值评价"内容的学术思想,为坐实"儿童文学批评价值体系"本土精神向度提供充分的学理支撑。成果将突破既有研究中对价值标准的界定或过于宏观、或囿于"经典论"而缺失具体内涵的局限,从人类儿童文学的共性与民族个性出发,力图从学理上解析清楚"儿童文学究竟对谁有用、有什么用、用处有多大"等一系列涉及价值判断和评价的根本性问题,进而提出作为"硬核"的、以社会主义核心价值观引导的儿童文学"评价标准"。

具体方法路径从论证儿童文学批评价值体系建构,尤其是评价标准建立的历史必然性与现实紧迫性起步,儿童文学批评价值体系建构主体内容重点是解决儿童文学批评"价值体系"的基本架构及其理论内涵。当前文论界界定的文学批评的价值体系是"包括评价标准在内的价值观念或意识,价值选择或取向等一系列范畴及相关的机制"[①]。而"儿童文学批评价值体系研究"要展开的是,儿童文学作为一种独特的文类,其在满足一般文学批评共性的基础上,其个别性与特殊性在价值体系建造的根源、基础,价值体系构成要素上的具体表现。因此,具体研究将依照建构价值体系的内在逻辑及其理论内涵进行。包括五个拟定要解决的问题,五个问题及其内在逻辑关系为:其一,儿童文学艺术价值形成及价值实现机制研究,这是逻辑起点;其二,儿童文学价值观念研究,这是理论基石;其三,儿童文学批评价值体系之内的批评理论研究,这是批评方法论资源;其四,儿童文学批评"评价标准"研究,这是价值体系的"硬核";其五,基于儿童批评价值体系理论的批评实践研究。前四个以逻辑递进的关系建构为"价值体系"的主体内容;第五个是对建成的价值体系的批评实践验证研究。

---

① 毛崇杰:《颠覆与重建——后批评中的价值体系》,社会科学文献出版社2002年版,第60页。

（一）儿童文学艺术价值形成及价值实现机制研究。儿童文学批评的对象是作品的价值属性、特征以及围绕潜在的多维价值可能性所相关的价值活动现象。因此，从根源上说清楚儿童文学的艺术价值形成及实现机制，才能对应作价值分析，并从学理上辨清"为何存在价值高低优劣"这样的价值判断命题。儿童文学的产生基于"儿童的发现"，基于对"童年期"之于"人"的个体生命和"人类"的集体生命的"根性"的价值意义的领悟。"儿童的发现"是人类自我认识的一种推进，至今为止也不到四百年，人类对"儿童"所知其实还非常有限。儿童文学的艺术价值形成于人类对"童年"价值的自觉确认，离开人类有关"童年"的价值态度，便无所谓儿童文学的存在。"儿童的发现"内含着一个基础的结论——儿童与成人是不同的，他们是"特别"的一个群体。但具体究竟是怎样的一种"特别"，这就是"发现儿童"之旅，它一直在进行而没有终结，"儿童文学"是一种艺术形态，但却是"发现儿童"思想形态中非常重要的组成。它开辟了一种亲近儿童的特别通道，它探求论证的就是文学思维方式之于"发现儿童"的唯一性价值，同时包括解放儿童的特殊价值。儿童文学艺术价值形成及实现机制主要研究"儿童"与"文学"的价值关系建立，以及其双向互动的复杂关联。

随着社会物质生活的变化，以及因此而起的社会心理、社会文化结构的不断变化，儿童文学艺术价值形成及实现机制均会演绎变化。我们应该特别立足时代与现实语境，聚焦儿童文学价值构成的"合理性"，研究多元价值的历史发展及其社会实践特征。还要去深挖与细剖各种显性的"艺术价值"所以"成立"的依据所在，甄别各类"价值"的"真实性"与"虚假性"，澄清"虚假价值"的危害，并找到对应的解决办法。

（二）儿童文学价值观念研究。儿童文学价值观念是人们世界观中之于"儿童文学"形成的一种范式性的东西，具有相对稳定性，它支配人们对"儿童文学"这一价值关系对象作出价值选择与取向。也就是说，评价主体能够作出"儿童文学有价值"或"有什么样的价值"这样的认识判断，前提基于其所持有的价值观念。具体来看，儿童文学价值观念其内涵又不仅止于人们对"儿童文学"的观念，还特别显著体现在对"儿童"的观念，也即我们通常所说的"儿童观"上。"儿童观"是儿童文学价值观念的基础构成。也就是我们已经达成的共识，儿童文学的问题究其根本首先不是文学的问题，而是儿童的问题。

人类儿童文学的发展过程就是儿童文学价值观念的发展过程。或者说，儿童文学价值观念变革是推动儿童文学变革的第一生产力。儿童文学价值观念的主体构成有其复杂性，表现为"儿童"与"成人"两大向度及其伴随的差异的文化内涵。而就"成人"内部,也有参与的多重主体力量,如作家、出版人、发行人、销售员、阅读推广员、图书馆员、书评人、学者、教师、父母等家庭成员等,也即多重社会组织机构会作为主体力量影响到儿童文学价值观念的形成。今天来看,价值观念主体构成已愈来愈趋于复杂化,愈来愈呈现为"众声喧哗"。

因此,我们将立足于历时与共时的文学语境,澄清价值观念形态的历史发展及现实格局,透视与厘清不同观念的"价值主体",界定主体的身份特征,科学合理地解释各种"身份"的必然性及其意义,既要确立更为宽容的多元价值主体共存的构成体系,又要确立基本的规则与边界、关于主体的站位及对其的价值规约等。

(三)儿童文学批评价值体系之内的批评理论研究。儿童文学批评价值体系就是支持批评的价值理论,它立足价值学角度对批评展开研究,与从一般文学原理角度对批评的研究有区别,但也有联系。价值哲学是运用于此研究的最直接的理论资源,但文艺美学、文学社会学以及儿童文学自身的多元理论方法论资源均与此密切相关。由于没有现成的儿童文学价值学理论,因此我们所建构的价值体系本身就内含价值体系视野内的批评理论研究。研究将关注我国儿童文学自现代发生以来,批评界聚焦、引介、自我建设、使用的理论方法有哪些? 在不同历史时期这些理论的发展变化情况是怎样的? 这些理论方法中内含的价值思维、价值评价有怎样的表现形态? 然后考察既有批评理论中哪些部分可以直接纳入目前的价值体系? 或者说在什么层面上可以具体使用,或辩证使用? 哪些部分又是可以作转换建设,要指明其路径。

在对待儿童文学理论方法论的问题上,我们一定要持开放自省的态度,要提倡两种借鉴:一是对世界范围内儿童文学理论研究、方法论趋势的掌握,理解其精髓而建设性学习汲取经验;二是对儿童文学之外成人文学理论研究发展的借鉴,儿童文学一定不能缩在自己的小圈子里故步自封。

(四)儿童文学批评"评价标准"研究。评价标准是整个价值体系中的"硬核",这个硬核的凝炼与获得不是完全新生的,它基于"历史的"与"时代的"意义要素的统一。国外儿童文学批评者和书评人在评价中隐含的评价标准有一定共识,表现在儿童文学的审美价值与实用价值两大方面,可以概括为"有品质的快乐,故事的呈现、讲述、聚焦,意义的多层,角色、自我、社会,母语,圆满的结尾"[①]

[①] John Stephens. "Children's Literature, Value, and Ideology". Australian Library Review. 12, 3, 1995:255 - 265.

等若干方面,其中一些观念具有儿童文学的共性特征,可以为我们借鉴。20世纪初期魏寿镛、周侯予、朱鼎元、周邦道、张圣瑜、王人路等研究者均对优秀儿童文学的选择标准从形式、内容、审美要素等各方面展开过研究。百年来我国儿童文学理论批评史中沉积着大量的有关评价标准的观点,本研究将在充分梳理中外既往儿童文学理论与批评资源中丰富的"标准"言说的基础上,立足当下中国的社会文化语境,建立起以主导价值观引导的儿童文学评价标准,并在实践性批评中不断获得验证与修正。

（五）基于儿童批评价值体系理论的批评实践研究。批评实践是对价值体系理论的检验,主要考察将具有普遍性、稳定性特质的价值体系应用于具有个别性、活跃性特质的批评实践中的可行性与科学性,验证反思其适用性与被接受的信度与效度。

综上,基于从问题意识到方法路径的呈现,儿童文学批评价值体系研究切实面向我国儿童文学事业发展过程中价值评价滞后的实际问题,去建构具有自身特质的、科学实用的、真正坐实的儿童文学批评价值体系。自然,价值体系的基本架构及其理论内涵、儿童文学批评评价标准的提出、用于价值评价的儿童文学批评理论的整合等均是未来探讨的重点议题。

第三辑
儿童观与儿童文学观

导语

如果把儿童文学比作一座大厦,那么童年观就是深埋于其底下的基石。在此之上,儿童文学观得以构建,儿童文学作品得以造就。在五四时期,中国儿童文学走向现代自觉之路就是从"人的发现""妇女的发现"和"儿童的发现"这三大发现开始的。同样,当代中国儿童文学史在很大程度上也是一部童年观的演化史。因此,本辑收录了中华人民共和国成立70年来在儿童文学界出现过的有关童年观和儿童文学观的具有代表性和影响力的文献。这些文献既深嵌于时代文化的语境中,也印刻了研究者个体的世界观、价值观与学术性格;它们既是"历时性"的依次排列,也是"共时性"的多元竞争,呈现出当代儿童观和儿童文学观的多维性、复杂性、杂糅性以及流动性的特点。

儿童文学的特点

于贞一

一 儿童文学和整个文学的关系

① 儿童文学是整个文学的组成部分。文学是跟着整个国家的社会主义文化一起发展的。儿童文学又是跟着整个文学一起发展的。儿童文学不可能脱离了整个国家的社会主义文化孤立地发展,也不可能脱离了整个文学而孤立地发展。因此,我们也就不可能孤立地来研究儿童文学。

② 儿童文学与文学有一个共同的特点,那就是"通过艺术形象,反映出生活中的本质的东西。通过部分的、个别的,但又是典型的事物来表现一般的事物。它不但影响人的思想,也影响人的感情"。

文学作品如何通过艺术形象,来反映出本质的东西?请以《董存瑞》这一篇传记小说(见儿童文学作品选)为例。它是用董存瑞这个生动的、具体的人物形象来反映解放军中的共产党员不惜牺牲自己,来完成党所交给他的任务这样一种崇高品德。这里所反映的不是本质的东西吗?文学作品又如何通过部分的个别的,但又是典型的来表现一般的事物呢?仍请以《董存瑞》为例。它是选择了一个集中体现了共产党员的崇高品德的董存瑞,来表现一般的共产党员,告诉人们,一般的共产党员,也或多或少或全部有这样的崇高品德。

至于文学作品,如何通过艺术形象来影响读者的思想和感情,仍请以

题解 本文选自《儿童文学研究》总第3期,少年儿童出版社1957年版。文章从"儿童文学和整个文学的关系""儿童文学的特点""儿童文学的主题与题材"等方面探讨了儿童文学的特点。文章认为,儿童文学是整个文学的一个部分,因此具有文学的基本特点,即"通过艺术形象,反映出生活中的本质的东西"。文章同时也强调,虽然文学包含着儿童文学,但不能代替儿童文学。因为儿童文学的服务对象是处于不同年龄段的、正在成长的儿童,儿童文学的任务和目的是把儿童培养成社会主义的积极建设者和保卫者。所以,儿童文学创作要从教育的原则出发来研究儿童的特点,要突出"趣味性、单纯性和乐观性"。

《董存瑞》为例。这里面写董存瑞不惜牺牲自己,完成党所交给他的任务,不是用几句干巴巴的概念式的话来说明;说什么"董存瑞为了完成党所交给他的任务,奋不顾身的牺牲了自己"。而是通过他怎样冲锋、怎样炸碉堡的具体事实,用非常细致、生动的笔墨描写出来,使这个英雄形象,永远留在读者的脑子里。读者在读完这篇传记小说以后,即使闭起了眼睛,也可以看到一个活的董存瑞怎样在冲锋,怎样在炸碉堡。

这样的文学作品中的艺术形象,不但能使读者在思想上有所提高,而且,更主要的是,在感情上有所感动,使人看了之后,敬爱这个人物,渴望学习他,("我也要跟他一样")从而使人在潜移默化中,不知不觉地道德高尚起来,灵魂纯洁起来。

我们必须明白文学(包括儿童文学)的这一个共同特点,才能够很好地运用文学作品,来教育少年儿童。

有些老师、辅导员,曾经要求作家,根据学生守则来写儿童故事,有一条守则,写一则故事,借以教育儿童,解决儿童中发生的问题,如偷东西、不团结、迟到等等。我觉得这些从条文出发的作品,因为它公式化、概念化,不会受到读者欢迎因而也不会收到多大的效果。这些老师、辅导员们忘记了文学作品是要以光辉的艺术形象来潜移默化地,培养少年儿童成为具有共产主义道德品质的人。决不是头痛医头,脚痛医脚。反过来讲,只要一个儿童,立志向模范人物学习,他也就不会偷窃了。不能设想一个愿意学习董存瑞的人,而竟会偷人家东西。

二 儿童文学的特点

上面说过,我们不能离开了整个文学来孤立地研究儿童文学。那是不是说,我们不必单独地来研究儿童文学呢?不,我们必须在不离开整个文学的条件之下,来单独地研究儿童文学。因为,儿童文学除了跟文学有着共同的特点之外,还有它自己独有的特点。文学包含着儿童文学,但不能代替儿童文学。

儿童文学的特点是从哪里来的呢?

儿童文学是为儿童服务的。儿童文学的读者是儿童。儿童文学的特点,就是从这一点上——以儿童为服务对象——产生的。儿童文学要服务得好,儿童文学要为儿童所欢迎,不能不具备这个特点。

我们只有儿童文学,而没有老年文学、壮年文学、青年文学。为什么?因为所有的文学,包括儿童文学在内,所有的老年人、壮年人、青年人都可以看。但,并不是所有的儿童都可以看文学。从初生到十五岁,都叫作少年儿童,但每一阶段,都有着不同的年龄特征,生理、心理、思想、感情、理解水平、兴趣,都有很大的差别。为了适应他们,这就产生各种不同内容、形式、体裁的儿童文学:例如,我们为婴儿创作了催眠曲,为幼、低、中年级儿童创作了图画故事,我们又为少年们创作了冒险小说,科学幻想小说。这些都是为了适应不同年龄的少年儿童的思想、感情、理解能力、兴趣而创作的。缺少某一阶段的作品,即不能满足少年儿童的要求。而且不能彼此代替。给少年以催眠曲,正如给他们吃奶,只会叫他们摇头;给幼儿以冒险小说,科学幻想小说,也象给他吃大鱼大肉一样不消化。

因此,一个人,要为儿童写作品,必须先问问:我这作品是预备给哪一种年龄的儿童看的,这一种年龄的儿童,思想感情如何,理解能力、兴趣如何,然后选择适当的主题、题材、体裁、用字,只有这样,你所写的作品,才能为你所要服务的对象接受。

写成人文学,却不必有这种考虑。

年龄越小,为他们服务的文学作品的特点越突出,不论在内容上、或形式上,与那些给成人看的文学的距离越大。为少年而写的文学作品,那就愈加近似成人文学。特点就不怎么显著了。它们所以与成人文学衔接,同时,少年们也可以直接看成人文学。拿主题来讲,几乎所有成人文学的主题,写给少年们看的文学作品都可以写,体裁则有小说、诗歌、戏剧等,也与成人文学相同。为什么?因为少年时期,是从儿童过渡到大人的时期,思想、感情、兴趣、要求,越来越接近大人,总而言之:为不同年龄的少年儿童,创作不同内容、形式的文学作品,这就是儿童文学唯一的根本的特点。

三 儿童文学的主题与题材

① 本来,任何有意义的事物都可以作为文学作品的主题和题材。但在儿童文学,服务对象既然是少年儿童,为了适应他们不同的年龄特征,主题和题材,也应该跟着年龄的不同,而有所不同。在下笔之前,先要考虑到:我所写的主题、题材,能不能为我所服务的对象接受。同样的主题和题材,往往,少年能够接受,中低年级的儿童,就不能接受。反之,也然。上面已经讲过,冒险的题材,少年们很欢迎,但对于中低年级就太复杂了。小猫小狗的题材,中低年可以接受,少年们就觉得太没劲道了。

但,另一方面,只要读者对象能理解,主题和题材应该越广泛越好。把儿童文学的主题与题材限制在儿童生活的小圈子里,在作品里只写儿童,不写成人,只写儿童的事情,不写成人的事情,结果是排斥了现实生活中许多重要的东西,显然是不对的。只有广泛地采用几种主题与题材,才能够让儿童认识现实生活的全貌,现实生活中的许多重要东西。否则,少年儿童就会成为知识贫乏、眼光狭仄的人。总而言之:在成人文学中采用的主题和题材,在儿童文学中,也都可以采用。只要在下笔时,首先考虑,你所要写的主题与题材,能不能为你所服务的对象所理解、接受就是。

② 虽然说"任何有意义的事物,都可以做文学作品中的主题和题材",但主题和题材也有重要和较不重要的分别。在成人文学中占重要地位的主题和题材,例如社会主义劳动和建设,在儿童文学中也应占重要地位。因为儿童生活是和整个国家的建设、成人的劳动是分不开的。我们应该用描写劳动的文学作品来教育儿童从小就爱劳动。

我们知道,儿童有一种天性:就是要找光明的、美好的、不平凡的东西。儿童也有一种志愿:要把这世界建设得更美丽、更好。这种光明的、美好的、不平凡的东西,只有从劳动中才能找到。在工厂、矿山里,在农业生产合作社里,在工人、农民、工程师、技术员的手里,通过他们的热情劳动,天天产生着奇迹,少年儿童在这些人身上能够找到光明。我们应该写出一切劳动战线上从事创造性劳动的光辉形象,来鼓励少年儿童大起来成为积极、先进的劳动者。

在这方面的读物,苏联有《北斗星村》《草原的太阳》《绿山谷集体农庄》(以上农业),《小家伙》《小星星》(工业)。

③ 其次,儿童还有自己的生活,自己的事情,自己的问题。因此,有一些主题和题材,能够引起一定年龄的儿童的兴趣,能够满足他们的需要。这些主题和题材,也应该在儿童文学作品中,占据一定的比重。例如,如何艰苦学习,如何团结互动等等。在这方面的作品,可以举出《马列耶夫在家里和学校里》、《罗文应的故事》等等。

四 儿童文学的体裁

① 按照体裁的种类来说,儿童文学和整个文学,基本上是相同的。

文学里有小说、诗歌、戏剧、散文(包括通讯、报告、游记、小品文等)四类。儿童文学也是如此。但,儿童文学,因为对象是儿童,所以在小说类中,加上了童话和寓言;在诗歌类中,加上了儿歌、急口令、谜语。

② 现在让我来谈谈童话。

什么是童话？丹麦安徒生的作品《皇帝的新衣》、《丑小鸭》以及中国作家叶圣陶的《稻草人》，张天翼的《大林和小林》、《宝葫芦的秘密》等等都是。

童话富于幻想的成分。如动物、植物以至无生物的拟人化：兔子象人一样的说话、走路，桌子也会走路。还有神奇的变化，如《木偶奇遇记》里的木偶，最后竟变成了真的孩子；还有超自然的力量，如民间童话中的六兄弟，力能移山倒海等等。童话中的幻想是不是拿现实生活做基础的呢？是拿现实生活做基础的。我们只要多观察观察儿童的生活，就会相信这句话。我们看到女孩子抱着洋娃娃，给她喂奶，伴她睡觉，在女孩子的心目中是把她当作活的孩子一样对待的，把她看作活的孩子这是一种幻想，但这是拿真实做基础的幻想。因为洋娃娃是真实的。母亲们懂得儿童的心理。孩子在地板上跌了一交，母亲就把地板打了几下，说"地板不好，害得宝宝摔交"，孩子也就不哭了。这是把地板幻想出害人的坏蛋。但这也是拿"地板"这一真实的东西做基础的。童话，就是这样把幻想建立在真实的基础上的产物。

有人怕孩子们读了童话，会有非科学的头脑，以为猫狗真会说话，桌子真会走路。大起来也永远如此。其实这是过虑。

鲁迅先生叫我们不要替孩子们担忧，他说得好：

> 对于童话，……有的说是猫狗不应该说话。……但我以为这似乎是杞人之忧，其实倒并没有什么要紧的。孩子的心，……他会进化。决不会永远停留在一点上，到得胡子老长了，还在想骑了巨人到仙人岛去做皇帝。因为他后来就要懂得一点科学了，知道世界上并没有所谓巨人和仙人岛，倘还想，那是生来的低能儿，即使终身不读一篇童话，也还是毫无出息的。

有些童话里，写皇帝和公主，这是不是宣传封建主义呢？可能是，也可能不是。看一篇作品是不是宣传封建主义，要看作者的立场站在那一方面，如果立场站在压迫阶级方面，为压迫阶级颂德歌功，以封建道德为做人的标准，那就可以肯定这作品是在宣传封建主义，反之就不是。

有些童话里写神仙、鬼怪。这是不是宣传迷信呢？可能是，也可能不是。神话和迷信的区别，在乎：神话表现人民的愿望，向往美丽的明天，如"牛郎织女"、"天仙配"等都是。迷信则引导人民相信命运，不要反抗（如"太上感应篇"里的一些故事）。

神奇的变化和超自然的力量，有什么教育意义呢？有！人类为了减轻体力劳动,提高劳动生产率,曾经① 幻想在空中飞行,因而创造了飞毯、飞车的神话,也因而发明了风筝一直到飞机;② 人类曾经幻想用很短功夫织成许多匹布,因而创造了"天仙配"里七个仙女一夜织成许多匹绸缎的神话,也因而发明了古老的纺车一直到现在的纺织机。在儿童的头脑中,也有种种很好的幻想:苏联少年英雄巴甫列克就曾幻想发明一架控制云的机器。

我们今天需要新的童话,它预言着美丽的明天。它描绘着新的道德品质。

五　儿童文学的语言

1. 语言,是说出口来的思想。人们要交流思想,达到互相了解,语言是唯一的工具。

语言是文学作品的原料。

儿童文学作品是给儿童看的。作家要在作品中,表达他的单纯、明确的思想,塑造生动、活泼的人物。因此,他的语言,也必须单纯、明确、生动活泼。

2. 儿童文学作品的语言,应该记着儿童年龄的增长,思想的发展,而逐渐丰富、复杂起来。反过来说,也就是用文学作品逐渐丰富、复杂的语言,来帮助儿童思想的发展。

举例来说:我们给幼儿写的作品,因为他只能听,不能看,又为了让他唱,所以特别需要简短、押韵,含有诗意。儿歌就是这一类的作品。

等到年龄增长,独立阅读的能力越来越强,那作品的词汇应该跟着越来越丰富,结构也越来越复杂,句子也越来越长,给少年看的,文字还不妨深些。遇到不懂的字句,孩子们可以查字典,或问老师。今天,现实生活天天在变化,刻刻在变化,新的事物、新的词汇不断出现在我们面前,例如"右派分子","反党、反人民",这些新词汇不断产生。当作品里需用这些新的词汇的时候,我们不妨适当地介绍少年读者,只有不断扩大词汇,才能表现日新又日新的丰富的现实生活。事实上,少年们自己也会说:"提高"、"结合"、"先进"、"落后"……等等的词汇的。

③ 但我们不能以新名词、新术语来代替生动的形象化的描写,如老舍所批判的"武松以无比的英勇,给老虎以无情的打击"之类。

我们也不是无条件的反对在作品中采用方言、土语,只要他们能够丰富我们的语言,或者使我们的描写更加生动。如"别扭"本是北京土语,但至今没有别的词可以代替它,用了它,大家都懂得,也就是丰富了语言。又如"耷拉",原来也是北方方言,现在在文学作品中也已普通采用,它是代替"垂下来"这个词儿的,但它使形象更生动。诸如此类,我们在写作时,都无妨采用。

但,非常生僻的只有地方人懂得的方言土语,还是不要在作品里出现为好。例如上海人讲的"崭"、"穷崭"、"穷崭阿二头",别地方人是听不懂的。反而不如用"蛮好"、"挺好"、"非常好"、"十分好"来得叫各地方的人都懂。那样的方言土语,用在作品里面,只有使我们的语言更加贫乏,更加分歧。

④ 我们反对作品中有损害人的尊严,损害女性尊严的龌龊骂人话。在生活中,一个高尚的人是不会粗鲁地骂人的,在作品中出现粗秽的骂人的词句,也给作品沾上了污点。

⑤ 在作品的对白里,我们要善于让少年儿童,根据不同年龄的说话方式来说话。随着年龄的增长,思想的发展,他们的话,也一天天变得正确、丰富、接近有教养的大人的语言。如果在大孩子的嘴里,还象幼儿园小孩子那样说着天真、幼稚、语法错误的话,或者在幼儿园的孩子口中,说出戴红领巾大孩子说的话,都是不真实的。

一个作家如果不深入生活,不熟悉儿童的语言,在作品里,凭着主观的想象捏造一些假天真、假幼稚的话,象"糕糕"、"糖糖",或者捏造一些故意说错的话,如"不管三七四十八"、"体一次操"、"考一次试"之类,硬装在作品中主人翁的嘴里,是可笑的。

⑥ 儿童文学除了以共产主义的精神,教育少年儿童以外,还有一个任务,那就是在说话上、作文上,对少年儿童起示范作用。少年儿童的模仿性,也往往表现在作文上。多看了旧小说的孩子,他的作文簿里往往出现文言烂调,写游记时,就免不了"红日衔山"、"万家灯火"等烂调。多看了拙劣的欧化的翻译作品的孩子,他的作文簿里,也往往出现冗长的、不合中国语法的句子。

我们写儿童文学,有责任拿自己的作品,帮助少年儿童的说话、写作文,都趋向规范化,帮助他们的语言向正确、健康、丰富、美丽的方向发展。

六 儿童文学应该特别具备些什么成分

① 趣味性:

波列伏依说道:

> 为儿童写作的作家,应该知道:如果他的书没有趣味,孩子就要打呵欠,掩上了它。那末作家所有的意思,不管怎么好,就只有他自己、他的妻子、编

辑、排字工人、校对工人欣赏了。

儿童欢喜笑,欢喜幽默,欢喜活动,欢喜变化,欢喜强烈的色彩。

为了满足这种要求,这种爱好,在儿童文学中,就要有有趣的故事,曲折的情节,丰富的幻想,紧张、连续的动作,风趣的对话。

夏天纳凉的时候,孩子们往往围住大人,要求讲故事,那末什么故事是最受儿童欢迎,最使他们百听不厌的? 是孙悟空、猪八戒的故事。就因为这些从古典文学《西游记》里搬来的故事,有着曲折的情节,紧张的连续的动作,丰富的幻想。

但是:① 这是高尚的文明的趣味,与恶意地嘲笑残疾,或者拿别人作牺牲的恶作剧不同。② 同时,这又是从生活中自然产生的趣味,(今天的少年儿童的生活原来就富于趣味)并不是硬造的,外加的。一个作家只要深入儿童生活,这种趣味是取之不尽的。

② 单纯性:

有许多童话或故事,主人翁总只有三个:"三兄弟"、"三只猪"。童话里还有反复故事体。例如:一个人为了什么事去找牛,牛又去找猫,猫又去找狗,最后狗还是去找人。这种单纯的结构,是为了适应儿童的理解能力(特别是幼儿)而产生的。儿童的幼小头脑,接纳不了众多的人物和复杂的人事。

儿童也没有耐心接受冗长的心理描写,和铺张的风景描写,人物的性格,总是用情节或行动来衬托出来的。以中国古代寓言中山狼为例。东郭先生一听到狼的哀求,就把它藏在米袋里,以避免猎人的追捕,而救它一命。这里没有心理描写,说东郭先生如何如何慈悲,如何如何心软,只是用情节用行动来表现出东郭先生的书呆子式的敌我不分的滥好人性格。

儿童文学作品往往用的是顺叙法,不大用倒叙法。何谓倒叙? 就是把故事的结束放在前面,接下去再从头写起。或者借人物的回忆来倒叙过去的事情。这在西洋小说里是很多的。在儿童文学里却不常用。我国古典文学也很少用,大家知道:《西游记》、《红楼梦》,都是从开天辟地叙述起的。我不反对形式的多样化,但应为儿童着想,倒叙,他们能否理解,接受?

在幼儿读物中,故事不但必须顺叙,而且还必须采一条线的叙述法。如果在一个故事里出现两条线索,南山的老虎怎么样,同时北山的狼又怎么样,一直并行下去,那就叫幼年的听者搞不清楚了。

③ 乐观性：

我们今天的儿童文学,应该是乐观的、愉快的,不但与安徒生时代的儿童文学不一样(安徒生的《卖火柴的女儿》调子是多末低沉,结局是多末凄凉),同时与解放前的儿童文学也不一样(那时候的作品,暴露黑暗多,不敢指出方向,所以调子还是阴暗的),同时,也与目前资本主义国家及其殖民地的儿童文学不一样。今天,国家的前途无量,每一个少年儿童也都有着无限广阔的前途。儿童日常生活的本身也是快乐的,幸福的。生活在作品里反映出来,也应该是愉快的、乐观的。

但,如果我们以为今天儿童的生活是一池静水,没有一点儿波浪,没有一点儿起伏,那是不对的。儿童生活中,也有着矛盾和冲突(如过去几次运动和目前的反右派斗争中父母一代和子女一代的矛盾和冲突)。儿童自己的升学与就业、自学的矛盾。儿童在学校、家庭、社会生活中个人利益与集体利益的矛盾。这些矛盾与冲突应该在作品中反映出来。也只有展开矛盾与冲突,人的性格才能够充分地饱满地描写出来。有了矛盾与冲突,随之而来的必然有忧愁与苦恼。这些忧愁和苦恼,也一定会在作品中反映出来。不过,忧愁总会消散,苦恼总会完结,因为在今天的中国,矛盾与冲突,或迟或早总会得到解决(虽然旧的矛盾解决以后,新的矛盾又会产生)。所以总的调子应该是明朗的,愉快的,欢乐的。

在今天的生活中还免不了有残酷的战争和杀戮,在作品中不能不有所反映。有些好心肠的人主张:在儿童文学作品中,连"杀头"两个字也不可以写上,以免吓坏了孩子。我以为文字到底不象电影或图画一样,叫人直接看到杀头的样子。如果事实上是杀了头,作品里不这样写又怎么办？不过我们不必把如何杀头,人头如何落地的细节描写出来罢了。在电影中,我们并没把马特洛索夫和董存瑞如何粉身碎骨映出来,以保存英雄的完正形象。这样的做法,我以为是对的。在儿童文学中,尤其应该这样做。有些连环图画把日本鬼子杀了我们同胞的头,挂在树上也如实地绘了出来；过去,"刘胡兰"在舞台上,还被表演成铡下头来(头是用红布包成的,很怕人),这只能引起生理上的恐怖、厌恶,儿童看了,夜里会喊醒,而不能在感情上起共鸣。这是自然主义的描写办法。

七　体验、观察和研究儿童生活

① 新中国儿童的生活是丰富多采的。他们一般过的是和平和幸福的生活。目前,全国的孩子,稍为大一些的,或多或少直接、间接地参加了国家的社会主义

建设(小五年计划就是一个例子)。党的每一个有关社会主义改造和建设的政策,都对孩子们的家庭,起着直接的影响,而孩子们自己,有时候,就做了党的政策的宣传者。不久以前,1956年的春天,当社会主义高潮来到的时候,我们还看到有些城市里的孩子动员他们的家长,接受社会主义的改造;农村里的孩子动员他们的父母入社。一次一次的社会主义的浪潮,把孩子们卷到反天复地的斗争中去,大大提高了他们的政治认识,开辟了眼界,增长了知识。共产主义的道德品质,不断在他们的身上增长。

我们如果要写儿童文学作品,就必须深入儿童的队伍,和他们一起,做他们的严格的老师,同时也要做他们的亲密的朋友,要帮助他们,也要尊重他们,要熟悉他们的生活、语言,也要洞察他们的精神世界,了解他们的思想、感情、志愿、理想、兴趣、要求。

② 不这样的话,那就容易产生公式化的作品。有一个时期,"拾金不昧"、"雨夜关窗"的稿子不断寄来,其中且有老师、辅导员的。主要原因是他们并没有深入儿童队伍,并不熟悉儿童生活(在老师、辅导员说来,他们只做了孩子们的严格的老师,却没有成为了他们的亲密的朋友),不知道新的道德品质正在少年儿童身上成长,其内容的丰富,早已突破了"拾金不昧"、"雨夜关窗"这种狭隘的框框。千篇一律的作品,正说明了作者的对于儿童的认识,落后于我们下一代的政治、思想、知识水平。

我们应该象盖达尔一样,通过丰富多采的生活的描绘,不同性格的塑造,来创造各种不同年龄的典型的儿童形象。象《学校》中的葛烈科夫、《铁木耳及其伙伴》中的铁木耳,《丘克与盖克》中的丘克与盖克那样。

③ 儿童文学的目的、任务是跟教育的目的、任务一致的。都是要把我们的下一代,培养成为社会主义的积极建设者与保卫者。

儿童文学能够配合学校、帮助儿童,使他们的品质纯洁起来,道德高尚起来,知识丰富起来,世界观明确起来。儿童文学作家是学校教师、辅导员的忠实可靠的合作者,而老师、辅导员最适宜于写儿童文学(最近几年,的确有不少老师辅导员写了不少作品,有的还很好),是儿童文学的后备军。他们应该成为为了共同的事业而共同奋斗的同盟者。

既然儿童文学是为教育儿童而写的。从事儿童文学写作的人,应该多少懂得一点儿童教育学与儿童心理学的各种原则。他应该懂得国家要把少年儿童培养成为什么样的人,以及用什么方法培养等等。当然,作家不应该根据一些教育条文如学生守则之类来写他的作品,把作品都写成不打人骂人、不迟到之类。

这是把教育看得狭隘了,消极了。我们的教育决不仅仅要把儿童培养成为不迟到、不打人骂人的规规矩矩的人。

但是,一个儿童文学写作者,必须从国家教育的目的、任务的高度来观察儿童生活,研究儿童生活,然后来选择作品的主题和题材。否则的话,你作品的主题和题材可能会与国家教育的目的、任务相违反的。这里可以举一个例子:

几年前,一个幼儿园,采用一种"红旗竞赛"的教育方法。凡是一天老老实实不打人的听话的孩子,就在他的名牌上插上一面小红旗。这种方法是不合共产主义教育原则的。因为我们教育的目的,是要培养积极自觉的建设者。如果孩子只是盲目的为了红旗而守规矩,不明白为什么要不打人,为什么要听话,就无法打下自觉遵守纪律的基础。

这是不是现实的儿童生活呢?这的确是现实的儿童生活。但如果你不曾从共产主义的教育原则来研究他,分析他,就认为这是一个好题材,可以通过这题材来表现"纪律"这个主题,而拿起笔来就写,那末,作品会起什么效果呢?读者看了或听了这故事之后,不可避免的会有这样的想法:遵守纪律,是为了得到一面红旗。反之,在没有红旗可得的地方,就不必遵守纪律。

④ 一个儿童文学写作者要从教育原则的角度来研究儿童生活,同时,又必须善于用儿童的眼睛看这个世界,用儿童的耳朵听这个世界,用儿童的心灵体会这个世界。时时设想自己是个儿童,处在他们的地位来对待事物。具体的方法是:经常和他们在一起,观察他们对事物的看法,体会他们的思想感情。举例来说:一个四岁的孩子看到了吸铁石,他就问:"吸铁石能够吸糖果吗?"一个六岁的孩子听到世界上有人要发动战争,她就问:"这些人是不是全身都有丝毛,象电影里的凶恶的野兽一样,常常要吃小动物?"这就是两种不同年龄的儿童对事物的看法,以及他们的思想感情。如果不是经常和少年儿童们在一起,怎么能够知道他们对事物的不同看法,以及各种不同的思想感情?如果在儿童文学作品里,没有写出少年儿童们的不同思想感情以及对事物的看法来,作品就说不上是真实的。

有些作品,虽然写的是儿童生活,但不能作为儿童文学作品,因为作者是用成年人的眼光,在观察和欣赏儿童生活,没有写出儿童们的思想感情,用的又是成人的语言。这样的作品,只能给成年人看,儿童是不欢喜看的。

苏联作家瑞特阿夫的《我看到了什么?》就是用幼儿的眼光看事物,用幼儿的语言写的幼儿文学作品,值得我们学习。

我们的作者由于不深入生活还不善于这样做。他们往往从主观的想象出发,不是把作品中的儿童缩小了,就是把它扩大了。

什么叫做缩小？当他们要描写儿童的天真的时候,就让十、二三岁的孩子,也象三、四岁的小娃娃一样一忽儿笑,一忽儿哭,做些只有那样小的娃娃才会做的傻事。什么叫做扩大？当他们要加强作品的思想性的时候,就让十几岁的孩子,长篇大论地说起大道理来,变成了一个说教的老头子。这儿有一篇属于这一类的典型例子。是从一个杂志的来稿中选出来的。

这篇作品主要是描写姐姐帮助弟弟改正缺点,争取入队的。姐姐明英,在五年级读书,是个少先队员,在学校里功课好,品德好,在家里能够帮助爸妈作事,还会替爸妈操心。作者非常枯燥地写了她一天的模范生活以后,就写到怎样帮助弟弟改正缺点。作者是这样写的:

> 明英十分忧愁地对弟弟说:"一个人生活得是否有价值,主要是看他的生活目的,是为别人生活呢？还是为了自己才生活。"弟弟说:"什么为别人,为自己,反正就是吃吃玩玩。"明英说,"不对,一个人的生命是有限的,我们一定要把这有限的生命用在人民事业上,才算活得有意义。"就这样,弟弟便转变了过来,后来也带上了红领巾。

这里,作者的意图是好的,作品所要表达的思想是:生活不光是为了自己。但可惜,它缺乏一种主要的东西。那就是孩子自己的生活,自己的思想感情。这姐姐明英,实际上是穿着儿童服装的作者自己,弟弟也是颓废派的大人。这样的人物,怎样会使得小读者觉得可爱而向他学习呢？

这当然是一个虚伪的作品。

总而言之,当我们和少年儿童在一起的时候,要比他们站得高,对事物理解得深和远,但不要象他们一样看,一样听,一样思维和感受。这样,写出来的作品,才会具有一定的思想性,同时,又不公式化,概念化,而具有一定的艺术性。

小百花园丁杂说

贺 宜

四十七

儿童文学是儿童的文学。

人们说,儿童的文学是指的为儿童写的文学,不是指儿童自己写的文学。

这个说法一般地说是对的,但有时也未必正确。

儿童自己写的,如果它的确成为文学作品,那么就不能不承认它是真正的儿童文学。成人为儿童写的,如果它不成其为文学作品,自然不能勉强算它是儿童文学。如果主观上虽是为儿童而写,而客观上并不能为儿童所接受,我看也很难算是真正的儿童文学。

真正的儿童文学是为儿童所喜闻乐读的文学,是使儿童能够通过艺术形象受到教育的文学,是有益于儿童身心健康使儿童享受到美感和愉快的文学。

为儿童写的文学如果符合这个要求,就是真正的儿童文学。即使不是专为儿童写的文学,如果符合这个要求,对小读者们说来,它同样是货真价实的儿童文学。

题解 本文选自《儿童文学研究》,少年儿童出版社1962年版。本文以节选的形式发表。文章以随笔杂说的形式对当时具有代表性的儿童文学理论观念和创作观念进行了逐条分析与评说,其范围涵盖广泛,涉及儿童文学的诸多重要议题。比如,"儿童文学的定义""儿童文学的服务对象""儿童文学的主要写作内容""童心""儿童情趣""儿童文学作品中的人物形象性格化""儿童的阅读接受能力"和"低幼文学的创作难度"等。围绕这些议题所产生的不同观点反映了"百花时代"的中国儿童文学的一个基本面貌。

四十八

儿童文学也不是指的写儿童的文学。

儿童文学的题材范围可以包括儿童的生活。如果作者愿意的话,他甚至可以主要写儿童的生活。然而,就整个儿童文学的题材范围来说,它不能是,事实上也决不是,限于儿童的生活。

象一切文学艺术一样,生活是儿童文学的创作源泉,而儿童生活不过是这种源泉的一个支流。

写儿童的文学,可以是儿童文学,也可以不是儿童文学。到底是还是不是,要看这具体的作品在儿童读者中的具体效果来决定。

四十九

儿童文学是为工农兵服务的。这是一种说法。

儿童文学是为儿童服务的,这又是一种说法。

到底哪一种说法对呢?两种说法,据我的认识,觉得都对。

第一种说法,儿童文学为工农兵服务,这是就我们的儿童文学在政治上所起的作用而言的。第二种说法,儿童文学为儿童服务,这是就儿童文学的具体服务对象而言的。

我们的儿童文学正是通过对儿童的服务来达到为工农兵服务的目的的。对广大少年儿童进行社会主义教育,同时又最大限度地满足他们的艺术享受,这是儿童文学为政治服务的职能。不为儿童服务,儿童文学就无从体现它为工农兵服务的神圣职责。

所以,这两种说法的意义是完全没有矛盾的。如果要明确些,我们也许可以说,儿童文学是通过为儿童服务来为工农兵服务,为政治服务的。

五 十

有人说,应该说儿童文学是为工农兵的子弟服务的。说儿童文学为儿童服务,这样会产生模糊了儿童文学的阶级性的危险。

我以为,这是一种多余的担心。这种担心可能是对"服务"两个字的狭隘解释出发的。

满足儿童的精神需要,这是一种服务。但是,这种服务最首要的意义在于使儿童文学把我们这个社会所崇奉的最高尚的思想和情操(就是我们常常说的社会主义、共产主义的思想和道德),来影响儿童,教育儿童,而不是仅仅满足于发挥儿童文学的某种娱乐性,——虽然在任何情况下,儿童文学的娱乐性总是需要的。如果没有这种娱乐性就不可能有真正的儿童文学。

用社会主义、共产主义的思想来教育工农兵子弟,是符合革命所要求的。用社会主义、共产主义的思想来教育和影响全民的包括工农兵子弟在内的少年儿童,这丝毫也不会减弱我们儿童文学的阶级性。相反,把我们所有的少年儿童培养成具有社会主义觉悟的新一代,这完全符合工农兵的利益,完全符合革命的利益。

所以,儿童文学决不排斥任何儿童(哪怕他是资本主义的子女),作为自己的教育对象和服务对象。

把儿童文学局限于"为工农兵子弟服务",看来似乎加强了,实际上却是削弱了儿童文学的阶级性和党性。

儿童文学的阶级性和党性,存在于儿童文学本身的思想内容和它所发挥的教育力量之中,而不是决定于它的服务对象(教育对象)到底是否工农兵子弟还是其他人的子弟,如果儿童文学作品的思想内容是反社会主义的,那么读者对象即使是工农兵子弟也将难免受其毒害。如果儿童文学作品的思想内容是健康的,符合社会主义教育原则的,那么读者对象即使是资产阶级的子女,也将受到有益的思想影响。

不应该在儿童中划分阶级。不应该把任何儿童排斥到儿童文学服务对象(教育对象)之外。

五十一

有人说,儿童文学应该主要写儿童。又有人一反此说,认为儿童文学应该主要写成人。

这两种说法到底谁对?

我以为,主张儿童文学作品应该主要写什么人物,这种提法,根本就是不妥当的。用"主要写成人"说来反对"主要写儿童"说,这是由一个片面到另一个片面。

一个作品主要写什么,写成人还是写儿童,这并不是儿童文学的关键问题——就是说,这并不是成为儿童文学与一般文学差别之点。

主要写什么人物,这是每一个作者的自由,无关乎儿童文学的特点。

主要写什么人物,这决定于作者本人的生活,决定于作品的题材,甚至也在一定程度上决定于作者所运用的体裁。

五十二

如果作者熟悉儿童的生活,他可以在自己的作品中主要写儿童,如果作者熟悉成人的生活(当然只是相对地对社会生活的某一方面或某几方面的熟悉),他完全有权利主要写成人。

五十三

如果一个作品的题材并不适宜让儿童出场,这个作品甚至可以连孩子的影子也没有。

如果一个作家的生活积累便于写一些孩子们感到兴趣的成人的事情,他完全可以让自己的作品主要都是写成人。

如果一个作家由于非常熟悉儿童的生活,他也可以不是一次或几次,而是无限次地在自己的作品中主要都写儿童。

五十四

不同的体裁(样式)对作品中出现什么人物也有相当的影响。

儿童小说往往有较多的作品主要写儿童,而特写、革命回忆录、历史故事、传记小说、游记等等,则往往有较多的作品主要写成人。

诗歌则既有很多写儿童,也有很多不是主要写儿童的。

至于童话、寓言神话之类,则甚至还有许多不是主要写人,而是主要写超人和自然界各种事物的,更谈不上主要写儿童还是主要写成人了。

可见笼统地谈儿童文学主要应该写什么人物,是没有好处的,只会给作者们制造一些麻烦罢了。

五十五

重要的是,要心中有儿童。

如果作品中满纸是儿童,处处写儿童,但是作者却既不能深刻地刻划儿童的性格,创造出生动的儿童形象,又不能体察儿童读者的思想感情,则有儿童跟无儿童一样。

如果作者能善于体贴儿童的心理,处处为儿童着想,好儿童之所好,恶儿童之所恶,痛儿童之所痛,快儿童之所快。这就首先在思想感情上使作品和小读者融洽无间。

如果作者能善于掌握儿童的语言,适应儿童的阅读能力和生活经验及知识水平,这就又在语言文字和题材内容上触引了小读者的"亲切感",使他们避免发生所谓的"高不可攀"的感觉。

这样的作品即使没有写一个儿童,但却是满纸是儿童,处处有儿童。

其所以如此,是因为作者心中有儿童也。

五十六

好儿童之所好,恶儿童之所恶,不过是一种笼统的说法罢了。这里指的,实质上就是要深刻了解儿童喜爱什么和厌恶什么的问题,要深刻了解什么是儿童正当的喜爱,什么则是儿童正当的厌恶。要知道,儿童所好的,不一定都是好的;儿童所恶的,不一定都是坏的,认为应该无条件地好儿童之所好,恶儿童之所恶,那就变成迁就迎合,那就可能产生庸俗化的倾向,甚至有时还可能产生消极的效果。

假使有人发现儿童有对武侠冒险的某种爱好,决心为儿童们写几个剑侠故事,我想他一定会受到痛苦的教训。

假使有人发现儿童对抒情诗并不非常有兴趣,因此发誓从此再不写抒情的儿童诗,他的好心将使儿童对诗歌的癖好格外狭隘起来,他的好心实在一点也不值得赞美。

孩子的兴趣好恶并不是固定的,而是经常变换的。正当的、健康的兴趣爱好,是可以培养的。

重要的是善于鉴别和判断:什么是真正的儿童所好,什么是真正的儿童所恶;什么是应该为儿童所好,什么是应该为儿童所恶。

五十七

有些同志说,儿童文学作者必须具有一片童心。

我怀疑这种说法。

我甚至敢断定,就是这些主张"童心"的同志自己也绝无童心。但是,这却并不妨碍他们自己有时写出比较受儿童欢迎的作品。

与其一个儿童文学作家应该有童心,不如说一个儿童文学作家应该心中有儿童更妥贴些。

心中有儿童,才能千方百计去熟悉儿童,了解儿童。

心中有儿童,就会处处为儿童读者设想。

这些同志有时能写出比较受儿童欢迎的作品,其故即在于此时此地他们心中有儿童。他们在写作时能为儿童读者设想,而并不是因为这些作者在"心灵"上返老还童也。

五十八

有人主张儿童文学作品要有儿童情趣。

有人反对这样。甚至一提到儿童情趣,就有点谈虎色变。

谁是谁不是？我以为要看他们所赞成的和反对的所谓儿童情趣到底是什么。

如果儿童情趣指的是抒儿童之"情",寄儿童之"趣",如果儿童情趣指的是不论写成人还是写孩子,作品都要力求符合儿童的思想感情,都要符合儿童的阅读兴趣,都要适合儿童心理,都要受儿童喜爱,那么,这样的儿童情趣我以为是任何真正的儿童文学作品所必不可少的。这样的儿童情趣是不应该反对的。

如果儿童情趣,象某些人所理解的那样,仅仅指那种描绘儿童"天真烂漫"、"幼稚无知"的游戏生活和他们的模拟动作,仅仅指那种儿童的生活琐事和"稚气",那么,这样的儿童情趣那就不是每一个儿童文学作品所必不可少的,并且,也不是每一篇成功的儿童文学作品所必备的。

有谁能够在安徒生的《皇帝的新衣》中,找到这样的"儿童情趣"吗？有谁能够在格林的全部童话中找到这样的"儿童情趣"吗？有谁能在张天翼的《大林和小林》中,在叶圣陶的《古代英雄的石象》中,在严文井的《小溪流的歌》中,在阮章竞的《金色的海螺》中，找到这样的"儿童情趣"吗？有谁能够在马耶可夫斯基大部分的儿童诗中找到这样的"儿童情趣"吗？有谁能够在马尔夏克的著名诗篇例如《崔斯特先生》、《火灾》、《军邮》、《他是谁》、《给新少年讲讲旧日子》、《十二个月》等等作品中，找到这样的"儿童情趣"吗？有谁能够在《和爸爸一起坐牢的日子》、《云中的道路》、《文件》、《把一切献给党》、《刘胡兰小传》、《学校》等等中找到这样的"儿童情趣"吗？……

谁也不能够。这样的"儿童情趣"在这些作品中是没有影子的，在另外的许多儿童文学作品中，它们也是没有影子的。

然而，抒儿童之"情"，寄儿童之"趣"，作这样理解的"儿童情趣"，那么是存在于这些作品中的，而且是存在于一切可以真正称之为儿童文学的作品之中的。

五十九

抒儿童之情，并不是要作者把自己乔装改扮成一个儿童。切忌压着嗓门，忸怩作小儿女态，使人读了浑身长鸡皮疙瘩。

抒儿童之情，并不是客观地记述儿童的情感和愿望，而是通过作者自己的感情（这种感情远高出于儿童的感情，但是又能为儿童所体会）、个性、语言和风格来表现的。

不只是诗人要抒儿童之情。一切儿童文学作者都应该是诗人，都应该抒儿童之情，都应该探索儿童的心的秘密，都应当发为儿童的心声。

六十

儿童情趣不是别的，它是生活情趣中那部分能够为儿童所心领神会的、饶有风趣的、足以引起小读者的幽默感和会心微笑的东西。

六十一

有些人一概反对在儿童文学创作中表现儿童游戏或模拟动作之类的所谓儿童情趣，认为作品只要一出现这类东西就有问题了。

这样看问题，也是片面的。

描写儿童游戏或儿童的模拟动作，有时的确也可以产生若干儿童情趣的效果。这是不能不承认的。但是,儿童情趣究竟不单纯是这些东西。所以,如果一个作者以描写儿童游戏和儿童摹仿成人的动作为作品的主要内容,那他的作品就有陷入题材枯竭,生活面狭仄的困境的危险,而且他的作品将得不到丰富的儿童情趣,而只能有单调的、千篇一律、令人生厌的所谓"儿童情趣"。

而最后他将丧失真正的儿童情趣,因为他所努力追求的,实际上却成了为儿童们所厌倦的。

六十二

有的所谓儿童情趣,其实并不是什么儿童情趣,而是道道地地、不折不扣的成人情趣。因为它只是抒成人之情,寄成人之趣而已。

人们用成年人的感情,用成年人的角度,鉴赏一些儿童幼稚可笑的动作行为的描写,击节称赏曰:此天籁也!

而当事的儿童们自己,时时刻刻都沉浸在这种生活中。他们热衷于自己生活中的真正的游戏和摹仿动作,却厌倦于作家叔叔和阿姨们絮絮不休地描摹他们的这种游戏动作。特别使他们感到失望的是,有些作品不但单纯以描写儿童游戏和儿童摹仿成人的动作为能事,而且以摹仿别人的作品为业。人家写个儿童学做解放军,我就来个儿童学做人民海军。人家写个小女孩给布娃娃打针听诊,我就来个小男孩给小狗熊看病。人家写个儿童开小火车,我就来个儿童开小轮船当售票员或乘客。这种亦步亦趋、自得其乐的"儿童情趣",不要说儿童们看起来味同嚼蜡,就是耐心的成年人也未必受得了。

这些作品的主人,所做的游戏和摹仿动作实在不比娃娃们自己做的游戏和摹拟动作稍微精彩一点,高明一点。

六十三

儿童情趣!你误了多少作者!你误了多少作品!为了追求你,有多少作者沉沦在那些繁琐平淡的儿童日常生活的描绘中而不能自拔!有多少作品变成了毫无生气的、缺乏变化的"百子图"和"娃娃戏"。

儿童情趣!有人误解了你,把儿童文学当作只是描绘儿童游戏的文学。有人误解了你,把儿童文学当作只是描绘儿童天真幼稚的心理和行为的文学。因为误解了你,文艺刊物上不发表不写儿童的儿童文学创作。因为误解了你,不少作者甚至不敢涉猎那些没有儿童的题材!

儿童情趣!有了你,使儿童文学平添无限生趣!也因为有了你,使许多作者不幸迷失了方向。

儿童情趣,你这个尤物!惹人怜爱也是你,叫人憎恶的也是你!

六十四

儿童游戏和儿童摹仿动作之类的描写,不可一概反对。

当这种描写作为作品的一部分细节,有助于作品的人物性格的发展的话,那是极有价值的。这样的儿童情趣是建筑在作者对儿童生活的深刻了解上面的。

那种浮光掠影的,除了单纯反映儿童游戏生活和他们的幼稚天真之外别无其他的作品,虽然从丰富人民的文化生活这一意义上来说也可以有它的用处,然而,它们究竟是不耐咀嚼的,特别是对儿童读者来说。

至于专门摹仿别人的写儿童游戏的作品,那更是不足为训了。

六十五

有纯粹的儿童情趣,这就是只有孩子们自己才能领略欣赏的情趣。

有纯粹的成人情趣,这就是只有成年人自己才能领略欣赏的情趣。

也有本身是儿童情趣,但亦复是成人的情趣,这就是那种完全为成人所能心领神会的儿童情趣。

也有本身是成人的情趣,但亦复有儿童情趣,这就是那种完全为儿童所能心领神会的成人情趣。

六十六

可以看出,在很多场合,儿童情趣和成人情趣是不能够截然分开的。

京剧《三岔口》并不是一个儿童剧。但是这个戏既充满了成人情趣,也充满了儿童情趣。古诗《孔雀东南飞》缺乏儿童所能体会的情趣,但是象《木兰辞》这样的古诗,个中情趣就是儿童也依稀能够领略。不少的相声,例如《买猴儿》、《夜行记》等,它们幽默的语言和俏皮的讽刺所构成的无穷趣味,既使成年人在笑声中体会到它的含蓄,也能使少年儿童忍俊不禁。小说《林海雪原》和《铁道游戏击队》有不少章节在极大程度上满足儿童的兴趣,适合他们的心理,这就是为什么这两本厚厚的成人读物能够赢得大量儿童读者的原因。古典作品《西游记》和《镜花缘》也都不是为儿童写的,但数百年来却成为历代小读者的"恩物"。其故何在? 就为了它们有极多地方颇为符合少年儿童好奇、好动、好冒险的心理。即使象《水浒》、《三国演义》这样篇幅巨大的说部,也有不少章回对小读者有吸引力,并且能深深叩动他们的心弦。

这样的例子不胜枚举。那种以为儿童情趣只是指在描写儿童生活的作品中写一点娃娃戏和逗人笑乐的儿童的天真烂漫幼稚无知,这种想法之狭隘,岂不可以从这些例子中找到明明白白的证明吗?

六十七

世间实无全能的儿童文学家。

安徒生、格林兄弟、卡洛尔、贝洛尔、柯洛狄、豪福、沃尔夫、金斯莱、巴若夫等,仅仅以他们的童话著称于世;瑞特柯夫、伊林仅仅以他们的科学文艺作品蜚声于儿童文学界;就是多才多艺的马尔夏克和米哈尔柯夫,他们对苏联儿童文学的贡献是比较多方面的,他们也只创作了优秀的诗歌、剧本和童话,而并不是儿童文学的一切方面。我国的叶圣陶、谢冰心、张天翼、严文井、袁鹰、金近等人,他们也只能以各自所擅长的儿童文学样式如童话、散文、诗歌等来丰富我们的儿童文学宝库。

以儿童文学范围之广,举凡童话、小说、诗歌、特写、戏剧、历史小说、科学文艺、幻想小说,以至相声、曲艺、笑话、谜语之类,罔不包罗。而欲作家无所不能,无所不写,宁非难事?

然而奇怪的是,人们常常以为儿童文学作者是全能的。有人请一个儿童诗作者写儿童剧,还说:"你是儿童文学专家嘛,来一个吧!"我也遇到过几个热情的编辑,他们敦促我写我所不会写的东西。有一位同志要我写科学童话,理直气壮地说:"你们搞儿童文学的不写谁写? 这是提倡呀!"我因为觉得自己肚里的"科学"实在还没有烧饼上的芝麻多,所以决定不写,于是使这位同志大为扫兴。

这样的事情是既使约稿的同志扫兴,又使写稿的同志为难。

有什么办法避免这种小小的不愉快呢?

办法是有的。只要容许儿童文学作家们分一分工。并且,要承认他们的这种分工。

六十八

如果别人因为不明白儿童文学是怎么回事,对儿童文学作者提出这样的要求,要他们"一通百通","样样拿得起",这还不算太奇怪。奇怪的是有些儿童文学作者自己对自己提出这样的要求,或者尝试作这样的全能作家,那就未免自找苦吃了。一专多能,在有禀赋、肯努力的条件下是有可能的。然而"全能"只能是幻想而已。

有些同志摆出一副儿童文学专家的面孔,表示自己样样都懂,而且样样都会,今天写童话,明天写小说,写散文,写诗,还写剧本,写科学故事,东戳一枪,西晃一刀,十八般武艺,件件俱会,件件不精。我看与其博而不精,毋宁精通一艺。当然,如果能精通多艺,自然是好上加好。关键就在于究竟是否精通。

童话作家,儿童诗人,儿童剧作家,特写作家,散文作家,科学文艺作家,儿童文学理论家,或者这种作家又兼那种作家……为了繁荣我们的儿童文学创作,为了提高我们的儿童文学创作,这样那样的作家我们都要求愈多愈好。

我害怕自己成为一个样样都会、样样不精的"三脚猫式"的儿童文学"专家"。这样的"专家",我希望在我们的国家里少一些。我衷心地希望我们不要过于分散精力。

六十九

《小虎子》和《小豆子》是两套反映新中国儿童生活的无文图画。小读者们都相当喜爱它们。

然而,从艺术角度来考察,这两本作品中的主人公——小虎子和小豆子的艺术形象还不是很丰满的。看来,小虎子和小豆子很象是孪生子,虽然面貌不同,但他们的所作所为却很难看出有什么区别。小虎子的事情可以移植到小豆子的身上去,而小豆子的事情则可以移植到小虎子身上去。

"千人一面"和两人同"心",都是艺术创作上的大忌。这是公式化概念化的一种表现。

《小虎子》和《小豆子》的这种缺陷,是由于把生活简单化所造成的。小虎子和小豆子都是我们这时代的小主人公,他们身上都有好思想好品质,这种好思想好品质是我们千千万万儿童身上好思想好品质的集中概括。问题决不是他们身上不应该有这种可贵的东西。完全不是。他们是应该有这种好思想和好品质的。没有这种东西,恐怕就丝毫也看不出这些小主人身上的时代特点和社会特点。

然而,把他们写成永远正确的小"圣人",就使得他们最后不再象一个真正可能活在这个世界上的儿童,而倒有点象一个天生的儿童导师了。小虎子的作者沈培同志有一次说:有些小读者写信到《中国少年报》去,要请小虎子去担任他们的辅导员。他们说:"小虎子比我们的辅导员好多了。"从好的方面看,小虎子已经在小读者们中间"深入人心",这是令人高兴的。然而从另一方面看,这证明小虎子已经远不是一个我们时代普通孩子的典型了。这可能不是好的方面。

<h2 style="text-align:center">七 十</h2>

小虎子和小豆子这对孪生兄弟的形象所以不能给人极深刻的印象,最大的原因在于缺乏各自的性格。

张乐平同志在解放前创造的三毛,是一个成功的艺术形象,是灾难深重的旧时代苦孩子的典型。《三毛流浪记》之所以在当时脍炙人口,并且至今仍然能感动小读者们,其原因不仅在于它在政治意义上对旧社会作了有力的嘲笑和控诉,而且因为它在艺术上深刻地揭示了人物的性格——他,三毛,不仅具有性格化的形象,而且有符合他那特定性格的行为和活动。画家笔下那瘦骨伶仃的、营养不良的、受尽折磨的、含酸茹苦、郁郁寡欢的造型,成功地塑造出一个生活在旧时代,经历着各种灾难的苦孩子的具有特征性的形象,这是重要的。但是,更其重要的是,画家在《三毛》的全部画幅中,刻划了三毛这个人物机灵、狡黠、勇敢,特别是具有强烈的同情心和阶级感情的性格。三毛的这种性格是在全部的画幅中一线贯穿下来的。他的所作所为是这种典型性格在那一典型环境中发展的必然反映。如果没有这种性格,三毛的形象就不可能那么丰满,不可能那么栩栩如生地活在人们的印象之中。

缺乏性格就会使人物奄奄一息。

性格是每一个艺术形象的生命。无文图画如此,儿童文学亦如此,一切文艺作品人物形象的塑造无不如此。

七十一

我们有些作者常常把儿童的接受能力估计得过高了一些。

过高估计儿童的接受能力,其具体表现为:

一是文字太艰深。——有时还喜欢玩弄一些绮丽的辞藻,甚至还有一些文诌诌、酸溜溜的文言。有时则搬弄一些抽象空洞、不易为儿童咀嚼消化的名词。有时文字佶屈聱牙,洋气十足,不输于翻译作品。有时文句太长,句子长至数十字。

二是篇幅过长。——文章深浅固然不决定于篇幅长短,而决定于文章的内容,但过长的篇幅总是累赘的,尤其是对于年纪小的小读者。例如为低幼儿童写的作品,如果字数在十万上下,总是不大相宜的。象《小布头奇遇记》那样的童话,明明是适于低年级儿童的,但是由于字数较多,无论如何也无法让低年级儿童自己来阅读,而只能依靠教师和父母的朗读了。

可以有一些专供父母教师为子弟朗读的儿童文学。然而,儿童文学创作究竟不能以此为主。

三是内容过深。——跟小孩子谈他们所不能懂的事情,例如什么人物的自我思想斗争,微妙的恋爱心理等等。有的作者还喜欢跟小孩子谈他们所不能懂的哲学。有的作品故事线索错杂,头绪纷繁,人物出场过多,甲、乙、丙、丁……多至数十人,使得小读者看了后面,忘却前面,有时张冠李戴,搅七念三。有的作者喜欢来一点成年人认为是幽默和有意思的事情。有的作品过于含蓄,含蓄到儿童所不能理解、不能领会的程度。

七十二

也有些作者常常把儿童的接受能力估计得过低了一些。

过低估计儿童的接受能力,其具体表现为:

一是文字太浅。有些作者过于谨慎,为了怕小孩子不懂,连复句也轻易不敢用,一篇文章,一色单句到底。看见新名词和一些成语,一概敬而远之。不少小孩子都把"压迫"、"剥削"等等词儿用在口头上了,可是他还跟小孩子用"欺负"、"抢夺"来代替这两个词儿。他决不说"岂有此理",而一定要说"哪有这个道理呢"。"这个人真岂有此理!"一到他的笔下,这句话就成了"这个人真太那个"

了。他守着"学生常用词汇",不敢稍越雷池一步。实在迂执得可怜,其实稍微越出一点学生常用词汇的范围,例如说在一篇文章里用上几个生字新词,孩子们决不是不能接受的。而且这样才能对丰富儿童的词汇有好处。

有的作者更加迁就,为了怕孩子不懂,还要学上几句不三不四的"小儿腔"。什么"门门"、"灯灯"、"马马"、"牛牛"以及"上好了学","体好了操"之类。这未免好心太过了。

二是内容太简单。简单得常常令人不能忍耐。他们只讲一些孩子所已经熟悉的事情,却轻易不敢给他们讲那些孩子虽然不知道但却是可以让他们知道的事情,有时情节过于简陋,看了头就知道下面要说些什么。有的简单得甚至没有情节,就象人们穿着只有领子和褂肩却没有下盖的"衣服"一样。有的只有情节,却没有人物行动的细节。有的作者在完全没有必要的时候,却坚持三番四复地运用令人生厌的"反复法",说是为了加深孩子们的印象。有的则三番四复地运用令人生厌的重词迭字,当然,他们这样做也是为了同样的用意。

三是教训太多。有些作者害怕小读者看不出文章的奥妙,所以总想把主题思想交代得一清二楚,甚至不厌求详地说个没完。他们不但要借人物的嘴里,唠唠叨叨现身说法,还要在开头结尾,或在文章的半腰里,挺身而出,向小读者交代几句。他们苦口婆心地讲道理,几乎要让舌头生老茧,要把话说完,丝毫也不留余地,让孩子们自己去思索。为了避免副作用,他们总力求把话说得非常全面,正面反面,前因后果,事无巨细,概不遗漏。

七十三

有趣的是,过高估计儿童接受能力的人,往往就是那些过低估计儿童接受能力的人。他们在这里对儿童的接受能力估计高了,而在那里却又作了过低的估计。

过高估计儿童接受能力也好,过低估计儿童接受能力也好,都是出之于作者的好心。前者一心想把许多东西给孩子,后者诚惶诚恐地害怕噎了小孩子。

虽然都是好心,但效果都是不很好的。

七十四

过高或过低地估计儿童接受能力,都是作者脱离实际,并不真正了解儿童的表现。——当然这里也还可能有这样的情况,总的说来作者对儿童是相当了解的,但是在某一具体问题上他却知道的不够。

不要估计过高,也不要估计过低。要正确地估计儿童的接受能力。

这就要研究不同年龄阶段儿童的不同理解能力和接受能力。这就要了解某一特定年龄阶段儿童对某一具体问题或具体事物的认识能力和批判能力。这就要研究如何用最恰当的、有分寸的,同时又有技巧的话,来跟特定的儿童对象讲话。

跟孩子讲话,既不浅陋,又不艰深;既不枯燥,又不油滑;既不生硬,又不晦涩;既不过多,又不太少。这是一种建筑在教育学上的语言艺术,这是一种合乎儿童心理学的绝妙的语言艺术。

要取得这样的成就,既不能离开作者本人的艺术造诣,又复在更大程度上决定于作者对儿童的深切了解。

七十五

孩子们是极少耐心的。最了不起的孩子也不见得比普通的成年人稍有耐心。如果不记住这一点,给他们写东西就常常要失败。

就为了这一点,所以我们必须有一个短而好的开头,好在一开始就吸引住他们的注意力。

就为了这一点,我们必须让整个作品排除陈辞滥调,用最简洁生动的文字,并不繁琐的细节,并不多余的人物和他们必不可少的精彩的对话来"鼓励"孩子们不要打哈欠。

就为了这一点,我们必须使整个故事不断在行动中发展,既不在可厌的静止状态中停顿下来,也不在陈腐老套、完全不出孩子所料的情节中进行。

七十六

好开端实在是很重要的。

好的开端,象枝头好鸟在晨曦中鸣啭的第一声,吸引林间行人去听完她的天籁之音。

好的开端,是一个聪明的启示,它预先为人物提供了性格和行为发展的线索。

七十七

鲁迅先生介绍过来的班台来耶夫的《表》,开头第一句话就是:

> 彼蒂加做过的事总是糊涂得很。

多么简洁,然而又多么发人深思!

彼蒂加怎样糊涂呢?他做过些什么糊涂事儿呢?小读者们被这个开端一引逗,就心痒难熬地要渴望探索下面发生的事情了。

这个开端不仅取得了这样的效果,而且实际上它使以后彼蒂加的性格和行动的发展微露端倪了。

彼蒂加做过的事总是糊涂得很,所以他才会给送到警察局去。

彼蒂加做过的事总是糊涂得很,所以他才会莫名其妙地得到一只金表。

彼蒂加做过的事总是糊涂得很,所以他才会把浴缸的铜塞子当作金表塞进嘴里去。

彼蒂加做过的事总是糊涂得很,所以他……

就因为有了这一句话,流浪儿彼蒂加的性格和故事的发展,在一开始就给小读者们提出了可信的基础。

七十八

普希金在他的童话诗《牧师和他的工人巴尔达的故事》里,有这样一个开头:

> 从前有牧师,
> 是个道地的傻瓜。

这个道地的傻瓜牧师做了些什么蠢事呢?这是每个小读者都亟于想知道的。

下去,读者们就看到了牧师和长工巴尔达成立了这样的协议:巴尔达给牧师做工,每年只要在牧师的额头上敲三下作为工钱。这一切在他看来是占了最大

的便宜的,而结果他要付出如此"便宜"的工钱了:

> 可怜的牧师,
> 只有伸出额头:
> 第一下,
> 牧师飞到了天花板;
> 第二下,
> 牧师被打得不能讲话;
> 第三下,
> 老头儿被打得变成傻瓜。
> 而巴尔达就对他斥骂:
> 牧师,你最好还是别贪便宜吧。

牧师之所以是"道地的傻瓜",这样就非常明白了。

就只开头的这一句话,傻瓜牧师的性格和故事的发展,已经提供出线索来了。

七十九

开头能够短些就尽量让它短些。开门见山,一下就引导小读者进入故事本身,可以减少他们焦灼的心情。他们会感谢简洁短小的开头,因为这不仅使他们在走进故事佳境之前不用花费极大的耐心,而且这样的开头本身也是饶有风味的。

开头是艺术构思的相当重要的构成部分。

八 十

使开头饶有风味,不是很容易做到的。——当然这决不是说我们不必勉力尝试来做到这一点。

拿童话来说,安徒生的许多好童话都有很好的开头。我常常想,如果有哪位热心人肯专门研究一下安徒生童话的开头,那一定是很有意思的。但是即使象安徒生这样的艺术大师,也不是每一篇童话都有好的开头的。它们的有些开头是相当沉闷,相当冗长的。例如《沼泽王的女儿》,用了一千多字关于鹳鸟讲故事给小鹳鸟听的细节描写作为开头,这才引到沼泽王的女儿本身题旨上去,使得小读者感到很厌烦。我记得自己童年时读安徒生的童话,有几篇东西,其中包括这篇《沼泽王的女儿》,都是跳过了开端才读下去的。

然而,安徒生有很多童话的开端,却是非常出色,甚至可以说是非常迷人。他的《打火盒》、《两个同名字的邻居》、《公主的皮肤》、《皇帝的新衣》、《坚韧的洋铁兵》、《海的女儿》、《红鞋》、《跳高比赛》、《补针》、《一个豆荚里的五粒豆》和其他不下于二十来个童话的开头,都是引人入胜的,新颖而不落俗套的。

象《坚韧的洋铁兵》,虽然用了较多的文字来开头,然而它并不给人冗长和枯燥的感觉。

> 以前有二十五个洋铁做的兵士。他们都是兄弟,因为他们是一个洋铁汤匙所产生出来的。他们每人扛着一杆毛瑟枪,眼睛直直地向前看齐。他们的制服是红蓝相间的颜色,非常庄严。当装着他们的匣子一被揭开的时候,他们在这世界上所听到的第一句话是这几个字:"原来是洋铁兵啦!"这句话是一个小孩一面拍着巴掌,一面说的。因为现在是他的生日,这些洋铁兵就是他所得到的一件礼物。他把这些洋铁兵摆在桌子上。每个兵士都跟别的一模一样,只有一个略为有点不同,他只有一条腿,因为他是最后一个被铸出来的,洋铁不够用,所以没有完成。不过他站在一只腿上,比别人站在两只腿上同样的坚定。而且后来表现得很突出的一个兵正是他。

这个开头先介绍了一般的洋铁兵,然后在这些洋铁兵兄弟中间突出这个童话的主角,——那个独腿的洋铁兵。在下面才开始这位显要人物的全部历险。

是否可以让这个开头更简短些呢?可以当然是可以的。例如我们只说:"以前有一个独腿的洋铁兵。"这样做,简短当然简短得多了,然而却损害了作品的艺术质量,损害了这个独腿洋铁兵的鲜明形象,损害了故事发展的逻辑性。

在这个开端里,安徒生非常聪明地、简捷地介绍了这个重要角色的身世和他的性格,为什么他是个独腿的洋铁兵呢?哦,原来如此!为什么他是这样坚定呢?哦!原来他整个身心是铁铸的!为什么他能够有以后的许多非凡的经历呢?那是因为他是一个洋铁兵!为什么他会遇到那位美丽的纸剪的舞蹈家呢?那就因为他们都是作为礼物送到小孩的桌上来的!在这里,这位艺术大师用最精炼的文字为小读者预先埋下了好几条伏线,使得后来的发展,一切都在情理之中。

如此看来,开头固然一般要求简短,但是必要时,它也可以适当长一些。

必要或者不必要,全看它是否能够完成"统筹全局"的准备工作。

必要或者不必要,全看它是否能够完成吸引小读者,让他们毫不感到厌烦地把注意力迅速转移到作品的正题上去的这个任务。

八十一

孩子年龄越小,就越缺少耐心。

枯燥乏味,冗长臃肿的开头,对低幼儿童是一种折磨。如果你诚心诚意要他们听你的故事,最好能够开门见山、单刀直入地把故事的本体展现在他们眼前,(我说的是给低幼儿童看的故事!)——当然,要让他们乐于听完你的故事,这还得看你的整个故事是不是跟那个好开头同样能吸引他们。

八十二

"从前有一个人。……""许多许多年以前有一个老太太。……""在很远很远的地方有一个什么什么……"诸如此类的开头,千百年来已经被多少人用过了。人们厌烦地说,这样的开头已经老得掉牙了。

然而,幼小者对这样的开头的厌烦情绪似乎还远没有我们成年人厉害。因为无论如何,它引导小读者一下子就进入了故事,而不是让他们心焦地在故事世界的大门口等候检票入场。

如果是冗长的枯燥的开头,那么,小读者宁愿只要这种"长生不老"的开头。

请不要误解我的意思。我,作为一个创作者,丝毫也不留恋这种开头。

八十三

要让整篇作品吸引小读者,就得从头到尾充满着趣味。

如果在读着或听着的时候,小读者竟能不为外务所引,那你这个作品,在技巧上说,肯定是成功了。

如果在读着或听着的时候,小读者竟能不打一个哈欠,甚至愿意暂时放弃其他的任何享受,那你这个作品,在技巧上说,肯定是大大地成功了。

不管是多么有意义的作品,如果缺乏趣味,那总是一个相当大的缺憾。

我希望没有人会认为我是主张只要趣味,而不要教育意义。

八十四

儿童文学一定要写得有趣。以低幼儿童为对象的儿童文学尤其如此。

儿童文学,尤其是低幼儿童文学,如果没有趣味,那就象豆浆里没有搁糖一样。而小娃娃们,大家知道,没有糖是会觉得不痛快的。

八十五

高尔基曾经指出:"十岁以下的儿童就要求娱乐,这种要求是合乎生物学的规律的。他想要玩,他什么都玩,他在游戏当中,通过游戏,非常简单,非常容易地去认识他周围的世界。"

怎样理解高尔基说的幼小者要求娱乐的意思呢?

我认为这意思是说:

娱乐就是趣味。一切游戏都充满着娱乐,充满着趣味,幼小者不能没有游戏,不能没有娱乐,不能没有趣味。

"他想要玩,他什么都玩,他在游戏当中,通过游戏,非常简单,非常容易地去认识他周围的世界。"这些话的意思又是什么呢?是不是就是象有些人所说的只有通过游戏才能去教育儿童呢?

这是说,即使是读故事,听故事,对幼小者说来,这也意味着是一种娱乐,这也是跟游戏有同样娱乐性的生活的一部分。

这也是说我们要求为低幼儿童准备的文学作品,也要象游戏那样充满着娱乐性。但是,这并不等于我们必须在低幼文学中描写儿童的游戏生活。

要使低幼儿童文学象游戏一样有趣,这是一回事;而在作品中描写儿童游戏生活,那是另一回事。

小孩子为什么喜欢有情节的故事?因为有情节,就有戏。戏就是游戏的一种表现形式。

故事里就有游戏的因素。童话,儿歌,笑话,谜语,以及一切其他充满娱乐性的文艺形式都有游戏因素。用文艺来教育低幼儿童,本身就是通过游戏来帮助他们"非常简单,非常容易地去认识他周围的世界"的方式之一。

把那种描写儿童游戏生活当作是通过游戏来教育儿童的唯一创作道路的看法，是一种极狭隘的看法。

我是这样来理解高尔基的这几句话的。

八十六

一切文学艺术都是有娱乐性的。由于孩子们对娱乐的要求比成年人更强烈些，年龄越小越是这样，因此，儿童文学，尤其是低幼文学的娱乐性是不容忽视的。

八十七

人的童年时期是一去不返的，并且是"不可重复"的。正如马克思所说："一个大人是不能再变成一个小孩子的，除非他变得孩子气了。但是，难道小孩的天真不会使他高兴吗？"（《马恩列斯论文艺》）

人们怀念自己的童年。人们也怀着极大的兴趣欣赏着孩子们的天真。但是，这一切都是在他自己长了胡子之后。（啊，我说的是男同志！）当一个人自己还不是成人，而还是一个道地的孩子的时候，他用更大的兴趣欣赏着成年人的老练，并且切盼自己很快能变成成人。

因此，说孩子们只喜欢讲小孩子们自己的生活的故事，那是并无根据的。那种以描写儿童的游戏生活和模拟动作为主旨的作品，我看小孩子们自己不会比成年读者更欣赏它。

我现在越来越相信，成年人需要一种专门描写儿童生活的文学。或许这也可以称之为"儿童文学"。不过，这完全是属于成年人的儿童文学。

八十八

《随园诗话》云：

> 余常谓诗人者不失其赤子之心者也。沈石田《落花诗》云："浩劫信于今日尽，痴心疑有别家开。"卢仝云："昨夜醉酒归，仆地竟三五，摩挲青莓苔，莫嗔惊着汝！"宋人仿之云："池昨平添水三尺，失却捣衣平正石。今朝水退石依然，老夫一夜空相忆。"又曰："老僧只恐云飞去，日午先教掩寺

门。"近人陈楚南题《背面美人图》云:"美人背倚玉阑干,惆怅花容一见难。几度唤他他不转,痴心欲掉画图看。"妙在皆孩子语也。

实则此皆非"孩子语"也。

儿童文学作者要善于分辨真正的孩子语和成人的"孩子语"。如上随园所举,成年人读来自有风趣,要是给孩子们读,当为这种"老天真"笑倒!

八十九

我们按习惯称之为低幼文学的东西,如果按照更科学的说法,应该分别称之为"学龄初期儿童文学"和"学龄前期儿童文学"。

两者之间,没有不可逾越的界限,但是又应该有各自的特色。

孩子的年龄越小,他们之间的智力差别越大。把两种不同对象的儿童文学根据对象的年龄特点,分别专门研究,这不论在专业创作上或者在编辑工作上都将更有好处。

从创作实践看,一个人常常可以是学龄前期儿童文学的作者,同时又是学龄初期儿童文学的作者。这恰好是两者之间没有不可逾越的界限的证明。然而,这并不等于说:两者可以没有各自的特色而混同起来。

既熟悉年龄较大的少年儿童生活,又熟悉幼小者的生活,这是难能可贵的。正因为这样,要一般的少年儿童文学作者兼搞低幼儿童文学创作是比较困难的。这样的通才并不是到处可以物色到的。

就目前情况来看,我们特别需要有一些擅长低幼儿童文学的作家,就象苏联的马尔夏克和巴尔托那样第一流的主要写低幼儿童文学的作家。象我们这样的国家,即使有一百个马尔夏克和巴尔托也是不嫌多的。到条件成熟,我们还将要求有专门的学龄初期儿童文学作家和专门的学龄前期儿童文学作家。

如果我们的低幼儿童文学作家有一般儿童文学作家的一半么多,我们儿童文学出现令人兴奋的、全面繁荣昌盛的局面,也就不远了。

九 十

一个国家的文明,相对地反映在社会对年幼一代的关怀上。我们国家象所有的社会主义国家一样,由于党的教导和社会制度性质所决定,我们的年幼一代是生活在阳光普照的全社会的爱护和关注之下。然而,并不是绝对没有人对孩子们采取冷漠和轻蔑的态度。他们甚至鄙薄一切有关儿童教育和儿童文化的工作,讥之为"小儿科"。他们绝不愿意干这种工作,认为这是对自己的亵渎和委屈。他们还瞧不起干这种工作的人,认为他们是微贱的,低人一等的。

这种现象是旧时代令人憎恶的意识残余。要肃清这种残余,有待于长期的反复的教育,并且要加强人们对一切儿童工作的光荣感和责任感。

九十一

在少年儿童工作中,有些人把它分了等级。

拿儿童文学来说,有些搞低幼文学的人愿意搞以年龄较大的孩子为对象的文学;搞一般儿童文学的人,愿意搞成年人的文学。这种"升级",在他们看来是体面的。反之,则是不大体面的。

不怕冒犯他们,照我看,这种人即使"升"做了"大文豪",在诚实的普通人眼里,终究是不十分体面的。

九十二

尽管有不少人对年龄越小的读者的文学越是鄙视它,然而事实却是:正是这种幼小者的文学,是世界上最难的文学!我只能坦白地承认,按我的经验,我在尝试写作这种作品的时候,遭到了最多次数的失败。我觉得,我即使以毕生的精力来学习和从事写作这种文学,也不见得能够写出多少非常出色的作品。我多么忻羡和钦佩那些为幼小者诚诚恳恳地工作,为他们精心写出了优美的作品来的有天才的同志们!

九十三

低幼儿童文学决不是"低级"的、"幼稚"的儿童文学!为了攀登它的高峰,值得我们付出毕生的劳动和不懈的努力!

九十四

写下一些简短平易的儿童语言还是比较容易的。运用简短平易的儿童语言而能够恰到好处地表达出完全适合一定的小读者对象的思想感情和知识内容,并且能够深深地感动和吸引他们,那才是不容易的。这是一种艰辛的艺术劳动。并不是任何人能创造这种业绩的。

一个优秀的低幼文学作品,即使只有短短的几十个字或几百个字,但是它常常耗费了作者很多的精力,才能达到令人赞美的艺术境界。

九十五

"教训"这个词现在已经把很多人吓坏了。名誉不怎么好听了。

然而教训本身是没有罪的。罪过在使用这些教训的人身上。

姑不论那些重大题材具有多么意义重大的教训,就是那种微不足道、无关宏旨的小题材,也可以有它的教训;姑不论故事、小说、童话、诗歌、戏剧、散文之类可以有教训,就是一个笑话,一个游戏,也可以有它的教训。好的笑话,让人笑过之后,总觉得还有什么值得回味咀嚼,这可以回味咀嚼的东西不是别的,就是教训。好的游戏,或则使孩子在胜利中领会勇敢、机智、团结、合作、耐心、敏捷的重要,或则使他们在失败中尝受鲁莽、急躁、迟缓、不动脑筋、个人突出、行动分散的危害。教训是有大有小,有重有轻,有明有暗,有巧有拙的。特别值得注意的是,教训有好有坏,而不是凡教训都是好的。

叫人倒胃口的,是那种耳提面命式的教训,唠唠叨叨,就象老祖母那么说个没完;是那种酸溜溜的陈腐教训,摇头晃脑,就象三家村老学究说得唾沫飞溅,口疲舌焦,而听者却是昏昏欲睡;是那种面目可憎、枯燥乏味的教训,就象夹在面包里的苦药一样,不论其疗效有多大,也断难叫小孩子欣然下咽。

然而,这样的教训不过使小读者厌恶而已,还不算有多大坏处,最可怕是有人把坏的教训冒充金玉良言,这种教训却是越说得巧妙越是害人。

教训并不都是可憎的。作品有了教训,并不一定损害作品的艺术质量,象有些人所想象的那样。问题要看到底是怎样进行教训。

好作品的教训并不象我们吃的包子那样,皮是皮,馅是馅。教训并不只在那一章,那一段,那一节,而是在文章所包含的整个意思里面。它溶解在整个文章之内,浑然一体,不可分割。小读者读(和听)的时候,并不意识到自己在受教训。待至通篇读完,能够自然而然地从里面获得某种东西。这样的教训就成功了。

写一篇东西,讲一个故事,要让小读者(和小听众)明白一件事情,懂得一种道理,接受一种思想,要让他们爱所可爱,恨所可恨,从广义上看,这些就是作者的教训。教训的目的,无非要使别人接受我所认为正确的思想观点,排斥我所认为不正确和丑陋的东西而已。

给孩子写东西,总是想给孩子什么东西。这所谓什么东西的里面就包含着各式各样的教训。

教训非不可有,而说教则不可有。教训非不可有,而坏的教训则断不可有。

儿童文学与儿童特点

路 遥

近来各地陆续出版了一批儿童文学作品,也出现了一些新的作者,预示着社会主义儿童文学的新发展。但是,当前的儿童文学作品,题材不够广泛,不够多样,有些同志把儿童文学仅仅理解为写孩子生活的作品。

孩子的生活要不要写?当然要写。反映少年儿童在三大革命运动中成长,正是儿童文学的一个重要方面,然而,这决不是全部。儿童文学所以叫做儿童文学,并不是因为这种文学是专门写儿童的,而是因为它是为儿童写的。无产阶级的儿童文学,它的任务就是通过艺术形象,用共产主义思想教育少年儿童。因此,儿童文学也应和成人文学一样,需要努力塑造无产阶级的英雄典型,用工农兵英雄人物的优秀品质教育后一代。榜样的力量是无穷的,对于儿童尤其是这样。无产阶级的英雄形象,一直是鼓舞少年儿童沿着毛主席的革命路线健康成长的巨大的精神力量。

我们的时代是英雄辈出的时代。杰出的少年英雄和少年儿童中间的大量的好人好事,为我们塑造少年的英雄形象提供了丰富的源泉。然而,在我们的时代里,更多的还是成年的工农兵中的英雄人物。而且,他们高大的英雄形象,更能体现出我们时代的革命精神。而资产阶级所鼓吹的"儿童中心论",恰恰是要我们把成年人的英雄形象,也就是广大工农兵的英雄典型,排斥在儿童文学领域之外,这是需要引起儿童文学作者十分注意的。

在儿童文学里塑造成年人的英雄形象,这个问题包含着两个方面。一个是要有写工农兵英雄人物的儿童文学作品;一个是要在反映儿童生活的作品里写好成年人的形象。这都要求儿童文学的题材必须更广泛、决不能仅仅局限于儿

题解 本文原载《人民日报》1972 年 12 月 26 日。这是一篇体现了"文革"中后期中国儿童文学观念的代表性文献。文章强调了无产阶级儿童文学的政治任务:不但要写儿童在三大革命运动中的成长,更要写成人工农兵英雄形象。为了让儿童接受共产主义思想的教育,儿童文学在表现形式上要采用深入浅出、儿童喜闻乐见的方式,也就是说要根据儿童读者的特点来写作。

童生活的圈子里。即使是写儿童生活的作品,也必须把儿童放在三大革命运动的广阔天地里来写,把儿童生活和整个社会生活有机地联系起来,才能全面地,深刻地反映我们的时代,更有力地教育少年儿童。

  有人说:"反映工农兵的生活,孩子不容易理解。"事实决不是这样。我们只要看看描写工农兵英雄人物的连环画,吸引着多少少年儿童,就可以知道这种说法是多么站不住脚了。孩子们有着强烈的求知欲,他们渴望着多方面地认识世界。因此,在儿童文学中反映广阔的生活面,塑造工农兵的英雄形象,恰恰是孩子们所迫切要求的。至于是否容易为孩子所理解,问题不在于题材广一些还是窄一些,也不在于是写成人还是写儿童,而在于怎么个写法。儿童文学要有自己的特点,这个特点,是根据它的读者对象所决定的。由于孩子的生活经验、思想水平、知识水平和理解能力同成年人不一样,所以在反映生活的深度和广度,艺术手法和语言方面,也就与写给成人看的文学作品有所不同。决不是康藏高原上的运输兵不能成为儿童文学的描写对象,也不是与非洲人民并肩战斗的援外工人不能写;而只是比写给成人的需要更深入浅出,易于为孩子所理解就是了。现在有少数儿童文学作品,虽然写的是孩子,但孩子并不好理解,也不喜欢看。其原因之一,就在于这些作品没有充分考虑到儿童读者的特点,成了给大人看的写孩子的作品,语言成人化,孩子的形象也成人化。

  毛主席早就教导我们:"共产党员如果真想做宣传,就要看对象,就要想一想自己的文章、演说、谈话、写字是给什么人看、给什么人听的,否则就等于下决心不要人看,不要人听。"给孩子写东西也是这样,切不可忘记了读者的特点,把作品写得浅显而且有趣。有些作品,正是由于没有做到这点,所以不为孩子所喜闻乐见。我们的儿童文学作者,要更好地为新中国的少年儿童服务,就必须在深入工农兵的同时,深入孩子的生活,熟悉孩子,把握住儿童文学的特点,写出为孩子所喜爱,对孩子有教育意义的作品。

试谈关于儿童文学特点的几个问题(节录)

陈子君

儿童文学家都应有一颗"童心"

什么是"儿童文学特点"？按照严文井同志的说法，"为"少年儿童，就是"儿童文学最根本的特点"。我很赞成这个观点。事实上，许多作品都可以写少年儿童，但他们不一定都是儿童文学。而有些完全是写成年人生活的作品，却可以成为很好的儿童文学。其关键是，不管写的是什么内容，只要孩子们看得懂和喜欢看，是专为孩子们服务的。它就是儿童文学。这些道理，也已经讲了二十多年，并无更多新鲜的东西。然而，要写出孩子们真正看得懂又喜欢看的作品，却并不是一件轻而易举的事情。这首先要求作家了解孩子，熟悉孩子，能够体会孩子们的思想感情。简言之，就是要求作家具有一颗"童心"。而这一点却是很不容易的；并且，在我们的实践过程中，还往往存在一些不同的看法，有时这种分歧远达到十分尖锐的程度。所谓"童心论"之争，就是这种分歧尖锐化的一个重要反映。

五十年代末期在报刊上曾经批判过陈伯吹同志的所谓"童心论"，或"儿童本位主义"。一时间杀气腾腾，大有把人一棍子打死之势。这些批判文章的立

题解 本文选自《儿童文学研究》第5辑，少年儿童出版社1980年版。文章反思了1949年以后中国儿童文学理论就"儿童特点"这一议题所存在的认识误区。作者以"儿童文学家都应有一颗'童心'"为核心观念，着重突出了"儿童特点"在儿童文学中的关键地位，继而就"儿童文学的特点"这一议题提出以下几个主要观点：儿童文学的题材和主题在广泛之中要有聚焦，聚焦点就是儿童生活；描写儿童生活并不是要摈弃社会现实，而是为了更好地反映现实生活；儿童文学要创造勇敢活泼、善于思考、容易接受新鲜事物的少年儿童形象。本文是纠正1958年对陈伯吹"童心论"批判的重要理论文献之一，共分为"儿童文学家都应有一颗'童心'""主题和题材是首先要考虑的问题""要创造勇敢活泼的少年儿童形象"三部分，这里选录前两部分。

论对不对,那是另外一个问题;但这种动不动就批这个整那个的办法,实践已经证明是并不好的。之所以会老是采用这种粗暴的办法,盖由于我们一些同志总是把"百家争鸣"简单地归结为"两家争鸣",把各种不同意见通通归纳为所谓"资产阶级一家","无产阶级一家",而同时又认为"我"是绝对正确的。无论在什么问题上,凡是和"我"持不同意见的人,都被认为是"资产阶级"。既然是资产阶级,那就"必须批判",甚而至于打倒,还要踏上一只脚,叫他"永世不得翻身"。这就是我们的一些"左"的批判运动之所以产生的根源。但事情却往往并不象有些人们所想象的那么简单。在我们的实际生活中,如果从世界观的角度说,当然是"两家",即唯物主义一家,唯心主义一家。从不同的意识形态说,应当分为"三家",即无产阶级一家,资产阶级一家,封建主义一家。但是如果具体到人,具体到各种不同的思想,那就不能说是两家或三家,而应是不折不扣的"百家"。因为,即便是同属于无产阶级队伍中的人,同是马列主义者,也往往是你在这个问题上比较正确,我在那个问题上比较正确,在一切问题上都百分之百正确的人,实际上是不存在的。而且有些道理到底是否正确,还要经过一个较长时间的考验才能作出结论。而那种认为"老子天下第一"、"老子永远掌握真理"的观点,是违反客观规律的,非常有害的。这实际上也是一种封建主义思想的反映,与马列主义毫无共同之处。而这种封建主义思想,正是多年以来我们在许多问题上连续遭受严重挫折的祸根。

一个同志在儿童文学方面的理论有缺陷,有问题,完全可以展开讨论。如果我们是以平等态度待人,实事求是地研究问题,这当然不会没有好处。但那次的批判,是一些主要问题上缺乏具体分析,牵强附会,无限上纲,不仅在实际上批了一些从本质上并不存在的"错误",而且否定了一切本来是合理的东西,又不准反驳,这就不仅给陈伯吹同志造成了冤狱,而且使整个儿童文学的创作思想产生了混乱,以至许多同志长期地再也不敢去探讨儿童文学特点了。其影响所及,后果是不能低估的。正如茅盾同志所说,在理论批评上达到高潮的那一年,在创作上却是歉收的一年。这难道仅仅是一种偶然的巧合吗?当然不是。

"童心论"或"儿童本位主义"渊源于美国实用主义的资产阶级教育家杜威派的"儿童中心主义"。其主要论点是,"儿童的世界是一个具有他们个人兴趣的人的世界,而不是一个事实和规律的世界。儿童世界的主要特征,不是什么与外界事物相符合这个意义的真理,而是感情和同情"。因此,"在整个教育过程中,儿童是起点,是中心,而且是目的"。"在学校里,儿童的生活成为决定一切的目的。凡促进儿童成长的必要措施都集中在这个方面。""学校科目相互联系的真正中心,不是科学,不是文学,不是历史,不是地理,而是儿童本身的社会活动。""儿童是太阳,教育的一切措施则围绕着他转动。儿童是中心,教育的措施便围绕着他而转动起来。"教育"对儿童永远不是从外面灌进去的","它包含着心理的积极开展,它包括着从心理内部开始的有机的同化作用"。"必须站在儿童的立场上,并且以儿童为自己的出发点。"等等。综上所说,所谓"童心论"或"儿童本位主义"的内容,实际上是三点:第一,必须了解并熟悉儿童的心理特点,了解他们对事物的理解水平,思想方法和兴趣爱好;第二,"童心"是抽象的,超阶级的;第三,要牵就儿童的原始和兽性的本能,听其自然发展,否定成年人对他们有意识地进行教育的作用。由此可见,"童心论"或"儿童本位主义"作为一种资产阶级教育理论的要害,主要是在于它否认"童心"的阶级性,否认一定的阶级对于儿童的有意识的教育作用;而其主张了解儿童、熟悉儿童心理特点的思想,则是这种理论的合理部分。我们应当客观地,实事求是地看待问题,对其谬误的部分,必须坚决抛弃,而对其合理部分,则必须当作一种历史遗产而加以继承和发展。这是辩证唯物主义者和历史唯物主义者应当具有的科学态度,肯定一切和否定一切都是错误的。

从这个意义上看,陈伯吹同志到底是不是一个"童心论"者或"儿童本位主义"者呢? 当然不是。他在一些儿童文学论文中,一再主张儿童文学"要担负起教育的任务,贯彻党所指示的教育政策,经常地密切配合国家教育机关和学校、家庭对这个基础阶段的教育所提出来的要求——培养社会主义新人"。他又主张,"儿童文学的特殊性是在于具有教育的方向性",要"根据共产主义教育的目的和内容,用丰富多彩的人物形象,用艺术风趣的文学语言,来揭示他们的精神世界和反映他们的生活,同时也就在这艺术的生活图景中,教会少年儿童如何对待生活,如何培养自己的道德和人生观,同时也传送了科学知识"。由此可见,陈伯吹同志的观点,和真正的"童心论"或"儿童本位主义",是有着原则性的区别的。

十九世纪末和二十世纪初美国资产阶级杜威派学者主张的"童心论"或"儿童本位主义",表面看来好象是比较客观,"没有阶级偏见",而实则不然。所谓不教育实际上也就是一种教育。这不过是在当时的历史条件下,资产阶级用以对抗马克思主义思想的传播,从而麻痹无产阶级和广大人民革命斗志的一种手段,和我国"五四"时期胡适派学者叫嚷的所谓"多研究些问题,少读些主义"一样,是直接为资产阶级服务的。这个问题在今天,在无产阶级已经掌握了政权的中国,在生产关系的社会主义改造已经完成和正在向"四个现代化"进军的条件下,仍然具有十分重要的现实意义。因为在我们的现实生活中,资产阶级的意识形态仍然每时每刻都在腐蚀着我们的青少年一代。无产阶级需要培养自己的革命接班人,理所当然地需要向资产阶级展开争夺青少年一代的斗争。

建国三十年来,在我们儿童文学界所展开的争论中,并不是关于要不要对儿童进行有意识的教育问题。实际上,部分是属于应当用什么思想教育下一代的问题,而更多的是属于如何根据儿童自己的心理特点,用什么方法更好地教育下一代的问题。这也就是我们在儿童文学领域内反复谈论"儿童特点"的目的。所谓"儿童文学家都应有一颗童心",也就是要求儿童文学家更多地了解儿童特点,熟悉儿童生活,熟悉他们的思想、感情、语言、趣味,以及对事物的理解水平,等等,以便使自己的作品从内容到形式都能为少年儿童所乐于接受。只有这样,我们的作品才能达到预期的教育目的。

然而,我们从事儿童文学工作的同志,却往往不是都已比较深入地了解孩子。不少人或者是根本不了解,或者是过去了解现在不了解,或者对那一方面了解,对这一方面不了解。总而言之,都在不同程度上存在一个"不了解"的问题。这种"不了解"造成的不良影响,不仅表现在文学创作上,而且表现在整个儿童教育事业上。刘厚明同志一九六二年发表的一篇作品《摄影记》,就典型地反映了这样一个问题。

《摄影记》是用日记体写的一篇短篇小说。描写的是一个缺乏"童心",不了解儿童特点,对儿童教育缺乏感情的记者——即作品中的"我",在经历了一番奇特而又动人的遭遇之后,对于儿童教育事业有了比较正确的体会。这种体会,对于我们儿童文学家也是非常宝贵的。

一天,这位摄影记者去动物园给小黑猩猩拍照片。一进门,就有个男孩子粘上了他。这孩子大约十一二岁,穿着红背心、蓝短裤,腰带耷拉着一截;浑身是土,象个土地爷;毛茸茸的小平头,衬着一张白皙的小圆脸儿,使人联想到蒲公英。他象飞蛾见了灯光似的,在记者身前身后转悠,伸着脖子看他那镁光灯。作者写道:

> 对这号人物我不能不稍加警惕——我们宿舍大楼里就有这么几位,他们什么事都做得出来。不是出其不意地把足球踢进你的窗户,就是冲锋陷阵般地追击老黄家的几只母鸡;每到假日,他们能把楼顶震得象窗户纸那样颤动,弄得你成天神经紧张,心绪不宁……

  这个穿红背心的孩子,果然向记者的镁光灯动手了:他想摸摸那晶亮的灯罩。记者没好气地问道:"你要干吗?"他毫不客气地说:"叔叔,你把这玩艺儿打开,让我看看亮不亮,好吗?"记者冷冷地说:"不好!"但他似乎根本没注意到这僵硬的语气,仍然笑眯眯地说:"叔叔,这叫什么灯呀?它特别特别亮吧!"……

  我找好角度,对准光圈,等反光镜上的影象完全清晰起来,就举起镁光灯,屏住呼吸按动了快门。说时迟那时快,就在快门"卡嗒"一响、镁光象白亮的闪电般射出来的一刹那间,反光镜里小黑猩猩的影象,突然被一张人脸遮住了!

  "谁?"记者怒吼一声,抬头一看:迎面站在铁笼外水泥台上的,正是那位穿红背心的小孩子!他拍手雀跃,欣喜若狂地喊道:"真亮呀,把我眼睛都照花了,多好玩呀!"记者气得浑身发抖,刚想抓住他,他却象条红色的跳鱼,跃进人群里,眨眼不见了。弄得周围的人们哈哈大笑。

  这一次给小黑猩猩拍照失败了。因为相机里只有这最后一张胶片。过几天,这位记者又到公园去补拍。一进门,又碰到那个孩子。这次,他爬到了树顶上。作者写道:

  一阵雨珠落在我身上。我仰头望去:浓密的绿荫里,闪动着一个小红点。不一会儿,两只小光脚丫从树干顶端探出来了。一个孩子抱着光滑挺拔的树干,象猴子似的直溜下来,溜得那么快,我的心不觉怦怦直跳。

  "叔叔!"他指指树顶,"那上头有一窝小鸟,许是小斑鸠(一会儿去问老师,看是不是,我们老师什么都知道),毛团儿似的,可好玩了!前天我看见两只大鸟,许是大斑鸠,往那窝里叼食,一趟又一趟的。我想,里边准有小鸟儿。夜里一下雨,我可着急了,可千万别淋坏小鸟儿呀!刚才我上去一看:嘿!小鸟儿好好的,一根毛都没湿……"

  "可是,你知道吗?公园里禁止爬树,这很危险!"我决意要训训他:"你那天的行为,可不象个少先队员做的!"我的语气僵硬好象一根棍子,"你太不爱惜红领巾的荣誉了!"……

  对这样一个孩子,我们的摄影记者只看到了事情的一面,也可以说只看到了事情的表面,总觉得这孩子太淘气,爱给人找麻烦,因而只是一味地感到讨厌和气愤;也想到要对孩子进行教育,但也只是简单地训斥几句。而完全不了解孩子的内心世界,也不想去了解。其实,这孩子天真活泼,好奇心大,对新鲜事物特别感兴趣,优点很突出。他之所以给人找麻烦,并不是出于坏心。那位具有三十六年教龄的模范教师于锦莲,就完全不是象记者这样看的。

当这位摄影记者在采访过程中称赞那位模范教师时,她却说:"三十六年。可是,越做越觉得知识不够。比如,你这镁光灯我就一点儿不懂;能跟你请教请教吗?"对此,这位摄影记者完全出乎意外,感到"真有趣!昨天那个穿红背心的孩子对镁光灯很感兴趣,今天这位老师也感兴趣"。当摄影记者兴致勃勃地向这位老师介绍镁光灯时,她却说:"太简单了,你能不能拆开它,来个实物教学?"当记者向这位老师提到那个"穿红背心"的孩子时,老师又说:"这孩子好奇心盛,勇敢,自尊心强。同时,也顽皮,好惹是生非。对待这种孩子必须细心,好象给谷子间苗,稍一大意,就会把苗儿当杂草拔掉!"

在于锦莲老师的教育下,这孩子改正了缺点。一次在街上偶然碰见那位记者在给"风雪里坚持工作的人们"拍照时,竟主动出来维持秩序。过了二三年,这孩子上初中二年级时,成了"三级橡筋模型飞机全国记录"的创造者。这位记者在主席台上重新见到那个孩子时,便情不自禁地"眼睛被泪水蒙住了",心里反复震响着一句语:"孩子,是谁让你长得这么茁壮啊!"

从这篇作品中可以看到,我们从事儿童教育和儿童文学工作的人,"童心"是多么重要!于锦莲老师之所以成为模范,正是因为她是一个具有"童心"的儿童教育工作者。她能够洞察孩子们的内心世界,处处体会他们的喜怒哀乐,并时刻站在一个教育家的高度,根据孩子们的心理特点,采取适当的方式方法,适时地对他们进行必要的教育。如果于老师不是如此,而是象那位记者开始时那样简单粗暴,这个孩子就很可能要被毁掉了,至少不会那么快地成长得那样好,取得那么大的成绩。而那位记者也真就从这一连串的事实中吸取了教训,懂得了应如何了解孩子和教育孩子的道理。也就是说,开始有了"童心"。作品中的"我"写道:"我对儿童教育已经产生浓厚的兴趣了!""自从那个风雪的早晨以后,我经常怀念那穿红背心的孩子,象怀念老朋友似的。说也奇怪,近来我特别喜欢跟孩子接近,特别是那些调皮的男孩子。从他们身上,我总能看到那穿红背心的孩子的影子;不管他们多么调皮,我也相信他们会茁壮地成长起来。我愿意给他们讲革命故事,愿意给他们当乒乓球裁判,渐渐地,他们也喜欢我了,肯听我的话了。……"我以为,这种描写实际上是对刘厚明同志自己的写照。厚明同志是教师出身的作家。二十多年来,他写的儿童文学作品,无论是《小雁齐飞》也好,《表》也好,《星星火炬》和其他什么也好,避开其艺术技巧不谈,其最突出的特点是对儿童心理刻画入微,并且恰到好处,作品中故事的发展,情景的安排,对人物的处理,都比较符合儿童特点,体现了作为一个作家、教育家的思想高度。我感觉,刘厚明同志是多年来"童心"最多的儿童文学作家之一。但愿我们的儿童文学作家都来具有更多的"童心"吧!

主题和题材是首先要考虑的问题

儿童文学是教育少年儿童,为少年儿童服务的文学。从原则上说,凡是儿童能够接受,对儿童有教育意义的东西,都可以作为创作儿童文学的材料。因此,儿童文学的主题和题材是非常广泛的,它甚至比成人文学的主题和题材还要广泛得多。孩子们对一切事物都感到新奇,渴望着去了解,富于幻想,天上的星星,海里的游鱼,世界的山川,祖国的大地,上至几千几万年的历史,古老的传说,下至无穷无尽的人类的未来,整个宇宙万物,都是孩子们关心的对象。而对这一切事物,他们又是根据自己的理解水平和心理特点去认识的。他们常常会提出各种各样奇特的问题,发表各种各样奇特的见解。儿童确实有一个自己的广阔而又独特的世界。这整个广阔而又独特的世界,都是儿童文学可以充分描写的范围。这样一个极为普通的道理,已经反复讲了二十多年。然而,二十多年的风风雨雨,给我们儿童文学的理论和实践都造成了极其严重的损害,以至于今天我们仍然要把扩大主题和题材范围这个问题作为拨乱反正的重要内容之一。今天我们儿童文学主题和题材仍然狭窄的情况,既不能满足培养新一代无产阶级革命事业接班人的需要,也不能满足广大少年儿童读者多种多样的艺术胃口的需要。

在五十年代中期,不少人曾经对儿童文学有过一些误解,以为儿童文学只能以儿童的学校和家庭生活为题材。因此那时的儿童文学作品,较多的是一些写学校和家庭生活的作品。针对这一情况,当时曾提出过"扩大儿童文学的主题和题材范围"的口号,要求儿童文学充分地描写儿童的社会生活,成年人的生活,和整个国家社会生活,以避免有意无意地把儿童的眼界限制在狭小的所谓"儿童圈子"内,妨碍儿童身心的健全成长。毫无疑问,当时这种要求是符合我们党和国家培养无产阶级革命事业接班人的教育宗旨的,也是符合儿童文学的创作规律的。但是,任何真理被强调了极端,就会走向反面,成为荒谬绝伦的东西。在五十年代后期,直接描写儿童生活的作品就逐步少起来了。特别是林彪、"四人帮"横行时期,在学校教育上,片面强调所谓"开门办学",让学生走出校门参加"三大革命运动",而忽视"以学为主"。同时,把儿童文学为政治服务狭隘地解释为仅仅是为党的中心工作服务,为当前的政策和政治运动服务,因此,要求儿童文学也要写当前的重大政治斗争,写斗"走资派"。而学校和家庭生活却反过来成了儿童文学的禁区。提倡注意儿童心理特点固然要被扣上"童心论"、"儿童本位主义"的帽子,写儿童生活,特别又写儿童的学校、家庭生活,更要被加上脱离政治、脱离社会的罪名。直到现在,林彪、"四人帮"的这个流毒仍然没有完全肃清,以至于描写孩子们学校和家庭生活的作品还是少得可怜。而且,无论是描写学校、家庭生活,或描写国家社会生活,作品的主题和题材,也是往往缺乏应有的丰富多样性,在许多情况下都显得过于单调,重复和陈旧。这又是二十多年来一直没有很好解决的一个问题。推其原因,归根到底还是对于儿童文学特点这个问题没有能够很好解决。或者说,在理论上虽然明确了一些问题,但实践上仍然没有取得应有的突破。我们儿童文学工作者当前的一项重要任务,就是尽快地取得这种突破。

虽然儿童文学的主题和题材是非常广泛的,但是儿童文学还是应当以描写儿童生活为主。这和成人文学应以描写成人生活为主的道理是一样的。然而,所谓描写儿童生活,也仍然存在一个应以社会生活为主,还是以学校和家庭生活为主的问题。我以为,还是应当以学校和家庭生活为主比较合乎实际一些。这里也反映了一个儿童特点问题。由于孩子们年龄还小,学校和家庭生活是他们的主要生活。社会生活固然重要,但对孩子们来说,毕竟还是距离远一些的东西。脱离政治、脱离社会固然不对,但要过多地把孩子们拉向社会参与政治,也是不对的。而且,要说学校和家庭生活就必然是脱离政治、脱离社会的,这也不符合实际。在任何一个历史阶段,学校和家庭都是整个社会的一个组成部分,甚至于是基本的部分。一切社会、政治、经济、文化,各种意识形态的潮流,都不可避免地要在一定程度上反映到学校和家庭生活中来,并对学校和家庭产生强烈的影响。任何学校和家庭都不可能是"世外桃园"。比如,不久以前,有一位从事儿童文学的老作家告诉我,他问过他最小的孩子:"你们的学校生活怎么样?"回答是:"我们没有生活。"这句话的真正含义是:现在学校领导、老师、家长和学生,都是集中力量抓功课,抓学习,差不多一切课外活动都已停止,更谈不上参加校外的社会活动了。据北京市少年宫的同志反映,过去要求参加少年宫活动的学生很多,还要找关系,走后门才能办到。而现在,却反复宣传动员都不肯去。

这难道是一个孤立于社会政治的现象吗？当然不是。我以为，单是这一个问题就有许多文章可作的。这种所谓"没有生活"的现象，实际上也就是当前我们党和国家工作着重点转向"四个现代化"，以及经济生活存在暂时困难，大批青年就业不易的一种客观现实的反映。在今后一个相当时间内，这种现象也是难于避免的。这确实使得孩子们的学校和家庭生活显得比较单调、贫乏。但这又只不过是事情的一个方面，而另一方面，也是更主要的方面，不论孩子们如何专心学习，死啃书本，都不可能真是"没有生活"的。试想想，孩子们在努力学习中，思想活动也决不会真是那么简单。学好文化科学知识，争取获得优异成绩，这本身就是一种非常艰苦的劳动，需要坚强的革命意志和持久的钻研精神。而对孩子们来说，这又是一个反复曲折的斗争过程。其酸甜苦辣的滋味，肯定是非常丰富的。我的最小孩子问我："我总想学得更好一些，可总下不了决心。下了决心也容易动摇。这是为什么？"我说："你好好看看罗文应的故事吧！"她说："就有罗文应的故事呀！"我说："等着吧！你刘叔叔在给你写张文应的故事；柯阿姨在写李文应的故事！"的确，有多少当代的"罗文应"和"马列耶夫"在等待着作家们去描写啊！怎么能说"没有生活"呢？

  还应当看到，只要我们仔细地观察到生活的深处，而不是浮在表面，就不难发现，林彪、"四人帮"制造了成百万的冤、假、错案，残害了大批的革命干部和知识分子，那些数不清的所谓"可以教育好的子女"，难道没有尝尽"狗崽子"的生活的苦楚吗？然而，他们在其真正革命父母及其战友的直接教育下，在党的关怀和工人、贫下中农的帮助下，经过各种难以想象的严峻考验，无产阶级的革命精神不倒，许多人锻炼得更加坚强了。他们的生活又是多么丰富呢？而更为广泛的说，林彪、"四人帮"的极左路线和以往"左"倾错误所造成的政治、经济、文化、社会等各个方面的问题，对于广大人民特别是青、少年一代造成的精神上的创伤和实际生活中的困难，其影响之深，至今仍然还没有消除。我们仍然处在一个由于人为的过错制造出来的非常复杂的矛盾世界中。不久以前一个二十三岁的青年向我提出一个问题："我应当走哪一条路？"我们不能不看到，如今正在思考着的青、少年一代，是既有探求，也有迷惘；既有希望，也有失望；既有欢乐，也有痛苦的。成批的问题需要我们去解答，心灵上的创伤需要我们去医治，暗淡了的生命的火光需要我们去点亮……在善于透过各种复杂的社会矛盾和消极因素看到正在前进的真正希望的火光，不悲观失望，不为各种资产阶级思想所影响，努力学习，健康成长，并对社会主义祖国作出应有贡献的人们中间，又有多少老、中、青、少的新的英雄人物需要我们去歌颂啊！这一切，都是我们的文学艺术所不能回避的任务。这个任务是多么重要而又艰巨啊!

一个真正的无产阶级革命者,人民的作家,在任何时候都应当和人民同呼吸共命运,说人民心里想说的话。过去革命战争时期,人民豁出性命来保护我们,不正是因为我们有这样一条根本的品德吗?也许有人认为,说真话,对成年人应当,对青年人也可以,但对少年儿童可不行。对儿童主要应是进行正面教育,而不应当让他们知道任何消极的、令人感到不快的东西。这实际上是对儿童教育和儿童文学的又一误解。我以为,对少年儿童当然应以正面教育为主,但正面教育并不等于回避现实去进行抽象的说教,不等于粉饰现实,伪造生活,又哄又骗地去进行田园牧歌似的歌颂。而必须是结合实际,接触矛盾,对各种问题作出正确的解答,引导孩子们通过自己的头脑去认识生活,寻求真理。多年的实践已经证明,那种把孩子装在玻璃柜子里不让接触复杂现实生活的教育方法,只能培养"温室里的花朵",而不能培养坚强的战士。正如那种史无前例的风暴到来之时一样,他们一旦进入复杂的环境,便会手脚无措,以至被某些野心家、阴谋家牵着鼻子走,对人民干了许多坏事还自以为是在"为人民服务"。这实在是一个非常离奇的悲剧。我们必须记取这一严重的教训。事实上,我们今天的孩子也确实并不单纯了。不久以前有位老师告诉我,甚至一个十二三岁的孩子也会对我们思想路线上的是非一下子提出几十个问题。谁要是还固执地留恋五十年代《祖国的花朵》中和《罗文应的故事》里那样天真无邪似的人物,他是一定会落空的。所谓"儿童特点",所谓"童心",也在随着时代的发展而发展。对于今天的孩子,我们也只能从实际出发,面对矛盾,采用各种合适的方面,包括文学艺术的方法,因势利导,从正反两个方面去耐心地进行教育。当然,我们在这样做的时候,要注意顾全大局,有利于安定团结,有利于"四化"。

在谈论儿童特点时,还应当照顾到不同年龄儿童的不同特点。不同年龄儿童读者在智力和兴趣爱好上往往是差别很大的,因此必须细心地加以区别对待。而这,正是我们所注意不够的一个问题。举例来说,孙幼军同志的《小布头奇遇记》,如果从思想内容和艺术技巧上说,无疑是比较好的。但这部作品所描写的生活内容和作品的形式之间,却有着一些难于调和的矛盾。作品描写的是一些幼儿园孩子的生活。有一个小朋友,名字叫苹苹。她得了一个布娃娃,名字叫"小布头"。"小布头"想做一个勇敢的孩子。有一回,他从酱油瓶上跳下来,碰翻了苹苹的饭碗,把米粒儿撒了一地。苹苹生气了,她批评"小布头"不爱惜粮食。但"小布头"也生了气,他不接受苹苹的批评,从苹苹那儿逃了出来。以后,"小布头"遇到了许多奇奇怪怪的事情,认识了许多新朋友,听他们讲了许多很有意思的故事。后来,"小布头"懂得了为什么要爱惜粮食的道理。他变成了一个真正勇敢的小布娃娃,又回到了苹苹身边。这就是作品的故事梗概。它对孩子是有一定教育意义的。但是,这部作品的篇幅长达九万余字,无论从内容结构或语言文字来说,低幼年级的孩子都是无法阅读的。而对于中高年级的孩子来说,由于作品所描写的生活内容比较简单,甚至幼稚,又很不满足。这就形成了内容和形式之间的尖锐矛盾。我以为,象这样的内容,如果经过精心选择之后绘成图画故事,或拍成美术片电影,或者通过电台讲故事的办法,向低幼孩子们广播,是完全可以的。然而作为中长篇小说或童话,却不是那么很合适。

　　再谈谈儿童文学写成年人生活的问题。

　　前面已经说过,一篇作品写了儿童,也不一定就是儿童生活,而写成年人生活的作品,也可能成为好的儿童文学。这在实际生活中例子是很多的。《红楼梦》写了很多七八岁、十二三岁的孩子,但整个作品的生活内容和思想感情,几乎全是属于成年人范围之内的,所以它不是儿童文学。而《西游记》一个孩子也没写,但整个作品所描写的生活内容,人物的思想感情和作品的故事结构,成年人和孩子都是能够理解,并且是很感兴趣的,所以也可以把它划在儿童文学的范围之内。我们今天的"小人书",绝大部分并不是有意识给孩子们出的,但其中许多故事孩子们都非常喜欢。我的一个七八岁的孩子也成天缠着我给讲"小人书",甚至同一本书要讲上十几遍,还要继续讲下去。安徒生的童话《皇帝的新衣》深刻地反映了封建帝王时代的一种社会矛盾,成为不朽的巨著。它主要的并不是写孩子,而人们却一直认为这是一篇非常好的儿童文学作品。严文井同志的童话,近些年来也偏重于讲述哲理性的故事,并表示,在今后的时间里还要写一些干预生活,更深地反映社会矛盾的童话。我想,这也是文井同志作为一个老作家对儿童文学作出的贡献。事实上,如果儿童文学仅仅限制在儿童生活的狭小圈子里,不能给读者以更深的思想启示和更长更久发生作用的精神力量,那也就未免失之浅薄了。这里也牵涉一个如何恰当估计孩子的理解能力问题。从儿童心理发展的客观规律看,小孩子总是喜欢爸爸的大靴子。在学习上,总希望看一些比他们现有理解水平略高一些的东西。我的大儿子从八九岁起就看青年人的长篇小说。当然不能全懂,甚至不少字也不认识。但他在阅读过程中逐步懂得多了,所以非常喜欢。他在十二三岁以前,就读了我所珍藏的中外名著的一个不算少的部分。因此这个孩子一直思想比较开阔,语文程度比较好,认识和处理社会问题比较一般同年龄的孩子要老练。一九五七年我在长春遇见过一个十二岁的女孩子,她那时就已经读了四百多本大部头小说,谈起话来懂得的事情非常之多。这当然都是一些比较突出和比较个别的例子。但至少可以说明一个问题：在成年人的生活里面，有许多东西孩子们是可以理解的，如果写得故事性强，生动活泼，语言明快，又富于趣味性，适合儿童口味，孩子们是会喜欢的。五十年代谢力鸣同志所写《火热的心》，是叙述一个空军英雄的类似苏联卫国战争时期"无脚飞将军"的故事。主人公那种忍受沉重的伤痛，战胜由于严重伤残带来的绝望情绪，和坚持锻炼身体，装上一双假腿重新飞上蓝天的顽强的革命意志，深深地打动着亿万小读者的心。作品中虽然没直接写孩子，但孩子们却非常喜欢。我以为，这是建国三十年来完全以成年人生活为题材写的一篇最成功的儿童文学作品。

导思·染情·益智·添趣

——试谈儿童文学的功能

刘厚明

    儿童文学所以重要,是由它的读者决定的。它的读者有两个明显的特点:第一是多,据估计我国有阅读能力的少年儿童达两亿之众,比起成年人,他们读书的兴趣也较大,时间也多些;第二是小,从三、四岁到十四、五岁的孩子,是儿童文学的读者群,对一个人来说,这个年龄阶段可塑性最强,极大地影响着他的性格、气质、志趣和理想的形成,且最易接受形象化的教育。承认读者的这两个特点,那就会把儿童文学看成整个文艺事业的十分重要的组成部分了。"要发家,看娃娃"这是一句老话,要建设具有高度物质文明和精神文明的社会主义国家,要看我们能不能把少年儿童工作,包括儿童文学搞好。

    儿童文学的创作问题很多,我感到其中最重要的,是我们对儿童文学的教育功能看得太狭隘、太机械,也存在着"从属于政治"的倾向。重视教育作用理所应当,但把这种作用当做对小读者的政治思想或道德伦理的单纯灌输,就未免片面了;如果这种灌输又是说教式的、图解式的,那就更糟!对儿童文学教育功能的狭隘观点,影响了创作的繁荣,阻碍了百花齐放和艺术质量的提高。

    儿童期和少年期,是人的蓬勃发展的黄金阶段。孩子们睁大好奇的眼睛,认识着世界,学习着做人,寻找着能满足他们求知欲的事物,追求着生活的乐趣。儿童文学应该适应他们多方面的需求,尽可能广泛地开拓题材领域,不拘一格地扩展主题内容,从不同年龄的小读者的接受能力和欣赏趣味出发,依靠艺术形象的魅力,潜移默化地影响他们的心灵。儿童文学对于小读者,不是头疼医头、脚疼医脚的"药方",而是含在色、香、味俱佳的食品中的"养分"。

题解 本文原载《文艺研究》1981年第4期。文章通过聚焦于儿童文学的主要接受者——"儿童读者"的特点来探讨儿童文学的多重功能,并提炼出"导思""染情""益智"和"添趣"四种功能,来分别对应儿童文学创作中的真实性、思辨性、情感性、科学性、想象性和文学性等重要议题。这篇文章对冲破在中国儿童文学领域内长期占有主导地位的狭窄的、机械的"教育工具论"禁锢具有重要意义。

说具体一点,儿童文学对小读者可以起些什么作用呢?似乎可以概括成八个字:导思、染情、益智、添趣。我试以这八个字为题,联系创作问题,谈谈自己的看法。

导思。儿童文学要引导小读者思考生活,认识生活。借用马雅可夫斯基一首儿童诗的标题,就是引导孩子们分辨"什么是好,什么是不好",分辨是与非,真善美与假恶丑。

要引导小读者分析、认识生活,就必须真实地反映生活。对社会生活(包括孩子们自己的生活)的粉饰或丑化,都会"误人子弟"的。而且,虚假的东西小孩子也会嗤之以鼻,鲁迅曾说:"小孩子多不喜欢'诈'作,听故事也不喜欢是谣言,这是凡有稍稍留心儿童心理的都知道的。"

但是,不能真实地反映社会生活,回避矛盾斗争或浅尝辄止的现象,在我们的儿童文学作品里,似乎比成人文学更严重些。为什么?有个创作思想问题,就是担心触及了生活里的矛盾斗争,写了阴暗面,会使小读者的思想受"污染",他们的"抵抗力"弱呀!其实,生活里的阴暗和丑恶,你不写,孩子也要接触,倒不如写出来,引导他们分析、认识,增强抵抗力为好。"十年内乱"给我们的教训之一,就是许多青少年把我们的社会看得完美无缺,比太阳还光明,连个黑子也没有,结果,阴暗、丑恶的东西一经暴露,他们就感到不可理解,甚至认为受了骗,信念动摇了,甚至所谓"看破红尘"。这个教训难道还不够深刻吗?我们相信,那样的浩劫不会重演,但现实生活里的矛盾,阴暗的、丑恶的东西,现在有,将来还会有,孩子们还要时时刻刻地接触,要求我们帮助他们去思考,去认识啊!

我这么说,绝非鼓励儿童文学要大写生活的阴暗面。我赞成高尔基如下的观点:他说儿童文学"过分强调生活的阴暗面",是一种"错误的风气";还说"不真实是不对的,但是,对儿童必要的并非真实底全部,因为真实底某些部分对儿童是有害的"。他主张儿童文学"放在首要地位的,不是在小读者心里灌输对人的否定,而是要在儿童们底观念中提高人的地位"。高尔基说得言简意赅:第一,"不真实是不对的";第二,不要去写"对儿童有害的""真实底某些部分",照我看,这"某些部分"既包括诲淫诲盗、低级下流的东西,也包括孩子们难于理解,因而容易错误地理解的某些政治的、社会的复杂问题。人的思想发展也要"循序渐进",有些问题等他们长大些再了解,也不为迟吧?第三,高尔基主张儿童文学首要的任务,"不是在小读者心里灌输对人的否定,而是要在儿童们底观念中提高人的地位",就是说我们不妨反映生活的黑暗面,但同时要写出光明比黑暗更强盛，真善美比假恶丑更富生命力，人的尊严较之人的卑鄙要高尚而且恢宏。使小读者对生活、对人生抱有信心和热望。近几年来，我们的儿童文学里，也出现了一些"伤痕"作品，这些作品大都没有停留在渲染"伤痕"上，着意表现出我们的人民必将战胜"伤痕"及其制造者的潜在力量。是的，儿童文学的悲剧性作品，不妨悲得使小读者泫然泪下，但基调应是明朗的、向上的，而不是灰色压抑的。都德的《最后一课》，写了一场民族灾难，但他把民族自尊心和爱国主义感情，写得多么深沉感人啊！

儿童文学作品，要不要有一定的思想深度？如果不讲思想深度，你写的不比小读者自己的感受更深一些，甚至还要浅，还要简单，又怎么能谈得到引导他们思考和认识生活呢？过浅、过简单是我们儿童文学作品的常见的毛病。那些受到广大小读者欢迎的作品，往往既符合孩子们的思想实际，又比他们想的深，如张天翼同志的《宝葫芦的秘密》，沿着一个孩子天真的幻想，形象地剖析了不劳而获这种思想的来源、本质和危害，妙趣横生又发人深思。我们切莫把小读者的理解力估计过低，尤其是八十年代的少年儿童，思想带有早熟的征候，没有一定的深度的作品，他们会觉得毫无意思。

导思，就是儿童文学作家以自己对生活的独到见解，以自己追求真善美、反对假恶丑的鲜明态度，带着小读者们，去"阅读"真实生活"译本"。

再谈染情。儿童文学作品要用美好的、高尚的和正义的感情，感染小读者。

文学作品有别于理论性文章，最明显的也在"以情感人"上。一般地说，孩子们比起成年人来，更重感情，对人对事往往从直感出发，更容易"感情用事"；感情大于理智，先于理智，是少年儿童的共性。这就为儿童文学的染情作用，提供了好条件，也加重了责任：儿童文学作品应该写得感情丰富而真挚，最忌干巴巴。

事实上，有不少著名的儿童文学作品，并不是以反映生活的深度和广度见长，而是在一个平平常常的故事里，创造出一种饱和着美好感情的意境。如脍炙人口的《卖火柴的小女孩》，比起许多揭露资本主义贫富悬殊的作品来，写得不见得深刻，社会背景也不那么广阔，但它为什么流传至今，打破了民族界限，拨动了一代又一代少年儿童的心弦？就因为安徒生在这个生活故事（而非童话）里，倾注了同情贫苦孩子和渴望幸福的真诚之情，创造了令人动心的那么一幅图画、一种意境。有人说，我们的儿童文学没出现过"引起整个社会轰动"的作品，"没有突破"因而成绩不佳，这种看法起码失之片面。我看儿童文学要取得"爆炸性"的社会效果恐怕很难,追求这种效果也不见得对头。它所追求的,是在孩子们的心田上,撒播美好情思的种子,并施之以细雨和风。我觉得严文井、金近和郭风等同志的童话和散文,任大霖、肖平等同志的儿童小说,是写意境美、感情美的佳作。近几年出现的儿童文学作品,敢于写情更多了,说"敢于",是因为过去写情束手束脚,怕人家扣"人性论"的帽子。这难道不是一个"突破"?

一些搞儿童文学创作的同行,时常谈到要培养孩子爱的感情——爱祖国,爱人民,爱亲人、师长和小伙伴,爱世上一切美好的事物。的确,人类的任何美德,都是建立在人们之间互相亲爱、关怀、同情和尊重的基础之上的。要培养孩子们高尚的道德情操,就要培养爱的感情。我在工读学校体验生活,听到那些有一定违法犯罪行为的青少年说:"人和人的关系,就象狼和狼的关系",既然是狼和狼,那就互相争夺、撕咬吧,还有什么道德情操可言?"十年内乱"在一部分青少年心灵上,种下了什么?人和人互相争斗、怀恨!打砸抢也就不足为奇了!阶级斗争扩大化到那种程度,真要把人与人的关系变成狼与狼了!那是对我们中华民族传统美德的一次大破坏!对善良的人们的爱,是可以转化为对敌人和坏人的憎恨的;何况孩子们在实际生活里,接触的主要是亲人、老师、同学等等呢?

人性有两面,善的、美的一面和恶的、丑的一面,纵观古今中外的儿童文学名著,都是以表现善和美的一面为主的,以人道主义精神陶冶小读者感情。表现人的心灵美、人格美,是儿童文学的永恒的主题。

少一些说教,多一些感情!

儿童文学的另一个功能是益智,对小读者智慧的发展有所助益。

人的智慧总要以知识为基础的。文学作品的主要功能不是传播知识,但或多或少带有知识性的描写,则是常见的。读者从文学作品里,获得一些社会的和自然的科学知识,乃至生活常识,也是好事。除了科学文艺作品,我们不能要求任何题材的作品,都要有很强的知识性,不过应该指出,我们的儿童文学作品,知识性描写太差,例如写景:"红的花,绿的树",至于那些花和树的品种、名称,以及根、茎、叶、花、果实的特色,就写不出来或写不真切了。这多半与作者知识贫乏有关。我自己在创作中就常常为此而苦恼。必要的知识性描写,会使作品增加艺术色彩和魅力。孩子们的求知欲很强,每一部儿童文学作品,都要为他们打开一扇通向未知世界的窗子。文学作品里涉及的知识面,比学校课本要广得多,比老师讲课也更形象、更艺术,易于小读者吸收。因此,加强儿童文学的知识性描写,扩大孩子们的视野,提高他们对科学知识的兴趣,理所应当。

观察力和想象力,是人的智慧发展的两翼。文学作品是作家观察生活的产物,反过来又能帮助读者提高对生活的观察力。特别是细节描写,对读者捕捉人的个性和事物的特征,尤有助益。想象和幻想是童话的主要手段,却不是童话的专利,我认为富有想象和幻想色彩,是各种体裁的儿童文学作品的共同艺术特色。拿小说来说,我们有不少写少先队员帮助军烈属做好事的作品,多半写得很平淡;盖达尔的《铁木儿和他的队伍》,写的也是这类题材,却充满了想象和幻想:铁木儿和小伙伴们,找到一个破阁楼,挂了许多绳索,还安了转盘、警报器等等,这阁楼就变成一只"舰艇"了;警报一响,孩子们就跑来集合,象开真正的军事会议那样,研究怎么去帮助和保护红军家属……这些描写是来自生活的,孩子们由于生活天地小,求知欲又强的矛盾,时常生出许多奇妙的想象和幻想来,三、四岁的孩子玩"过家家",不就是他们想象力的表现吗?善于观察和热衷于想象、幻想的孩子,智慧发展得就快,就比较聪明,怕就怕呆头呆脑,"一脸呆相"。让儿童文学作品插上想象和幻想的彩翼,飞腾起来吧!

儿童文学的第四个功能是添趣:既要满足小读者的欣赏要求,又要帮助他们提高欣赏趣味。

儿童文学首先必须是文学,不能因读者是小孩子,就降低文学性方面的要求;在人物的鲜明、结构的严谨和语言的准确、生动上,应比起成人文学毫不逊色。儿童文学创作似乎存在一种倾向:注重故事性,不够注意人物的刻划,提起人物就是罗文应、张嘎,个性鲜明的小主人公的画廊显得太过零落了。注重故事性无可厚非,小读者喜欢故事性强的作品;有些短篇作品,写出了发人深思的寓意或情思优美的意境,而人物的个性化不很强,也不失为佳作,如契诃夫的《万卡》。然而,就一般情况而言,塑造个性鲜明的人物形象,仍然是创作所追求的主要目标;在儿童文学里,人物的刻划也应高于故事的铺排,情节也应为塑造人物服务。《罗文应的故事》和《小兵张嘎》等作品,所以给小读者留下了深刻印象,道理也在于此。说到这里,我不由得想到我们这代人青少年时,受苏联革命文学的影响之大,《钢铁是怎样炼成的》、《卓娅和舒拉的故事》、《古丽亚的道路》、《普通一兵》等作品中的英雄形象,曾使我们热血沸腾……我国的英雄人物也不少,刘胡兰、董存瑞、黄继光、雷锋、刘文学……但为什么没有一部作品把他们的形象写出来,点燃起青年和少年儿童读者的心灵之火呢?这种题材的作品是有的,但作者先有个"英雄"的概念,然后用故事去演绎这个概念,甚至从概念到概念,塞进去许多格言、豪言壮语之类,英雄形象也就看不见了!英雄也是活生生的、具有个性的人啊！我们谈论儿童文学创作,绝不可忽略了文学作品的基本要求,特别是塑造人物。至于如何塑造新的历史时期的少年儿童典型形象（各式各样的形象）,则是摆在我们儿童文学作家面前的一个新课题。

儿童文学作品,首先够得上文学作品,才好谈是否富有儿童情趣。儿童情趣当然要讲,否定儿童情趣,也就否定了儿童文学存在的必要。什么是儿童情趣？有的同志提出两条:一条是新奇惊险,一条是幽默逗笑。孩子们的好奇心强,天生倾向于欢乐,新奇惊险、幽默逗笑的确为他们喜见乐闻。但是,光注意这两条就把儿童情趣看得太窄了,孩子们的欣赏趣味不尽相同,即便一个孩子也不能光给他一、两种味道的东西吧？何况儿童文学不仅要适应,还要提高小读者的审美力,丰富他们的欣赏趣味呢？

儿童文学应该是最美的文学,使小读者从中得到美的艺术享受——这样提,我觉得比较全面。新奇惊险如果表现了机智勇敢,幽默逗笑如果不致庸俗浅薄,也都是美的。此外,还有抒情的美,质朴的美,清新明丽的美,含蓄深沉的美,如诗如画的美,悲壮豪迈的美,喜剧美和悲剧美……只要是美的,又能为小读者所欣赏,和他们的思想感情具有"亲和力",如水和乳的交融,禾苗对雨露的欢喜,那么,就都可称之为富有儿童情趣。儿童情趣还涉及到不同年龄的小读者的心理学问题,这就不是本文能够说清楚的了。

儿童文学要担负起美育的任务:提高孩子们欣赏文学美和艺术美的能力。

导思、染情、益智、添趣这四种功能,是互相渗透的。对于一个具体的作品,又不能求全,即使只能起添趣作用,没有明确思想主题的作品,也应允许存在。对于儿童文学创作,题材方面不宜分大小,或提出以什么什么为主。写一位科学家如何为四化做出贡献,固然有教育意义；但写蚂蚁搬家或蜜蜂筑巢,如果写得引人入胜,引起小读者的研究兴趣,说不定也会为四化培养出个昆虫学家呢！

儿童文学是塑造新生一代的灵魂的文学,是教育的文学,娱乐的文学,最富感情和最有想象力的文学。少年儿童的灵魂远未定型,是人生的春天,我们应该趁着春天赶快播种,播下精选过的优良种子！

我习作儿童文学时间不算太短,理论学习却很差。有感于儿童文学理论研究工作的寂寞,在朋友们敦促下,打鸭子上架写了这篇文章。幼稚自不必说,错误也难避免,如能得到读者的教正,我也就得到提高。

一九八一年三月三十日,北京。

儿童文学观念的更新

曹文轩

整个世界在旋转,我们的生活在不断发生变化,新的意识在增长。八十年代的中国,在勇敢地审查、沉思自己的过去,毅然决然地在争取创造一个新的时代。在这一总的大趋势下,各门学科研究根据生活的需要、历史的变迁,在进行着调整,并伸开双臂去迎接先进的、活跃的、有益的新观念。儿童文学也在更新自己的观念。

一、儿童文学是文学

儿童文学是文学,不是别的。这本来是一个简单的,无需重申的,更不需争论的问题。然而,由于受到"左"的影响,有一个时期,我们无论在理论上,还是在实践上,都不愿或不敢正视这一问题,而生产出不少的标着"儿童文学"字样而实非文学的平庸之作。这些冠以文学的作品,没有为我们创造多高的文学价值。文学当然具有教育作用,排斥了这一作用,文学是不完善的。但那时我们把教育作用强调到了绝对化的程度,将教育性提到了高于一切的位置,甚至将教育性看成是儿童文学的唯一属性。(我们这里所说的教育性并非是广义上的,在此,特地声明,以免引起一些同志的误解。)而那些所谓教育,和政治又是同义语,教育即政治说教。

对儿童文学作这样的定义,显然是"左"的产物。在一段历史时期内,在我们这块土地上,四面八方极为荒唐可笑地唱着政治的高调。一切服从政治,一切

题解 本文选自《儿童文学研究》总第24辑,少年儿童出版社1986年版。文章以"更新儿童文学观念"为要旨,提出了以下几点主张:儿童文学是文学,只能把文学的全部属性作为自己的属性,而不是成为政治教育的工具;儿童文学的主题倾向需要站在健全民族性格的高度来对它们加以重新审核;儿童文学的主题实现形态应从简单、肤浅走向多重与复杂;儿童文学的题材范围应从学校生活扩大到历史与未来;"故事性"并不是儿童文学必需的情节要求;儿童文学的读者对象范围应从低幼儿童扩大到少年。本文的观点在20世纪80年代的中国儿童文学领域内产生了重要影响。

都是政治的附庸和奴仆,政治高于一切,政治是太上皇。在这样的形势下,儿童文学也被纳入了配合政治的轨道。且莫说它文学特性的被扼杀,更为可悲的是,它所配合的政治,有许多是非道德的,非人民的,非历史规律的。它所配合的,是一些损害民族身心健康,阻碍中国社会正常发展,培养畸形心理的事业继承人的政治。它所产生的恶果,至今未能消失。

即使教育观点是正确的,我们也不能把教育性作为儿童文学的唯一属性。因为,儿童文学是文学。它要求与政治教育区别开来,它只能把文学的全部属性作为自己的属性。它旨在引导孩子探索人生的奥秘和真谛,它旨在培养孩子的健康的审美意识,它旨在净化孩子的灵魂和情感,它旨在给孩子的生活带来无穷无尽的乐趣,而在这同时,它也给了孩子道德和政治方面的教育。它只能根据生活,塑造出一具具活着的艺术形象,而不能强行使它成为教育的工具,借一个影子一般的形象,拨动它的唇舌,代一个政治辅导员说出他准备在上思想教育课时说的那些赤裸着胸膛的政治观点来。

由于我们对这一简单然而又十分重大的问题未能进行拨乱反正,以至于今天还有一些儿童文学的写作者,仍然习惯地按照过去的写作程式在写作。"孩子们,我要教导你们懂得这样一个道理!"但大多数作家已经意识到:我们创造的应是一枚真正的艺术品!

二、需对一系列主题倾向作重新审核

由于"左"的思潮和封建主义思想的结合,反映到我们儿童文学中的主题倾向,有许多是错误的。我们把许多远非美好的东西打上美的印记,把许多不正确的思想涂上共产主义的油彩硬行灌输给我们的孩子。

譬如说"老实观点"。

人当然要老实。但我们现在所说的老实的内涵是什么?我们甚至把老实得不爱说话都看成是一种美德和优点。"这孩子老实呀,都不怎么爱说话。"这好什么呢?我们不是要振兴吗?不是要培养创造性的人才吗?根据现代人才科学,创造性人才必须有几种才能:① 科学研究能力;② 发明创造能力;③ 组织管理能力;④ 获得信息和情报的能力;⑤ 社交和社会活动能力;⑥ 文字表达能力;⑦ 讲话能力。要能言善辩。窝窝囊囊,拙嘴笨腮,不爱讲话,怎么成了美德和优点了呢?我们不要不加思索地把一切传统观点毫无选择地一揽子兜过来,儿童文学当然可以把赞美之词给予那些憨厚、老实得有道理的形象,更应把赞美之词给予那些坚韧的、精明的、雄辩的孩子！我们不希望我们的民族在世界面前是一个温顺的、猥琐的、老实厚道的形象！应该让全世界看到,中华民族是开朗的、充满生气的、强悍的、浑身透着灵气和英气的！

再譬如说"单纯观点"。

我们许多儿童文学作品,刻画了许许多多的单纯的好孩子。单纯当然也是美德。作为一个艺术形象出现于儿童文学作品之中,当然未尝不可。从审美意义上讲,刻画这样的形象也是有审美价值的。问题是如果我们形成一种趋势,将这些形象作为楷模和效法的榜样,塞给孩子们,这对于未来,是否有益？世界是复杂的。随着人类智力的发展和生存竞争的日益加剧,世界将会变得越来越复杂。这需要我们从小就帮助孩子们培养识别和掌握复杂世界的本领。不然我们这个民族就要吃亏。"中国人似乎已经很不适应现今世界的智力较量。"这话过分了。但确实,我们比较单纯,而单纯就意味要被人愚弄。世界既然如此,我们就要使孩子对这个世界的那一面有所认识,并教会他们对付这个世界的本领。事实是冷酷的,他需要一种以正直为基础的无情去粉碎它。我们不能做梦,更不能教唆孩子们去做梦。我们要向他们讲毛泽东、周恩来的正直,要向孩子们讲他们在国际事务和日常生活中所表现出来惊人的中国人的机智！

诸如此类的主题倾向,我们不能不加思索地让它们继续下去。得站在健全民族性格的高度来对它们加以重新审核。

三、改变主题实现形态

文学作品的主题,不应当是暴露在阳光下的裸体。它应当是含蓄的、蕴藏在作品底层的一种精神。而且这种精神应当是丰富的,也就是说,作品的主题是多元的,而非单元的。主题的实现状态,不应是条状的,而应是放射状的,它散漫开来,溶解和浸透在人物、语言、整个字里行间,不是如同红色的箭头那样向读者直奔而来。这种主题实现状态,是由文学这门科学的性质所决定的。这一点上,儿童文学不可有什么特殊的例外,也只就是在主题的深浅程度和隐藏的深浅程度上略有区别。过去,我们的儿童文学理论,强调作品明了、易懂,要求与读者的接受能力保持同一水平线。对此主张,现在看来,我们不能不持怀疑态度。我们以为,儿童文学(除低幼文学外)在深度上,应当略高于读者的欣赏水平线,让他们费点力气,跳起来用手够一够。儿童文学不应就低,它本来就应当有一些难度,就象供给成人欣赏的成人文学一样,它丰富的内容不一定要让读者仅仅在阅读了一遍作品以后就轻而易举地全部获得,而是让他们先部分地获得,然后再逐步全部获得,即使不全部获得也可以,甚至是他们朦朦胧胧地感觉到一点什么动人的东西而一下子还无法说清楚都可以。安徒生的《丑小鸭》、《卖火柴的小女孩》,难道我们的小读者(甚至包括我们成人在内),都是轻而易举地获得它的美,它的哲理,它的精髓的吗?作为文学作品,本来就是应当有丰富的蕴含量,让它的读者去不断开采的,若不然它只能是一颗瞬息间就消失的流星而已。

浅薄的作品非但没有文学价值,对读者的思维能力的培养也是无益的。一些儿童文学作品,由于主题的单一和直露(团结友好、爱护公物、舍己救人),它只能培养儿童单项的、浅层次的思维。而复杂的生活、尖端的科学,需要我们有多重的、深层次的复杂思维。作为儿童文学,除了考虑到它的艺术魅力外,不能忽视对儿童思维能力的培养问题。

四、时空距离的再扩大

实事求是地讲,我们的儿童文学所占有的一块天地还是比较狭小的,时间的领域也比较狭窄。

我们把一个无头的过去和一个无极的未来忽略了,把一个巨大的空间排斥了。其实,我们孩子的足迹无处不在:漠漠荒原,滔滔大海,无垠的沙漠,茫茫的草原和莽莽苍苍、深不可测的大森林。其实,我们的孩子在广阔的社会生活中无处不在:随父亲游牧马群;由于海外关系的获得,小姑娘从中国来到芝加哥;山中酒肆,一个少年和他十八岁的姐姐在为客人沽酒;而在遥远的北方,发生了一场雪崩,几个孩子连同小屋一起被埋在雪中⋯⋯。天地之广阔,时间之悠远,我们怎么就不能从小学校的铁栅栏挣脱出来,光在那五十平米的气闷的小教室里挤来撞去呢?我们丝毫无轻视写学校生活的意思——学校生活毕竟也是孩子生活中的很重要的一部分。但,光写学校生活够吗?

我们的儿童文学显得小气,拘束,很重要的一个原因是时间和空间距离太短。近几年,有所扩大,但还不够,还需再扩大,需要走出铁栅栏,需要追溯流逝的生活和幻想未来的生活,需要表现小景小物,也需要表现一个无限的宇宙。儿童文学作家应凭借想象的翅膀,放任自己,漫无边际地翱翔。这对开阔少年的视野,扩大思维空间也是有益的。

五、情节的定义需重新注释

一个普遍流行的儿童文学理论：儿童文学要情节性强。这一观点，按说是没有什么谬误的。问题是，这里情节和故事是同义语——儿童文学情节性强也就是故事性强。这也许仍然没有太大的谬误，谬误是我们把这一观点绝对化强调了，认为写儿童文学就是编一个曲折引人的故事。

然而，我们现在却要说：这一观点需要修正。

事实上，那些没有什么故事性的作品，一样能强烈地吸引他们。一篇没有什么故事，只是用琐琐碎碎的细节刻画出一个活灵活现的艺术形象的作品；一篇没有什么故事，只是抒写内在的善的感情的作品，不也使孩子们如痴如迷、流连忘返吗？黑柳彻子的《窗边的小姑娘》剖析的是一个小姑娘的心理历程，没有大波大澜，也无悬念、扣子之类，平平常常，不也使孩子读得津津有味、爱不释手吗？谁又能说《卖火柴的小女孩》有多么强的故事性呢？即使《汤姆·索亚历险记》，马克·吐温也没有把注意力单单放在故事上，它的成功，在于人物的成功。

吸引小读者的可能是故事性，但不一定要靠故事性。儿童文学必须讲究故事性——这一意识导致了我们一些儿童文学作家养成一种构思方式：一个抓人的开头，接着中心故事略见端倪，再往下，小小波澜，中等波澜，激化，高潮出现，故事完结，落幕。构思方式，千篇一律。我们以为以刻画人物形象为基本意识，并且获得成功的儿童文学作品才是上乘的。

人们习惯于一种传统意识，而不太愿意对它重新检验。而对"儿童文学必须讲究故事性"这一意识的重新检验证明，它是不能够成立的，至少是倾斜的。

六、扩大管辖范围

有人将今天某些程度深了一些的儿童文学作品冠以"成人化"三字，这是需要商榷的。首先，我们反对儿童文学成人化。其次，我们反对给这些作品冠以"成人化"三字，因为，它实际上并非成人化。得出"成人化"这样的印象，是这些同志对读者领域的宽度大概发生误解。我们把我们的儿童文学所服务的一个广阔的读者领域，无缘无故地缩减成为一个仅仅含有低幼和低年级、中年级孩子的领域。以给低幼、低年级和中年级准备的作品代替了整个儿童文学，而我们却未发现这样一个事实。一些适合于低幼、低年级和中年级文学的文学理论观念，被作为全部的儿童文学理论观念了。我以为,目前有些同志对新的儿童文学现象产生怀疑,就缘于此。我们难道没有看到这样一些事实吗？广大的中学生们很少有适合他们阅读的作品,于是他们大多数阅读的是《青春之歌》、《红日》、《红旗谱》、《红岩》、《创业史》和《钢铁是怎样炼成的》。今天,我们的广大的中学生们,还在成人书架上寻找他们的作品,尽管艰涩,但毕竟比读那些适宜低年级、中年级孩子阅读的作品有劲。还有,我们在刊物上所见到的那些水平颇高的中学生们的习作,看看他们思想深度多深呀,语言层次多高呀！面对一个明显的事实,还在那里要求一切作品都必须写出属于低幼孩子的生活范畴,都必须用浅显的语言写作,要求主题单一而坦露,要求人物优劣分明,恐怕不是很适合的吧？事实上,目前一些所谓有"成人化"味道的作品,除极个别作品外,绝大多数是孩子们能够领略也是被孩子们所承认的新的儿童文学作品。我们不能再低估包括低年级、中年级在内的读者的欣赏能力了。我们似乎该从他们与大人一起看《血疑》,看《四世同堂》时两眼泪水莹莹这样一些事实受点启发了。仔细考察一下他们的感情层次,美的感受力,对哲理的理解力,会使我们感到惊讶的。

　　让文学的烛光朗照一个广阔的、本来由我们儿童文学所管辖的"贫民区"！

　　历史赋予儿童文学的责任:它要较大幅度地更新自己的观念。历史是首尾相衔,环环相扣的,笼统地否定过去的历史,是愚蠢的。儿童文学已拉开新的序幕,然而实际上,是老中青三代儿童文学作家一起拉开的。没有过去,就没有现在。而没有大胆超越过去的现在,也就没有注定要以否定姿态出现的明天。

当代儿童文学观念几题

班　马

中国当代儿童文学正在出现创作上的新潮和理论上的裂变。这里主要涉及有关儿童文学创作主体观念意识上的四点议题。

一　传递自我

儿童文学的一大美学难题在于：其创作主体是成人作者，其接受主体是儿童读者。然而，长期以来我们偏重于强调后者，却轻率地抹煞了前者的主体性，回避了儿童文学成人作者自我意识的存在，似乎这种自我意识在儿童接受对象面前，是应自然取消的。传统观念对"儿童"总是作出"层次"的理解，以年龄划分和社会生活圈为限定，区分出了一个有别于成人和成人文学的独立美学范围，超越了这一范围就是超越了儿童文学的特性，这实际上造成了一种自我封闭的状态。

其一，是在儿童观上的"时间"自我封闭，局限于年龄界内的"儿童状态"，丧失了生命现象的线性参照位，从纵向闭锁住了把握人生的历史感。

其二，是在描写范围上的"空间"自我封闭，一旦对儿童只作反映现在状态的理解，势必提倡注意"儿童生活"，实际则演化成了"学校生活"，造成儿童文学与学校的单一联姻，从横向闭锁住了把握社会的覆盖面。

其三，是在文学功能上的"审美"自我封闭，热衷于儿童相的状态，导致了"儿童情趣"的标准，从而悖于儿童反儿童化的审美视角，在艺术上闭锁住了

题解　本文为1986年"全国儿童文学趋向讨论会"的论文摘要，原载《文艺报》1987年1月24日。20世纪80年代中后期，中国儿童文学迎来了一个理论与创作上的"探索潮"。这篇文章是这股潮流中比较重要的代表文献之一。文章从儿童文学的创作主体——成人作者的观念意识这个层面展开，指出中国儿童文学中的成人作者长期处于一种"自我"封闭状态、对"童年"缺乏深入研究与理解、过于僵硬地划定儿童文学与成人文学的疆界等诸多问题，并继而提出了"传递自我""童年研究""模糊边界"和"游戏精神"四个富有创新性和启示性的观念。

心理时间和心理空间。

这就带来了其四一点,便是在儿童文学作者身上的"创作心理情绪"的自我封闭,在这样的文学框架中,很难表现出历史深度、社会广度和审美的张力,无法容纳表现自我,最终在创作动力上闭锁住了儿童文学作者在十年动乱后与成人文学作者同样积累的意识的释放。

传统儿童观的精神是尊重儿童作为"一"的初始、低级的层次,它注重了理解,但失却的是发展,实际上造成了追求"儿童水平"的结果。其实,成人本能地都把自己的自我强烈地投射到下一代的身上,将其视为第二个自我;与此同时,儿童反儿童化的心理需求,则促使着儿童将其目光强烈地投向成人——儿童文学在此可以完全不失特性地建立起一个审美的双向结构。这一当代儿童文学观念,似可表达为"一生万物,万物归一"的理解,"儿童"作为单纯的、起始的"一",却也许再不仅仅是那个封闭的"一"了,它将在朝向两端的延伸开放中,耸起新的观测点,促使人们对"儿童"和儿童文学作更高层次的把握。

二　童年研究

"童年"在观念上区别于"童心"的不同之处,在于离开了稚情模拟。"童年"被作为文学眼光所关注的人生一大现象来对待,是把"童年"置身于由各阶段组成的、人生的总结构之中。它不再是一个独立的层次,而是被看作为人生线性发展中一个极其重要的中介,突破了纯粹生理年龄和社会生活圈的界定,从封闭的模拟走向开放的参照——这个"一"具有着各向生与长这两端伸展的两条延伸线。

童年,向前延伸出一条带来回寻角度的未来发展线——

生命的生长性,寄寓了无限的未来时光。现代儿童观看待儿童的眼光已开始出现一种可称回寻或回望的意识,即从将来的角度回过头来看待"早期"的童年现象,以将来时态来处理现在时态,在此,我国当代儿童文学已鲜明地出现了主题的"未来忧患"和人物性格的"早期强化",将成人所体味、所认识到的忧虑、期望和寄托投射到作品中。这种未来角度的另一突破性,是与儿童反儿童化的心理视角相重合,打开了只写"儿童生活"的狭窄天地,鼓励涉及成人和成人社会的种种活动,转而进入更具儿童审美特征的"儿童心理生活",将使儿童文学走上具有当代意识的预习性学习的发展轨迹。这样处理童年的未来角度,回复到了人类的"成年仪式"和"发蒙"的精神,不是俯就童年状态,而是鼓励摆脱童年状态。入世,正是人类对儿童和未来关系的最深沉的思考。

童年,向后又延伸出一条带来透明度的历史遗传线——

我们习惯于儿童是新生的观念,却还比较陌生于儿童又是最古老的这一认识。儿童身上所载有的(人类、尤其是本民族整体历史心理的)"古老的残余",是由生而带来的一笔包括生理、心理、行为和文化背景的遗产,启示着我们从中去探寻童年期特有的、比成人更易流露的无意识内容,去发现童年期更纯正的本民族的遗传信息。对儿童,其实应有一种"东方儿童"的观照。作历史遗传延伸认识的另一内容,是突出对遗传信息作后天传递的理解,在成人与儿童的"对话"中,本能地产生出一种过滤和净化了的历史情绪,它具有穿透性,往往穿透成人社会观念的堆积层而重新直接回复到童年的最初信息上,而这天然唤起的童年信息则又是他的前一辈在他童年期所传递的,这传递圈,除内容上的歌谣、民间故事、民族游戏等之外,更溶有审美上的民族情绪、规则和基本信条。从这一点上去观照,才会感悟到儿童文学将独具的一种透明度,其中,可引申出两个较主要的功能:第一,是寻找母题,明净地显示出本民族起始而又具贯穿性的根的基本心态。第二,是折射异化,以儿童视角去透视出最深地积淀在儿童身上的人类初衷的原本。

我们有理由把童年当作一种"文化基因"来看待,它既控制着未来生长的进程,又携带着历史的密码原本。

三 模糊边界

儿童文学的边界出现了争端,归属引起了争议,不少新作品被疑犯有"成人化"倾向。所谓越界的某些地方,其一,是"释放"。他们一反儿童文学传统的阴柔气质,追求力度和悲剧感,其作品的涵量是成人认识和感受事物的水平。其二,是"形式挪前"。他们不再服从那面写有"浅显"的审美旗帜,尝试将最高级的主题简化成单纯的形式在早期就传递给儿童,追求在第二理解层中埋下寓言性质的哲理内核。其三,是"空灵",他们开始进入神秘感的探寻,超现实主义的笔触,不再沿用朴素的、儿童体的文体原则——这一些艺术上的分歧,正来自他们对局限于"儿童水平"传统认识标准的挑战。

其实,儿童文学的本身正具有着"模糊"现象和功能。一部儿童阅读史,就完全打乱了儿童文学和成人文学许多人为界限,可以说,存在着一大片中间地带。其缘由正在于儿童读者所特具的"模糊阅读方式",其一,是在选择上的模糊涵量。其二,是在理解上的模糊处理。"精确"地对儿童知识能力加以限定,反而丧失了儿童阅读能力上的张力。此外,这种"模糊"的意义还出现在优秀儿童文学作品本身的传播过程中,它往往并不随着儿童期的一次阅读之后就完全地成为过去,而享有在人生旅途中可以数次接受的重读机会,这便带来了"儿童读者又是生长中的成人读者"这一意识。

模糊边界既是文学上过渡期的必然现象,也是儿童文学出征美学新领地的极好机会。

四 游戏精神

儿童美学新边疆的开发和扩展,同时提出了如何避免失控的问题。儿童文学本性中的"游戏精神"似可作为创作主体进行自我控制的一种前馈,由此决定创作心理定势。游戏精神就是"玩"的儿童精神,也是儿童美学的深层基础。这是仅涉及儿童文学作者在实际写作中的三点自省。

其一,线性思维与儿童文学角色体验的关系。当代写作技巧中对"故事"的丢弃,似值得儿童文学加以怀疑的。"故事"的线性思维方式也许正对应着儿童读者的阅读思维方式,即进入心理动作的"体验"特点,这和儿童由游戏走向文学的心理动机有关,是从身体的角色扮演走向精神的角色扮演。一旦对时、空进行切割、重组,则打断了阅读时线性思维的流畅,丧失了进入体验的忘我状态,取而代之的是对结构安排的意图猜测,是对时空颠倒的主观整理,是间离效果的思路休止,这种"表现"艺术的思辨特色,难以赢得儿童读者的阅读快感。

其二,感知性动作与儿童文学兴奋点的关系。在当前追求感觉、心理的潮流中,如更多地发展那种情绪外化的动作性,似更具儿童美学的特征。儿童、以至少年期对"情绪"的表达和接受,正是以动作为标志,以外显为方式,在阅读中也仍呈现为一种内心动作,是一种操作性思维,这都突出了儿童文学文体上的——传感。把"情绪"化为"动作",从"感觉"走向"感知",使语言更具视觉感、触感……让文体直接带上一种生理的活力,将比那种仅仅传达心理活动的文体更能触及儿童读者的兴奋点。

其三,游戏性心态与儿童文学作家写作心理状态的关系。游戏精神是人人自小首先获得的心理快乐,真正纯粹的儿童文学作家,正是在于游戏性心态超人地得到了特别的发展,以至许多真正透露儿童气息的神使天成式的作品,往往产生于一种"戏作"的写作心理状态之中,写作的本身,对作者的本体来说则已是一种溶为一致、合为一念的游戏性快乐,这并不是儿童文学创作的不认真态度,而正是绝少道学气的游戏精神可能产生的真正儿童气,它暂时丢弃了思辨,丢弃了法则,升起了本体中狂野的想象、玩闹的情绪,实际上深藏着儿童美学的规律。

我国中青年一代儿童文学作者中的许多人都极具这样的天赋,十年动乱的冷酷环境也没能磨灭他们的游戏精神。如前所述,他们积累了深沉的意识,凝聚了透彻的哲理,强化了自我的使命——但愿这一切理性的财富都能溶化于他们富有游戏精神的艺术气质之中,不失本性,不失儿童文学的本色。自觉地保存和发展自身游戏精神的人,注定了是儿童文学的传人。

对儿童文学整体结构的美学思考

班 马

一 新观测方位的儿童文学观

1.1 问题的提出

中国发展较迟的儿童文学,至今还未能产生出一种具有系统性和应用性的理论体系。但长期以来,有一个十分带有中国色彩的观念影响着我国的儿童文学界,也广泛渗透在一般中国人的意识中,那就是"童心"的提法。

"童心"一词虽早在《左传》中便已出现,在几千年的中国传统文化之中,它也屡屡地被运用于诗文论述中,但始终是一个模糊性很大的,缺乏具体理论内容的玄妙观念。同中国传统观念中的"道","气"等提法一样。"童心"的模糊性,却也带来了很大很广的概括性,是一种朴素直观的整体把握。

由当代信息论、系统论和控制论所形成的现代研究方法,重新提出了需要进行更高层次水平上的整体把握的思想。这为我们运用当代研究语言来探讨"童心"的具体理论内容,探讨儿童文学审美整体结构提供了机会。

无可讳言,由于"童心"观念缺乏具体的理论内容,所以在理解上是十分混乱的。特别应指出的是,在实际的传播当中,"童心"往往成了一种片面强调"儿童本位",一切以"儿童"为出发点的儿童文学意识。这种意识造成了忽视儿童文学作者——儿童文学作品——儿童读者之间的整体结构关系。

题解 本文选自《儿童文学评论》,重庆出版社 1987 年出版。文章以"童心"这个概念在传统汉语文化语境中的含混性缺陷为切入口,指出了当代中国儿童文学在观念或意识方面所存在的误区:片面强调"儿童本位",一切以"儿童"为出发点。文章认为,正是上述意识造成了中国儿童文学"忽视儿童文学作者——儿童文学作品——儿童读者之间的整体结构关系"的"自我封闭系统"。对此弊端,文章认为,儿童文学需要从时间和空间的多重维度上构建一个与外界(成人社会)、与未来能够交互作用的开放系统和对话系统。在这个系统里,儿童文学将充分发挥"中介"的功能,强调"发展"的动力,并彰显出"游戏"的精神。

我认为,也正是这种意识的流行,造成了我们的儿童文学产生了一种自我封闭的基本状况。

1.2 "自我封闭系统"

近年来,人们越来越感觉到儿童文学在美学观念上落伍于时代,在理论和创作上都感觉到了一种束缚。我认为,这种束缚十分明显地表现为两大特征。

① 表现为对"儿童"和"儿童文学"观念上的自我束缚。我们强调的是儿童的年龄特点,在人生的发展线上框定了一个儿童以下的界限,带来了十分浓重的"层次"的意识,并把这个儿童的层次明白地区别于成人。所以,我们也谈人物,但谈的是"儿童特点";我们也谈文学性,但谈的是"儿童化";我们也谈美学追求,但谈的是"儿童情趣"。我们总在提倡成人作者应尊重"儿童"的什么什么,应照顾"儿童"的什么什么,把再现和模仿"儿童状态"看作是最完美的儿童化。我们总在围绕着"儿童"谈儿童文学。我们在这个界限之内建立起一个儿童王国。

有人提出要在儿童的生理属性之外,再加上一个儿童的社会属性。我认为,这仍然没有摆脱那个以儿童为中心的"层次"的意识。

在成人对儿童本身进行研究的各门学科中,"层次"是一个极为重要的概念。九十老人齐白石的画同七岁儿童卜镝的画具有各自的美学价值,因为他们是两个不同层次内的美感表现。但是,当我们把儿童文学的目光也同样注视在儿童本身的美,追求儿童层次水平上的儿童表现之时,却无意中违背了一个明显的文学阅读接受上的事实:那就是忽视了儿童读者的审美心理投射,颠倒了成人和儿童谁才是儿童文学的审美主体这一位置。这种把儿童和儿童文学理解为与成人和成人社会是两个不同层次的意识上的界限,实际上造成了我们一味向下去追求"童心",一味钻进儿童王国的狭小天地的自我束缚之中。这种"以小为美"的儿童文学观念,几乎有意或无意地笼罩了我们的理论、创作和出版的整个气氛。

② 表现为周围在儿童文学同学校的单一关系上的自我束缚。长期以来,我们无论在儿童文学的功能作用,作品的题材和主题,甚至在儿童文学作者队伍的成分,评论的价值标准,理论研究的目的等等方面,都深深打上了学校的印记。从出版来看,学校更有几乎主宰儿童文学命运的控制力量。

这与上述追求儿童本身生活的文学观念是紧密相关的,"儿童生活"的现实似乎自然地就成了学校生活。同时,许多本属于学校的种种观念,却十分强烈地影响和渗透到了儿童文学。它突出地表现为把儿童文学所含有的教育功能,无形中纳入到了学校教育的功能认识范畴,带给了我们理论和创作上无尽的自扰,带来了单一联姻的近亲退化,带来了笔墨所至的自我束缚。这种束缚,也危及着儿童文学受儿童读者欢迎的接受程度。因为这种束缚的本质,也同样地反映出是一个忽视了儿童审美心理的精神投射这一儿童文学观念问题。

我认为,正是这两个主要特征所表现出来的意识上的界限,形成了我国儿童文学在美学上的"自我封闭系统"。

这种"自我封闭系统"容纳不了气象万千的作品,容纳不了视野宽广的理论体系,也容纳不了我们为之叹喟的、那些有深沉美学追求的所谓出走的第一流作家。与此同时,也滋生起了我们自己在创作心理情绪上的自我封闭状态,对成人文学或抱一种阿Q态度,或抱一种对立情绪。

虽然,这种自我封闭的现实和情绪的形成,有着深刻的中国封建传统观念的背景,也有着儿童文学界的痛苦经历,但是,我们献身儿童文学事业的命运,我们的自信力,都暗示着我们只有走向挑战,只有从这种"自我封闭系统"走向与社会和世界息息相关的、与各学科领域息息相通的、开放式的儿童文学系统。

1.3 对儿童文学的整体把握

现代的研究方法正在改变着理论的面目,特点之一就是开始从理论的蚂蚁变成理论的鸟,从埋头于局部的分析研究,上升到笼括全局的鸟瞰研究,采取了一种新的观测方位。

将儿童文学当作一个系统来看,我们首先可以在纵向的"时间"和横向的"空间"上探寻其动态开放的特点。

① 突破闭锁在"童心"观念上的——时间自我封闭。

这一点也就是前面提到的将儿童和儿童文学局限在年龄界限之内的"层次"的意识,其实带来了一种对"儿童"的生命时间的封闭。我认为,对儿童的理解,是一个涉及到生命体的由来和生长的时间概念,对待一种活的生命体,恰恰应取一种"线性"的观点,而不能把儿童仅仅当成 0 岁—14 岁的阶段及其表现,应从儿童现阶段向前后两个方向作出开放延伸的两条线。

——向前,儿童作为一个生命体要成长,长大,则延伸出一条"儿童"的未来发展线。现代的儿童观有一种从未来的角度来回寻地看待儿童的特点。人们回寻毕加索画中所含有的他早期童年画里那些半人半兽的形象来源,精神分析学说回寻人的早期童年行为。探索人类思维认识规律的皮亚杰回寻早期儿童心理的发生。这种"早期"的认识强烈地渗透进了"儿童"的概念之中。这不能不使儿童文学重新考虑对"儿童"所作的那种"单纯幼稚"的处理。

——向后,则延伸出"儿童"的遗传承继线。现在,我们已经不再能说一个孩子是空手来到这个世界上,实际上他是带来了许多的财富。现代心理学和美学的研究向我们提示,本民族的文化特性通过"积淀"的形式在人的审美心理结构上留下痕迹。在儿童的思维和行为上,都残留着本民族远祖的原始信息。在我们的儿童文学中,写出"东方儿童"的文化背景尚是一个未加触及的领域。

显然,这种开放延伸的"线性"的意识,要求我们从新的观测点上来把握"儿童"在人生(时间)总结构中的位置。儿童的生命线向遗传和未来延伸,大大扩展了"儿童"的概念。

② 突破闭锁在"学校"方位上的——空间自我封闭。

而这一点也正是联系着前述中提到的儿童文学不断强化同学校的单一关系的自我束缚。

我认为,是否应对提倡写"儿童生活"的提法作更深层的理解?——是"儿童生活"?还是儿童的"精神生活"?

我们仍然是在读者接受这一问题上忽视了儿童读者主动性的审美活动,而这种文学阅读的活动是想象的、心理的活动,把儿童文学的视野、区域,局限在儿童本身具体的生活空间显然是没有理会到儿童精神生活上的"投射"要求。对这种"投射"的理解正是我们最为缺少的。

我国儿童文学已快成为"学校文学"。无疑,学校生活是很大的一个方面,但是将此才视为是正宗儿童文学,则会出现一种极大的偏差。在目前的教育时代,其实真正值得注意的,倒是学生的"逆反心理":沉重的学习负担已经剥夺了孩子们许多的乐趣,从而在阅读上,促使着儿童读者去寻求学校之外的精神世界,以此得到精神上的"补偿"。儿童读者的审美投射以及这种对学校的逆反心理,正为我们打开了一个儿童文学的新空间——那就是"心理空间"。

心理空间区别于像"学校"那样的现实区域的物理空间,它把儿童读者对文学的"接受"因素考虑在内,重视儿童读者在审美态度上对外部世界的主动追求性,从而能突破局限在"儿童状态"的描写空间。

在这里,有必要着重提出"家长"对儿童的心理空间产生社会化倾向的影响这一问题。儿童文学摆脱学校的单一区域,开始走向社会的全方位,已成为未来发展的一个重要迹象。其中"家庭"的影响作用十分巨大。我国儿童文学的注意力主要放在学校方面,对儿童文学与家庭的关系关注较少。没有充分认识家庭对儿童文学的重要影响。这种影响主要是通过"家长"来发挥的。

我认为我们应该对我国家庭中家长的结构变化给予注意。可以说,几千年的历史,直至"文化大革命"的十年动乱之前,我国家庭中长辈和孩子的最亲密关系,是呈现出一种社会学上称为"祖孙隔代对话"结构形式,日常生活中,祖一辈的老人同孩子的接触为多。而随着现代独生子女的三人核心小家庭的普遍出现则正在呈现出一种"父子直接对话"的结构形式。这一代的家长,由五六十年代的学生组成,是亲身经历了十年动乱坎坷遭遇,社会阅历丰富的一代人,他们在同自己孩子的直接对话中,态度将大大有别祖孙对话。祖孙对话往往会表现为一种宁静的、温馨的"出世"态度;而这一代的父子对话,"入世"的态度十分明显,这一代家长大都具有强烈的社会意识,对现实具有反思的认识,对孩子的心理空间带来了扩展的意义,也促使着孩子的心理过早地社会化。这一代家长也许正在形成一个观念上的趋势,一为历史教训,二为顺应信息社会的到来,所以他们关注的将不是对儿童状态的欣赏,而是想促使孩子缩短儿童状态,早早成熟,早早进入社会状态。

这些,都要求儿童文学扩展自己对儿童生活的封闭处理,把握儿童在社会(空间)总结构中的位置。因为这种儿童的"心理空间",明显地反映出全方位的兴趣。

上述的儿童文学"自我封闭系统",我们首先看到:
在纵的方面闭锁住了对人生时间总长度的——历史感。
在横的方面闭锁住了对社会全方位空间的——覆盖率。
这正是我们的作品缺乏分量的地方:深度和广度。
在自我封闭起来的时间、空间里,我们营造了一个局促其间的儿童王国小天地。

③ 必须要在时间、空间之外,再加一个心理的维度,以此来透视作为文学活动的儿童文学整体结构。它包括儿童文学作者的创作心理动力和儿童读者的审美心理动力相对应的两方面。关于儿童文学作者的创作心理动力问题,我们留待本文的结束语中阐述,暂且不提。这里,我们要涉及的是:突破闭锁在"儿童情趣"上的——审美心理动力自我封闭。

我认为,对"儿童情趣"的追求是对儿童审美心理特点的极大倒错。这种颠倒主要表现为倒置了儿童文学作者和儿童读者谁是审美主体的位置,而错误地追求儿童状态的情趣,忽视了儿童读者对作品"接受"的审美心理动力。

文学作品的功能只有在读者的主动接受下才能发挥出来,读者的意义正在被现代美学日益加以认识。从这一点来说,儿童文学的精神实质,并不在我们所追求的"儿童",而在"儿童读者"。儿童读者的审美视角,正是我们长期以来未加探讨的重大问题。

可以说,我们所表现出来的是一种"向儿童"的态度,总在主张成人作者要蹲下身子,去俯就儿童,去化为儿童状态,角度完全是取成人的。我认为,从儿童审美主体的视角出发是否存在着一种"反儿童"的儿童态度?

这就提出了一个"儿童视角"问题。

当我们怀有尊重儿童特点的美好愿望去竭力"向下"俯就儿童的时候,却不知儿童自己的心理视角恰恰是"向上"的!"儿童情趣"的观点究竟是一种成人欣赏的角度,还是儿童投射的角度?当我们致力于对童年的种种赞颂时,是否竟没有理会到儿童的那种极欲摆脱童年状态而向往成年的心情。

是否存在着"儿童反儿童化"这样一种美学的悖论?

尽管在儿童的身上存在着许许多多的"小",但儿童心理的视角却正渴望着许许多多的"大"。尽管在儿童的身上存在着许许多多的"幼稚",但儿童心理的视角正渴望着许许多多的"成熟"。

"儿童反儿童化"的审美特点,正可以解释长期以来的一个视而不问,问而不答的文学现象——那就是儿童读者往往热衷于读并非为他们所写的大人书。这种现象大量存在,这里仅简述如下:有如中国的《三国演义》、《水浒》、《铁道游击队》等;有如外国的《鲁滨逊漂流记》、《堂吉诃德》、《格列佛游记》等,有如人物传记、侦探小说、冒险小说等,不一一而论,便可见是一种世界性现象。我国当代少年儿童表现出对广播、电视中那些儿童文学作品的浓厚兴趣,几成文学热潮,则更突出了上述这一现象。

其实,儿童的这种审美要求对广义的儿童文学源流来说,自古以来早就产生着重大的影响——如果对神话、童话和民间故事试加系统考察,便可清楚地看到,其间正充满了战争、恩仇、悲欢离合的社会题材故事。充满了勇士、水手、君王的成年人物形象。充满了大山、海洋、宇宙的广阔活动背景。这些,都相当显露地暗示我们:吸引儿童读者的魅力所在,并不在对儿童状态的反映。

值得注意的是,这种"儿童反儿童化"的审美特点,也强烈体现在那些真正属于儿童文学的现实主义成功作品之中——有如我国的著名儿童中篇小说《小兵张嘎》、《微山湖上》。有如苏联的《铁木耳和他的队伍》。有如美国的《哈里贝克·费恩》等等,可略见一斑。

对这种儿童审美特点,仅以"好奇"作出对答,是极其流于表面的。其实,正是在这里,启示着我们去认识在潜层底下的儿童审美心理动力。

我认为,"儿童反儿童化"正是这种动力的重要表现,儿童是在通过阅读文学作品的想象活动中,把儿童期所特有的那些愿望、向往和渴求,投射在文学想象中,并在想象中积极扮演着"角色",也在想象中寄托着自我。由此,形成了儿童审美问题上的一个最大特征:模仿。

而我们也许恰恰在"模仿"这一问题上犯了视角颠倒的错误,我们从成人作者的角度去竭力"模仿"儿童状态,却没有理会到儿童读者的视角正在积极地"模仿"成人和成人世界的种种表现。

这种视角之别,带来了儿童文学观念上的重大偏差,带来了对儿童读者在文学接受性这一重要作用的误解,产生出了在儿童审美心理动力的自我封闭。

这导致了我们的儿童文学出现缺乏"力度"的美学病症。

儿童向往着"大",我们追求着"小"。儿童想摆脱的"软性",却成了我们所追求的审美情趣。

把握儿童读者在儿童文学审美功能潜结构中的位置,可以使我们从俯视的目光转换到仰视的广阔视野,可以使我们从偏狭的"儿童情趣"美学追求走向儿童所渴望着的体现社会总态的未来实践。

对儿童文学进行上述的整体把握,其实就是要从宏观上显示出——儿童文学应是一个与外界(成人社会)存在着交互作用的开放系统!

长期以来,是我们自己断绝了探讨这一重大的功能问题。在反对"成人化"、追求"儿童化"的意识中,我们索性划清了界线,与成人社会远远地隔离开来,造成了自我封闭。

我们忽视了去认识——儿童文学作品其实是一种"中介"。儿童文学作品中介着儿童文学作者和儿童读者的双方态度。——儿童文学作品其实是一种成人与儿童进行"对话"的结果。

所以,当我们只取成人的单方面角度,提出"儿童文学是教育儿童的文学"时;或当我们只取儿童的单方面角度,提出"儿童文学是为儿童的文学"时,便都在探讨解决儿童文学与教育的关系问题上陷入了困境——都无法摆脱这种"教育"对"文学"的外加性。也无法从功能的根本规律上去真正统一起这个极重要的问题,反而使这种教育性成为对文学特性的干扰。

二 儿童文学——教育一体化

如果我们能摆脱"自我封闭系统"的束缚,认识到了儿童文学作者同儿童读者的关系,那么,有必要进一步从更宏观的高度来探讨儿童文学与教育之间所存在的极内在、和谐的关系,探讨教育是如何不可缺少地"同化"在儿童文学的审美根本规律之中的。

2.1 天生的干预带来天生的亲缘

我们可以发现,尽管在前面所提到的儿童文学种种的自我封闭,但是,却有一个无法自我封闭住的现实:那就是儿童文学的存在(流通形式)受到成人和成人社会的强烈"干预"。

无论在哪种形态的社会中,儿童文学都不可能领到一张"童心"的特别通行证。这种干预来自下述的家庭、社会、美学和出版方面。

家庭——儿童文学的存在和传播受到家庭的很大影响,自古以来就表现为家庭性的特色,是一种要靠成人传播的夏夜乘凉故事和冬夜炉边谈话。选择权并不全在孩子一方。到现代,这种家庭制约不是减弱而是得到强化,家长开始直接关心、安排和审查孩子的读物内容。父母在对孩子审美观点形成上的介入,完全是人类本能的表现,是将自我投射到下一代身上的期望。此外,在购书的权利上,没有经济能力的儿童,则更完全依附家长。书要到儿童手里,存在着这种现实的成人干预。

社会——时代思潮指导着现行的审美观念主流,儿童文学不可能摆脱这一主流。特别是当一个社会在损耗之后,想重新复活之时,整个社会会滋长起一种异常关注下一代去向的情绪,这种情绪常常表现出强烈的控制色彩,这也是社会和民族进行延续的本能。当代中国文学所出现的深刻的现实主义美学精神,就是对十年动乱的反思,这种寻根的反思必将指向儿童和儿童文学。此外,社会对儿童文学的干预更为直接地反映在学校方面,学校对儿童来说常常表现为家庭的延伸,老师也常常作为第二个妈妈介入孩子的审美观点形成过程。

美学——儿童文学本身的形态上存在着一个无法解脱的对位矛盾现象,这就是成人作者的创作过程同儿童读者接受过程之间的天生矛盾。一个成人是再不可能重获"童心",但是可以做到通过模拟去表现"童心",然而这种模拟在过程中已渗透进了成人的种种意识。创作过程中,在主题、意图、效果追求等方面,成人更无法处在"儿童状态"。显然,儿童文学的主动权归于成人。

出版——儿童文学出版物作为一门商业的特点远远地比其它文学出版物更为突出,因为它常常表现出一种并不是本书读者的人来买书,儿童文学书籍常常作为礼物或其它有意味的表示。儿童文学的繁荣,也往往更受商业性的影响,而这种商业化带来的繁荣,又直接受制于教育时代的来临。我国二、三十年代儿童文学和儿童读物曾一度繁荣,它明显地受到"五四"以来传入中国的近代西方教育生活方式的刺激。第二次繁荣起自五六十年代,直接受益于新中国对教育的倡导。十年动乱以后的今天,儿童文学出版读物正在进入一次更大的繁荣。原因十分清楚,显然是对当代早期教育思潮、信息社会和教育时代到来的迅速反映。

由此可见,儿童文学在非常大的程度上受制于成人和成人社会,出现了一种天生的干预!

"教育"正是从这种角度——即成人、成人社会对下一代的一种本能的关注——来介入儿童文学的。

我认为恰恰是这种"干预",对儿童文学产生了极重要的意义。正是这种"干预",表现出了教育同儿童文学的天生的亲缘性,对儿童文学的存在、发展和获得社会地位都起着维护作用。这种亲缘性更表现在教育同儿童文学之间所存在着的内在和谐,它的"干预"不是外加的,而恰恰能得到"响应"。它的"干预"是为不允许长久形成儿童文学的自我封闭状态,而儿童文学要突破自我封闭状态却正要凭借外界的这一"干预"。这是一个更大的"符号——响应系统"。

天生的干预带来了天生的亲缘。

教育与儿童文学,教育性与文学性,两者相溶而不产生排斥性,必定存在着"功能"上的亲缘关系。

2.2 功能:追求未来的能力

当我们从整体去把握儿童文学的开放系统之时,可以发现,其间以各种形式同外界成人社会进行积极的交互作用时,最活跃的"接触点"——都紧紧联系着"发展"的因素。

无论在时间、空间、审美心理动力、流通上的开放形式,都摆脱了儿童中心主义的观点,都不局限在儿童本身的状态上,而是取一种从"未来能力"的发展眼光来看待"儿童"。这样的儿童文学观,不再把追求儿童状态作为美学目标,而把追求儿童的未来实践作为自己的美学目标。这里,"儿童"成了渴望长大成人的"儿童","童年"成了盼望长大的"童年"。

正是这种对未来能力的积极追求,带来了向外延伸、扩展和投射的活力,使儿童文学开放系统显现出了一个同外界成人社会产生交互作用的动态系统。同时,也正是这种追求未来能力的动态特点——显露出了它作为儿童文学整体结构中"功能"的作用。

我认为,"能力"的功能,也充分体现了儿童美学中一个根本规律上的重大特征——"学习大于欣赏!"

长期以来,在对待儿童文学的文学性问题上,我们基本上是沿用了成人文学中的一系列观念,在人物、语言、结构、色彩等文学性标准上,我们常以成人文学为比较对象,还未能形成一门我们自己的儿童美学。如果在对待儿童文学的文学功能上也照搬"情感"和"欣赏"的观念,是很值得怀疑的。

不错,美感确实来自于"欣赏",而文学所给人最大的美感也正是在于"情感"。然而,儿童审美心理特点却表现出了"学习大于欣赏"的现象。儿童期的审美还只是呈现出一种与自身相关性很强的早期美学特征,可以说是一种实用美学观,生理快感的成分往往大于真正的美感。美学史上认为:愉快在先还是判断在先,是美感与快感区别的关键。由判断在先所产生的美感需要拥有感知、想象、理解和情感多种因素的复杂心理活动过程,成人的"欣赏"活动即是这样。这种"欣赏"还需要能把自身的实用利益排除在外。而儿童却往往是快感先于判断,需要大于欣赏,尚明显地处在审美的初级阶段。恩格斯也曾经表述过:人类是由需要的感觉力走向审美的感觉力的。

儿童阶段的最大(生理和心理)需要,就是获得能力,表现出"以大为美","以强为美","以智为美"的特色。这些都与儿童期的精神投射有关。

在儿童反儿童化的审美心理现象中,为什么儿童却从不会选择《红楼梦》、《安娜·卡列尼娜》等写"情感"的大人书?而又总是把兴趣指向那些写"能力"的《水浒》、《鲁滨逊漂流记》以及历险记和破案小说等等?显然,这里存在着学习大于欣赏、能力胜于情感这一儿童审美的根本规律。

所以,我们认为正是对未来能力的追求和学习——成为符合儿童文学审美规律的重要功能。

——这种旨在"能力",旨在"学习"的儿童文学功能,正同教育的功能表现出了一致,两者在这一功能的根本规律上融洽地、对应地统一了起来,产生了宏观的一体化形态。

2.3 一条同步的历史线索

教育与儿童文学在功能上的亲缘关系,还可以看到在历史线索中呈现出一种令人深思的"同步"现象。

漫长的中古时期,在农业社会的宗法气氛中,教育是以伦理性的面目出现的。那时期的儿童故事(也就是广义儿童文学的童话、民间故事)所传达出的也正是伦理的主题,是永恒的善与恶、好人与坏人的故事。

十七十八世纪,近代教育随着工业社会的兴起而出现,为了时代的需要,近代教育所重视的是知识的教育。儿童读物上则出现了宣扬资产阶级上升时期知识万能的《鲁滨逊漂流记》,介绍瑞典地理、民俗的《尼尔斯骑鹅旅行记》,凡尔纳的科学小说。特别值得指出的是，《安徒生童话》正值这道近代教育崛起的时代观念的分水岭上。我们仅注意安徒生早期的童话色彩浓的作品，而未加注意他后半生作品中极明显的知识性的特点。

现代、当代教育思想在儿童观上采取了明显的指向未来、开发能力的态度。布鲁纳关于"学习是一种主动的发现活动"思想，维果茨基关于教学应在超出学生水平之前的"最近发展区"思想，以及早期教育、创造性教育等思想都如此。这些都显示出了一个重要的动向：那就是注重对未来挑战应付能力的培养！当代著名未来学派罗马俱乐部的一部研究教育的新著，提出了"预期性学习"和"参与性学习"的思想，其精神令人深感是一种向人类原始时期"成年仪式"教育方法的回复，意在促使儿童在走向未来之前获得能力上的准备和心理上的准备。

现代、当代世界儿童文学的情况如何？

西德"格列泼斯"儿童剧院的纲领明确表示：我们的目的是要帮助儿童和青少年认识生活，评价社会，增加他们的自信心和立足社会的能力。国际安徒生奖获得者、西德儿童文学作家克斯特纳写于战后的《埃米尔捕盗记》和《两个小路特》，都体现出一种鼓励儿童在突然面临的困境和生活挑战面前去自主地积极应付，依靠自己的能力去解决问题。当代苏联的根据小说改编的儿童电影《白比姆黑耳朵》，如实地告诉儿童，社会是一个有善有恶、善恶斗争的社会，以增强适应能力。日本七十年代的著名影片《狐狸的故事》，表现了赞赏脱离父母羽翼的保护，要勇敢地走向冰天雪地，走向竞争的未来这种精神——类似这样的旨在写逆境中自主地战胜未来挑战的主题，在各国儿童文学作品中都已显示出一种主导的倾向。

——这条如此同步的历史线索，正启示我们看到，儿童文学的功能同教育的功能在演变过程中始终的一致性。这种一致性的基础往往是反映在"儿童观"的演讲上。

我认为正是在儿童观上，才使得儿童教育和儿童文学得以产生出天生的亲缘关系。教育和文学是两个不同的系统，有着各自的规律，如果错误地把本属于学校范畴的思想教育、道德教育、伦理教育等等"教育观念"介入审美的儿童文学，外加性十分明显。而只有在"儿童观"，这一功能的根本来源上，这两种不同规律的系统才呈现出共同的基本形态：

成人教育者——儿童受教育者

成人作者——儿童读者

教育只有在"功能"上，才能有益地同化进儿童文学。

我认为我国儿童文学正是在儿童观念的功能问题上，落后于历史演进的发展。至今尚在我们意识中流行的儿童观，仍然是"五四"以后传播进中国的近代教育思潮的"儿童本位"，而还未能发展到当代更深认识水平的儿童观。

2.4 双向结构

当代教育思想在儿童观上发生了重大的变化：那就是开始加深认识到了儿童在"接受"过程中的主动性态度的地位，认识到了儿童应该参与到教学活动中来，使教育成为教授者同接受者之间的一种相互作用关系。这一认识改变了整个当代教育的面目。

儿童文学将从中深受启示。

这两者（儿童文学和教育）在共同的基本形态上，都应表现为不是单独一方在说话，不只是成人一方在灌输和说教，也不只是儿童一方的直白和话语，而呈现出一种双方"对话"的性质！它们的功能形态应该作出新的表述：

成人教育者 ⟷ 儿童受教育者

成人作者 ⟷ 儿童读者

这就显示出了一种"双向结构"。

在这种突出相互作用的双向结构中，双方进行的应是一场趣味相投的对话，而它们的共同语言就是——"能力"。儿童所想要的，正是成人所想给的；儿童渴望着获得能力，成人期望着儿童得到能力的培养。

我认为，这种对话也正体现出了我们社会主义儿童文学的精神所在：

成人——准备好了么？

儿童——时刻准备着！

就在这种双向结构中，将"儿童特点"与"社会化"和谐地统一了起来。

同时，这种双向结构也为我们引导出了儿童文学的整体结构。显而易见，作为一种文学活动，双向结构中的成人作者与儿童读者并不像在日常生活中那样相互对话，他们的交流其实是通过"作品"来完成的。这就产生了儿童文学作品这个双向结构中的"中介"，是由它来联系着，完成着成人作者的创作和儿童读者的接受，这就最终呈现出了儿童文学的整体结构形式：

儿童文学成人作者——儿童文学作品——儿童读者

成人作者对儿童读者审美上期望的视线，与儿童读者在审美追求上渴望的视线相交叉，这一交叉点就是"能力"的儿童文学功能。通过研究这一交叉点上所产生的美学内容，我们尝试着去探讨双向的现代儿童文学的艺术精神。

三 现代儿童文学技巧的游戏精神

游戏,几乎就是童年的象征。

而游戏精神,其实也就是"玩"的精神。

我认为这种游戏精神正可以充分体现儿童文学双向结构由交叉所形成的美学内容。它十分明显地反映在一切优秀的儿童文学作品的艺术技巧之中,是儿童读者和成人儿童文学作者都乐于接受的形式。采用游戏的形式,是把社会的教育同儿童的审美特点最巧妙地溶合一体的做法,在"玩"之中实现了成人和儿童双方的追求。

游戏的精神,具体体现了本文中所探讨的儿童文学的美学精神。① 它的假想性、虚拟性的特点,沟通起了儿童读者通过文学作品来达到想象中的自我投射这一现象,共具"模仿"的意义。② 沟通起了"儿童反儿童化"的审美心理特点。举凡游戏,都为儿童摆脱掉自己的儿童形象,而去扮演成人角色的活动。③ 沟通起了追求"能力"的儿童审美的实用性,从儿童游戏的内容上可以看到,都表现出是一些并非儿童状态本身行为的"未来实践"。④ 沟通起了"学习大于欣赏"的儿童期审美初级形态儿童沉浸在游戏过程中的目的,并不为追求对游戏本身形式的欣赏,而是关注于游戏中可供自己模仿的社会内容。⑤ 沟通起了暗示性的审美方式,它们的认识作用都是通过调动非特定心理的潜移默化去达到。

所以,我认为通过研究和把握这种"游戏精神",通过探讨"玩"的意义,可以启示我们去加深认识儿童文学中文学性的精神所在。

3.1 释放

中国的民族精神中,在对待儿童的态度上,十分缺少游戏精神,对儿童需要这种"玩"的意义更缺乏认识。我认为这种文化背景也深深影响着我国的儿童文学,教化的精神取代了游戏的精神。所以,长期以来在我们的理论和创作上,没有一种"释放"的观念。

这种"释放"观念与对儿童期精神现象的理解直接有关。随着现代儿童研究的深入,已经越来越认识到儿童时期并不是一个无忧无虑的时期,而是一个充满着"焦虑"(霍妮)、"自卑感"(阿德勒)、情感波涛起伏的备受烦恼和压抑的时期。

承认儿童期存在着压抑,其实是指的儿童自一出生之后同环境之间所发生的冲突。这在人类学和社会学上都有深刻的研究。我国社会学家费孝通指出,儿童存在着"生理性断乳"和"社会性断乳"这两次带来较大心理上的结构性断裂,一是脱离了哺乳期无微不至的照顾而独立,二是脱离了家庭温馨可爱的对待而走上社会,都使得儿童开始发现自己处在软弱的地位,开始感受到与环境的种种冲突。

以儿童而论,确实是常常处在一个压制的世界里,到处存在着禁忌。这种禁忌从家庭中即已开始,不许这,不许那,儿童的自然本性处处都迎头碰上管束的力量。此外又到处存在着挑战,接触社会以后,直接受到各种各样的社会性刺激,而凭借自己的儿童状态又无法战胜全部的挑战,一次次痛苦地意识到自己的软弱地位。

这种压制,其实是一种使儿童社会化的过程,家庭的禁忌和社会的挑战都是在执行着社会化的职能,训导着儿童去适应社会生活。然而,在这一过程中,不可避免地遗留下了儿童压抑的"情绪",正是这种"情绪",与审美产生了关联。

正是在儿童与环境的冲突之中,儿童的自我开始生成。这刚出现的自我首先是寄寓在儿童想象之中的,在他们这种常有反抗性质的想象中,他成了不可轻视的勇士和男子汉,暂时抛弃掉了自己的儿童形象,借以达到这一阶段情感上的"平衡",使受压抑的情绪从另一个地方得到"补偿"(我认为,"平衡"和"补偿"是我们在理解儿童精神现象问题上所特别缺乏的认识),而这一切,都指向了一个重要的观念——"释放"。

以今天的现实生活来看,处在当今教育时代中的儿童,显然将在情绪上继续不断地受到繁重课程和竞争要求的压抑。同时这也是一种训导儿童适应未来信息社会的社会化过程。然而,这一存在于当代儿童中普遍的压抑情绪,在我们的一篇引人注目的小说《祭蛇》中得到了释放,其内容正是通过一群农村孩子的游戏活动来反映的。

在儿童的游戏中,正普遍带有这种释放的性质,他们在生活中根本不能实现的那些行为,通过游戏痛快地得以实现。在游戏中,儿童无所不能,为所欲为,往往沉浸在一种狂放的气氛中,且含有一种神秘、符咒的情绪。在此,儿童游戏极令人联想到人类原始时期的巫术活动,两者之间的相通之处,就是都表现出某种超自然地把握事物的特点。

从人类学的角度,周作人曾经阐述过儿童具有一些"混沌"、"野蛮"的气质。美国心理学家霍尔认为儿童时期含有人类原始时期的发展特征。我认为,从儿童游戏的释放情绪上来看,他们的某些见解对我们从审美上把握儿童的精神现象是有启示的。

我们的儿童文学长期以来总是无视或回避去反映儿童精神现象中的狂野、荒诞、神秘、暴力和梦游等等内容的一面,由此使我们的作品(尤其是小说)比较缺乏儿童文学应该所特具的"活气"。如果我们从释放的角度去对待这些似带有反传统、反现实的儿童精神现象,则可以看到这些现象潜层中的情绪要求。从儿童的审美情绪特点出发,完全以成人文学的"真、善、美"追求去对待,是值得商榷的。儿童对"假、丑、恶"所表现出来的强烈兴趣,是值得我们作再深思,再探索的。我认为在儿童的现阶段认识水平中,对这两组文化标准呈现出一种不同于成人的理解态度,儿童对"真、善、美"的兴趣,和对"假、丑、恶"的兴趣,统统都只不过指向一个追求——"力"。儿童的压抑情绪和儿童初级审美的实用态度,都促使着他们去追求生命力,力量,能力,智力,自信力。对儿童精神现象的这一面加以轻率的否定,也许会使我们失去一个重要的儿童审美特点。这种"释放",并不会释放出一个潘朵拉盒中的魔鬼,而会是一个儿童仰慕的阿拉伯瓶中的巨人。

儿童时期的压抑情绪是一个事实。现代西方的学者过多地关注并局限在这种"压抑"上。而我们社会主义的儿童文学却应关注儿童在解脱这种"压抑"上所表现出来的指向"未来能力"的投射。这种投射的要求,给了双向结构中成人作者如何运用游戏精神来作参与提供了机会。这是我们探讨"释放"这一问题的目的所在。

(在游戏精神中,在"释放"的同时,对应地存在着一种"游戏规则"的管事力量,将在后面加以探讨。)

3.2 "叔叔"型的强者人物

从古今中外真正为儿童所喜爱的文学作品中,可以发现这样一个十分显著的现象——那就是"叔叔"型的硬汉、强者人物形象几乎对他们的选择起着决定性的作用。这一定有着儿童读者心理上的根由。

可以开出很长一批这种"叔叔"的名单——中国的水浒好汉,三国英雄,孙悟空,铁道游击队,杨子荣,等等。外国的罗宾汉,鲁滨逊,西部牛仔,超人,"牛虻",佐罗,瓦尔特,以至恣三四郎,等等。加上侦探小说中数不清的警长,加上冒险小说中数不清的船长……总之,一到中高年级的儿童读者层上,立刻就出现了蔚为壮观的"叔叔"人物群。

这种触目的现象理应受到儿童文学工作者的关注。

在低幼儿童文学作品里面,往往更多出现的是老爷爷,老婆婆,或白眉圣诞老人,或童颜鹤发老神仙。这也许与祖孙隔代相亲的原理有关,也许与长者易持

"第二儿童期"的浅迈态度有关。但儿童一到中高年级所普遍出现的这种对"叔叔"型人物的文学崇拜,我认为十分明显地仍是与"能力"这一问题密切相关。上述这些"叔叔"无一不是强者!

儿童正是通过文学在扮演这些"角色"。

这种文学想象的角色扮演,直接与游戏精神的渊源相联。儿童在游戏中,鲜明地表现出"儿童反儿童化"的倾向,他们确实是在用身体直接地模仿成人的能力行为。从抱娃娃、办家家的游戏开始,到打仗的游戏,追捕的游戏;从古代骑竹马的游戏,到现代游艺机的游戏;从中国民间抬轿当老爷的游戏,到美国儿童蒙面大盗的游戏,无不指向着"成人"。

游戏活动显然与戏剧表演有着类似之处。斯宾塞曾认为儿童游戏属于一种成年人活动的戏剧性表演。斯坦尼斯拉夫斯基对儿童在游戏中能轻易地"进入角色"一再赞叹不已。儿童能惟妙惟肖地扮演他所热衷的角色,从中实现着自己想象中的自我形象。

然而,儿童通过游戏来满足他渴望成年和渴望能力的愿望,仅是初级的形态;随之而来发生的,就是一种游戏精神的迁移现象——儿童开始将这种扮演角色的愿望转而投射向文学艺术作品,他已不再满足于那些幼稚简单的身体模仿,而欲在(头脑里的)想象领域内来达到扩展这种日益增长的精神需要。文学,恰恰最适合这种需要。而且,存在着这一现象:越是成熟得早的儿童,越会更早地放弃身体的游戏,而过渡到文学想象的角色扮演上。

儿童对这种自己未来角色的选择,总是十分明显地指向强者——"叔叔型"的人物形象,正符合着儿童的心理要求。

往往就在儿童模仿的成年人物形象身上,正凝集着上一代对下一代成长的标准和期望,凝集着本阶级的价值观念和道德标准,凝集着先人希望交付给后辈的传统。

我认为这种"未来角色"是双向结构所交叉显示出的一个重要美学内容——儿童通过注视着文学中强有力的成年人物,寄托自己的自我形象;社会通过塑造文学中强有力的成年人物,期望着儿童的自我发现。这是一种双方关注的"角色"。

3.3 写不想做孩子的孩子

错将冰心的一些温柔的、抒情的、有很高意境的母爱精神当作儿童文学的精神,也许会导致儿童文学作品风格的女性化。把情趣的追求放在对儿童状态的玩味上,更是造成一些儿童人物塑造上出现男孩女性化倾向的根由。

我们很久以来似乎便已失去了那种"顽童"形象:失去了三毛,失去了嘎子,失去了哈里贝克·费恩,失去了那个鬼机灵的女孩阿丽思和了不得的长袜子皮皮……

"顽"就是"玩"。

顽者非劣,而正是儿童的游戏精神所在。

现代研究对儿童"玩"的意义有了深层的理解,儿童时期的一切所获都在"玩"中得以最大的收效。苏联教育家克鲁普斯卡娅认为玩就是创造。美国教育家布鲁纳认为玩就是学习。中国的封建传统意识从没能允许儿童在玩之中为所欲为,我们的儿童文学随之也缺少让儿童人物形象在文学中能有痛痛快快地"玩"的精神。

然而明显可见的是,在那些刻画得成功可信的儿童人物形象身上,都总透露出一种"嘎劲",都散发出一股"野气",都是一种"不想做孩子的孩子"。他们很难成为所谓的正面人物,他们常动不息,花样百出,屡屡闯祸,却又屡屡得意,他们是可爱又莽撞的牛犊,活力和无知溶于一身。他们永远是成长中的人物。

他们目前只能处在成长的过程之中,显然,是直接关联着"能力"这一问题。他们的"人小心大"、"力不从心"的特点,便成了这一时期"顽童"的行为特征。

优秀的儿童文学简直是一种写成熟的文学。

成功的儿童人物形象的塑造似乎也都体现出一个共同的特点:走向成熟。

——盖达尔的《学校》中,鲍里斯在战争的过程中由顽童成熟起来。《小兵张嘎》和《小马倌和大皮靴叔叔》中,孩子们在游击队的活动过程中由顽童成熟起来了。《哈里贝克·费恩》,在漂流密西西比河的过程中由顽童成熟起来。《微山湖上》中,三个孩子在进湖放牛的过程中由顽童成熟起来。《以革命的名义》中,彼嘉和瓦夏在遇见列宁的几天中由顽童成熟起来。都德的《最后的一课》中,那个法国男孩甚至在一堂课中由顽童大大地成熟起来……

所谓成长(自然的成长),还并不一定就是成熟。成熟——就是抛弃掉童年的一些东西,就是抛弃掉幼稚、软弱无能,就是抛弃掉父母羽翼的保护,抛弃掉甜甜蜜蜜的境遇。

孩子,是多么想抛弃他们的孩子形象。

但我们有些作品写的却不是"抛弃"的主题,而是拾趣,是留恋和欣赏着童年时代的这些产物。

在这里,"成熟"紧联着"发展"的现代教育观念。

其实我们人类祖先在对待孩子的态度和方法上,早就采取这种"发展"的观念。在久远的历史年代,许多部族的"成人仪式"都以种种困苦、磨难和自谋生路的考验,在痛苦中去促使孩子抛弃掉从小养成的童年态度,以完成准备走向成年的心理转换。

这种心理转换,在儿童的游戏中是一种愉快的乐趣(皮亚杰曾认为儿童游戏就是心理和行为的"调整"),而在生活中则确是以某种程度的痛苦为代价的。在挫折的社会化过程中,儿童原来的童年态度和心理结构才会受到挑战,他在心理转换的调整中,才会得到最大的学习。

儿童学得的最重要东西也许并不是知识,而是一种"自我发现"的思想意识能力——就像印第安儿童在成年仪式的困苦中,懂得了他的生存同玉米的关系。就像那个法国男孩在最后一堂法文课上,懂得了他同祖国的关系。就像小兵张嘎在想枪、藏枪、最后交枪的过程中,懂得了他同游击队队伍的关系。

"自我发现",就是儿童逐渐摆脱以自己为中心看世界的态度,获得能够用别人的观点来看事物,从别人的角度来看自己这一能力,从而领悟到自己在社会整体中所占有的位置。

这种"自我发现"从游戏中走到了文学中,成为儿童文学双向结构所交叉显示出来的又一个重要美学内容——双方对"成熟"的共同渴望。

3.4 句法的文字游戏

在儿童对待艺术的审美态度上,存在着这样令人深思的现象——正是孩子,往往拒绝那种一意模拟他们幼稚笔触的所谓"儿童画",他们认为那都是些糟糕透顶的画。同样,孩子也往往难以忍受那种一意模拟他们不成熟口气的用语,那种一味地使用呀、呵、嘛、啦的"小儿腔",是完全达不到追求儿童化的目的的。

在儿童文学的语言特色问题上,双向结构能为我们交叉出什么样的美学内容呢?

我们认为,它,是建立在"说"的文学性之上的。

先从成人和社会的角度来看。十分明显,成人和社会对中高年级儿童的说话能力往往给予特别的关注。这一时期孩子的"说话",往往成了评价他们智力程度的表现。往往把它当成走向文字表达能力的准备期。也往往成了日后孩子立足社会,适应实际生活的一门重要的课程。这门课程常常是家庭教育中最重要的,就因为"说话"所包含的社会内容实在太丰富了。国外的未来教育学已正式将培养交际能力,明确表达出自己的思想并影响对方,讲话引人注目等等,作为适应未来时代的一个重要问题。利用儿童文学去影响儿童语言能力,则是显而易见的。

我们再从儿童的角度来看。由于中高年级的孩子在身心方面的发展,使他们开始有了想表达出自己的情绪和态度的愿望（这时显然要比想表达出"思想"可能更为主要一些）；同时，也由于他们步入社会，处在家庭圈和社会圈之间，便开始有了初级的交际要求，极需要其他的人理解自己的意思。这一年龄阶段，孩子非常强烈地渴望着增强自己的语言能力，而且应该注意到，这时他们在语言方面往往产生一种反而失去了幼儿时期的自信心的表现，他们不再只以自己为中心地说话，而开始考虑别人是否能听懂，开始考虑起符合语言的标准。他们的学"说"表现成极力地"听"。

在这里，可以明显地看到，中高年级孩子对语言能力的渴望，主要表现在——口语。

我们认为，这一点对探索儿童文学语言的文学性特点，十分重要。

这一种对"口语能力"的兴趣，在审美现象上则表现为他们异乎寻常地喜爱相声这一门艺术，喜爱一切拗口的语言游戏，喜爱能说会道的阿凡提，喜爱绘声绘色的评话，喜爱妙语连篇的笑话——这一切不能不让我们深思：在孩子们追求喜剧性文学的现象底下，隐藏着什么样的内在根由？难道不正是在这一些语言艺术之中，最充分地显示出种种口头说话的能力吗？那正是一些孩子们渴望而未能及的能力——论辩的表达，惊叹的表达，嘲讽的表达，说服的表达，推理的表达，反问的表达，诘难的表达，机智的表达，等等。

儿童反儿童化的语言追求，正是在追求着一种"句法的文字游戏"。

我们认为，文字游戏，在儿童文学语言上存在自己应有的正确地位。它正是双向结构所交叉出的美学内容。儿童对口语能力的练习存在着追求，成人则给予游戏化的艺术处理，两者是对应的。这种游戏的精神，在儿童审美上还有着延续性，儿童从身体表演的游戏进入到语言表演的游戏，是符合其发展的。如果说幼儿文学语言上存在着大量的字音的文字游戏，那么，在中高年级儿童文学语言上则存在着明显的句法的文字游戏。

就在那些一句句游戏化了的句子里，透露出了儿童文学语言文学性上的特点。这一特点十分显眼地突出了高于儿童本身言语水平的"形式美"。这一特点也十分显眼地突出了受口语影响的能唤起听觉的"音乐美"。

比如，在任溶溶的儿童诗和童话的语言运用上，就往往表现出这种特色——它们常常是一系列使儿童读者感到"有劲"的特别句子，这些句子不是书面语言而是口头语言；这些句子中的机智和俏皮是孩子一时还说不出来但却趋之若鹜的，这些句子是一种文字游戏式的长句，有着一种儿童气的、艺术性的"啰嗦"，准确地体现出了这一阶段的孩子酷爱使用连结词，以期把话"说得长"这一种语言特点,这些句子中的叠字、绕口令、颠来倒去的反反复复等等形式特点,给人以儿童文学语言的独特美感。

3.5 形式挪前

儿童文学的主题也只能追求"浅显"吗?

对此,是令人怀疑并深思的。

为什么在许许多多童话和民间故事之中,却往往使人领受到一种主题内含的分量? 就在那些简简单单的故事之中,不正活跃着本民族的道德伦理法则和最根本的信条吗? 故事,可以浅显;主题,是绝不浅显的。

儿童,是人之初。儿童文学,难道不是一种"根"的文学吗?

做人的根本,民族的根本,大自然的根本,社会行为的根本,人类情感的根本——这些根本性的主题,正是赋予儿童文学本身的荣耀。

它的体现方式有什么特点?

从双向结构的观点来思考这一问题,我们认为:这些根本性的主题,其实就是一些根本性的"规则",正是在"规则"中,积淀着人类和社会进化的核心内容。儿童文学应该探讨如何触及和运用这种"规则"。

首先,可以看到儿童和社会都表现出十分强烈地关注着这种"规则"。

在儿童游戏中,就已存在着孩子对游戏规则的兴趣。凡有游戏,都有规则(也即"玩法")的存在,不遵守规则,游戏就无法进行。中高年级孩子后来日益参加得多的一些竞争性的体育活动,其实也是一种游戏,同样存在着规则。正是在这种规则中,凝聚着最精练的社会形态——秩序性、伦理性、时间性和标准性等等。在游戏中,游戏规则自然地会抑制儿童本身原有的欲望,限制他的过分活跃和自由,但这种抑制和限制又是大家能一起玩游戏的"契约"。所以,儿童在游戏中对游戏规则的首先关注,正是他们积极学习社会法则的反映。

在家庭中,父母的教育难道不几乎就是种种关于规则的教育吗? 不许这,不许那;管束这,管束那,不就是为了让孩子学得社会的规则,从而增长适应社会的能力吗?

尤其是正在渴望着"未来实践"的中高年级孩子,那些成年人物的活动和那些未来生活的秘密,对他们来讲就是一系列的行为方式、处理办法,就是规则。孩子们懂得,只要他学会了那些还未知的规则,也就学会了参加那些未来生活的能力。

儿童与成人社会所共同关注的这种"规则",在儿童文学上是以种种审美的"形态"出现的。

正像牛郎织女的故事格局所显示的中国家庭观念；正像贪财的老大和善良的老三这类故事格局所显示的东方生活态度；正像刘、关、张的故事格局所显示的民族忠义精神；也正像中国古典诗词留在人们心中对大自然的众多意境一样——这些，都成了一种审美的形式，从而帮助我们把握这个美好的世界。这种"形式"掌握得越多，也就越扩展了这个美好的世界。

苏联当代教育家苏霍姆林斯基曾经研究了教堂的那些利用了审美形式的宗教仪式，是如何培养起了某些孩子毕生的宗教感情这一情况，来说明审美的形式对儿童期的巨大影响。

当前，独生子女时代正在对中国儿童文学提出一个严峻的课题——那就是如何解决家庭同社会之间在审美能力培养上的矛盾。

独生子女容易被培养成软性的态度，甜腻的趣味，只追求喜剧性；几乎没有什么悲而壮、悲而动心的悲剧感；也存在着洋化的趋向。今天的孩子往往缺少人类情感精神世界的多样性，对各种美好的境界（自然的、人类的），掌握得太少，太贫乏。

独生子女的小天地，应以文学的大天地来补足细琐的精神世界，应以广阔的想象力去开拓。我们的儿童文学要多多为儿童读者提供种种的审美形式。多多创造出一些民族化的情境，道德行为的境遇，险峻的境地，人类理想的境界——以此在这一代儿童读者心中播下无数"心境"的种子。

这种"形式"的种子将扎下深深的根。

掌握和利用这种"形式"，也许对我们儿童文学具有着独特的功用。因为，这其实是一个"形式挪前"的问题，它把许许多多儿童文学原来未加触及的重大的未来主题，提炼成为基本的"形式"，以使儿童在早期就能接触到。童话和民间故事的做法大可启示我们。我国美学研究工作者从数学中提炼出几种审美基本规律的形式，使一年级小学生可以提前掌握代数，已进行了成功的实验，那么，对儿童文学来说，也许更可应用。

3.6 结束语：一种理论应是一种理想

一个民族从历史动乱的痛苦中重新复活，总会产生出一种对本民族童年的反思情绪，总会有一批有识之士带着深远的意图走向重新组建本民族儿童心理结构的文学道路。

我们的儿童文学理论体系建设，应充分估计到中国当代儿童文学的中青年作者在"创作心理情绪"上的时代倾向，从而闪烁出相应的召唤力。

为什么我们的儿童文学只能发出一种类似入教的"献身"召唤？似乎从此

走进一个甘愿寂寞,备受冷落,但虔诚依旧,守着一个与世无争的纯美儿童世界。我们极需从这种创作心理情绪的自我封闭状态中摆脱出来,走向一种开放的、万物皆备于我、我为万物之始的——自我意识。

我们意识到的是儿童文学"根"的位置。

我们相信一门研究"发生"和"发展"的儿童美学正在出现。

我们自信我国的儿童文学将会参与下一代人心的审美方式的形成。

——准备好了么?

——时刻准备着!

我们尤为追求的是儿童文学同祖国命运之间的重要对话。

本文粗疏的、纲目性质的探讨,是想从整体把握的角度上来寻找儿童文学美学内容的课题,这些课题似有待作详尽的研究。

对一种传统的儿童文学观的批评

刘绪源

我不同意这样一种概括：儿童文学是"教育儿童的文学"。

文学的本质究竟是什么？文学的功能究竟何在？我们的文艺理论对这些最基本的文艺问题的研究探讨，无疑是很不够的。从中可见基础理论建设的薄弱。而儿童文学的基础理论尤其薄弱。对于目前一些儿童文学新作的截然不同的看法，对于儿童文学的创新和发展趋势的完全相反的评价，倘若仔细剔抉、辨析，我以为都可以在芜杂而贫瘠的基础理论的土壤中找出根子；而这些问题的最终解决，也有待于基础理论的土壤变得丰厚，有待于在丰厚的土壤上长出根底扎实的乔木，繁衍起铺地接天的常春藤。

陈伯吹同志也是将儿童文学视为"教育儿童的文学"的，他的近作《卫护儿童文学的纯洁性》（载《解放日报》1987.6.4）中，则集中体现了这种传统的儿童文学观与儿童文学创作实践的格格不入，体现了观念自身的内在缺陷。

陈伯吹同志的文章虽短，牵涉到的问题却很多，一时难以一一清理。本文拟先就两个最基本的问题进行初步探讨：

一、儿童文学的审美作用与教育作用的关系。

二、儿童文学是不是一种净化了的文学。

题解 本文原载《儿童文学研究》1988年第4期。文章对陈伯吹提出的"儿童文学是'教育儿童的文学'"这一儿童文学观提出了质疑。批评展开过程中所依据的哲学、美学基点和所呈现的清晰逻辑思维为中国儿童文学提供了一个学术论争的范本。文章对以下两个核心问题加以剖析："儿童文学的审美作用与教育作用的关系"；"儿童文学是不是一种净化了的文学"。文章认为，文学的作用首先必然是审美作用，审美本身就是文学的目的而不仅仅是手段，文学的本质只能是审美。所以，儿童文学并不从属于教育。儿童文学具有净化儿童的心灵的责任与功能，但这并不等于儿童文学本身是净化过的文学。只有逐步走向现实人生的基调的儿童文学才具有深刻的艺术感染力。

一

　　文学的高贵处,不仅在于让读者全身心地获得愉快的美的享受,更重要的在于以先进的思想启示人生道路,促使人作出道德范畴内的高尚行为,推动社会前进。

　　——这是《卫护》一文开头的话。很显然,陈伯吹同志是将文学的审美作用与教育作用相并列的。事实上也不是真正的并列,而是后者重于前者,他以"更重要"三字作为两层意思间的递进。这就完全符合了"教育儿童的文学"这一基本定义。

　　我们的文艺理论,一直习惯于将文学的审美作用、教育作用与认识作用三者并提,却并不注意研究这三者之间的相互关系。于是造成了一种根深蒂固的印象,仿佛这三者是相互独立(当然也相互影响)的,仿佛它们在同一层面上组成了三足鼎立之势。既然相互独立,各居一方,那么有的作品在这一方面完备些而在另一方面欠缺些,也就无可厚非了。评价一部作品出现了三条标准或两条标准,用这一条标准来衡量属于差的作品,用另一条标准来衡量却可能是上好的作品。这是一种分裂的现象。克服这一分裂现象的办法,不是回过头来探寻这三条或两条标准之间的真实的内在联系,而是为这些标准制定外在的等级:孰为第一,孰为第二⋯⋯如此而已。所谓"两条标准",其实是将教育作用与认识作用合并为"政治标准"了;在儿童文学界,则习惯于将认识作用也归入教育作用中去。至于审美作用,便转化成了"艺术标准",而"艺术标准"总是排在第二(或第三)的。这就是以往的文艺理论处理这三者关系的最基本的方法。

　　可是我们不难发现,这种处理方法有一个致命的弱点。就是无法划分文学的认识作用与一般认识的区别,也无从划分文学的教育作用与一般教育的区别。但如果找不出这种区别,那么文学的本质便不能界定,文学终将沦为某种不伦不类的东西。

　　文学的审美作用与教育作用、认识作用,其实并不处在同一个平面上,三者绝不是并列的。文学的作用,首先必然是审美作用(甚至可以说,文学的作用只能是审美的作用)。只有经历了审美的过程,只有在审美过程中获得了内心的悸动和愉悦,这种心理的变化才有可能转化为其他,比如,转化为一种新的认识眼光或认识能力,转化为一种类似于教育的效果。也就是说,只有以审美作用为中介，文学的教育作用与认识作用才有可能实现。既然是"中介"，就不是可有可无的中间层次，而是必须由此过渡的中项，是连接文学作品与教育作用或认识作用的"独木桥"。只有从文学审美这座"独木桥"上走来的认识与教育，才是真正属于文学的，可以区别于一般的认识与教育的。如果离开了文学的审美作用，想不经过心灵的悸动，直接从作品中得到一点先进思想，学习一些先进事迹，抄录几句豪言壮语，那么他就并没有把文学当文学，因为这一切完全可以从别处获得（其实更应该也更容易从别处获得）。同样，如果一部作品确实具备了很强的教育作用，但却不具备审美作用，那么它可以作为政治的（或其他的）教材，却断不可充作文学。同理，文艺批评如果将审美价值、认识价值与教育价值割裂开来，如果撇开了审美的批评而单从认识或教育价值来评判作品的话，那么首先就无法判断它是不是文学，当然更无从把握它作为文学的价值。

现在我们可以来回答"文学的本质究竟是什么"了。既然文学的一切作用都必须以审美为中介，既然文学的作用首先是审美而后才可能由此转化为其他，既然审美本身就是文学的目的而不仅仅是手段，那么很显然，文学的本质只能是审美。审美并不只是指的形式美，美感一经产生，总是包含着极其丰富的内容，包含着近乎无限的转化的可能性。凡美感，总是积极的，向上的，总能净化人的心灵，潜移默化地将你引入一种新的境界。相反，"道德范畴"却未必总是积极的，我们不就能时时感到封建的旧道德的严重束缚么？"教育"也不总是积极向上的，先进的与落后的东西，都可能经过教育的方式灌输给下一代。所以，强调审美作用，恰恰是保证而不是降低了文学的价值。

将儿童文学规定为"教育儿童的文学"的同志，毫不含糊地将儿童文学与儿童教育视为"方向一致、任务相同"，并断言"作为教育工具是儿童文学的实质"。在这里，审美作用被挤到角落里去了，它只能化成一件"形象化"的外衣，披在教育的身上，使之成为"形象化的教育"（以区别于正规的课堂上的不形象化的教育）。既然"方向一致"、"任务相同"，既然儿童文学的实质就是"作为教育工具"，那么，即使不以审美为中介，不也同样坚持了"方向"，完成了"任务"，实现了"本质"么？儿童文学界的一些教育性很强文学性很差的作品的出现，"说教"之风的盛而不衰，对于一些新的艺术探讨的反感情绪，等等，难道不可以从这样的理论中找到一点内在的联系么？

那么，儿童文学究竟是什么呢？不妨保留原先的句式，称它为："供儿童审美的文学"。那么，你是要否定"团结人民，教育人民"的宗旨么？非也。审美的价值一旦在儿童的心灵中实现了，下一步，就有可能转化为"团结"、"教育"的效果。但那必须是由审美过程转化而来的"团结"和"教育",而不是直接从报告上搬来的,它们将从文学艺术的角度并以新的深度给儿童以影响。

倘若联系一下成人文学的发展过程,我们还会发现,使儿童文学从属于教育的"教育工具论",以及由此衍化而来的"教育儿童的文学"这一定义的形成,与成人文学中"文艺从属于政治"的提法正好是相互并行的。如再往深处思索,则与政治上的"以阶级斗争为纲",也有着某种必然的联系。十一届三中全会以后,党中央鉴于"从属"的提法不够准确,并考虑到它在实践中产生的后果,已将它改成了"文艺为社会主义服务,为人民服务"。既然如此,在儿童文学界,为什么还要让文学"从属"于教育呢?

儿童文学应该找到自己的本质了。

二

少年儿童正处在长身体、长知识、长思想的成长时期,纯洁易染,而又先入为主,是人在一生中最宝贵的学习阶段。作为精神粮食的儿童文学,既要营养丰富,又要味美可口,绝不能羼杂一颗稗子,何况还要渗进些鸦片!

——这是《卫护》中的另一段话。我赞赏其中的前半段,却不敢苟同后面的结论。少年儿童的确处于"一生中最宝贵的学习阶段",他们应该读些什么呢?是精美可口的甜食吗?是经过反复净化的蒸馏水吗?是让他们早日感受到世界的丰富复杂与人生道路的沉重而漫长呢,还是让他们年复一年地沉浸在非现实的甜美的童话境界里呢?我以为,这是两种截然不同的儿童文学观。

我仍然愿意结合成人文学的状况来探讨这一问题。我始终认为,儿童文学虽有一定的特殊性,但在本质上与成人文学是一致的,二者遵循的是共同的艺术规律,所以不应将它们人为地割裂。无论是儿童文学还是成人文学,都应当尊重生活,尊重自然,都应当使艺术的基调合乎真实的人生的基调,不然就难以产生美感。人生的基调是什么呢?过去我们总习惯于说:"人生是美好的……"久而久之,这几乎成了一种公式:在文学中,不美好的东西只能是美好的生活的反衬,经过冲突和斗争,本来就占绝对优势的光明面理所当然地战胜了阴暗面,于是生活更加美好。儿童文学由于强调"正面教育",这一公式的影响也就更深远。然而现实人生却并不这样简单。人生的"美好"与否,并不存在绝对固定的答案。当我们认定"生活是美好的",内中包含着对于现存生活的满足感;当认定"生活并不美好",反倒包含着不满,包含着渴望,包含着变革和前进的要求。一切都取决于对人生期望的高下。所以高尔基说了这样的话:"我觉得,如果对人生持悲观的看法,而对人则尽一切可能抱乐观的态度,那是很有益的……生活将常常是不够完满的,这样,人对于更美好的生活的愿望才不至于消失。"(《文学评论选》8—9页)只要承认生活中还有美,只要看到生活中的美永远在顽强地向前发展着,那么,即使认定人生的现状并不美好,也不会陷入悲观绝望;相反,倒会令人更加留恋这个沉甸甸的人生,因为它真实。——这不就是人生的基调么?

回顾新时期的文学创作,我们不难发现,在成人文学中,上文所说的那种"一片光明"的公式已被渐渐打破。凡是严肃而成功的作品,几乎都不是在美好的人生画面中点缀上些微的不美好;恰恰相反,这些作家大都是怀着一颗沉重而真诚的爱心,在并不美好的人生画面中,执着地寻觅着、发掘着美。这种将人为地虚饰乃至颠倒了的人生基调再颠倒过来的努力,正是许多作品成功的奥秘。儿童文学界也作出了同样的努力,虽然客观效果尚不能与成人文学相匹敌。王安忆的《谁是未来的中队长》,不就揭示了少年儿童生活中的某些否定性的内容么?"新中国儿童"不再像过去约定俗成的那样一律写得单纯可爱了,他们复杂起来了,却也真实起来了。丁阿虎的《祭蛇》,通过孩子们内心压抑的宣泄,写出了现实人生的丑恶。在儿童文学中,世界也不再是"一片光明"了。《独船》出现了,它写了扭曲的成人也写了扭曲的孩子,写出了儿童生活中的真正的"恶",也写出了小主人公的惨烈的死。它使儿童文学不再一味地甜腻,使描写现实生活(不再只是写解放前)的儿童文学中也有了悲剧。陈丹燕的许多小说则写出了少女的驳杂的心态,使我们惊奇地发现,她们真实的内心世界不知比我们过去在文学中所表现的要复杂多少倍,难怪小读者们都爱去看成人文学却常常摒弃简单化的儿童文学……所有这一切,都使儿童文学逐步地接近了现实人生的基调。

上述作品在儿童文学界受到过热烈的欢迎,却也遭到过热烈的反对。它们不合儿童文学的"常规",不合乎传统的儿童文学观的筛选标准。它们不追求结果的圆满,不渲染光明,不努力在小读者中造成一种幸福感,不把周围的人生说成是"每个人脸上笑开颜"。它们沉重,然而美。因为它们真实,它们的艺术感染力是深刻的。

儿童文学要净化儿童的心灵,但这并不等于儿童文学本身是净化过的文学。人为地作了净化处理的文学是不可能合乎人生基调的,不合乎人生基调的文学是不美的,不美的作品是不能净化审美主体的。文学审美的过程是一种复杂的心理过程,这与直线式的、灌输式的"正面教育",不宜混为一谈。

这里还有一个表现形式问题。儿童文学创作究竟是一种真诚的艺术活动,还是"蹲下来同孩子说话"?这二者是不是一回事?小读者面对的究竟是一个感情真实的大朋友,还是一个笑眯眯地模仿着自己的"大小孩"?他们更欢迎谁呢?他们当真那么偏爱"儿童化"吗?他们的接受能力真的那么弱吗?——这与上文探讨的问题是互为表里的。限于篇幅,让我们留待以后,再作专门的讨论吧。

　　陈伯吹同志是儿童文学界的泰斗,他对于中国现当代儿童文学的发展作出过巨大贡献,这是无可否认的。他以自己六十余年的辛勤笔耕,赢得了文学界和广大小读者的尊敬。我也同样从内心里敬重伯吹同志,并在学习儿童文学创作与理论的过程中,暗暗尊他为师。然而,"吾爱吾师,吾更爱真理"。为了儿童文学的进一步发展,相信伯吹老师是不会反对这一场争鸣的。

　　我把自己粗浅的想法扼要地写在这里,目的无非为了抛砖引玉。——我欢迎各种形式的反批评。

1987.7.21

中国当代儿童文学观的两次重要转变

孙建江

20世纪的中国当代儿童文学值得关注和总结的地方很多,其中,儿童文学观的转变是一项重要内容。

我以为,从"教育"到"艺术"再到"本位"——这是中国当代儿童文学观转变的重要标记。

第一次转变:从"教育"到"艺术"

"教育"的儿童文学,其核心是强调儿童文学的教育功能,强调作品对读者的教育作用。"教育"的儿童文学在中国当代儿童文学的发展进程中,相当一段时期内占据着绝对主导地位。其时间从50年代一直延续到"文革"结束后的80年代初。

中国是一个注重"诗教"的国度。对读者进行"诗教",强调"文以载道",这是历代文化人普遍遵循的一个原则。虽说进入20世纪后,包括儿童文学在内的中国文学发生了巨大改观,但"文以载道"作为一种传统的文艺观并未成为过去,它仍然有着极强的黏合力,仍然或明或暗地影响、左右着人们的创作理念。传统的"文以载道"思想为"教育"的儿童文学提供了理论依托。这是历史的缘由。从现实方面看,由于片面强调文艺从属于政治、文艺为政治服务,相当一段时期,人们判断作品的优劣往往以直接的政治效果为标准,这从另一个方面强化了儿童文学的教育性。

题解　本文原载《中华读书报》1999年11月24日。文章论述了当代中国儿童文学所经历的两次儿童文学观的转变。第一次转变发生在20世纪80年代初中期。经过一批青年作者和理论工作者的努力,实现了从"教育"到"艺术"的转变,使儿童文学摆脱了"教育工具"的禁锢,从而提升了儿童文学的艺术品位,拓展了儿童文学的艺术疆界;第二次转变发生在20世纪90年代中后期,儿童文学开始逐渐强调贴近儿童心灵、艺术品格、儿童生理和心理的成长,从而实现了从"艺术"到"本位"的转变。正是这两次转变,使中国当代儿童文学有了追求"儿童性"与"艺术性"天然合一的可能。

客观地说,教育之于儿童文学并没有什么错。儿童文学当然需要教育。但问题在于,"教育"的儿童文学往往无限度地夸大教育性,乃至以"教育"涵盖儿童文学的所有属性。正是鉴于此,80年代初中期一批负有使命感的青年作家果敢地打出了"艺术"的儿童文学旗号。

"艺术"的儿童文学当然不是不要教育,但这种教育只能是在拥有文学属性前提下的教育。因为儿童文学是文学,而不是教育学。

由于这批作家的直接参与和推动,儿童文学创作呈现出一派勃勃生机。艺术的探讨与争鸣,思想的交锋与碰撞,求新、求变、实验、探索……儿童文学界出现了多年未见的多元开放局面。这些作品在80年代中后期颇具规模的"新潮儿童文学丛书"中有较为集中的展示。

应该说,从"教育"到"艺术",这是儿童文学观念的一次重要转变。其积极意义是十分明显的。首先,它提升了儿童文学的艺术品位;其次,它拓展了儿童文学的艺术疆界;第三,它为儿童文学创作的深化作了有益的尝试和探索。但我们也不能不看到,这中间有许多作品还存在着读者不易或难以接受的问题。儿童文学作品如果不能为它的第一读者儿童所接受和认可,我想,这无论从哪个角度而言都不能不说是一种缺憾。

显然,这是儿童文学作家不能不面对的现实。

第二次转变:从"艺术"到"本位"

所谓"本位"的儿童文学,其涵义主要有以下几层:一是特别强调贴近儿童心灵,二是特别强调艺术品格,三是特别强调有益于儿童生理和心理的成长。这三层涵义彼此渗透,缺一不可。

如果说,90年代初我们对这一转变还难以准确把握的话,那么,时至90年代末,我们对上述转变则应该说看得比较清楚了。虽然这一转变至今仍在进行之中,但90年代中后期出现的一批广受读者欢迎和社会反响强烈的作品——诸如《男生贾里》、《草房子》、《花季·雨季》、《我要做好孩子》、《大头儿子和小头爸爸》和颇具规模的"中国幽默儿童文学创作丛书"、"大幻想文学丛书"、"自画青春丛书"、"少年绝境自救故事丛书"等——为这种转变提供了有力的证据。

对儿童"本位"的关注,并非始于90年代。50年代陈伯吹就曾提出过"童心论"。但是,何以到了90年代,"本位"思想才得以在儿童文学界获得实质性的关注和重视?我想,这首先是社会文化大背景的转换所致。反"右"期间、"文革"期间自然不可能关注什么"本位"。80年代的现实,也决定了人们无暇顾及"本位"。因为80年代的中国文学与十年"文革"有着最为直接的因果制约关系。80年代的中国文学相当程度上可以说就是对十年"文革"的抨击,及其对"文革场"的冲决与驳离。80年代崛起的一代儿童文学作家,有相当一部分自身就受控于"文革"非常态"少年情结"的制约。他们对人生、社会的理解、认识和感悟,往往落脚在那个挥之不去的"少年情结"上。说实在的,从某种意义上而言,他们无法"本位",他们追求的就是那份历史的"厚重"与"深刻"。进入90年代以后,中国社会开始步入市场经济,"文革场"逐渐消解,生活的严肃、沉重开始为休闲、轻松所取代,作者非常态的"少年情结"明显淡出。这可以说是儿童文学由"艺术"开始向"本位"转变的社会原因。又由于这一社会原因与儿童文学作家强调读者的年龄特征、思考作品如何真正为读者认可和喜爱有着内在的共通性和一致性。因此,"本位"的儿童文学开始成为了可能。

值得注意的是,在这一过程中,80年代崛起的一代作家、理论家(如今儿童文学界的中坚力量)更多地看到了"本位"作品的重要性。比如,高洪波、秦文君强调"快乐",梅子涵强调"好玩",班马强调"儿童性",朱自强强调"本位"等等(此不一一列举)。他们的反省、思考及其创作实践,为儿童文学的深入发展作出了可贵的贡献。

无疑,从"艺术"到"本位",这是中国当代儿童观的又一次重要转变。"本位"的儿童文学使得我们的作品更接近现代意义上的儿童文学了。

优秀的儿童文学作品儿童喜欢成人必然喜欢,但是优秀的成人文学作品成人喜欢儿童则未必喜欢。因此,强调"本位"的儿童文学绝不意味着"妥协",更不意味着"倒退"。相反,它恰恰体现了一种积极的进取精神,体现了一种前瞻的艺术眼光。

"儿童性"和"艺术性"的天然合一,谈何容易!儿童文学创作的魅力正在于此。

从儿童文学的立足点及其与读者的根本发生关系上看,"本位"作品显然更符合儿童文学的未来发展。"本位"作品应该是儿童文学的主体。

相信"本位"作品的意义将会在日后愈发显示出来。

1999年11月17日　杭州青春坊

"解放儿童的文学"

——新世纪的儿童文学观

朱自强

我认为,"解放儿童的文学"将成为新世纪的儿童文学观。

了解中国儿童文学观念的演变的人大概会从我特意加的引号想到,我的"解放儿童的文学"这一说法是套用了鲁兵的著名的"教育儿童的文学"一说。我这样做为的就是在新世纪到来之际,旗帜鲜明地提出一种与"教育儿童的文学"相对立的儿童文学观。

在推翻教育工具论的整个 80 年代,儿童文学与教育之间的关系问题一直不断地成为理论探讨的话题,而鲁兵在 60 年代初提出的、在 70 年代末强调的儿童文学是"教育儿童的文学",是"教育工具"的观点,不断地被许多儿童文学作家和理论工作者所批判,鲁兵本人也曾修正过自己的这一观点。但是,进入 90 年代,甚至直到今天,也不能说整个儿童文学界都摆正了儿童文学与一般教育的关系,认清了儿童文学肩负的是一种怎样的教育功能。比如鲁兵就在 90 年代初,不仅还在说,"教育性是儿童文学的本质",而且依然固执地将"教育儿童的文学"赫然作为自己儿童文学评论的总结性集子的题名;而 80 年代成长起来的,眼下已经是中坚力量的儿童文学理论家中,也有人认为,"人无疑是要经过整合和框范的,儿童尤其是这样",所以儿童文学要"按成人的价值观对少年儿童的情感进行规范"。

我以为,中国儿童文学在改革开放的近 20 年中的发展,显示出向文学性回归和向儿童性回归这两大走向(关于两大走向的看法,我与白冰、孙建江不谋而

题解 本文原载《中国儿童文学》2000 年第 4 期。文章对长期以来占据中国儿童文学统治地位的教育工具论进行了深度批判,提出了与"教育儿童的文学"的儿童文学观相对立的"解放儿童的文学"的儿童文学观。文章梳理了新时期以来在中国儿童文学理论界围绕与教育的关系问题所展开的论争,辨析了"教育本质论""教育功能论""规范论"等观念背后的错误与盲区,提出了向蒙太梭利儿童观汲取理论资源与力量的"解放儿童的文学"。文章认为,儿童文学的使命就是"守护儿童心性中不可替代的珍贵的人生价值,守护儿童永远不丧失自己特别的眼光"。

合),而上述"教育性是儿童文学的本质"、儿童文学要对儿童进行"框范"和"规范"这种儿童文学观在 90 年代的出现,说明中国儿童文学在理念上仍然需要进一步向文学性和儿童性回归,以使儿童文学真正成为"解放儿童的文学"。

一、"儿童文学是文学"
——教育本质论与教育功能论之争

80 年代,是中国儿童文学在理念上否定"教育工具"论,向文学的本体回归的时期。据我所见,最早提出并强调"儿童文学是文学"这一观点的是评论家周晓写于 1980 年 3 月的《儿童文学札记二题》[①]一文,较早公开否定"教育工具"论的是子扬发表于 1984 年 4 月的《也谈儿童文学和教育》[②]一文,而 1984 年 6 月由文化部在石家庄主持召开的全国儿童文学理论座谈会和 1985 年 11 月在贵州花溪召开的全国儿童文学创作座谈会,则在与"教育工具"论的对峙中取得了压倒性优势。石家庄理论会议发表的会议"纪实"说:"'教育儿童的文学'和'教育的工具'这两个口号是在五十年代受了'左'的影响而提出来的,因此今后不宜再重复使用。"[③] 花溪创作会议上,年轻的小说作家曹文轩理直气壮地宣称:"儿童文学是文学,不是别的。""它只能根据生活,塑造出一具具活着的艺术形象,而不能强行让它成为教育的工具……"[④]"儿童文学是文学"这一周晓率先提出的观点,经具有变革意识的一代年轻作家的代表人物之一的曹文轩振臂一呼,很快引起了八方响应。花溪会议上,既成作家刘厚明的发言对教育之于儿童文学的位置的认识是最为清醒和深刻的。他说:"这里,我愿再冒一次'不谈教育'的非议,鼓吹一下'益智'和'添趣'。"[⑤]"益智"、"添趣"取自刘厚明早在 4 年前就提出来的表述儿童文学功能的"八字诀"——"导思、染情、益智、添趣"。这有名的"八字诀"与后来人们主张的审美、教育、认识、娱乐这一功能说,是意味有别的,那就是淡化了"教育"意识。

儿童文学向文学的本体回归,就必须摆正自己与教育的关系。整个 80 年代,关于儿童文学与教育关系问题的讨论几乎就没有停止过,而在 80 年代末,这

---

① 见《周晓评论选》,少年儿童出版社 1992 年版。
② 载《儿童文学研究》第 16 辑。
③ 载《儿童文学研究》第 19 辑,1985 年 5 月。
④ 曹文轩:《儿童文学观念的更新》,见《儿童文学研究》第 24 辑,1986 年 12 月。
⑤ 刘厚明:《路越走越宽》,见《儿童文学研究》第 24 辑,1986 年 12 月。

一儿童文学重要的理论问题的探讨进入了更深的层次。1987年6月4日,著名儿童文学作家陈伯吹先生在《解放日报》上发表了《卫护儿童文学的纯洁性》一文,论述儿童文学的教育性:"文学的高贵处,不仅在于让读者全身心地获得愉快的美的享受,更重要的在于以先进的思想启示人生道路,促使人作出道德范畴内的高尚行为,推动社会前进。"时隔半年,陈伯吹先生又在1988年第1期《儿童文学研究》上发表《儿童文学与儿童教育》一文,指出:"'文学即教育';特别在儿童文学的实质上透视,就是如此。"陈伯吹的文章引来了方卫平和刘绪源的不同看法。方卫平并不怀疑儿童文学具有教育功能,但是,他认为:"把教育作用当成我们儿童文学观念的出发点,在客观上却造成了儿童文学自身文学品格的丧失。"① 刘绪源则认为,陈伯吹先生在论述"文学的高贵处"时,"以'更重要'三字作为两层意思间的递进。这就完全符合了'教育儿童的文学'这一基本定义"。刘绪源一下子抓住了澄清问题的关键之处:"文学的审美作用与教育作用、认识作用,其实并不处在同一平面上,三者并不是并列的。"他重视审美(文学性)的本位作用,强调审美(文学性)的整合性与统摄力。"美感一经产生,总是包含着极其丰富的内容,包含着近乎无限的转化的可能性。凡美感,总是积极的,向上的,总能净化人的心灵,潜移默化地将你引入一种新的境界。相反,'道德范畴'却未必总是积极的,我们不就能时时感到封建的旧道德的严重束缚么?'教育'也不总是积极向上的,先进的与落后的东西,都可能经过教育的方式灌输给下一代。所以,强调审美作用,恰恰是保证而不是降低了文学的价值。"② 刘绪源的思考标志着在儿童文学的审美与教育的关系问题上和向文学回归的方向上,新时期儿童文学理论所达到的最高点。方卫平与刘绪源的文章发表后引起了比较广泛的注意,《文汇报》、《新民晚报》、《报刊文摘》、《新华文摘》、《中国百科年鉴》等报刊先后摘介、报道、转载了有关观点或文章。这一方面说明儿童文学与教育的关系的确是重要而复杂的理论问题,另一方面也呈现出具有深厚的"文以载道"的文学传统的中国儿童文学的独特的现代化进程。

二、"解放儿童的文学"
——质疑"规范"论

在80年代出现的与传统的"教育儿童的文学"相对立的"儿童文学是文学"

---

① 方卫平:《近年来儿童文学发展态势之我见——兼与陈伯吹先生商榷》,载《百家》1988年第3期。
② 刘绪源:《对一种传统的儿童文学观的批评》,载《儿童文学研究》1988年第4期。

这一儿童文学观念,反对的只是将"教育"当作儿童文学的"本质"或"实质",而并不否认儿童文学具有"教育"的功能。因此,直到 90 年代末,就整体而言,"儿童文学是文学"论者并没有对儿童文学的"教育"的性质和内涵进行深入、根本的研究。对儿童文学的"教育"问题思考的这种不彻底性,便导致了在 90 年代,在新生代儿童文学理论家中,也会有人主张儿童文学是"现世社会"对儿童进行"文化规范"的文学,是"按成人的价值观对少年儿童的情感进行规范"、"框范"的文学。这种作为儿童文学观的"规范"、"框范"论,不但没有受到批评,反而被人赞扬为是"从更宽阔的文化视角立论","正在撰写的这方面专著将对儿童文学界提供新的理论思维与成果"。

"规范"、"框范"论的提出表明,正如在如何看待儿童文学的艺术性问题上,存在着集体无意识的自卑一样,在儿童文学的"教育"问题上,也存在着一个文化的"原始模型"。早在"五四"时期,鲁迅就曾经为批判这个文化的"原始模型",在《我们现在怎样做父亲》一文中提出了"幼者本位"的儿童观,他说:"父母对于子女,应该健全的产生,尽力的教育,完全的解放。"鲁迅的"完全的解放"儿童并不是放任儿童,他甚至强调要"尽力的教育"。但是,鲁迅的教育思想是反对"规范"、"框范"儿童的,他说:"时势既有改变,生活也必须进化;所以后起的人物,一定尤异于前,决不能用同一模型,无理嵌定。"

儿童观是儿童文学的原点。每一位儿童文学作家和研究者都应该不断审视自己的儿童观。如果想验证自己作为儿童文学作家或研究者的优劣,我们可以在日本童话作家秋田雨雀指出的现代社会存在着的两种不同的儿童观面前对号入座。秋田雨雀说:"一种观点是成人把成人的世界看成是完善的东西,而要把儿童领入这个世界;另一种观点是,意识到自己和生活的不完善和不能满足,而不想让下一代重蹈覆辙。""从前一种观点出发,便产生了强制和冷酷;从后一种观点出发,便产生了解放和爱。"

我认为,"规范"、"框范"论是一种具有明显的成人本位色彩的儿童文学观,这种儿童文学观既有背离文学精神的一面,也有背离儿童生命世界的一面。

文学是对人类的心灵进行关怀和抚慰的,它在本质上是给人类的精神生命以解放和爱,而绝不是什么"规范"、"框范"。即使是对人类自身的某些丑行进行揭露的文学,比如批判现实主义文学,其作用也只是在于唤起人类的变革意志和人性中的良知,想要"规范"、"框范"某些人的行为也是无能为力的,从这个意义上看,真可以说文学是无用的。要想使文学具有"规范"、"框范"人的功能,文学就必然走向异化,这是被文学史上的铁的事实所证明了的。

"儿童文学是文学",它也必须遵循文学的全部艺术规律。不过,儿童文学又是"儿童的文学",所以,它一定还有属于自己的性格特征。由于儿童乃是处于心灵正在迅速成长的阶段,所以,儿童文学是以其审美力量将儿童引导、培育成健全的社会一员的文学。显而易见,成长中的儿童与成人相比,从文学中受到的影响要大许多,因此,儿童文学工作者才比成人文学工作者更重视自己所操持的文学的"教育"功能。

我在拙著《儿童文学的本质》中认为,儿童文学的"教育"是具有文学自主性的大写的"教育"。在这样的教育中,成人(作家)与儿童(读者)应该是一种什么样的关系呢?

首先,成人(作家)与儿童(读者)之间不是单向的教育与被教育的关系。

在儿童文学中,"作家既不能做君临儿童之上的教训者,也不能做与儿童相向而踞的教育者,而只能走入儿童的生命群体之中,与儿童携手共同跋涉在人生的旅途上"①。成人(作家)应该"不是把儿童看作未完成品,然后按照成人自己的人生预设去教训儿童(如历史上的教训主义儿童观),也不是仅从成人的精神需要出发去利用儿童(如历史上童心主义的儿童观),而是从儿童自身的原初生命欲求出发去解放和发展儿童,并且在这解放和发展儿童的过程中,将自身融入其间,以保持和丰富人性中的可贵品质……"②

其次,成人(作家)不是发展中的儿童生命的创造者,而只是具有发展潜力的儿童生命的引导者和激发者。

儿童并非赤手空拳地来到这个世上,在儿童的先在心灵结构中,已经蕴藏着丰富的人性资源和发展的潜能,因此,必须重视儿童的内在价值和潜力,让儿童在爱和自由的环境中发展他的能力,这样一种关于儿童心灵和生命状态的认识和儿童教育思想,经卢梭发现,由裴斯泰洛齐、福禄培尔和蒙太梭利等教育思想家继承和发展,已经成为最具科学性和影响力的现代教育思想。

蒙太梭利的观点对我们思考儿童文学的"教育"具有直接而深刻的启示意义。她认为,儿童教育中经常出现的症结就是成人把儿童假设成一个空的容器,等待成人去向他们灌输知识和经验,而不是把儿童当作一个必然有着发展自己生命潜力的人来看待。"在与儿童的关系上,成人是一个自我中心主义者,不是利己,但是以自我为中心,他总是从自己的角度出发来考虑一切,因此常常会误解儿童。正是由于站在这个立场上,他才会认为儿童是空的容器,是懒惰的、无

---

①② 见拙著《儿童文学的本质》,少年儿童出版社1997年版,第335页、第16—17页。

能的,内心是盲目的,因而成人必须向他灌输知识,为他做一切事情,引导他一步步往前走。直到最后,成人自认为是儿童的创造者……"①但是,"成人必须认识到,他仅处于一个次要地位,他应竭尽全力地去理解儿童,支持和帮助儿童发展其生命,这应成为母亲和教师的奋斗目标。如果需要帮助而得以发展的是儿童的个性,而儿童的个性较弱,成人的个性较强,因此成人就必须抑制自己,不要对儿童好为人师,而要以能够理解和追随儿童的成长为荣"②。

由蒙太梭利所批评的把儿童看作是"空的容器"的观点,人们会联想起在卢梭时代之前,约翰·洛克提出的"白板"说。如果在教育领域,"空的容器"、"白板"说这种导致成人采用单方面灌输的教育方式的教育思想都是错误的,那么在儿童文学领域,主张"规范"、"框范"儿童的文学思想,又有多少合理性可言呢?

我一直认为,任何儿童文学理论和主张,必须建立在对儿童文学作品尤其是经典作品的阅读体验和儿童文学的历史事实之上。从我个人的视野看去,还没有发现有一位因为要"规范"、"框范"儿童而获得了成功的儿童文学作家,也没有看到有一种要"规范"儿童的儿童文学创作思潮产生过久远的影响力和生命力。在世界儿童文学名著中,即使是教育性最为鲜明、突出甚至含有教训意味的科洛迪的《木偶奇遇记》,皮诺曹最终由一个木偶变为(成长为)一个真正的孩子,也并不是"规范"、"框范"的结果,而是因为皮诺曹内心深处所蕴藏着的想成为一个善良、正直、勇敢的孩子这一强烈的意愿,正是由于有了这一向善的愿望并愿意为此付诸行动,皮诺曹才无论多么幼稚,无论受到什么样的引诱,无论走过多少弯路,最终使自己的生活出现了奇迹。"规范"儿童的创作思潮在世界儿童文学发展史上也是存在的。17世纪,英国清教徒们所持的儿童观是得到加尔文派支持的传统基督教的观点,即认为儿童生来就已带有原罪痕迹,只能靠无情抑制其欲望和使其服从父母及教会长老才能得到拯救,为此,他们创作了许多用意在压抑、规范儿童的书籍,可是这些书籍无一不是短命的。18世纪也是儿童文学的教训主义的时代,但时间的潮水犹如大浪淘沙,这些作品不久便彻底地从孩子们的书架上消失了踪影。

也许我们把目光投注于中国改革开放20年中的儿童文学创作出现的飞跃性变化上,就更能清晰地看到中国儿童文学逐渐走向"解放儿童"的足迹。我认为,80~90年代的儿童文学创作在向儿童性回归时显示出从"童心"到成长、从教训到解放、从功利主义到游戏精神、从严肃到幽默、从观念到心灵、从"白纸"

---

①② 见[美]波拉·波尔克·里拉德:《现代幼儿教育法》,明天出版社1986年版,第97、98页。

说到种子说等一系列大趋向。在这些创作观念转型中,任溶溶、高洪波等人的儿童诗,郑渊洁、孙幼军、周锐、彭懿、葛冰、汤素兰等人的童话,陈丹燕、秦文君、程玮、梅子涵等人的少年小说,或营造出解放儿童心灵的艺术境界,或塑造出具有内在生命潜能和动力的生机勃勃、坚韧不屈、向上成长的儿童形象,可以说,中国儿童文学从来没有像今天这样充满了旺盛的生命意志,在上述那些优秀儿童文学作家的创作上,我是无论如何也找不到一点"规范"、"框范"儿童的意图的。

90年代末,中国儿童文学涌现出两个声势不同凡响的创作潮流,这就是以浙江少年儿童出版社推出的"中国幽默儿童文学创作丛书"为代表的幽默儿童文学创作,以21世纪出版社策划的"大幻想文学"丛书(已出两辑)为代表的幻想文学创作。我在我的博士论文《中国儿童文学与现代化进程》中将这两股创作潮流称为中国儿童文学的"跨世纪现代性追求",我深信,幽默文学与幻想文学的创作,是支举中国儿童文学水准上升的两个有力的千斤顶,它们将成为新世纪的中国儿童文学的两个最大的、最有前途的生长点。尽管幽默文学与幻想文学各有不同的特质,但是,两者仍有一个共同的本质特征,那就是都具有强大的"解放"心灵的力量。我认为,在幽默文学和幻想文学这两个创作领域内,作家的儿童文学心性和才情受到的是最严峻的考验,想用自己的作品"规范"、"框范"儿童的作家只有被清除出局这一个结局。

面向新世纪,中国正在深化教育体制的改革,实施素质教育已经成为教育国策之一。素质教育的根本应该置于激活、发展儿童的想象力和创造力之上。我想,如果我们不把素质教育矮小化为狭义教育甚至功利性教育的话,那就可以说,是该轮到儿童文学理直气壮、挺身而出的时候了,因为"解放儿童的文学"也就是解放和发展肩负着中华民族未来的儿童的想象力的文学。

三、"教育成人的文学"
——儿童文学的人文关怀

我的"教育成人的文学"这一说法也是针对"教育儿童"以及"规范"、"框范"儿童的观点提出来的。如果"教育儿童的文学"的说法是错误的,从语法逻辑上讲,"教育成人的文学"的说法也是错误的。我知道自己是在矫枉过正,但依然认为有必要这样做。

我有一个很大的疑惑或者说有一个很大的不满,这就是为什么人们一讲到儿童文学的教育功能时,教育的目标总是指向儿童,而从不指向成人自己呢?我们读安徒生的《皇帝的新装》,当听到一个孩子戳穿全城的大人自编自演的自欺欺人的骗局时,你能说安徒生是在教育儿童吗?其实,许多世界儿童文学名著,如马克·吐温的《汤姆·索亚历险记》和《哈克贝利·费恩历险记》、巴内特的《小公子》、斯比丽的《夏蒂》、埃克絮佩利的《小王子》、米切尔·恩德的《毛毛》、凯斯特纳的《两个洛蒂》等等,从中应该受"教育"的并不是儿童而是成人,可是为什么从来不见我们的某些儿童文学作家和研究者说儿童文学是"教育成人的文学"呢?我想原因大概在于某些儿童文学作家和研究者并没有将自己看作与儿童一起跋涉、探索于人生道路上的同伴,没有意识到在儿童文学中(当然也在生活中),成人作家与儿童是在作双方面的相互赠予,而是把自己当成了"教师",以为成人在创作儿童文学时可以像学校教师在教室里教小学生一加一算式一样,能够随时把一切人生的大道理教导给儿童。如果不是持着这种"教师"心态,怎么会在那里不厌其烦地大讲"教育儿童""教育儿童"呢?

成人作家的确应该通过儿童文学来"教育"(我更愿意用帮助、引导、激发这些语汇)儿童。但是,这可与教师在教室里教给小学生知识这种教育有本质的不同,因为对人生的真知灼见的获得并不以年龄和经验来保证。儿童文学作家在用儿童文学教育儿童之前,必须首先"教育"自己。无论是儿童文学创作还是儿童文学研究,都决不是仅仅知道道德上的几个观念、儿童心理上的几个常识,而对生活的真义却一知半解的人可以随便伸手操持的。儿童文学正因为面对的是天真纯朴的儿童,"教育"者(作家)才越要谨慎小心,莫让儿童文学这块有珍贵价值的璞玉毁在自己手里。从这个意义上讲,我认为,儿童文学作家和研究者今后可少谈"教育儿童",而多去"教育"自己。当你真的经历了"成长"的风霜雨雪的磨炼,经历了颠沛坎坷的人生的摸爬滚打,从中获取了丰富的人生智慧和经验,能够真实地观照人的本质和生活的本质,对它们有了真正的迷惘或清醒时,你肯定会放弃"教育儿童"这一教师的立场,而愿意把自己看作是与儿童共同探索人生的朋友或同路人。而恰在你不想"教育"(与鲁兵的"教育"相同)儿童的时候,你的文学成了"教育"(与鲁兵的"教育"不同)儿童的文学,即对儿童心灵的成长具有帮助、引导、激发作用的文学。

我们常常能从人们对儿童文学的态度(比如,儿童文学研究在大学的境遇)中感到,儿童文学是被视为"小儿科"(贬义)的。我想,这一方面是由于此等人的蒙昧无知,另一方面也是由于许多儿童文学创作在思想上的贫弱授人以口实。中国儿童文学诞生期的叶圣陶的悲天悯人式的人文关怀精神,长期以来并没有得到真正的发扬光大。儿童文学本来丰富拥有的"教育全人类"的人文精神,在只知道"教育"、"规范"、"框范"儿童的羊肠小路上不断地流失了。我认为,要想从根本上治理、恢复、优化儿童文学的人文精神环境,使其作为大写的文学,为人类的精神发展前景增添一道亮丽的景观,就应该首先从"解放儿童"、"教育成人"做起。

我们不能将儿童期仅仅看作是向成人发展的过渡阶段,其实,如蒙太梭利指出的,儿童与成人是人生的两极,是人的生命的两种不同的形态,两者相互影响,同步发展。研究、介绍蒙太梭利教育思想的波拉·波尔克·里拉德说:"童年期是人生的另一极,这在今天来说也是一个重要原则。我们的社会不顾一切地以急剧的步伐进行着生产和制造,迫切需要平衡,这种平衡也就是儿童眼中的世界。儿童像一切生物一样,有他自己的自然法则。认识这些法则,按照这种法则调整我们的步伐是于成人有益的,因为成人已经在很大程度上失去了自然的生物节奏。尊重儿童的需要,将会帮助我们重新发现自己,并使我们反过来对老年人的需要采取更宽容的态度。这样,人类的整个生命周期都会更加充满尊重和相互理解。如果我们像蒙太梭利所建议的那样,更经常地把目光注视着儿童,我们就不会对儿童、对自然、对别人和对自己做出种种缺乏人性的事情了。"①

苏联作家阿·托尔斯泰说过的下面一段话在今天仍有意义。"旧时代的教育家把儿童看作是一张白纸,——他们可以在上面任意涂写一条条抽象的哲理和僵死的道德箴言。说也奇怪,这种教育家有的竟然活到了今天。他们对于儿童自己也能够反过来教会教育家一些东西,感到不能理解,甚至有时还感到愤懑。"② 成人应该向儿童学习,这是儿童文学是"教育成人的文学"这一观点的逻辑基点。成人应该向儿童学习什么? 一句话,学习儿童的缪斯精神。在心性上,儿童是缪斯性存在。如果说,儿童与成人是不同文化的拥有者,那么,儿童文化就是缪斯文化,这一文化中的自由的想象力、鲜活的审美力以及广博的同情心和正义感正是成人文化所严重缺失的。

人类的存在是一种关系性存在。人与自然之间的关系,人与人自身之间的关系,囊括了人类存在的全部。今天已经可以看得很清楚,成人社会还没有学会处理好这两方面的关系。远的不说,1998 年的长江大洪水和 2000 年春季肆虐于北京的沙尘暴就是长期遭破坏的大自然对我们的警告,而 1999 年的波黑战争更显示出西方成人社会在处理人际关系时是多么愚蠢和无能。这样的成人社会

---

① [美]波拉·波尔克·里拉德:《现代幼儿教育法》,明天出版社 1986 年版,第 135 页。
② [苏]阿·托尔斯泰:《论儿童文学》,见《俄苏作家论儿童文学》,河南少年儿童出版社 1983 年版,第 266 页。

真该听一听来自儿童世界的呼声——

> 自从那个夏天我和"王—阿—勒"跟它的小海獭交上朋友以后,我没有再杀过海獭。我有一件海獭披肩,一直用到破旧也没再做一件新的。我也没有再杀过鸬鹚,取它们美丽的羽毛,尽管它们的脖子又细又长,互相交谈起来发出一种难听的声音。我也没有再杀海豹,取它们的筋了,需要捆扎东西的时候,我就改用海草。我也没有再杀过一条野狗,我也不想再用镖枪叉海象了。
>
> 乌拉帕一定会笑我,其他人也会笑我——特别是我父亲。但对于那些已经成为我朋友的动物,我还是有这种感情。即使乌拉帕和我父亲回来笑话我,我还是会有这种感情的,因为动物和鸟也和人一样,虽然它们说的话不一样,做的事不一样。没有它们,地球就会变得枯燥无味。

> 我在面包店里/看见一个心形大面包/热乎乎,香喷喷,/于是我想到:/"如果我有一颗面包做的心,/多少孩子可以吃个够!/给你,我挨饿的朋友,/还给你,给你,给你……/我这面包做的心啊,请来吃一口。"/对一个挨饿受怕的孩子,/光说"我爱你"还不够,/碰到流泪的孩子,/不能说一声"可怜的朋友"。/如果我有一颗面包做的心,/多少孩子可以吃个够!/你是一个当权的人,/为什么不做面包的炸弹,/请问什么碍着你这么办?/这样,到了战争结束的时候,/每个士兵快快活活/带回家一大篮/味道芳香、皮子焦黄、金色的炸弹。/然而,这只是梦罢了,/我那挨饿的朋友,/他的眼泪还在流着。/啊,但愿我的心是面包做的!

前者是儿童小说《蓝色的海豚岛》中的一段文字,表述了生活在孤岛上的印第安少女卡拉娜的自然观、动物观;后者是意大利一个名叫安娜·索尔迪的11岁女孩写的一首诗《一颗面包做的心》。正如诗人、评论家高洪波所说的:"成人世界的生活准则对于孩子来说,未必都是金科玉律,孩子有孩子们自己评定是非善恶的标准,我以为孩子们的标准更接近诗的领域。"①

评论家朱大可在"缅怀浪漫主义"时,曾用诗人的语言写道:"在北欧阴郁而寒冷的车站,安徒生的容貌明亮地浮现了。这个用鹅毛笔写作童话的人,是浪漫

---

① 高洪波:《又是一年春草绿——1984年儿童小说漫谈》,见高洪波著《鹅背驮着的童话——中外儿童文学管窥》,安徽少年儿童出版社1987年版。

主义史上最伟大的歌者之一,所有的孩童和成人都在倾听他。在宇宙亘古不息的大雪里,他用隽永的故事点燃了人类的壁炉。"① 如果可以将安徒生的童话视为儿童文学的象征的话,我们就应该自信地说,儿童文学这团温暖的炉火就燃烧在人类的身边。

在人类历史的发展中,儿童变得越来越重要。从约翰·洛克、卢梭、英国浪漫派诗人、弗洛伊德身上,我们看到,每当人类的探索走进黑暗的隧道,只要把目光投向儿童,就能找到前方召唤的亮光。我曾在《儿童文学:儿童本位的文学》一文中写道:"守护儿童心性中不可替代的珍贵的人生价值,守护儿童永远不丧失自己特别的眼光,这正是以儿童为本位的儿童文学肩负着的任重而道远的伟大使命,这正是以儿童为本位的儿童文学在人类发展进程中所作的独特的历史性贡献。"② 我相信,具有这种独特人文关怀的儿童文学,在新世纪里将越来越成为成人社会思考人类终极命运的需要。

在我充满自信地表述"解放儿童的文学"这一新世纪的儿童文学观时,给我以最大支持的莫过于法国的文学史家、比较文学学者保尔·阿扎尔在描述儿童时说过的这样一段话:"生存于这个世上的他们的使命就是给这个世界再次带来信仰和希望。如果人类的精神不能经常被这一充满自信的年轻力量而唤醒,这个世界会成为什么样子呢?我们的后继者走过来了。孩子们再次开始美丽地装饰这片土地。一切都重返青春、映照着绿色,人生的价值被重新发现……"③

解放儿童,放飞儿童的生命就是放飞人类的希望!

---

① 转引自许光达:《中国文坛正在酝酿一场新的文化风暴》,载《阅读导刊》,1999年12月8日。
② 载《儿童文学研究》1997年第1期。
③ [法]保尔·阿扎尔:《书·儿童·成人》(日文版),纪伊国屋书店1986年版,第154—155页。

为人类提供良好的人性基础

曹文轩

儿童文学是用来干什么的？许多年前在山东烟台的一次全国性的会议上，我提出了一个观点：儿童文学作家是未来民族性格的塑造者。此后，这一观点一直在影响着中国的儿童文学。前几年，我将这个观念修正了一下，作了一个新的定义：儿童文学的使命在于为人类提供良好的人性基础。我现在更喜欢这一说法，因为它更广阔，也更能切合儿童文学的精神世界。

换一种说法：包括儿童文学在内的语文教学、作文教学等，其目的都是为人打"精神的底子"。

道义感

文学之所以被人类选择，作为一种精神形式，当初就是因为人们发现它能有利于人性的改造和净化。人类完全有理由尊敬那样一部文学史，完全有理由尊敬那些文学家。因为文学从开始到现在，对人性的改造和净化，起到了无法估量的作用。在现今人类的精神世界里，有许多美丽光彩的东西来自文学。在今天的人的美妙品性之中，我们只要稍加分辨，就能看到文学留下的痕迹。没有文学，就没有今日之世界，就没有今日之人类。

文学——特别是儿童文学，要有道义感。文学从一开始，就是以道义为宗的。

必须承认固有的人性远非那么可爱与美好。事实倒可能相反，人性之中有大量恶劣成分。这些成分妨碍了人类走向文明和程度越来越高的文明。为了

题解　本文选自朱自强主编《中国儿童文学的走向》，少年儿童出版社 2006 年版。文章部分修正了作者在 20 世纪 80 年代提出的"塑造民族未来的性格"的儿童文学观，并提出了新的儿童文学观，"为人类提供良好的人性基础"。文章从"道义感""情调"和"情感教育"三个方面来阐述儿童文学的责任和使命。文章认为，"不讲道义的文学是不道德的。不讲道义的儿童文学更是不道德的"。

维持人类的存在与发展，人类中的精英分子发现，在人类之中，必须讲道义。这个概念所含意义，在当初，必然是单纯与幼稚的，然而，这个概念的生成，使人类走向文明成为可能。若干世纪过去了，道义所含的意义，也随之不断变化与演进，但，它却也慢慢地沉淀下一些基本的、恒定的东西：无私、正直、同情弱小、扶危济困、反对强权、抵制霸道、追求平等、向往自由、尊重个性、呵护仁爱之心……人性之恶，会因为历史的颠覆、阶级地位的替更、物质的匮乏或物质的奢侈等因素的作用而时有增长与反扑，但，文学从存在的那一天开始，就一直高扬道义的旗帜，与其他精神形式（如哲学、伦理学等）一道，行之有效地抑制着人性之恶，并不断使人性得到改善。徐志摩当年讲："托尔斯泰的话，罗曼·罗兰的话，泰戈尔的话，罗素的话，不论他们各家的出发点怎样的悬殊，他们的结论是相调和相呼应的，即使不是完全一致的。他们柔和的声音永远叫唤着人们天性里柔和的成分，要他们醒起来，凭着爱的力量，来扫除种种阻碍我们相爱的力量，来医治种种激荡我们恶性的疯狂，来消除种种束缚我们自由与污辱人道尊严的主义与宣传。这些宏大的声音正好比是阳光一样散布在地面上，它给我们光，给我们热，给我们新鲜的生机，给我们健康的颜色……"没有道义的人类社会，是无法维持的；只因有了道义，人类社会才得以正常运转，才有今天我们所能见到的景观。

由此而论，不讲道义的文学是不道德的。不讲道义的儿童文学更是不道德的。

文学张扬道义，自然与道德说教绝非一样。道德说教是有意为之，是生硬而做作的。而张扬道义，乃是文学的天生使命，是一种自然选择。在这里，道义绝非点缀，绝非某个附加的主题，而是整个文学（作品）的基石——这基石深埋于土，并不袒露、直白于人。它的精神浸润于每一个文字，平和地渗入人心，绝不强硬，更不强迫。

一件艺术品，倘若不能向我们闪烁道义之光，它就算不上是好的艺术品。

情　调

今日之人类与昔日之人类相比，其区别在于今日之人类有了一种叫做"情调"的东西。而在情调养成中间，文学有头等功劳。

人类有情调，使人类超越了一般动物，而成为高贵的物种。情调使人类摆脱了猫狗一样的纯粹的生物生存状态，而进入一种境界。在这一境界之中，人类不再是仅仅有一种吃喝及其他种种官能得以满足的快乐,而有了精神上的享受。人类一有情调,这个物质的生物的世界从此似乎变了,变得有说不尽或不可言传的妙处。人类领略到了种种令身心愉悦的快意。天长日久,人类终于找到了若干表达这一切感受的单词:静谧、恬淡、散淡、优雅、忧郁、肃穆、飞扬、升腾、圣洁、素朴、高贵、典雅、舒坦、柔和……

  文学似乎比其他任何精神形式都更有力量帮助人类养成情调。"寒波澹澹起,白鸟悠悠下。""疏影横斜水清浅,暗香浮动月黄昏。""闲上山来看野水,忽于水底见青山。""黄莺也爱新凉好,飞过青山影里啼。"……文学能用最简练的文字,在一刹那间,把情调的因素输入人的血液与灵魂。但丁、莎士比亚、歌德、泰戈尔、海明威、屠格涅夫、鲁迅、沈从文、川端康成……一代一代优秀的文学家,用他们格调高贵的文字,将我们的人生变成了情调人生,从而使苍白的生活、平庸的物象一跃成为可供我们审美的东西。

  情调改变了人性,使人性在质上获得了极大的提高。

  而情调的培养,应始于儿童。

  情调大概属于审美范畴。

  美感的力量、美的力量绝不亚于思想的力量。托尔斯泰的《战争与和平》里面一个最经典的场面就是安德烈公爵躺在战场上,他受了重伤,万念俱灰,祖国、民族以及他的爱情都已经破碎,他觉得活下去已经没什么意义了。这个时候是什么东西救了他?什么东西使他又获得了生存的勇气?既不是祖国的概念也不是民族的概念,而是俄罗斯的天空、俄罗斯的森林、草原以及河流。这就是庄子所讲的"天地之大美"使他获得了生的英勇。是思想的力量大还是美的力量大?

  思想,一个再深刻的思想都可能变为常识,但只有一个东西是不会衰老的,那就是美。我们再打个比方,东方有一轮太阳,你的祖父在看到这一轮太阳从东方升起的时候,会感动,你的父亲一样会感动,而你在看到这一轮太阳升起的时候也一样地会感动。这种感动一直到你的儿子,孙子,子子孙孙,一代一代地传下去。每当我们看到这一轮天体从东方升起的时候,我们都会被它感动,这就是美的力量。

  文学家的天职,就是磨砺心灵、擦亮双目去将它一一发现,然后用反复斟酌的文学昭示于俗众;文学从一开始,就是应这一使命而与人类结伴而行的;千百年来,人类之所以与它亲如手足、不能与它有一时的分离,也就正在于它每时每刻都在发现美,从而使枯寂、烦闷的生活有了清新之气,有了空灵之趣,有了激活灵魂之精神,并且因这美而获得境界的提升。

人类现今的生活境界,若无文学,大概是达不到的;若无文学,人类还在一片平庸与恶俗之中爬行与徘徊。这也就是文学被人类亲近与尊敬的理由。

当下中国,"美"何以成了一个矫情的字眼?人们到底是怎么了?对美居然回避与诋毁,出于何种心态?难道文学在提携一个民族的趣味、格调方面,真是无所作为、没有一点义务与责任吗?

成人文学那里,我们就别去管它了,爹死娘嫁人,由它去吧。儿童文学这一块,我们还是要讲一讲的。不打这个底子不行。没有这个底子,人性是会很糟的。且别急着深刻,且别急着将人类的丑行那么早地揭示于他们。钱理群先生发表过一个观点——他本是一个思想很锐利、很无情的人,但说到给孩子的文字时,他却说,人的一生犹如一年四季。儿童时代,是人的春天。春天就是春天,阳光明媚,充满梦想,要好好地过。用不着在过春天的时候就让他知道寒冷的冬天。让他们过完一个完整的春季。钱理群先生他懂得——懂得这个人性的底子、精神的底子到底怎么打。

美育的空缺,这是中国教育的一大失误。这一失误后患无穷。蔡元培担任中华民国第一任教育总长时,在全国第一次教育讨论会上,提出五育(德、智、体、世界观教育、美育)并举的思想,其中就有美育。但美育的问题引起激烈的争论,几乎被否定掉了。后来仅仅是作为中小学的方针而不是作为全国的教育方针被肯定下来的。再后来,对美育的理解日趋狭窄,到了最后,仅仅将它与美术、音乐等同了起来。在蔡元培看来,五育为一个优质人性培养的完美系统,德、智、体为下半截,世界观、美育为上半截。然而,这上半截被腰斩了。中国的教育系统成了一个残缺的系统。

恢复这个系统,不仅是少儿社的事,也是教育社、所有出版社的事。不仅是出版社的事,也是政府、全社会的事。

情感教育

台湾将有关我的评论文章收成一本集子,电话中我问责编书名叫什么,她说叫"感动"。我非常感谢她对我作品的理解。

悲悯情怀(或叫悲悯精神)是文学的一个古老的命题。我以为,任何一个古老的命题——如果的确能称得上古老的话,它肯定同时也是一个永恒的问题。我甚至认定,文学正是因为它具有悲悯精神并把这一精神作为它的基本属性之一,它才被称为文学,也才能够成为一种必要的、人类几乎离不开的意识形态的。

对于文学而言,这不是一个什么其他的问题,而是一个艺术的问题。

我对现代形态的文学深有好感。因为,是它们看到了古典形态之下的文学的种种限制,甚至是种种浅薄之处。现代派文学决心结束巴尔扎克、狄更斯的时代,自然有着极大的合理性与历史必然性。是现代形态的文学,大大地扩展了文学的主题领域,甚至可以说,是现代形态的文学,帮助我们获得了更深的思想深度。我们从对一般社会问题、人生问题、伦理问题的关注,走向了较为形而上的层面。我们开始通过文学来观看人类存在的基本状态——这些状态是从人类开始了自己历史的那一天就已存在了的,而且必将继续存在。正是与哲学交汇的现代形态的文学帮我们脱离了许多实用主义的纠缠,而在苍茫深处,看到了这一切永在,看到了我们的宿命、我们的悲剧性的历史。然而,我们又会常常在内心诅咒现代形态的文学,因为,是它将文学带进了冷漠甚至是冷酷。也许,这并不是它的本意——它的本意还可能是揭露冷漠与冷酷的,但它在阅读效果上,就是如此。对零度写作的世界性认同,一方面,使文学获得了所谓的客观性,一方面使文学失去了古典的温馨与温暖。现如今,这样的文学,已再也不能成为漂泊者的港湾、荒漠旅人的绿洲。文学已不能再庇护我们,已不能再慰藉我们,已不能再纯净我们。我们在那些目光呆滞、行动孤僻、木讷的、冷漠的、对周围世界无动于衷的形象面前,以及直接面对那些阴暗潮湿、肮脏不堪的生存环境时,我们所能有的是一种地老天荒的凄清与情感的枯寂。

上面说到古典形态的文学,始终将自己交给了一个核心单词:感动。古典形态的文学做了多少世纪的文章,做的就是感动的文章。而这个文章,在现代形态的文学崛起之后,却不再做了。古典形态的文学之所以让我们感动,就正是在于它的悲悯精神与悲悯情怀。当慈爱的主教借宿给冉阿让、而冉阿让却偷走了他的银烛台被警察抓住、主教却说这是他送给冉阿让的时候,我们体会到了悲悯。当简·爱得知一切,重回双目失明、一无所有的罗切斯特身边时,我们体会到了悲悯。当安德烈公爵血战疆场昏倒草地,醒来之后去凝望洁净的俄罗斯的天空以及在心中思念家人和他的娜塔莎时,我们体会到了悲悯。当祥林嫂于寒风中拄着拐棍沿街乞讨时,我们体会到了悲悯。当沈从文的《边城》中爷爷去世,只有翠翠一个小人儿守着一片孤独时,我们体会到了悲悯。我们在一切古典形态的作品中,都体会到了这种悲悯。在沉闷萧瑟、枯竭衰退的世纪里,文学曾是情感焦渴的人类的庇荫和走出情感荒漠的北斗。

这里,我不想过多地去责怪现代形态的文学。我们承认,它的动机是人道的,是善的。它确实如我们在上面所分析的那样,是想揭露这个使人变得冷漠、变得无情、变得冷酷的社会与时代的，它大概想唤起的正是人们的悲悯情怀，但，它在效果上是绝对地失败了。

人类社会滚动发展至今日，获得了许多，但也损失或者说损伤了许多。激情、热情、同情……损失、损伤得最多的是各种情感。现代主义看到的情景是确实的。机械性的作业、劳动的重返个体化的倾向、现代建筑牢笼般的结构、各种各样淡化人际关系的现代行为原则，使人应了存在主义者的判断，在意识上日益加深地意识到自己是"孤独的个体"。无论是社会还是个人，都在止不住地加深着冷漠的色彩。冷漠甚至不再仅仅是一种人际态度，已经成为新人类的一种心理和生理反应。人的孤独感已达到哲学与生活的双重层面。

甚至是在这种物质环境与人文环境中长大的儿童（所谓的"新新人类"）都已受到人类学家们的普遍担忧。而担忧的理由之一就是同情心的淡漠（他们还谈不上有什么悲悯情怀）。什么叫"同情"？同情就是一个人处在一种悲剧性的境况中，另一个人面对着，心灵忽然受到触动，然后生出扶持与援助的欲望。当他在进行这种扶持、援助之时或在完成了这种扶持、援助之后，心里感到有一种温热的暖流在富有快感地流过，并且因为实施了他的高尚的行为，从而使他的人格提升了一步，灵魂受到了一次净化，更加愿意在以后的日子里，继续去实施这种高尚的行为。我们已看到，今天的孩子，似乎已没有多少实施这种高尚行为的冲动了。

种种迹象显示，现代化进程并非是一个尽善尽美的进程。人类今天拥有的由现代化进程带来的种种好处，是付出了巨大代价的。情感的弱化就是突出一例。

在这一情状之下，文学有责任在实际上而不是在理论上做一点挽救性的工作。况且，文学在天性中本就具有这一特长，它何乐而不为呢？

文学没有理由否认情感在社会发展意义上的价值，也没有理由否定情感在美学意义上的价值。情感问题并不轻于诸如"历史的发展是茫然的"、"死亡意识"、"生命不能承受之轻"之类所谓人类的基本的存在问题。它一样也是人类存在的基本问题。既然现代形态的文学反复声称只有它才是真实的，就不能不看到情感是真实的、情感生活是人类生活的基本组成部分——从某种意义上讲，这个世界上所发生的一切皆是与情感不可分割的。

文学有一个任何意识形态都不具备的特殊功能，这就是对人类情感的作用。我们一般只注意到思想对人类进程的作用。其实，情感的作用绝不亚于思想的作用。情感生活是人类生活的最基本的部分。

论现代性视野中儿童本位的文学话语

杜传坤

中国儿童文学中的儿童本位论诞生于五四时期,它通常被视为儿童文学走向现代的标志。一个世纪以来,儿童文学本位论历经与革命、抗战、社会、政治、审美等话语的勾斗重重,九十年代之后再次成为儿童文学理论批评与创作的金规,我们似乎绕了一个世纪的圈子最终又回到了五四的原点。如同启蒙的辩证法,启蒙以理性颠覆神话,最后却使自身成为一种超历史的神话,儿童文学本位论同样走入了这样一个封闭性话语空间,在一定程度上造成了当代儿童文学发展中的诸多困境。因此,反思现代性中儿童本位文学话语的起源、内涵及发展现状,将其历史化、对象化便显得极为必要。

一、前提性假设:成人与儿童的"二分"式想象

儿童文学本位论属于儿童文学的现代性话语范畴。一般认为,中国儿童文学的现代性发轫伴随着"儿童的发现",其核心内涵就是"不仅把儿童看做独立的个人,而且把儿童当做儿童",其具有不同于成人的需要,其中包括不同于成人的文学需要,尊重、顺应、满足儿童的这种需要,依据其独特的身心特点供给其文学,这便是现代意义上的儿童文学,也即儿童本位之文学。但是我们仍然可以质疑:是否有一个唯一"真实"的儿童在那里等待我们去"发现"?儿童真的有其"内在需要"并且直到一个世纪前其"内在需要"才被首次发现与确认?我们

题解 本文原载《东岳论丛》2010年第7期。文章从后现代解构的立场质疑了中国儿童文学自"五四"以来的一个基本前提假设:"儿童"具有与"成人"不同的本质。文章认为,儿童文学中的"儿童本位论"往往容易把儿童视为一种抽象的、均质化的理想儿童,也容易把儿童仅仅视为在观念层面上与成人相区别的参照,从而形成和强化了"成人"与"儿童"的分离。在后现代视野中,童年"纯真"的观念并未反映出儿童存在的一种本质或自然状态,而更多体现的是一种社会性架构和文化价值取向。所以,对中国当代儿童文学的发展而言,"五四"时期的这种"儿童本位"的儿童文学话语既是救赎,也是枷锁,需要将其历史化和对象化。

认为,所谓"真实"的儿童与儿童的"需要"很大程度上只是与生物学年龄相关的、成人的一种想象与假设,是文化与历史的产制,那么,是"谁"在想象儿童?儿童又被想象成"谁"?为何会有如此想象?这需要我们去追溯儿童文学本位论的前提性假设。

在晚清之后,一个中国知识分子群体开始从封建贵族制的解体中产生出来,一批小说家、诗人、艺术家、新闻记者、科学家及其他公众人物构成了儿童文学写作的主体。他们试图通过对"未来国民"的价值构想来干预政治与社会变革过程,他们由此成为"儿童"这一重要的"受教育者"、社会之未来构成的"立法者"。五四时期,作为"社会问题"之一的"儿童问题"开始进入新文化先驱的言说视野。如果说晚清的"儿童发现"是将儿童从父权束缚下解放出来,提升到与成人同等社会地位的"国民"身份,并置于"国为民纲"这一新的从属关系中;那么,伴随着新文化运动对封建"三纲五常"的批判,作为五四"人的发现深入展开的必然结果",对儿童的发现也超越了"未来之国民"的认识:儿童不但是与成人一样的"独立之个人",而且是与成人不同的"儿童",于是从"国之民"转变为"个人",从"小国民"转变为"儿童"。换言之,不仅要把儿童当作"人",而且要把儿童当作"儿童",在现代性视野中这被视为儿童的真正发现。至此儿童与成人实现了真正的"二分":儿童不是成人,儿童是儿童,二者具有本质上的不同。整个晚清民初和五四时期,儿童的发现者们始终致力于把儿童从成人中分离出去,并且借助儿童学、文化人类学等理论将二者的距离日益扩大,使童年愈来愈远离成年,强调二者质的差别,突出儿童具有不同于成人的需要,其中包括不同的文学需要。这是现代性话语中儿童文学发生的首要条件。而与此同时,儿童文学本身也参与了表现、制造、强化、自然化成人与儿童"二分"的话语实践。只有当儿童作为与成人不同质的主体存在,以儿童为本位的观念及其文学才有了存在的空间与可能。

值得一提的是,在实践层面,学校教育的确立也对儿童与成人的"二分"起到了相当的作用。它与儿童文学共同为儿童"立法",同时也通过"立法"塑造、构建了现代意义上的"儿童"。鸦片战争之后中国进入一个危机四伏内忧外患的时代,"学校与科举之争,新学与旧学之争,西学与中学之争"构成了社会文化方面的重重矛盾。正是在这一社会文化语境中,教育变革被知识分子视为医治"千数百岁之痼疾"的良方,教育被视为救国之急用,晚清新政中被认为最富积极意义而有极大社会影响的内容也是教育改革。而无论是晚清的西式学堂,还是民国之后以及五四的国民学校,作为学校教育其本身便是一种社会体制,借以将儿童分隔在成人世界之外,学校教育通过按照年龄分级分班、课程的设置与实施、学业的评价评定等方式进一步强化、自然化了关于儿童是什么、儿童应该是什么的特定假设,从而"有效建构并界定了作为一个儿童——甚至是某个特定年龄的孩童——所具有的意义"①。由此,学校教育成为构建童年现代概念的主要先决条件之一。儿童之文学或者凭借与学校教育结盟而作为教育之辅助、材料、手段等,或者通过直接充当一种教育力量,得以进入专业知识阶层这一现代"立法者"的视野。

五四前后,无论是教育救国还是文学救国,儿童文学作家以儿童文学书写的方式改造国民素质、为儿童立法的管理实践日趋自觉。儿童文学不再是一种单纯的艺术写作形式,而是在国家与社会改革的宏观背景下对儿童的未来国民身份提出要求并进行精巧设计的文学—政治实践。儿童文学成为时代需要怎样的儿童、未来需要怎样的儿童这一方案的最生动的承载方式。而儿童本位之文学亦不过是立法者想象与构建儿童的一种方式,是现代性方案中极其动人的一道风景。

二、内涵及语境:儿童文学本位论解析

周作人于1920年10月26日在北京孔德学校所做《儿童的文学》之演讲,被视为中国现代儿童文学理论走向自觉的标志,此演讲发表在同年12月1日《新青年》8卷4号上,从此迅速传遍全国,其中隐含的"以儿童为本位"的文学观很快成为全社会的共识,成为当时乃至当代儿童文学的最高纲领。它也代表了五四以来现代性话语中的儿童及其文学的普遍性特质。这篇演讲的内容主要有如下几方面:

其一,对于儿童的理解:以前的人误将儿童当作缩小的成人或不完全的小人,近来才知道儿童是完全的个人,有他自己内外两面的生活,儿童期有其独立意义与价值。反对只为将来设想而不顾儿童现在生活需要的做法。供给儿童文学,是因为儿童生活上有文学的需要。其二,儿童为何有文学需要:依据进化论,人类个体发生和系统发生的程序相同,儿童的精神生活与原人相似,其文学便与原人的文学相当,主要是儿歌童话。其三,儿歌童话中的荒唐乖谬思想对儿童无害:儿童有其独立的生活,与大人不同,儿童精神上都是拜物教的,相信草木能思

---

① [英]大卫·帕金翰:《童年之死》,张建中译,华夏出版社2005年版,第5页。

想猫狗能说话正是当然的事,如果以生物学上的知识纠正他,就会不自然地阻遏了儿童的想象力,无益而有害;同时,儿童生活又是转变的生长的,等到儿童知道猫狗是什么东西时再将生物学知识供给他们。其四,儿童的文学有三种作用:一是顺应满足儿童本能的兴趣与趣味,二是培养并指导那些趣味,三是唤起新的兴趣与趣味。其中第一条是我们供给儿童文学的本意,后二者只是利用这机会得到的一种效果,是副产物。其五,如何按照儿童年龄阶段供给儿童以文学:借鉴儿童学上的分期,将儿童期分为四个阶段,按照程序把各期儿童的文学加以分配。主要讲了幼儿前期(3—6岁)、幼儿后期(6—10岁)和少年期(10—15岁)分别对于诗歌、寓言、童话、传说、写实故事、戏曲等文学种类的需求特点,完全以儿童的审美心理为依据。其六,不可轻视儿童文学的"文学性":儿童需要的是文学,应注意其文学价值,具有文学趣味,要求单纯、明了、匀整,思想真实、普遍。

不难发现,上述内容基本都是以"儿童性"为出发点,即使第六条谈"文学性",也仍然是以"儿童需要的是文学"为前提条件,充分体现了以儿童为本位的文学观念。深而究之,以周作人为代表的儿童文学本位论涵纳了这样几点意味,足以标示五四以来现代性儿童文学之普遍性质。一是对儿童身份的"本质论"界定。儿童被视为"完全的个人"从成人中分离出去,成为具有"拜物教"精神特质的"小野蛮",由此也形成了儿童本位论的前提:据信儿童与成人具有质的差别,儿童自身具有独一无二的品质与需要,由此建立起童年与成年的二元对立范畴。此种儿童仅仅作为在观念层面上与成人相区别的参照,是一种抽象的、均质化的、想象中的、理想化的儿童。很大程度上,它接近于浪漫主义式的儿童,富有诗情画意,独能理解童话中那些有着"无意思之意思"的哲学意味,天性尚未遭到破坏,拥有天真、纯洁、善良、欢乐、想象力等被视为美德的品质。这显然与卢梭、浪漫主义派以及杜威等的儿童观念一脉相承。叶圣陶、冰心、黎锦晖等五四儿童文学作家在作品中描述的儿童以及理想中的读者就是这一类儿童,而并非是对现实儿童的"写实性"摹写,其儿童形象也并非独特的"这一个"。

二是儿童学成为儿童文学的方法论基础。考察五四时期对儿童的界说,几乎众口一词宣称"儿童不是缩小的成人"、"儿童不是成人的预备"、"儿童不是未成形的人",这正如大卫·帕金翰曾指出的,"在近代工业化国家的历史中,童年在本质上一直被定义为一个排除性的问题(a matter of exclusion)。不管后浪漫主义(Post-Romantic)是如何强调儿童的内在智慧与理解力,它主要是从儿童不是什么与儿童不能做什么的观点来定义他们"①。总之儿童不是成人,因此儿童不能去接触那些被规定为成人的事物以及成人认为只有他们自己才能理解或控制的事物。造成这种后果的原因主要在于人们用某种"前社会性的"(pre-social)方式来定义儿童,"它将儿童随时间变化的种种方式,定义为一个朝着预定目标前进的目的论式的发展过程",其"认知发展遵循着一种合乎逻辑的'年龄与阶段'发展顺序,逐渐达到成人所具有的成熟与理性"②。这也正是导源于建立在生物进化论基础上的心理学研究成果。周作人在此篇讲演中所提到的儿童精神上的"拜物教",以及如何按照儿童年龄阶段供给儿童以不同种类、内容的文学等,皆是以儿童生理学、心理学为依据,时称"儿童学",这一方法论在五四时期具有普遍性。同时,儿童文学中的阶段理论经由学校教育制度得到进一步确立、强化和"证实"。1922年11月1日以大总统令公布的《学校系统改革案》(即"壬戌学制"),采用了美国式的六三三分段法,又称"六三三学制",其首要特点即是根据学龄儿童的身心发展规律划分教育阶段,这在中国近现代学制发展史上是第一次。这一"新学制"在"顺应"、"遵循"儿童学所提供的儿童年龄特征的同时,也在将这些抽象的、假设的、普遍的年龄特征自然化,通过教育教学实践"塑造"这些年龄特征,最终好像"证实"了儿童特定年龄阶段的客观存在。

三是儿童作为受教育者,儿童文学作为"小学校里的文学",作为一种正当的文学教育,必须以不能破坏儿童的天性为前提。这也是西方近代以来一直到20世纪童年概念发展历程的最终缩影:"洛克派"和"新教派"视儿童为未成形的人,唯有通过识字、理性、自我控制、羞耻感的培养等才能将其改造成一个文明的成人;"卢梭派"和"浪漫主义派"则认为未成形的儿童不是问题,问题完全出在"畸形的成人",儿童拥有与生俱来的坦率、理解、好奇、自发的能力,但这些能力被后天的识字、理性、自我控制、羞耻感等淹没了。前者的观点至今仍保持完好无损,而如何进行教育才不会破坏后者所描绘的童年美德则产生了许多问题,人们不希望教育过程干扰儿童的成长,童年有其必须尊重的逻辑和心理特点,人们对此基本已达成共识③。这其实也是整个20世纪儿童文学(教育)的话语模式:如何平衡社会赋予文学(教育)的要求与尊重儿童天性(需要)之间的关系。《儿童的文学》重心似乎更偏向于对儿童天性的顺应,而视文学教育的效果为

---

① [英]大卫·帕金翰:《童年之死》,第12页。
② [英]大卫·帕金翰:《童年之死》,第13页。
③ [美]尼尔·波兹曼:《童年的消逝》,吴燕莛译,广西师范大学出版社2004年版,第87页。

"副产品"。其实,顺应儿童天性施之以教育的理念自古就有,并非近现代教育的"发明",无论西方的柏拉图、洛克、夸美纽斯,还是中国古代始自商周时代的蒙学读物教材的编撰,历代很多教育者都意识到儿童的兴趣与年龄差异对教育教学效果的影响。只是这些观点未成为系统的理论,更未成为教育教学制度。但更根本的区别似乎在于:对儿童天性或年龄特征的尊重顺应,在很多时候只是作为教育的"方法论",而近现代以来才得以成为一种"价值"单元。也就是说,在五四时期纯粹的儿童文学本位论里,顺应儿童的天性这本身就是"目的",而非为了更好地实现某种教育目的的"手段"。

五四儿童文学本位论兴起发达的文化语境,通常认为与杜威"儿童中心主义"思想的影响极为密切。也有学者对此提出异议,认为二者之间具有完全不同的思想内涵,周作人、鲁迅等非但没有接受后者的影响,反而在思想上一直疏远甚至怀疑杜威的实用主义教育哲学。然而,尽管我们从周作人等的言论中,可以很容易摘引出对"新教育家"、"实用主义"等的疏远怀疑甚至是批判,证实二者之间的非承传关系,但同时也应该看到,杜威的"儿童中心主义"与五四儿童文学的"儿童本位",很大程度上具有本质内涵的一致性。比如,其核心理念都是对儿童期价值的确认,对"未成熟状态"的尊重与肯定,对于儿童现在生活的重视,反对只为了将来做准备而牺牲儿童的现在等等。杜威将教育视为"人类社会进化最有效的一种工具",而"社会的改良,全赖学校",杜威的这一实用主义教育思想正适应了五四时期国内希望社会改良的要求和教育救国的主张。同时,教育即生活、学校即社会、儿童中心等观念也很适合当时中国教育界改革传统教育弊端的呼声。总之,杜威的教育哲学思想对当时中国教育界的影响之广泛与深远,至少在客观上营造了一种普遍的社会心理,它为儿童本位文学的传播、接受创造了适宜的文化语境。而在实践层面,晚清至五四的儿童文学在一定程度上也正是凭借进入中小学教育教学而确立其地位的。

当然也不可过分夸大杜威"儿童中心主义"之影响的作用,因为无论这一理论如何"正确",我们都不能设想儿童本位论的文学会直接从这影响中产生出来,关键还在于我们为何对这种理论如此"需要"的"内因"。不妨对比同时期弗洛伊德的被接受情况:在成人文学领域,受弗洛伊德精神分析学影响的小说创作是一种时尚,如自我表现、意识流、心理描写、抒写性灵的文学等,但在儿童文学领域则不但理论界而且创作界皆对此保持缄默,或者说视而不见。分析其根源,盖因弗式理论不适合我们当时的"需要",因为弗洛伊德以考察神经症为出发点,发现了作为"小大人"的幼年期,弗氏学说由此摧毁了19世纪占支配地位的

"像儿童样"的神话①。这显然与我们当时的文化语境格格不入,与我们的需要完全背离。

儿童文学本位论在更深层次上还与五四时期现代民族国家的建立相辅相成。本尼迪克特·安德森曾论证,民族国家的建立并非以血缘、亲族为基础,而是在共同的国语国民文学之上构筑起来的"想象共同体"。柄古行人亦指出,作为"想象共同体"的民族,是通过本国固有语言的形成才确立起来的,在这一过程中,小说起到了核心作用,故而说现代民族国家的核心存在于文学那里②。他们都看到了国民文学与语言对于民族国家建立之根本性意义。五四时期是我们现代民族国家形成之时,也恰恰是全国大力推行言文一致、倡导"国语的文学,文学的国语"之时代,尤其是通过学校教育推广白话文及国语文学。1917年10月第三届全国教育会联合会议提出《推行注音字母以期语言统一案》,敦促教育部制定国语标准,并将注音字母推行各省区,为小学国文科改国语科做好准备。次年11月教育部正式公布注音字母供各地推广,国语和白话文教材逐步取代文言文教材进入学校教学,至1922年新学制颁布,国语教学和白话文教材在学校教学中确立了主导地位。从新文化运动中文学革命对白话文的尊严及其文学价值的肯定,到国语文学的提倡,进而再到提出"国语教育当注重'儿童的文学',当根本推翻现在的小学教科书"③,儿童文学由此被纳入了国语教育的范畴,也从而被纳入了建立现代民族国家这一话语框架之中。从五四新学制颁布,儿童文学便开始"课程化",或者说,小学国语课程开始"儿童文学化",这种现象一直持续到抗战前夕,并于上世纪八九十年代之后再度复兴。

三、是救赎,也是枷锁:基于当代儿童文学困境的反思

西方哲学自柏拉图以降都倾向于认为现象背后总有一个确定无疑的本质,而对这一本质的认识有助于我们对世界的理解与控制。受这种思想的影响,现代性的儿童观、文学观以及教育观,可以说都是立足于"只有真正理解儿童,才能更好地顺应、满足儿童需要从而也才能更好地教育儿童"这一观念基础之上。对于儿童的一切立法与塑造,其合法性均建基于儿童有别于成人的独特"本质",这似乎已成为我们对儿童进行言说的一切话语的应然法则。但正如

---

① [日]柄古行人:《日本现代文学的起源》,赵京华译,生活·读书·新知三联书店2003年版,第125页。
② [日]柄古行人:《日本现代文学的起源》,赵京华译,生活·读书·新知三联书店2003年版,第220页。
③ 胡适:《国语运动与国语教育》,1921年10月8日在安徽省对安庆教育界所作的演讲。

弗兰西斯·培根所说:"人们通过对于自然法则的服从,以成为自然的主人",既往对儿童天然本性乃至年龄特征法则的遵从,很多时候可能亦无非要成为儿童的主人,无非是让儿童更好地接受我们的道德话语、科学话语和审美话语。自儿童本位在现代性话语中得以确立,即使有时因社会现实的挤压而导致本位被不同程度地边缘化,但其核心理念从未真正完全消失。当儿童不是本位时,他的经现代心理科学"发现"并"验证"的被视为普遍性的客观"年龄阶段特征"也往往会被各种立法者作为一种必须遵循的理论前提。从晚清到五四到上世纪三四十年代以至于当代,莫不如此。

对当代儿童文学的发展而言,五四儿童本位的文学话语是救赎,也是枷锁。建国初期,儿童文学界形成了一种普遍的认识:"儿童文学是教育儿童的文学",基本延续了五四之后社会本位的文学观念,重视儿童文学的认识、教育功能,使审美要素进一步由价值单元而手段化,儿童的年龄特点仅仅作为教育效果的保证要素,并且这一观念下的儿童总是具有诸多缺点毛病,尤其需要加强政治道德伦理的认知教化。典型的如"糖衣说",儿童文学沦为包裹"教育药丸"的糖衣。新时期伊始展开了对儿童文学教育工具论的批判,然后便是从艺术的"歧途"回归艺术的"正道",即从教育性向文学性回归,响起了"儿童文学是文学"的口号,出现了一批探索型儿童文学作品。但是这种文学的救赎行为在倒掉教育主义洗澡水的同时,也泼掉了儿童本位的孩子,最终因其从意蕴到形式的偏于玄美、成人化而疏离了儿童读者,阅读期待视野的过分遇挫为这场文学突围匆匆画上了句号。接下来的上世纪90年代是向"儿童性"回归,提出儿童文学应是"儿童本位的文学",兼顾儿童性与文学性。此外,"大幻想文学"和"幽默儿童文学"等在20世纪末中国及世界范围内的风靡,也在唤起我们一个世纪前对儿童文学"空想"与"趣味"追求的记忆。到20世纪末,我们似乎绕了一个大圈又回到了五四的起点。

由是观之,"儿童本位"似乎成了当代儿童文学理论批评与创作的一个难以逾越的迷障。它不但导致我们对儿童文学现代性起源的认识论遮蔽,以及对历史上作家作品研究评判时一再的老调重弹,而且也在很大程度上造成我们对上世纪90年代后儿童文学转型、低龄化写作、后现代写作等鲜活的儿童文学实践的阐释困境,捉襟见肘的理论话语时常透射出思维视野的促狭。这或许由于我们对儿童本位文学中那个纯真无邪的孩童形象已经形成了一种难解的"情结",我们相信西方启蒙时代以及浪漫主义者们所描绘的天真、纯洁、无知、欢乐的"儿童"就是唯一本真的儿童。这种现代性童年承载了我们太多的美好理想,以至于我们总是在以这种理想去塑造理想的儿童时义无反顾。因为它是美好的,所以它是现代的;因为它是现代的,所以它是美好的。我们就在这个圈子里绕来绕去。究其根源,是由于我们始终是在现代性的"内部"看儿童文学的现代性。现代性本是一种具有丰富历史背景的现象,然而在它之外却往往看不到任何东西,因而无法使现代性这一现象自身相对化或对象化①。因此我们需要一种反思的智慧,从而跳出现代性看儿童文学的现代性,看儿童文学本位论。

对童年的后现代反思似乎揭去了蒙在儿童身上的那层温情脉脉的薄纱,梅罗维茨就告诉我们:童年"纯真"的观念并未反映出儿童存在的一种本质或自然状态,相反,这种观念是被故意制造出来以证明成人与儿童之间社会分离的合理性。儿童与儿童心理学都是社会性架构,反映了一些非常特殊的文化价值②。建立在维护儿童天性及童年美德基础上的儿童本位之文学,亦不过是一种社会性架构,反映了某种特殊的文化价值,体现了立法者的某种文化想象与建构。尽管对儿童的建构也并非完全与儿童的生物学年龄无关。

或许,我们还应该追问儿童文学本位论的那个前提性假设,即成人与儿童具有本质不同的"二分"式想象。是因为二者有本质不同才造成了分离,还是二者的分离造成了不同本质?这种分离是必须的吗?是可欲的吗?是必然还是偶然?分离对成人与儿童分别意味着什么?当我们痛惜电子传媒时代童年的消逝、童年的死亡,当我们本着一种责任感大声疾呼"捍卫童年"时,我们是否想过:童年与成年的诸多问题,是因为没有保护好、隔离好童年,还是恰恰因为童年与成年的成功隔离才被制造出来?

当我们在声讨当代儿童文学成人化的同时,或许更为焦虑的是电子传媒时代儿童乃至整个儿童文化的成人化倾向。儿童的成人化似乎与成人的儿童化在逻辑上相辅相成,后者尤其体现在青少年的孩童化倾向。这是否预示着儿童与成人正在由隔离走向一体?也抑或如五四先贤所言"只有让儿童成为完全的儿童,长大后才能成为完全的成人"——是故,不完全的儿童造就了不完全的成人?我们认为,对于成人化或童年的消逝做出价值判断固然重要,但探讨二者的"二分"与"互融"所带来的诸种变化似乎更有意义,即它到底对儿童和成人意味着什么?带来了什么?要尽量抛弃一切先入之见,直面现象本身,并追究其源起。比如,有学者就洞史明鉴:"儿童的发现"未必就是一种福音,它会造成对

---

① [英]齐格蒙·鲍曼:《立法者与阐释者》,洪涛译,上海人民出版社2000年版,第156页。
② [英]大卫·帕金翰:《童年之死》,第27页。

孩子的许多不必要的关注和约束，这些重视和认定可能比漠视或误解更糟糕，并且这往往还是对童年的许多破坏性措置的开始①。想一想我们关于孩子和童年那些不断"修正"的观念和行为方式，就不难理解是谁为我们持续获得不断"正确"的儿童观教育观而付出了代价。

其实，确立以谁为本位才是儿童文学的"正宗"只是一种话语之争。"中心"或"本位"是一个坚锐的立场，它总是以排除"对象"的存在价值为前提和标志。那么，我们究竟应该追求一种何样的童年？从而应追求一种何样的儿童之文学？在儿童与成人"二分"的那一刻起，以"欠缺"为主要特征的儿童就被置于一个"他者"的位置，他既是成人自我的对立者，又是现实的对立者——"未来"，这两个维度中，儿童都是不确定的、需要控制与规划的。而控制者或规划者，或曰立法者、园丁、牧人，就是圣贤、教师、作家或专家。杜威在其代表作《确定性的寻求》中暗示，寻求确定性是人作为偶然的存在对必然性的一种近乎本能的建构，哲学、科学与宗教都只不过是在这种寻求过程中纠缠的方式而已。在这一意义上，对儿童本质的寻找以及对儿童文学本质的寻找，就不仅仅是一个认识论层面的问题，而是一个从根本上关切我们怎样理解"儿童"、进而怎样理解儿童文学写作的存在论问题。

值得一提的是，现代性中的儿童文学无论如何（当然不是独自地）还是建构了教育世界的稳定性以及儿童生活世界的普遍伦理性，虽然这一世界的建构在当下流行的后现代哲学中广受质疑；而后现代性中的儿童文学生产在解构了成人对于儿童的立法之时，也剥夺了儿童的可教育性。这种两难其实已经建基于现代性不可克服的矛盾之中。由此在某种意义上我们可以说，后现代性是现代性的未完成状态。即便在后现代视野中，儿童文学的话语之争依然还将延续下去。

---

① 熊秉真：《童年忆往——中国孩子的历史》，广西师范大学出版社2008年版，第8页。

童年写作的厚度与重量

——当代儿童文学的文化问题

方卫平

这些年来,我一直在思考,应该用什么样的方式来理解、看待近三十年间当代中国社会变迁和发展所带给儿童文学的时代影响。我们看到,20世纪90年代,儿童文学还在以自己的方式分担着整个文学界关于文学未来命运的焦虑,然而很快地,进入新世纪前后,在文学界对于文学"边缘化"命运的集体焦虑中,当代儿童文学却迎来了它迄今为止最为兴盛的一个写作和出版时期。一方面,在儿童受众群体内,儿童文学的阅读量在迅速增加,儿童文学的传播圈也在迅速扩大;另一方面,在图书市场上,各类销售数据统计一再确证了儿童文学在其中占据的显赫位置。儿童文学的这一勃兴势头体现在其创作、出版、接受、传播等各个环节,同时,这一文类的艺术手法、风格等事实上也获得了许多重要的拓展。因此,我认为,不论就外在的阅读接受还是内在的艺术探求而言,可以说,当下的中国儿童文学都处在一个空前利好的发展时期。

但是,它显然不是当代儿童文学最好的发展阶段。尽管近年来,得力于多方面的原因,国内儿童文学创作在童年观念、故事构架、叙事能力等方面都有新的提升乃至突破,然而,在基本观念和操作技法的问题得到普遍重视和反复演练的同时,另一个基础性的问题却未能在儿童文学的写作中得到应有的关注和落实——我把它称为当代儿童文学的文化问题。这个问题所指向的是儿童文学的艺术探索在文化层面所达到的程度。应该承认,在当代儿童文学艺术谱系的建构过程中,文化的因素也许并不是第一位的,很多时候,对于一般的儿童文学

题解 本文原载《文艺争鸣》2012年第10期。文章提出了新世纪以来中国儿童文学创作存在的一个深层问题:缺乏有穿透力的文化思考和有厚度的文化内容。文章认为,近年来中国儿童文学创作在童年观念、故事构架、叙事能力等方面都有新的提升乃至突破,但在文化层面的缺失是全方位的。主要表现在以下几点:在专注童年文化的同时不自觉地倾向于告别人类的大文化;在处理现实话题时难以提供更具深度的精神内容;缺乏一种浑厚的生命温情。文章指出,如果儿童文学艺术探索无法达到文化层面,那么留给这一文类的艺术提升空间已经显得十分有限。

写作而言，技法意义要比文化问题显得更加迫切。然而，我也认为，一个儿童文学文本的艺术探求越是有"野心"，文化因素在其中所发挥的重要性也就越发明显。甚至，在写作的技艺到达一定程度之后，文化层面的思考和突破，将成为儿童文学作品能否完成其下一步艺术蜕变的决定性因素。而这正是当下中国儿童文学的艺术发展所面临的重要瓶颈之一。在今天，缺乏文化，或者说，缺乏有穿透力的文化思考和有厚度的文化内容，已经成为中国当代儿童文学的一个致命症结。

一

新世纪以来蓬勃发展的儿童图书市场给作家带来了显而易见的创作刺激。也许，正是在市场的导引下，最受儿童读者青睐的两类儿童文学作品逐渐聚集起了很高的写作人气，并促成了当前儿童文学写作的两个主要趋向。一类是以最当下的儿童现实生活为主要表现对象的叙事作品，其中尤以风靡童书市场的儿童校园小说为代表，其最大的特点是从当代儿童的立场和视角出发，以轻快幽默的方式来书写他们的日常生活和情感内容。另一类是采用幻想题材的叙事作品，它往往借幻想的世界来编织超越现实的童年故事。这两个写作趋向的当代形成有其历史的逻辑。从儿童读者的角度来看，这两类作品对中国儿童长期以来未能得到充分关注的身体和心灵给予了充分的认可、肯定，极大地满足了特定时期儿童读者的阅读需求；从中国儿童文学的艺术发展脉络来看，这两类作品的风行则在一定程度上反映了本土儿童文学作品对于长久以来被压抑的游戏精神和自由想象力的渴求。它们对于当代儿童文学艺术发展的积极意义，也从这两个方面得到了较为充分的体现。

然而，随着儿童文学的写作力量持续地注入这两种文学类型，其总体的文学质量却并没有出现预料之中的突破。相反地，在这两个领域分别产生了两种既相互对立又互有关联的美学问题。在以校园小说为主要代表的写实类叙事作品领域，许多作品在寻求贴近儿童现实生活的同时，越来越受制于纷繁的生活形象本身，也越来越沉溺于制造生活的琐屑趣味。如果我们留意观察近十年间涌现的大量校园生活题材的儿童小说，便不难发现，许多作品所仰仗的写作技法大抵有二：一是对于当下儿童日常生活、愿望、想法等的越来越"零距离"的呈现，二是通过在上述内容中发掘或制造童年生活的喜剧感，以此来达成作品的幽默效果。从这个意义上说，这类作品很像当前热播的一些生活情景喜剧，它们对于童年生活细节的不无夸张的表现，尽管在很多时候的确是真实甚至是传神的，但也往往是平面的、琐碎的、缺乏更深厚的意义思考的。我一点也不否认情景剧式的写作作为儿童文学的一种艺术样式和艺术生态存在合理性,也不否认它无可替代的文学意义,但是,当儿童生活的书写被过多地情景剧化之后,儿童文学的艺术也变得日益轻飘起来。从表面上看,这些专注于童年日常生活表象的作品的确使儿童文学的艺术面孔变得越来越平易、亲切和轻巧了,然而,随着儿童文学的写作越来越留连于童年生活的快照式复写,儿童文学的艺术翅膀也在不知不觉中被生活的尘土所黏滞,从而失去飞翔拍击的能力。在最令人失望的情况下,这样的写作是在童年的生活中爬行,而无法把童年带到有关现实生活的更开阔的想象和体验之中。

在另一类幻想题材的儿童文学写作中,情形看上去似乎正好相反。由于这类作品往往通过构想出一个有别于人类社会的异世界或异空间来施展幻想的笔墨,在许多作品中,现实生活的空气正在变得越来越稀薄。尽管许多幻想题材的儿童文学作品声称自己是借幻想的故事来写童年的现实,但不可否认的是,在近年出版的大量幻想文学作品中,作家所看重的并非幻想投在现实中的影子,而是幻想如何能够成为弥补和替代现实的幻象。儿童文学的写作专注于表现想象力的幻化,本来是无可厚非的,我们甚至不妨说,幻想本身就是儿童文学固有的特质。同时,在儿童文学领域,纯粹的幻想演绎也有可能成全一种经典的写作,比如德国作家瓦尔特·莫尔斯的《蓝熊船长的十三条半命》,其魅力几乎完全由作品瑰丽奇特的想象而来。不过在当前国内的许多幻想类儿童文学写作中,我们既看不到真正能够体现创造性的原创性幻想,也看不到幻想与现实之间的丰富关联,许多作品仅仅完成了在现实生活之外为儿童开辟一个不无新奇的阅读娱乐空间的任务。如果说娱乐对于童年的重要性不应当被低估,那么当这样一类幻象性的娱乐过度占据了童年的阅读视野时,它的弥补或宣泄现实的娱乐功能也开始变得十分消极。在这样的情形下,作品的幻想延伸得越远,它的意义也就越虚无飘渺。

一个是无限地朝着儿童的现实生活向下降落,一个是无限地越过儿童的现实生活向上飞升,对于当代儿童文学的发展来说,两种写作姿态各有其不可替代的美学意义,但又在各自的书写领域出现了比较严重的问题。这问题可以追溯至一个共同的源头:不论是表现现实生活还是描绘幻想的世界,作家的文字始终缺乏穿越它们所正在指称的现实或者幻想的能力。或者说,许多写作者对于他们所选取的现实或者幻想题材的把握,仍然是十分浅层的,从他们所叙写的故事里,我们读不到一种能够使现实或者幻想的世界变得丰富、饱满、厚实的意义,而这种缺乏又反过来阻碍了故事美学的进一步提升。也就是说,问题并不出在对于现实或幻想题材的选取上,而是对于这种现实和幻想的文学驾驭。这本身是一个综合性的问题,它的形成与许多方面的原因有关,但随着近年来儿童文学创作在故事、语言能力方面的整体提升,写作者自身及其作品的文化缺失已经成为其中最突出的一个问题。

在当代语境下谈论"文化"问题无疑是一桩吃力的事情,因为在不同的历史时期、不同的现实语境下,"文化"一词的所指往往不尽相同。匈牙利学者阿格尼丝·赫勒曾区分出文化的三种概念:一是作为高级文化的文化概念,它主要是指人类历史上那些伟大的发现、发明和创造;二是作为文化话语的文化概念,它是指人们能够以一种"文化"的方式来谈论各种事务;三是人类学的文化概念,这个概念的外延最为宽泛,可以指任何人类群体的全部社会现象。[①] 这三个概念的交织构成了一个复杂的文化理解的网络。事实上,我们今天对于文化的理解通常是包含普遍文化、高级文化和文化话语在内的一个整体,个体的文化育成过程则表现为对于这三者的同时吸收、判断、选择和运用,它最后形成为个体的一种综合性的文化知识、素养和情怀。

从这个意义上说,当代儿童文学的文化缺失是全方位的。

首先,儿童文学写作在专注于表现童年文化的同时,不自觉地倾向于告别人类的大文化,使儿童文学作品仅仅成为狭隘的儿童文化的演绎场所。儿童文学在其早期的发展阶段里,曾经历过一个被过多的文化责任感所负累的时期,在几个世纪的努力之后,它才从这样的负累中逐渐挣脱出来,开始致力于关注和表现儿童自己的文化。因此,当代儿童文学对于童年自身文化的专注,在某种程度上是儿童文学文类解放的一个结果。然而,仅从贴近和迎合童年的方向来理解童年文化,本身就是狭隘的,它未能真正认识到童年与人类全部文化之间的深层关联,也未能从人类文化的视点深入地思考童年文化的表现问题。这导致了当代儿童文学写作的一种轻浮美学。今天的儿童文学写作在追寻童年所青睐的幽默、趣味、游戏和想象美学的道路上前进得很快,如果仅仅是出于吸引儿童读者的目的,它并不需要为自己添加过多文化的重量。事实上,在抛却文化的重负之后,它的行走也变得更为轻快和迅疾了。然而,在这样的写作中,儿童文学对于童年生活和想象的叙写也变得越来越失去重量。

其次,由于缺乏大文化的素养,儿童文学写作在面对或处理一些话题时,其

[①] [匈牙利]阿格尼丝·赫勒:《现代性理论》,李瑞华译,商务印书馆2005年版,第163—197页。

判断和思考往往难以探入话题深处,也难以就此提供更具深度的精神内容。在这样的情况下,不论是书写儿童的生活现实还是童年的幻想世界,作家的写作都只能停留在一般的童年趣味表现上,而不能把儿童文学的艺术表现带上一个更高的美学层级。例如,近年来出版的大量儿童小说都触及到了对于当代儿童教育现象的反思和批判,然而,这种反思和批判通常仅表现为对于现行教育体制表层形式的直接抨击,并借此过程给予现实生活中受到压抑的儿童以虚幻的宣泄和满足,至于儿童文学如何以自己的方式触及教育真正的灵魂,以及如何透过童年独有的美学来完成对于这种教育压迫的内在抵抗,像法国儿童小说《小淘气尼古拉的故事》系列那样,不是去回避无处不在的真实的教育压迫,而是以童年的看似无害却又极其有力的方式,巧妙地对这种压迫作出还击,对于中国当代儿童文学来说,则还是亟待思考的课题。

再次,当代儿童文学总体上缺乏大文化的情怀,也因此缺乏一种浑厚的生命温情。儿童文学从不缺乏甜腻的温情,但近年来的儿童文学写作一直在努力摆脱这种做作的情感表达方式,寻求一种更为清新自然的美学风貌。这种努力的成效是显而易见的,从当代的许多儿童文学作品中,童年的亲情、友情等被还原到真实的日常生活情境下,透过日常生活的粗砺外表所传达出的这些情感的细腻和温暖,常令人有发自肺腑的感动。然而,在这一类生活情感之外,我们却很难看到儿童文学对于全部生命世界的更开阔、更深透的感受和思考,以及对于生命自身的内在道德要求与人文关怀。或者说,当代儿童文学在一些小情怀的表现上确实达到了较高的创作水平,但却十分缺乏大情怀的力量。

二

探讨儿童文学的艺术发展,为什么要谈论文化的问题?在儿童文学的审美体系中,这会不会只是一种"外部"的探讨,而并不触及儿童文学的艺术内核?

显然,儿童文学的形态可以是多种多样的,小文化、小思考、小情怀,也是儿童文学合理的艺术常态,这类写作的价值丝毫不容否认。然而,结合当前儿童文学的创作现状,从这一文类的基本精神和当代儿童文学的艺术发展要求出发,对于当代儿童文学文化问题的反思已经显得刻不容缓。

从辞源学上看,文化首先意味着人的育成,这一指向恰好呼应了儿童文学的一个基本特质。我们可以说,在最根本的意义上,"文化"就是儿童文学的基本精神。儿童文学有别于一般文学的一个重要性质便在于,自它诞生之日起,便天然地背负有化成儿童的文化责任。这种化成属于广义的教育,它意味着,有关儿童文学艺术的理解可以有许多面向,但所有的面向必然围绕着这一广义的教化功能展开。即便是以纯粹的娱乐性取胜的游戏作品,对于儿童来说也包含了一种重要的情感教育。这种广义的教育性使得儿童文学从来不能像成人文学那样撇清自己对于读者的责任。

儿童文学的这种责任感从未离开过当代儿童文学写作的视线,但却也似乎正在离我们远去。在前面所提到的两种儿童文学的主要写作趋向中,占据主导地位的是对于创作题材和创作手法的趣味性的发掘,文化上的储备和打磨则越来越退居其次。在当代儿童的日常生活中,这类强调"游戏精神"的儿童文学作品在宣泄儿童情感、丰富儿童体验、激励儿童想象、补偿儿童生活等方面所具有的价值不容低估,然而,从作为一个成长过程的童年来看,单纯的游戏远不是儿童生活的全部,与游戏同样重要的是由外向内的童年身体和心灵的"吸收",是班马所说的"学习大于欣赏"[1]。儿童的年龄越是增长,他"吸收"的内容越是增多,对于吸收对象的要求也越是提高。但当代儿童文学的情况却有向相反方向发展的趋势,亦即在低幼儿童文学作品中往往自觉地包含了对于幼儿的各种初级文化启蒙,而随着儿童年龄的增长,相应的儿童文学文本的文化浓度反而变得稀薄起来。综观近年来出版的大量以少年和青少年读者为对象的文学作品,在写实类作品中,除了被尽可能游戏化、艺术化了的儿童当下生活外,很少见到有重量的文化内容,而在幻想类作品中,那些游戏化的幻想空间所承载的文化含量往往更为稀少,尤其是一部分在形式、结构、意象上均模仿西方当代幻想文学而来的叙事作品,甚至连幻想和游戏的文化也未能很好地接手下来。这样的儿童文学作品能够为成长中的儿童读者提供的新的"吸收物"自然也十分有限。

当然,在当代文学的创作语境下,仅从文化责任的角度来谈论儿童文学的文化问题,坦率地说是不够具有现实说服力的。事实上,我并不主张过分强调一部儿童文学作品的文化功能,而且认为对儿童文学来说,文化的位置从来不高于文学。或者说,在这里,我们不能越过文学来谈论文化的话题。如果文化的问题对于文学本身实际上并无损伤,那么上述有关文化责任的论证仍然是立不住脚的。

然而,问题恰恰在于,在文化未能得到充分关注的情况下,文学自身的艺术操作同样存在问题。例如,自风靡全球的幻想小说《哈里·波特》系列引进国内之后,近年间,儿童文学界先后出现了不少在基本题材和创作风格上模仿这一系

---

[1] 班马:《中国儿童文学理论批评与构想》,湖北少年儿童出版社1990年版,第73—76页。

列的小说作品,其中比较受到读者关注的,如出版于2008年的四册《魔界系列》(汤萍著),以及2009至2011年间连续出版的八册《萝铃的魔力》系列(陈柳环著)。这两个系列的出版既在一部分国内少儿读者中激起了极大的阅读热情,同时也引来了另一部分读者的质疑,后者主要是针对两部作品中存在的大量与《哈里·波特》系列有关的模仿嫌疑而发。一些细心的哈里·波特迷还特别统计了两部作品中模仿自《哈里·波特》的角色、情节、魔法物件等。应该说,在一种文学样式的早期发展阶段,创作上的某种模仿是可以理解的,而且,如果我们仔细阅读这两部作品,尤其是《萝铃的魔力》系列,还是很能够看出作家本人的创作能力和文学才华。就《萝铃的魔力》来说,这部作品最大的问题并不在于它对《哈里·波特》的写作题材和故事方式的部分模仿,而是它对它所借鉴的那个源文学文本背后的文化文本的生硬挪移。

《哈里·波特》系列所构想的魔法世界并非空穴来风,其中大量内容是从年代久远的欧洲历史、神话、童话、民间文化以及文学和艺术经典的传统中吸收和幻化而来。作者J.K.罗琳本人既生活在这一文化传统诞生的土壤之中,又曾花费心力深入探究这一传统,这是《哈里·波特》系列诞生的基本文化语境。美国学者戴维·科尔伯特所著《哈里·波特的魔法世界》一书,解释该系列中一些魔法事物、意象、情节等在欧洲传统文化中的根源。可以说,《哈里·波特》系列的风行不仅仅是这部写给儿童的幻想小说的成功,也是文化祛魅时代里人们对于传统文化热情的一次高调复兴,小说中的许多情节、形象乃至看似虚构的小细节并不只是作家想象的产物,而是同时浸透了文化重量的书写。而这一点显然还没有引起国内仿写者的充分关注。在中国当代的同类幻想作品中,魔法、巫术、咒语、精灵等主要来自西方幻想文学的元素被随意地移植到中文的语境中,并与另一些中国式的童话想象以及文化元素发生奇怪的结合,进而被呈现在往往并不熟悉欧洲传统文化的中国读者面前。在这样的转换嫁接中,源文本所具有的丰富的文化内容失落了,仅留下魔法和幻想的游戏狂欢。这使得这一类幻想故事完全成为了作家空想的产物,在看似奇幻曲折的情节之下,它的文字和叙事是单薄、干瘪、缺乏意义层次的。因此,对于本土的幻想小说创作而言,模仿与否只是表面的问题,文化的贫血以及与此相关的文学原创力的匮乏,才是更为根本的症结。

文化的因素不仅影响着儿童文学艺术世界的宽度与层级,也以其特殊的方式作用于具体的儿童文学写作技法。近二三十年来,在见证原创儿童文学的上述艺术发展现实的同时,我们也发现,随着写作技艺的持续精进,儿童文学的艺术表达能力反而开始停步不前。以当代儿童文学写作所普遍器重的幽默手法为例。20世纪80年代,幽默还是中国儿童文学界并不十分擅长的一种表现手法,但是进入新世纪以来,一大批儿童文学作家——尤其是年轻的儿童文学写作者——都开始自觉地将幽默手法的运用作为其创作技法的一个重要方面,这一过程中,儿童文学作品的幽默艺术也变得越来越自然圆熟。就形式本身的文化内涵而言,儿童文学的幽默常常是儿童渴望控制外部世界的愿望的一种疏导和传达,以及他们用来抵抗成人世界压迫的力量的一种外化。当代儿童文学充分利用了幽默的这一形式意义。那些倾向于以幽默的方式来呈现童年眼中的世界、叙说童年生活体验的作品,本身就传达了童年文化的一种特殊蕴含。但是,在许多儿童文学作品中,童年的幽默往往只停留在最朴素的形式愉悦之中,比如个中角色之间的玩笑、逗趣、拌嘴和斗智等,而很少能够就童年的生活、文化及其现实命运展开更进一步的思考。在幽默的愉悦之外,似乎缺乏一种力量把儿童文学的书写导向现象的更深处。在这样的情况下,对于幽默的形式追求越是频繁地重复自身,便越是显出其技艺上的问题,以至于幽默手法本身不幸竟逐渐成为了当代儿童文学写作的一种新的陈规。

显然,文学的幽默本身还有着远为丰富的文化内涵,它是生之渺小对于世界之广袤的一种穿透,是生命在与外部世界的交锋中所展示的积极力量。同时,幽默的根本底色不是尖刻的讽刺,而是温暖的扶持。从世界上最优秀的儿童文学作品中,我们总是可以看到透过幽默所传达出的这样一份生命的温暖和力量。相比之下,许多当代儿童文学作品对于童年幽默的理解显然还缺乏更深厚的文化底蕴,这也是它们的幽默很少能够出示更丰富的美学内涵的一个重要原因。

而这不是单纯专注于技法本身就可以解决的问题。我们看到,在技法的追求达到一定的成熟度之后,它的运用并没有能够继续带来儿童文学艺术性的提升,相反地,自我重复的技法本身倒容易退化为一种便宜的写作策略,比如校园小说对于设计语言上的幽默桥段的偏好,以及幻想小说对于各种异想天开的魔法元素的青睐等。就此而言,作品的技艺打磨越是精细,其艺术上的某种内在缺陷反而越是明显。如果不能开始着手解决文化的问题,当代儿童文学写作接下去的艺术推进也就无从谈起。

三

反思当代儿童文学的文化问题,首先对儿童文学写作者的文化素养提出了要求。这样的话题大概属于老生常谈,但却仍然意义重大。我曾在一篇专论儿童文学作家思想和文化视野的文章中谈到,有分量的儿童文学写作"向作家要求一种十分宽阔的文化视野以及与之相随的开阔的人文情怀和深透的社会思考"①。在我看来,当代儿童文学总体上的文化缺失反映的是当前儿童文学作家集体性的文化缺钙。一方面是作家自身文化素养的欠缺和文化视野的限制,另一方面则是写作者越来越不情愿在文化的层面耗费心力,这两者之间相互作用,进一步加剧了当前儿童文学写作的文化贫血问题。显然,任何一种探向文化深处的书写都需要长时间的准备、积累、思考和积淀,而在目前的童书市场上,这样的时间损耗并不见得会从读者那儿得到即时的回报。结果是,儿童文学的写作越来越变成了一件与文化无关的事情。当下童书市场热卖的许多写实类或者幻想类的儿童文学作品,如果拨去一般的游戏和想象的浮沫,可以萃取的文化汁液往往少之又少。很多时候,如果我们把一部作品最表层的故事过程提取出来,这个文本的容纳物就被基本抽干了,此外不会剩下更多可供消化的食物。

当代儿童文学在尝试摆脱这种文化贫血的状态。21世纪之初,由美国著名的Scholastic出版社策划并约请相关作者开始了一套由多位知名童书作家合作创作的名为"39条线索"的系列儿童小说创作,自2008年起开始陆续出版。这是一套有意尝试将历史、地理、科学、考古等领域的丰富文化知识与充满悬念感的儿童文学故事相结合的叙事作品。故事中,将把它的追踪者带向"世界上最为重要的宝藏"的"39条线索"首先是作家虚构和想象的产物,但它也同时被赋予了厚重的人类历史文化内容。这些线索之间彼此勾连,其痕迹先后埋藏在五大洲几十个国家的相关城市里,解开线索的过程则与每个城市和曾经生活于其中的特定文化人物的生活、命运以及一些不为人知的历史细节密切相关,后者又与人类的整个文明史内在地相联。这样,故事里孩子们九死一生的冒险经历,同时也成为了他们了解、体验和探知这些文化的过程,它使这部带有浓郁侦探风格的儿童小说同时充满了文化的魅力。据称,该系列故事基本框架的设计者以及第1册和第11册的写作者雷克·莱尔顿接受出版社写作邀约的初衷之一,便是期望通过这样一种方式来向儿童读者传授历史。

当然,一部儿童文学作品并不是只要敲上文化的印章,就能证明其艺术上的分量。从目前已经引进国内的六册《39条线索》来看,如果文化的元素没有很好地成为故事本身的一部分,那么这种写作并不会因为这些文化知识的参与而获得更高的美学意义。而对于这样一部儿童文学作品来说,比文化知识和故事构

---

① 方卫平:《儿童文学作家的思想与文化视野建构》,《中国儿童文学》2012年春季号。

思更为重要的,是作家在处理相关历史话题时所显示出的开阔的文化视野和人文情怀,这种视野和情怀会在小说叙事的细节中自然而然地流露出来。例如,该系列第二册《致命音符》所集中讲述的故事的第二条线索,看似与奥地利音乐家莫扎特有关,实际上更关乎莫扎特的姐姐娜奈尔·莫扎特,"她跟莫扎特一样有天分,但因为她是女孩,所以从来没机会接受训练或崭露头角"[①]。小说中这个看上去是为更强烈的悬念效果而作出的情节安排以及故事主角之间不经意的日常对话,包含了对于人类历史上女性的命运及其文化现实的丰富指涉。在另一条线索的追踪过程中,作为故事主角的姐弟俩误入宾馆房间的暗室,在那里意外而又自豪地见证了自己家族所作出的"蒸汽船"、"轧棉机"、"自行车"、"缝纫机"等"改变了历史"的发明。然而与此同时,他们也不得不面对这样的事实:自己所继承的是一部既辉煌又肮脏的历史,在这部历史上,同样是来自上面这个伟大家族的成员"发明了能杀死上百万人的毒气输送系统",并造出了具有毁灭性的原子弹。[②] 类似的细节在作品中多处可见,这其中所体现出的文化识见和反思精神,在当前的中国儿童文学写作中几乎是看不到的。不过,由于这是一部多人合作完成的系列儿童小说,写到后面,其角色塑造、情节安排上的前后疏漏也开始显现,特别是第一部的出版获得商业成功后,在续写的第二部中,写作者们不得不把原本设计中倾向于闭合的情节链重新打开,添加入新的故事元素。在这个过程中,尽管各种文化内容对于推动故事情节发展仍然起着重要作用,但作品前几册所透露出的那种细腻而又深刻、轻巧而又厚重的文化关怀,却越来越看不到了。这使得该系列越是写到后来,其艺术感觉反而在不断下滑。这也从另一面说明了仅仅是文化知识本身远不足以支撑起一种有质量的儿童文学文化写作。

真正见出一部儿童文学作品文化底蕴的,不是客观的文化知识,而是建基于知识之上的文化视野和情怀。当代的一部分儿童文学写作或许不缺乏对于文化知识的关注,却很少能够真正从人类文化的高度来书写这些文化。这导致了儿童文学写作中的"伪文化"现象。一些作品也热衷于将有关的人类文化知识纳入儿童故事的写作之中,但这些知识虽然成为了故事情节的一部分,有时甚至是推动故事情节发展的必要契机,却始终缺乏丰富、生动的文化理解支撑,它们更

---

① [加拿大]高登·卡尔曼:《致命音符》,张颖译,浙江少年儿童出版社、贵州人民出版社2011年版,第21页。
② [美国]朱蒂·沃森:《古墓奇符》,李玲译,浙江少年儿童出版社、贵州人民出版社2012年版,第39页。

像是人为地嵌入故事中作为辅助衔接之用的知识螺丝。这方面的典型例子之一，是近年来流行于国内童书市场的奥地利儿童小说《冒险小虎队》系列（托马斯·布热齐纳著）。这套侦探体的作品系列依据其各册故事场景和题材的不同，会不时在文本内设置来自人文、地理、物理、化学、生物等领域的知识性线索，并随书配发有能够使线索答案"显影"的"解密卡"。但是很明显，这些文化知识只是添加在文学故事之上的佐料，我们既看不到它们与故事之间的内在精神关联，也看不到故事自身的文化力量。事实上，这套作品对于儿童读者的魅力主要来自作品中富于操作性的解密游戏，与作品的文学品位如何并无太大关联。

2011年起，模仿《冒险小虎队》的故事和操作设计，国内出版社开始推出一套名为《查理九世》的系列儿童小说。在这套小说中，一些文化知识也扮演了类似的工具性角色。然而，尽管相比于一般的儿童生活或者幻想故事，这部作品似乎承载了更多的文化讯息，但它对于这些文化内容的狭隘处理，反而从另一面说明了这类儿童文学写作中的文化匮乏。这样的作品或许可以提供不错的儿童游戏文本，但却难以成为优秀的儿童文学文本，它不妨是儿童文学的其中一种艺术生态，但却很难说是一种值得期待的儿童文学的艺术样式。

近年来，一些中国儿童文学作家也在有意识地尝试和坚持一种文化姿态的写作，并陆续出版了一批富于文化含量的作品，如涉及历史战争题材的《赤色小子》三部曲（张品成著）、《1937·少年夏之秋》（殷健灵著）、《福官》（毛芦芦著）、《满山打鬼子》（薛涛著），涉及民族历史题材的"九个八岁"系列（黄蓓佳著）、《木棉·流年》（李秋沅著），涉及中国传统文化题材的《千雯之舞》（张之路著），涉及现实灾难题材的《云裳》（秦文君著）、《那个黑色的下午》（杨红樱著）等。比之一般的儿童生活小说和幻想故事，这类写作从前期的积累准备到具体的写作过程，都需要耗费作家大量的时间和精力。同时，相比于更早时期的同类创作，一些作品也体现了对于历史、传统的更深入的洞察和思考。在童书快餐市场的进逼下，作家能够选择和坚持这样一种写作的姿态，这本身就是一种价值的体现。但是，对于这类写作来说，"伪文化"的问题有时是更需要加以警惕的。也就是说，题材本身所携带的文化内容，并不必然能够强化儿童文学写作的文化内涵。例如，有的儿童故事（如《那个黑色的下午》）是直接从既有的历史或者现实的文化叙说中取来题材装入文本，文化内容与故事本身的结合显得有些牵强。更进一步看，即便某一富于文化内涵的题材本身在作品的叙事层面得到了艺术性较高的演绎，也不必然就能提升作品的文化层次。以涉及历史战争题材的写作为例，进入这一领域的不少当代儿童文学作家都在试图挣脱传统战争意识形态的规约,从童年的独特视角来发掘和呈现战争年代更丰富、更细部也更真实的那部分历史面貌。然而,是不是有了与童年相关的许多生动的趣味、情感,设计了一些更复杂的战争矛盾关系——比如发生在儿童身上的"敌我之间的友情",这类儿童文学书写就具备了更高的文学表现力?显然不是。要真正深入童年与战争、与历史的关系,解读童年身处其中的文化命运,需要一种超越童年也超越一场战争的更为开阔的历史意识和文化情怀。

因此,儿童文学的文化问题最关乎的不是文化的内容,而是文化的见识,这见识的深度决定了儿童文学写作的厚度。理解和实践儿童文学写作的文化维度,必须同时理解文化穿透文学的这种方式。

结　语

在我看来,当代儿童文学的艺术发展已经走到了这样一个门槛上:如果不启动有关文化问题的思考,那么留给这一文类的艺术提升空间已经显得十分有限。这不仅仅是当代中国儿童文学的艺术问题,也是当前世界儿童文学写作者共同面临的艺术课题。不过,相比于世界儿童文学在文化底蕴和文化思考的层面所达到的最高位置,中国儿童文学还远远地落在后面。我们甚至可以说,目前中国儿童文学与世界优秀儿童文学的最大艺术距离,不是文学的距离,而是文化的距离。

当然,这样的说法容易造成误解,似乎文学与文化是儿童文学写作的两个不同维度,并且后者是从文本之外加诸作品的一个要求。事实上,文化本来就在文学的血脉之中,或者说,它本身就是文学艺术的一部分。文化所牵动的是文学的整个艺术格局。一种有文化的写作和一种文化缺失的写作,它们之间的区别绝对不是单纯文化层面的,而是作品整体艺术的质的差异。从这个意义上说,谈论当代儿童文学的艺术未来并不存在单独的文化话题,触动它,就是触动儿童文学的整个艺术世界,进入它,也就是进入儿童文学的全部艺术生命问题。

中国当代儿童观与儿童文学观

陈　晖

一、"教育儿童的文学"：儿童文学的性质与意义诠释中的儿童观

世界各国的儿童文学观与儿童观之间都有着深刻的联系，中国的儿童文学观与儿童观因为中国社会的历史进程而呈现特殊的发展性状。近代中国"西风东渐"，开始吸纳西方儿童观的影响，"五四"运动前后开始发端的中国现代儿童文学，直接肇始于外国儿童文学翻译潮流，将"本位的儿童文学"作为了起点。1919年，美国实用主义教育家杜威访问中国，带来了"在整个教育中，儿童是起点，是中心，而且是目的"的教育思想，这一理论极大地影响了"五四"时期的中国小学教育界及儿童文学领域，周作人、郑振铎等就明确将儿童文学定义为"以儿童本位的，儿童所喜爱所能看的文学"，认为儿童文学应当"顺应满足儿童之本能的兴趣与趣味"①。儿童本位主义的儿童文学观包含对封建主义儿童观教育观的反叛与否定，在现代儿童文学诞生的特定历史时期具有积极进步的意义。五四新文化运动后，在左翼社会思潮的牵引下，中国儿童文学跟随中国现代文学主潮转向了"现实主义"和"教育主义"方向。1949年新中国建立后，以政治思想及品德教育为核心的、"教育的"儿童文学观完全占据了主导地位，具有代表

题解　本文原载《文艺争鸣》2013年第2期。文章围绕"教育""童心""儿童化"与"成人化"等关键词，探讨了中国当代儿童观以及儿童文学观的建构理念和途径。文章认为，无论时代文化如何变迁，教育一直是中国儿童文学观的中心构成和重要影响因子，是中国儿童文学创作与研究的基本核心元素。因此，当代中国儿童文学在性质和意义上回归文学本体的同时也需重视教育介入的程度和效能。文章还指出，当代儿童文学艺术成熟的标志就是它已经具有足够吸引成人读者的表现力和水准。因此，在"儿童化"和"成人化"的竞争中，我们要关注、吸收与儿童、儿童文化相关的社会学科研究成果，构建更具开放性和现实性、更符合当代儿童状态的儿童观和儿童文学观。

① 蒋风主编：《中国现代儿童文学史》，河北少年儿童出版社1987年6月版，第10—11页。

性的表述是"儿童文学是教育儿童的文学",由鲁兵1962年提出,20年后的1982年,鲁兵仍以这一表述作为书名出版了专著,并在卷首篇中开宗明义地论述了"儿童文学作为教育工具的实质"①。20世纪80年代中期,伴随社会变革带来的思想转变,儿童文学界已有了向文学主体回归的讨论,儿童文学被定义为"适合于各年龄阶段儿童的心理特点、审美要求以及接受能力的,有助于他们健康成长的文学"②,在注重儿童文学读者的特殊性及其文学属性的同时,曹文轩等作家致力于倡导儿童文学"塑造民族未来性格"的责任与使命,可以说是在更高的意义上诠释了儿童文学的教育性。进入21世纪,中国儿童文学开始逐步呈现出教育与娱乐、文学与文化、艺术与技术、商业与产业的多元发展格局,而儿童文学要"促进儿童的精神成长"、"为儿童打下良好的人性基础"仍然是被广泛认同和接受的观念,"教育"仍然牢固地植入儿童文学包括创作、研究、推广、应用的各个领域并发挥着至为关键的作用。

纵观中国儿童文学观的历史变迁,与西方儿童文学20世纪中期逐渐弱化教育与训导目的总体趋向不同,"教育"一直是中国儿童文学观的中心构成与影响因子,是中国儿童文学创作与研究基本而核心的元素。"教育"在中国儿童文学性质、地位与意义上的主导,与儿童文学题材主题的紧密结合,对中国儿童文学内容、形式的潜在制约,贯穿于百年中国儿童文学的历史现实,未来还会存续于中国儿童文学的发展进程中。"教育"在中国儿童文学观中的这种绝对"权重",与中国数千年传统中"教育的"儿童观息息相关,也与中国几千年的文学教化传统相呼应。在"儿童需要被教育"的前提下,为儿童专门创作的儿童文学当然应该具有教育性,儿童文学工作者关注的只是"教育什么"和"怎样教育",比如是"道德教育""情感和心理教育"还是"审美教育",以及如何让儿童文学的教育"符合儿童身心发展欣赏趣味"、"寓教于乐"等。

20世纪90年代前后,随着世界范围内历史学、人类文化学、儿童学、儿童发展心理学等学科视阈的打开与交叉互动,国外的儿童文学界已然认识到,以人类童年期重新定义的儿童已不再被简单置于接受教育的地位,伴随对儿童与成人各自独立、彼此平等概念的更为深广的理解与阐释,现在的作家们已经"从长期的探索和错误中认识到","为儿童写作并不是把成人的思想、信条强加给儿童",儿童文学创作"有待儿童的任意选择","其内容和结构应符合并激发儿童

---

① 鲁兵:《教育儿童的文学》,少年儿童出版社1982年9月版,第1—2页。
② 浦漫汀主编:《儿童文学教程》,山东文艺出版社1991年5月版,第1页。

的兴趣",儿童文学作者"应持有与儿童共鸣的思想和心绪"。① 与世界同步接轨的中国当代儿童文学,受此启发也开始深入探讨赋予儿童文学教育内涵的必要性、程度与效能。或者我们终将认识到,儿童文学应该首先从性质与意义上回归文学本体,儿童文学不必把教育儿童当作首要的责任与义务,而应更多承担陪伴儿童成长、慰藉儿童心灵的使命。只有更多地卸下了那些道德、思想、人生观意义的教育负载,儿童文学最有价值的游戏精神和想象力才有可能获得更大能量的释放,作家创作才有可能赢得追求独立个性、创造性与诗性的更大空间,中国儿童文学也才能真正成为反映记录我们时代我们民族儿童体验与童年印象的精神产品。

二、"童心说"与"童年的消逝":关于儿童和童年的想象与现实

中国明代学者李贽著有《童心说》,认为"童子者,人之初也;童心者,心之初也",认定"有闻见从耳目而入"、"有道理从闻见而入","以为主于内而童心失"。② 这一中国古代的儿童观,表达了对童心形而上的、唯心的崇拜。童心崇拜其实是世界各国各民族共有的观念和思想,根深蒂固地留存于我们人类社会心理层面及世代沿袭的文化基因中。可任何时代的儿童观,不仅带有传承而来的集体无意识,还都是社会生活的产物,有着鲜明的时代特征。美国学者尼尔·波兹曼20世纪80年代初版的《童年的消逝》指出,"童年和成年的分界线正在迅速模糊","童年作为一个社会结构已经难以为继,并且实际上已经没有意义",他认为在电视等电子媒介影响下,当代"儿童的价值和风格以及成人的价值和风格往往融合为一体","多数人已不理解、也不想要传统的、理想化的儿童模式,因为他们的经历或想象力并不支持这样的模式"。③ 这一学说提示我们,在文明发生异化、"童年消逝"的当下,许多传统的童年意象和观念,已不再具有普遍性或真实性。正是在"不得不眼睁睁地看着儿童的天真无邪、可塑性和好奇心逐渐退化"的"痛心和尴尬"中,世界各国儿童文学及文化研究者们亦不得不承认,那些关于儿童和童年的既往认知,那些植根于人们内心的童年印象,那

---

① 日本儿童文学学会编:《世界儿童文学概论》,郎樱、方克译,湖南少年儿童出版社1989年12月版,第9页。
② 李贽:《童心说》,霍松林主编:《古代文论名篇详注》,上海古籍出版社1986年8月版,第368页。
③ [美]尼尔·波兹曼:《童年的消逝》,吴燕莛译,广西师范大学出版社2004年5月版,第2—3页、第177—180页。

些被视为成熟典范的童年创作艺术形态与模式,很多已不切合现今儿童身心发展的实际状况。即使儿童文学要坚守和捍卫童年,我们也要认识到所有关于童年的既有定见与过往经验,如果是主观的、虚幻的,很可能会限制和干扰我们对当下儿童现实的深入发现和表达,让作家的创作不能切近当代儿童生活的矛盾复杂、多元化及丰富个性。

人类的童年期涵盖着0—18岁年龄跨度,是一个漫长而不断发展变化、时刻受到环境刺激和影响的过程。我们一直遵循着的——在"儿童读者特殊性"的名义下——儿童文学的思想、艺术、美学标准,儿童文学的内容、题材、表现方法、审美趣味,包括儿童阅读与接受方面的看法和体认,很可能是经验主义、泛化和固化的,并不直接、准确、深刻地针对和联系着各个儿童年龄阶段,由此生成的儿童文学基本法则也难免失之于宽泛和笼统。比如我们中国儿童文学作家大都倾向于接受和认定:"少年儿童具有天真纯洁的内心世界和向善的品格,明确而积极的思想主题对孩子更具有教育意义和感召力";"儿童文学是给予儿童快乐的文学,叙述、描写要富有儿童情趣";"儿童偏爱结构完整、脉络清楚的故事,儿童诗歌也最好有点情节";"幻想文学比写实文学更契合儿童的兴趣和心理需要";"表现社会阴暗面的题材、晦涩隐晦的主题、悲剧性人物命运不适合儿童欣赏";"喜剧化人物、卡通造型、明丽的色彩风格更能得到儿童的喜爱";等等。这些儿童文学观念反映在儿童文学理论研究与评论中,也显现在我们儿童文学众多作品的创作中,更成为了儿童文学的指导性原则。相应的我们的儿童文学创作似不擅长于写实性地表现死亡、性、国家政治、社会阶级、人性罪恶等领域,对儿童关注的复杂社会及成人关系,对儿童外在和内在的矛盾纠葛,对儿童遭遇的困顿与误解,对他们焦虑、无助、不安、恐惧、压抑等情绪的刻画与表达也较为肤浅。就最近10年中国儿童文学创作来看,部分畅销儿童文学作品引领的"都市化""娱乐化""时尚化"渐进地成为了流行方向与趋势,中国广大乡村儿童的生存状况、城市儿童的情感缺失与精神压力、社会转型期复杂错乱的文化教育环境及家庭关系对儿童的负面影响、留守失学及流浪儿童等特殊群体边缘化生活现实,还有包括青春性心理、校园暴力、家庭虐待、犯罪、吸毒、自杀、网络成瘾等在内的青少年成长敏感问题,我们的儿童文学创作显然缺乏深切的关注与深刻的表现,与此相联系,部分发表、出版甚至获奖的儿童文学作品招致了少年儿童读者"不真实""没意思""太幼稚"的反应与批评。

"童年消逝"与"童年异化"是当今时代与社会的现实,是我们无可回避、不能忽略的客观存在,即便我们拒斥其对我们内心童年情结的瓦解、冲击、破坏,一如既往地坚持对"童心""童真"的守望与信念,我们也需要真实面对、重新审视今天的儿童与今日的童年。中国的儿童文学创作者、研究者,当前确实有深刻思考和全面检视儿童观及儿童文学观的紧迫的必要,我们要通过关注那些与儿童、儿童文化相关的社会学科研究成果,结合中国现今的时代、社会及文化环境的整体观察,对我们过往的儿童概念和童年观念进行认真梳理和甄别,着意辩证那些在各种社会力量作用下逐渐"消逝"和正在"生成"的童年征象,逐一探讨其对于儿童文学创作的启示和意义,我们要辨别出那些与童年本质相关的儿童精神表征,让我们的儿童文学语境中的儿童观,更具有当代特征、更切近客观真实、更具有开放性,更符合儿童的状态和他们自己的体会、理解与愿望。

三、"成人化"与"儿童化":儿童文学创作的立场、角度与方式

是否"为儿童"、怎样"表现儿童"、是否"适合儿童"一直是儿童文学区别于成人文学的主要衡量标准。我们一般将儿童文学在内容和表达上缺乏对儿童读者的适应性和吸引力的状态称为"成人化",而将"以儿童的眼睛看、以儿童的耳朵听、以儿童的心灵去体会"等贴近儿童的姿态与路径称为"儿童化",我们认为儿童文学由成人创作的格局决定了成人作者通常需要通过"儿童化"让作品更适合儿童欣赏,并尽量避免带有"成人化"弊端。可是,自20世纪后半期开始,世界儿童文学的内涵、外延及概念理解都有了新的发展和变化,儿童文学作者、读者及阅读现实也随之改变,在此背景下,联系儿童文学中的"成人"与"儿童"角度与身份,所谓儿童文学"成人化"与"儿童化"有许多需要认真辨析的层面。

过去带贬义或批评意味的"成人化"主要是指将某个成人思想意念以抽象、机械、生硬的表现方式强加给儿童,是指当代儿童文学创作中一种不圆熟、有缺陷的形态,一种对成人和儿童都缺乏吸引力的作品状态。"成人化"无关于"写成人"还是"写儿童",无关于"成人写"还是"儿童写"——我们想必也见过儿童写作或创作中的"成人化",而主要关乎于作者观察表现生活的角度与方式是否能被儿童理解与接受,是否能与儿童读者达成理解、领会和共鸣。即使是严肃的成人话题与成人生活,只要具有儿童的立场与态度,有贴近儿童的视角,也可能被儿童很好地感知。世界儿童文学创作的历史和事实证明,一些没有设定给儿童读者的作品,因为作者对童心、童真、童趣的热爱和充分表达而天然具备了"儿童化"的特征,反而是一些本为儿童读者的创作因欠缺"儿童化"功力而流于粗略的"成人化"。"成人化"如果主要是艺术表现水平范畴的问题,就不应作为

儿童文学的标识以屏蔽成人社会、切割儿童与成人生活，不应作为评判作品属性、衡量其是否合适儿童欣赏的标准或尺度，进而成为儿童文学题材、内容、主题及表现方法等方面的限制。

20世纪中期后的世界各国儿童文学倾向于不再将儿童文学与一般文学截然分开，强调要考虑到儿童的理解力，却并不局限于儿童的生活或仅仅表现面向儿童的内容。比如在图画书领域，众多的西方当代作品会选择严肃认真地为儿童表现死亡、种族歧视、战争罪恶，表现社会与历史中残酷的事实与真相，表达人性的善与恶、矛盾与复杂。美国康乃狄格大学英语系副教授凯萨琳·卡普肖·史密斯在其《儿童图片文本中的民权运动》一文中，曾举例美国作家沃尔特·迪恩·迈尔斯的《又一道有待跨越的河》、卡罗尔·波士顿·威德福的《伯明翰，1963》以及诺曼·洛克威尔的《与我们所有人相伴的难题》等作品，说明了多元文化理念下的美国儿童文学如何通过图像叙事，向孩子直观呈现充满血腥与恐怖的杀戮场景，以"实现'真相'的隐性诉求"，凸显"文化童真的幻灭"，并特别指出洛克威尔如何有意将"种族融合运动的复杂性与暴力性放置在一个甜美可人的小孩身上"，威德福的作品如何在孩子无法实现的愿望中结束作品，让儿童读者"被置于信仰破碎和生命陨落的伤痛之中"。[①] 2012年6月中国青岛中美儿童文学高端论坛上美国学者列举的众多作品，其题材与主题在我们看来都相当的"成人"，或者是他们完全没有考虑"儿童"与"成人"作为预设读者的界线与区分，或者就是他们设定与理解的标准和我们有很大的不同。我们似乎一直都特别强调儿童文学作品对于儿童读者特殊的针对性和适应性，以此对作家的儿童文学创作加以引导与限定。而以美国为代表的西方国家，除了特殊年龄段的婴幼儿文学，其少年儿童文学在内容及表现上都趋于"成人化"。这其中有"童年消逝"、"儿童成人化"的时代环境作用，也有对儿童和童年整体而宏观的认识角度，儿童世界和成人世界毕竟是叠合、关联、交互影响着的，童年是人生的一个阶段，童心是人性的基本构成，儿童始终处在长大成人的社会化进程中。

上世纪80年代班马等作家曾特别讨论过"儿童反儿童化"趋向，认为我们应该注意儿童读者是在不断成长中的读者，少年儿童对成人世界有着本能的向往、有着方向上的趋进。由此看来，儿童文学的"儿童化"程度与效果也有辩证的必要。对儿童读者而言，过度模拟儿童幼稚情态的儿童文学，未必能让他们感

---

① Remembering the Civil Rights Movement in Photographic Texts for Children, Katharine Capshaw Smith, University of Connecticut. China-US. Children's Literature Symposium, 2012, Qingdao, China.

到特别的兴致,"低幼化"并不是实现"儿童化"的捷径,过于渲染儿童的无知与蒙昧,是对儿童天真的曲解,是对儿童的轻视、对儿童情感愿望的漠视。"蹲下来"写作在成人有是否能真正"蹲下"的困顿,在儿童则更有需不需要成人"蹲下来"的问题。作家创作如果执着于"儿童化"的方向,过于偏好表现儿童幼稚情态或情趣,又缺乏必要的审美提炼与提升,很容易会陷入手法和表现上的狭窄、单薄与浅近,降低其儿童文学作品的艺术质量、减损其阅读欣赏的价值。

"成人化"与"儿童化"实际上也内在关联着儿童文学是"为成人"还是"为儿童"。无论是整体来看还是就具体篇目而言,儿童文学都是既给儿童也给成人包括成人作家自己的。人类创作儿童文学给予儿童,陪伴促进儿童的成长;人类创作儿童文学给予自己,怀想和记录童年。安徒生童话题名"说给孩子们的故事",但他明确指认他的童话"要写给小孩看,又要写给大人看",认为"小孩们可以看那里面的事实,大人还可以领略那里面所含的深意"。[①] 安徒生童话因此而包含人类生活中最重要的因素,生命、死亡、梦想、爱、美、理解、同情、勇气、奋斗、希望、欢乐、痛苦、悲悯……这些无疑是我们所有成人和孩子所应共同继承和拥有的、属于人类生存历史和现实中最有价值的那一部分思想成果,安徒生对人类本性的描写,足以唤起人们对自我的认知,这种认知可以超越时间、空间,超越儿童与成人文学的界限,达到哲学与人类文化的高度。儿童文学在这个意义上为成人和儿童共有,是理想而自然的状态。或者通过表现孩子、表现童年与童真,能打动成人,给成人以美好的体验与感受,给成人以启迪与教益,同样是儿童文学的使命与价值之所在。

当代儿童文学艺术成熟的标志就是它已经具有足够吸引成人读者阅读的表现力和水准,发展到成年人也可以尽情欣赏的程度。儿童文学在诞生之初力求以特定内容和艺术表现独立区别于成人文学,现在已逐渐融入成人文学成为整个人类文学的组成部分,即使幼儿文学(包括文学基础上创作的图画书),也有了兼容成人读者的层次和张力。卓越的儿童文学,是具有思想文化及审美意蕴的艺术品,是给成长中儿童、给未来的文学作品,需要经得起儿童成人后的回望,要能感动现在的儿童,还要让他们留存于心、在成长中持续收获一份长久的感动。世界优秀的儿童文学创作已经证明,不能感动成人的儿童文学作品,也未必可以期待其能感动儿童,而真正能感动了儿童的作品,则必然能感动成人,至少

[①] 安徒生:《我作童话的来源和经过》,《我的一生的童话》,赵景深译,原载《小说月报》16卷8号,1925年8月。

感动他们中的很大一部分——所有的成年人都是曾经的孩子。

我们要在关注儿童现实的基础上,从先进的儿童观出发,检视中国既有的儿童文学观,深切洞察儿童与成人、童心与人性、童年与人生的本质关联,进一步确立并提升儿童文学创作的艺术标准、文化价值和美学品质,让儿童文学拥有和成人文学同样的书写人类生命体验、记录时代社会的深度、高度和力度,赋予中国儿童文学新的当代品格和风貌,实现与世界儿童文学交融互动,促进共同发展与繁荣。

我的儿童文学观念史

曹文轩

本世纪初,我对上世纪80年代中期提出的"儿童文学作家是未来民族性格的塑造者"这一观念进行了修正,提出:文学的意义在于为人类提供良好的人性基础。我现在更喜欢这一说法,因为它更广阔,也更能切合儿童文学的精神世界。这里所说的好的人性基础至少含有:道义感、审美意义、悲悯情怀。

我们这一代批评者有连绵不断的苦难而积累起来的人生经验,但是缺乏青年学者的知识结构。我们曾经的观念也许已经残缺和老化,也许无法面对新的创作实践,在解读文本时可能发生老刀卷刃的尴尬,但它们确实在推动中国儿童文学的千秋大业方面,发生过历史作用。今天,我将它们呈现出来,无非是想给诸位一个参照物,远处的山峦也许草木凋零,但可以衬托近处大山的旖旎风景。

儿童文学作家是未来民族性格的塑造者

上世纪80年代,我是那时的典型愤青。几乎所有重要的儿童文学会议,有眼光、有远见、对中国儿童文学的现状不满但又不方便说话的人,都会让我做一个重点发言——所谓发言,就是打枪和开炮。那些观点现在看来已经太过寻常,甚至看上去并不完美,但在那时却是振聋发聩的。

我忽然在一次大会上为儿童文学作家十分干脆地作出一个定义:儿童文学作家是未来民族性格的塑造者。这是一个非常响亮的句子,这个句子的背后就是对民族性格的质疑:

中国作家肩负着塑造中华民族的崭新性格的伟大的历史使命。如果对这一

题解 本文原载《文艺报》2017年2月13日。作者对自己在不同阶段所提出的儿童文学观进行了回顾与梳理。从"儿童文学作家是未来民族性格的塑造者"到"儿童文学是文学",从倡导"成长小说"到"文学的意义在于为人类提供良好的人性基础",从"让幻想回到文学"到"无边的图画书",这些不同的论述与理念构成了作者笔下从20世纪80年代一直到21世纪的今天所形成的"儿童文学观念史"的图景。

观点没有什么疑问的话,那么对于儿童文学作家来讲,这方面的责任似乎尤其重大。道理很简单:作为这个民族的老一代和中年一代已都无太大的可塑性,而新生代却可塑性很大。孩子是民族的未来,儿童文学作家是民族未来性格的塑造者。儿童文学作家应当有这一庄严而神圣的使命感。

中华民族曾为人类创造了光辉灿烂的文化,但这并不等于尽善尽美,更不等于说我们就可以对这个民族在性格方面的明显缺陷视而不见。这是一个同时背负着历史的光荣和历史的负担的民族。在走往明天的道路上,它要比一个没有历史的民族艰巨得多。

儿童文学作家对过去儿童教育中的观点以及儿童文学的一系列主题倾向作了重新审视,他们抨击了过去的顺从观念、老实观念、单纯观念等一系列观念,写了许多尊重孩子个性、承认他们具有独立人格的文学作品。上世纪80年代的儿童文学向人们表明:它喜欢坚韧的、精明的、雄辩的孩子。它不希望我们的民族在世界面前是一个温顺的、老实厚道的形象。它希望让全世界看到,这个民族是开朗的、充满生气的、强悍的、透着灵气和英气的。

只有站在塑造未来民族性格这个高度,儿童文学才有可能出现蕴涵着深厚的历史内容、富有全新精神和具有深度力度的作品;也只有站在这个高度,它才会更好地表现善良、同情心、质朴、敦厚等民族性格。中国在21世纪必将生存下去,而它已没有任何理由在21世纪还不能摆脱落后的处境。它也应当走向辉煌了。而那时,这个民族的中坚力量,就是今天正在阅读和将要阅读儿童文学作品的成千上万的中国男孩和中国女孩。

儿童文学承担着塑造未来民族性格的天职。这个类似于口号的观点,是在中国人不满现实、对未来充满向往、中国第二次解放的语境中诞生的。

儿童文学是文学

1987年秋,当时儿童文学的中坚力量汇聚庐山。这次会议注定是中国儿童文学史上的一个重点事件,它的成果就是一大套"新潮儿童文学丛书"。我为该丛书写了题为《回归艺术的正道》的总序:"我们赞成文学要有爱的意识。我们推崇遵循文学内部规律的真正艺术品。我们尊重艺术个性。我们赞同文学变法。"庐山会议之前,我就一直在思考"何为儿童文学?儿童文学何为?"的问题。庐山会议结束后,一个观念很快形成:儿童文学是文学。

儿童文学是文学,这句话在当时有着非凡的含义,意味着对从前以教育

("教育"一词并不准确,实为"说教")为功能的儿童文学观的革命性颠覆。相当长的一段历史时期,虽也说寓教于乐,而实际上正如保罗·阿扎尔所说的那样:"教育很快就把扼杀娱乐变成自己的义务。"

我是这样表述的:"儿童文学是文学",本来是一个简单的、无需重申的、更无需争论的问题。然而,长期以来,我们无论在理论上还是实践上,都不愿或不敢正视这一问题。若干年间,我们严重忽略和冷淡了它的文学的基本属性,生产出不少标着"儿童文学"字样而实非文学的平庸之作。这些冠以"文学"的作品,没有为我们创造任何的文学价值。

文学当然具有教育的作用,排斥了这一作用,文学是不完善的。但,我们过去把教育作用强调到了绝对化的程度,将教育性提到了高于一切的位置,甚至将教育性看成了文学的唯一属性。且莫说它对文学特性的扼杀,更为可悲的是,它所配合的政治有许多是非理性、非道德的,是一些损害民族身心健康、阻碍中国社会正常发展、导致畸形人格心理的政治。它所产生的恶果,至今未能消失,并还将长久地发生不良的效应。

儿童文学是文学。它旨在引导孩子探索人生的奥秘和真谛,旨在培养孩子的健康的审美意识,旨在净化孩子的心灵和情感,旨在给孩子的生活带来无穷无尽的乐趣,而在这同时,它也给了孩子道德和政治方面的教育。

"成长小说"与"成人化写作"

上世纪末,我开始写一种叫"成长小说"的小说,并在理论上对这个概念进行了富有理性的阐述和论证。这个概念的生成、接受和流行解决了许多一直纠缠着我们的困惑。这一概念的生成,意味着一块隐形陆地的浮出,意味着一脉新形态的文学的生成,意味着一种新的美学意念和新的言说方式的确立。

我们原先没有真正意义上的"成长小说"。这一空缺,实际上是因为我们对人生的一个过程缺乏足够的关注与深刻的认识之缘故。我们曾在很长一段时间中,陷入一种经常性的困惑:我们似乎忽略了什么,并且忽略了非常重要的什么;我们隐隐约约地觉得,我们在处理一些题材、事情和主题时非常麻烦,不知如何下手和掌握在什么分寸上;在我们不得不作出那样的处理之后,我们从内心深处觉察到我们将生活强行地削切与挤压了,我们舍弃了许多精彩与深邃的东西,但却无可奈何;我们似乎被什么箍住了,又似乎因缺少某种规范而有一种心虚、茫然的感觉。

但我们就是说不清楚困惑是因何而产生的。

大约从80年代初开始,中国的儿童文学界忽然地涌进一批新手。这些人似乎从一开始,就写出了与传统意义上的儿童文学不大对路的东西。这些人当初对自己的写作肯定犹疑过,但他们又难以重新退回来——甚至,他们觉得即使这样写,仍然有被捆绑的压抑感。总有一个广阔的世界和另样的境界在诱惑着他们。许多年来,这些人就一直处于这种犹疑与被诱惑的矛盾状态之中。但他们还是坚持了下来,并争得了天下。他们还被认为是当下儿童文学界的中坚力量。然而,被怀疑、被审视的情况就一直未中断过。批评界已无数次提醒这股"误导"了儿童文学而步入歧途、到处流窜并已取得显赫地位的力量,当悬崖勒马、改邪归正。

这样的写作被认定为"成人化写作"。从事这种写作的人,在这种氛围中时感不安。他们想摆脱儿童文学特有的腔调而用另样的腔调,想摆脱儿童文学应有的单纯而让作品的主题复杂深奥一些,一旦作出这种抉择,就总是感到自己的行为含有矫情与做作的成分。这些人在表面的理直气壮下,其实一直未停止过自我怀疑。正是这种心理的作祟,当有人批评这种写作为成人化写作时,他们就会变得有点恼羞成怒。

批评一方在批评这种写作为成人化时,写作的一方采用了同样的思维方式,说:不,这不是成人化。谁也没有想起换一种思维方式来看待这一问题。双方实际上都未能找到打开黑箱的钥匙。因此,这种旷日持久的指责与反指责,只能是无效的。现在,我们已经看到了这把在草丛中闪烁着的钥匙,这就是:我们必须对这一路作品重新命名。

旧有的儿童文学概念,其实是一个限定性很强的概念。当提到"儿童文学"这4个字时,我们马上就会进入一种特殊的语境,就会感受到在冥冥之中有一个关于语言、关于主题、关于如何处理生活真实的指导性的体系就在那里。但现在来看,从前的儿童文学概念,实际上来自于为低幼与小学中高年级的孩子所写的文学,由于社会环境与物质环境的变化,今天它可能连小学高年级文学都不一定很适用了。旧有的儿童文学概念,依然是合理的。可惜,近些年来,这种被看作为"正宗的"儿童文学却是地广人稀,情形不如人意。

但以这旧有的儿童文学概念来统辖一个相对于成人文学的一大文学门类,显然已经非常不合适了。按旧有的儿童文学概念来书写初中以上、成人世界以下的这一广阔的生活领域,形同一双大脚必须穿上一双童鞋走路,只能感到步履维艰,并不无滑稽。

事实上，那些被认定为"成人化"的写作，它的尴尬之处，并不在所谓的成人化，而在于一边要竭力符合旧有的儿童文学概念，一边却又要尽量契合旧有的儿童文学概念所无法顾及到的现实。这些写作者一直摇摆于这两者之间苦于找不到一条畅通无阻、心灵无碍的出路。

就目前的情形来看，"成长小说"的独立并无足够的条件，将它看成是儿童文学的一支，相对来说在体制上较为容易。操持成长小说的，也多为少儿出版社。从事这方面写作的主力，也在儿童文学界。但必须实行"一国两制"。成长小说应逐步形成它自己的一套方式。由"自在"到"自为"的转变，无疑是历史性的转变。

文学的意义在于为人类提供良好的人性基础

本世纪初，我对上世纪80年代中期提出的"儿童文学作家是未来民族性格的塑造者"这一观念进行了修正，提出：文学的意义在于为人类提供良好的人性基础。我现在更喜欢这一说法，因为它更广阔，也更能切合儿童文学的精神世界。

这里所说的好的人性基础至少含有：道义感、审美意义、悲悯情怀。

道义感。文学之所以被人类选择，作为一种精神形式，当初就是因为人们发现它能有利于人性的改造和净化。在现今人类的精神世界里，有许多美丽光彩的东西来于文学。在今天的人的美妙品性之中，我们只要稍加分辨，就能看到文学留下的痕迹。没有文学，就没有今日之世界，就没有今日之人类。人类当然应该像仰望星辰一样仰望那些曾为他们创造了伟大作品的文学家。没有文学，人类依旧还在浑茫与灰暗之中，还在愚昧的纷扰之中，还在一种毫无情调与趣味的纯动物性的生存之中。不讲道义的文学是不道德的。不讲道义的儿童文学更是不道德的。

审美意义。关于美和审美的问题，是一个我不管走到什么地方都会遇到的问题。中国像我这样的作家可能为数不多，在这样一个年头还讲美，讲美感。我的看法是一贯的，在我的意识里有一个非常重要的东西，就是我认为美感的力量、美的力量绝不亚于思想的力量。再深刻的思想都可能变为常识，但只有一个东西是不会衰老的，那就是美。我们再打个比方，东方有一轮太阳，你的祖父在看到这一轮太阳从东方升起的时候会感动，你的父亲一样会感动，而你在看到这一轮太阳升起的时候也一样会感动。每当我们看到这一轮天体从东方升起的时候,我们都会被它感动,这就是美的力量。

悲悯情怀。这是文学的一个古老的命题。我以为,任何一个古老的命题——如果的确能称得上古老的话,它肯定同时也是一个永恒的问题。我甚至认定,文学正是因为它具有悲悯精神并把这一精神作为它的基本属性之一,它才被称为文学,也才能够成为一种必要的、人类几乎离不开的意识形态的。在我们看来,陈旧的问题中,恰恰有着许多至关重要,甚至是与文学的生命休戚相关的问题。而正是因为一些问题是这样的基本问题,所以又是我们极容易忽略的问题,其情形犹如我们必须天天吃饭,但却在习以为常的状态下,不再将它看成是一个显赫的命题一样。进入这个具有强烈现代性的时代之后,人们遗忘与反叛历史的心理日益加重,在每时每刻去亲近新东西的同时,将过去的一切几乎都要废弃掉了。

让幻想回到文学

2007 年,我写作多卷本幻想小说《大王书》,并发表"让幻想回到文学"的观点。许多朋友都知道,在很多年前我就有写一部幻想类作品的念头,但就在跃跃欲试准备进入情况时,却见此类作品忽然一下子热闹了起来,它们成了宠儿,成了许多出版社竞相出版的主打作品,一时间,五颜六色、斑斓多彩、沸沸扬扬地飘落在中国人的阅读空间里。加之《哈利·波特》《指环王》《加勒比海盗》等在中国的大肆席卷,中国作家、批评家、出版家以及广大读者终于彻底地认同了一种叫作"幻想文学"的文学,并义无反顾地迷恋上了它。在如此波澜壮阔的情形之下,我想我就没有必要再凑这个热闹了,于是便暂时放弃了这个曾经汹涌在心的念头,依然很平静地去写我的《草房子》《红瓦》《细米》《青铜葵花》式的作品去了。

然而,就在这几年里,写着写着便会有一种企图再度涉足此类作品的冲动,但与从前的情形却有了不同。冲动的原因,不再仅仅是来自难以压抑的内心渴望,而更多的是来自对当下所谓幻想文学的犹疑和担忧:这就是幻想吗?这就是文学吗?这就是幻想文学吗?

我从豪华的背后看到了寒碜,从蓬勃的背后看到了荒凉,从炫目的背后看到了苍白,从看似纵横驰骋的潇洒背后看到了捉襟见肘的局促。"幻想"在今天已经成了"胡思乱想"的代名词,成了一些写作者逃避"想象力贫乏"之诟病而瞒天过海、欺世盗名的花枪。所谓"向想象力的局限挑战"的豪迈宣言,最后演变成了毫无意义、毫无美感并且十分吃力的耍猴式的表演。

所谓"幻想文学",其实"文学"是没有的,剩下的就只有"幻想"了——"文学"只是浪得了个虚名。我对自己说:去做吧,让幻想回到文学!为了写好它,我做了我自写小说以来从未做过的案头工作。我很认真地看了大约 20 部关于人类学方面的皇皇大著。其中,弗雷泽的《金枝》、斯特劳斯的《野性的思维》、泰勒的《原始文化》、布留尔的《原始思维》等经典性著作,这一次都是重读。它们给了我太多的灵感与精美绝伦的材料。我对这些著作,深怀感激。

2008 年对于我而言,是我写作史上一个很重要的年头。

鉴于解读图画书的话语权高度集中在少数几个人手中,图画书被高度神圣化、神秘化而使原创图画书望而却步无法开始的现状,我在许多场合发表了我对图画书的看法。提出了"无边的图画书"的观念,发表了"不要低估文字在绘本中的作用"、"不必过于夸大绘画在绘本中的地位"、"不必过高估计国外绘本的成就"等一系列看法,并几乎失控一般创作了数十本图画书。这些图画书的出版,产生了重要影响。

除以上所提到的,其实在这数十年间,我还发表了其他种种有关文学的观念,并且,我也是这些观念的实践者。

儿童文学：尽可能地接近儿童本然的生命状态

陈思和

如果说，儿童性的部分更多地是从文学审美的功能上来呈现儿童文学，那么，非儿童性的部分，则要从知识传播、成长教育等功能上来发挥儿童文学的特点。儿童性与非儿童性的完美结合，才是优秀的儿童文学的最高境界。

儿童是人的生命历程的一个特殊阶段，每个人都有过自己的儿童时代。按理说，只要有儿童就会有儿童文学，但是儿童文学的特殊性，就在于儿童与儿童文学的写作是分离的。

譬如说，女性文学，多半是由女性作者自己来写女性；女性的生命内在痛苦、女性人生中很多问题，她自己可以直接感受，把它写出来。这是女性文学的特点。同样，青春文学，作者多半也是在读的中学生和大学生，或者是青年作家，他们对青年的生命骚动、身体欲望、朦胧理想都能够感同身受。

儿童文学却不行，儿童文学是由成年人来写的，年龄上隔了一代，甚至隔了两代，老爷爷也经常写儿童文学。年龄跨界来表达儿童生命感受，准确不准确？这个难度就比较大。成年作家为儿童写作，脑子里经常想的是：我要给儿童提供什么？而不是儿童本来就具备了什么。所以，儿童文学创作只能接近儿童本然的状态，但很难与儿童的精神世界完全叠合，浑然一体。儿童文学的这一特点，决定了它一定会含有非儿童的功能。比如教育功能，教育的内容可能不是儿童自己需要的，而是长辈觉得应该让儿童知道的；再有社会认知功能，我们在儿童

题解 本文原载《文汇报》2019年9月23日。文章围绕"儿童性"和"非儿童性"这一组概念探讨了儿童文学创作的特殊性以及这一文类的理想境界。文章认为，儿童文学创作与其他文学种类创作相比，自有其独特之处：儿童与儿童文学的写作是分离的，已经成年的作者只能尽可能地接近儿童本然的生命状态。优秀的儿童文学是能够帮助儿童从"小野蛮"逐步向"小文明"发展的文学。儿童性与非儿童性的结合，才是儿童文学的最高境界。

文学里讲"益虫和害虫":"瓢虫是害虫","蜜蜂是益虫",其实这些都是成年人的标准。儿童可能有另外一个标准,哪个孩子不小心被蜜蜂刺了一下,他可能就会认为蜜蜂才是害虫。在这一点上,作为一个儿童文学创作者,或者儿童文学研究者,都要有这个自觉。对于儿童文学中含有的非儿童功能,要有一个"度",这个"度"到底该怎么表达?太多了不好,太多就超过了儿童承受的能力,使儿童文学发生异化。但完全没有非儿童功能也做不到,也是乌托邦。这是儿童文学自身的特点所致。

成年人创作儿童文学,如何能够达到写作文本的儿童性?——尽可能地接近儿童本然的生命状态。当然观察生活、接近儿童都是重要途径。我今天想谈的是另一个方面,也就是从作者自身的生命感受出发,通过童年记忆来再现儿童性的问题。

我说的"童年",不是宽泛意义上的童年,而是指特定的年龄阶段,大约是从人的出生,到小学一两年级,七八岁左右,刚刚开始识字不久。这是人的生命的初期阶段。我们一般所说的童年记忆,大约就是指这个阶段的记忆。它是对生命意识的一些模糊感受。

在我看来,人的本质就是人的生命形态在社会实践中形成的带普遍性的特点,儿童处在生命的初级阶段,还带有不完整的生命形态。但是不完整不等于不存在,孩子的生命形态里还是孕育了成年人的生命特点。譬如我们一般理解生命两大特征:一要生存,二要繁衍。儿童生命阶段只有生存的需要(吃喝),没有繁衍的自觉,但是在孩子的自然游戏中,往往有模拟繁衍的行为。譬如喜爱宠物、宠爱娃娃,喜欢过家家等等。在这里,宠物、玩具、游戏……都是儿童对生命繁衍本质的象征性模拟。再往下就涉及儿童文学的范围了,如童话故事里的王子、公主的题材。

优秀的儿童文学,将帮助儿童从"小野蛮"逐步向"小文明"发展

那么,儿童文学与儿童的生命特征构成什么样的关系呢?一般来说,儿童的生命阶段具有这样几个特征:1. 从无独立生存能力到能够独立生存的身体发育过程;2. 从母亲子宫到家庭社会的环境视域界定;3. 从生命原始状态到开始接受文明规范的教育自觉。这三大特征其实也是制约儿童文学的母题所在。优秀的儿童文学作家一般不会有意把自己禁锢在成年人立场上创作儿童文学,他一定会努力接近儿童的本质,模仿儿童的思维,努力让自己的作品得到儿童的

喜爱。我这里用的"模仿"和"接近"都是外部的行为,其实创作是一种内心行为,那就是通过童年记忆来挖掘和激发自身具有的儿童生命因素,也许这种因素早已被成年人的种种生命征象所遮蔽,但是仍然具有活力。通过记忆把自身的童年生命因素激发出来并且复活,通过创作活动把它转化为文学形象,那是儿童文学中最上乘的意象。从这个意义上说,儿童文学的创作离不开上述的儿童生命阶段的三大特征。

简而言之,第一个生命特征表明:人类是所有哺乳动物中最脆弱最需要帮助的种类,哺乳动物一般脱离母体就本能地从母体寻找乳汁,具有独立行动能力,而人却不会,初生婴儿无法独立行动,需要被人呵护,需要得到他人帮助,从无独立生存能力到能够独立生存,譬如饿了会自己取食物吃,冷了会自己选择衣服穿,这需要好几年的时间。所以人类特别需要群体的关爱和帮助,需要母爱、家庭成员的爱、以及社会成员的爱。这就构成儿童文学的一大母题——爱和互相帮助,引申意义为团结。

第二个生命特征表明:人类的环境视域是逐步扩大的。人从母亲子宫里脱离出来,最初的文学意象就是床和房子。孩子躺在小床上,用枕头围在身体四周,就有了安全感。低幼故事的场景一般离不开房子,房子坚固,就给了生命以安全保障。我在童年时候读过一个低幼故事,故事很简单,写一个老婆婆坐在小屋里缝补衣服,窗外下着大雨,刮着大风,一会儿一只鸽子飞进来避风,一会儿一只猫进来躲雨,这样一次一次,鸡啊猪啊牛啊都进来了,每一样动物的敲门声都是不同的,老婆婆都收留了它们。故事结尾时,那许多动物都围着老婆婆,听她讲故事。60多年过去了,我现在还记得这个故事,为什么?因为这个故事很典型地表达出孩子的内心空间感,每个孩子读了这个故事都会感到温馨,这是他所需要的。在这个基础上才能加上各种非儿童本然的主题,譬如教育孩子要勤劳,把小屋造得很坚固,不让外面的威胁侵犯小屋。(见低幼故事《三只小猪》)等等。但是人的生命慢慢会成长,逐渐向外拓展开去。于是儿童文学就出现了离家外出旅行的主题,或者身体突然掉进另外一个空间,由此开始了历险记。这也是儿童文学的重要母题。西方有名的儿童文学像《小红帽》《木偶奇遇记》……都是这个主题延伸出来的。

第三个生命特征表明:孩子的生命是赤裸裸诞生的,是一种无拘无束的原始形态,也可以说这是一种野蛮形态。五四时期学术界经常把儿童的这个生命特点说成是"野蛮人"的特点,但这里说的"野蛮"不带有贬义,它揭示出生命形态中有很多非文明规范的因素,它是自然产生的,是孩子生命形态的本然。这个特征与文学的关系比较复杂,既强调了教育在儿童文学中的地位——人自身从"小野蛮"逐步向着"小文明"的形态发展;但同时,也肯定了某种儿童生命的野蛮特点。我可以举一个不太雅观的例子:儿童拉便便,在成年人看来是脏的,但是儿童并不这么认为,小孩子坐在尿盆上拉便便会很长时间,他会有一种身体快感。有时候这类细节也会出现在文学作品里。电影《地雷战》是一部主旋律电影,表现游击队用地雷为武器消灭侵略者。有一个细节,日本工兵起地雷的时候,起到了一个假地雷,里面放的竟然是大便,日本工兵气得嗷嗷直叫;电影镜头马上切换到两个孩子在哈哈大笑,一个悄悄告诉另一个:是臭粑粑!如果镜头里表现的是成年人这么做,就会让人感到恶心,然而孩子的恶作剧反而让人解颐一笑。为什么?因为在这个细节里突然爆发一种儿童生命的野蛮性特征,用在战争环境下特别恰当。再说《半夜鸡叫》,假如——仅仅是假如——现在的孩子完全没有受过"地主剥削长工"这样的阶级教育,他看到一群壮汉故意设计好圈套,在半夜里集体殴打一个骨瘦如柴学鸡叫(也许在孩子眼中这种行为很好玩)的老汉,会有什么想法?但就这个剧情来说,小观众还是会自我释放地哈哈一笑。为什么?因为打架是孩子生命的野蛮性因素,在人的童年时代,打架会产生一种游戏似的快感。有很多孩子的游戏——斗蟋蟀、斗鸡(人体的独脚相撞)等等,都是这种"打架"快感的延伸。如果再被赋予某种正义性,快感就会更大地释放出来。这就需要教育。不经过教育,人是不会自我文明起来的。但这个教育,如何使"小野蛮"的本性不断在受教育过程中淡化稀释,不断朝着"小文明"过渡,这是我们今天的儿童文学需要关注的问题。

上述儿童生命阶段的三大特征,每一个特征都构成儿童文学创作的重要内容,都值得我们深入地去研究。但我更强调第一个生命特征:儿童的生命是需要被帮助被呵护的,儿童的生命是不可能独立成长的,一个人的成长过程必须在群体互助的状态下才能完成。

最近有部黎巴嫩电影《何以为家》正在影院上映,非常之好。这是一部表现中东难民的现实主义的艺术电影,如果从生命的意义去品味,它描写了两个孩子在艰难环境中的挣扎,一个12岁的孩子努力保护着一个两岁的孩子,喂他吃,为他御寒,强烈体现出儿童的生命意识:没有互相帮助就没有人的生命。《何以为家》不是儿童文学,但涉及到儿童的许多问题。

美国经典儿童文学《夏洛的网》故事也很简单,但是风靡了全世界,它讲述的是一只老蜘蛛夏洛用智慧挽救它的朋友猪的生命的故事。圣诞节主人要杀猪做菜,可怜的猪无法逃避这一厄运,但最后被一只老蜘蛛所拯救,创造了奇迹。

我想多数儿童读者在阅读这篇童话故事时,都会在潜意识里把自己幼小无助的生命感受融汇到对小猪命运的理解上,这才是这篇儿童文学作品获得成功的原因所在。

我常常在想:儿童文学里不缺少爱的主题,但在此基础上写好生命与生命之间的互相帮助、团结,这才是儿童文学最贴近生命本然的基本主题。

中国古典文学名著《西游记》虽然不算儿童文学,但它是中国的儿童接触最多的古代文学作品。唐僧师徒四人一路互相扶持、互相帮助去西天取经,是最感人的生命互助的经典故事。我们向儿童讲述《西游记》的故事,多半着眼于孙悟空的神通广大,降妖灭魔,但这只是符合了孩子喜欢顽皮打斗的小野蛮的本性,却忽略了《西游记》里最伟大的故事是取经途上的互相帮助的故事。小读者看到唐僧被妖怪捉去的时候,就会急切希望孙悟空的出现,这就是生命互助的本能在起作用。我们可以想象,唐僧就像刚出生的婴孩,单纯得像一张白纸,手无缚鸡之力,在妖怪面前毫无自我保护能力,然而他之所以能够完成取经大业,靠的就是三个徒弟的帮助。那三个徒弟也都不是完美无缺、战无不胜的,他们之间就是靠互助的力量,才完成了生命成长的故事。所以,生命的团结互助本能,才是爱本能的前提。

发扬儿童生命中的爱的因素,书写善恶与分享的主题

还有两个主题与爱的主题是相辅相成的,也不能忽略。一个是善恶的主题,这涉及儿童文学中的正义因素。爱的主题在西方文化背景下,往往被理解为人与神之间的关系,爱是无条件的,爱的对立物、破坏爱的力量,往往出现在上帝的对立面,所以,魔鬼或者女巫代表了恶的力量;而在中国现代文化的语境下,爱被理解为人与人之间的关系,人总是有善恶之分别的。一般来说幼儿童话里是不存在善恶概念的,像"猫和老鼠""米老鼠与唐老鸭",基本上不存在孰善孰恶的问题;儿童稍微成长以后,文学里才会出现"女巫""妖怪""大灰狼"之类"恶"的形象。像《狮子王》这样模拟成人世界的政治斗争的故事,大奸大恶,要到年龄段更高阶段才能被领悟。"惩罚邪恶"的主题之所以构成儿童文学的正义因素,是对儿童文学里爱的主题的补充,如果没有正义因素的介入,爱的主题会显得空泛。但是我们特别要警惕的是,在儿童文学中,"惩罚邪恶"的主题只能表现得适可而止,不要在弘扬正义的同时,宣扬人性邪恶的因素。其实人性邪恶也是小野蛮之一种。在以前儿童自发的顽皮中,就会出现肢解昆虫、水浇蚂蚁、虐待

动物等野蛮行为，这是不可取的。相应地出现在儿童文学里，就会有表现人性残忍的细节。我总是举《一千零一夜》里的著名故事《阿里巴巴和四十大盗》为例，故事设计了聪敏机智的女仆马尔基娜用热油灌进油瓮，把30几个躲在油瓮里的强盗都烫死了。这个故事很残酷，充满了谋财害命的元素，作为一个中世纪阿拉伯的民间故事，这也很正常，但移植到儿童文学领域就很不合适，就算谋杀强盗属于"惩罚邪恶"的主题，也不能用邪恶的手段来制止邪恶本身。我在网上看到这个故事被列入儿童文学的"睡前故事"，真不知道如果是一个敏感的孩子听了这样的故事，是否还睡得着觉？是否会做噩梦？至少我到现在回想起童年时期听这个故事的感受，还会浑身起鸡皮疙瘩。

另外一个主题，我觉得儿童文学的研究者不太关注，其实很重要，就是分享的主题。人的生命在发展过程中需要互助，也需要被分享，这也是人类生命伦理学的重要组成部分。这种生命形态在西方的儿童文学中渲染得比较多，比如王尔德童话《快乐王子》，那个王子的铜像愿意把自己身上所有金光闪闪的东西都奉献给穷人；《夜莺与玫瑰》，那个夜莺用玫瑰枝干刺着自己的心脏，一边唱歌一边把鲜血通过枝干流入玫瑰，让玫瑰花一夜之间在寒冷中怒放。夜莺、玫瑰花、血，都象征了美好的爱情。这些故事里都有生命的分享和自我牺牲，都是非常高尚的道德情操。周作人不太喜欢王尔德的童话，但我很喜欢，王尔德的童话达到了一种很高的精神境界。孩子可能还不能完全理解王尔德童话的真谛，但是这些美丽的思想境界，对儿童们的精神成长——脱离小野蛮，走向小文明，是有非常大的提升作用的。

我之所以要这样说，因为我隐隐约约地感觉到，我们儿童文学理论工作者都似乎非常希望儿童文学能够还儿童的纯洁本性，都觉得儿童文学里最好不要添加教训的成分，要原汁原味地体现儿童本性，其实这是一个美好的乌托邦幻想。当年周作人出于批判封建传统道德文化的战斗需要，提倡过这种儿童文学的观点，但周作人自身没有创作实践。因为我们不可能绝对地还原儿童的本然，我们是做不到的，与其做不到，我们还是应该通过童年记忆，把儿童生命特征中某些本质性的健康因素，用儿童文学的形象把它发扬出来。我认为这才是儿童文学创作和研究中应该提倡的。既然儿童文学只是尽可能地接近儿童本然的生命状态，而不是完全等同于儿童本然的生命状态，儿童文学就不可避免地含有非儿童性的部分。如果说，儿童性的部分更多地是从文学审美的功能上来呈现儿童文学，那么，非儿童性的部分，则要从知识传播、成长教育等功能上来发挥儿童文学的特点，儿童性与非儿童性的完美结合，才是优秀的儿童文学的最高境界。

第四辑
儿童文学创作现状

导语

本辑所收录的一组文献，旨在宏观呈现中国当代儿童文学的创作面貌从中华人民共和国成立以来 70 年间所经历的不同层面的诸种演变。这些演变不仅包括了外部政治文化环境对儿童文学写作目的和要求的变化、评论界对儿童文学评价标准的变化，也包括了文学内部所发生的在写作技艺、题材范围和体裁样式以及写作者身份构成等多种层面上的变化。同时，这些文献不仅试图记录、还原和保留中国当代儿童文学创作潮流变化的轨迹，还特别标注了一系列充满勇气的文学探索、一些必须直面的问题以及那些预示未来趋向的文学现象。例如，20 世纪 80 年代少儿文学创作的"探索潮"、畅销童书的崛起、原创儿童图画书在 21 世纪最初 20 年间的发展，等等。

新的儿童文学的诞生

杜 高

××同志：

……你的信和最近一期的套色少年报都收到了，都读过了。——一切都使我高兴。说来脸红，我因为对于儿童文学这个课目的疏远，知识自然更是贫乏。但我此刻仍是兴奋地为你复信，这不能不说是由于一股巨大的热情和喜悦的激励，虽然我明明知道自己的能力不允许为你更好地解决信上你所提到的问题，但我之所以鼓着勇气来作这次几乎是冒险的尝试，又不能不说是为了想唤起那更多比我们都更有这份能力的先生们来为孩子做些实际的工作。

应该首先感谢我们的时代，它给儿童文学的发展创造了新的条件，应该感谢我们的胜利，只有它，才能照亮我们的前途；只有它，才能给新的儿童文学事业在今后的飞跃发展作着如此深刻的保证！

我们看重儿童和儿童文学，因为我们有前途，只有那些没有前途或者看不清自己前途的人才会轻视它！儿童工作常常是可以用来判断一个人对生活、对世界、对历史的真实态度。就说革命吧，谁都会说革命的最高目的是为着下一代，为着下一代能过着真正自由和幸福的生活。如果你是革命者而轻视为孩子的工作，那不就恰恰具备了非革命的态度么？旧社会的统治者是轻视儿童文学的，因为他怕把真理告诉孩子，他怕孩子们多懂得改造世界的知识，而我们却恰恰相反，我们真正地爱护儿童，我们把大量的生活知识教给他们，我们要培养他们成为快活的劳动者，因为我们有前途，我们看清了自己的前途，我们的一切努力也都为着实现对于生活的崇高的理想。勃柳索夫有过一句名诗："我们爱儿童，有

题解 本文原载《文汇报》1950年6月21日，是对进入共和国的中国儿童文学提出全新展望和要求的较早理论文献之一。文章认为，儿童文学应该有它深刻的社会意义和政治内容；儿童文学应该教育孩子们认识社会，认识社会间的阶级和认清自己的阶级敌人；儿童文学应该武装他们为保卫自己阶级的利益而去战斗；儿童文学应该是现实主义的，应该以现实生活作为基础，正确而忠实地反映孩子们的生活和思想的活动，鼓励和提高他们。文章同时强调，艺术应该有它的政治内容，但艺术并不等于政治，儿童文学也应该讲究艺术性。

了他们,我们才有希望!"更早的倍林斯基和车尼雪夫斯基也都写过关于儿童读物的文字;托尔斯泰以为"一篇好的小说应该首先写给孩子看";史坦尼斯拉夫斯基高呼着要把最优秀的演技献给孩子;高尔基深切地关心儿童读物,鼓励作家为孩子们写作;最难忘的是鲁迅先生在极端艰困的条件下仍不停地为饥饿的中国孩子们工作。

在俄国,只有十月革命的胜利才真正带来了儿童文学的繁荣和发展,惟有新的苏维埃政权才是真正保护着儿童文学,鼓励作家们从事优秀作品的创作,成立儿童文学的专门出版机关,奖励优秀的儿童文学作品;惟有革命后的新生活才能给像沙摩伊尔·马尔夏克这样伟大的天才创设真正的自由,展开一片新的创作天地,给他的作品中带进如此丰富的生活的内容。——儿童文学的发展和革命的发展是分割不开的,儿童文学的内容也是离不开革命的内容的;离开了革命要求的原则,那我们的儿童文学就永远无法培养和教育我们的孩子们成为新社会的积极建设者,那它必将是用着腐败的内容来教训孩子。

你在信上说:"……今天有些先生认为儿童文学中不应该有过于激烈的革命内容。"于是你开始怀疑"儿童文学中是不是要有阶级性?"

我以为儿童文学应该有它深刻的社会意义和政治内容,我以为任何文学中的社会性和政治内容,其本身就是被它的社会的阶级性所决定的!那就是说,没有明确的阶级立场的作者是永远无法在他的作品中体现深刻的现实内容的,更简单地说,如果你不是站在革命阶级的立场,那你又怎么能正确地认识我们的革命和我们的时代? 我们要教育今天的孩子,告诉他们生活是劳动创造的这个真理,使他们自觉地认识到自己是新社会的积极建设者,使他们确信自己正是生活的主宰,使他们对生活的前途具备充分的信心和快乐,培养他们成为具有新的品质的战斗者,锻炼他们成为祖国的热爱者;但也深切地爱着全世界受压迫的劳动人民,我以为这些便是新的儿童文学中的革命内容,它应该是受着社会主义理想的鼓励和充满着为实现它而斗争的激情,它必须是用着一定阶级的意识去教育儿童,使他们认清自己阶级的敌人,使他们认清生活发展的方向。就拿你在信里提到的那个前几个月还正在上演的剧本《小主人》来作例吧,你认为这是一个成功的剧本,正因为如此,我以为不能不指出它的一些严重的缺陷,因为这些缺陷恰好是说明了它没有"激烈地革命内容"没有明确的阶级性的原故,因此我以为这部戏就没有收到更好地教育孩子们认识生活的价值,正确地给孩子们分析现实中的事件和问题。戏剧的作者给孩子们展开的是一个恐怖、残酷与绝望的世界,怜悯和感伤的感情则正是构成整个戏剧的思想基础。很明显,作者因为憎恨战争——一切战争,便把人间所有的不幸、饥饿与凄凉在战争上去找寻结论,戏剧的效果是使得孩子们对战争的观念也模糊起来。如果说,这战争正是为着人类的幸福,正是为着消灭一切人间的剥削和压迫,不正是值得我们去歌颂的么?剧本的作者因为在战争上找不出合适的结论来,所以他除掉给因战争而受苦的孩子们一份可怜的怜悯外,就没有给他们更多的爱和鼓励,就没有告诉他们更多世界的知识,就没有告诉他们生活的前途不是悲剧而正是充满着极大的欢喜。戏剧的作者为什么不教育孩子去认识世界的本质呢?他为什么不从构成这世界的矛盾底阶级间的冲突上去得出正确的结论来呢?戏剧的作者在思想上找到的出路是十分天真的,他以为要解决受苦的孩子的事,是只有依靠有钱人家来可怜他们、来慷慨地救济他们,于是,作者向一切有钱人正义地呼喊着:"救救孩子!"(这自然和鲁迅先生当时呼喊"救救孩子"的意义是根本不同的!)而不是充满着改造旧世界的战斗的激情来歌颂革命和劳动!作者企图调解和缓和社会的阶级间的斗争,作者企图逃避这场残酷的斗争而取得和平和幸福;因此,作者所具备的一些仁爱的观念和人道的精神就没有以牢固的革命斗争作为它的基础,也就是没有明确地站立在革命阶级的立场的原故。于是,作者就只能用伤感和哭泣来代替严肃和勇敢的处理社会间的重大事件,于是作者就没有从劳动创造世界的这一基本观念出发,于是,戏剧里就缺乏对劳动的赞美和尊敬,把人类的劳动描写成包含丰富的愉快、重要和宝贵的工作。——虽然如此,但我们仍是肯定这部戏在暴露国民党区孩子们遭受压迫与欺凌的意义上,是有它一定的价值的。

新的儿童文学应该从教育孩子们认识社会,认识社会间的阶级,为了使他们认清自己阶级的敌人,武装他们为保卫自己阶级的利益而去战斗。

它应该是现实主义的,它应该以现实生活作为基础,应该正确而忠实地反映孩子们的生活和思想的活动、鼓励和提高他们。但现实主义的文学并不等于琐碎地摹拟和抄袭孩子们日常生活中的平凡细小的事件,或者表面地去描写生活中的一些现象——而应该是本质地反映现实。我们读到的新作品中往往有一个共同的主题,那便是坏孩子怎样转变成为进步的好孩子,这一事实在今天是普遍存在着的,因为从旧的蜕变为新的——这正是我们这个时代和历史的特点,我们应该在文学中来大量地表现它。但不得不承认,个别的作者为着追求艺术的效果而过分夸大地描写了个别的现象,而无意地歪曲了现实的本质。因此,这些作品中就没有向孩子们进行传达我们的时代底精神,更没能指出它的发展的方向。造成一些孩子的坏习惯的历史根源在那里?那应该指出反动派和帝国主义长期的统治和教育,而只有在真正幸福和自由的新社会里,在他们真正认识到自己成为国家的小主人的时候,才能培养起新的感情和新的态度——这根本上还是由于中国人民的革命胜利所决定的。因此,我们应该指出,有部分作者,他们用着昨天的态度来看今天的孩子,或者是没有深入到孩子们生活的最里层去。

新的儿童文学应该有新的精神来充实,应该用新的内容来丰富它,它应该充满对劳动的歌颂,应该洋溢着新的爱国主义和国际主义的崇高的热情来教育儿童。它应该善于表现我们的明天——生活的前途,因为我们的明天是看得到的、是准备好了的,我们的孩子便是明天生活里的真正主人!我们的儿童文学必须充满着强烈地对明天的欢乐,对建设新生活的各种行动深切地挚爱,增强他们对战斗的胜利的信心和欢乐。就说保卫和平吧,我们的新作品中很多是描写保卫和平的,但不得不指出,许多作品中对于保卫和平的真实意义是解释得不够完满的,保卫和平的行动其本身就是一种斗争的行动,这就说明了世界上正义的力量和反动的力量之间的斗争,和平不是幻想的,而正需要通过坚决的斗争才能获得,忽视了这个斗争的价值那是只有对战争贩子们才会有益处的。但我们必须教育孩子:热爱和平、相信和平、勇敢地保卫和平、热爱全世界的劳动人民、相信他们的力量、坚决地与帝国主义者作斗争!——所以,你提到的剧本《和平花》和故事《小鸽子脱险记》,我以为它们就没有从本质上去分析问题而只是写出了一个现象和一个愿望,因此,它们在政治上的意义就不会更大。

你又说:"有些同志们以为今天不应该写童话,主要地是按今天中国儿童的水准还接受不了……"我以为这个意见的提出如果是从强调儿童文学中应更多地反映现实生活的意义上来看,我是十分同意的。因为新的生活中有太丰富的内容而我们的作者却反映的太少或者根本没有去反映。在解放战争中,我们有过很多长时期生活在部队里、活跃在战地上的未成年的红小鬼,他们有着惊人的或者平凡的、但都同样感人的战斗故事,我们的作者为什么不更多更切实地去描写他们呢?象卡达耶夫的《团的儿子》不就是对老年人和青年人说来,也都一样能得到很好的效果么?那我们更不得不承认,在我们的孩子群中,就有不少象团的儿子这么勇敢和聪明的小战士,或者憧憬着成为象团的儿子一样勇敢和聪明的孩子。我们往往喜欢用一大篇道理来说明解放战争的意义,但很少通过一个活生生的真切的故事使孩子们深切地感到它的伟大。因此,我们也常常感到对孩子们说明一种政策是十分艰苦的事。这里不能不说马尔夏克运用童话和民间故事解决了教育与艺术之间的久远的矛盾,使这两者愉快地交溶起来;因此,马尔夏克的童话中是渗透着真正的诗意的。

我们怎么能否定童话对于孩子们所进行思想教育的效果呢？我以为根绝童话的态度是不科学的,因为童话也应该是体现现实生活内容的一种形式。离开现实内容、虚伪和唬吓人的童话,那我们是要坚决根绝的,这正象我们根绝其他任何一种形式的反现实的作品一样的态度。

艺术应该有它的政治内容,但它并不等于政治！"艺术——首先应该是艺术"——这是倍林斯基在一百年以前说过的话,但我们不得不承认,在某些情况下,我们是没有更好地来研究它的；因此,我们的许多作者就不是通过活的人、活的现实、活的语言来表现这正在成长中的新的一代,我们的作品中常常是说理多于活动、成人口吻的教训多于孩子自己讲的活,我以为这样的作品自然是不会使孩子们获得快乐的效果的！

如果说就中国孩子的水准低才不喜欢或接受不了童话的形式,这个说法是不能令人满意的,我以为这恰恰证明了一个事实：当我们的作者原封不动地把外国的文学形式搬来送给中国的孩子,随他自己多么满意,而遭到了孩子的拒绝！中国孩子不是因为水准低而拒绝接受它,他们具备了充分的理由,顽强地向我们的作者提出了提议,他们要求有一种自己所喜闻乐见的——关于自己的童话,而这童话必须有进步的、崭新的、革命的内容,他们才会满意,才会欢迎和挚爱它。

我以为外国童话的形式在一定的意义上还是可以利用的,但它必须经过改造,要有新的去丰富它,使它真正成为中国孩子自己的；因为那里面将是说着他们自己的话、表现自己的生活、解决自己的问题。

象马尔夏克的《十二个月》就是一部非常迷人的童话,他用着单纯而有创造力的语言说了一个孤女的可怜的故事,但更重要的却是他们用着孩子的语言说明了一个动人的生活的真理：生活里的奇绩和宝藏都是供给那些不怕困难、善良和正直的人的,生活会为她开辟道路、给她温暖。我们看到那强烈地对生命的歌颂、对劳动的赞美是作为整篇童话的思想基础；所以,它给孩子们的不是恐怖、残酷和无聊,而是欢乐和希望！作者把严肃的思想感染给孩子,但他们同样把诗歌语言的技巧提到很高的水准。

我以为童话应该有,因为它能给孩子们快乐,它能够教育孩子,培养他们严肃地认识生活、勇敢地创造生活！但我们的作者也必须创造各种更新的形式来更多更正确地反映孩子的生活和斗争的事件,用句诗人的话来说："树上结满了苹果,你必须用各种方法来采撷它！"

把生活的知识教给孩子吧！把喜悦交给他们,培养他们对真理的挚爱、赞美劳动。告诉他们,那里有无穷多的乐趣和幸福。应该用严肃的思想来作为儿童文学的基础,应该用共产主义的精神来教育他们！

当新的儿童文学在它今日的诞生期,我们就业已看到了它那长久健康的生命！

《1954—1955 儿童文学选》序言

严文井

编完这本选集以后，明显感到少年儿童文学发展中的一种令人鼓舞的好的趋势。从一九五三年九月二次文代大会，以及十二月举行少年儿童文学作品全国评奖以后到现在，这方面写作的人是一天比一天多起来了，好作品也一天比一天多起来了。这是前所未有的现象。这个现象决非偶然出现的，这正是我们执行了党的文艺方针的结果。当然作品的数量和质量离满足少年儿童读者的需要还差得很远；但从这种趋势看，只要今后我们的工作对劲儿，能够按照社会主义建设所要求的速度勇敢前进，这距离一定是可以缩短，而且可以很快缩短的。自一九五五年九月《人民日报》发表了"大量创作、出版、发行少年儿童读物"的社论后，便普遍引起对这件工作的关怀和注意，使我们完全有信心对今后做一个乐观的预言：愿意热情地为少年儿童们贡献自己的智慧和力量的新作者一定还会大批涌现出来，优秀的作品一定还会增加起来。

这一年多当中，我们发现少年儿童文学领域内出现了这样一批值得注意、值得欢迎的新名字。他们当中很多人都是新生力量，少数人可能早已开始了写作，但也只是在这一年多当中才以比较突出的好作品引起了少年儿童读者们的注意。例如：在选集中有作品的作者，谢力鸣、张有德、熊塞声、柏萧、王蒙、白小文、吴梦起、郑文光、冯健男、杲向真、柯岩、卢大容、任大星、任大霖、赵沛、曹源冰、萧平等等，以及没有列入选集中的中篇和长篇的作者，崔坪（《饮马河边》的作者）、林蓝（《杨永丽和江林》的作者）、朱明政和朱明军（二人都是《三个先生》的

题解 本文选自《1954—1955 儿童文学选》，人民文学出版社 1956 年版。《1954—1955 儿童文学选》是中华人民共和国成立后的第一本年度选集。这篇序言对过去一年里中国儿童文学创作实践进行了综合性评论。在肯定已经取得的成绩上，序言主要提出了儿童文学创作实践和理论中的一些重要议题。例如，儿童文学作品是否必须或仅仅只能写少年儿童？作者认为，"一篇作品能否称为儿童文学主要不在于它里面是否写了少年儿童，而在于它是否为了少年儿童，对他们有帮助，并能为他们所理解、所接受"。此外，序言还就怎样理解儿童文学的教育性，怎样对儿童文学的特殊性进行深入研究，尤其是怎样处理文学的现实主义要求和童话的幻想之间的关系等议题提出了自己的看法。

作者)等等。我们少年儿童文学这一年多来的收获必须首先看到他们所做的贡献。

我们也注意到这一年多当中一些有经验的作家在这方面的劳绩。有些在过去没有专门为少年儿童写作,或者作得不多的作家,现在也积极为他们写作了,例如魏金枝、康濯、马烽、阮章竞等等。他们对少年儿童文学说来,也是一种强力的"新生力量"。

不仅作者的队伍是一天天扩大,而且这一年多来新产生的作品所反映的方面比以前广,所接触的问题也比以前多了。

应该承认,学校的圈子是突破了;不过细细算一算,这些作品里写得最多的仍然是关于学校、学生、少先队的生活和问题。首先应该提一提这方面比较突出的好作品,马烽的《韩梅梅》。这篇反映高小毕业生参加农业生产问题的小说,不仅引起了广大少年儿童读者的注意,而且也引起了很多青年读者的注意。其所以能够这样,不只是由于这篇小说提出而且解答了他们共同关怀的一个切身问题,歌颂了劳动和社会主义精神,同时也是由于它里面出现了一个活生生的具有坚强的性格的人物,读者们可以从韩梅梅的榜样上具体学习到什么叫做有出息,怎样向困难作斗争。这篇作品的思想性和艺术性比较统一,而且它有着一种明快的风格,这些都是有助于读者来迅速接受它的。

张有德的《五分》则从另外一个角度接触了劳动这一主题,讲到农村中两个功课很好的女学生怎样在星期天自动帮助合作社点玉米,使自己的劳动也得到了"五分"。这个并不算复杂的小小的故事却有着一种新鲜的生活气息,产生一种鼓舞人的力量。这个作者另外还给少年儿童写了不少小故事,从那些作品里看得出他是相当熟悉农村生活,他是在努力追求表现少年儿童的新的品质的,他有可能写出更成熟的作品来。

谢力鸣在《火热的心》里反映了抗美援朝战争,塑造了一个英雄人物的形象。孙国瑞,那个"坐火车也嫌慢"的中国人民志愿军飞行员,把腿骨摔断成三截,但他不灰心失望,终于耐心地把断了的骨头接好,把腿锻炼得恢复了正常,重新飞上了天空。他的爱国主义热情、国际主义精神和坚强的意志,是不能不使人产生强烈的印象的。

《我和小荣》的作者刘真,在一九五三年十二月少年儿童文学作品全国评奖的时候曾经以小说《好大娘》得奖,对一般读者已经不是陌生的人了。《我和小荣》写的是抗日战争时期八路军两个小交通员的故事,反映了当时中国人民的英雄气概。这篇作品显示了作者对生活的热爱和敏锐的感受能力,渗透着浓厚的生活色彩。

卢大容在《和爸爸一起坐牢的日子》里,回忆了一九四七年中国人民解放战争时期,在国民党统治地区自己的一段亲身遭遇。共产党员卢志英烈士在监牢中进行斗争的忠贞不屈的形象是深深令人感动的。

阮章竞和熊塞声都根据民间传说,但却不被原来的传说所限制住,大胆而成功地创造了美丽的童话诗《金色的海螺》和《马莲花》。这两首长诗都可以算这一个时期内少年儿童文学的重大收获,为不太发达的童话这一部门增加了光彩。特别是《金色的海螺》以它的人民性,它的对于斗争对于生活的乐观主义精神,强烈地鼓舞了读者,增强了他们为美好生活而斗争的信心。

许多作者也注意了"肃反"的题材,这方面也产生了一些较好的作品。这本选集里就有这样题材的三篇小说:王蒙的《小豆儿》、白小文的《刘士海爸爸的皮包》、衣奇的《三苕子》,和一个独幕剧:赵沛和曹源冰合写的《海防前线的早晨》。这几篇作品都具有一定水平,作者都是新人。其中尤以《小豆儿》和《刘士海爸爸的皮包》为突出。《小豆儿》写出了青年团员和少先队员的新的品质,并适当展示了人物的内心生活,合情合理地表达出了我们新的一代人的新的精神怎样在起着主导作用。《刘士海爸爸的皮包》反映了少年儿童的智慧,它的曲折的故事是引人入胜的。

此外,柏萧的《我和瓦夏》是一篇反映中苏人民友谊的动人的作品,吴梦起的《北大荒好地方》反映了边疆的国营农场的垦荒生活,反映了祖国社会主义建设的背景,哪怕只是触及这个雄伟背景的某一小部分,对读者也是具有很大的吸引力。郑文光的《从地球到火星》是一篇能引起读者兴趣而又有教育意义的作品,尤其因为今天写作科学幻想小说的人还少,作者为这样一篇比较优秀的作品所做的努力就更加引起了注意。

收获不少,可是问题也有不少。为了加速少年儿童文学创作的发展,进一步把这个工作做好,我们认为在这里把这些问题提出来还是有必要的,希望能引起进一步的研究。我们所看到的材料还很有限,单就这本选集来说,在体裁和样式方面有这样一些缺陷:专为少年儿童写的特写、游记还很少,反映少年儿童各方面生活的散文也很少,英雄人物传记很缺乏,专为儿童写的能够有效代替旧武侠小说的惊险小说几乎就没有,童话很少,适合少年儿童看和演出的剧本也很少。在主题和题材方面,比较多的作者还是把主要的注意力放在学校和少先队的生活和问题上,其中又以反映城市中的学校生活为最多。这些都是应该写的,但是因为比较多的作者只注意了这一个方面,无形之中就限制了主题和题材的多样性和丰富性,把少年儿童所应该认识的生活范围缩小了。该写而没有写的题材当然有许多,最严重的是当前社会主义建设事业中多方面的斗争很少在少年儿童文学作品中得到反映。例如,在选集的编选过程中,就很少看到专为少年儿童读者写的反映工业建设的文学作品;同样,也很难看到专以农业合作化运动为题材的优秀的少年儿童文学作品。从这一本选集的整个内容来看,就反映了这样一种严重的情况,而这种情况是不能以任何借口来加以原谅的。

对于我们作者自身说来,我们必须特别注意造成这种现象的主观原因。根本原因还是由于作者缺少生活实践和马克思列宁主义的思想锻炼,对生活认识不深,因而忽略了或不能很好地反映现实的各种重大斗争。但在少年儿童文学领域内,我们某些作者还由于在创作思想上对有些问题存在着误解,更加重了这个毛病。

这些误解表现在一些具体问题上,但很多都关连到对所谓少年儿童文学的特殊性这一问题的理解上去。例如:有人以为少年儿童文学的特点就在于写少年儿童,因此就把题材严格地限制在少年儿童的圈子里;有人注意到少年儿童文学作品是写给少年儿童看的,却单纯从表面形式着眼,以为它的特点就在于模拟小孩的口气说话;有人把少年儿童文学的教育意义作了狭隘的理解,认为既然是教育儿童,大概不外总是谈谈同儿童直接有关的课堂纪律、少先队的团结等等问题,这样才算是教育,很少考虑到其他方面;有人以为少年儿童文学的特点在于它的幻想成分多,因而简直可以不必去体验什么生活;或者即使认为多少应该有一点生活,却又以为少年儿童的生活是自己已经经历过了的,而且自己现在也有了孩子,生活已经不成问题了,现在只需动手写自己的童年或者自己的孩子,加上一点什么教训就行了,这想法实际也还是否定了生活。所有这些误解最后又都会牵连到作品内容和生活这一类根本问题上去,影响到对它们的看法,以致不能正确地对待他们;当前许多重大斗争没有在少年儿童文学作品内得到应有的反映,这个现象决不是偶然形成的,因此有必要研究一下这个所谓少年儿童文学的特殊性。

如果说少年儿童文学除了整个儿童文学所共有的特点外,还可以找到自己的特点,那么这个特点决不是我们所能任意加给它,而只能是由它的特定读者对象所决定的。好的儿童文学作品有时候可能也受到成年读者的欢迎,但它一定首先是以少年儿童能看懂或者能听懂作为条件的。所以,一篇作品能否称为少年儿童文学主要不在于它里面是否写了少年儿童,而在于它是否为了少年儿童,对他们有帮助,并能为他们所理解,所接受。当然,为少年儿童所欢迎的作品常常有少年儿童的主角在内,但有时也不一定非这样不可。相反,有些以少年儿童为主角的作品可能受成年人欣赏,可能对做父母的、做教师的人有帮助,但并不一定能为少年儿童读者所接受。这样的作品倒是很难称做少年儿童文学的。从"少年儿童文学就是写少年儿童自己"这种误解出发,就会发展到一个极端,在所谓少年儿童文学的领域内排斥写成人。排斥写成人,其结果就是排斥了现实生活中很多重要的东西。这种离开成人专写孩子的想法可以说是,不要有父母而又要有孩子,不要有老师而又要有学生,把孩子和成人截然划开了。就是在少先队的夏令营里,我们也很难设想孩子们怎么能够完全离开成人而存在。在生活里既然不可能如此,在作品里当然也是行不通的。为了教育少年儿童,应该告诉他们多方面的生活,特别是当前的各种重大斗争;应该写他们自己,也应该写成人。当然,针对他们不同年龄、不同学历等等特点,各种少年儿童读物对于主题和题材可以而且应该有所选择;但在整个少年儿童文学领域内,却不应该藉口它的特殊性,把生活加以阉割,定出若干特别的禁条来。这种把少年儿童从生活的许多领域内驱逐出去,或者把成人从少年儿童文学领域内驱逐出去的做法,都是不让他们认识生活的全貌,只能培养他们将来成为近视、迂阔,品德和智力都得不到健全发展的人,而这同怎样真正对少年儿童进行深刻教育的要求是毫不相干,甚至是背道而驰的。

因此怎样正确地理解少年儿童文学的特点对我们说来是极有必要的。好象还没有出现关于这个问题的专门著作。我们作者如果想掌握这个特点,除了从怎样更多接近孩子,更多懂得少年儿童本身的特点着手外,大概不可能有旁的妙诀。我们应当善于从少年儿童们的角度出发,善于以他们的眼睛,他们的耳朵,尤其是他们的心灵,来观察和认识他们所能接触到的,以及他们虽然没有普遍接触但渴望更多知道的那个完整统一而又丰富多样的世界。同他们在一起,但又要比他们站得高。比他们站得高,可又要尊重他们。一定让作品做到:使他们看得懂,喜欢看,并且真正可以从当中得到有益的东西。一定要善于用他们自己的方式讲话,而这同装天真,装幼稚,满嘴结结巴巴的所谓孩子腔,决不是一回事。

少年儿童文学的特点并不那样神秘,终于还是可以为我们掌握住的。但真正要写出好作品来,只是注意这个特点还不够;在这以外还有更值得注意的东西。我们在研究怎样写作品才能使今天的少年儿童读者接受,但如果我们离开了社会主义现实主义的创作方法,不论怎样研究和懂得了孩子们的一些特点,也决不会成功的;而且,如果我们不能以共产主义的精神去教育他们,即使文章做到了可以使他们看懂,那又有什么意义呢?所以,最要紧的还是要使我们的作品首先成为充满共产主义党性的文学作品。

　　另一个值得我们注意的问题是对于少年儿童文学的教育意义的理解问题。这个问题和前面的问题有联系，也是一个直接有关今后少年儿童文学创作能否健康发展的重要问题。谈到在我们的作品里应该以共产主义精神教育少年儿童这一点，在今天大概不会有什么分歧，但怎样在少年儿童文学作品里来进行这个教育，实际上却存在着分歧，这里所涉及的已经不是什么对少年儿童文学的特点的理解问题，而是对文学的特点的理解问题了。

　　在少年儿童文学领域内有人对文学作品的教育意义作了狭隘的和错误的理解，表现为：他们判断一个作品有没有教育意义就看它里面包不包含一些说教，或者看它能不能很简单地套上几条道德的训诫。如果按照这种意见进行创作，结果常常是由乏味的说教代替了生动的形象。当然应该要求文学作品有明确的教育意义，能够帮助读者得到明显有益的教训；当然作者可以在作品里发议论；问题是不能把教育意义同这些议论完全等同起来，不应该在作品里只见议论，不见形象，不应该用概念代替形象。这种对教育意义的庸俗的狭隘的看法除了助长在作品中进行枯燥的说教的倾向外，它的主要危害还在于限制了、缩小了文学作品的教育作用。那些把作品的教育意义作狭隘的理解的人常常只注意一些比较小的或比较枝节的问题，而容易忽略有关少年儿童的精神品质成长的一些比较大的或比较根本的问题，无形中助长了那些以为少年儿童文学就是写少年儿童自身的作者的做法。在他们眼光里，似乎只有写学生遵守课堂纪律，听话，少先队员拾金不昧，彼此不吵架这一类直接有关改善他们某一项行为的教训才算有教育意义。其实他们不懂得除了学生手册上的一些条文和学校圈子里发生的一些事情外，生活里还有旁的许多重要东西也可以拿来教育孩子，而且比那些只是提倡孩子们听话的故事要更富于教育意义一些，比那类描写在一块石头一根树枝的问题上大大争吵一场以后又来搞好团结的故事要更动人一些。我们的作者只有坚决摆脱那样一些狭隘看法的影响，勇敢冲破他们有意无意划定的那个圈子，才会写出更多的真正富有教育意义的作品来。当然，这不是说今后就不应该写学校生活和少先队的问题了；有些作者，特别现在还在当教师和辅导员的业余作者，他们还应该多以这方面的生活作为他们的题材。这一方面的好作品仍然是为少年儿童读者所需要的，对他们有帮助的，不过从对整个少年儿童文学创作的要求看来，我们应该特别注意过去我们所忽略了的一些方面。我们今后不仅应该注意以学校圈子以内的坏学生转变等等例子来教育儿童，而且还应该特别注意以学校圈子以外的工厂、矿山、农村、部队等等方面的许多具有远大政治眼光、高尚道德品质的模范人物,他们怎样在为实现社会主义而斗争的生动例子来教育他们。

那种以幻想作为少年儿童文学的主要特点,甚至是唯一的特点的理论也应该受到反对。那种观点的危害性更大,它可能使某些作者甚至连最起码的生活也都不去加以注意。他们认为儿童文学创作既然主要是依靠幻想,作者没有生活也可以写,那么就不必有意去体验什么生活了。从这里可以看出,他们把文学的幻想当作了一种任意的空想;按照他们的逻辑,从事少年儿童文学创作是最可以享受这种任意空想的特权的。这当然也是一种误解。我们都知道,一切文学样式不问它是为教育少年儿童的目的,还是教育成年读者的目的而被运用,都同样容许幻想的存在;特别象童话这种形式,它容许的幻想成分可能更多一些。但是任何幻想,甚至连纯粹的空想在内,都不会凭空产生。我们生活里存在着各式各样积极的勇敢的幻想,但那都是有一定的现实基础作为根据的。人们欢迎美丽的幻想,就是因为它的积极意义;它先明天而来,吸引人奔向明天。除了代表没落阶级思想的人们之外,没有人需要消极的与生活前进步伐背道而驰的幻想。今天任何一个作者如果脱离了生活,不懂得现在,连队伍都跟不上,根本就谈不上有产生关于未来的勇敢的幻想的可能。他极可能有一大堆混乱的近似梦呓的空想。但那对他的创作毫无帮助。而且背着这个包袱,也很难跳越过形式主义的泥坑;他进行所谓创作,不是凭空虚构,就是依靠"自我扩张"法。动起笔来,情况总是不妙。大孩子在他手里不由自主地变小了,说起话来总是"糕糕,饼饼"一串;小孩子在他手里又不由自主地变大了,甚至变成了小"大人",一举一动,成人气味十足。没有生活的作者经常就是这样窘;他没有控制住幻想,而幻想倒是捉弄了他。

也是由于把童话同幻想画了一个等号,而又把幻想当作了任意的空想,于是另一面又有人认为童话在今天是不能继续存在的。具体的说法是:今天在我们的作品里不能出现王子和仙女,不能按照古老的童话做同样的幻想,因此再也不能产生新的童话了。这同样也是一种形式主义的观点,也是离开生活,把幻想当作一种从古至今不变,甚至是没有内容的纯粹消极的东西来看待。今天童话创作的情况确实不能令人满意。关于童话的问题有很多,首先是新的童话产量少;而在那很少的童话里我们又看到了那么多的狼,总是同样代表着帝国主义,那么多的小白兔和小白鸽,总是同样代表着和平人民,几乎看不见什么个性。当然其中有些作品是写得比较好的;但不少却是把动物和人做生硬的比拟,既看不见真实的人,又看不见真实的动物;既没有生活,又没有幻想。这却怨不了童话,不能因此就对这种样式进行判决,一笔勾销它的存在。能判决它应不应该继续存在的只有读者。只要一天少年儿童还要求看童话,这种形式就一天不能被取消。

困难虽然不少,可是这条路还不是那样窄。我们还需要大量的科学幻想童话。我们也需要大量的寓言。寓言依然是向敌人,向落后的东西,向各种阶级异己思想进行斗争的锋利武器。我们也要"小狗小猫说话"的故事。少年儿童喜爱动物和植物,他们除了想了解关于动物和植物的科学知识外,还希望从动物和植物的生活里找到诗;既是关于动物和植物的诗,同时也是,而且主要的是关于人的诗。整理我们美丽的民间传说和神话的工作也还有许多。总之新的童话的领域宽阔得很,要紧的是我们作者自己的政治水平、思想水平、生活知识和科学知识等等都要尽量提高和丰富起来,进行创造性的工作,做到了这些,就用不着去担心童话在今天是否要完结的问题,事实上这方面的工作是做不完的。

最后,我们还必须克服主观上另外一个很大的障碍,那就是一种认为从事儿童文学创作可以不花多少劳动就可以轻易取得成功的想法。如果不能说为少年儿童写作比为成人写作要困难一些,至少也不能说是更容易一些。这是同样需要进行艰苦而持久的劳动的。要成为一个熟练的劳动者需要付出许多代价。我们必须提高自己的政治热情,深入生活,参加斗争,在作品中表现出热烈的共产主义党性精神。除了作品的思想内容外,我们还必须注意艺术技巧、语言文字等等问题。应该拿出自己认为最好的东西来交给少年儿童,要把对他们不负责任的行为当作一种犯罪的行为来看待。我们要热情地大量为他们创作,但决不能粗制滥造。

问题虽然不少,但情况终究是改善了。

今后一定会有更大的丰收。

我们对今后满怀着信心和希望。

希望有更多的新生力量涌现出来。希望现在显得有些落后的体裁、样式得到发展。希望以多样的主题和题材来对少年儿童进行深刻的教育;特别是希望反映我们国家在建设社会主义过程中的各种重大斗争,创造斗争中英雄人物的形象,以这些东西来积极培养少年儿童的共产主义精神。

从这本选集所显露的趋势看,作这样一些希望是完全有根据的。

1956 年 1 月 2 日

关于少年儿童文学创作的一些问题

——在全国青年文学创作者会议上的发言

袁 鹰

少年儿童文学的现状

1953年年底,中国人民保卫儿童全国委员会会同有关单位举办了全国四年来儿童文艺创作评奖。这是几年来少年儿童文学工作中的头一件大事。这次评奖,检阅了共和国成立四年来儿童文艺创作的情况和发展的状况。这几年来,由于党和政府的无限关怀,不断地给予指导和鼓励,少年儿童文学这个新的事业,有了很大的发展;新的、优秀的儿童文学作品受到广大的孩子们的热烈欢迎。对培养少年儿童爱祖国、爱人民、爱劳动、爱科学、爱护公共财物的品质,培养儿童勇敢坚强不怕困难的进取心,和守纪律、讲礼貌、团结互助的精神,都起了不少作用。我们可以自豪地说,我们用我们的创作劳动,帮助党教育了广大的少年儿童,让他们健康地成长。

少年儿童文学工作者的队伍也正在不断扩大。尽管少年儿童文学由于它的历史短、力量弱,还没有普遍的重视,但是,在各个角落,各个工作岗位上,还是有很大的潜在力量,有不少具有写作才能的作者,这是今后儿童文学获得迅速发展的重要保证之一。青年作者的数字不断增加,新的作者的名字不断出现,许多作者在给出版社、报刊的信上都说,他是受了评奖的鼓舞,愿意终身从事少年儿童文学工作。

题解 本文选自《儿童文学论文选》,长江文艺出版社1956年版。这篇发言写于"百花时代",提出了儿童文学也要百花齐放、追求文学个性的基本诉求。发言简短回顾了当前儿童文学的创作现状,肯定了已经取得的成绩,继而提出了"丰满地表现儿童的生活,创造鲜明的儿童典型形象"和"扩大儿童文学的主题范围和样式"两大前景,以及对繁荣儿童文学批评的展望。在具体论述中,发言主要批评了儿童文学创作中的公式主义,以及对探险故事和惊险小说、学龄前儿童读物的忽视等现象。

评奖以后，我们的事业遵循着健康的大道前进。更多的、优秀的为广大少年儿童所喜爱的作品不断出现，更多的作者参加了儿童文学创作的行列。

近年来儿童文学工作上的另一件大事，就是去年秋天由于党中央和毛主席的重视而掀起的重视儿童读物的高潮。党中央机关报《人民日报》在9月12日发表的题为"大量创作、出版、发行少年儿童读物"的社论，在作家、出版发行部门、教师和孩子们中间，引起了热烈的回响。在这以后，我们看到了许多具体措施：中国作家协会主席团讨论了加强儿童文学创作的问题，规定了190多位作家的创作任务，要求他们在一年内写出一些儿童文学作品或者评论；团中央在北京创设了中国少年儿童出版社，在上海的少年儿童出版社也扩大和加强了出版工作；许多省的出版社也开始出版儿童文艺读物；全国性和地方的文学刊物上，比较多地发表儿童文学作品。少年儿童创作的队伍一天天扩大了。

这些情况，就逐渐改变了我们的儿童文学的面貌。中国作家协会编选的两套选集中的关于儿童文学方面的两本，就是近年来儿童文学上的丰富收获的具体标志。

从这两本选集里，我们可以看到：优秀的儿童文学以它们的主题的积极意义，教育了广大的少年儿童。以《海滨的孩子》为例，教育儿童热爱劳动方面的，有《五分》、《蟋蟀》、《小小的牛司令》、《森林里的宴会》、《从技工学校回家》等篇；以集体主义精神教育儿童的，有《新衣裳》、《五个杏子》、《晓英入队的故事》等篇；以培养教育儿童勇敢、坚强、机智、不怕困难为主题的，有《我和小荣》、《小豆儿》、《三苕子》、《海滨的孩子》、《野葡萄》、《小胖和小松》等篇；写团结友爱、帮助别人的有《吕小钢和他的妹妹》。这些主题，对儿童身心的健康发展、培养儿童新的道德品质、形成共产主义人生观等方面，都是具有重要意义的。

从这两本选集里，也可以看出儿童的题材，开始跨出学校的大门，走向比较广阔的天地。它们反映了不同历史阶段的儿童生活的各个侧面：大的事件如描写伟大抗日战争的艰苦条件下中国人民英勇斗争的故事（《我和小荣》），当前肃反运动中少年儿童的英雄事迹（《小豆儿》）；小的事件也可以写一次游水（《海滨的孩子》）、钉一个钮扣（《钮扣》），有以学校作背景的，也有以农村生活和少数民族生活作背景的。

从这些比较广阔的生活场景里，我们能比过去更深一些地接触和认识我们的新的一代。作者们都能遵循社会主义现实主义的创作，重视典型人物的塑造。小王、小荣（《我和小荣》）、小豆儿、三苕子、大虎（《海滨的孩子》）、小泉（《新衣裳》）、赵大云（《蟋蟀》）……等，都给我们留下比较显明可爱的形象，我们闭上眼睛就会想像到他们是什么样子。

在语言的运用上，一般也能做到简明、朴素，注意到儿童的生活习惯和心理特点。许多作品都具有比较浓厚的生活气息。

这就是从这两本选集里看到的目前少年儿童文学的基本状况。

我们之所以要回顾一下这些情况，自然决不是为了自满，为了可以高枕无忧。决不是！我们之所以要肯定这些方面，是为了说明近几年来，我们的儿童文学，同整个的文学创作一样，尽管还有许多缺点，但是它是向前发展的，决不如胡风反革命集团所说的"萎缩"和"衰退"，也不像某些同志好心地担心着的一团糟，或者虚无主义地认为根本就没有什么儿童文学。悲观和失望是完全没有什么根据的。肯定这些，是为了加强我们的信心，坚定我们的步伐，努力改进我们创作上的缺点，争取和推动少年儿童文学创作的繁荣。

下面，想试着谈一下目前少年儿童文学创作上的两个问题。

丰满地表现儿童的生活，创造鲜明的儿童典型形象，是我们当前的重要任务

文学作品里的真实的少年儿童的正面形象，永远是儿童文学获得成功的最重要因素。提到苏联优秀的儿童文学作品，我们就会想起铁木儿、鲍里斯·葛里科夫、瓦洛加·杜比宁、维嘉·马列耶夫和舍什金、丘克和盖克，提到中国的优秀儿童文学作品，我们就能想到韩梅梅、罗文应、海娃、黑姑、林东秀这些孩子们的形象。这些生动的典型人物，对我们的广大的少年儿童是非常熟悉、非常亲切的，就好像同他们一起生活一样。他们经常提出"向×××学习"一类的口号，立志要以这些正面人物的言行作为自己的榜样。

这些优秀的儿童文学作品都是成功地刻划了少年儿童的正面的典型形象，而这些人物的性格又比较鲜明，他的思想感情和精神世界得到比较充分的、多方面的揭示。孩子们不仅看到他在生活里采取了积极的行动和正确的行为，而且也能了解他为什么这样行动？他经过一些什么样的内心活动、什么样的思想终于采取这个行动而不是别的行动？孩子们对这一点了解得越是清楚，就越能探索到人物心头的秘密，通过他自己切身的体会，就越会感到这个人物的真实可信，激起了对于这个人物的热爱和同情，从这个人物身上学会了怎样对待生活、怎样对待劳动、怎样对待朋友和集体、怎样对待他四周围的一切事物。这样，也就自然地产生一种由衷的愿望，拿这一个人作为自己在生活里仿效的榜样。也

只有在这个时候,这个作品的思想性和艺术成就,才能得到正确的评价。

我们从《我和小荣》(刘真作)里可以找到证明。作者在那样尖锐、紧张的斗争中,用饱满的、真挚的热情,刻划了两个小交通员的形象,他们具有抗日根据地新的一代的共同的品质,同时又各自表现了鲜明的个性。作者对他们的声容笑貌和那些显示心理特征的细节的描写,是细腻的,也是符合少年儿童的特性的。这样就产生了一股相当强烈的艺术的魅力,使我们被作品深深地吸引住,同小王和小荣一起欢乐,一起悲苦,关心他们的命运,肯定他们,热爱他们。这个作品就不仅能影响我们的理智,而且也能影响我们的感情。

然而,我们也不能不承认,像《我和小荣》以及这两本选集里其他一些优秀的作品,同我们整个的儿童文学相比,还是少数。在我们的许多作品里,对典型形象的创造还不够多,不够丰满,甚至有时还不够真实。

首先,少年儿童的丰富多彩的生活,在我们有些同志的笔下,似乎还不够丰满。人不能离开整个的社会而生活,正如同鱼不能离开水一样,孩子们同样也不能离开这个错综复杂的社会生活,孤立地去表现自己的进步或者一个什么改变。在我们的某些作品里,把少年儿童的生活简单化、抽象化的现象是存在的。生活不是以它的原有的丰富多彩再现在我们的作品里,而是为了说明一个道理、一个教训而来作些点缀。写到孩子的生活,总是在教室和小队里打转转,好像除了教室,他们再不接触什么,除了老师、辅导员、同学再加上家长,他们也再不接触任何人了;写一个孩子爱玩担误做功课,就是一直玩到底,仿佛他的脑子里除了玩什么也不想了。除了作者所规定的主题以外,孩子们和作品里的成年人,也不再谈任何其他的话。在一些比较好的作品里,虽然也刻划了人物的性格,有一些生动的场面,但是为什么看了总还有一些枯燥的感觉呢?我想大约就是由于生活被表现得简单了,不是用生活本身去感染读者,而是用一种比较勉强的"戏剧性"和说教去说服读者。"典型环境里的典型性格",是一个整体,典型环境既然是简单枯燥的,典型人物也就不会生动有力。

其次,由于把生活简单化了,就会产生了许多公式:表现诚实、礼貌的品质,就是拾金不昧,电车上让座给老太太;表现爱护公共财物,就是风雨之夜到学校里去关窗子,修理桌椅;表现热情参加社会活动,就是帮助烈军属劈柴挑水;表现集体主义教育,就是中队怎样帮助一个落后同学进步,终于入了队。往往我们看了许多作品,都会产生一种"似曾相识"的感觉,"差不多的调调儿"。

人物的性格也简单化了,有时候简单到成为一种符号,用一些形容词就可以概括他们:这个是"热情"的,那个是"骄傲"的,第三个是"鲁莽"的,等等。

这种公式主义限制了我们对生活作更深的了解和探索,在我们的作品里于是就产生了一些不符合甚至违反生活真实的人为的矛盾。

从最近上映的影片《罗小林的决心》和《青春的园地》里,我们也能找到这方面的例子。从影片里看,罗小林和李小蕙都是好孩子,一个是活泼的六年级学生,对周围的新鲜事物充满了好奇心。像高尔基所说的"生来就有一种追求光明的、不平凡的事物的意向";另一个是具有独立生活独立性格的姑娘,她热爱植物试验,具有可贵的钻研精神。这两个人物在影片里都成为被批评的人物,在他们面前,出现了不同的矛盾,一个是功课和玩的矛盾,一个是个人兴趣和集体劳动的矛盾。我们可以研究一下:这两个矛盾究竟是不是存在呢?这样的解决矛盾是不是对头呢?我认为,对这个问题的探讨,也许可以帮助我们加深对生活的认识,究竟什么是本质的东西,什么又是非本质的?什么是偶然出现的现象,什么又是有必然联系的?在这些足以使我们眼光缭乱的生活现象面前,我们究竟抓住什么东西?又怎么样去表现它?

如果我们在观察和表现少年儿童生活的时候,不从生活的具体实际出发,而是从生活的抽象观点出发;不按照生活的全部复杂性和多样性来表现生活,而是把生活简单化,片面化,甚至制造一些人为的矛盾,我们又怎么能够去观察、研究新的一代的优良品质、探索他们心头的秘密呢?

我们的许多作者都是有生活基础的,努力遵循社会主义现实主义的创作原则的。那么,为什么会产生公式主义的毛病呢?这里,我只想转引周扬同志在向作家协会第二次理事会会议上所作的《建设社会主义文学的任务》的报告里的一段话。他说:"这种倾向的产生,主要是由于年轻作家缺乏创作经验,而有经验的老作家对人民的新生活又还不够熟悉;很多题材是新颖的,前人所没有写过的,作家不容易驾驭它们;同时也由于一些作家对文艺创作的特点缺乏正确的理解。公式主义使得我们的许多作家把我国丰富的、色彩绚烂的现实生活描绘成了单调的、灰色的、乏味的东西;他们的作品中缺少鲜明的、生动的人物形象,缺少引人入胜的情节,缺少艺术作品中应有的振动人心的力量。公式主义限制了作家不同的个性、风格和才能的发展。"

这一段话,我认为对于我们少年儿童文学工作者,同样是一针见血,值得我们三思的。

我们常常用"日新月异"这个形容词去形容祖国各个方面面貌的变化,对儿童来说,这个形容也同样恰当的。韩梅梅、小王和小荣、林东秀和其他许多孩子,都是儿童生活中活生生的英雄人物,像这样的表现了各种优秀品质的孩子,在生活里到处都是,正像毛主席在《中国农村的社会主义高潮》的"编者按语"里所指出的:"这类英雄人物何止成千上万,可惜文学家们还没有去找他们。"

不克服公式主义倾向,我们的创作就不会前进。我们就不可能更丰满地表现少年儿童的生活,创造足以表现我们的时代,表现新中国少年儿童的鲜明的、突出的典型形象!

扩大儿童文学的主题范围和样式

我们的儿童文学的领域,需要大大地扩大。应该提倡内容的广阔性和样式的多样性。

这首先是因为儿童文学本身所负的使命要求我们这样做。我们都熟悉,列宁曾经说过:"只有用人类创造出来的全部知识宝藏来丰富自己的头脑时,才能成为共产主义者。"高尔基根据这个原则,要求儿童文学供给儿童范围极广的各种各样的知识。他曾经说过:"……我们必须把一切儿童文学在全新的、并为生动的科学——文艺的思想开辟广阔前途的原则上建立起来。这个原则可以这样来表述:在人类社会中,正燃烧着为把工人群众的劳动力从私有制的压迫下、从资本家的支配下解放出来的斗争,燃烧着为使人们的体力劳动转化为精神劳动——智力劳动的斗争,为支配自然力,为劳动人民的健康和长寿,为争取全世界劳动人民的团结一致以及为争取劳动人民的能力和天才得以自由地、多样地、无限地发展的斗争。这个原则应当成为一切儿童文学以及从幼童读物算起的每一本小书的基础。"高尔基是这样地把儿童文学的使命,同我们整个的革命事业,同社会主义、共产主义的建设联系起来。这是值得我们深思的。在他的《论主题》中,他提出了著名的定义:"关于儿童书籍的主题问题,不用说,就是关于儿童社会教育的方针问题。"

我们需要给孩子们的多方面的教育,引导他们走向广阔无垠的天地,在他们面前展开祖国的社会主义建设的惊心动魄的场景,使他们从小就知道国家和社会的一些重大事件,养成并且鼓舞他们热爱祖国、热爱社会主义建设事业的豪迈的感情,使祖国各个战线上的英雄人物,能够在我们的未来的建设者的心里,留下不可磨灭的印象,在长长的岁月里,成为学习的榜样。

其次,也因为少年儿童有这样的迫切的需要。他们并不满足于我们为他们写的一些作品,他们所要求的,要多得多。我们的出版社、报纸、刊物,就经常听到来自各个方面的呼声。他们要求从文学作品里,知道祖国大规模的工业建设在怎样地进行;要求知道在大兴安岭的森林地带、在帕米尔高原下、在西南边疆上,发生了些什么故事;他们要求知道轰轰烈烈的农业合作化运动在农村里发生了什么样的变化;要求知道兄弟民族的故事,要求知道地质勘察队员和修路工人的生活,要求欣赏祖国的美丽河山,要求知道祖国的海岸线上和海洋上有些什么故事;他们还要求看到中国人民革命斗争的历史的许许多多的英雄人物。更重要的,大家也知道,孩子们特别如饥似渴地迫切要求看到的,是革命领袖们的传记。

谁能说他们的这些要求是过高的、或者是不合理的呢?难道我们不应该满足这些要求吗?

大家也许会同意:我们目前所写的主题范围,实在还太不够宽广。我们的作品,大半是限于描写儿童生活,学校和家庭的生活(早几年,更是大半是描写城市儿童的,这一两年来才有了些改进)。对儿童的社会生活方面,接触得就比较少;对成年人的生活,整个国家社会生活,更是好像被排斥在儿童文学的范围之外了。

有那样一种看法,妨碍着儿童文学主题范围的扩大。这就是:儿童文学就是写儿童的文学。出现在儿童文学里的,除了儿童自己或者再加了教师之外,只能是小猫小狗了。这种看法之所以不正确,是因为它把儿童生活从我们整个国家社会生活孤立起来,割断了他们之间的联系,这样就违反了我们的党把儿童看做国家的未来,看做社会主义的新人,看做是要把共产主义的旗帜撑持到最后胜利的人的根本政策。

我们曾经向那些专业和业余的作家们提过扩大少年儿童文学主题范围的要求,向他们说明:少年儿童文学的主题范围,可以同一般的文学同样的广泛。所不同的,只是所写的生活、所表现的思想感情、以至所运用的形式、语言,应该为少年儿童所能理解、体会和喜爱罢了。

有的同志提出:在少年儿童文学领域里,也应该采取"百花齐放"的方针,这是完全正确的。

"百花齐放"还应该表现在体裁、样式的多样性上。

我们现在看到得比较多的,是小说和诗。近一两年来,童话、民间故事、传记和科学文艺读物也都开始有了发展。虽然在这些方面,也还存在不少问题,但这些新的样式毕竟是出现了。

我想在这里再提到一些目前还不是那么普遍地受到注意的体裁。

第一,是特写和游记。

近两年来,特写这一种文学样式,由于报纸和刊物的提倡,开始受到作家们的重视,在作家们的创作实践中,也证明它是最能及时地、迅速地反映现实生活的文艺武器。它能够把现实生活的一些重大事件,一些先进的英雄人物,生动地、如实地描绘下来,传播到人民群众中去。

我认为:在儿童文学领域里,也应该发展这一种样式。前面所提到的当前社会主义建设事业中各个战线上的斗争,和斗争中涌现的大批的英雄模范,就足够产生多少篇生动的特写呵!然而可惜的是,这方面我们的收获还不多。我们有些作家,在工厂和农村里生活很久,见过许多大工程,写了不少的小说或诗歌,但是,却是吝惜为孩子们写一篇两千字的特写。我们的少年儿童报刊、少年儿童读物在这方面就长时期留着空白。这就意味着在孩子们的生活中,关于祖国的社会主义建设和社会主义改造的面貌,也是长时期留着空白。

至于游记,情况也不太妙。孩子们对于祖国的河山,对于祖国辽阔广大的土地上的一切事物,都是抱着极大的兴趣和无比的热爱的。他们常常幻想着自己能长上翅膀,像燕子一样在祖国的东南西北飞翔,从松花江到海南岛,从喜马拉雅山到大海上。这种想法是完全可以理解的。优美的游记,应该满足他们的欲望,启发和鼓舞他们对祖国的热爱。

我们创作和出版的游记实在太少了。

第二,是探险故事和惊险小说。

如果我们稍微去研究一下为什么孩子对小人书摊上的神怪剑侠故事那么喜欢,我们就会发现:他们并不是去找寻那些神仙、妖魔的迷信,少数人是去找寻飞檐走壁、口吐宝剑的方法,绝大多数的孩子是去找寻勇敢、大胆、冒险和机智。"青城十九侠"之类,正是在这方面吸引了大批的孩子。

要把孩子们从这些黄色书刊的泥坑里抢救出来,给他们正确的勇敢、机智、乐观的思想教育,就需要发展探险故事、惊险小说这一样式的创作。自从政府对黄色书刊采取措施以后,少年儿童的兴趣就转到苏联的惊险小说上面。这自然是一种好的转变。但是,应该说,有许多苏联的惊险小说,也并不完全适合少年儿童阅读,有许多东西他们还不能完全理会。同时,孩子们在读了太多的这类的小说以后,也产生些副作用,整天精神紧张,走在街上疑神疑鬼,看见一只空火柴盒,也疑心里面一定有特务的暗号;看见有谁在公园里靠在树底下吸烟,就以为这一定是在等一个特务,等等。这样下去,非但不能达到教育儿童提高警惕、勇敢机智的教育效果,也许还会培养出一批神经过敏的孩子了。

我们幼年时候读过的一些探险故事,例如《鲁滨孙漂流记》之类,在很长时期内影响着我们,不会忘记。我们现在有比鲁滨孙不知丰富、生动到多少倍的题材,我们的国防军生活、公安人员的对敌斗争,也有无数的生动的故事。可是我们写好儿童创作的这样的作品还不多。

第三,是学龄前儿童的读物。

学龄前儿童,是指那些三岁到七岁的孩子。我们也非常迫切要求有适合他们年龄特点,能够哺育他们成长的文学作品。我们每个人可以回忆一下,自从我们懂事的时候起就听到的故事,曾经怎样地在很长的时间内都没有忘记,妈妈、奶奶、褓姆所讲的那些古老的故事,怎样唤起我们最初的对于这世界的一种美的感觉。

可是现在,据说我们的孩子还在听"司马光打破缸救人"的故事。这种故事,正像鲁迅先生在《表》的《译者的话》里就感慨地说过:"这些故事的出世的时候,岂但儿童们的父母的父母还没有出世呢,连高祖父母也没有出世,那么,那'有益'和'有味'之处,也就可想而知了。"今天的生活,非但不能同司马光打破缸的时代相比,也不能同20年前鲁迅先生翻译《表》的年代相比了,而我们的幼年儿童的精神粮食,却仍然如此的贫乏、无味,这实在是应该引起我们严重地注意的。

我们都会记得马卡伦柯的一句名言:"主要的教育是在5岁之前完成的,这就是整个教育过程的90%。以后,教育人、改造人的工作,不过是教育过程的继续罢了。"学龄前的孩子,对一切都是新奇的,不可理解的。他们对什么都会一连串地问"为什么?为什么?"他们需要讲解生活和知识的百科全书,需要短小、愉快能够培养他们新的道德品质的诗和儿歌,需要具有鲜明的人民性、有着丰富色彩的语言的民间故事、童话、笑话、谜语等等。我们有什么理由不去满足几千万学龄前儿童的这些要求呢?为学龄前的儿童创作大量的有意义、有趣而又优美的作品,也应该成为我们儿童文学工作者的重要职责之一。

最后,我想说几句关于儿童文学的批评的问题。

在我们的儿童文学的领域里,批评是不够旺盛的,简直少得可怜。这种情况,也影响我们的事业的积极发展。

写儿童文学批评的人很少。理论批评家似乎不屑去写,儿童文学工作者又不愿意写,只有少数几个同志在坚持这项工作;作家协会及其分会的少年儿童组,对创作问题的深入的研究,也不够经常,不够多;我想,这大约就是我们儿童文学批评不景气的重要原因。

难道我们的儿童文学创作已经没有什么可以批评的吗？当然不是；难道我们的新的儿童文学的理论已经建立起来了吗？当然更不是。我们的事业还年轻得很、幼稚得很,年轻、幼稚的事业,不仅需要鼓励、支持,也同样需要批评、监督。作品一篇一篇写出来了,书一本一本出版了,然而如石沉大海,一点回响没有,那却是最悲哀的事。

依靠谁来写评论文章呢？我觉得,除了向作家协会儿童文学组呼吁,向那些专业的评论家呼吁之外,还要依靠我们自己。我们大家都来动手写评论。我们都比较接近儿童,自己又是搞些创作、懂得一些创作甘苦的人,我们应该是有这个义务和责任,把儿童文学批评工作也担负起来的。

只要我们热爱我们的事业,认真学习马克思列宁主义、学习党的教育政策,认真观察、研究少年儿童的丰富多彩的生活,遵循社会主义现实主义的创作原则,努力去创造无愧于我们这个伟大的时代的少年儿童的典型形象,不断地扩大儿童文学的题材范围和样式,并且不断地磨炼我们的笔,提高写作技巧,那么,就完全可以预期:我们的儿童文学就会迅速地、健康地发展,儿童文学创作繁荣的时期就会更早些到来!

儿童文学创作问题漫谈

贺 宜

写在前面的几句话

想对儿童文学创作的几个问题谈谈我的看法。但是因为所谈的问题，彼此间缺少联系，不能分层挨次地谈；再则谈的一般都是个人的看法，并没有什么太多的理论根据，只是这么想就这么说，而且不免说得比较杂乱，也未必正确，仅供写作儿童文学的同志们参考而已，因而叫作"漫谈"。

本来对儿童文学创作还有些琐碎杂乱的意见，因为最近没有时间好好考虑，并把它们较有系统地写出来，所以准备在以后有空的时候随时用这种"漫谈"的形式来写一点。我看这种形式倒还有个好处：写的时候比较随便，并没有"一本正经"要写论文的那种紧张心理，谈的虽然杂乱些，但不需要引经据典，因而说的倒还都是自己的话。

这里也没有谈到儿童文学创作的成绩和一些好现象，例如说近年来儿童文学在反映当前社会主义建设和人民生活与斗争方面比以前更迅速更充分，有些作品在思想和艺术方面已经突破了前几年好作品的水平等。所以不谈，只是因为儿童文学工作中成绩很多，进步很大，必须深入细致地研究分析，作出充分的估价，而这并不是这篇"杂荟"式的琐碎文章所能胜任的。

题解　本文原载《文艺报》1959 年第 10 期。文章对当前儿童文学创作中存在的一些问题提出了比较直接的批评：夸大儿童在生活、生产中的作用，违反了生活的真实性；在童话创作中不能让人格化的动植物保持物性特征和人性特征的统一，使童话的幻想扭曲成"梦话"和"呆话"；不能正确理解儿童文学创作中的成人化与儿童化的辩证统一。另外，文章中的一些观点比较典型地反映了那个时代的特色，如优秀儿童是党的教育、培养和关怀支持的结果，不是天生的。

适当估价孩子们的作用

世界之大,可以让孩子们知道的东西实在太多了。以为孩子们只应该知道孩子们的生活、孩子们的游戏,自然是不对的。

的确,孩子们也很愿意知道发生在他们生活中的一切。作品所反映的孩子们自己的生活,孩子们的精神世界——他们的欢喜和悲伤,他们的兴奋和抑郁,他们的幸福和烦恼,他们的理想和希望,他们的智慧和力量,他们对生活的看法和信心,……这一切对他们说来,比别的更亲切,更易于理解。

现在的问题不是反映儿童生活的作品太多,而是除了儿童生活之外的其他方面反映得太少;另外,在反映儿童生活的作品中间也还存在一些问题:例如反映儿童游戏的较多而反映儿童生活的其他方面较少;反映儿童的学校与家庭生活较多,而反映其他活动的较少;反映儿童与儿童之间的关系和问题较多,而反映儿童与成人之间的关系和问题较少……等等。

不过,这些都不过是数量与比例的问题,并不是描写儿童生活的作品中的主要问题。主要的问题不是别的,是如何在作品中正确估计儿童在生活中的作用,——也就是对社会所起的作用。就是在这个问题上,我们有些作品,对儿童的作用作了不恰当的估价。

对儿童在社会生活中所起的作用估计得过低或过高,都是不恰当的。在儿童文学作品中,这两种偏向都有。但是,比较严重的,却是把儿童的作用估计得过高了。

以前在有些红小鬼或小八路的故事里,把孩子们描写得过于神化了,在没有任何帮助之下能够克敌制胜,同时,为了要突出孩子们的勇敢机智,还往往把敌人写得在孩子跟前胆怯得像耗子,愚蠢得像白痴。结果反而使读者对人物的真实性产生怀疑,从而冲淡了作品的艺术说服力。可见过分夸大儿童的能力和作用,这种现象不是现在才出现的。但是,值得注意的是,如果说以前夸大儿童的能力和作用只是出现在一些描写革命斗争的儿童小说中,那么现在这种偏向却是出现在许多描写儿童生活的作品中了。

有一些小说是描写儿童爱劳动的好品质的。但是作者觉得仅仅反映这种好品质还不过瘾,他们把儿童的爱劳动,写得非同小可,甚至在劳动强度上连成人也难以长久支持。例如《七小将搬山》这部作品,据说是根据"真人真事"写成的。这本书里的七个小英雄,最大的孩子是一个哑巴,十五岁,小的一个是九岁,另一个是十岁,其他四个都是十一、二岁。第三生产队要打六十眼井,"七小将"包下了供应石头的任务,他们冒着严寒,驾着牛车,三个多月中,"共行程一千六百多里,从山上搬来六百六十多方石头,保证了全队砌井的顺利完成"。

孩子们所参加的是怎样的一种劳动呢?作者描写道:

> 七个小伙伴,"换牛不换人,每日百里程",一直供应着全队打井用的石头。
>
> 一月中旬,天气突然降到零下四十多度,地冻到了七尺深。打井筒的人,镐刨不动用钻打,长长的钢钻在冻土面前缩短了。七小将们却仍然昼夜不停地在风雪中奔忙着。
>
> 这天,他们拉完两趟,天黑了没吃晚饭就换了牛,连班去赶。阴沉沉的天空,变成了黑幕,伸手不见五指。雪还下着,草原上漫天大风鼓起了骆驼式的雪浪,前面车刚过,车道便埋严了,人和车一直在雪窝里前进。
>
> 小将们的车,虽然在一起连着,却谁也看不见谁,要是天气稍好点,小郭珍(就是那九岁的孩子——引用者注)早该打盹了,今天却冻的直跺脚,跺呀跺呀,紧跺慢跺,鞋和袜子已冻在了一起,两脚麻木了。
>
> 孩子们互相呼喊着,终于到了十五里外的金钟脑包山下。手一挨石头,沾住了,往车上一放,尖疼一下,有时就扯下一块皮去。……
>
> ……车轮又不转动了。一齐上手摇掉雪,赶牛加快步走。到了打井工地,已是半夜多,砌井的人也换班了。他们卸下石头回了村,车打在村南,一齐把牛赶到村北饲养院里。饲养员已睡了,他们悄悄拿上灯,到井上去饮牛。井口旁冻起几尺高的冰,捧上土才能上去打水。好容易打上水来,牛却不能喝,用灯一照,哟!牛鼻子冻了半尺多长的冰棍,还流着血。……

看到这里,读者们也禁不住都要"哟!"一下。牛还是换班的,既然牛都冻成这样,那么不换班的"七小将",又该冻成什么样呢?"可是一摸手脸,已肿的很高,脚上的鞋袜也脱不下来了。温一阵,吃点饭,脱了衣服,躺在热炕上。冻麻木的手、脚、脸、耳开始疼起来,一阵比一阵难忍。但小将们也不叫苦","孩子们有的脚冻开了裂缝,有的手冻的流了黄水,一层一层脱皮,可是谁也没有少拉过一趟"。

这样的描写实在可怕。劳动已经成为苦役,"七小将"热爱劳动的自觉性、工作热情和积极性,在这里由于那种可怕的、不是儿童所能负担的艰苦劳动的描写,而给掩盖了、冲淡了,使得小读者们都感到劳动决不是愉快的、可爱的,而是痛苦的、可怕的;都感到这样的劳动决不是他们这些普通的孩子们所能胜任的,而是只有像"七小将"这种神出鬼没般的小天神才办得到的。

有人说:这样的描写是在歌颂孩子们的劳动热情和"天不怕地不怕"的共产主义风格。我看,作者的确是怀有这种意图的。不过,如果不能正确掌握政策,或者理解得片面,或者处理的方法不对头的话,好动机有时也会得到坏效果。劳动热情也好,共产主义风格也好,对于孩子们说来,不从他们的年龄和身心特点来考虑,那总是不妥当的。共产主义风格在劳动方面的表现是苦干巧干实干的结合,而决不是单纯超越体力负荷的死拼硬干。何况苦干本来就不是指的卖死力气,而是指的那种百折不挠的克服困难不怕艰苦的精神。而困难和艰苦,对于成人与孩子又不能作同样的要求。有许多工作,成人做起来是轻而易举的,可是交给孩子做,就不是那么一回事了。像这个故事中所说的孩子们干的工作即使让成人来做,也不是轻松的。因为供应石头的事情,并不止是把装石头的牛车赶到工地去,而是还要把石头装到牛车上去。令人吃惊的是连成人们都早已休息的时候,还要让孩子半夜三更继续干这种繁重的体力劳动。如果说这就是共产主义风格,就是劳动热情,那么,那些成人们的共产主义风格和劳动热情哪里去了呢?

因为要突出儿童的能力和作用,而结果却把成年人的能力和作用贬低了,这并不是存在于那种描写儿童生活的作品中的个别现象。儿童总是在年长一辈的教养和影响下学习和生活的。由于年龄的限制,儿童们不论在体力、工作能力、生活经验、生产知识以及思想的成熟等方面,总要比成年人少些差些。个别的特殊例子有时也有,但那是极少的,是非典型的。我们有些作者喜欢夸大儿童的作用,甚至不惜把周围所有的成年人都贬低,来衬托出孩子的"非同小可"。这是违反生活的真实的。

例如有一个反映儿童新品质的成长的小说《还乡第一仗》,描写一个农村孩子如何与自私自利、损公利己的现象作斗争。作者把所有的社员都写成是极端落后和自私的人。社员家的家畜家禽要糟蹋粮食,社里开了"保苗大会"(原作如此,应该是保粮大会——引用者),要推派专人到各院子周围去负责看守。各院子都有了专人,可就剩下大房头一处,推来推去,谁也不愿去。作者写道:

> 所有的社员心里都很明白,她们不去并不是真的家务忙,而是有其他原因的:一,大房头离家有两里多路,来去很不方便,尤其是下雨天,路湿泥烂,更是难走。二,大房头的鸡鸭成群,难守。三,大房头的妇女非常泼辣,而

这些"娭"字辈的人又都是她们的亲戚：有的是舅母，有的是表叔婶娭，有的是亲家……顾得社得罪了亲戚，顾得亲戚又损失了社的利益，左右为难，不如不去为妙。

最后在作品中以第一人称出现的孩子"我"挺身而出，愿意"去为集体的利益而奋斗"，可是就在这时候社长还用怀疑的口气问他：

"真的，你愿意去？"

"是的，难道我连守鸡也不会吗？"我自信地说。

"当然会。不过你那里亲戚很多：老乙婆婆是你的舅母，老山婆婆是你的堂外婆，还有表叔，婶婶……"

"怕什么？公是公，私是私，草鱼鲢鱼不能一道数。过年过节，送礼请客是应该的；但亲戚的鸡吃了社里的谷子那也得批评呀！……"我像放鞭炮似的说。

这样看起来似乎连社长也觉得有私无公是"人情之常"，而对这个孩子为了爱护公共财产而宁可得罪亲戚的劲头，倒深感意外了。后来这个"我"就走马上任，大闹大房头，跟表嫂等吵了一通，最后"我"和大房头的另一个孩子合作，把所有的鸭子都用树叶子和刺拦在塘里，然后和妇女们谈判。

啊！她们都被吓呆了，以为是统统捉到社里去了："又要挨整了，只要把鸭子放出来，什么条件我们都接受。"她们像我手下败将似的，服服贴贴请降。我说："以后不再把鸭子放到田里去，做得到吗？"

"保证！保证！"表嫂带头连声应着。

经过这么一来，就万事大吉了。不但鸡鸭不再糟蹋粮食，而且，"尤其是我舅母，不但不找我麻烦，还常常称赞我。表嫂和其他泼辣的女人也不再讽刺我了"。

看起来，这故事所以能圆满结束，是因为"我"这个孩子，正像那些"泼辣的"妇女们所说的"小家伙凶也凶，本事也有"，所以女将们不由不"服服贴贴请降"。但是叫人纳闷的是，包括社长在内的那些社干部们不但似乎从来没有对社员们进行过社会主义思想教育，而且甚至连一些简单的措施——如把鸭子拦在塘里，也想不出来,都成了一些吃饭不做事,遇到问题一筹莫展的庸人。只有这个"我",才是社里唯一具有社会主义觉悟的人。简直是有点"众人皆醉我独醒,举世皆浊我独清"的样子。

在这里,叫人看了感到不对劲的,倒不是因为这孩子给写得太成熟,太老练,社会主义觉悟太高,而是,从整个故事看来,这个社的所有社员,为了要服从作者的主观意图——要突出"我"的好品质、好思想,而被迫一概都充当落后分子,自私自利的个人主义者,没有原则的"中立主义者"。这样,作者的愿望虽然是要使读者看到"少年们身上正在萌芽的共产主义的思想光辉"(该书内容提要中的话),却又使读者们闻到了太多的几乎使人窒息的资产阶级个人主义的气味,这种气味不是从一人身上发出,而是洋溢在"所有的社员"身上。这是不真实的描写。

突出儿童的作用——或则把儿童的能力和作用过分夸大,或则把成人的能力和作用甚至党的领导故意贬低和抹煞,这都是对生活的歪曲。在儿童文学中,应该把儿童放在一个适当的位置上,正像他们在生活中所占的位置一样。应该看到,这种不真实的描写,不但使小读者们不能正确地认识生活,而且还会产生别的坏结果。最可能产生的第一种恶果是,鼓励孩子们盲目学习那些"小英雄们"去做那种力所不能及的工作,或者从事超过他们体力所能负担的劳动,以至严重地影响他们的学习,损害他们的健康;第二种可能产生的恶果是,把绝大部分的普通小读者吓退,或者使他们对作品的真实性发生怀疑。因为被过分夸大了作用的孩子们,在小读者的心目中已经成为不可企及的天生的英雄,他们所从事的劳动也好,所完成的工作也好,就其艰巨性复杂性来说,绝不是普通的孩子所能办到的。因而他们只能把这些故事中的人物当作传奇式的英雄来崇拜,而不能把他们当作有许多突出优点的伙伴来学习了。

有人说,生活中就有一些看起来几乎是异乎寻常的孩子,他们"真不简单",有时连大人都比不上。例如在国内革命战争时期、抗日战争时期、解放战争时期都出了些小英雄。特别是目前在社会主义建设中,涌现了不少红色的少年积极分子。那么,是不是像这样的人物就不能写进作品里去呢?要是写进去,岂不"夸大"了儿童的作用吗?

问题显然不是这样。

生活中的确有这样的孩子,而且还不是很少。他们的确在生活中起了一定的作用,有时影响甚至教育了一些成年人。儿童文学作品当然可以写这样的孩子,他们的事迹,他们的好思想好品质,可以鼓舞广大的少年读者,可以作为孩子们学习的榜样。但是无论如何,仍然要注意那句话:要把他们放在适当的位置上！生活本身就是那样。这些优秀的少年儿童的身上的好思想、好品质和一些惊人的才能,正是党的教育、培养和关怀支持的结果,也是他们父兄一辈(不一定就是他们的父兄本人)的生活和思想影响的结果,也是我们的国家和社会生活对他们影响的结果,而决不是天生具有的特殊禀赋,带着这种好思想、好品质降生到这个世界上来的。因此,如果在作品中孤立地写这些孩子的聪明、机智、勇敢——敢作敢为,敢与坏人坏事作斗争……等等,而忘记党和成人对他的具体教育和影响、帮助和支持,那就必然会把他们写成远比真实的人高得多、大得多、成熟得多的神童。当然,不适当地夸大群众的落后自私来衬托孩子的先进和高度觉悟,不用说是更不对了。所以,问题不是这种孩子能不能写,而是在于如何写得恰如其份。

至于有些孩子,由于某种特殊的原因,例如当地严重地缺乏劳动力,或者干部们对儿童关心和照顾不够,把小孩们当作全劳动力来使用,并且提出了一些不适当的要求,如要孩子们鼓足干劲跟成人们竞赛、打擂台等,因而结果,小孩们果然"起了作用"甚至干得比成人还繁重,还辛苦。这样的情形在生活中是存在的,但这并不是正常的现象,并且也是较个别的,不是应当提倡,而是应当注意避免和纠正的。把这种偏差和缺点,当作生活中美好的东西来歌颂,并且要小读者们当作榜样来学习,那是不正确的。

童话　梦话　呆话

我看过一个尚未发表的童话。故事是这样的:小公鸡戴了一顶帽子,走到河边,在水里照自己的影子。这时来了小鸭子,小公鸡怕小鸭子抢自己的帽子,紧紧按住它,结果不小心,反而把帽子掉落到水里去了。小鸭子跳到水里,把帽子拾了起来还给小公鸡。小公鸡变得很难为情。

我还看到过一个这样的童话:一只糖猫,长得很漂亮,眼睛是绿的,身上是光溜溜的,它走到镜子跟前,照着自己,顾影自怜,可是它没有学过捉老鼠,老鼠们来了,它叫老鼠自己跑进它的嘴里去,以便吃掉它们。可是结果呢,当然你用不到猜,糖猫给老鼠们吃掉了。

我还看到过……不,我看还是少举例吧,因为你自己也一定看到过不少诸如此类的童话。

把动物植物(甚至无生命的东西)人格化,这是习见的一种童话形式。外国有,中国也有;过去有,现在也有,如果说将来也还会有,大约也不算武断,因为小读者们的确很喜欢这种形式的童话。我提到上述这些童话,尽管不是为了要赞美它,可也丝毫没有贬低"拟人童话"(或叫鸟言兽语童话)的意思,希望大家绝对不要误会。我只是有点怀疑:童话的人格化是否是这样简单的一回事呢?

拿第一个童话来说,如果把小公鸡换上小花猫、小马、小松鼠,把小鸭子换上小鱼、小青蛙又有什么不可以呢?如果把小公鸡和小鸭子再换上小明、小林等小孩子的名字,又有什么困难呢?不,一点困难也没有。换了人物之后,这个童话从头到尾甚至连一个字都不用更动!

在第二个童话里面,这只糖猫除了能够被老鼠吃掉以外,跟一般的猫并无两样。它照样可以走来走去,而它照样还想吃老鼠,不过不会自己动手捉,而要等待老鼠自己送上嘴来罢了。

为什么作者要选择糖猫来作故事的主人公呢?很明白,如果不是糖猫,它就不能被老鼠吃掉。然而,既然它是"糖"猫了,那么它和一般的猫的区别,难道仅仅在于前者被老鼠吃而后者吃老鼠吗?

这种童话说明什么呢?说明在我们的某些童话创作中,存在缺乏想象、没有艺术魅力的贫血状态。

童话是最富有幻想的。童话的幻想,不但表现在整个故事奇异优美的想象和大胆勇敢的生活理想上,而且也表现在有关童话人物的语言、行动、生活习惯和性格特征的想象上。童话人物(包括一切人格化的动、植物等),如果不能保持它自己的语言、行动、生活习惯和性格特征时,这个人物在童话中就像死在蛋壳里的小鸡一样了。

当你考虑由小公鸡、小鸭子、糖猫以及一切其它有生命或无生命的东西出任你童话中的角色时,你有没有考虑到它们各自的特点而量材使用呢?当小公鸡、小鸭子或者糖猫之类荣膺你童话中角色的时候,你就应该大力帮助它们,充分发挥它们的聪明才智,来证明它们的确是最称职的角色,而决不是任何第二者第三者所能代替、所能企及的。如果作者不赋予它们作为童话人物的性格特征,要它们出色完成任务是不可能的。

它们应该具备童话人物的特征。这种特征不同于现实生活中的人,也不同于自然状态中的物,而是两者的统一。这就是童话人物的性格特征。它们一方面是小公鸡、小鸭子、糖猫,有小公鸡、小鸭子、糖猫的特征,一方面是"人",有你所要求的这种"人"所应有的性格特征。不这样,童话人物就没有生命,就变成可以随意调换的龙套。

童话的幻想尽管如天马行空,驰骋自如,却是和现实生活紧密地联系在一起的。当童话的幻想失去了生活基础而变成胡思乱想的时候,童话就不再是童话,而是"梦话"了。

反过来,如果童话没有任何幻想的时候,它也不再是童话,而是"呆话"了。

梦话培养儿童成为痴人。

呆话培养儿童成为呆子。

在我们的童话中还有一些梦话和呆话。它们像砂子混杂在小米里一样。童话创作中,幻想脱离现实生活基础的倾向已经受到注意,而正在加以克服。然而童话中没有幻想的现象,还没有被大家注意。

没有幻想的童话就像没有弦的琴一样,弹不出优美的乐曲来。

必须让童话有幻想。

不要叫孩子们摸不着头脑

"丈二和尚叫人摸不着头脑"。如果一个诗人也像丈二和尚一样,写的诗叫人摸不着头脑,那一定是很糟糕的。对于有耐心的成年人说来,逢到"丈二诗人"写的诗,有时还愿意硬着头皮读一读,因为他以为在诗人的作品中间,或许有那么一种需要好好玩味加以咀嚼的东西,虽然结果还是咀嚼不出什么来而只好自认晦气。对于小读者们说来,"丈二诗人"的诗就更吃不开了。因为孩子们没那份耐性,既然看不懂,就不愿意看下去了。

然而,以为"丈二诗人"的诗其坏处不过在孩子们中间"吃不开",那就想得太简单了。有一些孩子,天真得以为任何"作家叔叔"(或者"诗人叔叔")总是不会错的,既然他们这样写,而且印成书,那就想必一定有点道理。因此,他们虽然实在看不懂,但仍然要看,并且奉为圭臬,当作自己作文的范本。这样一来,久而久之,连小孩子也沾上点儿那种气味了,说出话来,叫人摸不准是个什么意思。

"你说的丈二诗人什么的,到底是怎么回事呢?"读者或许要这么问。

我是说,有那么几个给儿童写作的"诗人"或者"作家",他们写的东西,不知怎的,左看也不懂,右看也不懂,真所谓使人莫测高深。你不要以为这是小读者们在叫苦,实在连大读者也领会不过来。

这么说大家还是不容易弄清楚,我只好把一位诗人的作品抄几首在这里:

  一顷晨风入稻丛,万里金波卷碧空,
  镰刀挥得浪潮平,山歌更响旗更红。

这首诗平仄不调的毛病且不用去说它,因为这到底不算是正式的"七绝"。至于诗的内容,其中三、四两行还可以揣摩出来,奥妙的是头两行。你看,"一顷晨风入稻丛",大概是说"晨风"吹"入""稻丛"里去了。可是,"一顷"是什么呢?一顷如果就是一百亩,那么是不是有"一百亩"晨风吹入稻丛中去呢?这真叫人纳闷,打什么时候起刮风也用单位面积来计算呢?再看下去,"万里金波卷碧空"。啊!真美极了!不能"言宣"也不能"意会"的美!"万里金波"是什么呀?……傻瓜!连稻浪都不懂!这是形容大面积的丰产稻子吧?可是,"卷碧空"是什么呢?……傻瓜!又来了!碧空指的是晴朗的天空,连这都不懂,……可是,什么东西在碧空"卷"呢?……稻浪呀!……可,可是我还没有懂,稻浪给"卷"到天上去了呢?还是稻子种在天空中呢?……这,这……

大读者弄了半天都弄不懂的诗,叫小读者要领会它,那可要折磨孩子了。

儿童文学作者中的"丈二诗人"有两种,一种是前面所引到的那种使人啼笑皆非的诗句的作者,还有一种人却是无意识地写了一些孩子们摸不着头脑的东西(这种东西如果给成年人看却还是能看懂的),不指出他们间的区别,那是不公平的。

现在就来说说后一种"丈二诗人"是怎样出现的。要知道,他们愿意给孩子们写东西,这是非常好的好事。他们也不是不能写一些为儿童所喜见乐闻而对儿童有好处的东西出来。问题只是他们在写东西的时候,往往忘记自己是在跟孩子们说话,或者虽然没有忘记,可是却仍然要矜持他成人的身份,用只有自己(或者只有成年人们)才能理解和感到兴趣的话来跟孩子们说。结果,孩子们不是一知半解,就是根本摸不着头脑。这样就出现了一种毛病,就是通常所说的"成人化"。

作者既然是成人,要一点也不"成人化",那是不可能的,而且也是不必要的。如果我们写的东西,"化"到跟小孩写的一样,只怕孩子们也不愿看了,因为他们阅读的目的,本来是想从成人那儿学到一点新东西——那就是从孩子们那儿所学不到的东西。所以,成人化决不是指的思想的成熟,逻辑的完整,语言的纯洁,相反,这些是在任何时候,任何作品中,都应该要求做到的。成人化只是指作品的思想内容与它所运用的语言跟孩子们的思想和理解水平不能适应时所产生的那种毛病。要是作者们谈的东西,跟孩子们的思想生活和理解力距离太远,那么孩子们要读懂就困难了。有些作者常常喜欢用成人的语言来跟孩子们说话(这就像用知识分子的话来跟农民说话一样),似乎唯恐孩子们误会他们不是真正的大人。甚至还要装腔作势,讲的话比他平时讲的还要难懂些。这样他就在孩子们眼里成为一个童话中的巨人,仰起脖子来也看不到他的脑袋,虽然这个巨人其实不过是瘦骨伶仃的、缚在丈二长的竹竿上的稻草人罢了。

我说这话丝毫也没有挖苦之意。如果我们跟一个人说了半天话,而结果发现人家根本一点也没听懂,虽然人家为了礼貌,照旧含着笑,装出全神贯注地在听着你的话的样子,可是难道你自己不会难过吗?至于孩子们,他们的涵养功夫比起那些有礼貌的听众来,连十分之一也抵不上,他们为什么不要叹着气把你的作品扔开呢?

真正愿意做孩子们知心朋友的人,他总是竭力用孩子们能够了解的话来跟他们交谈的;总是站在平等的地位,而不是用一种居高临下的姿态,出现在小读者面前,总是善于体贴孩子的心理,了解怎样说他们喜欢听,怎样说他们不愿意听,或者听了也不起作用。

儿童化不是这样的

但是也有一些矫枉过正的作者。他们蹲下身子,装出牙牙学语的样子,用一种做作的《百子图》里角色的姿态来逗孩子,他们的作品里充满了一些可笑的东西——语言混乱,文法错误,假装的天真,以及比孩子们的实际水平更低得多的思想和想象。这样他们就变成了彩衣娱亲的"老莱子"了。然而不管怎样,他们总仍然是个成人,虽然比孩子们还矮小些。他们不能"化"为儿童,徒然在孩子们眼里成为可笑的成人罢了。

如果一个作者,把儿童表现在语言上的错误、幼稚、混乱、文法不通、语意不清的弱点,通通当作是"儿童化",试问这种"化"法,有什么好处呢?除了加剧和延长孩子们的这种缺点之外,再没有什么!

如果一个作者,他的作品里出现的人物,不论是长胡子的爷爷,鸡皮鹤发的奶奶,或者伯伯、叔叔、姑姑、阿姨,都跟小孩子一样叽叽咕咕地说话;如果所有的孩子,不论是妈妈怀里的孩子,幼儿园里的孩子,低年级学生,中年级学生,高年级以及初中的学生,都在作品中用同样的语言说话——用低年级学生的语言说话;如果不仅仅是说话,而是爷爷、奶奶、伯伯、叔叔、姑姑、阿姨,初中生、小学生、幼儿园孩子……他们想的和干的,也全都跟小学生一般;您看,这会带给小读者一些什么呢?难道不会使他们感到厌恶吗?

如果一个作者对着十二、三岁的小读者,却大谈其一个幼儿园孩子的"转变"——怎样从不爱清洁到知道爱清洁,怎样从不听妈妈的话到知道爱听话,怎样从要妈妈给他穿衣到自己愿意穿衣……；如果一个作者对着幼儿园的小读者，却大谈其五、六年级学生的"成长"——怎样从不爱集体到最后热爱自己的队组织，怎样从无原则的袒护和掩饰同学的错误缺点到正确地认识同学间的友谊，怎样在自己有错误的时候开展思想斗争……；您看，这样的作品会使它的读者发生兴趣吗？会帮助读者解决什么问题吗？

不要以为我是在杞人忧天，说的都是些自己设想出来的事情。不，不是的。这些恰恰都是作者们写在许多作品里的。譬如说，把牙牙学语，文法不通，语言不清，当作是儿童语言中的精采东西来加以模仿和运用的，在不少的作品中可以看到。像有一首题名为《看花花》的诗歌：

> 看花花，点花花，
> 家家门门种花花，
> 花花发芽又结葩。
> 你听话，我听话，
> 记得绿化又香化，
> 没有一个摘花花。
> 花花迎太阳，
> 街巷起变化，
> 跟妈妈，返外家，
> 告诉外婆共姨妈。

请看，这里面有不少"儿童语言"——都是幼儿园小班儿童的语言，什么"花花"呀，"家家"呀，"门门"呀……都是。也还有一些高年级儿童的语言，什么"结葩"呀，"绿化""香化"呀，"街巷起变化"呀，等等。也还有些不知是成人还是算作孩子的语言，什么"点"花花呀，"返外家"呀，"告诉外婆共姨妈"呀，等等。——如果这算是"儿童语言"的话，那应该说是比幼儿园小班更幼稚得多的语言。

又如，把所有的人物写得都跟低年级或幼儿园小朋友一样幼稚，那也是在作品中数见不鲜的。有的大人在作品中一会儿嘻嘻哈哈，一会儿鼻涕眼泪，活像个三岁的孩子那样。还有些作品中，小孩子简直"天真"得出奇。请看这么个例子：

> ……有一次，刚一上课，小林子就想，学这个又不能开机器，他越想

越困,迷迷糊糊地像丢了魂一样,身子歪歪斜斜地直碰人。贾老师叫他站起来,他的眼皮还是那么亲热,紧紧地挤在一起,身子晃着,"吭登"一下子,狠狠地碰在墙上,才清醒过来了。

"小林子,书呢?拿出来念念!"老师说。

他慌乱地向书箱里摸了一阵,没摸着,就把头侧着钻进书箱里去,可是怎么也出不来了。这下可把小林子急坏了,脑袋碰得桌子"咚咚"直响。

老师走过来,忍住笑说:"把头歪过来,再歪一歪。对,这不出来了!"小林子把脑袋弄出来了,闹得满头大汗。大家一看,都哈哈地笑了。

这段文章中的精采之处,我都用着重点点出来了,看起来真是热闹极了。作者给小林子开了个小小的玩笑,让他变成了一只脖子夹在篱笆眼里的小公鸡!幸亏小林子自己不知道,要不,他准气得连耳朵也红了,要向作者抗议:"我都三年级了!找书还会把脑袋钻进书箱里去?就是我那吃奶的小弟弟也不会这样!哼,你这个叔叔呀,专会胡说!"

又如,……不,例子不说了,那会花去读者太多的时间。总之,所有这种现象都是说明一个问题,就是作者把自己化成小大人了,虽然他站在那儿跟孩子一样高,不,甚至还矮了一头,可是,他还是一个满额皱纹、声音苍老的老头儿,不过样子很可怜罢了。

其实,只要作者愿意,他可以摆脱这个窘境,仍然变成一个很体面的"叔叔"。摆脱窘境的秘诀,就是不要用成人的主观想象来代替孩子们天真烂漫的想法,也不要用成人的兴趣来代替孩子们的兴趣。要多接触儿童,熟悉他们各方面的生活,熟悉他们的精神世界。

因此,显而易见,既不要太高,像一个"丈二诗人",也不要太矮,像一个小大人,这是每一个儿童文学作者所应当时刻小心在意的。

六〇年少年儿童文学漫谈

茅 盾

一九六〇年是少年儿童文学理论斗争最热烈的一年,然而,恕我直言,也是少年儿童文学创作歉收的一年。

理论的争辩,破立如何?"全"、"片"得失如何?这一场几乎延长到一年之久的争论对于创作的影响如何?这一些问题,都是我们十分关心的。我读了大部的争辩论文,又读了几乎全部的去年出版的少年儿童文学作品和读物(所以又有"读物"这一类,因为"少年儿童出版社"出版的书籍,有几套是标明"××读物"或"××文艺读物"的,也就是说,后者是文艺性质的,而前者不是),颇有所感;三月间写《六〇年短篇小说漫评》时,曾经打算捎带着也谈谈少年儿童文学创作,后因"漫评"太长,如再节外生枝,哓哓不休,更将惹起读者的厌烦,于是一刀砍断。但此题似亦值得注意(我没有对普天下的为父母者作过调查工作,但作为一个老祖父,我面对着孙儿女们向我索讨精神食粮的压力,实在穷于应付;我拣遍了我所有的"珍藏"的少年儿童文学作品,实在选不出多少种刚刚适合于象他们这样六、七、八、九岁的小儿女的胃口的东西)。因而不揣浅陋,信口雌黄,权代小儿女辈作迫切之呼吁。同时,也还却一笔拖欠已久的文债。

一

本文开头,我就说六〇年又是少年儿童文学创作歉收的一年;说起来,这话好象是浇冷水,然而事实既已如此,我以为不应当浮夸虚报,以鸵鸟自居。

题解 本文原载《上海文学》1961年8月号。文章以详尽的出版数据为基础,提出了其时儿童文学创作所面临的三大问题:没有顾及少年儿童的身心特点,作品难度越来越大,题材之路越走越窄,尽是些支援工业、农业的英雄先进故事,非常缺乏"童话"这一文类;政治挂帅,说教过多、填鸭式灌输,"故事公式化和人物概念化的毛病相当严重";文字艺术上没有体现儿童文学的特殊性。文章还论及了20世纪50年代末到60年代初关于"童心论"的大辩论,并指出了"童心论"中的积极因素。本文所指出的上述问题在进入"新时期"后,被儿童文学研究者反复论及。

让我们先来看一点数目字罢。

这些数目字可分两大类。第一大类是单行本,第二大类是全国的大型、小型文学刊物上发表过的少年儿童文学作品的数目字。先谈第一大类。

我向文化部出版局借阅了六〇年全年和六一年五月以前出版的少年儿童文学作品和读物(北京和上海的两个少年儿童出版社出版的),按书籍的内容,权且分类如下:

一、在真人真事的基础上,歌颂我们这时代的少年们的英雄品质的,共九册。计开:

A.《红色少年》第八、九两集,共收短篇(报导和特写性质的)十三篇(其中,《毛主席的好孩子》与单行本的《毛主席的好孩子刘文学》重出,作者亦同为李致等三人,惟较单行本简略而已。又第九集的《列宁的故事》一篇,不是今天少年们的真人真事,应作例外。又,《红旗飘飘巴山上》是一组儿歌,共六首,今亦作一题计算)。此十三篇中,除一篇例外,大部分是记述我国各个革命时期的少年先锋队和儿童团的英勇事迹,小部分写建国后社会主义建设各个时期中少年儿童的支援农业、工业等等动人事迹。

B.《星星火炬丛书》四册:《党抚育我们成长》,《红领巾和红旗手》,《和祖国一起跃进》,《生活在友谊的集体里》。此四册共三十四题,但《毛主席的好孩子刘文学》又重出,故实为三十三题。这三十三篇的题材和主人公却全是建国以后的了,它们记述了红领巾们在生产战线上和文教战线上的各种活动,而《和祖国一起跃进》共八题则专记红领巾们在大跃进中如何办小工厂、小农场、气象站、邮电站,支援人民公社等等活动,故书名总称《和祖国一起跃进》。

C.《星星火炬》,这是从《星星火炬丛书》精选出来的二十四篇,记述了解放后十年间少先队的成长和发展以及少先队员们的丰富多采的生活。这都是报导性的短篇。

D. 传记式作品两册,《毛主席的好孩子刘文学》和《英雄安业民》(皆已先在刊物上发表过)。

以上属于第一类之第一目者,共书九册。

二、也是以真人真事为基础,但主角不是少年而是青年(也有中年和老年),他们的先进业绩给少年儿童提供了学习的榜样,共七册。计开:

A.《大跃进的尖兵》,小题为《先进生产者的故事》(特写集),共七篇。《总路线的红旗手》(特写集),共十八篇。《从红领巾到红旗手》,小题《群英会人物特写》,共七篇。《当代英雄》,小题《群英会人物特写集》,共七篇。以上四册,共三十九题,写了三十九个全国闻名的先进工作者,其范围包括工、农、文化、教育等方面。这些特写几乎全部是在报刊上发表过的。

B.《红色的文教战士》,小题《先进工作者的故事》,共七篇。《英雄创奇迹》,共十三篇,记技术革命、技术革新运动中产生的新人新事,大部分以真人真事为基础。《人间七仙女》,共五篇,记妇女的先进工作者,都是在人民公社化以后产生的,都是以真人真事为基础的。以上三册,共二十五篇,也是曾经发表于报刊的特写。

以上属于第一类之第二目者,共书七册,都凡六十四篇。

三、革命历史题材的作品,此则大都以少年或青年为主角,虽然也有真人真事作为基础,可是经过集中、概括,并且还有"发展"——即作者的想象。这一类书共九册,计开:

A.《平原歼敌记》,符成珍,十万言之小说。据作者的"后记",此书为回忆录性质,但不是真人真事(作者本人于十三岁参加革命)。全书共二十章,写活跃于华北平原的抗日游击队。

B.《少年铁血队》,原东北抗日联军少年铁血队指导员王传盛、队员徐光口述,《新少年报》文艺组整理。二——三万字的中篇小说。此亦为回忆录,但基本上是真人真事。

C.《东平湖的鸟声》,雁翼,叙事长诗。这也是写抗日战争时期游击队小队员的英勇活动的。

D.《不灭的灯》,洪汛涛。共收散文十篇(共约三万字),以浪漫蒂克的笔调歌颂了国内革命战争年代苏区少年们的英勇坚决的斗争。

E.《雨过天晴》,陈四火。共收故事三篇(全书三万余字),写解放前福建人民的对敌斗争,这些斗争中也有少年参加。

F.《把秧歌舞扭到上海去》,苏苏。这是八万言的小说。写小巧子和她的父母在解放前的上海做地下工作的革命英雄主义和革命乐观主义的精神和行动。此书写于解放前,曾在解放区出版,受到小读者们热烈的欢迎云云。

G.《踏破万重山》,广西军区政治部编,共收二十六篇短故事(约共十万字),都是剿匪(蒋帮溃败时有计划地留在山区和边沿地区的反动武装和特务等等)斗争的记实。

H.《革命红旗满山岗》,革命儿歌,八十二首。这是第二次国内革命战争时期流传于苏区和游击区的歌谣的集子,内容歌颂党、毛主席、红军,有若干首是暴露蒋帮和白军的罪恶的。

I.《红旗飞满天》,革命儿歌选,八十四首。内容与前书同,惟范围更广泛,反映了历次的国内革命战争,也反映了抗日战争。有少数几首与前书重出。

以上属于第一类第三目者共九册,计长篇小说二,短篇小说集三,中篇小说一,叙事长诗一,革命歌谣集二。

四、以少先队的活动以及少先队员如何支援工业、农业乃至边防为题材的作品,共十二册,计开:

A.《我们并肩前进》,崔雁荡,十万言的小说。《微山湖上》,邱勋,十万言的小说(此书于六一年二月初版,但作者自注五九年七月改写于济南,所以我们也把它算在六〇年账上)。《不相识的同桌》,六个短篇小说。《小歌手的烦恼》,黄世衡,七个小故事,二万言。以上四册都是记述少先队员的集体活动和个别少先队员的学习、社会活动等等。

B.《山村里的新事情》,金近,十一万字的小说。《猪舍一少年》,殷志扬,六万字的小说。以上二书都是描写少年们支援农业的(前者写十一个少年种试验田,后者写一个初中毕业生当饲养员)。

C.《小拖拉机手》,五个短篇,约二万余字,都是写少年、儿童们如何热爱人民公社,并为公社服务。《隔河的朋友》,任东流,约四万字的四个短篇,写城市的少年为公社服务。以上二书都是以人民公社为中心的。

D.《海防少年》,胡奇,九万余字的小说。这是写一九五八年秋,福建前线我军炮击金门、马祖时少先队员们积极、勇敢的支前活动。

E.《英雄小八路》,陈耘,话剧(八场),写一九五八年我海防炮兵大显神威、严惩蒋匪军时,五个少年坚决留在阵地上,为解放军洗补衣服、送茶送水、捉特务等英雄故事。

F.《一九〇中队》,蒋文焕、姚时晓,话剧(六场),写杭州的少先队员把马尾松子寄给海防前线的解放军战士,后来,在解放一江山岛战斗中,某部萧排长把这些凝结着自己鲜血的种子播种在刚刚解放的一九〇高地上,这种英雄事迹大大教育了少先队,他们的中队因而命名为一九〇中队。

G.《农家孩子的歌》,王牧、张诚,三十多首儿歌,反映了农业生产、水利、交通、炼钢、文化生活等等方面的新成就,以及农村少年儿童的幸福生活、思想、感情和志气。

以上第一类第四目共十二册,计长篇小说四,短篇小说集五,中篇小说一,话剧二,儿歌集一。

五、供给少年(青年)读者以祖国的历史、地理、工农业社会主义建设的一般

知识以及各行各业的基本知识的书籍,共七册,计开:

A.《我爱祖国小丛书》共三册,一为《通向幸福的金桥》,一为《冰川雪峰上的战斗》。前者是游记体,介绍了乌库公路、青藏公路、海南中线公路的新建设,共三题;后者记述高山冰雪利用研究队如何向冰川雪海进军,初步摸清了高山冰川的分布、特性、类型等问题,亦共三个短篇。又一为《北京的新建筑》,描写了大跃进中的新建筑。

B.《我们怎样工作丛书》共二册,一为《采购员》,一为《我们在轮船上工作》;这两册书都是介绍某种职业的情况、业务知识,以及从业人员的忠诚尽职。前者用第一人称,有小故事作为贯串全书的线索;后者则就轮船上各职位(领航员、报务员等等)的工作性质,以说故事的方法逐一作了简略的说明。

C.《沙漠里找宝》,刘雷,叙述改造沙漠的尖兵如何勤劳而又愉快地工作,在祖国的沙漠地区发现了不少宝藏。《田野讲的故事》(按此为六一年四月初版),杨谋,写解放后人民在党的领导下向大自然斗争,利用高山冰雪,征服沙漠,南水北调,利用地下水,变盐碱为沃土等等雄伟的规划和灿烂的成就,共九题。按此二书和上述《我爱祖国小丛书》实为同一性质,因出版社并非一家,故不入该项丛书。

D.《万紫千红塔里木》,林海清,游记体,记开发塔里木的英勇故事。此书为六一年四月初版,但作者脱稿于六〇年三月。全书三万余字。

E.《在云南的森林中》,伍廷根,用工作日记体裁描写了云南省傣族自治州西双版纳的高山密林中的各种动物,笔墨相当生动。

F.《漫游乌苏里江》,丁继松,这是用游记体描写了乌苏里江沿岸的建设以及住在那边的少数民族的生活。颇能引起小读者的兴趣。

以上第一类第五目,共九册,计游记体三,叙述体用第一人称者三,第三人称者三。

六、关于少数民族的少年生活的,共五册;这一类的书都有惊险场面,鼓励少年读者要勇敢机智。

A.《林中篝火》,段斌、昂旺·斯丹珍(藏族),曾用《猎人的孩子》为题,连载于一九五九——六〇年的《少年文艺》杂志。这是写藏族的少年的。

B.《小钢苏和》,敖德斯尔(蒙族)。钢苏和是一个七岁的蒙族孩子,诚实而勇敢,此书写他在大风暴时救了邻家老婆婆的一群羊。中篇小说。

C.《鄂伦春猎人》,朝襄,中篇小说。此书借猎人的生活描写了鄂伦春人在解放前的悲惨生活与解放后的自由幸福生活作对比。

D.《夜哨》,长煊,此为五个短篇,介绍云南边疆少数民族和边防军战士的生活的剪影。

E.《边疆早春》,刘绮,此为七个短篇,叙述了傣族、哈尼族和彝族的儿童生活。

F.《苦聪人有了太阳》,黄昌禄。苦聪人是云南省边境少数民族之一,此书写解放后,党和人民政府派干部进山,帮助苦聪人改善生活。

以上第一类第六目,共六册,计中篇四,短篇二,介绍了六、七个少数民族。

七、杂类,共二十六册,计开:

A. 民间故事和传说:《獭猴是怎样来的》,凉山彝族童话选。《刘尕》,根据义和团传说,主人公是一个少年(此为中篇小说)。

B. 歌颂人民公社的:《果园的春天》,共收短篇九个,大多数以少年儿童为主角。《王家平的歌声》,描写上海近郊人民公社的新面貌。

C. 关于转业军人垦荒的:《钢姑娘》,共三个短篇,但有连续性。《钢姑娘》是其中一篇。

D.《老红军的本色》,共二篇,题名为《老红军的本色》者写甘祖昌将军回江西老家后,积极投入劳动生产,建设美好的家乡;题名为《北大荒的老红军》者记余友清副师长响应党的号召,到北大荒垦荒。这两篇都是真人真事、能感动人的记叙体文学。《解放军叔叔和北大荒爷爷》,共二题,又一为童话《蜜蜂山》。

E.《母子闹革命》,施小妹,这是回忆录,施是退休工人,此书记她早年参加革命斗争到底和她的儿子为革命而贡献了生命等等动人的故事。

F.《我守卫在桃花河畔》,黎汝清,长篇小说,描写新战士逐步成长的过程,故事性强,富有教育意义而文字亦不枯燥。

G.《我在农村落户》,王培珍,真人真事的日记体。此为王培珍自述其在高中毕业后响应党的号召,参加农业生产,帮助农民学文化,并努力钻研农业科学技术等等动人的事迹。

H.《黄浦江边的儿歌》,《天上太阳红东东》(新儿歌选),前者反映上海地区各方面的新气象和人们的新精神面貌,其中《给他一个大拳头》等四首,揭露美帝国主义的罪恶。后者是范围更广泛的新儿歌选,共计七类,大部分反映三面红旗的胜利,一小部分关于国际重大事件(如苏联卫星上了天)。

I. 关于工人的发明创造和技术革命运动的:《工农科学家的道路》,共六篇,介绍了六位工农出身的科学家,包括光学仪器、机车、橡胶、电机、电工器材、医疗等六个方面。《成功在三七一次》,此与前书第一篇故事相同,作者亦为费礼文,但加上合作者马信德。《一串亮晶晶的珍珠》,介绍技术革新、技术革命运动中一些小故事,共二十题。

J. 科学幻想小说,《古峡迷雾》,童恩正,这是从一把新出土的青铜剑幻想公元前第四世纪巴族的一段历史,也描写了解放前美帝国主义的所谓科学家如何盗窃中国古代文物。

K.《列车开往北京》,话剧,描写中苏儿童友谊。

L.《鲁班的传说》。《积极开展少年科技活动,做探索自然秘密的尖兵》,共小故事三个。

M.《运动场上的小健将》,真人真事,短篇故事八篇。

N.《辛弃疾》,传记小说(在我国古代许多的科学家、文学家、爱国名将之中,忽然用传记小说体裁介绍此公,颇觉突兀,虽然我是十分喜爱此公的文学作品的)。

O.《小仆人》,叶君健,共收五个短篇小说,其中反映社会主义国家少年儿童的幸福生活和光明未来的二篇,写资本主义制度下少年儿童们的厄运者一篇,写殖民地少年儿童的非人生活者二篇。

P.《太阳拜节》,贺宜,诗集,其中有赞美中苏、中保儿童友谊的诗,有暴露帝国主义罪行的诗;各诗写作时间,有早在一九五八年的。

Q.《沟河红莲》,长正,中篇小说,写一个人民教师自幼年至长大的过程,最后,为了救人而贡献了自己的生命。

R.《少年诗歌》,这都是少年们的作品,共六十八首,其中歌颂党和毛主席的,十首;歌颂三面红旗的,十首;其余各首歌咏水库、水电站、公路、拖拉机、丰收、养猪、学文化、民兵、炼钢、绿化、除四害等等,包罗万象。

S.《红花开得万万年》,传统儿歌选。

以上第一类第七目共二十六册,计长篇小说一,中篇小说四(其中包括传记体),短篇小说集六,特写集(包括真人真事)七,回忆录和日记各一,诗歌集五,话剧一。

八、学(龄)前儿童读物,学前儿童文艺读物,低年级儿童读物,低年级儿童文艺读物:这一类的书籍共计四十三册。但是这个数目字未必准确。这个数目字只能代表我所借到的和读过的此类书籍。事实上,六〇年全年和六一年五月以前两个少年儿童出版社所编印的,大概不止此数,何况还有若干省、市的人民出版社和美术出版社,甚至电影出版社也编印这样性质的读物,这个数目字我就无法统计了。这里还要说明,此类书籍,有标明为"学前儿童读物"或"学前儿童文艺读物"的,有标明为"低年级儿童读物"或"低年级儿童文艺读物"的,也有不标明的,但在内容和形式(半图半文)上实属一类;而且加了"文艺"两字的读物与没有"文艺"两字的,也看不出有多大差别。现在姑就这四十三册作个分类的统计,大致如下:

A.《朱德同志的故事》,《英雄黄继光》(皆标明为学前儿童读物),《少年英雄龙卓钦》(没有标明是学前或低年级的)——这是以真人真事教育儿童的,共三册。

B.《一件花棉袄》,《儿童列车》,《小医生》,《两个幼儿园》,《小松鼠吱吱》,《榕良和鸧鹕》,《小碗》,《太阳爬上窗》,《小丹珠的红领巾》,《洛娃和牛角号》(以上二册都以藏族儿童新生活为题材)——这是主要以儿童作为故事的中心的,共十册。

C.《大树上飘红旗》,《三张标语》,《红军帽》,《秘密快报》——革命历史题材,共四册。

D.《雨婆婆请假》,《三个运动员》(小马,小熊,小猪赛跑),《小桃仁》,《小苹果树请医生》,《花袄娃娃》,《小燕子为什么哭》,《小姑娘学飞》,《躲躲雨避避风》,《一棵大白菜》,《布娃娃过桥》——这都是所谓童话的作品,共十册,看题目就知道大都是拟人化的。这些小册子有的标明为"文艺读物",有的只标明为"读物",其实标明为"读物"的《三个运动员》,《小苹果树请医生》等童话,我看它们的文艺性并不比标明为"文艺读物"的《敬老院里外婆多》,《房子是谁造的》,《小燕子为什么哭》等等低了多少。如果再看"学前"和"低年级"的区分,那标准也很难准确;我就看不出标明为"学前读物"的《三个运动员》比起标明为"低年级文艺读物"的《小燕子为什么哭》在内容和形式上有多少距离。

E. 其他,共十六册:《大家一齐欢乐》(这是十六幅画,第一幅为毛主席像,余为汉族及十四个主要兄弟民族的"行乐图",每画注明是某族,别无文字说明),《房子是谁造的》(看题可以猜知内容,但形式却是诗歌体),《敬老院里外婆多》(新儿歌,赞美人民公社的十二首儿歌,不但赞美敬老院,还赞美小高炉,铁牛,两人抬的一穗麦子,顶破天的甘蔗,大如斗的鸡蛋,等等),《革新花开遍上海》(歌颂技术革新),《小鸡生大鸡》(赞美"蚂蚁啃骨头"的小机床加工大部件的方法),《江底的战斗》(赞美潜水员的勇敢机智),《为了六十一个阶级弟兄》,《心儿向着共产党》(儿歌集,内容为歌颂农业、工业、交通运输的大跃进),《五封信》(歌颂日本、南朝鲜、土耳其、古巴、刚果人民的反美斗争的五组诗),《9和0》,《1到0》(这两册都是教认数字的,但分属于"读物"和"文艺读物"两部分),

《鲁班学艺》,《有趣的动物》,《幸福的孩子们》(新儿歌),《黄浦江边的大事情》(技术革新),《壁画里的故事》等等。这里举到的书,全是半图半文,内容相若,但有标明为"学前读物"或"学前文艺读物"的,有不标明的;也有标明为"低年级读物"或"低年级文艺读物"的。"低年级"和"学前","读物"和"文艺"的界线很难明确划分。

九、《农村幼儿园丛书》(半图半文),共十六册。这一类书籍标明专用于农村幼儿园,然而它的内容同上开第八目的学前儿童读物没有多大的差别。今亦试作分类统计如下:

A. 以真人真事对儿童进行教育的——《空军英雄杜凤瑞小时候的故事》,共一册。

B. 以儿童作为故事的中心进行教育的——《自己的事自己做》,《不说谎》,《听医生的话》,《小明爱清洁》,共四册。

C. 赞美人民公社的——《人人都说公社好》,《小鲤鱼跳龙门》(此为赞美公社所修的水库,用拟人体童话,相当有趣),共二册。

D. 其他——《小小交通警》,《工人叔叔造大船》,《海军叔叔捉敌舰》,《快快乐乐过节日》(诗歌,介绍一年之内我国及国际的重要节日,如春节、六一、五一、七一、八一、十一等等),《1到0》(教认数字),《五颜六色的花公鸡》(此无故事,这是用歌诀的方式教幼儿用蜡笔照书上的蓝本画红汽球、方手巾、花公鸡,然后剪贴),《小苹果树请医生》(介绍啄木鸟除害虫),《司马光和文彦博》(讲破缸救儿、灌树穴取球两个小故事),《车站上的小阿姨》(写列车服务员),共九册。

十、《农村低年级儿童读物丛书》(半图半文),共二十册。这是标明为专用于"农村",又专用于"低年级"的,可是从内容上看,和上开第八第九两目的书籍,没有多大差别。也试作分类统计如下:

A. 歌颂毛主席,歌颂祖国新面貌、介绍北京十大建筑、纪念列宁各一册,共四册。

B. 以儿童作为故事中心进行教育的——《什么好,什么不好》(教小朋友爱劳动、爱集体、爱整洁、有礼貌、学习好、爱护公物等),《你的姿势好不好》(教儿童端正其读书、写字、立、坐、卧的姿势),《红五分》,《两个书包》,《好孩子》(有图无字之小连环画,表现儿童日常生活),共五册。

C. 歌颂人民公社——《人民公社多么好》,《公社机器多》,《搬进了公社新楼房》,共三册。

D. 其他——《神笔》,《骄傲的小燕子》(以上皆童话),《小平参加少先队》,

《卫星号和少先号》,《我要读书》(高玉宝童年故事),《苗族小号手》,《用木材做的》,《猜猜看》(猜谜,谜面为儿歌体,颇有生动多采者),共八册。

以上标明为专用于农村的两套丛书,看来编辑时并无整个计划,而是临时急就,抓到什么就编进去,凑成了十六和二十的比较整齐的数目。标明为"低年级"使用的《什么好,什么不好》,《你的姿势好不好》两书,其实也可用于幼儿园,而标明为幼儿园使用的《工人叔叔造大船》等册子也可用于低年级,两者界限颇难划分妥当。

十一、《少年农业知识丛书》,共二十册。这一套丛书相当全面地介绍了农业生产的基本知识(也包括养猪、羊、鸡、兔、鱼等)。大部分都是用浅明的文字介绍技术知识,有小部分用故事体。

十二、关于增加少年科技知识的书籍,计丛书一套,丛刊一套,单行本五,共十二册。计开:

A.《少年科技活动丛书》,共三册(木制电动玩具、天文望远镜、矿石收音机)。

B.《我们爱科学》,一至四集,此为丛刊,每集有小品、小故事、话剧、相声等,内容介绍科学知识或少年儿童的科技活动。

C.《碳的一家》,科学小品文十二篇,系统地介绍碳和含碳物的种类以及如何利用。《万能的电》,和上书性质相同。《在城市中》,介绍城市建筑、交通、照明设备、通讯设备等知识。《十万个为什么?》已出二册。这二册中的"题目"和解答,程度深浅相差甚巨,而且文字(因出许多人之手)的生动性和形象性也各篇不同。这样的书,性质是专供少年、青年(高中学生)用的百科辞典,资产阶级的出版家编过很多,当然渗透了资产阶级的世界观,可是编辑的技巧、文字之生动富于兴趣,插图之多种多样,仍然是值得我们学习的。

二

读者看了上面那些枯燥的材料,大概有点不耐烦了。不过,还是请耐心些。我也曾经用了很大的耐心和很多的时间,这才把上面讲到的那些书看完,并且还耐心地作了提要。为什么呢? 因为如果不这样,就看不出问题来。

问题之一:六〇年全年和六一年五月以前我国两个少年儿童出版社编印的书籍(包括第八目的半图半文的小册子)中,以真人真事为基础的(包括群英会特写),占极大多数。而且,除了革命题材的少数几册,其余的几乎全是描写

（当然也就是鼓励）少年儿童们怎样支援工业、农业（而以支援农业为描写的重点），参加各种具有思想教育作用的活动。当然，这样的主题是重要的，应当大写特写的，然而，这些富有共产主义思想教育作用的作品，对于低年级儿童实在高深了一点，他们消化不了。因此，适合于低年级儿童的精神食粮（文学作品和科学基本知识的读物），实在太少。上文提到的标明是"低年级儿童读物"的，品种太少，这且不说，而内容也生硬粗糙，解答问题简单化，故事千篇一律，所谓低年级儿童者，对这套小册子不感兴趣，看了就丢，自然说不上对他们有所启发，对他们的日在发展的推理、想象、审美等等精神活动有所帮助了。

至于学龄前的儿童，那就更可怜了。除了标明为"学前"的小册子而外，少年儿童出版社还印了一套以图为主、文字为辅的小册子（豆腐干大小的），其目的是让儿童看画，阿姨们根据图画下边的一句或两句的说明文字讲解给儿童们听。这一套袖珍连环画大概是以学龄前儿童作为对象了，可是，恕我直言，这套袖珍连环画的内容也还十分单薄（例如《乌鸦喝水》这一册包含《乌鸦喝水》、《斑马进了动物园》、《猴子和篮子》三个小故事，每个故事很简单，不能满足小读者——他们看了一遍不想再看第二遍），而且，这些袖珍本也还在向它们的大哥哥们看齐，于是就有了说教气味极为浓重的《少先号柴油机》，《我跟爸爸当红军》之类的册子（以上诸册子其出版年份远者为五八年，近者为六〇年）。人民美术出版社也编印了同样格式的小册子，总名为"小小连环画"，其内容和少年儿童出版社编印者大致相同。大概为了配合政治任务，我所见到的五九年出版的"小小连环画"其最突出的主题是支援农业和歌颂人民公社。我以为这些内容好则好，可惜五、六岁的儿童消化不了。消化不了的东西，教过就忘，看过不留印象，这岂非也是一种浪费么？既浪费了儿童们的时间，也浪费了阿姨们的时间。

恕我说句不大敬的话：我们的少年儿童文学的内容好象在比赛"提高"。学龄前儿童读物和低年级儿童读物一般高，而低年级儿童读物又和少年读物一般高（除了书本子厚薄不同）。这就迫使五、六岁的儿童不得不向八、九岁乃至十一、二岁的大哥、大姐们看齐，这在"一年等于二十年"的今天也许是"理所必然"，但是儿童的身心发育毕竟还跳不出自然规律，这样的"拔苗助长"，后果未必良好。

总而言之，我们的少年儿童文学中非常缺乏所谓"童话"这一个部门，而且，进行社会主义、共产主义思想教育的童话究竟应当采用什么题材（去年是题材之路愈来愈窄），应当保持怎样的风格，这些问题在去年的论争中都还没有解决。——这是问题之一。

问题之二：看了上面的资料，最初的印象是五花八门，而且思想性（政治性）都很强，但仔细一分析，可又觉得，表面上五花八门，实质上大同小异；看起来政治挂帅，思想性强，实际上却是说教过多，文采不足，是"填鸭"式的灌输，而不是循循善诱、举一反三的启发。我这样说，该得个"否定成绩"的批评，但是如果不这样说，难道就不是浮夸自满么？让我们平心静气研究一下材料罢。

为什么说是表面上五花八门，实质上大同小异？看了本文第一节所介绍的情况，就会有此印象，但如果你也象我一样读过了这里讲到的那些书，那么，印象就更深。大同小异在何处？在于故事的形式，在于题材的方面，在于书中人物的面貌，也在于使用文字的技巧。

说得具体些罢，那么，第一类第一目和第二目的十六册书，其大同小异的程度比别的更深。但此两目所收各册，也不能一概而论。依我看来，此一目中属于回忆录性质的若干短篇，可称佳品。而采访了先进工作者（群英会）的一些特写，则逊色多多。两部传记（刘文学和安业民）都是有骨无肉。第三目中，《平原歼敌记》和《少年铁血队》最为出色，一半因为故事本身富于吸引力，一半也因为是回忆录性质自然而然有了概括、集中、提炼等艺术加工。第四目各册，我说句大不敬的话，虽然它们肥瘦不同，但它们都是孪生兄弟；书中那些男女主人公虽然既勇敢而又懂事，使人钦佩，然而太象个小干部了，总使人感到不自然；有时作者在这些小干部脸上故意搽点"天真"、"稚气"的脂粉，其效果反而更糟。第五目各书是介绍知识的，但其中的材料大部分不是小读者经常习见的事物（例如《我爱祖国小丛书》两册，以及《沙漠里找宝》和《田野讲的故事》等），也许作者（尤其是出版社的编辑部）所欣赏的，正是这些材料中的革命浪漫主义的精神，意在鼓励小读者们翘首天外，发展其高远丰富的想象，如果是这样，则恕我直言，作品的文字却不足以荷负这使命的什一，意图虽佳，效果并不相应。第六、七两目共三十多册，仅《小钢苏和》、《刘尕》、《我守卫在桃花河畔》、《懒猴是怎样来的》、《小仆人》等数种在故事和人物这两方面不落窠臼，不概念化，而文字也还流利生动，至少没有说教味和报告腔。

总而言之，题材的路太窄，故事公式化和人物概念化的毛病相当严重，而文字又不够鲜明、生动。——这是问题之二。

问题之三：少年儿童文学作品的文字是否应当有它的特殊性？我看应当有，而且必须有。是怎样的特殊性呢？依我看来，语法（造句）要单纯而又不呆板，语汇要丰富多采而又不堆砌，句调要铿锵悦耳而又不故意追求节奏。少年儿童文学作品要求尽可能少用抽象的词句，尽可能多用形象化的词句。但是这些形象化的词句又必须适合读者对象（不同年龄的少年和儿童）的理解力和欣赏力。毋庸讳言，上面所提到的那些作品，从文字上看来，一般都没有什么特殊性。在这一点上，我们不能不说去年的产品不及前数年的，这也许是反"童心论"的副作用。最糟糕的是小主人公（其年龄从五、六岁到十七、八岁）的面目是一般化的，都象个小干部，而作为年龄大小的标帜的，不是别的而是政治上成熟程度的高低。这样一来，"童心论"固无遗臭，然而从作家主观的哈哈镜上反映出来的小主人公们的形象不免令人啼笑皆非。

少年、儿童文学作品的文字应不应当有其特点（即这些作品的文学语言和一般文学作品的文学语言应当不同呢还是可以相同），这个问题，据说和少年、儿童的特点有关系。那末，怎样理解少年、儿童的特点呢？据说有人把少年、儿童的特点仅仅理解为年龄特征。当然，年龄特征不失为一个论点，可是，应不应当进一步追问：所谓年龄特征，究竟意味着少年只是缩小了的成年人，而儿童又是缩小了的少年呢？还是儿童的想象、情感和趣味与少年确有不同，而少年的想象、情感和趣味又与成人确有不同？从作品来看，似乎确有很多人是把一些由于种种原因而突出地早熟了的少年、儿童认作普遍现象，从而"找到事实根据"，以为儿童只是缩小了的少年，而少年也只是缩小了的成年人。因为"缩小论"势必引导到这样的结论：少年、儿童文学不需要不同于一般文学作品的文学语言，只要在故事结构和人物描写比一般文学作品简单些，在文字上浅近些就可以了。而去年的最大多数的少年、儿童文学作品恰好（如果不算挖苦）是故事结构和人物描写颇为简单，文字颇为浅近而已。人物性格之简单化特别惊人，极大多数的小主人公没有个性，只有"年龄"性（即小主人公们彼此之间不同的特征，不在性格，而在年龄，大哥哥不同于小弟弟之处在于大哥哥政治觉悟更高，说话更象一个小干部，如此而已）。我不知道社会主义少年儿童文学是否应该如此，无奈社会主义社会的小读者们并不以此为满足，这些作品，他们读过或听过一遍以后就要求另给新的，却很少回过头去再咀嚼一遍。事实既已如此，我们不能不研究少年儿童文学的特点何在？——这是问题之三。

也许有人提出质问：你根据两个少年儿童出版社的几十部书就信口雌黄，怎能叫人信服？问得对。我们总得看看两个出版社以外的各种刊物上的表现。这就是本文开头所说的第二大类的数目字。现在就再谈谈这第二类的资料。

十分惭愧，我仅仅弄到了二十九种文艺杂志（包括中央级、大区级、省级、市级,乃至县办、厂办的文艺杂志),并仔细阅读了它们的六〇年六月号。这些文艺杂志平时都不登或者极少登少年儿童文学作品,但在六月号都有少年儿童文学特辑或至少刊登一、二篇儿童文学作品(《人民文学》五、六两号都有)。我不知道六〇年全国定期出版的各级文艺刊物究竟有多少,我问过应当掌握这个数字、拥有这份资料的单位,可是它给我的只此二十九种。那就在这二十九种刊物来找材料罢。仍请让我先来个简单的分类统计:

一、小说,童话等,共计五十六篇,计开:

A. 以少先队员的活动(如支援农业、支援水库工地、搞科学试验、养兔、养鸡,乃至协助边防军进行宣传工作、捉特务等等)为题材的,共三十六篇,都是短篇小说或特写的形式,作品中主人公的年龄最小十一、二岁,最大十七、八岁,而以十三、四岁者为最多。

B. 以第二次国内革命战争、抗日战争、解放战争时期苏区、白区、根据地、游击区的少先队活动和红军小鬼的故事作为题材的,共计九篇,其中若干篇是回忆录,属于真人真事性质。

C. 童话(动物植物拟人化的短篇小说)共计四篇;《小铁脑壳遇险记》(《人民文学》二月号),《梅花小鹿银点点》(《红旗手》六月号),《美丽的花朵》(《奔流》六月号),《在森林中》(《芜湖文艺》六月号)。

二、歌剧:《青蛙骑手》,老舍,《人民文学》六月号,这是根据藏族民间故事改写的。

三、杂类六篇,其中有小烈士传记(《共产主义的幼苗——龙卓钦》,原载《热风》六月号),有教育对象实非儿童而为教育儿童的教师或儿童的长辈者二篇(小说),游记一篇,主人公并非少年儿童而为成人或老年人者二篇。

四、上述二十九种刊物中有二十七种登载了以少年儿童为对象的诗歌共二百二十一首,其中标明为儿歌或新儿歌者,一百十九首,以"红领巾之歌"或"给孩子们的诗"为栏名者,七十首,小叙事诗二首;可知这些诗的百分之九十强是以儿童为对象的。二百二十一首诗,如按题材分类,大体是这样:

A. 歌颂人民公社者,三十六首;

B. 支援农业者(从养鸡、养兔、积肥直到搞小小的试验田),六十六首;

C. 支援工业(包括社办工业)者,十首;

D. 歌颂技术革命、技术革新者,七首;

E. 其他(大部分为反映少年儿童的生活和学习,小部分为反映农村新气象的),一百零一首。

但是 E 项的一百零一首诗,其中有一半是以抒情诗的形式歌咏了儿童们对支援农业的志愿和热心,例如歌咏他们在作游戏时就摹仿大人在田间的劳动,借儿童的嘴巴说将来立誓做饲养员、拖拉机手等等,因此,如果把这一部分的诗歌(鼓励儿童们支援农业的),和 B 项的诗歌(少年儿童用实际行动支援农业的),合起来计算,那么,在二百二十一首诗中,足有半数以上是为农业生产服务的。何况歌颂人民公社的三十六首,实质上也是支援农业的,这样算来,那就有百分之七十左右是和支援农业有关的。

除了综合性的文学杂志,我们还有专门为少年、儿童服务的定期刊物:《儿童时代》和《少年文艺》。前者是综合性刊物,就六〇年的各期看来,它配合运动和中心任务,相当卖力。后者则是以少年作为对象的文艺刊物,六〇年出版了七期。现在试就此七期的内容,分类统计如下:

一、小说十九篇(有连载的中篇),计开:

A. 支援社会主义建设的(农业、水库工地、林业),共六篇,其中农业的占四篇,这些小说的主人公全是少先队员。

B. 反映技术革命者,二篇。这里作品的主人公就不是红领巾而是青年或成年人了。

C. 传记小说二篇(安业民和龙卓钦的传记)。

D. 其他九篇(包括历史故事、少数民族的少年生活、地下少先队的活动、猎人生活、养猪等)。

二、童话二篇。《五个女儿》,赵燕翼;《鹁鸪》,李国楠(借鹁鸪讽刺只顾目前、得过且过的懒汉)。此二篇皆见该刊六〇年二月号。

三、科学小品及其它意在增加少年儿童的科学知识和社会知识的小品文,共十二篇(该刊三月号有"科学文艺专辑"共收七篇,其中有科学幻想小说一篇《五万年以前的客人》,童恩正作;关于养兔、养鸭的,各一篇)。

四、报导和特写,共十八篇。计开:

A. 关于少先队活动者,二篇;

B. 关于中苏友谊者,二篇;

C. 纪念列宁,二篇;

D. 先进生产者的故事,四篇;

E. 对于特殊事件的报导,二篇(一为攀登珠穆朗玛峰,一为上海华山路的新面目——服务行业中的技术革新);

F. 歌颂城市人民公社者五篇;

G. 一般地歌颂祖国的社会主义建设者一篇。

五、其它,共七篇(包括小品文、杂文、相声等)。

六、诗歌,共计三十一首,计开:

A. 叙事诗三篇:《东平湖的鸟声》,已见单行本;《模范队员龙卓钦》,此与传记小说龙卓钦同一题材;《马灯》,此为革命历史题材;

B. 歌颂党、领袖、总路线、三面红旗等(其中有标明为儿歌的),共十四篇;

C. "幸福花"儿歌五首;

D. 关于中苏儿童友谊和纪念列宁的,各一首;

E. 其它,七首(其中三首为关于国际时事的宣传诗和讽刺诗)。

七、剧本三个:《少年英雄刘文学》,《艾克旅行记》(讽刺艾森豪威尔访问远东时出的丑相),《假日里》(少先队生活)。

八、"金色的小草地"专栏,共十一篇;这是专为业余写作者设立之专栏,投稿者大多为中学生,题材多种多样,涉及到学习、支援农业、工业等等。

现在我们不妨下这样一个结论:二十九种各级文学杂志所刊登的少年儿童文学作品和六〇年的《少年文艺》各期的内容,正同两个出版社所印的单行本一样,最为普遍的题材仍是少先队员支援农业和先进工作者(群英会上人物)的故事,其次是革命历史题材。谁也不会否认这两种题材的重要性,而且我认为如果要对少年儿童进行革命英雄主义和革命乐观主义的教育,进行社会主义、共产主义的思想教育,那就只有通过上述两类的题材,而且十分自然,人物一定是少先队员,活动一定是集体,活动场所一定是在田野、校园和建筑工地。但即使我们肯定了这些方面,上文说过的存在于当前的少年儿童文学中的三个问题却依然存在。应当说,阅读了二十九种文学杂志六月号的儿童文学专辑以后,更加感到这三个问题必须严肃对待,细致地求得解决。

题材的一边倒现象,带来了表面上五花八门、实质上大同小异的后果,这是不利于少年儿童的品性和才能的全面发展的。但是问题还有另一面,这就是凡属于此类题材的作品即使主人公只有八、九岁至多十二、三岁,其思想、感情、动作宛然是个小干部。二十九种文学杂志的六月号特辑和六〇年的《少年文艺》共刊登了小说七十二篇,绝大部分可以用下列的五句话来概括:政治挂了帅,艺术脱了班;故事公式化,人物概念化,文字干巴巴。只有少数几篇,小主人公还象个小孩,而文字亦有风趣。例如《小树苗》(鲁庸,《文学青年》六〇年六月号),同样用了支援农业的主题,然而故事不落窠臼,小主人公在思想、情感、动作上确是个小孩子,通篇的文学语言是加工的儿童语言。又如《挖花生》(李如澍,《赣江》

六〇年六月号),写了父母子女四个人物,批判了自私自利的落后思想和行动,四个人物都有性格(子如其父、女如其母),故事不落套,文字亦生动峭拔;然而作为儿童文学来看,还缺少特点,作为普通的短篇小说来看,这却是一篇优秀的。

六〇年最倒楣的,是童话。我们提到过六篇童话,都是发表在定期刊物上的;《少年文艺》二月号一口气登了两篇,可是后来却一篇也没有了。这说明了自此以后,童话有点抬不起头来。六篇童话之中,用了动植物拟人化的,居其五篇,可是,这五篇都不能算是成功之作。故事的情节陈旧(例如幼小的动物不听话,乱跑乱闯,结果吃了苦头),文字亦无特色。如果从"理论"上来攻击动植物拟人化的评论家实不足畏,那么,动植物拟人化作品本身的站不住,却实在可忧。另一篇童话《五个女儿》却是难得的佳作。主题倒并不新鲜,五个女儿遭到后父的歧视以至谋害,然而因祸得福。特点在于故事的结构和文字的生动、鲜艳、音调铿锵。通篇应用重叠的句法或前后一样的重叠句子,有些句子象诗句一般押了韵。所有这一切的表现方法使得这篇作品别具风格。我不知道这篇作品是否以民间故事作为蓝本而加了工的,如果是这样,作者的技巧也是值得赞扬的。

至于数量很多的诗歌,大部分都很"面熟";为什么这样"面熟"？仔细认认,原来它们大都"脱胎"于五八、五九年盛极一时的新民歌;意境犹是也,甚至一些豪言壮语亦犹是也,不过换了小主人公而已。少数较佳之作,多为儿歌体,例如《新媳妇》(《火箭》六月号),《蘑姑姑》(《长春》六月号),《小吹鼓手》(《北京文艺》六月号),《小乐队》(《奔流》六月号),《小河水》(《安徽文学》六月号),等等。这是随手举的例子,事实上不止此数首。有一点值得注意:凡是清新可读的,都是抒情式歌咏农村日常生活的小诗,而大主题的,如歌颂三面红旗、水利网、电气化之类的作品,大都缺乏新的意境,也缺乏新的语汇。最糟糕的诗歌是各种标语口号的剪接。

三

正如有些评论家所说,我们今天的少年儿童文学的时代特征是"紧紧扣住了时代的脉搏,不管写的是革命斗争还是生产建设,它们都是把儿童放在火热的现实生活中间,与斗争和建设事业紧紧相连,因此作品的思想内容和所表现的生活幅度就更加深刻和广阔"(引见六〇年五月号《人民文学》,许以《推荐〈月光下〉和〈草原的儿子〉》一文)。这个意见,可以代表绝大多数少年儿童文学工作者（作家和评论家）的意见。我高举双手拥护这个意见。我庆祝我们的少年儿童文学工作者能够担负起这样光荣的任务。但是，殷切的盼望，往往继之以求全的责备。如果严格的要求可以推动工作的改进，那么，我打算提这么一点小小意见：许以那段话的上半截，我认为是事实，但"因此"以下的半截，我却以为不完全符合事实。直捷地说，我以为我们去年的少年儿童文学确实"紧紧扣住了时代的脉搏，……把儿童放在火热的现实生活中间，与斗争和建设事业紧紧相连"，但是却并未"因此"而使作品的"思想内容和所表现的生活幅度就更加深刻和广阔"。就拿许以这篇评论所推荐的《月光下》和《草原的儿子》而言（按此两篇都是转载的，前者原刊于《长江文艺》五九年六月号，后者原刊于《少年文艺》五九年四月号），火热则诚火热矣，思想内容却未必深刻，而生活幅度广阔到如何程度，我也怀疑。这里无暇分析这两篇作品，请读者找这两篇来仔细读一遍，严肃地想一想罢。也许我要求高一点，但这个高一点的要求，我以为是必要的。因为，一看到六〇年生产的少年儿童文学作品在题材、形式、思想内容、艺术水平诸方面，都还与《月光下》等两篇伯仲之间，而且题材一边倒的倾向又如此其显著，我就觉得提出高一点的要求是必要的。

　　据说少年儿童们最喜欢革命历史题材的作品，例如《平原歼敌记》；我也颇有同感。我读过了百多篇以少年儿童为对象的长短小说，窃以为优秀的革命历史题材的作品至少有两个特点：一，故事性强，情节曲折复杂；二，人物性格鲜明而突出，有智有勇，而又不是缩小了的干部，确是少年。相形之下，那些以社会主义建设为题材，把少年儿童放在火热的生产斗争中的作品大多数却是故事公式化、情节简单化，人物"干部化"而加上概念化。如果容许我作个譬喻，那么，前者好比广东的丁香辣椒，莫看它小，可实在辣，后者好比灯笼辣椒，尽管是庞然大物，却平淡而无烈性。

　　如果再容许我作个譬喻，那么，我以为少年儿童确实也应当吃点辣的，不应当多吃甜的，然而老给辣椒吃，——他们一到阅览室，除了辣椒（包括丁香辣椒和灯笼辣椒），竟无选择之余地，那也未必合于卫生之道罢？显然，身心正在发展的少年儿童需要各种各样的营养，而辣椒虽富于维生素某某，总不能代表（或包办代替）了少年儿童发育期所必需的其它各种营养。

　　这个问题，牵连到六〇年所进行的少年儿童文学理论的争论。这一场大辩论（几乎所有的中央级和省级的文学刊物都加入了），有人称之为少年儿童文学的两条道路的斗争。因此，值得我们——不，应当说，有必要在这里回顾一下。

　　争论是从陈伯吹的"童心论"或"儿童本位论"引起来的。

陈伯吹那套理论,并非新东西,这是资产阶级儿童文学理论家鼓吹了差不多一个世纪的老调。我们都知道,资产阶级文艺理论家的拿手好戏,一向是挑起了"客观的""超然于政治"的幌子,而柜中贩卖的,却是资产阶级的世界观,却是资本主义制度是永恒的、个人主义是神圣的等等反动思想,完全为资产阶级政治服务。在儿童文学理论上,他们的花招更巧妙、更能迷人。这花招是怎样的呢?这就是从儿童心理学搬过一些资本来,宣传儿童文学作品要服从于儿童本位、儿童情趣、儿童观点等等。事实上,隐藏在这俨然"客观"的花招之后的,还是资产阶级那批私货。特别能使人眼光缭乱的,还有这样一些情况:资产阶级的少年儿童文学作品中还夹杂着大批以民间传说和民间故事、寓言等等为基础而改写的作品,这些作品有一部分还保留着原作所有的人民性(即不为资产阶级政治服务的),而思想进步的儿童文学大师如安徒生还在他的创作中表现了批判资产阶级社会现实的精神;这些情况都掩蔽了资产阶级儿童文学理论的为资产阶级政治服务的本质。陈伯吹的错误,就在于没有分析这些复杂的情况,只按照表面价值接受了"儿童本位"、"儿童情趣"等等理论,认为资产阶级少年儿童文学中那些到今天还有积极意义的东西就是在"儿童本位"、"儿童情趣"等等理论指导之下产生的,因而误以为这些论点,有科学根据,可以原封不动搬到我们这里来,因而造成了他的自相矛盾:一方面他也承认我们的少年儿童文学要为无产阶级政治服务——这个抽象的宗旨,另一方面他又用"儿童本位"、"儿童情趣"的论点来否定少年儿童文学作家在创作实践或在创作的具体问题(例如关于题材)上真正为无产阶级政治服务。结果,他不可避免地成为资产阶级儿童文艺理论的俘虏。

那么,资产阶级儿童文艺理论中那些借自儿童心理学的论点,是不是完全胡说八道呢?这也要分析对待。首先,如果从有关儿童心理的论点得出儿童是超阶级的论断,这显然是荒谬的。在阶级社会内,儿童自懂事的时候起(甚至在牙牙学语的时候起),便逐渐有了阶级意识,而且,还不断地从他们所接触的事物中受到阶级教育(包括本阶级和敌对阶级的),直到由于自己的阶级出身和社会地位而确定了他们的阶级立场,那时他们已进入少年时代。但是,从四岁到十四岁这十年中,即由童年而进入少年时代这十年中,小朋友们的理解、联想、推论、判断的能力,是年复一年都不相同的,而且同年龄的儿童或少年也不具有完全相同的理解、联想、推论、判断的能力。这种由于年龄关系而产生的智力上的差别,是自然的法则;为儿童或少年服务的作家们如果无视这种自然法则,主观地硬要把八岁儿童才能理解、消化的东西塞给五、六岁的儿童,那就不仅事倍功半而已,而且不利儿童智力的健全发展。资产阶级的儿童文学理论家弄得很神秘的什么儿童本位、儿童情趣等等说法，其科学的依据只此一端。但是，儿童智力发展的阶段论是一回事，儿童之超阶级论却又是一回事。资产阶级儿童文学家挂起"儿童超阶级"的羊头，卖他们的"资产阶级的阶级教育"的狗肉，可是他们却很懂得，不能无视儿童智力发展的不同阶段而机械地无差别地对于不同年龄的儿童、少年一律喂以同样的读物。我们要反对资产阶级儿童文学理论家的虚伪的（因为他们自己也根本不相信）儿童超阶级论，可是我们也应当吸收他们的工作经验，——按照儿童、少年的智力发展的不同阶段，该喂奶的时候就喂奶，该搭点细粮时就搭点细粮，而不能不管三七二十一，一开头就硬塞高粱饼子。十分遗憾，我不得不直言无讳，照去年的少年儿童文学的创作和评论的实际表现看来，我们的办法真有点象一句欧洲的俗谚：泼掉盆中的脏水却连孩子都扔了。

　　要描写儿童，发誓说你将以你的笔为儿童服务，自然不能不了解儿童，自然不能以你的主观去画你所自以为是儿童的儿童，这与儿童超阶级论是两回事；然而，了解儿童可不是一件轻而易举的事情。儿童心理学那一大套材料有参考的价值，然而在创作实践时未必完全顶事。必须同儿童作朋友，观察他们，然后能了解他们的心理活动的特点。了解儿童、少年心理活动的特点，这句话，同资产阶级儿童文学理论家所啧啧称道的"作家必须自己也变成孩子"，也完全是两回事。"作家必须自己也变成孩子"这句话不但意义模糊，而且从这句话引伸出来的终点将必然是"为儿童而儿童"，即所谓"儿童立场"，肯定儿童立场即是否定阶级立场，因为没有抽象的儿童，因而这句话是荒谬的；肯定"儿童立场"，那就是实质上放弃了儿童文学要为无产阶级政治服务的任务。但是，了解不同年龄的儿童、少年的心理活动的特点，却是必要的；而所以要了解他们的特点，就为的是要找出最适合于不同年龄儿童、少年的不同的表现方式。在这里，题材不成问题，主要是看你用的是怎样的表现方式。你心目中的小读者是学龄前儿童呢，还是低年级儿童，还是十三、四岁的少年，你就得考虑，怎样的表现方式最有效、最有吸引力；同时，而且当然，你就得在你的作品中尽量使用你的小读者们会感到亲切、生动、富于形象性的语言，而努力避免那些干巴巴的、有点象某些报告中所用的语言。

　　为了培养共产主义的接班人，我们的少年儿童文学工作者的任务是光荣的，同时也是艰巨的；然而，对少年儿童进行社会主义、共产主义思想教育的文学作品的现状，实在不能满足少年儿童们的要求。不揣浅陋，漫谈鄙见，目的只是代小朋友们提出呼吁，求之迫不觉其言之切，诚惶诚恐，如此而已。

六月二十三日，北京

《1959—1961 儿童文学选》序言

冰 心

重新看了儿童文学三年选（一九五九——一九六一）的目录，不由得心里高兴。如果这是我们给亲爱的小读者所摆出的一桌筵席的话，这席面也不算太寒伧了。

谈到儿童文学创作，首先要弄清楚什么是儿童文学。关于这一点，大家是没有异议的，就是：儿童文学具备文学的一切特点，所不同的是，我们读者的对象是少年儿童，因此，儿童文学的创作，必须照顾到儿童的一切特点，如年龄特点、智力特点、兴趣特点等等，这也是大家没有异议的。

但是，我们还要牢牢记住，在阶级存在的社会里，不可能有超阶级的儿童。同时，生活在不同社会的儿童，他们的特点也是有区别的。不同社会的儿童，从呱呱坠地起就耳濡目染，他们的爱好、愿望、理想，也会因着他们所处的社会的影响而有了区别。毛主席指示我们说："无产阶级要按照自己的世界观改造世界，资产阶级也要按照自己的世界观改造世界。在这一方面，社会主义和资本主义之间谁胜谁负的问题还没有真正解决。"无产阶级要把世界改造为共产主义社会，我们不但要消灭剥削制度，而且要消灭从剥削制度产生的一切旧思想、旧习惯，这需要经过长期而复杂的教育和斗争，才能解决。党的八届十中全会指出："在无产阶级革命和无产阶级专政的整个历史时期，在由资本主义过渡到共产主义的整个历史时期（这个时期需要几十年，甚至更多的时间）存在着无产阶级和资产阶级之间的阶级斗争，存在着社会主义和资本主义这两条道路的斗争……这是马克思列宁主义早就阐明了的一条历史规律，我们千万不要忘记。这种阶级斗争是错综复杂的、曲折的、时起时伏的，有时甚至是

题解 本文原载《文艺报》1963 年第 4 期，后收入《1959—1961 儿童文学选》（人民文学出版社 1963 年版）。本书据后者收录。这篇序言是对 1959 年至 1961 年间中国儿童文学创作的一个总结性评论。

很激烈的。"因此,大力加强我们少年儿童的思想教育,使他们能在未来的几十年或更多的时间中,在建设社会主义、共产主义的道路上,遇到骇浪惊涛,经得起风险,遇到浓雾乌云,认得清方向,成为勇敢坚定的接班人,是我们儿童文学的光荣任务。

我们不难看出,资产阶级是如何地通过他们的儿童文学,来和无产阶级争夺下一代。尤其是美帝国主义者,他们利用滑稽画、小人书,向他们的儿童灌输损人利己、好逸恶劳的剥削思想。仅举一段小小的滑稽画为例:亨利的妈妈,拿一角钱雇他在自己的院子里推草。而亨利却拿五分钱去买冰棒,用其余的五分钱转雇邻居的孩子来替他推草,他自己安闲地在树荫下吃着冰棒,乐悠悠地看着人家在烈日下替他劳动。这种孩子,就是资产阶级所标榜为聪明的、有办法的!还有关于所谓侠客的连环画,也是鼓励孩子们为了个人的金钱、名誉、地位去冒险,去掠夺别人,压迫别人,给侵略集团做爪牙和工具。还有更隐蔽更恶毒的,就是用一套超阶级的人道、人性、人类爱否认阶级斗争的观点,来迷惑儿童、麻痹儿童,来瓦解他们的革命斗志,使他们安于现状,只顾个人和小集团的幸福生活,不敢革命,害怕斗争,死心塌地的做了资产阶级思想的俘虏,这是帝国主义者和现代修正主义者策使社会主义向资本主义"和平演变"的阴谋的一部分,我们必须对这个阴谋作针锋相对的斗争!

把问题拉回到我们今天的儿童文学创作上来。我们今天所面对的一亿以上的小读者,他们和我们小时候是大不相同了。他们看到了许多新鲜事物,他们知道了许多国际大事,他们在生活和学习各方面,都受到党和政府的无微不至的关怀,他们的天地是无边广阔的,他们周围的空气是清新自由的。但是,他们的绝大多数是解放后诞生的,对于解放前劳动人民所受的剥削压迫,以及长时期的残酷的阶级斗争,或者是印象极浅,或者是茫无所知。不知革命缔造之艰难,也不晓当前生活之可贵。同时,从旧社会遗留下来的旧思想和恶习惯的残余也不可免地向他们侵蚀袭击。针对这些情况,我们首先要帮助他们懂得什么是阶级,什么是剥削,谁是朋友,谁是敌人,新旧社会的区别在哪里,作为新中国的儿童应当有什么样的雄心大志等等,我们要教育他们学习无产阶级的优秀品质:团结友爱,勇敢诚实,关心集体,热爱劳动,爱护公物,遵守纪律,艰苦朴素等等。我们也要引导儿童关心国际大事和资本主义国家的儿童生活,用当前的国际阶级斗争事实,来激发他们的爱国主义、国际主义精神和热爱阶级朋友、反对我们的共同敌人——帝国主义者的决心。

我们小读者这一代，成长起来，是要走上伟大而光荣的社会主义共产主义建设的道路的，在他们前进的道路上，不但有艰巨的生产斗争，有更复杂的阶级斗争，他们迫切地需要易于消化富于营养的精神食粮，使他们能够好好地发育壮大。为儿童准备精神食粮的人们，就必须精心烹调，做到端出来的饭菜，在色、香、味上无一不佳。使他们一看见就会引起食欲，欣然举箸，点滴不遗。因此，为要儿童爱吃他们的精神食粮，我们必须讲究我们的烹调艺术，也就是必须讲究我们的创作艺术。

我们认为，促进创作艺术的唯一方法，就是怀着一颗热爱我们的事业，热爱儿童的心，钻进儿童的群中去，在思想感情上和他们打成一片，知道了他们的愿望，熟悉他们的语言，和他们在一起的时候，仔细地观察、体验、研究、分析一切人物，一切环境，从实际生活中提炼出更多、更强烈、更有集中性、更典型、更理想的故事来。这样的作品，必须是有浓厚清新的儿童生活气息的，是照顾到新中国儿童的一切特征，是儿童所能够欣赏并乐于接受的，而决不是故事公式化，人物概念化，"大人说小人话"或是"小孩儿说大人话"的"干巴巴、粗拉拉、板蹋蹋"的不亲切、不真实的东西。

我们不是说这本三年选中的四十四篇作品（各栏目下的次序，是按照发表的先后编排的。计有：小说、散文、特写十一篇；革命斗争故事五篇；诗歌十六首；民间故事四篇；童话、寓言三篇；剧本、曲艺三篇；科学幻想故事二篇），篇篇都合乎我们的理想标准，我们也不敢说这三年中儿童文学作品的题材比以前更广阔了，内容比以前更深刻了。但是，这四十四篇，究竟是经过全国各文艺报刊，特别是儿童出版社和儿童报刊所推荐的三百多篇作品中，初选再选而决定下来的。初选的工作，是由人民文学出版社做的。这是一道十分繁重的挑选筛滤的工作，我们在此表示深深的感谢！

在这四十四篇作品中，先从小说、散文、特写说起。这里面，写学校生活和农村生活的仍是比较多。《小茶碗变成大脸盆》和《我们楼里的一群少年》，就用的是学校生活的题材。前一篇是写没有恒心、见异思迁和懒惰淘气的孩子，怎样地得到老师和同学们集体的帮助，而改正缺点。后一篇是学校放假以后，一个少先队的大队长还在想种种办法，和同学们在一起，维持了他们所居住的大楼的秩序和清洁。在《妈妈割麦去了》篇内，妈妈并没有出场，却描写了托儿所里的一位保育员和一位驾驶员,对于因为妈妈不在,而不能回家的两个孩子的无微不至的关怀,说明新社会里的每一个人,直接间接地对于农业生产的支持。《一条鞭子》、《村头小河旁》和《荣荣》,也是写农村生活的。《一条鞭子》里的小羊倌,从一条鞭子上学到了,而且永远记住了他们社主任的勤俭办社的优良传统。《村头小河旁》是描写一个跟着支援农业生产的爸爸下乡上学的孩子,怎样地得到当地小朋友的欢迎,使他更加热爱了农村的环境。《荣荣》是写一个把集体利益放在个人利益之上的孩子,为着保护公社里的白薯,把自留地里的还没熟透的白薯,刨了出来给弟弟吃。《小仆人》和《三个小伙伴》都写的是海外儿童的生活和斗争。在帝国主义者们的种族歧视之下,阿联儿童阿卜杜拉,受着白种人的欺凌、戏弄、猜疑,而他却在恶毒的眼光下昂然挺立,显示出他的见义勇为的优良品质。《三个小伙伴》里的三个中国、印度、马来亚的孩子,在美帝资本家的压迫下,坚强地团结起来,向强暴的势力,作不屈不挠的斗争。从《小仆人》里的法国孩子皮埃尔和《三个小伙伴》里的美国孩子小琼斯的描写上,都可以看出资产阶级奸诈凶狠、欺软怕硬的阶级本质,怎样地侵蚀了他们的儿童。《我想念着你,谢尼亚》是写中国作家与苏联乌兹别克共和国的一个男孩中间的热烈友谊。《草原的儿子》和《"强盗"的女儿》,都是描写解放前的残酷阶级斗争,以及在斗争中成长的少年。《"强盗"的女儿》的笔力尤其鲜明而生动。

　　情绪火炽、情节紧张的革命斗争故事,永远是儿童们所最爱看的。这里选的《三号了望哨》是写抗日时期,敌后的孩子们,怎样机智勇敢地做着情报工作,帮助了游击队的斗争。《找红军》是叙述一个游击队员的儿子,妈妈牺牲了,他跟着爸爸顽强勇敢地经过千辛万苦,终于找到了他们的亲人——红军。《泥鳅看瓜》是写的抗日时期,一个勇敢机警、象泥鳅一样迅疾的少年,把一个伪军揪到一个苇塘里的故事。《少年铁血队》是写跟着杨靖宇将军转战东北坚持抗日的少年儿童队伍,故事里充满了勇敢乐观的精神。《在风雨中长大》是写上海做地下工作的革命英雄的一家,在父母被捕以后,这个从小受着革命教育的孩子,虽然受尽敌人的诱吓,始终没有泄露自己的朋友,还千方百计地给狱中的父母传递消息。这些故事中的儿童,都是爱憎分明、立场坚定、不怕艰难、不畏强暴的,都是我们的小读者所最羡慕敬爱的人物。

　　诗歌共十六篇,长短不同,内容包括得也很广泛。但它们也有相同之点,就是大都清新、活泼,音乐性比较强,易于琅琅上口;短的念过几篇,可以不忘,就是较长一点的,也很适宜于儿童的朗诵。诗里有故事的如《普洛夫迪夫一女孩》,是写保加利亚一个女孩,通过了参观中国的展览会,引起她对于遥远的中国的热爱。《"小迷糊"阿姨》是作者的许多好儿童诗中之一首,她很形象化地形容一个迷糊的孩子,怎样地从一出儿童剧中得到了帮助和启发,十年之后,他又去拜访了这个头发已经发白的演员阿姨,向她致谢。《电姑娘》是把电拟人化了,对孩子们述说了电的种种用处,只要能好好地利用她,共产主义就会早早实现。《刘文学》是叙事体的长诗,歌颂全国闻名的、为了保护公社财产和阶级敌人舍死斗争,而牺牲自己幼小的生命的少年英雄。末一段强调斗争没有停止,是我们的少年儿童所应该时刻记住的诗句。

民间故事,常常是介于小说和童话、寓言之间的一种文学形式,表达了劳动人民的愿望,和他们对于他们所爱戴的人物的怀念。我国十八世纪中叶的捻军起义,鼓舞了被压迫的广大人民。捻军的失败,也引起人民无尽的悲愤,他们对起义的英雄们是永志不忘的。《鲁王与小黄马》是许多关于捻军的传说中最广泛流传的一段。故事里提到,不但是英雄的鲁王,就是他座下的小黄马,也是威声四震、至死不屈的。《鱼抬梁,土堆亭》,是从许许多多鲁班的传说中选出来的。劳动人民对于在实际生活上给他们办过好事的古人,总有无限的敬爱,他们还把许多新的创造,都归功到这些人物身上。故事里鲁班的形象,总是"不露相"的"真人",缄默、谦虚、朴素,但他却能创造奇迹。《铃当儿》是个很典型的中国民间故事:一对异母兄弟,情投意合,相亲相爱,凶狠的后娘,却千方百计地想陷害哥哥,好心的弟弟和喜鹊、红果都帮他的忙,结果是后母受了感化。《兔子》写一只自以为聪明的兔子想欺骗小鸡、老牛、小羊和乌龟,结果反把自己的嘴也变成三角的,耳朵也变长了,尾巴也变短了等等。

童话是儿童文学独有的一种文学形式,它的特点就是富于幻想。童话的创作方法,正在大家热烈讨论之中,而且大家也在热心地创作,这是值得欢迎的好现象。我们认为童话是儿童文学中最富有幻想的一种形式,它的题材范围应该是十分广阔的。只要有实际生活的基础,有新时代的思想感情,古人、动物和工、农、兵,是可以写入童话的。这里我们选了三篇:《鹁鸪》是从民谚"夜里想起千条路,日里变成懒鹁鸪"发展出来的故事,讽刺只想不做,得过且过的懒汉。《小白鹅在这里》写被一个小学生所珍爱的一只小白鹅,它淘气地跑得很远,遇到了一连串的意外的事情,终于在一个牧场里被收养了下来。当小学生到牧场参观的时候,惊喜地找到了他的心爱的朋友,但是他并不想把它抱回去,因为"它在这里生活过得挺好的,就留在这里吧"。表明在社会主义大家庭里,到处都是同情和关怀。《猪八戒学本领》是从作者的好几段猪八戒的故事中选出来的。《西游记》是广大儿童所熟悉的故事,猪八戒也是广大儿童所熟悉和喜见的形象。

从他身上发展故事,有事半功倍的效果,是一种有价值的尝试。

剧本有《常河叔叔》,写了大跃进的水库建设,写了工人的光辉形象,也写了忠勇的少先队员,剧情有曲折,有悬望,对话也简练有力。《宝船》是在民间传说的基础上写成的童话喜剧,有歌有舞,也有阶级斗争。在对话上尤其表现出作者特有的幽默愉快的风格。相声是儿童最欢迎的一种曲艺,紧凑而滑稽的对话,总能紧紧地吸引住他们的注意力,鲜明而突出的形象化的语言,也会长久地遗留在他们的记忆里。《一封信》是从一封充满了错字寄不出的信说起,教育儿童要好好地学习语文,否则连一封信都写不好。

科学幻想故事的创作,必须兼有丰富的科学常识和丰富的幻想,写来才能引人入胜。《五万年以前的客人》,运用了中国历史上关于天文的真实记载,联系上儿童们所最感兴趣的火箭科学,是个很新颖很有趣味的故事。《大鲸牧场》用飞机钓鱼,大海养鲸等有趣的情节,把儿童带进大鲸工厂,介绍了鲸鱼全身是宝的科学知识,效果不错。

在这里应该提到一件很有意思的事,就是这三年之中,我们比较大的收获,还是不能收在这本集子里的长篇作品,这些也是适应儿童爱看大部头著作的迫切需要而产生的。我们在此把这些书名提一下,就是:《林中篝火》写的是山区藏族儿童的生活。《小兵张嘎》写的是白洋淀儿童的抗日故事。《我守卫在桃花河畔》写的是一个新战士的成长。《母子闹革命》写的是母子一同参加革命斗争的回忆。《小布头奇遇记》写的是一个布娃娃从城里到农村的遭遇。《英雄小八路》是一个写海防前线的少年支持海防战士英勇抗敌的剧本。《李时珍》是我国十六世纪著名科学家李时珍的传记。《战斗在北大荒》是牡丹江青年垦荒队的故事。这些都是政治性和艺术性比较强的作品,是充实儿童书架的好材料。

我们也要郑重地提到,我国著名的作家、诗人、学者不是专写儿童文学的,象郭沫若、臧克家、李季、阮章竞都给儿童写过诗,李四光等等十四位科学家给儿童写过《科学家谈二十一世纪》,杨朔、袁静等替儿童写过小说、散文……我们不能一一提名,只借这个机会,代表儿童们向他们深深致谢,并热烈请求他们再多多地为儿童写作。

瞻望前途,我们感到已有的儿童文学作品,在质量和数量上,都还远远不能满足我们伟大时代的需要。我们还是要提出历年来大家所不断提出的几项要求,就是:我们要有更广阔更多样的题材,要有更多地反映我们时代各方面生活和斗争的作品;我们要有更大的儿童文学作者的队伍——专业的和业余的——声势浩大地来做儿童文学创作的伟大事业;我们欢迎有更多的批评家,多多注意我们新出的儿童文学作品,一方面给作者以鼓励和关怀,一方面给儿童们以阅读指导。

繁荣儿童文学,事关我们共产主义接班人的成长,和我们共产主义的最后胜利,只有从社会各方面一同努力,才能收到较大的成绩,我们在此再作一次热烈诚恳的呼吁!

1962 年 12 月 26 日

歌颂小英雄　表现大主题

——谈谈儿童文学创作中的两个问题

谢　佐　殿　烈

儿童文学是社会主义文学的有机组成部分。它的首要任务是用生动完美的艺术形象教育孩子们热爱党，热爱毛主席，热爱无产阶级专政的社会主义祖国；努力培养和提高孩子们的阶级斗争、路线斗争和无产阶级专政下继续革命的觉悟。所以，儿童文学作者，除了应该塑造高大的工农兵英雄外，还应该用饱满的革命激情歌颂我们时代的小英雄，表现具有重大意义的主题。本文想就儿童文学创作中的这两个问题谈一些学习体会。

写儿童生活的题材也要致力于表现重大主题

儿童文学，顾名思义，是给少年儿童阅读的文学作品，当然需要照顾孩子的特点，力求使孩子们看得懂，喜爱看。但这并不是儿童文学创作的目的。儿童文学，作为社会主义文学的组成部分，应该而且必须服从党对社会主义文学的要求，把培养和提高孩子们的阶级斗争、路线斗争和无产阶级专政下继续革命的觉悟放在首位，让他们从小粗知一点马列主义，为巩固无产阶级专政而战斗。因此，即使是写儿童生活的作品，从题材的选择，到主题的提炼、深化，都必须紧紧围绕这一光荣任务，也就是说，要敢于和善于反映重大题材，表现重大主题。

中篇小说《闪闪的红星》是一部深受孩子们喜爱的作品。它生动地反映了主人公潘冬子在"闪闪的红星"照耀下，在群众斗争的大风浪里，从一个七岁的娃娃锻炼成长为革命战士的过程。根据这部小说改编的影片《闪闪的红星》，在

题解　本文原载《红小兵报通讯》1975年第1、2期合刊。这篇文章是"文革"期间中国儿童文学理论的缩影和记录。文章首先强调儿童文学的政治工具性，继而具体提出两个要求：写儿童生活的题材也要致力于表现重大主题，即要紧紧围绕提高儿童阶级斗争和路线斗争的觉悟这一任务；要遵循"三突出"原则塑造无产阶级的少年英雄。

处理革命历史题材为现实斗争服务方面取得了很大的成功,特别突出了潘冬子所生活的那个时代最本质、最重要的问题:得而复失和失而复得;用生动的形象阐明了这样一个真理:毛主席的革命路线是我们的命根子,"思想上政治上的路线正确与否是决定一切的"。中篇小说《欢乐的海》以南海军民保卫西沙的战斗为背景,描写了小英雄海松同阿公和社员们一道活捉西贡特务的故事,生动地表明:"是人民创造了欢乐,创造了欢乐的海,是人民保卫了欢乐,保卫了欢乐的海";"战斗,才是真正的欢乐!"中篇小说《向阳院的故事》和《不平凡的暑假》,都是写孩子们在假日里参加有意义的社会活动,并经受了阶级斗争锻炼的故事。这些作品都选择了重大的题材,表现了重大的主题。

有人担心:对孩子们讲阶级斗争、路线斗争这样大的问题,他们是否会懂?影片《闪闪的红星》和小说《欢乐的海》、《向阳院的故事》、《不平凡的暑假》等作品在孩子们中间受到这样广泛、热烈的欢迎,这个事实告诉我们这种担心是不必要的。写儿童生活的文学作品要表现有重大意义的主题,并不是说要让作品里的孩子去完成力不能及的事情,或是简单地高呼"阶级斗争"之类的口号,而是要把儿童的性格发展同阶级斗争、路线斗争紧紧地联系在一起,通过儿童特定的斗争生活来表现主题。小说《向阳院的故事》就不是简单地把阶级斗争的结论交给小读者,而是具体描述了主人公铁柱等孩子怎样在亲身参加的斗争实践中,接受了阶级斗争的考验,逐步认清了暗藏的阶级敌人的丑恶嘴脸,提高了阶级斗争觉悟的过程。作品用生动的情节使孩子们懂得:即使在鸡不叫、狗不咬,夜里睡觉不关门,连个柴草棒棒也不会丢的向阳院,也有狂风暴雨,也有刀光剑影,从而使孩子们明白了什么是阶级、什么是阶级斗争。

儿童文学创作要表现有重大意义的主题,还有一个很重要的方面,就是要紧跟形势,触及时事,配合党的中心工作。去年《红小兵报》上发表的短篇小说《战斗》和《惊弓之鸟》,分别选择了革命现实和革命历史斗争生活中的一个侧面,用艺术形象批判了林彪所宣扬的孔孟之道和林彪的资产阶级军事路线,十分及时地配合了批林批孔运动。尽管作品本身不太成熟,但作者这种敢于触及时事的精神,还是值得称赞的。

提倡写阶级斗争、路线斗争,表现重大主题,就要反对"无冲突论"。"无冲突论"是阶级斗争熄灭论和中庸之道在文学创作上的反映。它抹煞阶级矛盾,否认阶级斗争,歪曲社会本质,妄图削弱社会主义文学的战斗力。在一些儿童文学作品中,也存在着"无冲突论"的影响,主要表现是醉心于写好人好事,不能从阶级斗争、路线斗争高度来提炼主题。例如:有篇小说写两个孩子为替队里刚生产的母猪改善伙食,误打了一条别队放养的鲤鱼。把原物送还吧?不行,鱼已宰了。于是就想方设法再捕捉一条赔偿。他们好不容易捕了一条大的,一算,只三斤二两,较原来的那条少一两。怎么办呢?再捕。终于在一个大雨滂沱的深夜捕到了一条四斤重的大鲤鱼,高高兴兴地送还了物主。还有篇小说写菜场里的红小兵服务摊在卖茨菇时多收了顾客三分钱,两个红小兵经过调查、访问,最后找到了那位顾客并把钱退还给他的故事。的确,这些红小兵的品质是高尚的,但作品的主题仅仅停留在这样的高度就很不够了。作品的思想深度决定于主要人物阶级斗争、路线斗争觉悟的高度。如果只满足于表扬好人好事而避免接触人物思想深处最本质的因素,要创作主题深刻的作品是困难的。

当然,儿童文学在表现重大主题时,也应该照顾到儿童特点,对一些与主题有关的、适合儿童特点的情节或细节不能一概排斥。影片《闪闪的红星》里有一个写潘冬子与椿伢子等玩打土豪游戏的情节,在成人影片里未必是需要的,但在这里,却从一个侧面表现了冬子天真活泼的性格和爱憎分明的品质,成为影片必要的组成部分了。许多儿童文学作品,都是选用孩子们所熟悉的斗争方式来表现主题,是很必要的。这与资产阶级、修正主义文艺所热衷的"儿童趣味"风马牛不相及。"儿童本位论"者一味鼓吹"儿童趣味",说什么儿童文学"就是用明白浅显,饶有趣味,一方面投儿童心理所好,一方面也可以自己欣赏的文学"。在他们看来,"儿童趣味"简直就成了儿童文学。在这种论调影响指导下进行创作的人,故意地蹲下身子,学着孩子的腔调,奶声奶气地说话;写的尽是些小狗小猫小白兔,要不就是什么"排排坐,吃果果",什么"喝茶啊,吃糖果,客人们跳舞又唱歌"等等。象这样的儿童文学,其作用只能是把孩子们的眼睛蒙起来,不让他们看到丰富多彩的社会生活,看到充满斗争的现实世界,窒息孩子们旺盛的上进心。这种资产阶级、修正主义的东西是十分有害的。经过无产阶级文化大革命急风暴雨般的冲刷,这种儿童文学是不多见了。但是,我们还是应该引起警惕,防止文艺黑线的回潮。

要遵循"三突出"原则塑造无产阶级的少年英雄

无产阶级的英雄人物,是在毛主席革命路线指引下哺育成长的,它总是在同衰亡着的资本主义努力的斗争中显示其英雄性格的,也是在革命集体的培育和帮助下发展其英雄性格的。因此,用反面人物的反衬、其他正面人物的烘托,以突出英雄人物,是一切社会主义文学创作必须遵循的一个原则。儿童文学也必须遵循这一原则,运用革命现实主义和革命浪漫主义相结合的创作方法,塑造完美动人、光彩夺目的无产阶级少年英雄的形象,为繁荣社会主义文学创作做出贡献。

少年儿童,从各方面说,都正处在成长过程当中,他们能不能充当作品中的第一号英雄人物？影片《闪闪的红星》和其它比较优秀的儿童文学创作的艺术实践告诉我们:能。

社会主义新中国的少年儿童是幸福的。在毛泽东思想阳光雨露滋润下,他们成长得很快。他们的觉悟程度、智慧和才能往往超出一些人所能理解的范围,他们已经做出了,而且还正在做许多惊天动地的大事业。就从文学反映生活这个意义来说,少年儿童也完全有权利充当文学作品的第一号英雄人物。况且,"成熟"也不是绝对的概念,孩子们在他们那个年龄阶段和他们所处的那个环境,经过艰苦的努力,完成了一般孩子所不能完成的事情,这也未尝不可理解为"成熟"。他们在生活中是主人,在文学作品中也理所当然地可以成为主人。我们应该学习革命样板戏"三突出"的创作原则,把少年儿童英雄形象写得英姿勃勃,光彩照人。

小说《带响的弓箭》在处理主人公虎子与特务这一对敌我矛盾时,小英雄虎子始终处于主动进攻的地位,用机智和勇敢战胜狡猾和凶狠的特务。一开始,虎子就对假装勘测队员的特务提出了怀疑;等进一步发现疑点时,他就勇敢地追了上去;当特务露出狰狞面目要他带路时,他将计就计,把特务引到逮熊的陷阱边上,并出其不意地将特务撞进陷阱里去……我们的小英雄所以能战胜气势汹汹的阶级敌人,正如《不平凡的暑假》中主人公小滨所认识的那样,就是因为敌人是腐朽的、虚弱的,而我们的小英雄却代表着人民,他们在斗争中,有着党的领导,有着马列主义的武装,有着强大的无产阶级作后盾。因此,他们在与敌人正面交锋时,即使只有一个人,也会勇敢战斗,一往无前。当然,在表现这种斗争时,情节要安排得合乎情理,令人信服。《带响的弓箭》中的虎子先把特务撞倒在陷阱里,继用吊熊瞎子的罗汉套将特务吊在大树上,最后射出三支响箭报告边防战士和民兵,让他们来带走特务的处理就比较合理得多,而且也是塑造高大的小英雄所必需的。

应该指出,有些儿童文学作品动辄让小主人公对阶级敌人说什么"你已经处于人民战争的汪洋大海之中了"、"不许再放毒,你表演得够充分了"之类的话,尽管作者的意图是想把小英雄塑造得"高大"些,然而,适得其反,只能起个贬低英雄形象的消极作用。

在处理正面人物与主要英雄人物的关系方面,发表在《红小兵报》上的短篇小说《争夺》,还是比较好的。小说中小英雄吴建新同阿梁和杨师傅两个正面人物(阿梁是个转变人物,这里也把他当作正面人物)的关系,是突出和陪衬的关系。吴建新和阿梁同样喜爱拉小提琴,吴建新拉的是革命乐曲,而阿梁因受毒害却拉出了软绵绵的乐曲。小说不仅从对比中突出了吴建新,并且还写吴建新用敏锐的政治嗅觉,及时地从阿梁身上发现了一场意识形态领域的阶级斗争,更进一步突出了吴建新。在处理吴建新与杨师傅的关系时,小说一方面丝毫不贬低工宣队的政治作用,让吴建新在杨师傅的教育和领导下开展工作,参加斗争;另一方面,把主要篇幅放在吴建新身上,让吴建新在解决矛盾中起主导作用,来突出吴建新。当然,小说还存在不足之处:另一个正面人物——大娘没有对主人公吴建新起陪衬作用。

小英雄是在革命长辈的教育下成长起来的,绝对不能用压低革命长辈的方法来突出小英雄。有的儿童文学作品对此没有引起足够的重视。例如,有一篇小说写某农场解放思想试养梅花鹿的故事,为了"突出"主人公知识青年饲养员,竟然把作品中唯一的老贫农写成老保守、大笨蛋。毛主席说:"知识青年到农村去,接受贫下中农的再教育,很有必要。"显然,作品的处理是有问题的。

在儿童文学作品中,塑造少年儿童英雄形象时要注意分寸,不能为了片面强调主人公的英雄形象而让他去完成力不能及的事情,说出超越他年龄许可的话,把小孩写成一个"小大人";同时,也不能因为他是一个孩子而不必要地让他去做调皮捣蛋的事情,以表现所谓"童心"。不能这样,因为这都是直接违背"三突出"的创作原则,有损于英雄形象的完美和统一的。孩子们都处在发展的阶段,有着特别强的好奇心和模仿力,尤其对他们所喜爱的英雄人物的一举一动,更是乐于学习。如果在塑造少年儿童英雄形象时故意往他脸上抹一点黑,或是为了追求惊险的故事,离奇的情节,让主人公去从事"英勇的冒险",那么,给广大小读者可能带来的有害影响是难以设想的。

创作儿童文学是一项艰苦的劳动。它同成人文学有许多共同之处,也有若干不同之处。认识和掌握这两个方面,对儿童文学创作实践是不无益处的。

儿童文学的报春燕

——1980年以来儿童短篇小说创作管窥

周 晓

随着社会主义新时期文艺的空前发展,儿童文学也呈现出了前所未有的勃勃生机。只是由于"左"的思潮对儿童文学的影响未完全肃清,近几年间创作的发展尚处于渐进的状态。可喜的是,去年以来出现了迈开大步前进的趋势,这在短篇小说中表现得比较明显。儿童文学的发展问题,已经日益引起人们的关注。笔者去年曾以《儿童文学札记二题》《儿童文学创作要有大的突破》为题撰文,提出了针对几年来儿童文学创作中问题方面的一些浅见(分别刊于《文艺报》1980年第六期、《人民日报》1981年2月18日);本文拟以1980年迄今一年多来部分儿童短篇小说——已为《儿童文学选刊》所选载的作品为依据,就成绩方面做一次鸟瞰式的粗浅评论,以就教于作者们和广大关心儿童文学的读者。

翦除"四害"后的头两年,不少儿童文学的小说作者处于彷徨之中,写什么,怎么写,一时都成为问题。有的作者说:"破除了'三突出',扔掉了'主题先行',离开了写路线斗争、阶级斗争,我几乎不会写了。"待到地平线上跃出了《班主任》《伤痕》,文艺要敢于真实地反映社会生活,并且迅速形成振奋人心的社会主义文学新潮流之后,儿童文学的作者们虽然仍不无迟疑,但毕竟也开始了创作的探索。特别是,一批年轻的新作者以他们的新鲜感受,开始叩击儿童文学的门扉,他们的笔虽生疏,但确实为刚刚复苏的儿童文学花圃平添了一抹生意盎然的新绿,显示了希望。这期间产生了《谁是未来的中队长》《吃拖拉机的故事》《失去旋律的琴声》(均发表于1979年)等,尽管儿童小说创作的实绩还不很大,但

题解 本文原载《儿童文学选刊》1981年第4期。文章围绕一个新的创作现象而展开:"儿童文学的新老作家面对我们广大的少年读者,终于敢于向他们展现他们所能理解的真实的人生。"通过细腻而精准的作品分析,文章指出:无论是反映当前的现实生活还是反映"文革"期间儿童所受到的荼毒抑或是继续革命题材的书写,这些小说都在主题、题材上有了明显的深化与拓展,艺术表现上有了个性化的追求,出现了丰富多样的小说人物,从而使儿童文学的文学性得以确立。本文为中国当代儿童文学创作在20世纪80年代后进入艺术自觉与探索的热潮提供了有力的理论支持。

总的说,是结束了停滞的状态了。到了1980年,尤其在第二次全国少年儿童文艺创作评奖前后,青年作者们以及几位中年新作者,终于写出了一批使人耳目一新的作品。与此同时,儿童文学的老作者和成人文学作家也陆续发表了一批有新意、思想性和艺术性都较高的儿童短篇小说新作。读着这一年多来的作品,使人感到在儿童文学领域内确实有一股在创作探索中前进的冲力。这些作品表明,儿童文学的新老作家面对我们广大的少年读者,终于敢于向他们展现他们所能理解的真实的人生。作家们在探索:儿童文学应如何向八十年代的孩子描绘光明和美好,又如何揭露黑暗和丑恶?作家们在探索:如何通过自己的观察和感受,提出日益复杂的社会生活中与孩子紧密有关的问题以及少年儿童成长中的现实问题。作家们在探索:如何为今天的孩子们说话,又如何满足孩子们的需要?我觉得,这些作品在医治十年浩劫给予孩子精神上的创伤,滋润心灵、陶冶性情、启发智慧,并鼓舞起作为八十年代新主人的自觉,提高社会主义思想品德上,是很有作用的。当前的儿童小说创作尽管和成人文学相比尚有差距,但是,只要儿童文学界充分重视并进一步促进当前这股前进的创作冲力,那么,是一定会迎头赶上,同样会创作出无愧于时代的优秀作品来的。

一

我们可以从反映当前现实生活的作品开始涉猎。如果说,王安忆的《谁是未来的中队长》在1979年的儿童小说中一反虚饰和陈套,开始真实地反映少年儿童生活的尝试,引起人们的注意;那么,这位青年女作家和另一位青年作家罗辰生,他们在1980年的短篇创作,就更加引人注目了。王安忆的《黑黑白白》笔墨显得较为集中,通过一对兔子的故事,写小主人公阿金和同学们的矛盾纠葛,构成既单纯又曲折的情节,把一个不知同情、残酷为何物而秉性又是善良的孩子的心理和感情的变化,表现得既真实又细致。作者的笔深入小主人公的内心深处,使读者真切地看到了那颗稚嫩的心的震颤。《黑黑白白》在题材上突破了只能正面取材的陈规旧套,而且,在王安忆的儿童小说里,已注意了对生活素材的提炼熔铸,从反映生活事实前进到表现生活的真实;既反映了少年生活中的"问题"(《谁是未来的中队长》曾被称为"问题小说"),又着意写富有新时期特点的孩子的感情,在以情感人这一点上达到生活与艺术较好的统一。

罗辰生的《白脖儿》在学校生活方面提出了孩子成长中的现实问题——入队问题,片面地排斥某些被认为有缺点的孩子加入少先队,这曾经是学校生活中的一种偏向。《白脖儿》敏锐地提出问题，响亮地传达了孩子们的心声；小说所刻画的小主人公张小明并不是作者用以体现意图的木偶，也不是一个苍白的或只有一个侧影的人物，而是一个活跃的有生命的艺术形象。小说从生活出发，对学校生活所存在的问题的概括既真实、尖锐又具有说服力，这种说服力是通过活生生的人物的艺术魅力体现出来的；较之前此作者写的《吃拖拉机的故事》存在一些概念的和从旧的阶级斗争观念出发进行构思的痕迹，是一个带有突破意义的明显的进步。罗辰生的另一篇小说《"大将"和美妞》，则从一个独特的角度——一个华侨女孩到了新的学校所引起的矛盾来反映生活。在这篇小说里，男女同学从对立到友爱，感情是建立在对同胞对祖国的认识和热爱的基础之上的。五十年代曾经出现过一篇优秀小说《省城里来的新同学》，冰心先生称赞它有"从学校生活特殊方面取材"的出色之处，可是却遭到来自"左"的批评，被指责为"丑化农村孩子"，小说作者还因此被迫做了检讨。罗辰生对《省城里来的新同学》这篇小说艺术上是有所借鉴的，在思想上则有所发展，同样特殊的角度，同样是男女同学团结友爱的题材，却写出了新意，比较深刻地表现了爱国主义的主题。这在今天是有现实意义的，在对少年儿童进行爱国主义教育方面，我们迫切需要生活概括和艺术性都较高的作品。

可庆幸的是，儿童文学真实地、多方面地反映少年儿童生活，今天已不必担心受到非议和责难，已经成为越来越多的作者的创作实践了。今年我们读到了又一批反映学校生活的小说，其中最近发表的《一个颠倒过来的故事》，颇给人以不落俗套、鹤立鸡群之感。它写的是经历了大动乱之后孩子日常生活中的正不压邪的现象。读了小说，令读者感到慰藉的是，在这种叫人揪心的颠倒里，我们毕竟真切地听到了孩子心灵的呼喊；孩子的心是向上的，我们的时代将会使他由懦弱变得坚强。作者所运用的学校生活的素材，其实并无新意，所勾勒的生活面也不大（没有超出学校的范围），故事也十分简单（只不过是一个学生为了做好事——在教室门扇上钉一条小小的胶皮条所引起的波折），可是作者通过单纯的情节向生活深处开掘，从少年孩子的世界，真实、深入地反映出了新旧交替时期生活的特点和趋向。这样的作品在儿童小说中还不多见，它会激起少年读者对生活的思考和感奋。这篇小说是近年来以短篇小说《卖蟹》《内当家》知名于文坛的新作者王润滋新近为少年读者写的，我们希望有更多与生活有密切联系、创作力旺盛的新作家更多地为孩子们写作。

从今年上半年发表的短篇小说，我们还可以看到一种新的趋势，即作者们的生活视野有了新的开拓。在今天新旧交替时期的社会生活中，成人世界部分人的灵魂污染，不可避免地也会使我们的少年儿童蒙受影响。随着社会生活的急剧发展，作者们的眼光还逐渐从学校生活拓展到其他生活的角落，注意和捕捉一些看似细微、实际上也对少年儿童的成长产生很大影响的现实问题。比如今春相继发表的张微的《我发誓……》和刘岩的《被扭曲了的树秧》两篇小说，就是写当前盛行于某些生活角落的社会恶习——"关系学"对孩子的影响的。前一篇写一个不向流俗屈服但又无力抗争的少年学生内心的痛苦，矛盾冲突从家庭中扩展开去；在作者笔下，这个孩子纯洁的心地和他与教师之间真诚的挚爱令人感动。小主人公虽略为理想化了些，但作品所表现的美与丑的对立是来自生活的，人物形象具有一定的艺术感染力。后一篇写一个女孩子在父亲的处世哲学——以旧"势利眼"为内容的新关系学熏陶下被扭曲了的性格。这篇小说紧紧抓住了生活中确实存在的受到精神污染而不自知的那种过于乖巧的孩子的典型特征，人们不能不为这个天真聪明的孩子的被扭曲而变丑的性格深感痛惜（小说的缺点是这位年轻作者还不善于提炼概括，细节有些罗列堆砌，有的显得过分、不尽合理）。这些作品反映了儿童小说作者面对日趋复杂的社会生活时在伦理观念、道德情操问题上的思考。这对启发少年读者关于应该怎样对待生活、怎样生活，应该如何处理人与人之间的关系，都会是有益的。

这里，还可以提到另外三位作者的作品。夏有志的《彩霞》写了一个有理想的女学生被迫辍学就业的故事。作者以切望少年健康成长的心情写了一个淳朴少女彩霞的内心苦闷，反映了十年动乱所造成的教育事业停滞落后等社会问题如何阻碍了孩子的茁壮成长。尤凤伟的《草莓》则写了一对两小无猜的孩子无邪的友爱，和两家父母的不和所投射在他们心灵上的阴影。孩子不能改变大人的积怨，小说没有像过去的某些作品那样强孩子之所难，勉强写孩子去解决矛盾，而是着重于写他们之间的纯真美好的友情。从家庭角度反映少年儿童生活，过去由于"左"的影响被认为脱离政治而几乎绝迹，目前这样的作品还不是很多，这是有待作者们继续努力的。青年女作者程玮不久之前发表的《See You》，不仅以取材的特殊（中美两国儿童的友谊）见长，也不仅以从生活本身、从孩子特有的心理和性格发掘出来的情趣取胜，我甚至觉得，比小说所塑造的有血有肉的孩子形象还更使人注目的是细节描写上的真实，小主人公佳佳的母亲的拘谨、外国专家楼看门人对孩子的粗暴所构成的气氛与环境，不期然地妨碍了孩子正常感情的发展，这种描写是异常可信的，给人以生活的立体感和真实感。从这篇小说可以看到作者踏上了创作的新阶梯，在按照生活的本来面貌真实地反映生活上的追求。

去年一年间到今年上半年反映当前现实生活的儿童短篇小说,主题和题材的深化、开拓,这种变化的趋向是好的,是儿童文学在真实地反映生活上广度的发展和延伸。今年已发表的多数作品,虽则还不如1980年一些优秀作品那么有思想、艺术上的分量,但作者们对于社会生活迅速变化对少年儿童的影响所做出的及时热切的反映,是应该支持和肯定的。

二

1980年以来儿童小说对十年动乱时期少年儿童所受荼毒、残害的揭示和反映,也留给我们较深的印象。这一方面扩大、拓宽了儿童文学的题材和主题范围,也丰富了真实地多方面地反映生活的儿童文学的创作内容。怎样避免人们至今难忘的历史悲剧的重演,这个问题儿童文学适当地有所接触、有所反映,是正常的、必需的、有益的。且不说对十年动乱许多孩子都曾经感同身受、耳濡目染;生活中的悲剧性事物,也应该适当地写给孩子们看。过去那种纯"正面教育"的做法已经被证明是片面的。这样做,正有利于引导他们全面地正确地认识生活,锻炼和培养他们独立思考和判断是非的能力。1979年曾由新作者率先写出了这样的作品,如《失去旋律的琴声》《弯弯的小河》《小薇薇》等。1980年,由于新老作家的共同努力,从少年儿童生活的角度反映十年动乱的小说,思想艺术质量也有所提高。

张洁的《温暖》、肖育轩的《烛泪》、韩少华的《妹妹的生日》、范锡林的《管书人》和田峰泉的《封海令》等,便是这一类较好的作品。和上一年作品的不同处,在于这些小说大多已从叙写悲哀的故事前进了一步,在比较深入地写出十年浩劫给予孩子内心的创伤的同时,有的又比较真实地写出了孩子不可泯灭的善良美好的心灵,有的比较可信地刻画了孩子不屈的性格。特别值得一提的是,青年女作者黄蓓佳写了多篇揭露"文化大革命"对于孩子精神的戕害的作品;《阿兔》一篇读之尤其使人感情震动,有思想、聪敏、纯洁的农村少女阿兔,在历史的大疯狂中被扭曲成为麻木的闰土式的人物;"我"——一个在恶浊浪潮中受裹挟、被欺骗而葬送了阿兔,也葬送了自己天真无邪的人性的女孩子。这两个人物形象,是从那可悲的年代复杂的社会生活中概括出来的,具有较强的真实性和现实感,又具有集中强烈的艺术力量,人物的典型化程度是比较高的。

"文化大革命"留给一部分青少年的是十分惨痛的记忆,这场动乱的余波仍在影响着我们的下一代。这是今天的青少年生活之所以较之五六十年代远为复杂的一个重要原因。比较丰富的生活经历、比较深沉的思考和比较娴熟的艺术技巧,使得我们的一些有成就的儿童文学作家在反映"文革"后当前复杂的少年生活方面,要比青年作者更胜一筹。刘厚明的《绿色钱包》是以工读学校改造失足少年为题材的,其艺术构思虽使人有脱胎自苏联名著《表》的美中不足之感,但借鉴之中是有所创造的,小说充满今天的时代气氛,表现了作家对失足孩子内心创伤的拳拳之心。少年读者通过小说生动曲折的情节和韩小元这个血肉丰满的人物形象,会领悟到:人不能像耗子那样生活,人要有人的尊严感和荣辱感;寄生的不劳而获的生活是丑的,劳动、诚实是美的。小说写了工读学校校长对待失足少年不是打击、凌辱,而是耐心等待,细致地为他受伤的心灵吹进温暖的春风,显示了信任和温暖的力量,形象是传神的感人的。小说在概括生活上有一定的广度和厚度,其结构故事、塑造人物的技巧,也是新作者所不及的。

另一篇同样出自老作者之手的小说《三色圆珠笔》,是邱勋同志的新作。同样以失足孩子的命运为题材,这与《绿色钱包》有相似之处,但着眼点全然不同。作者揭示生活中的另一个侧面:对犯错误的不幸少年(他们也是"四人帮"流毒的受害者)的歧视,在同学中没有温暖、没有同情,以至师生间也缺乏应有的信赖和关切,这也是今天社会生活中复杂性的另一个侧面的显示。作者曲折有致地反映了这一发人深省的可悲的生活现象。小说并没有把失足孩子难于悔改的原因简单地归之于教师和同学,而是指出我们教育上唯心主义、形而上学等种种"四人帮"的流毒并未完全清除。作者以圆熟的、微带嘲讽的笔调,揭示了这颇为尖锐的题旨,具有一定的深刻性。

《绿色钱包》和《三色圆珠笔》的题材是近似的,但这两位儿童文学老作者却从不同的侧面,以至相反的角度加以表现,他们的艺术匠心正反映了近年来儿童短篇小说作者在真实地多方面地表现生活方面的不懈努力。

三

儿童文学界苦于传统题材作品公式老套的未能突破,已经许多年了。使人欣喜的是,1980 年以来的儿童短篇小说中,在这方面,我们终于读到几篇可以誉为出类拔萃的佳作。

我所指的是,其一:中年新作者张映文的《扶我上战马的人》,小说以革命摇篮地区之一陕北无定河畔的生活巨变为素材,在这一背景上描绘出了伟大革命家彭德怀的鲜明形象。就文学创作表现老一辈无产阶级革命家形象来说,

《扶我上战马的人》显然是迟开的花朵了,但就其思想、艺术质量看,尤其以少年儿童喜闻乐见的儿童小说的艺术形式创造的、为他们所充分理解的彭总的艺术形象看,却是难得。

这篇小说截取了彭总与几个农村孩子("八大金刚")在一起的几个生活片断(办抗日村学、"八大金刚"救溺水的小八路和骑马),表现了八路军的到来,人民命运的转折、变化和孩子的迅速成长,透过孩子的眼睛,写出了革命年代独特的生活色彩和情调,把读者带到那个特定的时代环境中去,使人产生一种历史的逼真感,而且生活的内涵较为丰富。作者是在无定河边长大的,他对抗日战争时期的老区生活有一定的积累。作者不一定当面十分熟稔地观察过彭德怀同志,但他显然从"文革"前及"文革"中彭总的身处逆境间接地进一步认识和理解了这位和人民心心相连的革命家,作者的感受深入而且别有见地。彭德怀的形象,是在质朴的又是气势不凡的声色气氛中矗立起来的。整篇小说流溢着抗日战争时期的时代色彩又闪耀着今天的时代精神,不仅写出彭总可敬可亲的思想作风,更突出的是,为广大少年读者以至更广大的成人读者,情感充沛、妙趣横生地突现出了彭总代表人民群众利益、愿望、感情的赤诚胸怀,读之使人既思绪跃动又感慨万千。使人难忘的,还有小说中生龙活虎般的孩子形象,尤其是"八大金刚"中的"我",其艺术刻画上细节的丰富、准确,其生活环境的实在和人物形象的结实,在儿童文学创作的现实主义渊源上,是和《鸡毛信》《小兵张嘎》一脉相承的。

佳作之二,是作家岑桑的《野孩子阿亭》,一篇写旧社会一个孤苦孩子美好心灵和悲怆故事的短篇小说。作者在大自然的美好旖丽与人世间的苦难丑恶的对照中描绘了苦孩子阿亭的形象,充分地写出了真实的人生——交织着美与丑、善与恶的人生。总之,是写出了旧社会真正的人间孤苦孩子的生活,写出了一个真正具有独立生命的艺术形象。

由"鬼亭"这个环境表现出来的阿亭的身世是如此使人震撼,他刚出生就被遗弃于鬼亭,后被人从鬼亭捡走,十三年后又孤苦伶仃地回到鬼亭栖身,最后又在鬼亭背后的水仙湖上死于非命。阿亭的身世堪与阿Q相比,"有谁给他一顿饭吃,他就给谁卖命干活,看牛、车水、割草、戽泥,什么都来"。阿亭没有亲人,没有温暖,小小年纪已经历尽旧社会的生活沧桑,尝尽悲苦。但他并不像成年农民阿Q那样浑浑噩噩,也不像阿Q那样经历了长远的生活磨难而萌发朦胧的革命要求;尽管生活凄苦,这个幼小的生命自有在苦寂中饥寒中顽强生活的力量。阿亭是幼小无力的,然而并不软弱可欺。他的济困扶危的慷慨行为完全是孩子式的,充分显露了他质朴可爱的善良心地。他向往自由、同情弱小、同情和他一样苦难的兄弟姐妹。盂兰节时,他请小伙伴们饱餐了他到处拣取来的小糍盏(那是人们用以供奉亡魂的);之后他一声不吭地走到鬼亭后面的水仙湖边上,向湖里一把一把地撒糍盏,祭奠"饿死、冤死的鬼魂"。这个在孩子自己想象的意境下发生的行为,从孩子幼小的心灵深处悠悠升腾起来的感情,是庄严的。小说通过这个孩子的心扉所表现的这种中国劳苦人民的庄严感情,不能不使读者回荡在胸。

作者不仅仅着眼于故事发展的过程,而且注重于在这个过程中人物思想感情的经历。这样,艺术构思上就抓住了人物思想性格的特定性,显得新颖,不落俗套。凭着对人物的真挚热爱,作者把环境描写(旧社会的面貌)融入人物命运之中,从而揭露出旧社会的丑恶本质。小说写的是旧之又旧的题材,给人的印象却是崭新的。原因在,作者没有简单重复常见的旧社会地主压迫农民的公式,而是另辟蹊径,写的是真正独特的性格和命运,写出了人物的魂魄;作者深得人物的精髓,从一个最穷困的孩子身上发现了温暖、同情,发现了耀人眼目的美;而同时也就强有力地暴露和鞭挞了扼杀美的丑恶的旧社会。

佳作之三是,程乃珊的《"欢乐女神"的故事》。这篇小说也同样没有停留在阶级压迫的表面叙写上,从作品中看不到教会嬷嬷的凶狠嘴脸、马戏班主的皮鞭和狰狞面目。对于不平的社会,作者没有怒斥,没有大声疾呼;而是在被取名"欢乐女神"的女孩子阿琏的幸运与不幸中,真切、朴实地写出阿琏对生活的憧憬和企求,又真切、深沉地写出阿琏生活幻想的破灭。小说流荡着少年读者十分陌生的香港的和宗教的气氛,别开生面地以一种含蓄蕴藉的抒情笔调,揭开了笼罩在"温情脉脉的面纱"下香港社会的真实面貌。作者是一位青年女作者,她较为讲究艺术的构思,从一只红色发夹和一段圣诞节赞美诗恰到好处的反复运用,来描绘环境与人物心理、刻画人物性格,这是值得称道的。

把这几篇小说评价为1980年以来儿童文学创作中的佳作,是不可多得的硕果,并不为过。我相信它们会有比较长久的艺术生命力。

四

如何从创作的发展上来评价这一年多来的儿童短篇小说创作?这些作品为我们的儿童文学创作恢复了和增添了什么?我觉得可以从以下几个方面进行探讨。

第一,真实地多方面地表现生活,是这一批儿童小说创作上的一个突出方面。长期以来,关于生活与创作的关系问题,在文学上和教育上双重的"左"的枷锁禁锢下,儿童文学创作中作家生活感受上的真实和小读者阅读感受上的真实,历来都是被忽视或者简直被无视的。而现在,过去儿童文学中生编硬凑少年儿童参加"三大革命运动",编造人为的阶级斗争的僵死公式,被打破了;从真实的而非虚假的社会关系中写孩子形象或其他人物。——过去不能这样写的,现在可以按照生活的本来面貌写了。从《白脖儿》《黑黑白白》到《野孩子阿亭》《"欢乐女神"的故事》,就不仅写了现实生活中实际存在的活的人,而且写了过去很少反映甚至很少接触的生活面和人物。这一方面是由于近几年来向生活的真实突进的成人文学创作的推动,一方面还由于儿童文学新老作者们也不同程度地经受了大时代的痛苦磨炼,对生活有真切的感受和真知。从另一角度说,和当前文学必须真实地反映过去和今天的现实生活,真实地反映人生相一致,我们也应该让少年儿童看到真实地多方面地反映他们自己的生活,以及他们所能理解的生活和现实状况的作品。现在,我们终于可以欣慰地说,从当前的儿童短篇小说,我们开始看到生活的真实性和丰富性了。这是现实主义在儿童文学创作中的恢复和发展,是现实主义的胜利。

第二,塑造了比较多样的人物,儿童小说作家们的笔开始深入各种各样少年儿童的心灵,是当前儿童小说创作又一突出的成绩。一年多来儿童小说人物创造上的变化,首先是挣脱了简单化的正面、反面人物的划分以及"以正面人物为主"之类的模式的束缚。——这是经历了三四年来的彷徨犹疑,终于突破了纯"正面教育"论对儿童文学创作的羁绊的可贵成果。儿童小说作家们开始探索多角度、多境界地塑造多彩多姿的少年儿童形象和心灵的道路,初步创造出了一批比较多样的富有时代特点的人物形象。

尤其值得注意的,是儿童小说作家们在人物创造中对于爱与美的追求。这在五十年代初儿童文学获得顺利发展的初步繁荣时期也是罕见的。意大利作家亚米契斯的一本《爱的教育》,既写了少年学生生活中的欢乐、友爱,也写了他们的不幸、悲伤和同情。虽然由于作家的阶级局限,小说显然带着小资产阶级知识分子的理想色彩,但基本上是真实地表现了少年们所面临的人生,近百年来在世界上不胫而走,广泛流传。现在我们可以说,我们的不少儿童小说作家,也已经努力于从少年儿童生活丰富多样的表现中追求爱与美,以唤起今天少年儿童正常、健康的喜怒哀乐的感情,滋润陶冶他们的心灵了。人物的多样化和美的情感、美的性格的发现与表现,前文各节已有具体论述。这里我想再援引一篇相当短小的作品《教室里面静悄悄……》（作者高春丽）为例，这篇仅仅三千字的小说，从一般的同学友爱的素材写出了"对别人的痛苦要同情"的主题。小说简洁地揭示了一个心灵蒙上灰尘的孩子和一个纯朴善良的孩子的内心世界，其立意和人物形象都烙着今天时代的印记。作者从生活出发创造了个性化的活的人物，准确地把握住了个性化的人物心理，人物自然脱出了公式、概念的窠臼，而且，既写了爱也洋溢着美。在儿童文学创作中，这是需要充分肯定而且须要坚持和在今后加以发展的。长此以往，则多年来儿童文学中始终未能解决的公式化概念化问题，有可能得到比较彻底的克服。

当然，在人物创造上，一年多来的作品也存在明显的不足：我们还没有创造出富有新时期特点的可资仿效、足以振奋孩子心灵的少年儿童新人的典型形象。新型的少年形象并非一个都没有，从《谁是未来的中队长》到《我发誓……》《永不忘记》（作者李心田），所塑造的人物都有其感人之处，但还不能说已经是血肉丰满、性格鲜明的人物。此外，有突出的警醒意义的少年儿童形象，也还不多。而五十年代是出现过在少年儿童生活中起了重大作用的少年儿童形象的，如张天翼笔下的罗文应、马烽笔下的韩梅梅、徐光耀笔下的张嘎等。这确是需要儿童文学作家们今后进一步探索和努力的。当前成人文学创作的重大成就之一，是人们充分感受到了文学的力量——作品艺术形象所生发出来的力量。这一点，儿童文学创作是需要奋起直追的。使广大少年儿童从我们作品的人物形象，尤其是新型少年儿童的形象，充分感受到儿童文学的力量，从而点燃起发奋学习、献身祖国"四化"伟业的理想之火，这不也是一种正当的要求吗？

第三，儿童文学的艺术生命、艺术价值，长期以来一直被忽视。使人高兴的是，当前儿童小说，特别是其中的佳作的作者们已经给予了充分的注意，并作了卓有成效的努力。粉碎"四人帮"以来，儿童文学界在拨乱反正中比较重视儿童文学特点的探讨，应该说是起了积极作用的，前面论及的有些作品，可以说就是这种探讨的成果。不过，几篇最优异的作品之所以成功，固然是作家们注意了儿童文学的特点，我认为也由于作家们十分重视了儿童文学作为文学的特点。儿童文学的服务对象在对文学的需求上有自己的特殊性，是应该注意的，但其前提是文学的需求——对文学的审美需求，而不是其他，比如不是直接的教育的需求——和任何文学艺术一样，儿童文学教育作用必须通过审美的"潜移默化"才能达到。儿童文学作为文学，从艺术的基本规律上说，它也应该强调从生活出发，从人物出发；在生活中孕育、构思而成为以审美为特点的文学艺术作品后，它也就具有了包括教育作用在内的广泛的社会功能。这个本应是天经地义的不应被忽视的问题,在"左"的创作思想指导下,却长期被忽视了,以致我们很少能够谈论儿童文学的艺术生命、艺术价值的问题。我认为,像《扶我上战马的人》《野孩子阿亭》等作品在儿童文学艺术创造上的建树,作品的艺术形象的美学价值,就是很值得研究的,其中心问题是艺术典型的创造问题。十七年间的儿童文学中能称得上是典型人物的少年儿童形象并不多。而现在,我们已经可以看到儿童文学创造较多的典型形象的前景,因为从短短一年多来的短篇力作中,我们已经看到作者们在创造典型化程度较高的艺术形象上所作的探求和实践了。

第四,儿童文学创作新人辈出,是儿童文学事业发展的重要标志。五十年代初曾经出现过儿童文学的作家群,促进了创作的初步繁荣,构成了为人们所怀念的儿童文学的"黄金时期"。近一年多来,仅就儿童小说创作而言,已经出现了中青年新作者成批涌现的同五十年代初近似的现象。其中青年女作者更显得整齐、活跃,我们可以举出王安忆、黄蓓佳、铁凝、竹林、程玮、程乃珊、陈丽、谷应、高春丽等一连串名字,创作潜力颇大。在一大批儿童文学新秀中,有的同志初度试笔就显得身手不凡,大有发展的前途。这是我国社会主义新时期儿童文学进一步突破创新的希望所在。

严冬过去,经受了冰雪摧折的儿童文学园地上,燕子虽来迟却也终于一只只栖落枝头;春天来了,花木开始发荣滋长了。无疑还需要园丁们更辛勤地耕耘灌溉、施肥除草,庶几有可能呈现万紫千红、百花竞放的奇观。现在,党已经加强了对文艺事业的领导。我们相信,当前儿童文学创作迈步前进的良好趋势一定会受到重视和有力的引导,从而更进一步地发展!

1981 年 7 月于莫干山初稿,8 月于上海改成

酒神的困惑

——近年儿童文学速写之一

汤 锐

一股新的创作潜流正悄然漫入儿童文坛。

这是我最近在读了上海青年作家班马的小说《我的梦中不能没有你》(《儿童时代》1988第1期)、金逸铭的童话《长河一少年》(上海《少年文艺》1988年第1期)、北京青年作家曹文轩的小说《埋在雪下的小屋》(《儿童文学》1988年第1—3期连载)等作品之后方见清晰的一个印象。

其实这个印象从1984年底黑龙江青年作家常新港在上海《少年文艺》发表了小说《独船》的时候就已开始萌现了,之后又有了福建青年女作家舒婷的小说《飞翔的灵魂》(《儿童文学》1985年第11期),浙江青年作家赵冰波的童话《神奇的颜色》(《童话报》1986年),湖北青年作家董宏猷的小说《大江魂》(《儿童文学》1986年第3期),上海青年女作家陈丹燕的小说《黑发》(《儿童文学》1987年第1期),江苏青年女作家程玮的小说《街上流行黄裙子》(《儿童文学》1987年第9期)、《你是一片云》(江苏《少年文艺》1988年第1期),黑龙江青年作家王左泓的小说《鬼峡》(上海《少年文艺》1987年第7期)以及曹文轩的小说《蔷薇谷》(上海《少年文艺》1987年第10期),班马的童话《他的……》(《少年报》1986年6月25日)、小说《鱼幻》(《儿童文学选刊》1987年第1期),金逸铭的小说《月光下的荒野》(《当代少年》1986年第5期),等等。

这些作品有两个突出的共同特征:第一,都具有鲜明的浪漫情调;第二,

题解 本文原载《文艺报》1988年4月23日。文章描述了中国儿童文学创作中出现的新的艺术探索潮流:一批年轻作者以具有"强烈个体性质的浪漫情调"和"内向化的特征"试图扩大儿童文学的审美空间和思想容量的一系列文体试验。文章以赵冰波的童话、陈丹燕的小说等为例,比较详尽地分析了这些文体实验的新颖独到之处及其内在创作动力。对这股还在不断变化的艺术探索潮流,文章试图以"酒神"来揭示其内在的精神特质。同时,文章还指出了这一艺术探索潮流必须面对的困境:"这种探索和试验似乎在某些方面逸出了现实中少年儿童接受能力的普遍范围,过分执着于主观世界造成的晦涩使一部分作品没有在读者中获得预期的热情。"

其作者皆属三十岁出头的青年人。

论及浪漫情调,要说明的是其不同于我们过去常提到的"革命浪漫主义",后者实际上是一种集体理想主义,而前者具有强烈的个体性质。同时浪漫主义本身也不等同于"幻想"、"拟人"等具体的表现手段,而是一种创作心态和创作风格,严格说来,我们对此曾是有误解的。

在上述作品中,金逸铭的《长河一少年》不能不说是个奇特的例子,作者通过全景与特写镜头的推拉、不同心理视角的转换、章节之间情绪上和语言上的节奏变化,力求制造一种交响乐般浑雄、丰富、多层次的复杂和声的效果。赵冰波的《神奇的颜色》细腻而富有质感地描绘了那只误入迷途的小螃蟹对红绸结的一系列视觉上、心理上的微妙通感和莫名冲动,揭示出某种来自本体世界的神秘韵味,这个渺小的动物不惜付出生命的代价追求美与自由的悲剧,几乎使人联想到安徒生笔下的人鱼公主的悲剧。曹文轩的《埋在雪下的小屋》,落笔的重点已离开了孩子们遇难自救的情节,而将注意力放在了生与死的强烈反差上,用大野与小女伴在林间湖畔天真嬉戏的回忆场景、用雪丫在幻觉中反复吟诵的童话片段、用四个孩子盼望生还的种种美妙幻想来构织一幅流溢着生命的绚丽色彩和光环的画面。常新港的《独船》,渲染出一片孤寂、压抑、滞重、悲壮的色调,人与人之间的心灵隔膜、内心激烈而抑郁的矛盾冲突,少年与精神的和自然的灾难之间的殊死拼搏、重复出现的死亡的情节,生者的痛悔……所有这些形成作品中回旋不已、犷悍深沉的感情冲击力。班马的《鱼幻》、《野蛮的风》(《儿童文学选刊》1988 年第 1 期)中对少年作为人类童年的象征所孕涵的原始的、未来的、无限丰富的历史信息的层层揭示,使作品中的人物、背景、自然现象都笼罩上一层令人激动的神秘莫测的纱幕。

在所有这些作品中,尽管侧重点不同(如《长河一少年》、《鱼幻》所追求的某种悠远的历史感,《神奇的颜色》所竭力捕捉的某种细微的感觉瞬间,《独船》、《黑发》、《街上流行黄裙子》、《你是一片云》、《蔷薇谷》所表达的各类深刻的内心体验,等等),但它们都具有强烈的主体意识和内向化的特征,具有扩大审美空间和思想容量的倾向,具有文体实验的性质,尤其突出的是它们大都具有某种鲜明的悲剧性倾向,如情感的大起大落,激烈的矛盾冲突(内部的或外部的),沉重、孤寂、压抑、忧郁的情调,普遍出现的死亡或美遭毁灭的情节,等等。"浪漫主义作家突出的特点之一是热衷于忧郁的情调"(朱光潜),"他们把心灵中一切沉思的、神秘的、幽暗的、不可解说的东西拽出来"(勃兰兑斯),"情感地、奔放地、热情地、陶醉地以神秘、永恒之物为目标,有时是病态地、破坏地、虚无地、遁世和感伤地追求黑暗、死亡、疯狂、怪诞可笑的世界,这就是浪漫主义的倾向"(浜田正秀)。不能说这些青年人的追求是病态的,但是他们的确在追求某种浪漫的、诗化的、悲剧性的审美效果。

每一代人似乎都有权认为自己正站在历史的地平线上,而这一代三十岁左右的年青作家更是如此,动荡的时代交替造成了这代人复杂的文化背景和矛盾的文化心理,他们因意识到这一份沉重的历史负荷而常感忧戚、激动、不安和痛苦。他们当中不少人有较高的文化素养、敏感的艺术气质、丰富的情绪体验,他们尚未完全脱离青春期,距少年时代也还相去不远。他们有自我表现的强烈欲望,已有的规则无法完全规范这些年轻而蕴蓄着创造爆发力的心灵。或许是前几年儿童文学界关于"审美功能"讨论的启迪,或许是几年来弥漫于童话界的狂欢热闹气氛的感染,他们带着浓郁的浪漫气息脱颖而出了。

在他们的艺术探索中,自我表现往往占很大比重,他们常常是站在三十岁的今天,用八十年代的目光,去重新审度和体味过去的和现在的少年们。他们笔下的形象带有极强的主观色彩和象征的意味,如陈丹燕的系列少女小说,她在写完《黑发》后曾对我叹息道:咱们中国的女孩子在美的观念和感受方面发育得太不完全了……这里面很大程度是对自己和无数女性在封建意识和"左"的思想环境压抑下单调、拘谨、无声无色地黯然逝去的少女时代的痛惜,若能时光倒流,充分舒展纯情美丽的天性,重新塑造自己,"……这简直是我们这一代韶华已逝的人们的夙愿!"(《中国少女》)她正是将这种复杂的情绪灌注进小说,在自己亲手创造的纯洁、快活、无拘无束的少女形象中完成着自己的夙愿。类似的情绪也从程玮的《趁你还年少》、秦文君的《橙色》等作品中涌流出来。而在班马的《鱼幻》《他们……》、金逸铭的《长河一少年》等作品中,我们又看到了作者试图把对人类文化与历史的本体思索融入象征的形象和诗化的意境之中的种种努力。

仿佛给人这样一种印象:八十年代中国的儿童文坛诞生了一个酒神,它先是以婴儿般的活泼、新鲜、稚气和大胆的喧闹震动了世界,继而又逐渐有了个性的另一面,开始沉浸于神秘、多思、忧郁的青春早期的困惑之中。从喜剧走向悲剧、从明朗走向神秘、从单纯走向复杂,这或许是酒神在走向成熟的兆示?

应该看到,新时期的儿童文学在审美功能方面的发展是迅速的,短短几年,在重视接受者心理、强调娱乐和宣泄的大众化创作流向之外,又出现了这一重视作者主体发挥、强调艺术价值和美学生命力的纯文学的流向,并吸引裹挟了一批年青而富有才华和探索精神的作者。

然而困惑仍然存在:这种探索和实验似乎在某些方面逸出了现实中少年

儿童接受能力的普遍范围,过分执着于主观世界造成的晦涩使一部分作品没有在读者中获得预期的热情,人们在忘情地发挥自我的同时,也可能忽略了创作者与接受者之间毕竟存在的年龄的、美感的差异。

比如前面述及的两种创作流向,作为两个不同的审美层次,也是酒神精神的两面,在儿童文学、读者心理与社会生活之间保持着某种必要的平衡,那么掌握这两种流向,两个层次之间适度的张力,就可能是我们年轻的酒神面前的重要课题了。

新景观 大趋势

——世纪之交中国儿童文学扫描

束沛德

站在新世纪之初的门槛上,回望20世纪90年代中国儿童文苑,可以清晰地看到色彩缤纷、令人眼花缭乱的诸多景观:

一、一道亮丽风景
——长篇少年儿童小说佳作迭出,蔚为大观

长篇少年儿童小说的崛起,始于80年代末、90年代初,领头羊是江苏少年儿童出版社。该社推出的《中华当代少年小说丛书》,先后出版了20多种。作者阵容强大,几乎囊括了当代中国儿童文苑最活跃、最抢眼的那批中年儿童小说家。收入这套丛书的不少作品,思想、艺术质量均属上乘,在全国性评奖中频频得奖。紧追其后的是《巨人丛书》《青春口哨文学丛书》等。到了90年代中期,由于江泽民总书记的大力倡导,把长篇小说、少儿文艺、影视文学列为重点扶持的"三大件",因而给儿童文学的发展带来了新的活力和生机。从东到西,从南到北,各地宣传、出版部门和文学团体都花大力气抓儿童文学、长篇小说的创作,从而掀起了一阵长篇出版热。原创性的长篇少儿小说题材、花色品种之多前所未有,丛书、套书、系列作品层出不穷。1996年到2000年这五年间,出版的较有影响的长篇少年儿童小说丛书就有:《猎豹丛书》《棒槌鸟丛书》《花季小说丛书》《金犀牛丛书》《自画青春丛书》《鸽子树少儿长篇小说丛书》《红辣椒长篇小说

题解 本文原载《文艺报》2002年1月1日。文章聚焦20世纪80年代末到90年代之间中国儿童文学创作与出版界所出现的新现象,以"一道亮丽风景""两种艺术追求""三面美学旗帜""四块驰名品牌""五个创作方阵"来概括十余年来的成绩。文章认为,这些现象"反映了中国90年代儿童文学创作态势的调整、美学观念的变化和文学队伍的重组,也预示着新世纪中国儿童文学的发展趋势、前景"。与此同时,文章还对未来新世纪的中国儿童文学进行了展望,提出了以下几点构想:"理想主义与人文关怀""贴近时代与拥抱自然""幻想文学与科学文艺""幽默品格与游戏精神""立足中华与走向世界"。

创作丛书》《大幻想文学·中国小说》《小布老虎丛书》《金太阳丛书》《七色草文学丛书》等。

长篇少儿小说在历次全国性的儿童文学评奖中往往独占鳌头,占得奖作品总数的三分之一左右。以中国作家协会举办的第二、三、四届全国优秀儿童文学奖为例,获奖的作品中,系 90 年代出版的长篇小说就有:沈石溪的《一只猎雕的遭遇》《红奶羊》,曹文轩的《山羊不吃天堂草》《草房子》,关登瀛的《西部流浪记》《小脚印》,金曾豪的《狼的故事》《青春口哨》《苍狼》,程玮的《少女的红发卡》,张之路的《第三军团》《有老鼠牌铅笔吗》,秦文君的《男生贾里》《小鬼鲁智胜》,董宏猷的《十四岁的森林》,从维熙的《裸雪》,梅子涵的《女儿的故事》,黄蓓佳的《我要做好孩子》,郁秀的《花季·雨季》。近两年出版的较为优秀的长篇少儿小说还有:黄蓓佳的《今天我是升旗手》、秦文君的《一个女孩的心灵史》、郁秀的《太阳鸟——我的留学,我的爱情》、张之路的《非法智慧》、张品成的《北斗当空》等。这些创作成果表明,80 年代成长起来的一批中年作家,在积累了相当的生活经验、艺术经验之后,思想、艺术上日趋成熟,已能比较自如地驾驭长篇小说这种篇幅长、容量大、结构更为复杂的文学体裁。他们写出的作品,在题材范围、生活深度、思想内涵、人物刻划上作了更为广阔、深入的开掘,力求把孩子生活的小天地与人生、社会、自然、历史的大天地联系起来描绘,着力探索、揭示当代少年的内心世界和性格特征,表现了他们朝气蓬勃、奋发向上的精神面貌和成长过程。在创作风格、表现手法、叙事方式、文学语言上也作了新的、多样化的探索和追求,呈现出丰富多彩的景色。

长篇少儿小说的成就反映了当前我国儿童文学创作在思想、艺术上所达到的高度,是小百花园里最亮丽、光彩夺目的一大景观。

二、 两种艺术追求

——秦文君贴近时代,感动时下;曹文轩坚持古典,追随永恒

90 年代中国儿童文苑,在创作个性、艺术风格的多样化追求上,呈现各树一帜、色彩纷呈的格局。而"南秦北曹"——秦文君、曹文轩在追求艺术个性、讲究美学品格上,可说是最具代表性、最引人注目的。

被誉为"当今创作成长小说第一高手"的曹文轩,在文章、演说中不止一次地亮明自己的美学态度:"我在理性上是个现代主义者,而在情感上与美学趣味上却是个古典主义者。""我永远只能是个古典主义者。"他喜欢浪漫主义情调,

主张中国儿童文学"多一点浪漫主义";还主张"文学要有一种忧郁的情调",要具有"悲悯情怀"。他在创作实践和艺术追求上,坚定、执著地"追随永恒"。他坚信"感动人的那些东西是千古不变的"。

曹文轩的统称"成长小说"的三部曲《草房子》《红瓦》《根鸟》,从一个农村少年或中学生的视角,讲述早已逝去的苦难、动荡而色彩斑驳的岁月、人生和艰辛、苦涩的成长历程。作品以优美高雅的抒情笔调揭示普通人的人性美、人情美、人格美,颂扬至真至善的亲情、爱情、友情、乡情,字里行间充溢着对人的情感、人的命运的真诚同情与关怀,因而产生了动人心弦的艺术感染力、震撼力。这雄辩地证明作者所说的:"'从前'也能感动今世",而且是老少咸宜。

被誉为"雕塑当代少儿群像高手"的女作家秦文君,对当代中学的校园生活情有独钟,坚持"以走入少儿心灵为本","以单纯有趣的形式讲叙人类的道义、情感"。她在创作实践中始终不渝地追求"艺术的和大众的(儿童化的)"的完美统一。

从秦文君系列作品《男生贾里》《女生贾梅》《小鬼鲁智胜》《小丫林晓梅》中,我们深切地感受到,她贴近大时代,贴近小读者。她热情关注"当下",对当代少年的生存状态烂熟于心,对他们的欢乐、苦恼、希望、困惑有着细致准确的了解和把握。同时,她找到一种少年儿童喜闻乐见的叙事结构和形式,即将幽默诙谐浸透于"糖葫芦串式"的系列故事中。

不论是古典主义还是现实主义,也不论是"追随永恒"还是"感动当下",不同的创作理念、艺术追求,归根到底,是为着一个共同的目标,那就是让新一代的心灵得到滋养,情感得到锤炼,培养他们成为视野开阔、意志坚定、情操优美、心灵丰富的有血有肉的人。这是当代作家艺术实践和追求的"殊途同归"。

三、 三面美学旗帜
——大幻想文学、幽默文学、大自然文学

90年代中后期,中国儿童文学领域的上空先后高扬起三面鲜明的、光辉夺目的美学旗帜。

大幻想文学的旗帜,是1997年10月二十一世纪出版社在三清山举办的跨世纪中国小说创作研讨会上首先举起的。大幻想文学的倡导者认为,幻想文学是一种艺术主张,是当今世界儿童文学的主导潮流,它将成为中国儿童文学创作革新的突破口。并认为,幻想文学契合儿童文学的本质特征,将进一步促进儿童文学的文学性与儿童性的紧密融合,开辟一条进入少年儿童心灵世界的最佳通道。

从儿童文学现状来看,提倡大幻想文学,已经起到了扩大创作空间、加强幻想力度、促进艺术形态多样化的作用;并吸引了一批有志于这种样式创作的作家集结到这面旗帜之下。三年多来,二十一世纪出版社相继推出《大幻想文学·中国小说》第一、二辑,共15种。这批作品可说是大幻想文学的初步创作成果。但这面旗帜要真正引导创作新潮流,还有待于有志者通过坚持不懈的创作实践,拿出具有强大艺术魅力的作品来。

继大幻想文学之后,浙江少年儿童出版社于1998年9月集中推出了《中国幽默儿童文学丛书》12种,在儿童文苑高高举起了幽默文学的旗帜。出版社的意图十分明确:一是强调幽默、轻松、好读,紧扣小读者的阅读兴趣;二是努力塑造张扬幽默精神的儿童文学形象,促使儿童文学的整体格局更加完整、合理;三是追求高品位儿童文学作品与市场效应的最佳结合。评论界和媒体高度评价出版社推出这套《丛书》的开创意义。有的论者认为:《丛书》"站在提升中华民族未来一代精神素质的制高点上,理直气壮地将幽默精神这一美学旗帜插上了当代儿童文学创作的巅峰。这是一种具有深刻的人文精神与文化眼光的出版理念和行动哲学"。

继大幻想文学、幽默文学之后,2000年10月举办的安徽儿童文学创作会上打出了大自然文学的旗帜。大自然历来是儿童文学的重要母题之一。随着现代工业、科学技术的发展,保护自然环境,关注生态平衡,已经成为全球普遍关注的时代课题。也就是说,时代呼唤着大自然文学。新时代赋予大自然文学以新的艺术魅力和审美价值。当代大自然文学蕴含的保护地球的意识,在审美中占据着主导位置;而吸取最新的科学成果,从新的角度观照自然的本质、生命的本质,审视自然的美、生命的美,又使它在审美视角、审美意识上进入一个新的层次,从而使大自然文学这面绿色文学旗帜在新世纪闪耀着绚丽的美学光辉。

《刘先平大自然探险长篇系列》的问世,对大自然文学的发展起了带头、开拓的作用。近年来有更多的作家加入大自然文学创作的行列。湖南少年儿童出版社推出的《生命状态文学丛书》可说是大自然文学创作的新成果。

四、四块驰名品牌
——"中华"牌、"巨人"牌、"花季"牌、"青春"牌

20世纪90年代随着市场经济的发展,中国儿童文学界、出版界的品牌意识得到培养和发展。各出版单位千方百计地打出自己的品牌,既有以质取胜的

精品意识,也有吸引作家、招徕读者的市场意识。

90年代以来,儿童文学出版界给我们留下鲜明印象的驰名品牌,主要有以下四种:

一是"中华"牌,即江苏少年儿童出版社出版的《中华当代少年小说丛书》和《中华当代童话新作丛书》。前一套共出了长篇少年小说20部;后一套共出长篇童话15部。一个出版社以如此大的热情、人力、物力和规模来集中出版长篇儿童文学新作,充分显示了它的胆识和锐意开拓创新的出版精神。这两套丛书中获全国优秀儿童文学奖和宋庆龄文学奖的小说有《山羊不吃天堂草》《少女的红发卡》等五部;童话有《狼蝙蝠》(冰波)、《绿人》(班马)等四部。江苏少儿出版社打出的"中华"牌,对当代中国少儿文学,尤其是少年小说的发展所做出的独特贡献,是有目共睹、功不可没的。

二是"巨人"牌,即少年儿童出版社出版的《巨人丛书》。从1993年初到1999年底共出了六辑,加上《巨人丛书·多彩年华特辑》,一共出了57种,均为中长篇作品,包括校园小说、法制小说、历险小说、惊险小说、幽默小说、动物小说、科幻小说、历史小说、传奇小说、神话小说等。《巨人丛书》已有8年之久的历史,可说是块老牌子,它既选用了一些比较知名的中年作家的作品,也陆续推出了一些文学新人。收入这套丛书的《男生贾里》、《女儿的故事》、《赤色小子》(张品成)、《梦幻牧场》(牧铃)等曾获全国性的大奖。它正逐步成为"我国中长篇儿童文学创作的一个精品书系"。

三是"花季"牌,即海天出版社出版的《花季·雨季》系列。该社出版的郁秀反映中学生生活的长篇小说《花季·雨季》1997年问世后一炮打响,被誉为"九十年代青春之歌",连续四年稳居"全国畅销书排行榜"前12名之列,迄今已发行110万册。出版社还相继开发出版了"花季·雨季"的校园、幻想、侠义、启迪、海外等5个子系列,共40余种图书,发行80多万。"花季·雨季"已成为一个初具规模的中学生课外读物书系。加上电台连播,拍电影、电视剧,出连环画和卡通版,五种媒体一起启动,进一步扩大了它的影响。"花季·雨季"这块家喻户晓的品牌,要持久地保持其知名度和影响,还有待不断拓展"花季·雨季"书系,进一步推出高品位、富有艺术魅力的优秀作品。

四是"青春"牌,即北京少儿出版社出版的《自画青春丛书》。1997、1999年先后推出第一、二辑,共19本作品,其中17本是小说。出版社创意、策划、编辑出版这套丛书是为了"举'自画青春'旗帜,树青春文学品牌"。这套丛书的作者都是在校大、中学生,他们怀着真情自己写自己,给儿童文苑吹来一阵清新的风。

同时,这套丛书采取著名作家担任文学指导的方式,以弥补初出茅庐的小作者创作经验、艺术素养之不足。这也为培养文学后备军摸索了一条路。《自画青春丛书》第一辑一年内累计印数达36万册,由此可见市场覆盖面之一斑。

除上述四种驰名品牌外,《花季小说丛书》《金太阳丛书》《小布老虎丛书》《红帆船诗丛》《黑眼睛丛书》《小鳄鱼丛书》等,也都具有一定知名度。

五、五个创作方阵
——老作家、中年作家、青年作家、少年作者、成人文学作家

随着儿童文学老前辈谢冰心、陈伯吹的先后谢世,中国"五代同堂"的儿童文学大家庭已变为"四世同堂"。老、中、青三代作家,加上少年作者和加盟儿童文学的成人文学作家,形成世纪之交儿童文学创作队伍的五个方阵:

一是宝刀不老的老作家。三四十年代即驰骋儿童文苑的严文井、梅志、郭风、叶至善、任溶溶、袁鹰、鲁兵、圣野、黄庆云等,仍关注儿童文学的发展,有的还不断发表新作或译作。五六十年代涉足儿童文学园地的一大批作家,如吴梦起、任大星、萧平、于之、张继楼、赵燕翼、施雁冰、王一地、李心田、郑文光、柯岩、萧建亨、葛翠琳、刘兴诗、谢璞、孙幼军、沈虎根、邱勋、金波、张秋生、叶永烈等仍笔耕不辍。其中孙幼军、金波、张秋生等创作还很活跃,在全国性的儿童文学大奖中仍不时榜上有名。

二是80年代成长起来的、如今已步入中年的一批作家。他们在思想、艺术上日趋成熟,已成为当代儿童文苑的中坚力量。其中的佼佼者,写小说的有:曹文轩、秦文君、张之路、梅子涵、沈石溪、陈丹燕、黄蓓佳、金曾豪、常新港、董宏猷、班马、韩辉光、董天柚、朱效文、彭懿、张品成等;写童话的有:周锐、葛冰、郑渊洁、冰波、郑允钦等;写诗歌、散文、报告文学的有:高洪波、刘丙钧、王宜振、滕毓旭、吴然、鹿子、孙云晓、刘保法、庄大伟等;从事低幼文学的有:郑春华、谢华等。这些作家包揽了全国性的儿童文学奖一半以上的奖项;有的作者频频得奖,成了名副其实的得奖专业户。

三是90年代涌现的、富有朝气和活力的青年作家。他们都还年轻,年龄在30岁上下,大多受过高等教育,起点较高,思想活跃,在创作上也做了一定的准备。他们的迅速成长,为儿童文苑注入了一股新鲜而充盈的活力。上海青年女作家群(殷健灵、张洁、萧萍、谢倩霓、张弘)和辽宁小虎队(老臣、薛涛、常星儿、车培晶、萧显志、董恒波)就是这一方阵的代表。走在这一方阵里的还有:写小

说的曾小春、彭学军、祁智、玉清、王小民、简平；写童话的保冬妮、葛竞、杨红樱、汤素兰、谢乐军、向民胜、李志伟；写诗歌、散文的徐鲁、邱易东、薛卫民、庞敏；写科幻小说的星河、杨鹏等。这一方阵的不断壮大，消除了人们一度存有的儿童文学队伍青黄不接、后继乏人之忧。

四是自写花季、自画青春的少年作者。他们大多是在校的大、中学生，平均年龄只有十七八岁。他们拿起笔来直抒胸臆，倾诉自己成长过程中的幻想、幸福、痛苦和困惑。走在这一方阵最前头的是《花季·雨季》作者、深圳女中学生郁秀。紧随其后的是《自画青春丛书》的作者。这套丛书第一辑的九位作者，平均年龄18岁。其中《转校生》作者萧铁加入中国作家协会时才19岁，成为该协会目前最年轻的会员。近两年大、中学校的少年作者纷至沓来，其中影响较大的有：韩寒（《三重门》）、彭清雯（《我们真累——一个女中学生的心灵之旅》）、唐玥（《高一岁月》）、金今（《再造地狱之门》）、黄思路（《十六岁留学美国》）、杨哲（《放飞》）、矿矿（《放飞美国》）等。这些少年作者中，有的可能成为文学大军的后备力量。但对这种少年作者写作现象似不宜过分吹捧和炒作。

五是加盟儿童文学的成人文学作家。90年代后期，各出版社相继推出长篇少儿小说丛书，组织、吸引了一批成人文学作家为少年儿童写作。加入这个方阵的有：刘心武、肖复兴、毕淑敏、王安忆、竹林、池莉、方方、马丽华、赵玫、冯苓植、王小鹰、陆星儿、迟子建、张炜、刘毅然等。他们的加盟，不仅扩大了儿童文学创作队伍；而且在开拓题材、转换视角、揭示内心世界、丰富表现手法等方面，也给予儿童文学作家以有益的启迪。

上述一道亮丽风景、两种艺术追求、三面美学旗帜、四块驰名品牌、五个创作方阵，反映了中国90年代儿童文学创作态势的调整、美学观念的变化和文学队伍的重组，也预示着新世纪中国儿童文学的发展趋势、前景。

在我看来，思考、探索新世纪儿童文学的走向、格局，既不能离开我们所处的时代及时代赋予儿童文学的任务；也不能离开儿童文学的本质、特征及未来一代的审美需求和欣赏习惯。

我们处在一个信息时代、高科技时代、知识经济时代。以信息科技和生命科技为核心的现代科技突飞猛进、日新月异，经济全球化的进程日益加快，综合国力的竞争也日趋激烈。在这个大背景下，能不能培养、造就大批高素质的人才，关系到国家和民族的命运、前途。

21世纪是实现中华民族伟大复兴的世纪。振兴中华的历史重任最终将落在一代又一代少年儿童身上。肩负振兴中华重任的新一代应当具有综合素质，精神道德素质和科学文化素质,要有远大志向、开阔胸襟、高尚品德、过硬本领和强健体魄。而文学艺术对于提高综合素质、培养全面发展的人才,具有重要的、独特的作用。新世纪的儿童文学对于帮助未来一代陶冶道德情操、铸造意志品格、净化精神世界、提高审美能力,可以发挥润物细无声的、潜移默化的作用和影响。

在这里,我想就在大时代的背景下建设新世纪中国儿童文学,应当高扬什么旗帜,弘扬什么精神,注重什么内涵,发扬什么特色,扼要地讲一讲自己不成熟的、粗浅的看法。也可以说是用粗线条勾勒一下我所憧憬、向往的新世纪儿童文学的新格局。

第一,理想主义与人文关怀。

张扬理想主义、爱国主义、英雄主义的旗帜,注重人文内涵,弘扬人文关怀的精神。

儿童文学的本质应当是理想主义的,应当具有浪漫的理想色彩,给少年儿童以梦幻、希望、信心和力量,帮助他们建立远大理想,为建设和平、繁荣的人间乐园、美好家园而不懈努力。

儿童文学肩负着用爱国主义、英雄主义精神培养下一代的光荣职责。要通过塑造具有理想色彩、有血有肉、性格鲜明的形象,激励少年儿童从小爱我中华,从小树立为振兴中华建功立业的远大志向;培养他们百折不挠、勇往直前、见义勇为、战胜困难的英雄主义、乐观主义精神。长篇儿童小说《今天我是升旗手》作者黄蓓佳的创作主张极其鲜明:"少年一代中应该提倡理想主义,鼓励他们有英雄崇拜,张扬他们的好胜心和进取心,诱发他们天性中善良和富有同情心的一面,引导他们感受崇高,感受一种阳刚的美和道德的纯粹。"

儿童文学在张扬理想主义的同时,还应当弘扬人文关怀的精神。人文主义精神的核心是以人为本。儿童文学应当充分体现对少年儿童生存状态的关怀,对儿童心灵世界的关怀。我们处在信息时代、高科技时代,儿童文学应该更好地适应时代发展的内在要求,丰富、弘扬人文关怀的精神,注重作品的人文内涵。这种人文关怀精神应当体现在:执著地热爱、歌颂生命,热爱、歌颂自然,呼唤强化生命意识;帮助、引导儿童心灵健康成长,树立有益于社会历史进步的价值理想;尊重、热爱优秀的民族文化传统,从人类的文化遗产中吸取伟大而卓越的人格力量;发扬同情、友爱、关注弱势群体的悲天悯人精神。

第二,贴近时代与拥抱自然。

更加贴近当代儿童的生活和心灵;崇尚大自然,追求人与自然的和谐统一。

我们处在一个信息时代、电脑时代,"网络就是21世纪"。当代的少年儿童是在电视机、电脑前成长起来的,他们的价值观、知识面、理解力,大大有别于其父辈、祖辈。立足于大变革时代,深入了解、把握时代潮流冲击下少年儿童生存状态、心理状态、审美情趣的发展变化,是儿童文学作家应当做的第一位工作。

新世纪的儿童文学贴近时代、贴近生活、贴近小读者,最重要的是贴近当代儿童的心理,真正走进他们的感情世界、内心世界。既要了解、熟悉少年儿童的"小世界"与当今社会生活"大世界"不可分割的联系;更要关注属于孩子自己的独特的世界,捕捉他们心灵深处最细微、最锐敏的生命感觉、感情秘密,着力揭示他们在生命成长、精神成长历程中的真情实感。

儿童文学在拥抱时代、热爱生活与拥抱自然、热爱自然这两方面都能滋润小读者的心田。大自然是人类的母亲,也是文学艺术的源泉;而儿童文学又是最接近大自然的文学。在保护生态环境成为国际性话题的背景下,发展大自然文学,营造绿色文化,启迪、引导少年儿童热爱大自然,保护大自然,向他们传递地球家园意识、生态环保意识,已成为世纪之交儿童文学令人瞩目的一种创作走势。

为少年儿童写作的大自然文学,不仅要充分展示大自然的美丽、丰富、神奇,让小读者领略大自然的风光,了解大自然的奥秘,使自己的情操得到陶冶,胸襟更加开阔;同时还要表现人类不怕困难、历经艰难拯救、保护自然环境的斗争,激励小读者用自己的热情、智慧去为争取人与自然的和谐统一而建功立业。

第三,幻想文学与科学文艺。

自由驰骋想象,扩大幻想空间,倡导热爱科学,勇于探索创新,启迪、培养下一代的想象力、创造力。

随着新世纪的到来,高新科技的发展,进一步激发起人们对未来世界的浓厚兴趣和大胆预测,这就为幻想、科幻、科学文艺类作品提供了广阔的市场。而少年儿童的天性又爱好幻想,追求新奇,喜欢惊险,崇尚新鲜、神秘、不平凡的事物,幻想文学正适应了小读者的这种心理特征和审美需求。幻想文学所具有的自由、奔放、奇幻、灵异的美学特征为全世界儿童所喜爱和接受。正因为如此,幻想文学越来越成为世界儿童文学的主潮。

儿童文学领域有着驰骋想象的广阔天地。开拓、扩大想象空间,以超凡、奇妙的想象、幻想去激发、陶冶孩子的想象力、创造力,启迪他们探索未来、创造未来的精神,这是培养、提高新世纪少年儿童一代精神素质的需要。

在高科技时代、知识经济时代,更高地举起科学文艺的旗帜,力求文学与科学的完美结合,使少年儿童在获得美的享受的同时,也得到科学知识的熏陶,唤起他们热爱科学、向往科学的精神,增强创造的激情和活力,这是新世纪儿童文学的又一走向。

科学文艺不仅要将丰富的科学知识寓于生动的故事情节和艺术形象之中，而且还要渗透、贯注浓烈的科学精神和人文精神。这就要求科学文艺作家立足科技前沿，具有广博的科学知识，增强科学底蕴；同时要有深厚的生活功底、文学功底。科技知识是艺术想象的有力翅膀，建立在丰厚学识基础上的科学想象力是科学文艺的灵魂。

第四，幽默品格与游戏精神。

充分发掘儿童文学的幽默品格、游戏精神等美学特质，适应少年儿童天性，培养乐观开朗的性格。

新世纪的儿童文学必然更加尊重少年儿童的好动爱玩、喜欢游戏的天性，推动儿童文学艺术本性的回归。幽默品格、游戏精神是最能体现儿童文学艺术本性的美学特质。幽默是一种智慧，一种情趣，一种高雅的精神气质、文化品格。游戏也是一种智慧的角逐、一种感情的释放，二者都可说是儿童文学的看家法宝。随着时代、社会的变迁，儿童生活情状、精神需求的变化，儿童文学会更加注重张扬幽默品格、游戏精神。表现幽默、游戏精神的色彩、手段、方法多种多样，可以编织引人入胜的故事，也可以营造充满乐趣的游戏世界；可以刻画一个个性格诙谐的人物，也可以追求一种独特的、妙趣横生的叙事方式、语境；可以出奇制胜，充溢喜剧色彩，也可以寓庄于谐，寓理于趣。在这方面，作家可以八仙过海，各显其能，有着施展自己才华的广阔天地。

第五，立足中华与走向世界。

扎根中华大地，面向亿万小读者；放眼五洲四海，与世界儿童文学接轨。

新世纪中国的儿童文学要走向世界，首先要走向三亿多小读者。要把儿童文学的根深深地扎在中华民族的土壤上，扎在亿万少年儿童的心灵深处。要写出我们自己的、富有时代特色和民族特色、为少年儿童所喜闻乐见的作品，既要熟悉、了解当代少年儿童的生活、心理；又要善于从优秀的民族文学传统中吸取养料，丰富、提高自己的艺术表现力。同时，还要深入细致地研究在市场经济、多元传媒、电脑网络的冲击、影响下，少年儿童阅读心理、审美情趣、欣赏习惯的变化。更加注重趣味性、娱乐性、可读性，力求大众化与艺术性的完美结合，势必成为众多儿童文学作家的一种艺术追求和选择。

他山之石，可以攻玉。要走向世界，当然还要博采众长，学习、借鉴世界一切优秀儿童文学的成果，了解国际儿童读物、儿童文学的潮流、走向、发展趋势。要打开窗户，呼吸新鲜空气，从外国同行那里学习创新精神和艺术经验，以开阔创作视野,提高艺术表现能力。只有尊重世界文化、世界儿童文学的多样性,学贯中西,兼收并蓄,知己知彼,取长补短,中国儿童文学才能更好地与世界儿童文学接轨。

杰出的、经典的儿童文学作品是超越时空、不分国界的。它们往往描写全人类普遍关注而又是普天下少年儿童心灵能共同感受的东西,讴歌真、善、美,颂扬爱的力量、道义的力量、智慧的力量,因而具有永恒的、经久不衰的艺术魅力和全人类共享的审美价值。新世纪呼唤代表中华民族的儿童文学大家。愿所有情系下一代的儿童文学作家携手并肩,同心协力,向着世界儿童文学的巅峰登攀!

凄美的深潭:"低龄化写作"对传统儿童文学的颠覆

徐 妍

> 近两年来,"低龄化写作"已越来越成为文坛一个不容忽视的现象,可以说,"低龄化写作"不仅给儿童文学创作的理念带来了冲击,也给当代文学的创作与发展带来了多方面的影响。同时,它自身逐渐显现的问题和弊端,也正在引起人们的关注和思考。
>
> ——编 者

在世纪末最后的日子里,孩子,作为造物主赐给人类的最可塑的面团,被推至一个一切都有待重估的新的地平线上,以步成人的后尘。然而,孩子并没有完全遵循既定的轨道:他们在文字里,保留了原初的顽皮与机智,一边追逐,一边颠覆。

一、白日里苍老的心灵

"低龄化写作"的命名不只是为了应对少年作家的写作现象而采用的临时表意策略。这一命名更意味着它只关涉低龄自身,而不关涉低龄所派生出来的让人们产生常规的一系列联想。或者说,"低龄化写作"是相对于成人写作而言,且,依据低龄化作者的年龄特征来作的分类。但,"低龄化写作"并不标志必然地与传统观念中的儿童写作有着一脉相承的联系,更不说明它与成人的写作有着天然的隔绝与对立。事实上,"低龄化写作"已经消解了孩子与成人的边界:"低龄化写作"不再符合人们以往的假设,不再保有着一切低龄孩子所具有

题解 本文原载《文艺报》2002年3月5日。文章用"低龄化写作"来命名一种新的文学现象:一群以韩寒、郭敬明、蒋方舟等为代表的未成年人的写作吸引了媒体和读者的广泛关注。文章分别以"白日里苍老的心灵""夜里本能的颠覆""悬崖边上的写作"等分论点来试图透视这一群体共同的心灵图景。同时,文章也表达了对这一群体目前解构式写作的警惕:"写作,当然包括低龄化写作,如果真的泯灭了对这个世界的幻想与憧憬,理想与信念,那也就失去了行走于人生的最起码的热情与对写作最基本的使命。"

的童稚与幻想,甚至,它已经超出了孩子的边界,浸染上成人的复杂与破灭。此外,"低龄化写作"与儿童作家的写作也截然不同。北董的《飞碟狗》、车培晶的《爷爷铁床下的密室》无论多么努力地想博得孩子的青睐,都无法真正走入这忧伤的早熟的心灵深层。因为当成人作家一经如"大篷车"等儿童栏目一样模拟着孩子的声音,也便暴露了成人的假声。

低龄化作者大多出生于八十年代。当他们拥有记忆时,正值世纪末。传统儿童文学中的"向日葵"意象根本没有进入他们的记忆。或者说,他们是"向日葵"后的一代。"向日葵"后们根本无意把自己扮作孩童,虽然他们流连童年的风景。当他们意识到已经无奈于心灵的负重时,索性在文字里比成年还老成。作家曹文轩在韩寒《三重门》序言中谈及了自己感到惊奇的原因:作者的早熟和早慧。由此,他素描了传统意义上的儿童文学特征:天真与稚拙。并进而指出:"而在《三重门》的作者韩寒身上,却几乎不见孩子的踪影。若没有知情人告诉你这部作品出自一个十几岁的孩子之手,你就可能以为它出自于成年人之手。可以这么说,《三重门》是一部由一个少年写就,但却不能简单划入儿童文学的一般意义的小说。在我的感觉上,它恰恰是以成熟、老练,甚至以老到见长的。"这段论述,实际上扩大了儿童文学研究的视点:儿童文学并非一块泾渭分明的地域。它不会取决于作品的主人公是否是一名儿童。也不应该取决于作家是否是一位少年学生。那划入儿童文学地域的人物与作者没有日期。试图将一个确定的日期固定在一个不确定的文本世界里,是与文本与作者的初衷相违背的。如郭敬明所说:"我觉得自己是一下子就在风里面窜成了一个十七岁的大孩子,一恍神就出落成现在这副古灵精怪的样子。"所以,我们很难根据日期判断生命是否成熟与稚嫩。这样,我也就不难理解韩寒的《三重门》,还有郭敬明的《爱与痛的边缘》、甘世佳的《十七岁开始苍老》,甚至11岁的蒋方舟的《正在发育》中所进行着的一种跨跃儿童文学界的写作。也许,惟其如此。他们才能以叛逆之心反抗他们所受到的压迫。

以今天的生存空间而言,没有什么事物比孩子的心灵更为隐秘。孩子的孤独比成人的孤独更难以言说。孩子的人格比成人的人格更为复杂。孩子不会如实地回答心理学家的任何测试,不会对于自身以外表露自己的孤独,更不会明白为何在人前作假。心理学家提出过的"心理降生"概念。认为,少年的成长要经历两次降生:第一次主要指母子分离,分离后的痛苦可以在追忆中得到治愈。第二次则要艰难得多。因为第二次是个别化的过程。它是一个刚刚经历与母亲分离之后的无助的生命所必得经历的更孤寂的痛苦。这个孤寂的生命的一个本能的反应就是用行动或用心理对抗以成年人为中心的压迫性文化的压迫。当然，这种对抗不一定永远都是对抗性矛盾，少年的心理降生完全可能是一个成功，如果他或她的生理、心理、情感、智性、生存能力等诸多方面能够获得总体性的发展。然而，令人遗憾的是，他们生不逢时，或者，也可以说，恰逢其时，因为这个现代社会不再将生命的降生看作庄严与神圣的事情，可也同时为这批降生者提供了降生的无限可能。更确切地说，这批降生者刚一与母亲分离，就相遇了一个没有价值判断，或者说，怎么判断都行的多元的社会。这样，如果说成人可以在十几年以内走完欧洲几百年的历史，那么，少年也可能在十几年里走完所有年龄的历程。这样，我也就不会感到惊诧，当少年以一颗衰老之心说："一个十七岁的人说自己的年轻生活流过了，听起来怪怪的。或许是我看的书多了，灵魂就成熟或者说苍老起来。就像台湾的朱天心一样，被人称为'老灵魂'。"十七岁，按照以往的阅读经验，正是生命即将进入青春之际，可"向日葵"后们已经毅然决然地告别了那个原本有憧憬有梦想的童年的旷野。

那么，究竟是何种缘故让"向日葵"后们一降生就开始苍老？或者说，"向日葵"后们获得了怎样的写作经验才变得比成年人还老成？我想，这是一个难以考证的追问。因为没有人能说得清一个人的成长究竟是由于哪本书，哪件事，哪个人。但是，在此，我拟以文本作为考证对象，追踪"向日葵"后们早熟的原因。由于生活局限，"向日葵"后们似乎更多地以阅读的形式度过自己的时光。但是，需要说明的是，"向日葵"后们的阅读对象除了在《三重门》里主人公林雨翔从五岁就背诵的《尚书》《论语》《左传》等传统书籍，在《十七岁开始苍老》里"我"所说的连环漫画、童话、作文选，杂乱的武侠小说，尼采和弗洛伊德的著作，圣经及杂乱的后现代文学，在《爱与痛的边缘》中，"我"随口引用的普鲁斯特、杜拉斯、苏童等人的话语外，还包括现代社会里的大量的纸媒、图媒和网媒。尤其，与书籍相比，这些多媒体对于"向日葵"后们吸力愈来愈大，如安妮宝贝的网上小说已经成了一种安慰："安妮对我来说就像是开在水中的蓝色鸢尾花，是生命里的一场幻觉。"王菲的歌曲已经成了一种自然的幻灭，"王菲唱，当时的月亮，曾经代表谁的心，结果都一样，一夜之间化作明天的阳光。于是我们哭"。王家卫的电影填补了一片寂寞的空白："王家卫。写下这三个字的时候我的指尖很细微但很尖锐地疼了一下。"可以说，正是这些媒体阅读，催发了低龄化一族的早熟。或者，更确切地说，"向日葵"后们大多更倾向于与媒体语言为伍。他们吸纳了媒体语言的新奇与活脱，俏皮与机智，可也感染上了媒体语言的虚幻与短暂，凌乱与感伤。于是，原本就空旷的心灵就更加飘荡在半空之中。

二、夜里本能的颠覆

"向日葵"后们从此不再憧憬白日的梦想。他们沉湎于夜的梦里。尽管"夜里的梦是劫持者,最令人困惑的劫持者:它劫持我们的存在"。但,他们毕竟还是孩童,他们瘦削的肩膀,稚嫩的脸庞都不能让他们真正如成人一般,以理性的维度面对这个世界上白日里各式逼仄的寒光。他们只有被夜选择,在夜的梦里沉没又上升,上升又沉没。夜以它的乌有之乡成为他们的依托。于是,他们思索着,在夜的梦的庇护下:"我就是这样一个孩子,我诚实,我不说谎。但如果有天你在街上碰见一个仰望天空的孩子,那一定不是我。因为我仰望天空的时候,没人看见。"于是,他们逃避着,在夜之梦的接纳下:"他们面对巨大的现实阴影,不像父辈那样呐喊,不像兄长那样深陷,他们更愿意去寻找阴影中丝缕的阳光,给他们以温暖和慰藉。"可是,"向日葵"后们是否只满足于在夜之梦里安睡?或者说,夜之梦者能否找到让他安睡的保证?显然不能。生命在夜之梦中不是一个主体的存在,夜之梦是主体不在场的梦。这样,"向日葵"后们实际上只有一种选择的可能:不再奢望安睡,借助夜之梦,听凭生命的本能,颠覆白日里的秩序。

"向日葵"后们既然是以写作的方式进入白日的世界的,低龄化写作便首先消解了传统儿童写作的神话。或者说,低龄化写作重新确定了"向日葵"后们的写作观。如11岁的蒋方舟借助妈妈之口如何看待写作:作家就是有一个破笔头,几打稿纸,钱就哗啦啦啦地来了,低龄化写作不过是一个涂鸦的游戏行为,并伴随着悦耳的银子的声响。甘世佳的写作是与网络朝夕相处的,因此,写作被他称作"网络上的文字舞蹈":"写作若能即兴,若能忽略所谓好坏那是最好。"低龄化写作不是为了告诉你讲述什么,写作的意义永远是模糊的。郭敬明则认同于杜拉斯的一句话:写作是一种暗无天日的自杀。并说"我只是善于把自己一点一点地剖开,然后一点一点地告诉你们我的一切"。低龄化写作,已经与成人的个人化写作达成某种同谋,甚至更在意于个人的疼痛:"哪怕我想写一个宋朝勤劳的农民,写到最后还是攫到自己身上来。"韩寒作为低龄化写作的发起人,写作观更为明确:"尽管情节不曲折,但小说里的人生存着,活着,这就是生活。我想我会用全中国所有 Teenager,至少是出版过书的 Teenager 里最精彩的文笔来描写这些人怎么活着。"低龄化写作不再听命于传统儿童文学的写作观。"向日葵"后们以自己的经验出发,结束了"向日葵"的写作时代。也许,在历史的记忆里,共和国以后成长起来的孩子一向视写作为一件神圣的事业。因为在共和国之后孩子所读到的教科书里,写作多是与许多令他们肃然起敬的作家鲁迅、茅盾、巴金、冰心等名字联系在一起的。写作即使不是"经国之大业,不朽之盛事",至少也是具有精神质地的高尚劳作。用那一时期的一句歌词来表达,即是"党是阳光,我是向日葵"。然而,八十年代中后期,市场经济与个人化写作的相互配合,让八九十年代的孩子们——"向日葵"后们一降生就获得了更为真实、可感的生活教科书。所以,他们根本还来不及与神圣写作的神话进行对话,就随同成人进入了一个消解写作神圣的队伍里。而且,由于他们一方面承继了成人的消解成果,另一方面由于他们原本就不知神圣写作为何物,他们的行动往往比成人更能感受到消解的轻松与快乐。

由于"向日葵"后们感受到的最深切的压迫即是现存的不够完善的教育制度,低龄化写作便把主要火力集中于对它的挞伐与轰炸。即传统儿童文学的教书育人的职能成了低龄化写作的主要颠覆目标。低龄化作者的代表韩寒曾经明确地自认:"韩寒是完完全全彻彻底底反对现在教育制度的小混混。"郭敬明比韩寒乖巧一些,因为他懂得:谁反对教育制度,谁就会被现存制度反对掉。他只能以柔弱之音来倾诉:"而我留在理科班垂死坚持。学会忍耐学会麻木学会磨掉棱角内敛光芒。学着十八岁成人仪式前所要学会的一切东西。"这里,"向日葵"后们的反抗也许有些极端或片面,但他们的反抗又的确来自他们的生命体验。蒋方舟不加掩饰地慨叹:作文课太难上了,现代书生写不出作文。甘世佳不动声色地调侃:"高三。在语文老师的训练下,渐渐丧失写字的能力。"正如"向日葵"后们所言,不健全的教育制度不仅扼杀了孩子的灵性,而且,让孩子们的心灵笼罩着巨大的阴影。在阴影的笼罩下,孩子们失去了童贞、自然与清新的品性。而失去了灵性、又不可能建立健全理性的心灵没有了栖居之地。终于,"向日葵"后们陷入了难以承受的二元对立:即孩子与孩子本质的分离。当然,由于缺少理性的支撑与判断,他们常常不能分辨压迫者与被压迫者之间的区别,往往将庞大复杂的体制化作一个个具体的形象与事件。结果,一节课,一位老师,一位校长甚至家长便成了他们的反抗的目标。于是,在低龄化作者的作品里,学校、课堂与师长总是作为他们或嘲笑、或反抗、或怜悯的对象出场的。《三重门》里的马德保是一个搞笑版的教师形象:把屠格涅夫教成涅格屠夫。还以为同学不会发现。《爱与痛的边缘》中的校训散发着咄咄逼人的寒光:"宁可在他校考零分,也别在二中不及格。"《十七岁开始苍老》中的政治老师不得不接受某班学生一边高举着《驳斥中国人权报告》,一边责问中国有没有人权的事实。《正在发育》中"有奖的思品老师"每次上课,都给学生发奖。《社会课上》:老师每讲一个条约,都要换一件新衣服。可见,在低龄化写作中,老师似乎是教育制度的执行者,就是孩子心灵的压迫者。不仅老师,家长也同样不会放过。如果说学校里的老师扮演了在职的心灵压迫者,家长们则充当了压迫他们心灵的非在职者:林雨翔的家长强迫他不断地在不同的课外班穿梭。《爱与痛的边缘》里"我"的妈妈让他在左右手间选择。可以说,除了"文革"文学及后来王朔的写作,还没有任何时期的作品,将学校、老师、家长描写得如一张恶作剧的漫画。而况,这些漫画的作者竟然是他们用心血培养的继承者。那么,我不禁有一个疑惑:低龄化作者怎么能在作品里如此冷漠?当成人以冷漠之心教孩子如何冷漠地看世界的时候,实际上已经给这种冷漠贴上了"正常"的标签。低龄化作者作为一代早熟儿,很快地学会了成人的对于情感的压制。

低龄化写作除了将写作与现存教育制度作为颠覆的中心目标与主要对象外,还用文字消解了传统儿童文学里孩子们的生命根基——友情与朦胧的爱情。经历过少年时代的成人大多知道,友情与朦胧的爱情在一位少年心目中的重量。可以说,它们中任何一项,都足以让少年产生无限的联想,从而进入到一个美好的意境。然而,这个世界上已经毫不留情地污染了天空并粉碎了梦想。在低龄化作者的作品里,友情的推心置腹已经衍变为敌我之间的兵不血刃:"不要告诉我高中生有着伟大的友谊,我有足够的勇气将你咬得体无完肤。友谊是我们的赌注,为了高考我们什么都可以扔出去。"爱情的地久天长已经沦落为随时消散的虚妄:"十七岁以后不相信爱情与诺言。也不相信别人的爱情与诺言。"花季的少年具有这样的清醒似乎有悖常理,但是,如果我们将这种散发着透骨的寒气的话语与"向日葵"后们视角中的生存境况——他们的真正教科书相联系,就不会感到诧异。我认为,这是一代只相信视觉的孩子。各种书籍只有配上生活的图画,他们才会产生兴趣。反过来说,还没有哪一代孩子如他们对自己所见到的生活的看图说话深信不疑。当他们眼中的成人世界在为了权力、金钱与美女等竞相追逐时,他们便也很快如模拟电子游戏一样模拟起友情与爱情的游戏。甚至将友情与爱情消解到一种极至:"朋友就是速溶的粉末,一沉到距离这滩水里,就无影无踪了。""感情的事情有时就是这样,没有感情可言。"虚无之气已经浸透于"向日葵"后们的生命深层。

三、悬崖边上的写作

应该指出,低龄化写作对于传统儿童文学的一切经典要义所进行的颠覆,并没有让"向日葵"后们获得真正的解放与自由,相反,"向日葵"后们时刻都陷入一种无方向的焦灼之中。虽然他们手中执有长矛,但,由于他们所面对的恰是一个价值多元却也价值混乱的时代,他们追寻的目标又常常超出他们判断的界限之外,他们在反叛之时很难适度且不产生负面效应。换言之,在他们手持长矛冲向目标时,他们更多地是听从于一种本能。他们或者根本不知什么是真正的风车,或者,在他们看来,满眼都是风车。他们或者作出冲杀的姿态,以示自己的标新立异;或者到处出击,以剔除一切不合他们心意的对立物——也许这个对立物恰是路基。从此,低龄化写作纷纷用文字剖开"向日葵"后们在夜里的各种疼痛的感觉。而且,他们竟然沿着疼痛的感觉,走到了悬崖的边缘。这样说,我想并不算夸张,如果我们平心静气,姑且把"向日葵"后们的年龄隐去,然后再细读他们的文字。可以说,这个现代社会里成人们思虑的许多生命之谜他们都有所进入,且抵达到了一种感观的极至。这样,传统儿童文学的边界被"向日葵"后们从内部拆除。

进一步说,低龄化写作不再用画笔画下传统儿童文学的意象如"阳光"、"雨露"、"松树"、"星星"与"白雪",也不再将"坦克"、"飞机"、"变形金刚"、"洋娃娃"与"仿真枪"作为进入虚拟世界的通行证。原初自然风光的消失与都市玩具的泛滥,尤其,心灵压迫感的剧增使得"向日葵"后们或者遗忘了自然的家园,或者厌烦了喧嚣的噪音,而开始了对迷惘生命的猜想。于是,低龄化写作将体验痛苦作为了文字游戏的乐章。当然,他们囿于年龄的局限,不可能如哲学家一样能够在各种悖论中获得一条敞开的路,也不可能如成人作家一样拥有深厚的阅历。但是,唯其如此,他们任文字放荡开去,一路追随想象力的方向,让晦暗的星光照亮心灵的创伤——虚无、孤独、甚至死亡。郭敬明小说《消失的天堂时光》中的"我"在目睹了一场血染的爱情很快就烟消云散之后,没有吃惊,仿佛一切都在意料之中:"当彩虹出现的时候,人们停下来欣赏、赞叹;当迷人的色彩最终散去的时候,人们又重新步履匆匆地开始追逐风中猎猎作响的欲望旗帜,没有人回首没有人驻足。"这里的文字没有一滴泪,一滴泪的声响太巨大,不能表达世界的虚妄。还是坦然地接受虚无吧,虚无是一种宿命。然而,纵然虚无的宿命可以不想,难耐的孤独还是难以忍受:"你说一个人孤零零地站在沙漠上守着天上的大月亮叫做孤独我是同意的;如果你说站在喧哗的人群中却不知所措也是孤独我也是同意的。但我要说的是后者不仅仅是孤独更是凌迟。"低龄化作者缘此下去,自然联想到了死亡:"只有回去。生命是最不自由的。""向日葵"后们对痛苦的书写也许有夸张之嫌,但如果想象一下已经吸取了丰富养分的种子身上还覆盖着钳制它成长的庞然大物,就会估量出他们痛苦的重量。

所以，承认低龄化写作对于"向日葵"后们痛苦的书写，并不意味着未来的儿童文学应该认同这种冷漠、近乎麻木的书写方式，更不意味纵容"向日葵"后们向痛苦的极至沉迷。从这个意义上说，倘若低龄化写作继续沿着虚无、孤独、死亡的方向再前行一步，便很有可能面临坠落悬崖的危险。这样说，并非有意危言耸听：写作，当然包括低龄化写作，如果真的泯灭了对这个世界的幻想与憧憬，理想与信念，那也就失去了行走于人生的最起码的热情与对写作最基本的使命。诚然，解构现存秩序中不合理的因素固然合理，但，写作不应解构生存的底线。即是说，低龄化写作可以反抗现存教育制度所代表的一切理性压迫，但，应该由此更加珍爱少年世界中的所有珍贵之物——童年的清新，少年的憧憬，诚挚的友情，单纯的眼睛……道理很简单：无论何种写作，何时写作，最动人之处不是展示痛苦本身，而是写作者直视痛苦并将痛苦化作光辉的态度。事实上，低龄化写作在文字深处时亦无法掩饰"向日葵"后们对一个失去了的好天堂的怀念。虽然他们习惯于扮演一个很"酷"的形象，而不愿透露他们内心中最隐秘的地方，但还是难以掩饰他们无法压抑的心声：渴望纯洁，渴望情感，渴望温暖。甘世佳《倾岛之恋》的"我"虽然"穿着黑色的 Nike 汗衫，豹皮纹的短裤"，但，倾心的却是一个"穿白色的衣裙，十几岁的样子，漂亮而充满童贞"的女孩子。韩寒在《三重门》安排了林雨翔的雨中痴恋。郭敬明在《消失的天堂时光》中的"我"始终都在呼唤人世间淡忘了的基本情感："我以为我们已经没有眼泪了，我们以为自己早已在黑暗中变成一块散发阴冷气息的坚硬岩石了，但是我们发现，我们仍有柔软敏感的地方，经不起触摸。"可见，低龄化写作中虽然以极端的姿态反叛着传统儿童文学的一切要义，但，反叛途中，又何尝不想驻足、回返。只是他们已经起舞，巨大的惯性带动着他们的肢体和语言不停地旋转。在旋转中，他们寻找着自身，但又迷失了自身。而且，仅仅依凭他们自身，恐怕不能涅槃。

低龄化写作虽然给儿童文学注入了活力，但，它又将儿童文学带入了一个悖论之地。这样说，包含两个含义：一方面，低龄化写作冲击了成人目光里的儿童文学，突破了"寓教于乐"与"白雪公主"与"变形金刚"等模式写作，直接呈现了一个孩子在白日与夜晚的迥异的世界。另一方面，低龄化写作在实现了用文字敲打幽闭的心灵并亲自书写自己思想之时，却展现了一个色彩缤纷然而异常混乱的价值观，如同他们的文字：一会儿是先哲语录，一会儿是时尚作家的引言；时而背诵古典诗词以扮风雅，时而借用外来语言以示渊博。此外，低龄化写作是否能够免疫于商业社会的陷阱？"向日葵"后们是否由于一本书的走红而以作家的勋章来给嘉奖？一切都不得不让人心怀警惕：低龄化写作是否意味着一个凄美的深潭？

从口水吐向安徒生到哈利·波特热

——新世纪中国儿童文学的点滴思考

蒋　风

一

在中国,一度沉寂的童话理论思考,近年又引起人们的关注,在互联网和报刊上展开了热烈的讨论。2001年有人在网上发表长文:《口水吐向安徒生》,对中国儿童文学进行反思,并批评了安徒生童话对童话创作所造成的消极影响,文章的主要论点是:

1. 童话好坏由谁说了算?
2. 童话与文学的距离,文学童话与教育童话,五十步笑百步。
3. 童话就是要满足儿童娱乐的心理需求,满足他们发泄内心烦恼的要求。
4. 因为安徒生为文学童话树立了一个典范,讲求诗的意境,妨碍了童话的娱乐功能,削弱了童话的游戏精神。擒贼先擒王,所以要把口水吐向安徒生,借以扼制它的消极影响。

其实,安徒生童话的艺术成就及其在文学史上的地位,是已经被确定了的。安徒生一生写了168篇童话,几乎被世界所有国家译成人类所有的语言,被所有受过教育的人阅读。至今还难以举出第二个人的作品可以与之相比。儿童

题解　本文选自《当代儿童文学的精神指向——第六届亚洲儿童文学大会文选》,辽宁少年儿童出版社2002年版。文章以2001年在互联网上出现的一篇题为《口水吐向安徒生》的长文为切入口,评析了围绕安徒生童话和儿童畅销书《哈利·波特》系列所展开的争论。文章提出了以下几点思考:"进入电子声讯时代的今天,如何对待经典?要不要阅读经典?""如何看待《哈利·波特》在中国的传播?""如何正确对待想象力?"以及"如何对待外来文化?"文章认为,"唾弃儿童文学宝库中的经典作品,是一种十分愚蠢的行为"。同时,文章也肯定了西方畅销童书的意义,"至少使人们看到,世界儿童文学中,还有更多的、更吸引小读者目光的作品。这对打破中国儿童文学狭隘的题材视野和单一的表现手法,起到了它的启示作用"。

文学史论家保尔·海哲曾经在他的经典著作《书·儿童·大人》中作过这样的评价:"如果有一天,因为某种风尚,需要选举儿童文学作家的皇位,那么我的票,绝不会投给拉丁语系的作家,而会毫不犹疑地送给汉斯·克利斯特·安徒生。"试想,受到全世界读者热爱的安徒生,能被几个狂徒的口水所淹没吗?

那么,为什么会有人要把口水吐向安徒生呢?

我认为,可以从两个层面上来理解:

从深层次分析:这是一种文艺思潮的反映。在中国儿童文学界,文学与教育的关系问题始终是一个经久不衰的话题,从五四运动前后一直争论到现在。文学作品注重教化是中国千百年来的传统。著文立说便要"文以载道"。文章或多或少、或明或隐地都应有某种教育、提示、益智的作用,这是理所当然、势在必然、无可厚非的。在延续数千年的中国文化中,也都十分重视以道德标准衡量一切事物和言行。这一观念根深蒂固,为一般人所普遍接受。

这种以教化为主旨的观念,在反封建的五四运动中曾遭到有力的抨击,此时正好是倡导儿童文学之初,提倡"儿童本位",认为儿童文学就是要以儿童为本位,此外便没有什么其他标准了。要"迎合儿童心理供给他们文艺作品"。这一时期儿童文学观念的更新,曾一度使中国儿童文学走上健康发展之路。可是,由于社会和政治的原因,随之而来的是日益残酷的阶级斗争的现实,在革命与反革命的生死搏斗中,迫使作家承担起唤醒儿童的爱国心、提高阶级觉悟的责任,儿童文学也就成了宣传革命的工具,忽视了儿童文学是文学的美学本质,教化作用更被强化。强大的历史惯性,又把它拉回到"文以载道"的轨道上来。新中国成立之后,也在一段很长的时间内,强调儿童文学的教育功能,甚至强调到"儿童文学就是教育儿童的文学"。直到十年"文革"浩劫之后,经过70年代的拨乱反正,80年代开始,就有人站出来批判儿童文学的教育性。而"文学童话与教育童话是五十步笑百步",就是批判教育性的进一步的演绎,要把口水吐向安徒生,也就是儿童文学观演变的结果。因此,从深层次分析,它是一种文艺思潮的反映。

从另一个层面理解,是一批热心于儿童文学事业的人,他们对当前童话创作停滞不前,甚至是胡编乱造的现实感到忧虑。这是他们的一种焦急心态的反映。他们希望改变现状,希望中国童话创作以至整个中国儿童文学有一个生机蓬勃的春天。甚至有人提出要用幻想小说来颠覆童话。这本来是一腔热情的好意,但也未免显得有点幼稚。因为童话与幻想小说是两种既不矛盾且应并存的儿童文学文体,它是适应不同年龄段读者的两类文体,完全可以并存。从文学发展观点看,文体总是越来越丰富的,而且丰富才能满足小读者的不同需要,因此没有必要提倡幻想小说,就非得颠覆童话,非置童话于死地不可。世界是多彩的,文体也应丰富多彩。

二

其实幻想小说也不是一种新文体,在英国、德国、日本等国已流行上百年。它是适应时代的发展,在童话基础上发展起来的。它与童话有相似之处,也有不同之处。它们都是凭借作家丰富的想象力,用幻想虚构一个不可思议的并不存在的第二世界,并在这个世界里展开一个迷人的故事。童话在读者(不管是成人或小孩)一看就感受得到的是幻想的世界,而幻想小说作家却努力要把这个幻想的世界写得如真实的一样。它往往采用长篇小说的结构,采用小说的方式展开故事。自上个世纪末,在中国大陆出现了一个既陌生却又令人兴奋的词汇:"幻想文学"。由二十一世纪出版社策动,并得到一批青年儿童文学作家和评论家的大力倡导,幻想小说就在中国大陆开始走红。

正好这时,在世界范围出现了一个"哈利·波特热"。从1997年开始,英国女作家J.K.罗琳出版了《哈利·波特》系列。这是一套现代化了的魔法故事。书一出版,就红遍全世界,出版了近50种文字译本,总印数已远远超过了一亿册。且2001年第一部就被改编成电影,创造了近8亿多美元的票房价值。

《哈利·波特》(包括书和电影)也很快"热"遍全中国。人民文学出版社获得授权之后,从2001年9月到2002年1月,4个月内,《哈利·波特》系列的四本书,总印数221.7万册,如今已超过490万册,电影据说票房价值也超过6000万元。

可是对这部系列幻想小说,社会上始终有两种声音。在作家的家乡英国如此,在美国如此,在中国也是如此。

这套幻想小说刚在英国出版,《星期日泰晤士报》专栏作家因迪雅·奈特就对书中的暴力凶杀场面提出质疑和批评,他认为书中描写太阴暗、太恐怖了,他决不会让它跟自己10岁的孩子见面的。与此同时,英国评论家尼科丽斯·琼斯却认为:"《哈利·波特》很好地利用了儿童文学传统,也使其本身很有深度。最重要的一点是,哈利·波特让我们在一个不道德的时代,看到了道德的力量。故事对个人责任、忠诚和忍耐等品行进行探索,并赞扬这些品德。"在美国也是如此,同样有褒有贬。

在中国,文学评论家肖夏林认为:这套书基本上没有文学特质。它的唯一的功能,就是娱乐逃避的功能,或者欺骗麻醉的功能,是典型的欺骗世人的巫术小说,鸦片小说。如果孩子们看了这些书,会对巫术深信不疑,有负面影响。

儿童文学家梅子涵教授却有不同的看法,他认为,"《哈利·波特》之受孩子的欢迎,是因为故事有趣,魔法本身满足了孩子的想象力"。如果说孩子看了巫术魔法有害,那是把孩子估计低了,以为他们都是傻瓜。儿童文学家陈丹燕也认为它是一本很有文学特质的小说。"从中可以看到英国文学和英国历史传统,具有深厚的文学功底才能写出这样的好书。"文学评论家刘绪源更认为:"不仅故事好看,还有很多感人的地方,有纯文学的东西在起作用,包括巧妙的对话、细节,令人赞叹!"

但是,中国人民大学曾庆瑞和赵遐秋两位教授提出质疑。他俩认为《哈利·波特》真的具有想象力吗?能指望这样的作品去培育我们少年儿童的想象力吗?《哈利·波特》的想象力显得荒诞不经,那是一个神秘莫测的魔法师的世界。神奇的咒语是哈利·波特经历中最奇特的色彩。他们感叹说:"可偏偏就有人在报纸上写文章说,这样的一个奇妙的魔幻世界,能给观众奇特的艺术享受!"他俩认为,我们今天的少年儿童,所需要的是一种对于宇宙、大自然探秘的想象力,对于未来人类美好社会生活情景的想象力,根本就不需要哈利·波特式的反科学的痴迷魔法巫术的想象力。两位教授对社会上有些著名儿童文学作家、评论家振振有辞地吹捧《哈利·波利》是一部"很有文学特质的小说"感到不解。

三

从口水吐向安徒生到哈利·波特热,是中国儿童文学进入新世纪后引人注目的一个现象。它从一个侧面反映了近年来中国儿童文学领域的热闹场景。尽管众说纷纭,莫衷一是,却也为中国童话的发展以至整个中国儿童文学的发展留下无尽的思考和启迪。

思考和启迪之一,是进入电子声讯时代的今天,如何对待经典?要不要阅读经典?

包括如《安徒生童话》在内的儿童文学典籍,是人类文明发展中的文化积淀,这是人类无可估量的精神财富,值得我们永远珍惜。尽管随着科技发展,文化传媒手段越来越多彩,孩子们逐渐远离书本,也远离经典,也有人开始提出种种疑惑,例如,今天的孩子们还需不需要阅读经典?

生活在今天信息时代的孩子,在他们周围有着多种多样随手可得的娱乐手段,尤其在电视机、电子游戏机、电脑开始进入寻常百姓家的情况下,孩子们可以轻松愉快地从娱乐中得到必要的生活知识和智力锻炼。这已成了一种世界现象,中国也不例外。由于经济快速发展,中国也开始进入高科技和讯息网络时代,孩子们愉快地沉迷于声讯和光影之中,慢慢地也远离书,远离儿童文学。这给孩子的成长带来了不利的一面。而且作家也开始普遍使用电脑写作。由于作家使用的软件,是由电脑软件设计师设定了一些通用的单词和词组,这些单词和词汇是常用的,大众化的,这类软件的词汇大致可以表达人们想表达的意思,如为了快、为了省事,作家不假思索使用这些单词和词组,而不再去推敲和寻找最准确、最细腻、最富表现力的词语,其作品就会失去个人独特的语言风格。为了培养新一代具有文学修养的高素质的一代,我们应大力提倡阅读经典,让孩子们从小阅读经典,阅读那些经过时间筛选留下的经典性儿童文学作品。因此,把口水吐向安徒生,唾弃儿童文学宝库中的经典作品,是一种十分愚蠢的行为。

启迪和思考之二,是如何看待《哈利·波特》在中国的传播?

尽管这套书在中国至今褒贬不一,但《哈利·波特》的热销,却留给我们一个值得思考的问题。沉迷在电子传媒手段中不愿阅读书本的孩子,为什么对《哈利·波特》却爱不释手?

今天是个读图时代,孩子们热衷于电视、电子游戏机、电脑网络……即便读书,也大多爱读漫画书。图画,尤其是色彩鲜艳的动画,是形象的东西。不仅小孩喜欢,大人也喜欢。其实读图是一种人类的天性。

但是,我们应该看到,读图与读文是不矛盾的。而且图画也永远不可能全部替代文字。文字在文化传承和传播中有着它独特的功能。

从《哈利·波特》热遍全中国、也热遍全世界这一事实说明,过去远离书本,只能说明这些孩子还没遇到更生动更有趣能为他们乐于接受的读物,缺少能吸引住他们的书本。许多原先热衷于网络、电子游戏、电视的孩子因为哈利·波特的惊险经历而把兴趣转向书本,惊心动魄的故事情节,牢牢地抓住小读者的心,使他们欲罢不能。这值得我们儿童文学工作者深思。

我们还应看到,中国儿童文学发展至今已有整整一个世纪,也拥有一大批优秀的作家和作品。但如果用理性的目光审视一下,便不难发现一个非常明显的不足,就是它的始终不变的单一的"现实主义"的格调。《哈利·波特》至少使人们看到,世界儿童文学中,还有更多的、更吸引小读者目光的作品。这对打破中国儿童文学狭隘的题材视野和单一的表现手法,起到了它的启示作用。这无疑有利于中国儿童文学向丰富多彩方向发展。也可以这样理解,这将促使富于浪漫主义的幻想文学,展开了与"现实主义"一样有力的一翼,使之振翅高飞,是不无作用的。

启迪和思考之三,如何正确对待想象力?

幻想是人类一种非常可贵的品质。但如果在儿童时代,人类的幻想力得不到充分的发展,在长大成人后,将导致创造力的衰退和丧失。

前两年教育部、团中央和中国科协等有关部门举办联合调查表明,我国80%青少年缺乏创造力,这为全社会敲响了警钟。

如果小时候能多读一点富幻想性的文学作品,将会给孩子插上幻想的翅膀,使儿童的想象力、幻想力得到滋养和发展,从而使我们民族的未来更富创造力。

别林斯基说:"生气勃勃的、富有诗意的想象力是培养儿童文学作家一系列必备条件的不可或缺的条件,儿童文学作家应当通过幻想并且凭借这种幻想去打动孩子们。童年时期,幻想是儿童心灵的主要的本领和力量,乃是心灵的杠杆,是儿童的精神世界和存在于他们自身之外的现实世界之间的首要媒介。"

超凡、离奇的想象力是每位儿童文学作家必不可少的素质,它对儿童文学有着不可忽视的意义,这是无可争辩的道理。问题是像《哈利·波特》型的魔法,是否会对孩子的想象力发展造成负面的影响?

魔法故事是一种古老的文体,而《哈利·波特》则是一个与现代生活结合的新魔法故事。它所构建的那个神秘莫测的魔法世界体现的是一种什么样的想象力?它带给孩子们什么样影响?也是值得我们认真思考的问题。

罗琳借用古老的魔法故事所展示的想象力确实是有些荒诞不经的,但她有她的创作自由,我们不必妄加指责。至于这种想象力能否给读者带来奇特的艺术享受,还有待我们评论家进一步作出分析。想象力是作家对客观现实的一种重构。无论是对一个作家来说,还是对一部作品来说都是很重要的一个方面。《哈利·波特》凭借作家的想象力,将客观现实进行重构,创造了一个奇特的魔法世界,大大赢得小读者甚至无数成人的青睐,也是不争的事实。对它作绝对的否定是不科学的。至于它对孩子带来负面的效应,也是客观存在。这说明这部红遍世界的作品,还有它的缺陷和不足之处。读了作品之后对书中的魔法深信不疑,毕竟是个别的,我想用不着大惊小怪。相信大多数孩子都是能够辨识魔法与现实之间的是非真伪的。因此,我们不必为《哈利·波特》的商业炒作而盲目把它捧上天。它能否成为儿童文学经典,也还有待时间的考验。

启迪和思考之四:如何对待外来文化?

世界是多彩的,通过与外来文化的交流,我们的文化(包括新世纪的中国儿童文学)也必然会越来越多彩。

在经济全球化的今天,文化的相互交流、相互渗透,也是一个无法避免的事实。

哈利·波特能不能沿着米老鼠、唐老鸭、超人、蝙蝠侠的历程进入大众文化名人的殿堂,成为一个新的"偶像"? 有这种可能,但也不一定。还有待时间的考验。

作为一种文化传播,我们既不能不作科学分析而大肆吹捧、趋奉配合,也不必大声疾呼这是一种文化渗透,是一种文化侵略。今天不可能闭关自守,而是应该实事求是地加以分析批判。既要及时关注,又要对每一项外来文化现象作出科学的分析,让每位中国读者(观众)了解其中的正负面影响,用一种宽容的态度对待一切,当然也不能听之任之,放任自流。

论青年作家的写作

梅子涵

我当青年作家的时候,认为自己很懂儿童文学,激扬文字,可是成长以后知道,我懂得很少,甚至基本不太懂,于是开始努力地补习。这是我后来阅读很多世界优秀儿童文学的原因,我想在一个世界的儿童文学大学里上上学,为自己获得一个不虚假的"儿童文学学位"。

所以,青年作家的很多不懂,是要等到不是青年作家的时候才渐渐懂的;而当我们知道,有很多事情我们会渐渐地懂,那么我们应当为此激动,因为这意味着还有机会走很长的路。

我当青年作家的时候,有很长的时间实际上只是青年作者。因为有很长的时间我不是作家协会会员。在中国,不是作家协会会员,是不好意思认为自己是作家的。如果别人称你作家,那么你的心里是害羞的,脸上也有害羞的神情。我1971年发表了处女作,名字叫《征途》,我的写作征途也开始了。我写了十几年,十几年以后我才小心谨慎地填了一张表,陈伯吹先生、洪汛涛先生在上面签了他们的名字,承认了我,介绍我参加作家协会,成为作家。可是我仍旧害羞,因为我没有出版过一本书。1990年我的第一本书才出版。从处女作到第一本儿童文学的书,我的征途是19年。第一本书的名字叫《男子汉进行曲》,男子汉进行曲很漫长。

我把自己的这个征途的时间表叙述出来,只是想问问自己,我的征途的那个年代,是不是很缓慢,是不是过于认真,是不是对于青年作家太缺乏关怀和照料,那时候的文学出版是不是过于挑剔和清高,那时候的文学写作是不是太把文学当文学了。我的回答是,我想起那个年代很快乐,我感谢那个年代给了我文学的

题解 本文原载《文艺报》2011年1月7日。文章以散文笔法回忆了自己作为一名青年作者、作家的文学征途:从1971年发表处女作到1990年出版第一本著作。正是这近二十年力求创新、缓慢的写作铸就了作者对文学的理解与信仰,也让作者学会在世界儿童文学的大学殿堂中不断学习和自省。在当下中国儿童文学快节奏、商业化的写作潮流中,这篇文章传达了一种对文学艺术的坚持。

崇高感,感谢那个年代"作家"两个字是持重的、诗意的,当人们说起这两个字时呼吸已经变得抒情,因而使得我直到如今还能继续持重、诗意地走在这路上,我希望以自己抒情的呼吸影响生活。我感谢那年代编辑们喜欢在退稿单上写的那一句不讨人喜欢的话,那句话是:"缺少些新意"或者"新意不够"。就这么一句话,一个回合,已经把你挑于马下了。其实那时我们并不清楚到底哪儿"缺少些新意"、"新意不够",但是我们没有还价,也没有想到请编辑吃一餐饭,吃过了也许他还是说没有新意,我们想的就是要重新写,想着"新""新""新"。"缺少些新意"这一句话,就把文学的这个门庄重地关上了,同时也庄重地让我们看见文学的门应该怎样跨进。我们写出了多少新鲜的儿童文学呢?我们不好意思夸耀,可是至少知道了文学写作不可以陈旧,不可以尾随,不可以移花接木,更不可以抄袭。如果陈旧,如果尾随,会平庸、猥琐;如果移花接木,如果抄袭,会身败名裂,只能像小偷一样不敢露出背影,苟延残喘。那个年代给了我们这样的操守!也是在那个年代,我读到恩格斯的文章《现代文学生活》,他对青年作家说,不管你是小溪还是大河,都不要让自己的风格里夹杂太多别人的东西,你想尖酸,但是也不要海涅式的尖酸。我记住了恩格斯的这句话。连第一流的杰出也不能挪用,那么第三流的平庸还可以仿照吗?感谢那个年代让我懂得文学创作就是含有要为文学提供新的艺术、新的面貌的意思。一个真正写作文学的人,应该是一个文学的艺术提供人、增添人。感谢那个年代,出版一本书就好像等候一个从天边走来的人,从天上降下的神,要等那么久。不管那本书纸张是多么轻薄,装帧怎样素面,我们都会兴奋365天,签上名字送给别人,别人是双手接过,并且为你夸耀。感谢在那个年代,我恰好当着青年作家。

  我当青年作家的时候,住在一个18平方米的房子里。当我住进去的时候,心里很没有理想地想,我大概会一直住在这里的。于是我很安静地在这里生活,认真写作。我写作的那张文学的桌子很小,在房间的左角落。一盏母亲给的珍贵的老台灯把亮光洒满一桌,一桌上全是安详。班马陪着方卫平来看我,他们在心里说,哦,梅子涵的小说是在这张文学的小桌上写出来的!他们心里都有感动,因为他们的文学也是在这样的小桌上诞生的。那时,我们三个人的眼睛里也都是平和、宁静,没有躁动;那时,通往杭州、广州的铁轨上正有列车驶过,声音穿过田野,震动在我的木窗上。那时的上海也是有很多田野的,那时没有房价、没有版税、没有虚张声势的排行榜,更没有听见过"首富"这个词。那时,文学的生态是接近于绿色的。那时,青年作家的内心绿色很浓。

  我这样地说着那时,说着我的青年作家的时代,不是怀旧,只是说说从前的日子。不是想教育青年作家,而只是想说说,我认为的文学应该怎样,我认为的文学家是什么。我其实更是在提醒自己仍旧在行进的征途,我的文学征途还很长。

我曾做过一个演讲,题目是《哪里是我们的路呢?》。现在,我把它作为我的结束语:

我们应当羞于把很多随随便便的文字拿来当儿童文学。我们不可以拎来一个"多元"的词,就把破破烂烂也当成儿童文学。

我们心里的儿童文学应当很精致,很风趣,很干净,很像金色的向日葵,看着它,一个孩子能知道太阳在哪里,成年人也能知道。

我在文学的演讲里,不止一次说到过一个二战时期波兰的故事。一群年轻的游击队员,在寒冬夜晚,从各自藏身的洞里,冒着危险,来到森林远处的另一个洞。他们要干什么呢?他们去听肖邦的钢琴曲,它从留声机上放出,还朗读童话,听吉卜林的《山丘的故事》。我们怎么解释?我们有很多解释。其中一个重要的解释是,他们童年听过,他们熟悉,所以他们即使被占领了,还会冒着危险去向往。后来,他们从洞里冲出,波兰解放,欧洲解放。

我们的文学也要为中国人留下这样的熟悉和向往。我们不能做到吗?但是我们至少要努力!

很多年以后,我们不在了,虽然在,也写不动了,但那时,我们的书都很有尊严地仍旧在别人的书架上,而且紧紧靠在一起,那是我们真正的温暖和诗,那时,我们会说很多别人听不见的话,我们之间真正的爱,也许是在那个时候。

民族性地域性的独特书写

——近期少数民族儿童文学的发展状况

张锦贻

一

在近两年来的少数民族儿童文学中,儿童小说依然占据主要地位。在加强生态文明建设的语境中,少数民族地区的图腾文化、游牧文明,以及由此泅进少数民族儿童文学作家心灵中的生态理念、家园意识都被进一步激活。

动物文学再度兴起,证明这是一个常说常新的话题。蒙古族作家格日勒其木格·黑鹤写了《狼谷炊烟》《狼血》《狮童》等中篇动物小说,蒙古族作家许廷旺则连续出版了《马王》《头羊》《草原犬》《狼犬赤那》《罕山雪狼》《狼道》《火狐》7部长篇动物小说。此外,黑鹤的短篇《黄昏夜鹰》、许廷旺的短篇《沙松》,在书写古老传统、动物尊严等方面都有新意。他们几乎写遍了草原上具有灵性的动物。这两位作家,同是内蒙古东部地区人士,同是"70后",但一个生长在呼伦贝尔的草原深处,一个生活在科尔沁的草地与庄稼地的交错处,一个是企业文化工作者,一个是小学教师。生活情境的不同、文化背景的差异,使他们即便是写同一题材,写来却各有其独特之处,因此笔下的草原动物们也就无比生动起来。这些作品,称得上"各式各样、多姿多彩"。如黑鹤写了一只名叫巴努盖的老牧羊犬,写巴努盖对书中草原少年的亲近,极具荒野气息,作者甚至从巴努盖的视角来描写草原的荒凉和广袤。而许廷旺写的年轻牧羊犬赛汗却是另一副模样,它对

题解 本文原载《文艺报》2013年6月7日。文章主要从动物小说、少年历险小说和儿童诗等文类考察了近年来蒙古族、土家族、满族等少数民族作家的儿童文学创作成果。文章指出,在各种不同体裁的写作中,少数民族儿童文学都在努力揭示民族文化的历史积淀与现实生活的进程。他们的动物小说呈现了民族性、地域性和儿童性的融合,表现了一种具有哲理性的生态文明;他们的少年历险小说能够吸收世界经典历险文学的精华,推陈出新,表现出各民族新一代年轻人不同的向往与追求;他们的儿童诗都坚持了对现实的关注和儿童心灵的探索。

草原儿童是如此的依顺和依恋,作者通过赛汗一路上遇到蝴蝶、大青马、草原鼠、野兔时的情景,写出了草原的生机和活力。

不同作品的特色对比,凸显出当下动物小说的民族风采。"民族""地域"都是宽泛的概念,而优秀的动物小说都通过细部描述来呈现民族风情、地域风貌。书中对草原犬形象的刻画、塑造,泅浸了民族文化心理元素,渗漫着草原民族儿童特有的情感、情趣,作家的情思、情愫也自然地融进其中。读这样的作品,除了记住那些与人相依相存、可信可爱的草原动物,也会由此想到它背后的历史与现实,并产生内心的共鸣。这些动物小说所呈现的民族性、地域性是与儿童性融合一起的。这些动物小说中对民族地区诸多动物的细部描写,因为与民族儿童生活浑然一体,就总是充分、恰切地展现出民族作家的艺术个性,令人感到新鲜、新颖,使这些写给儿童的动物小说,在中国当代儿童文学中构成了一种独特的艺术美感和艺术冲击力。

这些动物小说中所描述、所表现的人与自然互为依存的关系,正是生态文明、生态理念中的核心问题。黑鹤在《狼血》中曾细致地描绘牧羊犬诺亥追寻、捕杀一只在草原上到处挖洞、啃草的旱獭的过程,暗示着草原上人的生态意识、生态观念的由来。许廷旺在《马王》中非常细心地描写了沙尘暴在冬春两季频频袭击草原的情景,又写出了当下草原急速沙化的生态危机。而把现实中的生态危机写到极致时,令人有一种身临其境的现场感和鲜明的质感,才能具体地展现生态文明建设的重要意义。

这些动物小说中所呈现的风云变幻、草木枯荣的天地现象,所展示的物竞天择、生态平衡的自然规律,既是悠久的客观存在,也是悠深的艺术陶冶。而这一点正好与民族儿童文学创作中既定的丰富民族儿童智慧的精神高度契合。因此,作品中的动物们常常演变为一种象征,它们的种种故事也就成为一个个奇妙的寓言,从而使儿童动物小说更具哲理性。

这些小说虽然大都以动物为主人公,但都着意于刻画、塑造草原少年形象。如黑鹤作品中的那日苏、小巴特、阿尔斯楞,许廷旺作品中的敖登、达来,既表露出童心的纯美善良,以及人类与动物相互理解与关爱的一种默契,更张扬了草原上新一代少年血性、阳刚、硬朗的气概,彰显出草原民族心理素质在新时代的新发展。由此,作品巧妙地将原来的自然生态腾挪至社会生态,写出当代人"生态道德"的缺失,使新世纪草原少年正气一身、豪气满怀的精气神感染了读者。

显然,当下的儿童动物小说仿佛是从草原上传来的一支支悠扬的牧歌。浓郁的民族地域文化韵味、深厚的生命家园意识、鲜活的草原少年形象、强烈的理性和艺术冲击力,构成了它在发展中的特色。

需要引起特别注意的是新人新作的出现。如侗族作家龙章辉的短篇小说《绝版牛王》,虽然只有万余字的篇幅,却极细腻地描写了牛在侗寨人心中的崇高地位,描绘了侗寨人在斗牛节上对牛王勇武强健精神的崇敬心理。写牛王,就写出了农耕文明和民族精神。但在社会转型的时期,商品经济大潮也涌进了偏远的侗族山寨,淡化了人们对牛王、对耕牛的情感。作品中,侗族少年天运和他的妹妹阿月令人难忘,他们对牛王的真情和深情,激人反思。这样的作品,并不是早早地设定了倾向和目的,而是自然地拓宽了人们的文化视野,成功地避开了当下"一窝蜂"的动物小说模式,无论从取材、立意、文字,都执拗地追求和坚持一种文学理想和审美价值。作家的兴奋点在当下的现实。现实使他有了太多的灵感和激情。有灵感和激情才能有批判的力量和勇气,有力量和勇气才能有文字的深刻和朴厚。

由于儿童天性亲近动物,一些并不是专门为儿童创作的动物散文,也常因作品中动物被写得活龙活现、语言运用得鲜活鲜明,受到青少年读者的喜爱。如满族胡冬林的《山猫河谷》、维吾尔族艾贝保·热合曼的《放羊的日子》、纳西族人狼格的《世界的细节》,都很自然地揭示出人与动物关系的深层意蕴。这些作品,往往胜过那些刻意描写动物讨人喜欢的"姿态式散文"。

二

无论是强调哪一方面的文明建设,发展未来一代的创新、创造力至为重要。土家族作家彭绪洛一向主张少年们读万卷书走万里路,倡导他们探险励志,并身体力行。近年来,已出版"少年奇幻冒险"系列、"少年冒险王"系列、"兵马俑复活"系列和"时光定位钟"系列等长篇小说。其中,"时光定位钟"系列包括《幽灵船》《骷髅旗》《假国师》《麦加城》。彭绪洛创作速度之快、作品之重,总是令人惊喜。作家自己所经历的惊心动魄的冒险行程,所神往的雄心壮志的梦想行动,以及珍爱生活、深爱少年、热爱理想的激情和冲动,全都汇聚在这一部部作品中。这些作品既能进一步激活少年读者的好奇心与求知欲,更能激发他们迎接挑战、改变现实的正气与勇气。

少年历险小说,在 19 世纪西方儿童文学中就已出现,至今已有 200 多年的历史,在苏联儿童文学中也曾占据重要位置。彭绪洛善于借鉴、汲取前人的经验,同时也写出了自己的特色。可以说,他的创作既是本土的又是超越本土的。"时光定位钟"系列中的少年主人公清江水,从名字到言行,都是地地道道的中华少年。因时光定位钟的力量,穿越到 600 多年前的明代,跟随郑和船队下西洋。

彭绪洛不受当下某些童书热衷于起洋人名、洋地名的影响,而是老老实实地写中国少年在好奇心、求知欲驱使下的所思所想、所作所为,写具有中国历史背景的幻想故事。这些作品既把握、顺应了中华各民族少年儿童的心理状态,也表现、揭示出世界各地区各民族新一代年轻人不同的向往和追求。

彭绪洛的作品具有非凡的想象力,有浓重的魔幻元素,使魔幻与科幻相交融。书中的一切情节,都缘于"时光定位钟",但不是无中生有、空穴来风,故事的起因、产生、发展都有根有据、有始有终。如《幽灵船》中写清江水和小胖、张佳进入神秘山洞后,在暗红色的岩石层中发现了一个水晶盒子,盒子里装着一个极普通的钟表。钟表下端有6个小转轮,转轮上显示有数字。清江水把数字调成他的QQ号——140607,竟使他在瞬间进入1406年7月,并在汪洋大海中遇上了郑和的船队。情节荒诞、怪诞,却自然、自如。

彭绪洛的小说处处设置悬疑,层层进行推理,侦察与侦探结合、冒险与探险一致,使作品具有极强的吸引力和感染力。《幽灵船》中,清江水在山洞里、在大海上、在船队上的所有遭遇,看似互不相干,却是互为前提,因果相连。少年读者会在阅读中生发一种探索、追究的兴趣,在理解中生成一种辩证、周密的思维方式。同时,其作品还具有一种诗意、幽默的表达。如《幽灵船》开头对清江水置身于水天相连的茫茫大海的情景描写,对一团蓝色阴影瞬间活转、似一条细长的飞梭快速游动的描写,对大榕树下深邃山洞中意外发现的描写,对破旧的时光定位钟的幻境变迁的描述等。这些描写都着意于穿越的神奇、变幻的美妙,着力于环境的渲染、氛围的营造,由此凸显了一个"险"字。

与此同时,许廷旺根据长时期流传在科尔沁草原上的传说和上世纪40年代日本兵入侵的故事,写出了"草原冒险"系列长篇小说,包括《寻找忽必烈密码》《复仇的金像》《蒙哥密洞》。这些作品有着浓浓的传奇色彩,但书中所塑造的林不几等几个草原少年形象,所叙述的三个有头有尾的寻宝故事,都令人觉得很真实。这些作品类似于上世纪50年代苏联的惊险小说。作品中,正义最终战胜了邪恶,弘扬了民族文化传统,表现了民族审美意识,并将现实和想象、成人世界和儿童世界完美地融合了起来。

三

论述近年的中国儿童文学,"原创",是最重要的关键词之一。这体现在前面所述的动物小说和探险小说中,也体现在儿童诗的创作中。

满族王立春的诗集《光着脚丫的小路》和童话诗《偷蛋贼》、回族王俊康极具朗诵性的诗作《向雷锋叔叔学习》、瑶族唐德亮的乡土诗《犁田》《秋之野》、裕固族阿拉旦·淖尔描写童年的诗《给我的扎西草》、佤族聂勒的抒情诗《牧歌》《如果》、布依族王家鸿的叙事诗《把一群羊赶到天上》、满族佟希仁的组诗《长白山下搭帐篷》等，各有异彩，又有共同的底色。那就是，南方北方不同民族的诗人们，都坚持了对现实的关注和儿童心灵的探索。

其中，王立春的作品既有想象的奇特，又有对民间童话的借鉴、汲取，使诗有故事的生动，使故事有诗的色彩。王俊康在有力的节拍、铿锵的节奏中恰当地渗入了对新时代的体悟和对现实的拷问。阿拉旦·淖尔、聂勒、王家鸿则从不同角度把牧区的童年引入诗歌，反映出了牧羊少年的辛劳和快乐、敏锐和智慧。唐德亮深知长者种田的酸苦和收获的香甜，却用别样的比拟来表现一种温暖、喜悦的感觉。佟希仁在优美地书写少年们进长白山露营生活的同时，深情地抒发了对抗联先烈的缅怀和崇敬。

应该说，这些作品的力量就在于原创性。例如，王立春的《花纽扣》："这些野花/这遍地黄的红的蓝的野花/是草甸子的纽扣呢//这些花朵纽扣/系住了地上的绿草衣衫/再没有哪一片草甸子/离开地面乱跑//没有扣子怎么行呢/草也要系扣子/你看那敞着怀的干草/跑得到处都是//草甸子系上了一朵一朵的/花纽扣/真好看"。再如唐德亮的《秋之野》："田野一片金黄/稻穗低垂。与小溪交流心事/一只白鹇携一阵清风/飞过。稻穗昂了一下头/大山上的树便红了/深了，远了/斑了/斓了"。从这些饱含民族情感、呈现地域色彩、洋溢童稚情趣的不同诗作中，可以看到民族儿童诗创作的态势。一首首儿童诗，虽然包容童年少年，笼罩万物万事，诗人提升的意象却都是各民族少年儿童最为喜爱、最感亲近的大自然和饱含情感、深藏意义的身边物。平凡的自然万物，经过童心、童情的浸渍和人性、人文的洇渗，构成为合乎日常、顺乎情理而又超乎寻常、异乎事理的奇谲的意象，并由此构筑了一种近在眼前远在天边的神妙意境。

可以说，这些专心创作儿童诗的诗人，都挚爱民族文化，并怀有强烈的忧患意识。这使他们能够站在孩子们的立场上，天真、直观、好奇地面对一个辽阔、多变的世界，烂漫的情思承载着不同民族孩子们的梦想，承载着特定地域的生命的重量，使他们能够看到别的诗人看不到的不同民族孩子心中的大自然和小生物、大宇宙和小生命，能够感受到很多孩子还没有感觉、感悟到的历史大前行中的细小变动、现实大变革中的微妙变化。这就使他们的儿童诗有着别的诗人诗作所没有的文化的、艺术的特征。

中国传统诗歌既讲究品格、意境，又讲究诵读、吟唱的效果。这一首首儿童诗，虽都篇幅不长，读来却意蕴深邃而又铿锵动听，除情感真挚外，朗诵诗注重凸显意象的音响节奏，呈现为诗句音韵的和谐与和美。这些诗作看似不押韵，品读之下，却感觉每一首诗都有内蕴的节律。明朗、铿锵的节奏，明快、昂扬的律动，营造了一种欢悦、快乐的氛围。无论哪个民族的诗人，由于更加关怀民族儿童、关注时代变迁，在儿童诗创作中，都更明朗地表现出光大民族文化的自觉。除了更加注重语言精湛、布局精当，注意细节描写、情境描绘，这些作品还常常借鉴民族民间口头文学的艺术手法，把独一无二的生动性带给了诗中的万物万事，使奇巧成趣、奇异出新成为民族儿童诗的一种新的风格。

此外，校园小说和校园童话也别开生面。蒙古族韩静慧依然坚持书写她的校园小说。长篇《一树幽兰花落尽》写出在一个经济快速发展的年代里，校园中不同民族不同家庭的少男少女的生活、思想、情感，并由此辐射到社会的每个角落，思考、思辨重大的社会伦理和道德问题，深层地关注当下民族少年的精神境况，从而把她多年来对本民族少年从草原走进城市的思索继续往前推进。值得特别注意的是，韩静慧竟能以她柔软的笔，在历史和现实的烟云中凿开生活潜藏的暗道，将乡村、牧区与城市打穿，拓展出一片前所未有的崭新视野，使校园生活的外延大大延伸。书中所描写的发生在校园里的不同民族少年之间的矛盾冲突，带有鲜活的现实感和时代色彩。

校园童话方面，以蒙古族陈璐的《笨鸟的世界》为代表。作品的主人公是天才男孩塔克，他可以自己看到、也可以帮助别人看到不同的人唱歌、说话或弹琴的声音。"我"的爸妈一向逼"我"弹琴，自从看到"我"的琴声似大冰山一般冰冷、冻硬，就一改以往的态度，任女儿选择自己喜欢做的事情。而塔克也终于成为一名培养大音乐家的教师。作品以独异、奇异的想象，凸显出当今儿童教育中应该注意的问题，那就是：应该尊重个性，张扬个性。一向坚持用母语创作的蒙古族老作家力格登的蒙文童话《神奇的皮囊》写生活在草原上的蒙古族少年在岔路口毅然选择了求知、探索、进取的坎坷不平的道路。历经艰难险阻，背负的皮囊竟变成了菱形的博士帽，牢牢地戴在了爱动脑筋的少年头上。这些作品在思想上、艺术上都有新的创意。

还应当提到的是，一向善于讲故事的老作家们也都有新作。如彝族普飞的幻想故事《鸡蛋发芽》、幽默故事《飞车少年李勇飞》，满族佟希仁的生态故事《农夫的儿子和蛇》、生活故事《辣妹》等，都紧扣时代脉搏，基于民族少年的现实又有所超越，并因此具有了普遍的意义。

四

有一些民族文学作品,并不是民族作家有意识地写给儿童的,但他们在创作中秉承现实主义的精神气质,心存爱意,同情弱小,关怀民族儿童的生存境遇,关注民族灵魂的深层状态。因此,就能真实地写出民族儿童天地里的现实故事,并用理想之光照亮黯淡的生活场景,还由此反映出一段历史、一个时代民族心理状态的变化和发展。这样的作品,其实是民族儿童文学中很宝贵的一个部分,应该引起足够的重视。

这些作品多视角地书写民族儿童的生活和心灵,既写出现实社会中的酸甜苦辣,更显出民族少年儿童的淳朴淳真、正直正气,使民族气质与时代气息、地域气韵与儿童气场融合一体。

土家族苦金的中篇小说《星星由谁点亮》,写生活中的阴差阳错,使才情横溢的白领女性与粗鲁多疑的乡村男人组成了家庭,生下了聪明不驯的儿子。在生活矛盾、性格冲突之中,人性的光辉逐渐点亮,童心的光明正在熠耀。作品中少年沙宝的倔强与至纯、上进与稚真,感人至深。回族女作家马金莲的短篇小说《柳叶哨》,写大西北穷乡僻壤里回族少男少女的生活变迁、命运遭际,写他们的善良心地、真挚情怀,写贫困少女梅梅的情感失落、无奈出嫁等等,细腻地展现了那一年代宁夏边远乡村生活以及伴随着改革开放这一时代进程而出现的变化。

仡佬族肖勤的短篇小说《暖》,写 12 岁的山寨小姑娘小等,爸妈外出打工,后来爸爸酒后死去,妈妈没钱回来,奶奶患了重病,自己独撑着家庭。瘸腿的村小代课老师庆生因怕受到非议,不敢接受小等,以致奶奶去世后,小等在暴风雨的夜晚迷路了,触电了。作家所写,岂止是一个少女的悲惨遭遇,而是中国城镇化进程中面临的严重、残酷的社会问题。回族高深的短篇小说《猎人的儿子》写喇嘛沟老猎人常宝青因为救被黑熊追赶的人,又不想打死黑熊,反被熊扑倒,跌下悬崖而死。猎人儿子常春发誓为父报仇。但在遇到黑熊时,恰见大熊正护着两头小熊走出草丛,怜悯之情油然而生,就枪口朝天,放走了"仇敌"。作家固然着意写出少年心中的大爱大善,更揭示出民族文化的历史积淀与现实状态。

藏族班丹的短篇小说《泉心》写"我"在泉边提水时遇到的一个七八岁的藏族小女孩嘎嘎。嘎嘎坐在泉边石头上,静静地望着天边的云朵、雪峰,脚边放着容量达 10 公斤的塑料桶。我来到嘎嘎家里才知道,嘎嘎阿爸 3 年前朝圣不见回来,阿妈有病躺在床上。而在瞬间爆发的地震中,阿妈也没了。作品蕴涵着爱与同情，更包含着批判与拷问。

有的作品想象极其丰富，接近于幻想文学，如维吾尔族巴赫提亚·玉素甫的《翅膀》，借民族民间流传的鹰孩传说，写维族男孩在浩瀚无垠的沙海中，梦想自己的双臂变成一对翅膀，堵上风口，挡住流沙。这部作品反映出生态危机的大问题。还有的作品高度关注现代化进程对于淳朴的民族少年的种种影响，以及由此生发的观念冲撞与精神束缚。藏族尼玛潘多的《琼珠的心事》有青春文学的味道，写初中毕业回乡的协噶尔村少女琼珠，喜欢穿牛仔裤，喜欢进城，内心有着美好的向往。但她的一言一行都为村人所不容。有谁能理解她的心事呢？作家写的是"琼珠的心事"，昭示的是许许多多至今还生活在民族乡寨的少年们的"心事"。题旨深刻而厚重，意义超过作品自身。

类似的作品，还有不少是民族作家写的适于儿童阅读的各类散文。有写自然情愫、人文情怀的，如蒙古族席慕蓉的《贝壳》、陈晓雷的《呼伦贝尔童谣》，土家族向迅的《乡村笔记》，达斡尔族苏程明的《又是野鸭飞来时》，满族巴音博罗的《杂技与魔术》、关俊利的《努尔哈赤故里》《卢沟桥》；有写家园故土、童年记忆的，如彝族左中美的《与秋有关》、蒙古族鲍尔吉·原野的《皮表》、苗族朗溪的《写一节故乡》、毛南族孟学祥的《石头与土地》；有写当下生活、儿童现实的，如蒙古族唐新运的《院子》、佤族布饶依露的《寻找岩布勒》。

这些作品篇幅都不算长，却使人读到不同地区不同民族少年儿童的生存状况和心理状态，赋予民族儿童文学以现实和历史的厚度，引发人们对现代化进程中少数民族精神走向的深切思考，使还显薄弱的少数民族儿童文学更为充实、更为丰富。

这些作品，可以从另一侧面给我们带来启示。由于这些民族作家分布在祖国东西南北的乡野山林，他们以不同的视角、从不同的层面较为广阔地展现了不同地区、不同民族少年儿童在历史进程中的生活现实，使民族儿童文学的故土叙事呈现出一定的多元性和层次感，又体现出更强的当代性和现场感，显示出在民族儿童文学领域中重续现实主义传统的重要和必要。因为少数民族少年儿童如今大都仍居住在山寨、乡屯、草原，这些作品对农耕、放牧生活的书写，仍具有难以替代的意义。

这些民族作家不仅从历史和现实的角度写出了民族少年儿童的生活变化、情感取向，更在于他们将一种地域书写变成了一种文化审视，巧妙地从民族少儿的体察、体验切入，以一种旁敲侧击或隐喻暗示的方式，呈现自己对历史、文化、宗教以及生命的存在方式的思考。也因此，这些作品不仅仅体现出全球语境中地域书写的独特性,还体现出在这种独特性中再现儿童小视野和历史大背景共存的民族儿童文学的独特的文化价值。

这些民族作家真实生动地描述了时代发展中新的民族少年儿童形象,给人留下深刻印象。难得的是,民族作家们并不只是满足于对民族少儿人物人情人性美的描写和赞扬,而是致力于写出进入现代社会,工业文明通过各种各样的途径"入侵"民族地区时,生于斯、长于斯的民族少儿,该怎样承扬优秀的民族文化传统,并与时代一起前行。可以看到,这些作品中的民族少儿人物都生活在剧烈变革的时代,却都是独特的"这一个"。

这些作品之所以能赢得广大的各民族读者,关键还在于民族作家们在书写作品时所运用的基于民族文化心理、浸渍了民族情感汁液、饱含着民族生活气息的鲜活、鲜灵、鲜亮的文字。那才是作品民族性、地域性、当代性与儿童性的完整、完美的表达。回族马金莲、仡佬族肖勤、藏族班丹,都写了本民族的一个女孩,她们的思维、思想,语汇、语言迥然相异,各有民族特色和特征、民族风格和风韵,显得微妙而奥妙。

另有一种创作现象也值得关注。那就是民族作家们常常采取儿童视角,以儿童的口吻来讲述一个人物、一段历史、一种生活、一份情感、一段传奇。这方面最为突出的还数回族马金莲,她的短篇小说《蝴蝶瓦片》《山歌儿》《瓦罐里的星斗》等都是这样的作品。又如藏族严英秀的中篇小说《苦水玫瑰》、瑶族安欣的短篇小说《二胡》、蒙古族任青春的短篇小说《少布的草原》等。因儿童的天真和单纯,使这些作品中的人和事都显得真实可信和格外亲切。有的作品也因此吸引了少儿读者,成为民族儿童文学的外围。

显然,在中国儿童文学百花园里,近两年来少数民族儿童文学开出了各种各样的花。动物文学怒放争艳,探险文学明丽夺目,校园文学别有洞天,从各个角度书写的多元化作品更是繁杂丰厚,构成了一种硬朗明快、素朴美雅的风格。它的姿态虽不显华贵,却有着独特的气质;它的香味虽不很浓烈,却飘逸着淡淡的馨香。民族作家们用真心感悟和拥抱自然万物,用真情感触和昭示体现在少儿身上的民族精神,因此,他们创作的民族儿童文学保持着独有的魅力,富有长远的生命力。

华文原创图画书中"乡土中国"的再现

——以"丰子恺儿童图画书奖"获奖作品为例

陈恩黎

当代中国儿童图画书的出版热潮始于20世纪90年代后期。它的内在推动力之一是中国儿童文学界及童书出版界对图画书的重要性有了自觉认识,意识到这一图书类别是儿童文学领域中极为重要和特殊的艺术存在样式。在这以后的近20年里,中国儿童图画书的出版经历了先引进后原创的快速发展之路。伴随着这一趋势,业界人士认识到设立一个高质量的儿童图画书奖项对繁荣华文原创图画书的重要性。众所周知,美国于1937年设立的"凯迪克奖"(Caldecott Medal)和英国于1955年设立的"格林纳威奖"(Kate Greenaway Medal)是两国图画书艺术不断处于推陈出新的活跃状态的重要原因之一。此两个奖项的历届获奖作品可以说在很大程度上代表了当代儿童图画书的最高艺术水准,具有世界范围的影响力。因此,2008年,香港陈一心家族基金会效仿美国的"凯迪克奖"创立了"丰子恺儿童图画书奖"。这是中国第一个国际级华文图画书奖,旨在表彰作家、画家创作优质华文儿童图画书,鼓励出版社出版原创儿童图画书。从2008年至2018年,该奖已评选出《团圆》《进城》《盘中餐》等32本优秀图画书。这些作品不但在海峡两岸暨香港三地出版发行,还被翻译成英文向国际图书市场推广,在很大程度上代表了当代中国儿童图画书已经达到的艺术水准。而对中国儿童文学研究者来说,十年"丰子恺奖"所累积起来的作品也已构成了一个审视、观照华文原创图画书的有效窗口。透过它,我们得以探讨华文原创图画书

题解 本文原载《中国图书评论》2019年第6期。文章从"乡土中国"的角度聚焦了2008年至2018年获"丰子恺儿童图画书奖"的作品。作者从题材选择、艺术表现手法和世界观呈现等层面对诸种获奖原创图画书进行了细读,并把它们置于世界图画书艺术的视野中加以审视。文章认为,图画书中的背景图像既能开创出文字所无法企及的复杂表意空间,也能够让民族性和乡土性以直觉的方式呈现出来;"墨分五彩"的文人山水画是原创图画书在"乡土中国"再现过程中需要不断学习的传统;对传统农耕文化中的价值观、世界观的重新认识是原创图画书从"乡土中国"走向世界的必要途径。这篇文章呈现了当下儿童文学批评尝试融合文学批评和艺术批评双重路径的跨界范式。

已有的经验和未来的发展空间。

基于图画书显在的外来性,"民族性"或"中国特色"始终是当下华文原创图画书创作者和研究者们关注的焦点之一。如何使原创图画书中的中国表达能够与世界共融? 如何在张扬传统文化的优势和突破传统文化的束缚之间寻求平衡? 如何有效转化民间文化资源并开启重写民间故事的艺术可能? 如何在传统民族性文化的背景下表达现代普世性的童年文化? 等等。这一系列议题可以说投射了当代华文原创图画书领域内的诸多从业人员"影响的焦虑"。在笔者看来,这种"影响的焦虑"是所有后起艺术家壮大自身的必经之路,而克服此种焦虑的有效途径之一是如何在"无我之境"中创造出"有我之境"。也就是说,如果说欧美已有二百余年历史的图画书构筑了华文原创图画书的一个"他者",我们首先要学会的是如何深入并且理解、领悟这个"异域",然后才能"回归自身"。与此同时,对华文原创图画书来说,还存在另一个更为强大和隐蔽的"他者",那就是中国源远流长的书画传统。这个传统复杂、迷人且自成一体,它承载古老的魏晋玄学、阳明心学和宋明理学等千年思想史、文人审美趣味的变迁,然并不曾孕育现代童年文化。面对这个来自自身文化的"他者",华文原创图画书需要更大的定力深入并留驻,才能创造出自己的"民族性"和"传统"来。

"乡土性"是传统中国的基本社会特性。在社会学家的眼中,这一特性自有其光荣的历史,也有其与现代社会格格不入的束缚。① 不过,对行进在城市化与全球化快速道上的 21 世纪中国来说,"乡土"则成为许多人心中挥之不去的执念甚至是引动山河岁月的省思。比如,画家韦羲就以《照夜白》一书尽写自己对唐宋山水画的挚爱。他说:"山水画改变山水,未见山水画之前的山水、见过山水画之后的山水,是两个世界。"他又说:"在看过古画的眼里,江山已不如画了。"② 想来,在韦羲的心中,那凝固在二维时空中的山山水水便是对乡土中国最好的呈现了。又如,陈丹青曾如此描述木心先生的一生:"从中国出发向世界流亡,千山万水,天涯海角,流浪到中国故乡。"③ 这是否也在隐约暗示着我们视觉艺术与乡土中国之间宿命般的联结呢? 当我们通览"丰子恺奖"获奖作品后发现,十年"丰子恺奖"的历程,首先也是一个不断探索如何再现"乡土中国"的历程。

---

① 费孝通:《乡土中国》,外语教学与研究出版社 2012 年版。
② 韦羲:《照夜白》,台海出版社 2017 年版。
③ 陈丹青:陈丹青谈乌镇木心美术馆,见 https://chuansongme.com/n/2084730.

一

我们知道,在世界图画书领域中,那些历史悠久得已经语义模糊的童谣以及虽然历史悠久但情节仍鲜活生动的民间童话故事一直是各国创作者们取之不竭的素材。透过相对稳定的文字文本,插画师和画家们不断留下具有时代和个人印记的图像。正是在这些图像的诠释与重构下,古老的文字文本既得以保存其原有的乡土性,也得以在更广大的范围内流传与更新。那首莫名其妙的著名英语童谣《汉普蒂·邓普蒂》(*Humpty Dumpty*)中的虚构形象汉普蒂·邓普蒂就是因为插画家约翰·坦尼尔(John Tenniel)的塑造而使这个"蛋形人物"家喻户晓;伦道夫·凯迪克(Randolph Caldecott)则以独具特色的运动性线条创造出了"盘子与勺子携手逃跑"(the Dish ran away with the Spoon)的经典场景;而《灰姑娘》《小红帽》等童话故事更是衍生出了千姿百态的图画书文本,创造出一场又一场的视觉盛宴。因此,对华文原创图画书来说,那些依旧在幅员辽阔的华夏大地上口耳相传的歌谣、故事可以说是图像再现乡土中国最直接的中介性文本。在历届"丰子恺奖"获奖作品中,《一园青菜成了精》(周翔图)和《进城》(林秀穗文,廖健宏图)便属此类创作。

《一园青菜成了精》是在同名北方传统民间童谣的基础上进行再创作的。图画书的创作者首先明智删减了原来文字中暗示动荡、暴力历史的杂质,把它纯化成一个适合当代儿童阅读的游戏性文本;接着以改编后的文字描述为想象基底进行图像的再现与表达。从文字与图画的关系而言,这本图画书的创作重心显然是要凸显图像在视觉上的创意和对文字的再现重构能力。整体而言,这本图画书颇具心机,既比较专业地彰显了文字与图画相乘而非相加的这一基本图画书原理,又巧妙地融入了中国艺术的审美偏好。比如,童谣以"出了城门往正东/一园青菜绿葱葱"作为开头第一句和收尾最后一句,与文字的这种微妙回荡进行遥相呼应的两幅图画可以说点亮了这本图画书:从间隔疏朗的菜园一夜之间变成了挤挤挨挨的菜园,辣椒、青瓜和茄子们就这样不小心暴露了他们曾经的狂欢;而封底那一幅池塘景象使原本封闭的文字有了延展性和开放性。又如,画家选择水彩这一介质进行创作也是别有讲究。我们知道,虽然水彩画源自欧洲,但与中国传统的水墨画之间有着先天的亲缘性:均是通过对水的运用来呈现画面的意境。因此,《一园青菜成了精》用水彩画特有的轻快、通透与明亮来再现这首童谣确是一个非常明智的选择。

不过,如果我们细细品评这本图画书后发现,它还是留下了一些遗憾:它在图像再现乡土性这一点上还有很大的可能性空间。一本以中国北方民间童谣为文字底色的图画书放弃对北方风景、风情的图像再现,而以留白来凸显角色与情节是不是一种最合适的处理方法呢? 笔者认为,图画书中的背景图像具有不可小觑的意义。它既能够营造、再造、渲染氛围,开创出文字所无法企及的复杂表意空间,也能够让不可言说的个人性、民族性、乡土性等以直觉的方式在打开图画书的第一时间内呈现出来。从这个角度而言,第一届丰子恺奖首奖作品《团圆》(余丽琼文,朱成梁图)的图像再现就比较成功。作品中以中国江南小镇作为故事背景的画面令人怦然心动:家门前那条清澈的小河、游弋觅食的鸭群、白墙上镂空的窗棂、半人高的矮门、院子里的丛竹……正是在这个时间也似乎变慢的空间里,一个烙印着当代中国集体记忆的、既温暖又有些许心酸的童年故事开始被天真地讲述出来。而在世界范围内,以地方风景、风俗与人文作为图像背景最著名的典范当属毕翠克丝·波特(Beatrix Potter)的图画书创作。这位从小就如痴如醉于苏格兰乡村森林和农场、动物与植物的图画书作家继承了前辈画家们所创造的英国风景画传统,细致入微地勾画出她所热爱的自然,并让她的彼得兔们生活于其间。于是,这些最具英国性的图画书不但成为现代英国的文化象征之一,也在不知不觉中传遍世界。

二

透过波特图画书的创作,我们对图画书中的"乡土性"有了更深层次的考量。如果说,具体可感的风景、风俗与人文是"乡土性"最直接的呈现,那么艺术表现手法和审美趣味则是"乡土性"隐性但似乎是更接近内核的存在。我们不妨以第二届获奖作品《进城》为例来展开思考。《进城》的故事取材于中国人耳熟能详的"父子骑驴"民间故事,正如前文所提到的,这一取材路径可以是图画书彰显其类型(Genre)特色的最佳选择:在基本固定的文字中用图像幻化出故事的无数变体。显然,《进城》在这点上颇具艺术野心。而更让人印象深刻的是,画家运用了黑白画的表现手法。整本图画书,除了封面上的书名"进城"为红色外,只有黑白两色。在印刷技术和颜料生产已经能够让画家表现出几百种甚至千种色彩的今天,舍弃彩色而只取黑白两种极端色彩,其本身就充满了大胆的实验性。透过这种图像以及色彩创意和实验,我们对华文原创图画书与传统艺术之间的联结有了进一步思考。

毋庸置疑,《进城》让我们清晰辨认出了华文原创图画书在对中国传统文化和文学艺术的继承中所发出的"乡音":黑白阴刻和阳刻画面的精心替换显然是道家阴阳文化的一种回响,运动变化的黑白图像在相互依存、相互对比中呈现无极世界的开放性;八仙过海、黛玉葬花、武松打虎……纷至沓来的经典场景与人物构型则让观者想起中国传统民居中照壁和窗棂的浮雕,从而使一本讲述故事的图画书同时具备了让每一幅图画都能够被独立观赏的装饰性;通过杂糅各种角色及其视角,改写了原故事的单向与单一,使封闭的传统呈现多元并置和开放的后现代戏谑风格。

我们知道,黑白两色是色彩中的极色,也是视觉感受的极限。以黑白两种极色为唯一造型元素的黑白画属于高度概括的艺术形式,它和艺术家的内心主观世界紧密相连,是反自然或不自然的,对画者和观者都提出了很高的抽象感知能力要求。所以,黑白画所创造的"间离"或"隔离"效果虽然迷人,但对图画书这一现代大众艺术而言,也提出了诸多挑战:首先,图画书的故事性或叙述性要求一系列图像之间的相对连续,画家如果在黑白配比关系上处理不当,黑白画的单一性特点就会从其原先的"优势"滑向"劣势",很难形成视觉节奏。其次,从视觉心理的角度来说,黑色虽然能够使画面稳健、有力,但也容易产生压迫感和沉重感。画家对黑色的过度使用可能会导致整本图画书缺乏足够的亲和力和愉悦度。

其实,除了黑白画之外,对华文原创图画书来说,还有"墨分五彩"的文人山水画传统可资借鉴与利用。在黑白两极之间的灰调有着无限的层次性,能营造出山水画的高远、深远和平远。此三远既是山水画的空间,又是构图,也是境界。如,美国当代图画书大师尤里·舒利瓦茨(Uri Shulevitz)在其广受赞誉的《黎明》(*Dawn*)一书中,就以唐朝诗人柳宗元的《渔翁》为灵感来源、以中国水墨画的晕染技法为表现手段、以水彩为绘画材料,创造出一本故事与意境水乳交融的图画书。而美国华裔画家杨志成的《狼婆婆》同样运用了晕染技法,在水彩、色粉笔与颜料的配合使用中营造出光与影随着故事的推进而不断变化的深邃之境。更值得一提的是,《狼婆婆》中的画面布局还糅进了中国的"屏风"构图,造成特有的隔离和隔断效果,从而有效减轻了画中的黑影有可能造成的对儿童读者的心理压力。

三

尤里·舒利瓦茨和杨志成的图画书虽然风格迥异,但他们的经历、世界观和艺术理念却有着某种共同点:自小就经历跨国移居的生活,体验异域文化所带来的冲击与启示,在创作中自觉、自如地融合东西方多种文化元素,从而使自己的图画书成为能够跨越不同文化藩篱的世界性图像语言。显然,这一共同点为本文的思考提供了继续深入的动力:"乡土中国"在其原初发生语境内也许是个比较客观化的描述性语词,随着时代的变迁,它渐渐承载了越来越多的主观情感和意识形态,但其指向过去的时间性并不曾改变。这一回望的姿态在日新月异的社会中自然有其不可替代的慰藉与寄托作用,但如果对这一执念缺少应有的警醒,"乡土中国"的美丽情愫终会变成某种故步自封的迷思。因此,对本文来说,"乡土中国"还具有世界观层面上的意义,它既有对传统的继承、对历史的记忆,也有对它们的反思,更有对未来开放的建构。在此视域中,华文原创图画书中的"乡土中国"可以说向我们呈现了更为复杂的图景。

《盘中餐》(于虹呈文·图)是第五届首奖作品。这本图画书在主题意图、整体设计、装帧和色彩调性等各个层面都可以说高质量再现了一个"乡土中国":聚焦被列入世界文化遗产名录的哈尼梯田,在文字和图像的默契配合下,精准、完整地描述了这个地区水稻的全部种植和生产过程;封面、封底和腰封都以黄绿色系做底,与稻谷成熟时的自然色调高度吻合;封面正中央的一碗米饭以现代装置艺术的手法幻化出层峦叠嶂、云雾环绕的群山,右边"盘中餐"三个字以隶书印刻,并以创作者的印章做结,巧妙表达出对山水画、书画一体传统的敬意与回归;尤其值得称道的是,图画书不但聚焦于物候与风景,还借鉴西方写实主义人物画的表现方法,精心描画出劳动者们的形象乃至表情。总而言之,《盘中餐》在视觉图像上所呈现的这种低调的和谐、精致都高度复刻出农耕文化其迷人、优雅的一面,也淋漓尽致地表达出了创作者那种心怀敬畏的诚意。

但这本图画书中的一个图像细节似乎损害了它的完美性:第13、14页的云图背景以狗、羊等动物的形状成功吸引了读者的注意力。显然,创作者试图在这本具有高度严肃性的科普作品中加入轻松、活泼的童话色彩,以便更符合儿童读者的审美期待。但在笔者看来,云图的形象选择过于随意,手法也过于直接,和整体图画书的非虚构性、非故事化的叙述所构成的写实主义风格不匹配,从而造成了一种图像叙述的裂缝。这一裂缝似乎暗示了以下的情形:从一个更高的图画书标准来看,《盘中餐》还缺乏艺术或文学的超越性。这一遗憾可以从图像文本和文化价值取向两个层面来展开探讨:埃德蒙·伯克(Edmund Burke)认为,想象力是一种通过感觉把各种简单想法聚集、结合起来从而创造出复杂观念的能力。这一富有创造性的力量通常以两种方式展开:一种是把自然中的形象以知觉最初感觉到的样子再现出来;另一种是把这些形象用新的方法组合起来。①显然,《盘中餐》的图像再现基本还处在一个"模仿"自然的阶段,还未曾发展出"创造"自然的艺术表现和想象能力。而这一图像再现方式的选择其实与创作者的文化价值选择有着密切的关联,即无视这一农耕文化本身固有的滞后性、束缚性、封闭性和对自然的掠夺性,而是用怀旧的目光单向度凸显了它在生存层面上的正面价值。因此,这个"乡土中国"的空间虽然有着代表种族文化的身份意义,也有着吸引观光者驻足停留的吸引力,但依旧缺乏建构未来生活的想象力和开放性。

事实上,以成人或儿童目光凝视、回眸"乡土中国",散发出浓浓的怀旧情调的作品在华文原创图画书中并不少见。如,《荷花镇的早市》(周翔文·图)、《迷戏》(姚红文·图)、《牙齿,牙齿,扔屋顶》(刘洵文·图)等,这些优秀作品似乎都与《盘中餐》有着类似的缺憾:在记忆的同时未能成功建构一个诗意的超越性空间。行文至此,笔者不禁想到琼·穆特(Jon J Muth)的《石头汤》(*Stone Soup*)。在这本图画书里,作者把欧洲的民间传说植入中国的文化背景,糅合中国的民俗、禅宗与佛教信仰,虚构出一个穿着黄色衣服的女孩,并且赋予这个女孩启动奇迹开始的力量,从而讲述了一个充满希望的关于过去的故事。简言之,《石头汤》中所表现出的那种多元文化的融合能力与对童年力量的信任共同构造了一个具有向世界讲述能力的"乡土中国"的艺术空间。而这是不是也是华文原创图画书再现"乡土中国"的可能未来呢?

综上所述,本文认为华文原创图画书中的"乡土中国"的再现可以从图像所呈现的人物具象、艺术表现手法和世界观等层面加以细细考察。透过"丰子恺奖"获奖作品,我们既看到了"乡土中国"丰富、多元的再现途径,也发现了"乡土中国"的再现还须经历漫长的"文化自觉"过程。并且,"乡土中国"还可以与"童年中国""现代中国""诗意中国"等议题进行并置思考,从而构成更为全面而立体的"中国表达"这一主题。

---

① Mary Klages:《文学理论》,上海外语教育出版社 2009 年版。

第五辑
儿童文学文体

导语

  对文体建设的重视是中国儿童文学作为一个独立的文学门类和学科走向成熟的重要标志之一。本辑所选录的文献涵盖了关于儿歌、儿童诗、童话、图画书等多种凸显儿童文学特点的文体类型。同时,这组文献也呈现了中国当代儿童文学文体建构者身份的多元性:创作者、理论研究者和阅读推广人。不同的身份带来了感性与理性、经验与推演之间的补充与碰撞,也带来了视角的多维发散,呈现了中国当代儿童文学文体内部与边界的各种可能性。此外,这组文献还记录了当代儿童文学文体建构中传统的回声与先锋探索的足音。它们彼此之间激荡出的复调既暗示了儿童文学与古老的口传文学的联结,也预示了儿童文学不断分蘖的未来。

漫谈儿童诗

柯 岩

如何搞好儿童文学的创作,是个很重要的课题。我写得少也不好,只是根据自己学习写诗的感受谈一点看法。

儿童文学、儿童诗究竟有没有特殊性呢?这个问题一直有争论。"四人帮"彻底抹煞儿童文学的特点,谁谈到儿童文学的特点不但会被批判为修正主义"童心论"、"儿童本位论",甚至能戴上反革命的帽子。但我们必须承认:诗是有自己特殊规律的,儿童诗则除了诗的一般规律外,还要受其对象(未成年的读者)的年龄特点所制约。

既然儿童诗也是诗,我想先从它和成人诗的共性谈起。

什么是诗,究竟怎样才能称之为一首好诗呢?每个人的经历、感情、生活道路不同,欣赏趣味也尽可相异。但有这样一种错误的观点必须反对,即认为:诗是一切文学样式中最好写的,似乎不需要什么生活、思想、感情及技巧的锤炼,只要有点感想,有点感觉,偶一激动,就可拿起笔来洋洋洒洒的来上它几十行,几百行,几千行……特别是由于"四人帮"这些年的干扰破坏,诗歌创作出现了许多极不正常的现象:鼓吹"主题先行",大搞其标语口号式的"诗";出现所谓"常用诗歌一百句"。任何一个政治运动,只要把人名换一换就可以通行无阻,完成任务。报刊上流行着一些不论什么内容,什么生活都通用的所谓艺术性的描绘,诸如"东风万里,红霞满天,杆杆红旗迎风卷","千里大道,万里蓝天,我们流血又流汗,战鼓咚咚震云天……"之类,甚至出现"明月高照,繁星满天"这样违反自然现象、描写孔老二的罪恶是不高举红旗这样令人啼笑皆非的所谓"诗篇"。把

题解 本文原载《文学评论》1979 年第 2 期。文章从作者个人学习写诗的感性经验出发,阐述了对创作儿童诗的体会和观点。首先,强调了儿童诗与成人诗的共性特点。其次,重点讨论了儿童诗的特殊性。作者认为,承认儿童诗的特殊性不会陷入"童心论"和"儿童本位论"的资产阶级思想陷阱,它们与儿童文学的特殊性根本是两个范畴的东西。例如,在给学龄前儿童创作诗歌时,直观性和游戏性是很重要的考量因素。

诗歌糟蹋得不成样子,败坏了诗歌的名誉。它遭到人民的反对,但却也毒害了无知少年儿童的心灵。这种说大话、空话、假话的流毒,至今还远远没有肃清。

有人认为:只要分行就是诗。诗固然是分行的,但分行的不一定是诗。点名册、菜单、标语、口号……都是分行的,能说它们是诗吗? 恐怕不能。有人认为:凡是押韵的就是诗。其实有些诗并不押韵,散文诗大多不押韵,杨朔同志的散文就很有诗意,他自己说:"我是把散文当诗来写的"。确实,他的散文中有些篇章完全可以称为诗。有人说:有节奏、有韵律的就是诗。我看也不见得,小孩子跳猴皮筋时整天喊着:"小皮球、香蕉梨、马兰开花二十一;三五六,三五七,三八三九四十一。"很有韵律,很有节奏,但能说它是诗吗? 再极而言之,列车开动,机器运转,甚至和尚念经也都有节奏呀……所以我想:固然分行,有韵律,节奏……都可以构成诗的因素,但诗之为诗,毕竟不仅仅是这些外在的因素所构成的吧。

中国是诗歌的国度,我们有悠久的诗歌传统,从原始人狩猎、伐木的共同劳动中,有人开始有节奏的喊"吭哟,吭哟……",鲁迅先生在《门外文谈》中说这就是诗。因为它记录了我们祖先的生活、思想、感情、声音,可见诗歌是集体劳动的产物,是文学史上最早产生的一种文学样式。它是从生活里来的,决不能脱离生活。

《诗大序》里说:"诗者,志之所之也,在心为志,发言为诗。情动于中,而形于言。言之不足,故嗟叹之之;嗟叹之不足,故咏歌之;咏歌之不足,不知手之舞之,足之蹈之也。"简而言之,就是"诗言志"。

志,用今天的话来说,也可以说是思想吧,但它不是空洞的口号、概念化的思想、抽象的语言,而是从生活中来,情动于中而结合了作者的为人、品德、性格、风貌而发的言。是他自己独特的、感情的、形象的言,或嗟叹,或咏歌……既然需情动于中,就必须是真情。不是真情,不说真话的诗是感动不了人的。也正因此,凡是说假话、大话、空话的也就自然不能称之为诗了。

当然,真话也还有不同。有会说不会说之分,这就有个技巧问题;有高低之分,这就有个格调问题、思想境界问题。这里,我想顺便谈谈诗的意境问题,这个问题,有时被人搞得挺神秘,好象很不容易说清,也许我这个人比较简单化,我对这个问题理解得比较单纯。我认为意境就是文学典型化原则在诗歌创作中的具体运用。所谓"意",就是诗人的思想感情;所谓"境",就是诗人所描绘的客观事物。当诗人的思想感情与客观事物结合起来,做到了情景交融,寓情于景,借景抒情,寓理于境,借境达理,创造出一个既可捉摸、又可感觉的;既不同于生活原形、感情原形,又可感可信,神形兼备的;用极凝炼、准确、优美的语言表达出不尽之意、不尽之情的高度概括的艺术境界。这是否就可以说是诗的意境了呢？

但有了意境，是否就算是一首好诗了呢？不同的阶级有不同的标准。每个诗人又必然由于他自己的时代、阶级、思想、感情、品德、经历的不同而写出具有不同价值的诗。比如，古今中外流传至今的有千千万万首诗，大都能使我们欣赏，因为诗人运用熟练的技巧，描写了他所感受的生活，抒发了他的真情实感。但有的却不能使我们感动，为什么呢？就因为诗人受自己时代、思想感情的局限性所致。比如："月上柳梢头，人约黄昏后"，"无言独上西楼，月如钩，寂寞梧桐深院锁清秋。剪不断，理还乱，是离愁，别是一番滋味在心头"等等之类的诗词。我可以欣赏它，吟咏它，借鉴它的艺术表现手法，但我的心是平静的。因为虽然说的是真话，言的是志，抒的是情，但它的志太不远大了，它的境界太狭小了，是他志而非我志，是他情而与我难通，因此，我只能欣赏他的表现方式，同情他的个人痛苦，原谅他的历史局限，但却不能打动我。

却有这样的好诗，能越过岁月的河流，直到今天还令人激动不已。例子很多，如："秦时明月汉时关，万里长征人未还。但使龙城飞将在，不教胡马度阴山。"这是唐王昌龄的诗，一千多年前写的，但它一下子就打动了我的心。因为从诗里我不但看见了边关月下戴着古盔甲的战士，看见了边关茫茫漠野上的累累白骨，看见了战士愤怒和仇恨的眼睛，他们是那样刻骨铭心地憎恨践踏我们国土的敌人。同时，我还那样真切地感到自己好象触摸到了诗人那颗充满了爱和恨的心：他是这样热爱自己的祖国，这样热爱与尊敬那些坚守边关的勇士，那样同情与怀念那些"犹是春闺梦里人"的阵亡将士；他又是那样痛苦而愤怒地谴责历代朝中的奸佞，他们代代相传过着荒淫无耻的生活，奴役人民，残害忠良，致使元戎名将血染刑场，山河破碎，国是日非……。但诗人又不是把我说的这些大白话泛泛直说，而是用了极为凝炼而有节奏、有韵律、极为优美而形象的语言来表达。因此，它不但一下子使我们感到头上的明月都不是一般的了，而是"秦时明月"，唤起了我们深远的历史感情，使我们想起了历朝历代的忠臣名将，边关战士，伟大的人民，使我们更爱今天祖国的大好河山；而且诗人的愤怒和痛苦，同时也激起我们今天的愤怒和痛苦，激起我们对今天的奸佞林彪、"四人帮"的深仇大恨。他们把我们党和祖国糟蹋成了什么样子呵！它还使我们怀念起那些惨遭他们迫害的开国元勋：敬爱的周总理、朱老总、陈老总、贺老总、彭老总、陶铸及千千万万党政军干部。反覆吟咏这首诗，既想掩卷痛哭，又想仰天长啸，更望有刀在手，怒斩奸贼……

这首短短 28 个字的七绝，能引起我感情上这样巨大的波澜，不但使我能深入其境,感觉到、触摸到当时诗人那颗忧国爱民的心,还能引出自己对今天无尽的联想与思考。好象一下子走进了比日常生活更高更美的境界,锤炼了自己热爱祖国、热爱人民的情操,扩大了自己的美学视野,给了自己无限的力量。为什么? 就因为诗人不但言了他的志,还言了我的志,抒了他的情,也抒了我的情,说出了我久已积郁心中,想说而说不出,想说又说不好的话。它一下子就使我热血沸腾了。

类似的例子还多,如《诗经》中"我心匪席,不可卷也,我心匪石,不可转也"。再如杜甫《哭李白》二首中"冠盖满京华,斯人独憔悴"。鲁迅的"横眉冷对千夫指,俯首甘为孺子牛"、"怒向刀丛觅小诗",毛主席的许多诗篇,及陈老总的"后死诸君多努力,捷报飞来当纸钱"、"二十年来是与非,一生系得几安危"等千千万万首诗,不都是比王昌龄那首更多、更高、更深刻地引起我们的共鸣、联想与思考吗?

当代诗人就与我们更近了。如:郭小川的《秋歌》、《团泊洼的秋天》,李季的《王贵与李香香》,李瑛的《一月的哀思》等等,都是好诗。抒了真情,说了真话,言了自己的志,也言了我们的志;抒了他们的情,也抒了我们的情。对此,大家都有同感,我就不多说了。这里我只举两个例子:

一个是天安门诗歌。为什么天安门的诗一出现,人们就奔走相告,争相传诵,为之痛哭,为之呐喊,在棍棒与牢房的威胁下,在追查与逮捕的重压下,人们不屈服,不销毁,而是不顾一切千方百计地保存着,或是藏在炉壁里,绕在线团中;或是悄悄地埋在地下,铭刻在心碑上,创造出我国有史以来的诗歌奇迹? 就是因为这些诗说出了人民的心声,表现了人民对"四人帮"的激愤,对周总理深情的爱。"收下吧,请收下,请收下我们这朵朴素的白花。花虽然很拙劣,但它是我们真心实意用纯洁的手扎出来,献给您的呀!"这几句朴素的诗,之所以打动了亿万人的心,就因为它满含着亿万人民的泪。"欲悲闻鬼叫,我哭豺狼笑,洒泪祭雄杰,扬眉剑出鞘。"人们看到这首诗,大声朗读,高声背诵,喜形于色,奔走相告,因为从中看到了年青的一代,看到了人民的力量,觉得中国有了希望。

另一个例子是最近举办的一次标题诗歌朗诵会:《为真理而斗争》。我们请了一些老诗人写天安门事件、南京事件的英雄们,有艾青的《在浪尖上》,张志民的《按照人民的命令》,白桦的《阳光,谁也不能垄断》,韩瀚的《为真理而斗争》等等。这些政治抒情诗,起码三、四百行,一念二、三十分钟,有的同志曾担心听众能否坐得住。但是,当这些长诗朗诵时,观众屏息静气地用心倾听,常常是朗诵二、三句就被掌声打断,甚至看来很朴素的诗句,都获得了雷鸣般的掌声。如

《在浪尖上》写到一位英雄,"他的诗贴在纪念碑的东面,这个青年工人被捕了,地点是列宁像的下面,时间是一九七六年清明节前两天,夜晚十二点……"多么朴实无华,听众却象海潮一样汹涌咆哮起来。接着"一切政策必须落实,一切冤案必须昭雪,即使已经长眠地下的,也要恢复他们的名誉……"呵,雷鸣般的掌声,整个体育馆都震动起来……为什么呢?因为它表现了一个经过诗人典型化与精心锤炼的特定意境:一个青年为了保卫周总理,为了祖国的命运,贴了一首忧国忧民的诗,是贴在祖国最神圣的天安门广场,贴在纪念碑东面。但他却因此被捕了,而被捕的地点竟是在列宁像下边!天啊,还有什么比这更能说明问题所在的呢?然后诗人喊出了人们现在的心里话。他的诗是饱蘸着自己血泪和人民的血泪写的,因此,他的呐喊也就是人民的呐喊。再如《阳光》一首,当演员从"一点就破呀"念到:"有些人以真理的主人自居,真理怎么能是某些人的私产!他们妄想象看财奴放债那样,靠讹诈攫取高额的利钱;不!真理是人民共同的财富,就象阳光,谁也不能垄断。"观众哗然大笑,有人失声叫好,继而掌声雷动……演员再念下去,念到:"旗帜的真正捍卫者是人民,人民为了保卫旗帜白骨堆成山,人民为了保卫旗帜鲜血流成河,谁也无权自任掌旗官!"时,掌声简直不能平息了。为什么呢?因为诗人不但用这样艺术、这样诗意、这样有力的语言加深了大家对实践是检验真理唯一标准的认识,而且那样警辟地说出了人民内心深处的话,引起了听众感情的共鸣与理智的思考。号召他们积极起来参加斗争。哎,我真没法形容那个热烈劲。我是深受感动、深受教育的。因为它使我再一次体会到:抒情言志,必须想人民所想,怒人民所怒,从人民生活出发,运用一切艺术手段,言人民之志,抒人民之情,只有作者之志即人民之志,作者之情与人民之情相通时,他才能喊出时代的最强音,完成时代给他的任务,成为一个真正有力的战斗者——诗人。

谈儿童诗为什么要说这么多成人诗呢?因为我想:在时代精神与战斗性上,即文学的党性原则上,儿童诗和成人诗是没有区别的。在诗歌的艺术规律上,两者也是一致的。我们有些儿童诗为什么写得毫无时代精神,或全无诗意,也许恰恰就是忽视了这个共性的结果吧!

但是否儿童诗就没有特殊性了呢?是否一谈特殊性,就会掉进"童心论"、"儿童本位论"的泥沼呢?其实"童心论"、"儿童本位论"与儿童文学的特殊性根本是两个范畴的东西。资产阶级学者提出"童心论"及"儿童本位论",认为天下儿童都是一样的,都是生活在同一个单纯的、天真无邪、具有无限爱心的甜蜜蜜的儿童世界中,只有年龄的差别,没有阶级的差异。他们抹煞儿童文学的阶级性,否定儿童成长的社会环境,否定儿童思想上的阶级烙印,因此,他们认为在儿童文学或儿童诗歌中,运用成人文学的思想性或进行阶级思想的教育,就会"损害儿童的健康","毒害儿童的心灵"。因此,只能从无邪的"童心"出发,站在儿童的本位和立场来进行创作。我们说:这种立论是根本不能成立的,因为他们这个立论的前提根本是不存在的,是虚假的,不真实的。让他们给我们实实在在地找出一个象他们所描绘的那种超阶级的,根本脱离社会环境,具有"无限爱心的"儿童乐园吧!他们是找不到的,因为世界上根本就没有。我们马克思主义者是阶级论者。我们认为世界上没有无缘无故的爱,也没有无缘无故的恨,各种思想无不打上阶级的烙印。儿童是人类的未来,每个阶级都用自己的理想教育下一代,争夺下一代。封建王朝的神童诗说:"天子重英豪,文章教尔曹,万般皆下品,唯有读书高。"教育儿童"学而优则仕","成为人上人"。资产阶级更是从小就给孩子灌输金钱万能、利己主义等思想。基督徒教孩子信仰上帝;三K党教孩子种族歧视;希特勒让孩子法西斯化;"四人帮"则打着红旗给孩子灌输封资修的大杂烩。在这种现实情况下,如果我们无产阶级不用马列主义共产主义思想、品德去教育孩子,而去听从"童心论"之类泛滥,取消了儿童文学与诗歌的党性原则,那就是对人民犯罪。因此,撕毁剥削阶级虚伪的纱幕,公开提出儿童文学和儿童诗歌的无产阶级党性、阶级性及教育性,应该是我国儿童文学有别于其他封资修儿童文学的鲜明特性。

然后,我想再谈谈儿童诗歌在艺术上的特殊性。如果不研究这个特殊性,儿童文学及诗歌就会成为成人文学和诗歌的简化版,图解式。高尔基曾说:"想写儿童文学的作家应该估计到读者年龄的一切特征。不然,他写的书会成为儿童和成年人都不需要的无着落的东西。"(高尔基:《论主题》)儿童不同于成人,他们正在长知识,长身体的阶段,特别好奇,特别好动;他们的思想特别活跃,可塑性极大,世界观正在形成。不考虑这个现实,不尊重这个现实,就会产生不遵循教育学的根本错误,就会出现"再教育"的需要,那将是十分痛苦的和艰难的。因此,是不是可以这样说:考虑儿童读者年龄的一切特征是儿童文学儿童诗歌的又一个根本的特殊性。

教育学告诉我们:在谈到儿童读者时,还应考虑到各个不同时期。一般区分为三个时期:学前期(三岁到六、七岁)、学龄初期(六、七——十一、二)、少年期(十二、三——十七、八)。

克鲁普斯卡雅指出:学前儿童的特征是"经验不足","他们还完全不知道世界是什么东西,但是他们极力想认识它"(克鲁普斯卡雅:《谈谈儿童书籍的问题》）。因此,给这样年龄的孩子写书,就要帮助他们认识这个世界,力求广泛、真实地去表现这个世界。孩子出生后,接触最早的文学形式是民间流传的口头儿歌,催眠曲就成千上万:"狗不咬罗,猫不叫罗,宝宝宝宝睡觉罗。"妈妈们现在唱的是:"乖乖不要吵爸爸,爸爸在搞现代化……"指着天:"满天星,亮晶晶,数来数去数不清";指着地:"地婆婆,地婆婆,她给宝宝个大萝卜"……稍大点,学数数了,有数数歌;游戏时,有游戏歌。不仅内容不同而且风格手法多种多样,有连环式,问答式,绕口令,还有滑稽歌,扯谎歌,颠倒歌等等。真是趣味无穷,引人入胜,不怪孩子一入耳,便上口,口耳相授,代代相传。

　　我们许多作家是写儿童文学的能手,他们掌握了学前儿童直观性强的特点,从他们周围的事物中教他们认识世界,教他们区别轻重、大小、方圆、黑白、……更有本事的作家则还要从中给他们以思想以美感,如刘饶民的"大海大海,你为什么这样蓝?我的怀里抱着天;大海大海,你为什么这样咸?因为渔民流了汗"。教育孩子热爱自然,热爱劳动人民,又给他们以美感(虽然咸的问题不够科学,但这是诗意的夸张,从本质上讲还是真实的)。对学前儿童能进行阶级教育吗?能。象管桦同志的《听妈妈讲过去的事情》。能进行比较抽象的、提高思想境界、含有一定哲理的教育吗?能。象马雅柯夫斯基的《灯塔》:"塔上有盏大灯,象火堆一样,亮光光,它看得到整个海洋……孩子们,要象灯塔一样,为航行的人,用灯火把道路照亮。"意境是多么优美与深远。

　　另外,学前儿童喜欢游戏,游戏几乎占了他们的大部时间。在游戏时能进行教育吗?能。比如有一首给孩子们游戏的诗——《哭笑歌》:"日本鬼子来了,抓走了我的羊,抓走了我的猪,还烧了我家的大瓦房。我哭——我哭——(全体参加游戏的孩子一起用手在眼上来回抹;作哭状)解放军叔叔来了,还了我家的羊,盖好了我家的屋,给我家抬回口大肥猪。我笑——我笑——(全体孩子一起大笑)"多么符合年龄特点,鲜明地艺术地告诉了孩子:什么是压迫者,什么是解放者。

　　在给学前儿童写诗时,还要注意到幼儿喜欢明朗的声音节奏、美好的色彩和爱笑的特点。笑,对他们来说,就是欢乐。而过分强调奇幻高深则容易引起惊恐与神秘情绪的萌芽。"四人帮"完全不考虑儿童年龄特点的那些尊法批儒、批宋江之类的所谓儿童诗歌,是根本摧残孩子记忆力和心灵的毒药,事实上不是搞出了小孩回家告诉妈妈:"幼儿园教了一首诗:宋江住在水壶(浒)里"的种种令人痛苦得想哭的笑话吗?

　　学龄初期的儿童,有了一些生活经验,他们已经能很好地辨认他们周围的世界,他们开始向往那些遥远的东西,这时他们还不能进行心理分析,但他们已有了初步的道德观念,他们很想知道什么是好,什么是坏。而且愿意积极参加到行动中去。

在这方面,我们的诗人写了许多好诗,比如:"滴答,滴答,下小雨啦!种子说:'下吧,下吧,我要发芽';小树说:'下吧,下吧,我要长大';小孩说:'下吧,下吧,我们要去种蓖麻'!"比如:"爸爸的书桌上,有许多许多好东西,小虹最喜欢的,是一架地球仪……每当有一个国家独立,她都问:在哪里?然后扶着墙壁,踮着脚尖,在挂图上插上一面小红旗……";再比如:"在我的本子上,画满了坦克和汽车,长大了我要去开坦克;而哥哥的本子上,只有大海和军舰,想必他长大了,要去当海员……"除了这些反映儿童自己生活的诗歌之外,他们还要念别的诗,念有关红领巾的,解放军的,历史的,科学的。象《学习雷锋好榜样》、《刘文学》、《我爱那蓝色的海洋》、《我们的土壤妈妈》、《我给星星打电话》等等。甚至描写外国生活的,如吕远的《小冬木》,罗大里的《一行有一行的气味》、《爸爸要出卖眼睛》等揭露剥削阶级和资本主义制度的诗歌。

对学龄初期儿童,选题和用语要特别慎重。因为他们一经接受,就再不易变更了。因此,无论在知识上、道德上、思想上都要防止他们接受谬误的东西。一个青年作者写的一首小诗《字典公公家里的争吵》,既饶有兴味的教给了学龄初期孩子有关标点符号的正确知识,又教育培养他们的集体主义观念,为学龄初期儿童诗歌创作,作出了很有特色的成绩。

第三阶段少年时期,教育家们一再强调指出:少年的情绪特别容易波动。这是最动荡、最易变化、最不安稳的一段时期。少年在这时期特别害怕成人的管束,把老师、家长特别是妈妈的管束一概视之为罗嗦。他们有时宁愿孤僻,也不愿和成人交往……,这是养成独立见解的时期。前一阶段(七岁——十二岁)获得的知识,树立起来的道德观念,在这个时期都重新有了重大的意义。

他们开始对比较复杂的现象感兴趣,也开始有思考抽象事物及产生联想的能力了。他们对社会结构里所实现的一切正义与非正义的事情都容易受感染,并且一旦有兴趣,立即要积极投身进去,自觉与不自觉地模仿成人待人处世的方法,极力要装出成人气概。盲目崇拜英雄,但辨别复杂事物的经验还少,能力还差。许多老师的实践证明:儿童在这个年龄(五、六年级——初中)搞不好是最容易变坏的年龄。因此,这一阶段的思想教育和道德教育要特别审慎而符合教育学原则。

许多老师、业余作家和专业作家为他们写了大量的好作品,好诗,出了不少集子。我认识不少三十多岁的青年,他们现在自己也是孩子的父母了,可是他们还常常给我整段整段地背诵他们童年时爱好的作品。象高士其同志的科学诗;袁鹰同志的政治抒情诗;金近同志的童话诗、故事诗;任溶溶同志一些独具风格的小诗等等,这里就不一一列举了。

以上只是按儿童年龄特征,大致划分的三个阶段,其实儿童每年都不一样。比如学前儿童注意力很不容易集中,二十分钟以上的故事,二、三十行以上的小诗就会使他们厌倦。一年级的孩子通常最多只能坐四十五分钟,超过了这个限度,即使他瞪着眼睛看着你,你念的东西他也听不进去了。一年级的孩子上课作小动作,老师背着脸板书,只要说:"老师不回头就知道谁在动。"淘气的孩子立即会坐正,回家去还向妈妈夸耀:"我们的老师可棒了!不回头就知道我们谁淘气。"可如果这样对待二年级的孩子呢?他不但不听,还会对同桌说:"别信,骗人的。"一般说来,孩子越小,就越喜欢色彩、声音、形象鲜明,节奏清楚,有人物,有故事的诗歌。那么,儿童诗是不是一定要有故事情节、悬念、人物?我说不一定。就象孩子的生活丰富多彩,千变万化一样,儿童诗也有故事诗、抒情诗、叙事诗、朗诵诗、寓言诗、科学诗、风景诗、游戏诗等等,也象成人诗一样,必须百花齐放。

儿童诗是不是一定要描写儿童生活呢?当然不是。综上所述,儿童文学有别于成人文学的不在它描写什么,而在于怎样描写。我国儿童,生长在社会主义无限广阔的天地里,他们对周围发生的一切——社会主义建设、对"四人帮"的斗争、老一辈革命家的历史、英雄的出现和成长、科学的发明、远距离的飞行、边防军的斗争、哥德巴赫猜想、宇航员的生活、甚至外国及别的星球的状况——他们都想知道,而且唯恐错过了参加的可能。我们也正该把他们的思想兴趣,引导和巩固到这些上边来。除了创作反映儿童生活的作品外,还应该运用多种多样的艺术手段,大量创作出合于儿童年龄特征的,富有艺术性的,有教育分寸感的,反映这一切生活的作品来。

儿童诗歌作者该怎样生活,怎样学习呢?我想,成人诗作者不能脱离生活,儿童诗作者则更要有生活。就是写以儿童为主角的作品也不能光到儿童中去生活,那样容易脱离整个社会实践,因为儿童不是生活在真空中,他们的一举一动不能不受社会生活的影响,也同样是社会实践的产物。只有和成人诗作者一样的去参加社会实践,站在历史的高度和人民一起战斗,才能使自己的作品有时代精神。所以,儿童文学的作者的生活面决不能局限在学校和家庭里,一定要广阔一些,要到工农兵中去,改造世界观;要熟悉社会生活,要跟上时代的步伐;同时,也要到儿童中去生活,为了熟悉和掌握各个不同年龄及心理的特点,到生活中去发现、选择和提炼。

有志于写儿童文学的同志,和成年人文学工作者一样,第一是要有生活。生活是创作的源泉,但不是光有生活就够了,还要有思想,有技巧,要从古今中外的优秀作品中吸取营养。生活、思想、技巧这三者对于儿童文学的作者不是可以要求的少些,而应是更多些,因为成人有较高的鉴别能力,而孩子大睁着天真的眼睛看着我们,他们缺乏生活经验和思想分析的能力,而又信任我们这些作家叔叔、阿姨们。我们不能让一点不健康的思想或不健康的艺术趣味去影响他们,为此,我们要付出艰巨的劳动。我们不光要象成人诗作者一样学习马列主义、毛泽东思想,学习生活,学习文学、音乐、美术、绘画,我们还得多学一些教育学、儿童心理学……等等。我们懂的越多,在我们的作品中所能给孩子的东西就越多。作家在他的作品中最反映他的人格、思想、艺术趣味、性格、爱好……而孩子们的性格,对人生的态度、习惯、爱好都是从小形成的,正象他的艺术感觉、美的感觉和对祖国语言的感情一样,都是从小形成的。叶圣陶同志说:"不要以为给孩子出书是很容易的事,从某种意义上来说,甚至更难。"(在庐山少年儿童出版工作会议上的发言)我觉得这真是经验之谈,是十分语重心长的。让我们共同努力,为繁荣儿童文学、儿童诗歌,为帮助我们的党培养好我们的下一代贡献出我们的一切力量吧!

(在儿童文学创作座谈会上的发言)
一九七八年十一月于北京。

儿童小说实际上是少年小说

梅子涵

明确地指出儿童小说实际上是少年小说,这是必要地确定和科学地掌握儿童小说的美学规定的前提。因为少年的生理和心理的成长和演进,尤其是最高年龄层次的那一部分少年的生理和心理的成熟度,决定他们不同于原来意义上的儿童,又和青年有着不可忽视更不能否认的相似和相通之处。而这种对于幼稚的明显摆脱和对于成熟的明显跃进恰恰是少年的年龄特征。对于这种年龄特征,也许我们在理论上算是已经有所表明,但在实际上却没有为更多的儿童小说家、儿童文学理论家和评论家所认识,因而导致了在创作上不能更广阔又更具深度地走向真正属于少年的生活和精神领地,在理论和评论上又不切实际地对儿童小说的创作做出了不少非科学的引导、限定和批评。自然,儿童小说仍是在发展,仍不乏有杰作,但毕竟比有更科学的理论启引要慢得多。它也并没有因此而完全失去读者,甚至根本不存在什么耸人听闻的完全失去,但因此而没有能受到更多的少年的喜爱却是勿庸置疑的事实,尤其是那些年龄层次高些的,却又明明还没有踏入青春期的少年。

他们涌入了成人阅读圈。绝对地说,这种提早的离去和涌入是无可阻挡的,但是儿童小说完全可以摄放出比现今更强些的艺术魅力,提供更独特的人生启示和生活教益。因为它占有最直接地反映少年生活的优势地位。无论如何说,特定的接受对象总是更乐意从文学艺术的画页上看到自己的。

题解 本文选自《儿童文学研究》总第二十四辑,少年儿童出版社1986年版。文章以把少年读者从含混的儿童集合体中分离出来为前提,提出了"儿童小说实际上是少年小说"这一总命题。作者提倡儿童小说的理论与实践都加强与成人文学的对流,提倡儿童小说在艺术上的流变性与开放性。并且认为,"儿童小说完全可以摄放出比现今更强些的艺术魅力,提供更独特的人生启示和生活教益","在主题的揭示和艺术形式的运用上,种种不必要的忌讳和限制在更为明确地廓清了接受对象之后也该解脱和自由些了"。文章也指出了当时比较引人关注的小说《今夜月儿明》的艺术局限性,认为该小说虽然试着进入了一个新的、真实的精神角落,但其道学气的说教形成了小说的封闭性结局。本文是20世纪80年代中国儿童小说探索潮中具有代表性的文献之一。

这使人想起了丁阿虎的小说《今夜月儿明》。从艺术上看，这并非一篇杰作。而之所以受到尤其是受到众多的女中学生的喜欢和赞叹，主要是因为它终于走进了她们的那一个难以向人坦露的秘密的心灵的角落。这个角落的五光十色、恍惚的痛苦、不安的亢奋……原本都是儿童小说应该反映的，可是儿童小说基本未能反映，尤其是中国的儿童小说。成人小说反映了，但因为是成人小说，作家的整体构思中就缺乏对少年读者审美特征的专门思考和照顾，所以主题、结局乃至一系列的艺术处理都未必能给跨越了阅读层次的少年读者以更直接、有益的收获。尽管他们也许读得津津有味。但津津有味未必就等于获得了充分的认识、教育和审美的满足。

所以这类题材的创作理应主要由儿童小说作家来承担。

我无意在这里呼吁写少年男女的初恋。少年人的富有魅力和光彩的生活远比这丰富和广阔得多。我这里的意思只是强调要正视少年生活的这种丰富性和广阔性。而长期以来对少年男女的爱情意识的道学式的无视和唯心主义的否认正是缺乏这种丰富性和广阔性认识的一个表现。而对少年生活的这种丰富性和广阔性的认识上的限制就必然大大缩小了创作的视野和题材的选择，从而也在整体上削弱了儿童小说的真实性和艺术吸引力。当然我也不否认上面的议论中也包含这样一层意思：与其让少年们过早地被吸引到黛玉和宝玉的悲悲戚戚，少年维特的烦恼和塞林格笔下的霍尔顿的精神世界里去，还不如多写出些更切合他们审美心理的《今夜月儿明》来。站立在艺术发展的和发展着的艺术的宏观点上，我们没有必要自惭形秽，无可奈何。

丁阿虎希望在一片被人踩过些脚印，但并未踏成一条路的沼泽地上试着走一走，并且走了，这就值得肯定。之所以说《今夜月儿明》并非是一篇杰作，正是因为在它试着走进了少女们的一个真实的精神角落之后，却又道学气地站在"教育的文学"的角度一笔涂抹了那个角落的精神生活的丰富性，使之变得多少有点丑恶和荒唐，让人去认识到它根本不该存在。由老师心平气和地出面说教所形成的小说的封闭性结局是相当地不够生活也不够艺术的。我们不要以脱离了生活的学院派教育家的庄重面孔出现，不及其余地一律把它们涂上黑色和灰色。多向思维的题材选择和单向思维的艺术处理，我总觉得这是该作的一大缺憾。

同样，在主题的揭示和艺术形式的运用上，种种不必要的忌讳和限制在更为明确地廓清了接受对象之后也该解脱和自由些了。作家们已经在这方面做出了令人欣喜的成功的和不完全成功的努力。程玮的《孩子、老人和雕塑》就是这令人欣喜的努力之中的一个。它不是在表现生活,而是在表达对于生活中人生的哲学思考。因而它也没有通常的表现生活的完整的故事,而是断断续续地含着诗意的场面、心理和哲学段落的组接。这在传统的儿童小说里是难以见到的。因为传统的理论影响自然地就会使作家产生少年儿童是否看得懂的事先的先验的担忧。我也有过担忧。但转而就发现,我所担忧的是否看得懂的少年儿童,实际上是包含了从小学低年级到初中生的模糊不清的集合体。而作者所瞄准的接受对象显然就并不包括小学低年级学生,而主要是真正的少年。小学三四年级,五六年级,或者干脆是初中一二年级。这是我所做的一种从作品出发反推式的猜测,未必不合逻辑。难道他们,尤其是上着初中的仍旧在看少年文艺的中学生们会看不懂么?真是杞人忧天了。还是让我们有机会去翻翻中学生的摘抄着深奥得多的名言名句的日记本吧。

因为当作家在进行某种体裁的创作的时候,他心中的接受对象只可能是更为具体的幼儿、儿童或青少年。还可能更具体些,少年中的哪一个层次,是小学高年级学生,还是初中一二年级学生;是男少年还是女少年;是具有较高的欣赏水准的文学少年,还是一般读者……我认为这种更细一层的划分是有重要意义的。从而也就能更明确地促使作家树立接受对象的客体意识,发现和运用自己的主体优势,着重为这一读者层写或者着重为那一读者层写。我们不必因此担忧这一类的作品多了,那一类的作品少了。它就和广幅空间的生态不可能不平衡是一样的道理,否则地球和宇宙早就毁于一旦了。正像成人文学中的纯文学和俗文学和纯俗合一文学一样,谁也难吃掉谁,或被谁所吃掉。艺术发展是有自身哲学的。

我并不欣赏所谓写儿童小说时只有不把它当作儿童小说来写才可能写得出色的说法。但却认为在理论上和实践上提倡和加强和成人小说的艺术对流是至关重要的。我们没有必要因此去硬生出所谓还要不要儿童小说的艺术特性的疑惑和非议来。艺术特性是社会的,因而也是历史的,因而演变和发展就毫不奇怪。谙熟二点论发展观的中国作家理论家评论家没有理由在这一点上似信非信犹犹豫豫。

今天,在整个文学艺术的发展背景下,再担忧、非议甚至谴责儿童小说采用一些意识流生活流的写法,作一些更深刻的哲学思考等,其本身就简直变成了荒诞派了。疾速的意识闪回这在电影电视中已经司空见惯,少年读者对这种司空见惯的艺术手法的运用也已经变得不是那么陌生。可我们还在那里一厢情愿地担忧顾虑,就甚是可笑了。何况儿童小说中的意识流生活流只不过是和所谓的意识流生活流刚擦着边。我们绝不用担心今天的儿童小说之河中会泛出像乔伊斯的《尤里西斯》那样的作品,否则那也就根本算不上儿童小说。中国的文学艺术只有以长江般的胸怀和气势才可能走向世界。我们最好不要再含意不清地提越是民族化就越有希望走向世界的口号。清王朝最民族化,然而最腐败。汉唐走向西域又恰恰是少有的盛朝。

这些道理于儿童小说乃至整个儿童文学是相通的。

儿童小说不仅和成人小说存在着难以阻绝的艺术渗透,而且和整个艺术都是无法隔开的。

但这根本没有否定它仍旧是儿童小说这样一个前提。或者干脆叫少年小说。对于这个前提的肯定和对于完全封闭式的否定,也就形成了少年小说创作艺术的难点。这就有赖于我们的艺术驾驭力了。如果儿童小说家并不是那些看不起儿童文学的人们所认为的是一批庸常之辈的集合体的话,那么完全可以把它踏入脚底,走向相对的顶峰。

"热闹型"童话漫议

吴其南

在新时期儿童文学中,所谓的"热闹型"童话的勃兴,是一个令人注目的现象。对于这样一种文学现象,简单的褒扬或贬抑都无济于事。重要的是把它放到一定的历史、文化背景中,对其性质、特征、所以勃兴的原因和可能发展的前途作出较为正确的说明。

要说明对象首先得确定对象。所谓"热闹型"童话,"热闹"一词究竟何指,人们的认识似并不明确。从有关文章和平时的一般议论看,人们所说的"热闹型"童话指的大概是这样一类作品:作品采用虚拟的假定形式,内容多具有抽象性,叙述层次最大限度地远离人们的经验世界,情节、故事、人物、环境都经过大幅度的夸张和变形,如艺术中的漫画和闹剧一样,离形求神,外貌上给人一种强烈的怪诞的感觉。这样,所谓"热闹",实际上并不是就作品的本体性质,而是就作品在读者心理中激起的感受而言的。但这里的问题是,作品故事、人物、环境上的夸张和变形主要是一种视觉意象,"热闹"则主要是一种兼有触觉特点的听觉意象,视觉上的夸张和变形怎能给人一种主要似听觉上的"闹"的感受呢?这里除了夸张、变形和"热闹"两者之间本身就存在着若干重叠的部分(如大幅度的动作常伴有声音;"闹"常常由动作引起)之外,主要是连接各种感觉系统的通感在起作用。虽然"热闹"一词并不能涵盖"热闹型"童话的全部特点,但就主要特征而言,用它称谓那些夸张、变形、人物动作幅度大的作品,还是较为生动和贴切的。

题解 本文原载《儿童文学研究》1989年第2期。文章首先界定了"热闹"在此语境下的含义:"'热闹'既是指大幅度运动、变形的童话在读者心中激起的感受而言,它同时也就是这类作品主要的美学特征。"继而,文章既从读者接受心理特征的角度论述了"热闹型"童话与儿童审美意识的契合,又从中国的历史文化语境角度肯定了这一现象的价值,认为"'热闹型'童话不仅在童话领域,而且在整个儿童文学领域冲击了数十年来把童话和儿童文学当作教育儿童的工具的传统模式,成为新时期儿童文学走向自身觉醒的一个主要标志"。最后,文章指出了"热闹型"童话存在的局限。这是一篇对新时期儿童文学的重要现象——"热闹型"(又称为"热闹派")童话的崛起所进行的一次有深度的美学思辨与考察,从而成为见证、记录这个儿童文学潮流的重要文献之一。

"热闹"既是指大幅度运动、变形的童话在读者心中激起的感受而言,它同时也就是这类作品主要的美学特征。除此之外,"热闹型"童话美学上还有两个较为明显的特点,其一是新奇,其二是滑稽。所以新奇,是因为作品的叙述层次不具有细节的真实性,大幅度的夸张、变形改变了事物、人物与事物之间的正常比例和其他关系,在人们面前展现出一个和寻常经验完全不同的世界。这种改变将事物的某一特征大大地放大了,将事物间的复杂关系大大简约了,整个事物现出怪诞的面貌。怪诞是异常,是将事物陌生化,压制事物在日常情况下与人发生关系的那些性质,在事物和读者间造成距离,打破读者习惯性的思维方式,在寻常事物中发现其不寻常的性质。一般说,人总是向往新奇而不喜欢陈旧平庸的。怪诞、新奇正是从这方面满足了人们心理上的需要。

滑稽和怪诞、新奇有密切联系,但它主要表现在人物身上且多与作品的内容有关。滑稽也是由于矛盾、不和谐引起的,但这种不和谐常常是由于人物的形貌、动作、语言、行为、思想在落后的意义滑出常规,和一般人的习惯相乖背。由于是在落后意义上脱离常规,这种乖背已不能给人造成危害,人们嘲笑它,是在笑着和自己的昨天告别,在笑声中激起一种建立在优越感上的喜悦。新奇、怪诞、滑稽、热闹,作为美学形态它们互有区别,但在许多关键点上又互相包容和重叠。在整个美感中,新奇、滑稽、热闹属于较低的层次,但正是这点使它在小读者中获得特殊的效果。接受美学认为,读者对作品的接受不是没有条件的。一部作品能不能被读者接受或能不能受到读者的欢迎,不仅取决于作品本身,也取决于读者的审美心理结构。只有当作品提供的外来图像和读者审美意识中已有的经验图像部分重合,读者通过阅读能将作品中的审美潜能发挥出来,重建审美对象时,作品才能为读者接受或受到他们的欢迎。不同读者的审美意识结构是不同的。一般说,少年儿童的身体和文化都处在迅速变化、增长的时期,快速进行的新陈代谢使他们充满生命的活力,过剩的精力和无穷尽的求知欲使他们本能地爱好活动和向往新奇;另一方面,他们毕竟又刚刚进入社会,感情不够细致、丰富,对事物的认识也不可能深刻,这就使他们在感受事物时具有浅层次、粗线条的性质。只有那些色彩鲜艳,人物外形奇特,内容简约单纯,动作幅度大、频率快的作品才能刺激和吸引他们的注意力。"热闹型"童话正是从这两方面契合了儿童的审美意识,受到他们多数人的热烈欢迎也就不是偶然的了。这点,历史其实早已作出证明。西方的《皇帝的新衣》《木偶奇遇记》,中国的《西游记》《大林和小林》,一定意义上都可视为"热闹型"童话。在全世界儿童中享有盛誉的《米老鼠和唐老鸭》更是这方面最杰出的代表。明乎此,近年"热闹型"童话勃兴和吸引起那么多小读者就不难理解了。

但是,新时期"热闹型"童话风靡一时还是另有其历史的、现实的原因的。如前所述,"热闹型"童话在世界童话中早已得到发展,在五四以后的中国现代儿童文学中也曾放过光彩,但进入新中国以后,这种深受儿童欢迎的童话样式却没有得到应有的发展。究其原因,既和当时的社会、政治形势有关,也和人们的文学观念有关。五、六十年代是一个神话、颂歌盛行的年代,一切儿童文学作品都要把内容上的教育性,即所谓的共产主义方向性放在至高无上的地位,要反映社会主义革命和建设中的大好形势,要塑造英雄和神的高大形象,而神和英雄无疑是不能怪诞的。而"热闹型"童话恰恰是以其形式方面的特点和其他童话相区别的,这种形式方面的特点又偏重在娱乐方面。特别是人物形象的塑造,"热闹型"童话常常通过形貌上的怪诞、滑稽传达内容上的揶揄和讽刺,于反面人物较相宜,于正面人物则不雅。这些特点与当时的社会、文学要求显然是不相吻合的。因此,当时的"热闹型"童话实际上已被逼着作这样的选择:要么改变面貌,要么放弃存在。而到后来,即使想改变也不可能了。十年动乱后,社会渐趋安定,人们绷得几乎要断裂的神经也慢慢放松开来,社会审美需求转向轻松、娱乐方面。加上文艺政策的调整,人为的限制少了一些,各种文艺样式都有了表现自己"个性"的可能,这就为"热闹型"童话的复苏和重新发展提供了契机。较早出现的作品如葛翠琳的《半边城》、郭明志的《Q女王的魔法》等,以怪诞的人物、故事表现反常的社会、政治生活,一定程度现出向三、四十年代政治讽刺童话复归的趋向。但这些童话不仅在总体上未能脱出把文学当武器、工具加以运用的传统格局,作家对内容的关心也远甚于形式。真正在童话创作领域打出"热闹派"的旗帜并把"热闹型"童话的创作推向一个崭新阶段的,无疑是郑渊洁等青年作者的创作。郑渊洁等人的童话,人物、故事也采取怪诞的假定方式,粗看和过去的同类作品似无太大的区别,但其实,二者至少在两个方面有着很大的不同。其一,以往的怪诞型童话描写对象上与政治斗争、社会生活相联系,内容上以讽刺为主,只有少数兼及对儿童思想上品德上某些不良习惯的讽劝和揶揄,人物中正面形象极少。郑渊洁等人的创作将描写对象完全转向儿童生活,人物塑造上也不受正、反面形象的局限。如《皮皮鲁外传》等,以奇异的人物和世界表现少年儿童的自由幻想和无拘无束的游戏精神,将小读者带入一个个和现实生活完全不同的天地。其二,由于描写对象的改变和教育目的的淡化,郑渊洁等人的"热闹型"童话大大突出了怪诞、变形等在作品中的地位。即不再把新奇、怪诞、热闹等视为达到一定教育目的的手段,而是视它们本身为目的,强调它们在作品中不可替代的美学价值。不管作者们在实际创作中对这一点是否自觉或处理得是否恰当,这一意向本身实际反映着人们的童话观念或整个文学观念发生了改变:从目的转向过程,文学过程就是文学本身。这种转变是新时期文学自身的自觉在童话领域中的一种表现。由于这一转变,"热闹型"童话不仅在童话领域,而且在整个儿童文学领域冲击了数十年来把童话和儿童文学当作教育儿童的工具的传统模式,成为新时期儿童文学走向自身觉醒的一个主要标志。所有这些都使"热闹型"童话像它笔下的许多会施魔法的人物一样,一夜之间使许许多多孩子(特别是男孩子)像着了魔似地迷恋上它,把它视为自己的恩物。

但是,像一切在文学发展中曾受到普遍欢迎的文学样式和风格一样,"热闹型"童话也不是没有局限的。毋宁说,这种局限还相当明显。就在其勃兴和受到普遍欢迎的同时,其本身已包含了某些可能出现的危机。其一,"热闹型"童话对以往童话的超越是以形式上的变革为主要标志的。但是,文学作品的内容和形式毕竟是不可分的。新内容不能使用旧形式,新形式也无法表现旧内容。"热闹型"童话在突破旧形式以后能不能将新形式与新内容结合起来,在整体上将童话创作推进一步,就是一个突出的问题。其二,"热闹型"童话是以热闹、新奇、滑稽为主要美学特征的,这些美学特征主要与作品的表现形态及读者的生理快感相联系,在美学类型上属于较低的层次。否认快感,忽视低层次的审美需求会受到惩罚,但低层次的美感毕竟存在着一个有待提高的问题。"热闹型"童话如何解决这一矛盾?其三,"热闹型"童话在新时期的勃兴很大程度上是和人们对教育性童话的厌倦连在一起的。作为一种反拨,"热闹型"童话开拓了童话创作的新领域,对新时期童话的发展起了很积极的作用。但把主要属于娱乐性质的"热闹"推到童话美学的中心地位,这本身是不是也包含着某种偏颇?

上述种种,在"热闹型"童话刚刚兴起时也许并不明显,但经过一段时间后,这些因素带来的某些消极影响便越来越明显地凸现出来了。相当长一段时间以来,人们批评"热闹型"童话,主要说它"胡编","吹牛",是"昏话"。这些批评不是全无道理,但不够准确。一般说,凡文学作品都建立在虚构、假定的基础上,都有"编"的成分。"热闹型"童话采取极端的非写实性假定方式,叙述层次本不具有细节的真实性,只要其内在精神不完全违背生活,人们是不应拿写实性文学,甚至一般童话的标准去要求它、责备它的。拉斯别公开把它的童话命名为《吹牛大王历险记》,作品不是至今仍是童话史上的精品吗?目前部分"热闹型"童话中出现的弊病,其要害并不在故事的"编造"、"吹牛"上,甚至也主要地不在少数作品缺乏生活基础造成的自身逻辑的混乱上,而在这些作品缺乏对生活的发现，内容平庸，苍白，审美趣味不高。如有的作品没有生活基础，为热闹而热闹，看时眼花缭乱，看完却留不下什么印象；有些作品不在认识生活、理解生活上用功夫，而是投机取巧地拾取一点现成的生活故事，或是把某句人所共知的格言、谚语加以稀释，演义，敷衍成篇成章。看这样的作品有时就像在啃一个裹着层层棉絮般厚皮的果子，场面很大，架子极花俏，总以为内中有点什么，可剥了一层又一层，里面却是一个无肉的空核或连核也没有的空洞，使人产生一种很深的上当感。至于有些作品表现儿童的日常生活，讽喻儿童思想、习惯中某些不好的东西，如爱哭，好吃零食，小心眼，粗心大意，叽叽喳喳地说点别人的坏话等，当然是童话内容的重要方面。但文学之为文学，不是展览生活中的消极现象，也不是把儿童身上的某些缺点揶揄一通即可完事，关键是要有对生活的深刻理解，能揭示出生活的意义，用崇高的审美理想去照亮他笔下的人物和这些人物的行为方式，将读者的感情朝着向上的方向提升和规范。如果做不到这一点，不能用更高的审美理想吸引读者，而只是站在和笔下人物相同的水平线上，指点这个，指点那个，作品本身就会变得和它笔下所揶揄的人物一样，成为一种令人生厌的唠叨和叽叽喳喳。

不能说"热闹型"童话在内容方面全没有自己的开拓，如有些作者提出要表现儿童的幻想和游戏精神，但他们对幻想的理解却常常是含糊的，表面的。如他们常常把童话的夸张、变形看作幻想本身，以为作者有了夸张变形就有了幻想，其实是不确的。作为一种很可宝贵的心理品格，幻想在内容上是一种指向未来的心理活动，形式上常常打破现实生活的表象，具有超人间、超时空的特点。其中内容上的特点是主要的。幻想不一定都采取变形、夸张的形式，变形、夸张的形象不一定都是出于幻想。没有指向未来的内容，形式上的变形、夸张不过是艺术假定中某些常见的手法而已。艺术永远是对生活的发现和创造。没有对生活的诗意感受，没有对生活的深刻理解和真知灼见，只在形式上变花样的艺术是不会有大的出息的，到最后，这种形式变革本身也是不可能持久和彻底的。明显的例子就是，"热闹型"童话是以突破以往的教育模式为主要旗帜的，但它自己却未能完全跳出教育童话的羁绊。有些"热闹型"童话自觉不自觉地总想借用一个怪诞的故事向读者灌输点什么，说明点什么，教训点什么，隐隐地带着一个理性的框架；更多的作品则受教育性童话线性思维的影响，只注意浅层次的故事，不能创造出更丰满的人物形象和涵义更为丰厚的艺术空间。因此种种，一些小读者已对某些"热闹型"童话产生了某种程度的厌倦。当然，引起这种厌倦感的还另有原因，如一些作者写了几篇较有影响的作品后，艺术上不求进步或无法进步,大量地重复自己,成批地编织同一类型的故事甚至不惜粗制滥造,这当然是很难令人满意的。艺术上的任何马虎和疏忽都会受到惩罚。"热闹型"童话形态怪诞,但怪诞艺术的创造则必须是严谨和严肃的,这点,它和其他艺术没有区别。

明白目前"热闹型"童话创作中某些弊病的表现和原因所在,人们自不难寻找到克服这些弊病的途径了。但作为第一步,我们以为,是儿童文学界,特别是从事"热闹型"童话创作的同志对自己的读者对象和"热闹型"童话在读者中受欢迎的情况要有一个清醒的认识。无可否认,"热闹型"童话一直在小读者中受到较为普遍的欢迎,这种状况再过一段时间也不会有特别大的改变。这是"热闹型"童话最可引为自豪的地方。但读者的数量,并不是衡量作品价值的唯一尺度。作品在读者中的接受情况取决于多种因素,其中最主要的是作品和读者审美意识的契合程度。而在任何时候,审美能力处于中下层次的读者在社会上总是占有大多数。所以,较为普遍的现象是,最易受到大众欢迎的恰恰不是那些美学价值最高,最具有创造精神的作品,而是那些读者熟悉,符合人们审美经验,难度不大的创作。这点,成人文学中的通俗文学可作说明。儿童文学的读者年龄小,审美能力普遍偏低,这种现象更为明显。有些同志曾提出,儿童文学也有雅俗之分,"热闹型"童话即是儿童文学中的通俗文学[1],此言极有道理。不能否定、忽视通俗文学,但也不能用通俗文学读者多作为通俗文学高于其他文学的理由。这点完全适用"热闹型"童话。而且,就是通俗文学,不也有一个不断提高的问题么?今天的读者和十年前的不一样,十年后的读者也会和今天的读者不一样。文学只有站在读者前面才能吸引来者。被动地适应读者,甚至落到读者后面,迟早会被读者所抛弃。这样的例子在文学史上实在太多了。我们希望中国的"热闹型"童话不断创新,不断前进,如有可能,创造出中国自己的《米老鼠和唐老鸭》。要达到这一步,我们还要走一段极为艰苦的路。

---

[1] 这一见解是汤锐同志在和笔者闲谈中提到的。她似乎还未在文章中阐述过。此处率先引用了,谨向汤锐同志致谢。

关于儿歌创作的几个问题

金 波

一、儿歌是不是诗

茅盾先生生前在上海出版的《儿童诗》第二期上发表过一篇题为《对于儿童诗的期望》的短文，文中写道："儿童诗也是最难写得好的。它不是儿歌，而是儿童诗。"这几句话曾引起儿童诗作者的关注，启发了他们的思考：儿歌是不是诗？因为茅盾先生认为儿童诗"不是儿歌"，那么，儿歌自然也就不是儿童诗了。

儿歌是不是儿童诗，要从创作的实际出发，通过对具体作品的研讨才能得出一个科学的结论。

儿歌，古代称之为"孺子歌"、"小儿语"、"童谣"。"五四"以后称之为"儿歌"。儿歌以口耳相传的方式传播，"一儿习之，可为诸儿流布"；它又以动听的韵律、浅显的语言、风趣的内容，使儿童永志不忘，所谓"童时习之，可为终身体认"。这都说明优秀的儿歌有其独特的艺术魅力。

但是，儿歌为什么又常常被排斥在诗之外呢？这又有其历史的根源和自身艺术质量的原因。

在古代关于童谣的研究中，有的作了荒诞的歪曲，认为童谣是借儿童之口表现人间灾异祸福的一种"咎征"。因此，有一些童谣是为某种政治目的而杜撰，或将某些民间流传的童谣加以篡改，并给予牵强附会的解释，这一类童谣，当然已失去了儿童"出自胸臆"而固有的稚朴和天真。

题解 本文原载《儿童文学研究》1991年第5期。文章从"儿歌是不是诗"这个问题出发，提出了一个与茅盾不同的观点："要从创作的实际出发，通过对具体作品的研讨才能得出一个科学的结论"。文章认为，从创作者角度来说，"要把儿歌当诗写"，同时又要追求"儿歌味儿"。所谓"儿歌味儿"，主要体现在以下几个方面："紧密贴近幼儿的实际生活""浓厚的情趣""顺口美听"等。文章还对当时儿歌的创作队伍日渐萎缩、儿歌发表的刊物渠道少、儿歌出版炒冷饭等现象提出了意见。

还有一类儿歌,其"实用性"十分明显。这类儿歌,有的以直白的语言向儿童进行某些道德规范的训诫,有的利用儿歌形式为某些方针政策作政治宣传,有的是为传授各种生活知识,有的是为做游戏时协调动作,有的就是为学习数数儿,或练习发音等等。总之,在民间童谣以至于现当代创作的不少儿歌作品中,确实存在着注重"实用性"忽视"艺术性"的情况。尽管如此,这类有"实用价值"的儿歌,仍受到不少教师和家长的采纳,用来作为他们对婴幼儿进行启蒙教育的教材。因为儿歌这种形式,最易于被较小的孩子所接受,也是教师和家长进行某种具体教育的最轻便的"工具"。

但是,我们也得承认,这类儿歌多数"质胜于文",缺乏文采,缺乏独创的艺术性,大多是借了某些固定的格式,动听的韵律节奏,即听觉的愉悦来传达一个道理或某些知识。记得在50年代初,曾流行过这样一首儿歌:"猴皮筋,我会跳,三反运动我知道;反贪污,反浪费,官僚主义也反对!"这样的儿歌,一听就知道,它既是协调跳皮筋游戏动作的,又是向儿童灌输"三反"运动涵义的有实用价值的儿歌。

我想,被列在儿童诗之外的,大约就是这类儿歌吧!一般地说,这类儿歌在内容上都有明显的说教特点,在语言上不太讲究,很像顺口溜,但在形式上还能做到上口、易记、易唱。

如果以文学的标准要求儿歌,把儿歌纳入到诗的艺术殿堂,那么,这类说教味太浓,顺口溜式的儿歌,恐怕是难以达到诗的标准的。我理解茅盾先生所说的不是诗和那种儿歌,大约就是指这类儿歌吧!

我觉得这一问题的指出,有助于我们对于儿歌创作提出更高的要求,从而让儿歌成为一种独特的诗。

二、要把儿歌当诗写

在整个幼儿文学中,诗歌这种样式,向来是包括"幼儿诗"和"儿歌"这两种。前者是指那些在内容上较儿歌容量大,在形式上比较自由,适宜年龄稍大的幼儿朗诵和欣赏的"自由诗";后者是指内容更单一、更浅显,在形式上较多受韵律制约,适宜年龄较小的婴幼儿诵唱的"半格律诗"。

这里我想主要谈谈儿歌的创作问题。

我们既要承认儿歌有其"实用性"的一个方面,又要强调其"文学性"。二者并不矛盾。

把儿歌提高到诗的品位上,正是为了让幼儿在文学的熏陶中受到教育,认识生活。

我们常说儿歌要有儿歌味儿,我想这正是为了突出儿歌所特有的文学特质。我们从大量成功的儿歌作品中(包括民间传统童谣)已感受到了这种儿歌味儿。

但儿歌味儿体现在哪些方面呢?

一,儿歌应当紧密贴近幼儿的实际生活。大凡易于被幼儿喜欢并能很快记住的儿歌,都是反映他们实际生活的,都是符合他们的思维特点和审美趣味的。如果与他们的实际生活有距离,所反映的内容他们感到陌生或不易理解,那么即使教育性、艺术性再强,也难于被他们所接受。有些儿歌为了追求题材的分量或教育的深刻性,常常在儿歌中出现抽象的概念和枯燥的说教,这样的儿歌不是从孩子们的实际生活中来,理所当然地会受到他们的冷落。

二,儿歌味儿还应体现在浓厚的情趣上。儿歌应当带给孩子们快乐,有时是幽默带来的捧腹大笑,有时是揶揄带来的开怀大笑,有时又是优美带来的会心微笑。总之,儿歌应当是明快的、风趣的。像民间传统童谣就常有一种诙谐、滑稽的意味,诸如"滑稽歌"、"古怪歌"以及"反唱歌"等等,都能让孩子们在笑声中得到艺术享受,培养了他们的幽默感,启迪了他们的机敏、智慧。

三,儿歌味儿还应当体现在顺口美听上,从听觉上得到美感。顺口美听除了表现在内容浅近和语言通俗方面,还常表现在节奏押韵方面。但在这后一方面,我们不少儿歌在写法上还比较拘谨,缺乏创造性。一般常见的大多是三三七的句式或是三字句、五字句;押韵也多遵循着"一韵到底"的模式。其实在节奏和押韵方面,本可以有很大的灵活性。打破节奏上的呆板和"一韵到底"的模式,反而会使儿歌在音乐性上显得活泼灵动,别具一种新鲜悦耳的音乐性。在这方面,只要细心地研究一下民间传统童谣,你就会发现这些童谣的节奏富于变化而又统一,韵脚也是在变化中又有规律可循。

四,在形式上还要多借鉴民间传统的童谣。传统童谣在世世代代的口耳相传中逐渐形成了一定的传承性,即一定的手法和格式,如摇篮歌,数数歌,绕口令,问答歌,连锁调,颠倒歌,谜语歌等等;在艺术手法上也多用拟人、重叠、反复、起兴、排叙、夸张、对比、问答、幻想等等。这些格式和技法是在一代代人不断流传、不断革新变异之中,逐渐形成并为儿童所喜闻乐见,也是最能显示儿歌味儿的重要标志。我们创作新儿歌,不能不借鉴这些格式和技巧。可以毫不夸张地说,不重视民间传统童谣的传统性,就很难写出真实有儿歌味儿的新儿歌。从这个意义上说,儿歌不是"自由诗",而是十分讲究艺术技巧和格律要求的另一种诗体。

总之,既要把儿歌当诗写,又不能失去儿歌味儿,这样,才能显示儿歌独特的艺术美,才能真正被幼儿喜闻乐见,活在他们的口上,记在他们的心中,以致代代口耳相传,具有历久不衰的艺术生命。

三、目前儿歌创作和出版方面的问题

我们有一个丰富的民间传统童谣的宝库可以借鉴,我们也有一些作家在儿歌创作方面做出了成绩。但是,近些年儿歌创作的发展是较缓慢的,对儿歌创作重视的程度也不够,我认为主要表现在这样几个方面:

一,儿歌作为一种独特的文学样式,为它能把较多的精力用来从事创作,并写出较有影响的儿歌作品的诗人还不多。记得50年代,刘饶民以他毕生的精力从事儿歌创作,给我们留下了相当丰厚的精神财富;还有像金近、鲁兵、圣野、张继楼等作家、诗人,也都写了相当数量的好儿歌,流传在孩子们的口头上,在他们幼小的心灵上,播下了第一颗文学的种子,陶冶了一代又一代人的情操。

现在,能以较多的精力从事儿歌创作的人似乎越来越少了,即使有人写了一些儿歌,也往往是浅尝辄止,没能坚持下来。有的人即使写出了一定数量的儿歌,也由于钻研不够,功力不足,也没能在这片还不够丰腴的土地上取得丰硕的成果。

二,有些纯文学的刊物似乎也冷落了儿歌。儿歌本来也是儿童文学中重要的样式之一,它理应在儿童文学园地上占有一定的位置。但是,它现在却像一株瘦小的花朵,开在不显眼的一隅。我记得五六十年代,像《人民文学》《诗刊》这样的大刊物,也曾以一定的篇幅刊登儿歌。而现在,即使是幼儿刊物,有的也不能给儿歌应有的一席之地,时常是在童话、故事的边边角角填上一二首儿歌作为"补白"之用。这种状况很容易给人这样一种印象:儿歌像小菜儿,上不了大筵席。

三,这几年,儿歌大有被幼儿诗替代的倾向。幼儿诗发展较快,出现了一些好作品,这诚然是可喜的。但是,幼儿诗还不能替代儿歌。从这一点来看,我们也可以这样说,幼儿诗"不是儿歌"。

首先,从读者年龄上讲,幼儿诗的读者对象是年龄偏大的幼儿(幼儿园大班的孩子和低年级的学生),儿歌却可以给牙牙学语的婴儿听赏和诵唱。在内容上,幼儿诗的容量较之儿歌要大一些,儿歌在选材上更集中、更单纯。在欣赏习

惯上,幼儿诗侧重于通过"听赏"或"默读"(小学生已识字)而受到熏陶,儿歌则是侧重于通过"诵唱"而得到愉悦;前者重在心灵上的感受,后者重在口头上的参与。现在虽然幼儿诗创作发展较快,也有不少好作品,但对于年龄偏小的婴幼儿来说,他们还是盼望有更多的好儿歌给他们。

四,从出版的情况看,这几年儿歌集的出版销路不错。在出版的形式上,趋于作品数量上的多而全,似乎都在努力争取出一本能囊括所有儿歌精品的"大全"。但是,我们也不难发现,由于大家都把注意力集中在这样一个"热点"上,自然很容易重复出版。因为儿歌的精品毕竟是少数,各选家必定都会去选它;有一两个选本重复还勉强可以,如果几十本儿歌集都来重复,这就是一个问题了。现在儿歌集出了不少,但从目录上一看,便会发现这些重复的篇目,不过是又进行了一次新的排列组合,诸如动物儿歌、植物儿歌、知识儿歌、德育儿歌等等名目繁多。尽管这些分类是科学的,但由于从总体上看重复太多,仍会给人一种陈旧之感。重复出版刺激不了儿歌创作,新的儿歌作品就会越来越少。这个问题应当引起注意。

基于上述情况,我觉得出路在于繁荣儿歌的创作,多出好作品,改变炒冷饭的现状。

1990 年 12 月于北京

儿童文学文体分类的历史性和新基点

周晓波

儿童文学文体形成由来已久，然而对儿童文学文体的分类研究却相当薄弱。儿童文学文体形成的历史性和相对性；儿童文学文体形成的外部及内部因素；儿童文学文体发展的趋势等许多重要的问题还少有人涉足。而这些恰恰是研究儿童文学文体特性的关键。多年来的儿童文体研究格局大体只停留在对儿童文学各体裁单纯地划分以及对各体裁特征的诠释上，而诠释的模式大致可概括为：成人文学的体裁特征加上儿童特点。这使儿童文学文体研究的本色很难体现出来。诚然作为文学的一门分支的儿童文学，的确与成人文学有着不可分割的天然联系，但儿童文学之所以从文学整体中划分出来必然有着强烈的独立性和特殊性，因此儿童文学文体研究应当具有自己的特色，重点应放在其特殊性和自身特点上。随着儿童文学创作的繁荣，儿童文学文体的特点更为显现。因此单用一般的文体规律去概括，显然不能适应儿童文学文体的发展实际。本文试图从儿童文学文体本位出发，从历史发展的角度和儿童文学创作的新趋向来对儿童文学文体分类的形成及特点作一初步的探索。

一、儿童文学文体分类的历史性及相对性

儿童文学文体分类的形成是在漫长的文学历史发展中逐渐确立起来的。在漫长的中国封建社会中，由于儿童地位的低下，儿童教育得不到重视，儿童只被

题解　本文原载《浙江师大学报》（社会科学版）1993年第2期。文章对儿童文学的文体分类状况进行了研究与总结，提出以下几个主要观点：其一，儿童文学文体的形成具有历史性与相对性。历史性主要指的是对民间文学和成人文学的模仿、借鉴和吸收。相对性指的是各文体种类之间并没有一条不可逾越的鸿沟，它们常常互相交错且影响，这一现象使各种文体的表现方法更加丰富，同时也促使新文体的诞生。其二，儿童文学文体的形成的内部因素主要是少年儿童年龄特征的差异性："年龄特征的差异决定了他们不同的审美情趣和指向，审美情趣和指向的差异性又决定了儿童文学不同于成人文学的多层次多部类的分类体系。"

看作"成人的附庸"或"成人的预备",因此也就不可能有独立意义的儿童文学,更谈不上有儿童文学的文体分类。直到"五四"时期才开始有了真正独立意义的文学分支——中国儿童文学。有了儿童文学,自然也就有了儿童文学的种类划分。初期的儿童文学文体分类并不那么明确,主要源于民间文学和成人文学的沿袭。尽管古代没有真正独立意义的儿童文学分支,但蕴藏在民间的流传于人民口头的儿童文学仍是十分丰富的,主要的有适合于孩子接受的民间童话、民间故事、童谣、谜语、寓言、趣谈等。正是这些民间儿童文学的雏形孕育了中国现代儿童文学的诞生,同时由于儿童文学是从成人文学中分化而来的,因此它的许多品种也是从成人文学的体裁中过渡而来的。当然文学种类的形成和发展一方面固然是旧文体与新文体之间的承继关系,另一方面也与现实生活的深刻影响不可分割。文体的发展、变化从来不可能是爆发式的,而是由一点一滴的量变到焕然一新的质变。例如从民间童话到现代童话的过渡就可以看出现代文体诞生的历史意义。中国童话走的是:整理、改写(民间童话、古典童话)——模仿——创作的发展道路,其中也包含着对外国童话的借鉴。当然如果没有"五四"新文学运动的强大冲击,风起云涌的现实生活给作家提供了丰富的创作素材和思想启迪,那么很难设想会有以叶圣陶为代表的中国现代童话的诞生。因此我们研究儿童文学文体分类,注意其发展的历史性是很有必要的,它可以避免架空地去理解文学形式,更准确地把握各种文体的特点。"童话"、"诗歌",这些固然意味着从中外古今各式各样的童话和诗歌的组织中(当然也和内容有关)概括出来的文体名称,但无疑,这些一般的概念必然是体现在每一时代,每个作家的每一个篇章的具体的童话和诗歌之中的。只有具体地研究叶圣陶、张天翼和安徒生、王尔德等作家的童话,我们才能真正了解中国现代童话与欧洲现代童话在内容和形式上的不同之点。只有这样,我们对文学种类的研究才不会脱离现实生活,才能深深地理解在丰富多彩的各种文体里面蕴藏着的历史发展的特点、民族的特点和作家的才能。

儿童文学分类不但显示了历史性,也包含着相对性,即种类和种类间并没有一条不可逾越的鸿沟。虽然各文体在反映现实生活中的内容和形式综合起来的特征有相互的殊异,但它们也并不是绝对孤立、不相沟通的。作家要表现丰富、复杂的现实生活,就不得不采取多种多样的文体因素。例如当代出现的小说化的童话和童话式的小说便是两种文体的互相借鉴。同样散文诗、童话诗也是兼有诗歌的形式外衣和散文、童话的内容特点。近年来异军突起的"纪实文学",也是一种写实性的报告文学和虚构式的小说的变异。种类间的互相影响,促进了各文体的发展,从而形成文体与文体的犬牙交错状态,使各种文体的表现方法更为丰富,同时也孕育了新文体的诞生。对待这些融合着不同的文体、样式特点的作品我们可以找出它的主要倾向,即形式的基点。例如孙幼军的"怪老头"系列,尽管他采用的是小说化的描写方法,但作品内容的本质是幻想性的,因此它只能归之于童话类,而不能列入小说类。相反金曾豪的《魔树》,尽管他采用的是幻想和现实相交叉的"双线结构"方法,但其立足点却是现实的,其主线是反映一个惊心动魄的现实人生故事,因此它只能归之于小说,而不是童话。但对散文诗、童话诗、科幻小说、科学童话这类兼有内容和形式两种文体特点的种类划分就并不那么严格,主要看划分的依据,如按形式来分,它们应各自归为诗歌、小说和童话;但若按内容来分,那么它们则应分别归为散文、童话和科学文艺。此外对某些文体种类名称的内涵的看法还并没有取得完全的一致,各人对其特性的看法不统一,因此就出现了分歧。例如对"纪实文学",有的把它归之于小说,有的则归之于报告文学。分歧的关键在于对报告文学真实性和小说虚构性的看法不一致。因此在研究这类作品的分类时,我们既要尊重当时约定俗成的习惯和特定的内涵,另外也可结合现在的标准加以说明。

总之,儿童文学种类和种类间的确存在着"交叉地带"。对这些交叉现象,我们不能也不必抹杀它,而应在肯定文体的相对性以外,找出它们所兼备的不同文体的因素,并指出它们在表现题材内容时所具有的汇合作用,而不能简单地用机械割裂的态度把文体特点绝对化。

二、儿童文学文体形成的外部及内部研究

儿童文学文体形成的因素很多,它既包含着与民间文学的深远的历史渊源关系,同时还包含着成人文学体裁的深刻影响,这些当属于儿童文学文体形成的外部促成因素。但儿童文学之所以能够自成一体,形成分类上的独特性,当然最根本的因素还在于其自身的特殊性上,这当属于儿童文学文体形成的内部因素。当然这两种因素也并非截然分割,而是紧密关联的,为叙述方便,我们姑且将它们分别予以剖析:

(一)儿童文学文体形成的外部研究

1. 与民间文学的血缘关系

追溯儿童文学的历史渊源,我们不难发现越是早期的儿童文学越是与民间文学的血缘关系切近。构成古代儿童文学的主体乃是民间的口头创作,当然

这些民间口头文学当初并非专为儿童创作的，只是它的通俗、浅近、有趣、有味的形式特点特别为孩子们所喜欢和欣赏罢了。古代没有专门的儿童文学，现在所说的古代儿童文学，是后人从大量民间文学创作和古籍中挖掘、整理出来的。从民间儿童文学过渡到作家真正为儿童创作的儿童文学经历了相当长的历史年月，这一过渡首先是从整理和改编起始的。晚清时期开始有人关注整理和改编民间文学、古典文学中适合于儿童阅读的作品的工作，或整理编辑成小册子出版，或刊登在当时的一些儿童报刊上，品种繁多，主要文体类型有：神话、传说、民间童话、民间故事、寓言、童谣、歌谣、谜语、谐谈等。之后出现了一些作家在模仿民间文艺的旧形式中灌注新内容的准儿童文学创作，如以歌谣体形式写的《学生歌》、《少年歌》、《放假歌》等；以民间童话的梦幻体形式写成的一些爱国故事《亡国恨》、《黄天录》等篇章；还有新童谣《文明种》、《步步娇》、《好江山》等等。民间文学对儿童文学的直接影响直至"五四"新文学运动前期还是相当重要的，这一点我们不难从当时出版的儿童报刊和儿童读物中发现，另外，从一些著名作家早期的儿童文学创作中也同样可以看到。例如茅盾的文学生涯就是从编译和撰述童话起步的。而他的早期童话大部分是东西方传说故事和民间童话的改编和译述，即使像《书呆子》、《寻快乐》之类的创作，也留着深刻的民间文学的表现方法、主题、题材的印迹。同样叶圣陶早期的童话创作也是深受民间童话风格、表现方法等多方面的影响。

从"五四"时期确立中国儿童文学的独立地位，到三十年代儿童文学的各类体裁的发展的初具规模，短短十几年时间，儿童文学的文体种类能如此迅速地发展起来，自然很大部分应归功于民间文学艺术形式长期以来对儿童文学的哺养和奠基作用。据当时出版的几部儿童文学理论专著所归纳的儿童文学种类大致包括以下几大类：1. 诗歌（儿歌、童谣、儿童诗）；2. 童话（神话、民间童话）；3. 寓言；4. 故事（生活故事、自然故事、国画故事）；5. 小说；6. 剧本（歌舞剧、小话剧）；7. 传记；8. 游记；9. 谜语；10. 谐谈；11. 论说。显然这些种类中的绝大部分都来源于民间文学体裁的直接过渡。例如诗歌中的儿歌、童谣便来源于民间的"小儿语"、"童谣"；童话是神话和民间童话的发展；寓言也来自民间寓言的演变；故事则是民间故事的演绎，自然故事而后又发展为品种多样的科学文艺；儿童歌舞剧是民间歌舞小戏的发展……可见儿童文学文体形成与民间文学有着不可分割的血缘关系。此外民间文学的表现手法、艺术风格对儿童文学文体的发展也有着直接和间接的哺养和影响作用。"比兴法"、"象征法"、"寓言法"、"夸张法"、"铺陈法"、"双关法"、"排比法"、"象赞法"等等民间文学常用的表现手法被儿童文学的许多文体所吸收和引鉴,对儿童文学的表现方法影响很大。民间文学的平易、朴素、刚健、清新,富于生活气息和地方色彩的艺术风格特采也深深地影响着儿童文学作家的创作。一些作家朴实、优美、清新,具有浓郁的地方色彩的儿童文学创作,往往被冠之以"民族风格"和"民族气派",甚至在中国当代童话赫然注目的几大流派中,就有一派——"民族派"的风格是直接禀承和发展了民间文学的民族风格。

民间文学对儿童文学哺养的意义是重大而深远的,它不仅仅为儿童文学提供了取之不尽用之不绝的改写和再创作的材料,而且它的直接反映广大人民的生活、思想、感情的鲜明的时代性,平易、晓畅、朴素、生动的通俗性,洋溢着浓郁地方风味、语言特色的乡土性以及反映各民族心理、风范、艺术趣味的民族性对儿童文学创作的影响是不可低估的,一切优秀作家的成长,或多或少都从本民族的文学精华中吸取了有益的养分,是离不开民间文学直接或间接的哺育的。因此在研究儿童文学文体形成过程中我们决不能忽视民间文学这一对儿童文学的诞生和成长有着最密切血缘关系的外部因素。

2. 与成人文学的特殊联系

毫无疑问,儿童文学从属于整体文学的一部分,它与成人文学一样要遵循文学的最基本的规律,在通过语言来塑造艺术形象从而反映现实生活以及为整个社会经济基础服务的大方向上它与成人文学完全一致。同样,在构成文学体裁的基本规律上,它与成人文学也是一致的。例如儿童诗,在诗歌艺术的一般特征上它与成人诗并无明显区别,如在内容上是社会生活高度集中和凝炼的表现;在表达感情和情节发展上呈跨越与跳跃状;在语言表达上又特别富有节奏性和音乐美等等。然而儿童诗之所以从成人诗中分化出来,正是由于儿童读者不同程度的接受能力所要求的,因此在感情的表达,社会生活反映的视角方面必然倾向于儿童,导致儿童诗在构思、想象、语言、音韵等方面有了与成人诗不同的特点,形成儿童诗独立的品格。同样儿童小说与成人小说,儿童散文与成人散文,儿童戏剧与成人戏剧等文体都具有在文体一般特征上的一致性与适应儿童特点的特殊性。因此研究儿童文学的文体特征,熟悉和了解文学体裁的基本规律将会大大有助于我们对儿童文学文体本质的理解。

由于儿童文学的独立远远晚于成人文学,其分化是在成人文学体裁相当完备以后,因此儿童文学体裁的形成除了部分来源于民间文学的长期孕育,也有一些是来源于成人文学体裁的直接过渡与分化。如从现代新诗直接分化出了自由体的儿童诗;从白话小说直接分化出了现代儿童小说;从现代话剧直接分化出了儿童话剧;从科学文艺分支出了儿童科学文艺……有的儿童文学种类即便是直接从民间文学体裁中过渡而来的,例如童话、儿歌、故事等,也不能说就与成人文学无瓜葛了,因为民间文学从某种意义上说也属于成人文学的一部分,在民间文学长期的口头创作与流传中并无成人与儿童之分。儿童文学文体能在儿童文学独立之初便迅速形成一定的规模,除了民间文学的哺育,也与成人文学体裁的直接过渡和影响不可分割。即使是儿童文学文体相当成熟的今天,成人文学仍然对儿童文学产生着一定的影响,文学潮流的每一次波动都会不同程度地影响和制约着儿童文学的变化。如近年来少年小说文体的几番变化,心理小说、意识流小说、魔幻现实主义小说、文化小说等等的出现,无不是受到了成人小说变化的强大吸引力。因此在儿童文学文体研究中,成人文学体裁的分类特征和发展变化应该说是一个不可缺少的参照系,也是一个重要的外部因素。

(二) 儿童文学文体形成的内部研究

民间文学、成人文学对儿童文学文体的形成和发展尽管有着深厚的渊源关系,也是一个不容忽视的参照系,但它们却不能取代儿童文学的文体特征。促使儿童文学文体形成的关键还在于儿童文学自身的内部因素,没有这些内因的裂变也就不可能促成儿童文学的独立,儿童文学文体形成的内部因素主要是由于少年儿童的年龄特征的差异性引起的,年龄特征的差异决定了他们不同的审美情趣和指向,审美情趣和指向的差异性又决定了儿童文学不同于成人文学的多层次多部类的分类体系。

其实在儿童文学分化之初,人们对少年儿童本身的年龄差异性并不十分在意,注意到的只是少年儿童整体与成人整体在年龄特征上的差异性。因此在儿童文学文体分类上也只注意了整体上的与成人文学的相对性,而分成笼统的几大部类,如前面所介绍的。但随着儿童教育的深入,儿童文学的发展,人们越来越发现这种笼统的文体分类方法显然不能适应儿童读者不同的审美接受能力和多层次的选择取向。因此建立多层次、多部类的儿童文学分类体系也便应运而生,在幼儿文学、童年文学、少年文学三大层次之下的文体选择主要是由于读者对象身心发展的特点和接受能力的不同所决定的,各有侧重点和细微的差别,在表现方法和题旨取意上也会有差异,由此形成了儿童文学种类的丰富多彩。

例如幼儿文学,是为2—7岁左右的幼儿服务的文学,这一阶段是人生的幼年阶段,也是儿童早期阶段。由于幼儿单纯、幼稚、天真活泼,对世界充满好奇心的特点,在儿童教育上属于启蒙阶段,因此幼儿文学的启蒙性、娱乐性和趣味性是其最显著的特色。由此分化出了适合幼儿看、听、读的幼儿文学文体类型:

儿歌、幼儿诗、幼儿童话故事、生活小故事、图画故事以及少量的幼儿散文、幼儿游戏剧、歌舞剧等。由于幼儿识字能力有限,因此幼儿文学的大部分是通过成人媒介间接地传达给幼儿欣赏的,而给幼儿直接欣赏的以色彩鲜明、构图明朗的图画故事最受欢迎。

童年文学是为7—12岁左右的儿童服务的文学,这一阶段是儿童心理发展上的一个重大转折时期。儿童由幼儿园转入学校,主导活动由以游戏为主转入以学习为主,在心理上产生了较大的变化与飞跃。因此童年文学以认知性和想象性为其主要特色。开阔知识视野、注重正面引导,丰富人物形象和文学的想象力成了童年文学共同的追求,由此产生了与幼儿文学不同的文体选择取向:浅近的儿歌、幼儿诗已为内容较为丰富、形式更加自由的儿童诗所替代,童话故事和儿童故事的情节和内容也更为丰富复杂,此外还选择了寓言、儿童散文、儿童科学文艺以及儿童影视剧等。

少年文学是为12—15岁左右的少年人服务的文学。少年期是孩子半幼稚、半成熟向青年期过渡的突变时期。尽管这一时期他们的主导活动仍是学习,但比之童年期,社会化活动的因素显然大大增加,追求个性的发展和情绪的不稳定性是少年人突出的特点。因此少年文学必然趋向丰富与多义,引导少年人树立起正确的人生观。文体的选择倾向也更靠向青年文学。内涵丰富、表现手法多样的少年诗、少年小说、少年报告文学、少年散文、传记文学、游记、少年科幻、少年影视剧文学都受到少年人普遍的喜爱。

显然形成如此细致的儿童文学文体分类主要是根据读者的年龄阶段性。对同一体裁的层次细分,主要在于语言上的深浅程度、表现手法的选择不同以及构思视角的儿童化层次之分。例如同属儿童诗大类的幼儿诗、儿童诗与少年诗,幼儿诗比之儿童诗与少年诗显然语言更为浅近,篇幅更为短小,描写更为集中,更注重具体形象性,在视角上也更注重从幼儿的眼光出发,以幼儿的心灵去感受,体现幼儿的思维方式。如鲁兵《下巴上的洞洞》、圣野《扮老公公》等幼儿诗都是以非常具体形象的描述去表现幼儿的情趣和思维特点,因此深受孩子们的喜爱。而少年诗比之幼儿诗和儿童诗(狭义),则在语言及内涵上显然更为丰富和有深度,更注重诗的意境的表达,形式和表现手法也更为多样和复杂,视角上也主要体现少年人的观察力和思维方式。如钱叶用的《乘飞伞的男孩》(《儿童文学》1991.4)便以一个少年人对乘飞伞在天空遨游的想象,表达了小小男子汉坚毅、勇敢的品格和开阔的胸襟。全诗自由、奔放,以层层递进的手法,将男孩子的性格和思想表达得淋漓尽致。它的内涵无疑比幼儿诗和儿童诗更为广泛和深邃,语言也更丰富和具有哲理性。同样,低幼童话比之童年期的童话故事;低幼散文比之儿童散文;低幼科学文艺比之儿童期、少年期的科学文艺都有在语言、内涵、表现手法以及视角上的年龄差异。除此之外,对体裁的选择,也有各年龄阶段的侧重面,显然越是年龄层次高的儿童文学,更愿意选择那些内涵丰富,内容更为复杂曲折的文体,体裁选择的余地相对来说更大些;而越是年龄低的儿童文学对形象和音乐美术等艺术手段的辅助性依赖越大,语言的具体形象性和艺术的辅助作用使低幼文学的体裁显得更为生动、活泼。

儿童文学文体形成的外部因素促成了儿童文学体裁的初步独立,儿童文学文体形成的内部因素又使得儿童文学体裁更趋丰富、完善和具有独立的品格。儿童文学的文体正是基于这两者而逐渐形成的。

三、儿童文学文体分类的新基点

(一)当今儿童文学文体发展变化的趋势

当今儿童文学文体发展变化与整个大文学文体发展变化一样呈全方位跃动。在儿童文学领域两种横向联系之后展现的新貌令人瞩目:一种是借鉴了外国的、成人文学的现代派的东西出现了一些"新潮"作品,朦胧诗、意识流小说、魔幻现实主义小说、荒诞派戏剧、象征主义文学之类的作品也一度在儿童文学领域出现;一种是儿童文学品种之间的横向渗透之后,出现了散文化的淡化情节小说、童话与小说双重结构互为渗透的童话化小说或小说化童话,多元体第一人称小说和新闻化的纪实小说等文体的新品种。这种横向联系和渗透几乎是一种世界性的文学潮流,而且呈不断扩大和蔓延之势,儿童文学的文体正是在这一潮流的冲击下变得更为丰富多样、五彩缤纷。

此外,近年来政治、经济、文化、社会在各个领域的渗透,儿童文学也面临着不断开阔儿童视野,开拓认知范围,扩大文学功能的现实紧迫感,因此原先被儿童文学界所忽视的应用类文体和介于文学与应用之间的边缘类文体得到了迅猛的发展。如应用类文章中的新闻体各类是随着儿童生活的日益丰富发展起来的,家庭、社会、学校、少先队生活等都成了人们关注的热点,一些少儿新闻人物、典型人物也成了记者们报道的中心。此外为促进儿童文学创作的发展,应用类中的论文体各类近年来发展也较快,各种形式的儿童文学评论和专题理论研究大大推动了儿童文学创作向着深化和成熟发展。边缘类各体,如介于文学与历史交叉之处的传记文学;介于文学与新闻之间的报告文学;介于文学与地理之间的游记文学;介于文学与自然科学之间的科学小品;介于文学与社会科学之间的杂文、讽刺幽默小品等近年来都相当受儿童读者,尤其是少年读者的欢迎。因为这些文体与现实生活的结合非常紧密,且来得及时、针对性强,知识的容量又很丰富,笔法自由舒展、少受拘束,因此较能适合现代少年读者的口味。一些儿童、少年刊物也日益倾向于综合性的文学办刊方向,增加了应用类和边缘类文章各体,使文学刊物的可读性大大增强了。

(二) 当代儿童文学文体分类大略

鉴于文学分类约定俗成的客观事实和儿童文学自身的特殊性以及当代儿童文学文体发展变化趋势,儿童文学的文体分类大致可以有两种方法:一是按照儿童文学年龄层次的三大块(即幼儿文学、童年文学、少年文学)划分之下的各体裁细分。这样的划分,尽管年龄层次是清楚了,但难免存在着同一体裁细分下的特征上的类同与重复的弱点。因此不妨采纳文学三大块分类下的各体裁细分与年龄层次划分相结合的分类方法,涵盖面较全,层次也较为清晰,简介如下:

A. 文学类各体

文学的分类方法一般采用"四分法"为多,即诗歌、小说、散文和剧本。但儿童文学显然有别于成人文学,增加了童话、寓言、故事这三大特殊的、也是重要的文体类别。这三大类都是特别受少年儿童的喜爱的文体种类,因此儿童文学的基本分类一般采用"七分法",即儿童诗、儿童小说、童话、寓言、儿童故事、儿童散文和儿童剧本。每个大类又可按体裁特征和年龄特征分为若干个分类,即:

1. 儿童诗 { 儿歌、谜语 / 儿童诗歌(狭义) { 抒情诗 / 叙事诗 } 幼儿诗、童诗、少年诗

2. 儿童小说 { 生活小说、动物小说 / 惊险小说、科幻小说 } 儿童小说、少年小说

3. 童话 { 童话故事 / 科学童话 } 幼儿童话、童话

4. 寓言——幼儿寓言、儿童寓言

5. 儿童故事 { 生活故事、动物故事 / 历史故事、科学故事 } 幼儿生活故事、儿童故事

6. 儿童散文 { 抒情散文 / 叙事散文 } 幼儿散文、儿童散文、少年散文

7. 儿童剧本 $\begin{Bmatrix} 儿童歌舞剧、儿童话剧 \\ 童话剧、儿童影视剧 \end{Bmatrix}$ 幼儿剧本、儿童剧本

B. 应用类各体

儿童文学的应用类各体主要由新闻与论文体两类构成。这两类文体除了为少年儿童读者服务,更主要的还是为少年儿童工作者、儿童文学的创作者、理论研究者提供的,特别是论文各类除了帮助少儿读者提高文学鉴赏能力,更重要的还是为提高儿童文学创作和理论研究服务的。

1. 新闻类包括:消息、通讯(人物通讯、事件通讯)、报道、特写。

2. 论文类包括:作品评论、作品欣赏、基础理论研究。

C. 边缘类各体

儿童文学的边缘类各体大都属于少年文学的范畴,当然其中有部分较为浅近的也可供童年期儿童读者欣赏。边缘类各体主要包括:

1. 报告文学,2. 传记文学,3. 游记文学,4. 科学小品,5. 杂文(讽刺、幽默小品)。

综上所述,我们不难发现儿童文学文体分类的基本特征大部分与成人文学体裁的基本特征相吻合,只是更强调了儿童的年龄特征。那么有没有属于儿童文学独立的,成人文学所没有的文体种类呢?有,那便是独具儿童文学品格的童话、儿歌、儿童歌舞剧,以及最受儿童欢迎的,特别富有儿童特点的儿童故事等文体。这些儿童文学特殊的文体应该说是最能体现儿童文学的本色,也最具儿童文学的独立品格,因此加强对这些特殊文体的研究,对儿童文学体裁特征的探讨和儿童文学创作的发展都有着十分广泛的意义和重要价值。

论童话及其当代价值

方卫平

在今天这样一个时代,我们会格外深切地意识到童话作为一种文化载体,一种精神样式的宝贵和重要。是的,当社会发展是以人的高尚感、神圣感、想象力等的损失和被放弃为代价,以令人难以释怀的悠久规范和价值观的被颠覆、被解构为结果的时候,当我们看到今天的孩子们或被沉重的书包压迫得透不过气来,或被感官化、平面化、碎片化的文化消费导入莫名其妙的精神亢奋状态的时候,一个执着的渴望和信念便会涌现在我们的心头:挽留童话!

童话何以值得挽留,或者说,在当代,童话的价值在哪里呢?

在我看来,对童话价值的把握或探讨应该有两个基本的视角或支撑点。一是童话的历史发生机制,它酝酿、隐含或是提供了童话艺术的原初品质和价值;二是童话的现实生成逻辑,它提醒或告诉我们童话价值生成的当代背景和内涵。前者提供的是童话悠远的、原始的、相对稳定的历史品性和价值特征,后者展示的是童话当下的相对活跃的现实精神和价值状态。

在有关童话艺术特质及其发生的历史考察和理论索解过程中,人们曾陆续提出过"神话渣滓说"、"神话分支说"、"包容说"等种种说法。尽管这些论点的具体解说不一,但它们都不约而同地把童话的源头追溯得很远,在西语中,Fairy tale 直译的意思是神仙故事、精灵故事,指的是那些描写了神仙精灵,或并非专写神仙精灵的、带有奇异色彩和神奇事件的故事,产生这类故事的可能的精神背景或文化土壤的确可以隐隐约约地追溯到十分久远和独特的远古时代,那个原始智慧光芒闪烁的神话时代。早在18世纪上半叶,意大利人维柯就在他那部在

题解 本文原载《文艺评论》1998年第3期。文章从童话的历史发生机制和现实生成逻辑来论述童话这一文类的历史的和当代的艺术品质及其价值。作者指出,"童话在其绵延不绝的历史发展和现实生成过程中,进行了不断的艺术添加和美学扩散"。与古典、经典童话相比,当代童话进入了一个众语喧哗的时代。文章肯定了20世纪80年代开始崛起的"热闹派"童话的艺术价值,认为"开拓了中国当代童话的艺术想象空间","最大程度地张扬了儿童文学的游戏精神","在审美心理方面确立了'释放'(宣泄)的功能观"。此文的文献溯源和现实问题意识为中国的当代童话理论研究增添了历史的厚度与思辨的精度。

文化史上占有重要地位的杰著《新科学》中重点探讨了原始的诗性智慧问题。他认为"原始人没有推理的能力,却浑身是强旺的感觉和生动的想象力"。他们按照自己的观念,使自己感到惊奇的事物各有一种实体存在,正像儿童们把无生命的东西拿在手里跟它们游戏交谈,仿佛它们就是活人。维柯说,最初的哲人都是些神学诗人,他们凭借着诗性智慧创造了最初的神话故事。同时,人类的思维又是发展的,"人最初只有感受而无知觉,接着用一种惊恐不安的心灵去知觉,最后才用清晰的理智去思索"。

随着理性时代的降临,神话时代的文化水土发生了不可逆转的历史流失,然而,神话时代所创造和保存的诗意的世界也日益显示了其不可替代的精神的、文化的、美学的价值。在西方,神话所代表和保存的诗性智慧和原始文明,成为近代人们渴望回归的精神故园,不是吗?当近代文明刚刚取得它最初的成功的时候,卢梭就明确指出其危害性,主张人们离开社会,返回自然浑朴的原始生活。几乎与此同时,德国狂飙运动的精神领袖赫尔德也对启蒙时期流行的唯理文化进行了顽强的反抗。卡西尔认为,赫尔德所要反抗的,乃是这一文化背景后的暴君式专断,因为这种文明为使"理性"取得胜利,必须把人类所有其他精神能力加以奴役和压抑。直面这种"理性的暴虐",赫尔德提出:回到人类文明历程中日益远离的乐园。他认为,原始诗歌(神话),正为我们保留了这一乐园的依稀记忆。而技术和理论时代的逼临和统治,引起的是近现代人们更加深重的精神恐慌感。神话和诗意被放逐,人成为精神上无家可归的浪子,流落异乡。正如尼采说的,"想起这种惶惶不可终日的科学精神所引起的直接后果,便会立刻想到神话是被它摧毁的了;由于神话的毁灭,诗被逐出她自然的理想故土,变成无家可归"(《悲剧的诞生》)。

无家的失落与返乡的渴望构成了近现代人们精神生活的双重变奏。德国浪漫派美学家施勒格尔、谢林都提出了创造"新神话"的构想。进入本世纪,包括哲学、心理学、人类学、文艺学等学科在内的诸多学科对神话所表现的普遍的关注和兴趣,其实也正是非神话时代人们对于人自身的精神状态与精神本身充满关注和兴趣的表现——虽然神话作为人类早期文明的代表物,已不可能在它原始的意义上被再造了。

在我看来,不管童话与神话的关系如何,童话在特定意义上却可以被看作一种新的"神话":它以自身特有的童年精神气质拯救并保存了人类进入理性时代后逐渐失去的它童年时代的纯真、欢乐、浪漫和遐想。从贝洛童话到格林童话,到安徒生童话,童话迅速地使自己从民间自发的文学存在成为自觉地贴近儿童读者的儿童文学艺术家族中的一支旺族。我想说,这个过程的意义是多方面的——它不仅意味着近现代意义上的儿童文学在西方的逐渐自觉和形成,意味着童话这一古老而又全新的文学样式成了童年生命特性的理解者、解放者,成了童年生命内涵的艺术表达者、承载者,而且,它还意味着童话业已成为神话时代消失之后人类诗意渴望的某种新的实现渠道和表现方式,成为人的精神解救之所,心灵憧憬之邦,它与诗歌一起成为近现代人们漂泊的灵魂的栖居方式和安置场所。

童话从原初自发的民间的口头文化或炉边文化形态推进到近代自觉的、经典的印刷文化形态,其儿童文化史的意义和价值是显而易见的。例如,童话作为不同民族的文化传递方式之一,对历代儿童的精神成长发生过深刻的影响;童话作为一种独特而绚丽的文学样式,成为儿童文学大厦的重要艺术支柱。另一方面,童话对整个人类自身的精神意义和价值,却一直较少为人们所谈论。事实上,从具体作家的创作动机看,他们接近童话、整理童话、创作童话,并不一定都是为了儿童读者。贝洛整理、改写《鹅妈妈故事集》,便是在法国文学界那场著名的"古今之争"后开始的,他认定了民间童话可以用来表现自己不同的政见、理想和愿望,民间童话"精妙的寓意"和"独具的生活特色"将能够实现他返朴归真的美学愿望。安徒生也曾明确表示,"我写的童话不只是写给孩子们看的,也是写给老头子们中年人看的"。由此看来,童话不仅天然地贴近着儿童世界,它同时也是为成人预备的一份高尚有趣的礼物。我想说,童话正是以其质朴的想象力和纯真的诗性品格,制造了后神话时代人类精神生活中一个独特、别致的艺术家园和阅读奇观。

童话是古老的、独特的,也是现实的,发展着的。回溯历史我们看到,童话在其绵延不绝的历史发展和现实生成过程中,进行了不断的艺术添加和美学扩散,也就是说,童话不时随着社会生活和人类心灵的发展而进行着自身的艺术调整和丰富,童话的原初美学气质和艺术价值逐渐散逸和泛化,它变得丰富多采。如果说古老的童话曾经提供了一整套经典的、稳定的叙事话语和价值体系的话,那么,当代童话则可以说是进入了一个"众语喧哗"的时代,一个建构更为多元的艺术价值系统的时代。以近20年中国大陆的童话创作为例——从读者对象上说,传统的童话艺术形态已变成了低幼童话、童年童话、少年童话并存的格局;从篇幅上看,长篇、中篇、短篇、微型童话创作齐头并进;从题材和风格看,热闹的、抒情的、凝重的、轻松的、哲理的、幽默的、犀利的、温婉的……各领风骚;从童话的艺术功能上说,导思、染情、益智、添趣……各有千秋。而各种被冠以"探索型童话"的作品,更是以一种对传统经典童话的游离和叛逆姿态,频施"怪招",令人感到面目全非。

的确,近20年以来,中国当代童话从叙事层面到意味层面都可以说是发生了大面积的、全方位的变化。这种种变化的内在动力来自于人们对童话及其依存背景的新的理解。事实上,童话的文化精神和美学样态归根结底是人的存在方式及人们对自身存在方式的理解的现实投射和艺术转化的结果——正如神话反映的是神话时代人们的生存状态和思维方式一样。这里不妨以热闹派童话为例。一位热闹派童话作家曾经对热闹派童话的独特风格有过这样的概括:"这些作品是从儿童现实生活出发的;运用瞳孔极度放大似的视点,夸张怪异;追求一种洋溢着流动美的运动感,快节奏,大幅度地转换场景,以使长于接受不断运动信息的儿童读者,在令人眼花缭乱的类似电影运动镜头的强刺激下,获得审美快感;采用幽默、讽刺漫画、喜剧甚至闹剧的表现形态,寓庄于谐,使儿童读者在笑的氛围中有所领悟,受到感染熏陶"(彭懿《"火山"爆发之后的思索》)。热闹派童话当然不是天外来物,它同样具有自己的可以分辨的历史线索和美学先驱。对这一代的童话作家来说,张天翼童话就是一个不难指认的出自本土的艺术样板。但是我还想说,在张天翼的前前后后,他所能遇见的创作同道和艺术知音实在是太少了。这种情况直到所谓"热闹派"童话出现之后才开始得到改变。由此我们可以这样认为,具有类似热闹派童话风格或特色的作品至少在80年代以前显然未能构成中国当代童话创作的主流艺术风格之一。而一进入80年代,中国大陆童话至少从现象上看已经被搅和得"千姿百态"、"面目全非"了。

80年代以前的中国童话创作在一个很长的时期内保持了相对收敛、单一的艺术姿态,这不是偶然的。20世纪的中国社会文化现实,以及重视"教化"功能的文学观念,从总体上决定并塑造了80年代之前中国儿童文学的主导美学性格:强调儿童文学对现实的关怀与服务,强调儿童文学的艺术教化功能。公正地说,作为一种历史选择、运作、发展的必然结果,这种强调现实性教育性的文学观念及其存在是无可厚非的。问题是,当这种偏狭的文学心态和美学观念被无限地扩张和放大并处于"唯我独尊"的霸权话语地位的时候,当社会审美思潮发展在客观上要求儿童文学的美学观念趋向开放和多元的时候,上述偏狭的美学观念就显得很不合时宜了。例如,几十年来占据主导地位的教育童话作为一种文体类型当然是有其存在理由的。但是,几十年间教育童话一统天下的结果,造成了童话创作中凝固、单一的创作模式。这也就是80年代初期中国童话创作的最基本的艺术现实。

因此，80年代热闹派童话的崛起，其实质便是这一代童话作家普遍意识到，童话提供的不仅是一个具有教化功能的艺术课堂，它同时也应该成为一个童年时代艺术游戏和精神狂欢的场所。这种童话价值观和功能观的产生，直接促成了当代中国童话创作史上一系列相关而持续的艺术哗变和美学革新事件的发生。以郑渊洁、周锐、彭懿、葛冰、武玉桂、朱效文、庄大伟、朱奎、任哥舒、周基亭、郑允钦、戴臻、绍禹等一批作家为代表或加盟者的热闹派童话创作群体，信奉快乐主义的童话创作原则。他们毫不犹豫地挣脱了传统童话相对沉闷、单一的艺术规范，开创并构成了以大胆的想象、夸张、变形为外部表现特征，以弘扬游戏精神和解放当代儿童心灵为内在艺术旨趣的童话创作流派。

从总体上看，热闹派童话的出现，至少在这样一些方面为中国当代童话提供了新的美学内容。

一是它们以极其丰富的想象力，开拓了中国当代童话的艺术想象空间。如郑渊洁、周锐、彭懿、葛冰等作家的一大批"天花乱坠"、变幻莫测的童话，讲述了一个个怪诞而又"顺理成章"的故事。与传统童话相对拘谨的艺术思维模式相比较，这类"异想天开"型的作品显然更容易受到当代孩子们的喜爱和欢迎。

二是伴随着艺术想象力的解放，它们最大程度地张扬了儿童文学的游戏精神。热闹派童话作品中的许多人物、故事、情节、环境等等都经过了大幅度的变形和夸张。犹如漫画和闹剧，给人以强烈的新奇感、怪诞感和滑稽感。同时，人物的大幅度运动、情节的大开大合、情感的大起大落，更增添了童话的热闹气氛。这种上天入地、无拘无束的叙事策略和情节运动，展示了一种自由、活泼的现代美学心态。我以为，它们应该能够吻合并在不同程度上满足当代儿童读者的游戏欲望和追求新鲜、刺激的审美心理。

三是在审美心理方面确立了"释放"（宣泄）的功能观。传统童话相对而言重道德教化而轻心理疏导，因而缺乏对童话之于儿童心理的审美宣泄功能的认识。儿童社会学、儿童心理学研究表明，处于现代快节奏的竞争社会的儿童，实际上也处于各种各样的心理压力和重负之中，他们同样有程度不同的心理压力和焦虑，因此，儿童读者实际上常常需要借助文学阅读来排遣心中的烦恼和焦虑，释放郁积的情感。对此，热闹派童话作家们有着充分的艺术敏感。他们的作品往往通过神奇、夸张、诙谐的故事讲述，最直率地道出了当代孩子们的困惑、委屈、苦恼和不平，最充分地表达了孩子们的智慧、愿望、幻想和欢乐。我相信，当代少年儿童在现实生活中无法实现的愿望，往往可以在阅读类似童话时得到满足和补偿；他们在生活中郁积的情感，也可以由此得到疏导和释放。

热闹派童话构成了近 20 年来"众语喧哗"的中国童话创作中一种响亮的声音。当然,它也只是诸多事实中的一个例子,一种现象。除此之外,当代许多重要的童话作家都以自己的方式发出了各自富有个性的艺术喧哗,其中突出者如孙幼军、张秋生、冰波、宗璞、班马、金逸铭、诸志祥、顾乡、吴梦起、鲁克等等。而一批年轻的童话作家如葛竞、张弘、汤素兰、孙迎、杨红樱等也纷纷崭露头角。但是,我这里想说的是,与传统童话比较而言,当代童话不仅在审美形态和风格上趋于丰富和开放,而且更重要的是,在当代生活大潮的冲击之下,在当代主流审美文化的围裹之中,童话这一古老的文学样式,日益显示出其重要而独特的精神的、文化的、艺术的价值。

首先,童话以其深沉而又执着的文化情志,维护着对于精神、对于价值的关怀和顾念。

在西方,迦达默尔曾经感叹:"当今的时代是一个乌托邦精神已经死亡的时代。过去的乌托邦一个个失去了它们神秘的光环,而新的、能鼓舞、激励人们为之奋斗的乌托邦再也不会产生。这正是我们这个世界的悲剧。"(《世界文学》1991 年第 2 期,《迦达默尔论后现代主义》)在后现代文化语境中,人们不再对精神、价值、终极关怀、真理、美善之类的超越性价值发生兴趣,而是在琐屑的环境中沉醉于形而下的卑微愉悦之中(参见王岳川《后现代主义文化逻辑》)。在东方,当代中国的经济生活、文化生活,当代人们的精神世界、情感世界等等,也都已经或正在发生着一系列重要的变化。这些变化作为社会发展进程中的一个阶段或环节,其历史进步性是不容怀疑的,但是另一方面,伴随着这些变化而来的种种不同程度上的感觉迟钝、价值失范、情感迷乱、心态浮躁等等精神现象,也令人不能不对此保持一种警惕的姿态。面对那些散乱无序或漫不经心的精神流失,特别是当今天少年儿童的精神世界也遭受这种现象的影响时,我们自然会想到童话。童话当然并不具有拯救这个世界的义务和力量,但我相信那些高尚、认真、执着的童话写作,却有可能为挽留、保存、延续我们这个世界的那些深刻、高贵、永恒的精神和价值规范提供某些助益。事实上,童话正在努力这样去做。

其次,童话以其独特而又飘逸的美学气质,天然地承担起了对于诗意和幻想品质的激活和守望的职责。

技术和物质文明发展的加速,导致了物欲的失范和实利主义的盛行,人们被当下充满浮躁和困惑的生活挤压得狼狈不堪。在这样一个时代,那些细腻的感觉、蓬勃的想象、青春的激情、诗意的感动……似乎正从我们的生命存在中渐渐隐退。而科技与文艺的联姻在宣布了这个时代文明进步的同时,也在某种程度上虐杀了纯真而富有质朴灵性的艺术诗意和想象力——文化工业时代的艺术创造往往添加了世界的"物性"特征而丧失了人类自身的"灵性"特征。于是,我们又想到了童话。这种古老的文体最天然地保存着人类文化的诗性智慧和艺术幻想力。如果我们期望这个时代还能保存一点美好的诗意和浪漫的想象的话,我们便没有理由不亲近童话。

最后,在当代审美文化环境中,童话以其力求完美、纯正的文学叙事,为当代少儿读者提供着一片纯文学的绿洲。

当代审美文化创造了一个迥异于传统的经典审美文化的全新的审美形态。正如有的研究者所指出的那样:"当代审美文化没有造就出小说、诗歌、散文的盛世,但它造就出了电影、电视、广告、流行音乐、摇滚的天地。"(潘知常《反美学》,学林出版社)对于今天的少儿读者来说,他们的文化消费在很大程度上集中在电视、录像、影碟、流行音乐、卡通漫画等类型上。最近,一份关于青少年与媒体关系的研究报告中谈到,当代青少年所接触的媒体已达15种之多,书籍、报刊等印刷文化占绝对统治地位的情形已经成为历史。但是,当代儿童文学在传播和接受领域里的被迫撤退,并未同时表现为童话的全面撤退。相反,童话作品(包括传统童话和中外童话名著)不断被重版、改编的消息屡屡传来。我以为,在当代审美文化情境中,少年儿童的审美生活也显示了某些感官化、平面化、零散化的迹象,而童话的文学叙事则以其独特的经典气息,为今天的少儿读者保留、提供了一幅纯净、绚丽的艺术图景。

我相信,在一个即将到来的新的世纪里,童话仍将一如既往地承担起传达人类精神追求和诗意渴望的艺术天职,童话仍将以其永恒的诗性的光芒和幻想的魅力温暖、滋润着绵延的人生。

见证1999—2007:图画书在中国

阿 甲

不为人知的发端

就从雅诺什说起吧。

在那篇《雅诺什绘本的中国旅程》(《中华读书报》2007年3月14日)中我写道,最初于1999年引进出版的雅诺什绘本见证了"一个绘本世界的兴起"。不过,可以肯定地说,雅诺什绘本并不是中国内地出版的同类图书中最早的品种。

因为喜爱雅诺什,我曾经送了一套给童话作家孙幼军先生。怪老头儿把雅诺什捧在手里,很是喜欢,回头也送了我一本图画书《贝贝流浪记》。那是根据他的一部中篇童话改编的,由周翔先生插画,与常见的图画书相比,篇幅多了一倍。1991年12月由湖南少儿社出版。我当时颇为惊讶。怪老头儿还告诉我,日本的福音馆曾将这本书翻译成日文,但恳请他再改写得短一些,适合编成日本读者所习惯的"绘本"形式。但他一来不太理解这种做法,二来也觉得再缩改也不太容易,于是就此作罢。

说起这件小事,只是想告诉大家,图画书在内地实际上早已发端,童书出版与创作圈其实也早有一定的认识。这方面与日本出版家松居直(福音馆前总编)到中国的积极传播很有关系。受松居直的影响和帮助,在上世纪90年代,湖南少儿社曾经出版了一批包括《贝贝流浪记》在内的原创图画书,还出版了

题解 本文原载《中华读书报》2007年10月10日。作者阿甲是中国儿童阅读推广人林晓晞的笔名。他在2002年建立了"红泥巴"童书推广机构,见证并参与了儿童图画书在中国大陆逐渐兴起的过程。文章梳理了21世纪初图画书在中国大陆的出版与传播情况。至本文写作时,大陆出版社对图画书的引进出现了三波高潮:第一波是1999—2000年间多部德国图画书被引进出版;第二波是以《无字书》的引进为标志,从整体上看显得更为专业;第三波是以"信谊世界精选图画书"为主角的出版风潮。文章认为,在未来的图画书出版中,品质和特色都将显得非常重要。

松居直的《我的图画书论》;国际儿童读物联盟中国分会(CBBY)还创办过两届"小松树奖",专门奖励图画书的创作。它们起到了一定的启蒙作用,但遗憾的是局限于较小的出版圈中,大众读者几乎一无所知。

"绘本"的存在

最早吸引大众眼球的绘本是台湾画家几米的作品。

2002年,中国内地突然涌出了一大批"几米作品"——《月亮忘记了》、《地下铁》、《听几米唱歌》、《森林里的秘密》、《向左走·向右走》,等等,大概有十余种。它们一度非常畅销,令"绘本"一词传遍了内地。虽然今天我们回头来看,几米创作的绘本并不是儿童视角的,而且他的后期作品显然主要是为都市白领一族创作的,但并不妨碍许多孩子也乐于接受,至少大人愿意与孩子一起分享。有趣的是,他的早期作品如《月亮忘记了》、《森林里的秘密》在台湾也曾获得过多项最佳童书大奖。

从形式上看,几米的作品不是通常意义上的图画书,它们显然太厚了。虽然画面精致、纯净,语言优美、富有诗意,故事也以寓意见长,但毕竟还是属于都市成年人的趣味,读多了,口味也有些单调,不耐嚼。它们最大的贡献,是让我们发现了"绘本"的存在。

绘本?还是,图画书?

前面我一直在交替使用这两个词汇。到底它们有没有区别?应该使用哪一个呢?

对于我们来说,这是一种新的图书形式,它源于英美,在英文中通常叫做"Picture Book",也就是"图画书"。那么,为什么又叫"绘本"呢?因为这是日语从英语的直译,在日语中"绘"对应"图画","本"对应"书",颇有点古汉语的味道。但在现代汉语中,这种对应关系是不存在的,因此,从尊重原意的角度,还是应该使用图画书。

在汉语中使用"绘本",主要是受中国台湾地区的影响,而台湾主要是受日本的影响。在台湾的出版界也有人尝试提出绘本与图画书的区别,前者专指故事性的图画书,而后者的范围更为广泛,包括知识性的图画书,如认知图画书。不过在正式的场合,特别是学术研究和交流活动中,一般使用图画书作为专有名词。

但是，仍然有许多出版人喜欢使用"绘本"，这也是我在行文中不得不采用的原因（总不能私自为它们改名吧）。我想，大概"图画书"还是太朴素了一点，不如"绘本"显得别致，更多了几分情调。大体就像在唱卡拉OK的时候，不叫"唱歌"而称为"演绎"，道理相通。

引进图画书第一波

1999—2000年间，引进图画书主要有三块：春风文艺的雅诺什绘本10册、二十一世纪的恩德童话绘本6册和"彩乌鸦"等15册德国图画书。它们都来自德国。

关于雅诺什，我曾经专文介绍过，这里不再赘述。而恩德童话绘本，其实是在恩德的6篇短篇童话基础上，由德国插画家配图的童书，还不能算是最为标准的图画书。不过，恩德在当代德国儿童文学界是领军人物，为他的童话插画的画家也是顶尖高手，所以这6本书读来也是蛮过瘾的，特别是其中的《犟龟》，还有作曲家的配乐，不但有趣，而且显得相当华贵。但可惜的是，它们后来再版时统一了封面和开本尺寸，作为图画书的气势稍减，令读者颇为遗憾。

关于"彩乌鸦"等15册德国图画书，介绍起来颇为困难，它们其实是各不相同的书，而且还都是非常标准的图画书。其中"小马和小熊"系列4册是在德国颇为经典的"图夹文"式的图画书，也就是说，文字中夹着许多作为替换的小图画，设计得非常童趣，特别适合大人与孩子以合作的方式共读；还有"彩色的乌鸦"系列3册，其形象和故事在德国可谓家喻户晓；又如《胆大包天的睡鼠/胆小如鼠的巨人》，设计十分巧妙，从前读到后、从后读到前，两个故事神奇般地交会于最高潮，它还获得过德国青少年图书大奖。其余如《月亮狗》、《米丽的大秘密》《维利床下的鬼》等等，也都别具一格，堪称图画书中的上乘之作。这套书起初多为平装版本，价格适中，经过多年的推广也获得了再版的机会，后归入"悦读阅美绘本系列"。但再版改为精装时，印刷装帧上也欠考究，留下了遗憾。

说起这第一波的引进图画书，我的心情颇为复杂。它们曾经为前几年的图画书推广和普及立下了汗马功劳，功不可没。一批先知先觉的儿童文学研究者和发烧友们，津津乐道于它们的故事，几年间也说遍了中国内地，培育了一群忠诚的图画书读者。但可惜的是，它们在重版和再版时，由于翻译、编辑、校对、装帧、印刷等多方面的原因，在整体质量上不尽如人意，许多方面甚至还不如最初的版本，实在令人心痛。

值得一提的 2002 年

2002 年,有三件事对推动内地图画书的影响重大。

第一件事,前面已经提到,就是几米绘本热。它让人们"发现"了绘本——这个词汇代表着一种新的图书形式,先在大人圈中热起,再波及到孩子们中间。它的实际作用,是让读者反过来"发现"了儿童图画书的存在。这个折返曲线虽然说来有点荒谬,但事实如此。

第二件事,是《中国儿童文学 5 人谈》(新蕾社)的出版。在这本书中,五位儿童文学界的名家正襟危坐地讨论起图画书专题,在其中的专章中讲述了一些经典的图画书,包括前面提到的雅诺什和恩德,还有如《爱心树》、《失落的一角》、《活了 100 万次的猫》、《母鸡萝丝去散步》等等,他们也没有想到,这些理论性话题的举例能在短短几年内得以出版。这本书对于理论界和出版界起到了很好的启蒙作用。

第三件事,以红泥巴为代表的专门童书推广机构诞生。在此以前,一方面,童书的生存完全依赖图书市场的自然选择,优秀的童书(特别是新兴的优秀图画书)常常面临着被湮灭的危险,出版社找不到图画书的出路,即使出版了也往往被压在库底;另一方面,读者在整体面上并不专业,辨别和使用优秀童书的能力较弱,同时也很难有渠道能接触到图画书。童书推广机构在两者之间架设了桥梁,以书为媒,让读者与出版社获得充分交流的机会,教孩子与好书联姻。正因为这样的联姻,图画书才有了生存的契机。2002 年,除红泥巴外,日本白杨社驻北京办事处(现蒲蒲兰公司)和扬州"亲近母语"实验课题组也都在各自的领域中积极活动着。

"玩票"性质的引进第二波

吹响第二波号角的是一只小老鼠。它本来呆在书里,开始看起来还有点郁闷,百无聊赖中抠破了书页,接着咬开一个小洞,探出头来——哇,如此精彩的世界!

瑞士女画家莫妮克的《无字书》系列 8 册(明天社,2003 年 3 月)最令人惊叹之处,就在于它们没有一个字,但一千个读者可以讲出一千个故事。它对小读者的想象力是一种挑战,对大读者的心理承受力也是一种挑战——没有字的书,居然要掏 12 元买 1 本!值不值?在出版社看来几乎铁定亏本的定价,在普通读者看来却有点像"打劫"——这种价格上的心理反差,一直在折磨着图画书,似乎很难走出困境。

《无字书》在传统图书渠道上举步维艰,但在新的推广渠道中却渐渐被读者接受。价格并不是造成两者差别的原因。实际上,早在2000年,河北少儿出版社的原创的"无字书棒棒糖卷"8册定价就极为低廉,而且后来也被证明能受到孩子们的欢迎,但它在市场上同样一筹莫展。这样的图书想要生存,需要读者发现其内在价值,并广为传播。

2003年底,《爱心树》、《失落的一角》、《失落的一角遇上大圆满》简体中文版(南海出版公司)面世。美国谢尔大叔的这三部代表作是那种能在5分钟内读完,却能让人回味一辈子的震撼之作。不过以当时的眼光来看,简直前卫得过分,它们虽然是图画书,但图画的线条简单得令人咋舌,而且还是黑白的!

就好像是约好的一样,2004年初,接力出版社推出了另一套美国图画书经典之作"阿罗系列",它同样以线条的简洁和想象力的丰富著称,而且定价还相当便宜。

在2004年"六一"之前,又有几家出版社几乎同时推出了重量级的图画书,包括现代图画书的开山之作"比得兔的故事"系列(中少社)、日本登陆世界舞台的图画书代表作"可爱的鼠小弟"系列(南海)、"恐龙的温馨故事"系列和"莎娜的绘本"系列(北少社)等。

2004年10月,《活了100万次的猫》(接力)的面世也给读者带来好一阵惊喜。

与第一波相比,这一波的引进带有明显的目的性和计划性,因此在各方面都做得更专业一些,整体质量基本过硬,堪与原版书相比较。不过出版者对读者的接受度和市场的反应仍然毫无把握,因此多少是带有试探性的,用一位出版人的话说带有"玩票"的心理。

不过结果比他们预期的好得多,这批书虽然都曾遇到过一些困难,但在大家的努力下,它们得以不断地再版。

引进图画书第三波:信谊风潮

第三波引进的主角是"信谊世界精选图画书"。

2004年12月,当上海少儿社出版的信谊图画书《鳄鱼怕怕牙医怕怕》问世时,很少有人注意到它。而且说实话,最初印制的第一批图画书存在着明显的瑕疵,纸张容易起皱,跨页图片对接误差很明显。虽然作为一般的读物还是勉强能被接受的,但信谊公司非常果断地做出决定:立刻召回所有已销售的图书,全部销毁!当时,听说这一决定后,我不禁肃然起敬。这是在以一种敬畏的心情对待图画书的出版!

《鳄鱼怕怕牙医怕怕》是日本图画书大师五味太郎的代表作,创意奇特,幽默至极,非常适合亲子共读和表演。不过它的画风并不投好一般读者,因此并没有引起广泛的注意。但不久之后,信谊推出的《爷爷一定有办法》受到了普遍的欢迎,而在2005年3月后推出的《猜猜我有多爱你》更是掀起了一阵图画书阅读的热潮。

这本初版于1995年的英国图画书正文只有32页,内容看上去也很简单。它讲述一只大兔子哄小兔子睡觉,小兔子让大兔子猜猜"我有多爱你",接着伸长手臂说"我爱你有这么多",于是大兔子也伸长手臂比划。两只兔子换着花样比划着,创意不断,饶有兴味。直到最后小兔子在大兔子怀里甜甜睡去。单从出版年份来看,这本图画书还算不上经典,但它有一股直接打动人的力量,因此在世界范围内很快得到了读者的支持,畅销逾1500万册。

由于必须"全球统一造货"(即由英国出版商指定并监制印刷),《猜猜我有多爱你》曾以29.8元的定价创下了当时单本图画书最高的定价纪录,但这并没有妨碍它以相当快的速度销售、一刷再刷。至2007年,它在内地已销售近10万册,可跻身于畅销书的行列。

其实,并不是所有读者都认同这个故事,包括来自英语世界的读者也有批评它的,认为它过于"成年人视角",总在暗示大人对孩子的爱远胜于孩子对大人的爱。但不管怎么说,这本书毕竟创造了一个奇迹,它让许许多多的读者参与了图画书的传播和讨论。

到目前为止,"信谊世界精选图画书"大概出版了23种,虽说不上本本经典,但也本本堪称一流,除了前面提到的几种外,给我印象最深刻的还有《逃家小兔》、《驴小弟变石头》、《母鸡萝丝去散步》、《雪人》、《三个强盗》、《獾的礼物》、《小蓝和小黄》、《打瞌睡的房子》、《风到哪里去了》等。这个系列的整体质量非常好,在这方面的口碑最好,不知不觉间成为了某种程度上的"行业标准"——精装图画书的质量范本。因此,它们在整体上也自然形成了一种品牌。不过,始终居高不下的定价也是信谊图画书时常惹来读者诟病的因素。

从出版的角度看,信谊图画书在一定程度上的成功,给众多跃跃欲试的出版人打了一剂强心针,直接带动了近两年的图画书出版风潮。另外,信谊图画书从一开始就坚持大众与专有渠道的双线推广,成效显著。

推广与出版的结合

看到茁壮的大树时,人们很少会想到它曾经是一颗小小的种子、一株细嫩的树苗。如今,人们在传说着一些图画书的美丽时,是否想过它们能活下来是多么的不易?

大多数成功存活的图画书,都经历过一系列推广传播的过程,通常包括这样一些手段:现身说法的阅读事例;说故事和读书会;生动的阅读讲座;"妈妈手册"式的导读手册;通过网络或其他形式的个体传播;值得信赖的专业推荐;等等。除了前面提到的专门推广机构外,一些图画书的出版者也开始自觉地从事着推广活动。

最典型的是北京蒲蒲兰公司,它一方面在从事着图画书版权的引进和合作出版,一方面在积极地推广着图画书的阅读方法。实际上,它也是最早在中国内地开展说图画书故事活动的机构。在这个过程中,精心培育的"蒲蒲兰绘本"品牌的图画书,以单册计算的话也超过了三十种。虽然其中多数算不上世界级的经典之作,但也都是童趣十足的一流作品,而且整体质量过硬,定价也明显低于信谊图画书。其中的经典之作如《克里克塔》、《蚂蚁和西瓜》、《三只山羊嘎啦嘎啦》、《快活的狮子》,而其他如宫西达也、秦好史郎、二木真希子、麦克·格雷涅茨、菲利浦·科朗坦、酒井驹子等著名插画家的作品也深得读者的喜爱。

另一个将出版与推广紧密结合的范例是《东方娃娃》杂志,自2005年1月开始,该杂志推出了下半月刊绘本版,每月一期推出一本简装本的引进图画书,并且配合着在幼教渠道开展推广活动。

2006年5月,彭懿的《图画书:阅读与经典》(二十一世纪)的出版,把图画书的推广和出版推向了一个新的高潮。在这本平白到小学生都能阅读的理论书中,彭懿展示了一个广阔而美丽的图画书王国,并以最清晰简明的方式介绍了踏上这片国土的通路。从那一刻起,这位东北大汉也义不容辞地踏上了图画书推广之路,以他特有的幽默和激情点燃了无数的读者与听众,还有许多专业圈中的出版人,让他们不可救药地迷上了图画书。

引进图画书的沸点

很难说引进图画书的热潮是从何时开始的,但可以说在 2007 年上半年它达到了沸点。

在 2006 年底我已经感受到了它的热度,其表征是越来越多的出版人卷入到图画书的出版中,越来越多的引进图画书从难以预料的角落涌现出来。当时我预言"一两年后,一定有图画书选题的大爆炸",没想到时隔半年,我已经眼花缭乱了!近一年来,已出版的引进图画书大约有 300 多种(按册计算)。在这里我无法一一列举,只能拣印象最深刻的说说。

"爱心树绘本馆"是南海出版公司"新经典"文化精心打造的图画书品牌,从 2003 年底至今,品种的数量已经颇具规模,而且整体的质量也值得信赖。"爱心树"在品种的选择上独具慧眼,有极具童趣味道的品种,如"可爱的鼠小弟"系列、"泰迪熊"系列、《圆白菜小弟》、《第五个》等等;也有经典又寓意深刻的作品,如《流浪狗之歌》、《一片叶子落下来》、《不是我的错》、《石头汤》、《小房子》等等;还有相当完整的希尔弗斯坦作品系列。总体来说,品味很高,质量上乘。特别是前不久刚出版的《小房子》,装帧印刷堪称完美,令人爱不释手。

"启发精选世界优秀绘本"是启发公司与河北教育社共同打造的品牌,从 2007 年初开始陆续推出,至今已有至少 13 种。这些品种颇令人惊羡,包括英国插画大师安东尼·布朗的《大猩猩》、《我爸爸》、《我妈妈》,还有如《花婆婆》、《大卫,不可以》、《奥莉薇》、《是谁嗯嗯在我头上》等炙手可热的图画书名著,而且从编辑到印制、导读都相当专业,整体质量上乘。

受前述几大品牌的影响,一些新近涉足图画书出版领域的出版人也在努力创建品牌概念。不过打造图画书品牌并不容易,需要有与众不同的眼光,较强大的实力后盾,相对稳定的读者群定位,过硬的编辑制作能力,稳定而上乘的出版质量,还要有具有代表性的拳头产品。只有这样,才能让读者信赖且有所期待。比如,海豚传媒从 2006 年开始就在努力打造"海豚绘本花园"的品牌,也逐步推出了如"艾特熊与赛娜鼠"系列经典图画书和《云朵面包》、"布鲁姆博士"系列、《小朵朵和胖沃克》、《松鼠先生和月亮》等较上乘之作,在数量上已颇具规模,特别是他们在推广方面也相当努力,我想形成真正的品牌是可以期待的,但目前仍然少了特具代表性的拳头产品。

其它,如外研社的"聪明豆绘本"系列、湖南少儿社的"儿童心灵成长图画书"系列、贵州人民社的"蒲公英图画书馆"系列,还有电力出版社出版的一批图画书如《德沃夫爷爷的森林小屋》《圆圆的月亮》,等等,也都各有特色。

在未来的图画书出版中,品质和特色都显得非常重要,品质是图画书存活的基本条件,而特色是使它从众多品种中脱颖而出的关键,因为可以预料,图画书的数量将越来越庞大。比如在新近出版的图画书中,上海少儿社的"鳄鱼爱上长颈鹿"系列风趣、自然又富有创意地大谈婚姻爱情故事,明天社的《铁丝网上的小花》则颇为凝重地讲述二战中一个感人至深的人性关怀的故事。这样的图画书在整体构成中就带有填空补缺的作用,不易被人遗忘。

图画书的引进热潮,一方面是好事,它让读者有了更多的选择,但另一方面,也可能鱼目混珠,而且多少令人产生了审美疲劳,部分重复、质低的品种必然会遭到淘汰。因此我总觉得,出版圈的朋友还是再谨慎一些、精致一些为好。

本土原创图画书

前面所提到的基本上是引进图画书,因为到目前为止,内地的图画书创作还处于学习和起步阶段。如果与上面所列的引进的优秀图画书看齐,我还无法列举一本原创作品可相媲美。2006年,《父母必读》杂志在采访插画家周翔先生时问道:目前原创图画书与世界优秀图画书之间的差距有多大?他俏皮地回答:就像周翔与刘翔赛跑一样。

不过我们仍然在努力学习和进步中。在1999—2007年间,给我留下印象最深刻的原创图画书有:无字书棒棒糖卷(河北少儿,2000)、李拉尔故事系列(北京少儿,2000)、"我真棒"系列(江苏少儿,2003)、小企鹅心灵成长故事(明天,2003)、"关爱生命绘本"系列(中国人大,2003)、小肚兜幼儿情感启蒙故事系列(明天,2006)、棒棒仔心灵之旅图画书(海燕,2006);还有"蒲蒲兰绘本"中的《荷花镇的早市》和《火焰》。另外,明天出版社、南京信谊公司不久将推出带有浓郁中国文化风味的图画书,颇值得期待。

未来的原创之路仍然相当漫长。我们需要多一些支持和鼓励,还有耐心的等待。

科幻文学的中国阐释

吴 岩

中国人一直期望按照自己的思路阐释科幻文学。

1902年,梁启超主编《新小说》杂志。在规划如何实现"小说界革命"时,该杂志曾提出过一个包含着十类作品的清单。在这个清单中的第三类,就是"哲理科学小说"①。分析梁启超有关科幻文学那些散乱的翻译、陈述与点评,可以发现他的科幻理念大致包含着深度哲理和全新视野两个部分。高深哲理指科幻作品必须兼顾科学和哲学,以高深学理作为核心。这种科学小说跟哲理小说共同占有一个空间的状况暗示,科幻此行说与那些描述生活或情感过程的人生文学有着较大的差异,它应该是一种通向形而上学的文学。梁启超科幻理念的第二个要点,是认为科幻小说具有独特的表现手法和叙事空间。"寄思深微,结构宏伟"是梁启超给凡尔纳小说《十五小豪杰》的一个小批注②,与另一些批注汇总起来,能传达出梁启超对科幻文学作为一种形而上的思考所寄托的那些形而下的故事或物理现实的方法学关注。这种寄托,不但成就了科幻文学,也成就了一种认识世界的全新视角。有趣的是,梁启超一生唯一的小说《新中国未来记》,跟他翻译的科幻小说《世界末日记》等具有共通性,都是面向明天的未来主义文学。

题解 本文原载《南方文坛》2010年第6期。文章梳理了自20世纪初以来科幻文学在中国所走过的百年历程。文章指出,梁启超与鲁迅对科幻文学的理解形成了中国科幻文学的两极文化空间:沿着科学上行至哲理境界,沿着科普下行至百姓日常生活。文章还回顾了百年来中国科幻文学在这两极空间内的沉浮与游移,并与西方的科幻文学加以比较后得出如下结论:在赶超状态下引入的科学概念,比西方国家更加富有霸权性。文章认为:21世纪的中国科幻文学有可能在"脱离了科学和历史责任的重压"后走向"心灵全面自由的想象的"境界。

① 新小说报社:《中国唯一之文学报〈新小说〉》,原载《新民丛报》(十四号),1902年。收入陈平原、夏晓虹编《二十世纪中国小说理论资料(第一卷)1897—1916》,北京大学出版社1997年2月版,第58—63页。
② 少年中国之少年:《〈十五小豪杰〉译后语》,原载《新民丛报》(第二号),1902年。收入陈平原、夏晓虹编《二十世纪中国小说理论资料(第一卷)1897—1916》,北京大学出版社1997年2月版,第64页。

鲁迅是另一位在中国最早研究、翻译、点评、阐述科幻文学的先行者。几乎是在梁启超全面布局"新小说"的同时，鲁迅就开始了自己的科幻翻译。在1903年出版的《〈月界旅行〉辨言》中，鲁迅正式提出了科幻小说应该具有"经以科学，纬以人情"的文本构造方式，并指出"导中国人以进行，必自科学小说始"。① 与梁启超更多关注中国旧文化的时代更新话题不同，鲁迅更多关心科学技术如何能够从国外引入并到达普通百姓；他不强调形而上的玄思，而是希望科学能透过故事，被编织进日常生活。

从梁启超和鲁迅开始，中国的科幻文学发展出现了一个两极性的文化空间。在梁启超的一极，科幻应该沿着科学上行，到达全新的哲理境界，进而破坏中国旧文化的思想根基，为中国人建立一种新的、高瞻远瞩和富有想象力的视野。因此，梁启超的科幻思想应该是寄希望于科幻能有所创造。而在鲁迅的一极，科幻应该沿着社会等级下行，尽量被纳入日常生活并渗透到寻常百姓。因为只有这样，科学作为一种思想和工具，才能真正被国人所接受。可以说，鲁迅的科幻思维就是更加应该关心科学在中国社会中传播的效能。

在1902—1949年之间，有更多学者表达了他们对科幻文学的看法，但这些看法几乎没有超越梁启超和鲁迅所创建的那种两极文学空间。诸多讨论，诸多对立观念，随着时代的变迁看起来变幻复杂，但科幻小说作为一种富于想象力的文学，作为一种可能为中国找到更多出路、更好发展路径的"梁启超式"思维逐渐式微，而科幻应该是一种吸纳西方文明、倡导科学精神、传播正确知识的"鲁迅式"思维逐渐壮大。在科幻文学领域内，科学作为一种意识形态的话语霸权，也渐渐显露出雏形。

在上述思想的引导下，科幻创作也获得了一定程度的发展。从晚清到五四再到新中国成立前，科幻小说的创作积累了一定的数量，作品的风格也相对多样。到20世纪30年代末40年代初，顾均正的《在北极底下》和老舍的《猫城记》分别达到了两类创作的第一次巅峰。前者的故事和情节完全具备了当代西方科幻小说的特征，包含着紧张和悬念，隐藏着对人类命运的关怀，作家把惊险的故事跟深度的科学教育相互结合，极大程度地完成了鲁迅所设想的科学普及任务；而后者则聚焦于对中国文化劣根性的反思，把公民责任的缺失、吃喝嫖赌、玩物丧志等阻碍中国发展的文化现象，投射到一个荒诞的、由火星人管理的社会

---

① 周树人：《〈月界旅行〉辨言》，原载《月界旅行》，日本东京进化社1903年版。收入陈平原、夏晓虹编《二十世纪中国小说理论资料（第一卷）1897—1916》，北京大学出版社1997年2月版，第68页。

之中,极大程度地符合了梁启超有关中国文化必须革新的阐释。

从新中国成立到新时期早期,跟随着中国政府数次对"向科学技术进军"的全民呼吁,科幻文学的创作也于1956—1957年、1960—1962年、1978—1984年三次进入数量上的高潮期。1954年,郑文光第一次在《中国少年报》以"科学幻想小说"为名发表小说《从地球到火星》。这是华语世界中第一个以科幻小说定名出现的作品。这一从原先与西方同类作品保持一致的文类名称的变更,也实现了中国科幻文学理论跟苏联科幻理论的初次接轨,因为只有苏联科幻文学的名称中才有独立的幻想元素存在。1958年,郑文光在《往往走在科学发明的前面——谈谈科学幻想小说》一文中写到:"科学幻想小说就是描写人类在将来如何对自然作斗争的文学式样。"因为科学使幻想成为现实,因此,科学是科幻产生的基础。科幻要立足科学理论,且必须有科学根据。"然而,这绝不是说,科学幻想小说是未来人类的生产活动和生活的最精确的预言。……只要不违反基本的科学原理,作家完全有权利在作品中加进自己的想象,自己的愿望,自己的天才臆测。"[1] 撇开郑文光文章中受到俄国科幻理论影响的部分不谈,其整个阐释的内核,仍然含有鲁迅式思维的许多纹理;而他所强调的科幻的社会功能,也跟鲁迅所倡导的普及科学的初衷相互吻合。

在这一时期,不独郑文光的创作紧紧围绕着科学普及,几乎所有中国作家的创作都直接为科学普及服务,1978年,叶永烈的小说《小灵通漫游未来》初版行销160万册,创造了发行量的世界纪录。但是,梁启超早已被人们忘却。加上文化思想上一些禁区的设置,科幻作家无法创作出与民族文化切实相关同时饱含科学精神、真正面向未来的作品。这种现象一直持续到粉碎"四人帮"以后的1978年。

随着改革开放和思想解放运动的兴起,在科幻文学领域中对无形创作禁区的突破也逐渐展开。以金涛的《月光岛》、魏雅华的《温柔之乡的梦》等为代表的一批反思科学与当代社会和中国现实关系的作品,再度将梁启超式的文化更新提到创作议程中来。1978年童恩正的小说《珊瑚岛上的死光》并没有普及任何科学知识,而是大胆地为新中国成立之后就饱受争议的海外华人的爱国精神平反。该作品发表后经过票选,以极大票数获得了当年的全国短篇小说奖。为此,作家欣然接受邀请,在《人民文学》杂志发表了《谈谈我对科学文艺的看法》的

---

[1] 郑文光:《往往走在科学发明的前面——谈谈科学幻想小说》,见科学普及出版社编《怎样编写自然科学通俗作品》,科学普及出版社1958年版。

短文。在这篇短文中,童恩正面对已经统治了中国科幻文坛三十年的科幻小说只能服务科学普及的论调提出了质疑,他认为,包含着科幻文学的科学文艺作品,其主要目标可能不是普及科学,而是传达一种科学的人生观①。童恩正的"质疑"立刻获得了郑文光、叶永烈等知名科幻作家的热切呼应。面对思想解放运动在科幻文学中展开,面对一种想要从纯粹鲁迅式思维转向更加丰富思维的呼唤,顽固忠实于旧有模式的人大为不满,他们以童恩正的科幻理论是"灵魂出窍的文学",反思社会变革的科幻文学是"精神污染"为由,对其大加鞭笞。很快,这场文学争论被诉诸政治权力的裁决,科幻一方最终败北。在这个案例中,科学作为一种意识形态与政治霸权联姻,直接打击了文类的繁荣。直到世纪交替出现全球性的反思过去、面对未来热潮之前,科幻文学在中国仍然没能进入复苏阶段。

20世纪末,经济改革取得重大成效,意识形态控制放松之后,鲁迅式科幻思维一家独大的局面终于发生了根本性改变,梁启超式科幻思维再度活跃。例如,面对中华崛起不可阻挡的趋势,科幻小说不可能停留在科学普及或日常生活的繁琐细流之中,它必须挺身而出,责无旁贷地迎接未来的挑战。在当下,还没有一种文学形式能像这一形式那样肩负着谋划民族和世界未来的责任。于是,在一系列涉及全新中国形象的小说中,星河以他纯科学主义的态度,力图用科技力量解决影响全球的重大问题;刘慈欣则强化了小说中的军事对抗,这种对抗的基础,是反对强权统治、解放现代化进程中的落伍者;王晋康用自己对中华文明的充沛信心,建构出基于儒释道思想的又一个繁荣的东方世纪。如果说上述作家展示了科幻小说在面对未来发展的谋划作用,那以韩松、马伯庸、陈楸帆等批判中华文化中蒙昧因素的小说为代表的一批全新作品,则在力图寻找现代社会与古老的中华文化之间的不协调成分,并从另一个侧面写出文化更新的必要性和必然性。

科幻文学是来自西方的舶来品。自始至终有其自身的文化解读方式。早在上世纪初,威尔斯(H.G.Wells)就曾经将这类小说定义为一种"科学创建的浪漫故事"。这一解读很好地表达了科幻文学与启蒙、与资本主义发展之间的关系。此后,科幻小说的繁荣重心从欧洲转向美国,在30年代经济大萧条的背景下奇迹般地实现了凝聚人气、重塑信心的目的。在这一时期,大量的太空歌剧和机器人小说使美国人相信,科学能够给人类的生活带去一个美好的未来。于是,科幻

---

① 童恩正:《谈谈我对科学文艺的认识》,载《人民文学》1979年第6期。

作品被重新解读为具有强烈现代性和工业化倾向、联系着社会和人类"有关变化的小说"(如美国科幻大师 Isaac Asimov 就持这样的观点)。进入 20 世纪下半叶,由于相对论、量子力学等的普遍接受,由于弗洛伊德主义泛滥,由于对环境污染的认知,由于能源的枯竭,由于左派文化的兴起,科幻小说开始面对社会科学和后现代思潮的挑战。以英国"新浪潮"(New Wave,一种以心理学、社会学、宗教和社会讽喻为核心的科幻)为代表的人文科幻此行说和以"赛伯朋克"(cyberpunk,一种网络背景下的朋克文学)为代表的高新技术科幻,轮流登上历史的舞台。在这样的时代,科幻文学的阐释在继续多元化的状态下,也出现了中心化趋势。苏恩文(Darko Suvin)依据俄国形式主义和马克思主义所作出的科幻美学分析,被学术界广泛接受。该美学理论试图将科幻小说的形式和内容结合。论者以"经验"和"虚构"的分界作为讨论的起点,把文学分成与现实关系密切的自然主义文学,以及描写人类独特想象的陌生化文学。自然主义撰写感觉经验,陌生化文学则撰写脱离存在的架空世界,它的美学价值也在这种陌生性上。但是,陌生化文学类型很多,神话、民间故事、超自然故事等都是陌生化的,却不能说是科幻小说,科幻小说还必须具有认知性。这样,在现实主义的一端,当自然主义文学与认知性相互结合,就成了我们今天所说的现实主义文学;而违背自然规律,不顾现实写些大团圆故事,就成了以当代美国通俗文学为代表的非认知性现实主义文学。而在陌生化的一端,如果陌生化与非认知性结合,那就是神话、民间故事、奇幻小说,与认知性结合,则是我们所看到的科幻小说。应该说,苏恩文的理论全面阐释了科幻文学在西方社会中的内容与形式的复杂关系。

通观中西科幻文学的不同阐释,至少有两个方面差异明显。首先,西方科幻文学一直将科学作为本土文化的一部分。在这种状态下讨论科学的发展,科学所造成的社会影响,跟第三世界完全没有科学思想和科学精神状态下所创作的科幻作品完全不同。其次,西方科学发展的自主步伐和中国引入科学后的赶超状态也截然不同。换言之,以古希腊精神和韦伯式资本主义态度所谈论的"科学"和"变化",跟处于垂死的封建王朝和在帝国主义侵凌封锁下试图找到生存空间的知识分子谈论的"科学"和"变化"有着天壤之别。因为科学在赶超过程中具有积极作用,因此,在这样的文化土壤中产生的科学概念,比西方国家更加富有霸权性。反过来也应该看到,恰恰是近现代中国急迫地需要科学,需要富国强兵,需要在社会主义和资本主义的竞争中获胜的现实,促进了中国科幻文学的发展,促成了中国式科幻阐释的诞生。

进入 90 年代末,中国社会本身发生了巨大变化,不但如此,国家还在以无法想象的步伐进入经济大国的行列。在这样的时代里,对科幻文学的阐释是否会出现巨大的转变?中国知识分子对科幻文学的形式和作用的看法是否会发生大的动摇?

一种观点认为,消费主义兴起,精英文化消解,后现代扁平化组织的出现,将使科幻文学进入流行文化的范畴,科幻将是卡通、动漫、小说、电影、游戏、城市创意等多种文化形式的一个元素。在这样的视野下,梁启超式思维和鲁迅式思维都将全面退化,科幻文学作家和作品中持续多年的强烈责任心、文以载道的精神都将消失。这一阐释已经在诸多后起的作家的作品中获得了检验,在他们充满想象力的创作中,科幻文学脱离了科学和历史责任的重压,将成为获得心灵全面自由的想象的飞船,也将成为新世纪中新一代青少年不可缺少的精神补助品。而另一种观点则认为,如果中国文化中仍然存在着众多与当代社会无法协调的成分,如果采用科学方法观察社会、观察人生的视野仍然没有被建立起来,那么至少有很大一部分科幻文学就仍然(也必须)要继续在梁启超或鲁迅所创立的双极空间中运行。不但如此,恰恰由于科幻文学所传递的那种通过想象和科学视角超越现实、超越传统文化的力量,使它将在未来的时代中成为最能传达知识分子心态、最能抒发知识分子感受、最为具有文化革新能力的文学形式。换言之,被梁启超和鲁迅等主流文学家赋予了神圣地位的文类,在多年受到文学或政治霸权的压制之后,其中的一些将再度返身回归主流文学的行列之中。

关于图画书的不完全定义

彭 懿

图画书,应该是孩子人生的第一本书。它通过图画与文字共同叙述一个完整的故事,让这两种媒介在两个不同的层面上交织、互动。

好的图画书,从封面、环衬、开本、折页,以及图文关系、潜在的节奏、颜色、艺术风格等诸多方面,都十分讲究。限于篇幅,本文仅从图画与文字的关系、潜在的节奏、隐藏的细节三个方面,对什么是图画书进行一次不完全的定义。

一、图画与文字的关系

"图画与文字相互依存""图画与文字交织表达""图画和文字共同承担叙事的责任"……本质上都是一个意思,如同戴维·刘易斯在《阅读当代图画书:图绘文本》一书的导论中归纳的一样:它结合了两种不同的表现模式——图画与文字——成为一个复合的文本。

1. 一本图画书至少包含三个故事

曾经两次获得过凯迪克奖金奖的美国画家芭芭拉·库尼用一个形象的比喻说出了图画与文字之间的关系:图画书像是一串珍珠项链,图画是珍珠,文字是串起珍珠的细线,细线没有珍珠不能美丽,项链没有细线也不存在。

在绝大多数的图画书里,图画与文字呈现出一种互补的关系,缺一不可,具有一种所谓的交互作用。文字可以讲故事,图画也可以讲故事,但一本图画书的故事还应该是图画与文字一起讲出来的故事,即图文合奏。所以佩里·诺德曼

题解 本文选自《图画书的秘密——中国原创图画书论坛文集》,中国少年儿童出版社2016年版。随着图画书的创作和研究在21世纪中国儿童文学界的兴起,中国作家协会儿童文学委员会分别在2008年和2016年举办了第一届、第二届"中国原创图画书论坛",并以《图画书的秘密》之名把论坛上的各家文章结集出版来比较完整地呈现当下原创图画书的研究进展。本文以大量文本案例分析为主线,从"图画与文字的关系""潜在的节奏"和"隐藏着的细节"三个方面探讨了图画书的一些基本美学特征及其艺术表现。

在《儿童文学的乐趣》里面才会说:"一本图画书就至少包含着三个故事:一个是文字讲述的故事,一个是图画暗示的故事,还有一个是文字与图画相结合而产生的故事。"

2. 图画与文字的相互补充

《下雪天》是艾兹拉·杰克·季兹的作品,曾经获得1963年的凯迪克奖金奖。一个单纯的故事,一本用拼贴方法制作的图画书,余音袅袅地描绘了黑人小男孩彼得在雪地里度过的美好时光。白雪,红色外衣,抽象而色彩鲜艳的背景,让人真想融入到那个漫天飞雪的世界里。故事细腻地展现了下雪天给彼得带来的喜悦,其中有这样一个画面,文字上写道:"嘎喳、嘎喳、嘎喳,他的脚陷进雪地里。他一下子脚趾朝外走,一下子又脚趾朝内走。"他在雪地上留下了怎样的脚印呢?作者没有继续往下说,但他用画面告诉我们了。

陈致元的《小鱼散步》说的是少女小鱼被爸爸派去买鸡蛋的故事,第二个画面上最后的一行文字是:"然后,跟着影子猫走在屋顶上。"如果不看图画,也许会让人吓一跳:小鱼怎么上房了?看了画面才知道,原来小鱼是踩在屋顶的影子上。《小鱼散步》获第十三届信谊幼儿文学奖图画书创作首奖。

3. 图画与文字的滑稽比照

说到图文关系,人们提到最多的就是《母鸡萝丝去散步》了。其实,它之所以会被人们奉为经典,就因为它在画面里叙述了一个文字里并没有提到的故事,让文字与图画形成一种非常滑稽的比照。

整本书十四个画面,一共只有三十二个单词。如果单看文字,这本书叙述的是这样一个故事——母鸡萝丝出门去散步/走过院子/绕过池塘/越过干草堆/经过磨坊/钻过篱笆/钻过蜜蜂房/按时回到家吃晚饭——似乎一切正常,只不过是一只母鸡在农场里兜了一个圈子,但画面里出现了一只狐狸。于是,母鸡散步的故事就变成了一个狐狸追母鸡的故事,正如约翰·洛威·汤森在《英语儿童文学史纲》里所说的那样:《母鸡萝丝去散步》叙述的重点在于隐藏在文字背后的事实。

4. 图画与文字分别讲述

这些都是文字上没说,图画上画出来的例子,那有没有文字上说了,但图画上没有画出来的例子呢?

约翰·伯宁罕(也译作约翰·柏林罕)的《莎莉,离水远一点》,文字与图画说的就完全不是一回事。

一个晴朗的日子,少女莎莉和父母一起来到了海边。这是《莎莉,离水远一点》的第一个画面,是一张单页,文字是"莎莉,水太凉了,肯定不能游泳"。听上去像是妈妈在劝说莎莉,画面上也没有什么异样。但从第二个对页开始,文字与图画就分道扬镳了,不再叙述同一个故事了。你看,第四个对页,左面一页是妈妈和爸爸坐在椅子上,文字仍然是妈妈的唠叨:"要小心你漂亮的新鞋,不要踩到脏东西。"右面一页的画面上,却是莎莉划着一只小船驶向了海盗船。第五个对页,左面一页妈妈和爸爸仍然坐在椅子上,文字也仍然是妈妈的唠叨:"不要摸那只狗,莎莉,谁知道它去过什么地方。"而右面的画面上,海盗正用一把剑逼着莎莉——因为文字与图画各说各的,一个故事也就发展成了两个故事——左面是现实当中的一个故事,右面是莎莉脑海中的一个幻想故事。不过,正因为图文之间存在着一种特殊的关系,在这两个故事之间,还存在一个潜在的、我们看不见的故事,就是现实当中莎莉的故事。

比如说,当妈妈在那边唠叨个没完,而莎莉自己也沉浸在幻想里时,她在海边干什么呢?

二、潜在的节奏

多数图画书都有一个一气呵成的故事,情节环环相扣,不重复。然而,还有一类图画书,会有一个不断重复的结构,如果找出它的规律,把一幅幅画面按小组排列,我们就会看到一种类似音乐里的节拍般的节奏了。

1. 单一结构的图画书

获得1998年凯迪克奖银奖,萨拉·斯图尔特撰文、戴维·斯莫尔(也译作大卫·司摩)画图的《小恩的秘密花园》就是这样的一本图画书——因为爸爸失业,小恩被送到了吉姆舅舅家,她先是发现吉姆舅舅不会笑,然后又在楼顶上发现了一个秘密基地。喜欢种花的小恩的秘密基地是什么呢?吉姆舅舅到后来笑了吗?通过少女小恩的一封封写给远方家人的信,我们逐渐接近了谜底。作者以温情、明亮跳跃而又夹杂淡淡哀愁的笔触,描绘了20世纪30年代美国经济大萧条时期一个乐观向上的少女形象。一幅幅以淡橘黄色为主的画面,重新勾起人们对那个逝去年代的记忆。

2. 重复结构的图画书

在森久保仙太朗与人合编的《图画书的世界——作品介绍与入门讲座》一书里,就专门讲到了这种节奏:画面如何排列呢?把一定的节奏作为图画书展开的手法之一,是其中的一种类型。这种类型的图画书通过两拍子、三拍子、四拍子这样的排列方式不断地重复,让人产生一幅幅看下去的乐趣,并预想接下来的场面,盼望着翻页,渐渐地接近故事的高潮。

3. 两拍子

两拍子的例子不少,约翰·伯宁罕的《和甘伯伯去游河》就是一个再典型不过的例子了:甘伯伯要划船去游河,岸上不断地有孩子和动物打招呼要求上船,先是孩子,然后是兔子、猫、狗……左面一页是甘伯伯和他的船,右面一页是占据整个画面的孩子和动物。如果说左面一页是1,右面一页是2,那么整个一本书就这样"1·2、1·2、1·2"地一共重复了九次。

《好饿的小蛇》也是一本两拍子结构的图画书。它两个画面一重复,连文字都是差不多一样的。比如,第一个画面是小蛇发现了一个苹果,它问你:"你猜猜,好饿的小蛇会怎么样?"第二个画面就是小蛇的肚子变成了一个苹果的形状。第三个画面是小蛇发现了一根香蕉,它问你:"你猜猜,好饿的小蛇会怎么样?"第四个画面就是小蛇的肚子变成了一根香蕉的形状……也是"1·2、1·2"地不断重复。幼儿非常喜欢这本图画书,一是因为它有一个重复的结构,他们听上几遍就记住了,二是他们尝到了预测结果的快乐。

4. 三拍子

不知为什么,三拍子的图画书最多。

我们先来看一看奥地利作家恩斯特·杨德尔/文、德国画家诺尔曼·荣格/图的《第五个》。这是一本惟妙惟肖地刻画了幼儿恐惧心理的图画书。文字极其简洁,而且十六个画面里,有十五个是一模一样的,就仿佛是一架固定不动的照相机拍下来的连续画面——一扇紧闭的门外,靠墙的一排椅子上坐着五个残缺不全的玩具,依次分别是少了两个翅膀的企鹅,缺了一个轮子的小鸭子,左眼戴着黑眼罩、右手缠着绷带的小熊,丢了皇冠的青蛙王子和断了长鼻子的小木偶。

这一排小家伙坐在门外忐忑不安地等什么呢?

作者没有交代,而是在重复中开始了这个绝对别出心裁的故事——左面一页的文字是:"门开了,一个出来。"右面的画面是,门开了,一个治愈的玩具走了出来;左面一页的文字是:"一个进去。"右面的画面是,一个残缺的玩具走了进去;左面的一页文字是:"还剩四个。"右面的画面是,门关上了,椅子上还剩下四个玩具……文字和画面就这样"1·2·3、1·2·3"地一遍又一遍地重复着。

其实,这本书里还交织着另外一种节奏,就是光亮与黑暗,门被打开时,整个画面都被照亮了,当门被关上时,画面又陷于一片黑暗,这交替出现的光亮与黑暗形象地表现了人物内心的希望与不安。

5. 节奏和高潮

不管是两拍子的图画书也好,三拍子的图画书也好,重复到最后,一般都会"重复"出来一个意想不到的高潮。《和甘伯伯去游河》重复到第九次,甘伯伯的船翻了,一船人和动物都掉到了河里!《好饿的小蛇》重复到第五次,小蛇吞下了整棵大树!《第五个》重复到第五次,当断了长鼻子的小木偶走进门里去了,画面突然调换了一个角度,正对着门了,于是我们看到一个医生站在房间里面,原来玩具们怕的是医生!

6. 用图案和色彩变化加强节奏

西卷茅子那本人气超群的《我的连衣裙》,也是一本以三拍子节奏展开的图画书。天上飘来一块白布,小兔子用它为自己做了一条连衣裙。当她走进花田,连衣裙就变成了花朵的图案;当她走进了雨里,连衣裙就变成了雨点的图案……

《逃家小兔》,不但画面是以三拍子节奏加以展开,还用颜色加以区别。

三、隐藏着的细节

在一本图画书里,常常隐藏着许多作者在经意或不经意之间留下的细节。它们有的与作品的主题无关,只不过是增加一点小噱头或是出自作者个人的癖好,但也有的与主题息息相关,甚至可以说,缺少了这样一个细节,整个作品就缺少了一种发人深省的力量。

1. 好玩的细节

在画面上某个不那么引人注目的地方,留下一个或几个类似插科打诨的人物,制造一点笑料,早就是画家们的传统了。在路德维格·贝梅尔曼斯的《玛德琳》里,就有这样一个形迹可疑的人物。这个头戴一顶长缨红帽、永远是一个背影、永远保持着那个鬼鬼祟祟的造型的男人,如果算上前后环衬,前后一共出现了五次。如果说他是一个坏人吧,近在咫尺的警察却又对他视而不见。最后一次出现,是在女孩们坐巴士去看住院的玛德琳时,他在马路对面的一棵树下闪了一下,就永远地淡出了这本书,不知去向了。

在汤米·狄波拉的《阿利的红斗篷》里,也有这样一个引人发笑的角色。这个故事本来说的是一个贫穷的牧羊人阿利如何得到一件漂亮的红斗篷,但在画面里,作者除了安排一只不甘被剪毛的黑脸绵羊处处阻挠阿利外,还安排了一只一刻不停的小老鼠,你看它忙得不亦乐乎,阿利剪羊毛,它把剪刀偷走,阿利纺线,它扯着一根线回家……从故事的开头一直忙到故事的结尾。

2. 画家悄悄地和我们开了一个玩笑

林明子也继承了这一衣钵。画《第一次上街买东西》时,她还是在编辑的提议下小心翼翼地加进了一些隐藏的细节——比如,前面一页在墙头上画了一只系着红丝巾的虎皮斑纹猫,过了几页,又在布告栏上画了一个寻找这只猫的"寻猫启事"。到了《阿秋和阿狐》,她这一招已经运用得出神入化了。阿狐是一个会说话的狐狸布偶,阿秋还没出生,它就已经等在摇篮边上了。这回,它陪阿秋一起坐火车去奶奶家……如果你留意,就会在阿狐和阿秋的这趟旅行中邂逅许多我们熟悉的人物。封面上,对面的站台上正在向《爱丽丝漫游奇境》里的爱丽丝告别的,不是喜剧大师卓别林吗?第12页,从左面第三扇窗户里向外张望的白胡子老爷爷,不就是《彼得兔的故事》里追赶彼得兔的麦格先生吗?

3. 让一本书值得再三阅读的细节

安东尼·布朗更是一个热衷于这种游戏的狂热分子,没有谁比得上他那样走火入魔了。说到根源,他说:"当我还是一个孩子的时候,我就爱看画谜(puzzle pictures)——就是那些隐藏在图画里的图像。"至于目的,他是这样解释的:"我喜欢在图画里加入一些小东西。读者看第一遍时,容易忽略这些细节,可是再看一遍时,就会有新的发现。这可以使一本书值得读者再三阅读。"

在他的许多作品中,我们都可以找到这样隐藏着的细节。比如,在《隧道》的第二个画面里,你注意看妹妹对面的那幢楼,房顶的烟囱边上,是不是放着一顶女巫的黑色高帽?窗子里是不是有一只黑猫正在向外窥视?哥哥身后的那面墙上,六块玻璃碎片像不像黑夜里的蝙蝠?再比如第四个画面,大衣橱边上挂着的红色外套,是不是就和墙上那幅画里小红帽穿的红色外套一模一样?

这些小细节,可不仅仅是为了丰富画面,为这个故事增添些许超现实主义色彩,读到最后,你就会发现,这一切都有寓意,绝对不是可有可无的点缀。其实,女巫的黑色高帽、黑猫、黑夜里的蝙蝠,都暗示了即将到来的凶险。至于那件红色外套,妹妹后来更是穿着它,才勇敢地走过了鬼哭狼嚎的恐怖森林。

4. 看清狼的真面目了吗?

如果说安东尼·布朗的这些所谓的"小东西"我们还一眼就可以看出来的话,那么,还有些图画书里面隐藏着的东西,我们就不是那么容易看得出来了。

美籍华人杨志成的《狼婆婆》是1990年凯迪克奖的金奖之作,它改编自那则我们从小就耳熟能详的民间传说。虽然用的是粉彩,但他却把它画出了一种悠远的水墨意境,写意而非写实,更让人感受到这个东方故事的神秘与诡谲。从开头妈妈告别三个女儿出门去外婆家起,一直到狼现出原形为止,有十四页之多,画家始终没有让我们看清狼的真面目,然而它又无处不在,比如第一个画面即妈妈出门时,她其实就踩在了狼的鼻子上——她们房子下的那个山丘,就是一个狼头的形状,这实际上已经意味着危险的逼近了。

5. 那只白猫在哪儿?

说到这种隐藏在图画书里的细节,最触目惊心的,可能要算是《推土机年年作响,乡村变了》里的一只白猫了——它用自己的生命,对人类破坏大自然的行为发出了最后一声惨烈的呼喊。

在这本以七个画面表现乡村逐渐消失的图画书里,每一幅画面里都有一只白猫。开始的一页上,田园牧歌,它轻盈地走在一条两边开满灿烂黄花的小路上。慢慢地,它不那么优雅了,不是匆匆走过就是蹲在锯断的大树上不知所措。到了最后一页,乡村彻底消失了,一座我们再熟悉不过的现代化的城市出现了。白猫呢? 它正在穿过高速公路,一辆重型卡车疾驶而来……它即使逃过了一劫,也逃不过对面的车道,看着路面上那些刹车的痕迹我们就可以知道它的命运了。

第六辑
儿童文学史研究

导语

　　文学史研究是研究者站在时间与经验的制高点上对过往文学的一种凝视与书写。通过这种凝视与书写，研究者既完成了某种对过去文学的记忆与认知，也表达了某种对当下文学的感知与思考。所以，文学史研究与文学创作一样，以不断更新的方式延续着文学的传统、丰富着文学的层叠。本辑的文献呈现了进入共和国后中国儿童文学史研究的总体风貌：它以20世纪80年代为分界线，经历了从几乎一片空白到百花齐放的过程。同时，这组文献还呈现了当代中国儿童文学史研究在进入20世纪80年代以后所形成的学术格局：以不断拓展的学术视角和不断更新的研究范式重新记忆、书写那些被尘封的、被忽视的或被误解的文学现象与观念，从而不断丰富我们对过去、现在乃至未来中国儿童文学的认知。

我国儿童文学遗产的范围

鲁 兵

探讨我国儿童文学的遗产和传统,是儿童文学理论工作中的一个新的课题。

我在这篇短文里想就我国儿童文学遗产的范围问题发表一点粗浅的意见。因为首先弄清楚哪些是我国儿童文学的遗产,我们才有可能进一步去研究什么是我国儿童文学的传统。宋成志同志在《略谈我国儿童文学的传统》(5月24日本报第三版)一文中,所谈的主要也是遗产问题。

有一些同志对我国儿童文学的遗产是采取否定态度的。他们认为我国古代没有儿童文学,我国的儿童文学是在"五四"新文学运动中产生的,甚至认为我国的儿童文学是从外国移植而来的。这种意见是站不住脚的。我国古代没有儿童文学这个名称,但这不等于我国古代没有儿童文学。我国古代不仅有儿童文学,而且是丰富多采的。

我国古代儿童文学究竟有些什么东西呢?关于这个问题有过争论,产生争论的原因主要是大家对于儿童文学的概念还不一致。你画一个圈圈,我画一个圈圈。儿歌和民间童话,大家都把它们画进去了。可是有的类型和有的作品,在你的圈圈之内,却在我的圈圈之外;或者在你的圈圈之外,却在我的圈圈之内。所以这里首先要解决对于儿童文学的概念问题。

曾经有人以作品是否写儿童为标准:写儿童的就是儿童文学,否则就不是儿童文学。在今天持有这种见解的人是不多的了。在争论中,有相当多的同志以作品是否为儿童创作的为标准:为儿童创作的就是儿童文学,否则就不是儿童

题解 本文原载《文汇报》1961年7月19日。文章对如何确定中国儿童文学遗产范围、哪些作品属于中国儿童文学遗产等问题表达了以下主要观点:"我们不同意对我国儿童文学的遗产和传统采取一概否定的虚无主义态度,同时也不赞同把我国古代儿童读物不加分辨地都当作儿童文学。"在此基点上,文章指出:"《三字经》、《千字文》、《小儿语》并非文学作品,《千家诗》虽然是文学作品,但不具备儿童文学的特点,把它们当作儿童文学的遗产来研究,我认为是不妥当的。"在作者看来,《摇篮歌》《数数歌》《田螺姑娘》《老虎外婆》等民间文学中的一些作品,才是"我国古代儿童文学的主流",也是"我国儿童文学主要的和宝贵的遗产"。

文学。这种见解也是片面的。是否为儿童创作,这只能说明作家的动机,而我们是不能单纯从动机去判断效果的。一个作品是否属于儿童文学,只能从这个作品的本身去检验,这才是最可靠的办法。一个作品是否属于儿童文学,就要看它是否具有儿童文学的特点。儿童文学,不论它处于什么时代,也不论它掌握在哪一个阶级手里,归根到底是对儿童进行教育的文学。这就是说,它是这样一种文学,以教育为目的,以儿童为对象;它具有一定的教育内容,而又必须符合于儿童的特点。

我们要画圈圈的话,首先要把儿童文学画到文学的圈圈里来。我们不能把儿童读物和儿童文学混为一谈。儿童读物中有政治读物、知识读物和文学读物,把那些非文学的读物摆开,头绪就清楚得多了。当然,人们为儿童编写政治的和知识的读物时,也往往考虑到儿童的特点,运用了文学的形式,但是我们终究不能"只认衣衫不认人",如果这些读物没有具备文学所不可缺少的艺术形象,根本不是文学,当然就说不上是儿童文学,如《三字经》、《千字文》、《小儿语》。

即使在文学读物中,也不完全是儿童文学。为儿童创作的也好,为儿童编选的也好,它们是文学作品,但是如果并不符合儿童的特点,也还不是儿童文学,如《千家诗》。适当编选一些文学名著给儿童读读,这是必要的。不过选给儿童读的作品和儿童文学作品到底是两码事。

郑振铎在《中国儿童读物的分析》(刊《文学》7卷1号)一文中批判封建的儿童教育和儿童读物时说:

> 腐烂灵魂的反省的道学的人格教育,而同时,更以严格的文字的和音韵的技术上的修养来消磨天下豪杰的不羁的雄心和反抗的意思,以莫测高深的道学家的哲学和人生观,来统辖茫然无知的儿童。而所谓儿童读物,响应了这种要求,便往往的成了符咒式的韵语,除了注入些"方块字"的形象之外,大都是使他们茫然不知所谓的。

我以为这段话恰当地概括了我国封建的儿童读物的基本特点,当然,这并不排斥我们从这些读物中去吸取即使些微的有益的东西。

《三字经》、《千字文》、《小儿语》并非文学作品,《千家诗》虽然是文学作品,但不具备儿童文学的特点,把它们当作儿童文学的遗产来研究,我认为是不妥当的。

在我国的长期的封建社会中,封建的儿童文学却是非常贫乏的。说我国古代儿童文学丰富多采,这主要指的是千百年来,人民群众创作的儿童文学。儿歌和童话是儿童文学,神话、寓言、故事、传说、谜语中也有许多作品是儿童文学。古代还没有像我们今天这样的儿童剧,但在傀儡戏、皮影戏中,有不少剧目可以称之为儿童剧。

鲁迅说得对:

> 到现在,到处还有民谣、山歌、渔歌等,这就是不识字的诗人的作品;也传述着童话和故事,这就是不识字的小说家的作品;他们,就都是不识字的作家。但是,因为没有记录作品的东西,又很容易消灭,流布的范围也不能很广大,知道的人们也就很少了。

在浩如烟海的人民群众的口头创作中,还是有许多优秀的作品,得到人民群众自己的批准,同时也经过他们自己的不断加工,流传至今。这一份丰硕的遗产,在解放之后才得到应有的重视。各个民族和许多地区都采录编选了自己的传统儿歌和民间童话。它们不仅陆续被发掘出来,成为我们批判继承的遗产,而且其中有不少作品,经过去芜存菁,成为我们社会主义儿童文学的一个组成部分。已出版的如《北京儿歌》、《四川儿歌》、《河南儿歌》、《江西童谣选》、藏族民间童话《金玉凤凰》、僮族民间童话《长发妹》、华东地区的民间童话《龙灯》、义和团的传说《渔童》等等,这里无法一一列举。(应该说明,这些集子里的作品并不是每一篇都是选择得当、整理得成功的,但其中有不少精品,这是无疑的)许多作品概括地反映了人民群众的生活和斗争,教育儿童敢于改造自然、征服自然,敢于和反动统治阶级作斗争,培养儿童勤劳、勇敢、正直的品德;还有许多作品以巧妙的文学形式向儿童传授自然知识和生活知识,启发儿童的智慧,扩大儿童的眼界;或者结合儿童的游戏,丰富儿童的文化生活。

当然,这些口头创作在古代也有用文字记录下来的,如《天籁集》、《越谚》中的一些儿歌,清朝编选的有两辑《北京儿歌》,在《搜神记》、《唐人说荟》等章记小说中,也可以见到一些童话和故事。这些记录,有的忠实地保存了原作的面目,有的用"之乎者也"更换了生动活泼的群众语言,使作品大为损色,有的则在记录过程中被篡改了,这是我们在进行研究时必须加以分辨的。

民间创作的儿童文学,无论从它的思想内容和艺术成就来看,或者从它的流布的范围和所起的影响来看,我以为可以毫不犹豫地说,是我国古代儿童文学的主流。因而它就必然是我国儿童文学主要的和宝贵的遗产。

有的同志想在儿童文学和民间文学之间画上一条分界线,挤来挤去争夺地盘,也引起过一些争论。其实这种争论是无谓的。民间文学是人民群众的创作,其中有以成人为对象的,也有以儿童为对象的。《摇篮歌》、《数数歌》是给儿童唱的,《老虎外婆》、《田螺姑娘》是讲给儿童听的。

同时,我们还要看到,有一些作品对成人和儿童都有教育意义,也都受到成人和儿童的欢迎。这些作品是成人和儿童所共有的。儿童文学根据一定的教育要求和一定的对象,有自己的特点,但是它和成人阅读的文学之间还有个接合的部分。儿童长大成为成人,并不是一夜之间的突变,而是有一个过程的,而且由于不同的客观环境的影响,同一年龄的儿童的阅读兴趣和感受能力也有所差别。有的同志一刀两断,把儿童文学和"成人文学"决然分割开来,这就无法来解释这样一个客观事实了。关于这个问题的争论,所涉及的主要是一些古典小说,如《西游记》、《水浒》、《说岳全传》和杨家将的故事等。这些作品在儿童中广泛流布,受到儿童的热烈欢迎,这是毋庸争辩的。我们应该怎样看待这些作品呢?我以为,这些作品的内容很丰富,一个作品中包含有许多可以独立存在的完整的故事,因此,我们有必要对这些作品的具体故事作具体分析。《西游记》中的"大闹天宫"可以说是我国古代杰出的儿童文学作品,而"游地府太宗还魂,进瓜果刘全续配"的故事就不可能称之为儿童文学作品。《水浒》中的"打虎"和"杀嫂"的故事,一是一非,也是一个例子。这些作品,就其整体来看是成人阅读的文学作品,而它们有许多对儿童有益又为他们乐闻易晓的故事,同时又是儿童文学作品。研究这些作品时,我们可以有不同的角度,从不同的角度去吸取其优秀的传统。

明确范围,看准对象,抓住主流,我们的研究工作才能落实,才能收到应有的成效。我们不同意对我国儿童文学的遗产和传统采取一概否定的虚无主义态度,同时也不赞同把我国古代儿童读物不加分辨地都当作儿童文学。我国儿童文学遗产的范围,究竟怎样确定才符合于客观实际,并有利于对它的批判地继承,当有待于有心人的研究和讨论。

繁星掇拾

——晚清小说中儿童文学作品巡礼

胡从经

梁启超在《译印政治小说序》(刊《清议报》第一册,光绪二十四年〔1898年〕十一月十一日出版)中写道:"在昔欧洲各国变革之始,其魁儒硕学,仁人志士,往往以其亲身之经历,及胸中所怀政治之议论,一寄之于小说。于是彼中缀学之子,黉塾之暇,手之口之,下而兵丁、而市侩、而农氓、而工匠、而车夫马卒、而妇女、而童孺,靡不手之口之,往往每一书出而全国之议论为之一变。彼美、英、德、法、奥、意、日本各国政界之日进,则政治小说为功最高焉。英名士某君曰:小说为国民之魂。岂不然哉!岂不然哉!"(着重号为引者所加)这种把"童孺"也列为小说陶冶对象,当然是一种新小说观;在这种理论的指导下,中国小说史上于创作与翻译两方面,才真正有"儿童小说"的诞生与发展。稍后,东海觉我(徐念慈)在《余之小说观》的"小说今后之改良"方案中提出:"今谓今后著译家,所当留意,宜专出一种小说,足备学生之观摩。其形式,则华而近朴,冠以木刻套印之花面,面积较寻常者稍小。其体裁,则若笔记或短篇小说。或记一事,或兼数事。其文字,则用浅近之官话,倘有难字,则加音释。全体不逾万字,辅之以木刻之图画。其旨趣,则取积极的,毋取消极的,以足鼓舞儿童之兴趣,启发儿童之智识,培养儿童之德性为主。其价值,则极廉,数不逾角。如是则足辅教育之不及,而学校中购之,平时可为讲谈用,大考可为奖赏用。"(刊《小说林》九、十期,一九○八年十月出版)这是一篇应为儿童文学史家注意的文章,它第一次如此

题解 本文选自胡从经著《晚清儿童文学钩沉》,少年儿童出版社1982年版。文章指出:"正是由于梁启超、徐念慈等有识之士在理论上的呼吁与倡导,以及包括他们在内的先行者在创作与译述上的实践与示范,儿童小说作为繁盛的晚清小说之一翼,也开始萌蘖和发展,并且逐渐蔚为大观。"文章从"爱国主题的高扬""民主思潮的启迪""科学小说的滥觞""冒险小说的勃兴""教育小说的萌发"等方面,比较详细地介绍了晚清儿童文学的写作与翻译情况;同时也指出,这个时期的中国儿童文学无论是在翻译方面,还是在原创方面,都还未达到现代学科意义上的诸多标准。本文是当代中国儿童文学史研究中较早对晚清时期的儿童文学状况进行系统考察的文献之一。

明确地倡导要专为"高等小学以下"的"学生"创作小说,以"足供学生之观览",亦即今天所谓的"儿童小说";并且还细致而具体地就"形式"、"体裁"、"文字"、"旨趣"、"价值"乃至"图画"等,都阐述了意见与建议。

正是由于梁启超、徐念慈等有识之士在理论上的呼吁与倡导,以及包括他们在内的先行者在创作与译述上的实践与示范,儿童小说作为繁盛的晚清小说之一翼,也开始萌蘖和发展,并且逐渐蔚为大观。

爱国主题的高扬

马克思在论述英国对中国的鸦片侵略时,指出:"英国用大炮强迫中国输入名叫鸦片的麻醉剂。"(《马克思恩格斯选集》卷二《中国革命和欧洲革命》)但是,"看起来很奇怪的是,鸦片没有起催眠作用,反而起了惊醒作用"。(《马克思恩格斯全集》卷十五《中国记事》)鸦片战争以后,列强对中国所进行的野蛮侵略,以及继之而来的瓜分狂潮,并没有吓瘫中华民族,反而促进了民族的觉醒。在环伺虎视之下,中国危殆的处境和险恶的前途,激起了国人炽烈的爱国主义思想感情。这种"不甘屈服于帝国主义及其走狗的顽强的反抗精神",当然成为晚清小说(也包括儿童小说)的主题。

《中华小说界》第四期刊载的《爱国童子》,是利用中国历史上的史实敷衍成的作品,当然作为小说的形式来衡量还稍嫌幼稚:

> 明嘉靖中倭寇之扰,沿海城邑,蹂躏罕完者,吾嘉定屡濒于危。倭每喜夜战,一夕薄西门,守者疲极而熟睡;寇梯而登,方及女墙。有童子起挑灯,见之大呼;众惊觉,亟挤石击之,寇堕梯而退。回顾童子,头已断矣!当事哀之,琢一石像,东向坐城闉上,至今犹存。俗以为万喜良,至为可哂。讲乡土史者,不可不令小学生知之,抑亦童话中绝好教材,不独一乡一邑之关系也。

编者将上篇列入"小说"栏,实际上只能归入中国传统的笔记小说之属。而比较接近现今小说体制的儿童小说,大多是根据外国儿童文学作品译述改写再创作的,如《短篇小说丛刊》(灌文书社,光绪三十二年〔1906年〕八月初版)中天笑所作《爱国幼年会》,则大约是根据外国儿童故事为蓝本而写成的:

> 呜呼,我可爱之少年,我可敬之少年,亦知美利坚有爱国幼年会乎?

我述之,我将绍介于我国之少年。

当一千九百〇三年时,美利坚有一四万墩之大军舰,举进水式。军乐悠扬,国旗飘荡,盛哉盛哉。

顾此军舰何名乎,则以"亚美利加之幼童"称。

我将溯其名称,而详其历史,我敬爱之少年,曷一垂听也。

初,当某岁之夏,各小学校将放暑假时,教师恒率学生,游行海滨,暮景苍然,夕阳红如火齐,清风徐来,为状殊适。

俄见一巨舰,乘风破浪而来,气象伟然,遥瞻国旗,作星星之点,小学生大喜跃,咸拍手欢迎之。

师曰:"汝曹乐乎?"佥曰:"乐甚。"

师曰:"汝曹虽童子,宁不能造此巨舰,以拥护国家,汝曹当自惕。"学生曰:"先生诳哉,学生辈年稚力弱,且无私蓄,乌足经营是;矧一舰之费,需几何,请先生有以诏我来。"

师曰:"少可百万圆。"小学生闻言均咋舌。师曰:"汝曹无震,为世界无不可为事。我请析其理为汝曹告。"

学生均曰愿闻,师曰:"今请君等于日食果饵之中,月节数铜币,谅不为损,积岁可得金圆半,以之存储于储蓄银行。"

学生曰:"是盍盍者何为也。"

师曰:"未已也。今我美国小学生徒,全国可八百万,脱每人如是者,不及一年,而若此之军舰可四也。"学生闻言大感奋。

是日之晚,教师方掩户欲就寝,有叩户者,则本学堂学生全体来,每人持铜币数枚,曰:"学生等感先生言,敢节果饵之资,以为军舰之需,愿先生为我辈贮之储蓄银行。"

师敬受之曰:"诺!"

翌日,某报载其事,于是迩迩各学堂均赞成之。不一月而爱国幼年会成立。

爱国幼年会之宗旨三:提倡尚武精神,一也;奖励公共储蓄,二也;发起爱国思想,三也。

于是美国之童子,瞰一佳果必曰:"我其以是为军舰之贮金。"购一玩具必曰:"我其以是为军舰之贮金。"女学校之初级生,争货其手编物曰:"将以是为军舰之贮金。"

不半载而各处储蓄银行之报告,凡军舰贮金三百余万。

爱国幼年会决议,先造此舰,命名曰:"亚美利加之幼童"。

余述此事竟,余敬告我国之少年,曰:"是可为模范者也,是可为模范者也!"

他日,我海上或有"中国幼童"之军舰者出现乎,我不禁三呼曰:"我中国少年万岁!我中国爱国幼年会万岁!我'中国幼童'之军舰万岁!"

作者的意图欲借他山之石以攻玉,则愿我中国幼童效法美国幼童的榜样,组织爱国幼年会,贮金建造"中国幼童"号军舰;希望通过此举来培养与增强儿童的爱国心及合群思想、尚武精神、节约美德。作品也大致具备了短篇小说的形式,首尾照应,起讫有致,语言也浅显生动,教师及群童的形象均塑造得颇为鲜明。作为儿童小说的早期雏形(当时距"五四"尚有十多年),也还是差强人意的。

更多的则是赋有爱国思想的外国儿童小说的翻译移植,如当时著名的小说期刊《新小说》、《月月小说》、《绣像小说》、《小说林》等上都有译载,如《中华小说界》二卷五期所刊的"爱国小说"——《小子志之》,即译自法国著名作家都德的饱孕爱国激情的短篇《最后一课》。译者江白痕在文前特加题解云:"普法战争后法人割亚尔萨斯、罗亨二州以和,而亚尔萨斯人常不忘其祖国,今观此篇,对于祖国文字三致意焉,法人爱国之情亦可概见。"除散见各刊物的短篇而外,还出版了短篇集及长篇的单行本。例如上海科学书局于光绪三十二年(1906年)出版的《中外故事读本》,其广告云:"是书选刊中外大豪杰之嘉言懿行相类者编成课本,以开发儿童之胸襟,发扬儿童之爱国心。"(刊上海《月月小说》一卷三号,1906年11月出版)原书未见,但其内容于上可以想见。

长篇儿童小说的译本,除林纾译的《爱国二童子传》等而外,尚有一册很值得注意,那就是文明书局于光绪三十一年(1905年)出版的《云中燕》,法国"某著作大家"原著,大陆少年译。译者在《叙言》中写道:"是书述法国少女蝶英大冒险之事,情节离奇,叙事委婉。英、德各国,皆有译本,或有以之作学校中课本者,其书之艳传欧西,可想见矣。披阅一过,不禁掩卷叹曰:噫!泰西各国之人诚不及哉!如美国南北之战,则有少年军,以弱龄童子,抗拒如虎如狼之强敌,是虽可羡,然犹不足奇也。乃法国竟有纤纤仅十三龄之弱女子,出入敌军之间,而安坦夷如,竟能成绝伟艳之业者,不尤可奇也哉?回首故国,荆棘铜驼,瓜分之危,为奴之惨,近在眉睫,社会腐败,已达极度,欲施针砭,着手无从,尚有一线之希望者,惟吾辈少年同胞之兴起耳。呜呼!我中国之少年军何时起乎?我中国之少看护妇何时起乎？二十世纪中大陆上少年听者：'尔辈负千钧之重任在身，其好自为之！'是书亦足为振起少年精神之一助，爰亟译为俗语，以饷我同胞诸昆仲姊妹，凡我同胞诸昆仲姊妹，其亦有睹是编而兴起者乎？"（着重号为引者所加）从以上译者对中国少年的殷望中，足可窥见当年的有识之士早就拓殖于儿童小说的园地，他们跟那些向西方探取真理的启蒙者一样，也从浩如湮海的外国文学中，抉取那些荡漾爱国情热、崇尚民族气节的儿童小说，迻译中土，以期引起感应。

除了短篇作品而外，我还发现了一本以儿童爱国活动作情节主线，并以儿童为主人翁的长篇小说——《瓜分惨祸预言记》。著作者署"中国轩辕正裔"，发行者为"上海独社"，印刷局为"广智书局活版部"，光绪癸卯年（1903年）十二月初版。据《湖南历史资料》一九五九年第一期披露的旧档案，湖南候补官员沈祖燕于一九〇七年禀报调查"逆书"状况时惊呼："近年革命党人倡为逆说，编辑成书。甲辰之岁，湘中亦遍行流布。偶于友人处见之，大为骇异。……惊诧之余，莫名愤怒。"他所查阅上报的"逆书"共四十一种，《瓜分惨祸预言记》列于其首，可见这是遭清廷查禁的革命书刊。

著者托言译作，实则为一旨在讽谕世事、警醒国人的寓言小说，藉状绘瓜分之国的惨状，来警醒同胞的酣卧；凭抒写共和政府的蓝图，来促进庶民的奋起！其例言云："译者之意，只望着中国阅者同胞，知所警惧，先事预防，勿贻噬脐之悔，不敢有丝毫秆意，存乎其间，阅者鉴之。"著者本意于此中有所透露。

此书正文首页标明："日本女士　中江笃济　藏本，中国男儿　轩辕正裔译述"，其回目兹引述如下：

> 第一回　童子痛时艰远游异国
> 　　　　佳人逢石隐窃录异书
> 第二回　传警报灾祸有先声
> 　　　　发誓词师生同患难
> 第三回　恶官吏丧心禁演说
> 　　　　贤缙绅仗义助资财
> 第四回　九国裂中华天愁地惨
> 　　　　万民遭劫运山赭川红
> 第五回　痛恨灭亡志士联盟归故国
> 　　　　纷争剧烈官兵助外捕义民

第六回　集义兵佳人握胜算
　　　　建自治海国竖新旗
第七回　复故仇血肉纷飞
　　　　请救兵英雄自杀
第八回　乱党投诚功成有日
　　　　大兵压境战胜无形
第九回　念切同胞遣使分巡问疾苦
　　　　悔生后事吞声暗泣死幽囚
第十回　预言书苦制醒魂散
　　　　赔泪录归结爱国谈

从回目也可窥见作者对于迫在眉睫的亡国危难忧心如焚，因此沉痛地描写可能即将发生的列强瓜分中国的惨祸；作者的明智不仅在于洞察了侵略者的豺狼本性，而且还看透了清政府媚外事敌、助纣为虐的汉奸本质，因而把救国纾难的重任，寄托于朝气蓬勃的新生一代。

小说的发端曲尽作者的创作意图，其中写道："据闻中国有一隐居之士，前曾遍游各国，学问优美，世情练达，因其性静心灵，竟能前知未来之事，所著惨祸预言，凡二十余卷，皆于十余年前著之，而其余无不句句应解，此书乃其数十部中之一部也。数年前有一中国童子，由日本女士处得来此书，却是东文，前月又复入于译者之手。只因言言沉痛，语语刺心，译者于执笔直述之时，不知赔了多少眼泪，故又名为《赔泪录》云。看官你道书中所载何事，却是详叙中国光绪甲辰年以后，万民遭劫，全国为墟，积骸成山，流血成河的惨剧，真是刿目怵心，其中也有一二处看去略可宽心开颜，但恨全书中不能皆是如此，真无可如何也。"并在第一回回末的提纲挈领的"诗曰"中概述了全书的大意：

一声报道虎狼来，
赫赫名邦一日摧；
异色旌旗分道出，
同心羁绁望乡回。

三年血肉空搏战，
万里河山终劫灰；

莫道闲人情易遣，
重兴未睹恨难恢。

茫茫大陆尽烟霾，
碧血漫空野积骸；
蹈海仲连空抱恨，
哭廷胥子有余哀。

千军壮气城头泪，
一片新旗海角来；
却剩弹丸延帝裔，
岂真屹立在天涯。

尤其是最后的一首五绝更道出了作者的苦心孤诣：

漫著预言篇，
书成涕泫然；
民心如有意，
人事可回天。

另据故老传闻，书中所叙儿童群起救国的故事，是依蔡元培、章太炎等主持的爱国学社为蓝本写的；细考之也可见端倪，书中已将"爱国学社"易名为"自立学校"，学生们如火如荼的爱国赤诚，倒也符合爱国学社中诸学子的本色。在"发誓词师生同患难"一回中，关于众多稚年学生踊跃争先为国效忠的场景，有异常生动的描述：

……商州地方有一位士子，姓曾名群誉，字曰子兴，先前也曾出洋，进过美国大学堂。毕业回华，后来被某官府聘为学堂教子。只因官办的学堂，专意教人学作奴隶，那世界上人人应知的公理，却不肯与学生谈及，所以郁郁不乐。销了差，便将自己的家业卖了，以作经费，即往城外自立一所学堂，便名曰自立学校，那学生额设一百二十人，已经办得二年有余。那日闻得瓜分中国之信，曾子兴立即大开演说之场，召集诸生，上堂听讲，并且开了大门，招人入听,到了人集颇多,那子兴便上坛讲道:"……"

登时那听者齐声道:"我们皆愿做个有意气的男儿而死,曾先生你道今须如何布置呢?"那子兴未及答言,但听哄的一声,那一百二十个学生尽举手一跃道:"我等皆愿立义勇队赴战为国家效死,愿先生做这领袖,那洋兵今日到来,我们便今日与他决死!"……众学生齐声鼓掌,口中共高声叫道:"为国死呵!为国死呵!男儿呵!男儿呀!!男儿为国死呵!!!"那过路的人来听者,中有数人道:"我们都是男儿,年纪且是大些,难道反不如小孩子么!我们也回去说给大家听听,也去起义兵来何如。"于是大家叫道:"我们!我们报国!!报国!!起义兵报国去也!!!"

这样壮烈的场面,观者无不动容,读者也将为之心折。事实上这也并非作者向壁虚构出来的,当1903年帝俄侵我领土、屠我边民的时候,国人群情激愤,爱国学社等团体均有组织"拒俄义勇队"之举,其热烈高亢、敌忾同仇的精神,恐也不亚于书中的描写。中国儿童爱国形象的塑造,在长篇小说这一文学样式中出现似乎是第一次。同一回中,还有以上爱国童子更精彩的状声绘色:

子兴看那听众去尽,却复上坛对诸生道:"诸位好兄弟,既是同心为国效死,固是可嘉,但义勇队不是空言之物,如今立一册子,大家须亲笔签名方可。"一个学生便向账房取了一本簿子来,大家便公举曾先生做总理,兼教子。子兴即将自己姓名签了,诸生便欲向前题名,那子兴道:"这名是不可轻易签的,今日签了名便是入了死籍,一旦有事便出去打仗,倘若有人临阵逃脱,我们自家便派个人去杀死他,诸君须自信临时不至怕死,又不至被家人绊住方可入队,不然恐有后悔。"那学生大叫道:"我们是不怕死的,我家是不能压制我的。"子兴道:"但是如此,你们有些年纪太小的,只可另编一预备队,待我们稍长的先去打仗,胜的不用言了,若败了,你们小的再来继我一死未迟。"那一班小些的同学叫道:"我们年纪虽小,舍死报国总是能的,为何不给我们入队,我们年少举动比你们更捷些,我们还要占头阵呢!"子兴道:"虽然如此,也有些太小的,他们连枪都举不起来,不如免了。"诸学生同声道是,于是以次签名,十三岁以上者,皆得入籍,计共八十四人;其余三十六个小孩子,却另用一册也都签了名。子兴道:"你们忒小了,如今我且与你签名,作为后备,那战时你们却不须出阵。"只见那一班小孩哭道:"我们在家里也是死,不如让我们各做爱国的人死了,也死得好看些。"全堂学生,不禁同声伤感起来,那子兴却用手巾拭了眼泪道:"好兄弟,我们好男儿只是死了,何必过作唏嘘,如今当以商量大事为要。"诸人住了哭,静听子兴说道……

故事发展到后来,这批学生都成了拯救祖国危亡的坚兵良将,有的杀敌而死,有的殉国自戕,都没有违悖自己的誓言;余下的还率领国人暂避侵略者的烈焰凶锋,在海角一隅建立了共和国,书中写道:"那一片'兴华邦独立国万岁!''自由万岁!'之声轰动天地,即时宣布独立……"(见第六回"集义兵佳人握胜算 建自治海国竖新旗")他们全国上下发奋图强、精励自治,努力谋求中华民族的复兴!全书写得慷慨激昂、可歌可泣,那些少年英雄形象虽然稍嫌单薄,但他们的爱国情热还是表现得力透纸背的。

全篇洋溢着爱国主义激情,也激荡着民主主义思潮,对嗜血成性的外国侵略者的无情揭露,对反动腐朽的封建专制者的奋力挞击,在情节发展中交互映衬、感人至深。小说结尾处,作者又在篇末加以强调:

> ……且说此书原是一个先知之人所著,□是正文,由中江笃济译成东文,也是散文体。只因内中弁言有云,若有人得了此书,能知吾人身上一点血一根毛,连那吾人宗祖父母的一点血一根毛,都是这国培养的,不可不爱;又知那无国之民,必被人斥逐,无处栖身,不可不惧。并知国家本人民之公产,人民乃国家之主人,便能发出宁舍此身、以存吾国的思想,那中国非但不至瓜分,直可雄甲地球。只可怕是读此书的,不能将此书中可丑、可惧、可惨之事,作为鉴戒,将那可喜、可慰、可望之事,极力研究,那我的预言恐怕都一一应验了,岂不可痛;所以甚望有人得我此书编成小说、以醒国魂云云。译者才疏学浅、文笔谫陋,幸中江女士,时常指教,故无舛误之处;然译者一片爱国热诚,真个被此书激出,所以每译一段,每编一回,不由的眼波盈盈,纸湿墨沈,时而肝肠寸断,俯首哽咽,目不能视,手不能书,但又恐此书太迟出版,无救于事,故只得勉强含泪以尽编辑之劳,一直译到末回,那眼泪已是流尽了,只剩着气郁心痛,呕血数口,未知我同胞作何感情也,今更将原书结尾之语录后,诗曰:
> 　漫著预言篇,
> 　书成泪泫然;
> 　民心如有意,
> 　人事可回天。

作者的爱国热忱溢于言表,命意在于"警惧"同胞,团结御侮,以拯祖国免于覆灭之厄;其中转译自东文云云,不过是一种逃避文网的遁词,不必尽信的。毋庸讳言,这部小说并非专门写给儿童看的,但其以儿童作为就中的主人翁,极力描摹几个矢志救国的少年英雄,必然使得当时的少年儿童读者觉得亲切、有所感奋,所以作为一本儿童小说看也未尝不可。而且,这样一本鸣响亡国警钟、绘写共和蓝图的作品,在晚清小说中也属不可多得,但在有关近代文学的书籍中未见著录与评述,《晚清小说史》也不著一字,未免是一件憾事;因而不惮冗烦,多所引录,希望不致湮没了这位不知真实姓名的作家的一片苦衷。

民主思潮的启迪

二十世纪初资产阶级民主革命思潮的勃兴,其中尤以章炳麟、邹容、陈天华等人激昂慷慨讨伐专制政权的檄文,在中国文化界发生了巨大反响,当然也必然波及到作为文学一脉支流的儿童文学。

对封建专制制度的否定、抨击,对民主共和制度的憧憬、向往,也成为儿童小说所欲表达的主题。这一点在《瓜分惨祸预言记》中显示得十分强烈,前已述及,此处不赘。其他篇什也为数不少,象《小说丛报》第二十一期刊载的《乔治儿童共和国记》,作者杏佛即后来在三十年代被蒋介石派人暗杀的杨铨,也曾藉此"理想小说"来贬斥专制、揄扬民主。

单行本有留日革命学生戢翼翚等创办的译书汇编社在东京出版的"历史小说"——《瑞西独立警史》,云间陆龙朔译,光绪二十九年(1903)初版。"楔子"叙西洋女教师韵芝娘,在课余对小学生讲演瑞西独立故事,然后引出故事本体。瑞西本以一小国,受制于强邻日耳曼。酷吏郤士勤郎田山压制国民,暴虐无道,凶残如虎。于是民权党瓦尔德、威尔尼、亚儿那脱等,联合同志三十余人,约期起义,全国响应;卒至驱除虐吏,恢复自由,成一独立之国。其中对专制的喋血成性,吏胥的卑劣贪狠,以及民众的辗转沟壑,志士的无畏奋起,都有极生动的刻画。又因是以讲故事形式娓娓而谈,所以也颇易得到少年读者的喜爱。寅半生在《小说闲评》(连载于《游戏世界》,光绪三十二年〔1906年〕在杭州出刊)中关于此书评议道:"有志者事竟成,区区瑞西能奋发有为如是,而况皇皇大国乎哉。"倒也道出了译者"洋为中用"的初衷,即期待国人也起而推翻茹毛饮血的封建专制王朝。

小说林社于光绪三十三年(1907年),出版了沈海若据英国小说翻译的

《侠英童》,所谓"侠英童"者即英博士沈伟之子哈兰童子。故事展开的时代背景为法国大革命,其时哈兰正寄居法侯爵客克司家为伴读,身历目睹了大革命狂涛对贵族阶级的洗汰,以及民众对摆脱王权压制、渴求自由平等的热望与行动。《小说林》记者(徐念慈)在该刊的《小说管窥录》中评论道:"此书不独结构精严,……且见民心愤激,压制愈甚,则将来报酬之道亦倍烈。是等小说,有益于国家社会,殊非浅鲜。"评者确是深知译者译介本书的此中三昧的,即启发少年读者增强对专制的敌视与抗击。

科学小说的滥觞

鸦片战争以后,一些留心时务的知识分子开始注意西方科学,陆续翻译天文、算学及声、光、化、电方面的书籍,介绍西方先进的科学知识。作为"启迪民智"的手段之一,西方的"科学小说"也开始络绎引进。

鲁迅在《〈月界旅行〉辨言》中就曾强调:"破遗传之迷信,改良思想,补助文明,……导中国人群以进行,必自科学小说始。"当时向西方探求真理的先进分子对"科学小说"的重视,于此可见一斑。这种被高尔基称之为显示了"人们预见未来现实的一种惊奇的思考能力"的文学样式,就在二十世纪初叶开始出现;而其主要读者对象,大都是胸怀救国之志的青少年学生。海天独啸子在他所译述的"科学小说"《空中飞艇》(明权社,光绪二十九年〔1903年〕七月初版)的《弁言》中也申述道:"小说之益于国家社会者……,人人能读之,亦人人喜读之,其中刺激甚大,感动甚深,渐而智识发达,扩充其范围,无难演诸实事;使以一科学书,强执人研究之,必不济矣,此小说之所以长也。我国今日,输入西欧之学潮,新书新籍,翻译印刷者,汗牛充栋,苟欲其事半功倍,全国普及乎,请自科学小说始。"并鼓吹要发挥科学小说的威力,使之成"为社会主动力,虽三尺童子,心目中皆濡染之"。

一时尚未能考定何种刊物最先披载"科学小说",我所见到的似乎推梁启超所编《新小说》为开山。其创刊号为光绪二十八年(1902年)十月出版,就中辟有"科学小说"的栏目,译载了英国肖鲁士原著的《海底旅行》(署南海卢藉东译意,东越红溪生润文)。以"泰西最新科学小说"为总栏,连载于该刊一卷一期至二卷六期。兹引录其回目于下:

第一回　　怪妖肆虐苦行舟　　勇士披奇泛沧海

第二回	船员热心踪迹怪窟	妖物冲突创夷兵船
第三回	出生入死主仆蹈海	别有天地海底逢舟
第四回	遇救星孤舟开窟室	作楚囚三士入樊笼
第五回	操奇语解人难索	扰饥肠勇士生嗔
第六回	主宾情重同慰天涯	海月界宽初惊福地
第七回	游窟室佳客骇壮观	讲电学畸人施绝技
第八回	鬼斧神工奇舰出世	晶宫贝阙珍鳞狎人
第九回	入水不濡人鳅同乐	见猎心喜洞天惊奇
第十回	巨蟹横行电枪命中	老鱼吹浪偃伏逃生
第十一回	话旧事获沉船消息	谋脱锱备出猎行装
第十二回	羁人登岸纵游猎	蛮子犯舟逞凶横
第十三回	中奇计蛮人杀身命	逞雄辩健仆思世间
第十四回	膺奇变羁人被困	哭死党豪杰多情
第十五回	闷胡卢三人滋异议	真本事一子显专长
第十六回	斗枪术畸人擅绝技	游贝阙博士说明珠
第十七回	勇士奋战毙鳄鱼	船长多情救海客
第十八回	纵谈红海偶露端倪	浩荡白波又遭灾厄
第十九回	骇壮观水中巫峡	惊座客舰外鲛人
第二十回	谭历史夜识金银气	愤专制深窥义士心
第廿一回	对古城舰长洒热诚	游地底博士餍奇闻

此篇实则儒勒·凡尔纳的著名科学幻想小说《海底两万里》，初版于一八七三年。当时潜水艇尚未发明，而凡尔纳却依据科学的原理，并张开幻想的彩翼，畅叙了潜水船在海底的奇妙游行，情节炫奇，物景绚丽，当然对长期处于闭塞状态的中国少年有极大的吸引力。《新小说》创刊号有佚名（疑出自编者梁启超的手笔）的《新小说第一号题词十首》，其中咏《海底游行》的诗云：

海底茫茫竟旅行，
巴黎孤客梦魂惊；
从来博物称君子，
莫向前途问死生。

鲁迅后来在回忆早年的文学生活时曾写道:"我们曾在梁启超所办的《时务报》上看见了《福尔摩斯包探案》的变幻,又在《新小说》上看见了焦士威奴(Jules Verne)所做的号称科学小说的《海底旅行》之类的新奇,……"(《南腔北调集·祝中俄文字之交》)正因为科学小说的"新奇",诱导和吸引了一代少年去探幽觅隐,攀登科学之峰峦。

吴趼人、周桂笙主持的《月月小说》社也曾留意于此道,尤其是自署为"知新室主人"的周桂笙,发起组织了译书交通公会,认为"苟能以新思想新学术,源源输入,俾跻吾国于强盛之域,……此非译书者所当有之事欤?"他正是以上述思想来激励自己的外国文学翻译,尤其是科学小说的译介的。例如,光绪丁未年(1907年)1月在《月月小说》一卷五期发表了标明"科学小说"的译作——《飞访木星》,叙美国芝加哥发明家葛林士乘气球飞访木星的故事,文中状其起飞前的顷刻景象云:"气球摇摇欲动,大可数亩,星斗可蔽,状如飞九万里之鹏,将有振翼起舞之势……"在此之前,周桂笙还翻译出版了一本《地心旅行》,此书一名《地球隧》,上海广智书局于光绪三十二年(1906年)三月初版。书凡六章,叙英国人濮龄锡,年少笃学,担于科学,并赋有冒险探求精神。他的老师哈馥卿是一名著名的学者,发现地球由北极到南极有隧道可通,即所谓地心,拟与濮沿此隧道作一次探险活动。哈的女儿宝林与濮相爱,遂决定三人同游。哈制成一鸟笼式升降机,三人共入其中,由南极隧道而入。将至北极,吸力剧增,哈遂牺牲自己以减重量,使得濮与女方以出隧道而重见天日。其中,老科学家的牺牲精神,青年的探求精神,少女的勇敢精神,都声态并作地描摹得栩栩如生。

提倡创作儿童小说的徐念慈,笔名东海觉我,也是一名积极译述科学小说的热心人士。在他参与编辑的《小说林》上曾发表过"科学小说"《电冠》、《魔海》、《飞行记》等,并刊载有凡尔纳的肖像,均可见其对这方面的重视。自己也身体力行地翻译出版了"科学小说"——《黑行星》,英国西蒙纽加武原著,小说林社于光绪乙巳年(1905年)初版,署东海觉我译述。这也是一本科学幻想小说,叙一黑行星与太阳冲突,将太阳外壳冲破,其原质便流散地球,将一切焚烧殆尽。可能是为了贯彻他自己倡导的儿童小说"其文字,则用浅近的官话"的原则,所以《黑行星》的译文采用口语化的白话表达,而且还着意保持原著的体裁章法,这种译笔与同时代那些随意割裂、任意铺排,甚至放笔增删的译作比较起来,当然要略胜一筹了。《黑行星》一书大约是完全保持原著的面貌的,章节分明,条分缕析,语言简洁,笔调流利,确为不经见的佳译,兹录引其首章《可惊的信号》部分段落为例:

黑行星！黑行星！

这句话从哪里发起？原来是一个信号，从火星球上的天文台知会我们地球的。自得了这个信号，细细考察，果然见天空的一方，有一从未见过的黑点，想来就是黑行星了！

我们地球上和火星球通讯的地方，就是喜马拉雅山最高峰顶的天文台。这信号一到后，中央天文台便用电光通讯法，报告全地球。

……

好了！好了！全地球的人，有一日好象被电气震动了。因为发现火星球回应的信号，他也是用强烈的光线直射到地球上。这里一闪，他也是一闪；这里一瞥，他也是一瞥。就算互相招呼的意思。这事一发现，大家欢喜得发狂，随后便要研究怎样的交通言语了。无奈这件事，要算困难到极步。好象昔年博物家，得了太古时候莫阿婆人的石碑，要解读他的意思一般。

好容易，想了许多方法，渐渐有些头绪了。后来果然全通了，且知道火星球上的人种，和地球上的人种，比较天文学来，实在他占优胜的位置。一切新理的发见，总是他们先导。所以每有新行星新恒星的发见，固然是他的预告，就是新星在天空的什么地方，尚是用四个光线，指点我们，方才照出，否则恐无从觅得哩。

这样也不知过了几年，每日喜马拉雅山顶的天文台，总用那新发明的照相机照映天空星象。而所最留意的便是火星球上有无信号。

此次又接到"黑行星"的信号了！这黑行星究有什么性质，什么关系，尚且没有晓得。

类此的"科学小说"十分风行，凡尔纳的作品当时被介绍进来的有十余种，有时同一作品出现了好几种译本，真所谓形成了"凡尔纳热"；此外还有《电术奇谈》（日本菊池幽芳著，方庆周译，我佛山人衍义，知新主人评点，新小说社于光绪三十一年〔1905年〕初版）、《千年后之世界》（日本押川春浪著，天笑译，群学社于光绪甲辰年〔1904年〕初版）、《幻想翼》（美国爱克乃斯格平著，商务印书馆于光绪三十四年〔1908年〕译印）、《飞行记》（英国肖尔斯勃内著，谢炘译，小说林社于光绪丁未年〔1907年〕初版）、《秘密电光艇》（日本押川春浪著，金石译，商务印书馆于光绪三十二年〔1906年〕初版）、《海底漫游记》（英国露亚尼著，海外山人译，新小说社于光绪丙午年〔1906年〕初版）、《新飞艇》（尾楷弍星期报社编，商务印书馆于光绪三十三年〔1907年〕译印）、《世界末日记》（法国林玛利安著,某氏译,北京经济丛编本)、《星球游行记》(日本井上圆了著,戴赞译,彪蒙译书局于光绪二十九年〔1903年〕初版)、《梦游二十一世纪》(荷兰达爱斯克洛提斯著,杨德森译,商务印书馆于光绪二十九年〔1903年〕初版)等,其种类繁多,大有目不暇接之感。再举《空中飞艇》为例,日本著名科幻小说家押川春浪原著,海天独啸子译,明权社于光绪二十九年(1903年)在日本东京印行。其下卷预告言:"是书著者为日本小说名家,译者为我国文中巨子,以科学之至理,出之于小说之笔墨,复含以浪漫之趣味,其理想之事,事实之奇,结构之美,文词之工,有令人不可思议者。上中二卷读者早已欢迎,毋俟再赘,下卷复引入我国,光怪离奇,尤令人顿生感慨之念,愤起之气,诚小说书独一无二之佳作也。"虽然颇带广告气,但也道出了所谓"科学小说"的若干特点。顾燮光在《小说经眼录》中评骘此书道:"是书以科学之思想为主脑,复以才子佳人之事组织之,遂觉结构新奇,一洗陈腐。译笔雅驯修洁,尤觉豁目。"譬如这样的"科学小说",倒也并非是专为儿童所写的;但当年渴求新知的一代中国少年,正是从这些书里初步接受了西方科学文化的启蒙。

冒险小说的勃兴

中国近代著名出版家、商务印书馆创始人高梦旦在光绪二十八年(1902年)给沈祖芬译的《绝岛漂流记》(即《鲁滨孙漂流记》)所撰序中揭示译者移译此书"欲借以药吾国人",以"激发国人冒险进取之志气",译者钱唐跛少年(即沈祖芬,其兄为鲁迅留日时同学沈瓞民)在戊戌(1898年)自序中也申明"用以激励少年"。正是基于上述目的,许多崇尚冒险探求精神、鼓吹奋斗进取意志的欧西作品,被源源介绍进来。

在刊物上披载"冒险小说"的始作俑者可能也是《新小说》,在光绪二十八年(1902年)十月出版的创刊号上,刊载了南野浣白子述译的"冒险小说"——《二勇少年》,连载至一卷七期(1903年9月)止。凡十八回,有"同敌忾"、"难破防"、"爱国者"、"决心"、"战争准备"、"义心冒死"、"残忍军策"、"被敌虏"、"意外之救助"、"天晴精神"、"赴友难"、"战时病院"、"机敏之计略"、"充当密使"、"不期之遇"、"九死一生"、"和议告成"等回目。小说的主人翁为英属爱尔兰德布奈特城华佳士的两个儿子,兄吴文达,十五岁,弟特夫勒,十一岁。《新小说》一卷五期(1903年7月)发表有编者读《二勇少年》诗:

> 海势风声浪拍天,
> 樯倾帆破最堪怜;
> 奋力直放扁舟去,
> 绝意描摹勇少年。

苏曼殊认为小说回目,不宜草率,指出:若《二勇少年》之目录,虽内容绝佳,亦将减色。译者南野浣白子悉遵斯言,重加润饰,每回添撰章回小说式的对仗回目,并易名《青年镜》,由广智书局于光绪三十年(1904年)初版。

《新小说》二卷六期(光绪三十一年〔1905年〕六月出版)所刊"冒险小说"《水底渡节》也颇为可观,译者为新庵(周桂笙)。叙二少年,一名郭宝宝,十七岁;一名邓佐治,十六岁。在圣诞节之夜,他们始为好奇心所驱使,偷偷溜进一艘命名"滔浪"号的新军舰,殊不知此即"水底潜行艇也,为晚近科学家所创制之新器"。舰中空无一人,二童擅自摆弄机器,不料一触机闸,军舰立即下沉。在万分惶急中,二童迅速镇定,他们竟夜在舰中揣摩钻研,终于无师自通地掌握了排水上升的技术,于次日清晨胜利地将潜水艇升上水面,"此时二童,相继登岸,忽见人山人海,欢呼如雷,脱帽挥巾,如迎上宾,虽战胜归国之士,当亦无此尊荣典礼,不觉受宠若惊,相与愕然"。象这样表彰少年钻研工艺、孜孜好学,欲穷科学之奥秘的作品,对于诱导读者的奋发于学,当有所裨益。

徐念慈在《余之小说观》中提出"非有物以刺戟激励其心志",以培养"坚忍、勇往、耐苦、守法诸美德"。他所翻译的"冒险小说"《海外天》,就是供贯彻以上宗旨之用的。《海外天》,英国马斯他孟·立特原著,署昭文徐念慈译,东海觉我评,由海虞图书馆于光绪二十九年(1903年)十月初版。凡十六回,每回末附有评语。原著者马斯他孟·立特,系马利约脱号舰舰长,其人长期在英国海军中服役。当年各国囚拿破仑于圣吼立那岛时,马斯他孟曾任警卫之职。后辞职离开海军,专业从事冒险小说的创作。日本樱井鸥村由英文译为日文,名曰《绝岛奇谭》,中译本是从日译本转译的。是书叙一十二岁少年芳雄跟随须发斑白的长者利吉翁航海探险、百折不挠的故事。现录引第一回"太平舰航海遇险　动物园怒狮搏人"的开首以见其译笔:

> 地球上有五个大洋,亚美利加洲之东,欧罗巴洲之西,正是大西洋,为五大洋之一。这个大西洋,当时哥仑布未寻得美洲以前,泰西人咸指为日没处,不晓得边际,可见那洋面之广了。至于其长,更为可观,北接北冰洋,南

通南冰洋,在阿非利加洲之南端好望角,便与印度洋分界。这好望角,便是世界上最著名之大浪山,当天险云黑、风急涛翻个时候,每每象大山一般,打将过来,风越发大,浪越发高,因之行船即十分把细,又不免碰着这个险,况且当时轮船尚未通行,船在大洋中,不过靠几道帆,列位试想有什么能耐呢?!你道在下为何说几句话,这书所讲,正为有一大帆船,在大西洋正中,其时适值十月天气,忽然遇着暴风。黑云压海,怒涛横飞,这船名太平,此回却不太平了。船首已没入水中,船尾掀在水面以上,船身摇荡不定,顺着狂风,一直吹去。此时船长一人把着舵轮,心中好不着慌。有二人立出在船面甲板上,一个十二岁的少年,一个五十岁头发已白的老者,因大风播荡,出来看个样子……

评者亦即译者,一身而二任焉,在第十五回末的评语中写道:"芳雄力任艰难,其与利吉恩义交尽,寻常小孩子能如是乎?老大支那国,有如是者乎?思之思之,可以兴矣!"可见徐念慈是拌和着浓烈的爱国情愫来译与评这本书的,他热切希望"支那国"的"小孩子"如同主人翁芳雄一样,小小年纪就能"力任艰难",从而挽救民族的危亡、促进民族的复兴。在《小说林》第五期(1907年8月)上徐念慈还以"觉我"的笔名发表了《译〈海外天〉竟书四绝于其后》,诗曰:

拔剑横天一长笑,群龙无首血玄黄。中原昨望真王气,谁蜕奴皮树国防。
行百里者半九十,崎岖历尽却无穷。少年漫说竟天择,山海苍苍云水空。
落魄依然是国民,灵魂虽死有精神。渡江愤击祖生楫,嘘起阳和大地春。
衔石犹填小精卫,拊髀转叹老英雄。人天战胜生还日,痛饮黄龙燕市中。

译者衷心地期望中华少年蜕脱奴隶的枷锁,怀着"精卫衔微木,将以填苍海"的壮志,驱除国家民族的厄运,迎来人定胜天的喜庆。

尚有"说部丛书"之一的《航海少年》也值得注意,英国某原著,日本樱井彦一郎日译,商务印书馆编译所重译,光绪三十三年(1907年)八月初版。书凡十九章,叙少年约克偕友哈德乘利德号自英属坎拿大东牛芬兰岛圣约翰港出发往北冰洋,经尽艰险危难,邂逅毒蛇猛兽,遭遇海盗强徒,"徘徊冰山雪海中者数月","遨游赤道热带间又数月",历时九月,同行者死亡殆尽,最后仅剩约克、哈德二人重返伦敦。小说是以约克第一人称写的,读来颇感亲切,译笔绚烂,试举其第二章北冰洋景色描写为例:

……遥望之,巨涛山立,冷霭练横,海鸟群飞,帆樯上下,鸣声怪异,驹辀莫辨。逾时,舟掠岛而过,鸟声渐稀,日将西沉,天亦渐冷,雾凝为雪,舟尽载白,寒暖计益低降。狂风怒号,浪花喷雪,天水掩映,成一巨观。……

其第十六章关于热带风光的描摹则另是一番景象:

……心殊忐忑,幸一路无所遇,亦未逢狮虎等猛兽,惟青赤蛇时见草中,目灼如星,舌炎若火,视余如故旧,毫不吾害;更有异鸟野猿,出没于林木间,一见予至,则或飞或走,颇多生趣。……

异域景物的绚丽夺目,故事情节的跌宕多姿,探险征途的凶峰险壑,人物性格的坚韧不拔,探求精神的锲而不舍,……都会给中国少年读者留下深刻的印象。

同类的"冒险小说"当时出版得尚多,如《冰山雪海》(李伯元译,科学会社于光绪三十二年〔1906年〕初版)、《世界一周》(日本渡边著,商务印书馆编译所译,光绪三十三年〔1907年〕初版)、《荒岛孤童记》(英马理溢德著,无闷居士译,广益书局于宣统元年〔1909年〕初版)、《澳洲历险记》(日本樱井彦一郎著,商务印书馆编译所译,光绪三十二年〔1906年〕初版)、《环瀛志险》(奥国爱孙孟著,商务印书馆编译所译,光绪三十一年〔1905年〕初版)、《蛮荒志异》(赫格尔德著,林纾、曾宗巩合译,商务印书馆于光绪三十二年〔1906年〕初版)、《蛮陬奋迹记》(英掘来生著,商务印书馆编译所译,光绪三十二年〔1906年〕初版)、《航海述奇》(阿腊伯原本,英毅德译,钱锴重译,文明书局出版,年月不详)、《金银岛》(英国司蒂文生著,商务印书馆编译所译,光绪三十年〔1904年〕初版)、《小仙原》(瑞士文学家某著,泰西戈特尔芬美兰女史重订,《绣像小说》社译,商务印书馆于光绪三十一年〔1905年〕初版)等。

此外尚有《冒险小说·旧金山》一册,原书笔者未见,据寅半生的《小说闲评》(载《游戏世界》一至十八期,一九〇六年杭州刊)著录,系英国诺阿布罗克士原著,会稽金石、海宁褚嘉猷译述,商务印书馆于光绪三十一年(1905年)初版。其中概其大要云:"书凡十二回。叙数十年前美国加里奉尼亚——一名旧金山——金矿出现。伊黎瑙省有童子四人,结伴同行,前往开采。路隔二千余里,仗冒险精神,卒能达其目的,获利而返。所叙途中艰苦,大有一波未平,一波又起之概。妙在写来情景逼真,且又处处不脱孩子气,的是写生妙手。"由此可见,这倒是专为儿童所写的一本"冒险小说",摈去其"获利而返"的思想不谈,其壮志弥坚的冒险精神也是可以借鉴的。

顾燮光的《小说经眼录》中著录了开明书店版的《绝岛飘流记》,有简评云:"英狄福撰,沈祖芬译。狄福氏为英大小说家,系狱作此,以述其不遇之志。原名《劳卞生克罗沙》,日人译改今名。兹由英文译出,而用日名。书凡二十章,记劳卞生氏泛海,漂流海岛,及经商于北支那、印度各处,所遇颇经危险,而得安泰返国。盖以激励青年为宗旨者。"我所见的同一译本为杭州惠兰学堂所印的木活字本,线装,每页十一行,每行三十二字。前有长乐高凤谦(梦旦)光绪二十八年(1902年)五月二十日所撰序,戊戌(1898年)仲冬钱唐跂少年(沈祖芬)自序,这是笛福所著《鲁滨孙漂流记》最早的中译本。稍后,戢翼翚等主编的《大陆报》自第一期(1902年12月9日)至第十二期(1903年10月29日)连载了《鲁滨孙漂流记演义》,署英国德富著,译者佚名。后来,又出现了林纾、曾宗巩合译的《鲁滨孙漂流记》及《鲁滨孙漂流续记》,由商务印书馆分别于光绪三十一年(1905年)与三十二年(1906年)先后出版。关于《鲁滨孙漂流记》中译有几种译本并行的情况,鲁迅在一九〇九年所写的《〈劲草〉译本序》中也曾述评曰:"因念欧人慎重译事,往往一书有重译至数本者,即以我国论,《鲁滨孙漂流记》《迦因小传》,亦两本并行,不相妨害。爰加厘订,使益近于信达。"这种多译本的盛况,说明当年志在为中国少年输送精神粮食者的勤勉,也说明当时处于新译本目不暇接之下的中国少年的精神生活倒也并不枯寂,总之当局似乎没有假借大义、罗织罪名来封禁此书,可见昏聩的那拉氏虽然暴虐无道,却也无暇顾及了。

教育小说的萌发

随着资产阶级民主主义思想的流播,随之资产阶级教育观与教育方式也被陆续引进。这种着重发展个性,强调儿童本位,鼓励个人奋斗,倡导博爱平等的教育思想,当然是对泯灭儿童天真、模铸驯顺奴才的封建教育的有力冲击。在这样的情势下,所谓"教育小说"也随之成为晚清小说之一支,它们的读者对象则大都是在学的少年儿童。

  首先发表"教育小说"的是我国最早的教育刊物——《教育世界》,该刊为上虞罗振玉在光绪二十七年(1901年)四月于上海创办,由教育世界社发行。其上发表的第一篇"教育小说"即卢骚的名作《爱弥儿》,刊于第五十三号(癸卯十一期,1903年7月)至第五十七号(癸卯十五期,1903年8月),题名《爱美耳钞》(教育小说),署法国约翰若克卢骚著,日本山口小太郎、岛崎恒五郎译,日本中岛端重译。篇首前有美国维廉彼因撰《〈爱美耳钞〉序》及卢骚《自序》,篇末附有卢骚传略及爱美耳评论。其后该刊又陆续译载有英国哥德斯密所著《姊妹花》(刊第六十九号至第八十九号,1904年2月—1904年12月)、瑞士贝斯达禄奇所著《醉人妻》(刊第九十七号至第一百十六号,1905年4月—1906年1月)、阿褒利武斯所著《爱与心》(刊第一百二十号至第一百二十三号,1906年3月—1906年4月)以及佚名所著《迷津筏》(刊第一百二十七号至第一百三十号,1906年6月—1906年8月)等。除此而外,例如广州黄伯耀、黄世仲等主编的《中外小说林》(光绪三十三年〔1907年〕七月创刊)上刊布有"家庭教育小说"《妇孺钟》(作者署名荔浣,载该刊六期,1907年8月出版),上海有正书局出版由冷血、倚虹编辑的《小说时报》(宣统元年〔1909年〕九月创刊)上刊布有"教育小说"《孝子碧血记》(署俄国文豪某著,瘦鹃译,载该刊十五号,1911年4月出版),但均不及《教育世界》的重视与集中。

  单行本成书者则有《儿童教育鉴》(柴尔紫芒著,徐博霖、陆基合译,文明书局于光绪三十二年〔1906年〕初版)、《儿童修身之感情》(天笑译,文明书局于光绪三十一年〔1905年〕初版)、《馨儿就学记》(天笑译,商务印书馆于宣统元年〔1909年〕初版)、《弃石埋石记》(天笑译,商务印书馆于民国元年〔1912年〕初版)、《孤雏感遇记》(天笑译,商务印书馆于民国二年〔1913年〕初版)等。顾燮光在《译书经眼录》中著录了天笑译之《儿童修身之感情》,并简评曰:"书凡五章,记意大利瑞那地方工人子十三龄,寻其母于北美洲事。途中备历艰辛,卒得达其目的。至孝格天,固无中外别也,译笔亦清晰可读。"关于此书,译者包天笑后来在《钏影楼回忆录》(大华出版社,1971年6月初版)中写道:"那一种《三千里寻亲记》,是教育儿童的伦理小说,总共不过一万字左右,译自意大利文的,在原文还有插图,以引动儿童的兴趣,就是一个儿童,冒着艰危,在三千里去寻他母亲的。……后来我都售给于上海文明书局,由他们出版。"旋又忆及:"……第一部给《教育杂志》的便是《苦儿流浪记》;第二部给《教育杂志》的便是《馨儿就学记》;第三部给《教育杂志》的便是《弃石埋石记》。"然后分别记述了三本小说翻译的经过始末："先说《苦儿流浪记》，原著者是一位法国人，名字唤作什么穆勒尔的，记一个苦儿流离转徙，吃尽了许多苦头，直至最后，方得苦尽甘回，叙事颇为曲折，颇引人入胜，而尤为儿童所欢迎。实在说起来，这是儿童小说，不能算是教育小说。我是从日文书中转译得来的，日本译者用了何种书名，是何人所译，我已记不起了。不过我所定名为《苦儿流浪记》，颇合原书意味。"（按：此处作者记忆有误，书名应为《孤雏感遇记》——笔者）"再说《馨儿就学记》，……后来夏丏尊先生所译的《爱的教育》一书，实与我同出一源。不过我是从日文本转译得来的，日本人当时翻译欧美小说，他们把书中的人名、习俗、文物、起居一切改成日本化。我又一切都改变为中国化。此书本为日记体，而我又改为我中国的夏历（出版在辛亥革命以前）。有数节，全是我的创作，写到我的家事了。如有一节写清明时节的'扫墓'，全以我家为蓝本，……这都与《爱的教育》原书原文无关的，类此者尚有好多节，无需赘述了。""至于《弃石埋石记》，这是日本人所写的教育小说，作者何人，已记不得，总之是一位不甚著名的文学家。其中关于理论很多，是日本人对于教育的看法。好象关于师生的联系，有所论列，那也对于我们中国尊师传道的统绪，若合符节。那书倒是直译的，译笔有些格格不吐，我自己也觉得很不惬意。所以究竟是怎么一个故事，到现在连我自己也说不清楚了。"其后还谈到以《馨儿就学记》的发行量为第一，销行数十万册，原因在于"此书情文并茂，而又是讲的中国事，提倡旧道德，最合十一、二岁知识初开一般学生的口味"。以上所录是一位晚清小说译者的自述，类此的回忆文字颇不多见，具有弥足珍贵的资料价值。因为以历史见证人、译本当事人的身分，记述晚清一般译者取材的情况，以及当时的儿童读者对所谓"教育小说"欣赏与欢迎的程度，尤其是译者在翻译过程中并不恪守忠实于原著，而竟根据"国情"予以增删，甚至按捺不住创作的冲动，在译本中羼入了许多译者创作的情节，这都是我们今天很难理解也不甚了了的。

本文就爱国小说、政治小说、科学小说、冒险小说、教育小说等晚清时的小说分类法，分别述评了这几类小说中的儿童文学作品，其中有的是真正的儿童小说，有的虽系成人文学作品但为儿童所喜爱，试图勾勒出晚清儿童文学小说部分一个粗略的轮廓，以供文学史家作进一步的探究。

"儿童文学"源流琐谈

盛巽昌

"儿童"词目在秦汉是没有的,这时候更不用说什么叫"儿童文学"了。

中国古代称年未满十五岁的为"小儿"或"小童"。所谓"男曰儿,女曰婴"(《玉篇》引《仓颉》),"女亦称童子"。《礼记·玉藻》)

而常见于经传的,是"童子"。

《诗经·卫风》有"童子佩觿"。

《论语》:"童子六七人。"

《左传·成公十六年》:"童子何知焉!"

"童子"之称谓,源远流长,清末民初,出版书刊还有"童子之话"的《童话》和《中华童子界》、《童子世界》等等。直到五四运动时期,始在喧闹声中逐渐消失,代替以"儿童"两字。

"儿童"成词,其源系"儿"加"童"的组合,但也古已有之。

《三国志·贾逵传》称:"自为儿童,戏弄常役队伍。"这是被誉称为"良史"陈寿手笔。它说的贾逵,后来是三国曹魏的大将,多年辅佐曹真、司马懿对付蜀汉,卓有功效。他在儿时,就喜欢做指挥队伍和作战的游戏。

唐人写诗,也有咸用"儿童"两字者。

贺知章《回乡偶书》:"儿童相见不相识,笑问客从何处来。"

杜甫《羌村三首》:"兵革既未息,儿童尽东征。"

但是,"儿童"的通用,还是本世纪初始有的。诸如一九一三年,有用《儿童报》作为刊物名称的创议,此后又有《儿童世界》、《晨报·儿童周刊》等。

题解　本文选自《儿童文学研究》总第 17 辑,少年儿童出版社 1984 年版。文章从两个方面对"儿童文学"这一语词进行了溯源与考辨。其一是对"儿童文学"进行汉语语源的考辨,得出如下结论:在中国古代和近代,几千年前未见有"儿童文学"这一语词。其二是对蒋风所提出的"儿童文学"一词最早见于 1918 年 1 月的《新青年》这一观点提出质疑。本文是进入新时期以后中国儿童文学理论建设逐渐学术化和逻辑化的代表性文献之一。

"文学"一词,始见自《论语》,孔子评学生:"文学:子游子夏。"班固《汉书·武帝纪》元朔元年十一月诏:"选贤俊,讲文学。"此后"文学"多用于官职、典籍。

在中国古代和近代,几千年间尚未见有在"文学"前冠以某种名称的。

十九世纪末期,日本始提出了"少年文学"词目。

1891年(日本明治二十四年)作家岩谷小波(1870—1933)主持的东京博文馆编印了《少年文学丛书》,在凡例中指出:这套丛书"开始命名为少年文学,意味着少年用的文学"。1895年,岩谷小波又创办《少年世界》、《日本之少年》、《幼年杂志》等。第二年《少年世界》连刊了森田思轩所译法国《十五少年》,始作为俑,此后十年间,日本少年儿童刊物有如雨后春笋,如《幼年世界》、《少年》、《少女界》等,这些刊物流传甚广,为此岩谷小波后来被称为日本"近代儿童文学之父"。但在一九一八年七月《赤鸟》(童话童谣杂志)创刊时,日本仍未出现有"儿童文学"的专用名词。

中国近代少年儿童刊物和丛书的创办,是受到日本影响的。辛亥革命前夕所见的有关儿童读物,其名称与日本刊物酷似,如《少年丛书》、《少年杂志》。根据它的发行宗旨,所谓带有"少年",乃是与十一、二岁以下"童子"阅读的课余书刊。

可见,当时日本和中国发行的"少年"读物,就是我们今天的儿童读物。在这些书刊里,是很少提到有"儿童"字样,更不见有"儿童文学"专词的。

一九六一年出版的《儿童文学研究》刊载的蒋风论文首先提出,"儿童文学"专词,见自一九一八年的《新青年》。后来他又在《中国儿童文学讲话》(江苏文艺出版社,1959年初版)中说:"1918年新青年杂志社刊登了一个启事,征求关于妇女问题和儿童问题的文章。这可说是关心儿童的一个开端,儿童文学就跟着儿童问题被提出来了";一九八二年出版的《儿童文学概论》,更有详述:"十月革命的成功,更为我们送来了伟大的马克思主义。在革命思想的启发下,长期被忽视的儿童问题、儿童文学问题终于提到日程上来了。1918年1月,由李大钊、陈独秀、鲁迅参加改组后的《新青年》杂志上刊登了一条启事,征求关于妇女和儿童的文章,并标明包括儿童文学。该刊主编陈独秀还曾明确指出:'儿童文学'应该是'儿童教育问题'之一。"(见该书第二章《中国现代儿童文学》,第174页。)

作者一而再,再而三提出,中国"儿童文学"见于《新青年》,好在《新青年》杂志有影印本,整套都较易找到,但却没有这条"征稿启事",不知撰写者是用的那家版本?待考。

十月革命一声炮响,给我们送来了马克思主义。可是从一九一七年十一月到一九一八年一月,无论从客观条件和主观努力,中国先进的知识分子,在短时期里,很难能在这短短两个月间,"在革命思想的启发下",把儿童文学提到日程上来;何况陈独秀、李大钊等乃是从俄国革命汲取救中国的真理;儿童、儿童文学的提出,乃是文学艺术发展特有规律,与"革命思想"似乎没有因果关系。显然,即使当时有么"一条故事",把它作为与十月革命联系起来,恐也不确。

一九一九年五四运动,民主和科学的传播,中国进入了新民主主义革命时期,因而在文学艺术领域里,也起了一个翻天覆地的变化,在命名"平民文学"、"白话文学"时,也有了"儿童文学"专词,诸如周作人在北京孔德学校讲演的《儿童的文学》(《新青年》八卷四期,1920年12月),商务、中华等出版机构的儿童文学图书、报刊应运而生,致使中国的儿童文学进入到一个新的阶段。

许地山为儿童诗歌谱曲

我国古时就有山歌童谣,它有浓厚的乡土气息。但用来教育儿童,却是清末废除科举,改书院、私塾为中小学堂后的事。当时虽有音乐课,但于天真无邪的孩子,并无新鲜的感受,这是因为所唱用的歌词和曲调都是陈滥的。一九〇九年六月,上海《教育杂志》发表徐隽所作的中国先贤赞歌,如《诸葛亮》:"鼎足岂臣衷,汉贼由来天不共;王业偏安锁蜀中,先王志未终;遗恨留关陇,三秋风雨泣孤忠;出师未捷失败,英雄南阳拜卧龙。"虽然有缅怀圣贤,激起爱国心情,但词意古隽,格调低沉,尤不能为孩子汲取。可是,辛亥革命只赶走了一个皇帝,学堂课程、内容并未有根本变革,这种现象,直到一九一五年新文化启蒙运动,特别是五四运动提倡的白话文深入人心,方才有一个变化。

我国采用白话诗歌谱曲,供儿童表演和歌唱的,产生在一九二二年。当时创办的《儿童世界》周刊,本着配合小学校教育,是很重视音乐的;它每期都刊载一首为孩子喜闻乐见的歌曲,由叶圣陶、郑振铎诸人写歌词,它的配曲者,就是后来以小说散文见长于国内和南洋的台湾省籍作家许地山。

许地山在初登文坛时,就与儿童文学留下了值得纪念的一章,这是当今人们颇感生疏的。近年出版的许地山传记和资料汇编,都忽略了。

当时许地山在北京的燕京大学神学院攻读哲学和宗教。他和三哥美术家许敦谷都是文学研究会成员,他俩积极支持郑振铎主编《儿童世界》。许敦谷为刊物所载的作品配图,早期《儿童世界》的彩色封面、扉页都是他的杰作;他还与郑振铎合作,编制出一组又一组的连环故事画。许地山却在配词作曲方面,与其乃兄合璧,相得益彰;当他在接到郑振铎信内所附的叶圣陶创作儿歌后,揣摸了儿童心理,很快就谱成简易明了的曲子。许地山特别喜欢其中《蝴蝶》一篇:"飞飞飞,飞到花园里,这里的景致真美丽;有红花,铺的床,供我们睡眠。有绿草,织的毯,供我们游戏。飞呀!飞呀!飞得低,飞得低,我们飞作一团,不要分离。你看花儿在笑我们了,笑得脸儿更红了。哈哈哈,他呀你呀和我们一起儿飞。"

许地山还为郑振铎早期创作的所有儿歌谱曲。郑振铎的《海边》、《早与晚》、《黎明的微风》、《小小的星》等都是可唱可舞的,为了让孩子们在演唱时有节奏和动作配合,少年时期就懂得谱曲的许地山,根据儿歌的意思,把它编成歌舞曲,象《夏天》、《邻家失火》、《三只猫》还制成循环曲谱,孩子们可以围成圈子,反复地唱着跳着;手舞足蹈,饶有兴味,增添更多乐趣。

许地山自己也写儿歌,他的第一篇赠与孩子们的,就是刊登在《儿童世界》一九二二年一月创刊号的第一篇《注音歌》:

> 我往学校去读书,
> 先生吩咐学字母;
> 字母念得真有趣,
> 快来念,不怕难!
> 天天用功一会儿,
> 过十日就能教别人。

大作家都是有童心的。一九三〇年,许地山已是燕京大学教授了。在文学创作和佛经研究等领域都有很高的成就,可是,他对儿童读物仍很热衷,在写作治学之暇,翻译了《孟加拉民间故事》,编写《蜜灯》、《挑金娘》等儿童故事。早期的许地山,于儿童文学所作出的贡献,将永远铭刻在后来者的记忆中。

费孝通的少年习作

本世纪初,《少年》杂志曾在中国儿童间独掌牛耳达十年之久,主篇孙毓修、朱天民(元善)和殷佩斯,都为它的滋长,先后洒下了滴滴汗水,呕尽心血了的。

在殷佩斯出任主编时,《少年》杂志又有版面改革,它为鼓励少年儿童的文学写作,开辟了两个专栏。一个叫《少年文艺》,主要载文艺习作;另一个叫

《少年谈话会》,介绍乡土风俗、民间传说、故事。要求作者都是未满十五岁的少年儿童,它受到孩子们热烈的欢迎。

儿童时代的费孝通教授,就是《少年》杂志忠实的读者。一九八二年他返回江苏吴江故里,抚今思昔,在上海商务印书馆建立八十五周年纪念的短文里说:"我成了这个杂志的爱好者。每期都要从头读到底。读了几期之后,就开始投稿,把听到的故事写下来寄给《少年》杂志。"(《忆少年,祝商务寿》,见《杂文甲集》。)

一九二四年一月,在《少年》杂志的《少年谈话会》专栏,发表了当今中外闻名的社会学者六十年前的处女作:《秀才先生的恶作剧》,作品署名费北,这是他到目前为止所用过的唯一笔名。在这篇仅有二百五十余字的小故事里,作者以儿童身分向儿童讲解了苏州、吴江春节门上贴无字红对联的习俗。故事里只有两个角色,秀才先生和算命先生;算命先生讲究迷信,秀才故意捉弄他,这个民间流传的故事,经他妙趣横生的描绘,写得很有兴味。

这时费孝通只有十三岁。因此这期《少年》杂志,刊物封面绘着两个活泼天真的男女儿童,其中一个儿童手捧一只肥硕的灰老鼠,原来这年是癸子年,与他带来特别亲切的感觉。后来他神往这段童年的插曲,记忆犹新。他说,就在《秀才先生恶作剧》发表时,当看到自己的作品"用铅字印在白纸上,这种深刻的激动,一生难忘。它成了一股强烈的诱导力,鼓励着我写作又写作"。(同上)

象所有处女作撰写者的共有心情,致使白发斑斑的大学者对发表他处女作的主编殷佩斯难忘不已;解放后还向叶圣陶打听他的下落,思得一见为快慰。

一九二六年十一月,风华正茂的费孝通,就自己生活中颇为难忘的小事,写成小品文《一根红缎带》。作品写得很有感情,它惟妙惟肖地写下了几个孩子们对小动物的态度和细微心理。在这篇抒情散文里,作者和妹妹、弟弟们对一只从乡下带来的猫非常喜欢,妹妹还与它颈上结了一条红缎带;但后来因为认为它偷吃了小鸡,就把它赶走了;等到作者发现猫没有偷吃,已经迟了。由于一时鲁莽造成了这件冤案,而现在心爱的猫不知去向,只剩下这条红缎带。

作者因为有深沉的感情,才写下了这篇比较成功的作品,载于刊物的《少年文艺》专栏。专栏每期刊登儿童习作三五篇,字数总共不过一两千,而象费孝通这篇千字文,实为罕有;可见编者能识人才。

两年后,殷佩斯为筹备龙年组织各种文学作品(《少年》杂志每年第一期,系按十二生辰次序的排列,发表有关作品),就在这年第一期的刊物里,几乎有三分之二篇幅发表是关系龙的童话、传说和小说,如顾均正的《龙公主》、《屠龙姻缘》和《西洋神话传说中的龙》，其中文字最长，竟达八千余字的童话，是费孝通编写的《龙怪》，这时，编者已经刮目相待，把他列为儿童作家行列里了。

《龙怪》童话，采撷了西欧和中国民间传说，其结尾仍采取格林姆、贝奈尔作品，以与公主重圆作为幸福的收场，但情节转旋跌宕，作品通过"北方出现了一个可怕的龙怪，凡经过区域，什么都吃得精光"，所有国王将军都无可奈何；有一个勇敢少年，知道要制服龙怪，找上一只怪戒指，但戒指在哪里呢？少年要到东方寻求，"因为他相信古时的许多智慧都从东方来的"。终于他靠术士和群鸟的帮助，铲除了"人民公敌"龙怪。

从《少年谈话会》、《少年文艺》五号字发表的习作，到用四号宋体排印列入正文的《龙怪》，表现了作者为儿童创作的才华。这三篇社会学者当年的启蒙作品，构成了二十年代的费孝通，确曾与儿童文学有一段难忘姻缘。

儿童时代的创作，确使费孝通教授萦回不已，二十年后，他应陈鹤琴请，为他发行的杂志撰了《儿童和文化》，还特别指出：人在一生中学得最快也最多的是童年。

略论文学研究会的"儿童文学运动"

王泉根

文学研究会是中国现代文学史上成立较早、人数最多、影响很大的新文学社团。关于该社团对新文学的历史贡献及其在文学史上的地位，已有许多论者做了大量研究，似乎已经有了定评。但是，由于我们长期以来轻视儿童文学，忽略了对中国现代儿童文学发展历史的科学考察，因而忽视了一个十分重要的文学现象——二十年代文学研究会（以下简称文研会）发起的"儿童文学运动"及这场运动对中国儿童文学的重大贡献与深刻影响。对于这场运动，朱自清先生1929年在清华大学执教新文学时，就已在其编写的《中国新文学研究纲要》中明确提出，他在文研会的栏目里，特别标明了"儿童文学运动"六个大字。《纲要》虽只是一份纲目性的章节提要，尚未形成完整的文字，但从中我们却可以看出一个五四新文学运动的参加者和早期学者，对文研会发起的"儿童文学运动"的特别关注与高度评价。——可惜，由于儿童文学一向不被重视，半个多世纪过去了，朱自清先生提出的这一课题一直无人继续，致使文研会发起的"儿童文学运动"这一重要史实，从未被人写进任何一部《中国现代文学史》——无论是海内抑或海外的出版物。这是一个因偏见（视儿童文学为"小儿科"）造成的令人遗憾的缺失！有鉴于此，笔者不揣谫陋，尝试探讨朱自清先生留下的课题，力图勾勒出这一史实的基本框架，期以引起现代文学及儿童文学研究者的关注。

文研会是新文学史上第一个完备而成熟的社团。它有着比较明确统一的文学主张和创作方法，即"为人生而艺术"与"写实主义"；它从成立第一天起，就高扬为社会人生服务的旗帜，把斗争锋芒指向无病呻吟、言之无物的旧文学，对

题解 本文原载《贵州社会科学》1987年第10期。文章梳理了朱自清、周作人、叶绍钧、严既澄、沈雁冰、郑振铎、赵景深、冰心、庐隐等文学研究会成员所进行的儿童文学创作、出版、译介以及推广工作。文章指出，文学研究会在1922年至1925年发起的以创作为中心的"儿童文学运动"，拓展了中国现代儿童文学发展的路途，这一贡献是中国20世纪初其他任何一个文学社团所望尘莫及的。本文是较早对中国儿童文学史与中国现代文学史进行系统性关联研究的文献之一。

鸳鸯蝴蝶派、唯美主义派、学衡派、感伤派等封建资产阶级文艺思潮进行了坚决的斗争；它强调文学对于民众的启蒙作用和改良人生、反抗黑暗的疗救作用，"着眼于人生，托命于文艺"①借此来激励民众，鼎新革故，拯救中国。"为人生"的文学主张使他们以清醒的目光关注着丰富复杂的社会百态，关注着"当代人类的苦痛与期望"、"奋抗与呼吁"②，并促使他们必然把目光投向人生的初步、民族的希望——年幼一代，极端关心与重视年幼一代的不幸命运与精神食粮。他们看到了中国儿童长期被压在社会的最底层，既没有社会地位也没有独立人格，许多人甚至还"未曾发见儿童"③，"对于儿童，没有正当的理解"，"不是将他当作缩小的成人"，"便将他看作不完全的小人，说小孩懂得甚么，一笔抹杀，不去理他"④；旧式教育"根本蔑视有所谓儿童时代，有所谓适合儿童时代的特殊教育"⑤。他们看到了中国儿童精神食粮的严重匮乏，"儿童读书的福气，在我们中国是最坏"⑥；"中国向来以为儿童只应该念那经书的、以外并不给预备一点东西，让他们自己去挣扎，止那精神上的饥饿"⑦。"为人生"的文艺思想决定了文研会关心儿童、重视儿童文学的必然性，促使他们自觉承担起"为儿童而艺术"的神圣使命。就在文研会筹备之际，该会发起者之一、《文研会宣言》的起草者周作人（入会号数第3号，以下出现的文研会成员入会号数均标明号码），即在《新青年》上发表了新文学史上第一篇系统论述儿童文学的重要文章《儿童的文学》⑧，热情鼓吹倡导儿童文学，"希望有热心的人，结合一个小团体，起手研究"儿童文学，并提出建设儿童文学应从采集民间童话歌谣、改编传统读物、翻译外国作品三方面入手。1921年3月，文研会刚刚成立二个月，该会另一位发起者叶绍钧（第6号）在《晨报》副刊发表的《文艺谈》中大声呼吁：新文学战士应当"为最可宝爱的后来者着想，为将来的世界着想，赶紧创作适于儿童的文艺品"，这是新文学面临的"重要事件之一"，"是伟大的事业"！他用自己当小学教师的切身体验，强调儿童对于文学作品饥渴的要求，激烈抨击封建旧文学漠视儿童精神食粮的弊端，指出新文学有供给孩子们文学作品的义务与责任。是年7月，

---

① 叶绍钧：《文艺谈·六》，见《晨报》副刊1921年3月。
② 沈雁冰：《新文学研究者的责任与努力》，见《小说月报》1921年第12卷第2期。
③ 周作人：《儿童的书》，见《晨报》副刊1923年6月21日之《文学旬刊》第3号。
④ 周作人：《儿童的文学》，见《新青年》1920年第8卷第4期。
⑤ 郑振铎：《中国儿童读物的分析》，见《文学》1936年第7卷第1期。
⑥ 转引自《郑振铎和儿童文学》第577页，上海少年儿童出版社1983年版。
⑦ 周作人：《儿童的书》，见《晨报》副刊1923年6月21日之《文学旬刊》第3号。
⑧ 周作人：《儿童的文学》，见《新青年》1920年第8卷第4期。

文研会成员严既澄(第57号)在上海国语讲习所暑假专修班上,向来自全国十五个省的五百多位教师作了《儿童文学在儿童教育上之价值》的演讲①,强调"真正的儿童教育,应当首先著重这儿童文学",呼吁学校教育都来重视儿童文学。时隔一年,1922年7月,文研会的两位中心人物沈雁冰(第9号)与郑振铎(第10号)应邀去浙江宁波暑假教师讲习所讲学,郑振铎讲演了《儿童文学的教授法》②,对儿童文学的性质、作用、特点、原则等作了全面论述。他认为"文学是普遍的,成人和小孩子都有这种的需要,不过儿童期似乎更需要些"。他特别强调儿童文学应当与社会人生密切结合,认为"儿童文学为传达道德训条和儿童期必要知识的最好的工具"。同年一至四月,赵景深(第81号)与周作人以书信的形式在《晨报》副刊展开了一场童话讨论③,这场讨论扩大了童话的地位与影响,纠正了当时文坛对童话的一些错误看法。为后来者着想,为将来的世界着想,这是与文研会"为人生而艺术"的思想完全一致的。沈雁冰明确提出:儿童文学的一个重要作用就是"要能给儿童认识人生","构成了他将来做一个怎样的人的观念",引导未来一代"到生活之路去"④。正是这种清醒的文学意识与强烈的社会责任感,促使他们高度关注着年幼一代的精神食粮,也是他们发起"儿童文学运动"的重要思想基础与舆论准备。

  文学是生活的艺术反映。作为一种社会现象和美学现象的文学创作,虽然是由各种广阔的社会过程决定的,但是任何一个作家的文学实践,总是这样或那样地跟自己的个人生活经历有着密切联系。对于儿童文学实践,也是如此。文研会的不少成员,尤其是骨干作家的生活经历、创作道路以至年龄特征,都与儿童文学有着非常直接的密切联系,为他们投身"儿童文学运动"提供了特别有利的因素。文研会两大台柱——沈雁冰和郑振铎最早从事的文学活动都是儿童文学,他们先后进入商务印书馆,担任《童话》丛书的编辑工作,从而走上文学道路。从1916年到1920年,沈雁冰为少年儿童编纂了《中国寓言初编》、《童话》丛书第一、二两集近百种,亲自动笔写了二十七篇童话,还有科幻读物、传记故事等。1921年1月,沈雁冰接手主编《小说月报》后,郑振铎续编了《童话》丛书第三集;次年一月,他着手创办了我国第一家纯文学的儿童周刊——《儿童世界》。

---

① 严既澄:《儿童文学在儿童教育上之价值》,见《教育杂志》1921年第13卷第11号。
② 郑振铎:《儿童文学的教授法》一文,见宁波《时事公报》1922年8月10日至12日。
③ 赵景深与周作人讨论童话的书信分别发表于《晨报》副刊1922年1月25日,2月12日,3月28、29日,4月9日。其中赵致周书信五件,周复赵四件。
④ 沈雁冰:《关于"儿童文学"》,见《文学》1935年第4卷第2号。

中国艺术童话的奠基者叶绍钧,曾在江苏乡镇当过十年小学教师,由于长期生活在孩子们中间,使他熟谙儿童心理,深切体验到儿童对文学的兴味与要求,教师和作家的双重责任感促使他拿起笔来,为孩子们写作。早年的周作人是作为理论家与翻译家出现于五四文坛的,并对儿童文学与民间文学有着浓厚兴趣。早在1913年,他就写了《童话研究》、《童话略论》,以后又在《新青年》上不断发表安徒生、托尔斯泰等的童话译作。后来成为文研会重要干部的赵景深,最初从事的文学活动就是翻译西方童话,从翻译入手,走上了创作、研究儿童文学的道路,献出了《童话论集》(1927)、《童话概论》(1927)、《童话学ABC》(1929)等著作。女性与儿童文学有着天然的联系。文研会女作家冰心(第74号)、庐隐(第13号)、高君箴(第131号)、张近芬(第83号)等,都十分喜爱儿童文学,以女性特有的温柔和丰富的感情,努力为孩子们写作。冰心还多次写信建议《晨报》副刊设立《儿童世界》专栏。该报正是采纳了冰心的意见,才于1923年7月开设这一专栏的。尤应指出的是,当文研会发起"儿童文学运动"时,他们都相当年轻。1921年,沈雁冰二十五岁,郑振铎二十三岁,叶绍钧二十七岁,冰心二十一岁,庐隐二十三岁,王统照(第8号)二十四岁,俞平伯(第53号)二十一岁,赵景深十九岁。青年时代那炽烈的青春感情,活跃的形象思维,丰富的想象和好动的性格,都十分适合于从事儿童文学。正由于他们同声相应,同气相求,有着共同的"为人生"的文学思想与"为后来者"的强烈使命感,又加之在生活经历、文学道路上有着许多共同之处,因此,当他们集合在文研会的旗帜下,自然更能联络感情,协同动作,集中力量,推动儿童文学向前发展。这批青年作家的集聚,为"儿童文学运动"作了充分的人才准备与组织准备,在1922年与1925年掀起了一场以创作为中心,以《儿童世界》、《小说月报》为阵地,译介、研究、编辑同步发展的"儿童文学运动",迈上了拓展中国现代儿童文学的"光荣的荆棘路"(安徒生语)。这场运动的直接组织者则是文研会的核心人物、"本性酷爱着童话"(叶绍钧语)的郑振铎。

  郑振铎在文研会中有着特别重要的地位与影响。他既是文研会的发起者与书记干事,又是全力支持文研会的出版机构——商务印书馆编译所长高梦旦的女婿。他曾在商务从事编辑生涯十年之久(1921—1931),先后主编《童话》丛书、《儿童世界》、《小说月报》、《文学研究会丛书》等。在二十年代初期,郑振铎的文学活动,除了编辑主要就是儿童文学。他共写了童话、故事四十四篇,低幼读物四十六篇,儿童诗三十首,儿童文学文论二十一篇,翻译了二十四篇童话、二部寓言(《莱森寓言》与《印度寓言》)以及《高加索民间故事》,还与夫人高君箴

(文研会成员)合译了一本《天鹅》童话集,并翻译了被誉为"描写儿童心理、儿童生活最好的诗歌集"——印度泰戈尔的《新月集》;特别是他用优美文笔编译的洋洋数十万言的《希腊罗马神话传说中的恋爱故事》与《希腊神话》,在当时产生了广泛影响。由这样一位极端热爱儿童与儿童文学的作家来主持文研会的活动与刊物编辑工作,儿童文学自然受到了高度重视。二十年代文研会的"儿童文学运动"正是通过郑振铎与其主编的刊物掀起热潮的。这一运动集中体现在郑振铎组织的三次重要文学活动中。

一是1922年《儿童世界》创刊。该刊第一年由郑振铎主编,他紧紧依靠文研会同人的全力支持,向他们组稿、约稿,一至四卷共五十二期的绝大多数作品均由文研会成员撰写。其中主要有叶绍钧、郑振铎、赵景深创作的童话和幼儿图画故事,胡愈之(第48号)、谢六逸(第24号)、耿济之(第11号)、耿式之(第25号)、高君箴编译的外国童话;俞平伯、许地山(第4号)、严既澄、顾颉刚(第51号)、章锡琛(第127号)写的儿童诗和儿歌,王统照的儿童小说,周建人(第65号)的自然故事,徐调孚(第106号)的谜语等。叶绍钧最初是写小说的,由于郑振铎约请他为《儿童世界》写稿,他才写作童话。叶绍钧说过:"郑振铎兄创办《儿童世界》,要我作童话,我才作童话,集拢就是题名为《稻草人》的那一本。"[①]他的第一篇童话《小白船》发表在《儿童世界》第一卷第九期上。1922年,他共在该刊发表了十九篇童话,以后又写过二十多篇,这些作品为我国艺术童话创作起了开山作用。周建人为孩子们创作的《蜘蛛的生活》、《蚂蚁》、《甲虫的故事》等"自然故事",寓知识于情趣,浅显易懂,为儿童科学散文的创作起了拓荒作用。沈雁冰曾在1924年9月到1925年4月之间,译述了十六篇希腊神话与北欧神话故事,全部刊登在《儿童世界》上,这是现代儿童文学史上系统介绍神话故事的开端。郑振铎认为,"把成人的'读物'全盘的喂给了儿童,那是不合理的;即把它们'缩小'了给儿童,也还是不合理的"[②]。"儿童文学是儿童的——便是以儿童为本位,儿童所喜看所能看的文学"[③]。郑振铎主编的《儿童世界》始终贯彻了这一原则,加之又有文研会作家作后盾,终于一扫过去儿童刊物成人化、质量低的弊端,以其崭新的内容、多样化的形式、生动活泼的版面,赢得了小读者的广泛欢迎,不但风行全国,而且流传到日本、新加坡等地,达到了二十年代儿童刊物从未有过的兴旺局面。

---

① 叶绍钧:《杂谈我的写作》,见《叶圣陶论创作》,上海文艺出版社1982年1月版。
② 郑振铎:《儿童读物问题》,见《大公报》1934年5月20日。
③ 郑振铎:《儿童文学的教授法》。

1921年1月,经过革新的《小说月报》以全新的面貌出现于现代文坛。《小说月报》一贯重视儿童文学,念念不忘为孩子们提供"精美的营养料"。文研会作家的儿童文学作品除了《儿童世界》,主要就发表在《小说月报》上。在沈雁冰主编期间(第12卷至第13卷,1921—1922),刊载过庐隐、冰心的儿童小说(《两个小学生》、《离家的一年》)、郑振铎翻译的克雷洛夫寓言、沈泽民(第45号)的《王尔德评传》。沈雁冰还在《海外文坛消息》中对外国儿童文学作过二次综述评论。他的《神仙故事集汇志》(1921)一文,介绍了捷克、波兰、印度、爱尔兰的七种童话读物;《最近的儿童文学》(1924),述评了以英文为主的许多外国儿童文学读物与信息。1923年,郑振铎接编《小说月报》之后,该刊调整版面,使儿童文学进一步得到增强;尤其是从第十五卷第一期(1924)起,专为孩子们开辟了《儿童文学》专栏,这是文研会"儿童文学运动"的第二方面的重要活动。儿童文学在当时还处于文坛末流地位,而今,由于文研会的倡导,它理直气壮地登上了当时国内权威性的大型文学刊物,地位为之大变,引起举国瞩目,影响极为深广。主编郑振铎发布声明:"儿童读书的福气,在我们中国是最坏,除了一二百种一刻可读毕的童话及短小如中国蹩脚的下等小说外,还有什么给他们读?""我们将特辟一栏《儿童文学》,每期都介绍些新的东西给我们的教师们和儿童们。"文研会如此重视年幼一代的精神食粮,这是二十年代文坛的一大创举,是其他任何文学社团所不能比拟的。《小说月报》开辟《儿童文学》专栏后,主要取得了以下几方面的实绩:

大量刊载外国儿童文学作品。主要有俄国爱罗先珂童话(鲁迅译),莱森寓言、印度寓言、高加索寓言(郑振铎译),意大利科洛狄长篇童话《木偶的奇遇》(徐调孚译),英国爱特加华士的长篇儿童小说《天真的沙珊》(高君箴译),日本小川未明童话(张晓天译),日本民间童话十种(谢六逸译),拉封丹寓言(张若谷译)等。

重视发表儿童生活题材的创作作品。如在小说方面有叶圣陶的《小铜匠》,赵景深的《红肿的手》,徐玉诺(第56号)的《在摇篮里》、《到何处去》,许志行的《师第》,废名的《小五放羊》等;在散文方面有丰子恺(第125号)的《华瞻的日记》,许地山的《落花生》,冰心专为孩子们写的《山中杂记》等;童话等作品数量更多。重要的有《牧羊儿》(叶圣陶)、《春天的归去》(严既澄)、《蛇郎》(徐蔚南)、《朝霞》《七星》(郑振铎)、《皇太子》(敬隐渔)、《喜鹊教造窠》(褚东郊)等;儿童诗有《摇篮歌》、《猫诰》(朱湘);儿童剧本有《讲道》、《用功》(顾仲彝)等。此外,后起的儿童文学新秀张天翼的儿童小说《小彼得》、老舍(第167号)的长篇童话《小坡的生日》,也最先刊登在《小说月报》上。

注重介绍海外儿童文学信息资料。最重要的是第十七卷(1926年)分九期连载顾均正的长篇文章《世界童话名著介绍》,详细评介了《鹅母亲的故事》(法)、《镜里世界》(英)、《匹诺契奥的奇遇》(意大利)、《空想的故事》(美)等十二种外国著名童话。像这样大规模地连续介绍外国儿童文学名著,这在中国现代文坛还是第一次。

此外,《小说月报》的专号也不忘给儿童们提供席位。《小说月报·俄国文学研究》专号(1921)登载过夏丏尊(第55号)编译的《俄国底童话文学》,介绍了克雷洛夫寓言,普希金童话诗,托尔斯泰、契诃夫、特米托利哀夫等的童话与儿童小说。《小说月报·中国文学研究》专号(1927)发表了褚东郊(第107号)的长篇论文《中国儿歌的研究》,褚文从儿童心理特征与欣赏情趣出发,对中国传统儿歌的内容和形式作了比较科学的分类与具体探讨,这在中国现代儿童文学史上也是第一次。《小说月报》的版面设计、装帧,颇具"为后来者"着想的特色。由丰子恺绘制的童趣洋溢的儿童漫画、插图、封面等,使这家权威性的文学刊物充满了活跃的童心美。

文研会"儿童文学运动"第三方面影响较大的活动,是1925年《小说月报》八、九两期连续刊出《安徒生号》。安徒生是从丹麦升起的世界儿童文学太阳。文研会同人一直注重对这位世界童话大师的介绍。赵景深译有《安徒生童话集》、《月的话》两种单行本,张近芬与人合译过《旅伴》单行本。据郑振铎在1925年统计,截至《安徒生号》出版之前,当时全国共翻译了安徒生童话四十三种共六十八篇,其中文研会成员的译作有二十五种四十八篇;全国共有评介安徒生生平与作品的论文十五篇,全部刊登在文研会的刊物上。为了纪念安徒生诞生一百二十周年与逝世五十周年,《安徒生号》共刊载了安徒生童话译作二十二篇,评论与史料十三篇,照片与插图二十一幅。这些译作与文论的作者绝大多数是文研会成员,其中《安徒生传》(顾均正)、《安徒生作品介绍》(郑振铎)、《安徒生童话的艺术》(赵景深)、《安徒生年谱》(顾均正、徐调孚)等,都是首次发表的重要研究成果。主编郑振铎在"卷头语"中对安徒生推崇备至,认为"安徒生是世界最伟大的童话作家。他的伟大就在于以他的童心与诗才开辟了一个童话的天地,给文学以一个新的样式与新的珠宝"。文研会以特殊规格,大规模地介绍一位外国儿童文学作家,这在中国文学史上是史无前例的。从此,安徒生的名字与童话得以在中国家喻户晓,中国的儿童认识了"丑小鸭"、"海的女儿"和"卖火柴的小女孩",中国的儿童文学作家有了可资借鉴的艺术精品。

除了沈雁冰、郑振铎主编的《小说月报》关切儿童文学外，由郑振铎、谢六逸、徐调孚、赵景深先后主编的《文学周报》(1921—1927)也同样注重儿童文学。该刊曾登载过《〈稻草人〉序》(郑振铎)、《儿童文学的翻译问题》(署名"春")、《〈天鹅〉序》(叶圣陶)、《研究童话的途径》、《中西童话的比较》(赵景深)、《儿童与想象》、《童话的起源》(顾均正)等重要文论以及不少儿童文学翻译和创作作品。《文学研究会丛书》出版了包括鲁迅《爱罗先珂童话集》、叶圣陶《稻草人》、赵景深《天鹅歌剧》在内的八种儿童文学作品集。《文学周报丛书》也有《东方寓言集》(胡愈之译)、《列那狐的故事》(郑振铎译)和《童话论集》(赵景深著)三种儿童文学出版物。数字与史料的罗列难免苦燥，但没有这一切，就无以说明文研会"儿童文学运动"的赫赫硕果。

　　向外国儿童文学学习，这是中国现代儿童文学脱离原先传统的封闭型体系，走向成熟、走向现代化的一个重要因素。文研会十分重视外国儿童文学的研究与译介，在《文研会简章》里就确定"研究介绍世界文学"为其宗旨之一。他们对外国儿童文学的态度十分明确，这就是：大胆"拿来"，凡是"一切世界各国里的儿童文学的材料，如果是适合于中国儿童的"，"都是要尽量的采用"①。积极译介外国儿童文学，这是贯穿文研会"儿童文学运动"始终的一个十分重要的组成部分，他们的译介成就非常可观。除了上面已述及的以外，其它重要的有：《格林童话集》十二册，《能言树》(意大利童话)，赵景深译；《爱的教育》、《续爱的教育》、《幸福的船》(爱罗先珂童话)，夏丏尊译；《给海兰的童话》，王鲁彦(第122号)译；《纺轮的故事》(法国孟代童话)，张近芬译；《红萝卜须》(法国儿童小说)，黎烈文(第147号)译；《青鸟》，傅东华(第29号)译；《孤零少年》(又名《苦儿努力记》)、《童话读本》(日本童话)，徐蔚南(第144号)译；《空大鼓》、《儿童剧》、《土之盘筵》，周作人译；《日本故事集》、《罗马故事集》，谢六逸译，等等。除了这些翻译作品集以外，刊登在《小说月报》、《文学周报》、《儿童世界》等期刊上的散篇译作，更是难以数计。几乎世界上所有著名的儿童文学作家，如安徒生、格林兄弟、王尔德、贝洛尔、科洛迪、亚米契斯、爱罗先珂、克莱洛夫、莱森、豪福、法布尔、梭罗古勃、陀罗雪维支、小川未明等，都经文研会介绍，来到了中国的孩子们中间。他们译介的外国儿童文学作家作品之多，影响之大，在现代儿童文学史上十分引人注目。其中尤以《安徒生号》与《爱的教育》影响最大。《安徒生号》前已述及。由夏丏尊翻译的意大利亚米契斯的儿童小说《爱的教育》，自

---

① 郑振铎：《〈儿童世界〉第三卷的本志》，见《儿童世界》第2卷第13期，1922年7月1日。

1923年在《东方杂志》连载，尔后出版单行本后，曾风行整个中国二十余年，再版三十多次。当时"许多中小学校把《爱的教育》定为学生必读的课外书，许多教师认真地按照小说中写的来教育他们的学生"①，影响了成千上万少年儿童。

文研会作家通过译介外国儿童文学，一方面促使他们高瞻远瞩，目光四射，了解和把握世界儿童文学的历史与现状，从全局的高度提出和思考儿童文学问题；另一方面，翻译与创作又互为影响，相得益彰，使他们的创作实践直接受到欧风美雨的影响，适时地汲取异域营养，通过借鉴，用以提高自己文学创作的艺术水平；更重要的是，脱离了传统儿童文学的封闭型体系，汇入和世界各国取得共同的思想语言的现代化的儿童文学潮流。外来影响与时代精神、民族特色像合金一样出现在他们的创作中，从而融成特别的神韵。

文研会的儿童文学创作更是硕果累累，他们在童话、儿童散文、儿童诗、儿童小说、儿童戏剧、幼儿文学等领域都作出了筚路蓝缕的贡献，产生了自己的代表性作家与代表性作品，显示了"儿童文学运动"的巨大实绩，从而彻底改变了几千年来中国儿童文学的落后面貌，为现代儿童文学的发展奠定了坚实的基础。

叶绍钧童话集《稻草人》是二十年代儿童文学的扛鼎之作。他的早期作品，多以儿童生活为题材，充满着对孩子温馨的慈爱和浓郁的儿童情趣，向他们施以爱、善、美的教化。当作家更深入地剖析了人生与社会之后，便很快意识到在当时的环境里，这种理想的"孩提梦""几乎是个不可能的企图"，他迅即把笔触转向现实社会，直面人生，解剖人生，"希望引起孩子们对现实生活的兴趣，并关心周围发生的事"②。他的后期童话，正是现实主义的杰作。鲁迅高度评价叶绍钧的开创之功，认为《稻草人》是"给中国童话开了一条自己创作的路"③。郑振铎童话深受外来影响，他的作品主要是"译述"，即融翻译、创作于一炉，在不改变原作精粹的情况下，进行加工改制，以适应中国儿童的欣赏情趣，这类童话占了绝大多数，主要有《竹公主》、《花架之下》、《聪明的审判官》等。郑振铎也独创过《小人国》、《七星》等童话。他的创作成绩主要是在幼儿图画故事，代表作有《河马幼稚园》、《两个小猴子的冒险》等。《河马幼稚园》通过河马夫人开办幼稚园的故事，惟妙惟肖地描绘了虎儿、猪儿等小动物在校内外的各种生活趣事，十分符合幼儿的心理特征与欣赏情趣。这是中国现代较早的长篇童话，在《儿童世界》连载以后，大受小读者欢迎。

---

① 叶至善：《挖池塘的比喻》，见《爱的教育》，中国少年儿童出版社1980年9月版。
② 叶绍钧：《〈稻草人〉序言》，见英文版《稻草人》。
③ 鲁迅：《〈表〉译者的话》。

冰心的《寄小读者》是专为孩子们写的散文集,也是"五四"以来影响最大的儿童散文。作品细致地描写了异国的山川风光,介绍了许多有益的知识,纵情地歌颂了母爱、童稚美与自然美,抒发了作家对祖国、对亲人的一腔深情和对真、善、美的热烈向往。温柔亲切的情调,微带忧郁的色彩,细腻明快的笔法,清新隽丽的语言,使这部作品享有很高的艺术声誉,成为对孩子们进行爱的教育、美的教育、情感教育的极好教材,整整陶冶了几代儿童的心灵。在文研会散文作家中,与冰心一样特别喜爱儿童、赞美童真的还有丰子恺与许地山。丰子恺以自己"小燕子似的一群儿女"为对象创作的《华瞻的日记》、《给我的孩子们》、《儿女》、《儿戏》等作品,处处流露出一个善良温厚的慈父对孩子无比深切的慈爱,对儿童心理、儿童情趣的刻画十分迷人、感人。收录在许地山散文集《空山灵雨》(1923)中的某些篇章,如《落花生》、《桥边》、《梨花》、《春底林野》等,富于浪漫色彩与儿童化的特色,满含深情地描写儿童生活,讴歌童心童趣,是二十年代初期十分难得的儿童散文佳作。著名的《落花生》历来被选入小学语文课本。

在现代儿童文学史上,与《稻草人》、《寄小读者》具有同样重要地位的还有俞平伯创作的我国第一部描写儿童生活的新诗集——《忆》(1925年)。作者在回忆童年生活的三十六首诗歌中,对儿童生活、儿童心理的刻画进行了有益的探讨,朱自清认为《忆》是儿时的追怀,难在还多少保存着那天真烂漫的口吻。作这种尝试的,似乎还没有别人"[①]。在儿童诗创作方面,新诗创导者刘大白(第79号)早期的白话诗集中也有不少成功之作,如以儿歌体形式写的《卖布谣之群十首》、《新禽言之群十二首》以及长篇童话诗《"龙哥哥,还还我!"》。朱湘(第90号)的童话诗《猫诰》长达二百四十六行,作品绘声绘色地刻画了一只不干实事、只会吹嘘的老猫。这些诗作善于把握动物的物性与形象,是二十年代不可多得的童话诗佳作。

文研会在儿童戏剧方面也作出了独特的贡献。郑振铎主编的《儿童世界》经常为孩子们提供"可演可诵"的剧本,该刊第一年就发表了二十部剧本,郑振铎亲自创作了儿童诗剧《风之歌》。叶绍钧的两部儿童歌剧《风浪》、《蜜蜂》,赵景深的童话剧《天鹅歌剧》,顾仲彝(第134号)的两部独幕儿童剧《讲道》、《用功》等,都曾获得过小观众的极大喜爱。尤其是黎锦晖(第68号),他从1922年到1927年创作的《麻雀与小孩》、《月明之夜》、《小小画家》等十二部儿童歌舞剧,曾在二十年代风行全国,各地学校争相上演,并流传到海外,产生了很大

---

① 朱自清:《〈中国新文学大系·诗集〉序言》。

影响。儿童小说是现代文坛的薄弱环节,但文研会作家王统照写的《湖畔儿语》、《雪后》,徐玉诺写的《在摇篮里》、《到何处去》,赵景深写的《阿美》、《红肿的手》,叶绍钧写的《小铜匠》,冰心写的《冬儿姑娘》等作品,通过反映年幼一代的不幸生活开拓题材,"从微小事件上透出时代暗影"(王统照语),描写了多样的苦难儿童的生活图画,使这些作品成为"五四"以来第一批有影响的儿童小说,为小百花园地增添了新的色彩。

"为人生"的文学主张,"写实主义"的创作方法,加上对民族传统的继承和对外国儿童文学的借鉴,使文研会诸作家的儿童文学创作形成了大体一致的风格流派,有着自己鲜明的特色。他们的作品比较注重对儿童的思想教育与真善美的教育;注重立足现实,直面人生,或折光地反映人生;注重儿童文学读者对象的特殊性与视读经验,题材多样,体裁多样,手法多变,语言深入浅出。但由于强调表现人生,主张"把成人的悲哀显示给儿童"[1],使有的作品太重实感而不重想象,有的作品对儿童的生活经验与理解能力把握不准,因而削弱了对小读者的影响作用,这说明儿童文学要真正服务儿童、满足儿童是多么不易。尽管如此,文研会作家在儿童文学创作方面的实绩无疑是巨大的,是二十年代任何一个文学社团望尘莫及的。

历史的实践已经雄辩地证明:正是文研会的作家们,最为热忱地响应鲁迅"救救孩子"的时代号令,积极投身于服务儿童、垦辟儿童文学的光荣事业,用自己切切实实的努力尤其是在儿童文学创作方面的卓越成绩,彻底改变了中国几千年来儿童文学的落后面貌,加快了现代儿童文学的发展步伐,揭开了新的历史篇章。正如"五四"以后我国有了新文学一样,"五四"以后我国也有了自己的"新儿童文学",而开拓和建设这种新的内容、新的形式、新的精神的"新儿童文学"的拓荒者与建设者,正是文研会!

---

[1] 郑振铎:《〈稻草人〉序》。

20世纪中国文学中的儿童形象

吴其南

少年儿童大量地、带群体性地在文学作品中出现,是20世纪中国文学中的新现象。鲁迅先生第一篇作品《怀旧》用的就是儿童视角,新文学的第一篇作品《狂人日记》也是在"救救孩子"的呐喊声中诞生的。文学研究会倡言"写人生",纲领之一就是提出"儿童问题",并在1925年出版了"妇女儿童专号"。以此为发端,20世纪中国文学不仅创造了大批少年儿童形象,而且在这些形象身上对象了深刻的社会人生内容,表现出丰富的艺术、美学理想。深入地分析这些儿童形象,不仅引导我们进入20世纪中国文学又一道独具魅力的风景,也找到一个深入观照20世纪中国文学的新视角。

一、安琪儿:提纯了的道德境界的象征

将儿童、儿童生活诗意化、审美化,甚至在某种程度上搞儿童崇拜,是一种普遍的、历史久远的文化现象。20世纪中国文学中的这类价值取向主要出现在下列三类作品中:一是象征性的作品,如叶圣陶的《小白船》、贺宜的《儿童国》、张一弓的《孤猎》等;二是虽然写现实中的儿童和儿童生活,但却多少将表现对象虚化、诗化了的作品,如冰心、丰子恺的散文,废名、张炜等人的某些小说如《桥》、《竹林的故事》、《童眸》、《一潭清水》等;三是某些写自己的童年,但同样在某种程度上将其诗化了的小说,如林海音的《城南旧事》、迟子建的《北极村的故事》等。虽然在立意和表现手法上各有差异,但大的方面却有非常接近的

题解　本文原载《温州师范学院学报》(哲学社会科学版)2003年第3期。文章认为,少年儿童群体性地出现在文学作品中是20世纪中国文学的新现象之一。文章对这些少年儿童形象进行了分类概括与分析,试图揭示每一种类型之中所蕴含的作者个体和时代特征等的复杂信息。如安琪儿形象、精神家园的守望者形象、苦难的体现者形象、红色接班人形象、浪子和逆子形象等。文章通过对这些少年儿童形象的考察,认为这些形象反映、寄寓了深刻的社会人生内容,表现出丰富的艺术、美学理想。

精神特征。

这种精神特征主要表现为是一种提纯了的道德境界和人格精神。老子说："含德之厚者,比之赤子。"老子尚柔,视柔为道德的最高境界,因而说："抟合至柔,能如婴儿乎?"后来一些人引申阐发,将其阐释为一种至美至善的范畴。"童心者……纯真纯假,最初一念之本心也。"(李贽)"儿童歌笑,任天而动,自然合节,故其情为真情,其理为至理,而人心风俗即准乎此。"(蕺山老叟)上述20世纪的这些作品,延续古人的这一童话,继续创造着这一纯洁、天真、充满无限生机的小天使的形象。偏重提纯了的道德境界的,如叶圣陶的《小白船》,一条小白船载着一男一女两个孩子被风吹到一个美丽陌生的地方,遇到一个长相有点让人害怕但心地却很善良的乡野人。乡野人愿意送他们回去但要他们回答三个问题:鸟儿为什么歌唱?花儿为什么香?为什么你们乘坐小白船?孩子们的回答是:鸟儿歌唱是唱给爱它们的人听;花香是因为香是善;我们乘坐小白船是因为我们纯洁。这些话出诸孩子的口不甚自然,但正表明作家要借孩子的口将自己的理解表现出来。在贺宜的《儿童国》中,诗人正是愤慨于现实成人社会的黑暗、腐朽、尔虞我诈,带着两个孩子去寻找理想中的儿童国。至20世纪末,商业大潮袭来,许多人为私利出卖灵魂,忙于钻营、忙于计较、忙于窥视的时候,宗璞的《石鞋》、张炜的《童眸》《一潭清水》等作品中的孩子仍拒绝将假花当成真花,睁着一双晶莹的童眸,守卫着瓜地里的一潭清水。偏重提纯了的人格理想的,如鲁迅在五四时代就坚信青年人胜过老年人,《社戏》等作品中的儿童形象就是相对自己在城市成人社会中的几次不愉快的经历而创造出来的质朴清新、充满生命活力的儿童形象。冰心、丰子恺散文中的孩子是纯洁和爱的天使,也是处在生命源头活泼泼的大自然本身。新时期莫言《透明的红萝卜》中的小黑子,当成人由于社会的异化变得因循、僵化、几乎没有自己个体的生命的时候,他的感觉仍那样新鲜、丰富、敏锐,在沉闷、死寂一般的生活中幻化着感知出一个五彩的世界。在这些作品中,儿童、童心作为一种理想化了的道德尺度和人格精神放射着永恒的诗性的光辉。这种提纯了的道德境界和人格精神多数情况下是就个人人格而言的。如果扩而大之,将其作为某种社会理想,作为某种处理人与人之间关系的准则,它就有了社会批判的性质。贺宜的《儿童国》,作者愤慨于当时社会的黑暗,让童话中的诗人带着两个流浪的儿童离开他们生活的地方去寻找传说中的儿童国。那里,没有剥削,没有压迫,没有虚伪,没有欺骗,更没有各种各样的等级制度,每个人都怀有一颗童心,连总统都像值日生一样是选举和轮流的。作品写于40年代,批判锋芒直指当时的社会。张一弓的《孤猎》,写于80年代,故事中的老猎人只身上山打猎,被狼群包围,处境十分危急。村民们自私懦弱,害怕山神的报复,不敢上山相救。只有还是孩子的小石锁挺身而出,不顾大人的劝阻举着一支火把上山去了。作品有意淡化了故事年代,但分明让人看到了现实社会人性的异化和扭曲。这些作品,由于触及到社会生活中某些具有普遍意义的问题,常显得愤世嫉俗,自有其透视的犀利和深刻。但是,也正由于将主要属于道德领域的价值取向引向社会领域,成为一种社会观,自然显出其粗糙性。童心无法成为一种救世济时的良方。需知人们在文学作品中塑造的纯洁的安琪儿形象,本质上只是一个美学范畴。以为社会的黑暗、反动、落后都是因为失却童心,只要永葆或复归童心,人人"能婴孩",社会就会纯净、光明,是幼稚的。贺宜的《儿童国》描绘的只能是一种幼儿园+乌托邦。十年动乱之后,何立伟的《白色鸟》曾于动乱的背景上描写了一个清纯的孩子世界。但随着一声"开批判罗",这一世界立刻被撞碎,清楚地现出童心世界的脆薄性。

儿童形象作为一个含义丰富的文本,不同的人原就有不同的读解。在一些人从儿童身上见出天真、纯洁、优美的时候,一些人也读出了幼稚、浅陋、无知、"一代不如一代"。十年动乱之后,这后一种形象正越来越多地在中国文学中表现出来。陈建功的《爸爸爸》创造了一个苍老的幼儿形象;王安忆《小鲍庄》中的捞楂,虽然有与生俱来的纯洁和仁义,但戴在他头上的种种光环,又显然是人们出于某种需要想象和创造的,与儿童自己并不怎么相干。这就在一定程度上将儿童作为提纯了的道德境界的形象颠覆和解构。90年代以后的作家大都反对将儿童提纯,努力将儿童还原具体的生活,如苏童、余华、王朔等,他们作品中的儿童既有年幼者的积极、热情,也有未成年者的局狭、幼稚,更有各自具体的生活环境带给他们的封闭、迷惘、富于攻击性等等,已很难用一种颜色对他们进行概括了。这种颠覆、解构、复杂化的倾向不会完全阻止人们创造诗化儿童形象的热情,但会从另一个角度丰富象征性儿童形象的内涵,使诗化儿童形象更丰满也更有深度。

二、精神家园的守望者

童年记忆是生活对作家的巨大馈赠。作家苏童说:"热爱也好,憎恨也好,一个写作者一生的行囊中,最重的那一颗也许装的就是他的童年记忆。"在以儿童、儿童生活为表现对象的作品中,写童年记忆的作品更是占了突出的比重。这些作品,有些以作者回忆的形式出现,叙述者"我"和作品中的人物出现在同一世界,比较明显地有着作家童年生活的影子,如鲁迅的《社戏》《朝花夕拾》,萧红的《呼兰河传》,林海音的《城南旧事》等;有些有作家生活的影子,但作家并不以具象的人物在作品中出现,所表现的主要是作家的情绪记忆,人物、事件很多是虚构的,如鲁彦、废名、沈从文、汪曾祺、苏童、迟子建等人的小说。

  童年作为叙述对象,其特殊性首先在于它和叙述行为之间巨大的时间间隔。回忆童年,回忆者已不在童年之中了。回忆不是对往事的简单再现。将童年的经历看作一个文本,以后的每一次重现都是与回忆者此时此地的心情、愿望,与回忆对象的时空距离、视角等紧密地联系在一起的,是一个带着全部遭际和文化的读解者的一次新的读解。在回忆中,不仅回忆对象摆脱经历时的多重联系从具体的世界中虚化出来,回忆者也因进入回忆而摆脱现实的物质重负,在一个淡化了实际功利的世界里与往昔相遇,氤氲化合,将一个新的世界召唤出来。如果回忆者带有的是一颗历经沧桑、疲惫而又伤痕累累的心灵,抚今追昔自然会给他无限的感慨。正是回忆的这些特点,多数童年小说常表现出怀旧、感伤、诗化文学的特征。废名的《竹林的故事》,写学生时期和学校附近一位菜农的女儿三姑娘的几次交往,清新纯洁,纤尘不染,如绿叶上滚动的露珠,馥郁而又淡远。林海音的《城南旧事》,写童年记忆中的北京。城墙,庭院,在夕阳下嚼干草的骆驼,以及许多不能忘怀的往事、故人,一一从肺腑间流出,虽带着岁月的风尘又历历在目。近年迟子建写的《北极村的童话》,神秘诡异的北国风光和优美感人的童年趣事融化一起,让人感动,让人神往。毕竟是已逝的岁月。失去的永远失去了。回忆让人快慰,也让人惆怅。读《朝花夕拾》,读《竹林的故事》,读《城南旧事》,都能感到娓娓的叙说中流露出的淡淡的哀怨。这哀怨注定要伴随许多童年小说,并成为它们一种特殊的美。

  与童年的时间距离很多时候也是一种空间距离。20世纪中国文学的一个特殊现实是,许多作家都是从乡村走出来的。他们来到城市,在城市中挣扎、沉浮,或成功,或失败,当他们停下来抚今追昔的时候,其实是站在今日的城市向昔日的乡村眺望,对童年的追忆同时也就成为对乡村的怀念。虽然现实中人们趋之若鹜地奔向城市,但在文学中,人们的审美价值取向几乎一致地倾向乡村。在许多童年小说里,童年的乡村代表了与城市的喧嚣、繁华、拥挤、堕落对比的另一极,是空阔、质朴、安宁、原始与清新。鲁迅的《社戏》,以沁人心脾的笔触记述了自己童年一次看社戏的经历,但所以有这一回忆,却起因自己在都市几次看戏的不愉快的遭遇。此时的都市和童年的乡村是对照着写的。张承志的《绿夜》,主人公是一位北京知青,在内蒙古插队八年,整个生命都和大草原连在一起。尤其是房东的小女儿奥云娜,只有五岁,天真纯洁,红红的小脸如初升的太阳。八年后他重回北京,感觉到处是喧嚣、拥挤、倾轧,以及无法忍受的冷漠与紧张,最后他终于再次离开北京,回到大草原寻找他的小奥云娜去了。还有沈从文的湘西纪事、汪曾祺的大淖纪事等等。童年记忆中的孩子、自然质朴的乡民和中国文化人审美趣味中的田园是和谐地组合在一起的,这是记忆中的故乡,也是心造的故土,它们和城市相对,代表着一个正在逝去但又让人无限依恋、永远无法释怀的世界。

在一般感觉中,童年回忆是怀旧、是面向已逝的岁月的。但人们所以怀旧很大程度上是昔日的经历中有今天没有的东西。人们在对往昔的怀念中得到慰藉,使失衡了的心理得到调整,从这一意义上说,对童年的回忆也是指向未来的。童年回忆负载着文化人的乡愁,是漂泊的现代人一个挥之不去的家园梦。当漂泊的心灵感到沉重感到痛苦感到疲惫的时候,童年回忆给它们一块暂时的栖息地,文学中的童年形象正是这块精神家园的守护者。张洁的一篇散文《梦》写得很真切:在梦中主人公带着疲惫的心回到故乡,可故乡人已不认识她。她拖着沉重的步子遍访童年的大山、老屋、小溪,触目物是人非,痛苦中她觉得自己被故乡遗弃,此地似不再是自己的世界。可就在这时,她听到空中传来一个小姑娘的声音,亲切地召唤她,而那似已陌生的一切在这一刻间也苏醒过来,张开双臂欢迎她回到故乡的世界。"天呐,天呐,毕竟还有人识得我啊!"满腔的委屈和痛苦在一刻间全化解了。这女孩就是永恒的童年形象,成年人永不消失的童年梦。

既是梦,梦境自不会完全相同。将童年与现在相对作为一个清纯美好的世界是20世纪童年文学的主色调,但也有其他类型的色调在。人们曾谈及萧红童年回忆中的梦魇感。在《呼兰河传》中,作为叙述者童年的小女孩虽然受到大自然和爷爷的许多关爱,她的心却是寂寞而孤独的。家庭的矛盾,人与人之间的冷漠,特别是在封建桎梏下许多年青生命受到的压迫和戕害,在作者幼小的心灵里留下永远抹不去的阴影。她的目光是天真的,也是忧郁的,以至许多年后,在重新回忆和叙述自己童年故事的时候,人们仍清晰地感到这种压抑和忧郁。文革以后,许多青年作家如苏童、余华等,更发展了这种梦魇感。这或许与他们的童年在恶梦般的十年动乱中度过有关。苏童的《城北地带》、《舒家兄弟》、《刺青时代》等,故事背景动荡凌乱,正常的社会秩序全被打乱,少年儿童被抛出正常的生活轨道,在狂野的破坏中宣泄着人的动物性,整个童年成为一种"一无所获的等待"。回忆童年,苏童感到自己当初就像生活在一个黑暗的大坑里,充满了无助无望的感觉。他的童年小说中塑造的就是这种无助无望的儿童形象。余华的

《在细雨中呼喊》也有类似的表现。将童年看作一种精神的家园,苏童、余华等人的这片家园一开始就是荒芜的。是生活的变化抑或是作家审美观念、创作手法的变化?或许二者都有。"童年"作为一种意义的负载者,其意义本来就主要是文化上的而非生物学上的。

三、苦难的体现者

作品中的人物形象和作品的创作方法是紧密地联系在一起的。诗化的儿童形象主要出现在象征主义或带浪漫主义特征的作品中。当我们将目光转向20世纪中国文学中的最主要类型——现实主义或批判现实主义的时候,儿童形象便显出另一种情形,即一批作为苦难体现者的少儿形象。批判现实主义以批判现实为己任。儿童是生活中的弱势群体,最易受到伤害,塑造苦难的受伤害的儿童形象,最能将社会的苦难集中地表现出来。从艺术表现的角度说,幼弱的、天真无助的孩子承受苦难、受到伤害,能更醒目地揭露伤害的残忍性、非人道性,产生更加震撼人心的艺术效果。文学研究会当年提出"儿童问题",就是将"儿童问题"作为社会问题之一予以观照和表现的。这一艺术精神贯穿于20世纪的批判现实主义文学。

儿童作为苦难体现者的最一般表现是苦儿、孤儿、童工、畸形儿等等形象,即生活在社会最底层,基本的物质生活、基本的生存权力都得不到保障的儿童形象。如朱自清的《生命的价格:七毛钱》,记述了儿童在大街上以极贱的价格公开被卖的悲惨景象,控诉了社会的冷酷与残忍,对苦难的儿童表现出深切的同情;叶圣陶的《阿凤》描写了孤儿、童养媳的非人生活;夏衍的《包身工》揭露了资本家对童工的剥削和压榨;胡万春的《骨肉》、杨朔的《雪花飘飘》等都写到儿童基本的生存权力的被剥夺。张乐平《三毛的故事》、袁静的《小黑马的故事》则写尽城市流浪儿的辛酸。还有一些作品写社会矛盾冲突波及儿童,使儿童成为灾难深重的受害者。如《和爸爸一起坐牢的日子》,写小小年纪的孩子成了囚犯。而在《红岩》中,八九岁的小萝卜头成了"老政治犯","监狱之花"一生下就成了囚徒。在孙犁的《风云初纪》中,当主人公抱起妻子收养的孩子时,作者说:"如同抱起了他多苦多难的祖国。"这些儿童形象,从侧面折射着20世纪中国苦难的历史。

批判现实主义以人道主义为旗帜。人道主义除对下层人民所受的苦难表示同情、对造成这种苦难的社会进行谴责外,另一基本内容就是维护人的个性,将扭曲、摧残人的个性的力量视为非人道而进行抨击。20世纪新文学是随着鲁迅"救救孩子"的呐喊而诞生的。可许多人似乎忘了,"救救孩子"并非担心孩子在一般意义上之被吃,而是担心孩子心灵被扭曲,异化成为吃人者。孩子本性并不吃人。后来成为吃人者是环境教给他的。从纯洁的孩子到吃人者,这里有一个扭曲、演变的过程,经过这一过程就是被罪恶的环境所吞噬。从这一意义上说,儿童本质上也是被吃者。鲁迅在世纪初的呼喊在世纪末得到回应。刘心武的《班主任》不仅再次重复了鲁迅的呼喊,而且实际地创造了一个被扭曲、被吃的少年形象。谢惠敏本是一个素质不错的学生,热情、积极、要求上进,可在错误的愚民政策的导引下,误入歧途,越是"进步",越是陷入偏狭、狂热、僵化的泥潭,以至价值倒错,将世界上最优秀的文化当作封资修的东西批判、摒弃,最后竟和完全否认人类文化的小混混式的人物宋宝琦站到一起去了。葛翠林的《翻跟斗的小木偶》、陈丹燕的《黑发》都塑造了这种少年儿童在异化的过程中的"被吃"现象。李锐的《无风之树》中的苦根儿,则让意识形态话语占领自己生活的全部空间,生活在自己想象的神话世界里,政治话语对人的扭曲被推进到极端。谢惠敏、苦根儿等是20世纪中国文学中最触目惊心的被扭曲的少儿形象,一定意义上,他们也是20世纪中国最深重的苦难的体现者。

　　谈及被扭曲的少年儿童,似乎不能不谈及教育题材中的少儿形象。学校是少年儿童主要的生活场所,受教育是少年儿童主要的任务和权利。学校条件的改进或恶化,直接影响着少年儿童的生存状态。在20世纪中国文学中,反映儿童受教育权的被剥夺、儿童不能上学读书的痛苦,曾是作家们揭示社会苦难的重要内容之一。高玉宝的"我要读书"的呼喊很长时间一直是批判现实主义者无法释怀的声音。至世纪末,随着社会物质条件的改善及教育的普及,这一声音才逐渐淡化,代之而起的是对学校僵化、沉闷、机械教条等等压制儿童个性等异化了的生存状况的描写。学校是有计划、有系统、有组织地传递知识、培养人才的地方,传递的主要是经过时间沉淀、最基本最紧要的知识、经验及价值观念,与变动着的社会中心生活有一定的距离,社会生活,特别是社会价值观念中的弊病在这儿往往也以最简约最突出的形式表现出来。世纪末中国社会正在进行深刻的变革,教育反应最为迟缓,儿童、学生是变革中受益最少的人群之一。近20年教育类文学最常见的内容就是揭示儿童学习生活日见恶化的生存状态,如学习任务的极度繁重,教育内容的僵化、陈旧,教学方法的落后、野蛮,学校生活的紧张、沉闷,儿童不仅被剥夺了游戏、快乐,一定意义上是被剥夺了整个童年。于是培养人的学校成了压制、摧残儿童的地方,教育变成了反人性、非人道。张微的

《雾锁桃李》等塑造的就是这类儿童形象。"学校根本就不是学校呀,是一座很没有劲的大工厂,教室就是车间,老师就是车间主任,什么都像工厂那样管着……"当班马《六年级大逃亡》中的李小乔这样诉说的时候,作家们对当今学校环境的描写几乎有了一种浓黑的性质。

"揭出痛苦,是为了引起疗治的希望。"鲁迅在世纪初发出的"救救孩子"的呼喊在世纪末还得到这么多的呼应,既使人看到作家赤诚的责任心,又使人感到历史的停滞和沉重。在可以预见的将来,这种批判还会进行下去。有苦难就会有揭示和拯救。"肩住黑暗的闸门,放他们到广阔自由的地方去",这是作家的天职,文学的使命。

四、红色接班人

革命文学的萌生、发展、兴盛并在很长一段时间里成为中国几近唯一的文学样式而后又走向衰落,是20世纪中国最突出的文学现象。革命文学自然要创造革命者的英雄形象。延伸到儿童世界,便是一些小英雄、小战士,特别是红色接班人的形象。

革命小英雄、小战士形象多出现在以革命尚未成功的年代为故事背景的作品中。因为那时尚未有一个现成的"班"可接。在这样的年代,少年儿童也和他们的父兄一样受压迫、受迫害,和他们的父兄一样成长着革命的觉悟并走上反抗的道路,在战火的洗礼中成为战士和英雄。这类形象,最早如郭沫若《一只手》中的小普罗。《一只手》是一篇虚构的童话体小说,以形象的方式演绎了作者心目中的无产阶级起义、夺权的过程,而这一切却是通过一个孩子——小普罗的眼睛表现的,他本人也是这场革命暴动的参加者。但真正成系列地创造这类形象,还是在1949年革命成功以后。如雨来(管桦:《雨来没有死》),海娃(华山:《鸡毛信》),张嘎(徐光耀:《小兵张嘎》),李小娟(肖平:《三月雪》),潘冬子(李广田:《闪闪的红星》)等等。红小鬼、小英雄、小战士、赤色小子,其特点一是"小",二是"红"、"赤"、"英雄"、"战士"。"小"指他们的年龄,而"红"、"赤"、"英雄"、"战士"才是他们的精神特征。较好的作品能将这两者有机地统一起来,既写出人物的英雄行为又写出这一行为出现在儿童身上的合理性。有些作品则超越儿童的实际能力写"英雄",甚至由赞颂反抗偏颇到鼓吹复仇,由赞颂勇敢偏颇到赞颂残忍。《闪闪的红星》中就有潘冬子看到敌人将自己的母亲活活烧死能忍住不哭,最后举着明晃晃的大刀向胡汉三的光脑袋砍去的描写。至五六十年代,为适应当时社会政治情势的需要,一些作品以现实生活为背景,创造阶级斗争中的小英雄形象,如《刘文学》中的刘文学,则是此类形象的末流了。

1949年,中国的无产阶级革命取得了胜利。革命创造了一种新秩序,文学中的革命者的任务不再是摧毁旧世界、改变旧秩序而是维护新秩序,并将这种新秩序永远地延续下去,"接班"的问题就提出来了。写于当时的《中国少年先锋队队歌》很明白地道出这一点:"我们是新中国的儿童/我们是新少年的先锋/团结起来继承着我们的父兄……","准备好了么?时刻准备着!"当时最通行的说法就是称儿童、青少年为"祖国的花朵"、"早晨八九点钟的太阳"。他们的主要任务就是"好好学习,天天向上",争做革命的接班人。但当时所接的"班"的内容还是较为宽泛的。虽然强调"革命传统","共产主义的方向性",但仍强调文化知识、一般意义上的集体主义精神等。但随着50年代后期的国际国内形势的变化,"接班"的问题不仅越来越紧迫,"班"的内容也越来越局狭,条件也越来越明确:就是阶级斗争、路线斗争的觉悟。最集中体现这种价值取向的人物形象就是《红灯记》中的李铁梅。《红灯记》的故事以抗日战争为背景,但却联系"二七"大罢工,贯穿起一部从国内革命到民族解放战争的历史;虽然是阶级、民族间的矛盾冲突,但又将其融合在一个家庭的范围内,民族、国家、阶级、家庭、个人被那么统一地整合在一条线上,个人感情即阶级感情和对国家、对民族的感情,祖孙三代是一个由同一阶级战线的人组成的一个梯队,孩子在这个梯队中自然就有接班的重任。李铁梅的亲生父亲在"二七"大罢工中死去了,这一缺位既剪断了她与一般亲情的联系,为完全地接受革命思想创造了条件,也交给她一个任务:继承父亲遗志,为烈士复仇,将革命进行到底。"祖祖辈辈打豺狼,打不尽豺狼决不下战场。"李铁梅高举红灯在舞台上亮相,20世纪中国文学中的接班人形象也在这儿定格,鲜明化也简单化了。

接班人形象在十年动乱中走向极端。始是横冲直撞、被封为"捉拿牛鬼蛇神的天兵天将"的红卫兵,接着是"我们也有两只手,不在城里吃闲饭"的上山下乡知识青年。随着长时间不停地闹革命和八亿人民八年只看八个样板戏,少年儿童形象也从文学中淡出了。"文革"后的接班人形象依然存在,但主流趋向已发生变化。有两种表现较引人注目。一种虽然仍是写小战士、接班人,但悄悄调整了形象的内涵,即接班的实际内容。如张品成《赤色小子》中的某些作品。《真》中的瘦小极其痛恨地主疤胖,可当人们把一桩不是疤胖做的错事放在疤胖身上使他有可能被冤枉而受处罚时,瘦小站出来澄清了事实;《一隅》中的毛弟非常喜爱山后的一片树林,为了不使这片树林在战火中被毁,他在敌人尚未完全进入伏击圈时敲响了战鼓,使部队付出了比原来设想的大得多的代价。毛弟的行为是错误的,但作者却让我们看到,这个错误的行为却源于一个孩子美好的愿望。这里,革命利益不是排他的,甚至也不是唯一的价值尺度。人物形象也因此变得复杂、丰富,更有人性的深度了。另一种是以审视的目光看待长时间以来包含在革命接班人标准中的负面因素,在形象的塑造中加进较多的批判、反讽的内容。李锐的《无风之树》写苦根儿童年生活的篇幅很少却很重要。这和李铁梅一样是一个失去亲生父母的孩子,父母的缺位仍是割断人物与一般亲情的联系,继承的只是他们的精神遗产,为人物完全成为党的孩子铺平了道路。他的精神空间完全被革命话语所占领,榜样只是综合了革命父亲和其他革命英雄而在想象中创造的赵英杰的形象,从小立志以革命话语中的理想去创造一个新世界,后来真的要求下乡到最艰苦的矮人坪去,将自己幻想中的革命乌托邦付诸实施。在苦根儿身上,"本我"、"自我"均不存在,存在的只是神话状态的"超我"。结果不仅没有实现他的愿望反而加重人民的苦难。以崇高为主要追求目标的接班人形象于是带上反讽因素,向喜剧人物的方向偏转了。

五、浪子和逆子

将"父—子"关系视作一种文化现象,"父"代表的是一种传统,一种现存的秩序。所谓"接班",就是要用现存的秩序去整合、改造下一代,使这种传统、秩序能继承下来,传递下去。但和现实的父亲不是由子女选择的一样,文化上的"父亲"也不是由子女选择的。每个个体生下来时,一个现存的秩序已先他而在,并对他产生作用。在弗洛伊德理论中,"自我"是代表人的本能欲望的"本我"和代表外部世界的秩序、规则互相作用的结果。就是说,人一来到这个世界,就陷入"父—子"的矛盾冲突之中。有接班就有犯上,有驯子就有审父,有孝子就有浪子、逆子(在与少年儿童相关的领域,"父"常为"师"所替代,审父意识中的"父—子"冲突常转变为"师—生"冲突)。

审父意识中的浪子、逆子形象最早出现于五四时期的一些作品。五四本身就是一个审父的时代。新文化是相对旧文化说的,是在与旧文化的冲突中成长起来的。强调个性解放即从作为"他者"的"父亲"中挣脱出来,是五四新文学的主要精神特征。鲁迅的《怀旧》、《从百草园到三味书屋》都从儿童感受的角度嘲讽地描写了父辈文化的没落、腐朽及它们与儿童天性的格格不入。在郭沫若的《广寒宫》中,冬烘先生张果老给一群青春焕发却被关在"别院"里的女孩子讲功课,受到女孩子们放肆地嘲笑和捉弄。她们最后竟设法将老师绑在月桂树上,一起跑到广寒宫跳舞去了。这种越轨性的举动反映着那一代青少年对父亲权威的蔑视,体现着他们觉醒了的个性意识和积极健康的民主精神,是一个新时代正从旧文化的母体中挣脱出来的鲜明表征。但此后不久,强大的"父亲"就卷土重来,审父意识完全被驯子话语代替了。包括红卫兵时期的"反潮流","怀疑一切,打倒一切",其实也是奉旨行事,"指到哪里就打到哪里"。直到80年代中期甚至90年代以后,审父意识才重新浮现出来,并带上和五四时代不尽相同的内容。

"文革"后中国文学的审父意识其实是从那些接班人的身上开始的。《班主任》中的谢惠敏,《伤痕》中的王晓华,她们原来都是好学生,是被象征秩序认可并着力培养的接班人。但在十年动乱中,特别是在上山下乡运动中,她们发现自己被骗了。她们痛苦地发现,即使是被象征秩序所接纳,也是以自身的被阉割为代价的。原来视为神圣的父亲其实也非原来想象的那般美好。在狂热的激情退潮之后,留下的只是荒芜、贫瘠和伤痕累累。她们抚摸着伤痕向曾被自己伤害过的母亲哀哀哭诉。这种向母亲的回归其实是一种觉醒,它拉开了与"父亲"的距离。尽管谢惠敏等在当时的条件下,还不可能对"父亲"进行谴责和批判,她们对伤痕的展览其实已成为对"父亲"的一种控诉和新的审视。

正面的冲突很快就开始了。这主要是一批青年作家的创作。青年作家能以审视、批判的目光看待父辈文化,不仅在于他们没有太多的历史记忆,较少受父辈文化的束缚,更在于他们生活在"文革"后相对开放的环境中,睁开眼睛看世界,能从世界先进文化中找到参照,看到那自称放之四海而皆准的文化的极度僵化、贫弱,甚至荒诞可笑。程玮的《来自异国的孩子》写一个外国专家的孩子到某小学插班就读的故事。教育主管部门、学校领导,以至许多老师如遇洪水猛兽,层层开会,层层设防,生怕给学校带来负面影响。可孩子们却没有那么多顾忌,十分平静、坦然地接受了他,并很快融为一体成了很好的同学和伙伴。两相比较,成人的保守、僵化、杯弓蛇影及自以为是被表现得淋漓尽致,可笑亦复可悲。陈丹燕的《黑发》,初二学生何以佳只是理了一个披肩的长发,就被管生活的赵老师处罚,在操场上一圈又一圈地跑步。而赵老师所以如此并非其本性乖张和暴戾。她年青时也曾和何以佳一样热情开朗、充满幻想,是长期的生活和教育使她变成了另外一个人。还有铁凝的《没有纽扣的红衬衫》、刘健屏的《我要我的雕刻刀》等。如果说这些作品中的"父—子"、"师—生"冲突还主要表现在一般的生活习惯、兴趣爱好的领域,到90年代的苏童、余华等一批先锋作家那儿,审父意识就成为自觉的、这一代人对他们父辈从文化到人格的全面审视了。

在苏童的《城北地带》、《舒家兄弟》、《1934年的逃亡》等作品中,儿子眼里的父亲喝酒、赌博、告密、无操守、没有责任心,像猪狗一样谩骂、斗殴。小拐的父亲王德基公然在儿子的面前和别的女人苟且,叙德的父亲沈庭方竟和自己的儿子共同占有一个女人。这里,子女对父亲最后的一点尊重都消失了,他们像谈一个完全不相干的男人一样谈论自己的父亲。他们不仅不再仰着头看自己的父亲,甚至站在比他们更优势的文化位置上俯视父辈和父辈文化,看出他们的虚伪,看出他们的猥琐,甚至看出他们的卑劣。联系到中国传统的家、国一体的制度文化,不难看出这种审视中包含的意识形态意义。

但审父不等于弑父。"文革"后的中国文学有审父情结但很少有弑父情结。勿宁说,就是在那些最具审父意识的少儿形象那儿,他们在审视、批判父亲的同时仍在渴望一个真正的父亲。美国心理学家科尔比夫妇在《父亲:神话与角色的变换》一书中曾分出天父、皇父、地父三种父亲形象,当代中国文学逃离和抨击的是一个专制的皇父形象,渴望父亲如科尔比夫妇所说的地父一样亲切、宽容,兼具一些母亲的特征。张抗抗的《七彩圆盘》中的继父就有这样的特征。钟琮是母亲下乡插队时生下的孩子,父亲去世后母亲回城另嫁,钟琮留在农村由祖父母抚养。暑假钟琮进城去看母亲,临行时,族人怕他受母亲的影响向他灌输一大堆族内的观念。但一从大山中走出来,一走进母亲的家庭,便被继父深深地吸引了。继父是一个大学讲师,懂球赛,懂音乐,有极高的教养和丰富的知识,他在钟琮面前开启了一个全新的世界,一种属于现代文明的生活方式。在这个世界面前,族人灌输给他的旧观念几乎在顷刻间就全部瓦解了。这位宽宏睿智的继父是一个理想的父亲形象。通过这一形象,20世纪末的中国文学表达了建立一种新型的"父—子"关系的希望。

经过审父、重建理想中的"父—子"关系,中国文学中的少年儿童正在走向自身。前面我们谈及诗化儿童形象、苦难的儿童形象等等,很多时候其实是拿儿童"说事",真正的儿童倒是缺席的。至多也只是读者、听众、受教育的对象而已。在审父意识中人们换了一个视角,开始从儿童的眼睛看世界,或以平等的方式在变化的人际关系中看儿童,儿童真实的身体、感觉、心灵、个性开始表现出来。"儿童的发现"早不是一个新的话题,但对有自身独立价值的儿童、童年的发现真的完成了么?儿童的发现依赖于人的发现,只有将人作为有血有肉的个体而非某种抽象的符号,完整的人、儿童才会显现出来。或许正是在这一意义上,20世纪中国文学在其最后年代中塑造的浪子、逆子形象给我们带来了一些新的消息。

都市文化的早期图像记忆:1935年的三毛漫画

——兼谈中国现代儿童文学未完成的探索

陈恩黎

张乐平的三毛漫画是20世纪上半叶中国时代文化的重要标志之一,也是20世纪以来中国最为成功的儿童读物之一。它不但创造了以儿童为中心辐射至全民的文化盛况,而且还历经时代巨变的冲击而成为一代经典。尤其值得关注的是,三毛漫画的经典性并不仅仅停滞在史料价值之中,它还在21世纪的商业文化、大众影像文化环境里不断衍生:2000年香港推出舞台剧《三毛漫游太空》;2003年,上海三毛形象发展有限公司成立;2004年,中央电视台推出104集动画片《三毛》;2006年,央视漫画版三毛系列丛书出版;2007年,中国与比利时合拍的电影《三毛》启动;2008年手机游戏《三毛流浪记》被开发……所有这些文化产业的运作都源于那个诞生在七十多年前的漫画形象超越时空的生命力。

但是,作为20世纪最为成功的儿童读物,三毛漫画在中国儿童文学的既有文学史谱系中却不曾占有重要的地位,也不曾被研究者深入分析与探讨。此种现象与中国儿童文学近百年来的审美价值取向有着密切联系:无论是周作人倡导的儿童本位论还是文学研究会推动的儿童文学运动,无论是"十七年"文学期间兴盛的教育儿童的文学还是80年代的儿童文学艺术化潮流,它们都共同表现出对市民文化的一种疏离与否定。因此,虽然三毛漫画享有巨大的读者声誉,但它依旧属于一种高度大众化和娱乐化的文化而无法纳入文学史的既定话语体系中。

如果说这种对市民文化的疏离与否定从其积极意义而言保证了中国儿童

题解 本文原载《中国现代文学研究丛刊》2010年第1期。文章聚焦张乐平在1935年所创作的40余幅早期三毛漫画,深度分析了其中的文化内涵。文章通过与中国传统童年文化、西方现代儿童文化的纵横比较后认为:与20世纪40年代后期的《三毛流浪记》中描摹底层民众生活不同的是,1935年的三毛漫画描绘了长期被文学史所忽略的上海中产阶层的生活世态,构成了中国都市文化的早期图像记忆。漫画所呈现的上海中产阶层的儿童日常生活、现代童年观以及顽童母题的叙事方式都成为中国现代儿童文学单向度书写的一个逆向补充,同时也开启了中国儿童文化走向现代性的另一个重要维度。这篇文章的视角表明21世纪中国儿童文学研究正在进入与大众文化研究接轨的新领域。

文学某种精英文化的血脉,那么它的负面影响便是阻碍了中国儿童文学对现代童年生活的多向度探索与表达。故此,我们有必要重新打开历史的纵深,对诞生于上个世纪 30 年代的三毛漫画进行深度解读。因为与张乐平创作于 40 年代后期的《三毛从军记》和《三毛流浪记》相比,30 年代的三毛漫画所呈现的儿童生活以及童年观更能映衬出中国现代儿童文学在走向现代化路途中还没有完成甚或不曾展开的探索。

一 一个来自中产阶层的儿童

1935 年 7 月 28 日的《晨报》副刊《图画晨报》是目前所发现的最早刊登三毛漫画的出版物。从那时起到 1938 年,这家报纸共连载了张乐平四十余幅题名为《三毛》的漫画。对于这些早期作品,毕克官、黄远林在《中国漫画史》中认为:"张乐平在 30 年代出版了一本《三毛》,这个集子中的作品比起他 40 年代的,不免有些幼稚,但是他漫画创作探索阶段的一个总结,不失为有价值的资料。"[1]黄可在《上海美术史札记》中认为:"当时的《三毛》已基本上具备了既适合低幼儿童阅读,也适合成年人阅读的无文字连环画的形式特点:即尽可能不借助文字的说明,也能从幽默的人物形象及其活动情节中了解故事的起伏和发展。不过,当时的三毛这个人物造型还不成熟,主要只是头上有三根头发的特征,形象尚欠可爱,性格的发展前后也不统一。"[2] 不难看出,上述评论仅仅把早期三毛漫画的价值限定在一种漫画技艺发展过程的历史范畴内,并不曾意识到早期三毛形象的文化意义和价值。

纤细的身子支撑着一个硕大的圆脑袋,脑袋上顶着三根猪鬃般的头发。虽然从整体上看,首次登场的三毛和十多年后《三毛流浪记》中的形象几乎没有什么差别,但是透过人物的服饰,我们还是能够发现 30 年代的三毛有别于后者衣衫褴褛的流浪儿形象定位:童子军服、汗衫背心、高领套头毛衣、翻口童袜、圆头小皮鞋……即使以今天的眼光来看,这些儿童服饰也都并不落伍,而在当时,它们则更代表了一种海派的时尚。显而易见,作者在无意识中界定了三毛的家庭出身——生活在上海的中产阶层。

在本文看来,这一阶层认同传达出非同寻常的信息。中产阶层虽然在20 世纪

---

[1] 毕克官、黄远林:《中国漫画史》,文化艺术出版社 2006 年 1 月版,第 109 页。
[2] 黄可:《上海美术史札记》,上海人民美术出版社 2000 年 12 月版,第 92 页。

中国存在的时间与规模都非常有限,却在当时承载了西方现代文化在中国落地开花后的诸多结果。李欧梵在《上海摩登——一种新都市文化在中国1930—1945》一书中曾指出:"在20世纪30年代,上海已和世界最先进的都市同步了。"① 上海的中产阶层正是在这种同步中形成了某种独特的文化表情,而在它所指涉的各种领域中,童年观以及童年文化则是本文所关注的重点。

长久以来,我们习惯把儿童文学所要表现的童年视作一种想象的共同体,它拥有诸如天真、纯洁、善良等普世、恒定的道德优势与人性的闪光点。但是,随着近年来西方童年研究的成果不断被译介过来,上述单一与透明的童年观开始逐渐显露出它的片面性。童年,作为一种历史建构物,有必要重新被放回到历史现场去加以透视与理解。台湾学者熊秉真在对历史上的中国儿童生活研究中这样论述:"近世中国儿童之童年处境与其阶级背景的关系,是另一个重要而待深思的问题。图中所见民初的农家母子或渔民长幼,与书前所附《麟趾图》所显示的成人孩童,其世界显然有霄壤之别。对此其社会阶级所造成的差距,绝不逊于时代上的差异。"②

熊秉真所指出的这种近世中国儿童生活之差异在中国现代儿童文学中也曾有个别文本试图加以表现。比如,冰心于1931年创作的短篇小说《分》就以一个刚出生的婴儿视角描述了来自中产知识分子家庭的儿童与来自贫穷劳工阶层的儿童悬殊的生活。不过,这篇小说由于受到劳工神圣的路径依赖(Path Dependence)影响,文本指向控诉社会的不公和对不劳而获阶层的仇恨,因此并不能说是一次真正意义上的探索童年文化差异性的写作。而就中国现代儿童文学的整体创作而言,上述议题的探讨基本属于空白。

正是从这个意义而言,1935年的尚欠可爱的三毛可以说为今天的研究者打开了一条通往20世纪30年代中国中产阶层儿童日常生活的小径。沿着这条小径,我们将发现被遗忘在历史之河的中国儿童文化走向现代性过程中另一维度的存在方式。

二 一种现代的童年观

穿着汗衫、裤衩的三毛威风凛凛地骑在狗背上,另一个男孩扛着一面小旗子走在狗前面,旗子上写着三个字:"大将军"。在画框外面的右上角空白处,一个

---

① 李欧梵:《上海摩登——一种新都市文化在中国1930—1945》,北京大学出版社2005年12月版,第7页。
② 熊秉真:《童年忆往——中国孩子的历史》,广西师范大学出版社2008年11月版,第136页。

小小的三毛正举起胳膊竭力展示"肱二头肌"。翻开《1935年的三毛》第一页,这幅题名为《小人大志气》的漫画就宣告了一个雄心勃勃跻身成人世界的儿童的诞生。在接下来的四十余幅作品中,我们看到了这个儿童所制造的一系列的成人生活的预演:把老鼠吊在半空中,三毛赤膊手执大刀站立一旁,体验做刽子手的感觉(《三毛百态》);发现了一把剃须刀,于是就抓住一只公鸡来演练刮胡子的技巧(《试验》);租一辆黄包车,召集十来个小孩"叠罗汉"式地坐在上面,号称"旅行团专车"(《旅行团专车》);把正在睡觉的老头的长胡子剪下来粘在自己的下巴上(《少年老成》)……在这些层出不穷的对成人正常生活构成连续不断的麻烦与挑战的"预演"中,这个名叫三毛的儿童自由而又肆无忌惮。

可以这么说,1935年的三毛漫画描绘了一个成人教化缺席的童年。这个童年在当时中国文化背景下显然是一种独特的存在。

我们知道,中国传统主流文化中对儿童需加规训的观念一直深入人心,从《三字经》到"孟母三迁"、"孔融让梨"……无不折射了这种文化特性。社会学研究显示,"道德化儿童的意识与身体早在宋、元之际就已蔚为风潮,这种情形到民国时期依旧如是"[1]。事实上,进入20世纪以后,中国所面临的国族危机促使"道德化儿童的意识与身体"上升到更为宏大的话语层面。30年代风行于中国教育界的"模范生"训育模式便是其中一个明证。黄金麟先生曾对"模范生"制度作出如下评点:"这种企图通过专家的言说、科学的分类、教师的参与、档案化的考察和普遍化的流通,来达到在细部的层次上模塑儿童身体的作为,并不是一个突发的奇想。它的发生和其显示的严肃程度,相当程度反映了身体在1930年代左右所遭遇的刻意对待。这种试图标准化、国民化和公民化学生身体的作为,说明身体在近代中国已然变成一个非常政治性的场域,一个满是教化权力与知识交结介入的场域。"[2]

与教育界"模范生"制度相呼应,1930年代的中国儿童文学则在左翼联盟的影响下进入了张天翼时代:"张天翼以他独具一格的作品在1930年代的中国儿童文学界开创了一代新风……张天翼的创作体现了当时正在发展转变中的现代儿童文学观,体现了自五四儿童文学运动以来,由于革命的、左翼思想的渗入,在现代儿童文学界出现的又一股强大的变革潮流,即儿童文学为政治斗争服务、为无产阶级教育服务的潮流,这股潮流对1940年代的儿童文学产生了巨大

---

[1][2] 黄金麟:《历史、身体、国家——近代中国的身体形成(1895—1937)》,新星出版社2006年8月版,第29页。

影响。"①

显然,在教育界的"模范生"模式和文学界的"张天翼方向"的映衬下,1935年的三毛漫画用夸张与虚构所书写的童年以及通俗闹剧式的娱乐表情显得格外醒目。

在今天看来,张乐平笔下的漫画在无意中已经触及了被当时中国主流文化所忽略的对童年现代性的表达。

1910年—1940年的欧美文学正是现代运动兴起的时刻。在这场注重"断裂"感和推陈出新意识的文学潮流中,"童年"作为需要被重新理解的对象引起萧伯纳、奥登等人的关注。萧伯纳认为:"孩提时代'坏'的行为是一个人道德成长过程中有益和必需的部分。"在随后的若干年中,萧伯纳的童年观被儿童文学和成人文学进一步分享与演绎。理查德·休斯在其被认为是"描写儿童心理动荡"的经典之作《牙买加飓风》中作出如下判断:"与凶猛的动物相比,孩子们是最危险的生物。"奥登则宣称:"我反对法西斯主义的最好理由是我曾生活的寄宿学校就是一个法西斯国家。"② 这些极具个性与原创性的观点正呼应了第一次世界大战后西方文化对所谓成人理性一种普遍的反思与反动。于是,童年作为一个现实生命体所蛰伏的许多层状堆积物被现代文学所发现并承认。20世纪的童年概念由此获得本体意义上的转折。

有趣的是,在欧美通俗文化层面尤其是漫画中久已存在一种"放肆"的童年:被视为美国连环漫画开山大师的理查德·费尔顿·奥特考特于1895年和1902年所创作的《黄孩子》《布朗小子》连环漫画就是分别以曼哈顿贫民区小街陋巷中的淘气鬼和偏远地区富家子弟中的顽童为题材;被视为第一部真正现代意义上的报刊连载连环漫画、由德国移民漫画家鲁道夫·德克斯在1897年所创作的《捣蛋鬼》也同样以儿童的顽皮为灵感来源,等等。这些幽默漫画作品在成为推动报纸发行的重要力量的同时也受到了当时许多教会、学校的指责,它们被认为给孩子的成长提供了坏的典型。但显然,这些指责无法阻挡漫画的迅猛流行。

及至20世纪30年代,由严肃文学所引发的童年观现代转向和通俗文化中的顽童题材发生了某种戏剧性的融合。于是,既让儿童与父母一起受到启发又给他们以娱乐享受的孩子与父母之间的战争游戏(child-parent-war-game)成为

---

① 蒋风编:《中国儿童文学发展史》,少年儿童出版社2007年12月版,第135页。
② Chris Baldick:The Modern Movement,外语教学与研究出版社2007年6月版,第362页。

一个文学、影视、漫画等多种艺术门类共同的主题之一。

20世纪30年代的中国漫画正处于与"世界最先进的都市同步"的时期,《西风月刊》《漫画世界》《滑稽》等刊物都大量刊登欧美最新的漫画作品,上文所提到的那些顽童都曾经为当时的中国读者所熟悉。而这些作品同时也对中国漫画创作产生了巨大的影响。所以可以这么说,1935年的三毛漫画中的童年正是西方童年观现代性转向在中国儿童文化中所折射的一个镜像。遗憾的是,当时的中国儿童文学研究者与写作者均未曾认识到这一点。

值得进一步思考的是,熊秉真在中国儿童历史研究中指出:"过去中国的伦常规范中,对幼龄子弟之要求,十分严谨,但图像数据中,却又呈现孩童顽皮好动、滋事打闹一面。景中之成人或呼呼大睡,或讶然旁观,任凭小儿使其狡黠,恣意胡闹,规矩上进与闹学之间的拉扯,顽皮与天真之间的呼应,是探究中国儿童观的重要课题之一。"① 据此,我们可否认为三毛漫画在西方现代文化的外衣下同时也烙印了中国本土文化的某些隐性基因？它们又是否如王德威在晚清小说中所发现的那样,代表了中国儿童文化中被压抑的现代性？

三　一个文学母题的图像叙事

20世纪30年代在西方所发生的童年现代性的转向对儿童文学来说可谓意义重大。顽童,从一个单纯被教育、被娱乐的对象开始逐渐成为一种具有巨大想象与言说空间的母题。它带来的以儿童自己的目光的审美视角使儿童文学获得了对现实进行陌生化的叙事能力,又获得了一种外在于成人既定社会模式的批判性与独立性。如,40年代的一部《长袜子皮皮》对瑞典乃至整个欧洲的教育理念构成了巨大的冲击;60年代法国的一部《小淘气尼古拉》则戏谑了成人生活的种种荒诞,等等。

但是,由于前文所述的原因,童年现代性的转向并未在当时中国的主流文化中获得认同,从而导致顽童母题在中国现代儿童文学中并未展开它的叙事实践。于是,连环漫画所具有的阐释文学母题的叙事功能使得三毛漫画成为极为珍贵的图像叙事。它既是一份有关世界的纪录,也隐藏了作者一个被想象所变形的对现实的看法。同时,它也为本文思考大众文化视域中的儿童文学写作提供了某种借鉴。

---

① 熊秉真:《童年忆往——中国孩子的历史》,广西师范大学出版社2008年11月版。

冒出浓烟的煤球炉子与带冷热水龙头的浴缸、街头卖艺人的顶碗杂技与电影院里的好莱坞西部电影、烧香拜菩萨的老太和德国牙科博士、妖艳的裸女与穿马褂的男人、小爱神的雕像与精忠报国的刺青……在这份关于世界的纪录中,图像叙事以其空间的跳跃与直观性所容纳的信息远远超过了每一幅作品小标题所指示的内容:1935年上海都市那种新旧、中西混杂的世相百态与生活场景都作为三毛漫画中的背景得以展开。同时,顽童的视角又使漫画超然于各种彼此对立力量之间的竞争,从而创造了一种诙谐幽默的复调叙事。

而在这种多元都市景观的复调叙事中,作者似乎无意识地藏匿了一个被想象所变形的对现实的看法。比如《名不符实》叙述了这样一个故事:穿着长袍马褂的父亲给三毛讲岳飞的故事,然后用毛笔在三毛的背上写下"精忠报国"四个字。抱着玩具的三毛碰到一个又小又瘦的黑人小孩,黑孩子向他索要玩具,三毛不给。黑孩子挥拳打去,三毛眼冒金星跌倒在地上,眼睁睁地看着黑孩子抢走了玩具。头上顶个大包的三毛回家向父亲哭诉,父亲手中拿着一本线装书,瞪大眼睛吃惊地听着。最后,父亲把三毛放到浴缸里,洗掉了背上"精忠报国"四个字。显然,漫画特有的滑稽与夸张掩饰不住一种对国族辉煌时代已逝的默认与反省。当上海这座都市成为中西文化碰撞的现实演练场时,无论是穿长袍马褂的父亲还是穿童子军服的三毛都面临着某种挑战。而当那个有着冷热水龙头的浴缸成为最后一个画面的中心时,我们似乎看到了普通大众遭受挑战之后的本能选择。

事实上,这种无意识的选择也同时成为漫画幽默叙事的灵感激发点。如,三毛举着望远镜朝无线电里窥视(《闻不如见》),三毛对着电风扇挥舞着航空救国的旗帜(《三毛百态》),三毛贪图凉快躲在冰箱里变成了冰棍(《矫枉过正》)……伴随这些代表现代物质文明的工业产品进入30年代上海中产阶层童年生活的还有那些西方文化的积淀物:《乱真》中的三毛不小心打碎了丘比特雕像,于是只好自己脱光衣服站在凳子上做"小爱神";《一时糊涂》中三毛被招聘为电影演员扮演丘比特雕像,结果假戏真做朝着女主角射出了手中的箭,导致自己锒铛入狱;《是他顽皮》中三毛箭射鸭子却差点射中一对恋人,情急之中嫁祸于一旁举着弓箭的丘比特雕塑……借助这个西方神话人物的频繁出场,一个早熟民族仿佛重回童年。

透过童年寻找上海都市大众日常生活的琐碎乐趣,这可以说是1935年三毛漫画的一个重要定位。它使漫画的视点(point of view)和漫画受众之间保持了一种相对平等的状态,而不是自上而下地去扮演一个教化大众的道德清道夫。

这一视点不仅使描述儿童故事的漫画具备了摄录社会众生相的取景广度,而且还使漫画中的儿童故事呈现一种生气勃勃的野生状态:如,三毛先被一个大孩子欺负,于是他向另一个孩子请求援助,并许诺事成后给吃一个苹果。没想到,就在那个孩子实施武力征服的时候,观战的三毛已经啃完了苹果。那个孩子结束战斗后发觉上当,挥拳把三毛也打倒在地。三毛只能向第三个孩子寻求帮助。第三个孩子则要求得到两个苹果才肯出手,三毛答应了。没想到是,拿到苹果的孩子转身和他的对手分而食之。三毛只能眼睁睁地看着自己的如意算盘被彻底打碎!(《报复的结果》)统观1935年的三毛漫画,上述关于孩子之间的社交故事占了相当的比重。当漫画用简单而夸张的线条传神勾勒出一群从上海里弄跑出来的孩子们的种种争吵、玩耍和计谋时,它成功摆脱了儿童读物常见的那种故作天真与矫情的弊病。

三毛漫画的上述一系列的叙事特点为我们思考中国儿童文学的写作提供了一个新的空间。

从人物的塑造角度而言,虽然评论界大多倾向于圆形人物要优于扁形人物的观点,但恰恰是后者对儿童文学的写作与传播具有非常重要的意义。人物固定的外形特征与性格、固定的行动模式不但使作品能够拥有广大的阅读能力较弱的儿童读者,而且还使作品透过扁形人物拥有一种对世界的描述能力。就如同我们在漫画中看到的三毛那样,透过一双无是无非的顽童目光,他所置身的世界的偏见、暴力、轻信、顺从,甚至人性都得以显现。

而当我们由此获得一个较为完整与真实的世界时,儿童文学的另一个写作困境也随之而来:儿童文学如何处理伴随着现实而来的黑暗?中国儿童文学自叶圣陶的《稻草人》起,选择了一条把成人的悲哀显示给儿童,把成人的诅咒传达给儿童的道路。这条道路在彰显其积极效应的同时也使中国儿童文学多年来陷入一种幼稚的二元对立思维模式,并同时虚幻地担负着儿童文学所不能承受的黑暗之重。三毛漫画的顽童叙事所展示的一个世界的真实以及它的游戏氛围不禁使我们想起卡尔维诺所讲述的一段话:"为斩断美杜莎首级而又不被石化,帕修斯依凭了万物中的最轻者,即风和云,目光盯紧间接映象所示,即铜镜中的形象。"[1] 也许,儿童文学写作需要寻找的就是这种在逼近现实之真的同时避免被黑暗石化与吞噬的智慧。

---

[1] 卡尔维诺:《未来千年文学备忘录》,辽宁教育出版社1997年3月版,第2页。

结　语

　　与40年代家喻户晓的《三毛从军记》和《三毛流浪记》相比,1935年的三毛漫画似乎已经隐入历史的帷幕中。但透过以上分析,我们能够确认,正是这四十余幅不很成熟的作品以虚构与真实、游戏与严肃并存的方式携带了更多关于中国都市文化的直觉记忆,呈现了30年代上海中产阶层的儿童日常生活。作品的娱乐性、童年观以及它的顽童视角成为中国现代儿童文学单向度书写的一个逆向补充,同时也开启了中国儿童文化走向现代性的另一个重要维度。

"十七年"童话:在政治与传统之间的艺术新变

钱淑英

1949年以后,中国进入一个全新的历史阶段。伴随着政治文化环境的变化,中国儿童文学在20世纪50年代开创了一个前所未有的"黄金时代",同时又在60年代出现了创作上的严重滑坡。与此相对应,"十七年"时期的童话创作,也经历了从繁荣走向低迷的发展过程。

"十七年"时期出现的优秀童话作品,大多产生于20世纪50年代中后期,这与当时较为宽松的政治环境以及"双百方针"的提出密切相关。在《中国童话史》中,吴其南从时代性、教育性、儿童性、艺术性等多个角度,概括了50年代童话创作的艺术成就。他说:"从整个童话领域看,50年代童话注意不同体裁、不同风格的童话并存和竞争,大致做到童话创作自身的生态平衡。"[1] 遗憾的是,童话创作的繁荣景象并没有持续多久,政治环境的急剧变化,使得童话创作在60年代遭遇挫折,直至"文革"走入最低谷。

应该说,在既有的儿童文学史中,研究者对"十七年"童话的描述是客观公正的,尤其对处于"黄金时代"的童话创作给予了充分的肯定。尽管如此,相较于成人文学界对"十七年"文学全方位的重新解读和评价,儿童文学界对"十七年"童话的考察和梳理还是显得很不够。很少有研究者从整体上去探究,为何这一时期的童话作家创造出了如此多的优秀作品,他们又如何在当时的政治文化语境中完成童话艺术上的探索。而这,正是笔者在这篇文章中所要重点讨论的。

在我看来,"十七年"童话作家在政治主题的自觉表达和童话艺术的继承

题解 本文原载《文艺争鸣》2013年第11期。文章从"民族化写作""教育童话"和"新童话"三个方面考察了"十七年"童话的意义和价值。文章认为,尽管"十七年"童话中有着强烈的意识形态教化目的,但其在写作技艺层面上的探索和成绩仍然可圈可点:"'十七年'童话作家在政治主题的自觉表达和童话艺术的继承发展之间,找到了一条创作的通道,他们在复归传统的民族化写作、包含儿童视角的主旨传达以及文体形式的创作实践等方面,为中国当代童话创作提供了可供借鉴和反思的重要经验。"

[1] 吴其南:《中国童话史》,河北少年儿童出版社1992年版,第253页。

发展之间，找到了一条创作的通道，他们在复归传统的民族化写作、包含儿童视角的主旨传达以及文体形式的创作实践等方面，为中国当代童话创作提供了可供借鉴和反思的重要经验。

一、民族化写作：在复归传统中彰显童话魅力

新中国成立以后的艺术创作，必定和新时代的政治理想、文化理想紧密联系在一起，主张反映社会主义新生活、新人物、新气象，对一切旧的东西持有批判性和警惕性。与此同时，我们又可以发现，"十七年"时期人们对传统的民间文艺形式并不完全排斥。当时，毛泽东就主张尊重并合理地继承民族文化遗产，他说："艺术有形式问题，有民族形式问题。艺术离不开人民的习惯、感情以至语言，离不开民族的历史发展。艺术的民族保守性比较强一些，甚至可以保持几千年。古代的艺术，后人还是喜欢它。"①

事实也表明，传统艺术形式拥有众多读者。1951年，北京大学的国文系教授孙楷第在题为《中国短篇小说的发展与艺术上的特点》的长篇论文中提到，五四新文化运动中受批判、被摒弃的古典小说形式，在建国初期有复苏的迹象。他说："现在写小说，要教育人民，要为人民服务。这个理论，颠扑不破，稍微通道理的人，都不反对。不过，我想，人民是喜欢听故事的，并且听故事已经习惯了。我们要教育人民，必须通过故事去教育。"②"十七年"时期产生的一些红色经典小说，如《红旗谱》《林海雪原》《铁道游击队》等，正是因为吸收了传统的英雄传奇的写作经验，同时融入了现代生活经验，所以在读者中受到广泛欢迎。

董之林在《旧梦新知："十七年"小说论稿》中提出："在文学领域，对历史和由文化传统长期形成的审美心理，想要以人为的方式，甚至采取强硬的政治手段加以扭转，都是行不通，或者是自欺欺人的。"③她认为，"十七年文学"趋新与复归传统之间的联系，是一个需要展开认真论述的问题。董之林所说的趋新与复归传统的现象，在"十七年"儿童文学中同样存在。尤其是在童话领域，出现了很多具有民族化风格的优秀作品，它们在民间童话的传统叙述模式中注入新的时代内容，将传统形式与当代主题进行了很好的融合。

"十七年"时期，中国民间文艺界出现了一股搜集和整理民间文学的潮流，

---

① 毛泽东：《毛泽东论文艺》（增订本），人民文学出版社1992年版，第91页。
② 孙楷第：《中国短篇小说的发展与艺术上的特点》，《文艺报》第4卷第3期。
③ 董之林：《旧梦新知："十七年"小说论稿》，广西师范大学出版社2004年版，第19页。

受此影响,当时的童话领域也呈示出民族化写作的倾向,并产生了一批优秀作品。在1980年第二次全国少年儿童文艺创作评奖中,获得童话一、二等奖的6篇童话作品里,就有4篇采用了民族化写作的方式,它们或者是对民间流传文本的整理和加工,或者依据民间童话原型创作而成。获得二等奖的《渔童》和《龙王公主》都源自民间传说故事,前者是张士杰搜集整体的义和团故事中的一个作品,后者是陈玮君所改编的一个流传于江浙一带的故事,两位作者都是著名的民间文学家。获得一等奖的《神笔马良》和《野葡萄》更加广为人知,由作者洪汛涛和葛翠琳取材于民间文学素材再创造而成,充满浓郁的民族风格。

这些极具民间文学色彩的童话故事,现已成为中国童话的经典作品。它们用一种看似古老、民众乐于接受的传统创作形式,不仅真切表达了符合时代大众心理需求的思想情感,而且也达到了教化民众的目的。以追求童话民族化写作而著称的洪汛涛,就始终遵循着为社会主义服务、为人民服务的原则,主张在创作中传递时代精神。在他看来,"童话应该以当前社会对儿童的要求,去为当前我国广大的孩子群服务,去反映他们,帮助他们,满足他们,给他们以教益和欢乐"①。

这说明,即使采用传统形式进行民族化童话写作,作家仍然无法摆脱时代的影响。他们谨遵新中国第一次文代会所确定的文艺方针,强调文学的阶级性、人民性、典型性和理想性。尤其是在依据民间故事原型再创作的童话故事中,作家更容易通过故事情节的安排以及人物关系的设置反映时代性和阶级性。洪汛涛笔下的马良,对穷苦人民充满了同情,他的画笔只为穷人服务。面对大财主和皇帝这样的权贵,马良充满了仇恨感,他不仅不会满足他们的贪婪欲望,而且还借用神笔对他们进行了嘲讽和惩罚。葛翠琳的《野葡萄》虽然没有如此强烈地表达阶级情感,但她对主人公浓墨重彩的描写,则是用另一种方式彰显了作家的道德理想。勇敢善良的白鹅女不仅用葡萄治愈了自己的双眼,而且还让更多身处黑暗中的人重见光明,包括自己的小妹妹,那个弄瞎自己双眼的恶毒婶娘的女儿,这种带着女神光环的理想之光,也是对时代精神的一种映照。

然而,这种阶级性的主题,并没有使这些童话作品随着时间的推移而被淘汰。弱者对强者的反动,实际上正是民间童话普遍存在的一种情节动力。《神笔马良》《野葡萄》《渔童》等作品所表现出的穷苦民众对权贵者的反抗,以及《龙王公主》中所描写的主人公对爱情和勇敢善良品性的执着追求,反映的是中西方

---

① 洪汛涛:《童话学讲稿》,安徽少年儿童出版社1986年版,第586页。

民间童话的共同主题,从中表达了民众对美好生活的强烈渴望。因此,这些以传统形态出现的童话作品,既满足了"十七年"时期民众的精神诉求,同时也超越了时代的限制而得以传承久远。

另一方面,作家的文学表现力也在很大程度上决定了作品的艺术面貌,他们不仅在借鉴和吸收传统文化的过程中融入了新的时代内容,而且在忠实民间故事形态的基础上加入了自己的艺术创造。张士杰在公布《渔童》这一作品的原始材料时,承认自己进行了三处加工:一是在渔翁得宝一段做了详细描写;二是把渔童的边钓边唱具体化为八句歌谣;三是结尾处增加了渔翁质问县官和洋牧师让他们哑口无言的情节和对话。作家的加工和改编,使《渔童》成为一篇颇具艺术性的童话作品,既凸显了民族意识,也增强了文学性的内涵。陈玮君的《龙王公主》在语言艺术上也堪称精品,作者以近似歌谣体的短句结构故事,很好地保留了民间文学叙事的明白和洗练。同时,作者用诗一般的语言讲述故事,使作品饱含独特的文学情韵,让人读后回味永久。而何公超的《龙女和三郎》和管桦的《竹笛》,则以生动的细节描写,展现了神奇瑰丽的童话世界,使作品充满地域色彩和浪漫主义情调。

正是在对民间童话挖掘整理和再创造的过程中,"十七年"童话创作达到了一个很高的艺术水准。当时的童话作家虽然无法摆脱时代所需的社会意识形态,但他们能够在趋新和复归传统之间找到童话创作的最佳路径,使作品跨越特定的政治语境和时代局限,彰显出恒久的艺术魅力。

二、教育童话:在教育主旨中隐含儿童立场

站在今天的立场重新考察"十七年"童话,我们不能回避其政治教育功能可能带来的艺术缺失。不论是具有民族风格的童话作品,还是主张表现社会主义新生活的新型童话,"十七年"童话都深深地刻上了时代的烙印。

以获得第一次全国少年儿童文艺创作评奖一等奖的《小燕子万里飞行记》(秦兆阳)为例,这个作品就典型地宣扬了集体主义精神。故事中的两只小燕子在遭遇许多挫折后成为了坚强勇敢的战士,当它们最终和自己的母亲相遇后,决心去往祖国的四面八方,继续接受锻炼。而在黄庆云创作的童话《奇异的红星》(第二次全国少年儿童文艺创作评奖一等奖)中,这种政治性的符号以一种更为直接的方式进入,作家强烈地表达人民对红军的炽热情感。"奇异的红星"象征着红军的战斗精神,它始终照耀着主人公阿力的内心世界,并给他带来童话般的

奇迹。这两个作品彰显了建国初期人们对胜利的憧憬和向往,其中所洋溢的英雄豪迈之气,和当时的整个时代精神极为契合。

"十七年"童话创作中所包含的这种政治意图,与三四十年代的童话创作可以说是一脉相承的。不同的是,其重心更多地从以民族为核心的社会革命、阶级斗争等主题转向以儿童为主体的思想道德教育主题。所以,"十七年"童话被称为"教育童话",它与三四十年代的"政治童话"既相呼应又有不同侧重。贺宜在1958年讨论《老鼠一家》时曾说:"每一篇儿童读物都应当有它的教育任务。我们要用动人的艺术形象和优美的思想感情来影响孩子们的生活、思想和道德品质。这是社会主义的儿童文学所规定的任务。忽视了这一点,是作者们的严重失职。"[①]《不动脑筋的故事》《"没头脑"和"不高兴"》《一只想飞的猫》《小猫钓鱼》《小雁归队》等作品,都明晰地反映了"十七年"童话作家的创作意图,他们希望通过带有幻想色彩的童话故事,教育孩子克服懒惰、粗心、三心二意、不劳而获、不爱学习等缺点,或引导他们在集体中寻找成长的动力。

如此强化思想教育功能,不可避免地会减损文学作品的艺术性,这是"十七年"儿童文学留给我们的主要教训。对此,我们必须进行批判和反思。不过,我们也应当意识到,"十七年"儿童文学在艺术上取得的一些成功,也是需要我们加以吸收和借鉴的。朱自强认为,"十七年"儿童文学,尤其是新中国成立后八年时间里创造的"黄金时代",与以往的儿童文学创作相比,在两方面艺术表现上有所突破与提升,一是向儿童立场靠近,二是着眼于"儿童情趣"。他说:"五十年代在可读性、趣味性上取得的成绩和经验,是值得中国儿童文学记取和借鉴的。"[②] 教育意图和艺术趣味的交织和融合,的确构成了"十七年"儿童文学整体性的创作形态。作家教育儿童的目标中,自然包含了面向儿童的观察视角,他们以一种亲近儿童的本能描写儿童的真实心理和情感,从而使文本呈现出特有的儿童情趣。在童话领域,这样的创作现象显得更加意味深长。

由于儿童文学创作要求密切反映儿童的现实生活并对儿童展开教育,因此,"十七年"童话作家开始更多地关注儿童的心理世界和日常生活世界,以幻想的方式构建了符合孩童接受心理的童话趣味和美学。不可否认,在《宝葫芦的秘密》《"没头脑"和"不高兴"》《猪八戒吃西瓜》等代表性作品中,作家无一例外地表现了自己的教育意图,他们通过夸张和想象放大孩子们的缺点,并在情节安

---

① 贺宜:《童话要正确地教育孩子》,《文艺报》1958年第10期。
② 朱自强:《中国儿童文学与现代化进程》,浙江少年儿童出版社2000年版,第306页。

排、人物描写、心理刻画等各个环节渗透和融入教育主题。然而,正是在这个过程中,作家把全部注意力集中在孩子身上,同时借由幻想的通道彰显出主人公的个体欲望和孩童性情,由此而触探到了儿童的内心世界和情感需求。这其中所暗含的儿童立场和儿童情趣,使作品在少儿读者中产生了心理上的强烈共鸣,并在一定程度上弱化了说教的痕迹。

张天翼于1957年创作的《宝葫芦的秘密》,就在不经意间为小读者创造了一个满足梦想的童话故事。孩子们对宝葫芦的关注和喜爱,是作家原先并没有预料到的,在张天翼看来,这表明他想要竭力表达的"劳动创造世界"的教育思想未收到成效。《宝葫芦的秘密》1978年再版时,张天翼在写给小读者的信中,再一次重申了自己的创作立场,并为自己没把故事讲明白感到"失职"。他说:"宝葫芦这玩艺儿可不是什么宝贝,我们千万不要幻想得到它。我正是要批判那种总想不劳而获的思想,才写了这篇故事的。但是在故事中,这个思想意图表现得不够充分,所以使得有些小读者提出疑问。这该批评我这个讲故事的。"①

这表明,作家的意图和读者的接受之间是存在一定错位的,成人作家所极力批判的东西,反而成了儿童内心所渴望寻求的东西。张天翼在童话中所刻画的主人公的复杂心理活动凌驾于抽象的思想内容之上,使作品在儿童心理的细致描摹和准确传达中获得了儿童读者的认同,也因此拥有了跨越时代的艺术魅力。《宝葫芦的秘密》之所以被认为是"形象大于思想的典范",在艺术性上超越了作家之前创作的童话《大林和小林》和《秃秃大王》,是因为张天翼不再借助童话进行抽象的政治图解,而是谨慎地将教育意图潜隐于故事和形象之中,从而在最大程度上消弭了作品的时代局限性。"作者对此可能并不十分自觉,然而他的人生体验,他的审美经验,他的那支优美神奇的笔,引导着他的作品,不断走向丰富和完美。"②

孙幼军于1961年出版的《小布头奇遇记》也同样能够说明问题。这部写于"三年困难时期"的童话,获得了第二次全国少年儿童文艺创作评奖一等奖。作家通过一个用小布头做成的布娃娃的历险故事,反映了工农业建设和人民公社的发展。对于作品存在的时代局限性,孙幼军自己有着清醒的认识。他说:"事实上,在我这本'处女作'里,主人公小布头被我当作所谓'反映现实'的工具。我精心安排的不是主人公个性的发展,而是那背景。好比拍摄人物像,我把焦距

---

① 张天翼:《宝葫芦的秘密》,中国少年儿童出版社1978年版。
② 刘绪源:《中国儿童文学史略(一九一六——一九七七)》,少年儿童出版社2013年版,第164页。

对准人物身后的建筑物。结果是,背景是清晰的,人物面目却模模糊糊。听到赞扬的话越多,我越觉得它不该有这样严重的缺陷。"①

《小布头奇遇记》所直接包含的政治性主题,的确对作品的文学性构成了很大伤害。然而,我们却不能否认孙幼军在这部童话中所展露的创作才华和个人风格。当年,叶圣陶就对《小布头奇遇记》给予了充分的肯定。他认为,作者把小布头刻画成了一个"活生生的孩子",有些段落"写得特别切合孩子们的心理",而且有着极好的语言表现力,"简洁,活泼,有情趣,念下去宛然孩子的口气,可是没有孩子常有的种种语病"。② 事实也证明,这部童话始终受到孩子们的喜爱。1993 年,孙幼军修订出版了《小布头奇遇记》,2003 年又继续推出《小布头新奇遇记》,可见作品在小读者中的影响力。

这些童话在艺术上取得的成功,与作家创作的形象思维密切相关。如果童话作家不以形象思维融化僵硬的教育意图,必然会阻碍"十七年"童话走向经典。在当时出现的优秀低幼童话中,我们既看到了直接明了的教育主题,同时也在其中感受了清新、活泼的艺术风格。《小蝌蚪找妈妈》《萝卜回来了》《小马过河》等三篇获得第二次全国少年儿童文艺创作评奖一等奖的作品,在今天看来仍有着无法超越的艺术价值。它们之所以成为童话杰作,和作家对幼儿认知和心理特点的准确把握以及艺术传达是分不开的。

而作家对孩子心理的把握和传达,其实在很大程度上取决于作家内心所保留的孩童天性。这种不自觉的面向儿童的立场,再加上自身的创作才情,共同带领着"十七年"童话作家跳出时代思想的樊笼,实现文学对政治的超越。我们甚至可以说,作家于显在的道德目标与潜在的自我表现间产生的抵牾和冲撞,反而使得"十七年"童话呈现出一定的艺术张力,由此构建了特殊时代的童话经典。

三、"新童话":在创作实践中完成现代转型

"双百方针"所带来的"早春天气",加上党中央对儿童文学的重视,促使新中国童话在 20 世纪 50 年代中后期进入一个繁荣发展时期,不过,这样的气象并没有持续多久。50 年代后期的反右斗争以及儿童文学界围绕"童心论"、《老鼠一家》以及"古人动物"的批判,使童话创作在 60 年代遭遇了挫折。茅盾在

---

① 孙幼军:《小布头奇遇记(新版后记)》,中国少年儿童出版社 1993 年版。
② 叶圣陶:《谈谈〈小布头奇遇记〉》,《文艺报》1962 年第 9 期。

《六〇年少年儿童漫谈》一文中特别提到:"1960年最倒霉的是童话。我们提到过的六篇童话,都是发表在定期刊物上的。《少年文艺》2月号一口气登了两篇,可是后来,却一篇也没有了。这说明自此以后,童话有点抬不起头来。"①

然而,这并不意味着,60年代的童话创作就是死水一潭、毫无生机,而是随着政治环境的变化出现了一些起伏。1960年8月,中央在研究1961年国民经济计划控制数字时提出"调整、巩固、充实、提高"八字方针,1960年10月开始,为纠正共产风、浮夸风、强迫命令风、生产瞎指挥风和干部特殊化风(五风)造成的一系列重大失误,中央发出《紧急指示信》。与经济上的调整相呼应,文化领域各项工作也随之进行调整,缓解了反右斗争以后的紧张局面。在此形势下,从1960年到1964年前后,文学出现了短期的活跃局面,预示着"十七年文学"又将出现一个短暂的春天。与此相呼应,童话创作也出现了转机,而这一转机,主要和"新童话"的理论探讨和创作实践有关。正如吴其南在《中国童话史》中所说:"1962年前后,童话创作在经过一段时间的沉寂后终于又出现复苏的迹象,主要表现就是'新童话'的提倡和创作。"②

实际上,"新童话"并不是60年代创造的一个新名词,它在50年代就已经出现。1958年,蒋成瑀在《儿童文学研究》上发表文章,首次提出"新童话"的概念,认为"新童话"是"直接反映儿童生活的童话",它体现出三个方面的特征:①"童话的时代背景是今天的现实,人物是现实中随处可碰到的人";②"童话有丰富的诗意的幻想,把幻想溶化在现实之中,运用幻想来描写人物和环境,通过幻想来展开故事情节,又使人不觉其是幻想,而只觉其逼真";③"新童话具有正确的思想观点"。③ 蒋成瑀对"新童话"的论述虽然在当时并没有引发广泛关注,但他首次对"新童话"做出了整体阐述,并指出了"新童话"与传统童话的主要差别。

20世纪50年代的童话领域,已经开始"新童话"的创作实践。我们可以发现,当时的童话作家,除了注重挖掘和整理民间童话以外,还十分强调童话幻想世界与现实生活的融合,因此创作出了一些具有"新童话"特质的作品,如《宝葫芦的秘密》《"下次开船"港》《"没头脑"和"不高兴"》等。在这些作品中,作家虽然借鉴了民间童话的意象和结构,但在写法上却采用了区别于民间童话的传统模式,从而使童话创作呈示出某种现代形态。

---

① 茅盾:《六〇年少年儿童文学漫谈》,《上海文学》1961年第8期。
② 吴其南:《中国童话史》,河北少年儿童出版社1992年版,第259页。
③ 蒋成瑀:《试论新童话的创作》,《儿童文学研究》1958年第4辑。

到了20世纪60年代,儿童文学界开始更为集中地在理论上探讨"新童话",并视"新童话"为一种特殊的童话类型。在钟子芒看来,童话作为一种"特殊的题材",应该"向少年儿童进行共产主义教育,表现革命发展中的现实和美好的理想"。① 陈伯吹则向当时的创作者指出了一个原则性的问题:"童话的变革,如果不是在思想内容上有所革新,任何变革都将流于形式主义的改革,而不能形成真正的新童话。"② 由此可见,"新童话"代表了建国后人们对童话新面貌的一种期待,他们希望作家能够创作出反映社会主义新气象的新型童话。正因为其探求重点主要在于思想内容,所以作家们努力在童话中反映"新的主题",以此写出不同于传统童话的"新的童话"。

可以说,"新童话"的理论倡导,在某种程度上带来了60年代童话创作上新的起色,金近、贺宜、孙幼军、任大星等作家写了一批有相当质量的童话作品,这在一定程度上挽回了童话创作的颓势,使童话领域呈现某种新的气象。当然,在今天看来,这种基于意识形态要求而进行的童话创作,必定会对童话艺术产生消极影响。但是,从历史的角度来看,"新童话"所带来的童话形式上的变革,的确对中国当代童话发展产生了不可忽视的意义。

正因为十分强调表现社会主义新生活,所以"新童话"与儿童日常生活产生了更加紧密的联系。这一方面凸显了日常生活在现代童话中的价值和意义,使童话对孩子的现实世界构成更直接的影响;另一方面也带来了童话文体的变革,由此拓展了童话创作的空间。陈伯吹指出,"新童话"的"新",首先在于思想内容上的'新',但是"内容决定形式",新的思想内容必然地对于童话这一传统的体裁式样带来若干的"变形"。③ 这里所说的"变形",主要指的就是形式上的变化,在童话形式的探求上,孙幼军的长篇童话《小布头奇遇记》是一个很好的例证。

《小布头奇遇记》是20世纪60年代"新童话"创作实践的重要成果,旨在歌颂祖国建设的大好形势,作家希望透过小布头的视角呈现一个又一个的清晰镜头,用以全面反映当时的工农业建设和人民公社的发展,由此而创建了独特的童话结构。也就是说,对新的思想内容的追求,带动着作家在童话写法上进行探索,最终完成"新童话"创作的艺术实践。孙幼军让这一故事遵循特定的童话逻辑,作为布偶玩具的小布头的历险始终处在被动情境中,现实世界和幻想世界断

---

① 钟子芒:《童话的新主人》,《文汇报》1961年6月10日。
②③ 陈伯吹:《试谈"新童话"》,《文汇报》1961年6月29日。

然分开、交替呈现,物与人之间从不展开对话。这样的写法在中国童话中并不多见。而在西方童话中,这种"双线平行"的结构却已成为童话叙事的经典模式,E.B.怀特的《夏洛的网》和乔治·塞尔登的《时代广场的蟋蟀》,都采用这样一种"双线平行"的叙事结构,使幻想世界和现实世界既保持独立的生机,同时又相互影响和渗透,呈现出现代童话的丰富意涵。正是在这一层面上,孙幼军的《小布头奇遇记》为中国童话提供了一种新的创作范式。

朱自强和何卫青在《中国幻想小说论》中提出,孙幼军的《小布头奇遇记》"基本属于幻想小说"[①],而张天翼的《宝葫芦的秘密》、严文井的《"下次开船"港》则是"非自觉的幻想小说作品"[②]。这样的文体界定,或许还有待商榷,但两位论者由此触及到了"十七年"童话创作的一个重要转向,即从纯粹表现幻境的传统童话写作模式,过渡到现实和幻想相互融合的幻想小说写作模式。如同19世纪出现的《爱丽丝漫游奇境记》《水孩子》《北风的背后》将西方传统童话引向另一个新的阶段一样,"十七年"时期出现的这些"新童话"经典之作,对中国童话创作的现代转型产生了重要的影响和作用。

这就意味着,"新童话"作品的出现,除了政治和文化环境的影响之外,也与童话文体自身发展的要求有关。就像吴其南所说的那样:"'新童话'的应运而生既是现实压力的结果,也是童话这一文体自身变革的反映。"[③] 面对一个全新的时代,传统童话模式无法包罗万象,必定需要开拓新的路径来实现自身的艺术突围,以满足新时代人们的精神需求。因此我们说,关于"新童话"的讨论在"十七年"时期虽然并没有形成学术上的共识,而且"新童话"创作带来的短暂复兴,也不能从根本上改变"十七年"后期童话从整体走向衰落的大趋势,但是这样的理论探讨和创作实践,对中国童话发展而言意义重大。它不仅是对新时代童话走向的一次梳理和思考,其中触及到了现代童话创作的一些重要命题,而且通过童话作家的成功实践,基本完成了中国童话创作的现代转型。

余 论

最后需要说明的是,对于"十七年"童话的解读和评价,必须放置在历史和当下的双重维度中,既需要考虑历史的语境,更需要有指向未来的理论判断。

[①②] 朱自强、何卫青:《中国幻想小说论》,少年儿童出版社2006年版,第106、第102页。
[③] 吴其南:《中国童话史》,河北少年儿童出版社1992年版,第316页。

在此,笔者并无意抬高"十七年"童话的艺术高度,只是希望通过结合时代背景和文本形态的整体考量,使"十七年"童话的艺术内涵及其文学史价值更加全面地被认知。

与此同时,我们不得不承认,意识形态已然成为"十七年"童话的一个重要表征,并对其艺术性产生了消极影响。语言天生地包含意识形态,而意识形态最有效的时候,是它的运作不着痕迹的时候。面对充满意识形态色彩的"十七年"童话,我们看到了这样一个事实:一方面,"十七年"童话以其强烈的意识形态干预着读者的道德价值判断,其中的很多作品由于时代的隔阂会被阻挡在当下及未来读者的视野之外;另一方面,经过时间淘洗的"十七年"优秀童话文本,既包含了意识形态又超越于意识形态之上,才拥有经典的品质。这样的经验和教训,对于今天的童话创作而言,仍具有启示意义。

《妇女杂志》与中国现代儿童文学

胡丽娜

《妇女杂志》是现代妇女报刊史上的重要刊物,受众定位为中等以上文化程度的女学生和家庭妇女。该杂志于 1915 年创刊,1931 年 12 月停刊,在长达 17 年的办刊过程中,从首任主编王蕴章到章锡琛、杜就田、叶圣陶和杨润馀等历任主编,考虑到妇女与儿童的特殊且亲密的联系,该杂志一直关注儿童群体。"在最初数年里,完全以提倡贤母良妻为主,旁及妇女医药卫生和抚育儿童的常识,等等。"① 章锡琛接任主编后,大力改革,加大对儿童学、儿童文学建设力度,魏寿镛、恽代英、鲁迅、茅盾、周建人、金仲华、胡愈之、赵景深、叶浅予、陈伯吹等人成为杂志的主要撰稿人,其中魏寿镛、赵景深、陈伯吹、顾均正等都是发生期儿童文学建设的中坚力量。1920 年,《妇女杂志》创办了《儿童领地》专栏,这是当时少有的为少年儿童专设的发表习作、心得的园地;同时该杂志以"家庭俱乐部"为主要平台,通过原创作品的刊发、安徒生等域外经典的翻译和绍介、儿童文学理论的建设等多维度推进现代儿童文学的发生和发展。

一、《儿童领地》与儿童的发现

"在有儿童书之前,必须先有儿童——也就是说,儿童应被视为主体,有独特的需求与兴趣,不只是男人和女人的缩影而已。在西方社会史的发展中,直到

题解　本文原载《文艺争鸣》2016 年第 9 期。文章纠正了长久以来在各种儿童文学史论中关于《儿童领地》栏目创办时间、性质描述所出现的错误,并指出了《儿童领地》的开设与"儿童的发现"之间的内在关联。文章全面评述了《妇女杂志》多维度参与、推动中国现代儿童文学发展的具体工作:支持儿童文学诸多文类的创作实践、译介和传播安徒生等域外经典儿童文学作品、推动本土儿童文学理论的建设,等等。文章认为,《妇女杂志》开启了综合性刊物关注儿童文学的先河,在很多层面上都对中国现代儿童文学的发展有着深远的意义。此文的研究视角与路径呈现了 21 世纪中国儿童文学研究对媒介的重视日趋加强的态势。

① 《〈妇女杂志〉的种种》,见谢菊曾:《十里洋场的侧影》,花城出版社 1983 年版,第 38 页。

近代,儿童才受到应有的重视。"① 只有儿童被"发现",儿童的主体价值被认可的前提下,儿童的书籍或者说儿童文学的产生才有可能,这是中西儿童文学发展的共识。周作人曾这样论断中国儿童文学发生前夜的境况:"在儿童不被承认,更不被理解的中国,期望有什么为儿童的文学,原是很无把握的事情,失望倒是当然的。儿童的身体还没有安全的保障,哪里说得到精神?"② 因此,中国儿童文学的诞生与出场就建立在儿童被发现、儿童期独特性及其价值意义被肯定的基础之上。

《妇女杂志》初期"以提倡女学,辅助家政为宗旨"③,创刊号的征稿启事就提道:"第所惠之稿率注重于文艺一方面,实用之学稀如麟凤,殊与记者初心相反。"为此特别强调"科学上之种种,以及家政中之手工、烹饪、卫生诸作最所欢迎"。在注重实用性的指导思想下,儿童期特定生理心理特点及其需求的了解就成为新式妇女的必修课,为此杂志刊发了各种育儿知识与技能相关的文章,如《母教》(2卷1、2号)、《弗兰克》(2卷7号)、《婴儿之哭》(载3卷10号)、《儿童玩具问题》(载3卷8号)等。从第4卷开始,《妇女杂志》进行了重视育儿方法的改革,对儿童这一长久以来被埋没与遮蔽的群体给予了更多元的关注,魏寿镛、恽代英等人在第4卷刊发了大量与儿童相关的文章。魏寿镛写有:《观察儿童之个性法》(载4卷1号)、《小儿之衣食住》(载4卷6号)、《年假期中之儿童教育》(载4卷2号)。恽代英写有:《儿童问题之解决》(连载4卷2、3、4、5、6号)、《儿童读书年龄之研究》(载4卷3号)、《儿童游戏时间之教育》(载4卷9号)。还有《婴儿之体操》(载5卷9号)、《顽童》(载5卷5号)、《小儿心病治疗法》(载6卷第1号)等与儿童身体养护相关的文章。尽管这些文章的初衷是服务于新妇女的成长,却通过对儿童身心发展、儿童的社会化、养护抚育等问题的探讨,客观上对儿童群体的发现起到了推动作用。如《儿童玩具问题》开篇就是对儿童游戏需求的肯定:"活泼泼地儿童,无一不喜欢游戏,是其天性人也。"④

《妇女杂志》对儿童群体发现的贡献最集中体现于《儿童领地》的开辟。这一专栏恰如其名所示,是专供儿童刊发思想心得和成绩的领地,其预设的作者群是儿童,是儿童参与的乐园。在儿童渐次被发现的中国,如此专门开辟的给儿童

---

① 约翰·洛威·汤森:《英语儿童文学史纲》,谢瑶玲译,天卫文化图书股份有限公司2001年版,第10页。
② 周作人:《关于儿童的书》,见周作人《谈虎集》,止庵校订,河北教育出版社2001年版,第300页。
③ 《广告》,载《妇女杂志》第4卷第1号。
④ 魏寿镛:《儿童玩具问题》,载《妇女杂志》第3卷第8号。

发声的园地是何其珍贵。

1920年第6卷第1号的《妇女杂志》首次出现了《儿童领地》专栏且配以图饰,画面是一男一女两儿童一起津津有味埋头看书的情景。《儿童领地》的说明文字如下:"儿童领地是预备容纳全国男女儿童所发表的思想心得和成绩的。自第2号起推广地位。"第2号的《妇女杂志家庭俱乐部征文广告》对"儿童栏目"的宗旨和栏目进行了更为明确的介绍:"又本俱乐部设有儿童领地一栏,预备全国家庭中可爱的儿童,自由发表他的思想心得和一切成绩。分着谈话会(以简短为主)、观摩集(儿童的作文成绩)、美术展览会(书画手工等成绩)、通信处(滑稽的通信为主,兼收常识问答)等。如蒙投稿,当以可爱的以有益的恩物作为酬报。"① 第5号的征稿文字可谓对《儿童领地》性质直接、正面的强调:"儿童领地是全国男女儿童,自由发表思想、心得和学术成绩的儿童乐园。"② 由此,《儿童领地》恰如其名所示,是专供儿童刊发的领地,其预设的作者群是儿童,是儿童参与的乐园。

《儿童领地》下设的栏目主要有:谈话会、通信处、观摩集、美术展览会、手工、游戏算术和白话谜语(第6卷第5号新增)。谈话会的内容相对较杂,这从第6卷第1号的内容中可见一斑:有"新年的感想""最大的书和最小的书""蚤之跳跃""动物一分钟所动的足数""趣味的故事"等。通信处基本是学生的知识问答,读者提出问题,编辑部署名记者予以解释和回应。观摩集、美术展览会是从第6卷第2号开始增设的:"所征集之材料如下——观摩集:男女儿童之国文成绩。其合于本俱乐部所定各号(如第2号为爱之号,第3号为春之号)之材料者,尤为欢迎。美术展览会:所征之材料为男女学生之手工、书画,各项成绩或摄影。"③ 这是《儿童领地》设立之初的规划,此后栏目的运作与文章的刊载,基本遵照此设计。

第6卷第2号的《儿童领地》的内容有:谈话会、通信处和美术展览会。刊登的文章有《爱之释义》《可惊的战费》,还有镇江范儿小朋友的来信。其中昆陵张美新的来稿《我所爱的猫》颇有几分儿童情趣。画中的两只猫儿表情各异:一只猫儿笑,一只猫儿恼,边上还配有童趣盎然、明白晓畅的诗歌:"我所爱的猫!有时叫,有时跳,有时跟着耗子赌赛跑,一只猫儿笑,一只猫儿恼。你莫笑,留心耗子联盟和你扰;你莫恼,鲜鱼白饭给你喂饱,我所爱的猫!"留心观察,可以发现

---

① 《妇女杂志家庭俱乐部征文广告》,载《妇女杂志》第6卷第2号。
② 《妇女杂志社家庭俱乐部预告》,载《妇女杂志》第6卷第5号。
③ 《观摩集美术展览会征求投稿》,载《妇女杂志》第6卷第1号。

上一号中预告的"观摩集"没有出现,为此《妇女杂志家庭俱乐部征文广告》有特别的解释:"本月号家庭俱乐部,因限于篇幅有许多预订的材料都不能刊入。很为抱歉,此后当力图扩充。本俱乐部预订第三号为春之号,第四号为美之号。读者如有相当材料见寄。"① 由于刊物篇幅的限制,《儿童领地》的版面经常被占用,如第 6 卷第 3 号中说"本栏之通信处,美术展览会各门,因限于篇幅,未能登刊,俟下号补登"。

第 6 卷第 4 号的《儿童领地》是自创设以来内容最为丰富的一期。谈话会、美术展览会和通信处都齐全了,刊发的文章也最多。谈话会刊发了围绕美展开的系列文章,如"美"之释义、如何叫作美等。通信处的文章大多是读者和记者先生的幽默问答,有些类似现在的脑筋急转弯,如有这样一篇:"记者先生:鄙人昨天在街中见一儿童,问他姓什么? 他答道:我姓我爸爸的姓,可是鄙人也不知道那儿童的爸爸的姓,今请先生示知。吴兴上"署名记者的回答可谓俏皮睿智:"儿童的爸爸的姓,便是爸爸的爸爸的姓。"

谈话会、美术展览会、通信处这些小版块的设置,其意都是为了吸引儿童读者的参与,而从文章的刊发情况来看,尽管有儿童读者的参与,如第 6 卷第 8 号的通信处有天津七龄童朱崇育的来信,但总体来说儿童群体的参与程度不高。事实上,《儿童领地》的大多数文章都是成人所做,甚至《妇女杂志》主编王蕴章都多次以别号窈九生之名亲自撰稿。如第 6 卷第 6 号的家庭笑话四则都是窈九生所写,还有 6 卷第 12 号的儿童领地中美术展览会有"窈九生"的一笔画。经常参与撰稿的还有何霭云、沃州卧云等。"教几个同乡的小孩子念念书写写字"学馆的老师何霭云的《奇想的小儿》描摹了一群可爱的儿童形象,他还在美术展览会中发表了《革旧便是鼎新》《急流方显舟速》的美术作品以及《最大的鸡卵和最小的鸡卵》。第 6 卷第 12 号中白话谜语、滑稽问答和隽语三个小栏目刊载的都是沃州卧云的文章。这真实地反映了栏目创办之初稿源的窘促和儿童读者参与寥寥的境况。好在这些成人作品大多较为亲切平和,有较为明确的读者意识,较为契合儿童的接受。这在陈昌颐的"果人"的说明文字中体现得很明显:"我知道诸位小朋友,现在没有事一定要想做一种很有趣味的游戏,那么你且看我这个果人,非常有趣。所以我要画个图在下面供给诸位看看。还要请诸位拿果子来照样拼合。用竹丝连成做一个玩玩,试试看,好是不好?"

《儿童领地》栏目设置于 1920 年,是家庭俱乐部之下的一个专栏,是给儿童

---

① 《妇女杂志家庭俱乐部征文广告》,载《妇女杂志》第 6 卷第 2 号。

刊发"思想心得和成绩"的乐园,其中的谈话会、观摩集、美术展览会和通信处的内容都不具有文学性;从参与者构成来看既有儿童又有成人,但即使是儿童创作的文字,也不是严格意义上的儿童文学,只能说是儿童的习作,因其主旨在于鼓励可爱的儿童参与和展示。为此,现有多部儿童文学史论著作中关于《儿童领地》论述的失误之处就不证自明。如"1921年由沈雁冰主编的《小说月报》和王蕴章主编的《妇女杂志》,分别开辟了《儿童文学》和《儿童领地》专栏,这两本杂志除继续介绍安徒生作品,还注意了格林、王尔德、梅特林克、托尔斯泰的作品"①。这种论述也在多种教育类论著中出现:"1921年开始,《妇女杂志》开辟《儿童领地》专栏,发表许多儿童文学作品,开创了我国妇女杂志为儿童办专刊的先例。"② 这些论述的核心观点可以归纳为:一,《儿童领地》专栏创办于1921年;二,《妇女杂志》对儿童文学的倡导、支持集中于《儿童领地》专栏,因为《儿童领地》是儿童文学专栏。综合上述对《儿童领地》的考察,可以发现以上论断存在明显的两个问题:第一,《儿童领地》的创办时间并非1921年,而是1920年;第二,《儿童领地》专栏并非刊发儿童文学作品的平台,其栏目参与主体为儿童,是鼓励儿童参与、发表儿童"思想心得和成绩"的儿童乐园。

二、《妇女杂志》与儿童文学的创作、译介

为什么现有研究谈及《妇女杂志》对儿童文学的推进作用时都以《儿童领地》来说事呢?笔者以为这与《儿童领地》作为《家庭俱乐部》的子栏目有关系。《儿童领地》的征稿启事的落款是《妇女杂志社家庭俱乐部》,可见《儿童领地》是家庭俱乐部设置的一个专栏。而家庭俱乐部是《妇女杂志》较早设置的一个专栏,是《妇女杂志》刊发儿童文学相关文章的主要平台。自《儿童领地》开设以来,家庭俱乐部经常会推出专号,如《爱之号》《不可思议号》《飞行号》《夏之初动物号》《中秋号》《国庆号》等,专号中经常有儿童文学作品见刊。如"不可思议号"刊载了童话《大拇指别传》;"爱之号"刊发了寓言《赤虎》;"春之号"刊发了寓言《茅》、童话《朴泼鼠的遇险》等。

在专号之外,《家庭俱乐部》还发表过很多生趣盎然的儿童文学作品。早在第3卷第2号就有鸟蛰庐的《猿尾钓鱼记》。这篇童话写得一波三折,扣人心弦,

---

① 张香还:《中国儿童文学史现》(现代部分),浙江少年儿童出版社1988年版,第51页。
② 刘英杰主编:《中国教育大事典:1840—1949》,浙江教育出版社2001年版,第541页。

生趣盎然的故事中狐狸的狡黠复仇的形象刻画得入木三分。该文中狐狸幻化为美女的情节深受传统聊斋故事的影响,而《偷鱼》《捉鱼》情节又与法国民间故事《列那狐》颇为相似,只是主角设置为狐狸和猿猴,该童话是否参照了《列那狐》却无从考证。该文还配有类似编后记的"记者附识":"儿童在家无事,为母者宜为讲述有益之童话。可于不知不觉中引进其德行。盖寓言故事,较有趣味。儿童脑海中异于感触也。如此篇略寓害人自害之箴砭。苟猿不先害狐,则狐亦不致设计害猿。儿童悟得此意,无故侵害他人之意,自不易害发生矣。"[1] 尽管有浓烈的道德说教意味,但其中倡导的母亲给孩子讲述故事的理念,儿童对故事的接受特点的分析却显现出刊物编辑自觉建设儿童文学的明确意识。

《妇女杂志》刊发的儿童文学作品类型有小说、童话、民间故事、歌谣、图画故事等。如教育小说《小学生》、李王采南的童话《富翁子》《贪猫》等。从时间上来评判,笔者以为《妇女杂志》开启了综合性刊物关注儿童文学的先河。在《儿童世界》《小朋友》等专门儿童文学刊物创办之前,《家庭俱乐部》对儿童文学诸多文类实践的支持有着格外重要的意义。1923年7月24日《晨报副镌》开辟了《儿童世界》专栏,在《后记》中说:"冰心女士提议过好几回,本刊上应该添加一栏儿童的读物。记者是非常赞成的,但实行却是一件难事。中国近来的学术界,各方面都感到缺人。儿童的读物:一方需要采集;一方也需要创作,但现在哪一方都没有人。因为没有人,所以这一件事延搁到今日。从今日起,我们添设《儿童世界》一栏。"[2] 两相对照,足见《妇女杂志》对儿童文学的扶植和建设的"先见"与功绩,也反映出"前行者"垦拓与坚持背后的努力与不易。

《家庭俱乐部》在为儿童文学提供发展平台的同时,还通过白话文的改革从另一层面促进儿童文学的发展。《妇女杂志家庭俱乐部预告》道:妇女杂志社自六卷一号起刷新内容,改良体例。所有社论、评论、通论、议论、读者论坛、名著、常识、杂载、家庭俱乐部各栏,欢迎来稿,只是对于投稿的规则中就要求"文字以用白话者为宜,圈点亦请用新文体之点句法"[3]。该专栏刊发的儿童文学创作如童话、谜语、儿歌等均为白话文。《妇女杂志》跻身入最早倡导白话儿童文学的杂志之列,其对白话儿童文学的倡导早于黎锦熙主编的《儿童》周刊。该周刊是《京报》于1922年11月11日开辟的。黎锦熙在《发刊词》中说:"情感是智识底开胃品,是意志底兴奋剂,而情感教育底利器就是儿童文学。因此决定每周出

---

[1] 鸟蛰庐:《猿尾钓鱼记》,载《妇女杂志》第3卷第2号。
[2] 《后记》,载《晨报副镌》1923年7月24日。
[3] 《妇女杂志社家庭俱乐部预告》,载《妇女杂志》第6卷第5号。

一期《儿童》,以供儿童阅读。"该刊致力于推广普通话,在两年后黎锦熙写的《续刊宣言》中提出:"今后的《儿童》……尤其欢迎北方儿童歌谣、传说……以及北方小朋友们底创作,等等,因为这些乃是国语统一底基础,乃是'国语文学'底正宗……总希望渐渐地多运用字母(注:指当时推行的国语注音字母),用来曲达语言底精神,减除文字底障碍。"《儿童》周刊所倡导的对歌谣、传说等民间资源的搜集整理活动,《妇女杂志》早在1921年就已开始,通过对民间资源的搜集、整理、刊发,促进本土儿童文学的建设。如《有趣的故事》就是儿童文学中绕口令的一种:"六合县有个六十六岁老头,盖了六十六间楼,买了六十六篓油,堆在六十六间楼,栽了六十六株垂柳,养了六十六头牛,扣在六十六株垂柳,遇见了一阵狂风起,吹倒了六十六间楼,翻了六十六篓油,断了六十六株垂柳,砸死了六十六头牛,急煞六合县的六十六岁陆老头。"① 故事之外,编者还附加了一段如何读的说明文字,指出这故事要读得快才有趣味,充分显示了编辑对儿童读者的体贴与照顾。

  对草创期的本土儿童文学发展来说,《妇女杂志》的另一重要贡献在于对安徒生等域外经典的译介和传播。在《小说月报》1925年推出安徒生专号之前,《妇女杂志》是发表安徒生译文最多、最集中的杂志。赵景深、顾均正、伯恩、仲持、汪廷高、天赐生等人都在《妇女杂志》发表安徒生童话译作。主要篇目有学憨译《玫瑰花妖》(7卷1号)、《顽童》(7卷3号)、红霞译《母亲的故事》(7卷5号)、赵景深译《芋麻小传》(7卷6号)、《鹳》(7卷8号)、《一荚五颗豆》(7卷11号)、《恶魔和商人》(7卷12号)、《安琪儿》(8卷2号)、《祖母》(8卷12号)、《老屋》(9卷3号)、《柳下》(10卷1号)、伯恩译《老街灯》(7卷7号)、石麟译《一滴水》、仲持译《她不是好人》(8卷3号)、天赐生译《一对恋人》(10卷11号)、顾均正译《大克劳斯和小克劳斯》(11卷1号)、《夜莺》(11卷4号)、汪延高译《飞尘老人》(11卷2号)。1930年,《妇女杂志》发表了《介绍安徒生童话集》的文章,可见该杂志之于安徒生中国传播的持续热情与巨大功绩。这其中,赵景深的安徒生童话翻译最为典型。赵景深曾言"我极爱安徒生童话"②。徐调孚评价赵景深是介绍安徒生最努力者中的一个,也是出版安徒生童话集中译本最先的一个。早在五四运动后几个月,赵景深就译介了《皇帝的新装》《火绒匣》和《白鹄》(即《白鹅》)等刊登在商务印书馆的《少年杂志》。1920年至1922年,

---

① 《有趣的故事》,载《妇女杂志》第6卷第6号。
② 赵景深:《安徒生评传》,见赵景深编《童话评论》,新文化书社1924年版,第227页。

赵景深在棉业专门学校纺织科求学,功课余暇,继续翻译安徒生的童话,投给《妇女杂志》,即《鹳鸟》《一荚五颗豆》《祖母》《安琪儿》等译作。

作为传播国外儿童文学经典的重要平台,《妇女杂志》还刊载了梅特林克的《青鸟》(仲持译,7卷第9、10、12号)、英国的王尔德的《星孩》(伯恩译,7卷9号)、法国白罗勒的《穿靴子的猫》(8卷5号),还有英国威尔士的《一套美丽的衣服》(仲持译,8卷5号)、俄国爱罗先珂的散文诗《鱼的悲哀》(鲁迅译,8卷1号)、《小鸡的悲剧》(鲁迅译,8卷9号)等。这些国外儿童文学经典的译介和传播,对本土原创儿童文学的发展提供了积极的示范意义。

三、《妇女杂志》与本土儿童文学理论的建构

1913年之后,周作人陆续发表了《童话研究》《童话略论》《儿歌之研究》《古童话释义》等重要论文。只是,民国初年到"五四"之后相当长一段时间内,儿童文学理论的耕耘都是一项孤寂和冷清的事业。周作人在《儿童文学小论》的初版序言中对此有过描述:"这里边所收的共计十一篇。前四篇都是民国二三年所作,是用文言写的。《童话略论》与《研究》写成后没有地方发表,商务印书馆那时出有几册世界童话,我略加以批评,心想那边是未必要的,于是寄给中华书局的《中华教育界》,信里说明是奉送的,只希望他送报一年,大约定价是一块半大洋罢。过了若干天,原稿退回来了,说是不合用。恰巧北京教育部编纂处办一种月刊,便白送给他刊登了事,也就恝不续做了。后来县教育会要出刊物,由我编辑,写了两篇讲童话儿歌的论文,预备补白,不到一年又复改组,我的沉闷的文章不大适合,于是趁此收摊,沉默了有六七年。民国九年北京孔德学校找我讲演,才又来饶舌了一番,就是这第五篇《儿童的文学》。以下六篇都是十一二三年中所写,从这时候起注意儿童文学的人多起来了,专门研究的人也渐出现,比我这宗'三脚猫'的把戏要强得多,所以以后就不写下去了。"[①] 周作人所述民国十一二年关注儿童文学的人多起来了的状况,是对当年儿童文学发展境遇的准确判断。1921年正是本土儿童文学发展的重要节点。周作人的《儿童的文学》刊载于1921年的《新青年》8卷4号,第一部本土童话集叶圣陶的《稻草人》出版于1921年,专门性的儿童文学刊物《儿童世界》《小朋友》分别创刊于1921和

---

① 周作人:《儿童文学小论·序》,见《儿童文学小论:中国新文学的源流》,河北教育出版社2002年版,第2—3页。

1922年,最早的儿童文学理论著作魏寿镛、周侯于的《儿童文学概论》、朱鼎元的《儿童文学概论》分别于1923年、1924年出版。此外,《教育杂志》《民铎》《中华教育界》等杂志也相继刊发郭沫若的《儿童文学之管见》等儿童文学理论文章。在这一轮本土儿童文学理论建设中,《妇女杂志》是倡导和扶植儿童文学理论建设的重要领地。

1920年《妇女杂志》刊载了丁锡纶的《儿童读物的研究》。丁锡纶(1889—1946),现代画家,字叔言,曾任山东潍县丁氏第一小学的校长,该学校创办于1913年,位于潍县县城南门里,学生人数达65人。① 这是现代儿童文学史上较早关注幼儿文学需求的论文。文章对五六岁儿童的文学需求有细致分析:"儿童到了五六岁,知识渐开,时时要因着事情发展他那固有的能力。这个时候是儿童最要紧的时期,总要用种种合适的法子引诱着他那能力向正道上去发展。儿童将来的善恶,全在这初步教育的培养。"初步教育实施的第一个问题便是选择儿童的读物,第二个问题是慎重对于儿童的训话。他认为对于这两个问题都需要切实的研究。作者分析了商务印书馆和中华书局出版的《儿童教育画》《童话》《儿童画报》等书,其中适宜于五六岁儿童不过一两种。在对出版物评判的基础上,丁锡纶对儿童读物提出建设意见:"我希望热心教育的人,组织一个儿童读物研究会。就借这《妇女杂志》做一个机关报,将各书坊所出的儿童读物,破除情面,把他的优点劣点,一一指出,登入《妇女杂志》。大家交换交换意见,着实地研究研究,各书坊也可以借得他山之助,改改良进进步。大家也可以另发明几种相宜的读物,发表发表。或者就请妇女杂志社印行。此事若果实行,必然给儿童造一极大的幸福。"② "五四"之后儿童读物编撰尚处于起步阶段,丁锡纶关于幼儿文学需求、儿童读物的编制、出版等方面深入且富有远见的论述,于中国儿童读物研究是有开创之功的。在他之后,儿童读物研究作为儿童文学理论建设的一个维度得以推进,王人路的《儿童读物的研究》、仇重的《儿童读物研究》等论著就是这方面的后继成果。

《妇女杂志》第7卷第7号上张梓生发表了《论童话》一文。张梓生是童话研究的先行者,赵景深就曾受惠于他的指导:"由于张梓生的导引,知道研究童话的书有英国哈特兰德的《神话与民间故事》和《童话的科学》以及麦苟劳克的《小说的童年》。"③ 张梓生从民俗学的角度,探讨了民间童话所保存的原始人类

---

① 山东省潍坊市潍城区史志编纂委员会编:《潍城区志》,齐鲁书社1993年版,第648—649页。
② 丁锡纶:《儿童读物的研究》,载《妇女杂志》第6卷第1号。
③ 赵景深:《郑振铎与童话》,载《儿童文学研究》1961年第12期。

文化因素,童话的变异与形式,给出童话的界说:"根据原始思想和礼俗所成的文学。"张梓生对童话的阐释,顺应了"五四"前后西方人类学理论对儿童文学的影响潮流。他认为在童话研究中人类学方法有着意义和作用:"我们要想从童话研究的历史中,寻出他进步的事实来,不可不晓得英人兰克的名字,因为自从他用了人类学、神话学去研究童话,童话的真意义真效用方始显出来。"另外,《论童话》一文也极为重视童话在儿童教育上的功能。"我们在此有应注意的地方,就是我们要利用童话去教育儿童,必须单纯地讲述他的本事,切不可于本事外面,妄自加上诫训的话头;因为童话中怪诞不经的事实里面的道理,只可使儿童自己无意中去领会出来,倘若将人勉强加上一番大道理,儿童非但不易懂得,或者还要为此发生厌倦心,全功因此尽弃哩!"①

该文引起了赵景深的关注,他去信给张梓生进行研讨,这就是刊载第 8 卷第 1 号的《童话的讨论》。赵景深就《论童话》一文提出了几个问题:"灰娘式三字怎样解释,研究童话应该买些什么书,有哪些研究童话的书出版,童话的定义"等几个问题。赵景深敏锐洞悉了这一时期儿童文学界对"童话"概念混用的情况②。需要补充的是,这次讨论是赵景深对童话探究的序曲,1922 年赵景深与周作人就童话问题进行了通信,刊发在《晨报副刊》1922 年 1 月 25 日,2 月 12 日,3 月 28 日、29 日,4 月 9 日。在通信中,赵景深就"童话"一词的由来,童话的定义、性质、演变,童话与神话、传说的区别,童话对儿童的教育作用,中外童话比较等问题进行了探讨。这次对中国儿童文学理论影响深远的争鸣与《妇女杂志》的探讨相应和,成为儿童文学发生期对童话研究的重要事件。

作为后续,1924 年 1 月,赵景深将"五六年来悉心搜集各报章杂志"的童话研究论文辑录为《童话评论》,这是发生期儿童文学理论的重要文献,是中国现代童话理论体系建构的最早尝试。赵景深依据论文的研究视角和方法的异同,分为民俗学上的研究、教育学上的研究和文学上的研究。其中民俗学上的研究辑录的文章大多刊发于《妇女杂志》,除《论童话》《童话的讨论》之外,还有冯飞的《童话与空想》、胡愈之的《论民间文学》等重要文章。

赵景深曾说自己是从童话翻译走上了童话和民间文学研究的道路:"我对于民间文学的探索是从童话开始着手的。早在中学读书时期,我就译了许多安徒生童话在商务印书馆编的《妇女杂志》《少年杂志》上刊载……直到 1922 年之

---

① 张梓生:《论童话》,载《妇女杂志》第 7 卷第 7 号。
② 赵景深、张梓生:《童话的讨论》(通信),载《妇女杂志》第 8 卷第 1 号。

后,我才陆续发表了《童话的讨论》《童话与小说》《研究童话的途径》《童话的意义来源和研究者的派别》等一系列文章。应该说明的是,当时我所谓的'童话'是:'原始民族信以为真而现代人视为娱乐的故事,亦即神话的最后形式,小说的最初形式。'"① 这就从一个层面解释了缘何《妇女杂志》会成为"五四"之后儿童文学民俗学研究的重要阵地。或许就是考虑到《妇女杂志》在当时儿童文学上的建树和影响,《儿童世界》创刊的时候,郑振铎选择将《〈儿童世界〉宣言》交付给该杂志。

《妇女杂志》对儿童文学理论的探索,一直延续到刊物后期。1930年第16卷刊发了署名霜葵的《童话与妇女》,该文基于妇女在儿童养成中的重要作用以及童话与儿童的契合,阐述了妇女与童话的关系。作者指出:妇女应以童话来养成儿童的向上心,妇女应以童话养成儿童的互助心,妇女应以童话养成儿童的同情心,妇女应以童话养成儿童的勇敢心,妇女应以童话养成儿童的好奇心和想象力,妇女应以童话养成儿童的高尚人格与感情。文章还就妇女选择童话材料的标准与几个应当注意的重点进行阐释。如取材的标准应与儿童的想象、好奇、记忆等心理上的特征相符。在最后的结论部分,作者更是将这种对儿童的文学熏陶与健全人格的养成上升到了民族国家的高度:"欲得到完美人生的佳果,做到强盛伟大的民族,必须从根本上训练儿童。儿童最亲切的人,便是妇女,所以我希望中国的妇女们,大家尽量地将故乡的童话,陶冶儿童性情,发扬儿童本能,使他们将来个个都是强国的中坚分子,这是你们的最大使命啊。"②

综上所述,因为女性和儿童的天然亲近,在10多年的办刊历程中,《妇女杂志》一直重视对儿童文学的扶植和建设,通过《儿童领地》的创设、儿童文学作品的刊发和域外经典译作的刊载、儿童文学理论的倡导与建设,多重维度参与并积极推进了现代儿童文学的发展。

---

① 赵景深:《民间文学丛谈·后记》,湖南人民出版社1982年版,第287页。
② 霜葵:《童话与妇女》,载《妇女杂志》第16卷第1号。

上海儿童文学"中生代":地域性创作群体 40 年的文学风貌

李学斌

这是一个富有时代特色的创作群体:上世纪七十年代末走上文坛,此后四十年,一直活跃在创作一线,并逐渐成为中国儿童文学的中坚力量、中流砥柱。

上海是有着悠久儿童文学传统的城市,百年中国儿童文学从这里开始起航。新中国六十多年的儿童文学版图,上海儿童文学也据有半壁江山。适值今日,上海儿童文学作家"老、中、青、少"四世同堂,群星璀璨;上海儿童文学创作"多、活、精、新"佳构迭出,成果丰硕。这其中,有一批"中生代"作家的创作成就和文学风貌尤为社会所瞩目。他们是一个富有时代特色的创作群体:上世纪七十年代末走上文坛,此后四十年,一直活跃在创作一线,并逐渐成为中国儿童文学的中坚力量、中流砥柱。笔者将从六个层面概述这一被称为"中生代"上海儿童文学作家的地域性创作群体四十年的文学创作风貌。

"中生代"登场

1978 年是一个非常特殊的年份。这一年,十一届三中全会召开,不仅意味着改革大幕的开启,也标志着包括儿童文学在内文学"新时期"的到来。彼时,"儿童文学教育论"与"儿童文学审美论"的冲撞不仅是文艺思想之争,更是新旧两种儿童文学创作潮流的交汇与激荡。也正是在这种此消彼长的不同文学观念与创作实践推动下,王安忆的儿童小说《谁是未来的中队长》、程乃珊的儿童小说《"欢乐女神"的故事》、诸志祥的童话《黑猫警长》、梅子涵的儿童小说

题解 本文原载《中华读书报》2018 年 3 月 21 日。文章对从 20 世纪 70 年代末以来活跃在上海的儿童文学作家群体的创作风貌进行了综述。文章以"中生代"命名这一地域性的创作群体,并从他们的创作成就、体裁风格和代际传承等方面进行了评价。文章指出,海派文化"开放前瞻、兼收并蓄"的特点造就了上海儿童文学多元、开放、包容和创新的文化视野与进取精神,使得过去 40 年的创作成果不但书写了一个城市的儿童文学发展史,而且成为"新时期"以来中国儿童文学的重要组成部分。

《课堂》、周锐的童话《勇敢理发店》、秦文君的儿童小说《迟到的敬意》、陈丹燕的儿童散文《中国少女》、彭懿的童话《女孩子城来了大盗贼》等优秀作品相继发表。至此,"新时期"上海儿童文学褪去了浓重的"教育底色",翻开了鲜润的"文学新篇"。

九十年代是中国儿童文学的"长篇时代",也是"中生代"儿童文学作家的创作成熟期。那一时期,幽默儿童文学、幻想儿童文学与原有的现实主义儿童文学三元合一,齐头并进。而在三股文学潮流中,都活跃着上海"中生代"儿童文学作家的身影。秦文君的《男生贾里》系列、梅子涵的《女儿的故事》、陈丹燕的《我的妈妈是精灵》、班马的《六年级大逃亡》、张成新的《来自沙漠王国的少女》、彭懿的《疯狂绿刺猬》、周锐的《哼哈二将》、郑春华的《大头儿子和小头爸爸》、刘保法的《中学生圆舞曲》、朱效文的《青春的螺旋》、简平的《一路风行》、戴臻的《小尖帽》、任哥舒的《敬个礼呀笑嘻嘻》等重要作品都诞生在这一年代。

进入新世纪之后,随着商品经济大潮和信息化时代的到来,上海"中生代"儿童文学作家进入了创作拓展期。题材上不断开拓,文体上多点开花,艺术上多元并进……成为诸多"中生代"作家共同的文学追求。秦文君涵盖低幼、童年、少年不同读者群的全文体写作,沈石溪云南归来后以《鸟奴》《最后一头战象》《中华龙鸟》等小说对动物题材的开拓,梅子涵《中学生灵感》《麻雀》等作品对短篇小说叙事艺术的持续探索,彭懿继幻想小说之后,又成为原创图画书的旗手,周锐集束式推出重构经典的"名著幽默"系列,郑春华继广受好评的"大头儿子系列"之后,又以"非常小子马鸣加"系列完成了文学转型与自我超越……

时至今日,秦文君、梅子涵、彭懿、沈石溪、刘保法、郑春华、野军、戴达等"中生代"儿童文学作家在保持创作活力的同时,还在寻求新的艺术突破,这种与时俱进的文学情怀不仅是上海"中生代"儿童文学作家共同的精神风貌,也是他们不断前行,成就儿童文学伟业的内在动力。

丰赡鲜明的内容风格

四十年来,"中生代"上海儿童文学作家取得了令人瞩目的创作成果。这主要体现在两个方面:

(一)儿童文学创作内容丰富、多样。在"中生代"作家笔下,儿童文学疆域广阔、气象万千。这其中包括秦文君、陈丹燕的本色少女书写;梅子涵、班马、金逸铭、朱效文的阳刚男孩叙事;周锐、彭懿、朱效文、周基亭、庄大伟、任哥舒、戴臻、戴达的多维童话创作；张成新、朱效文、魏滨海、沈振明、简平、胡廷楣的鲜活校园写实；毕国瑛、郑春华、班马、朱效文、刘保法、戴达、东达、潘与庆的热忱童年歌吟；野军、郑春华、陆弘、任霞苓的本位幼儿故事；沈石溪的野生动物传奇，以及刘绪源、班马、彭懿、梅子涵、朱效文、胡廷楣等的敏锐理论批评，等等。

（二）儿童文学创作风格鲜明、独特。比如，同是写少女小说，陈丹燕往往直面成长，笔下的少女形象内向、敏感、自尊、叛逆；秦文君则喜欢以曲笔书写少女心理变迁，小说里的少女更为外向、乐观、温婉、宽厚。还比如，同样致力于童话创作，周锐的童话新奇中富含哲意；彭懿的童话荒诞里袒露真实；金逸铭的童话境界开阔，气象雄浑；朱效文的童话以游戏性折射社会人生；庄大伟的童话现实融合着滑稽、变形；任哥舒的童话以想象切割生活，在夸张中营造趣味；戴臻的童话惯于在推向极致的荒诞里揭示人性，展开讽喻；戴达的童话喜欢从现实与幻想的缝隙中呈现民间立场、弥散文化气息。而周基亭则是上海童话家里的抒情派。他的童话以构思精巧见长，讲求幻想叙事的意境与韵致。相较而言，周基亭和戴达的童话创作为八九十年代热浪滚滚的上海童话界吹来一股清凉之风。此外，还有沈石溪笔下独树一帜的自然生态描写、苍凉斑驳的动物命运展示，等等。

上述"中生代"作家题材不一、风格迥异的儿童文学创作实践前应后和，此起彼伏，组成了上世纪八九十年代上海儿童文学雄浑热烈的多声部文学合唱。

动态发展的多元格局

上世纪八九十年代，中国儿童文学曾经历了一场"狂飙突进"的"文学化运动"。以《儿童文学选刊》的创办为标志，上海儿童文学在时任少年儿童出版社总编辑、著名作家任大霖和一批活跃的儿童文学作家如任大星、任溶溶、施雁冰、张秋生的创作引领，以及文学批评家周晓先生的倡示、扶掖下，上海"中生代"儿童文学出版人几乎全员写作，创造了上海儿童文学的盛世景观。

比如，儿童小说层面，秦文君、梅子涵、陈丹燕三位作家洋洋大观的创作成果之外，张成新在其代表作《啊，少男少女》《三点半放学》中，以其对当代孩子情感、心理的深入理解、准确把握，生动呈现了少年儿童成长中的喜、怒、哀、乐，体现出鲜明的现实主义风格。朱效文在以《青春的螺旋》为代表的校园小说中不仅通过少年生命中不期而遇的困境体验，传达了青春成长的迷离、深邃，而且在故事表层透示着浓郁的理想主义情怀。魏滨海以《诺言》为代表的儿童小说题微旨宏，体现了对现实生活的敏感和对内在真实的追求。沈振明以《树洞里的校长室》为代表的儿童小说富有亲历性,将朴实、善良的乡村少年追求理想、渴望改变命运的心路历程表现得委婉动人。简平的儿童小说往往从社会事件中取材,通过激烈的矛盾冲突和细腻的心理刻画塑造人物,于不露声色的叙述中体示内在的力量。他的短篇代表作《十指连心》《谜友》颇有几分欧·亨利小说的味道。

谈起报告文学,不能不提到被周晓先生誉为"南刘北孙"之一的刘保法。他的代表作《中学生圆舞曲》《你是男子汉吗》等作品聚焦少男少女情感困惑、心灵危机,题材敏感,问题尖锐,读来发人深思。庄大伟也是一位很有成就的报告文学作家,他的代表作《竞争时代的少年》《出路》通过对城市和乡村不同家庭背景孩子的采访,勾勒出变革时代少年所特有的精神风貌。

幼儿文学领域也硕果累累。野军坚持"有趣有益"的创作理念,在四十年幼儿文学创作生涯中发表各种体裁作品一千多篇。他的幼儿童话代表作《长鼻子和短鼻子》《一百只蜗牛去旅行》以趣味包裹知识,用情节消融哲意,体现了对传统"教育童话"的继承和超越。

郑春华是上海幼儿文学的集大成作家。她以"大头儿子和小头爸爸""非常小子马鸣加"为代表的系列作品代表了国内儿童生活故事创作的最高成就。她的创作多采取幼儿和成人双视角结构,依托对生活略带夸张、变形的故事架构,体现出别具一格的生活化、本位化、艺术化创作追求。任霞苓是上海"中生代"儿童文学作家中另一位幼儿文学高手,《野猫真的来过了》《洗衣服》《妈妈,你别害怕》等作品多表达幼儿天真、率朴的生命情态,背后寄寓着作家对幼儿独特生命态度和价值观知情知意的理解、尊重。陆弘也是一位有成就的幼儿文学作家,她以《一闪一闪的猫妈妈》《上学路上》为代表的幼儿文学作品朴实明朗,注重以正能量牵引幼儿率真、美好的品性,体现了幼儿文学的写作常态。

儿童诗创作方面,毕国瑛是"新时期"上海儿童诗创作的先行者,她的《我们去听秋的声音》《新朋友》等儿童诗以抒情笔调写孩子对大自然的感受、对新环境的体味,既有切近生活的自然、真切,又具触及心灵的柔美、细腻,是这一时期儿童诗的重要收获。毕国瑛之外,其他上海儿童诗人的作品也各具特色:班马的儿童诗刚健有力,锐气十足;郑春华的儿童诗率真自然,趣味洋溢;朱效文的儿童诗贴近生活,昂扬轻快;刘保法的儿童诗联想丰富,意蕴悠长;戴达的儿童诗意象优美,轻巧睿智;东达的儿童诗隽永沉静,格调清雅;潘与庆的儿童诗浅白朴素,音韵和谐;等等。

儿童文学批评方面,刘绪源先生的《儿童文学的三大母题》《中国儿童文学史略(1916—1977)》《美与幼童》、班马的《中国儿童文学理论批评与构想》、梅子涵的《儿童小说叙事式论》、彭懿的《西方现代幻想文学论》等著作体例新颖,视野宏阔,思维缜密,持论精辟,可谓上海儿童文学理论研究的重要收获。上述作家、理论家的优秀作品不仅是上海儿童文学四十年发展的主要成果,而且也成为"新时期"中国儿童文学的重要组成部分。

上海是中国最具现代性的城市,"开放前瞻,兼收并蓄"的海派文化造就了上海儿童文学多元、开放、包容、创新的文化视野和进取精神。比如,八十年代后期,梅子涵以《双人茶座》《我们没有表》《蓝鸟》等儿童小说为代表,侧重儿童小说叙述语体、语感等语言形式探索;班马以《鱼幻》《野蛮的风》为代表,注重儿童小说的原生气息和文化色彩试验;金逸铭以《一岁的呐喊》《长河一少年》为代表,强调童话想象中宇宙意识与心灵感应的融合,以及彭懿以《红雨伞·红木屐》《疯狂绿刺猬》等幻想小说所倡示的幻想文学文体探索和刘绪源以《儿童文学的三大母题》《中国儿童文学史略(1916—1977)》为代表所开创的儿童文学研究新范式。

这种创新精神,在进入新世纪以后,依然在一些作家笔下延续。如梅子涵的创意小说《星期六的浩浩荡荡童话》,秦文君在新世纪以后的多元化写作,等等。

上世纪九十年代初期,随着市场经济大潮的涌动,原创儿童文学遭遇了读者大量流失的寒潮。1993 年,《男生贾里》率先完成了从单一"文学性"向"艺术性"与"儿童性"的双向回归。此后,伴随着读者意识的觉醒,上海"中生代"儿童文学作家的文化消费观念普遍水涨船高。如《男生贾里》系列开儿童文学系列化写作先河;梅子涵成为儿童文学阅读推广的先行者;周锐以其"古典名著幽默"系列开辟具有后现代色彩的"重构经典"童话写作新路径。进入新世纪后,沈石溪又成为继郑渊洁、杨红樱之后,儿童文学市场化、普及化的成功典型,等等。

温情绵延的代际传承

上海儿童文学有着"传、帮、带"的优良传统。老一辈作家在挥洒创作才情的同时,总是关心、扶掖下一代作家的成长。因此,尽管今天我们集中研讨的是上海"中生代"儿童文学作家的创作。但此时此刻,我们无比怀念那些曾为上海儿童文学奠基的前辈作家:陈伯吹、包蕾、贺宜、鲁兵、方轶群、洪汛涛、任大星、任大霖……我们也非常感谢那些已届耄耋之年却仍笔耕不辍的老作家:任溶溶、圣野、孙毅、鲁风、施雁冰、周晓……还有张秋生、李仁晓、张锦江、郑开慧，等等。他们都是上海儿童文学的宝贵财富。他们和在座的"中生代"儿童文学作家一道，构筑了上海儿童文学的扎实基座，撑起了上海儿童文学的灿烂星空。作为受惠于他们的儿童文学后辈，在这里，我们同样要向他们致敬。因为，正是在上述前辈作家、师长们文学成果和创作活力的感召下，我们这些已过不惑、渐知天命的儿童文学作家，以及比我们更年轻的儿童文学写作者们才获得了不断的成长。

第七辑
新潮儿童文学

导语

以"新潮"的名义发起一场文学观念、创作观念和儿童观念的变革,这在中国儿童文学史上是一次前所未有的探索实践。从发生动力来看,这场发生在 20 世纪 80 年代中后期的儿童文学"探索潮"在很大程度上是当时整个中国文化复兴与启蒙潮流的一种余音和回响;从经过与结果来看,这场"新潮"儿童文学探索以激进的方式否定了儿童文学的"教育工具论"和"政治工具论",为中国儿童文学谋求它的艺术性奠定了未来的基础。同时,这场"探索潮"也引发了一系列关于儿童文学审美特质、关于读者意识和作者主体意识之间关系等诸多议题的探讨与反思。本辑的文献呈现了这场"探索潮"具有代表性的不同声音和观点。它们并不仅仅是一种对历史现场的保存,更是对未来儿童文学的一种启示与参照。

回归艺术的正道

——"新潮儿童文学丛书"总序

"新潮儿童文学丛书"编委会

"新潮儿童文学丛书"是从新时期洋洋大观的儿童文学作品中精选出来的部分作品的汇集。它们从各个侧面反映着中国儿童文学的新动机和新趋势。人们可以从这些作品的深部,获悉从痛苦中崛起的儿童文学所热烈追求的新的艺术价值体系。

"新潮"不具有迎合时髦之含义。所谓"新潮",只是指文学要从艺术的歧路回归艺术的正道。"新潮"也不具有年龄的含义,我们只按艺术的标准进行选择,年龄概念在这里没有意义。

我们赞成文学要有爱的意识

事实:所有能在文学艺术史上永垂不朽的艺术家,他们的目光无一不聚焦于人和人类的命运之上。尽管他们分别以爱和恨的不同形式出现,但本质上是一致的:爱。他们高度的艺术成就,在很大程度上得益于伟大的爱之心。在沉闷萧森、枯竭衰退的世纪里,他们曾是感情焦渴的人类的庇荫和走出情感荒漠的北斗。对于被忧患所缠的人类来讲,爱之美,是最伟大最崇高的美。

随着现代生活的逼近,人类生活的硬部(物质)变得越来越发达。这时,人类社会的软部(情感)则可能会变得越来越薄弱——而它却又是维系人类社会

题解 本文选自"新潮儿童文学丛书",江西少年儿童出版社 1987 年版。江西少年儿童出版社在 1987—1989 年间出版了"新潮儿童文学丛书"。本文作为总序,规定了本套丛书的选择标准,并且传递出强烈的艺术革新意识,从而成为记录这次艺术探索潮的重要文献之一。序言这样定义"新潮":"'新潮'不具有迎合时髦之含义。所谓'新潮',只是指文学要从艺术的歧路回归艺术的正道。'新潮'也不具有年龄的含义,我们只按艺术的标准进行选择,年龄概念在这里没有意义。"继而,序言宣布了对以下两种作品的拒绝:解决某一时段、某一时期问题的工具性作品,触动敏感政治神经但艺术上乏善可陈的作品。序言认为,儿童文学的艺术正道就是让儿童文学摆脱庸俗政治学的控制,去创造一个充满艺术个性、充满爱的未来世界。

存在所必须的。因此,人类在走向现代文明的进程中,对软部的渴求则会变得愈来愈强烈。文学是激烈的人生搏斗后,人所需要的宁静的情感的港湾。文学是人在与世界粗糙的摩擦后所需要的湿润的情感的绿荫。文学应当进一步地承担这种硬部和软部失去平衡时的调节职能。它要在自己的旗帜上更清晰、更深刻地写着:爱。

儿童文学当仁不让。它肩负着创造一个充满爱的未来世界的天职。

我们推崇遵循文学内部规律的真正艺术品

过去,我们的文学常受庸俗政治学的摆布,而不能受自身内驱力的驱使。它长时间在艺术的外围徘徊。它有时甚至歪曲生活图景,起了扭曲儿童心理以致使其心理畸变、精神弱化的作用。它失却了自己的本质。进入新时期以来,儿童文学作家们同心协力,终于冲决了拘囿艺术的庸俗政治学的栅栏,使文学这匹桀骜不驯的野马冲上了广阔无垠的艺术原野。

丛书不选那些为解决某一个具体的、时期性的问题而制作的头疼医头、脚疼医脚的工作性作品,不选那些仅仅以触动敏感的政治神经引起反响而在艺术上却很粗糙简陋的爆炸性作品(尽管我们有时也需要一些这样的作品)。对那既与时代潮流合拍,又自觉地接受艺术规律制约的作品,我们当然表示格外的青睐。

我们尊重艺术个性

"总不能希望玫瑰花和紫罗兰发同样的香气,最丰富的东西、精神,为什么要嵌在一个模子里!"(马克思)文学不能按一个规格的模式统一铸造。它的生命正在于无数个性的相互对立。豪放也好,婉约也好,以人物取胜也好,以意境取胜也好,以精神蕴藏量的丰富取胜也好,以文体的优雅高贵取胜也好,只要是艺术品,就都同样有生存的权利。"人各一性,不可疆人以同于己,不可疆己以同于人。有所同,必有所不同。"(〔清〕焦循曾)艺术个性是否得到承认和发展,是衡量文学是昌荣还是衰朽的标志。个性的消亡,是文学的莫大的悲剧。

我们赞同文学变法

进入八十年代以后,中国的儿童文学发生了历史性的变化。它推开和摒弃了过去的许多观念,而向新的观念伸开拥抱的双臂。这是一种深刻的嬗变。老一代在进行伟大的自我超度,坚强地从自己身上跨越过去。新一代带着压抑不住的开创精神,发出沉重而响亮的足音进军文坛。新与旧之间划了一道深深的刻印。文学在变法。

文学变法一是因为它内部的渴求生命的力量所驱使,二是因为中国的生活几乎是发生了突变。文学的表现对象、欣赏对象有了新的精神和新的审美趣味。变法,是顺应世运,顺应生活的大潮。

我们既看重水平接受,又看重垂直接受;既看重当时价值,又看重久远价值。而要使作品能够水平接受和垂直接受兼而有之,我们以为是绝不可缺少以上所言的那些文学精神的。

好作品甚多,但因丛书在量上无法容纳,我们只能采之一粟以观沧海。儿童文学界的同仁们自然会体谅的。

你们正悄悄的超越

——新潮儿童文学丛书《探索作品集》总论

班 马

中国当代儿童文学的变化带有某种突然性。

新的作品,是在几乎没有评论的境况下自行悄然发展的,这与当代成人文学的状况形成了鲜明的对照。一大批于十年动乱之后怀着深远意图走向儿童文学的青年作者,也大都带着各自的孤寂,默默磨砺着自己的艺术之笔。

悄悄地,时间却给予报答。新人不断地发表新作,在各地的刊物上各自闪烁,却突然开始令人感到了一种微妙的文学变迁,感到了一种明显的美学进程正在深刻发生之中。而且,这种悄然而至的变化值得人们注目的,是它的不约而同的集体意识,开始令人感到了一种深沉的指向。

我以为中国当代儿童文学探索的最根本的变化特征,是开始表现出了对儿童文学艺术本体的极大关注。他们的兴趣所至,齐集的思考,无不明显指向着有关儿童文学这一体裁的艺术容器问题、审美价值问题。无疑,这是一种文学气暂时强于其他的探求。

这一探求已有时日,其中的先行者如郑渊洁、程玮、曹文轩等人,他们已有许多作品面世,一系列已被肯定,被接受的成熟作品另被编选进其他文集。可以看出,这本选集的编者目光所至,更在于近年来作出新的探索,实验性更强,并存有相当争议的部分新作。编者的意图是明朗的。对这一批尚处在被疑惑、被诘问、被审视的探索性作品提供一个时代的记录,提供一次文学的研讨,是需要胆识和对儿童文学前程的真正热情的。

题解 本文选自"新潮儿童文学丛书",江西少年儿童出版社 1987 年版。文章从"探索者的命运""作两面观的过渡景象""初露的现代儿童文学气质与技巧"三大方面阐述了当时正在崛起的"新潮儿童文学"的探索。文章初步分析并总结了这股探索潮的特点:其一是文化派的气质。将"儿童"和"儿童文学"放到整个文化大背景中去理解,突破了以往狭窄的题材框架。其二是原生性心态。追求不完整性和当下性的无意识艺术效果,追求表达原生性的少年心灵。其三是文体意识。在更宽泛博大的人类和星球命题之下的文体意识,有可能实现某种超越。本文是 20 世纪 80 年代具有影响力的理论文献之一。

也许,正在这一些探求之心更直露,艺术个性更坦率的实验性作品中,更能透视出这一代年青的儿童文学作者对当前儿童文学艺术本体的思考痕迹,更能凸现出他们的探索心态中的主观性和冲动感。

猜度:探索者的命运

这批人将会怎样?

儿童文学界有点不安。然而,这是一个根本无法确知的问题。但是他们既已带给人们一种"不安"的印象,也许便预示了他们自己仍将调整、变化和远未定型的一段命运。

这一批来路不同、去向不定的儿童文学探索者,他们还构不成一种艺术群体,也远没有形成有整体性追求的文学流派,甚至他们相互间在见解上还甚有抵牾。但是,有重要意义的是他们在参与儿童文学的创作情绪上,却怀有着一种相当一致的共同语言,即对目前儿童文学的艺术水平持批评态度;反对儿童文学态势的小家子气,有拯救感,想开拓一片儿童文学的新边疆。

"儿童文学完全有可能达到另一种样子。"

他们说。

如果他们的认真不能赢得人们的赞赏,那么这认真所会引来的就是对他们的警觉。这些探索者是认真的,认真到不顾一切地前来承受儿童文学的屈辱现状,认真到里外都不得好评却仍追寻着儿童文学,认真到敢于在这一本集子里坦露自己构想中的草稿。

人格问题,又一次在讨论儿童文学之时首先地浮上我的心头。

不应有恨,似曾相识燕归来。年年度度,有一代代的人走向儿童文学,就是目前这一代新人,他们也无可逃脱地同前辈们一样受到了参与儿童文学后必有的被冷落、被贬值的经历,这是一种中国特有的洗礼,他们完全以不亚于前辈的心理准备同样走了过来,也许没有太过准备的,是不及预想来自儿童文学界内的严厉态度。你来搞儿童文学,人家不算你这是儿童文学。这本选集中的不少作品无疑都在这种状况之内。

这现象在中国儿童文学史上也是仅见的。

显然,这是一个十分复杂的大问题。涉及十年动乱所带给中国儿童文学的远比成人文学更显著的断代震荡,涉及儿童文学旧有的理论体系还未受到有力的挑战和新的理论构架的尚未形成——这几乎使得这本探索选集兀然凸现于极不利的有那么点悲壮的中间地带。

奇怪的是这本选集的镇静感。

悄悄的,打出一系列比以往突然漂亮的题目;悄悄的,在题材上突然横空出世;悄悄的,来那么点神出鬼没。他们甚至没流露出什么文学上的失恋感,倒确有点旁若无人。

他们的气质,也许正将成为:解答上述那一大问题的一个切入点。他们的是与非,功与过,成功的探索与失败的反馈信号,似乎都更应该从他们创作主体的艺术气质上去寻求其深深的命运。

近年来,他们不再有激烈性、浮躁感,而是呈现出一条从孤独,到悲壮,再到深沉又悄然的固执,这样一种更具艺术求索的气质。我认为,只有直达他们内在的文学感,直达他们对儿童文学这一体裁的艺术感觉,也许才能准确地对他们的表现有所理解。

这一定与他们为什么走向儿童文学密切相关。

儿童文学这一片文学场,对许多人来说是初试身手之地,就以本集中的不少作者来看,小露锋芒已大见才气,如果日后有人走向了成人文学则实属正常,只从这里通过,留下几个令小人国不无惊奇的脚印。另有一些人会长长留恋驻足,他们怀有本性适应的喜好心情,对人生中童年和少年时代颇为看重,不能不说他们的自我中仍有朝向这方面的宣泄需要,他们的去留完全取决于随着年龄的增大是否对此还有话要说。再有一批人,他们是怀着长远之谋,带着某种对自己文学追求的设计,认命地走向儿童文学,甚至可以说,驱使着他们的内在动力是对这一"文体"的根本兴趣——一切文学性的心态,都会浮现对应的文体状的艺术感觉,也许他们就真正感到了自己的心境只有取儿童文学才能契合。安徒生显然正是从这一点上走向了童话文体。不得不承认,有的人搞儿童文学是不得已而为之,但也有人是偏欲为之。在这本集子中无疑已拥有了不少后一种人的名字。

这一种探索者在中国当代儿童文学发展过程中的命运似乎将是艰辛的。艰辛在于追求的悠远,现状的局促;艰辛在于作家的深邃,儿童的混沌。这艰辛的命运,在于无法回避地需作一次悄悄的超越争议并超越自己的一段文学过渡。

然而,这又将会是一段从容的过渡期。

也许自然得正像是命运安排。

其一,他们拿出了第一批的童话和小说,刻印上了他们对竭力想提高儿童文学艺术性和审美价值的认真探索。他们关注于艺术本体的热情确实有点暂时盖过了对儿童读者"接受"客体上的更多思考。其实,他们对此也是有考虑的,只是尚不到那一种认真。其实,问题的结局也是明朗的,就因为既成的"接受"疑难恰是受他们的启动而发,所以对手关系已经确立。要最终完成当代水平上的儿童读者接受水准的课题,正是挑战者自己既定的命运,而绝不在于那些维持惯常接受水平的空喊"看不懂"的人。迈出了以提高儿童文学艺术性为第一步的人是主动的人,拥有解决问题的气质。

其二,他们正在呈现对自己的超越,除了艺术素养的提高之外,似极有必要提出一个关于儿童文学作家的纯粹状态的年龄问题。这批于十年动乱之后涌现的新人,大都将从青年进入中年,似更容易获得一种平和地对待"客体"的心态,这对搞儿童文学的人来说也许便是前辈所说"童心"的获得。主体的、主观的冲动将渐让于冷静的追求,这只会对他们的艺术过渡期产生有利的影响。

其三,他们中大都还未有定型的迹象,这与他们的探索更易受阻有关,还未有能让他们发挥到极致的机会,这倒成全了他们。所以他们积抑颇深,自我修炼,来者方长。以冰波为例,他的前期童话可以优艳到沉鱼闭月,近期童话又可以雄沉、热烈直到森森然,冰波童话的未来收纵挥洒,其踪尚不可预测。这种方兴未艾的过渡状态,探索者中不乏其人。

其四,他们也确有一种失落于孤寂的悲哀。隐隐作痛地感受到了一种完全被当代中国文学评论界忘置一边的冷遇感。我甚至认为,将来的中国文学可能会蓦然回首重新发现曾有过那么一批儿童文学作家在某一些文学新意识上(如更博大的星球意识),在某一些文体的新创造上(如极近后现代主义技巧的小说体童话),也许竟会是中国较早的觉醒者。关于他们的这一些追求以及可能性的问题,将在后面再加涉及和讨论。

是的,他们的艺术命运中似真有孤寂的伴随,但又真不能忘——他们个人本性中所独具的另一禀性,那就是一种自得其乐,这自得其乐已是一面久远飘扬的儿童文学作家精神之幡!他们中的不少人是颇得其神的。

描述:作两面观的过渡景象

当代的儿童文学探索者,暂时以一种偏重文学气的面目引来各方关注,突出了儿童文学艺术的本体论,从而,如期地使自己面临到了有关儿童读者"接受"问题的挑战。

这是一个合理的格局。

中国人正在迅速进入一个提高各种"品位"的文化大趋势。这本集子所选的部分作品,无疑对以往儿童文学的观念造成了陌生感——《鬼峡》的那种壮怀激烈,心理状态物理化的语性;《月光荒野》的那种统觉,感官性效果的粗粝又细微的文体;《远古·往事》的那种有意味的悠远,空灵化了的儿童口语;《出门》的那种半透明的少女情怀,达到无技巧痕迹之后的象征;《狮子与苹果树》、《毒蜘蛛之死》的那种超验的视像感,字面的生理感知性;以及其他一系列作品——也许都会引起或多或少的某种争议和质询。这些探索之作,其艺术品位在儿童文学上的评定,受到了(其实是以成人为代言的)来自儿童读者"接受"方面的怀疑。

思考儿童读者"接受"问题,必然会继起于对儿童文学艺术本体思考之后而成为当代的关切点。

而这两项思考,更多地为之倾注了热情,更多地付诸实践尝试的便正是这一批探索者。就以此集中的作品而论,他们的思考痕迹和探求意图也已可初见,甚至,不少篇目的创作意图明显可见正是针对当前"接受"问题的一种积极的试探。他们在这上面的进展被那些指责所掩盖,他们在这上面的失误被那些指责所夸大。

最大的指责是说这样的儿童文学"太深"。

平心而论,这一责难就现象而言是存在的。这确是值得探索者们反省自身,反省正确的与失误的。这无疑牵涉到了有关儿童文学创作者的主体意识作用问题,这一问题,我以为正是一个重大的当代儿童文学理论问题,我个人认为,这其实直接针对传统标准中的"儿童水平"这一审美价值观念,作出明确不同的回答——即反对将儿童文学艺术降低俯就于儿童的目前认识水平,而追求儿童文学艺术本是一种成人作者认识事物能力下的有审美价值的儿童读物。

就在这本探索集中,一种面对着儿童读者而升起的"传递自我"的儿童文学作家创作主体意识深沉有力,突然出现了——一个越讲越玄,越讲越不存在了的"植树王"地方,然而却以悖论的方式那么有力地又从话头里越来越倔强地透露出"向往"的召唤(《蓝鸟》)。以及一个有红色夕阳和红色嘴斑为奇景的海洋鸥鸟的哲理悲剧,透露出对僵死惯例和局限无知的某种历史思考(《如血的红斑》)。以及一个从太空从砂粒从古陶从龟壳从金属的卫星触角到蠕动的蜗牛触角来全景俯瞰中国文化精神的缤纷音画,透露出气度的弥漫(《长河一少年》)。以及一个关于狼与狗的比杰克·伦敦的狼与狗更令我们联想的动物哀史,透露出能升华掉一切的蛮悍之力,等等——这显然会给惯于花花草草,同学教室的儿童文学以一种惊愕。

也许,有人会将此斥为"表现自我",这只能是一种理论的悲剧,概念系统的时代差。可以同情的是,长久的批判使他们触目惊心于"自我",若以为出乎己便为私,出乎真便为恶,岂不知李贽《童心说》中的"童心"其意正合"自我"了。可以说明的是,文学创作思维中的自我意识,从来不仅指个体的"我",而是一种我看世界的整体历史文化审美态度。可以承认的是,儿童文学成人作者那种成熟大人的"自我"是客观的存在,对这种成人认识事物的能力,在进行儿童文学创作时是应以丢弃而去模仿儿童水平,还是恰恰要合理地设法将其传递并影响给儿童读者?这些探索者的态度在实践中是明朗可见的——这种主体的自我意识,针对着儿童文学创作,其实便表达为一种艺术水平的追求而非儿童水平的模仿。

这突然就激化了当前的所谓"接受"问题。

这里,似揽和着正反两面未定的一番景象。

其一,由于一大批新人首先关注于儿童文学的本体艺术性问题,作品的审美含义突然地远较过去被加以重视,突然出现了讲究的文体、深蕴的构思和复杂的情绪,猛一下与以往的作品拉开了距离——这客观上形成了所谓"少年文学"的勃起。应该说,这一提法已算是儿童文学界内一种比较宽容的对待,正在思考和承认儿童文学旧有边疆的破裂,甚至意识到正在发生着的某种新的独立和分支。这本选集便正给人一种"少年文学"的强烈印象。

它的崛起,除时代潮流和社会心理的因素之外,我以为也还有着探索的实验不自觉地偏向艰深,避开中年级以下读者接受能力带来的束缚这些难题因素。因而,从它的反面看,似也潜伏着当前探索中的某种不足,即还未能创作出更具真正"儿童文学"本色的特别新颖的作品。

某些探索作品,本意倒原是为中高年级孩子而写,结果却因其"深",被划入"少年文学",这对作者本意来说其实已是一种挫折。这可能与他们暂时对"文体"过分地感兴趣,而失误于对接受者"客体"的更精到的把握有关,呈现在儿童读者面前的"本文"在其"解读"中过大相悖于作者的本意。朱效文在一次讨论会上对某一探索性儿童小说提出的看法是有针对性的,即使用的那种文体,语句和词性对孩子阅读来讲,还难以"还原"成作者本来预期的艺术设计效果。儿童究竟本就有感知那种空灵文体的直觉和能力,还是将要进行稀释和提示,仍可以探讨,然而,这显然是一个"接受"的具体问题。但应指明的是,这里所侧重的是如何探索儿童读者对"符号"的解译、还原的接受机制,而并不在退缩于孩子爱不爱看,几如通俗文学那样去一味迎合接受的被动地位。走一条能为少年儿童读懂的高品位文学作品的探索之路无疑更艰难,我以为,本集中所选的如《月光荒野》、《鬼峡》、《出门》、《狮子与苹果树》等作品在针对少年儿童读者的符号——还原的文学表现方面,都做得比较成功。

其二,近年来有探索新意的作品几乎有不约而同之势,突然较明显地远离了"学校生活",而广泛涉及荒野、江山、自然和文化背景中的生活空间、生命状态,这一本选集也有此种鲜明的特征。儿童文学突然竟可以不稚气了,甚至可以不再讲有趣了,这也使人提出了"接受"问题的质询。对此,如果仅以一句"脱离儿童生活"贬之,是很不公正的;再以一句"表现成人的情感"斥之,则更是无知的。我认为,他们在这上面的举动,突出了的是"文革"之后这一代儿童文学作者对下一代人"气质"问题的严重关注和忧虑,突出了的是他们对自己作品功用的"接受"意义的深深思考——他们几乎齐集地避开直接写学校生活,并非学校生活难以接触,而一定有一种内在的共同感觉,即认识到现行学校教育的趣味中有使他们产生抵触的根本性不良之物,所以,他们有意于欲用作品去设法抵消当代学校所带给孩子们的某些短浅和危险的东西。他们笔下流露出硬性、力度,他们创造壮阔、雄沉的审美意境,他们追求将孩子的眼光牵引到更广大的文化背景中去,都集中地表现为他们欲以艺术气质去感染或改变下一代人的精神气质。

由此,他们的野出去,至少确实对儿童文学固有题材和主题产生了冲击,对品惯了的儿童文学美学味也带来了怪觉,甚至,也已使人滋生出了对"儿童情趣"恐遭消亡的忧患。不应回避,上述一类的作品中确有部分是处于成人文学与儿童文学之间的模糊边界上,也真有某些作品在其总体的审美趣味指向上已实属成人文学了,即使是在那些确为少年儿童所作,也被少年儿童所读的作品中,也时有"深"的阴影在为人指戳。"深",时下便似乎就犯了儿童文学的什么大忌。

这种犯忌的"深",大概触及儿童文学的"易懂"与"朦胧"的争执(这点将在本章的"其四"一节中涉及);大概也触及上述的题材和情致方面的深沉、博大甚至冷峻和悲切,似乎这些都不应是少年儿童所应看的,也似乎这些是不符合儿童心灵的。

然而,儿童文学你想怎样,你的天真烂漫怎敌得过自七、八十年代以来整个中国人心态的突然进入"过深"、"过艰"的时代风格,你的童心梦怎敌得过充满反思、开放、复杂和活跃的当代现实。对儿童文学的生存意义来说,更深沉有力的支配结构是教育思潮的变动,在今天的小学课本相等于过去的中学课本的当代水准中,深,是应承认的趋势。当前的"走出学校"的创作现状,其实反映了当代中国儿童文学意识正在对本身艺术"容器"作更开放的思考,似乎并不意味着永远远离学校生活而遁去。也许,如何开拓"日常性"生活,如何逼近少年儿童"日常性"心态,会在不久的将来形成一种对探索者们有吸引力的新的艺术挑战。

其三,极有必要考察一下这一代儿童文学作者群中对儿童读者的态度和观念,从中便可见出他们中的一部分人对儿童文学审美水准的思考竟会是哪一种主动进攻型的。我认为似有这样几种类型——第一种,是提高了对当代少年儿童本身文学水平的评价,对八十年代孩子的接受能力持增长的估价,这是他们最希望发生的现实;但也有可能犯过高评价的失误。第二种,是认为目前的状况基本是低状态的,并相当不满地直接指出这种低下审美状态的来由正是过去儿童文学所造成的,所以,正因为状况如此,他们便追求积极的启蒙,明确地具有一种训练的意图,主动去培养出儿童读者较高的审美能力,甚至清醒地表现出"超前"的意识;显然,问题的复杂和难度也就在"超前"的分寸把握上。第三种,是觉得儿童文学某些作品可以明确提出就是为少年儿童读者中一部分层次高的而写,就为几亿人中的几万个,能对这些高品位的文学少年发生影响就是极大收效。第四种,是相当看轻儿童读者,不认为儿童文学有必要追求高层次的审美价值,而认为儿童文学就是开开心,甚至有对小读者可作"耍弄"的观念,这也有一批自信于此的作者。

在以上较有代表性的这四种态度中,我认为第二种(即有意识地专门培养提高读者接受层次)的态度似更能反映目前这一代探索者中大部分人的观念,这本探索集中则留下了他们一系列可称呕心推敲、上下求合、苦苦用心的行文痕迹,这其间的难度和折磨,是成人文学作家难以遇上的。

虽然他们对儿童文学艺术本体品位的关注仍然暂时胜于对儿童读者"接受"问题的关注,但已进行了众多开拓性的实验,如金逸铭的《长河一少年》和鱼在洋的《迷人的声音》都在短镜头的立体组合中达到了某种少年喜爱的缤纷世界的景象;如曾小春的《空屋》的画面语言密集所造成的直观、冷静却更有意味的文体效果;如刘丙钧的《麦子、草莓,还有猕猴桃》将哲理溶化于充满奇异感、突兀感又深深内在化了的诙谐节奏的诗体中。

其四,在当前的"接受"问题的疑难中,提出看不懂和过于艰深的意见还针对着某些探索作品恐在题旨的含义上会给少年儿童读者带来困难,我认为这确是一个很值得探讨的儿童美学上的课题。即"认知"和"感知"的问题,在儿童文学特性的艺术追求上是否更重要的应在于对"感知"的表现——可检查一下，是否在一些争议作品中所谓少年儿童真正可能看不懂的地方往往便正在文中那些涉及"认知"范畴的主题、寄托和哲理意念的朦胧上？

我个人认为，过于企求在儿童文学作品中传导出社会性的深沉主题、象征意念、哲理隐喻，也许并不符合儿童期（似也涉及少年初期）的审美心理特点。我甚至认为，儿童文学的更为深沉的文学功能也许并不在给予儿童读者以"认识事物"，并不在"认知"，并不在社会性学习上——而在"感知"，在生理器官的感受性，在审美感应力的学习之上。这是可在儿童心理学的研究成果中找到佐证的，也可在儿童审美现象的规律中发现其机制。宗教的大义及精神之类的认识对孩子毫不能起作用，但自小见到的教堂的气氛、烛光的意境、神圣的音响、和谐的举动，却完全有可能培养起孩子毕生的有审美根基的宗教信仰。

儿童审美力的机制似乎更应是从生理器官走向文化器官的早期审美发展，"社会性心理"的过早涌入是否符合儿童特点，是否能被正确解析，是值得怀疑的。当代复杂人性观认识下的好人、坏人、善、恶等等的社会大义，试图传导给孩子去认识。究竟是不是有可能，也是值得怀疑的。我甚至还有一种极端的思考：如果检索一下一个人长大之后要是照他小时候所读的童话或故事中所写的那种"认识"去生活，将是什么样子？答案是那时提供的"认识"其实根本无用。就像当时无法向孩子讲清"轮船"是什么，而只能告诉他是"河里开的汽车"一样，在针对儿童的认知过程中，其实充满了"假认识"，处于一种逐级纠正的状态。从审美能力效应的角度来讲，享用终生的是感知的东西。以至儿童期的情感的东西似乎也是极不可靠的，真有意义的是一切文学结构下的信息在孩子身心中转换而积淀下的"运动觉"的审美力能量，是生理器官实现文化形态。

当然，认知和感知从来不是可以截然分开的，在文学接受思维的层面上往往还是呈现为一种互补载体的状况，但是在儿童文学的题旨和趣味的追求中仍可见出侧重点的区别，也仍可导致不同的风格。以我自己的习作《鱼幻》为例，我本意倒真是想写一篇感知性的儿童小说，运用感触性的画面语言，追求生理而非心理的效果，但由于其间写了一条表达上朦胧神秘的"大鱼"，结果令人往"认知"上去悬想哲理意味和隐喻，反使小说归入了看不懂的一类中去，我自省于此。

当代文学技巧进展反映在"接受"困难上的最大现象，是对"空白"的处理，那些留下各种各样"空白"的地方，或结构，或情绪，或文体，或主题，才是对读者造成挑战的地方——我认为儿童文学探索中如从"感知"的追求出发，在总的文体上也应可以表现出一定的朦胧、空白和内在的张力，这对提高儿童文学的美学价值品位,对培养少年儿童读者的审美趣味都极有意义,但是,过于从题旨、主题和思想上营造朦胧、空白或多义性,似会有损于儿童文学的接受问题。我认为冰波的某几篇童话似也有此一类现象。如果真要少年儿童接受的话,《空屋》做得较好一些,它也运用了感知性的密集的画面语言,在文体上也造成了空白的意味、张力的含量,但由于题旨不奥,意图明朗,故阅读困难会少些。

即使那种更悠远、更深邃和哲学气的"认知"命题很难在儿童读者的接受机制上得以顺利通过,可惊叹的是仍不乏有探索者试图走出一条开通之路,开通向更宽泛、更高级的儿童文学艺术境界。他们先后提出了第一理解层(故事表层)和第二理解层(哲理内核)的复合阅读结构;提出了"形式挪前"的寓言意识;就在这本选集中已有《如血的红斑》《远古·往事》等等篇目作出了十分成功的尝试,在明快、可读的"本事"中嵌进了可读、可不读和可懂、可将来懂的深层意味;儿童文学青年理论工作者方卫平阐释了有关儿童文学作品本体的"感知层"和"意味层"层模结构关系的分析。如此等等,都在预示对少年儿童文学"接受"疑难的未来突破。同时,更清醒地实验走一条更风格化的感知型儿童文学新路的探索也正在日渐崛起。

这才叫真正关切儿童文学的"接受"问题。

分析:初露的现代儿童文学气质与技巧

中国当代儿童文学在争议中探索,在探索中初露出自己有别于以往的某些风格,这本选集无疑也留下了部分探索者在这一艺术过渡期中的点点印迹。凭这初步的脚印,还难以准确地把握它们在总体景象中的位置,也还难以预测它们未来的去向。在此,只能先做一点粗浅的分析,分为三个方面:一是文化派气质;二是原生性心态;三是文体意识。

其一,文化派气质。

我以为,较能体现中国当代儿童文学在变革中所鲜明齐集的气质表现的,是它的文化派倾向,它相当陌生也相当公开地一下区别于建国以来的教育派倾向。不管这种称谓是否真正准确,但至少是比较干脆地表达出了两种儿童文学气质上的明显不同特征。我认为这两种不同气质只能是中国现代历史和当代现实的产生物,它们各自离儿童文学的本性有多近,又有多远,仍然都是值得疑难、值得探讨的问题。我认为,教育派和文化派,似都还未能真正进入儿童文学艺术本性中的人类学意义上的游戏精神。

应该说,中国儿童文学的艺术成熟之路还有待未来的发展,即使是目前所表现出来的文化气质也只是一个艺术上的过渡期,它是对过去狭隘的教育功能说的一种惩罚,忽而,自己又可能由此失控于某种过于宽泛的历史视野,也许待它反思的能量释放之后,未来中国儿童文学将从当代的激扬中寻找到一个更属于自己的着落点。但是,当代的文学意识就是当代的,当代儿童文学的文化派气质无疑深含有当代的进步观念,它对走向儿童文学艺术本性的探索已发生了不少深刻的影响。

这种文化派气质首先反映在作家的素质上,一反过去的"教师"形象。以儿童小说为例,曹文轩较早地表现出这种新型的气度,给了儿童文学以一种大地的意识,在他的《弓》、《第十一根红布条》等作品中,冲击了传统儿童文学中的甜腻味,触及了生活的苦难、民族的脉动,在儿童小说中思考起中国文化心理结构的问题。强有力的后来者是常新港,进一步引发了儿童小说的悲剧意义,视点直逼向人性的探讨,儿童小说开始在文明与愚昧、纯真与麻木的冲撞中震颤了。

这种大地的民族意识,也许先导地唤来了日后而起的荒野意识,它稍稍淡化了一点社会现实的直接切入,而把握于人与自然的文化关系之中。金逸铭的《月光荒野》为孩子们猛地涂抹出一幅粗犷、阴冷却更反衬出内心热流的文学大背景,带给儿童文学一种人类境遇观照的空灵感。到了左泓的《鬼峡》,对野性的表现,对力的表现,已突破了一般的题材奇异的意义,而深蕴着一种能促发孩子突然间长大许多的关于"人间"和"存在"的意识启蒙。

这种文化气质以更悠远的形态出现在当代童话的探索上,使童话观念几乎产生了某种质的变化,它不再是以动物出面来进行教育性的训谕,甚至也不再是纯粹想象力的载体,而是可能成为一种高度透明的文化意识和哲理情绪的符号,诗意十足地向孩子们浮现出一个讲到遥远的过去又讲到遥远的未来的密码故事,需要点破译,谜底又老在背后,不由使人产生一种对人类文明和世界秘密的有益的敬畏之感。顾乡的《远古·往事》这两篇精致的童话,就有一种使人玄想、冥思,触动人文化感的味道。这种味道还在冰波的《狮子与苹果树》中出现,旷远的移动的超现实的装饰性世界景象;还在金逸铭的《长河一少年》中出现,空寂干净的大全景中响起一声太空音响或者爬上一只肉体蜗牛都是耐人寻味的。同时,已可看到的另一种更高文化观照视野的星球意识、宇宙情调也开始在儿童文学中弥漫开来,以下将有涉及,在此不叙。

当代儿童文学探索中的文化派气质不仅只体现在宏大气度的视野上,也表现在不少以开掘较深、品析人生滋味的沉回式小说中,别有一番凝重的传统文化素养,在鱼在洋的《大祭》中,透视的是民族的根性问题;在董宏猷的《渴望》中,散发着对生命的远距离审视和重新更好地占有的生活热力;曾小春的《空屋》,也流露的是对生活价值的咏叹,对文化存在的颂扬。

他们竭力将"儿童"和"儿童文学"放到整个文化大背景中去理解,一下子很有声势地突破了过去以写"儿童生活"为主的题材框架,创作主体自我意识的作用也突然在儿童文学作品中加重了份量,不再局促,不再细琐,至少已使中国当代儿童文学雄壮起来。与此同时,也产生了一个似可作观察和探讨的问题,即这类作品存在有日益模糊起与成人文学边界的现象,它对发展儿童文学艺术究竟是向心的还是离心的趋向,很值得作儿童美学研究(已有拙文《文化基因——论当代中青年儿童文学作家的创作情绪趋向》表述)。

其二,原生性心态。

如果人们对当代的儿童文学探索者(包括这本选集中的一些人)仅认为他们是一批离经叛道者,大概是极不准确的。勇于突破传统,甚至敢于孤军突前,无疑是他们的本色,但是人们在作旁观之时,往往忽略了他们对儿童文学职业传统执著追求的表现,忽略了他们潜心研究"儿童"的恳恳精神。我认为不少探索者在其作品中表现出的对少年儿童心态的准确把握,对儿童行为的微妙表达,已远远超越了以往的粗浅,在他们的艺术中,更能从心理学和发生学的意义上窥到儿童或少年的深层情绪,更进一步揭开了童年的精神之谜——这也是当代儿童文学探索中的一大艺术现象。

我认为这一艺术现象所体现的儿童美学价值在于:深化了成人作家如何达到进入儿童精神状态的创作心态问题,探索并触及了成人作家如何通过艺术创作的中介,通过意识以及无意识的方式揭示出儿童心灵的真相,即走向"原生性"的状态。一个儿童文学作家的本体气质有可能与儿童的本体气质达到相通,这就有了儿童文学深层审美关系结构的美学味。

比如,可以先从这本选集中的韦伶、梅子涵和董宏猷的小说来简析一下,"原生性"状态的某种程度达到是怎样通过运用模仿体验少年儿童的意识流动方式,以及,在写作过程中可能突然涌现和进入的无意识内容来完成的。

韦伶以她的一句"雾真大呀"的自叹轻唤给人们带来了《出门》这一篇少女小说,较早地涉及少女情怀,她的这类作品中,作家的成人主观意识、笔触和外加性描述消失到几可不见,在表现少女中学生心态的方面更接近于本来状态。《出门》中心理流程的处理值得人们注意的地方,是它与人物行动流程的自然契合,减少了那种为写心理而写心理的技巧式的突兀和生硬,独独的凌子独独地进行着她的活动路线才会独独起了一些少女思绪和情怀,关于一个人自由自在,关于身体,关于没料到的慌乱,关于毫无准备和怎样处理,都有一种较原本的味道。在具体行文中,还体现出意识的"不完整性"和随意的"当下、即时性",如数次漫笔的女孩心理的独自安排(在这个星期天的自我形象。乘车出来——教小女孩打水——看梅花鹿的自理心境。告诉妈妈?不告诉?不,怎样告诉呢?——这种散叉心理);如与大鹿的精神交往中的神思玄想——这些,或许都来自于动用了或者达到了无意识的创作状态,从而更给人一种天然切近少年儿童的"原生性"心灵状态。

开始追求不完整性和当下性的无意识艺术效果,追求表达原生性的少年心灵,在梅子涵的小说《蓝鸟》中同样鲜明地兀现了出来。梅子涵长期以来不懈地对如何从意识和情绪的结构方式上提高少年小说的艺术水准做出了自己默默的探索,并已给人以启示。《蓝鸟》的出现,在艺术风格上无疑将给当代中国儿童文学以一种新鲜感,我以为这正来自它在少年心态小说的写法上突然给了人一种充满随意性的艺术口述体,一种高级的胡扯,猛一下给人一种奇异,再一下使人感到黑色幽默,渐读渐读,才觉着了这种几乎无来踪去脉的少年口语是那么的原本生活态,那么的原本情绪状。在此无法涉及《蓝鸟》的立意和文体,仅从它表现"原生性"少年情绪的艺术效果上试析几例——如怪里怪气的植树王、小德宏、矮子良,全无交代,随讲随现地有那么点明白。如讲到吕老师辈的窝囊,突然感叹只有一个小德宏呵,突然又怨恨地扯到什么遗传不遗传。如决定要考植树王的中学,自己吓得发狂,提出会空气爆炸、全班爆炸、全校爆炸,接着,极偶然地提及二歪——什么人?只能略微猜测是他班上的同学。如完全不经意地从言谈中点到的汤山中学、汤山林校、四陇洲、横山、三湖,还有爬蟹矾什么的地名,依稀闪烁着一个让人感到"人物"自是清楚的实在的地理实体……诸如此类行文中和意识流动中的不完整性和当下性,都带给人以真实感,较好地消退了小说形式的自组力量。

董宏猷的《渴望》,我以为也正是借一个消失的灵魂复述的结构得以更自由地装载弥漫开去的种种少年情绪的东西,也表现出了许多"原生性"的心态,如从咬枕巾到有与爸爸争夺妈妈挨着睡觉的念头,到稍大后又难堪于妈妈吻他;如从吐掉过许多奶奶让吃的鸡蛋到企望墙角那儿长出还情于奶奶的鸡蛋树的秘密心事;如从打针的闹剧到病床边家庭亲子关系的感情泄露;如从放死老鼠吓长得好看的张老师,从对"老苦瓜"曹老师的儿子绑票到道出学生行为的原委——都散漫地释放出了一段段绝少假饰性的、热热的、切切的原本心理,是好是坏,远远近近,却只能是从最内部的原来心田里流淌出来。

对"原生性"心态的追求,无疑要求儿童文学作家需要具有能在创作活动中进入某种无意识心灵状态的艺术气质。我认为,艺术气质这一问题已越来越突出于当前儿童文学面临各种提高的要求的前列,儿童文学作家的主体因素(认识自我,深层素养)也越来越与沟通儿童读者客体的真正儿童气密切有关。其中,成人作家深化理解自身意识的程度,也许就同"原生性"心态的达到会有某种相通。

对此,金逸铭是一位值得研究的探索者。

我对金逸铭作品中艺术气质的主要感受,觉得是一种画面构思的写作视像,一种创作心态中内心成像的动力状态,诗的手段和思维基本左右了他呈现"世界图像"的方式。诗的主体感受方式,在逐步影响到他作品中的艺术图像感日趋主观化的发展趋势——我以为他似乎走过了从现实(以写实笔法来写的童话诗《字典公公家里的争吵》为代表)——到超现实(以似真似假极富装饰趣味的《挂在睫毛上的星星》为代表)——到表现(以追求各种主观感觉的《月光荒野》为代表)——到本体(以企图表达个体无意识状态的《一岁的呐喊》为代表)——到原生性(以初步尝试触及集体无意识状态的《长河—少年》为代表)——这样的一条越来越加强主体的内在性,越来越从外观反映的图像感走向内视投射的图像感的儿童文学探索之路。

我认为这一现象是一个有着儿童美学理论探讨意义的重大课题:即儿童文学成人作家更深层次地进入自身的无意识状态,正极有可能与儿童的自我中心状态达到的某种沟通,在原生性心态的"造象"上,迸发出有种种原型意味的艺术,浑然遥远又人心自通。

大概是触到了人性和审美的什么"根"。

其中"巫"和"魔"的意义便非常值得儿童文学和儿童美学深加探讨。恕我冒昧,我就觉得金逸铭的艺术气质中有一点或巫或魔的成份,也可称是一种现代理解的"游戏精神",这正是一种极其珍贵的儿童文学作家本体气质,透过金逸铭作品间的内心成像感上,确可看到带有奇谲、渲染、出神入化的那一份意思。如巫,一是它恰恰正如一种超验的内心成像的扮演活动,二是它的内心成像所进入的正是无意识的内容——便可启示我们联想到儿童那种自我中心式的心灵状态,启示我们探索如何进入儿童的、原生性的内心成像。

金逸铭近期的作品中,神秘的、狂野的、精灵状的、浑朴的物象经常出现,除了外在的表现,深藏在其背后的却正是前述那一种从深层主体的内里向外投射的主观"造象",出现的是完全内化了的一幅世界图像,不知它是否能和也喜欢内化的儿童绘画感更近地相通,他在《长河一少年》中已做了初步尝试。

其三,文体意识。

如果探索者已走过的地方却未能为人多加留意,而一味地只注意他们下一步将突破的口子,不能不说也是一种悲剧。比如,这一代儿童文学创作上的探索者已在文体上的诸多创新和实验的艺术成果,就远未受到应有的关注和研究,十分可惜。

由于这一专题将涉及结构方式的组合、语言的动力状态、艺术形态的模式等等的"本文"研究分析,需要进行引述和论证,限于篇幅而不能在此提及。这里仅提几点探索中的文体意识。

我以为最有文体上探索痕迹的实验,也许当始于方国荣的《如意镜》和《彩色的梦》,它们是作为儿童小说而发表,却较早地将童话的某些艺术因素有意识地溶合其间。这当然不是什么首创,甚至还结合得不无生硬之感,但它们的熔点是指向严格的现实生活,所以价值也就在起点高和难度大之上。这一条介于小说和童话之间的文体之路也许会越来越吸引众多的探索者由此去开创一片占尽儿童文学独特魅力、又深得当代世界文学思潮精髓的小说领地,外在化则有点后现代主义文学的味道,隐隐然则又近似中国笔记小说。

我认为真正从发展眼光和文学层次的角度来看待当代儿童文学文体的实验,冰波童话是最引人注目和预示荣耀的,这在于他的童话文体已初具了一种博大、哲学气和艺术美的良好格局。我坚信儿童文学应该要有最高级的文学形态的追求之心,要有安徒生意识。冰波童话的讲究艺术气,讲究美感效应,讲究悠远,难道就应该被暂时的"接受"疑难所阻隔?难道就应该因其已达到成人欣赏的艺术水平便要将它拉回到"儿童水平"?

由此我想到了一个最后的问题:

即探索儿童文学文体的未来可能性。

儿童文学的固定阅读对象永远是少年儿童读者,然而,儿童文学的文体却是属于整个艺术的。这就令人思考,这种文体的最佳状态有没有可能达到艺术品位的上乘?有没有可能处于文学趋势的前列?

我以为存在有这种可能性,理由正是来自于"儿童文学"这一文体形态本身所含有的潜在因素——它的沟通神话的古老。它的通向科幻的年轻。它的泛神论的亲近自然。它的哲学气的寓言本色。它就善于谈生态圈。它正可涉及异化。它拿手的就是梦、幻、魔。它等于发生论——这些艺术因素如果有所溶合而形成一种文体,难道不有点当代世界文学的最新气度?难道不有点艾特马托夫的"星球意识"?难道不有点反人本主义文学的气息?

我认为中国当代儿童文学始终都将是无法与中国当代成人文学相比拟,它制约性地根本达不到成人文学那雄沉的历史反思和深刻的社会批判的文学高度,然而,在更宽泛更博大的人类和星球命题之下的"文体"形态中,它倒是有可能避短扬长地获得一个选择机会,从而实现某种超越。

但是,这一切于今似还早。

悄然风格的探索者,仍需先超越身边的一切……

结束语

中国当代儿童文学的探索者们总在悲壮感中孤独地默默磨砺着各自的艺术之笔,没有评论,没有轰动。只悄悄怀有一颗走向中国孩子的沉沉之心。本文根本无法表达他们全部的所作所为,仅此急就而述。

悄悄的。儿童文学永远是悄悄的。

文学符号悄悄地化作了身心中的运动觉,

未来中国人的脸相悄悄地自信,

树的根悄悄在地下,

还有悄悄的你们。

悄悄的东西,都是意味深长的!

新时期少年小说的误区

朱自强

无视少年读者的班马们

曹文轩在为1988年《全国优秀少年小说选》写的代序文《在平静中走向自己》①中，不无兴奋和自豪地说道："我们的少年小说变得越来越像小说了。"（重点号均为引者所加）曹文轩这句话也精到地阐明了我对新时期少年小说发展的一个大趋向的感受。当然，明眼的读者，尤其是与我在后文所阐述的问题上持同样观点的读者，已经能从我所加的重点号里看出，我的心境与曹文轩截然不同。其实，要想更明确地表达我的意思得换一种说法，那就是——我们的一些少年小说变得越来越不像少年小说了！

我不是在挑起争议，因为争论早已经开始。围绕着新时期少年小说创作，儿童文学作家和评论家们有过种种不同意见的讨论，但是最尖锐、最多地争议还是集中在"儿童化"和"成人化"这个问题上。

应该说，从新时期之初，儿童文学界便从总结历史经验教训的基点起步，比较迅速地逼近了对创作来说至关重大的儿童文学本体意识这一问题。在培养少年儿童健全成长的过程中，如何发挥儿童文学所特有的作用，是许多儿童文学工作者从那时起便开始的思索。结论几乎是共同的——"儿童文学首先是文学"。这个命题的提出，可以说带来中国新时期儿童文学的质变，具有十分重大的文学

题解 本文原载《当代作家评论》1990年第4期。文章以刘健屏、曹文轩和常新港的若干作品为例，在文本细读的基础上得出了以下几点结论：刘健屏在表现自我的路途上从面向儿童转而面向成人；曹文轩为了表现自我而架空了儿童与真实生活；常新港为表现自我而陷入了偏狭、自私的心理。文章认为，儿童文学在追求文学性、表现创作者自我意识的基础上绝不能背离儿童读者。此文与吴其南的《他们开辟了少儿文学新边疆》一文构成了中国当代儿童文学评论中少有的学术论争局面，促使业界对这场艺术探索的成败得失做进一步的理论思考。

① 载《儿童文学选刊》1989年第3期。

史意义。当我们把儿童文学置于诸如儿童心理学、儿童教育学等非文学的儿童文化形态的参照系里思考儿童文学的本体意义时,"儿童文学首先是文学"这一命题无疑是正确的。然而,当我们把儿童文学置于文学这个大系统中思考儿童文学的本体意义时,"儿童文学首先是文学"这个命题则无疑是错误的。正确的则应该是"儿童文学就是儿童的文学"。即是说在儿童文化大系统里强调文学性,在文学大系统里强调儿童属性,这才能把握住儿童文学的本体意义。

但是,一些少年小说作家,包括一些评论者(我也曾一度),不加节制地强调、使用了"儿童文学首先是文学"这一本来是正确的命题。在他们的头脑中文学性大大膨胀,儿童化被挤到了角落。一般来说在儿童文学中追求文学性不仅没有错误,而且应该是有抱负的儿童文学作家的执著追求。但是在特殊的条件下,这项工作面临着步入远离儿童文学的歧途的危险。

在我们少年小说作家中,就有几位三四十岁的青年作家走入了误区。这是有着深刻的历史原因的。他们的童年、少年时代正处于文化荒芜的时期,不可能更多地从儿童文学作品尤其是儿童文学名著中获得一种根深蒂固的感性体验。当他们长成青年,因种种原因拿起了创作儿童文学之笔时,又因为我们儿童文学毕竟只有六七十年的历史,理论研究自是十分薄弱,何况又处于对既有理论的反思之中,所以他们无论是年少时还是成年后,都没有条件获得深厚的儿童文学修养。然而,他们却偏偏是极有志向,极有文学才华的人,于是只好在粮草未足的情况下,便开始了出征。

勿庸赘言,"儿童文学首先是文学"正是引路的旗帜。他们和前辈儿童文学作家以及其他同代儿童文学作家们一起,在这一旗帜指引下,成功地在儿童文化的大系统中寻找到了自己应有的位置。但是,当他们痛感过去许多儿童文学作品文学品位的低下,要提高儿童文学的文学性时,他们仍然打着这面旗帜。而没有建立"儿童文学就是儿童文学"这一命题。因此必然不是以《汤姆·索亚历险记》、《哈克贝利·芬历险记》、《宝岛》、《爱的教育》、《表》等世界少年小说名著,以及中国五、六十年代的一些文学性较高的少年小说,如《小兵张嘎》、《鸡毛信》、《长长的流水》、《微山湖上》等为参照系,来提高儿童文学的文学性。那么,离开这个参照系,去提高儿童文学的文学性,就只有向一般文学即成人文学去寻找参照系,其结果便是向成人文学靠拢,提高的已经不是儿童文学的文学性了。这种情况下,文学性越高,作品便离儿童文学越远。班马的《鱼幻》(《当代少年》1986年第8期)便是最为典型的例子。所以曹文轩说道:"我们的少年小说变得越来越像小说了!"这些少年小说作家写得越像小说,也就越是方便了那些颇具一般文学批评修养的评论家,因为他们用不着去重新创造破译真正儿童文学的特殊密码,就可以就这些少年小说高谈阔论。来自评论界的鼓励,刺激了这些少年小说作家的不正常的求新求奇的欲望。于是由"是儿童小说,但不典范"①的《独船》(常新港,《少年文艺》1984 年第 11 期)开始发展到成人化越来越浓,已经无法将其称为少年小说的作品,比如,《月光下的荒野》(金逸铭,《当代少年》1986 年第 5 期)、《迷人的声音》(鱼在洋,《当代少年》1986 年第 6 期)、《鱼幻》、《一发的呐喊》(金逸铭,《儿童文学》1986 年第 6 期)、《渴望》(董宏猷,《芳草》1987 年第 6 期)、《"女儿潭"边的呐喊》(董宏猷,《少年世界》1988 年第 2 期)等等。事实上,在《鱼幻》发表之后,便有不少评论者指出其不仅少年读者看不懂,而且连作为儿童文学工作者的成人都难看懂。然而令人不解的是,不仅有评论家仍然为这篇根本不是依据儿童文学创作方法写出的作品辩护:"我认为班马的这些未必成功的作品,其真正的价值,恰恰在于从题材到描写都打破了旧有的陈套,为儿童文学开拓了新的天地。"② 而且继续不断地冒出少年儿童读者明显读不懂的作品。在这里,我无意就班马的《鱼幻》展开评论,甚至无意对《鱼幻》这类少年读者读不懂的小说展开评论,我要说的只是,我国有三亿多嗷嗷待哺的少年儿童,再不能给此类"探索"开绿灯了!

真正的危险并不来自班马们和《鱼幻》一类的作品,而是隐蔽在目前在少年小说中影响很大,被评论质量高,认为创作成就大的常新港、曹文轩、刘健屏等作家的少年小说创作之中!下文将对这三位作家的少年小说代表作进行具体的分析和评价。

从面向儿童转而面向成人的刘健屏

正如曹文轩"在平静中走向自己"这一命题所显示的那样,在提高少年小说的文学性的过程中,全身心地投入创作,在作品中表现自我,加强作家的主体意识,是包括曹文轩、刘健屏、常新港在内的许许多多少年小说作家的艺术追求。

纵观世界儿童文学发展史,儿童文学作家自我表现意识的出现,确实提高了儿童文学的文学性,给儿童文学创作带来了新的生机和历史阶段性的变化。具有划时代意义的长篇童话《艾丽丝漫游奇境记》、《艾丽丝镜中奇游记》所创造的

---

① 梅子涵:《是儿童小说,但不典范》,《儿童文学选刊》1986 年第 2 期。
② 刘绪源:《我与周晓波的分歧——关于班马小说的几点补充意见》《儿童文学选刊》1988 年第 5 期。

非现实的幻想世界,对处于重视体面、形式主义横行的英国维多利亚时代的大学教授刘易斯·卡洛尔来说,是一个得以休憩的世界,他在这里获得了精神的平衡;斯蒂文森一生苦于病弱,疾病枷住了他行动的自由,所以他创作了描写少年航海寻宝,与海盗们进行惊心动魄的生死搏斗的《宝岛》,以此作为对自己的不幸生活的慰藉;而马克·吐温的《汤姆·索亚历险记》、《哈克贝利·芬历险记》则被称为他对自己在那里度过少年时代的密西西比河流域的回归之心的产物。对马克·吐温来说,密西西比河西部,并不单是怀旧的寄托,更是与欧洲文明的对立,是对美国资本主义勃兴期的价值观、人类观进行批判的源泉。他以这两部成功的少年小说,向世人显示了自己的人生观。他的《哈克贝利·芬历险记》甚至被誉为美国近代文学的发轫之作。

似乎可以说,自我表现意识的苏醒,使少年小说作家们创作文学价值提高的少年小说成为可能。事实上,也确有相当数量的作家创作出了比较出色的少年小说。但是,十分遗憾,在儿童文学评论界得到高度赞誉的曹文轩、刘健屏、常新港三位作家却在表现自我的路途上,出现了程度不同的偏颇与失误。

同样是表现自我,为什么或有成功或有失败?众所周知,儿童文学是成人作家写给儿童读者的。那么要在儿童文学中表现自我,而作品又不失其儿童文学属性,就要求作家使自我意识与儿童心性、儿童生活形态达到契合。这种契合的程度越高,作品的完成度越高,获得高品位文学性的可能性越大。也许是不甚贴切的比喻,如果儿童的心性、儿童的生活形态好比水,那么作家的自我意识应该是一粒盐,而不是一滴油。当作家的自我是一滴油时,不仅它不能溶于儿童生活,而且更多的时候,是在作品中连真正的儿童生活都难以找到。

刘健屏的《我要我的雕刻刀》(《儿童文学》1983年第1期)就是一篇这样的作品。

小说的情节梗概是,老教师"我"因为学生章杰爱雕刻不参加集体活动,躲在教室搞雕刻,而没收了他的雕刻刀。"我"回忆了章杰与众不同的几件事。为了教育章杰,"我"去找了章杰的父亲,而章杰的父亲二十多年前恰好是"我"的学生,还是得意的班长,后因写了暴露大炼钢铁时饿死人的独特作文,失去了"我"的信任,不再当班长,直到下乡后变得平庸麻木,失去了棱角。"我"从章杰爸爸那回来后,醒悟到自己像把锉刀,又将会锉去章杰的棱角,于是把雕刻刀还给了章杰,并说:"祝你在雕塑上取得成就!但也不要忘了集体。"

很显然,这篇小说旨在提出并回答如何看待孩子身上的个性这样一个教育领域中的比较尖锐深刻的问题。发表后引起轰动并获得很高赞扬,其原因也在这里。作品强烈地显示出作家的自我意识。但是由于这种自我意识不是与真实的儿童生活和儿童人物形象水乳交融于一起写入作品;从而使小说的主题不过沦为图解的概念。

这篇小说通篇是"我"的叙述。既然"我"直到小说结尾才意识到自己的"过错",那么在此之前,"我"自然应该站在批评的立场上,向读者叙述章杰那与众不同的个性。但是从小说中我们看到"我"流露出的更多的却是对章杰的欣赏。比如,"眼睛是心灵的窗户。从我面前这一双不大但很明亮的眼睛里,显露出了他的与众不同"。"活泼而又沉静,热烈而又冷漠,倔强而又多情,竟是那么奇妙地揉合在他的眼神里。""对一个初二的学生来说,他实在是太成熟了,太与众不同了。"对直接和章杰与众不同的个性有关的雕塑之事,"我"如此讲道:

> 我记得很清楚,那天看了女排战胜日本女排获得世界冠军的电视后,同学们都在操场上蹦跳着,欢呼着,有的敲起锣鼓,有的放起鞭炮,有的奔跑追逐,有的互相厮打……以此来表达内心的狂喜。
>
> 而他,却一个人默默地坐在电视室里一动不动——他在哭,眼泪顺着他的脸颊淌下来,淌得很猛……
>
> "章杰,你怎么了?"我走上去问。我第一次看见他的眼泪。
>
> "我,我要做世界第一流的雕塑家!"
>
> 那时,他就轻轻地说了这么一句话……

我们不去说写十三四岁的孩子以这种方式对女排胜利表达这样的感情是否真实,从"我"的讲叙中,已经十分明显地袒露出对章杰的赞扬。可是在叙述了章杰如此热爱祖国之后,"我"却对他还有这样的担心:"能合群吗?能成为集体中积极的一员吗?"简直是不合逻辑。

"我"心口不一的叙述,实在是太多了。因为出现这么多失误,只有一个解释,那就是作家性急地要把他的主观意念告诉给读者,所以总是忘记作家笔下的"我"与作家的教育观念本来是对立的。作家的心态浮躁到如此地步,笔下缺少的必然是真实的生活,多余的则是作家的思想观念。而抽去生活思想也无法得以附着。从小说来看虽然老师"我"把雕刻刀还给了章杰,但看似解决的问题并没有真正解决,因为,"我"既然为没收了章杰的雕刻刀而悔过,那么为什么在祝章杰的雕塑上取得成就后,仍然要求他"但也不要忘掉了集体"?须知,章杰正是因为"忘了集体"才被"我"没收了雕刻刀的呀!归根结底,没有生活的逻辑来整理,思想主题必然会陷入一片混乱和矛盾之中。

刘健屏曾说过,自己在初学写作时,"比较偏爱马克·吐温的作品,所以在人物上致力塑造富有幽默特点的角色,情节结构上追求喜剧色彩,语言上努力写得诙谐活泼一点。《漫画上的渔翁》等一组比较幽默轻松的小说发表之后,小读者比较喜欢……后来我就写了一些格调比较深沉的小说,又用散文笔调写了比较抒情的小说,还写了《我要我的雕刻刀》这样不同于其他作品的小说"[1]。刘健屏上述对自己创作变化的总结,后来被有的评论者概括为三个阶段:"趣—情—理",并充分地肯定了第三阶段的创作:"从内容和形式的统一上看,刘健屏一直在寻求着表达自己思想,抒发自己感情的最和谐的形式。"[2]

然而,我为刘健屏的这种变化感到遗憾和惋惜。尽管第一段的作品并非那么完美,但却是站在了真正儿童文学的基点上。比如《交了"倒霉运"的人》写的"我",是个活生生的性格。小说写得极为自然流畅,得心应手,看出作家对儿童的行为、语言、心态、思维逻辑的熟知。其讲述风格令人想起马克·吐温对汤姆索亚的刻划。但是刘健屏不满意这些"幽默轻松"的小说,而向格调"深沉"的小说发展,即去思考追求深刻重大的主题。这些"深沉"的主题,没有一个是错误的,相反,都相当正确而及时。不过它们并没有艺术地凝结成儿童生活形象,在作品中,它们仅仅是一个"理"——是作家的深沉的自我。

刘健屏的变化实质上是一种创作态度的变化。在第一阶段的《交了"倒霉运"的人》里,作家的倾诉对象是儿童。第三阶段的《我要我的雕塑刀》、《脚下的路》等,正如赞扬者所说,"作品所要表现的,是对扼杀儿童个性的教育的忿懑和对尊重、理解儿童个性的疾呼,作品正如曹文轩所评论的那样,带着'挑战性'"[3]。很明显,"忿懑"、"疾呼"、"挑战性",都说明作家倾诉的对象是成人和社会,这时作家与儿童的关系仅仅是儿童利益的代言人。刘健屏用写给儿童看的作品来向成人"挑战"真有些像是在空中走钢丝。

由"趣"、"情"到"理",意味着作家的读者意识的变化。虽然作家们仍然想写儿童生活,但是,将《交了"倒霉运"的人》与《我要我的雕刻刀》比较,不难发现,作家切入儿童生活的角度变了。至于讲述方式,更是截然不同——

> 看来这一架是非打不可了。在这种场合当然是不会退阵的,别的不说,

---

[1] 见《儿童文学选刊》1983年第3期。
[2][3] 唐代凌:《从婉约到豪放——刘健屏作品讨论会发言》,《儿童文学研究》1989年第3期。

王立国就在旁边,如果我对这么瘦小子还让步,让他那张碎嘴皮到处去瞎说,我在伙伴中间还抬得起头?

——打!

——《交了"倒霉运"的人》

对于他,是很难从心理学的角度来考察他的个性气质的,说他是活泼好动的多血质不尽其然,说他是沉稳喜静的粘液质也不准确;当然,他既非急躁鲁莽的胆汁质,更非脆弱多愁的抑郁质。

——《我要我的雕刻刀》

少年儿童读者喜欢哪篇作品,我想是再明白不过了。像《我要我的雕刻刀》这样的题材,并非不能写成既让孩子爱读,又能对成人具有警醒作用的作品。如果,刘健屏听从"我要我的雕刻刀"这一孩子的呼声的指引,将"我"化身为章杰而不是教师,直接深入章杰的生活,写他的行为和心理上的经历,作品恐怕就不会像现在这样,成为编造的生活与主观意念的分裂体。但是,这样做无疑面向成人和社会的"挑战性"就会大大减弱,作家深沉的思想就要收拾到作品后面去,这对性急地要表现自我的刘健屏却是不情愿的。

我们不难看出刘健屏的少年小说创作道路,是一个因为走向成人"深沉"的思想,却背离了儿童生活的过程。其结果,当然是不但没提高反而却降低了他的少年小说的文学性。

架空儿童与真实生活的曹文轩

所创作的少年小说被高度地评价为是"对民族灵魂的真诚的呼唤"[①]的曹文轩,曾经激奋地说道:"儿童文学,请你清醒地意识到你塑造民族个性的天职!"此语虽然显得有些夸大其辞,但毕竟没有错。不过我们评价一个作家,不光要听他的理论口号,更要考察他的创作实践。说实话,对这位在北京大学执教,以儿童文学进行如此恢弘博大追求的学者型作家,我是怀着期待的目光阅读他的少年小说代表作的。我很失望,我感觉到,他的那些小说大而空洞,华而

[①] 徐长宁:《对民族灵魂的真诚的呼唤——评曹文轩的儿童小说创作》,《儿童文学研究》1988年第6期。

无实。

试以《古堡》(江苏《少年文艺》1985年第1期)为例。这篇小说,写的是山儿、森仔两个少年去探寻老人讲说的一座高山上的古堡。他俩忍着饥渴、疲劳,战胜山势的险峻,终于攀上了山巅,但却不见什么古堡,只有一堆乱石。当他们沮丧哭泣的时候,初升的朝阳使"他们心里生出一个新的意识:他和他是这个世界上第一个知道山顶上没有古堡的人!"平心而论,就其构思上,不无新颖和想象力。如果作家实实在在地写两个少年在这个经历中的行动、心理、感受,将会成为一篇很有新意的作品。但是,作家对自己所能"编造"的故事期望值太高,结果赋予作品以实际生活形象所无法承受得了的一种过于博大的感情和思想。

我认为,山儿和森仔这两个十四岁的少年,在小说中总的性格是虚假的。比如,作品有这样的描写——

> 他们还在七岁那年,就瞒着大人往这迷人的山巅爬过,可是失败了——只爬了十三分之一,就灰溜溜地滚了回去,叫山下的全体居民使劲地嘲笑了一顿。于是他们年复一年地仰望着这在云雾里变得似有似无的山巅,攥紧拳头,在心里发狠:大山呀,你等着!
>
> 现在他们十四岁,长高了,壮实了,有力了,于是,他们想起了七岁那年的失败,又开始往山巅攀登——他们坚决要成为今天这个世界上第一个看到古堡的人!

这段文字有明显的矛盾之处。七岁时"瞒着大人"却又被"全体居民使劲地嘲笑了一顿";七岁时能爬十三分之一的大山,到了十四岁,却要爬到天黑不算,还要在山上露宿,五更天出发爬到天亮才能登上山巅。写十四岁时爬山这样艰难,作家是要说明少年的"开拓未来的雄心和魄力";写"叫山下的全体居民使劲地嘲笑一顿",作家是要说明少年是如何的超凡脱俗。因此这是实际生活与作家夸大的思想感情的矛盾。

上述描写给我的感受是,有些不像生活中的十四岁农村少年为好奇心和冒险精神驱使去探寻高山上的古堡,而有点像是神话传说中的夸父去追日;少年之举动,不是带着游戏性,而有些像哥伦布为发现新大陆去进行伟大的探险。作家创作时是有意识这样写的。不然,为什么写十四岁攀登这样险峻的山就已经足够艰难的了,却偏偏还要写从七岁起就攀这山,失败了还要"年复一年"地"在心里发狠"呢?显然是想将少年的行为夸大成一种久蕴的抱负和崇高的壮举。

造成一种激动人心的气氛和效果。后来人们的评论恐怕也正是从曹文轩这种写法中提炼出来的。这种夸大其辞的写法在曹文轩的代表作中已经形成一种风格。

还好,作家后来总算在具体描写爬山过程中想起了他们还是十四岁的孩子:当山势险峻少年又饥又渴时,"森仔开始埋怨山儿","山儿歉疚地看着森仔,站起来,跟着他。是的,是他首先提出去看古堡的。不是他,森仔这会儿也许正和伙伴们在山脚下的那条凉快的小溪里惬意地游水或抓鱼。他忽然觉得欠了森仔点什么似的,并且对自己的行动有点懊悔"。在这里,作家罩在少年身上的耀眼光环暂时消失了,他们成了可信、可感的生活中的普通少年。但是,一到作家想表达点什么的时候,他就又要夸张地激动起来。写到少年失望地发现,山巅根本没有古堡时,"眼泪从他们因疲倦、饥渴而变得黄巴巴的小脸上,一滴抢着一滴地滚下。这两个孩子忽然双腿一软,扑倒在石头上,好久,他们才爬起来——两副沮丧的面孔。失败了还是胜利了?"后来,他们看到了太阳初升的美丽景色,"两个孩子心情突然好转","心里猛然间生出一个新的意识:他和他是这个世界上第一个知道山顶上没有古堡的人!说:失败了,还是胜利了?"

我注意到,曹文轩的少年小说有一种不适宜的脱离少年生活的大而空洞的和华而无实的诗化现象。《古堡》中的山儿和森仔就有时是生活中的少年,有时又成为一种哲理的替身和诗化的对象。他们的身上缺少的是少年生活中的泥土,多余的是成人作家主观意念的光环。这种失误也同样发生在他的其他代表作中的少年主人公身上。如《弓》(《儿童文学》1982年第4期)中的黑豆儿,《手套》(《东方少年》1984年第9期)中的莎莎,《再见了我的星星》(《儿童文学》1985年第5期)里的星星,后两者,从名字上就可以感到与农村少年的隔膜,而星星,作家明确地交待他具有农村"一般孩子所没有的灵性和对美的感受力"。可以说,这些十三四岁的少年(莎莎虽说生于都市,但成长于农村)不仅缺少那个年龄孩子的特点,而且还缺少农村少年的质朴、踏实,过多地带有都市里的早熟的文学少年的灵气和浪漫的气质。像《再见了,我的星星》里的女知青晓雅,"按照城里一个文化人家的标准塑造这个有着天分的捏泥巴的男孩儿"一样,从本质上讲,富于浪漫气质和诗歌精神的作家曹文轩在按照自己的审美标准在头脑中想象塑造着这些农村少年。

总之,曹文轩笔下,没有生活中的儿童,只有他自己观念中的想象中的儿童。所以我对曹文轩的《在平静中走向自己》一文中的话心领神会——"我根本不想去了解现今的中学生,因为我就是中学生"。报告文学的"任务就应该是注目第一层面:现实和现实中的人物。而小说应该注目的层面是在下面,更下面——最下面则是普通的,相对稳定的基本人性。……从这一层面说,中学生是永远的。每一个注意到并能有力量地把握这一层面的人都可以自信地说:我最熟悉中学生"①。

曹文轩的少年小说大而空洞,华而无实的原因在于他"根本不想去了解现今的中学生"——不去写现实生活中的少年。

陷入偏狭、自私心理的常新港

似乎与刘健屏、曹文轩相比,稍晚些冲入少年小说文坛的常新港在评论界获得了更高的赞美和荣誉。的确,常新港的少年小说有独特的取材,独特的人物,和个性化的语言,他的出现给少年小说文坛带来了一股"新鲜"的气息。有多少的心灵因常新港的成名作《独船》而深深的颤栗。但是,此后常新港没有很好地巩固和发展《独船》里那些具有很高的儿童文学价值的东西,而是走入了发泄对个人命运怨天尤人的死胡同。

关于《独船》,我非常赞同评论者梅子涵所作出的评价,在是以石牙,还是以父亲作为切入角度这方面,《独船》是有些颠倒。虽然由于不是以石牙来切入,因而写得并不是那么充分,但是,我们还是看到在生活的沉重压迫下,石牙默默地咬紧牙关,用少年人所能够作出的全部努力去争得自己应该从生活中得到的那份欢乐,即伙伴们的尊重和友谊。需要特别注意的是,石牙身处困境,但他从没有抱怨命运和任何人。对造成自己的不幸应负一定责任的父亲,他虽然应"恨父亲做事太绝"但又"同情父亲",对侮辱他自尊和人格的伙伴,并没有陷入一己的怨恨。《独船》之所以具有很高的儿童文学价值,就在于石牙使少年读者感悟到在生活的困苦磨难面前,自身的崇高尊严和成长的力量,从而产生自尊自强的精神。正因如此描写了不幸甚至死亡的《独船》的美学价值才是高层次的,即不是一种悲哀,而是一种悲壮。

有人断定常新港儿童文学最显著的审美特征是悲壮。② 但是,在我所读过的常新港少年小说中,能够获此殊荣的实在只有《独船》一篇。因为在此后的

---

① 见《儿童文学选刊》1986 年第 1 期,曹文轩的发言。
② 梅子涵:《是儿童小说,但不典范》,《儿童文学选刊》1986 年第 2 期。

常新港那些表现生活艰辛和磨难的小说中,他的少年主人公失去了石牙默默地艰忍和顽强地超越人生的艰辛磨难这种自尊、自强的精神,而是程度不同地带着一种抚摸自己的创伤时而产生的对个人不幸命运的不平和对生活的怨恨之气,而这种不平和怨恨之气,有时甚至不公正地撒向那些比自己的命运好一些的同龄人。

《十五岁那年冬天的历史》是这种倾向突出代表(《东方少年》1986 年第 2 期)。作家想表现的是北方少年"我"即雷加在"中国与一江之隔的国家发生了冲突",班主任老师和一些同学离开可能发生战争的家乡前后的日子里,雷加的"坚强成长",和他身上的爱国主义精神品质。后来,有的评论者也从这两方面对小说作了高度评价。但是,我却从小说中看到作家这两方面的努力都完完全全地失败了。下面是小说的情节线索。

当即将发生战争的消息广播后,班长刘征"把头抵在桌子上,两只手抱着自己的脖子,好像在拒绝听一种声音",这时,雷加感到轻蔑:"他平时那气宇轩昂的神气劲哪里去了?""我动了一点恶念。"用左手写了一张讥讽嘲笑刘征的纸条。在此之前,雷加就因为刘征曾在雷加入团问题上说过"再考验一年吧!雷加这个人,我们一直看不透,不好接近"的话,而认为刘征是"小人"。听说刘征回老家的消息,正在挖防空洞的雷加"心里涌出一股说不出的愤怒","一镐头竟砸在自己的脚上。"后来他的好朋友丁维也回了老家,这时雷加的心情是:"丁维也走了!丁维也走了!!丁维也走了!!!都走吧!都走吧!!都走吧!!!我哭了,蹲在没人的防空洞里哭了。我感到了孤独。"雷加问自己的爸爸:"同学们一个个都走了。我们的老家在哪里?我是不是也要回老家?"当爸爸告诉他"傻儿子!你爸爸的爸爸就生在这里,这就是老家"时,"我低着头,咽掉了自己脆弱的眼泪"。

战争终于没有在这里发生。夏老师、刘征和同学们都返回来了。在学校通知开学的第一天,刘征在教室里嘲讽了雷加(必须说明,刘征的嘲讽举动在作品中并不能找到什么性格依据),于是雷加将刘征一拳打倒在地,满脸是血。夏老师严厉地批评他:"难道同学们不是你的兄弟姐妹吗?"这时雷加心底的积愤爆发了——

> 跟我谈兄弟!谈姐妹?!我这个土生土长的孩子挖防空洞的时候,我的班长兄弟上哪去了?那时候我多希望听见班长好听的声音!我成了跛子蹲在防空洞里时,我的教师姐姐上哪里去了?是不是漫步在上海豫园

里看金鱼?

后来,夏老师取消了雷加代理班长的职务,班长仍然由刘征担任。

我在描述小说情节和雷加形象时尽力保持冷静和客观,我注意寻找雷加"坚强"性格的形成及其成长,但是很遗憾,我无法找到。

如上所述,作品的矛盾线索主要表现在雷加与被评论者称为是"临阵脱逃"者的夏老师和班长刘征之间,不,更准确地说是没走的人与离开的人之间。小说不是在雷加打倒刘征之后写道:"几位同学在斥责我,我没听见,我的身后也站着一群理解我的同学,这些同学,是跟我一起渡过那个严峻冬天的朋友。"的确,夏老师率先离开学校回上海,是有些不大光彩,班长刘征一反常态,也是性格上的弱者。但是我认为事情远远没有严重到"临阵脱逃"的性质,尤其对十四五岁的刘征们来说。然而雷加把这些行为看作是"临阵脱逃",而且其心态简直到了势不两立的地步。如果雷加是由于幼稚(但作家常新港不该幼稚)产生了这种看法,倒也罢了,但从上所述,可以明显感到雷加对待夏老师、刘征等人的心态里,显然是怀着过多的怨尤甚至仇恨。雷加的心理不能不说有些偏狭、自私和阴暗。

一个表现崇高爱国主义精神的题材,在常新港的笔下竟然写成了少年间的怨恨,正是由此,我开始注意到常新港作品中对所谓"上层孩子"、"下层孩子"的处理,以及这种处理后面作家所特有的心态。

我这里不想谈论把我们今天的社会里处于生活条件优越和低劣的不同处境中的孩子分为上层人和下层人是否合适,甚至不想谈论像常新港那样一律将美德都赋予所谓"下层孩子",将丑行都塞给"上层孩子"这一观照生活的态度是否符合复杂生活的本质,我只想指出,常新港笔下的两类少年形象大都缺乏生活的依据,他们没有复杂的性格,只有简单化的脸谱,常新港与曹文轩一样,不描述其性格成长的过程,只满足于给其一种结果。

在常新港小说中,"上层孩子"总是不明不白地就有了一张讨厌的脸孔(性格)。干部子弟、城里孩子、班级干部、干净斯文的、聪明伶俐的,成为作家嘲讽、指责的对象,雷加式的"下层孩子"的陪衬,可以说,常新港的小说总是明显流露出对"上层孩子"的一股怨恨之情。为什么?我一直想从常新港的身世中寻找一些原因。但是,我只能从"初去北大荒时,他是一个不足十岁的孩子",这一点点线索猜想他曾像《白山林》(上海《少年文艺》1986年第6期)里的"我"经历过生活的落魄。不过后来常新港自己道出了他的"不幸"——

因为我的童年和少年是悲哀的，所以我要倾吐灵魂里盛满了的悲哀。

我喜欢甜美的日子，可我很是不幸，甜美有眼，与我无缘。

我感谢文学（注意说的是文学，为什么不说儿童文学？——引者）。它允许人类去直抒悲哀。它令我获得了大大的快感。①

恕我直言，我并没有从常新港的少年小说中感受到他那"灵魂里充满了的悲哀"，相反，我倒是因为他的"令我获得了大大的快感"这句话，深切地回味起他小说中对"上层孩子"的那股怨恨不平之气，而且想起他在少年小说文坛上令人瞩目的"成功"。

事实上，在与常新港同龄的儿童文学作家中，也有童年和少年很不幸的人。我曾在一篇论陈丹燕少女文学的文章中，在谈到陈丹燕度过了暗淡无光、不得梦想的少女时光，以及她对新时期少女的羡慕和对自己少女时代的痛惜之情时写道："这里，我想为陈丹燕的人格说几句话。我们知道心理学曾指出，对他人幸运的羡慕和对自身不幸的痛苦，如果发生在一个人格平平的人身上，也许会出现心理上的失重，导致人格的畸形发展。但是陈丹燕是属于鲁迅所说的'自己背着因袭的重担，肩住了黑暗的闸门，放他们到宽阔光明的地方去'的那种人。……在歌唱八十年代少女的活泼和自由的时候，陈丹燕的青春也仿佛沾染上少女生命的圣水，第二次复活了。"

即使常新港的童年和少年真的像他说的那样"很是不幸"，但是他的少年小说的那股怨恨不平之气，是否还是使人感到他的心理有些偏狭、自私、阴暗呢。这样一种少年小说，又谈何"悲壮"和"阳刚"呢！

至此，我批评了目前在评论界呼声很大，载誉极高的刘健屏、曹文轩、常新港的创作基本倾向。严格地讲，他们创作的都难说是真正的儿童文学，至少不能说是成功的儿童文学，更不能说是如评论者所赞美的那样，是优秀的儿童文学。但是我绝没有一丝想否定新时期少年小说创作的巨大成绩的意思。我只是认为赞誉绝不该给予这三位走进误区的作家。依我寡陋所见，有许多作家在新时期少年小说追求儿童文学性的努力中进行了有益的探索，取得了一定的成功。虽然本文已无暇对其进行评论，促我愿备忘录式地记在这里。这就是，梅子涵的《课堂》、《走在路上》等，陈丹燕的《上锁的抽屉》、《灾难的礼物》等，夏有志的《我听见了我的声音》、《普列维梯彻公司》等，葛冰的《我们头上有一片绿云》、《一只

---

① 常新港：《关于"悲哀"》，《儿童文学研究》1989年第3期。

神奇的鹦鹉》,金曾豪的《小巷木屐声》、《笠帽渡》等,程玮的《白色的塔》、《孩子、老人和雕塑》等,此外任大星的《三个铜板豆腐》、汪晓军的《霸大王的故事》、苏纪明的《"滑头"班长》等,都是儿童文学性较高且很有个性的作品。当然还有许多作家的作品显示出了新时期少年小说的进步,这里已无法一一列举。这些作家和作品对儿童文学的文学品位的追求,明显地区别于曹文轩等作家之处的便是始终没有忘记、没有背离儿童读者。仅凭此一点,我也愿意将敬意和赞誉献给这样的作家和作品。因为儿童文学无论到了什么时代,也永远是儿童文学。

他们开辟了少儿文学的新边疆

——"探索性"少儿文学之探索

吴其南

"探索性"少儿文学的出现是80年代中后期中国少儿文学发展中最引人注目的文学现象。尽管人们对什么样的作品才算"探索性"作品从无明确、一致的看法,而这一名称及被人们归入这一名称的作品(如江西少儿社编辑出版的《探索作品集》)所体现的模糊性和宽泛性也使任何试图在这批作品中寻找共同特征的努力变得似无可能,但这一名称的渐被认可及越来越多有特色的作品集结到这一名称下的事实却使对这一文学现象的认识具有持久的诱惑性。这使人联想到本世纪20年代"新批评"一词刚在西方文学界出现时的情景。当时关于什么是"新批评"也是众说纷纭,被归入这一名称的许多批评家的意见不仅互相分歧甚至完全相左。但艾略特还是从中看到了共同性。他指出:这一名称"表示这一代批评家无论有多大分歧,都与上一代有根本不同"①。这或许也可作为我们认识探索性少儿文学(本文主要指以班马、金逸铭、冰波等人的创作为代表的探索性少儿文学的主流)的一个切入点。

一

探索性少儿文学与传统少儿文学的不同最初与其说是被认识到的不如说是

题解　本文原载《温州师范学院学报》(哲学社会科学版)1991年第2期。文章从文学审美的层面上肯定了"探索性"少儿文学的价值。在作者看来,"探索性"少儿文学所营造的意象的陌生感,在"本质上即是对传统少儿文学以社会整合为单一尺度的创作范式的疏离",也是"新时期少儿文学领域人文主义思潮兴起的一种反映",与新时期的寻根文学有着同一的审美指向;"探索性"少儿文学所追求的消解故事性的文体意识,则融入了新时期中国文学现代化的大潮。与此同时,文章也强调,"探索性"少儿文学仍旧处于探索之中,它的局限也是显而易见的:"混淆了儿童的心理现实与儿童审美能力的界限",创作经验也可能并不具有普适性。

① 艾略特语。转引自《新批评》(赵毅衡著,中国社会科学出版社)第7页。

被感觉到的。1987年前后,当班马的《鱼幻》、金逸铭《长河一少年》、冰波的《那神奇的颜色》等作品在刊物上出现时,其在少儿文学领域激起的反应是一种普遍的陌生感。人们虽尚不能立即准确地说出这些作品区别于传统少儿文学的特征,但却感觉到它们之间存在的不是一般性差异。

陌生感首先来源于作品的描写对象即作品意象世界的外在形态。长期以来,中国少儿文学的描写对象一直局限于社会生活,如革命传统故事,各种各样的政治运动和社会斗争,少年儿童自己富有社会意义的生活。即使是童话和表现儿童游戏的作品,也从不忘记将它们看作是现实的社会生活的象征和折射。老师、家长、战斗英雄,各式各样的儿童是少儿文学的主要形象,由这些人物的有社会意义的生活构成的故事是少儿文学的主要画面。但是在探索性少儿文学中,这些熟悉的人物和画面突然魔术般地淡化以至隐去了,代之而起的是森林、旷野、神秘的老屋、古色古色的小镇、野性未驯的动物或某些尚未受到社会习俗规范的孩子。它们组成一个个传统少儿文学读者很少经历的世界。金逸铭的《长河一少年》以抽象的形式表现人类的生存状态,从无穷高远处俯瞰人生,意象神秘而突兀;冰波的《毒蜘蛛之死》写生命创造的欢乐,而作品中体现这一意蕴的形象却是一只即将失去生命的毒蜘蛛;沈石溪、蔺瑾等将动物还原于自然界,在他们笔下,大自然显出其固有的粗犷、蛮野和生生不已的性质;尤其是班马的小说,如《鱼幻》、《野蛮的风》、《迷失在深夏古镇中》,以一种神秘幽古而又雄奇粗放的笔调写积淀着深厚文化的江南原野、古镇,写挣脱了现代城市文明的少年在大自然感召下原始生命的复苏,写既沟通远古又沟通未来的星球意识,少儿文学在这里完全突破传统的狭隘疆界呈现为无限的开放态势。日本文学研究中有所谓近景文学、中景文学、远景文学的划分。近景文学主要指描写人周围较为封闭的空间的作品,中景文学主要指描写风俗人情等偏重隐性文化的作品,远景文学主要指描写自然、科幻、未来战争和星球意识的作品。① 如果说传统少儿文学主要是近景文学,探索性少儿文学则齐集性地疏离社会,越过近景走向中景和远景。《鱼幻》、《野蛮的风》等是典型的中、远景文学。

这当然不只是一种题材选择上的变化。借用索绪尔语言学上的概念,将文学作品中的艺术形象视为能指,将作品中的情感意蕴视为所指,探索性少儿文学意象层的变化显然是其指涉意义发生变化的反映。传统少儿文学集中地描写围绕着儿童的社会生活,采取的是以社会为本位的观照角度。作家们站在社会

---

① 大江健三郎:《森林儿童的宇宙感觉》,见《外国文学研究》1984年第3期。

代言人的立场上，努力用自己的作品将儿童粗糙的、散漫无序的思想情感引导、整合到社会需要的轨道上来，作品美学理想的核心是社会的一致和和谐，是中国传统的大一统社会理想在少儿文学艺术理想上的投射。这种美学理想的合理性是看到人在本质上是一种社会性存在，少年儿童向人的生成很大程度上即是向社会的生成，但其负面效果却是在过分强调社会对个体的整合、框范的时候忽视生命，特别是个体生命在其发展中的多方面需要，将本应是全面和谐发展的人变成单向度的人。这种负面效果在我们30年代以来的少儿文学中有着颇为集中的体现。特别是在某些主导性社会意识并不正确的时候，在这种社会意识引导下产生的文学就可能造成儿童心灵的扭曲和戕害，而传达这一社会意识的文学本身也会变得荒谬或僵化。探索性少儿文学齐集性地淡化、疏离对社会生活的描写很大程度上便是省悟到传统少儿文学这种偏颇的结果。它们疏离社会生活走向文化、自然，将生命的和谐发展作为审美观照的主要视角和尺度，本质上即是对传统少儿文学以社会整合为单一尺度的创作范式的疏离。而社会又常常是相对个体而言的，当我们说传统少儿文学过分强调社会本位而忽视人的多方面需要时，主要指的就是对个体生命和谐发展的忽视，对人的个性发展的忽视。因而，探索性少儿文学对以社会为本位的艺术理想的疏离必然意味着对自由个性的张扬。从这一意义上说，探索性少儿文学的出现在总体上也是新时期少儿文学领域人文主义思潮兴起的一种反映。

  但生命意识的觉醒决不止是对单向度的社会性少儿文学的疏离或匡正。少儿文学领域的探索性作品是在成人文学领域的寻根文学思潮的影响下产生和发展起来的。寻根文学主要是寻找中国文化的历史源泉，复活中国文学古老的审美意识，而少儿文学领域的探索性作品则更偏向探索人类的生命之根，探索儿童尚未被社会规范的生命中蕴含着的人类生命的基本活力，探索大自然在自身运动中显出的粗粝、蛮勇和生生不已，探索这种原始的生命活力在儿童的全面和谐发展中的意义。这种探索很大程度上是基于这样一种认识：生命意识是一个比社会意识更大并处在更高层次的观照角度，它能涵盖社会意识而不能为社会意识所涵盖。当探索性少儿文学将描写对象从社会生活转向比社会生活更广阔的审美领域时，它其实反映着人们对人生、世界、美，对人的整个生存方式一种更开放的理解。随着现代文明的发展，人的生命活力的缩减已是一种普遍的现象。特别是在现代文明高度发展的大都市里，人与大自然的许多天然联系从童年起便被切断了。人越走向文明，异化的程度越大。于是，人们重新感到了自然、人的感性生命的价值，追求感性生命的粗粝、雄浑、无序而又生生不已已成为一种普遍的趋向。成人文学领域的寻根意识虽主要在接通现代文学与古代优秀文化的联系,但它们寻找的又何尝不包括支撑这个民族世世代代绵延不已的生命之根! 在这点上,探索性少儿文学与寻根文学其实是同一美学指向。

二

　　探索性少儿文学与传统少儿文学的不同还特别表现在它自觉的文体意识,追求(甚至是刻意地)一种和传统少儿文学有明显不同的主题实现形态。所以探索性少儿文学实际上又是一场少儿文学的文学化运动。

　　这一点,在这一代作家确定其文学创作的切入角度时其实已大致决定了。一定作品的实现形态总是在相当程度上为这一作品的意蕴决定着,当传统少儿文学把对少年儿童的教育确定为自己的首要目标时,它自然会将作品的内容和作品的形式分离开来,将形式看成传达内容的手段,更关心作品的内容而不是作品的形式。在教育型少儿文学中,作品的故事、人物、结构等通常都不具有本体意义。而为传达内容的需要使它们总是不约而同地选择线性的故事性结构。探索性少儿文学一开始就未将教育儿童、向儿童传达某种确定的认识作为自己的目标。它为自己确定的目标是真实地展现儿童的生存状态,表现自然、儿童自身在其发展中的生机勃勃的精神,传达作家对人生、对生命的感悟和体验。这些感悟和体验本身即是一种审美情绪,它蕴含着认识却从未抽象为认识,因而无法与感性形象分离开来。这正符合文学的存在方式,言不能尽意则立象以尽意,"意"内在于"象","意"、"象"浑然一体,"象"不是表意的符号而是"意"本身。"在'美的功能'中,'讯息'不是为自身以外的什么因素服务的,而是面向自身并意向自身的审美价值的。"① 在这里,内容与形式、信息与符号的界限消失了,甚至一些在传统上一直被视为表现手段的夸张、怪诞、叙述语调等也有了本体意义。如《迷失在深夏古镇中》那种迷宫式的结构就是作品内在的神秘意蕴的外在表现形态。这样,探索性少儿文学就真正区别一般的表意符号而获得"文学性",在最基本而又最重要的分界点上完成了少儿文学向艺术的回归。

　　但探索性少儿文学所要完成的决不只是一般意义上的艺术回归。处在80年代中后期整个文学观念普遍更新的大潮中,探索性少儿文学作家心目中的文学自然不是传统的文学而是现代意义上的文学。因此,他们在推动少儿文学

---

① 池上嘉彦:《符号学入门》,第136页。

向艺术回归的同时更主张"艺术变法"。"探索"在这儿的意义便是实验将各种现代艺术技巧用于少儿文学的可能性。如由于描写对象更贴近作家的原始感受,探索性作家极力强调作品画面的原生性。作者们借鉴印象派绘画的经验,努力真切地描绘人对事物的瞬间印象,如事物的形状、色彩、声音等,吸引读者多种感觉都参与文学作品的接收,其中包括生理上的刺激和感应。《迷失在深夏古镇中》创造一个迷宫般的江南古镇。当读者随着主人公进入那座迷宫,首先得到的感受不是故事要说些什么而是一种神秘、幽古、恍恍惚惚的氛围,犹如一个好奇者突然闯入这个古国的历史一般。这或许正是作者创造这一艺术世界的用意所在。由于凸现感受的原生性,多少带些人为性质的故事性结构在探索性少儿文学中的地位削弱了。和传统少儿文学总是强调线性的故事、情节不同,这一代作家总是千方百计地消解故事。梅子涵的每一篇作品几乎都是一段修饰得很好的情绪或心理流程。金逸铭的《长河一少年》用交响乐的结构来组织画面,自然时空被切割得无法辨认,意象不是线性展开而是空间并置,短镜头的组合使视点以很高的频率在意象间来回移动,读者的阅读常被有意识地打断。意象层的变化很自然地投射到作品的外在层次,一种艺术性的语体和叙述方式已成为探索性作家的自觉追求。梅子涵每篇小说都有自己的叙述方式,这种叙述方式总由作品的内在意蕴生发出来又更好地表现着作品的内在意蕴。《双人茶座》独白式的"神吹"反映着主人公正在追求他神往中的潇洒,《蓝鸟》中似无逻辑的叙述也正好和主人公对远方世界的向往形成同构。班马喜用贴近读者又稍带理性的第二人称叙述。顾乡则将火热的感情包裹在极为冷静的叙述中,用讲一个似与自己毫不相干的事件的方式讲述自己为之扼腕的种种。此外,探索性少儿文学的整体结构也远比过去丰厚。比如,作者们都不满足像传统少儿文学那样的单一意义指向,不但追求多义、歧义而且追求形而上的象征内容。《出门》写少女凌子第一次单独出门的经历和感受,但这感受也可看作凌子这样的少女面对广阔的世界、人生的感受:虽不乏警觉、困惑、慌乱,但却真诚而热烈地向往,将特定年龄阶段的人物心理表现得极有层次。实验性少儿文学将各种现代文学技巧用之于少儿文学,使少儿文学融入80年代中国文学现代化的大潮。

  这一代作家其实还有更宏远的意图。和我们在上面的论述中将探索性少儿文学只看作一种新的创作范式的理解不同,探索性少儿文学的作者们(至少是他们中一部分)是把他们的探索当作对一种文体的探索来看待的。如班马,他在为《探索作品集》写的《总论》中分析了近年探索性作品的一系列特点,特别是它们的表现对象的"原生性"形态以后,曾不无自信地预言探索性作品"在更宽泛更博大的人类和星球命题之下"形成一种"处于文学趋势前列"的儿童文学文体形态的可能性:"它的沟通神话的古老。它的通向科幻的年轻。它的泛神论的亲近自然。它的哲学气的寓言本色。它就善于谈生态圈。它正可涉及异化。它拿手的就是梦、幻、魔。它等于发生论——这些艺术因素如果有所融合而形成一种文体,难道不有点当代世界文学的最新气度?难道不有艾特马托夫的'星球意识'?难道不有点反人本主义文学的气息?"[①] 要理解探索性少儿文学的作者何以形成这样的少儿文学文体意识,不能不进一步认识他们的读者观念。

三

由于经常发生的接受上的阻隔,探索性少儿文学常被批评为"无视"读者。这种看法其实是相当皮相的。探索性少儿文学并不"无视"读者,它只是试图探索在新的基点上建立新的作家—读者对话关系的可能性。

作家面对读者,常有两种不同的姿态可供选择。一种是先确定比较明确的读者范围,按读者特定的阅读视界确定自己的作品内容和叙述方式。在这种对话方式中,读者的形象比较鲜明,作家受读者阅读视界的制约也比较明显;另一种是创作时没有事先确定的读者范围。谁都不是事先确定的读者但谁都可能成为作品的读者。作家独白式地写作,自顾自地表达自己对生活的感受、认识、理解,采用自己喜欢的任何说话方式而不必顾忌它是否会给读者带来阅读上的障碍。这种写作方式并非没有自己的对话者,它的对话者就是任何可能和作者心灵相通,有大致相近的文化心理和审美趣味的人,是一种愿者上钩的对话类型。这种创作方式受读者阅读视界的制约不甚明显,作家的主体意识能得到较充分的表现。一般文学大多属于此类。探索性少儿文学对少儿文学对话方式的变革首先便表现为对上述两种对话方式的选择上作出不同于传统少儿文学的调整。

这种调整主要表现为作家的对话姿态从主要属于前一种方式到一定程度上偏向后一种方式的转变。一方面,探索性少儿文学并未忘记自己是少儿文学,它所设计的隐含读者在总体上并未完全越出少年儿童的阅读视界这个大框架,这从班马等人作品的题材选择、意蕴内涵直至表现方式等都可看出来。但另一方面,探索性少儿文学设计的隐含读者的接收能力确在向较高层次移动,作者心目中的读者也不像传统少儿文学有较为明确的指向性。作家们对自身声音的关注

[①] 班马:《你们正悄悄的超越》,《探索作品集》,江西少年儿童出版社1989年版,第413页。

也明显超过了对对话者声音的倾听。如冰波,他的前期童话忧伤而美丽,轻风流水般的叙述使人感到有一种心灵相通的温馨。但到《那神奇的颜色》、《狮子和苹果树》、《毒蜘蛛之死》等作品,表现的主要是作家自己对异化、对现代人在现代社会应取的生活态度等的感受、理解,情绪朦胧,意蕴艰深。表现上不用童话惯用的人物、故事结构而隐情绪、意念结构,场景和场景间大幅度地跳跃、省略,中间还加入相当多的个人象征,其蕴含的阅读视界至少已达到少年儿童阅读视界最高层次的边缘甚至越过了这一界限。金逸铭的《月光下的荒野》等作品采用众多的单句和彼此孤立的意象,将这些意象按作家意念进行组合、配置,作家主要关心的也是自身情绪的传达而非少年读者的接收。班马的一系列作品具有更强的实验性。《鱼幻》等作品虽由于良好的艺术表现将作家的意念掩藏得很深,但其更强调表现作者对生活、艺术的理解而非读者的阅读兴趣的倾向仍清晰可见。

对此,探索性少儿文学的作者是有着自己的考虑的。其一,他们认为传统少儿文学对少年儿童接收能力估价太低。特别是新时期的少年儿童,借取现代化的信息传播媒介,见多识广,甚至得风气之先,许多方面,特别是对有现代特点的文学艺术的接收能力,并不都在成人之下,至少不像人们一贯认为的那样有那么明显的差距。少儿文学对此不能视而不见;其二,他们认为,文学对话中作家的作用本不在对读者的适应而在对读者接收能力的干预,除了影响读者的思想情感之外,文艺还担负着培养、提高读者审美趣味、能力的任务。作家理应站得比读者高。被动地适应少儿读者只会导致少儿文学的"儿童水平";其三,更重要的,作者们认为,少儿文学作者深入地表现自我,深入地展开自己的"原生心态"与少年儿童的接收不仅不矛盾而且还正好找到了他们的契合点。作品表现的作家感受越原始、越接近无意识,儿童越容易接收。班马是这样论证的:儿童的心理主要是原生的、自我中心的,他们对外来图像的接收、认识也主要地依赖"感知"而不是"认知"。因此,儿童可能接收不了属于"认知"范围的重大社会主题却可以"感知"同样包含了重大深沉生命意识的感性图像,如儿童无法接收抽象的宗教教义但教堂的神秘氛围却可以在儿童心灵上培养起具有审美根基的宗教精神。作家越是深入自身的原生心态,就越接近儿童的心理真实,越与儿童心灵相通,越具有儿童文学的本体意味。"儿童文学成人作家更深层次地进入无意识状态,正极有可能与儿童自我中心状态达到某种沟通。在'原生性'心态'造象'上,迸发出种种有原型意味的艺术,浑然遥远又人心自通。"① 这样,探索性

---

① 班马:《你们正悄悄的超越》,《探索作品集》,江西少年儿童出版社1989年版,第413页。

少儿文学的本体论、创作论、接收论就完全统一起来了。统一的基点就是自然、生命意识、原生心态。

探索性少儿文学的接收观开辟了建立新的少儿文学对话方式的新思路,恢复了创作者在少儿文学创作—接受关系中的主导地位,对少儿文学挣脱"儿童水平",提高自身艺术品位起了极为积极的作用。其中一些作品达到相当的成功。如班马的《六年级大逃亡》、《沙滩上有一行温暖的诗》,冰波的《狮子和苹果树》,韦玲的《出门》,梅子涵的《蓝鸟》、《双人茶座》以及顾乡的童话,沈石溪、蔺瑾等人的动物小说等。这些作品常常不只有一种单纯的意义指向,情感含蓄而生发,像一个有自身生命的动力结构一样能给读者提供多种创造的可能。如《沙滩上有一行温暖的诗》,儿童能够欣赏成人也爱阅读,虽然他们各自根据文本创造的审美对象并不相同。这类作品对年龄较大、文学修养较高的少年读者尤其具有吸引力。

但也正是这样的对话方式,形成探索性少儿文学最易被人攻击的"软腹部",而这种攻击还很可能直接震撼整个探索性少儿文学的理论基石。

四

关于"看不懂"的议论在探索性少儿文学刚刚诞生时就出现了。如果说一种新的创作范式的出现读者感到不习惯是一个普遍现象,对那些由于误解而发出的"无视读者"的批评也可以存而不论,探索性少儿文学似不能不正视这样一个事实:它在相当长的时间里仍未能消除读者中的陌生感。

不能忽视客观方面的原因。长期以来,中国少儿文学一直局限在相当固定的创作模式里。读者习惯了这种模式,也习惯了作家对他们的适应。当探索性少儿文学突然改变创作方式,不主动地去适应读者而让读者去适应它,并大量采用在成人文学中也显得新颖的表现方式,接收自然出现阻隔和困难,不能期望读者在短时间里完成这种调整。虽然探索性少儿文学的作者们不乏圣洁的拯救意识,希望用自己的作品培养出适应这些作品的阅读视界,但要作到这一点尚需时日。对此,评论界应以最大的宽容等待时间去作最后的评判。

问题在于,探索性少儿文学倡导并身体力行的对话方式能在多大程度上经得起理论和实践的检验。

我个人以为,探索性作家似乎混淆了儿童的心理现实与儿童的审美能力的界限。他们似乎觉得,人有什么样的心理、行为,有什么样的经验图像,就能天然地与表现了这种心理、行为的作品相通,能将与经验图像相近的外来图像转化为审美对象。如儿童心理积淀着更多非社会性文化原型,更具有前逻辑、潜意识的原生性质,因而必然能与表现了这些特点的艺术形象相契合;反之,儿童社会性较差,对表现着较多社会内容的艺术便难以相通。但事实似并不如此。天然地具有某种心理、经验与将这种心理、经验作为审美对象加以接收之间实有着相当的距离。儿童天真、稚拙,但能将天真、稚拙当作一种审美对象予以观照却并非易事。真正欣赏天真、稚拙的常常是成人;儿童较之成人有更多的自然性,但欣赏自然美却相当困难。中国文学是直到魏、晋才将自然美作为审美对象的。儿童阅读文学作品,遇到集中描写自然、环境的段落常常是跳过去的。笔者有过这样的经验,以通常的方式给几个四五岁的孩子念普希金的《渔夫与金鱼的故事》,然后让他们复述,几个孩子在讲到老渔夫几次走向大海时,对作品中关于大海变化的描绘几乎都视而不见,全部略过(其实大海的变化在这儿并不只是渲染环境的意义)。这说明自然美形式感更强,因而也更具有难度。因此,当探索性作品将一些和儿童原生性心态相近的艺术图像呈现在他们面前以为他们很容易接受时,而实际上这些图像却可能远远地超出了他们的接收能力。

  探索性作品的作者们提出的儿童能接受按成人作者原生性心态创造的艺术形象的另一依据是儿童的接收文学作品是"感知"的而非"认知"的,而能感知的难度和能认知的难度是不一样的。这同样是一个尚待证明的理论命题。在文学接收中,"感知"(感受?)和"认知"(理解?)从来是不可分离的。而理解一直是欣赏的中心环节。离开理解,感受将变得没有方向。罗洛·梅说:"知觉的选择性、或此或彼的性质,正是意向性的一个方面。我们不可能在同一刹那注视某一事物而不遗漏另一事物,在肯定某一事物的同时,我们也就否定了别的事物。"毛泽东也说:"感觉到的东西我们不一定立刻理解它,只有理解了的东西才能更深刻地感觉它。"审美知觉是审美经验的内化,是将有意识的审美注意转化成了心理化的、生理化的审美习惯,它的形成其实比一般的浅层次的审美注意、审美理解更为困难。儿童的泛神论、自我中心心理虽与审美知觉有相近、相通之处,但二者本质上是不同的。很难设想一个没有、少有审美经验的儿童能有较高水平、能欣赏诸如神秘幽古这样较高层次美学形态的审美知觉。探索性少儿文学所以发生接收上的阻隔,探索性少儿文学的对话方式所以未能收到预期的效果,原因或许正在这里?从这儿出发,我们或可对探索性少儿文学的整体文学观作出较全面的批评性的反思?

  探索没有止境。即使作为一种文学思潮,探索性少儿文学也还只处在它的初始阶段。尽管人们对它已有许多议论,但真正作出较为全面的评价也许还为时尚早。因此,我们对探索性少儿文学所作的探索也只能是极为初步的。尽管如此,通过这种探索,我们至少在两方面对探索性少儿文学的认识逐渐变得清晰起来。一方面,探索性少儿文学是一种新的创作范式,它在美学理想上反映着以生命意识的强化为主要特征的审美思潮的崛起,在艺术表现上,反映着具有现代特征的艺术意识的复归。作为一种文学现象,它比 80 年代其他任何文学现象都更准确地反映了这个时代的文学精神,并以一批极有特色的作品提高了少儿文学的艺术品位,开辟了少儿文学的新边疆。但是,探索性少儿文学毕竟是一种主要面向文学修养较高的少年读者的文学类型,它的创作经验对整个少年儿童文学不一定具有普适性。因此,我们同意说探索性少儿文学开辟了少儿文学的新边疆的同时也就包含了这样一层含义:它不一定像它的作者们认为的那样具有整个少儿文学的文体意义,一切对探索性少儿文学的批评也不应从这一角度要求它。